非琴俄罗斯文学经典译文集

ПОВЕСТЬ О ЖИЗНИ

一生的故事

第一部

[俄]康·帕乌斯托夫斯基 著
非 琴 译

河北出版传媒集团
河北教育出版社

图书在版编目（CIP）数据

一生的故事 / (俄罗斯) 帕乌斯托夫斯基著；非琴译. -- 石家庄：河北教育出版社，2017.10（2022.7 重印）
（非琴俄罗斯文学经典译文集）
ISBN 978-7-5545-3673-5

Ⅰ. ①一… Ⅱ. ①帕… ②非… Ⅲ. ①散文集－俄罗斯－现代 Ⅳ. ①I512.65

中国版本图书馆CIP数据核字(2017)第054398号

非琴俄罗斯文学经典译文集
一生的故事

作　　者	康・帕乌斯托夫斯基（俄罗斯）
译　　者	非　琴
策　　划	杨　才　蒋海燕
责任编辑	蒋海燕　郝建国　马海霞 霍雅楠　石　姮　程亚星
装帧设计	于　越　郝　旭
出版发行	河北出版传媒集团 河北教育出版社　http://www.hbep.com （石家庄市联盟路705号，050061）
印　　制	河北新华第一印刷有限责任公司
开　　本	787mm × 1092mm　1/32
印　　张	56.75
字　　数	1336千字
版　　次	2017年10月第1版
印　　次	2022年7月第2次印刷
书　　号	ISBN 978-7-5545-3673-5
定　　价	218.00元（全6册）

总序

俄苏文学经典与非琴先生翻译理念

鲁迅先生在20世纪初就把敢于直面人生且追求理想之光的俄苏进步文学赞誉为“我们的导师与朋友”。在鲁迅先生的影响下，大批现当代作家和翻译家都致力于译介俄罗斯和苏联的经典之作，俄苏文学翻译一时蔚然成风。非琴先生正是这支翻译大军中的一位执着而勤奋的文化战士。非琴先生是我国俄罗斯和苏联文学译界著名的老翻译家，他的译作拥有广泛的读者。他一生精心译出了许多俄苏经典作品，其中有屠格涅夫的《贵族之家》、陀思妥耶夫斯基的《罪与罚》、普里什文的《大地的眼睛》、列斯科夫的《奇人录》、帕乌斯托夫斯基的《一生的故事》、卡扎科夫散文选等等。他倾注一生心血译出的这些俄苏文学经典作品，为读者能够更加广泛深入地了解俄罗斯和苏联文学的全貌，打开了一扇扇富有诗意而又独具译文个性的俄语文学视窗。

苏联解体后，俄罗斯文化界出现了一个术语“苏联性”。什么叫“苏联性”？据笔者体会，这个“苏联性”在不同的研究语境和不同的作者倾向中有着不同的理解与阐释。2000年，《苏维埃俄罗斯》报发表过一篇当代文学评论，评论者说，苏联文学才更像是俄罗斯文学，他指的是更像19世纪的俄罗斯文学。而苏联解体后的不少俄罗斯作家抛弃了俄罗斯文学的优秀传统，比如陀思妥耶夫斯基和高尔基所倡导的要敢于写生活的理想与理想生活的传统。而后苏联作家盲目跟风西方后现代，结果他们的某些作品变成了文学上的“非驴非马”（果戈理常用的俄国的讽刺成语）。笔者认为，苏联文学中的“苏联性”，如果不是曲意地理解苏联进步文艺，而是历史主义地理解苏联文学的光明面的话，普里什文、伊万诺夫、帕乌斯托夫斯基以及卡扎科夫的那些明亮、清新、温馨、诗意的文字应该就是“苏联性”的最好注解。作为民族文学的忠实继承者，苏联散文（小说）大家们创作的这些特点又何尝不是与屠格涅夫、托尔斯泰、契诃夫的文学“俄罗斯性”一脉相承的呢？

非琴先生翻译的《罪与罚》是陀思妥耶夫斯基（1821—1881）最著名的长篇小说之一，也是19世纪世界文学的经典中的经典。苏联时代的文学史把陀思妥耶夫斯基视为第一流的批判现实主义作家，这个观念一直保留在苏联解体后的文学界与出版界。20世纪90年代曾经出过陀思妥耶夫斯基的一部小说集，其中只收录了两部作品，第一部是《穷人》，第二部就是《罪与罚》，两部作品都是聚焦俄罗斯社会中穷困人的生活与精神状态。从出版人的编辑意向来看，显然是把《穷人》与《罪与罚》看作是“为人生”（为穷人，为下层民众）的人道主义文学（鲁迅语）的经典。小说借彼得堡穷苦大学生拉斯科里尼科夫的悲剧性个人遭遇与心灵的救赎，尖锐地批判了沙俄时代俄国早期资本主义社会的病态现象，同时也宣扬了作家本人的社会道德救赎方案。有一些现代文学界的评论家将陀思妥耶夫斯基这部小说视为现代主义的创作，其实，陀思妥耶夫斯基用这部作品回应了普希金关于俄罗斯生活理想的创作主张——回到俄罗斯式的淳朴民间生活中去。他对前辈文艺理念的领悟应该说是十分准确而深刻的。这一点从他这部小说的结尾也可以看出，拉斯柯尔尼科夫灵魂世界的变化与复苏正来自于他对俄罗斯下层民众（虽然来自一种特殊人群）的生活和意识的感染。小说中的索妮娅就是这种理想的俄罗斯精神世界的象征。她内心朴实，仁慈善良，忠贞坚韧，温柔和蔼，乐于助人，富于俄罗斯式的牺牲精神。她毅然决然地跟随拉斯柯尔尼科夫来到西伯利亚，犹如众多忠贞献身的十二月党人伴侣一样，视爱人为自己的生命，给受难者以巨大的精神支持。在拉斯柯尔尼科夫以及与他同命运的人们心中，索妮娅从某些方面上讲，与普希金的塔季雅娜一样，在陀思妥耶夫斯基心目中，也是俄罗斯的“圣像”。这个迷途的青年幡然悔悟地由衷感叹：“难道她的信仰现在不应当成为我的信仰吗？至少她的感情，她的追求……”在对人民的理解和信奉方面，陀思妥耶夫斯基无疑传承了普希金的文化血脉。《罪与罚》这部小说的另一个文化贡献，是它还为现代俄苏文艺理论的理念创新，提供了一个文本内涵极其丰富的资源，俄苏文艺理论家基波尔金和巴赫金，在这部世界名著的体裁创新的基础上，提出和发展了复调小说和对话主义文论思想。陀思妥耶夫斯基说他发现了 “人身上的人”，巴赫金从这里出发，发现了小说人物意识里的“众声喧哗”，提出了艺术即对话的新的艺术本质理念，推进了20世纪世界文艺理论的探索，特别是打破结构主义语言学封闭文论的局限，开创了西方文论跨文化研究理论新范式。

2018年是俄罗斯著名作家屠格涅夫（1818—1883）诞生200周年。屠格涅夫在俄罗斯文学史上有着特殊的地位，他是普希金开创的“俄罗斯庄园小说主题”传统最早也最优美的一位忠实传承者。由于他长期生活在国外，也是把19世纪俄国文学介绍给西方的最重要的推手之一。作为贵族出身的作家，他的小说虽然描写贵族的生活，却不止于贵族生活，他的笔触在描绘庄园贵族生活的同时，也较多地反映列宁所说的俄国平民革命时期农民的生活境遇和平民知识分子的心路历程。他沿着普希金的创造方向，继续塑造俄罗斯社会多余人的形象，而且为这种社会类型的人物独创了独特的艺术典型称谓——“多余人”，为俄罗斯19世纪批判现实主义文学人物画廊浓墨重彩地刻上了一个独特的文艺标痕。非琴先生所译出的屠格涅夫六大经典之一《贵族之家》，通过主人公贵族拉夫列尼约夫的生活悲欢，展现了俄国贵族精神生活的颓唐和农奴制社会没落的必然。

尼古拉·列斯科夫（1831—1895），俄国19世纪中后期的重要作家，他的思想立场较为复杂，在文学创作初期比较保守，与俄国革命民主主义文艺战线对立，而随着沙皇农奴制的日益腐朽，他的思想立场逐渐转到了下层人民一边。他的名著《左撇子》以诙谐的风格讲述了一个兼具历史传说和文学虚构的民间神奇故事：俄国图拉工匠“左撇子”奉旨制作了一个更奇妙的“铜臭虫”，击败了英国工匠原来的“铜臭虫”。作品体现了俄罗斯民族，特别是下层劳动者，在精神上的争强好胜、乐观向上的性格。作家通过这个故事表达了他对俄罗斯民间传统工艺和本民族能工巧匠创造力的高度赞扬和怀念，尤其是展现了对俄罗斯民族文化的自信力，体现了作家对近代机械文明的保留态度。作家在这部小说的结尾处感叹：“机器铲平了才能和天赋的不平等，天才不能胜过勤勉和精确。机器有助于工资的提高，却无助于促进艺术家的胆略。这种胆略有时会超越一般限度，激发人民的想象力去创造这一类神奇的传说。”与陀思妥耶夫斯基一样，列斯科夫的这个作品，也对启蒙时代以来西方工业文明做了理性思考，他理解技术文明，但更崇尚具有艺术思维的价值伦理。

米哈伊尔·普里什文（1873—1954），俄罗斯和苏联著名的散文家，他的创作主题大多围绕人生的意义、人与自然、人与人之间的关系这些深含哲理意蕴的问题。在当代世人越来越关注我们生活的生态问题的今天，普里什文的这些文学经典之作就愈加显现出这位俄苏大家超前的思想远见和温暖的人文关怀。

而进入非琴先生翻译视界的苏联散文名家尤里·卡扎科夫（1927—1982），则是一位追随屠格涅夫、列夫·托尔斯泰、契诃夫、布宁、普里什文、帕乌斯托夫斯基等前辈大师，又梦想超越他们的后起之秀。他是苏联六七十年代抒情“小散文”或“小小说”体裁的主要代表。按作家自己的话说，他想致力于“复兴俄罗斯短篇小说的传统”，目的在于要与海明威等同时代西方短篇小说家们竞争，以展示“苏维埃俄罗斯”，即苏联时代短篇小说家的创作才华与实力。至于这位苏联短篇小说名家的这种努力是否达到了其既定的豪情目标，读一读非琴先生的这些精彩译作，读者就可以得出自己的结论。

伏谢沃洛德·伊万诺夫（1895—1963），苏联作家与戏剧家，是俄罗斯革命时期和苏联时代的小说巨匠，在20世纪上半叶非常著名。他的小说以及同名剧本《铁甲列车14-69号》曾经在20世纪五六十年代中国老一辈的读者与观众中很有名气。他的主要题材是写苏联红军和游击队在西伯利亚南部为争取建立苏维埃政权而斗争的历史事迹。非琴先生翻译的《游击队员》（1921年）是伊万诺夫早于《铁甲列车14-69号》的一部反映远东游击队与高尔察克白匪军斗争的故事。作为人称“装饰画散文大师”的伊万诺夫，对西伯利亚的文学描写，一改其前辈对凄凉风物描绘的苦痛印记，恰如忧郁而出色的俄罗斯乡村歌手诗人叶赛宁所说的那样："伊万诺夫给予了我们另一种画面，不同于他的前人，他完全是展现独特的蒙古野性之美的第一位作家。"因此，无论是要了解十月革命后苏俄远东的历史变迁，还是想领略西伯利亚的另类美丽，《游击队员》都值得一读。

帕乌斯托夫斯基（1892—1968），是中年以上的中国读者十分熟悉的苏联散文大师的名字。他的文学思想散文集《金蔷薇》（一译"金玫瑰"）在俄苏文学爱好者中，影响很大，流播甚广，是苏联文学经典里的经典。每当我们谈起俄苏文学，特别是苏联散文精品，总会谈到这个著名的俄苏散文家。他本人就是一个文学家中的文学家，不仅自己执着地耕耘在文学园地里，也特别热衷于培养文学爱好者。因为，俄罗斯近代以来就是一个文学中心主义的国度，所以，"整个国家都记得他"（什克洛夫斯基语）。

康斯坦丁·格奥尔吉耶维奇·帕乌斯托夫斯基出生在帝国沙俄晚期，少年生活相当艰辛，父亲离家出走，母亲陷入赤贫，姐妹失明，两个兄弟又在第一次世界大战中牺牲，他在人生的早期从事过许多职业，当过乘务员、电车司机、前线卫生员、教师。像他崇敬的高尔基一样，他也漫游过俄罗斯大地，因而生活经验和审美经验极为丰富。他是在俄罗斯贫困而动荡的岁月里开始自己文学生涯的，中学时代就发表了处女作——短篇小说《在水上》。这就不难理解帕乌斯托夫斯基为什么兴高采烈地接受了十月革命，是这个让俄罗斯贫苦大众翻身解放的世界大事件给作家的创作注入了"最初的浪漫的狂喜"。对自由的渴望、对正义的追求、对理想社会的始终如一的信念，充溢在他的散文创作中。卫国战争爆发后，他作为战地记者在《为了祖国的荣誉》《祖国卫士》和《红星报》上发表了许多佳作。

俄国文化大师维克多·什克洛夫斯基曾经称帕乌斯托夫斯基为“善于看见世界晨曦的人”。的确，作为一个积极浪漫主义的作家，坚信社会主义理想的文学家，尽管经受了许多苦难，但他始终保持浪漫的天性，一生都憧憬理想而光明的生活，这是他抒写的动力、抒写的源泉、抒写的内涵。他以浪漫的情怀为苏联的社会主义建设与生活写真。苏维埃时代普通的劳动者都在积极而奋勇地为社会主义祖国辛勤劳作，人人崇尚为社会的劳动，以劳动为光荣，就像他的《英勇》这篇作品中主人公所说的那样，苏联人民“生活在一个伟大的时代”，人人都在“创造幸福，这是崇高的劳动。全国都在为实现理想而奋斗”。帕乌斯托夫斯基自己也感受到当时建设生活的火热，苏维埃劳动者的热诚和淳朴也深深地感染着文学家，作家散文中流露的理想主义和浪漫激情正是当年苏维埃新人真实心态的流露。以帕乌斯托夫斯基创作为代表的苏联进步文学的浪漫书写，绝不像苏联解体后某些污蔑者所说的那样，是虚假的现实主义，是在粉饰苏联社会。帕乌斯托夫斯基的文学记录，无论是记人记事都是苏联社会真情实景的文学写照。批评家们都注意到，帕乌斯托夫斯基抒写与刻画的客观性，作家从不直接地表达对描绘对象的主观情愫。而是尽量客观展现人物的面貌、情态与话语，这些艺术手段自然流露出创作主体对所描绘对象的积极心态与倾向。

散文的诗意性，构成帕乌斯托夫斯基散文创作最明显的特征。俄罗斯文学的诗意性，来自强大的18世纪早期浪漫主义的感伤主义传统，强化于普希金的积极浪漫主义引领，在苏维埃时代社会主义的理想照耀下，诗意就像明媚的春光注入了苏联文学的方方面面。诚如作家同时代人埃尔里赫所说："帕乌斯托夫斯基创作大部分的世界都宽广宏大且丰富多彩，充满了阳光，具有深刻的乐观主义意蕴，那里居住着在艰苦劳动和严峻斗争中改造大自然的人们。这是一个为革命所产生的新人类世界，在他的书中对生活的浪漫主义的感奋仿佛特别有力。他的人物仿佛被装饰起来，而他们周围的森林、田野、空气、湖泊是如此的奇妙，以至于使人呼吸到一种奇幻的神话气息。"他的同伴对作家的这些概括与评价没有丝毫责备之意，因为，他们也认同这样一种亲切的浪漫阳光的民族文学的传统。

这位苏联作家特别善于对鲜活的大自然美丽与火热劳动生活进行细腻的描绘。落叶的簌簌、秋雨的唰唰、自然的声响声声入耳；割过青草的清新味道、潮湿的锯末儿的气味、森林野炊的芳香、本真的清香沁人心脾。在帕乌斯托夫斯基的笔触下，俄罗斯的美丽自然风光是那样生动鲜活，令读者仿佛身临其境，可以感触带风的轻抚、花叶的芬芳。他善于赋予所描绘对象以鲜灵的生命。俄国作家索洛乌欣说："帕乌斯托夫斯基的创作本身就是对俄罗斯土地，对俄罗斯大自然巨大的难以遏制的爱的表现。"这种真挚的感情都化为了作家对祖国山山水水中新生活新事物简洁、丰富、凝练而细腻的书写。帕乌斯托夫斯基的创作忠实地继承了屠格涅夫和契诃夫自然而温存的散文传统，写出了苏联普通人的内在品质，真诚、善良、淳朴、智慧与人生的光辉。

在这里特别值得赞扬的是，非琴先生倾注心力译出了帕乌斯托夫斯基的非常重要的著作——长篇小说《一生的故事》。《一生的故事》被认为是一部自传体小说，这部小说以一个迷恋大海的少年幻想者回忆为叙事主线，讲述了一些传奇的故事和奇特的个性，他们之中有希腊船夫、高加索马车夫、海军军士等等，描绘了20世纪早期俄罗斯的社会生活与精神世界。小说中的这些人物乍一看都普普通通，却都有着不平凡的阅历与个性，他们每个人的经历都影响了少年航海梦想者的命运。在基辅的玛利亚公园里，少年主人公遇见了波罗的海的一位海军军士，一个与基辅陆军军官迥然不同的水手。他的气质深深吸引了男孩儿，后者从此萌生了当海员的冲动与志向。小说中的人物和故事，与对高加索的大自然的描绘、航海奇遇和荒无人烟的森林旅行交织在一起，引人入胜。勇敢的希腊船夫阿那斯塔斯不惧风浪吟唱着歌谣，鼓励小说主人公要不怕艰险敢于与海浪搏击，这个感人的情节不禁令人想起朱赫来教保尔·柯察金练习拳击的那些相似动人的励志情节，而高加索山地马车夫更教会少年要学会忍耐。少年在这些勇敢者的熏陶下逐渐懂得了在困境中成长的意义。

小说具有司汤达式的小说传奇性，“有时候借助某些桥段”艺术地演绎了帕乌斯托夫斯基熟悉的那些同时代的重要文学生命个性，诸如布宁 、布尔加科夫 、巴别尔、谢维里亚宁、格林，虽然在作品中没有暗示出现他们的真实姓名，但他们的命运和个性在这些艺术处理中都非常明显。作家没有粉饰他们，着重的是突出他们的善良个性，以“唤起读者心中善良的情感”。非琴先生译出的帕乌斯托夫斯基的这部重要作品在国内俄苏文学翻译界和出版界均是首次与读者见面，很值得一读。

作为俄苏文学翻译界的资深译者，非琴先生不仅执着于俄罗斯文学翻译实践，在外国文学园地里辛勤耕耘一生，兢兢业业，精益求精，而且对文学翻译理论也有自己独到的见解。自从严复提出翻译的“信、达、雅”的境界说以来，不同的翻译家对严复这个翻译理念有各自的领会与践行。关于译文之 “雅”，非琴先生强调的是，忠实原著语言风格上的“雅致”。他指出：“至于译文的‘雅’，应该来源于原文的‘雅’，并不是撇开原文，另起炉灶，挖空心思，故意想出一些文绉绉的、古雅的词句来。现代人说话，就是要用现代口语，而不能‘酒要一壶乎，两壶乎’，那样故作高雅。”而要达到真正的“信、达、雅”的至臻境界，就必须既熟悉原著的文化语境，又具有本民族的文化素养。诚如非琴先生所言，不能“只要懂点儿外语，就可以执笔了。一个合格的文学翻译工作者不但要至少精通两种不同的语言，而且要有各方面极其广博的知识。对于要翻译的作品中涉及的那个国家、民族的历史、地理、文化、宗教、风土人情虽不一定要求专，但至少要大体了解，这样才不至闹出笑话。不仅如此，一个合格的文学翻译者，还必须具有文学家的某些素质”。笔者认为，非琴先生这些源自几十年亲身翻译实践的心得体会是可资借鉴的，他的翻译理念与我国近代以来，特别是五四新文化时代以来的翻译思想和理论的优秀传统是相一致的，并且具有自己的个性风采。

相信读者在欣赏非琴先生以其优美译笔翻译的俄苏文学经典的精彩篇章之时，一定会由衷地感谢这位执着而勤奋的老翻译家给我们带来了这么美好的文学享受。

吴晓都

2017年7月26日于北京

（作者为中国外国文学学会秘书长，中国社会科学院外国文学研究所研究员、副所长）

引言　几句话

不久前，我翻阅《托马斯·曼文集》，在他论作家劳动的一篇文章中看到了这样一段话：

“我们好像觉得，我们表达的只是我们自己，讲的只是我们自己的事，可是原来由于和周围人们的深刻联系，由于和周围的人具有本能的共同性，我们却创造了某种超越个人的东西……这种超越个人的东西，就是我们作品中所包含的最好的东西。”

真该把这几句话作为大多数自传性作品的题词。

作家表现自己，也就是表现他所处的那个时代。这是一条简单的和不容置辩的规律。

这部作品包括6部自传体小说——《遥远的岁月》《动荡不安的青年时期》《一个未知时代的开始》《怀着巨大希望的时期》《投向南方》和《漫游的书》。同一主人公和同一时代把这些小说连接在一起。这些小说叙述的是19世纪最后几年和20世纪最初几十年的事。

对于所有著作，特别是自传性质的作品，有一条神圣的规则——只有到作者能讲实话的时候才应该去写。

就其实质而言，每一位作家的创作，同时也就是他的自传，在某种程度上以想象力加以改变了的自传。这种情况几乎永远如此。

于是，我写成了6部自传性的作品。我预见将来还会有几部这样的书，但能否写成，那就不知道了。

我想用一个早就使我不安的想法来结束这篇短短的引言。

除了一切符合事实的、我的真正的自传，我还想写一部可以称之为虚构的、我的第二部自传。在这部虚构的自传里，我愿在我经常幻想、但又是徒然幻想的那些令人惊奇的事件和人物当中描写自己的一生。

但不管将来我能写出什么作品，现在我却希望这6部小说的读者能体验到在过去的岁月里支配着我的那种感情——感觉到我们人类生存的重大意义和生活的深深的魅力。

康·帕乌斯托夫斯基

第一部

遥远的岁月

目　录

我的一生，还是你是我的梦境？

——谢尔盖·叶赛宁

父亲的死

当来了一封电报，说我的父亲已经在白采尔科维附近的戈罗季谢庄园里奄奄一息，这时我是基辅中学一个毕业班的学生。

第二天，我乘车来到白采尔科维，住在父亲的老朋友、邮局局长费奥克季斯托夫那里。他是个老头儿，留着长长的大胡子，眼睛近视，戴一副镜片厚厚的眼镜，穿一件破旧的邮政部门的制服上衣，领章上有铜号和闪电相互交叉的标志。

三月将尽，细雨霏霏。光秃秃的杨树矗立在雾霭之中。

费奥克季斯托夫对我说，夜晚水流湍急的罗西河里冰已经流动了。我父亲临终时所在的那座庄园就在这条河中间的一个岛上，离白采尔科维有20俄里①。有一条石坝——石堰——穿过河流，通往庄园。

眼下春汛正在漫过石堰，波涛汹涌。当然，谁也不会同意送我到岛上去，就连最大胆的马车夫也绝不会同意的。

费奥克季斯托夫好长时间在考虑，白采尔科维的马车夫中哪一个是最

---

① 1俄里等于1.06公里。——译者

大胆的。费奥克季斯托夫的女儿、中学生季娜正在昏暗的客厅里用心弹钢琴。橡皮树的叶子被音乐声震动得簌簌作响。我望着茶碟里一小片发白的、挤干了的柠檬，默默不语。

“那有什么呢？咱们去叫布列格曼那个敢于冒险的老头儿来吧。”费奥克季斯托夫最后决定，“他是个天不怕地不怕的人。”

费奥克季斯托夫的办公室里堆满一册册封面烫金的《田地》周刊[①]。不一会儿，马车夫布列格曼——这个白采尔科维里“最敢于拼命的老头儿”走进了他的办公室。这是一个身体结实、个子矮小的犹太人，留着稀疏的胡子，生着一双浅蓝色的猫眼。被风吹得皮肤粗糙的双颊红通通的，好像两只乐园苹果。他一只手里转动着短小的鞭子，带着嘲讽的神情听着费奥克季斯托夫说话。

“哎呀，糟糕！”他最后用假声说，“哎呀，真糟，费奥克季斯托夫老爷！我的车是轻便马车，马的力气也小。茨冈人的马不能把我们拉过石堰的。马会淹死，马车会沉到水里。年轻人也罢，老马车夫也罢，都会淹死。甚至谁也不会在《基辅思想报》上登一条消息，提到这次死人的事。这正是我受不了的，费奥克季斯托夫老爷。不过，去嘛，当然是可以的。为什么不去呢？您自已也知道，马车夫的一条命总共值3卢布——我可不会对天发誓，说是值5卢布，或者比方说吧，值10卢布。”

“谢谢，布列格曼。”费奥克季斯托夫说，“我知道您会答应，您是白采尔科维最勇敢的人。为此，我要给您订一份《田地》周刊，一直订到年底。”

“好吧，既然我是一个这么勇敢的人，”布列格曼冷笑着尖声说，“那您

---

① 1870年至1918年在彼得堡出版的一种杂志。——译者

最好是给我订一份《俄罗斯残废军人报》[1]。在那上面我至少可以看看世袭兵和获得乔治十字勋章的人的故事。过一个钟头马就会牵到台阶前来，老爷。”

布列格曼走了。

我在基辅接到的电报里有一句奇怪的话：“从白采尔科维带一个神父或教士来——什么人反正都一样，只要他肯来。”

我了解父亲，因此这句话使我感到担心和不安。父亲是个无神论者。由于他嘲笑天主教教士和神父，他经常和我的外祖母发生冲突。外祖母是波兰人，和几乎所有的波兰妇女一样，是个狂热的信徒。

我猜到，坚持要请一个神父去的，是我父亲的姐姐费奥多西娅·马克西莫芙娜，或者照大家对她的称呼——多吉娅姑妈。

除了死前宽恕罪过的仪式，她摒弃一切宗教仪式。对她来说，代替《圣经》的是一本谢甫琴科[2]的《科布扎歌手》。这本书藏在一个包着铁皮的小箱子里，像《圣经》一样，也已经发黄，而且滴上了一些蜡烛油。夜里，多吉娅姑妈有时取出它来，在烛光下看《卡捷琳娜》，并不时用深色的头巾擦擦眼睛。

她为像她自己的命运一样的卡捷琳娜的命运伤心落泪。在农舍后面的春汛潮湿的小树林里，她儿子的坟墓上已经绿草返青。很多年以前这个“很小的小伙子”就离开了人世，那时候多吉娅姑妈还完全是一个少妇。照当时的说法，这个小伙子是她的“私生子”。

多吉娅姑妈所爱的一个人欺骗了她。他遗弃了她。但她对他却至死忠

① 1813年至1917年在彼得堡出版的一种军人报纸。——译者

② 塔·格·谢甫琴科（1814—1861），乌克兰诗人、画家。——译者

贞不渝，而且一直在等着他回到她身边来。在她的想象中，他回来的时候不知为什么一定是贫病交迫，受尽生活的屈辱。她要狠狠地骂他一顿，最后还是把他收留下来，亲切地照顾他。

没有一个神父同意去戈罗季谢，都推说有病或有事。只有一个年轻的天主教教士答应了。他事先告诉我，要我们顺便到教堂里去取圣餐，好给垂死的人行圣餐礼。而且警告我，不能和带着圣餐的人说话。

教士穿一件下摆很长、带丝绒领的黑色长袍，戴一顶奇怪的、也是黑色的圆帽子。

教堂里昏暗、寒冷。刻着耶稣受难像的十字架脚下挂着一束红艳艳的纸制玫瑰花，向下低垂着。没有点上蜡烛，没有钟声和持续不断的管风琴声，教堂很像在枯燥无味的白天的光照下剧院里的布景。

起初，我们坐在马车上默默不语。只有布列格曼吧嗒着嘴吆喝那两匹骨瘦如柴的枣红马。他跟所有马车夫一样，吆喝的时候不是喊“驾”，而是喊“喔”。雨在低处的花园里哗哗作响，教士拿着裹在黑色羽纱里的圣餐盒。我那件灰色的中学生制服大衣已经湿透了，完全变成了黑色。

细雨如烟。雨烟之中，布兰尼茨卡娅伯爵夫人的著名的亚历山大花园似乎觉得一直升到天空。这是一些面积很大的花园，费奥克季斯托夫对我说过，其大小和凡尔赛宫相仿。花园里的雪正在融化，寒冷的水蒸气笼罩着树木。布列格曼回过头来说，这些花园里有野鹿。

“密茨凯维支[①]很喜欢这些花园。”我对教士说，忘记了他一路上应当

① 密茨凯维支（1798—1855），波兰诗人。——译者

保持沉默。

我想对他说点儿什么愉快的事情，以感谢他同意踏上这一困难而又危险的旅程。教士微微一笑，作为回答。

变得泥泞不堪的田野里已经积起了雨水，飞过的寒鸦倒映在积水里。我竖起大衣领子，在想父亲，在想我对他了解得是多么少。他是个统计员，几乎终生在各个不同的铁路线上服务——莫斯科—布列斯特线，彼得堡—华沙线，哈尔科夫—塞瓦斯托波尔线，以及西南铁路线。

我们经常从一个城市搬到另一个城市——从莫斯科到普斯科夫，后来又到维尔诺，以后又到了基辅。无论在哪里，父亲和上司都不能和睦相处。他是一个自尊心很强、性情急躁而又善良的人。

一年前父亲离开基辅，到奥廖尔省布良斯克的一家工厂去做统计员。任职不久，没有任何明显的原因，父亲突然辞去工作，到祖父从前的戈罗季谢庄园去了。他的弟弟、乡村教师伊利科和多吉娅姑妈都住在那里。

父亲的无法解释的行为使所有亲属都感到难堪。最难堪的是我母亲。当时她和我哥哥住在莫斯科。

父亲来到戈罗季谢以后，只过了一个月就害病了。瞧，现在已经进入弥留状态。

道路沿谷地向下。在谷地尽头可以听到不间断地哗哗的流水声。布列格曼在车夫座上感到不安了。

“石堰！”他压低了声音说，“现在向上帝祈祷吧，乘客们！”

一拐弯，突然看到了石堰。教士欠起身来，抓住布列格曼褪了色的红宽腰带。

水流夹在花岗石峭壁之间，轻快地急急奔流着。在这个地方，罗西河奔腾咆哮，疯狂地冲出阿尔滕群山。水流犹如一堵透明的围墙漫过石坝，挟着轰然巨响跌落下去，摔成冷冰冰的水尘，好似蒙蒙细雨。

河对面，石堰的那一边，几棵高大的杨树仿佛要腾空飞去，一座小房子隐隐约约闪着白光。我认出了儿时曾居住过的岛上的庄园——它的村边园地和篱笆，井上的打水吊杆和岸边的巉岩。岩石把河水分割成一些单独的汹涌的急流。我和父亲曾坐在这些岩石上捕捉有一对长须的鮈鱼。

布列格曼在石堰旁让马停下来，下车去用鞭柄整理了一下挽具，不信任地打量了一下自己的轻便马车，摇了摇头。这时，教士第一次违背了要保持沉默的誓言。

“耶稣-玛利亚!”他轻轻地说，“我们怎么过去呀?”

“哎——哎!”布列格曼回答，“我怎么知道呢？请您安安静静地坐着吧。马已经发怵了。”

两匹枣红马仰起头来，打着响鼻，走进湍急的水流里。河水咆哮着，把轻便马车冲向没有任何阻拦的石堰边缘。马车侧过来，斜着往前走，铁轮箍发出辚辚的响声。马浑身发抖，坚持着，几乎卧倒在水里，以免被急流冲倒。布列格曼在头顶上方挥动着鞭子。

石堰中间水流最急，甚至发出金属般的响声。马在这里站住了。泡沫翻滚的流水好似瀑布，就在细弱的马腿边咆哮着。布列格曼用仿佛要哭出来的声音喊叫着，残酷地鞭打那两匹马。马向后一退，把马车推到了石堰的边缘。

这时，我看到了伊利科叔叔。他骑着一匹灰马从庄园向石堰疾驰而来。不知他在喊什么，并且在头顶上挥动着一捆细绳索。

他骑着马走上石堰，把绳索扔给了布列格曼。布列格曼匆匆把绳子拴在车夫座位底下，于是三匹马——两匹枣红马和一匹灰马——终于把马车拉到了岛上。

教士照天主教的方式，大幅度地挥动手臂，画了个十字。布列格曼对伊利科叔叔眨眨眼，说人们将永远记得老布列格曼这样的马车夫。我却问，父亲怎么样了。

“还活着，”伊利科回答，并且吻了吻我，他的大胡子搔痛了我的脸，“在等着。你妈妈——玛丽亚·格里戈里耶芙娜呢?”

“我给她往莫斯科发了一封电报。大概，她明天就会到了。”

伊利科叔叔看了看河。

“在涨。”他说，“糟糕，我亲爱的科斯季克！唉，这种情况也许会过去的。咱们走吧。”

多吉娅姑妈站在门口的台阶上迎接我们。她穿一身黑衣服，眼泪已经哭干了。

闷热的房间里飘着薄荷香味。我没有立刻认出那个长了一脸灰白色的硬毛、面色焦黄的老头儿就是我的父亲。父亲只有50岁。我总是记得，他背稍有点儿驼，但是身材匀称，很有风度，一头黑发，脸上带着他那异乎寻常的、悲哀的微笑，一双灰眼睛流露出对人关怀的神情。

现在他坐在扶手椅里，呼吸困难，目不转睛地看着我。泪珠顺着他干枯的面颊滚了下来，泪水落到大胡子里，停住不动了。多吉娅姑妈用一块干净手帕擦掉了它。

父亲不能说话。他害了咽喉癌，已经奄奄一息。

我整夜坐在父亲身边。大家都睡了，雨也快停了，星星在窗外发出忧郁的闪光。河里波涛喧嚣，声音越来越大。河水在迅速上涨。布列格曼和教士无法回去，滞留在岛上了。

夜里，父亲稍微动了动身子，睁开了眼睛。我对他俯下身去。他试图搂住我的脖子，但是没能做到。于是，用咝咝的声音喃喃地说：

“我担心……意志薄弱……会毁了你。”

“不，”我轻轻地反驳说，“绝不会的。”

“你见到妈妈，”父亲低声说，“我对不起她……让她宽恕……”

他不作声了，有气无力地握了握我的手。

当时我没有听懂他的话，只是到很久以后，过了许多年，我才开始明白这些话的痛苦的含意。也是到很久以后我才明白，我父亲实质上根本不是一个统计员，而是一个诗人。

黎明时他死了。但这，我没有立刻领悟到。我好像觉得，他安然入睡了。

涅奇波尔老爷爷住在我们那儿的岛上。我们把他叫来，请他给父亲读赞美诗。

涅奇波尔读赞美诗时，时常停下来，到穿堂里去抽马合烟。在那儿，他小声给我讲一些曾经使他的想象力为之震动的、极普通的故事——讲他去年夏天在白采尔科维喝的一瓶酒，讲他在普列夫纳①附近看到过斯科别列夫②本人，而且离得那么近，“就像到那个篱笆那么点距离”，还讲了靠避雷针转动的、令人惊异的美国农用风车。正像岛上人们所说的，涅奇波

①② 米·德·斯科别列夫（1843—1882），俄军步兵上将。1877年至1878年俄土战争时，在普列夫纳（保加利亚城市，又名普列文）会战中成功地指挥部队作战，因而享有盛名。——译者

尔老爷爷是个“轻浮的人”——是个爱说谎、爱饶舌的人。

他读了整整一天的赞美诗，接下来又读了整整一夜，边读边用漆黑的指甲掐掉烛花，站着打盹儿，还轻轻地打呼噜。一醒过来，又含糊不清地念念有词，读起祈祷文来。

夜里，河对岸有人在挥动灯笼，拖长了声音呼喊。我和伊利科叔叔走到岸边。河水在咆哮。河水犹如冰冷的瀑布漫过石堰。已是深夜，一片荒凉景象，头顶上方连一颗星星都看不到。一阵阵凉气迎面吹来，这是大水和解冻的大地的奇异的凉气。对岸一直有个人在挥动灯笼，大声呼喊，但由于河水的哗哗响声，听不清喊的是什么。

“大概是妈妈。”我对伊利科叔叔说。

但是他什么也没回答我。

“咱们走吧，”他沉默了一会儿说，“岸上冷，你会着凉的。”

我不想回屋里去。伊利科叔叔又沉默了一会儿，然后走了。我却站在那儿，望着远处的灯笼。风越刮越猛，摇撼着杨树，不知从哪里吹来了稍有点儿甜味的、烧麦秸的烟。

早上为父亲安葬。涅奇波尔和伊利科叔叔在谷地边上的小树林里挖好了墓穴。从那里可以远远看到罗西河后面的森林和三月里淡白色的天空。

棺材放在宽大的绣花手巾上，从屋里抬了出去。教士走在最前面，他用平静的灰色眼睛直望着前面，低声念着拉丁语祈祷文。

当把棺材抬到门口台阶上的时候，我看到河对岸有一辆旧四轮马车，马已经卸下来了，不过还是拴在马车上，还看到一个穿着一身黑衣服的矮小的妇人——妈妈。她一动不动地站在岸边。她从那里看到了把父亲抬出来的情景。后来她跪下来，头伏在沙地上。

又高又瘦的马车夫走到她身边，弯下腰，不知对她说了些什么，但她仍然一动不动地俯卧在地上。

后来她跳起来，沿着河岸向石堰跑去。马车夫拉住了她。她无力地跌坐到地上，用双手捂住了脸。

人们抬着父亲的棺材沿着道路往小树林走去。在转弯处，我回头望了望，母亲仍然那样用双手捂着脸坐着。

大家都默默不语。只有布列格曼不时用鞭柄拍打一下靴子。

在墓地前，教士抬起灰色的眼睛，望着寒冷的天空，清晰地慢慢用拉丁文说道：

“主啊，赐予他永恒的光明，让他永远安息吧！”

教士不作声了，竖耳倾听。河水在哗哗地响，山雀在头顶上方几棵老榆树的树枝间啭鸣，互相应答。教士叹了口气，又讲起了对幸福的永恒的思念。这些话令人惊讶，也说明了我父亲的一生。因此，我的心揪紧了。以后每逢我感到渴望幸福，感到人与人之间的关系还不够完善的时候，经常会体验到这种整个心都揪紧的心情。

河水在哗哗地响，山雀在小心翼翼地啼啭。棺材碰落潮湿的泥土，发出沙沙的响声，慢慢地用手巾放入了墓穴。

那时我17岁。

我的祖父马克西姆·格里戈里耶维奇

安葬了父亲以后，我在戈罗季谢又住了几天。

只是在第三天，大水退了以后，母亲才能通过石坝。

母亲瘦了，面容憔悴，但已经不哭了，只是一连几个钟头坐在父亲的坟墓上。

还没有鲜花，坟墓用纸制的芍药花装饰了起来。芍药花是邻村的姑娘们做的。她们喜欢把这些芍药花和五颜六色的丝带一起编在自己的辫子上。

多吉娅姑妈竭力安慰我，设法让我忘掉悲哀。她从储藏室里——杂物间里——拖出一只装满旧东西的小箱子。打开箱盖的时候发出一声很大的响声。

我在小箱子里找到了已经发黄的、用拉丁文书写的黑特曼[①]的公文"黑特曼诏书"，刻有纹章的铜印，土耳其战争期间获得的乔治十字勋章，《圆梦书》，几个烟斗，都已经抽过，抽得很好使了，还有一些织得十分精致的黑色花边。

我们家里的"黑特曼诏书"和铜印是我们的远祖、黑特曼萨盖达奇内依[②]留下来的。父亲嘲笑自己的"黑特曼出身"，总爱说，我们的祖父和曾祖父几辈人都是种地的，虽说也算作扎波罗热哥萨克的后裔，但都是最普通、最有耐心的农民。

叶卡捷琳娜二世在位时，扎波罗热营地[③]被解散以后，把一部分哥萨克迁到了白采尔科维市附近的罗西河两岸。哥萨克们勉强定居下来。狂暴

① 黑特曼是1654年至1764年由哥萨克公选、在乌克兰执政的首领。——译者

② 彼·科·萨盖达奇内依（? —1622），乌克兰哥萨克的黑特曼。他作为统帅，参加并领导与克里木汗国和土耳其作战的远征，他主张与俄罗斯保持密切关系。——译者

③ 扎波罗热营地是16世纪至18世纪第聂伯河石滩地区的乌克兰哥萨克组织。1775年Е.И.普加乔夫领导的农民起义遭镇压以后，营地被沙皇政府最后解散。——译者

豪放的过去，好长时间还在他们的血液里沸腾。就连19世纪末出生的我也从老人们那儿听到和波兰人的血战、对“土耳其”的远征、乌曼[①]大屠杀，以及奇吉林[②]的黑特曼等故事。

听了许多这一类的故事以后，我和兄弟们经常玩扎波罗热大战的游戏。我们在庄园后面的谷地里玩耍，那里篱笆旁边密密麻麻长满了飞廉——蓟草。热天里，它的红花和带刺的叶子会发出一股甜得腻人的香味。云彩停留在谷地的上空——那些云彩懒洋洋的，松软华丽，是地地道道的乌克兰的云彩。童年的印象是如此强烈，打从那时候起，在我的想象中，与波兰人、土耳其人的会战总是和飞廉丛生的荒野，和落满尘土的、醉人的飞廉花联系在一起。飞廉花本身就好像是凝固起来的哥萨克的血。

随着岁月的流逝，哥萨克的勇敢豪放已渐渐黯然失色。在我童年时期，它只是表现在为了每一小块土地和布兰尼茨卡娅伯爵夫人的多年的、倾家荡产的诉讼上，还表现在顽强的偷猎以及哥萨克的抒情歌曲杜姆卡里。我的爷爷马克西姆·格里戈里耶维奇常给我们唱这些民歌。

他身材矮小，头发已经花白，长着一双淡色的、善良的眼睛。整个夏天他都住在村边园地后面的养蜂场上，在躲避我祖母——一个土耳其女人——暴躁易怒的性格。

很久以前，爷爷是个盐粮贩子。他赶着犍牛到彼列科普和阿尔缅斯克去运盐和干鱼。我从他口中第一次听到，在蓝色的和金色的草原卡杰琳诺斯拉夫希纳以及赫尔松希纳那边，有天堂一般的克里米亚的土地。

---

① 现为切尔卡瑟州的城市，历史上曾属于波兰立陶宛王国。——译者

② 现为切尔卡瑟州的城市。——译者

爷爷在贩运盐粮以前，曾经在沙皇尼古拉一世的军队里服役，参加过土耳其战争，被俘过。度过一段俘虏生活之后，带回了一个漂亮的土耳其女人——他把妻子从卡赞勒克[①]带到了弗拉基亚，她叫法吉玛。嫁给爷爷以后，她接受了基督教的信仰并取了个新名字——戈诺拉塔。

我们怕土耳其奶奶的程度不亚于怕爷爷，并竭力不让她看到我们。

爷爷坐在窝棚旁边的南瓜地的黄花丛中，用颤抖的男高音唱哥萨克的杜姆卡和盐粮贩子的歌曲，要么就讲各种各样的故事。

我喜欢盐粮贩子歌曲的凄凉音调。躺在大车上，望着天空，在车轮吱吱嘎嘎的响声伴奏下，可以一连好几个钟头唱着这种歌曲。哥萨克的歌曲总是会引起一种不可理解的哀愁。我觉得，这些歌曲时而像戴着土耳其镣铐的俘虏的哭泣，时而像在马蹄声伴奏下的雄壮的行军曲。

什么样的歌曲爷爷没有唱过啊！他最经常唱的是我们喜欢的一首歌：

半夜里，哥萨克们吹起
远征的哨子。
玛露赛卡哭暗了
明亮的眸子。

爷爷讲的故事中，我们最喜欢那个弹里拉琴的流浪歌手奥斯塔普的故事。

我不知道你们过去是否看到过乌克兰的里拉琴。如今，大概只有在博

① 保加利亚的城市。——译者

物馆里才能找到它了。但在那时，不仅在小城镇的集市上，而且在基辅的大街上，也时常会碰到弹里拉琴的盲人歌手。

他们行走时搭着穿麻布衬衫的、赤脚的孩子——引路人的肩膀。他们身后背着一个粗麻布袋子，里面放着面包、葱和用干净破布裹着的盐，胸前挂着一把里拉琴。它有点儿像小提琴，但上面装着把手和一根带一个小轮子的木轴。

弹里拉琴的流浪歌手转动把手，小轮子旋动起来，摩擦琴弦，琴弦就嗡嗡地奏出各种不同的曲调，仿佛有一些心地善良的、驯服的熊蜂围着流浪歌手嗡嗡地叫着，给他伴奏。

弹里拉琴的流浪歌手几乎从不唱歌。他们是用宣叙调说出他们的杜姆卡、《赞美诗》和歌曲。然后住了声，好长时间听着里拉琴嗡嗡响着，渐渐平静下来，用看不见的眼睛望着前面，请求施舍。

他们完全不是像普通乞丐那样行乞。我记得切尔卡瑟城里的一个流浪歌手。“请扔给盲人和小伙子一文铜钱吧。”他说，“因为没有这个小伙子，盲人死后就会迷路，找不到去天堂的路了。”

我不记得哪个集市上没有弹里拉琴的流浪歌手。他靠着一棵落满尘土的杨树坐着，他周围挤着一些富有同情心的村妇，不时叹息着，往木碗里扔已经生了铜绿的铜钱。

在我的记忆里，流浪歌手这一概念总是和乌克兰的集市联系在一起——早晨的集市上，露珠还在草丛中闪闪发光，寒冷的影子横卧在尘土滚滚的道路上，一缕青烟在已经被阳光照亮的大地上袅袅升起。

蒙着一层水汽的罐子——牛奶壶——罐里装着冰冷的牛奶，养在水桶里的湿漉漉的万寿菊，盛在陶缸里的荞麦花蜂蜜，嵌着葡萄干的热奶渣饼，装在筛子里的樱桃，黑海拟鲤的香味，懒洋洋的、连续不断的教堂里的钟声，泼辣的村妇们痛快淋漓的对骂，外省爱打扮的年轻妇女们打着的镶花边的小伞，还有突然一声铜锅的巨响——一个长着一双古怪眼睛的罗马尼亚人把那口锅扛在肩上。所有的“叔叔们”都认为自己有义务用鞭柄敲敲那口铜锅，试试罗马尼亚的铜器好不好。

流浪歌手奥斯塔普的故事我几乎已经背熟了。

“这事发生在瓦西里科夫市附近的扎莫什耶村，”爷爷说，“奥斯塔普是那个村的铁匠。他的铁匠铺就在村口，在河岸上到处都是的那些黑压压的柳树底下。奥斯塔普干活从来没受过挫折——他给马钉掌，打造钉子，给盐粮贩子的大车锻造车轴。

“有一个夏天的傍晚，奥斯塔普正在铁匠铺里扇旺炉火，那时外面刚下了一场雷雨，把树叶撒遍了许多水洼，还刮倒了一棵已经腐朽的柳树。奥斯塔普正在扇旺炉火，忽然听到烈马嘚嘚的蹄声，马在铁匠铺旁停了下来。还有不知什么人的声音——一个年轻女人的声音在呼唤铁匠。

“奥斯塔普走出去，一下子呆住了：一匹黑马在铁匠铺门旁不安地跳动着，马上有一位天仙般美貌的女人，穿一件长长的天鹅绒连衫裙，手里拿着鞭子，脸上戴着面纱。她的眼睛在面纱后面微笑着，牙齿也在笑。衣服上的天鹅绒柔软极了，蓝色的，上面有一些水珠在闪闪发光——雨后水滴从多得不计其数的柳树上落到了那个女人身上。她身旁骑着另一匹马的是一个年轻军官。当时瓦西里科夫市正驻扎着一个枪骑兵团。

“‘铁匠，亲爱的，’那个女人说，‘给我的马钉个掌，马掌掉了。雷雨以后路很滑。’

“那个女人下了马，坐到一个木墩子上。奥斯塔普则动手给马钉掌。

他给马钉掌，并不时偷偷地望望那个女人。她突然变得那样慌窘，掀起面纱，也望着奥斯塔普。

"'直到目前为止，我还没遇见过您，'奥斯塔普对她说，'您大概不是我们这儿的人吧？'

"'我是彼得堡人。'那女人回答，'你钉掌钉得很好。'

"'钉掌算得了什么！'奥斯塔普轻轻地对她说，'不值一提！我能用铁给您打一样全世界无论哪一个女皇都没有的东西。'

"'这是件什么东西呢？'女人问。

"'随便您想要什么都行。譬如说，我能打一朵最精致的玫瑰花，有叶子，还有刺。'

"'好的！'那女人也是这样轻轻地回答，'谢谢，铁匠。过一个星期我来取。'

"奥斯塔普帮助她骑上马鞍。她向他伸出一只戴着手套的手，好让他扶着她。奥斯塔普忍不住热情地把脸紧贴在那只手上。但她还没来得及把手缩回去，军官已经挥手一鞭，猛打在奥斯塔普的脸上，大喊一声：'你要知道自己的本分，乡巴佬！'

"两匹马四蹄腾空，疾驰而去。奥斯塔普紧紧抓住铁锤，想要朝那个军官身上扔去，但是没能这么做。他四周什么也看不见了，血顺着脸颊不住地往下流。军官打坏了他的一只眼睛。

"然而，奥斯塔普强忍着疼痛，6天打成了一朵铁玫瑰花。不管谁看了都说，大概，甚至在意大利也没有这样的工艺品。

"第7天夜里，有人骑着马悄悄来到铁匠铺前。下了马，把马拴在篱笆的柱子上。

“奥斯塔普不敢出去，怕让人看到自己的脸——他用双手捂着眼睛，等着。

“他听到轻轻的脚步声和喘息声，不知是谁的一双温暖的手抱住了他，一滴，仅仅一滴眼泪落到了他的肩膀上。

“‘我知道，我什么都知道。’那个女人说，‘这些天我的心痛得很。请原谅，奥斯塔普。由于我，你遭到了极大的灾难。我把他，我的未婚夫赶走了，现在我要回彼得堡去。’

“‘为什么呢？’奥斯塔普轻轻地问。

“‘我亲爱的，我的心肝，’那女人说，‘人们反正不会让我们获得幸福的。’

“‘随您的便吧。’奥斯塔普回答，‘我是个普通人，是个铁匠。我就是想着您，心里也是高兴的。’

“那女人拿了玫瑰花，吻了吻奥斯塔普，骑上马，缓步离去。奥斯塔普走到门口，望着她的背影，并且在听。那女人两次停下马，两次想要回来。但是没有回来。星星在陡岸上空闪烁，落到草原上，仿佛天空在为他们的爱情哭泣。是啊，小伙子！”

讲到这里，爷爷总是沉默下来。我坐着，一动也不敢动。随后，我低声问：

“他们就这样再没见面吗？”

“没有。”爷爷回答，“这是真的，他们没有见面。奥斯塔普眼睛开始瞎了。于是，他想趁他还没全瞎的时候走到彼得堡去，去见见那个女人。他走到了沙皇的京城，得知她已经死了——大概，没能经受住离别的痛苦。奥斯塔普在墓地上找到了用白色大理石砌成的她的坟墓，一看，他的心猛地沉下去了——石头上放着他做的那朵铁玫瑰花。那个女人留下遗言，要把这朵铁玫瑰花放在她的坟墓上。永远放着。奥斯塔普开始背起里拉琴，成了流浪歌手。大概就这样死在大道上，要么死在集市上的大车底下了。阿门！”

毛茸茸的小狗里亚布奇克脸上粘着一些牛蒡，它听着爷爷的故事，大声打着哈欠。我愤怒地推推它的肋部，里亚布奇克一点儿也不见怪，伸出热乎乎的舌头，爬到我身边想要跟我表示亲热。

里亚布奇克嘴里竖着几颗断牙。去年秋天，当我们离开戈罗季谢的时候，它紧紧咬住车轮——想要叫马车停下来，结果弄断了几颗牙齿。

唉，马克西姆·格里戈里耶维奇爷爷！我过于易受感动和浪漫主义的性格多少是受了他的影响。这些性格把我的青年时期变成了一系列与现实的冲突。我为此吃了许多苦头，但我还是知道，爷爷是对的，由清醒的头脑和理智创造的生活也许很美好。但对我来说，却是很不愉快和毫无益处的。“每一个人”，正像爷爷常说的，“都有不同的性格和不同的需要”。

也许，因此爷爷和奶奶不能和睦相处。更确切地说，爷爷是在躲着她。除了美丽然而威严可怕的外貌，她的土耳其血统没有赋予她任何惹人喜欢的特点。

奶奶独断专横，吹毛求疵。她一天至少要抽1俄磅最呛人的黑烟叶。她用烧得通红的短烟斗抽烟。她掌管家务。她那双黑眼睛能发现家里最微小的不合乎规矩的现象。

每逢过节，她穿上镶黑花边的缎子衣服，从家里走出去，坐到墙边的土台上，抽着烟斗，望着水流湍急的罗西河。有时，她不知想到了什么，大声笑了起来，但是谁也不敢问她在笑什么。

唯一能使我们和奶奶稍稍亲近的东西，是一块像肥皂那样硬邦邦的、粉红色长条形的东西。她把它藏在五斗橱里。她有时把它取出来，骄傲地让我们闻闻。长条形的东西散发出极幽雅的玫瑰香气。

父亲对我说，卡赞勒克——奶奶的故乡——附近的谷地叫玫瑰谷。在那里可以采到玫瑰油和奇妙的玫瑰砖——这是一种浸透了玫瑰油的化合物。

玫瑰谷！这几个字本身就使我感到激动。我不明白，在这样富有诗意的地方，怎么会有像我奶奶这样心肠如此冷酷的人。

鲫 鱼

父亲死后，我逗留在戈罗季谢，回忆起自己的童年，回忆起快乐、幸福的我们从基辅到这儿来度过夏天的那段时间。那时候，父亲和母亲都还年轻，爷爷和土耳其奶奶也还没有去世。那时候，我还完全是一个小孩子，经常凭想象虚构出各种各样荒唐的故事。

从基辅开出的火车在傍晚到达白采尔科维。下了火车，父亲立刻在车站广场上雇一些高声喊叫的车夫。

我们到达戈罗季谢已经是夜里了。我打着盹儿，模模糊糊听到令人厌烦的弹簧震动的响声，后来又听到磨坊附近哗哗的流水声、狗吠声。马打着响鼻，篱笆门在吱吱呀呀地作响。不落的群星照耀着夜空，潮湿的黑暗中飘来阵阵野草的清香。

多吉娅姑妈把睡意蒙眬的我抱进铺满彩色长条粗地毯的、暖和的农舍，屋里飘散着用文火煮沸的牛奶香味。我睁开了一会儿眼，看到脸旁是多吉娅姑妈雪白的衣袖上华丽的绣花。

早晨，由于炎热的阳光照射到白墙上，我醒来了。敞开着的窗户外面，红色和黄色的锦葵花摇摇摆摆。一朵金莲花也和它们一起探头向屋里张望，花上落着一只毛茸茸的蜜蜂。我屏息凝神，注视着它生气地倒退着从窄小的花蕊中挣脱出来，一条条亮光好似微弱的波浪，没完没了地从天花板上掠过——这是河流的反光。河水就在这儿，就在一旁哗哗地响着。

后来，我听到爱嘲笑人的伊利科叔叔不知对谁说：

“嗯，当然啰，太阳还没来得及把地晒暖，大群人马就已经来了！多吉娅，把樱桃露酒和馅饼都摆到桌子上来吧！”

我跳起来，光着脚板跑到窗前，看到一些戴着大草帽的老头儿正从对岸沿着石堰慢慢地向庄园走来。他们拄着有很多节疤的手杖，碰到地面，不时发出笃笃的响声。奖章在他们褐色的长袍上叮当作响，不时发出微弱的闪光。

这是邻村皮利普奇村里一些受人尊敬的老大爷来欢迎我们，祝贺我们平安到家。走在最前面的是脖子上挂着一个铜牌的麻脸村长特罗菲姆。

农舍里开始忙乱起来。多吉娅姑妈在桌子上抖开桌布，立刻有一阵风从屋里吹过。妈妈匆匆忙忙把馅饼摆到盘子里，忙着切香肠。父亲拔开家酿樱桃酒的瓶塞，伊利科叔叔则摆好多棱的玻璃酒杯。

随后，多吉娅姑妈和妈妈跑去换衣服，父亲和伊利科叔叔则到门廊里去迎接犹如命运之神、庄严地和无法避免地正在走近的老人们。

老人们终于来到门前，默默地和父亲、叔叔互相亲吻，坐到墙根的土台上，大家立刻喘了一口气。这时，特罗菲姆村长先咳嗽一声，说出了他那句有名的话：

“十分荣幸地祝贺您，格奥尔吉·马克西莫维奇，祝贺您来到我们这儿，来到我们这个安静的地方。”

“谢谢！”父亲说。

“是——啊！”所有老人马上回答，并且轻松地舒了口气，“当然，是这样的……”

“是——啊！”特罗菲姆重复了一遍，并隔着窗户望望桌子。桌子上的酒瓶不时发出微弱的闪光。

“就是说，事情就是这样啊。”一个鼻子上生着小瘤的、尼古拉一世时代的老兵说。

“事情是很明白的！”一个身材矮小、十分好奇的老头儿涅多利亚[①]也开了腔，他有12个女儿。

由于年老，他已经记不清她们都叫什么名字了，扳着手指头最多只能说出5个女儿的名字：甘娜，巴拉霞，戈尔佩娜，奥列霞，弗罗霞……再往下老头儿就搞糊涂了，又从头数起。

“是啊！”老人们说，然后好长时间默不作声。

这时，马克西姆·格里戈里耶维奇爷爷从屋里走了出来。老人们都站起来，向他深深地鞠躬行礼。爷爷也躬身还礼，老人们大声喘一口气，又坐到土台上，喉咙里发出喀喀的声音，默默不语，看着地面。最后，伊利科叔叔根据几乎难以察觉的迹象猜到，屋里已经做好了招待客人的一切准

---

① 是俄语“неоля”的音译，意为苦命人。——译者

备，于是说：

“嗯，谢谢你们大家说的话，好心的人们。现在，请随便吃点儿东西吧。”

妈妈穿着漂亮的夏季连衫裙在屋里迎接老人们。老人们吻吻她的手，她也吻吻他们那深棕色的手，作为还礼——是这儿的风俗。多吉娅姑妈身穿蓝色连衫裙，披着有大红玫瑰花的披巾，面颊绯红，十分漂亮。但头上过早地出现了白发，她向老人们深深地一躬到地。

喝过第一杯黏稠的樱桃酒，被好奇心折磨得难受的涅多利亚就开始询问起来。我们从基辅带来的一切东西都使他感到困惑不解，于是他指着它们问：

“那是什么？这是做什么用的？这个叫什么？”

父亲给他解释，这个是熨斗，这个是摇冰激凌的桶。那里，放在五斗橱上的是可以折叠的镜子。涅多利亚赞叹地转动着脑袋：

“什么都有各自的用处啊！”

“当然是这样啰！”老人们一边喝着酒，一边表示同意。

戈罗季谢已是夏季当令——炎热的夏天经常有可怕的雷雨，树木喧哗，河水清凉，可以捕鱼，有木莓丛，还有夏季里无忧无虑、一天和一天不同的那种愉快的感觉。

爷爷的农舍所在的那个小岛当然是世界上最神秘的地方。

屋后有两个又大又深的池塘。由于那些老柳树和发黑的池水，那里似乎总是昏暗的。

池塘后面沿斜坡向上有一片小树林，其中夹杂着无法通行的榛树丛。过了小树林，开始出现林间空地。林间空地上长满齐腰深的野花，香气浓郁，在大热天里简直熏得人头痛。

过了林间空地，在养蜂场上、爷爷的窝棚附近，冒起一缕轻烟。爷爷的窝棚后面是一些没人去过的地方——红色的花岗石山岩上爬满匐枝的灌木丛和干枯的草莓。

在这些陡峭的山岩深处有一些雨水积成的小湖。一些鹡鸰抖动着五颜六色的尾巴，在喝这些小湖里温暖的水。几只行动笨拙而又厚颜无耻的熊蜂猛飞过来，落到湖里，嗡嗡叫着在水里打转，徒然地发出求救的呼声。

山岩的尽头是罗西河，形成一面峭壁。大人们禁止我们到那里去。但我们有时爬到峭壁边上，向下看去。罗西河仿佛是一条拉紧的透明的急流，以令人头晕目眩的速度奔流而下。水里有一些细长的鱼，轻轻抖动着，逆流而上，慢慢向上游游去。

河对岸，布兰尼茨卡娅伯爵夫人的树林沿斜坡向上延伸，阳光无法透过这片茂密的绿色林海。只是偶尔有一道孤单单的光线斜射穿过密林，在我们面前显示出植物的惊人的力量。一些小鸟儿好似闪闪发光的微尘飞进这道光线里来。它们尖叫着互相追逐，潜入叶丛，仿佛是潜入绿色的水里。

但我最喜爱的地方是池塘。

每天早晨父亲都到那里去钓鱼，他总是把我带了去。

我们很早就从家里出来，踩着沉甸甸、湿漉漉的杂草，小心翼翼地走着。初升的太阳照亮柳枝，于是它们好像变成许多静静的金色斑点，在黑黝黝的、仿佛仍然在夜间的叶丛中发出光来。鲫鱼在幽静的池水中游动，发出哗哗的响声。一丛丛睡莲、眼子菜、慈姑和水荞麦宛如悬挂在黑色的无底深渊上。

水和植物的神秘世界展现在我的面前。这一世界的魅力是如此伟大，以至我可以从日出到日落一直坐在池塘边。

父亲毫无声响地抛出钓钩，抽起烟来。烟草冒出来的烟在水面上飘散着，缭绕在岸边的树枝之间。

我从池塘里给水桶灌满了水，往水里扔了些草，等待着。红色的浮子一动不动地停在水面上。后来其中一个开始抖动起来，使水面上出现一些勉强可以看到的圆圈，突然向下一沉，或者很快地漂向一边。父亲拉一拉钓竿，钓丝绷紧了，胡桃木的钓竿稍弯成了弧形。于是在晨雾之中，池塘上开始发出汩汩的、噼里啪啦的、忙乱的响声。水摇曳着睡莲，向四面流去，水龟急忙四散奔逃。最后，在神秘莫测的深水处出现了颤动的金光。在父亲把一条沉甸甸的鲫鱼拉到被践踏过的草地上以前，无法看清这是什么。鲫鱼躺在草地上，鱼鳃一起一伏，鱼鳍在动，从它的鳞片上散发出水下王国的一股奇妙的气味。

我把鲫鱼放进水桶里。它在草中间翻动着，突然一甩尾巴，溅了我一脸水花。我舔净溅到嘴唇上的水珠，真想从水桶里痛痛快快地喝它一个够，可是父亲不准我喝。

我觉得装着鲫鱼和草的水桶里的水想必和雷雨时的雨水一样香，一样有味儿。我们小男孩们都贪婪地喝雷雨时的雨水，深信这样就会活到120岁。至少涅奇波尔是这样深信不疑的。

胸膜炎

戈罗季谢经常下雷阵雨。从夏至开始，到整个7月，雷雨一直持续不断。五颜六色的大块云彩遮住岛上的天空，电闪雷鸣，震动我们的房屋，把多吉娅姑妈吓得几乎晕过去。

对我童年初恋的回忆是和这些雷雨联系在一起的。那时我9岁。

夏至那天，皮利普奇村的姑娘们打扮得漂漂亮亮，成群结队到我们岛上来，往河里放花环。她们用田野里的野花编成花环，在每个花环中间放上一个用木片做成的十字形木架，再把一个蜡烛头固定在那上面。黄昏时姑娘们点上蜡烛头，把花环放进河里。

姑娘们在算命——谁的蜡烛漂得远，将来那个姑娘就最幸福。但谁的花环被卷进漩涡，在深渊上慢慢旋转，那个姑娘才被认为是最幸福的人。陡岸下方有一个无底深渊，那里总是风平浪静。这些花环上的蜡烛燃烧得十分明亮，从岸上都能听到烛芯噼噼啪啪爆裂的响声。

无论是大人，还是我们这些孩子都很喜欢夏至节的这些花环。只有涅奇波尔一个人轻蔑地、像鸭子叫似的说：

“胡闹！那些花环毫无意思！”

我的堂表姐甘娜也和姑娘们一道来到我们这儿。她已经16岁了。她在自己浅红褐色的辫子上编进了橙黄的和黑色的丝带，脖子上戴着没有光泽的珊瑚项链。甘娜的眼睛是淡绿色的，神采奕奕。每当甘娜微笑的时候，她总是垂下眼睛，而且不会很快抬起来，好像抬起眼睛来很吃力。她的双颊绯红，一直是红扑扑的。

我听到，妈妈和多吉娅姑妈不知为什么事替甘娜感到惋惜。我想弄清她们在讲什么，但是我一走近，她们总是立刻就不作声了。

夏至那天，让我和甘娜一道到河边上姑娘们那里去。路上，甘娜问：

“科斯季克，等你长大了，你要做什么人？”

“海员。”我回答。

“可别，”甘娜说，“海员会在大海里淹死。有人会为你把明亮的眼睛都哭坏的。”

我不理会甘娜的话。我拉着她发烫的、晒黑的手，给她讲我第一次到海上去的故事。

早春时父亲曾到新罗西斯克出差3天，把我也带去了。大海好似一堵蓝色的墙壁，出现在远方。我好久弄不清这是什么。后来我看到了绿色的海湾、灯塔，听到防波堤旁波涛喧嚣，大海宛如一个壮观的、然而不十分清晰的梦，留在了我的记忆里。

停泊场上停着有黄色烟囱的黑色装甲舰——“十二使徒”号和“三圣徒”号，我和父亲就是要到这些船上来。身穿白制服、佩着金色短剑、皮肤晒得黝黑的军官，机舱里那种油腻而暖和的感觉使我感到惊讶。但最使我吃惊的是父亲，我从未见过他像现在这样。他笑着，在开玩笑，很活跃地和军官们说话。我们甚至到一个造船机械师的舱房里去，父亲和他一道喝白兰地，抽一种用粉红色香烟纸包装的土耳其香烟，上面印着金色的阿拉伯字母。

甘娜听着，垂下了眼睛。我不知为什么可怜起她来。于是说，等我当了海员，一定要带她到自己的船上去。

“你带我去让我做什么呢?”甘娜问，“去当厨娘?还是做洗衣女工?”

“不!”孩子的激情使我变得异常兴奋，我回答她说：“你要做我的妻子。”

甘娜站住了，严肃地看了看我的眼睛。

“你起誓!”她低声说，“以母亲的心的名义起誓!”

“我起誓!”我毫不犹豫地回答。

甘娜微微一笑，她的眸子变成了绿色，就像海水一样。她用力吻了吻我的眼睛。我感觉到她那变得鲜红的嘴唇热烘烘的。在路途中，一直到河边我们都默默不语。

甘娜的蜡烛最先熄灭了。布兰尼茨卡娅伯爵夫人的树林后面升起像烟一般的乌云。我们全神贯注地在看花环，却没有谁注意到乌云。直到突然起了风，爆竹柳呼啸作响，几乎弯到地面。一声炸雷，第一道闪电以耀眼夺目的光芒划破了天空。

姑娘们尖叫着向树底下跑去。甘娜从肩上扯下披巾，用它把我裹起来，拉住我的手，我们也跑开了。

她拉着我跑，暴雨追上了我们。我知道，反正我们来不及到家了。

暴雨在离爷爷的窝棚不远的地方追上了我们。我们跑到窝棚，全身都湿透了。爷爷不在养蜂场。

我们互相依偎着坐在窝棚里。甘娜在揉我的手，她身上散发出一股潮湿的印花布味。她一直惊恐地问：

“你感到冷吗?哎呀，你要害了病，我可怎么办呢?”

我在发抖。我当真觉得很冷。甘娜眼睛里的表情一会儿是恐惧，一会儿是绝望，一会儿是爱。

后来她抓住喉咙，咳嗽起来。我看到，她娇嫩而洁净的脖子上有一条筋在猛烈地跳动着。我搂住甘娜，把头紧偎在她湿漉漉的肩上。我真希望自己有一个这么年轻和善良的妈妈。

“你怎么啦？”甘娜惶惶不安地问。她仍然不停地咳嗽着，并轻轻抚摩着我的脑袋，“你怎么啦？你别怕……雷打不到我们的。有我跟你在一起呢。别怕。”

后来，她轻轻推开我，用绣着红色橡树叶的衬衣袖子紧紧捂在嘴上。就在这些橡树叶旁，一个很像绣出来的橡树叶的小血点在亚麻布上扩散开来。

“我不需要你起誓！”甘娜低声说，皱着眉头抱歉地看了我一眼，微微一笑，“我是开玩笑。”

雷声已经远去了，仿佛到了大地的边缘。暴雨过去了，不过密密麻麻的雨滴还在树间喧哗。

夜里我发起烧来。过了一天，一个姓纳佩利巴乌姆的年轻医生从白采尔科维骑着自行车来到我们这里，给我做了检查，认为我害了胸膜炎。

纳佩利巴乌姆从我们这儿去皮利普奇村给甘娜看病，回来以后，在隔壁屋里对我母亲轻声说：

“玛丽亚，格里戈里耶芙娜，她害的是百日痨。她活不到春天了。”

我哭了。叫妈妈过来，一把抱住了她。我发现妈妈脖子上也有一条像甘娜脖子上的青筋在跳动。于是，我哭得更厉害了，好久都停不下来。妈妈抚摩着我的脑袋，说：

“你怎么了？有我跟你在一起呢。别怕。”

我恢复了健康，甘娜却在冬天，在2月里死了。

第二年夏天，我和妈妈到她的坟上去，把一束用黑丝带扎起来的母菊放在那个绿茵茵的小丘上。甘娜时常把这样的花编在她的辫子上。妈妈打着红色的小阳伞站在我身旁，我并不是独自一个人来看甘娜，不知为什么觉得很不好意思。

去琴希托霍瓦旅行

我的外祖母维肯季娅·伊万诺芙娜住在第聂伯河上的切尔卡瑟，她是个身材高大的老太婆，波兰人。

她有很多女儿——我的姨妈们。姨妈中有一个叫叶芙罗西尼娅·格里戈里耶芙娜，她是切尔卡瑟女子中学的校长。外祖母就住在这个姨妈家一幢很大的木头房子里。

维肯季娅·伊万诺芙娜总是身穿丧服，头上戴着黑色的发饰。她最初是在1863年波兰起义[①]遭到镇压以后穿上了丧服，从那时起一次也没有把它脱下来过。

我们深信，在起义的时候，外祖母的未婚夫不幸遇难——那是一个高傲的波兰叛乱者，完全不像阴郁的外祖母的丈夫，也就是我的外祖父，切尔卡瑟市以前的公证人。

我不大记得我的外祖父。他住在一间小阁楼上，很少下楼来。外祖母让外祖父和大家分开来单独住，是因为他抽烟的癖好让人受不了。

---

① 指1863年1月反对沙皇专制政权的起义。——译者

有时，我们偷偷溜到他房间里去。屋里烟雾腾腾，有一股苦涩的气味。从烟盒里倒出来的烟草，在桌子上堆得像一座座小山。外祖父坐在扶手椅上，用青筋毕露的、发抖的手一支接一支地装填纸烟。

他不跟我们说话，只是用一只沉重的手把我们后脑勺上的头发弄乱，送给我们一张烟盒上的淡紫色发亮的纸。

我们时常从基辅到维肯季娅·伊万诺芙娜那儿去做客。她有一个不可改变的习惯——每年春天大斋期，她都要到天主教圣地华沙、维尔诺或琴希托霍瓦去朝圣。

但有时她也会产生参观东正教圣地的念头。于是，她就到谢尔吉圣三一大修道院[①]或波恰耶夫[②]去。

她的女儿和儿子们都嘲笑她的这种做法。说如果这样下去，那么维肯季娅·伊万诺芙娜就要开始去拜访犹太教哈西德教派的著名长老，最后还要去麦加朝圣，拜谒穆罕默德的陵墓了。

有一次，外祖母趁父亲去维也纳参加统计学家会议，带着我和她一起去做宗教旅行。在这以后，她和父亲之间发生了一次最大的冲突。这次旅行使我感到非常幸福，我不明白父亲为什么发怒。那时候我8岁。

我记得维尔诺市空气清新的春天，记得外祖母去领圣餐的奥斯特拉亚·布拉玛小教堂[③]。

全城处在刚长出的嫩叶的淡绿和金黄的闪光之中。中午，拿破仑时代

---

① 14世纪中期建成的古代俄国修道院，在莫斯科以北71公里处。

② 指波恰耶夫圣母安息大修道院。是一座男修道院，在乌克兰波恰耶夫市。

③ 维尔诺市的一座小教堂，大门上方挂着奥斯特罗布拉姆圣母像。

的大炮在扎姆科沃山上鸣炮报时。

外祖母是个博学多识的妇女。她没完没了地给我讲解各种事物。

在她身上，宗教信仰和进步思想惊人地和睦共处。她爱读赫尔岑的作品，同时也十分欣赏亨里希·显克维奇[①]。在她的房间里，普希金和密茨凯维支的肖像总是与琴希托霍瓦的圣母像并排挂在一起。1905年革命期间和发生大屠杀时，她在自己家里隐藏了一些参加革命的大学生和犹太人。

我们从维尔诺又去了华沙。我只记得哥白尼的纪念碑和一些咖啡馆。在这些咖啡馆里，外祖母请我喝“反客为主的咖啡”。这种咖啡里牛奶比咖啡还要多。她还请我吃甜点——奶油蛋白松饼，吃在嘴里溶化以后，油腻腻的，又凉又甜。一些穿着打褶的围裙、坐不住的姑娘不时给我们送咖啡和点心来。

从华沙我们又去琴希托霍瓦著名的雅斯纳·古拉天主教修道院，那里保存着一幅“有灵的”圣母像。

那时，我第一次见到了宗教狂热。它使我震惊，使我感到害怕。从此以后，对宗教狂热的恐惧和厌恶深深地铭刻在我的意识里。我很久无法摆脱这种恐惧。

列车一清早到达了琴希托霍瓦。从车站到修道院还有很远的路，修道院矗立在一座高高的、绿茵茵的山冈上。

朝圣的人们——波兰农夫和农妇从车厢里走出来,其中也有一些戴着落满尘土的圆顶礼帽的城市居民。一个肥胖的老教士和几个下级服务人员

---

① 亨里希·显克维奇（1846—1916），波兰历史小说作家。——译者

——穿着带花边衣服的男孩子，在车站上等候朝圣者。

就在车站附近，朝圣者的队伍在尘土飞扬的大道上排列成行。教士为他们举行了祝福仪式，带着鼻音含糊不清地念了几句祈祷文。人们扑通一声跪下，唱起圣诗，匍匐着向修道院爬去。

人们一直跪着爬到大教堂。爬在最前面的是一个满头白发、脸色苍白、好像发狂的妇人。她双手擎着一个刻着耶稣受难像的黑色木十字架。

教士慢慢地、神情漠然地走在这群人的前面。天很热，尘土飞扬，汗水顺着脸颊在往下流。人们声音嘶哑地喘着气，不时愤怒地回头望望落后的人。

我抓住外祖母的手。

“这是干什么?”我小声问。

“别怕，”外祖母用波兰语回答，“他们都是有罪的人。他们祈求天主，希望得到他的宽恕。”

“咱们离开这儿吧。”我对外祖母说。

但是她装作没听清我的话。

琴希托霍瓦修道院原来是一座中世纪的城堡。它的城墙上还露着几颗生锈的瑞典圆形炮弹。要塞的护城壕里，绿色的水散发出一股腐臭味。土墙上茂密的树林在簌簌作响。

系着铁链的吊桥已经放了下来。我们坐着出租马车顺着这样的吊桥驶入修道院乱糟糟的院子、过道、小巷和拱廊。

一个腰里系着一根绳子的修道院的仆役僧侣送我们去修道院的旅馆，给我们住的是一间有拱顶的冷飕飕的房间。墙上挂着千篇一律的刻有耶稣受难像的十字架。被钉子钉穿的、用黄铜做的耶稣的脚上，不知谁挂了一个用纸做的花圈。

僧侣问外祖母，她是否患有什么需要医治的疾病。外祖母是个非常神经过敏的人，她立刻抱怨说，她心口疼。僧侣从褐色长袍的口袋里掏出一把用银子做成的很小的心、手、头，甚至还有像玩具样的小孩儿，把这些东西倒在桌子上，堆成一堆。

“心有5卢布一个的，”他说，“有10卢布一个的，有20卢布一个的。它们都已经净化过，只消祈祷着把它们挂到圣母像上去就可以了。”

外祖母花10卢布买了一个形状很丰满的小银心。

外祖母说，夜里我们要到教堂去参加庄严的祈祷仪式，让我喝了点儿茶，吃了点儿在华沙买的又干又硬的小白面包，就躺下休息了。她睡着了。我从很低的窗户往外看—— 一个穿件已经褪了色、磨得发亮的长袍的僧侣走了过去。后来有两个波兰农民坐到墙边的阴影里，从包袱里取出灰色的面包和蒜头吃了起来。他们的眼睛是蓝的，牙齿很结实。

我感到无聊了，小心翼翼地走到了外面。外祖母嘱咐我，叫我在修道院里不要讲俄语。因此我觉得可怕。波兰语我只知道几个词。

我迷路了，来到两堵墙壁之间的一条很窄的过道上。过道上铺着有裂缝的石板，石板缝里长着已经开花的车前草。墙上钉着一些用生铁做的路灯。这些灯大概很久没有点过了，我在一个路灯里看到了一个鸟巢。

墙上有一扇很窄的小门虚掩着。我朝里面看了一眼。沿着一座山冈的斜坡向下，是一座苹果园。园中洒满阳光，斑斑驳驳。我小心翼翼地走了进去。园中的花已经凋谢了，发黄的花瓣频频飘落下来。从教堂的钟楼上传来了微弱的、然而是悦耳的钟声。

一个很年轻的波兰农妇坐在一棵古老的苹果树下的草地上，正在给婴孩喂奶。婴孩皱着眉，发出嘶哑的声音。农妇身边站着一个青年农民，他面色苍白，脸上浮肿，戴一顶新的细毡帽。帽子上缝着一条蓝色缎带，上面插着一根孔雀羽毛。小伙子瞪着滚圆的眼睛看着自己脚下，一动不动。

一个矮小的秃顶僧侣，手里拿一把修剪花木的剪刀，在农妇对面的一个树墩上坐下来。他留神看了看我，说：

"永远赞美耶稣基督！"

"永远！"我照外祖母教我的那样回答。

我吓得心都停止了跳动。

僧侣把脸扭过去，又去听那个农妇说话。农妇几绺浅色的头发耷拉下来，披散在她的脸上。她用一只娇嫩的手把头发撩上去，抱怨地说：

"儿子刚满4个月，米哈斯就打死了一只鹳。他把它带回我们的农舍。我哭了，说：'傻瓜，你干了什么呀？你是知道的，每打死一只鹳，天主就要从人手里夺去一个孩子。你干吗要打死它呀，米哈斯？'"

戴细毡帽的小伙子仍然那样漠然地望着地上。

"打从那天起，"农妇接下去说，"我们的小儿子就脸色发青，害了病，喉咙给憋得喘不过气来。圣母能帮助他吗？"

僧侣支支吾吾地望着一边，什么也没回答。

"唉，真不幸！"农妇说，并开始用手抓自己的喉咙，"唉，真不幸啊！"她大声喊，把孩子紧紧搂在胸前。

婴孩瞪大双眼，喉咙里发出嘶哑的声音。

我想起了修道院的仆役在修道院旅馆里拿给外祖母看的那些用银子做的玩具小孩儿。我可怜这个农妇，我想对她说，叫她花20卢布买一个这样的玩具小孩儿，把它挂在琴希托霍瓦的圣像上。但是我会说的波兰话不够用，无法向她提出用词这样复杂的建议。除此而外，我还害怕那个僧侣园丁。我从果园里走了出去。

我回到屋里的时候，外祖母还在睡觉。我没脱衣服，就躺到硬邦邦的床上，立刻就睡着了。

半夜里，外祖母叫醒了我。我在一个大瓷盆里用冷水洗了脸。我激动得发抖。手提灯一盏接一盏地在窗外慢慢飘然而过，听到沙沙的脚步声，教堂里钟声齐鸣。

“今天，”外祖母说，“是红衣主教——罗马教皇使节来主持祈祷。”

在黑暗中我们吃力地走到了教堂。

“拉着我!”外祖母在没有灯光的门廊里说。

我们摸索着走进教堂。我什么也看不见。四周被教堂的高墙封锁起来，一片黑暗，没有一支蜡烛，没有任何微弱的亮光。千百人的呼吸充塞其间，又闷又热，伸手不见五指的黑暗中散发出有点儿甜味的花香。

我感觉到脚下是磨损了的生铁地板，走了一步，立刻绊到了什么。

“安安静静地站着!”外祖母小声说，“人们伸直双臂躺在地上，你会踩到他们的。”

她祈祷起来。我拉着她的胳膊肘，等待着。我觉得可怕。伸直双臂躺在地上的人们在轻轻地叹息，四周到处都是轻轻悲叹的声音。

突然，在这令人感到沉闷的黑暗中传来了风琴声，犹如一阵巨大的号哭声，震动四壁。就在这同一时刻，千百支蜡烛大放光明。我被照得目眩，大吃一惊，叫喊了一声。

遮着琴希托霍瓦圣母像的大幅金幕开始徐徐拉开了。6个身穿镶花边的祭服的老教士背对着人群跪在圣母像前，他们的双手向天空高高举起。

只有瘦瘦的红衣主教，身穿朱红色长袍，用一条紫色宽腰带束紧细腰，挺直身子站着——也是背对着祈祷的人群——仿佛在倾听渐渐平息下来的巨大的风琴声和人群的呜咽声。

我还从未见过这样戏剧性的和无法理解的场面。

夜间的祈祷仪式结束以后，我和外祖母穿过一道很长的拱形走廊。天渐渐亮了。祈祷的人们跪在墙脚下。外祖母也跪了下来，还迫我也跪下。我不敢问她，这些看眼神好像发了疯似的人们在等待什么。

红衣主教在走廊尽头出现了。他步履轻盈，疾步走来。他的朱红色长袍随风飘逸，碰到了祈祷的人们的脸。他们抓住长袍的边缘，热情地、低首下心地吻它。

“吻吻长袍。”外祖母很快地低声对我说。

可是我不听话。由于感到屈辱，我的脸都发白了，我直视着红衣主教的脸。大概我眼里噙着泪花，他停住脚步，把一只干枯的手放到我的头上，稍稍停了一下，并且用波兰语说：

“孩子的眼泪是对主的最好的祷词。”

我望着他，棕色的皮肤紧绷在他尖尖的脸上，仿佛有暗淡的火光照亮了这张脸。眯缝着的黑眼睛期待地望着我。

我执拗地一声不吭。

红衣主教猛地一转身，随身掀起一阵微风，还是那样轻快地继续向前走去。

外祖母用力抓住我的手，痛得我几乎大叫起来。她把我领出了走廊。

“完全像你父亲！”当我们走到院子里的时候，她说，“完全像你父亲！琴希托霍瓦的圣母啊！将来你一生会怎样呢?!”

粉红色的欧洲夹竹桃

切尔卡瑟外祖母家里的走廊上有几个绿色的大木桶，里面种着欧洲夹竹桃，它们开粉红色的花。我很喜欢它们那有点儿淡灰色的叶子和浅色的花朵。不知为什么，关于海的概念会与这些花联系起来——遥远的温暖的海洋把盛开着欧洲夹竹桃的地方冲洗得干干净净。

外祖母很会养花。冬天，她屋里的倒挂金钟一直在开花。夏天，篱笆边长满牛蒡的花园里百花齐放，整个花园仿佛就是一大束鲜花。花香甚至透进外祖父的小阁楼里，把烟草味从那儿排挤出来。因此，外祖父时常生气地砰砰关上窗户。他说，由于这种味儿，他那常年不愈的气喘病又发作起来了。

那时候，我好像觉得花就是活生生的人。木樨草是一位穿着打了补丁的灰衣服的穷姑娘，只有奇妙的香味暴露了它童话般的出身。香水月季好像是一些年轻的美女，因为喝茶喝得太多[①]，失去了面颊上的红润。

种着三色堇的花坛好像在开假面舞会。这不是花，而是一些戴着黑色天鹅绒假面具的、愉快而又狡黠的茨冈姑娘，是一些穿着色彩缤纷的舞衣的舞女——一会儿穿蓝的，一会儿穿淡紫色的，一会儿又穿黄色的衣服。

我不喜欢雏菊。它们穿着让人感到乏味的粉红色衣衫，很像外祖母的

① 月季，逐字直译是“茶玫瑰”。——译者

邻居、教师齐默尔的那些小姑娘们。那些小姑娘都没有眉毛，头发是淡黄色的。每次遇到她们，她们都要微微提起薄纱裙，行屈膝礼。

最有趣的花，当然是马齿苋了——它匍匐生长，五光十色，色彩纯正，光彩照人。马齿苋没有叶子，代替叶子的是一些柔软多汁的小针。只要稍稍按一下这些小针，就会有一股绿色的汁液溅到人的脸上。

外祖母的花园和所有这些具有异常魅力的花儿，使我的想象力极其活跃起来。我的旅行癖想必就是在这座花园里产生的。童年时我把我一定要去的遥远的国度想象为一片起伏的平原，直到地平线长满了野草和鲜花。树木和城市都掩映在花草之中。当快车穿过这个平原的时候，车厢四壁就会粘上厚厚的一层花粉。

我把这些讲给了哥哥、姐姐和母亲听，但谁也不愿意理解我。作为对我的回答，我第一次从哥哥口中听到了一个含有蔑视意味的绰号——“幻想家”。

大概，只有外祖母的最小的女儿娜嘉阿姨一个人理解我。

那时候她23岁。她在莫斯科音乐学院学唱歌。她有一副音色优美的女低音嗓子。

娜嘉阿姨常常到切尔卡瑟外祖母这儿来过复活节和度夏。她一来，静悄悄的、宽敞的住宅里立刻热闹起来，而且显得狭小了。她和我们玩耍，哈哈大笑着在打蜡地板上奔跑——她身材匀称、苗条，披散着一头淡黄色的头发，微微张着鲜艳的嘴唇。

她灰色的眼睛里总是闪烁着金光。这双眼睛对一切都报以微笑——对任何一句笑话，一句令人愉快的话，就连对不满意我们的嬉戏、露出一副厌恶神情的小猫安东的嘴脸，也报之以一笑。

“娜嘉对什么都满不在乎！”妈妈略带责备地说。

娜嘉阿姨的无忧无虑在我们家里已经出了名。她经常遗失手套、扑粉、钱，但从不为此发愁。

她来的当天，我们打开了钢琴盖子。直到她又回到她那快乐而慷慨好客的莫斯科去为止，钢琴盖子就一直敞开着。

一堆堆乐谱乱堆在扶手椅上，蜡烛冒着烟，钢琴发出低沉的响声，有时夜间我会被正在唱《威尼斯船夫曲》的、柔和的胸音惊醒：

漂吧，月光照耀下的
我的游船。
唱吧，在睡梦中的
波浪上飘荡的船歌。

早晨就在我耳边，几乎像喃喃低语的、婉转动人的歌声和搔痒我面颊的娜嘉阿姨的头发弄醒了我。“快起来吧，”她唱道：“闭上眼睛，沉湎于梦境之中，酣然大睡，怎不觉得难为情？知更鸟早已纵声歌唱，玫瑰花也已为你绽开！”

我睁开眼，她吻了吻我，立刻就消失了。1分钟后，我听到她已经在大厅里和她的哥哥——士官生科利亚舅舅——跳起速度很快的华尔兹来。科利亚舅舅有时也从彼得堡到外祖母这儿来过复活节。

我一跃而起，预感到这将是十分热闹、快活和出乎意料的一天。

当娜嘉阿姨唱歌的时候，就连外祖父也敞开从阁楼通往楼梯的房门，随后对外祖母说：

“娜嘉哪儿来的这种茨冈人的血液啊？”

外祖母肯定地说，娜嘉的血液不是茨冈人的，而是波兰人的。她引用文学作品中的例子和波兰立陶宛王国的历史，证明波兰人当中也常常有一些快活得无法抑制的、任性和无忧无虑的妇女。

“正是如此！”外祖父挖苦地回答，并随手紧紧关上了房门，“正是如此！”他在已经关上的房门后面一边又大声重复了一遍，一边坐下，又去装填纸烟。

有一次，我记得那一年的复活节来得比较迟。切尔卡瑟的花园里花已经开了。我们是从基辅坐轮船来的，后来娜嘉阿姨也从莫斯科回来了。

我喜欢过复活节，但是害怕复活节前的那些日子。因为要么让我一连几个钟头研磨杏仁，要么是用匙子打蛋白。做这些事情怪累人的，我甚至悄悄地哭了。

除此而外，在复活节前夕外祖母家里总是乱哄哄的。妇女们掖起裙子，冲洗橡皮树、杜鹃花，擦洗窗户和地板，拍打地毯和有软座的家具，擦净门窗上的铜把手，老是把我们从一个房间赶到另一个房间里去。

打扫完以后，还要做正经事儿——外祖母和面，要做圆柱形甜面包，或者照我们家里的叫法，叫“软棒槌”。把有小气泡的黄色面团放进木桶里，再裹上棉被。面团发起来以前，不能在屋里奔跑，不能砰砰地关门和高声说话。当马车在街上驶过的时候，外祖母十分害怕——微小的震动都会使面团“发不起来”，那时可就不会有散发出番红花香味、蒙着一层糖皮、有许多小孔的、高高的圆柱形甜面包了！

除了圆柱形甜面包外，外祖母还要烘烤许多各式各样的“玛祖卡饼”——嵌葡萄干和杏仁的干点心。当装着热烘烘的玛祖卡饼的烤盘从炉子里取出来的时候，满屋子弥漫着一股诱人的香味，连外祖父在他的阁楼里也待不住了。他不时打开房门，往下面客厅里看看，那儿长长的大理石桌子上已经铺上了厚厚的桌布。

在复活节前的星期六，屋里终于到处都显得整洁、寂静，给人以一种清凉的感觉。早晨分给我们每人一杯淡茶和一些面包干，以后，在晨祷后直到开斋，整整一天我们就不吃任何东西了。我们喜欢这种轻微的饥饿感。这一天好像很长很长，头脑里似乎发出轻微的响声，外祖母要求大家尽量少说闲话，使我们有一种庄严的感觉。

半夜里我们去做晨祷。给我穿上水兵的长裤、钉着金色纽扣的水兵上衣，用刷子使劲给我梳头，梳得我怪痛的。我照照镜子，看到一个心情十分激动、面颊红润的小男孩，为此感到非常满意。

叶芙罗西尼娅·格里戈里耶芙娜从她自己的房间里走了出来。只有她一个人不参加节日的准备工作。她总是害病，很少说话，只是温柔地笑笑，作为对我们愉快的饶舌的回答。

她穿一件小领口的蓝色连衫裙，脖子上挂着一条金表链，肩部别着一个美丽的彩带结。妈妈讲给我听，这个彩带结叫“花字奖章”，是叶芙罗西尼娅·格里戈里耶芙娜阿姨在贵族女子中学毕业时因为成绩优秀得到的奖品。

妈妈穿上她那件节日穿的灰色连衫裙，父亲则穿一套黑西装和一件白背心。

随后，外祖母出来了。她神情庄重，看上去很漂亮，穿一身黑绸子衣服，裙子的宽腰带上别着一朵假花——向日花。从镶花边的头饰下露出梳得很光滑的花白头发。她的衣服发出窸窸窣窣的声音，她步履轻盈——这天夜里外祖母顿时变年轻了。

她点上圣像前的神灯，在这以后戴上镶花边的黑手套，父亲把一件用宽带子做纽扣的短斗篷递给她。

“您当然不去做晨祷了？”外祖母客气地、然而冷淡地问他。

“不去，维肯季娅·伊万诺芙娜，”父亲微笑着回答，“我稍躺一会儿。你们从教堂回来的时候，会叫醒我的。”

“唉，”外祖母动动肩膀，整理一下斗篷说，“我只有一个希望，您的玩笑使天主感到厌烦了，从此他对您置之不理。”

“我对此也抱有很大的希望。”父亲恭敬地回答。

外祖母到阁楼上去了一会儿，向外祖父告别。她从外祖父的阁楼上下来的时候，娜嘉阿姨走进了大厅。她总是姗姗来迟。

她不是走进来，而是飞进来的。她穿一件薄绸子白色连衫裙，裙子上打着皱褶，长后襟拖在地上。她像一只秀丽的、闪闪发光的小鸟儿，飞了进来。她吃力地喘着气，一朵黄月季花在她胸前轻轻地颤动着。

好像觉得整个世界、世界上的全部欢乐都在她那变黑了的眼睛里发出光彩。

外祖母在楼梯上停下脚步，把手帕贴到眼睛上。看到自己小女儿的美貌，她总忍不住流出泪来。显然，每次外祖母想到娜嘉阿姨的命运，想到在这严酷的人生中她会有什么样的遭遇，这些想法不由得会使外祖母落泪。

这一次，我们从教堂回来的时候，父亲并不在睡觉。他把客厅朝花园的窗户完全打开了。天很暖和。

我们坐到桌边开斋。夜就在我们身边，星星是在直接对着我们的眼睛眨眼。从花园里传来不眠的鸟儿的尖叫声。大家很少说话，都在侧耳倾听黑暗中时而沉寂，时而响起的钟声。

娜嘉阿姨坐在那儿，面色苍白，十分疲倦。我注意到父亲在前室帮她脱下短斗篷的时候，递给她一份蓝色的电报。

娜嘉阿姨突然满脸绯红，把电报揉作一团。

开斋以后，立刻打发我去睡了。我醒得很迟，那时饭厅里发出茶碗叮叮当当的响声，大人们已经在喝咖啡了。

吃午饭时娜嘉阿姨说，她接到了她的女友丽莎·雅沃尔斯卡娅从邻近一个小城斯梅拉发来的一份电报。丽莎邀请娜嘉阿姨到斯梅拉附近她的庄园里去做客，在那儿玩一天。

“我想明天去，”娜嘉阿姨说。看了外祖母一眼，又补了一句，“把科斯季克也带去。”

由于感到幸福，我脸红了。

“天主保佑你，”外祖母回答，“你们去吧。不过当心，可别着凉。”

“他们派马来接我们。”娜嘉阿姨说。

从切尔卡瑟到斯梅拉要坐一个小时的火车。丽莎·雅沃尔斯卡娅，一个爱笑的胖姑娘，在斯梅拉车站上迎接我们。我们坐着双套马车穿过清洁、美丽的小城。草木葱茏的峭壁下，佳斯明河打着平静的漩涡漫出河岸。只是在漩涡中间可以看到缓慢的流水闪着银光。天很热，蜻蜓在河上面飞来飞去。

当我们驶进城郊一座荒凉的公园时，丽莎·雅沃尔斯卡娅说，普希金喜欢在这儿散步。我不能相信普希金曾经到过这些地方，而我现在正待在他到过的地方。那时候，我好像觉得普希金是一个传奇人物。他的光辉的一生，当然应该是在这些乌克兰偏僻的地方以外度过的。

“旁边就是卡缅卡[①]，从前是拉耶夫斯基家的庄园，”丽莎·雅沃尔斯卡娅说，“普希金曾长期在他们那里做客，在这里写了一些极好的诗。”

“哪一些呢？”娜嘉阿姨问。

玩耍吧，阿杰莉，
不要遇到忧郁；
卡里忒斯[②]和列利[③]
为你举行加冕礼，
并给你
摇着摇篮……[④]

我不知道“卡里忒斯”和“列利”是什么意思，但这些诗句音调悦耳的力量，景色美丽的公园，百年的菩提树和飘浮着白云的天空——这一切使我产生了一种宛如置身于童话世界的心情。这一整天犹如寂静而又荒凉的春天的一个节日，深深地留在了我的记忆里。

---

① 卡缅卡是达维多夫家族的田庄。普希金住在这儿的时候（1820年底—1821年初），田庄属于十二月党人瓦西里·里沃维奇·达维多夫（1792—1855）。瓦西里·里沃维奇和尼古拉·尼古拉耶维奇·拉耶夫斯基将军是表兄弟。普希金在流放期间曾和拉耶夫斯基一家在南方旅行。

② 卡里忒斯是希腊神话中宙斯的三个女儿，喜欢、快乐、雅致和美丽化身的三个女神。——译者

③ 列利是古斯拉夫传说中的婚姻与爱情之神。——译者

④ 普希金的诗《给阿杰莉》。

丽莎·雅沃尔斯卡娅把马车停在一条宽阔的林荫道上。我们从车上下来，顺着密密的野蔷薇丛中一条侧面的小路，向一幢房屋走去。

突然，从小路的拐弯处走出一个人来。他的脸晒得黝黑，留着大胡子，没戴帽子。肩上背一支双筒猎枪，一只手里提着两只打死的鸭子。他的短上衣没扣纽扣，可以看到结实的棕色脖子。

娜嘉阿姨站住了，我注意到她的脸色变得煞白。

那个皮肤晒黑了的人折下一大枝带着花蕾的野蔷薇，手都扎出血来。他把这枝野蔷薇送给娜嘉阿姨。娜嘉阿姨小心翼翼地接过带刺的野蔷薇，把一只手伸给大胡子。他吻了吻她的手。

“您头发上散发出一股火药味。”娜嘉阿姨说，“手都扎破了，得把刺挑出来。”

“没事儿!”他微微一笑。

他有一口整齐的牙齿。现在，在近处，我看出他还完全是一个年纪不大的人。

我们往屋里走去。大胡子说话很奇怪，把什么一下子都说了出来——他说，他是两天前从莫斯科来的，说这儿真是美妙极了。说后天他就要带着自己的画到威尼斯去参加展览会。说有一个茨冈姑娘——画家弗鲁别利[①]的模特儿——迷住了他。还说，总而言之，他是个毫无希望的人，只有娜嘉阿姨的声音能够拯救他。

娜嘉阿姨微笑了。我望着他。我很喜欢他。我猜到这是个画家。他身上的确散发出一股火药味。他的手上有一层黏糊糊的松脂。从黑漆漆的鸭

---

① 米哈伊尔·亚历山德罗维奇·弗鲁别利（1856—1910），俄国画家。

喙里偶尔向小路上洒下一滴滴鲜红的血。

画家浓密的头发里挂着蛛网、针叶，甚至还有一根小干树枝儿。娜嘉阿姨拉住他的胳膊肘，让他站住，把这根小树枝儿取了下来。

“不可救药的！”她说，“完全像个顽皮的孩子。”她又补了一句，忧郁地微微一笑。

“您要了解，”他用恳求的语调含糊不清地说，“这是多么妙啊！我从一片小松林中穿过去，衣服全挂破了，可是多诱人的香味，多美的白色干石竹花、棕黄色的针叶，多妙的蛛网啊！多么迷人！”

“正是因此我才爱您。”娜嘉阿姨轻轻地说。

画家突然从肩上摘下枪来，用双筒猎枪朝空中放了一枪。

冒出一股火药的青烟。几条狗吠着向我们冲来。不知哪里一只受惊的母鸡尖叫一声，然后咕嗒咕嗒叫了起来。

“鸣枪向生活致敬！”画家说，“活着真是太美了！”

我们被激动不安吠叫着的狗包围着来到了房前。

房子是白色的，有一些圆柱子，窗户上挂着有条纹的窗帘。一个矮小的、上了年纪的妇女从屋里向我们走来。她穿一件发白的淡紫色连衫裙，拿着长柄眼镜，满头花白的鬈发，这是丽莎·雅沃尔斯卡娅的母亲。她眯缝着眼，好长时间握着娜嘉阿姨的手，赞美她的美貌。

风吹进凉爽的房间，把窗帘绷得紧紧的，吹掉了桌子上的《俄国言论报》和《基辅思想报》。狗在到处走来走去，边走边嗅。一听到公园里有什么可疑的声音，它们立刻高声吠叫，互相追逐着，从屋里飞快地跑了出去。

太阳光斑被风吹得满屋跑来跑去，轮流落到所有的东西上——花瓶、钢琴腿上的小铜轮子、金色的画框、丢在小桌子上的娜嘉阿姨的草帽，以及猎枪蓝莹莹的枪筒——大胡子把枪放到了窗台上——无不先后落上了光斑。

我们在饭厅里喝着很浓的咖啡。画家给我讲他在巴黎径直从圣母院对面的沿岸街上钓鱼的事。娜嘉阿姨看着他，温柔地微笑着。丽莎的妈妈一直在反复说：

“啊呀，萨莎，什么时候您才能成为大人啊！已经该是个大人了！”

喝过咖啡以后，画家拉着娜嘉阿姨和我的手，把我们领到他屋里去。屋里乱丢着一些画笔、挤扁了的装颜料的软管。总而言之，到处乱糟糟的。他开始匆忙地收拾乱扔着的衬衣、皮鞋、一块块的画布，把这一切都塞到沙发床底下，然后从一个蓝色洋铁盒里取出一些油亮亮的烟草，装满烟斗，抽起烟来。他叫我和娜嘉阿姨坐到窗台上。

我们坐了下来。太阳把我们的背脊晒得暖烘烘的。画家走到一幅挂在墙上、蒙着粗麻布的画前，拿掉了粗麻布。

“瞧！”他用惘然若失的声音嘟嘟囔囔地说，“我怎么也画不好，毫无结果。”

画上画的是娜嘉阿姨。那时候我对画还一点儿也不懂。我常听到父亲与科利亚舅舅为韦列夏金[①]和弗鲁别利而进行争论。但是我没见过一幅优美的画。挂在外祖母家里的那些画，画的都是一些看上去阴森森的风景，小溪边有几棵枯燥无味的树和几头鹿，要么画的就是头朝下挂着的褐色鸭子。

当画家撩开蒙在肖像上的麻布以后，我不由得高兴得笑了起来。肖像与娜嘉阿姨光彩照人的青春美浑然一体，与犹如金色的瀑布泻入古老公园

---

① 瓦西里·瓦西里耶维奇·韦列夏金（1842—1904），俄国画家。

的阳光，与吹透所有房间的风，与树叶的淡绿色反光也是浑然一体，无法区分开来。

娜嘉阿姨久久地看着肖像，然后轻轻抚摩画家的头发，把他的头发弄乱，一句话也没说，很快从屋里走了出去。

“唉，谢天谢地！”画家叹了口气，“这么说，可以把这幅画带到威尼斯的展览会上去了。”

白天，我们在佳斯明河上划船。公园的倒影落在水上，好似一道有雉堞的绿色城墙。在河水深处可以看到还没伸到水面的睡莲的小圆叶子。

晚上临走以前，娜嘉阿姨在低矮的大厅里唱了一首歌。画家为她伴奏，因为他手指上有树脂，粘在琴键上，把曲调都弹乱了。

最初几次相逢，最后几次相会，

可爱的歌喉唱出的亲爱的声音……①

随后我们又坐着双套马车到斯梅拉去。画家和丽莎给我们送行。马蹄踏着坚硬的路面，发出嘚嘚的响声。河上飘来一股潮气，青蛙呱呱地叫个不停。一颗星星在高空中闪闪烁烁。

在车站上，丽莎带我到茶点部去买冰激凌。娜嘉阿姨和画家留下来，坐在车站前小花园里的长凳上。茶点部里当然没有冰激凌。当我们回来的时候，娜嘉阿姨和画家仍然沉思默想地坐在长凳上。

不久，娜嘉阿姨就回莫斯科去了，我再也没有见到过她。第二年，她

---

① 作曲家B·阿巴兹根据屠格涅夫的歌词所写的抒情歌曲。

在谢肉节[1]坐着三套马车到彼特罗夫公园去，在寒冷的天气里唱歌，得了肺炎，就在复活节前夕去世了。外祖母、妈妈，甚至连父亲都去参加了她的葬礼。

那时我很怀念她，就是到现在我也忘不了娜嘉阿姨。对我来说，她永远是处女之美以及亲切和幸福的化身。

接骨木小球

一些柔软的白色小球在盒子里滚来滚去。我把一只这样的小球丢进盛着水的盆里。小球开始涨大了，后来裂开来，一会儿变成一头有红眼睛的黑象，一会儿变成一条橙黄色的龙，一会儿变成一朵带有绿叶的玫瑰花。

这些童话般的、用接骨木做的中国小球，是我的舅舅和教父约瑟夫·格里戈里耶维奇——或者随便一些，叫他尤利亚舅舅——从北京给我带来的。

“真正的冒险家!”谈到他时，父亲这样说。但是并没有责备的意思，而是甚至有点儿羡慕的意味。

他羡慕尤利亚舅舅，是因为尤利亚舅舅走遍了整个非洲、亚洲和欧洲。但完全不是作为一个品行端正的旅行家，而是作为一个征服者——吵吵嚷嚷，夸夸其谈，行为大胆而狂妄，渴望在地球上的任何一个角落里——上海，亚的斯亚贝巴，哈尔滨和麦什德——干任何不可思议的事

① 大斋前的一星期。——译者

情，而这种渴望是不可遏制的。

所有这一切总是以破产而告终。

“我要是有机会到克朗代克就好了。”尤利亚舅舅常说，“那么，我就要给他们这些美国人一点儿厉害瞧瞧！”

他到底打算怎样对付克朗代克那些不可救药的淘金者，始终无人知道。但有一点是非常明显的，如果有这样的机会，他当真会给他们一点儿厉害瞧瞧的。关于他的故事准会传遍整个育空河流域和阿拉斯加。

也许，他生来就是为了成为一个像尼古拉·普尔热瓦利斯基①或利文斯敦②那样著名的考察者和旅行家吧。但在当时的俄罗斯和那个时代——我父亲把它叫作“不走运的时代”——的生活却完全毁了尤利亚舅舅。他那旅行的高尚热情结果却变成了杂乱无章、毫无成效的流浪生活。但听了他讲的故事以后，在我的心目中大地好像变得异常有趣，而且终生都保留着这样一种感觉，这一点还得归功于尤利亚舅舅。

外祖母维肯季娅·伊万诺芙娜认为尤利亚舅舅是“天主的惩罚”，我们家族里的白鸦③。每当她因为我淘气和不听话而生气的时候，就说：

“当心，你可别成为第二个尤利亚舅舅！”

可怜的外祖母！她一点儿也不知道，在我看来，这位舅舅的生活是异常美好的。我真是梦想着能成为“第二个尤利亚舅舅”。

尤利亚舅舅总是突然来到基辅我们那儿，或者是来到切尔卡瑟外祖母

---

① 普尔热瓦利斯基（1839—1888），俄国杰出的旅行家、地理学家，彼得堡科学院名誉院士。——译者

② 戴维·利文斯敦（1813—1873），英国人，非洲的考察者。——译者

③ 意思是“与众不同的人”。

的家里。同样地也是突然消失，然后过了一年或一年半，又在门口把门铃拉得震天价响，使整个住宅里又充满嘶哑的嗓音、咳嗽声、誓言和有感染力的笑声。而且，每一次车夫总是跟在尤利亚舅舅后面，在地板上拖进几个装着各种稀罕玩意儿的沉甸甸的皮箱来。

尤利亚舅舅是个留着大胡子的大高个儿，塌鼻子，生着一双令人感到可疑的平静的眼睛，眼睛里调皮的神情永不消失。手指像钢铁一般有力——他可以用手指扳弯银卢布。

正像父亲所说的，他“不怕神，不怕鬼，也不怕死”。但女人的眼泪和孩子的调皮却会使他惊慌失措，显得怜悯，心肠也变得软了。

我第一次见到他是在英布战争[①]以后。

尤利亚舅舅作为志愿兵参加了布尔人的军队。这一行为——英雄的和无私的行为——在亲戚们的心目中大大提高了他的声誉。

我们这些孩子为这一战争感到震惊。我们可怜为自己的独立而战的布尔人，痛恨英国人。我们了解在地球另一端进行的每一次战役的所有详情细节——围攻列登斯密特，布隆方丹附近的会战，以及强攻马尤比山。我们心目中最有声望的人是布尔人的将军——大卫、茹贝尔和博塔。我们蔑视傲慢的基切纳勋爵，嘲笑英国士兵穿着红色制服作战。我们看《彼得·马里茨来自德兰士瓦的年轻的布尔人》这本书，看得入了迷。

但不仅是我们，整个文明世界都怀着极其紧张的心情注视着在瓦尔河和奥兰治河之间草原上发生的悲剧，注视着一个弱小民族和一个世界强国

---

① 指1899年至1902年大不列颠王国对南非布尔人的共和国——奥兰治自由邦和德兰士瓦发动的侵略战争。

进行的力量悬殊的战斗。就连至今只演奏《离别》的基辅街头的流浪乐师，也开始演奏新的歌曲："德兰士瓦，德兰士瓦，我的国家，你到处都燃起熊熊烈火。"[①]为了他们演奏这首歌曲，我们常常把留着买冰激凌的5戈比通通都给了他们。

对于像我这样的小男孩来说，英布战争是对异国情调的儿童般幻想的破灭。非洲原来完全不是像我们根据《环球》杂志上的长篇小说或基辅班科夫大街上戈罗杰茨基工程师的房子所想象的那个样子。

工程师这座犹如城堡一般的灰色房子，墙上嵌着一些雕像——栖息在非洲的犀牛、长颈鹿、狮子、鳄鱼、羚羊及其他动物。混凝土做的象鼻子耷拉到人行道上，以代替落水管。从犀牛的嘴里滴出一滴滴的水来。灰色的石头蟒蛇从黑洞洞的壁龛里抬起了头。

这座房子的主人——戈罗杰茨基工程师，是个酷爱打猎的人。他甚至曾到非洲去打猎。他用野兽的石像来装饰自己的房子，以纪念这些打猎。大人们说，戈罗杰茨基是个怪人，但我们这些小男孩们却喜欢这座奇怪的房子。它有助于我们幻想非洲的情况。

但现在，虽然我们是小孩子，我们却懂得了，苦难和为争取人类权利的斗争已经闯入这块巨大的黑色大陆。而在此以前，据我们理解，那里只有聪明的大象仰天长啸，热带森林里瘴气弥漫，河马在尚未有人考察过的大河中肥沃的淤泥里发出呼哧呼哧的声音。在此以前，非洲只是作为旅行家们——各式各样的斯泰利[②]和利文斯敦的一块土地而存在的。

---

① 20世纪初流行的一首关于英布战争的歌曲。

② 斯泰利（1841—1904），记者、非洲的考察者。

我和其他小男孩们一样，舍不得与我们曾在幻想中遨游过的那个非洲分离——舍不得与猎狮分离的场面、撒哈拉大沙漠上的黎明、尼日尔河上的木筏、箭的嗖嗖声、猴子的疯狂的喧闹，以及无法通行的森林中的黑暗分离。那里，每走一步都有危险等待着我们。我们已经在想象中多次由于恶性疟疾，或者由于在炮垒的圆木墙外受了伤，听着一颗孤零零的子弹嗖嗖的响声，呼吸着潮湿的毒草的气味，红肿的双眼望着南十字星座渐渐暗淡下来的，黑天鹅绒似的天空而慢慢地死去。

我曾经这样死过多少次啊，心中为自己年轻而短暂的一生感到遗憾。因为我还没有走遍神秘的非洲，为从阿尔及尔到好望角，从刚果到桑给巴尔还没有留下我的足迹而感到惋惜！

但对非洲的这种概念还是不能从我脑海中完全消失。它原来是富有生命力的。因此，当我们在基辅的枯燥无味的家里忽然出现一个留着大胡子、被非洲的阳光晒得黝黑、头戴布尔人的宽边帽子、身穿敞着领子的衬衫、腰系子弹带的人——尤利亚舅舅的时候，我所体验到的惊讶和无言的狂喜，是难以描述的。

我寸步不离地跟着他，我望着他的眼睛。我不能相信，就是这双眼睛曾看到过奥兰治河、祖鲁人的环形村庄、英国的骑兵和太平洋上的风暴。

那时候，德兰士瓦的总统、身体肥胖笨重的老克留格尔正到俄国来请求援助布尔人。尤利亚舅舅就是和他一道来的。尤利亚舅舅在基辅总共只住了一天，又跟随克留格尔去彼得堡了。尤利亚舅舅深信，俄国一定会援助布尔人。但他从彼得堡给父亲写信来说：“关于最高国家利益的考虑迫使俄国政府做出了卑鄙的事——我们不帮助布尔人。这就是说，一切都完了，我又到我的远东去了。”

我的外祖父是个并不富有的人。如果不把儿子们都送进基辅的武备中学，他是没有足够的钱供给众多的孩子们——5个女儿和3个儿子——受教育的。在武备中学学习是免费的。

尤利亚舅舅和自己的兄弟就是在这所武备中学里受的教育。4年顺顺当当地过去了，但是第5年，尤利亚舅舅却被从基辅转送到伏尔加河上的沃利斯克市受惩罚性的“苦役”的武备中学里去。武备中学的学生犯了“严重罪行”，就被流放到沃利斯克去。尤利亚舅舅犯下了这样的罪行。

基辅武备中学的厨房设在地下室里。一次，节日之前厨房里烤好了许多奶油鸡蛋面包。这些面包都放在厨房里的长桌子上凉着。尤利亚舅舅弄来一根竿子，在竿子上绑了一枚钉子，用这个工具隔着敞开的厨房窗户偷出了几十个焦黄的面包，在自己班级里举行了一次豪华的宴会。

尤利亚舅舅在沃利斯克待了两年。第3年，因为他打了一名军官，把他开除出武备中学，降为士兵—— 一个军官在街上让他站住，因为他的服装稍有点儿不合规矩，粗暴地骂了他一顿。

给尤利亚舅舅穿上了士兵的大衣，发给他一支步枪，让他从沃利斯克步行到华沙附近的库特诺市去参加炮兵部队。

冬天他从东向西，走过整个国家，在村里讨点儿面包，夜里随便睡在哪里，就这样来到驻军首长面前。

离开沃利斯克的时候，他还是一个脾气暴躁的孩子。到达库特诺时已经成了一个凶狠的士兵。

他在库特诺服役，一直到获得最低一级军官军衔。他被提升为准尉。

在服兵役时，尤利亚舅舅命中注定了不走运，把他从炮兵部队调到了步兵部队。尼古拉二世举行加冕礼的时候，尤利亚舅舅的那个团被调去执行守备莫斯科的任务。尤利亚舅舅的那个连守卫克里姆林宫沿河大街。

加冕的那天一清早，尤利亚舅舅看到他的士兵们向河岸跑去，那里激烈地打起群架来。尤利亚舅舅手持军刀，向士兵们跑去。

尤利亚舅舅看到河岸上的污泥里躺倒着一个怪物，铜脑袋上绕着一些电线。士兵们打倒了这个怪物，压到他的身上。但是他用一双大号的铅制足球鞋笨拙地踢开他们，进行反抗。一个士兵捏紧这个怪物铜头旁边的橡皮圆翼管，怪物就发出一阵嘶哑的声音，停止了抵抗。尤利亚舅舅看到这是一个潜水员，于是向士兵们喊了一声，迅速拧开铜盔，但是潜水员已经死了。

没有事先告诉尤利亚舅舅和士兵们，这天早上，来自喀琅施塔得的潜水员要检查莫斯科河河底，搜寻定时炸弹。

这次事件之后，尤利亚舅舅被解除了军职。他到中亚去，当了一段时间从乌拉尔斯克去希瓦和布哈拉的骆驼商队的队长。那时候，中亚和俄罗斯之间还没有铁路，所有货物都要在乌拉尔斯克用骆驼转运，以商队的方式继续运送。

在随骆驼队旅行期间，尤利亚舅舅和考察中亚的两位学者——格鲁姆-格尔日迈洛兄弟[①]成了朋友，曾经和他们一起去猎虎。他寄来一张虎皮送给外祖母。死虎脸上表情那样凶恶，外祖母看了立刻把这张虎皮藏到

① 格鲁姆-格尔日迈洛兄弟是苏联学者。弗拉基米尔·叶菲莫维奇（1864—1928），是冶金学家；格里戈里·叶菲莫维奇（1860—1936），是地理学家和动物学家。

地下室里，还事先给它放了许多樟脑丸。

尤利亚舅舅爱讲他打了一个喷嚏当场吓死胡狼的故事。尤利亚舅舅露宿在沙漠里，把装着食品的袋子垫在头底下，假装已经睡熟。胡狼夹着尾巴爬了过来。其中一只最无礼的胡狼，小心翼翼地用牙齿从尤利亚舅舅头底下往外拖那个袋子。这时，尤利亚舅舅打了一个喷嚏，声音震耳欲聋。那只胆小的胡狼连叫都没有叫一声，由于心脏破裂，当场就一命呜呼了。

我们相信这个故事。因为我们十分清楚，每天早上准备迎接新的一天的时候，尤利亚舅舅是怎样打喷嚏的。他一打喷嚏，窗户上的玻璃都会震得叮当乱响，猫吓得发了狂，在屋里东奔西窜，寻找避难的地方。

对我们来说，尤利亚舅舅的故事比闵希豪生男爵[①]的奇遇更加有趣。闵希豪生还得加以想象，尤利亚舅舅却就在身边，活生生的，隐没在烟草的烟云之中，哈哈大笑，震得沙发都在吱嘎作响。

后来，尤利亚舅舅的生活中出现了一段模糊不清的时期。他在欧洲流浪，据说曾在蒙特卡罗[②]玩过轮盘赌，到过阿比西尼亚，回来的时候戴着曼涅里克皇帝[③]不知为什么赏给他的一枚金质大勋章。这枚勋章就像打扫院子的人戴的号牌。

尤利亚舅舅在人生中没有找到自己的位置，直到他的目光转向人们还不了解的远东，转向满洲和乌苏里边区。这个地方似乎是故意为了像尤利亚舅舅这样的人而存在的。在那里可以过得自由自在，热热闹闹，不服从

---

① 闵希豪生是德国文学作品中一个荒唐的吹牛大王，世界各国都家喻户晓。——译者

② 摩纳哥的城市。——译者

③ 指曼涅里克二世（1844—1913），阿比西尼亚（即现在的埃塞俄比亚）皇帝。

任何“荒谬可笑的法律”——他那豪放的性格和进取精神可以得到充分的发挥。

这是俄国的阿拉斯加——荒无人烟、富饶而危险的阿拉斯加。对于尤利亚舅舅来说，世界上再也想不出比这里更好的地方了。阿穆尔河，大森林，黄金，太平洋，朝鲜，再过去是堪察加，日本，波利尼西亚。未经考察过的广阔世界犹如拍岸的浪涛，在远东的海岸上发出阵阵喧嚣，惊动了人们的想象力。

尤利亚舅舅带着富有牺牲精神的年轻妻子——因为照我妈妈的看法，除了富有牺牲精神的人，谁也不会做像尤利亚舅舅这样可怕的人的妻子——到远东去了。

在那里，中国人民起义[①]时，他曾参加过保卫哈尔滨的战斗，参加过和红胡子的武装冲突，还参加了修筑中东铁路[②]的工程。只是为了去德兰士瓦，他才中断了这项工作。

英布战争以后，他回到了远东，但不是回到满洲，而是到了旅顺。他在那里当志愿船队[③]的代理人。尤利亚舅舅写信来说，他很喜欢船上的工作，并为他青年时期没当海员而感到懊悔。

在这以前不久，他的妻子死了。留下了两个小姑娘——他的女儿，由尤利亚舅舅抚养。他和一个老仆人，一个叫桑必昌的中国人，共同抚养她们。他不会带小孩，然而教育孩子的精神是感人的。尤利亚舅舅喜欢这个

---

① 指1899年至1901年的义和团运动。

② 中国东北部的一条铁路干线，现称为中长铁路。——译者

③ 志愿船队建于1878年，由航行于敖德萨和海参崴之间（后来也航行于敖德萨和彼得堡之间）的远洋船队组成。

对他忠心耿耿的中国人，不亚于喜欢自己的女儿。一般地说，他很喜欢中国人，常说这是个极好的、善良而且很有智慧的民族，他们唯一的缺点就是害怕下雨。

日俄战争时期，尤利亚舅舅作为一个老军官被应征入伍。他把两个女儿和桑必昌一起送到了哈尔滨。

战后，他曾到基辅来看望亲人。这是我最后一次见到他。

他已经两鬓斑白，心情也平静了。但那种疯狂的，愉快的火花，虽说只是偶尔，可还是会在他的眼里闪现。

他给我们讲述北京的情况，讲述中国皇帝的御花园，讲述上海和黄河的故事。

听了这些故事以后，我想象中的中国是这样一个国家——那里永远是温暖、明亮的黄昏。所以会形成这一印象，也许应该做这样的解释：尤利亚舅舅已经不再妄想任何东西，也不再瞪大眼睛哈哈大笑，而是用疲倦的声音在讲，并不停地磕掉香烟上的烟灰。

这是1905年的事。尤利亚舅舅对政治搞不大清楚。他认为自己是个老兵，而且也的确是一个老兵——一个正直的、忠于誓言的老兵。当我的父亲开始发表尖锐和危险的言论时，尤利亚舅舅避不作答，走到花园里，坐到长凳子上，独自一个人在那儿抽烟。他认为我父亲“比左派还左”。

1905年秋，一个工兵营和一个舟桥连在基辅起义。工兵们击退向他们步步进逼的哥萨克骑兵连，且战且退，穿过市区。

南俄机器制造厂的工人们也参加了起义的工兵部队。有许多小孩子在起义的人们前面奔跑着。在加里西亚市场上，亚速工兵团向起义部队开火了。排枪齐射，打死了许多小孩和工人。工兵们不能开枪还击，因为在他们与亚速工兵团的士兵之间有一群群居民。这天，尤利亚舅舅得知这个事件后，十分焦躁不安，他不停地抽着烟，在花园里踱来踱去，低声咒骂着。

“亚速团的人，”他嘟嘟囔囔地说，“是些傻瓜。可耻！可那些工兵，也太好了——不是射手，而是母鸡！”

后来，他从家里悄悄地消失了，到晚上还没回来。无论是夜里还是第二天，他都没有回来。他根本就不回来了。只是在半年后，他女儿从哈尔滨来了一封信。她在信上说，尤利亚舅舅已经在日本定居，请原谅他突然失踪。

又过了很久以后，我们才得知，尤利亚舅舅偷偷溜到工兵部里，看到了被打死的孩子们，勃然大怒，和起义的领导人扎达诺夫斯基中尉一起集中了一部分工兵，向政府军猛烈开火，迫使他们撤退。尤利亚舅舅当然不得不逃走了。他逃到日本，不久因害心病性气喘和一种痛苦的病——思念祖国的思乡病——死在了神户。

他临死前，只要有人稍一提到俄国，这个性情狂暴的大个儿就会哭泣。在他最后一封似乎是开玩笑的信里，他请求在信封里给他寄一件最珍贵的礼物——基辅的一片干栗树叶。

圣斯拉夫大街[①]

到切尔卡瑟和戈罗季谢去是我童年的节日，而日常生活是在基辅圣斯

① 即现在的切卡洛夫大街。

拉夫大街上开始的。我在那里一所昏暗而且不舒服的住宅里度过漫长的冬季。

圣斯拉夫大街两边都是用基辅的黄砖建造的令人感到枯燥无味、然而有利可图的房子，人行道上铺的也是这样的黄砖，街道尽头是一大片沟壑纵横的荒地。城里有好几块这样的荒地，叫作“雅尔”[①]。

整天都有一种叫作“卡拉马什卡”的大车拉着泥土，络绎不绝地经过我们家门前到圣斯拉夫雅尔去。在基辅，装运泥土的大车叫卡拉马什卡。卡拉马什卡是去填平雅尔上的沟壑，好在上面盖新房子。

泥土经常从卡拉马什卡上撒落下来，马路上总是很脏，因此我不喜欢圣斯拉夫大街。

家里严格禁止我们到雅尔去。这是一个可怕的地方，是小偷和乞丐的巢穴。但我们小男孩有时还是会成群结队到雅尔去。我们随身带着警笛，以防万一。在我们看来，哨子像手枪一样，是一种可靠的武器。

起初，我们胆战心惊地从上面向沟中张望。那里有一些碎玻璃在闪闪发光，还乱扔着一些生锈的破盆，有几条狗在垃圾堆里乱刨。它们根本不理会我们。

后来我们壮起胆来，开始下到冒出一股难闻的黄烟的沟壑里去。这烟是从一些窑洞和小破房子里冒出来的。小破房子是用随手捡到的东西——断裂的胶合板、旧铁皮、破箱子、维也纳式的椅子的坐垫、弹簧翘出来的床垫——胡乱搭成的。房子挂着几条脏口袋代替房门。一些衣衫褴褛、没包头巾的妇女坐在灶边。她们要么骂我们是“小少爷”，要么是向我们讨

---

① 乌克兰语“沟”“谷”的音译。

点儿酒钱，去买“官家卖的白酒”。其中只有一个——长着一头蓬乱的白头发、脸像狮子一样的老太婆——张开只有一颗牙齿的嘴对着我们微笑。

这是基辅一个有名的意大利女叫花子。她常到人们的院子里去拉手风琴，如果给的钱特别多，她拉《马赛曲》。在这种情况下，人们总要派一个小男孩到大门口去，以便在警察分局长到来时，可以预先报警。

女叫花子不仅用手风琴演奏《马赛曲》，她还用狂怒的嘶哑的声音高声演唱。她演奏的《马赛曲》听起来犹如愤怒的号召，又像圣斯拉夫雅尔的居住者们的诅咒。

我们在这些陋屋的住户当中认出了一些早就认识的熟人。瞧，这就是亚什卡·帕杜奇——那个眼睛完全是白色的乞丐。他经常坐在弗拉基米尔大教堂前的台阶上，喊着同一句话：“好心的老爷们，可怜可怜我这个顺良的残疾人吧！”

亚什卡·帕杜奇在“雅尔”时完全不像他坐在教堂的台阶上时那样，说话带着那么难听的鼻音，也完全不是那么温顺。他一口气喝干四分之一升伏特加，抡起手臂拍打着自己的胸膛，眼泪汪汪地号叫：“一切受苦受难、苦难深重的人们，到我这儿来吧，我会让你们获得安宁的！”

瞧，这就是那个在丰杜克列耶夫大街弗兰苏阿咖啡馆附近卖牙签的秃顶老头儿，他旁边是那个带着鹦鹉、身背手摇风琴的流浪乐师。

陋屋旁边，一些装在茶炊上的破烟囱的泥土灶正在冒烟。

我最喜欢流浪乐师的那间陋屋。白天，流浪乐师从不在家，他总是到别人家的院子里去。陋屋旁的地上坐着一个光着脚的姑娘，她面色如土，长着一双美丽而忧郁的眼睛。她正在削土豆皮，她的一只脚上裹着一些破布。

这是流浪乐师的女儿，是个中学生，“一个没有骨头的人”。从前，她也和她父亲一起到人家的院子里去，铺开一块小地毯——她很瘦削，穿一套天蓝色的紧身衣裤——在上面表演各种灵巧的技艺。现在她伤了脚，不能“献艺”了。

有时她老是在看同一本撕掉了封面的书。根据书上的插图，我猜到这是大仲马的《三个火枪手》。

姑娘不满意地对我们大声喊道：

“你们为什么老上这儿来！怎么，没见过人们是怎样生活的吗？”

但后来她和我们熟了，也就不再喊叫了。她的父亲，一个身材矮小、头发花白的流浪乐师，在雅尔碰到了我们，说：

“让他们看看我们这伙人是在怎样受苦受难吧。也许，等他们成了大学生的时候，这对他们会有好处的。”

起初，我们是成群结队地到雅尔去的。后来我和雅尔的居民们混熟了，就开始一个人到那里去。

好长时间我把这件事瞒着妈妈，但流浪乐师的女儿泄露了我的秘密。我把《汤姆叔叔的小屋》拿去借给她看，可是我病了，好久没有去把书拿回来。她着急了，自己把书送到我的家里。是妈妈给她开的门，于是一切都暴露了。看到妈妈双唇紧闭，冷冰冰地一言不发，我明白了这一点。

晚上，妈妈和父亲在饭厅里为我的行为进行了一场谈话。我从门后听到了这场谈话。妈妈焦虑不安，很生气。但父亲说，没有什么可怕的，很难使我受到不良影响，而且他宁愿让我跟这些不幸的人们要好，也不愿让我跟基辅的商人和官吏们的儿子交往。妈妈反驳说，在我这个年纪，应该保护我，不要让我对这种艰苦的生活留下印象。

“你要懂得，”父亲说，“以对人的态度来对待他们，这些人会赤诚相报。在我们这个圈子里是找不到这种真诚的态度的，这和艰苦生活的印象有什么关系呢?”

妈妈沉默了一会儿，回答说：

“是的，也许你是对的……”

当我恢复健康以后，她拿来一本马克·吐温的《王子与贫儿》，说：

“给……你自己把这送给……流浪乐师的女儿去吧。我不知道她叫什么名字。”

“丽莎。”我怯生生地回答。

“嗯，把这本书拿给丽莎去吧。送给她。”

从那以后，家里谁也不再为我去圣斯拉夫雅尔而生气了。现在我也用不着偷偷地从餐具橱里拿糖去送给我的新朋友们，或拿花生去喂那只几乎快瞎了的鹦鹉米季卡了。我公开向妈妈要这些东西，她从来也不拒绝我。

我为此感谢妈妈。我的心里感到如此轻快，只有心地纯洁的孩子心里才会是这样的。

有一次，初秋时节，身背手摇风琴的流浪乐师没带鹦鹉来到我们院子里。他神情漠然地摇着手摇风琴的把手，手摇风琴呜呜地奏出波利卡舞曲：“走吧，咱们走吧，我可爱的天使，和我一同跳舞去吧。”流浪乐师用眼睛扫视四周的阳台和打开的窗户，等待着用纸包着的铜币终于飞到院子里来。

我向流浪乐师跑去。他一边仍然不停地摇着手摇风琴，一边对我说：

“米季卡病了，待在那里像只刺猬。连你的花生也不吃了，看来快要死了。”

流浪乐师摘下落满尘土的黑帽子，用它擦了擦脸。

“生活毫无希望!”他说，“没有米季卡，单靠手摇风琴，别说挣饭吃，就连酒钱也挣不到啊。现在靠谁来叼‘幸运’呢?”

花5戈比，鹦鹉就会给想算命的人叼出一张印着预言的绿色、蓝色或红色的小卡片。不知为什么把这些小卡片叫作“幸运”。它们卷成小卷，像香烟一样放在做香烟的纸筒的盒子里，在叼卡片以前，米季卡总是好长时间在鸟笼的小横梁上踏步，不满意地叫着。

预言的意思都写得含含糊糊，难以理解。

“您生于墨丘利①的标志之下，您的石头是绿宝石，不然就是祖母绿，这意味着不高兴。而在白发苍苍的暮年，会最终找到生活中的位置。请当心金发女郎和金发男人，在先驱者约翰砍头的那一天，最好不要到街上去。”

有时卡片上印着的是一些简短而不祥的句子：“明天傍晚之前”，或者是，“如果想活命，永远别回顾”。

过了一昼夜，米季卡死了。我把它装在硬纸板皮鞋盒子里，埋葬在雅尔。流浪乐师喝得醉醺醺的，不知去向。

我把鹦鹉死了的事告诉了妈妈。我的嘴唇在发抖，但是我克制住了。

“穿上衣服，”妈妈严厉地说，“咱们一同到布尔米斯特罗夫那儿去。”

布尔米斯特罗夫是个小老头儿，因为年老，胡子都变成了绿的。他在别萨拉布卡开了一个又暗又窄小的商店。这个很像地精②、有点儿耳聋的

---

① 商业神，即希腊神话中的赫耳墨斯。——译者

② 神话中看守地下财宝的小矮人。——译者

人在那儿贩卖一些很出色的东西——钓钩、各种颜色的浮子、玻璃鱼缸、金鱼、鸟儿、蚁卵，甚至还有描下来的图画。

妈妈从布尔米斯特罗夫那儿买了一只脚上套着锡环的、绿毛的老鹦鹉。我们向布尔米斯特罗夫借了个笼子，我用笼子提着那只鹦鹉。路上它竟趁机啄我的手指，一直啄到了骨头。我们顺路到药房里去，他们给我把手指包扎了起来。但我的心情那样激动，几乎没有觉得疼。

我很想快点儿把鹦鹉送给流浪乐师，但妈妈说：

“我跟你一起去，我应该亲自看到这件事。”

她到自己屋里去换衣服了。为了到乞丐们、衣衫褴褛的人们那儿去，妈妈要换衣服，我为此感到很不好意思。但是我什么也没敢对她说。

几分钟后，她出来了。她穿一件胳膊肘上打了补丁的旧连衫裙，头上包了头巾。这一次她手上甚至没有戴那副很雅致的细羊皮手套，连鞋子也换了一双后跟已经磨歪了的。

我感激地望了她一眼，于是我们一起走了出去。

妈妈勇敢地走下去，进到沟里，从惊讶得发呆的、衣衫褴褛的女人们身边走过去，连一次也没有提起裙子来，以免一堆堆的垃圾和灰土弄脏她的衣服。

丽莎看到我们带着鹦鹉走来，脸一下子变得绯红。本来是灰色的脸上泛起了两朵鲜艳的红霞，她突然给妈妈行了个屈膝礼。流浪乐师不在家——他一直在杰米耶夫卡和他的朋友们一起借酒浇愁。

丽莎收下了鹦鹉，脸越来越红，反复说着那同一句话：

“唉，您这是为了什么！您这是为了什么！”

“能教会它叼‘幸运’吗？”妈妈问。

“两天就能教会！”丽莎高兴地回答，“不过，您这是为了什么呢？上帝啊！为了什么呢？这值多少钱哪！”

在家里，父亲知道了这件事情以后，微笑了一下，说：

“妇人的慈善事业！温情教育！”

“啊呀，天哪！”妈妈懊丧地喊了一声，“我不知道，你为什么一定要自相矛盾。你的性格真怪。处在我的地位上，你也会这样做的。”

“不，”父亲回答，“我做得还要多。”

“还要多？”妈妈反问了一句，听得出她的声音里含有威胁的意味，“哼，好吧！让咱们瞧瞧！”

“看着吧！”

我没猜到，父亲说这些话是故意要刺激妈妈。

第二天，在这次小小的争执以后，妈妈派人到圣斯拉夫雅尔给丽莎送去了我姐姐的一件黑色连衫裙和自己的一双棕色皮鞋。

但父亲也不甘落在母亲后面，他在等待流浪乐师带着新鹦鹉到我们院子里来。

流浪乐师脖子上围着一条红围巾。因为喝过了酒，他的鼻子很神气地发出光来。为了向妈妈表示敬意，流浪乐师演奏了他的手摇风琴能够奏出的所有乐曲——进行曲《思乡》，圆舞曲《多瑙河之波》，波尔卡舞曲《离别》，还有歌曲《唉，满满的一小盒》。

鹦鹉又在叼“幸运”了。用纸包着的铜币慷慨地纷纷从窗户里撒落下来，流浪乐师敏捷地设法用帽子接住其中的一些。

随后他把手摇风琴背到背上，像往常那样很厉害地弯着腰，不是往街上去，而是顺着正门的楼梯走了上来，拉了拉我们家的门铃。

他摘下帽子，伸着手拿着它，帽子都碰到了地面。他感谢妈妈，吻吻她的手。父亲走了出来，请流浪乐师到他的书房里去。流浪乐师把手摇风琴靠在前室的墙跟前，小心翼翼地跟着父亲走了进去。

父亲请流浪乐师喝白兰地，说他知道他的生活多么困难，而且没有保障，并建议让他去做西南铁路线上的护路工。会有一间小房子，还有一个菜园。

“请别见怪，格奥尔吉·马克西莫维奇，”流浪乐师轻轻地回答，他的脸涨红了，“当护路工我会感到忧郁的。看来，我注定了要一辈子背着手摇风琴过贫困的生活。”

他走了。妈妈虽然默默不语，但无法掩饰自己的胜利心情。

几天后，警察突然迫使圣斯拉夫雅尔的居民们全都迁了出去。流浪乐师和丽莎不见了。显然，他们是流浪到另一个城市去了。

但在这以前，我又到雅尔去过一次。流浪乐师请我到他家里去“吃晚饭”。

在一个翻过来的木箱子上放着一盘烤番茄和黑面包，一瓶樱桃露酒，还放着几块不大干净的糖果——用粉红色和白色纸条包着的、很粗的棒糖。

丽莎穿着一件新的连衫裙，梳着两条编得很紧的辫子。她有点儿见怪地照料着，要我“像在妈妈那儿一样”随便吃。鹦鹉一层薄眼皮耷拉下来，遮住眼睛，睡了。手摇风琴有时会发出一声像唱歌似的叹息。流浪乐师解释说，这是由于滞留在某些管子里的空气跑了出来的缘故。

已经是9月了。黄昏渐渐来临。谁要是没看到过基辅的秋天，他永远也不会理解这几个钟头里那种饱含着柔情的美。高空中第一颗星星亮起来了。秋天的华丽的花园默默地等待着夜晚，它们知道，星星一定会落到地上，花园将用自己像吊床一样的浓密的叶丛接住这些星星，然后再那样小心翼翼地把它们放到地上。城里谁也不会因此惊醒，甚至都不会知道有过这样的事情。

丽莎把我送到家，分手时塞给我一块用粉红色纸包着的黏糊糊的糖果，就很快跑下了楼梯。我好久还下不了决心去拉门铃，害怕因为回来得太晚而挨骂。

冬天的景色

圣诞节，父亲送给我一双“哈利法克斯”冰刀。

要是现在的小男孩们看到这双冰刀，准会忍不住笑上好长时间。但那时候，世界上再没有比哈利法克斯城①的冰刀更好的冰刀了。

这个城市在哪里呢？我问所有的人。这座遍地积雪的古老城市哈利法克斯在哪里呢？那里所有的小男孩都穿着这样的冰刀奔跑。这个住满退职海员和活泼伶俐的小学生的冬之国在哪里呢？谁也不能回答我。

大哥鲍里亚认为哈利法克斯根本不是一座城市，而是冰刀的发明者的姓。父亲说，好像哈利法克斯，不错，是美洲北海岸附近纽芬兰岛上的一座小城市。它不仅以冰刀，而且以一种潜水犬而闻名于世。

冰刀放在我的桌子上。我看着它，心里在想着哈利法克斯城。得到冰

① 加拿大的城市。——译者

刀后，我立刻想象出这座城市的样子，仿佛已经清清楚楚看到了它，甚至能描绘出它的街道和广场的详细平面图来。

我可以好长时间坐在桌边演算马利宁和布列宁的习题——这年冬天，我正在准备中学的入学考试——心里却想着哈利法克斯。

我的这一特性使妈妈感到害怕。她害怕我的“幻想”，并且说，像我这样的孩子，等待着他们的是赤贫和死在篱笆底下。

“你会死在篱笆底下。”这一阴郁的预言在当时十分流行。不知为什么，认为死在篱笆底下是特别可耻的。

我常听到这一预言。但妈妈更经常说的是我的“头脑失常，什么都跟人家不一样”，担心我可别成为一个倒霉的人。

父亲听到这种话很生气，对妈妈说：

“就让他成为一个倒霉的人，一个叫花子，一个流浪汉吧。随便成为什么样的人都行，只要不成为可恶的基辅小市民！”

最后连我自己也开始害怕自己的幻想，并为此感到不好意思了。我觉得，我是在胡思乱想，周围的人都在从事严肃的事情——哥哥和姐姐去上中学，背熟功课，父亲在西南铁路管理局里服务，妈妈在缝衣服，料理家务。只有我一个人，生活在和共同的需要完全无关的世界里，白白地虚度光阴。

“你最好到滑冰场去，总比毫无意思地坐着胡思乱想好一些。”妈妈说，“这哪像个男孩子！你像个什么呀！”

我常到滑冰场去了。冬季的白天是很短的。我在滑冰场上的时候，黄昏已经降临了。军乐队来了。彩色小灯泡亮了起来。一些穿着皮外套的女中学生把手揣在小皮手笼里，摇摇摆摆，绕着圈子滑冰。有些男中学生背朝前倒着滑，要么是来一个“手枪式”——一条腿蹲下去，另一条腿跷起来，伸出老远。这被看作是最漂亮的滑冰姿势。我很羡慕他们。

我回家的时候满脸通红，十分疲倦。但我心中的忧虑并未消失。因为在滑冰之后，我感觉到我仍然喜欢幻想，那种危险的爱好依然如故。

在滑冰场上，我经常遇到我姐姐加莉娅的女友卡秋莎·韦斯尼茨卡娅——丰杜克列耶夫女子中学的高年级学生。她滑冰也是穿一双“哈利法克斯”冰刀，不过是用黑色的烧蓝钢制作的。

我的大哥鲍里亚，一个精通数学的实科学校的学生，在向卡秋莎献殷勤。他和她穿着冰刀跳华尔兹舞。

滑冰的人们在冰上让出一个大圆圈来。那些穿着自制冰刀在人们脚下乱钻的街头流浪儿，后脑勺上都挨了一巴掌，为的是叫他们安静下来。于是宛如滑翔一般、动作缓慢的冰上舞蹈开始了。

就连军乐队队长，火红头发的捷克人科瓦尔日克，也转过脸来望着滑冰场，好看到这场舞蹈。乐队长（我们管他叫“吹笛子的队长”）的红扑扑的脸上慢慢泛起甜蜜的微笑。

随着华尔兹的节拍，韦斯尼茨卡娅的长辫子也在飞舞。辫子妨碍她，可她并不停止跳舞，把它们甩到胸前。她半闭着眼睛，傲慢地从眼皮底下望着赞叹不已的观众。

我幸灾乐祸地注视着鲍里亚。他跳得不如卡秋莎好。他穿着那双他曾大加称赞的帆艇俱乐部牌的冰刀，有时甚至几乎滑倒。

当时我在滑冰场上能否想到，韦斯尼茨卡娅的一生会比我的一切幻想更加出人意料呢。

暹罗[①]国王恰克拉蓬的一个儿子当时正在彼得堡贵族子弟军官学校学习。王子于回国途中在基辅附近害了肺炎，旅行中断了。王子被送到了基辅，住进了皇宫，由基辅的医生们精心护理。

王子痊愈了。在继续踏上回暹罗去的旅程之前，王子需要休息和恢复健康。王子在基辅住了两个月，他感到无聊了。仆人竭力设法为他解闷——带他去商人俱乐部参加舞会，去看彩票当众开奖，去马戏场和剧院。

在一次舞会上，黄脸孔的王子看到韦斯尼茨卡娅。她像在滑冰场上一样，跳华尔兹时把辫子甩到胸前，半闭着蓝色的眼睛，傲慢地从眼皮底下不时看一看周围的人。王子给迷住了。个子矮小、两眼分别向两边斜视、长着一头像黑鞋油一样熠熠闪亮的头发的王子爱上了卡秋莎。他回暹罗去了，但不久又匿名回到基辅，向卡秋莎求婚。她答应了。

基辅中学的女生们议论纷纷，一片混乱。大家众口一词，都说如果她们处在卡秋莎的地位上，无论如何也不会嫁给一个亚洲人，哪怕他是国王的儿子。

卡秋莎到暹罗去了。不久，暹罗国王因为害一种热带疾病去世了。随之，第一个王太子也死于同样的疾病。

卡秋莎的丈夫是国王的次子，本来他很少有登上暹罗王位的希望。但是他哥哥死后，他成了唯一的王储，并突然当了国王。于是，快活的基辅中学女生韦斯尼茨卡娅也变成了暹罗王后。

内侍官们对外国王后心怀仇恨。她的生活破坏了暹罗宫廷的习俗。

应卡秋莎的要求，曼谷装上了电灯。这使内侍官们的仇恨超过了可能

---

① 1939年以前和1945年至1948年泰国的正式名称。——译者

忍耐的极限。他们决定毒死破坏民族古老生活习惯的王后。他们开始用打破的电灯泡研磨成极细的玻璃粉，渐渐地撒在王后的食物里。半年后，她死于肠出血。

国王在她墓前立了一块纪念碑。一头头戴金冠、用黑色大理石雕成的高大的大象，悲哀地垂下鼻子，站在齐膝深的茂密的草丛里。卡秋莎·韦斯尼茨卡娅——年轻的暹罗王后就长眠在这块草地下。

从那以后，每次我来到滑冰场，都会回想起卡秋莎和演奏华尔兹舞曲《一去不复返的夏天》的乐队队长，回想起卡秋莎是怎样用手套掸掉额上和眉毛上的雪花，想起她那双用烧蓝钢制作的冰刀——哈利法克斯城的冰刀。这座城市里住着一些忠厚朴实的退休海员，要是能把韦斯尼茨卡娅的故事讲给这些老人们听该多好啊。起初，他们准会惊讶得张开嘴巴，然后会气得涨红了脸，痛恨那些内侍官，并且久久地摇摆着头，为人类的命运反复无常而悲叹。

冬天，妈妈常带我去剧院看戏。

我看的第一出戏是《强攻伊兹梅尔》。我不喜欢这个戏，因为我发觉侧面布景旁有一个戴着眼镜、穿一条旧天鹅绒长裤的人。他站在苏沃洛夫旁边，后来用力朝苏沃洛夫的背上推了一把，后者跳跃着跑上舞台，像公鸡那样唱了起来。

但随后第二出戏，罗斯丹[1]的《幻想公主》却使我大为震惊。戏中有足以震动我想象力的一切——船上的甲板，巨大的风帆，抒情诗人，骑士，公主。

---

① 爱德蒙·罗斯丹（1868—1918），法国诗人和剧作家。

我爱上了索洛弗佐夫剧院[1]，我喜欢剧院里座位上那些浅蓝色的天鹅绒面料和它那小小的包厢。戏演完以后，只要灯光还未熄灭，那么任何力量也无法把我带出剧院。剧院大厅里的黑暗，香水和橘子皮的香味，这一切在我看来是那样诱人。我梦想藏到座椅底下，在空无一人的剧院里度过整个夜晚。

在童年，我不能把戏剧演出和现实生活区分开来。因此，每看一出戏，我都当真感到难过，甚至是伤心。

看过戏以后，我读书的热情更强烈了。只要我，譬如看了《桑任夫人》，我就贪婪地看遍所有关于拿破仑的书籍。在戏剧里看到的那些时代和人物以一种奇妙的方式复活了，而且充满了异乎寻常的趣味和迷人的魅力。

我喜欢的不仅是戏剧本身。我喜欢剧院的走廊，那里挂着装在暗淡无光的镀金镜框里的镜子和散发着毛皮气味的深色衣架，喜欢镶着珠母的望远镜，喜欢马匹在剧院大门外站得太久，在地上踏出嘚嘚的马蹄声。

幕间休息时，我跑到走廊尽头，隔着窗子向外望去。外面一片漆黑，只有积雪在树上闪着白光。我迅速转过身来，看到富丽堂皇的大厅里的灯光、枝形吊灯、女人的头发、镯子和耳环上的熠熠闪光，还看到剧院里的天鹅绒幕布。幕间休息时阵阵暖风吹得幕布徐徐摆动着。我一会儿望着窗外，一会儿望着大厅，这样一连好几次——我很喜欢这样。

歌剧我却不喜欢。显然，这是因为我看的第一部歌剧是鲁宾斯坦[2]的《恶魔》。演恶魔的那个演员身躯肥胖，脸上带着一副厚颜无耻的神气，嘴

---

① 剧院是1891年由索洛弗佐夫等人建立的，现改为基辅俄罗斯剧院。

② 安乐·格里戈里耶维奇·鲁宾斯坦（1829—1894），俄国钢琴家、作曲家。

角下垂着，唱起来懒洋洋的，身子不知怎的摇摇摆摆的。他几乎没有化装。给这个肚子老大的中年人穿上一件黑纱长衬衫，边上还缀有许多亮闪闪的小金属片，后背绑上一对翅膀，这是很可笑的。演员发音很不清楚，当他唱“可恶的世界，可鄙的世界”[①]时，我忍不住笑了起来。妈妈很生气，于是不再带我去看歌剧了。

每年冬天，多吉娅姑妈都从戈罗季谢到我们这儿来。妈妈喜欢带她去看戏。

去看戏之前，头天夜里多吉娅姑妈总是睡不好。离开演还有好几个小时，她已经穿上一件会窸窣作响的、宽大的连衫裙。这件衣服是用褐色缎子做的，上面还织着黄色的花和叶子。她穿好衣服，再在脖子上围一条褐色的围巾，手里紧攥着一块镶花边的小手帕，这样看上去好像年轻了10岁。然后，她稍有点儿慌张地和妈妈一同坐着马车到剧院去。和所有乌克兰农村婆娘一样，多吉娅姑妈头上还包一块绣着小朵玫瑰花的黑头巾。

在剧院里，大家都望着多吉娅姑妈。但是她完全被戏剧吸引住了，对谁也不注意。

主要是带她去看乌克兰戏剧——《娜塔尔卡·波尔塔芙卡》《多瑙河畔的扎波罗热人》和《调皮的勤务兵》。[②]有一次正在演出时，多吉娅姑妈跳起来，用乌克兰语对剧中的坏蛋喊道：

“下流东西，你那双无耻的眼睛，你在干什么呀！”

观众像发疯似的哈哈大笑起来。闭幕了，多吉娅姑妈害臊得第二天哭

---

① 演员发音分不清“р”和“л”。这两句话里有好几个“р”，所以听起来好笑。——译者

② 这些都是乌克兰作曲家和剧作家古拉克-阿尔杰莫夫斯基(1813—1873)创作的歌剧。

了整整一天，请求父亲原谅她。我们都不知道该怎样安慰她。

我们第一次看电影是和多吉娅姑妈一起去的。那时候管电影叫“幻影”，或者叫“卢米埃尔[①]的影戏”。

第一场电影是在歌剧院里放映的。父亲对“幻影”赞不绝口，表示欢迎，认为它是20世纪最出色的新事物之一。

舞台上拉起一块灰色的湿麻布，接着枝形吊灯熄灭了。微微发绿、似乎预兆不祥的亮光在麻布上闪闪烁烁，许多黑斑在上面跑来跑去。一条烟雾般的光线就从我们头顶上面投过去。它可怕地嗞嗞作响，仿佛我们背后正在烤一整只野猪。多吉娅姑妈问妈妈：

“这个幻影，它为什么嗞嗞地响啊？我们会不会像在鸡笼里一样给它烤死呢？”

闪烁了许久以后，麻布上出现了字幕：“马提尼克岛上的火山喷发。风景片。”

银幕在颤抖，仿佛透过一阵尘雨，银幕上出现了一座火山。从火山内部喷出正在燃烧着的岩浆。这一景象震动了观众，大厅里发出一阵喧哗。

风景片放映完以后，又放映了一部法国兵营生活的喜剧片。鼓手在敲鼓，士兵们醒来了，跃起身来，穿上长裤。从一个士兵的裤腿里掉出一只大老鼠，它在营房里跑来跑去，士兵们吓得令人不能相信地瞪大双眼——爬到床铺、房门和窗户上去。影片到此结束了。

“杂耍！”妈妈说，“只不过有一点区别，比合同市场上的杂耍要有趣得多。”

---

① 路易·让·卢米埃尔（1864—1948），法国发明家，电影放映机就是他首先制造出来的。

父亲却指出，没有远见的人也正是像这样嘲笑过斯蒂文生[①]的机车。多吉娅姑妈竭力在父亲和妈妈之间调解说：

“别管它，别管这个幻影了！这不是我们妇道人家能弄得懂的事。”

合同市场上的杂耍的确很有趣。我们喜欢这个市场，整整一冬怀着急不可耐的心情等着它开张营业。

它总是于冬末在波多尔一家古老的合同商店及其周围的一些木板棚里开始营业。

通常在它开始营业之前，道路就已经变得泥泞不堪。从老远就能闻到市场上货物的强烈气味。新的大桶、皮革、蜜糖饼干和白棉布散发出不同的香味。

我喜欢市场上的旋转木马、玩具和蜡像陈列馆。

白色和巧克力色的含油大块酥糖在卖货人的刀下发出清脆的断裂声。粉红色和柠檬色的透明的美味糕[②]会粘嘴。老大的陶盘里，糖渍的梨、李子和樱桃堆得像一座座金字塔——这都是基辅著名的糖果商巴拉布哈家的产品。

铺在泥泞上的蒲席上面，排列着一队队刻得很粗糙、涂上一种有黏性的颜色的小木头兵——头戴高高的皮帽、穿着镶有深红色条纹的肥大灯笼裤的哥萨克，凶狠地瞪着眼睛的鼓手，号上带着华丽的穗头的号手。用黏土捏成的哨子一堆堆地乱堆在那里。

---

① 乔治·斯蒂文生（1781—1848），英国发明家，开创了铁路蒸汽机运输，第一条铁路就是他修筑的。1814年起制造蒸汽机车。

② 一种东方甜食，用蜜糖、淀粉、果汁、核桃仁、杏仁等做成。——译者

一些快活的老头儿在人群里挤来挤去，赞美“吹气纸舌头[①]”和“海洋里的居民”。这是一种很诱人的玩具。在一个细小的玻璃罐里有一个毛发蓬松的黑色小鬼，它会潜入水底，然后又在水里翻转过来。

许多声音几乎震聋了我们的耳朵——卖东西的人的吆喝声，包着铁皮的车杠的碰撞声，从布拉特修道院传来的大斋期的钟声，橡皮小鬼吱吱的尖叫声，哨子的呼哨声，还有坐在旋转木马上的小男孩们的号叫声。

如果多给一些钱，旋转木马就会飞速旋转，于是一切——用硬纸板做成的龇着牙的马脸、领带、靴子、蓬起来的裙子、彩色吊带、花边、头巾，都变成了一片五光十色的混合体。有时由于急速旋转，不知谁的项链断了，项链上的小玻璃珠像子弹一样向观众的脸上飞去。

我有点儿害怕蜡像陈列馆，特别是害怕那些蜡像。

被打死的法国总统卡尔诺[②]微笑着躺在地上，他的燕尾服上戴着一颗星形勋章。浓得很不自然、像红色凡士林一样的鲜血流到他的衬领上。卡尔诺似乎为他死得如此动人而感到满意。

蜡制的克娄巴特拉女皇[③]把黑色的泥土紧按在硬邦邦的淡绿色的胸前。

淡紫色眼睛的美人鱼躺在一个锌制的浴盆里。美人鱼肮脏的鳞片上映出电灯泡的昏暗的灯光。浴盆里的水是混浊的。

在一个罩着铁丝网、打开盖子的箱子里，有一条蟒蛇睡在棉被中间。有时它的筋肉徐徐颤动，观众都立刻退后几步。

---

① 一种纸制玩具，状似长舌头，吹气时向前伸直，过后缩回。——译者

② 卡尔诺（1837—1894），法国政治家，1887年至1894年任法国总统，被无政府主义者刺杀。——译者

③ 克娄巴特拉(公元前69—前30)，公元前51年至公元前30年为埃及末代女皇。——译者

在大猩猩的标本四周放了些用染上颜色的刨花做成的树叶，大猩猩正拖着一个披着一头金发、失去了知觉的姑娘，要把她拖到密林里去。

每一个愿意拯救那个姑娘的人，都可以花3戈比，用蒙特克里斯托枪[①]射击那只大猩猩。如果打中猩猩胸口上的小圆圈，它就会把用破布做的姑娘丢到地上，接着从姑娘身上会腾起一团团的灰尘。

在这以后，用一块印花布的布幕把大猩猩遮起来，1分钟后它又出现了。还是那样凶狠地拖着那个姑娘，要把她拖进那同一片褪了色的密林中去。

我们所以喜欢合同市场，还因为它预告复活节已临近。我们就要到切尔卡瑟外祖母家去，接着又是永远美丽和不同寻常的、我们基辅的春天。

海军士官候补生

基辅的春天是从第聂伯河泛滥开始的。只要一出城，登上弗拉基米尔小山，眼前立刻出现一片淡蓝色的大海。

但除了第聂伯河的泛滥，基辅还开始出现另一种泛滥——阳光、清新的空气、一股芳香的薰风也在泛滥。

比比科夫林荫道上，树冠呈金字塔形、带有黏性的杨树已经抽出新芽。它们使附近街道上异香弥漫，仿佛是烧香的气味。栗树长出最初一批嫩叶——叶子似乎是透明的、布满皱褶，覆盖着一层淡火红色的绒毛。

---

① 一种小口径单弹枪。——译者

当栗树开花，宛如点燃起许多黄色和粉红色的蜡烛，那时已是春色满园了。从古老的花园里向街道上送来阵阵凉气、嫩草湿润的清香、不久前才舒展开的新叶的簌簌声。

就连克列夏季克的人行道上也有毛虫在爬。风把干枯的花瓣儿吹得东一堆西一堆的。小金虫和蝴蝶飞进电车车厢，夜间夜莺在庭前小花园里啭鸣，从杨树上飘下的绒毛宛如黑海里的浪花，恰似拍岸的波涛，涌上人行便道，马路两侧蒲公英一片黄色。

糖果点心店和咖啡馆大敞四开的窗户上面撑起了带条纹的遮阳，洒过水的丁香花束摆在饭馆里的小桌子上。年轻的基辅姑娘们在丁香花束中寻找五瓣的花朵。在夏天的草帽底下，她们的脸色变得有点儿发黄，失去了光泽。

基辅花园的黄金时节到了。春天，我整天都钻在花园里。我在那儿玩耍、做功课、看书，只回家去吃饭和睡觉。

我熟悉很大的植物园里的每一个角落，连同它的所有沟壑、池塘和百年菩提树林荫道上的浓荫。

但是，我最喜欢宫殿附近利普基的马里因公园。它仿佛悬在第聂伯河上面。淡紫色和白色的丁香构成几道足有三人高的花墙，由于无数蜜蜂飞翔其间，花墙摇摇晃晃，发出嗡嗡的声音。小草地中间涌出一股股喷泉。

第聂伯河红色黏土的陡岸上方，一个接一个的花园犹如一条宽阔的腰带，绵延不断——马里因公园和宫廷花园，皇家花园和商人花园。从商人花园可以眺望波多尔的著名风景。基辅人为这儿的景色感到十分自豪。有一个交响乐队整个夏天都在商人公园里演奏，除了从第聂伯河上传来的轮船悠扬的汽笛声，没有任何东西妨碍欣赏音乐。

第聂伯河岸上的最后一座花园是弗拉基米尔小山。那里矗立着手持青铜大十字架的弗拉基米尔大公的纪念像。十字架上装上了小电灯泡。晚上电灯一亮，于是一个发出灯光的十字架高悬在基辅陡岸的上方。

春天里城市是这样美好，因此我不理解妈妈的癖好，她每个星期天都一定要去别墅区——博亚尔卡，普夏·沃季察或达尔尼察。在普夏·沃季察单调乏味的别墅区我感到无聊；在博亚尔卡的森林里，我漠然地望着已经干枯的、诗人纳德松[①]的林荫道；我也不喜欢达尔尼察，因为那里松树旁边的泥土都被踩坏了，沙土中还混杂着一些香烟头。

有一次，春天里我坐在马里因公园里看斯蒂文生[②]的《金银岛》。加莉娅姐姐坐在旁边，也在看书。她那顶扎着绿带子的夏天戴的帽子放在长凳子上。风吹动着绿色的飘带。

加莉娅眼睛近视，十分轻信，几乎不可能使她改变忠厚善良的天性。

早晨刚下过雨，但现在春天的晴空在我们头顶上熠熠闪亮。只是偶尔从丁香树上飞下几滴来迟了的雨点儿。

一个头发上扎着花结的小姑娘站到我们对面，跳起绳来，她妨碍我看书。我摇了摇丁香树。一阵小雨点哗哗地洒到小姑娘和加莉娅身上。小姑娘向我伸伸舌头，跑开了。加莉娅从书上抖落掉雨滴，又继续看书。

就在这时候，我看到了一个人。他使我对未来产生了无法实现的梦想，使我的心久久无法平静下来。

一个身材高大的海军士官候补生，脸晒得黑黑的，神情平静，在林荫

---

① 谢苗·雅科夫列维奇·纳德松（1862—1887），俄国诗人。

② 罗伯特·路易士·斯蒂文生（1850—1894），英国惊险小说作家。

道上轻快地走来。一把笔直的黑色佩刀挂在他的漆皮腰带上。绣着青铜色船锚的黑飘带在微风中轻轻飘动着。他穿一身黑衣服，不过鲜艳的金色领章更明显地衬托出了他端庄的制服。

在内陆城市基辅，我们几乎没见过水兵。这是个外来人，他来自遥远的神话世界，来自飞船和“帕拉斯”号[①]巡航战船的神奇世界，来自所有海洋和一切港口城市，来自所有风的世界，来自与航海者美妙诱人的劳动联系在一起的充满各种魅力的世界。那把古老的黑柄佩刀仿佛是直接从斯蒂文生的书中来到了马里因公园。

海军士官候补生从一旁走了过去，踏着沙地，发出沙沙的脚步声。我站起身来，跟着他走去。加莉娅由于近视，没有发现我已经不见了。

我关于海洋的全部梦想都体现在这个人身上了。我时常想象晚上风平浪静时烟笼雾锁的金色海洋，想象远航时舷窗外整个世界犹如瞬息万变的万花筒，无时不在发生变化。我的天哪，如果有人能够猜到，哪怕送给我一小块从旧船锚上敲下来的、硬化的铁锈，那该多么好啊！我准会像保藏珍宝一样，把它收藏起来。

海军士官候补生回头看了看。在他那顶无檐帽的黑色飘带上，我看到了一个神秘的词：“方位角”。后来我才知道，波罗的海舰队有一艘教练舰就叫这个名字。

我跟着他沿叶利扎韦京大街走着，后来又走到了学院街和尼古拉耶夫大街。海军士官候补生姿势优美、自自然然地向步兵军官们举手行礼。在

---

① 帕拉斯是希腊神话中特里同的女儿，被雅典娜在无意中杀死。俄国海军中有一艘“帕拉斯”号巡航战船。И. А.冈察洛夫曾写过一本叫《帕拉斯号巡航战船》的书。

他面前，我为这些身躯笨重的基辅军人感到难为情。

海军士官候补生回头看了好几次，在梅林戈夫大街的拐角处站住了，把我叫了过去。

“孩子，”他有点儿嘲讽地问，“您为什么就像坐在拖船上一样，一直跟在我后面呢?”

我脸涨红了，什么也没回答。

“一切都明白了——他梦想当一个海员。”海军士官候补生猜到了，不知为什么说到我的时候，要用第三人称。

“我是个近视眼。”我低声说。

海军士官候补生把一只瘦瘦的手搭在我的肩膀上，说：

“咱们一道走到克列夏季克吧。”

我们并排走着。我不敢抬起眼睛来，只看到海军士官候补生那双擦得锃亮、发出令人不可思议的亮光的、很结实的皮鞋。

在克列夏季克，海军士官候补生和我一起走进谢马杰尼的咖啡馆，要了两份冰激凌和两杯水。侍应生给我们送来了冰激凌，把它放在一张三条腿的大理石小桌子上。小桌子很冷，桌面上写满了数目字——交易所里的生意人常在谢马杰尼这儿聚会，在小桌子上计算自己的赢亏。

我们默默地吃完了冰激凌。海军士官候补生从钱夹里取出一张照片，上面是一艘雄伟壮观的轻巡航舰，帆樯索具等装备一应俱全，还有一个宽大的烟囱。他把照片递给我：

“您收下，留作纪念吧。这是我的舰，我常坐着它到利物浦去。”

他用力握了握我的手，就走了。我又坐了一会儿，直到邻座几个汗流满面、戴着漂亮帽子的人频频回头看我。于是，我不好意思地走了出去，跑回马里因公园。长凳子上空着，加莉娅走了。我猜到，海军士官候补生是怜悯我，因而我第一次懂得了，怜悯会在人心里留下痛苦的感觉。

这次相逢之后，想当海员的愿望折磨了我许多年。我渴望到大海上去。我和父亲到新罗西斯克去了几天，在那里第一次匆匆看了看大海。但这当然是不够的。

我一连几个钟头坐在地图前，仔细查看大洋沿岸，寻找我不知道的沿海城镇、海角、岛屿和河口。

我想出了一种复杂的游戏。我编造了一份长长的、名称听起来很响亮的轮船的名单："北极星"号，"瓦尔特·司各特"[①]号，"兴安岭"号，"天狼星"号，这张名单一天比一天长。我是世界上一个最大的船队的船主。

当然，我坐在自己的轮船事务所里，置身于雪茄的烟雾之中，四周挂满五颜六色的招贴画和时刻表。宽大的窗户自然是朝着沿岸大街。轮船上的黄色桅杆就矗立在窗外，好心肠的榆树在墙外喧哗。轮船上冒出的烟放肆地飞进窗子里来，与腐败的盐卤味和崭新的蒲席令人愉快的气味混合在一起。

我为自己的轮船臆造了一张惊人的航线表。地球上没有哪个被人遗忘了的角落是它们不曾到过的。就连特里斯坦-达库尼亚群岛[②]，它们也去访问过。

我常让轮船离开一条航线，把它们派到另一条航线上去。我注视着自己的船舶的航行，准确无误地知道，海军上将"伊斯托明"号今天在什么

---

① 瓦尔特·司各特（1771—1832），英国作家。——译者

② 位于大西洋南部，由4个火山岛组成。——译者

地方，飞行的“荷兰人”号又在什么地方——“伊斯托明”号正在新加坡装香蕉，飞行的“荷兰人”号则在法罗群岛卸下面粉。

为了领导这样一个大规模的轮船企业，我需要懂得许多知识。我阅读各种旅行指南和船舶手册，以及所有哪怕是对大海只有一点点间接关系的书籍，简直看入了迷。

那时候，我第一次从妈妈口中听到了“脑膜炎”这个词。

“他这样玩法，天晓得会弄到什么地步。”有一次妈妈说，“可别弄到结果是害脑膜炎啊。”

我听说，脑膜炎是过早学会读书的孩子们害的一种病。因此，我对妈妈的恐惧只是一笑置之。

结果是父母决定，全家去海滨度夏。

现在我猜到，妈妈是希望用这次旅行治好我对海洋的过分的迷恋。她寻思，正像常有的情况那样，直接接触我在幻想中热切追求的东西，会使我感到失望。她是对的，但只有一部分对。

天堂是什么样子

有一次，妈妈扬扬得意地宣布，几天内我们就要去黑海，到新罗西斯克附近一座小城镇格连吉克去度过整个夏天。

要让我对海洋和南方感到失望，要给我对海洋和南方的爱好泼冷水，大概，再也挑选不出比格连吉克更合适的地方了。

那时，格连吉克是一个尘土飞扬而且很热、又没有任何植物的小镇，方圆若干公里的绿色植被都被凶暴的新罗西斯克海风——东北风——毁灭得干干净净。庭前的小花园里只长着些带刺的刺马甲子丛，还有枯萎的、开着干枯的小黄花的金合欢。高山上吹来一阵阵热气。海湾尽头有一座水泥厂冒着浓烟。

但格连吉克海湾却十分优美。很大的海蜇像一些粉红色和淡蓝色的花朵，在海湾透明而温暖的水中游来游去。沙质的水底上卧着身上有斑点的比目鱼和两眼凸出的鰕虎鱼。拍岸的波浪把红色的海藻、腐烂了的渔网浮标、被海浪磨光的深绿色瓶子的碎片冲上岸来。

去过格连吉克以后，对我来说，大海并未失去它的魅力。它只不过变得更平凡。而正因如此，也就比我那些色彩绚丽的幻想中的大海更美了。

在格连吉克，我和一个上了年纪的船夫阿纳斯塔斯交上了朋友。他是希腊人，生在沃洛市。他有一条新的小帆船，船身是白的，龙骨却是红的，栅形的船面洗得发白。

阿纳斯塔斯用小船载着住在别墅里的人们去游览。他以机警和冷静闻名，妈妈有时让我一个人和阿纳斯塔斯一起出去。

有一次，阿纳斯塔斯和我一起出了海湾，来到开阔的海面上。我永远也忘不了，当帆鼓满了风，使小船倾斜过来，海水齐着船舷流过时我所感到的恐惧和喜悦。喧嚣的巨浪迎面滚滚而来，闪着绿光，向脸上喷来一阵阵带有咸味的水尘。

我紧紧抓住了缆索，我想回岸上去，但阿纳斯塔斯用牙齿紧咬住烟斗，不知咕哝了一句什么，随后问：

“这双平底软皮鞋，你妈妈是花多少钱买的？啊，是双很好的平底软皮鞋。”

他朝我穿的高加索软皮鞋——平底软皮鞋——点了下头。我的腿在索索发抖。我什么也没回答。阿纳斯塔斯打了个哈欠，说：

“没关系！洗一个小小的淋浴，温水淋浴，吃饭会有好胃口。用不着求你——为了爸爸、妈妈吃一点儿吧。”

他很随便而且很有把握地把小船掉过头来。小船里进了一些水，我们向海湾飞也似的驶去，一会儿落进浪谷，一会儿又跃上浪峰。波浪挟着可怕的喧嚣声从船尾下面向后退去。我的心仿佛沉了下去，停止了跳动。

阿纳斯塔斯突然唱起歌来。我不再颤抖了，困惑不解地听着这首歌曲：

从巴统市到苏呼米——

哎哟——哇咦——哇咦！

从苏呼米到巴统市——

哎哟——哇咦——哇咦！

一个小男孩在奔跑，拖着一个箱子——

哎哟——哇咦——哇咦！

一个小男孩在奔跑，碰破了那个箱子——

哎哟——哇咦——哇咦！

在这歌声的伴奏下，我们落下了风帆，飞快地驶抵码头。面色苍白的妈妈正在那儿等着我们。阿纳斯塔斯抱起我，把我放到码头上，说：

“夫人，现在他喝过了海水，对海已经习惯了。”

有一次，父亲雇了一辆敞篷马车，我们乘车从格连吉克去米哈伊洛夫山口。

起初，碎石路顺着光秃秃的、尘土滚滚的山坡向上延伸。我们驶过了几座架在沟上的桥，沟里连一滴水也没有。山上整天都只有一些同样的灰色干棉絮似的云彩，缭绕着山顶。

我想要喝水。长着一头火红色头发的哥萨克车夫回过头来，叫我等一等，到山口再喝——他说，在那里有甘甜清凉的水，我可以喝个够。但是我不相信车夫的话。山上的干燥和缺水使我感到害怕。我忧郁地望着宛如一条带子、阴暗凉爽的大海。不能喝海里的水，但至少可以在清凉的海水里洗个澡。

道路越向上越高了。突然一股凉气向我们迎面吹来。

“山口到了！”车夫说着，让马停下，下了车，把铁闸塞到车轮底下。

我们从山脊上看到一大片茂密的森林。森林好似滚滚的波浪，沿着群山一直伸展到地平线。有些地方绿荫丛中露出红色的花岗石悬崖，我从老远就看到了冰雪覆盖、寒光闪闪的山巅。

“东北风吹不到这儿，”车夫说，“这儿是天堂！”

敞篷马车开始下山了，立刻有一片浓荫遮住了我们。我们听到无法通行的密林中水声潺潺，鸟鸣啾啾，中午的风吹动树叶，发出簌簌的响声。

我们越往下去，树林变得越密，大道上的树荫也更浓了。清澈透明的小溪已经在大道边匆匆奔流。它洗净了五色斑斓的石头，溪流擦过一丛丛淡紫色的鲜花，迫使它们点头弯腰，微微颤抖。但是不能把它们从砾石遍地的泥土里冲出来，带着它们向下泻入峡谷。

妈妈从小溪里舀了一杯水，拿给我喝。水那样冷，杯子上立刻蒙上了一层水汽。

“有一股臭氧味。”父亲说。

我深深吸了一口气。我不知道周围有一股什么味，不过我觉得，好像我被一大堆淋过一阵香雨的树枝埋了起来。

藤蔓在我们头上绊来绊去。大道的斜坡上，一会儿在这里，一会儿在那里，不时有一朵毛茸茸的小花从石缝里探出头来，好奇地望着我们的敞篷马车和灰马。马仰起头，像参加检阅一样，庄严地走着，以免止不住地奔跑，带着马车滚下山去。

“瞧，那里有一条蜥蜴!”妈妈说。

“哪里?”

“喏，就在那里。看见那棵榛树了吗？在它左边，草丛中有一块红石头。往上看，看到黄色的花冠了吗？这是杜鹃花。杜鹃花稍右边一点儿，在一棵倒下的山毛榉上，紧靠树根旁边。瞧，就在那里，看到在干土中的乱蓬蓬的红黄色树根了吗，还有一些很小的小蓝花？那不是，就在它们旁边呢。”

我看到了蜥蜴。但在我找到它的这段时间里，我已经在榛树、红石头、杜鹃花和倾倒的山毛榉上做了一次奇妙的旅行。

“高加索，原来它是这个样子啊!”我心里想。

“这儿是天堂!”马车夫又说了一遍。说着，赶着马车从公路拐入一条野草丛生的林间小路，“咱这就把马卸下来，去洗个澡。”

我们驶进一片如此茂密的密林，树枝不停地打在我们脸上，以至不得不让马停下来。下了车，徒步往前走，敞篷马车慢慢地跟在我们后面。

我们走到绿色峡谷中的一块林间空地上。绿油油的草地上，一丛丛高大的蒲公英宛如一个个白色的小岛。在一片茂密的山毛榉树下，我们看到了一个空无一人的旧草棚。它位于一条水声喧哗的山间小河的河岸上。小河中水流清澈，困难地漫过一块块石头，发出淙淙的响声，带走了许多的气泡。

马车夫卸下马匹，和父亲一起去拾点燃篝火的干树枝。就趁这个工夫，我们在河里洗了脸。洗过脸以后，我们的脸上都感觉到热乎乎的。

我们想立刻沿小河到上游去，但妈妈把桌布铺在草地上，取出食物，说我们不吃东西，她哪儿也不准我们去。

我匆匆吃了几块火腿面包和加葡萄干的凉大米粥，因为吃得太急，经常噎着。但原来我完全用不着这么匆忙——固执的铜茶壶在篝火上怎么也不愿把水烧开。大概，是因为小河里的水完全跟冰水一样冷吧。

后来，壶里的水突然猛烈地沸腾起来，把篝火都潽灭了。我喝够了浓茶，开始催促父亲，要和他一起到森林里去。马车夫说，得提防着点儿，因为森林里有许多野猪。他向我们说明，如果我们看到地上有拱出来的小坑，那就是野猪夜里睡觉的地方。

妈妈感到坐立不安——她不能跟我们一起去，她患有气喘病。但马车夫叫她放心，说只有故意去惹野猪，它才会攻击人。

我们沿河向上游走去。我们困难地穿过密林，不时停下脚来，互相招呼着，为的是让对方看看被小河冲刷出来的花岗石水池——淡水鲑鱼在池中飞快地游来游去，好似一些蓝色的火花——要么是让对方看看长着长胡子的绿色大甲虫，泡沫飞溅、仿佛在唠唠叨叨的瀑布，比我们还高的木贼，林中的银莲花丛，以及芍药盛开的林间空地。

鲍里亚忽然发现了一个有很多尘土的小坑，很像给小孩洗澡的浴盆。我们小心翼翼地绕过了它。显然，这就是野猪过夜的地方。

父亲走到前面去了。他开始呼唤我们。我们绕过一块块长满苔藓的大石头，穿过鼠李丛，好不容易走到他跟前。

父亲站在一个长满黑莓的、奇怪的建筑物旁边。4块削得平平整整的巨石上面盖着另一块削平了的石头，仿佛是作为屋顶。这原来是座石砌的屋子。作为四壁的石头中，有一块上凿了一个洞。但洞那么小，连我都钻不进去。四周还有好几座这样的石砌的建筑物。

“这是石冢。”父亲说，“西徐亚人[①]的古墓遗址。不过，也许这根本不是古墓。到目前为止，学者们还不能知道，是什么人、为什么以及怎样建造这些石冢的。”

我深信，石冢是早已灭绝的一种矮人的住所。但我没有把这个想法告诉父亲，因为鲍里亚和我们在一起，他准会嘲笑我的。

我们回格连吉克的时候，皮肤已经被太阳晒黑了。由于疲倦和呼吸了林中的空气，好像喝醉了似的。我沉沉入睡了，梦中感觉到一股热气吹到我的身上，而且仿佛听到了远方大海的幽幽的波涛声。

从那以后，我在自己的想象中成了又一个极妙的地方——高加索的主人。莱蒙托夫、山地游击战士[②]、沙米尔[③]开始吸引了我，使我入了迷。妈妈又感到惊惶不安了。

现在，在成年时，我感激地回想起童年时醉心于许多事物。这教会了

---

① 约在公元前7世纪黑海北岸的游牧民族。——译者

② 俄国征服高加索时当地的抵抗者。——译者

③ 沙米尔（1799—1871），1834年至1859年达吉斯坦和切奇尼亚地区的第三伊玛目，高加索宗教民族主义运动的组织者。——译者

我许多东西。

但是，我完全不像那些流着口水、激动得喘不过气来、吵吵嚷嚷、由于兴奋不让任何人安宁的小男孩们。恰恰相反，我很腼腆，自己醉心于某种事物，但绝不和任何人纠缠。

布良斯克森林

1902年秋天，我该进基辅第一中学的预备班了。我的二哥瓦季姆就在这所中学学习。听了他讲的一些故事以后，我开始对中学感到害怕，有时甚至请求妈妈让我留在家里。

“难道你愿做校外考生吗?”妈妈惊恐地问。

有些孩子在家里学习，不过每年参加中学里的考试，这些孩子叫作校外考生。

根据哥哥们的话，我十分清楚地想象出这些校外考生可怕的命运——故意让他们不及格，千方百计嘲笑他们，但要求他们具有比普通中学生多得多的知识。校外考生得不到来自任何方面的帮助，甚至没有任何人向他们悄悄地提示。

我想象这些死记硬背、弄得身体极端虚弱的孩子，泪痕满面，两只耳朵伸向两边，由于激动，连耳朵也涨得通红。这样子太可怜了。我屈服了，说：

“嗯，好吧，我不做校外考生了。”

“千金小姐!”鲍里亚从他自己屋里大声喊，“窝囊废!”

“不许侮辱他!”妈妈生气了。

她认为鲍里亚是个毫无怜悯之心的人，并老是觉得惊讶，他打哪儿来的这种冷酷的性格。显然，是从土耳其奶奶那儿继承来的。我们家其余的人都异常富有同情心，对人有很深的感情，但缺乏应付现实的能力，这是我们的共同特点。

父亲知道了我的恐惧、流泪和不安，和往常一样，找到了一种出人意料的药来医治这些不幸。他和妈妈发生了一场小小的争执以后，决定把我一个人送到尼古拉·格里戈里耶维奇舅舅那儿去。

这就是那个愉快的士官生，常从彼得堡到切尔卡瑟外祖母那儿去、喜欢和娜嘉阿姨跳华尔兹的那个科利亚舅舅。现在他已经是一个军事工程师，结了婚，在奥廖尔省布良斯克市一个古老的炮架工厂里工作。这个工厂叫兵工厂。

科利亚舅舅在布良斯克附近租了一所别墅，打算在那里度过夏天。别墅在布良斯克森林中荒芜的廖夫纳旧庄园里面，他叫我们大家都到那里去。父母答应了。但是在姐姐和哥哥们考试结束之前，他们还不能去，他们送我一个人先去那里。

“让他先去习惯一下，”父亲说，“对像他这样腼腆的男孩子，这是有好处的。”

父亲给科利亚舅舅写了一封信。他在信里写了些什么，我不知道。妈妈偷偷地擦着眼泪，给我收拾了一个小手提箱，里面什么东西也没有忘记，还放上一张字条，上面写着对我的种种训导。

给我买了一张到西涅泽尔基站的二等车票。舅舅的别墅离这个车站有10俄里远。

大家都到车站去为我送行，连鲍里亚也去了。父亲跟一个蓄着白唇髭的列车员不知讲了些什么，还给了他一些钱。

“我会小心谨慎地把他送到目的地的，”列车员对妈妈说，“请不要不放心，夫人。”

妈妈请求同一单间车厢邻座的人照看着我，不要让我在中途站下去。邻座的人很乐意地答应了。我很不好意思，小心翼翼地拉拉妈妈的袖子。

第二遍铃响以后，大家都亲了亲我，就连鲍里亚也不例外。不过就在这时，他没让别人看到，给我吃了一个所谓的“梨”——用大拇指在我头顶上用力抠了一下。

大家都走出车厢，到月台上去了。但妈妈还不肯离去，她拉着我的双手，说：

“要做个好孩子。听到了吗？要做个聪明的孩子，而且要很小心。”

她用审视的目光注视着我。第三遍铃响了。她拥抱了我一下，衣服窸窣作响，很快向车门走去。她几乎是在列车启动时跳下去的，父亲扶住了她，摇了摇头。

我站在关起来的车窗前，望着妈妈在大家前面很快地在月台上走着。只是在这时我才看到，她是多么漂亮、矮小、温柔。我的眼泪滴到了满是灰尘的窗框上。

我好长时间望着车窗外面，虽然已经看不到妈妈，也看不到月台了。货车线路、尖叫着的调车机车从车窗外飞驰而过，华西里科夫大街上新建的哥特式天主教教堂仿佛旋转着从一旁飘了过去。我不敢回头，怕让同一单间车厢里邻座的人看到我泪痕未干的眼睛。后来我想起，曾经给科利亚舅舅拍过一份电报，告诉他我要到他那里去。为我拍了一份真正的电报，使我有点儿骄傲，这稍许给了我一些安慰，于是我回过头来。

单间车厢里蒙着红色天鹅绒。里面狭小，但是舒适。阳光的光斑中飘浮着许多灰尘，这些光斑好像按照口令，同时很快地从单间车厢的一个角落爬向另一个角落，然后又同样迅速地爬回来——列车正冲出乱糟糟的基辅郊区，行驶在弯道上。

安排我坐在妇女的单间车厢里。妈妈坚持要我这样做。我小心翼翼地打量我的旅伴，其中有一个穿一身黑衣服的、干瘦的法国女人。她很快向我点点头，微微一笑，露出一排像马牙一样的牙齿，递给我一盒水果软糖。我不知该怎样才是，不过我谢了谢，拿了一块水果软糖，把两只手都弄脏了。

“赶快把它放到嘴里去！”第二个旅伴说。这是一个16岁左右的女中学生，穿一件咖啡色的制服连衫裙，生着一双向外斜视、神情愉快的眼睛，“吃吧，不要犹豫！”

法国女人显然是个家庭教师，她用法语严厉地对女中学生说了些什么。女中学生立刻做了个鬼脸儿。于是，法国女人很快而且很生气地用法语说了起来，她说了很久。女中学生没有听完，就站起来到走廊里去了。

“哎呀，年轻人！”我的第三个旅伴说，这是一个矮小、肥胖的老太婆，她的嘴好像小面包圈。她背后一个编织的小手提包里挂着一些撒上了罂粟花籽儿的面包圈，“唉，这就是我的年轻人！”

“噢——噢！”法国女人点点头说，“这真是不听话！是个菲夫[①]！是个调皮！”

---

① 法语“任性”一词的音译。——译者

“菲夫”是什么意思呢，我不知道。不过我猜想，这准是什么不好的东西。因为老太婆抬起眼睛望着天花板，那样沉重地叹了口气，连那个法国女人都很感兴趣地看了她一眼。

我想望望车窗外面，于是走到了走廊上。女中学生已经站在打开的车窗旁边。

“啊，维佳！”她对我说，“站到我旁边来，咱们一起看。”

“我不是维佳。”我回答，脸都红了。

“反正一样，站过来呀。”

我爬到暖气片上，把头伸到车窗外面。列车正行驶在第聂伯河大桥上。我看到了大修道院，远方的基辅，水很浅的第聂伯河，它已经在桥墩附近淤积成几个沙岛。

“这个鬼家伙！”女中学生说，“杰米法姆夫人！不过一般说，你别怕她，她是个好心肠的老太婆。”

这第一次旅行可把我累坏了。因为整个旅途中，除了夜里，我都在打开的车窗前站着。但我感到幸福。我第一次体验到旅行中那种无忧无虑的心情，什么也用不着想，只是望着窗外的黑麦田、小树林、光着脚的农村妇女在卖牛奶的小站、小河沟、扳道员、头戴落满尘土的红制帽的站长、鹅群，以及跟在列车后面边跑边喊的农村里的孩子们，他们大声喊着：“叔叔，扔给一个戈比！”

那时候，去布良斯克的道路是在兜圈子，路线很长——要经过利沃夫和纳夫利亚。只是到第3天，列车才到达西涅泽尔基。

列车不急不忙地行驶着，在车站上都要停留很长时间，在给水塔旁大声喘着气。旅客们跳下车，跑去打开水，到小食堂去，向村妇买草莓和烧鸡。后来大家都安静下来了。早就该开车了，车站上笼罩着昏昏欲睡的寂静。太阳火辣辣的，云在空中飘浮，地上拖着一片蓝色的阴影，旅客们在打瞌睡，列车却仍然停着，停着。只有机车在大声喘气，滚烫的、含油的水滴从机车上滴落到沙地上。

穿着帆布常礼服的胖列车长终于从车站里走了出来，他抹抹唇髭，把哨子放到嘴里，响亮地吹了一声哨子。机车并不回答，还是那样喘着粗气。于是，列车长懒洋洋地走向机车，又吹了一声哨子。机车毫无反应。只是在吹了第三次或第四次哨子以后，它终于发出一阵短促的、不满意的汽笛声，慢慢启动了。

我把头伸出车窗，因为我知道，过了信号机马上就是长满三叶草和风铃草的堤坡，再过去就是一片松林。当列车进入松林以后，车轮声变得格外响亮，回声应和着，仿佛有一些快活的铁匠抡起铁锤，在整个树林里打起铁来。

我是第一次看到俄罗斯中部地区，与乌克兰相比，我更喜欢它。它更荒凉，更辽阔，也更僻静。我喜欢它的森林、野草丛生的道路和农民的谈话。

邻座的那个老太婆一直在睡觉。法国女人安静下来了，在织花边。女中学生却把头伸出窗外唱起歌来，并敏捷地从在车窗外一闪而过的树上采下了一些树叶。

每隔两个小时，她都要拿出装着食物的篮子，吃上好长时间，而且强迫我也一道吃。我们吃了煮鸡蛋、烧鸡、大米馅的馅饼，还喝了茶。

随后，我们又从车窗里探出身子，被正在开花的荞麦熏得昏昏沉沉。列车的影子在田野上奔驰，车轮在咯噔咯噔地响，橙黄色落日的余晖洒满车厢。我们的单间仿佛浸在火红色的雾海之中，什么也看不清了。

列车在黄昏时到达了西涅泽尔基，列车员把我的小手提箱拎到了月台上。我等着科利亚舅舅或者他的妻子玛露霞舅妈前来接我。但月台上什么人也没有，我的邻座旅伴们感到担心了。

列车在西涅泽尔基只停1分钟。列车开走了，我却仍然站在自己的手提箱旁。我深信，科利亚舅舅准是来迟了，而且马上就会来的。

一个蓄着大胡子的农民一瘸一拐地朝我走来。他穿着西装上衣，戴一顶黑色便帽，靴筒里塞着一根鞭子，从他身上散发出一股马汗味和干草味。

“你就是科斯季克吗?”他问我，“可我在等你。大尉舅舅吩咐我来接你，把你安全无恙地送到家。来，把手提箱给我，咱们走吧。”

这是父亲为我准备的最后一个考验。他给科利亚舅舅写了信，叫他们谁也不要到西涅泽尔基去接我。

赶车的——他叫尼基塔——一边嘟嘟囔囔地讲我的大尉舅舅，不知讲了些什么，一边把我抱上大车，让我坐到蒙着一块粗麻布的柔软的干草上面。他解开装着燕麦的袋子，坐到赶车的座位上，于是赶着车走了。

起初，我们在暮色苍茫的田野里走了很长时间，后来道路向一座林中的小山延伸而去。有时大车驶过木桥，沼泽地里的黑水在桥下闪闪发光，飘来一股潮气和香蒲的气味。一轮死气沉沉的血红色的月亮从树林和一片矮灌木丛后面升起，一只大麻鸦声音低沉地叫了一阵。尼基塔说：

“我们这个地方树林多，人烟稀少，树皮和水多得很。这是整个廖奥尔省空气最芳香的地方。”

我们驶入一片松林，沿着陡峭的长山坡下山，驶向一条河边。松树遮住了月亮，周围完全黑了。听到路上有人声，我有点儿害怕了。

“你，是尼基塔吗?”舅舅的熟悉的声音从黑暗中喊道。

“吁——吁!”尼基塔勒住马，拼命地喊，“当然是我们! 吁，真见鬼!”

有人抱住了我，把我抱下大车。我在落日模模糊糊的余晖中看到了科利亚舅舅微笑着的眼睛和雪白的牙齿。他吻了吻我，立刻把我交给了玛露霞舅妈。

她逗弄我，自己在笑，她的笑声是从胸中发出来的。她身上有一股香子兰果的气味——大概不久前，她刚揉过甜面团。

我们坐到大车上，尼基塔在车旁步行。

我们驶过一座黑乎乎的旧桥，桥下的河水清而且深，河里水草丛生。接着又过了第二座桥，桥下有鱼沉重地跳跃了一下。最后，大车碰到大门口的石柱，驶进一座那么黑、地势那么高的公园，似乎许多大树的树冠在星星之间纠结在一起了。

在公园最深处、菩提树的漆黑的天幕底下，大车停在一座窗内有灯光的小木房子旁边。两条狗，一条白的，一条黑的——莫尔丹和切特韦尔塔克——对着我吠起来，跳来跳去，竭力要舔我的脸。

我在廖夫内度过了整个夏天，在昔日摆样子的田庄里，置身于布良斯克茂密的森林、河流以及奥廖尔省性情温和的农民之间，住在一座古老的、广阔无边的公园里，谁也不知道公园到何处为止，森林是从哪里开始的。

这是我真正的童年的最后一个夏天。后来进了中学。我们的家瓦解了，很早就只剩了我独自一人。在中学的最后几年里，我已经是自己挣钱维持生活，感觉到自己完全是一个大人了。从这个夏天开始，我永远以整个心和俄罗斯中部地区联系在一起，永远对它怀着依恋之情。我不知道还有什么别的地方也像俄罗斯中部地区这样，具有如此伟大的抒情的力量，具有这样动人的、美丽如画的景色——连同它的全部忧郁、宁静和辽阔。这种爱的力量是难以衡量的。每个人根据自己的体会都能理解这种心情。你爱被露珠压弯了腰或被太阳晒暖了的每一株小草，爱从林中水井里舀出来的每一杯水，爱湖边的每一棵小树，在无风的天气里，树叶也在微微颤抖，爱每一声鸡啼和在淡白的高空中飘浮着的每一朵白云。

如果说有时我像涅奇波尔所预言的那样，想活到120岁，那么这仅仅是因为要彻底体验我们俄罗斯大自然全部迷人的魅力和它那能使人身心恢复健康的全部神奇力量，仅仅活一生，那未免是太少了。

童年结束了。非常可惜，只有当我们成为大人的时候，我们才开始懂得童年的全部魅力。在童年一切都是另一个样子。我们用明亮而纯洁的目光观察世界，在我们的心目中一切都似乎鲜明得多。

太阳更为明亮，田野的芳香更为浓郁，雷声更响，雨水更为充沛，草也长得更高。人的心胸更为开阔，痛苦更为尖锐，大地要神秘一千倍。故乡的土地是为了让我们生活而赋予我们的最美好的东西。我们应该耕种它，爱护它，用自己生命的全部力量保卫它。

小蹦豆儿

我不像旁的男孩子那样羡慕基辅武备中学的学生，我不羡慕他们佩戴着有黄色花字的白色肩章，在将官面前要打立正。我也不羡慕那些中学生，虽然他们那钉着银光闪闪的纽扣、用军官穿的灰呢缝制的制服大衣，被认为是很漂亮的。从童年起，我对一切制服就都不感兴趣，只有海军制服例外。

当1902年秋我第一次穿上长裤和中学生的短上衣时，我觉得很不舒服，很不方便，暂时感觉到好像我已经不是我自己了。对我自己来说，我变成了一个头戴沉重制帽的陌生孩子。我不喜欢这些钉着大帽徽的蓝色硬帽子，因为我的所有同学——预备班的学生——总是在这帽子底下竖着一对招风耳朵。当他们摘下帽子以后，他们的耳朵就又变成平常的耳朵了。但是只要一戴上帽子，耳朵就立刻向两边翘起来。好像这是故意为了让副校长博江斯基扯着预备班学生的耳朵，用他那可怕的声音说：

"又迟到了，小鬼！站到角落里去，好好想一想自己痛苦的命运吧！"

因此，妈妈刚给我买了顶制帽，我就学我哥哥们的样子，扯出帽子里的小铁箍，把缎子衬里儿也撕了下来。是这样的传统——帽子越破，越能表现出中学生的豪迈气概。"只有读死书的人和拍马的人才戴新帽子。"哥哥们说。

应该坐在帽子上，把它揣在口袋里，用它来打落已经成熟的栗子。这样一来，帽子看上去就好像经过了战斗的洗礼，而这是一个真正中学生的骄傲。

妈妈还给我买了一个背包，背面柔软光滑，是用鹿皮做的。还有笔盒、格子练习簿、预备班读的薄薄的课本。于是，妈妈领着我到中学里去了。

这时候，外祖母维肯季娅·伊万诺芙娜正在基辅我们家里做客。她为我画十字祝福，还给我在脖子上挂了一个拴在冷冰冰的小链条上的小十字架。她用瑟瑟发抖的手解开我那件黑色短上衣的领子，把小十字架塞到我的衬衣里面，转过身去，把手帕紧按在自己的眼睛上。

"嗯，去吧!"她用喑哑的声音说。说着轻轻地推开了我，"做个聪明孩子，要用功读书!"

我和妈妈走了。我一直在回头看我们的房子，好像领着我永远离开了它。

那时候，我们住在绿荫如盖的、静静的尼科尔-博塔尼切斯卡亚大街上。高大的栗树矗立在我们房屋周围，仿佛在沉思。五指形的干树叶已经开始从栗树上飘落下来。那天，阳光灿烂，天空湛蓝，也很暖和，但有凉爽的阴影——是基辅秋日普通的一天。外祖母站在窗前，一直在向我点头，直到我们拐入塔拉索夫大街。妈妈默默无言地走着。

当我们走到尼古拉耶夫小公园，我透过公园的绿荫看到了中学的黄色楼房，我哭了。我想必是已经懂得，童年结束了，现在我应该努力学习，而且我的努力将是痛苦的和长期的，完全不像我在家里度过的那些宁静的日子……

我站住了，头紧紧偎在妈妈身上，哭得那样伤心。背后书包里的笔盒也跳动起来，发出叮叮当当的响声，仿佛在问，它的小主人出什么事了。妈妈摘下我的帽子，用香气扑鼻的手帕给我擦干眼泪。

"别哭了，"她说，"你以为我心里轻松吗？可是需要这样。"

需要这样！直到现在，还没有任何别的话像妈妈说的这几个字这样有力地深入到我的意识里去——"需要这样"。

我年龄越大，也就越来越经常地听到大人们说，应该"照需要的那样，而不是照你希望和喜欢的那样"生活。很久我都不能顺应这种情况，常问大人：难道一个人没有照他所希望的那样生活的权利，而必须按照别人所希望的那样生活吗？但对我的回答是，叫我不要议论我不懂得的事情。有一次妈妈对父亲说：“这一切都是你那种无政府主义教育的结果!”父亲把我拉到身边，让我的头紧靠在他的白背心上，开玩笑地说：

“这个家里不了解我们，科斯季克。”

等我安静下来、停止哭泣以后，我和妈妈走进中学的大楼。宽阔的生铁楼梯被鞋后跟磨得发出铅灰色的闪光，楼梯通往楼上，可以听到那里人声嘈杂，简直让人害怕，好似蜂群在嗡嗡地叫。

“别怕，”妈妈对我说，“这是课间大休息。”

我们上楼去了，妈妈第一次没有拉着我的手。从上面很快跑下两个高年级学生，他们给我们让开了路。其中一个对着我的背后说：

“又领来了一个倒霉的小蹦豆儿!”

我就是这样加入了惊惶不安、无依无靠的预备班学生的行列，或者照老生们轻蔑的叫法，加入了小蹦豆儿的行列。之所以管我们叫小蹦豆儿，是因为我们个子矮小，动作灵活，课间休息时老是在大人们脚下钻来钻去，绊来绊去。

我和妈妈穿过挂着历代皇帝画像的白色大礼堂。我心里特别记住了亚历山大一世的样子。他把一顶绿色三角帽紧贴在大腿上，他那张猫脸两旁翘着淡火红色的络腮胡子。尽管他背后有一些插着羽饰的骑兵在小丘上奔驰，可是我不喜欢他。

我们穿过礼堂，到副校长博江斯基的办公室去。副校长是个胖子，穿一件像妇女的室内服一样宽大的制服上衣。博江斯基把一只胖手放到我的头上，想了好久，然后说：

“好好学习。不然，我要吃了你!”

妈妈不自然地笑了笑，博江斯基把看门人卡济米尔叫了来，吩咐他领我到预备班去。

妈妈向我点点头，卡济米尔抓住我的肩膀，带着我顺着很长的走廊向前走去。卡济米尔用力捏住我的肩膀，他捏得那么紧，仿佛害怕我会挣脱，跑到妈妈那儿去。

各个教室里正在上课。走廊上空荡荡、静悄悄的。在课间大休息时疯狂的吵闹之后，寂静似乎特别令人诧异。课间休息时腾起的灰尘还没有消散，尘埃飘浮在从花园照射进来的阳光里。这是基辅第一中学著名的花园——一座百年的古老公园占据了城市中整整一个街区。

我朝窗外的花园望了一眼，我又想哭出来了。在阳光照耀着的花园里，有许多栗子树。已经有点儿枯萎的淡紫色的和发白的杨树叶子被风吹得微微飘动着。

还是个小孩子的时候，我就喜欢花园，喜欢树木。我不折树枝，也不破坏鸟巢。也许，这是因为外祖母维肯季娅·伊万诺芙娜总是对我说："世界好得出奇，人应该像在一个大花园里一样，在世界上生活、劳动。"

卡济米尔发觉我要哭了，便从他那件虽然旧、但相当干净的常礼服里边的口袋里掏出一块黏糊糊的"芳香"糖果来，带着波兰口音说：

"在下一次课间休息时，吃了这块'芳香'糖吧。"

我低声谢了谢他，接过了糖果。

在中学的最初几天里，我总是低声说话，害怕抬起头来。一切都使我感到压抑——穿着蓝色常礼服、留着大胡子的老师们，古老的拱顶，好像长得没有尽头的走廊里的回声，还有校长别斯梅尔特内依——一个蓄着金色小胡子、穿一套崭新的标准燕尾服、已经上了年纪的美男子。

校长是个性情温和、很有学问的人，但不知为什么却觉得应该怕他。

也许，是因为他坐在一间宽敞的办公室里吧。这间办公室里挂着外科医生皮罗戈夫[①]的肖像，天花板上有雕塑装饰，地上铺着红地毯。校长很少从办公室里走出来。我们见了他要规规矩矩地站下来给他行礼，可是对老师们却只是走着问一声好。

卡济米尔领着我在回声很响的走廊里走着。学监们——“香瓜”“什波尼卡”[②]“鼻烟”，以及中学生们喜欢的唯一一个学监普拉东·菲奥多罗维奇——在走廊里走来走去，隔着装了玻璃的房门上部往教室里张望。预备班所在的那条走廊归普拉东·菲奥多罗维奇管，这使我在最初一段时间里避免了许多不愉快的事情。

学监们应当监视学生们的行为，向副校长报告他们的种种过错。因此就会受到处罚——一个钟头或两个钟头“不给吃饭”（换句话说，就是在下课以后很难受地坐在空荡荡的教室里），操行分数只给4分。最后，还要叫父母到校长那儿去。我们最害怕这最后一种处罚。

高年级还有别的处罚方法——暂时开除出校，剥夺继续学习的权利，以及最可怕的开除，并把名字列入“黑名单”[③]，以后就再没有权利进任何一所中学学习了。

我只看到过一个高年级中学生被开除，并被列入了“黑名单”。这是我读一年级时候的事了。据说，他打了德语教师亚戈尔斯基一个耳光，德

---

① 尼古拉·伊万诺维奇·皮罗戈夫（1810—1881），俄国外科医生，教育家，社会活动家，战地外科学的奠基人。他曾参加1854年至1855年的塞瓦斯托波尔防御战，1870年至1871年的普法战争和1877年至1878年的俄土战争。

② 什波尼卡是果戈理的《伊万·费多罗维奇·什波尼卡和他的姑妈》中的主人公。

③ 原文是“发给黑籍证”。——译者

语教师是个态度粗暴，脸色发绿的人。亚戈尔斯基当众骂他是个蠢货。那个中学生要求亚戈尔斯基道歉，亚戈尔斯基拒绝了。于是，那个中学生打了他。为了这件事，他被开除了，他的名字列入了“黑名单”。

那个中学生在被开除以后的第二天又到学校里来了。学监们中谁都没有下决心不准他进来。他打开教室门，从口袋里掏出一支勃朗宁手枪，对准了亚戈尔斯基。

亚戈尔斯基从桌子后面跳起来，拿记分册遮着脸，在一排排课桌间奔跑着，竭力想躲在中学生们的背后。“胆小鬼！”那个中学生喊了一声，转身走了出去。走到楼梯平台上，朝自己的心脏开了一枪。

我们教室的门正朝着楼梯平台。我们听到了像什么断裂似的啪的一声和玻璃破碎的响声。有什么东西倒下来，滚下了楼梯。级任老师向门口冲去，我们也跟着他跑了出去。

楼梯上躺着一个脸上有雀斑的中学生。他抬起一只手，抓住楼梯栏杆上的圆柱，后来手松开了，他安静了下来。他的眼睛含着令人惊异的微笑望着我们。

学监们在那个中学生身边忙乱起来，后来校长别斯梅尔特内依很快地走了进来。他跪到那个中学生面前，解开他的短上衣，这时我们看到了衬衣上的鲜血。身穿褐色制服、头戴法国军帽的急救队卫生员已经登上楼梯来了，他们迅速地把那个中学生放到了担架上。

“立刻把孩子们带走！”校长对我们的级任老师说。

但他大概没听清楚，我们仍然留在那里。

亚戈尔斯基弓着背从教室里走了出来，向教师休息室走去。

“滚！”校长突然对着他的背影说。

亚戈尔斯基转过身来。

“滚出我的学校去!”校长轻轻地说。

亚戈尔斯基突然在走廊里奔跑起来，跑着的时候膝部老是微微打弯。

第二天，妈妈不愿让我到中学去。但后来改了主意，我还是去了。在中学里，第二节课之后就放我们回家了。但对我们说，我们当中谁如果愿意，可以去参加那个中学生的葬礼。

我们大家都去了——我们都很小，脸上带着惊恐的神色，穿着衣襟很长的大衣，肩后背着硬邦邦的书包。

这天天很冷，有雾。全校的人都跟在棺材后面走着。棺材里有很多鲜花。校长挽着一个头发花白、穿得很差的妇人的手——她是这个中学生的母亲。

那时候，我对生活中这样的事还搞不大清楚，但我还是懂得，生活给我们上了同窗友谊的第一课。我们依次走到坟墓前，往里面扔一把土，仿佛是在宣誓：我们将永远互相关怀，彼此间要永远保持公正的态度。

但发生这件事的时间要迟得多，现在卡济米尔正领着我到预备班去。

级任老师纳扎连科坐在桌子后面，他是个嗓门儿很大的人，留着亚述皇帝那样的波浪形的蓝胡子。高年级学生给他取了个绰号，管他叫“悄悄的告密者”。他们肯定地说，他在暗探局工作。

直到升入一年级，整整一年，纳扎连科一直在折磨我们这些小孩子们——他高声喊叫，冷嘲热讽，给我们打2分，讲人家怎样剪掉他脚上长进肉里去的趾甲的故事。我怕他，也恨他。我最恨他讲做这种手术的故事。

我坐在被铅笔刀刻上许多刀痕的、很矮的课桌后面。我感到呼吸困难。墨水散发出一股酸味。纳扎连科在给我们听写："有一次，天鹅、虾和梭鱼……"[①]敞开着的窗户外面，一只麻雀落在枝头，嘴里衔着一片干枫叶。我想和麻雀交换一下命运。麻雀隔着窗户向教室里张望，抱怨地尖叫了一声，把枫叶弄掉了。

"新生，"纳扎连科像打雷一样高声说，"把本子拿出来，写。如果不想受处罚，不得吃午饭，就不要偷偷地东张西望！"

我取出练习簿，开始写字。泪珠滴到了吸墨纸上。这时，我的邻座，一个生着一双快活的眼睛、皮肤黑黑的男孩子埃马·什穆克列尔悄悄地说：

"咽一口唾沫，就会过去的。"

我咽了一口唾沫，但什么也没有过去。我好久还不能很畅快地呼吸。

中学的第一年就是这样开始的。灰尘，课间休息时的奔跑，经常害怕把你叫到黑板前去回答问题，沾满墨水的手指，沉重的书包，以及犹如业已失去的生活的回声，窗外基辅市内电车悦耳的铃声，远处手风琴吱吱呀呀的响声，从火车站传来的蒸汽机车的汽笛声。拉着重载的列车从车站上开出，喷着蒸气，风驰电掣般地穿过密林和收割过的田地。可是我们却弯腰拱背坐在课桌后面，被干海绵从教室黑板上擦下来的粉笔灰呛得喘不过气来。

预备班对面是物理教研室，通往那里去的门很窄。课间休息时，我们常向这个研究室里张望。里面的一排排长凳子越往后越高，一直快到天花板了。

经常带高年级学生到物理教研室去上课。我们当然老是在走廊上，在

① 克雷洛夫的寓言《天鹅、梭鱼和虾》。

他们脚边绊来绊去，这大概使他们感到厌烦了。有一次，一个身量很高、面色苍白的高年级学生拖长声音吹了一声口哨。高年级学生们马上伸手抓住我们这些小蹦豆儿，把我们拖进了物理教研室。他们各自坐到长凳子上，用双膝紧紧夹着我们，不放我们出去。

起初，我们倒喜欢这样。我们好奇地端详那些放在架子上的神秘的仪器——黑色的圆盘、烧瓶和铜球。后来，走廊里第一遍铃声响了。我们想挣开跑出去，高年级学生不放开我们。他们紧紧抓住我们，对那些挣扎得最凶的，还请他们吃了个所谓的“梨”——用大拇指紧按着头顶，用力一拧。这是很疼的。

预兆不祥地又响起了第二遍铃声。我们开始拼命挣扎，请求，哭泣。但高年级学生都是铁石心肠，那个面色苍白的中学生站在门口。

“当心，”高年级学生们对他喊道，“要算得准！”

我们什么也不明白。我们吓得高声号叫。第三遍铃声马上就要响了，纳扎连科就要闯进空无一人的预备班教室。他的愤怒将是可怕的。即使我们眼泪流成河，也不能缓和这样的愤怒。

第三遍铃声响了。我们用各种不同的声音号啕大哭。那个面色苍白的中学生举起一只手来。这就是说，物理教师已经在走廊尽头出现了。他不慌不忙地走着，提心吊胆地侧耳倾听从物理教研室传出来的号哭声。

物理教师很胖。他总是侧着身子挤进窄小的门。高年级学生们的计算正是以这一点为基础的。正当物理教师卡在门口的时候，那个面色苍白的中学生把手一挥，他们放开了我们。于是，我们发疯般地向自己的教室飞奔，什么也看不见，什么也不明白，弄得整个物理教研室里全都是抽抽搭搭的哭泣声。我们飞跑着冲向惊恐的物理教师。霎时间，门口全都是剪短了头发的孩子脑袋。真是万头攒动，形成了一个头的旋涡。后来我们像冲开软木塞一样，把物理教师从门口推到了走廊上，从他的两腿中间冲出去，飞也似的跑回自己的教室。幸好，纳扎连科在教师休息室耽搁了一下，什么也没有发觉。

高年级学生对我们玩的这种阴险的把戏总共只搞成了一次。后来我们总是时刻提防着，高年级学生一来到走廊上，我们就立刻躲进自己的教室里，关上门，用课桌把门顶上。

这种使我们流了那么多眼泪的娱乐，是那个面色苍白的中学生想出来的。他叫巴格罗夫。几年后，他在基辅歌剧院用手枪打死了沙皇的大臣斯托雷平[①]，被判处绞刑。

在法庭上，巴格罗夫显得懒洋洋的，十分镇静。当向他宣读判决书的时候，他说：

“在我的一生中，我是不是再吃2000只肉饼，这对我来说完全一样。”

关于巴格罗夫，大人们有很多议论，并且猜测他是否当真是一个革命者，还是暗探局的一个走狗，而这次暗杀斯托雷平的事也是暗探局为了讨好沙皇而精心安排的（尼古拉不能抗拒斯托雷平的意志，因此痛恨他）。我父亲断言，一个人临死以前会说出像巴格罗夫所说的那样恬不知耻的话，这样的人不可能是一个革命者。[②]

---

① 斯托雷平（1862—1911），俄国国务活动家、内政大臣、大臣会议主席，被暗探局的特务暗杀。

② 这里可能是作者的疏忽：在后面“剧院里的枪声”一章中，巴格罗夫暗杀斯托雷平时，作者的父亲已经死了。——译者

林波波河[1]的河水

教室的一张桌子上放着一些用火漆加封的细颈玻璃瓶，瓶里装着淡黄色的水。每个瓶子上都贴着标签，标签上用忽大忽小的、老年人的笔迹写着："尼罗河的河水"，"林波波河的河水"，"地中海的海水"等。

有很多细颈玻璃瓶。其中装有伏尔加河水，莱茵河水，泰晤士河水，密歇根湖的湖水，死海的海水，亚马孙河的河水。但不管我们怎样细看这些水，在各个瓶子里这些水都同样是黄颜色的，样子一点儿也引不起人的兴趣。

我们缠着地理教师切尔普诺夫，求他允许我们尝一尝死海里的水。我们想要知道，它是不是当真那么咸。但是切尔普诺夫不允许我们尝。

切尔普诺夫身材矮小，留着几乎长抵膝盖的灰白色大胡子，长着一双细小的眼睛，因此很像一个魔法师。无怪乎给他取了个绰号，管他叫"黑海魔王"[2]哩。

切尔普诺夫总是把形形色色的稀罕玩意儿都带到课堂上来。他最爱带一些装着水的细颈瓶子来，讲述他是怎样在开罗附近亲自采集尼罗河河水的。

"你们看，"他摇匀瓶里的水，"里面有多少淤泥啊。尼罗河的淤泥比

---

① 非洲的一条河流。

② 普希金的《鲁斯兰和柳德米拉》中的魔法师。

钻石还美。埃及文化就是在它上面繁荣起来的。马尔科夫斯基，你对全班讲一讲，什么是文化。”

马尔科夫斯基站起来说，文化——这就是种植谷物、葡萄干和稻米。

“不高明，不过倒像是真理！”切尔普诺夫说。于是，开始让我们看各种不同的瓶子。

他对林波波河里的水感到非常自豪。这是切尔普诺夫从前的一个学生送给他的礼物。

为了让我们记牢各种地理概念，切尔普诺夫发明了各种不同的直观教学方法。例如，他在黑板上画一个很大的字母“a”。在这个字母的右下角又写上一个小一些的“a”，在第二个右下角又写上第三个，在第三个右下角又写上第四个。然后他说：

“你们要记住，这是亚洲，亚洲里面是阿拉伯半岛，阿拉伯半岛上是亚丁市，亚丁市里坐着个英国人。”①

我们立刻就记住了，而且一辈子都忘不了。

高年级学生说，切尔普诺夫的住宅里建立了一个不大的地理博物馆，但是老头儿不让任何人到他家里去。好像他那个博物馆里有蜂鸟的标本，还有一套蝴蝶标本，有一架天文望远镜，甚至还有一块天然金块儿。

听了许多关于这个博物馆的故事以后，我开始为我自己的博物馆收集收藏品了。我的博物馆收藏的物品当然并不丰富，但在我的想象中，它却像一个奇珍异宝的王国，繁荣兴盛起来。这里每件物品都有各种各样的历史与它联系在一起，不管它是罗马尼亚士兵的一颗纽扣，还是一只晒干了

---

① 在俄语中，这几个词的第一个字母都是“A”。当时亚丁是英国的殖民地。

的螳螂。

有一次，我在植物园里遇到了切尔普诺夫。他坐在一条被雨淋湿了的长凳子上，正在用手杖挖地上的土。我摘下帽子，鞠躬行礼。

“你过来！”切尔普诺夫招呼我，并且把一只粗大的手伸给我，“坐下，讲讲看。据说，你建立了一个小博物馆。你有些什么呢？”

我怯生生地列举了我那些不起眼的珍品。切尔普诺夫微微一笑。

“值得称赞！”他说，“星期天早上你到我家来，来看看我的博物馆吧。我认为，既然你醉心于这种事情，你准会成为一个地理学家或旅行家的。”

“和妈妈一起吗？”我问。

“什么和妈妈一起？”

“和妈妈一起去您那儿？”

“不，为什么呢，你一个人来。妈妈们不懂地理。”

星期天，我穿了一套崭新的中学生制服去切尔普诺夫那里。他住在佩切尔斯克一个院子当中低矮的厢房里。厢房周围丁香长得那么茂密，因此屋里光线很暗。

已是深秋季节，但丁香还没有发黄。雾仿佛是从叶子上流下来的。下方，从第聂伯河上传来轮船的汽笛声。轮船要开到船坞去过冬，正在向基辅告别。

我走上台阶，看到墙上嵌着一个小铜环，铜环里面有个拉铃的圆把手。我拉了拉那个把手，门铃在厢房里丁零丁零地响了起来。

切尔普诺夫亲自来给我开门。他身穿一件保暖的灰上衣，脚上蹬着一双毡鞋。

在前室里就开始看到了奇迹。在一面椭圆形镜子里照出一个由于不好意思而满脸通红的、矮小的中学生，他正试图用冻僵的手指解开大衣。我没有立刻明白，这个中学生就是我自己。我好久解不开纽扣。我一边在解纽扣，一边在看着镜框。

这不是木框，而是由淡淡地染上颜色的玻璃叶子、花和一串串葡萄组成的花环。

“威尼斯玻璃，”切尔普诺夫说着，帮我解开了大衣，把它脱下来，挂到衣架上，“你走近些去看看，甚至可以摸一摸。”

我小心翼翼地轻轻摸了摸一朵玻璃玫瑰。玻璃没有光泽，仿佛撒上了一层粉。在从隔壁房间里射进来的光束照耀下，闪着淡红色的灯光。

“完全像美味糕一样。”我说。

“不高明，不过倒像是真理。”切尔普诺夫含糊不清地说。

我满脸绯红，眼里都快流出泪来。切尔普诺夫拍拍我的肩膀：

“别见怪，这是我的口头语。好，咱们走，你来和我们一起喝杯茶。”

我开始拒绝，但切尔普诺夫拉着我的胳膊肘，把我领进饭厅。我们走进一个像花园一样的房间。要走到桌边的座位上去，得小心翼翼地推开蓬莱蕉的叶子和从天花板上耷拉下来的树枝，树枝上结着香气浓郁的红色球果。扇形的棕榈树叶悬在洁白的桌布上方。窗台上一个挨一个地摆着许多花盆，里面种着粉红色、黄色和白色的花。

我坐到桌边，但立刻跳了起来。随着衣服发出的窸窸窣窣的响声，一个年轻妇女很快走进饭厅。她个子不高，长着一双神采奕奕的灰眼睛。

“瞧，玛莎，”切尔普诺夫朝我点了点头，“这就是我说的那个中学生，格奥尔吉·马克西莫维奇的儿子。当然啰，他有点儿难为情。”

那个年轻妇女向我伸出手来。手镯发出叮叮当当的响声。

“难道您要把什么都讲给他听吗，彼得·彼得罗维奇？”她细细打量着我，笑着问。

“是的，等喝过茶以后。”

“那么趁这个工夫我到城里去一趟，去糖果点心店。到基尔赫格依姆那儿去，我得买点儿东西。”

“随便你。”

她给我斟了一杯加柠檬的茶，把装着维也纳小白面包的高脚盘推到我的面前。

“在听讲以前吃点儿东西，增加点力气吧。”

喝过茶以后，切尔普诺夫抽起烟来。他把烟灰抖到一个贝壳里，贝壳外边蒙着一层最娇嫩的粉红色石化泡沫。第二个同样的贝壳就放在它的旁边。

“这是新几内亚的贝壳。”切尔普诺夫说。

“喂，再见！”那个年轻妇女高声说着，站起来走了出去。

“那么，”切尔普诺夫目送着她说，随后向我指指挂在墙上的一帧肖像，上面画着一个面容十分消瘦、留着大胡子的人，“你知道这是谁吗？最优秀的俄国人之一，旅行家米克卢霍-马克莱[①]。他是个伟大的人道主义者。你大概不懂得这个词是什么意思。这不要紧，以后会懂得的。他是个伟大的学者，相信人心是善良的。他曾经一个人生活在新几内亚吃人的野人中间。他赤手空拳，害了疟疾，已经奄奄一息。但是他能够为野人做

① 尼古拉·尼古拉耶维奇·米克卢霍-马克莱（1846—1888），俄国民族学家。

了那么多好事，表现出那么大的耐心，所以当我们的‘绿宝石’号轻巡航舰去接他回俄国来的时候，一群群野人在岸上痛哭，向轻巡航舰伸出双手高声呼喊：‘马克莱，马克莱！’所以你要记住：善可以赢得一切。”

那个妇女走进饭厅，站在门口。她戴了一顶黑色小帽，正在往左手上戴手套。

“顺便说说，诗是什么呢？”切尔普诺夫突然问，“请不要准备回答我的问题，这是不能下定义的。瞧，这是马克莱生活过的那个岛上的贝壳。如果你长时间看着它，那么，你就会突然产生一个想法——有一天早上阳光曾经落到这个贝壳上，于是就永远停留在贝壳上了。”

那个妇女坐到门边的一把椅子上，开始脱下手上的手套。

我凝神注视着贝壳。有1分钟我好像觉得，我果真睡着了，看到太阳在清澈透明的洋面上冉冉升起，看到了玫瑰色的光线的熠熠闪光。

“如果你把贝壳紧贴在耳朵上，”切尔普诺夫仿佛在一个遥远的地方说，“你会听到隆隆的响声。我不能向你解释为什么会发生这样的事，这一点谁也不能向你做出解释。这是秘密。人所不能理解的一切，都叫作秘密。”

那个妇女摘下帽子，把它放到自己的膝盖上。

“你拿起来，听听看。”切尔普诺夫建议。

我把贝壳贴到耳朵上，听到了模模糊糊的喧嚣声，仿佛波浪以同样的速度从很远很远涌向岸边。那个妇女伸过手来：

“请递给我，我已经好久没听过了。”

我把贝壳递给了她。她把它贴到耳朵上，微微一笑，张开了嘴，刚好可以看到她满口很白而且湿润的小牙。

“玛莎，你怎么不去基尔赫格依姆那儿了？”切尔普诺夫突然问。

那个妇女站了起来。

“我改变了主意，我一个人去基尔赫格依姆那儿怪无聊的。对不起，如果我碍事的话。”

她走出了饭厅。

“嗯，好吧，”切尔普诺夫说，“我们接着谈下去。年轻人，瞧，那边角落里放着一些黑箱子。请你把上面那个箱子拎到这儿来，不过拎的时候要小心。”

我拎起箱子，把它放到切尔普诺夫面前的桌子上。箱子原来很轻。

切尔普诺夫不慌不忙地打开箱盖。我从他肩上往里望了一眼，不由得叫了一声。一只比枫叶还大的大蝴蝶放在箱子里一块深色的绸子上，像彩虹一样，色彩变幻不定。

“不是这样看！”切尔普诺夫生气了，“瞧，要这样看！”

他抓住我的头顶，时而向右，时而向左转动我的脑袋。每一次蝴蝶都闪闪烁烁，呈现出各种不同的色彩——一会儿是白色的，一会儿是金色的，一会儿是紫红色的，一会儿是蓝色的。似乎它的翅膀烧着了，发出奇异的火光，但是它们怎么也不会烧完。

“婆罗洲①岛上的最稀罕的蝴蝶！”切尔普诺夫骄傲地说，然后关上了箱盖。

随后，切尔普诺夫让我看星球仪，几幅绘有“风向图”的旧地图，蜂鸟的标本。蜂鸟的喙很长，好像一些小锥子。

---

① 加里曼丹的旧称。——译者

“好，今天足够了，”切尔普诺夫说，“你累了。你可以每个星期天到我这儿来。”

“您总在家吗?”

“是的。要出去走走，出去旅行，我已经老了，我的朋友。瞧，我就在墙上和桌子上旅行。”他指指书架和那些死蜂鸟。

“您曾经去很多地方旅行过吗?”我怯生生地问。

“不比米克卢霍-马克莱少。”

当我匆匆忙忙，手老是伸不进袖筒里去，在前室里穿大衣的时候，那个年轻妇女走了进来。她穿一件又短又瘦的短上衣，戴着帽子和手套。一块很小的黑面纱耷拉下来，遮住了她的眼睛。这样一来，她的眼睛完全变成了蓝的。

“您住在哪儿?”她问。

我回答了。

“这么说，到克列夏季克我们同路。一起走吧。”

我们走了出来。切尔普诺夫站在门口，望着我们的背影。接着他高声说：

“玛莎，我请求你，小心着点儿。快点儿回来。”

“我听到了。”那妇女回答，但是没有回头。

我们经过大门上刻着青铜狮子头像的尼科利斯基要塞，穿过我曾遇到海军士官候补生的马里因公园，转弯来到了学院街。那个妇女一声不响，我也默不作声。我怕她问我什么，我不得不回答她。

在学院街上，她终于问道：

“您最喜欢我们博物馆里什么东西?”

“蝴蝶。”我回答。沉默了一会儿，又补充了一句：“不过我可怜这只蝴蝶。”

“是吗？”那个妇女惊奇地问，“您为什么可怜它呢？”

那时候谁也不用“您”来称呼我，因此，我更不好意思了。

“它很美，”我回答，“可是几乎谁也看不到它。”

“您还喜欢什么？”

在克列夏季克，我们在基尔赫格依姆的糖果点心店旁站停下来。那个妇女问：

“允许您在糖果点心店里喝杯可可吗？再吃点儿甜点心？”

我不知道是不是允许我这样做。不过我想起，有一次我跟妈妈和加莉娅姐姐到基尔赫格依姆这儿来过，我们当真喝过可可。因此我回答，当然允许我到基尔赫格依姆的店里去。

“这就好！那么咱们去吧。”

我们坐到糖果点心店的最里边。那个妇女把一盆绣球花推到小桌子边上，要了两杯可可和一个不太大的大蛋糕。

“您念几年级？”给我们送可可来的时候，她问。

“二年级。”

“您多少岁？”

“12岁。”

“我28岁。12岁的时候，当然可以相信一切。”

“什么？”我又问了一遍。

“您有什么喜欢的游戏和奇妙的想法吗？”

“嗯，有的。”

“彼得·彼得罗维奇也有。可是我没有。您最好让我也参加您的游戏，我们可以玩得很好。”

“玩什么呢?”我好奇地问，谈话变得有趣了。

“玩什么？譬如说，玩‘灰姑娘’，要么玩从一个凶恶的国王那儿逃跑。要么我们再发明一种新的游戏，就叫作‘婆罗洲岛上的蝴蝶’吧。”

“对!”我红着脸说，“我们最好能在中了魔法的森林里找到一口井，井里有活命的水。”

“当然是冒着生命的危险了，是吗?”

“嗯，是的，是冒着生命的危险!”

“我们就用，”她说，并把面纱撩到额上，“用手掌捧着这水。一个人捧累了，他就小心翼翼地把水倒到另一个人的手掌里。”

“当我们倒水的时候，”我说，“一定会有一两滴水洒到地上，于是那些地方……”

“那些地方，”她打断了我的话，“就会长出开着大朵白花的灌木丛。后来会怎样呢，您是怎么想的?”

“我们用这水洒到蝴蝶身上，于是它就活了。”

“而且变成一个美丽的姑娘，是吗?”她问，并且笑了起来，“好吧，该走了。大概，家里在等着您呢。”

我们走了出来。她把我送到丰杜克列耶夫大街的拐角处，然后就从那里返回去了。我回头望了望。她穿过克列夏季克，也回头望了望，微微一笑，用戴着黑手套的手朝我挥了挥手。

在家里，我没告诉任何人我去过基尔赫格依姆的糖果点心店。就连妈妈，我也没告诉她。妈妈一直觉得奇怪，为什么吃午饭时我什么也不吃。

我固执地一声不吭。我在想这个妇女，但是什么也不明白。

第二天，我问一个高年级学生，这个妇女是什么人。

“难道你到切尔普诺夫家去过了吗？”高年级学生问。

“去过了。”

“也看到博物馆了？”

“看到了。”

“你真走运。”高年级学生说，“这是他的妻子，他比她大35岁。”

下个星期天我没有去切尔普诺夫那儿。因为这个星期里他病了，没有再到学校里来。过了几天，妈妈在晚上喝茶的时候突然问我，我是不是在切尔普诺夫那儿看到了一个年轻的女人。

“看到了。”我说，脸涨得通红。

“嗯，这么说，是真的了。”妈妈转身对父亲说，“据说，他待她那么好！她过得像一个住在金笼子里的公主。”

父亲什么也没回答。

“科斯季克，”妈妈说，“你已经喝过茶了。回自己屋里去吧，不久就该睡觉了。”

她支使我走开，好和父亲谈谈切尔普诺夫的事。我没有偷听，尽管我很想知道，出了什么事。

不久，我就在中学里知道了这件事。妻子从切尔普诺夫那儿出走，到彼得堡去了。老头儿由于伤心害了病，不让任何人到他那里去。

“切尔普诺夫是活该，”中学生利塔乌埃尔说，“别娶个年轻老婆嘛！”

我们对这些话感到很气愤。我们喜欢切尔普诺夫老头儿。因此在下一节课，当法国人塞尔穆飞也似的跑进教室来的时候，我们向利塔乌埃尔报了仇。

“利塔乌埃尔！”全班人以雷鸣般的声音齐声大喊，“伊塔乌埃尔！塔乌埃尔！乌埃尔！埃尔！”①

随后立刻一片寂静。

塞尔穆大发脾气，和往常一样，不问青红皂白，大声喊道：

“利塔乌埃尔，从教室里出去！”

而且给利塔乌埃尔的操行打了个4分。

我们再没有看到切尔普诺夫。他没有回到中学里来。

一年后，我在街上遇到了他。他很勉强地慢慢走着——脸色蜡黄，面部浮肿，拄着一根粗手杖。他叫住了我，问我学习怎么样，并且说：

“你还记得那只蝴蝶吗？婆罗洲岛上的蝴蝶？可是，我已经没有这只蝴蝶了。”

我默默不语。切尔普诺夫注意地看了看我。

“我把它送给一所大学了。把它，还有我的全套蝴蝶标本都送给大学了。好吧，再见。很高兴遇到你。”

切尔普诺夫不久就去世了。我很久都忘不了他，也忘不了那个年轻的妇女。每当我想起她的面纱，想起她穿过克列夏季克时微微一笑，向我挥手的情景，我心中就充满无法理解的忧郁。

当我已经在高年级学习，心理学教师给我们讲想象力的有益作用时，突然问：

---

① 每次在“利塔乌埃尔”中去掉最前面的一个字母。——译者

“你们记得切尔普诺夫及他的不同河流和海洋里的水吗?”

“当然记得，”我们回答，“记得太清楚了。”

“那么，我可以告诉你们，那些细颈玻璃瓶里装的都是最普通的自来水。你们一定会问，切尔普诺夫为什么欺骗你们?他正确地认为，用这种方法可以促使你们的想象力发展。切尔普诺夫十分重视想象力。他有好几次当着我的面说过，人和动物的区别，就在于人有想象力。想象力创造了艺术，它扩大了世界和认识的界限，使生活具有了我们称之为诗的这一特性。”

第一诫

我们的神学教师、大教堂里的大司祭特列古博夫，在一星期当中的每一天都穿不同颜色的长袍。灰的、蓝的、淡紫色的、黑的、褐色的、绿的，还有奶油色的、茧绸的。根据长袍的颜色，我们可以断定今天是星期几——星期二，还是星期六。

特列古博夫一来到我们三年级，立刻废除了教授“神学”课的多年惯例。通常在所有中学里，所有的中学生这门课程都是得5分。显然，对这种情况应做这样的解释——按自己的职务来说，神学教师应该表现出仁慈精神，竭力设法不让中学生们感到难过。也许，还可以这样解释——无论是神学教师，还是中学生，对这门课程都并不认真。

特列古博夫一下子就扫除了我们轻视“神学”的心理。

“阿尔图霍夫，”他说，“你把第一诫读一遍。”

"'我是你的上帝，除了我以外，你不可有别的神！'"[①]阿尔图霍夫一口气读完，并微微一笑。对这样的回答是不可能吹毛求疵的。

"坐下！"特列古博夫说，并给阿尔图霍夫打了个1分，"博里莫维奇，现在你来读第一诫。"

博里莫维奇面色苍白，像阿尔图霍夫一样正确无误地读完了第一诫，也得了个1分。

特列古博夫按照字母表叫起所有的人。大家都正确无误地读完了第一诫，特列古博夫幸灾乐祸地微笑着给所有的人都打了个1分。我们什么也不明白。整个记分册，从A到Ⅲ都用1分装饰了起来。这预示着可能发生重大的灾难。

特列古博夫打完1分以后，用洒过香水的手捋着大胡子，说：

"你们忽视标点符号。为此，受到了应得的惩罚。对待经文漫不经心，像羔羊一样轻浮。在'我是你的上帝'这句话后面有一个逗号。这是什么意思呢？这意味着，在这个地方应该短暂地停顿一下。换句话说，要有一个间歇，为的是特别注意下一句话的重要性。可你们像爆豆似的，把圣言一口气都说了出来，有口无心，毫不领会它的含义。可耻！"

他说话时声音很轻，用一双细眯眯的、含有蔑视神情的眼睛看着我们。神学院士的金徽章在他的绸长袍上不时发出微弱的闪光。

在特列古博夫以前，我们的神学教师是兹拉托韦尔霍夫尼科夫大司祭，他已经年老体衰，发音不清，耳朵也听不清楚。上他的课就比较简单。你可以随便胡诌，只要讲得快，声音单调就行。这样不消两三分钟，

---

① 《旧约全书·出埃及记》第二十章第二、三节，原文这一句中无标点符号。——译者

兹拉托韦尔霍夫尼科夫就打起瞌睡来，然后便完全睡着了。于是，我们就可以随便干什么，只要别把老神父吵醒。

坐在后排的人在玩牌，用火柴烤小熏鱼。坐在前排的人看《著名美国密探尼克·卡特历险记》，看得入了迷。

神父断断续续地小声打着鼾，全班在静悄悄地玩，直到打下课铃以前两分钟光景，用不着叫醒兹拉托韦尔霍夫尼科夫。要叫醒他，要么把一捆书丢到地板上，要么是全班人按照口令一齐打个喷嚏。

兹拉托韦尔霍夫尼科夫走后，特列古博夫作为惩罚之神萨瓦奥夫①来到了我们这里。他的确像画在教堂圆顶上的萨瓦奥夫——身材魁梧，留一部宽大的大胡子，长着两条仿佛怒气冲冲的浓眉。

不仅中学生们，连教师们也害怕特列古博夫。他是个保皇派，国务委员会的委员，压制自由思想的人。他和基辅的总主教平起平坐，当那些走下坡路的乡村神父由于行为不端到他这里来受申斥的时候，他骂得他们连一声也不敢吭。

特列古博夫喜欢在当时颇为时髦的宗教哲学辩论会上发言。他说话流利，让人听着觉得愉快，从他身上散发出一股花露水香味。

我们像他恨我们一样无情地痛恨他。但宗教经文我们却背得滚瓜烂熟，一辈子都忘不了。

我们利用一切借口从"神学"课上溜掉。在这种情况下，天主教的"神学"课②是一个可靠的避难所。天主教的"神学"课和我们的"神学"

---

① 萨瓦奥夫是犹太教中耶和华的许多名字之一。

② 俄国人一般都信仰东正教。特列古博夫教的是东正教的"神学"。——译者

课同时上课，不过是在另一个教室里。我们溜到那里去，只有在那里才觉得自己是安全的。那里仿佛已经是属于天主教教堂和罗马十三世教皇列夫管辖的领土了。在这间落满尘土的普通教室门口，特列古博夫失去了一切权利。统治这个教室的是教士——天主教神父奥连茨基。

他身材高大，肥胖，满头白发，手里拿一串黑念珠。当他的教室门口出现一个局促不安的“俄罗斯”中学生的时候，他一点儿也不觉得奇怪。

“逃出来的?”奥连茨基严厉地问。

“不，神父先生，我只是想在您这儿稍坐一会儿，听听课。”

“稍坐一会儿？唉，懒鬼，懒鬼!”奥连茨基笑得浑身发抖，“到这儿来!”

中学生走到奥连茨基跟前。教士用鼻烟壶啪的打一下他的脑袋，这个手势表示宽恕罪行。

“坐下吧!”在这以后，奥连茨基说，“喏，坐到那个墙角里，坐到霍尔热夫斯基后面（霍尔热夫斯基是个身量很高的中学生，波兰人），免得别人从走廊上看到你，把你拖到火焰地狱里去。坐在那儿看报去吧。给!”

奥连茨基从天主教教士长袍的口袋里掏出一张折成四折的《基辅思想报》，递给那个逃亡者。

“谢谢，神父先生!”逃亡者说。

“不要感谢我，要感谢天主，”奥连茨基回答，“我只不过是他手中微不足道的工具。他引导你离开受奴役的房屋，犹如引导犹太人离开埃及的土地。”

特列古博夫当然知道奥连茨基上课时把我们藏在他的教室里。但对奥连茨基，就连特列古博夫也会感到不知所措。好心肠的教士一遇到特列古博夫，就变得特别客气。但说话却异常恶毒，东正教教士的尊严不容许特列古博夫和奥连茨基斗嘴，我们就尽可能地利用这一点。最后，我们渐渐学会了天主教的“神学”，比许多波兰人学得还好。

“斯塔尼舍夫斯基·塔杰乌什，”天主教神父说，“你给我讲一讲《圣母之歌》。”

斯塔尼舍夫斯基·塔杰乌什站起来，拉正宽腰带，咳嗽一声，清清嗓子，大声咽口唾沫。起初望着窗户，后来又望着天花板，最后承认说：

“我忘了，神父先生。”

“忘了？可是每当格日博夫斯卡娅小姐在教堂里的时候，你却忘不了到教堂去。坐下！谁知道《圣母之歌》？嗯？谁呀？噢，圣母啊！这是怎么回事？大家都不作声！谁知道《圣母之歌》，举起手来。”

波兰人都不举手。但有时会发生这样的事，正教徒中的一个人，某个不幸的逃亡者——从特列古博夫那儿逃出来的人，却举起手来。

“好，”奥连茨基疲惫不堪地说，“就请你来讲讲《圣母之歌》吧！如果在这以后天主不惩罚他们，”教士指着那些波兰人，“那么，这只是由于他伟大的仁慈。”

于是，逃亡者站起来，流利地讲完了《圣母之歌》。

“你过来！”奥连茨基说。

逃亡者走过去。奥连茨基从长袍口袋里掏出一把像咖啡豆似的糖果，慷慨地放在逃亡者的手掌里。随后，奥连茨基闻闻鼻烟，很快平静下来，开始讲他心爱的故事——他在华沙为装在银瓶里的肖邦的心举行追荐仪式的事。①

下课以后，奥连茨基离开学校，回到教堂里他自己的住处去。他在街上常让孩子们站停下来，用手指弹弹他们的额头。

在基辅，大家对他都很熟悉——一个眼睛笑眯眯的、个儿高高的教士。

“神学”教育以及与宗教有关的一切事情，对我们来说是经常性的折磨。我们喜欢的唯一一件事是大斋期的假日。给我们放一个星期假，好让我们斋戒祈祷——忏悔和受圣餐。我们选择在郊区的教堂里斋戒祈祷，因为这些教堂里的神父并不严格监视，让斋戒的中学生一定参加大斋期的所有祈祷仪式。

大斋期假日几乎总是正好赶在3月这个潮湿、有雾的月份里。积雪已经开始发暗，能够越来越经常地在云缝里看到已经为期不远的春天的蓝天。

寒鸦在光秃秃的杨树上大声叫着。第聂伯河的冰面上出现了融化的雪水，看上去好似一个个灰蓝色的斑点，市场上已经在卖带有毛茸茸的“小兔子”②的柳枝。

我们梦想用个什么办法捉弄一下特列古博夫。但特列古博夫这个人是无法伤害他的。

我们只有一次成功地为一切苦难和恐惧向他报了仇。但这次复仇是残

① 肖邦于1849年在巴黎逝世，他的心葬在华沙圣克列斯特教堂里。

② 指柳树上的嫩芽。——译者

酷的。

当我们已经在四年级的时候，我们从老生口中听说，特列古博夫怕老鼠。我们带了一只棕黄色的大老鼠——褐鼠——去上特列古博夫的课。正当特列古博夫在讲《新约全书》中的一段故事的时候，我们把老鼠从课桌底下放了出来。

中学生日丹诺维奇尖叫一声，跳上了课桌。

“怎么回事?”特列古博夫厉声问道。

“老鼠，神父!”日丹诺维奇颤抖着回答。

我们都从座位上跳了起来。惊恐的老鼠在特列古博夫脚下乱窜。这时特列古博夫神父异常轻巧地跳上椅子，把长袍一直撩到膝盖上。从长袍下露出了有条纹的长裤和一双有鞋眼的软矮靿皮鞋。

我们开始向老鼠扔书。它尖叫起来，跑到了黑板附近。特列古博夫神父赶紧从椅子上跳到了桌子上。

“打开门!”他在桌子上用大辅祭的低音吼叫，“门！放它到走廊上去!”

我们装作害怕老鼠的样子，不愿去开门。于是，特列古博夫大喊大叫，震得玻璃在窗框里叮当乱响：

“普拉东·费奥多罗维奇！到这儿来!”

他抡起胳膊把记分册向老鼠猛扔过去。

惊恐的学监普拉东·费奥多罗维奇一下子打开了房门，看门人卡济米尔从他背后往里张望，后来副校长博江斯基也来了。他皱起眉头，忍着笑，开始指挥驱赶老鼠。

特列古博夫神父没有从桌子上下来，他只是把长袍放了下来。他站在我们面前，好似一尊有两人高的、他自己的纪念像。

老鼠被赶走以后，特列古博夫在博江斯基的帮助下从桌子上爬了下来。值日生殷勤地把记分册递给他，特列古博夫神父又恢复了平常那种庄严神态，然后走出了教室。

过了一些时候，特列古博夫才猜到教室里不是无缘无故地出现老鼠的，他要求进行调查。调查毫无结果。全校欢欣若狂，副校长博江斯基却说：

“你们不要为人类的弱点感到高兴！最好是当心自己。不然我又会发现，某些中学生先生们给学校丢脸。为此，我要无情地把他关起来，‘不让他吃午饭’。”

我不得不打乱叙述的正常顺序，先讲一讲我们是怎样终于摆脱了特列古博夫的。

这是在八年级的时候。那时我已经是独自一个人生活，家没有了，在荒野巷向步兵中尉罗穆阿尔德·科兹洛夫斯基租了一间房子。他和他的母亲，一个沉默寡言、心地善良的小老太婆科兹洛夫斯卡娅太太住在一起。

那是1910年秋天——潮湿多雨，阴沉昏暗，树枝都已挂上了冰箸，天空是淡灰色的，尚未凋落、但已经冻坏的叶子发出簌簌的响声。在这样的日子里我常常头痛。那时我就不去上学，留在荒野巷我自己的斗室里，包着头躺着，竭力不发出呻吟，以免惊动科兹洛夫斯卡娅太太。

我暖和过来，疼痛也渐渐停止了。于是我仍然躺着，开始看那些黄色的小册子——《万有文库》。炉子里的火在噼噼啪啪地响，小小的住宅里一片寂静，间或有怯生生的雪花在窗外飞过。不久前的疼痛消失以后，头脑非常清醒，我觉得一切都很美好——无论是灰蓝色的天空，劈柴上冒出来的轻烟，还是粘在窗户玻璃上的雪花。

就在这样的一天，听到邮差拉响门铃，科兹洛夫斯卡娅太太去开门。她接过报纸，哎呀了一声，迈着小碎步走进我的屋里。

“科斯季克，”她说，“托尔斯泰伯爵发生了不幸！”

我跳了起来，从她手里夺过散发出一股火油味的报纸，开始看关于托尔斯泰出走的最初几条电讯。[①]

科兹洛夫斯卡娅太太惊恐地看着我，一再重复说：

“上帝啊，拯救他吧！上帝啊，拯救他吧！”

我立刻穿好衣服，穿上制服大衣，到街上去了。我好像觉得从传来这一惊人消息的那1分钟起，城市里的一切想必都立刻变了样。但一切还都是老样子。拉着劈柴的马车在行驶，老式的基辅有轨马车的车厢在叮叮当当地响，家庭教师带着孩子在散步。

我忍不住，于是到学校去了。所有课桌上都乱堆着报纸。我们的级任教师——拉丁文教师苏博奇——上课迟到了。他从来没有过这样的事。他走进来，坐到椅子上，摘下夹鼻眼镜，好长时间弓着背坐着，用高度近视、向前凸出来的眼睛望着窗外。他仿佛在等待什么。后来他对我说：

“亲爱的，请您到《基辅思想报》编辑部跑一趟。那里挂出了最新的电讯，您去了解一下。我们等着您。”

这在我们班级的历史上是闻所未闻的。但现在大家都觉得这是一个很自然的现象。我站起来，走了出去。普拉东·费奥多罗维奇在走廊上抓住

① 指1910年10月28日列夫·托尔斯泰从雅斯纳雅·波良纳出走。

了我。

“您去哪儿?”他严厉地问，拦住了我的路。

我回答了。普拉东·费奥多罗维奇低下头，很快退到墙边，让我过去。

当我回来的时候，在进教室以前，我先隔着门上方的玻璃朝里面看了看。苏博奇在朗读。大家一动不动地坐着，仿佛都呆住了。我轻轻推开门，听到了我熟悉的话：

“‘天开始暗了，西方银光闪闪的、明亮的金星已经在小白桦树后发出柔和的光辉，东方的高空中，猎户星座中暗淡的第一星已经闪烁着红色的火光。列文在自己头顶上空找到了大熊星座，但随后又看不见了。山鹬已不再飞翔……’①”

有两三天，中学里是在马马虎虎地上课。后来，也是在这样一个潮湿的早晨，我看到了加上黑框的报纸号外，看到街上惘然若失的人们，看到大学附近一群群的大学生。他们默默地站着。所有大学生制服大衣的袖子上都戴着服丧的黑纱。一个不认识的大学生也在我的灰大衣上戴了一块黑纱。

我向中学走去。哥萨克骑兵侦察班沿人行道慢慢地走着。各个院子里站着一堆堆警察。路上我追上了我的同班同学，他们大家也和我一样，都佩戴着黑纱。在存衣室里，我们从大衣上取下黑纱，把它戴到上衣的袖子上。中学里特别静，就连小孩子们也不吵闹了。

恰好这天我们班上第一节是“神学”课。特列古博夫进来时走得太快了，不像往常一样，他对着圣像画了十字，就坐到了椅子上。

---

① 这是列夫·托尔斯泰的《安娜·卡列尼娜》中的一段。——译者

值日生马图谢维奇走出来，站到特列古博夫身旁。特列古博夫严厉地看着他，一声不响。

“昨天早晨6点钟，在阿斯塔波沃车站上，”马图谢维奇说，竭力不激动，不使说话的声音太高，“我们国家，也许是全世界最伟大的作家列夫·尼古拉耶维奇·托尔斯泰去世了。”

课桌的桌面发出轰的一声响。全班一齐起立。在深邃的寂静中可以听到嘚嘚的马蹄声——巡逻队在街上巡逻。

特列古博夫伏在桌子上，粗大的手指紧紧抓着桌子的边缘，坐着一动不动。

“请您站起来，大司祭神父!”马图谢维奇轻轻地对他说。

特列古博夫慢慢地、笨重地站了起来。他的脖子充血，涨得通红。他垂下眼睛站着。过了几分钟，我们却觉得好像过了几个小时。后来，大家都静悄悄地慢慢坐下。特列古博夫拿起记分册，走出教室。他在门口站住，说：

“你们强迫我悼念一个叛教的、被开除教籍的人，我们就不会说他是一个伟大的作家了。我犯了违反自己教职的罪过，要对上帝和宗教最高当局负责。但从今天起，我已经不是你们班上的教师了。再见。愿上帝开导你们。”

我们默不作声。特列古博夫走了。

上下一堂“神学”课时，到我们这儿来的不是特列古博夫，而是一个年轻神父。他的面容好像诗人纳德松，是一个爱好哲学和文学的人。因为他对人客气，而且是个年轻人，我们立刻就喜欢他了。直到中学毕业，我们和他一直保持着友好的关系。

菩提树花

我还从未见过这样古老的菩提树。夜里，它们的树梢仿佛消失在天空中。如果起了风，星星宛如萤火虫在树枝间飞来飞去。白天，菩提树下是阴暗的，而上边五色斑斓的鸟儿们在翠绿的叶丛中吵闹、争斗，啼声婉转，此呼彼应，从这根树枝飞到那根树枝。

“你们等着瞧吧，”科利亚舅舅常说，“不久，所有这些菩提树就要开花了，到那时……”

他从不把话说完——当菩提树开花时，将会怎样。但是我们自己也知道，到那时廖夫纳的古老公园将变成一个只是在童话中才会有的奇妙的世界。

中学里课程结束以后，我们全家都到布良斯克森林中的廖夫纳去度夏，这样做已经是第二年了。父亲也到那儿去休假。

破产的庄园主租出公园里两三座木结构的别墅，供人们度夏。田庄远离城市和铁路。除了科利亚舅舅和我们，几乎没有任何人到那里去度夏。

要想象出这些地方的美，得像绘制地图那样极其精确地把它们描绘一番。

荒芜的菩提树公园里有一些无法通行的榛树密林和鼠李丛。丁香丛中的长凳子上长满青苔，一条条林荫道一片荒凉。这些林荫道的名称叫——

“狄安娜[1]的神殿”，“叹息的林荫道”，“夜莺谷”。

一块块阳光灿烂的林间空地上长着同样的松树，开着同样的野花。然后，我们似乎觉得又是一片粗壮的千年老菩提树的绿荫。

公园向下，直到廖夫纳河边。河对岸的小山上耸立起一片茂密的森林，只有唯一一条沙石大道通往那里。沿这条道可以走到一座破旧的小教堂，教堂里有吉洪·扎东斯基的圣像。过了小教堂，道路就消失在干枯的草丛之中。

过了小教堂，谁也不敢独自一个人再往前走，就连田庄里最大胆的人——彼得堡林学院的大学生沃洛佳·鲁米扬采夫也下不了这样的决心。

密林一直延伸到原木结构的小教堂紧跟前。从密林中飘来一股霉味和蕨类植物的气味，黄昏时常有猫头鹰从那里飞出来。

有天夜里，我们听到了从树林中传来的很远的呼喊声。这是一个集市上的商贩——货郎——迷了路。他从斯文斯基修道院步行到特鲁布切夫斯克去赶集。护林巡查员找到了他，把他带到了廖夫纳。那个小商贩——一个面容消瘦、长着一双蓝眼睛的庄稼汉——哭了，而且在画十字。

有一次，我们这些小男孩们和沃洛佳·鲁米扬采夫一起到森林里去，还随身带着指南针。

我们看到了一些无底深沟，直到沟边都长满了黑莓和忽布。沟里流水潺潺，但是够不到它。我们在森林中发现了一条无人知道的小河，河水清澈见底，犹如玻璃。从陡岸上可以看到黑压压的一群群小鱼在河底窜来窜去。

---

① 希腊神话中的月亮女神和狩猎女神。——译者

我们终于在泉水旁看到了一个腐朽的十字架。十字架的横档上挂着一个带把儿的洋铁杯。一株旋花缠绕着杯子，紧紧拉住了它。我们扯断旋花，用杯子在泉中舀了一杯水。水有一股铁锈味。

鹤在长唳，黄鹂在啭鸣，鹞子在空中翱翔。底部呈蓝色的云从我们头顶上空飘过。我们不时望望云彩——从那上面想必能看清这整个神秘的林区。几只啄木鸟正在认真地啄干枯的树干，时而在这里，时而在那里，有一些球果落到我们头上。

沃洛佳·鲁米扬采夫肯定地说，森林里有一座已经荒废的、分裂派教徒的修道院。修道院里有野蜂，可以采到蜂蜜。

但是，我们没找到修道院。我们爬上松树，向四面眺望，希望在犹如春汛一般的绿荫中看到木板屋顶，以及歪歪斜斜、有八个角的十字架。松树上方吹着温暖的微风，手粘在有很多树脂的树枝上。黑眼睛的松鼠跳来跳去，嫩绿的松球上飘散出一股松节油味。但不管我们怎样手搭凉棚遮住太阳，像在灯塔上那样从松树上眺望，除了森林和飘浮的云彩，我们却什么也看不见。看着这些云彩，我们感到头晕。

从高高的松树上看，云彩似乎比在地上看时近得多。真想够到这大团大团雪白的白云。

在这些云彩上方，有一条发亮的鱼鳞似的波纹横贯长空，仿佛一些透明的羽毛从这条波纹上四散飞去。沃洛佳·鲁米扬采夫说，这也是云，不过这么高，所以它们已经不是由水蒸气，而是由冰晶构成的。那些“羽毛”纹丝不动地悬挂在寒冷、高不可攀的高空中。

除了森林，廖夫纳还有一个神秘的地方——河。它从一些垂柳下流去，分成两股，绕过一个小岛。很多地方，从此岸到彼岸，整个河道里长满了睡莲，开满了漂浮在水面上的水鳖花。

岛边有几座木坝拦断了河流，岛上有一座已经废弃了的刨花厂，几座空仓库旁锯末堆积如山。天热的时候工厂里散发出一股腐烂的木屑味，熏得人头昏。

从前工厂是用像磨坊里那样的水轮机做动力的。现在这一切都倒塌了，水轮和木制齿轮传动装置都蒙上了一层乱蓬蓬的蛛网，上面已经长出一些像耳垢一样的黄蘑菇。

过了木坝，有一些水坑——大狗鱼的栖身之处。这些坑叫作落坑，坑里的水是黑漆漆的，而且在慢慢旋转。

我和科利亚舅舅在这些坑里投下了几十个钓钩和带钩的鱼形金属片。除了狗鱼，那里还有很大的、几乎是蓝色的河鲈。我们从木坝湿漉漉的圆木上钓鱼。有时河鲈从我们手里夺走钓钩，把它拖到水底下去。竹钓竿像一支金箭飞快地滑进深水里。钓竿通常是以后在水坑的下游浮出水面，我们则从小船上把它连同河鲈一起捞出来。

廖夫纳还有什么呢？一幢有圆柱的古老的房子，传说是拉斯特雷利[①]建造的。燕子已经在它的三角门楣上筑了巢。空荡荡的大厅、楼厅和走廊上洒满虹霓般的七色光，光是透过凸面玻璃照射进去的。每当有人从大厅里走过，家具就发出干裂的噼啪声，吊灯也会叮叮当当轻轻地响起来。

谁也不住在这幢房子里。只是每逢家中过节时，在玛丽亚的命名日（家里有两个玛丽亚——我妈妈和玛露霞舅妈），打开有乐池的大厅，让它通通风，然后在里面举行舞会。

---

① 瓦·瓦·拉斯特雷利（1700—1771），俄国著名建筑师。——译者。

我们在阳台上挂一些小圆灯笼，夜深时在公园里放焰火。焰火穿过浓密的树丛，冲上天空，散射出许多五彩缤纷的小火球。火球慢慢从上面落下来，淡红色的火焰照亮了这幢古老的房子。焰火熄灭以后，夏夜以及远方青蛙的叫声、闪烁的星光、繁花盛开的菩提树的芳香，就又一同回到了公园。

科利亚舅舅的同事——炮兵军官们——总是从布良斯克前来参加命名日。有一次，甚至来了一位莫斯科的歌唱家——男高音歌手阿斯科琴斯基。他在古老的大厅里举行了音乐会。

“噢，假如你又回到我这里，”阿斯科琴斯基唱道，“在这里我和你曾是那样幸福！在密密的树枝间你会听到喃喃低语，你要知道，这是一颗痛苦的心在呻吟。”

我认为，这首抒情歌曲的歌词大概和我们的公园有什么关系。这座公园听到过许多爱情的表白，看到过钟情的人们苍白的面容，也看到过离别时的眼泪。

“当悲哀的声音惊扰了你的睡梦，”阿斯科琴斯基扶着钢琴唱道。玛露霞舅妈迅速理一理头发，为他伴奏，“或是在恶劣的天气听到暴风雨的吼声——你要知道，这是我无可慰藉地痛哭失言……”

舞会后，在舅舅的别墅里举行晚宴。罩着圆灯罩的蜡烛因为烧死了夜蛾，发出噼噼啪啪的响声。

像对待大人们一样，也给我们这些中学生斟上了葡萄酒。我们开始逞起英雄来了。

有一次酒后，我们决定，我们每一个人都要在夜里独自绕着公园跑一圈。为了避免发生欺骗，每个人都必须把一件什么东西放到“夜莺谷”的长凳子上。科利亚舅舅答应早上去检查一下，看我们是否诚实地履行了这个条件。

第一个跑的是玛露霞舅妈的弟弟，内外科医学院的大学生帕维尔·坚诺夫，大家都管他叫帕夫利亚。他又高又瘦，长着一只翘鼻子，留着鬈曲的胡子，有点儿像契诃夫。帕夫利亚的性格特点是轻信和善良。因此，总是和他开各种各样的玩笑。

帕夫利亚应该把一个空酒瓶放到“夜莺谷”的长凳子上。

帕夫利亚之后轮到了我。我飞也似的跑进了林荫道深处，落满露水的树枝重重地打在我的脸上。我好像觉得，有人在跳跃着追赶我。

我停下来，侧耳倾听。好像有人偷偷地溜进了灌木丛。我继续往前跑，跑到了一个林间空地上。月亮在林间空地深处升了起来，前面就是“夜莺谷”了。那里一片漆黑，伸手不见五指。我猛然冲进黑暗里去，仿佛是跳进了黑漆漆的水里。河里的水忽然一闪，一只麻鹬在河对岸凄凉地叫了一声。

我在长凳子附近停了下来。菩提花香阵阵袭人。整个黑夜里，直到星空，都弥漫着这种芳香。静悄悄的难以相信，离这儿不远，灯火辉煌的阳台上，愉快的客人们正在纵声欢笑。

我们事先已经商量好要愚弄帕夫利亚。我拿起帕夫利亚放在长凳子上的瓶子，把它扔进了河里。瓶子翻了个身，在月光下闪现了一下。在月光的照耀下，一圈圈波纹向岸边扩散开去。

我在陡岸上继续往前跑去。从那里飘来一阵潮气和欧白芷的气味。我气喘吁吁地跑到了菩提树林荫大道上。前面灯光闪烁。

“科斯季克！”我听到了玛露霞舅妈焦急不安的声音，“是你吗？”

“是我！”我回答，一面跑近前来。

“你们竟想出一些什么样的蠢事来啊！”玛露霞舅妈说。她站在林荫道上，头上裹着一块毛料的薄头巾，“妈妈很着急。这是谁想出来的？大概，是格列布吧？”

“不，不是格列布。”我撒谎说，“是我们一起想出来的。”

玛露霞舅妈猜对了。夜里绕着公园跑一圈的主意是科利亚舅舅的学生、布良斯克中学的中学生格列布·阿法纳西耶夫想出来的。他是个头发乱蓬蓬朝上直竖着的男孩子，他的主意可多了，很有想象力。他的灰眼睛里经常闪现着狡黠的火花，没有哪一天格列布不想出个什么花样来。因此，不管出了什么事，总是归咎于格列布。

第二天早上，科利亚舅舅检查了长凳子上的东西。那里没有帕夫利亚放下的那个瓶子。大家都嘲笑帕夫利亚，说他害怕了，没有跑到“夜莺谷”，就跑了回来，把瓶子扔在路上了。但帕夫利亚立刻就猜到了这是怎么回事，并威胁说：

“哼，你等着吧，格列布，我会叫你哭的！”

格列布一声不吭，但没有出卖我。

就在那天，帕夫利亚在浴场上逮住了格列布，把他的头按到水里浸了好几次，然后把格列布的长裤紧紧地打了个结，把它放到水里浸湿了。格列布花了好长时间才用牙齿解开裤子上的结。格列布穿着揉皱的长裤，看上去好一副可怜相。这是很难堪的，因为从奥廖尔市来的两个女中学生——卡列琳娜姐妹正和她们的母亲住在廖夫纳的别墅里。姐姐柳芭一直躲在公园僻静的角落里看书。她双颊绯红，浅色的头发总是披散着。我们经常在柳芭坐着的长凳子附近找到从她辫子上掉下来的带子。

妹妹萨莎很调皮，爱嘲笑人。格列布喜欢她，现在他穿着皱巴巴的裤子是不可能到她面前去的。我觉得自己对格列布是有过错的，所以请求妈妈给格列布熨平裤子。穿上熨平了的裤子，格列布立刻恢复了以前那种轻浮的样子。

夜里在公园里跑一圈，这并没有任何特殊的地方，但是我很久都记得这件事。我想起菩提花犹如波浪一般涌到我的脸上，想起麻鸽的叫声，想起繁星密布、充满快活的回声的那个夜晚。

在那个夏天，我有时好像觉得，大地上几乎没有为人类的悲伤留下任何藏身之处。

但过了命名日之后不久，我对此就感到动摇了。

我在我们的别墅附近看到了一个穿一件破厚呢上衣的赤脚男孩。男孩是来卖草莓的，他身上散发出浆果味和一股烟味。一罐草莓，他要10戈比，但妈妈给了他20戈比和一块馅饼。

男孩子低着头站着，用一只光脚搔弄着另一只脚。他把馅饼塞到怀里，默默不语。

“你是谁家的?”妈妈问他。

“阿尼斯卡家的。”他迟疑地说。

“你为什么不吃馅饼呢?”

“这是给妈妈的。”他没有抬起眼睛来，声音嘶哑地说，“她有病。她去运木材，肚子受了伤。”

“你父亲呢?”

“死了。”

孩子抽了抽鼻子，退后一步，跑了。他不时惊恐地回头望望，用一只手紧按着衣襟，以免馅饼从里面掉出来。

我好久忘不了这个浅色头发的男孩，并暗暗地指责妈妈。她用一块馅饼和20戈比来进行赎买，以免受到良心的责备。我很清楚这一点。我懂得，痛苦的不公正现象要求采取与微不足道的施舍完全不同的行动。但我还不知道怎样才能消灭它，消灭这种在生活中越来越经常碰到的不公正现象。

我们时常在喝茶时听到父亲和科利亚舅舅进行争论。他们争论关于俄国人民的未来。科利亚舅舅证明，人民的幸福全靠教育。父亲认为，革命才会带来幸福。帕夫利亚也参加争论，他自称是个民粹派。有一次，因为他在大学生集会上的发言，甚至差点儿没有把他从学院里开除出去。沃洛佳·鲁米扬采夫默不作声，但是后来他对我们这些男孩子们说，无论是父亲、科利亚舅舅，还是帕夫利亚，都完全什么也不懂。

“那您懂吗？”我们问他。

“一点儿也不懂！”沃洛佳高兴地回答，“我也不想懂。我爱俄罗斯——这就够了！”

沃洛佳·鲁米扬采夫是科利亚舅舅在布良斯克兵工厂里一个敬爱的同事、鲁米扬采夫大尉的弟弟。

沃洛佳有点儿耳聋。他那火红色的大胡子里经常翘着干草——他在干草棚里过夜。他蔑视一切能使生活舒适的东西。沃洛佳把一件卷起来的大学生制服上衣塞在头底下，当作枕头。他走路时两只脚好像在划船，说话发音不清。他在上衣里面穿一件褪了色的蓝色斜领衬衫，用一根带穗头的黑丝带束在腰上。

沃洛佳的手总是被显影液和定影液蚀伤——他在搞照相。他是个有进取心的人。他与莫斯科的谢列尔和纳布戈列茨石印工厂签订了合同——夏天他到各个偏僻的小城镇去，拍下那里的名胜古迹，石印厂再根据沃洛佳的这些照片印制各个城市的风景明信片。车站上的书亭里出售这些明信片。

我们喜欢沃洛佳的这个工作。他时常会从廖夫纳消失，几天见不到他的面，后来回来了，对我们讲述他到过了哪些地方。有时到叶夫列莫夫，有时到叶列茨，有时又到利彼茨克。

“瞧，这才是生活，中学生先生们!”他坐在水滨浴场上，一边给他火红色的头发擦了一头肥皂，一边这样说，“前天我渡过奥卡河，昨天渡过莫克沙河，今天又渡过廖夫纳河。”

他对俄罗斯外省的热爱感染了我们。他非常了解这些地方——了解那里的集市、修道院、有历史意义的庄园以及风俗习惯。他去过塔尔汉纳，去过莱蒙托夫的故乡，到过库尔斯克附近的费特[1]的庄园，去过列别江的马市，到过瓦拉姆岛[2]和库利科沃会战[3]的战场。

到处他都有一些老太婆朋友——从前的女教师和官太太们。他住在她们那里。她们用菜汤和鱼肉馅饼款待沃洛佳。他为了表示感谢，要么教会老太婆们的金丝雀唱波尔卡舞曲，要么送给老太婆们一些过磷酸钙肥料——往种着天竺葵的花盆里撒上一些，好让它们开出大朵大朵鲜红的花

---

① 阿·阿·费特（1820—1892），俄国诗人。——译者

② 拉多加湖中的瓦拉姆岛上有诺夫哥罗德人14世纪修建的瓦拉姆斯基·斯帕索–普列奥布拉任斯基修道院。

③ 指1380年9月8日德米特里·顿斯科伊（1350—1389）统率的俄军与蒙古–鞑靼人的军队在顿河上游进行的会战。

来，使邻居们看了感到惊讶。

他不参加关于俄罗斯命运的争论，但是当谈到坦波夫的火腿、梁赞的冰冻苹果或伏尔加河的鲟鱼时，他却要参与其中了。对这些东西的知识，谁也无法和沃洛佳相比。科利亚舅舅嘲讽地说，只有沃洛佳·鲁米扬采夫一个人知道树皮鞋在基涅什马卖什么价钱，在卡利亚津，1俄磅鸡毛值多少钱。

有一次，沃洛佳·鲁米扬采夫到奥廖尔去了一趟，给我们带回了一个悲哀的消息。

我们在别墅附近打槌球。大家都被槌球吸引住了，常常打到天黑还不肯罢休，于是把灯拿到槌球场上来。

无论在哪里都不像在槌球场上争吵得那样厉害，特别是和我大哥鲍里亚吵得更凶。他打得很出色，不久就成了“强盗”[①]。于是他用自己的球去击我们的球，把我们的球打出去很远，有时我们根本就找不到它们。我们生气了，当鲍里亚瞄准的时候，我们就嘟嘟囔囔地说：“鬼钻到手底下，嘴里爬进癞蛤蟆!”这个咒语有时还真有用，鲍里亚没能打中。

我们也和格列布争吵。当格列布和萨莎对抗的时候，他总是打不中，故意输掉，好让这个小丫头感到心满意足。而当他与萨莎搭伴和我们对垒时，却显得异常灵巧和善于耍赖，总是他赢。住在别墅里的人通常这时都聚集在槌球场上。就连科利亚舅舅的两条狗——莫尔丹和切特韦尔塔克，也跑来看打槌球，不过颇有远见地卧在松树后面，免得被球打着。

这天早晨，槌球场上和往常一样，热闹得很。后来听到了辚辚的车轮

---

① 打槌球的术语。——译者

声，一辆四轮马车驶近科利亚舅舅的别墅。不知是谁喊了一声："沃洛佳·鲁米扬采夫来了！"谁也没注意这回事——大家对沃洛佳经常外出、经常回来已经习以为常了。

1分钟后沃洛佳出现了。他身穿满是灰尘的肥大的长袍，脚上穿着靴子。他的脸皱着，好像要哭出来的样子。他手里拿着一张报纸。

"怎么回事?"科利亚舅舅惊恐地问他。

"契诃夫死了。"①

沃洛佳转身回别墅去了。

我们跟着他跑了回去。科利亚舅舅夺过沃洛佳的报纸，看过后，把它丢到桌子上，就回自己屋里去了。感到不安的玛露霞舅妈跟着他走了进去。帕夫利亚摘下夹鼻眼镜，好长时间在用小手帕擦它。

"科斯季克，"妈妈对我说，"你到河边去，叫爸爸回来。让他至少是现在不要再捕鱼了。"

她说这话的口气，仿佛是父亲已经能够知道契诃夫的死讯，但由于缺乏道德观念，并不认为这有什么意义，所以也不感到悲痛。

我为父亲觉得委屈，但还是到河边去了。格列布·阿法纳西耶夫也和我一道去。他突然变得非常严肃。

"是啊，科斯季克！……"他在路上对我说，还痛苦地叹了口气。

我对父亲说，契诃夫死了。父亲的脸立刻好像变瘦了，背也弓了起来。

"你看，"他茫然地说，"怎么会是这样的呢……我没想到我会比契诃夫活得时间更长……"

---

① 契诃夫死于1904年7月2日（公历15日）。

我们回来时从槌球场旁经过，槌子和球乱丢在槌球场上。鸟儿们在菩提树上叽叽喳喳地叫着，阳光透过树枝，往草地上撒下许多绿色的斑点。

我已经看过契诃夫的书，非常喜欢他的作品。我走着在想，像契诃夫这样的人是永远也不应该死的。

两天后，沃洛佳·鲁米扬采夫去莫斯科参加契诃夫的葬礼。我们把他送到西涅泽尔基车站。沃洛佳带了一篮鲜花，要把这些花放到契诃夫的坟墓上。这是些普通的田野里的野花，是我们在草地上和树林里采集来的。妈妈把花包装起来，在一层和一层之间填上潮湿的青苔，上面蒙了一块湿麻布。我们竭力多采集一些乡村里的鲜花，因为我们深信，契诃夫准会喜欢它们。我们采集了许多黄精、石竹、矢车菊和母菊。只有玛露霞舅妈在公园里剪了一些茉莉花。

列车在傍晚开车。我们步行回廖夫纳，只是到黎明时才走到家。一弯新月低悬在森林上方，它那柔和的光辉在雨后的草地上放射出异彩。不久前下过一场雨，空气中飘散着湿润的草香。一只来迟的杜鹃在公园里咕咕地叫着。后来月亮落下去了，群星闪烁起来，但黎明时的薄雾很快就遮住了它们。雾好长时间沙沙地响着，从灌木丛上流下来，直到宁静的太阳升起，晒暖了大地。

我当然还是个孩子

副校长博江斯基很快走进我们三年级的教室。博江斯基穿着一件新制服上衣。副校长的眼睛狡猾地闪着亮光。我们站了起来。

“为了圣谕赐予我们人民公民自由，”博江斯基说，“中学停课3天。祝贺你们！把书收拾起来，回家去吧。不过，我劝你们这几天不要在大人脚边绊来绊去。”

我们从中学里跑了出来。那一年的秋天很不寻常。10月里太阳还是灼热的。花园披上了枯叶的金装，却几乎没有把黄叶撒落在小径上。满园秋色，金光灿烂，艳丽异常。我们都穿着夏天穿的薄大衣。

我们纷纷跑上街去，看到大学很长的建筑物旁有一群群擎着红旗的人，大学门口的圆柱下有人在发表演说。人们高呼“乌拉”，许多帽子飞上空中。

我们爬上尼古拉耶夫小公园的围墙，也高呼“乌拉”，把制帽抛向空中。帽子落下来时挂到了栗树上，我们摇晃栗树，树叶像下雨一样簌簌响着撒落到我们身上。我们哈哈大笑，高兴极了。我们的制服大衣上已经别上了红色的花结。尼古拉一世的黑色青铜像伸出一只脚站在小公园中的底座上，傲慢地望着这个混乱的场面。

人群安静下来了，红旗向下低垂着，我们听到了庄严的歌声：

我们在决定性的斗争中牺牲……[①]

大家都跪了下来。我们也摘下制帽，唱送葬曲，尽管我们并不知道全部歌词。后来人们站起来，从尼古拉耶夫小公园围墙旁走了过去。我在人群中看到了我的大哥鲍里亚和我们的房客、门的内哥罗大学生马尔

---

① 从1880年开始流行的一首歌曲。

科维奇。

“马上回家去!”鲍里亚对我说,“可别一个人到街上来。”

“我想跟你在一起。”我怯生生地说。

“会把你挤死的。回家去,明天你什么都看得到的。”

我很希望能和这幸运、庄严的人群走在一起,但鲍里亚已经不见了。

前面很远的地方,乐队开始奏乐了,我听出这是自由奔放、音调高亢的《马赛曲》的声音:

与旧世界彻底决裂,
从我们脚上抖落它的灰烬![①]

我从围墙上爬过去,混到了人群中间。一个戴卡拉库尔羊羔皮帽的姑娘,大概是高等女子学校的学生,向我伸出手来,于是我们一同向前走去。面前除了背脊,我什么也看不见。房顶上站着一些人,在向我们挥着帽子。

当我们经过歌剧院的时候,我听到了马蹄声。我爬上人行道旁的石柱,看到了一条骑警的散兵线。他们在后退,给人群让路。肥胖的警察局长也和警察一起后退。他一直在举手敬礼,宽容地微笑着。

我从柱子上爬下来,已经又什么也看不到了。我只是凭商店的招牌识别出我们是在往哪里去。瞧,我们正沿着丰杜克列耶夫大街向下,从别尔

① 用《马赛曲》的调子演唱的П·Л拉夫罗夫(1823—1900)的《新歌》。在1917年二月革命到十月革命这段时期,是临时政府的“国歌”。

贡尼耶剧院旁走了过去，现在转到了克列夏季克，正经过基尔赫格伊姆的糖果点心店。我们经过柳杰兰大街，走过了伊济科夫斯基的书店。

“我们到哪里去?”我问那个戴卡拉库尔羊羔皮帽的姑娘。

“到市杜马去，那里要举行群众集会。现在我们像鸟儿一样自由了。您懂吗?”

“懂。”我回答。

“您住在哪儿?”她突然问。

“住在尼科尔-博塔尼切斯卡亚大街。”

“父母知道您参加游行吗?”

“现在大家都在游行。”我回答，竭力回避谈到父母。

我们经过巴拉布哈的干果店，过了尼古拉耶夫大街，然后站住了。不能再往前走了，因为一直到市杜马，全都是密密麻麻的人群。市杜马房顶上，最高领袖米哈伊尔的镀金像——基辅的市徽——闪着金光。可以看到市杜马宽阔的阳台，上面站着一些没戴帽子的人。其中一个开始说话了，但什么也听不见。我只看到风吹拂着他的花白头发。

有人抓住了我的肩膀。我回头一看，拉丁语教师苏博奇站在后面。

“康斯坦丁·帕乌斯托夫斯基，”他严厉地说，但是他的眼睛在笑，“你也在这儿呀！赶紧回家去。”

“别担心，他跟我在一起。”那个姑娘说。

“对不起，小姐，我不知道。”苏博奇彬彬有礼地回答。

人群开始后退，把我们和苏博奇挤开了。姑娘拉住我的手，我们开始向人行道挤去。

“安静，公民们!”旁边有一个嘶哑的声音喊。

这时，忽然变得很静。姑娘和我一起挤到了人行道上，她把我拉到一幢大门口有拱顶的黄房子的墙跟前。我认出这是邮政总局大楼。

我不明白她为什么这样紧紧地拉着我，把我拖进大门洞里。除了人的背脊和鸽子——鸽子在人群头顶上飞翔，好像一些纸片在太阳下不时发出微弱的闪光——我什么也看不见。远处不知什么地方在吹号，嘀——嘀——嗒——嗒！嘀——嘀——嗒——嗒！后来又静了下来。

“士兵同志们！”一个嘶哑的声音又喊了一声。喊声过后，立刻听到仿佛撕棉布的声音，声音很响。墙上的灰泥撒了我们一身。

鸽子纷纷向一旁飞去，天空中变得空荡荡的，什么都没有了。传来第二声撕棉布的声音，人群向墙边跑来。

姑娘把我拖进了院子。我在克列夏季克最后看到的，是一个身材矮小的大学生，他穿着一件敞开的制服大衣。他跳上巴拉布哈商店的窗台，举起黑漆漆的勃朗宁手枪。

“这是怎么回事？”我问那个姑娘。

“开枪了！军队开枪了！”

“为什么？”

她没回答。我和她穿过一些狭长的、很容易在里面迷路的院子奔跑着，听到后面传来叫喊声、枪声、脚步声。天色立刻变昏暗了，空中黄烟弥漫。因为背着书包，我跑起来很吃力。书在书包里啪嗒啪嗒地响。

我们从那些院子里跑到了缺口街，然后往上，向金门跑去。有两辆上过漆的急救马车从我们身旁飞驶而过，一些脸色煞白的人气喘吁吁地赶过了我们，一队哥萨克策马在缺口街上驰骋。前面一个军官手执出鞘的军刀，策马疾驰。有人在哥萨克后面尖声吹了一声哨子，但他们并没有停下来。

“天哪，多么卑鄙！”那个姑娘反复说，“什么样的圈套啊！一只手给予自由，另一只手枪杀！”

我们兜了一个大圈子，经过弗拉基米尔大教堂，来到尼古拉耶夫小公园前——不久前我正是从这儿的围墙上探出身子，高呼“乌拉”并挥动帽子的。

“谢谢你。”我对那个姑娘说，“这儿离家已经很近了，我自己能走回去的。”

姑娘走了。我靠在小公园的围墙上，摘下帽子——它压迫我的脑袋，头痛得厉害。我感到可怕。一个头戴圆顶礼帽的老头儿在我身旁站停下来，问我怎么了。我什么都不能回答。老头儿摇摇头，走了。

我使劲戴上帽子，向尼科尔-博塔尼切斯卡亚大街自己的家里走去。天已经暗了，殷红的落日的余晖照在窗户上。平常这个时候路灯已经开始亮了，可是现在不知为什么却没有亮。

在我们那条街的拐角上，我看到了妈妈。她很快地迎着我走来。她一把抓住我的肩膀，突然大声喊道：

“鲍里亚呢？你看到鲍里亚了吗？”

“在那儿。”我朝克列夏季克那边指了指。

“回家去！”妈妈说，说罢顺着街道往上跑去。

我站了一会儿，望了望她的背影，慢慢走回家去。我们这条街上和往常一样，阒无一人。窗户里灯已经亮了——我看到了爸爸书房里桌子上那盏罩着绿灯罩的灯。女仆莉莎站在敞着的便门旁，她取下我的书包，用自己的手帕给我擦了擦脸，说：

“真贪玩呀！因为你们，把人都急疯了！走，去洗个脸吧。”

我在家里只遇到了加莉娅和季马。加莉娅在各个房间里走来走去，老是碰到椅子上，而且翻来覆去地说：“大家都在哪里呢？大家都在哪里呢？”季马坐在窗台上，侧耳倾听。他没有去参加游行。他很想听到枪声，希望坐在窗台上能够听到。

我洗了脸。莉莎递给我一杯热牛奶。我一直在偷偷地哭泣。

“你看到了被打死的人吗？”季马问我。

“啊！”我啊了一声，什么也不明白。

“别缠着他！”加莉娅生气地说，“你看，他像个什么样啊！”

后来，妈妈终于和鲍里亚一起回来了。鲍里亚满身灰尘，帽子也不见了。他奇怪地微笑着，好像聋了似的。妈妈回来不久，大学生马尔科维奇也回来了。他说，他看到了许多被打死和受伤的人。

妈妈放下窗帘，吩咐莉莎没弄清是谁拉门铃，不要给任何人开门。随后，妈妈打发我去睡觉。在躺下以前，我撩起窗帘，朝街上望了望。路灯到现在还没亮。一种莫名其妙的灰色的亮光落到了房顶上，那样宁静，仿佛城市里的人都死光了。有一个骑马的人从隔壁一条街上跑过，随后又静了下来。

我放下窗帘，脱掉衣服，躺下睡觉。我望着厚厚的墙在想，这座两层楼的房子就像一座堡垒，什么样的子弹都打不透它。圣像前神灯上绿色的火苗在噼噼啪啪地响。我打起盹儿来。睡梦中我听到了门铃声、匆匆忙忙的脚步声，后来又听到了父亲的声音。他在饭厅里走来走去，一直说个不停。

早晨，妈妈叫我别离开我们家的院子，哪儿也不要去。我心里难过，决定根本不出家门。我披上大衣，坐到阳台上，开始读指定我们阅读的涅克拉索夫的诗。但是我总共只读熟了两行："深秋。白嘴鸦已经飞走。林中叶落尽，田野亦荒芜。"[①]一切都会转移我的注意力。一队消防队员过去了。后来扎多罗日内依上尉从厢房里走了出来，他是个黑帮分子[②]，又是个粗暴无礼的人。他穿一件灰色的军大衣，系着武装带，腰上除了军刀，还挎着一支装在皮套里的手枪。他的妻子，一个瘦得像熨衣板一样、披头散发、眼睛下面发青的女人，也跟着他走到了台阶上。一件绣着孔雀的日本黑长袍穿在她身上又宽又大，晃来晃去。

扎多罗日内依参加过日俄战争，不久前才回来，带回了两个大箱子。箱子里有茧绸、长袍、扇子，甚至还有一把中国弯刀。"奉天的英雄！"[③]父亲嘲讽地这样叫扎多罗日内依。

"乔治，"扎多罗日娜娅装腔作势地尖声说，"您别忘了，我担心哪。"

"没事，我的朋友！"扎多罗日内依雄赳赳地回答，并且吻了吻她的手，"我们只不过是要结束这种混乱局面。"

他头也不回地走了。

日俄战争刚刚结束，我们孩子们和大人们同样感到难过和愤怒。

我们听到大人们谈论指挥部的无能，谈论"草包"库罗帕特金[④]，谈论斯特赛尔[⑤]的背叛行为，谈论他交出旅顺港的事，以及盗窃国家财产的

---

① 涅克拉索夫的诗《未收割的土地》。

② 帝俄时代极端反动的保皇组织的成员。——译者

③ 奉天即沈阳。1905年日俄战争期间，俄国打了败仗，所以这是一句讽刺的话。——译者

④ 阿·尼·库罗帕特金（1849—1925），俄国步兵上将，陆军大臣，日俄战争的最高统帅。

⑤ 阿·米·斯特赛尔（1848—1915），俄国中将，日俄战争时守卫旅顺的主将，他把旅顺要塞交给了敌人。

军需官们的罪行。听他们说专制政体的俄国像块腐烂的麻布，已经破烂不堪了。

但同时我们还听到大人们说，俄国士兵多么英勇，有伟大的刻苦耐劳的精神。还说不能再这样继续下去了，人民的长期忍耐已经到了极限。

对我们来说，最可怕的打击是俄国舰队在对马岛附近的覆灭[1]。有一次，鲍里亚给我看一张纸。上面用胶版印出几行发白的、淡紫色的字。字迹依稀可辨。

“这是传单吗？”我问。我已经好几次看到贴在我们中学墙上的传单了。

“不是，”鲍里亚回答，“这是诗。”

我很吃力地看清了开头几行：

够了，够了，对马岛的英雄们！
你们已成了最后的牺牲品。
自由，故乡土地上的自由
已经临近，正在叩门。

自由！当时我还只能模模糊糊地想象它是什么。在我的想象中，它就像挂在父亲书房里的那幅寓意画上的那样。那幅画上画着一个年轻妇女，她怒容满面，神采奕奕，露出健壮的胸部，站在街垒上。她一只手里高举

---

① 1905年5月14日—15日（公历27日—28日），日军舰队在对马岛附近击溃俄国太平洋分舰队，俄国被迫求和。

着一面红旗，另一只手正在把一根冒着烟的引火线贴近一门大炮。这就是自由。她身后拥挤着一些手中持枪、身穿蓝色短衫的人，还有一些受尽折磨，但喜形于色的妇女、孩子，甚至还有一个戴着破礼帽的年轻诗人。所有的人都令人鼓舞地唱着，大概是在唱《马赛曲》："拿起武器，公民们！光荣的时刻已经来临！"

鼓声咚咚，号声嘹亮。自由胜利地在国土上行进，人民的暴风雨般的呼喊在欢迎它的到来。

有一个人跟在自由后面，他很像大学生马尔科维奇，也是这样皮肤黝黑，两眼炯炯有神。他手里拿着一支手枪。

有一次，我隔着朝着我们阳台的窗户向马尔科维奇的屋里看了一眼，看到马尔科维奇一面低声唱着，一面在擦拭一支钢制的乌黑的勃朗宁。一些铜制的小子弹放在桌子上一本打开的医学教科书上。

马尔科维奇看到了我，立刻用报纸把勃朗宁遮盖起来。

第二天早晨，莉莎从墙上取下圣像，把它放在窗子上。打扫院子的伊格纳季用粉笔在我们房子的大门上画了一个很大的十字。然后他闩上大门和便门，我们仿佛都到了堡垒里。

妈妈说，城里已开始发生屠杀犹太人的暴行。"根据从彼得堡来的命令，"她又补了一句。莉莎小声说，已经在捣毁瓦西里科夫大街上的房屋，暴行快要蔓延到我们这儿来了。

马尔科维奇和鲍里亚一起出去了。马尔科维奇穿上了靴子，大学生的制服上衣上束了一条皮带。妈妈不愿放鲍里亚出去，但父亲生气地对她喊了一声。于是她给鲍里亚画了十字，吻了吻他，然后才放他出去。鲍里亚和马尔科维奇下楼梯的时候，妈妈一直在请求马尔科维奇照看鲍里亚。

“他们上哪儿去?”我问父亲。

“去大学生的战斗队，保卫犹太人。”

鲍里亚和马尔科维奇走后，父亲也出去了。我和季马整天在院子里走来走去。中午我们听到了枪声，后来枪声更密集了。瓦西里科夫大街上起火了，大片大片纸灰落到我们的院子里。

白天，父亲领来了一个神色惊慌的犹太老太婆，头巾已经从她花白的头发上滑了下来。她手里搀着一个一声不吭的小男孩。她是一个熟识的医生的母亲。

妈妈把伊格纳季叫来，自己到厨房里去，给了他10卢布。但伊格纳季把钱还给了妈妈，说：

“我自己屋里也藏着人，裁缝缅杰尔和他一家老小都在我家里。您最好还是留点儿神，别让扎多罗日娜娅看见。”

傍晚前，有个矮个子、戴黑色便帽的小伙子走近我们的大门。便帽下露出一绺湿淋淋的头发，整个下巴上都粘着葵花子壳。

一个高个子老头儿小心翼翼地跟在小伙子后面。老头儿刮过了脸，穿一条裤腿很短的长裤，戴一顶很漂亮的帽子。老头儿后面是一个没戴帽子、眼睛浮肿、样子轻佻的人，还有一个披着暖和的披巾的胖老太婆，老太婆后面是几个神情狡猾的年轻人。这老太婆是个小贩，以前我经常在加里茨市场上看到她。现在她拿着一条新的空口袋。

“开门!”小伙子喊了一声，并用铁棍敲了敲便门。

伊格纳季从他住的屋子里走了出来。

“有犹太人吗?”小伙子问他。

“都是像你一样的人。”伊格纳季懒洋洋地回答。

“护着犹太人吗？”小伙子大声喊道，说着用力摇动便门，“我们完全清楚。开门。”

“我这就请扎多罗日内依上校出来，”伊格纳季吓唬他说，“他会用他的方式来跟你谈。”

“我才瞧不起耶路撒冷的上校呢！我们要把你的上校熬汤喝！”

这时，在厢房里偷听这场谈话的扎多罗日娜娅夫人忍不住了。她像一只发狂的母鸡飞也似的穿过院子，冲了出来。她那件黑长袍的袖子随风飘扬，发出呼啦呼啦的响声。

“下流胚！”她大喊一声，隔着便门的栅栏往小伙子脸上啐了一口唾沫，“你怎么敢侮辱皇家军队的军官！流氓！瓦西里！”她尖声喊，“到这儿来，笨蛋！”

慌慌张张的勤务兵从厢房里跳了出来。他从板棚里抄起一把斧头，向便门跑来。小伙子一下子跳开了，不时回头望望勤务兵，沿着街道向前跑去。跟小伙子一起来的那些人也跟在他后面踏着小步很快地走了。勤务兵还在用斧子吓唬那个小伙子。

“真新鲜！”扎多罗日娜娅一面说，一面掩上长袍的衣襟，回到厢房里，“每个下流胚都冒充真正的俄罗斯人！不，对不起！你们要记住，不管是谁，都别想要这套把戏！”

这样一来，黑帮分子的老婆竟出人意料地使我们家免遭暴徒的袭击。大人们后来对这件事扯笑了好久。

小伙子站停在隔壁一家门前，又开始用力敲门。这时季马把我拉到我们住宅上面的顶楼上，那儿早就挂着一个从来没有用过的大弹弓。我们管它叫“弩炮”。

一条很粗的橡皮带用钉子紧紧钉在已经打破的天窗的窗框上。这个弹弓是我们搬来以前住在这幢屋子里的小孩子留下来的。

我在顶楼上挑了一块坚硬的黄砖头。季马把它放到弹弓上，夹紧了。我们俩人用尽全身的力气拉开弹弓，瞄准那个小伙子，放了一“炮”。

砖头打落树叶，尖声呼啸着飞过院子，扑通一声打到正在人行道上走着的高个子老头儿脚边，击得粉碎，几十块碎片飞向四面八方。我们没有打中。

由于出乎意外，老头儿蹲了下来，随后跳起来就跑。小伙子也跟在他后面飞跑，靴子发出咯噔咯噔的响声。

“再给我一块砖！”季马对我喊道。

但我迟了一步，小伙子已经躲到了拐角上那座房子的后面。

“你拉得不对，”季马说，“所以我们没有打中。你拉歪了。”

季马总是喜欢把错误推到别人身上，以后要为此争论好久。

虽然我们没有打中，但还是为用“弩炮”开的这一炮感到自豪。

晚上，莉莎给伊格纳季屋里送去一些麦粥，是送给缅杰尔裁缝一家人吃的。我硬要跟着莉莎一起去。

扫院子的人住的房子窗户已经拉起了窗帘。伊格纳季坐在小凳子上，轻轻地拉着手风琴，哼着华尔兹舞曲《在满洲的丘陵上》——纪念日俄战争的歌曲：

可怕的夜，只有风在丘陵上呜咽……

缅杰尔家的人已经睡了，裁缝本人还坐在煤油灯下用白线缝制一件新西装上衣。

“人家在追你，”他说，“要杀死你，可你还缝啊，缝啊。要不然，就没法儿生活呀。”

莉莎站在门边，心里难过地听着伊格纳季的歌声：

高空中月亮多孤单，

照着士兵的坟墓，心中好凄惨……

小红灯

我点燃罩着红玻璃的小灯笼。灯笼里面放进了一个小煤油灯。

小灯笼发出深红色的亮光，照亮黑暗的小储藏室和乱堆在地板上、落满灰尘的破烂。

我着手把父亲拍摄的胶片显影。父亲有一架“柯达”小照相机。父亲喜欢拍照片，但是拍好的一卷卷底片却一连好几个月乱放在父亲书桌的抽屉里。在重大节日之前，家里开始收拾房间。妈妈把这些胶卷拿出来，都给了我，于是我就来显影了。

这是一件很吸引人的事情，因为我永远也无法猜到，底片上会出现什么。除此而外，当我在显影的时候，无论是谁，就连妈妈都不敢到储藏室里来，这也让我感到高兴。我与世隔绝了。平常听惯了的那些声音——碟子的响声，嘀嗒的钟声，女仆莉莎尖锐刺耳的声音——几乎都传不到小储藏室里来。

储藏室的墙上挂着一个用硬纸板做的假面具。面具的造型是一个翘鼻子的小丑，通红的脸蛋儿向外突出，好像两个松球。面具歪戴着一顶白色的小高筒礼帽，礼帽下翘着一绺棕红色的麻屑。

在红灯的灯光中，面具好像活了起来。小丑望望盛显影液的黑盘，胶片就浸在显影液里。小丑甚至会对我眨眨眼。从面具上散发出一股糨糊味。有时住宅里一切都静了下来——就连最吵闹的家庭里也常会有这种情况。那时我单独面对这个小丑，会感到不大自在。

我渐渐地研究它的性格。我知道小丑是个爱嘲笑人的人。对它来说，世界上没有任何东西是神圣的，而且归根结底，它一定会因为我们让它一生都关在储藏室里而向我们复仇。我甚至好像觉得，因为老是不说话，小丑感到厌烦了，有时在嘟嘟囔囔地说些什么，或者低声哼着小曲：

胡说八道在篱笆上
把果酱熬制。
在这个星期天，
一只公鸡成了母鸡的盘中餐。

但只要我一打开储藏室的门，让微微发蓝的白天的光线照射进来，小丑就立刻死了，而且蒙上了一层灰尘。

这一次，父亲自已给我拿来了几卷底片，让我显影。

父亲去莫斯科刚刚回来。那是在1906年1月初，父亲到莫斯科时正赶上十二月起义的最后几天。他讲了普列斯尼亚街垒上的故事、民众纠察队员的事迹、炮火的情况。尽管起义失败了，父亲回来时还是非常兴奋，他被莫斯科的严寒浸透了。他坚信，俄国的全民起义和期待已久的自由已经为期不远了。

“显影要显得清晰一些，”父亲说，“里面有莫斯科具有历史意义的照片。不过，我记不得是在哪几卷上了。”

所有胶卷都是一模一样的，父亲没有在上面做上记号。我只好胡乱猜测着显影。

第一卷上没有莫斯科的照片。上面只有一个又瘦削又矮小的人的几张照片。那人穿一件短上衣，系一条打着花结的领带。这个人站在墙边，墙上挂着一幅狭长的画。

我好久看不清这幅画上画的是什么。后来，我终于看到一张瘦瘦的脸，脸上有一个鹰钩鼻子和一双神情悲哀的大眼睛。这张脸全部埋在鸟的羽毛里。

父亲走到储藏室前，问：

“怎么样？有莫斯科的照片吗？”

“暂时还没有。有一个小老头儿站在墙上的一幅画旁边。”

“这是弗鲁别利啊！难道你不记得他了吗？当心，别在显影液里浸得时间过久了。”

“画上什么也看不出来，只有一张脸和一些羽毛。”

“就需要这样，”父亲回答，“这是《魔鬼》。”

父亲走了。这时我想起来，有一次父亲在早上喝茶的时候对妈妈说，米哈伊尔·亚历山德罗维奇·弗鲁别利已经来到基辅，要在基辅待几天，他请父亲到旅馆里去看他。

“我不理解你为什么对弗鲁别利着了迷，”妈妈不满意地说，“颓废派的作风！我害怕这些好像有精神病的画家。”

但父亲还是去看望弗鲁别利了，而且把我也带了去。我们走进金门附近的一家旅馆，登楼到了五层楼上。走廊上散发着旅馆里早上的气味——花露水和咖啡的香味。父亲敲了敲一扇很矮的门。给我们开门的是一个穿着旧西装上衣的、瘦削的人。他的脸、头发和眼睛都和上衣是同一种颜色——灰色中带有淡黄色的斑点。这就是画家弗鲁别利。

“这个年轻人是谁?”他问，并紧紧地抓住我的下巴，“您的儿子？完全像水彩画上的小男孩。”

他拉住父亲的手，把他领到桌边。

我胆怯地仔细打量这间屋子。这是一间顶楼，有几张水彩画用大头针钉在暗色的糊墙纸上。

弗鲁别利给父亲和自己各斟了一杯白兰地，很快喝干自己那一杯，然后在屋里来来回回走了起来。他的鞋后跟踩在地板上发出咯噔咯噔的响声。我发觉他的鞋后跟很高。

父亲说了一些称赞钉在糊墙纸上的图画的话。

“都是些破烂货!”弗鲁别利挥了挥手。

他不再在屋里踱来踱去，坐到了桌边。

“我怎么老是像只松鼠一样转来转去，”他说，“我自己都觉得厌烦了。我们是不是到卢基扬诺夫卡去，格奥尔吉·马克西莫维奇?”

“去基里洛夫教堂吗?”

“不错，我想看看自己的作品。我已经完全把它给忘了。”

父亲答应了。我们三个人一起乘马车去卢基扬诺夫卡。马车夫赶着马车拉着我们在似乎没有尽头的里沃夫大街上走了很久，后来又在同样好像没有尽头的多罗戈日茨大街上行驶。弗鲁别利和父亲在抽烟。

我看着弗鲁别利，觉得他怪可怜的。他全身抽搐，眼珠很快地转来转去，说一些叫人听不懂的话。刚抽起了烟，马上又把香烟扔掉。父亲和他说话的口气十分温柔，就像在哄小孩似的。

我们在费多罗夫教堂附近把马车夫打发走了，然后在花园之间的卢基扬诺夫卡街道上步行。我们走到了陡岸上，道路盘旋而下。在下面已经可以看到基里洛夫教堂的小圆顶了。

"稍坐一会儿吧。"弗鲁别利提议。

我们坐到路边的地上，周围长着落满尘土的野草。第聂伯河上蓝色的天空好像无精打采的样子。

"糟透了，格奥尔吉·马克西莫维奇，"弗鲁别利说，拍拍自己皮肤松弛的脸颊，笑了起来，"我拖着自己这令人讨厌的躯壳，已经感到厌烦了。"

我当然不大懂弗鲁别利所说的话的意思，而且要不是父亲把他的情况讲给妈妈听，后来又讲给科利亚舅舅和一些熟人听，要不是他们大家都可怜弗鲁别利，本来我也不会记住这次谈话的。

弗鲁别利在基里洛夫教堂里默默地仔细观看他自己画的壁画。这些壁画仿佛是用蓝、红、黄三色黏土塑成的。我不相信，墙上这么大的画会是这个瘦削的人画出来的。

"瞧，这才是绘画！"当我们走出教堂的时候，弗鲁别利提高声音说。

我感到奇怪，父亲对这些话竟心平气和，甚至还同意弗鲁别利的说法。然而，他却决不允许无论是我还是我的哥哥们说一句夸口的话。因此，当我们在列伊塔尔大街和弗鲁别利分手以后，我对父亲说，我不喜欢弗鲁别利。

“为什么呢?”父亲问。

“他是个爱说大话的人。”

“小傻瓜!”父亲拍拍我的背,“别弓着背!”

“为什么是小傻瓜呢?”我委屈地问。

“首先应该了解,”父亲回答,“弗鲁别利是一个卓越的画家。总有一天你自己会明白这一点的。其次,还得了解,他是一个害病的人,是一个喜怒无常的人。还需要懂得一条极其宝贵的规律——不要凭一时激动而指责任何人。不然,你就总是会陷入愚蠢的境地。你倒是把背挺直啊!我并没有说任何委屈你的话。”

虽然底片上的影像已经显露出来了,但还是很难辨别出弗鲁别利背后那张画上有什么东西。我只知道,这是《魔鬼》。

我第一次看到这幅画,时间要迟得多,那是1911年冬天在特列嘉柯夫美术馆里。

由于严寒,莫斯科笼罩在轻烟薄雾之中。从小饭店膨胀起来的门缝里冲出一团团蒸气。在令人感到舒适的莫斯科的冰雪之中,在挂着霜花的林荫大道之间,在结了一层冰的窗户和微微发绿的煤气路灯的灯光之间,弗鲁别利的这幅画犹如一颗蓝色的钻石,犹如在高加索银光闪闪的峰顶上找到的珍宝,放射出异彩。在美术馆的大厅里,这幅画仿佛散发出一股美的寒气,让人感觉到人类悲哀的伟大。

我久久伫立在《魔鬼》前。我第一次懂得了,观看这样的画不仅能得到视觉上的高度享受,而且能从思想深处唤起一个人以前从未有过的一些想法。

我想起了莱蒙托夫。我想象他怎样走进特列嘉柯夫美术馆,马刺小心翼翼地不时发出轻微的响声。他进来时,在楼下前厅里敏捷地把灰色的军大衣扔到看门人的手里，然后长时间站在《魔鬼》前，用忧郁的眼睛仔细观看这幅作品。

这是他关于自己写下的这样几句痛苦的话："恰似夜间的流星之火，世界上不需要我。"[①]但，天哪，他大错而特错了！世界是多么需要这转瞬即逝的流星之火啊！因为人不仅仅是靠面包活着。

他认为自己是大地的俘虏。他在沙漠中浪费了自己心灵的热。但在这以后，沙漠里开遍了鲜花，充满了他的诗的力量、他的愤怒和悲哀，以及他对幸福的理解。要知道，这是他在羞怯地承认："银白色的铃兰从那丛林下向我殷勤地频频点头"。[②]谁知道呢，也许在洒上恶魔鲜血的山巅，在那砭人肌肤的、凛冽的寒冷空气里，已经充满这丛林中亲切的小花的芳香。虽说这芳香是十分淡薄、十分遥远的。而他，莱蒙托夫，也和这个被打倒的恶魔一样——只不过是一个孩子，没能从生活中得到他渴望得到的一切——自由、正义和爱。

"喂，怎么样?"父亲又从门外问我，"已经有莫斯科的照片了吗?"

父亲的声音使我从发呆的状态中清醒了过来。我开始把下面一卷胶卷显影，忘记了弗鲁别利。底片上出现了莫斯科积雪的街道和街道两旁低矮的房屋。一些用大桶、木板、石块和招牌筑成的不高的街垒横在街道中间。街垒旁站着一些穿便服的人，不过手里都拿着步枪和手枪。

后来出现了一些被炮弹打穿的、高大的房子，拱桥，笼罩在大火浓烟

---

① 莱蒙托夫的诗《无题》中的一句。

② 莱蒙托夫的诗《当着那苍黄色的麦浪在随风起伏》中的诗句。

之中的动物园，被子弹打穿的小饭馆的招牌，翻倒的电车。

这一切都笼罩在冬季的烟雾里，这我可毫无办法了。没有任何显影剂能消除这些烟雾，让人看清底片上的景物。

这烟雾最好不过地表现出了起义的局势。似乎从底片上散发出一股硝烟味。

起义！在当时那似乎还是宗法制社会的俄国，这个词听起来具有一种特殊的含义。我看过一些描写印度人民起义的小说，知道巴黎公社社员们起义的事迹，也知道十二月党人的暴动。但我觉得，莫斯科的起义是最有威力、最带有浪漫主义色彩的。

我拿来一张莫斯科地图。父亲在地图上向我指出所有发生过战斗和筑起街垒的地方——清洁池塘，萨莫杰卡，库德林广场，格鲁吉亚区，普列斯尼亚和拱桥。从那时起，在我的记忆中这些地方具有了历史意义。对我来说，这些地名也仿佛充满了一种特殊的魅力。

围绕着这次起义的一切，对我来说都有了重要意义——莫斯科烟雾缭绕的冬天，民众纠察队员们聚会的茶馆，莫斯科古老的特征已经和随起义而来的新时代混合在一起了。

穿着破厚呢上衣的马车夫，面包店招牌上的花形小甜面包，卖热馅饼的女小贩，而旁边却是子弹呼啸，跃进，手枪上的钢铁，红旗，高唱《华沙之歌》:"仇恨的旋风在我们头顶上打旋，黑暗的力量凶恶地压迫着我们。"

这一切富有战斗的诗意，散发出已经临近的自由的气息。这自由还是模模糊糊的，犹如冬天刚刚破晓时的黎明，具有朝气、信心和希望。

整个广袤的俄罗斯平原注视着在普列斯尼亚熊熊燃烧的火光，期待着民众纠察队员的胜利。这次起义犹如冬天的雷雨——新的雷雨和使人精神振奋的新的震荡的预兆。

现在我已经能表达出那时控制着我的那种兴奋心情了。当时我感觉到这一切，但是不能说明它。

第二天，我把所有照片都印了出来，拿给了父亲。天色已经黑了，书房里点着灯。灯照亮了书桌上那些熟悉的东西——钢制的机车模型，留着鬈曲络腮胡子的普希金的小塑像，一沓沓讽刺性的革命杂志——当时出版了很多这种杂志。最显眼的地方放着一张印着施密特中尉[①]照片的明信片，施密特披一件黑斗篷，斗篷上钉着狮头形的纽扣。

父亲正躺在沙发上看报。他看了看所有照片，说：

“不可思议的国家！弗鲁别利和起义！一切都在一起和睦相处，一切都导向一个结果。”

“导向一个什么结果？”

“一切导向美好的结果。你还会看到许多很有意思的事情，科斯季克。当然，如果你自己是一个有意思的人的话。”

荒凉的塔夫里达[②]

两年后，当我已经14岁的时候，妈妈坚持这一次我们不要去廖夫

---

① 彼·波·施密特（1867—1906），黑海舰队中尉，1905年塞瓦斯托波尔水兵起义的领导者之一。起义失败后被捕，1906年被杀害。——译者

② 克里木半岛的旧称。——译者

纳，而要到克里木去度夏。她挑选了克里木一个最宁静的小城镇——阿卢什塔。

我们经过敖德萨去克里木。敖德萨的旅馆都已经住满了，不得不住在车站附近阿丰修道院的会馆里。修道院里的见习修道士们——一些穿着长袍、系着黑漆皮腰带、面色苍白的青年人——用荨麻和干刀鱼烧的汤款待我们。

烧的汤、华丽的白色城市、冒着气泡的矿泉水以及港口，这一切都使我高兴极了。成群的鸽子在港口上空飞翔，宛如一片片瓦灰色的乌云，这乌云时常和一大片白色的海鸥混杂在一起。

我和大海又会面了。在这草原地带的海岸边，大海比在高加索沿岸更加温柔。

一艘“普希金”号旧轮船驶往雅尔塔。海上风平浪静。橡木船缘晒得烫手，简直不能把手放上去。由于轮船螺旋桨的转动，客厅里一切都在颤抖，叮叮当当地响。太阳穿过透光舱口、舷窗和开着的门照射进来。南方的光如此充足，使我为之惊讶。由于这光，只要是能够闪烁的东西，都在熠熠闪亮。就连舷窗上的帆布窗帘也好像不时发出耀眼的火光。

克里木宛如一个宝岛从蔚蓝色的海水中升出水面。岛上群山是淡紫色的，山巅白云缭绕。白色的塞瓦斯托波尔迎面向我们慢慢飘来。它用中午报时的炮声和安德烈耶夫旗[①]上的淡蓝色十字架来迎接我们这艘旧船。

“普希金”号在港口转弯，弄得海水仿佛沸腾起来，折腾了很长时间。从海底飞起一股股泡沫的喷泉。水在咝咝地响。我们从左舷跑到右

---

① 俄国军舰上的船尾旗，旗子是白的，上面有蓝色十字架。

舷，又从右舷跑到左舷，以免丢漏任何东西。瞧，那是马拉霍夫冈和阵亡将士公墓，那里是伯爵码头，康斯坦丁诺夫炮台几乎伸进波涛翻滚的海水里，那艘叛乱的“奥恰科夫”号巡洋舰周围全是浮筒。一艘海军快艇从一旁飞也似的驶过，把碧绿的海水抛上我们的船尾。

我像中了魔法一般看着周围的一切。这么说，实际上，而不仅仅是在书本上有这么一座城市，纳希莫夫[①]就是在这里牺牲的，圆形炮弹曾在这儿的棱堡上爆炸，炮手列夫·托尔斯泰[②]曾在这里作战，施密特中尉也是在这里宣誓要忠于人民。瞧，这座城市，它就在这里——在炎热的白昼，在金合欢的羽状树荫下面。

“普希金”号到晚上才到达雅尔塔。它慢慢驶进雅尔塔港口，仿佛驶进了一座用灯火装饰起来的花园中的凉亭。

我们下了船，来到一条用石头筑成的防波堤上。我看到的第一样东西是一个黑头发、黑皮肤的小贩的小车，小车上用竿子挂着一盏灯笼。灯笼照亮了长着密密绒毛的桃子和很大个儿的李子，李子皮上蒙着一层蓝灰色的粉。

我们买了些桃子，然后去“贾利塔”旅馆。愉快的搬运工搬运着我们的东西。

我累得很，在旅馆里立刻就沉沉入睡了，只是勉强注意到躲在角落里的一只蜈蚣和窗外黑压压的柏树。有一会儿工夫，我还听到院子当中的喷

---

① 巴维尔·斯杰潘诺维奇·纳希莫夫（1802—1855），俄国海军上将，1855年在保卫塞瓦斯托波尔的战斗中牺牲。

② 即俄国著名作家列夫·托尔斯泰。——译者

泉在轻轻歌唱。后来梦神抱起了我，像在摇篮里那样摇着我，抱着我飞往远方，飞往一个奇妙的地方——它是神秘的克里木的姊妹。

雅尔塔的沿岸大街是豪华的，到过雅尔塔之后，我觉得阿卢什塔枯燥乏味。我们住在斯塔赫耶夫沿岸大街后面的郊区。

砾石遍地，清香的侧柏林，荒凉的大海和遥远的苏达克群山，这就是在阿卢什塔时我们周围的一切。此外，阿卢什塔再没有旁的东西了。但要使我对阿卢什塔渐渐习惯并喜欢它，有这些也已经足够了。

我常和加莉娅到附近的一个葡萄园去，在那儿买早熟的甜葡萄、冰凉的大粒葡萄和淡玫瑰红的麝香葡萄。葡萄园里有蝉在叫，地上开着一种像大头针头那么大点儿的小黄花。

从一座白色的矮房子里走出一个上了年纪的女人，她叫安娜·彼得罗芙娜。她的脸晒得那么黑，以至她那灰色的眼睛看上去好像完全是白的。她给我们把葡萄剪下来。有时她打发她的女儿莲娜来给我们剪葡萄。莲娜是个17岁的姑娘，光着脚，她把仿佛褪了色的辫子盘在头上，好像一顶花冠。她也长着一双和她母亲一样的灰眼睛。

大人们给这个姑娘取了个绰号，管她叫“美人鱼”。黄昏时分，莲娜常从我们的别墅旁边走过，到海边去游泳。她总是游很长时间，然后肩上搭着毛巾回去，边走边唱：

那里，在那蔚蓝色的辽阔天地，
在天蓝色的远方，
我们会忘记
大地上的灾难和悲伤。

加莉娅和莲娜成了朋友，从她那里问出了一切情况。加莉娅一向爱详细询问人们生活中的一切情况，她以一个眼睛近视和好奇的人的执拗精神向人们打听一切。

原来安娜·彼得罗芙娜是个寡妇，从前在切尔尼戈夫当图书管理员。莲娜害了肺痨病，医生们建议带她到克里木来。安娜·彼得罗芙娜来到了阿卢什塔。她在阿卢什塔嫁给了一个年老的乌克兰人，葡萄园主。老头子不久就死了，现在安娜·彼得罗芙娜和莲娜成了这个葡萄园的唯一主人。冬天，莲娜住在雅尔塔，在雅尔塔中学读书，不过每逢星期天都回阿卢什塔母亲这儿来。莲娜的病已经完全好了。

莲娜打算在中学毕业后当歌唱家。加莉娅劝她放弃这个打算。照加莉娅的看法，对于妇女来说，值得她们从事的唯一工作是教育。加莉娅自己希望做乡村教师。加莉娅的这些想法早已使我感到厌烦了，况且她谈论自己未来的使命谈得实在是太多了。而且，虽然谁也没跟她争论，她却总是向大家证明，世界上没有比当教师更好的职业。

加莉娅劝莲娜不要当歌唱家，不知为什么这竟激怒了我。我喜欢戏剧。我故意惹加莉娅生气，兴高采烈地把我在剧院里看过的戏都讲给莲娜听——《青鸟》《贵族之家》《桑任夫人》《聪明误》。

我把许多事情都形容得太过分了。我向莲娜预言，她会有一个诱人的未来。我喜欢这样想：这个皮肤黝黑的、瘦削的姑娘，这个在海里游泳比任何一个海员都好的姑娘，有朝一日会穿着拖地的、很薄的连衫长裙登上舞台。她一呼吸，胸前那朵深色的小花就会颤抖。就是搽了粉，仍然可以看到她在海上晒黑的皮肤。

我用自己热情奔放的幻想影响莲娜。她仰起头来，听着我讲，似乎她的辫子在向后拉她，她微微脸红了。有时她问：

“喂，您承认吧，这一切都是您虚构的。是真的吗？我不会生气的。”

她用“您”称呼我，虽然她比我还大3岁。在那时候，只有很亲近的人才能互相用“你”相称。

我不能承认这一点，因为我真诚地相信我虚构的一切。这一特性成了我许多不幸的根源。最令人奇怪的是，我一生中从未遇到过一个希望理解、或者哪怕是谅解这一特性的人。

但是莲娜相信我。她愿意相信我虚构的一切。如果有两三天我和加莉娅没有去葡萄园，她就自己给我们送葡萄来，不好意思地对妈妈说：“这是安娜·彼得罗芙娜送给您的礼物，”并趁机很快地小声对我说：“真的，这太不像话了！您为什么不来？”

父亲不久就离开了阿卢什塔，他有事要到彼得堡去。后来鲍里亚也走了——他要参加基辅工学院的入学考试。

妈妈不知为什么为父亲出门感到担心，不大注意我们了。我们整天到海边去，不在家里露面，不打搅她，这甚至反而使她感到高兴。

我一直在齐腰深的海水里慢慢地走着，在石头底下捉螃蟹。结果，有一天晚上我在海里洗澡后受了凉，得了肺炎。此外，在我发烧躺着的第一天夜里，蜈蚣还咬了我。

那时正值8月。中学不久就要开始上课了，得回基辅去。可是，我的病打乱了一切。最后，妈妈让加莉娅和季马先回去，她自己和我留了下来。

我病得很重，时间也很长。我几乎整夜整夜地不睡。一呼吸就觉得痛。我竭力小心翼翼地呼吸，忧愁地望着白色的墙壁。不时有蜈蚣从墙缝里爬出来。桌子上点着一盏灯，药瓶的影子好似史前的怪物——它们伸出很长的脖子，闻遍了整个天花板。

我转过头去，望着黑乎乎的窗户。灯映照在窗户上，就在这灯影后面传来大海低沉的波涛声。

一只夜蛾在玻璃上碰撞。它想从充满药味的、闷热的房间里飞出去。

妈妈睡在隔壁房间里。我叫她，要水喝，请她把夜蛾放出去。妈妈放走了它，我安静了下来。

但后来，不知怎么我又看到那只夜蛾就落在窗外一根枯草上，稍停了一会儿，又飞回来，飞进屋里，这时它已经变得像猫头鹰那么大了。它落到我的胸口上。我感觉到那只夜蛾像石头那样重，眼看就要把我的心脏压坏了。

我又叫妈妈，请她把夜蛾赶走。妈妈咬紧嘴唇，取下敷在我头上的那块发烫的湿布，给我把被子裹严。

我已经记不清过了多少个夜晚，夜里老是听到莫名其妙的、单调低沉的隆隆声，感觉到床单又干又热。

有一天白天，莲娜来了。我没有立刻猜到这是她。她身穿一件咖啡色制服连衫裙，外面罩一条黑围裙，脚蹬一双黑色的小鞋。她那晒黑的脸两边各有一条浅色的辫子，辫子垂在胸前，是很细心地编起来的。

莲娜去雅尔塔之前，前来告别。当妈妈从屋里出去的时候，莲娜把一只手放在我的额角上。她的手像冰一样冷。一条辫子的辫梢划到了我的脸上。我闻到一股温暖、新鲜的头发味。

妈妈进来了，莲娜很快地把手拿开了。妈妈说，莲娜给我送来了非常好吃的葡萄。

“可惜我们没有更好的了。”莲娜回答。

她回答的时候不是看着妈妈，而是看着我，仿佛是想对我说什么很重要的话。

后来她走了。我听到她跑下楼梯。这幢房子里除了我们，已经没有任何别的人，大家都各自回去了。因此，每个声音都听得很清楚。

从这天起，我开始痊愈了。医生说，等我能起床以后，我还得在阿卢什塔至少住两个月，一直待到11月。需要恢复健康，需要休息。于是，妈妈决定写信到基辅去把莉莎叫来，让她照料我，给我做饭吃。妈妈自己急于回基辅去了——我不知道这是为什么。

莉莎一星期后才到。第二天，妈妈就坐马车到辛菲罗波尔去了。

莉莎一直惊叹不已。她一次也没见过海、柏树和葡萄园——妈妈是从布良斯克森林，从廖夫纳庄园把她带到基辅去的。

我和莉莎留了下来。我已经开始能起床了，但是还不允许我出去。我整天坐在装了玻璃的阳台上，在不太热的秋天的太阳下看书。我在五斗橱里找到了一本《特里斯丹和绮瑟》[①]，我把这一美丽的传说看了好几遍，每看一遍，都感到更加忧郁。

后来，我决定自己写一篇类似《特里斯丹和绮瑟》的作品，花了好几天时间在写一篇小说。但我只是描写了在山岩陡峭的海岸边海上的暴风雨，以后就写不下去了。

9月底，医生终于允许我出去了。我独自在荒僻无人的阿卢什塔徘

---

① 法国骑士小说。叙述康沃尔半岛（位于英国西南部）郡主绮瑟和骑士特里斯丹的爱情悲剧，产生于8世纪至9世纪，后来有许多文学作品取材于这个故事。

徊。我喜欢在波涛拍岸的时候到码头上去。波浪在有许多窟窿的木板下滚滚流过，木板缝里不时飞出一股股水流。

有一次，我去安娜·彼得罗芙娜那里。她请我喝咖啡，还叫我星期天一定去她那儿，因为这一天莲娜要从雅尔塔回来。在这以后，我一直在想象我和莲娜见面的情况。

这个星期天我记得非常清楚，仿佛那就是昨天，因为在这一天里发生了两件事。

我知道莲娜坐早上的快艇回来。我到码头上去了。但快艇刚刚从岬角后面出现，我就躲到了木板售报亭后面。在这个亭子里出售印着克里木风景的明信片。我坐到一块石头上，在快艇靠近码头以前，一直坐在那里。莲娜从快艇上下来了，好像要在码头上寻找什么人似的，然后慢慢地走回家去。

我生怕她会发现我，那就太尴尬了。她几次回头看看，后来又返回到码头，在一根贴着海报的木头柱子旁边站了一会儿。她装作在看海报的样子，虽然海报已经全撕烂了，一条一条地耷拉了下来。

我偷偷地望着她。她头上披了一块暖和的白色头巾。她在雅尔塔已经变得面色苍白，也消瘦了。她站在柱子旁边，垂下眼睛。可是如果她真的是在看海报，她是应该把眼睛抬起来的。后来她走了，真的走了。

我又等了一会儿，然后回家去了。我为我的胆怯感到羞愧。

我不知道，现在我是不是还要到莲娜那儿去。午饭时我什么也没有吃。莉莎吓唬我说，为了这件事要给妈妈拍电报去。莉莎识字不多，我对她的威胁只是一笑置之。

午饭后，我终于下定决心，穿上制服大衣，走了出去。莉莎对着我背后喊叫，要我扣上大衣纽扣，但是我不听她的。

我来到了葡萄园前。葡萄园已经完全变成了紫红色的。我推开篱笆门。白房子里的门立刻砰的一声响，我看到了莲娜。她只穿着一件连衫裙迎着我跑来。

这是美好的一天。我不再感到拘束了，给她讲廖夫纳的事情，还讲了地理教师切尔普诺夫和娜嘉阿姨的故事。莲娜悄悄地一会儿给我往盘子里放一些葡萄，一会儿放些李子——一种又大又甜的意大利李。后来她说：

“天这么冷，为什么您来的时候不扣上大衣纽扣？您是在谁的面前逞能啊？”

“您自己还不是只穿着一件连衫裙跑出去的。”我回答。

“因为……”她说，但又住了嘴，“因为我没有害肺炎。”

她晒黑的皮肤下透出一片红霞。安娜·彼得罗芙娜从眼镜底下望望莲娜，摇了摇头：

“莲娜，别忘了，你已经17岁了。”

她说这话的语调，仿佛莲娜已经完全是一个成年妇女了，然而还在做一些蠢事。

安娜·彼得罗芙娜和莲娜送我回家，顺便到我那儿去看看我是怎样生活的。莉莎满面通红，但很快就平静下来，并向安娜·彼得罗芙娜抱怨我不听话，说我不扣大衣纽扣就出去。安娜·彼得罗芙娜说，如果莉莎需要什么，随时都可以去找她。莉莎很高兴。莉莎在阿卢什塔没有熟人。有时她和我一同出去散步，采集一些苦艾挂在屋里。所有空闲时间，她都在用牌占卦。

莉莎双颊红润，一双善良的眼睛有些浮肿，为人十分轻信。随便对她胡说什么，她都信以为真。

安娜·彼得罗芙娜和莲娜走了。我感到寂寞无聊，前面还有漫长的一个晚上。我想再去葡萄园，但我知道不能这么做。

我决定再写我的小说。于是，点上灯，坐到桌边。但我写的不是小说，却写了第一首诗。现在我已经把这首诗忘记了，只记得一行：

噢，请从低垂的茎上摘下那些鲜花……

我很喜欢这首诗。我打算还要写很久，但莉莎走进来，说："瞧你想出什么来了——多伤眼睛！早该睡觉了。"说着吹灭了灯。我很生气，说我已经是个大人了，并骂她是个傻瓜。莉莎回到自己屋里，委屈得哭了起来，用嘶哑的声音说：

"明天我就回基辅去——你一个人在这儿爱干什么就干什么吧。"

我不作声。于是莉莎说，明天她就给妈妈拍电报去，把我的行为告诉她。她在自己屋里唠叨了很久，后来叹了口气说：

"唉，上帝保佑你。睡吧，外面风刮得多大啊！"

我头顶上方挂着一个圆形的挂钟。每当它敲半夜两点的时候，我就醒了。这一次我也醒了，好久都弄不懂出了什么事。一片红光在墙上闪烁。窗子朝着大海，窗外风在单调地呼呼地吹着。我坐到床上，向窗外望了望。海上火光摇曳，火光照亮了低垂的乌云和波涛滚滚的海水。

我匆匆地穿起衣服来。

"莉莎！"我喊了一声，"海上失火了！"

莉莎动了动，跳起来，也穿起衣服来。

“水里有什么东西会烧起来吗?”她问。

“不知道。”

“你起来干什么?”莉莎问。

她睡眼蒙眬，思想迟钝。

“我要到岸上去。”

“我也去。”

我们走了出去。从房屋的拐角后面猛吹来一阵冷风，一股强烈的寒气向我袭来。火光冲天而起。打扫院子的鞑靼人站在大门旁边。

“轮船失火了。”他说，“怎么办呢，啊!”

我们向海岸跑去。码头附近，显然是救生站上，钟声当当响个不停。人们东一簇西一簇地站在岸上。在黑暗中，我一下子找不到莉莎了。

渔夫们穿着长筒靴和风暴时穿的斗篷，正在卵石上往海里拖一条小船。可以听到一些匆匆忙忙的声音：“客船，”“离岸大约两海里，”“拉住船尾，听见吗？别让它滑得太快。”身上湿淋淋的渔夫们爬进小船，各人抄起了船桨。小船冲上波浪，向海里驶去。

有人抓住了我的胳膊肘。我回转身来，莲娜站在我的身旁。火光微微照亮了她。我看着莲娜，看着她严肃的脸。

我们默默地站在堤岸边上。海上升起一颗白色信号弹，继而又升起了第二颗。

“救援船驶近了，”莲娜说，“要不是妈妈，我就要和渔夫们一起坐着小船去。一定要去。”

她沉默了一下，问：

“你什么时候走?”

我的心突突地跳了起来——她竟这样突然用“你”来称呼我。

“大概，一星期后。”

“这么说，我还能看到你。我竭力设法早些回来。”

“我将急不可耐地等着。”我回答，我好像觉得，说了这些可怕的话以后，我已经跌进了深渊。

莲娜轻轻地拉着我离开堤岸边缘。

“怎么办呢？”她轻轻地问，“妈妈害怕。她就在这儿，在码头附近。你不生我的气吗？”

“为什么？”

她没有回答。

“莲娜！”安娜·彼得罗芙娜从黑暗中呼唤，“你在哪儿？咱们回家去吧！”

“我明天坐早晨的四轮驿车走。”莲娜悄声地说，“当心，可别来送行。再见。”

她握了握我的手就走了。我望着她的背影，有很短暂的一会儿——不会再多了——还能看到她披在头上的那块白头巾。

海上的火光渐渐暗淡下去了，探照灯的绿光照射在水面上。这是“神速”号驱逐舰驶近正在燃烧的轮船，去进行救援。我找到了莉莎，和她一同回家去了。

我想赶快躺下，睡着，免得去想刚刚在我与莲娜之间发生的那奇妙而美好的事情。

早晨，当昨夜看到火光的地方冒出一缕淡淡的青烟的时候，我到码头上去，得知有一艘轮船在海上烧毁了。据说，有一颗定时炸弹在轮船货舱里爆炸了，但船长成功地把轮船停靠到沿岸的陡崖附近。

听到这个消息后，我顺着去雅尔塔的公路走了很远。只不过在1小时以前，莲娜曾乘四轮驿车经过这儿。我坐到海边的防护墙上，把手揣到大衣袖子里，坐了好长时间。

我在想莲娜，我的心在紧张地跳动着。我想起她头发的香味，她呼出的清新、温暖的气息，她那双焦虑不安的灰眼睛，以及她那稍稍向上飞起的两道细眉。我不明白我是怎么了。可怕的悲哀紧压着我的胸口，我哭了。

我只希望一点——一直都能看到她，听到她的声音，而且能待在她的身边。

我已经完全打定主意，立刻步行到雅尔塔去，但这时从公路拐弯处传来了四轮大车吱嘎吱嘎的响声。我很快擦干了眼泪，转身去看大海。但眼泪禁不住又涌了出来，除了刺眼的蓝色的闪光，我什么也没有看见。

我觉得很冷，怎么也无法抑制住浑身的战栗。

坐在四轮大车上的一个戴草帽的老头儿让马停下，说：

“坐上来吧，朋友，把你带到阿卢什塔去。”

我爬上四轮大车。老头儿回头望了望，问道：

“你，顺便问问，不是孤儿院的吧？”

“不，我是中学生。”我回答。

在阿卢什塔度过的最后几天异常忧郁，异常美好。在我们舍不得离开的地方度过的最后几天总是这样的。

雾从海上涌来。由于大雾弥漫，我们别墅前的草都湿漉漉的。太阳透过雾气照耀着大地。莉莎用金合欢树的劈柴在生炉子。

树叶飘落下来。但它们不像我们基辅的落叶是金黄色的，而是浅灰色的，上面有淡紫色的叶脉。

波浪悄无声息地从雾中涌出，冲上海岸，又悄无声息地退回雾海。一些死海马乱躺在沿岸的卵石上。

恰特尔–达格山和巴布冈–亚伊拉山仿佛裹在白云之中。从山上下来大片羊群。已经变野了的牧羊犬跟在羊群后面跑着，怀疑地东张西望。

因为是秋天，而且有雾，一切变得那么静，我在自己的阳台上竟能听到下面小城镇上人们说话的声音。市场上卖羊肉馅饼的店里，火盆烧得热烘烘的，飘散着一股烧焦的油脂味和煎鲻鱼的香味。

我和莉莎应该在星期一早上动身。莉莎已经雇了一辆去辛菲罗波尔的马车。

我在星期六就等着莲娜，但是她没有来。我几次从葡萄园旁走过，但是没有看到任何人。星期天早上也不见她的人影。我去驿车车站，那里也空无一人。

我心神不定地回到家里。莉莎递给我一个信封。

“是一个小伙子送来的。”她说，“大概，是安娜·彼得罗芙娜写来的。叫你去告别。你去吧。她们是好人。”

我走到花园里，撕开信封，取出一张小字条。上面写着：“你在6点钟到3棵法国梧桐树这里来。莲娜。”

我不是在6点前，而是在5点前就来到了3棵法国梧桐树下。这是一个僻静荒凉的地方。在一块砾石遍地的长条形洼地里，一条干涸的小溪旁长着3棵法国梧桐。四周一切都枯萎了，只有几棵郁金香还没有完全凋零。大概，这儿从前曾经是一个花园。小溪上架着一座小木桥。在一棵法国梧桐下有一条破旧的长凳子，生铁做的凳子腿已经生锈了。

我比约定的时间早些来到这里，但已经遇到了莲娜。她坐在法国梧桐下的长凳子上，两只手夹在膝盖中间。头巾已经从她头上滑到了肩膀上。

当我走近长凳时，莲娜转过身来。

“你不会懂得的。”她说，并且拉住了我的一只手，“不，你别在意……我总是胡说八道。”

莲娜站起来，抱歉地笑了笑。她低下头，皱着眉看着我。

“妈妈说我是个疯子。那有什么呢！别了！”

她抓住我的肩膀把我拉过去，吻了吻我的嘴唇，然后推开我，说：

“现在你走吧！别回头！我请求你。走吧！”

她的眼里涌出了眼泪，但只有一滴泪珠顺着面颊滚下来，留下了一条很细的泪痕。

我走了。但是我忍不住回头看了一下。莲娜靠在法国梧桐树的树干上，仰起头来，仿佛辫子在向后拉她，她在望着我的背影。

“走吧！”她喊了一声，她的声音奇怪地改变了，“这一切都是胡闹！”

我走了。天空已经渐渐暗淡。太阳向卡斯杰利山后落下去了。风从亚伊拉山吹来，吹得已经干硬的叶子在簌簌作响。

我还没有弄明白，一切已经结束，完全结束。很久以后我才懂得，由于无法理解的原因，当时生活从我这儿夺走了可能成为幸福的东西。

第二天早晨，我和莉莎动身去辛菲罗波尔了。

恰特尔-达格山后面的树林里在下雨。直到基辅，一路上雨都在鞭打着列车的车窗。

家里几乎没有注意到我的到来。好像我们家里发生了什么不好的事情，但我还不知道到底是什么事。

大家都不注意我，我甚至为此感到高兴。我一直想着莲娜，但不敢给她写信。

在这个秋天以后，我只是在1921年才又到了克里木。那时我与莲娜之间所发生的一切已经都成为回忆，它不再引起痛苦，而只是唤起深思。然而，谁没有这样的深思呢？值不值得谈起它呢？

崩　溃

从克里木回来以后，一切马上发生了变化。父亲和西南铁路线的领导发生了一场冲突，父亲扔掉了工作。安宁幸福的生活立刻结束了。

我们从尼科利斯科-博塔尼切斯卡亚大街搬到了波德瓦利[1]街。仿佛是故意嘲弄人，我们在这条街上恰好是住在地下室那一层。

我们仅仅靠妈妈变卖东西维持生活。越来越经常地有一些戴着羔皮帽、默默无言的人来到这有点儿寒冷而且阴暗的住宅里。他们用锐利的眼睛打量一下家具、画、摆在桌子上的器皿，然后轻轻地、很有说服力地和妈妈交谈一会儿，随后就走了。过一两个钟头，就有平板大车驶进院子，要么是拉走一个大橱，要么是拉走一张桌子，要么是拉走挂在窗间的镜子和地毯。

每天早晨，我们在厨房里常常看到一个头戴绗过的黑色绣花小圆帽的

① 俄语波德瓦利的意思是地下室。——译者

鞑靼人，我们管他叫“没有用的破烂儿”。他蹲着，对着亮光仔细看父亲的长裤、上衣和床单。

“没有用的破烂儿”花好长时间讨价还价，走了，然后又回来。母亲生气了，直到“没有用的破烂儿”终于拍板成交，从口袋里掏出厚厚的钱夹，客气地往手指上啐点儿唾沫，数出一些旧钞票来。

父亲几乎从不在家。他一早就出去，晚上很晚，等我们睡觉后才回来。他这些日子白天是在哪里度过的，我们当中谁也不知道。显然，他是在找工作。

妈妈立刻变老了。一绺花白的头发越来越经常地从她的额上耷拉到脸上来——妈妈梳头开始非常马虎了。

鲍里亚从我们这儿搬走了，搬到了车站附近“进步”公寓带家具出租的房子里去，好像是因为从那里去工学院要近一些。实际上他搬走，是因为与父亲合不来，认为父亲是我们家庭遭到不幸的罪魁祸首，而且他也不愿意住在波德瓦利街这种忧郁的环境里。鲍里亚自己教课挣钱来维持自己的生活，但无法帮助我们。季马也在教课，或者照那时候的说法，在当家庭补习教师。

不过，我年纪还小，不能去教别人。加莉娅近视得很厉害，除了帮助妈妈做做家务，什么也不能做。家里不得不把莉莎辞退了。

有一天早晨，一个嗓音尖细的、干瘦的老头儿和管院子的人一起来到我们家里。老头儿是法院的民事执行吏，他把剩余的全部家具几乎全都查封了，用来偿还父亲欠的一些债务。父亲向妈妈隐瞒了他欠的这些债，现在一切都暴露出来了。在这以后，父亲接受了偶然获得的第一份很糟糕的活儿，到基辅附近的一个糖厂去工作了。

家里只剩下了我们几个人。不幸闯进了我们的家，家正在慢慢地死去。我明白这一点。在去过克里木之后，在我对莲娜的短暂而忧郁的爱恋之后，在度过了轻松愉快的童年之后，这种情况尤为显得困难。

科利亚舅舅每月从布良斯克给妈妈寄一次钱来。妈妈接到这些钱，每次都羞愧得失声痛哭。

有一次，我在中学校长的会客室里看到了妈妈。我向她跑去，但是她却转过身去。于是我明白了，她不愿意让我看见她。

我猜不出妈妈为什么来找校长，但是什么也没有问她。过了几天，矮个子、秃顶、头上好像抹了油的（因此送给他一个绰号："榨油工人"）、圆滚滚的捷列先科，也就是新任命的、接替别斯梅尔特内依的、我们的新校长，在走廊上喊住了我，说：

"请转告您的妈妈，教育委员会同意她的请求，免除您哥哥和您的学费。不过，请您记住，只有优秀学生才能免费。因此，我劝您努力学习。"

这是我经受的第一次屈辱。在家里，我对妈妈说：

"季马和我都免费了。你为什么去找校长？"

"我还能怎么办呢？"妈妈轻轻地问，"让你们退学吗？"

"我可以自己挣钱来供自己读书。"

这时，我第一次在妈妈的脸上看到了惊恐的神情，仿佛打了她似的。

"你别生气，"妈妈说，并垂下了头。她正坐在桌边缝衣服，"难道我能叫你去干活吗？"

她哭了。

"要是你能知道，我为你们大家，特别是为你，感到多么难过，那就好了！他，你们的父亲，做事情怎么敢这样欠考虑，怎么这样轻率啊！他怎么能这样呢!”

一个时期以来，妈妈说到父亲总是用“他”，或用“你们的父亲”来称呼他。她伏在一件旧连衫裙上哭着。一些零碎布料和白线乱丢在地板上。

妈妈几乎拍卖光了所有东西，屋里变得潮湿、空荡荡的。从窗外透进的亮光也仿佛是潮湿的。可以看到，靴子、高勒套靴和长筒胶皮套鞋从窗外沙沙地走过。人们的脚在窗外一闪一闪，溅起冬季路上的泥泞，妨碍别人集中注意力，而且惹人生气。仿佛所有这些外人都在我们屋里走来走去，带来一阵阵寒气，可是连看都不屑于看我们一眼。

冬季里，妈妈接到了科利亚舅舅的一封信。这封信使她十分坐立不安。

晚上，当我们大家坐在点着唯一一盏灯的圆桌旁，各人做各人的事情的时候，妈妈说，科利亚舅舅坚持要我暂时去布良斯克，住到他那里，说是他会做好安排，让我进布良斯克中学。而在父亲找到一个好的差事、回家来以前，这是完全必要的。

加莉娅惊恐地看了看妈妈。季马默默不语。

“父亲不会回到我们身边来了，”妈妈肯定地说，“他另有所恋。为了她们，他借了债，使我们成了乞丐。我不希望他回来。关于这个，我什么也不愿听，连一个字也不愿听。”

妈妈沉默了很久，她的嘴唇紧紧地闭着。

“嗯，好了，”最后她说，“不值得谈这个。科斯季克怎么办呢?”

“很简单，”季马不看着妈妈说。对季马来说，一切都很简单，“我今年就可以中学毕业，进莫斯科工学院。我们把一切都卖掉。你，妈妈，你和加莉娅搬到莫斯科去，跟我住在一起。我们能坚持下去的。科斯季克嘛，暂时让他住到科利亚舅舅那儿去。”

“可是怎么能这样呢！”加莉娅惊慌地说，“在那里他怎么生活呢？我们为什么要分离？”

我低头坐着，焦急不安地在一张纸上画一些花和螺旋形花纹。一个时期以来，每当我感到难过的时候，我就无意识地在随便抓到的什么东西上画起这些令人费解的螺旋形花纹来。

“别画了！”妈妈说，“我不懂你笑什么！对这件事，你是怎么想的？”

“我没笑，”我含糊不清地说，但是感觉到自己脸上有强做的笑容。“这是这样的……”

我不作声了，仍然在画着。我停不下来。

“科斯季克，亲爱的，”妈妈突然用喑哑的声音说，“你为什么不说话？”

“好吧……”我回答，“我走……既然需要……”

“这就最好不过了。”季马说。

“是的……这很好……当然啰。”为了不沉默，我表示同意。

在这1分钟里，一切都崩溃了。面对未来，我只看到了令人伤心的孤独和别人不需要我。

我想对妈妈说，用不着让我去布良斯克，我能教课，而且不会教得比季马差，我甚至能帮助她。我想说，我感到很难过，无法摆脱这样的想法——似乎是要把我从家里赶出去。但我的喉咙那么痛，我的上下腭抽搐得那么厉害，我说不出话来，所以默不作声。

有一刹那，一个念头在我脑子里闪现——明天我就去找父亲。但这个念头立刻就消失了，代替它的又是那个想法——我已经完全是孤零零的一个人了。

最后，我很费力地集中全部力量，讷讷地重复说，我同意、甚至高兴去布良斯克，但是现在我头痛，我要去睡了。

我回到和季马同住的那间寒冷的房间，很快脱掉衣服躺下，把被子拉到头上，咬紧牙齿，几乎这样躺了整整一夜。妈妈来了，喊了我一声，但是我装作睡着了。她又把我的中学生制服大衣盖在我的被子上，然后走了出去。

为去布良斯克所做的准备一直延续到12月。我难以丢下中学和同学们，去开始过另一种新的、而且我知道是并不愉快的生活。

我写信告诉父亲，我要去布良斯克，但很久没有回音。在动身前两天我才接到回信。

通常我从中学回家时，都要穿过歌剧院后面僻静无人的广场。我总是和与我同路的同学斯塔尼舍夫斯基、马图塞维奇一起回来。

有一次，我们在歌剧院后的广场上遇到了一个年轻的女人——个子不高，戴着网眼很密的面纱。她从一旁走过去，站停下来，看了看我们的背影。

第二天，我们在同一时间、同一个地方又遇到了那个女人。她径直迎着我们走来，问我：

“对不起，您是格奥尔吉·马克西莫维奇的儿子吗？”

“是的。我是他的儿子。”

“我需要跟您说几句话。”

“请说吧，”我回答，脸涨得通红。

斯塔尼舍夫斯基和马图塞维奇走了。他们装作对这件事完全不感兴趣的样子，甚至都没有回头看一看。

“格奥尔吉·马克西莫维奇，”那个女人在小手提包里翻寻着，匆匆忙忙地说，“请求我把一封信交给您。您明白吗，他希望把这封信直接交到您的手里……请原谅我说这些话……我不能拒绝他。我一下子就认出了您。您像您父亲。给，这就是那封信。”

她递过一个信封。

“您要走了吗？”她问。

“是的，最近几天内。”

“有什么呢……可惜。一切也可能是另一个样子。”

“您见得到爸爸吗？”

她默默地点了点头。

“请您替我亲亲他，”我突然说，“他是个很好的人。”

我想说，要她十分爱父亲，怜惜他，但是只说了这样一句话：“他是个很好的人。”

“是吗？”她问。突然微微张开嘴，笑了起来。我看到了她那洁白、湿润的小牙，“谢谢！”

她握了握我的手，很快地走了。她手上的镯子发出叮当的响声。

直到现在，我也不知道这个女人的名字。我没能打听出来。只有妈妈一个人知道，但是她把这个名字的秘密带进了坟墓。

这个女人的音容笑貌以及手上的镯子，都使我想起我在切尔普诺夫老头儿那里看到的那个女人。如果不是戴着网眼密密的面纱，也许，我会认出她来——那只婆罗洲岛上的蝴蝶。直到现在，这个想法有时还在折磨着我——这正是在基尔赫格伊姆糖果点心店里请我喝可可的那个年轻女人。

父亲的信很简短。他在信上写着，要我勇敢地和保持尊严地经受住对自己的考验。

“也许，”他写道，“生活会以光明面转向我们，到那时我就能帮助你了。我坚信，你会在生活中得到我没能得到的东西，并会成为一个真正的人。记住我的一个忠告（我从未用自己的劝告使你感到厌烦）：不要因一时激动而指责任何人，也包括我在内。直到你知道了一切情况，获得了足够的经验，足以懂得你现在当然还不懂得的许多事情。祝你健康，给我写信来，不要激动不安！”

妈妈和加莉娅到车站上为我送行，列车在早上开出。季马不能不去中学上课。到中学去的时候，他吻了吻我，但是什么也没说。妈妈和加莉娅也默默不语。

妈妈觉得冷，她一直把手揣在暖手筒里。加莉娅紧紧拉着妈妈。最近一年里，她的眼睛近视得更厉害了。在人群中她感到惊慌失措，机车的汽笛声使她感到害怕。妈妈给我画了十字，用冷冰冰的薄嘴唇吻了吻我，抓住我的袖子，把我拉到旁边去，说：

“我知道你很难过，而且在生气。不过你要明白，我希望，我们当中哪怕能让你一个人摆脱贫困的生活，不受这些折磨，也是好的。只是为了这一点，我才坚持让你到科利亚舅舅那里去的。”

我回答说，我对一切都十分了解，一点儿也没生气。我说的都是好听的话，可是我心里却冷冰冰的。我只希望列车赶快驶离车站，好结束这使人痛苦的离别。

大概，早在那天夜里，当妈妈最后一次给我盖上大衣的时候，我与妈妈已经真正告别了。列车开了，但是我从车窗里既看不到妈妈，也看不到加莉娅，因为机车上喷出的浓重的蒸气笼罩了月台和所有送行的人。

我的心里冷冰冰的，就像被冬天微弱的光线照耀着的车厢里一样冷。刺骨的寒风吹进车窗，积雪的平原使人心情沮丧。夜里风卷积雪，发出沙沙的响声。我想睡，但睡梦不肯来临。我望着灯笼里蜡烛的火苗，风吹得它弯向一边，竭力要把它吹灭。我在心中暗暗占卜：如果蜡烛不灭，那么我这一生中还会有美好的日子。蜡烛顽强地和风搏斗，到早晨还没有熄灭。因此，我心里感到轻松了些。

早上，我在布良斯克下车的时候，天寒地冻，雪橇的滑木发出嘎吱嘎吱的响声，空气仿佛在哀号。严寒犹如弥漫的烟雾，笼罩着大地。仿佛结了冰的太阳，在空中宛如一团正在燃烧着的血红的火球。

科利亚舅舅派了马来接我。雪橇上放着白板皮袄、长耳风帽和连指手套，我把身上裹得严严实实的。马一开始就奔跑起来，我们在闪光的雪尘中疾驰，起初是在堤坝上，后来是在杰斯纳河上。轭下的铃铛发疯似的丁零丁零地响。一座古老的城市在遥远的群山上若隐若现，全城银装素裹，披着由霜花和冰箸织成的毛茸茸的花纹，远远看去，好似用锡箔做的玩具。

雪橇停在山坡上一座木头房子旁边。我登上台阶，门敞开了。玛露霞舅妈抓住我的袖子，把我拉进天花板上太阳光斑在闪闪烁烁的饭厅，硬逼着我喝了半杯红葡萄酒。我冻得嘴唇紧闭，说不出话来。

科利亚舅舅家里一切都在响，一切都很愉快。茶炊在咕嘟咕嘟地响，莫尔丹在吠，玛露霞舅妈在笑，从炉子里噼噼啪啪地飞出一些火星。

不一会儿，科利亚舅舅就从兵工厂回来了。他热烈地吻我，还抓住我的肩膀，用力摇摇我，说：

“主要的是不要垂头丧气！那么，我们就能干出一番惊天动地的事业来。”

在科利亚舅舅家里，我的心渐渐温暖了。在这种情况下总是这样——记忆把一切不愉快的事情都推到了一边，记忆仿佛从布料上剪掉一块坏的，只把一些好的——克里木的秋天和这个声音响亮的俄罗斯的冬天拼接在上面。

我竭力不去想不久前在基辅发生的事情。我宁愿回忆阿卢什塔、3棵法国梧桐树和莲娜。我甚至给她往雅尔塔写了一封信，但是一直没有下决心寄出去。我觉得这封信是非常愚蠢的。不管我怎样绞尽脑汁，却写不出一封较为聪明的信来。

炮兵专家们

布良斯克兵工厂的炮兵军官们给科利亚舅舅取了个绰号，管他叫“韦尔希宁上校”。科利亚舅舅很像契诃夫的《三姊妹》中的韦尔希宁，就连外表也像——留着一小撮黑胡子，长着一双活泼的黑眼睛。至少是我们大家都把韦尔希宁想象成这个样子。

科利亚舅舅也和韦尔希宁一样，喜欢谈论美好的未来，而且对此深信不疑。他的性情也是那样温和，那样乐观。但有一点儿和韦尔希宁不同——他是个优秀的冶金工作者，写过许多篇关于各种金属特性的论文。他自己把这些文章译成法文，他精通法文，发表在巴黎的《冶金杂志》上。这些文章也在俄国发表过，不过比在法国发表的次数少得多。当我来到布良斯克的时候，科利亚舅舅正在全神贯注地研究冶炼上等剑钢。

科利亚舅舅对生活的渴望是惊人的，似乎没有什么东西是他不感兴趣的。他订了几乎所有的文学刊物，钢琴弹得十分出色，懂得天文学和哲学，是一个口若悬河、言语机智的交谈的对手。

科利亚舅舅的最忠实的朋友是蓄着大胡子的鲁米扬采夫大尉。他外貌很像费特[1]，只不过头发和胡子完全是火红色的，眼睛近视得厉害，心肠很好。军官制服穿在他身上歪歪扭扭，一点儿也不整齐。就连布良斯克的中学生们也故意逗他，管他叫"非军人"。

要想一眼就看清鲁米扬采夫，是很不容易的。他总是被烟草的团团烟云包围着，而由于神情腼腆，他又总是为自己挑选客厅里最暗的角落。他在那里坐在棋盘旁边，聚精会神地思考下一步该怎么走。如果他想出一个高招儿，他就会纵声大笑起来，还要搓一搓手。

鲁米扬采夫很少参加一般性的谈话。他只是不时咳嗽两声，眯缝着眼睛瞧瞧。但只要谈话一涉及政治——谈到国家杜马或罢工，他立刻就活跃起来，并发表最极端的看法。

鲁米扬采夫没有结婚。他的三个姊妹和他住在一起——三个人都同样身材矮小，头发剪得很短，戴着夹鼻眼镜。她们三个人都抽烟，都穿着黑色的硬裙子，灰色的小袄，而且就像商量好了似的，都用别针在胸前同一个地方别着一块小表。

姊妹三人经常在鲁米扬采夫的住处藏着一些大学生、披着斗篷的老头儿和像她们自己一样严肃的女人。科利亚舅舅警告我，鲁米扬采夫家里住

---

① 阿·阿·费特（1820—1892），俄国诗人。——译者

着什么人，对任何人一个字都不能说。

除了鲁米扬采夫和他的姊妹，常到科利亚舅舅家来的还有一个伊万诺夫上尉——他衣着整洁，双手白皙，蓄着剪得很仔细、很尖的浅色小胡子，说话声音细声细气的。

和大多数单身汉一样，伊万诺夫在旁人家里——在科利亚舅舅这儿已经待惯了。没有一天晚上他不来坐一会儿，聊一阵子。每次在前室脱大衣、解下军刀的时候，他总是会脸红，并且说，他是看见“灯光”，顺便进来坐坐，要么就说他有事要找科利亚舅舅商量一下。以后，他当然一直坐到半夜。

我感谢伊万诺夫使我改掉了不好意思做普通事情的习惯。

有一次，我在市场上遇到了伊万诺夫。他在买土豆和白菜。

“请帮我把这些东西拖到马车那儿去，”他请求我，“我的彼得（彼得是伊万诺夫的勤务兵）害病了，只好一切都自己动手。”

当我和他一起把一袋沉甸甸的白菜拖到马车那儿去的时候，遇到了布良斯克中学一个年轻的德语女教师。我给她鞠躬，她却鼻子哼了一声，转过身去。我脸涨得通红。

“您用不着不好意思”，伊万诺夫说，“您又没做任何坏事。要避免嘲笑的目光，我有一个好办法——直望着别人的眼睛。很有效。”

我们坐上堆满蔬菜的马车，沿市内的主要街道——莫斯科大街向前驶去。我们遇到了很多熟人，甚至遇到了坐着双套马车的兵工厂厂长萨兰季纳基将军。

熟人们看到我们，笑了起来，伊万诺夫直望着他们的眼睛。在他的目光的注视下，他们感到不好意思，不再笑了，最后甚至很客气地向我们点点头。萨兰季纳基将军停住马车，向伊万诺夫提议，派自己的勤务兵来给他帮忙。但伊万诺夫客气地婉言谢绝了，说是干这种活并不复杂，他完全对付得了。将军扬起眉毛，用套在黑色刀鞘里的军刀轻轻推了推马车夫的背，于是将军的灰马快步跑了起来。

“您看到了吧，”伊万诺夫对我说，“永远也不应屈服于偏见。”

我知道，伊万诺夫当然是对的，但是在嘲笑的目光注视下我还是觉得很不愉快。坏习惯的影响又表现出来了。

有时，我发觉自己怕和别人的举止行为不一样，为自己的贫穷感到羞愧，试图在同学们面前隐瞒自己的贫穷。

妈妈把我们生活中的变化看作是最大的不幸，她竭力在熟人面前隐瞒这一不幸。大家都知道父亲离开了家，但熟人们问起时，妈妈总是回答说，父亲出门的时间不长，我们家里一切平安。她通宵为我们缝补、改做衣服，怕让“人们发现”我们贫困的迹象。她失去了勇气。她的羞怯也传染给了我们。

当马车上山，向伊万诺夫的房子驶去的时候，白菜撒到了地上。一棵棵白菜跳跃着、互相追赶着在马路上乱滚。小男孩们吹起了口哨。马车停了下来。我们下了车，去拾那些白菜。

我大概羞得面红耳赤了，因为伊万诺夫看了我一眼，提议说：

“让我自己来拾吧，您最好还是回家去吧。”

如果说以前我为当着行人的面拾白菜感到不好意思，那么听了这两句话以后，我更为自己羞得面红耳赤，几乎要流出泪来。我发疯似的努力去拾最后几棵白菜，顺手狠狠地给了一个姓萨莫欣的小男孩一记耳光，他是布良斯克一个商人的儿子，正在人行道上跳跳蹦蹦地逗我：

中学生坐马车，

掉了一片白菜叶！

小萨莫欣抹着眼泪，大声哭着跑进了自己的院子。

从伊万诺夫狡猾的目光来看，我深信，他是故意把白菜弄撒了的。

从这时起，我甚至开始逞起英雄来了。我每天拿着木锨到街上去铲雪，劈木柴，生炉子，不仅不逃避干粗活，而且千方百计硬要去做这些事情。过了好久，小萨莫欣一看见我，还要躲到便门后面，从那儿喊叫：

“蓝牛肉！”

因为中学生戴蓝色制帽，所以管他们叫“蓝牛肉”。但萨莫欣的这种攻击，对我已经不发生影响了。

库兹明-卡拉瓦耶夫中校又为伊万诺夫的生活课充实了新内容。中校胸部窄小，长着一双神情坚定的灰眼睛。

他在布良斯克建立了第一个消费合作社，还在博尔霍夫大街上开了一家消费合作商店。他自己设法弄来货物，在狭小的货栈里出售这些东西。

卡拉瓦耶夫的这个行动在布良斯克的商人中间引起了不安。商会主席向彼得堡军械总部去控告卡拉瓦耶夫，但兵工厂里的知识分子和工人们都尽力支持他。控告不起作用，消费合作商店一天比一天富裕，生意一天比一天兴隆。

大家轮流在铺子里帮助卡拉瓦耶夫卖东西，他收我当他的固定助手。

几乎所有空闲时间我都是在铺子里度过的，打开发出强烈气味、装着食品杂货的箱子，称盐、面粉和糖。卡拉瓦耶夫在漂亮的制服上衣外面扎一条铁匠们围的那种粗围裙，干活很麻利，和顾客们开开玩笑，给我讲关于各种货物的来历的许多有趣的事。

卡拉瓦耶夫的铺子里有从全国各地来的货物——费奥多西亚的烟叶，格鲁吉亚的葡萄酒，阿斯特拉罕的鱼子，沃洛格达的花边，马尔采夫的玻璃器皿、芥菜和从伊万诺沃-沃兹涅先斯克来的花条布。铺子里飘散着腌鲱鱼的盐卤味、肥皂味，但堆在后面房间里的新蒲席的奇妙的香味压倒了所有其他气味。

晚上，卡拉瓦耶夫用铁门闩插上货栈的门，我和他一起坐在里面喝浓茶。茶壶在小铁炉子上跳动着。卡拉瓦耶夫用一把扁平的日本刺刀劈开糖块，从砂糖上溅起蓝色的火星。我从木箱里取出蜜糖饼干——薄荷饼。

熟人中总有人到铺子里来喝茶，坐一会儿，聊一聊——有时是伊万诺夫，有时是鲁米扬采娃姊妹，有时是玛露霞舅妈。

伊万诺夫坐到一个空箱子上，不脱大衣，甚至也不脱手套，开始向卡拉瓦耶夫证明，俄罗斯还没发展到需要消费合作商店的阶段。卡拉瓦耶夫憋得慌，老是咳嗽，不理伊万诺夫。

玛露霞舅妈来喝茶时，总是带一些家里的蜜饼或馅饼来。

鲁米扬采娃姊妹用茶碟喝茶，她们的夹鼻眼镜不时发出微弱的闪光。她们管卡拉瓦耶夫叫堂吉诃德，还说他为铺子忙碌只不过是鼓吹一些小事儿，俄罗斯需要的不是消费合作商店，而是伟大的风雷激荡。

于是，伊万诺夫弄得马刺叮叮当当地响，哼起《马利布鲁克[①]准备远

---

① 马利布鲁克即约翰·邱吉尔·马尔波罗（1650—1722），英国统帅。

征》来。鲁米扬采娃姊妹骂伊万诺夫是个顽固落后分子，于是走了。

早春时节，消费合作商店被烧掉了。这是粗暴的公开放火——铺子的门被撬开了，货物上浇了煤油。

全城都知道，这是布良斯克的商人们干的。但侦查持续了很长时间，以毫无结果而告终。卡拉瓦耶夫消瘦了，咳得更厉害了，他不顾自己的咳嗽，说：

“Finita La comedia![①] 只有风雷激荡才能改造我们的国家。得让整个俄罗斯起来造反，才有成效。”

火灾造成的损失是巨大的。消费合作社的股东们——布良斯克兵工厂的工人和卡拉瓦耶夫的同事们，那些炮兵专家们，勉强赔偿了这笔损失。最奇怪的是，伊万诺夫上尉竟承担了最大的一部分损失。他平常很节俭，在兵工厂工作的这些年里积攒了几千卢布。他几乎把所有这些钱都交给了卡拉瓦耶夫。

我在兵工厂工作人员友好的大家庭里度过了一个冬天和一个夏天。但在基辅经受的痛苦并没有过去。我经常想起妈妈，想起父亲。我有时感到惭愧，因为我生活在一个温暖的和好客的家庭里，这里人们的心情总是平静和愉快的。我想象基辅寒冷的地下室，只有一些面包屑的空荡荡的桌子，妈妈满腹忧虑的面容，以及因为当家庭补习教师而十分劳累的季马。

---

① 拉丁文：喜剧结束了。

妈妈很少给我写信，加莉娅和季马根本不给我写信。我有时觉得，妈妈所以不写信，是因为她连买邮票的钱都没有。得做点儿什么事情，设法帮助她，但是我不知道该做什么。

我在布良斯克中学总感到不习惯。我这个班上的所有中学生都比我大得多。我越来越经常地怀着惋惜的心情回想起基辅中学，并考虑要回基辅去。最后，我给我的级任教师、教拉丁文的苏博奇写了一封信，我把自己遇到的一切情况都坦率地告诉了他。问他，我是不是能回去。不久，我就接到了回信。

“从新学年起，也就是从秋天起，”苏博奇在信上写道，“您已经重新被录取为第一中学的学生，编在我的班级里，而且将享受免费待遇。至于物质生活方面，我可以给您介绍几个很不错的授课的工作。这使您有可能过上虽说是俭朴的、但却是独立的生活，而不会成为任何人的累赘。不要为所遭遇到的伤脑筋的事伤心——Tempora mutantur et nos mutamur in illis[①]——应当期望，我们正在向好的方面转变。”

我看完了这封似乎是事务性的信，感到喉咙里梗塞起来。我懂得信中所含的一片柔情。还懂得，从此时此刻起，我已经不再寄希望于任何人，而是自己开始安排自己的生活了。

意识到这一点，我开始感到可怕，虽说那时候我已经几乎满16岁了。

① 拉丁文：一切在变，我们也随之而变。

伟大的悲剧演员基恩[1]

布良斯克的许多围墙上，都贴上了演员奥尔列涅夫[2]巡回演出的黄色海报。

海报印在粗糙的薄纸上，糨糊把纸全都湿透了。山羊把这些海报扯下来，慢慢咀嚼着。正在咀嚼的山羊嘴里翘着一片片黄纸，上面印着黑字："天才……放荡"。只是在为数不多的完好无损的海报上可以看到，奥尔列涅夫将在布良斯克演出，在《金或天才和放荡》一剧中扮演英国悲剧演员金这一角色。

科利亚舅舅事先买好了奥尔列涅夫演出的戏票。有好几天，科利亚舅舅家里所谈的只是有关奥尔列涅夫的事。

戏预定在城市公园夏季剧场里演出。剧场是木头建筑，已经旧了，粉红色的油漆也已剥落。多少年来一直在剧场的墙上贴海报，被雨淋得褪了色的、厚厚的破纸东一块西一块地耷拉着。

剧场一直用木板钉着。黄昏时从剧场屋顶下飞出许多蝙蝠，在僻静的林荫道上面乱飞。穿着白色连衫裙的姑娘们吓得尖声叫喊——有一种迷信说法，说乱飞的蝙蝠会紧紧抓住一切白色的东西，以后怎么也甩不掉它。

---

① 艾德蒙·基恩（1787—1833），以演莎士比亚悲剧闻名于世的英国著名演员。

② 巴维尔·尼古拉耶维奇·奥尔列涅夫（1869—1932），俄国著名悲剧演员，共和国人民艺术家。

弃置不用的剧场给人一种神秘感。我深信，在剧场空无一人的大厅里和演员化妆室里，至今还乱堆着一些干枯的花枝、盛着化妆品的盒子、带子，以及已经发黄的乐谱。根据城市里的传说，从前有外地来的小歌剧团在这个剧场里演出，这些东西就是从那时候扔在那里的。

一些搽了胭脂、用群青画过眼圈的年轻女人，拖着天鹅绒的长后襟，从化妆室里踩着发出嘎吱嘎吱响声的木板跑上舞台。有点儿厚颜无耻的、最初的情人用手指拨动琴弦，吉他奏出迷人的乐曲，残酷的抒情歌曲的歌词感动了市民们纯朴的心：

> 我梦见一去永不复返的那一天，
> 梦见永不再来的那个人……

这个剧场见到过一切——声音撕人心肺的茨冈少女们，身上散发出马汗味的破产的地主们——为了能赶上某个尼娜·扎戈尔娜娅登台演唱的音乐会，他们坐着马车奔驰了100俄里——留着黑色络腮胡子的骑兵少尉们，头戴咖啡色圆顶礼帽的商人们，穿着宛如泡沫一般华丽的连衫裙、吓得浑身发抖的新娘们。

我这些关于这个剧场的想法是和7月的夜晚联系在一起的。7月的夜晚，菩提树冠的上空可以隐约看到远方的闪光，血液在头脑里沸腾，为了放荡不羁的女人的歌声和转瞬即逝的爱情，似乎什么都不可怕，什么都不可惜。那时对什么都满不在乎，那时全部幸福都在可爱的睫毛下那目光的一瞥之中——在铃声叮当和酒醉的车夫的吆喝声伴奏下的一瞥。仅仅一瞥，犹如这些闷热的夜晚黑色的闪光忽地一闪，在菩提树的芳香中，夜停留得已经太久了，从远方传来的布良斯克森林的喧哗充满夜空——布良斯克森林里没有小径，无法通行，然而它能医治心灵的忧郁和因背叛而感到的悲痛。

剧场的墙壁保存了已经沉寂的声音的回声，保存了对那种毫无顾忌的生活、对抢夺、决斗、压低声音的痛哭和火热的心的回忆。

似乎剧场早已失去了生命，蒙上了一层蛛网，永远不会有任何人再在里面演出了。

但是把剧场的门打开了，已经打扫干净，给它通了风，铺上了长条地毯，掸掉了包厢里天鹅绒面料上的灰尘。于是，它又从灰色的变成了樱桃红的。

天花板下的枝形吊灯点起来了。吊灯古老的水晶玻璃起初迟疑不决地发出暗淡的闪光，但后来被乐队的最初几个乐句震动得颤抖了一下，于是犹如几十颗会发出阵阵响声的色彩缤纷的星星，大胆地闪射出耀眼夺目的光辉。

门口出现了戴着白色线手套的年老的检票员。飘散着香水、花园里的新鲜空气和糖果的香味。可以听到压低了声音、嗡嗡的说话声，马刺叮叮当当、扶手椅嘎吱嘎吱的响声，笑声，窄长的节目单的沙沙声——节目单上印着一把戴着橡树叶花冠的里拉琴。

“奥尔列涅夫，奥尔列涅夫，奥尔列涅夫!”剧场大厅的各个角落里都能听到这个名字。

科利亚舅舅穿着他那件款式优美、黑丝绒领的制服上衣，坐在包厢里。玛露霞舅妈仿佛周身环绕着淡灰色的光晕。这光是从她那件烟灰色的新连衫裙，从她的头发上和那双兴奋的灰眼睛里闪射出来的——她已经有很久没到剧院来了。

伊万诺夫上尉神情悠然地从长条地毯上走过。小小的马刺在他那双尖头皮鞋上发出轻微的响声。

就连鲁米扬采夫大尉也把宽而密的、火红色的大胡子梳得整整齐齐，穿着常礼服来到了剧场。他不断地从后面的口袋里掏出小手帕，擦擦红通通的脸。

鲁米扬采娃姊妹紧靠在一起坐着，她们的脸颊红得叫人难受。

我在廖夫纳的老相识——沃洛佳·鲁米扬采夫和帕夫利亚·坚诺夫——也来看戏了。

沃洛佳·鲁米扬采夫跑到顶楼的座位上去了，尽管包厢里有他的座位——他和他的姐姐们发生了争吵。

帕夫利亚·坚诺夫坐在那里，脸上带着傲慢的神情，一条腿跷在另一条腿上，伸出去老远。他，一个曾在彼得堡待过几年的大学生，会为了这样的戏剧而激动吗？

在包厢里，玛露霞舅妈拉着我的手，把我拉过去，取下粘在我上衣领子上的一根绒毛，仔细看了看我的头发，把它抚平。

“嗯，现在好了。”

我照了照挂在包厢入口处小屋里那面暗淡无光的镜子。我脸色十分苍白，而且仍然像儿时那样消瘦，似乎身子很快就会垮掉。

帷幕拉开，演出开始了。

我在基辅看过一些出色的演员的演出，但现在这个身材不高、神情悲哀、面部轮廓清晰的人却在舞台上创造了伟大的奇迹。他发出的每个声音都显示出伟大基恩的痛苦而又极美好的心灵。“箭射伤了鹿！”他用高亢的声音大喊。在这一呼声中，对仁慈的无尽的思念，犹如决堤的洪水，猛冲出来。

当观众大厅里爆发了由演员们演出的争吵时，我浑身在战栗。帷幕落了下来，泪痕满面的老导演——一个英国人——走到台口，用颤抖的声音说，戏不能继续演下去了，因为“英国的太阳——伟大的悲剧演员基恩发疯了”，这时我忍不住流出泪来。

玛露霞舅妈向我转过身来，拍拍我的手，想要说点儿什么。大概，是一句开玩笑的话。但她没有说，却惊叫了一声，站了起来。科利亚舅舅也转过身，站了起来。

整个大厅被掌声震动了。

我也转过身来。父亲站在我背后，神情还是那样疲倦，脸上带着温柔而悲哀的微笑，但头发已经全白了。在我的眼睛里，一切都旋转起来，后来一下子什么都不见了，变得静悄悄的，一片黑暗。父亲扶住了我。

我记不清，确切些说，根本不记得以后怎么样了。我清醒过来的时候，躺在包厢入口处那间小屋里一张小沙发上。我的上衣领子解开了，有水顺着下巴往下流，玛露霞舅妈在用花露水搽我的太阳穴。父亲扶着我的肩膀让我坐起来，吻了吻我。

“稍坐一会儿，别动，”他说，“一切马上都会过去的。难道你们没有收到我的电报吗?”

当疲倦的奥尔列涅夫出来谢幕，捡起飞上舞台的鲜花的时候，父亲匆匆忙忙地讲，他在别日察的车辆制造厂里获得了一个好位置。别日察镇离布良斯克总共只有8公里。

父亲刚刚到，在科利亚舅舅家里没遇到任何人，所以就到剧场里来找我们了。

“妈妈怎么办呢?”我问。

“妈妈?”父亲反问了一句,“凑巧,我给你带来了一封她的信。妈妈不愿住在别日察。她要和季马一起去莫斯科,打算在那里长期定居。当然,也要把加莉娅带去。”

“关于我,她说什么了吗?”

父亲想了想。

“好像没有。我很少见到她,她大概全都给你写在信上了。你看看吧。”

他把信递给了我。雷鸣般的掌声还在响着。我很快看完了信。信很短,写得干巴巴的。

妈妈在信上写道,在生活安排就绪以前,我还得住在科利亚舅舅这里。现在妈妈不能对我说任何安慰的话。她打算一个月后,在7月里去莫斯科。我得在布良斯克度过夏天,不过如果我愿意,也可以在别日察和父亲一起生活。但我最好还是在布良斯克度过这个夏天,那样她也更放心一些。“在从基辅去莫斯科的路上,”妈妈写道,“可惜我们不能在布良斯克停留,不过我会拍电报去,你到车站上来,我们可以见见面,谈谈一切。”

当我看完了信,玛露霞舅妈笑着对父亲说:

“现在我们决不把他交给任何人。连您也不给,格奥尔吉·马克西莫维奇。”

“无论如何也不给。”科利亚舅舅说,“不过,总而言之,我要跟你谈谈这个事情,格奥尔吉。”

“谈谈吧。”父亲同意了。

我们穿过城市公园到马车那里去。白炽灯在树木中间发出咝咝的声音。军乐队在舞台上演奏雄壮的进行曲，仿佛是为戏剧已经结束而感到高兴，又能让军号和长号尽量发挥它们的威力了。

我们坐上了马车。马迈着小步，慢慢走下陡峭的山坡。

妈妈的信使我心情沮丧。看了这封信以后，一切仍然像以前一样模糊不清。显然，妈妈没有与父亲和好。我不明白妈妈给我写信为什么这么冷淡。难道她开始忘记我了吗？难道已经谁也不需要我了吗？

父亲在兴奋地和科利亚舅舅说话。为什么他什么也不问我呢？我会对他讲述许多悲哀的事情。也许，我痛哭一场，心里就会感到轻松一些吧。

科利亚舅舅家里大家都疼爱我——无论是舅舅，还是玛露霞舅妈，就连科利亚舅舅的所有同事也都喜欢我，但我胸中还是经常感到十分沉重。我必须隐瞒自己的忧郁，以免得罪科利亚舅舅和玛露霞舅妈。

我想起了苏博奇的话，不久我就可以不做任何人的累赘了。我的心紧缩起来。一切都明白了。这么说，对大家来说，我是个累赘。父亲有他自己的生活。谁知道呢，也许，在别日察他并不是一个人生活。

妈妈呢？妈妈为什么这样轻易地抛弃了我？大概，是由于加莉娅。加莉娅快要失明了，医生没有任何办法帮助她。妈妈对此感到绝望了。加莉娅的可怕的命运攫住了她的全部思想。大概，除了对加莉娅的强烈的怜悯，妈妈的心里已经没有任何旁的东西了。

仿佛落满了灰尘的月亮高悬在城市上空，洒满月光的铁皮屋顶好像是潮湿的。玛露霞舅妈俯身对我说：

“把信给我，如果可以的话。”

我把信递给了她。

她把它折成很窄的一条，塞进细羊皮手套开口的地方，然后把开口处的珠母纽扣扣上。

我头痛得厉害，甚至痛得我流出泪来。

“你怎么了?”玛露霞舅妈问。

“头很痛。”

“可怜，什么全都一下子落到了你的身上!”

在家里让我躺在床上。我躺着侧耳倾听饭厅里的谈话和父亲的声音。我一直在等着他到我这儿来说一声明天再见。

新鲜空气从窗户里流进来，使我头昏。我蒙眬入睡，仿佛听到奥尔列涅夫在隔壁屋里用痛苦的声音大喊：“箭射伤了鹿!”立刻在遥远的地方，在夜的尽头，奏起了饱含柔情的乐曲。乐声渐渐远去，渐渐消失了，好似频频回首，向我点头。

后来，玛露霞舅妈说：“他是你们家里身体虚弱的孩子。对他来说，太焦虑不安了。”“你们家是谁家?”我问。“睡吧。”玛露霞舅妈的声音说。“我不离开你。您自己给自己倒杯茶吧。”茶匙开始在杯子里搅动，越搅越快。因此我头晕起来，开始向下跌落。好长时间我一直在往下跌落，在向下跌落的时候，我忘记了一切。

我一连躺了好几天，身上发烧，头痛。这段时间父亲到别日察去了。

我刚一恢复健康，就和科利亚舅舅一起去父亲那里。

别日察原来是一个潮湿而且令人感到烦闷的小镇。这儿泥土里混杂着从工厂炉子里掏出来的、有许多小孔的炉渣，房前的小花园里长着弯曲的白桦。工厂浓烟滚滚。

在父亲住的木头房子里也有一股煤烟味。家具很少，除了父亲，住宅里没有任何人。

我们去的时候，父亲正在看《百科辞典》。

父亲看到我们非常高兴。

“我明白，”父亲对科利亚舅舅说，“科斯季克根本不能住在这儿——既寂寞，生活也安排得不好，而且会感到孤独。再说，我自己在这儿也待不久。”

“那你打算做什么呢?”科利亚舅舅严肃地问。

“随便去哪里。总而言之，生活不顺当。现在对我来说，反正一样。都怪我自己。”

我看着父亲。现在他完全不像在1905年，或很久以前——在戈罗季谢、格连吉克，或在画家弗鲁别利的屋里那个样子。似乎那才是真正的他，而这里的这个人只不过是和他面貌相同的一个时乖运蹇的人而已。

独自一个人在大道上

带来最初的凋零迹象的日子终于来到了。

科利亚舅舅的房子后面，沿着谷地陡峭的斜坡有一大片绵延不断的古老的苹果园。有窟窿的苹果树干和歪歪斜斜的篱笆上覆盖着一层苔藓。

除了我，几乎没有人到苹果园里去。

我带着练习簿来到苹果园，躺在地上，写诗。据我现在来看，这都是一些蹩脚的诗。诗中一切都沉浸在模模糊糊的忧愁里。

正在搬运一只干黄蜂的蚂蚁在一行行诗句间匆匆忙忙地跑来跑去，不时有腐朽的小树枝从树上落到练习簿上。

天空尽管很厚，却仿佛是透明的，在苹果园上方闪闪发光。风吹过天空，把一朵朵云彩吹往杰斯纳河后边。有一次，我开始数天上的云彩，数到200，就不数了。我已经感到眼花缭乱了。

秋天时而以偶尔遗忘在长凳上的一片枯叶，时而以沿着一根细丝径直落到我头上的一条绿色的小毛虫，提醒它的到来。

对渐渐离去的夏天感到惋惜。科利亚舅舅在布良斯克度过了这个夏天。夏天里我经常到兵工厂去找科利亚舅舅，到他的实验室或锻造间去。

我喜欢看汽锤打铁。在这个汽锤旁，我从伊万诺夫上尉口中听到过厂里的著名铁匠奥布霍夫斯基的故事。他能那样小心翼翼地用100普特[①]重的汽锤砸开放在扣过来的茶杯底上的核桃，而茶杯仍然完好无损。

我喜欢兵工厂及其还是在叶卡捷琳娜时代建成的低矮的厂房，喜欢长满茂密的嫩草、堆满生铁铸件的院子，工作间墙边的丁香花和像抹了油的铜器一样闪闪发光的、老式蒸汽机的汽缸，喜欢实验室里的酒精味，留着大胡子的铁匠、翻砂工以及兵工厂墙边从地下喷出的浅蓝色的喷泉。

得与这一切，与布良斯克、与科利亚舅舅舒适的家告别了。也许，要分别很长时间。

秋天我要回基辅去。当妈妈和加莉娅、季马去莫斯科的时候，在布良斯克车站上举行的简短的家庭会议上，就是这样决定的。我和科利亚舅舅、玛露霞舅妈到车站去见妈妈。

妈妈老了，用抱歉的语调和科利亚舅舅说话，仿佛是想在他面前为自

---

① 1普特等于16.38公斤。——译者

己辩护。

加莉娅几乎已经完全失明了。除此而外，她耳朵也开始听不大清了。她戴着厚厚的双层眼镜，当有人和她说话时，她好久四面环顾，竭力设法猜出是谁在和她说话，而且总是答非所问。季马神情忧郁而平静。

妈妈拥抱了我，然后从头到脚细细地打量我，发觉我的气色比在基辅时好多了。可以听出，她的话音里有委屈情绪。

我说我想回基辅去，第一中学已经接受我回去了。我将和鲍里亚住在一起，靠教课维持生活。

妈妈转过身去，回答说，她很想带我到莫斯科去，但现在这是不可能的。她自己都不知道，在莫斯科她将怎样生活。

加莉娅一直在说：

“科斯季克，你在哪儿？啊，你在这儿！可是我根本看不见你。”

玛露霞舅妈匆匆地说，让我去基辅是很不理智的。还说，也许她什么也不懂，也无权干涉我们家里的事，不过……

她发觉科利亚舅舅警告的目光，不作声了。妈妈什么也没回答，她隔着车窗望着月台。由于愤怒，她的眼睛发黑了。

“终于来了！”妈妈说，“迟来比不来好。”

父亲从月台上走来。他是刚刚乘工作列车从别日察赶来的。父亲穿一件因为太旧磨得发亮的黑色西装上衣。

父亲走进了车厢。车站上的钟立刻响了两遍。

我们开始告别。父亲吻了吻妈妈的手，说：

“玛露霞，我负担科斯季克的生活。我每个月都给他寄生活费和一切必需的东西去。”

“上帝保佑！至少这件小事，你可不要忘了。我求求你。”

季马很冷淡地和父亲告别。加莉娅完全像个盲人，向父亲伸出一只手去，竭力想够到他的脸。父亲的脸色变得那样苍白，连他的眼睛也好像发白了。

第三次铃响了。

我们下车来到了月台上。妈妈从车窗里说，冬天她一定到基辅去看我。

列车启动了。

父亲摘下帽子站着，望着滚动得很快的车轮。他不愿进城到科利亚舅舅那里去，就借口说他必须乘第一趟列车回别日察，那儿有紧急的工作等着他。

我们乘马车回家。路上，科利亚舅舅和玛露霞舅妈都不说话。玛露霞舅妈咬着一块小手帕。后来她望望科利亚舅舅，说：

“不，我还是不明白。怎么能这样呢！”

科利亚舅舅皱起眉头，用眼睛向她示意，看了看我。玛露霞舅妈不作声了。

我为我们家庭的不和睦感到羞愧，因为它不仅仅损害了我们这一些人的生活。我梦想着赶快到基辅去，忘记这些不幸和不愉快的事。即使孤独，也比这纠缠不清、令人厌烦、而且难以理解的相互抱怨的生活要好一些。

我等待着8月份到基辅去。8月终于来了，落叶纷飞，阴雨连绵。

我动身的那天，秋雨霏霏，刮起风来。雨丝鞭打着莫斯科——基辅列车的车厢。父亲虽然答应过，但没来为我送行。

在车厢里，科利亚舅舅试图说几句简短的笑话。玛露霞舅妈把一个信封塞到我的大衣口袋里，说："到路上再看。"

当列车启动后，她转过身去。科利亚舅舅抓住她的胳膊肘，让她转过来面对着列车。玛露霞舅妈对我笑了笑，又转过身去。

雨滴在车窗玻璃上唰唰直淌。由于雨滴，什么也看不见。我放下车窗，探出身去。

科利亚舅舅和玛露霞舅妈站在月台上目送着列车。蒸气扑向地面。我在列车后面很远的地方看到了一长条晴朗的天空，那里太阳已经在照耀着了。

我认为这是个好的预兆。我从口袋里掏出信封，信封里装着一些钱和一张字条：

"自己保重。你一个人走到大道上，因此不要忘了，你在外省有舅舅和舅妈。他们非常爱你，随时准备帮助你。"

荒野巷

鲍里亚住在车站附近很脏的、日良斯卡亚街上带家具的"进步"公寓里。

他很亲切而且似乎是以保护人自居的态度接待了我。

"好样的，"他说，"决定做一个独立自主的人！暂时先住在我这儿吧。以后再给你找个好一点儿的地方。你住在这儿，不值得。"

"为什么？"

"你会明白的。"

我相当快就明白了这一点。鲍里亚刚去工学院，屋里立刻出现了一个面部浮肿、胖得好像一棵酸白菜的人。一件落满灰尘的大学生制服上衣仿佛是挂在这个面部浮肿的人的身上，一条膝部凸起来的绿色长裤在他身上晃来晃去。他那双眼珠突出、但好像目光呆滞的眼睛慢慢转动着，仔细打量房间、摆着食品的架子和我。

“波托茨基伯爵！”面部浮肿的人自我介绍说，“您哥哥的最亲密的朋友，工学院以前的大学生。由于患不治之症而离开了学校。”

“您害的是什么病？”我同情地问。

“我的病是无法描绘的，”波托茨基伯爵回答。说着，突然从桌上一个盒子里拿走了鲍里亚的一把香烟，“我的痛苦无法形容。由于这病，一连3年，帕通[①]教授的课我考试不及格。您知道帕通吗？”

“不知道。”

“是个野兽！”波托茨基伯爵说。说着，又从桌上拿了一根香肠，把它转了转，塞进了口袋。“是个所有渴望获得成就的人的压迫者。治我这个病的药是普通的杂酚油，但是父母老是迟迟不给我寄钱来。不消说，到药房去买上述这种杂酚油的现金用完了。明天以前您能想得出来吗？”

“想出什么来？”我不懂，问。

“唉，好吧！”波托茨基伯爵天真地笑了笑，“扭扭捏捏地装小丑装腻了！我想向鲍里亚借3卢布，可是来迟了。也许，您这儿有张绿票

① 叶甫根尼·奥斯卡罗维奇·帕通（1870—1953），研究桥梁建筑和焊接的苏联学者，乌克兰科学院院士。

子[1]吧?”

“有，当然有啰。”我赶紧从口袋里掏出钱来，“您要3卢布!”

“唉，年轻人!”波托茨基伯爵痛心地提高了声音说，“如果是一个厚颜无耻的人借钱，他就会把数目说得大一些。如果是个正派人，他就会把数目说得少一些。如果我，上帝保佑，是个厚颜无耻的人，我一开口就会要20卢布。可我总共只要3卢布！您准会问，真的到底要多少呢？真正的需要总是介于两者之间。20减3等于17。我们把17一分为二，得数是8个半。把它凑成个整数，那么是9卢布。既方便又简单。”

我递给他的不是9卢布，而是10卢布。他接钱的方式很奇怪，我甚至没注意他是怎么接过去的。钱仿佛是在空气中溶化了。

当我和波托茨基伯爵说话的时候，房门一直在吱嘎吱嘎地响。但是钱刚一在空气中溶化，门立刻坚决地大敞开了，一个身穿宽大罩衫的、矮墩墩的女人飞也似的闯进屋来。她每走一步，脚上的鞋子都啪嗒啪嗒地响。这双鞋子她穿着太大了。

“为什么?!”她用极其激烈的语调大声喊，“为什么要给这个暴徒钱?给我!”她透过牙齿缝恶狠狠地说。说着一把抓住了波托茨基伯爵的制服上衣。

上衣袖子发出撕裂的声音。

波托茨基伯爵挣脱开，冲到走廊里去了。女人跟着他跑了出去，她的鞋子像手枪射击一样噼噼啪啪地响。

“给我!”她大声喊，“3卢布也行！两卢布也行!”

---

① 即3卢布，因为3卢布的票面是绿色的。——译者

但波托茨基伯爵以不可思议的速度跑下楼梯，跑到街上，不见了。穿宽大罩衫的女人靠到墙上，用矫揉造作、十分讨厌的声音号啕大哭起来。所有房间的住户都伸出头来张望，这使我一下子看到了他们所有的人。第一个出来张望的是一个满脸粉刺、穿一件淡紫色衬衫的青年人。他在衬衫上还缝了一条粉红色赛璐珞的领子。

“古缅纽克太太，”他以命令的口吻说，“请采取措施！”

带家具的“进步”公寓的业主古缅纽克太太在走廊上出现了。这是一位胖太太，眼睛里流露出温柔和懒洋洋的神情。她走到那个穿宽大罩衫的女人跟前，突然用很清楚而又凶狠的声音说：

“回自己屋里去！不要出丑！您会等到警察来的！我用一个女人的名义向您担保！”

穿宽大罩衫的女人安安静静地回自己房间里去了。走廊上仍然人声嘈杂，对波托茨基伯爵的事议论了好久。

鲍里亚回来后，我把这一切都告诉了他。鲍里亚说，我还算没吃大亏，他叫我今后不要再中别人的任何诡计。波托茨基伯爵根本不是什么伯爵，以前也不是大学生，而是一个因为酗酒被赶走的法院里的小官吏。

“他们怕我，”鲍里亚说，“不过，像你这样的性格，最好是避开他们。住在这儿的净是些社会上的渣滓。”

“那你为什么要住在这儿呢？”

“我习惯了，他们不碍我的事。”

过了一个月，鲍里亚在荒野巷妈妈认识的一个老太婆——科兹洛夫斯卡娅太太那儿给我找到了一间“供给膳宿”的房子。

我收到了父亲寄来的钱。我计算了一下，即使他不再给我寄钱来，那么我不去教课，也够过3个月了。

科兹洛夫斯卡娅太太的住宅里，除了她和她的儿子，以及步兵中尉罗穆阿尔德外，没住着任何别的人。这是一套狭小的住宅，因为油漆不好，地板是黏糊糊的。窗户都朝着一个树都砍光了的花园。花园里总共只剩下两三棵树。冬天在这个花园里搞了个溜冰场。在溜冰场边上的雪堆里插了几棵小枞树，枞树很快就发黄了。溜冰场收费低廉，是供格鲁博奇察和里沃夫大街上的小男孩们来玩的。溜冰场上连个乐队都没有，而是用一个带淡紫色大喇叭的留声机放唱片的。

荒野巷当真是一片荒野。这个巷子不通往任何地方，它消失在一片堆满积雪和一堆堆草木灰的空地里。那些草木灰冒着蓝灰色的烟，从空地上总是散发出一股煤气味。

我用拜伦、莱蒙托夫和雨果的肖像把我的斗室装饰起来。晚上，我开亮厨房里的那盏灯，灯只照亮桌子和雨果的肖像。这位留着大胡子的作家从上浆的圆形硬袖口里伸出一只手来，忧郁地托着头，坐在那儿望着我。他脸上的表情仿佛在说："喂，喂，年轻人，您以后怎么办呢？"

那时，我正醉心于雨果的《悲惨世界》。大概，我喜欢的与其说是小说的内容，不如说是更喜欢雨果这个老头儿对历史所做的狂风暴雨般的攻击。

一般来说，我在这个冬天看了很多书。对于孤独，我无论如何也不能习惯。书帮助我摆脱了孤独。我时常回忆我们在尼科尔斯科–博塔尼切斯卡亚大街上的生活，回忆莲娜、愉快的炮兵专家们、廖夫纳古老的公园里的焰火，以及布良斯克。我周围到处都有许多各种各样关怀我的人。

现在，我感觉到自己周围荒无人烟。灯泡里不知什么在嗡嗡地响，这声音更增强了孤独感。

但过了一个月、两个月，终于发生了转变。我开始发觉，现实看上去越是丑陋，我就愈加强烈地感觉到隐藏在这现实之中的美好的一切。

我领悟到，生活中美与丑是并存的。美往往会透过一层厚厚的谎言、贫困和苦难显示出来。阴雨的一天快要结束的时候，落日火红的余晖有时就是这样突然穿透灰色的云层闪耀出来。

我竭力要在处处找到美好的迹象。当然，我经常能找到它们。它们会突然放射出异彩，犹如灰姑娘的破衣服下突然露出一只水晶鞋来，犹如在街上的什么地方，她那关注而温柔的目光会突然一闪。“这是我呀！”这目光说，“难道你没认出我来吗？现在我变成了一个乞丐，但只要我扔掉这些破衣烂衫，我就会变成一位公主。生活里充满了意外。别怕，请相信这一点。”

在那个冬季，我心中充满了这样一些模模糊糊的想法。

我刚踏上人生之路的起点，但我好像觉得，我已经熟悉它的全程。我在费特的诗中读到了两行诗。照我看，这两行诗正适于用来形容等待着我的未来：

从暴风雨的王国，从冰和雪的王国，
将飞来你的五月，而它是多么清新，多么纯洁！

我出声地吟咏着这两行诗，科兹洛夫斯卡娅太太在隔壁听着。罗穆阿尔德中尉回家很晚，有时根本就不在家里过夜。科兹洛夫斯卡娅太太感到寂寞，听到任何人的声音她都觉得高兴。

秋天的战斗

从布良斯克回来后，中学的老师和同学们也像鲍里亚那样亲切地欢迎我。就连特列古博夫大司祭也说了几句适合这种情况的、关于浪子回头的有教益的话。

苏博奇吹毛求疵地询问我生活是怎样安排的，答应一个月后给我找到教课的工作。副校长博江斯基用鼻子发出一种好像打鼾的奇怪的声音——他习惯用这类声音吓唬“小蹦豆儿”们——说：

“您是有罪的，不过可以从宽处理。到教室里去吧，以后不要再违反校规了！”

但我还是不得不违反校规。

我们中学里每个年级都分作两个班——第一班和第二班。第一班算作贵族班，第二班是大众班。

在第一班里学习的大半是一些蠢货——将军、地主、大官僚和金融家们的儿子。在我们第二班里学习的则是些知识分子、非贵族出身的脑力劳动者、犹太人和波兰人的子弟。

这样划分显然是有意识的，是根据上面的指示做的。

第一班和第二班之间的仇恨从来没有平息过。这种仇恨表现为互相蔑视。但每年秋天，在各个年级的第一班和第二班之间都要发生一场传统的斗殴。只有小蹦豆儿和毕业班的学生不参加打架。毕业班的学生已经被看作大人，几乎是大学生了，他们打架是不合适的。也有几个秋天是太太平平地过去的，没有发生打架的事。

打架的日子每年都不相同。这是为了欺骗我们警惕的领导们。但领导根据某些迹象还是会猜到，那个值得注意的日子已经临近了，于是感到焦躁不安，而且要一些花招儿，想要防止这场会战——有时是在第一节课后突然让可能是打架的主谋者的那个可疑的班级回家去，有时是带领二三个班级去参观艺术博物馆，有时是突然把花园里的门通通关上，因为通常都是在花园里打架的。

但任何花招儿都不起什么作用。在约定的那一天，总是在课间长休时打了起来。

有一些中学生不参战，班级“免除”了他们打架的义务。免除这项义务的，是那些害病、力气小，或不但对打架、而且对一般的争吵都感到厌恶的孩子。大家都乐意免除他们打架的义务——让他们参加反正也不会有什么用处。由于最后一个原因，我也被免除了这项义务。

不参战的人在打架的这段时间里必须把宽腰带解下来。按照中学生战斗的铁的规则，这样就谁也不会碰他了。

不参战的人还是宁愿不到花园里去，而是从教室的窗子里观战——从那里看得更清楚。

战斗总是这样开始的——学校大楼里突然笼罩着一片预兆不祥的寂静，转瞬间走廊里已经空无一人，所有中学生都急急奔向花园。

随后传来一阵喑哑的、可怕的吼声。一听到吼声，副校长博江斯基脸色立刻变得煞白，并且画一个十字。几百个小蹦豆儿吹着口哨，恰似无数霰弹，在互相进攻的两支大军腾起的团团尘土中跑来跑去。

所有的看门人——卡济米尔、马克西姆·霍洛德纳亚·沃达以及另外几个人都快步向花园跑去。大惊失色的学监们也跟在他们后面，互相追赶着，跑向花园。门在乒乓乒乓地响，走廊上传来教师们惊惶不安的声音。

副校长博江斯基边走边穿好制服大衣，把带帽徽的制帽拉到额上，跑下楼梯，匆匆奔向斗殴的地方。

有一次，天主教教士奥连茨基神父也跟着副校长博江斯基匆匆忙忙地下了楼，向花园跑去。我们爬上了窗台，我们想要看到奥连茨基把十字架举到头顶上，呼吁敌对的双方和解。

但奥连茨基并没有这样做。而是卷起长袍的袖子，拉开正在扭打的人，把他们推到两边去。他拉架时动作非常敏捷。中学生们一碰上他，就像球一样弹开了。大概，奥连茨基想起了自己的童年。

奥连茨基气喘吁吁地从花园回到了教师休息室。从他那兴奋、熠熠闪亮的脸上可以看出，即使是作为一个调解者参加这场战斗，也给他带来了很大的快乐。

战斗一爆发，花园里所有的备用门立刻都打开了。这是军事策略。把门打开，是为了让看门人和学监们拉开打架的人，把他们一部分一部分地挤到这些备用的门里去。

“第一中学里开始了！”一些小男孩们在街上大声喊。

从窗户里很难看清究竟出了什么事，什么“开始”了。尘土飞扬，树枝噼噼啪啪地响。可以听到叫喊声和闷雷似的脚步声，似乎花园里有一群群大象在互相攻击，彼此踩痛了对方的脚掌。

后来，胜利的欢呼压倒了一切，在回声很大的走廊里滚向四方，越来越响，终于变成雷鸣般的吼声——这意味着第二班已获得胜利，第一班逃跑了。

在我的记忆里，从来没有第一班获胜的情况。

第一批胜利者之中几乎总是有一个长着好斗的翘鼻子的中学生——未来的作家米哈伊尔·布尔加科夫[①]。他投身搏斗，冲向最危险的地方。他所向披靡，胜利总是随之而来。最后，他的头发都散乱了，仿佛戴上了一顶胜利的金冠。

第一班的蠢货们惧怕布尔加科夫，试图败坏他的名誉。打过架以后，他们散布流言蜚语，说布尔加科夫打架时采用非法手段——用腰带上的金属扣环打人。但谁也不相信这种恶意中伤，就连副校长博江斯基也不相信。

但这一次我参加了战斗，因为我需要和交易所经纪人的儿子、中学生哈温算账。

这个身材高大、总是无精打采的中学生，几乎在每句话里都能设法插进一个“神圣的”，尽管“p”这个字母他发音很不清楚。[②]他坐在剧院里的时候，总是懒洋洋地向他认识的姑娘们送飞吻。他坐自己的马车来上学，打心眼儿里瞧不起我们这些非贵族出身的知识分子。

一切都是由于科兹洛夫斯卡娅太太引起来的。老太婆视力不好，害怕一个人进城去，几乎每个星期天我都送她去天主教教堂。因为老是麻烦我，科兹洛夫斯卡娅太太感到不好意思，不断地向我道歉，而且像小姑娘一样，窘得满脸通红。

通常我总是挽着她的手，要不然，她就会撞到迎面走来的行人身上。

---

① 米哈伊尔·阿法纳西耶维奇·布尔加科夫（1891—1940），苏联俄罗斯作家。

② 俄语“神圣的”一词中有字母“p”。——译者

有时罗穆阿尔德中尉代替我扮演引路人的角色，但这种情况很少。我怀疑，中尉是为他有这么个老母亲、为她的那件老式大衣、为她的身体衰弱无力感到羞愧。不管怎么说，反正每逢星期天早晨，中尉几乎总是“忙得要命”。

有一个星期天，我领着科兹洛夫斯卡娅太太沿米哈伊洛夫大街到教堂去。我们遇到了哈温。他扬起眉毛，眯缝起眼睛，看了我一眼。他的脸上露出了蔑视的、困惑不解的神情。随后，他慢慢地从头到脚打量了一下科兹洛夫斯卡娅太太，冷笑一声，用手指打了个很响的榧子，打了一声呼哨，走了。

战斗爆发以后，我来到花园里。哈温站在一旁，他腰上没有宽腰带，他是个“不参战的人”。我也是“不参战的”，也没系宽腰带。但是，我走到哈温跟前，打了他一个耳光。

哈温奇怪地尖叫了一声。一个绰号叫“什波尼卡”的学监一把抓住了我的手。

第二天，副校长博江斯基把我叫了去。

“这到底是怎么回事?”博江斯基说，“如果您也像我们这些霍屯督人[1]一样，有义务参加打架，那我还能理解。可倒好——无缘无故打了人一记耳光！为什么?”

“原因是有的。我一生中从来没打过架。巴维尔·波得罗维奇，您是知道的。”

“对，对！可您还是要冒下半年不给您免除费用的危险。您为什么要

① 纳米比亚和南非共和国的一个民族。——译者

打他呢?”

我坚持不肯说出为什么我要打哈温。

“那也值得。巴维尔·彼得罗维奇，您可以相信我，也可以不信，但此外我什么也不说了。”

“我相信，”博江斯基说，“您去吧！让这件事在忘川里慢慢消失吧[①]。”

每次打架以后，校长和博江斯基都要向学区督学和吃了败仗的蠢货们的家长做一番不愉快的解释。

“瞧，人们头脑里没有皇上，意味着什么，”博江斯基痛苦地对我们说，“还要看什么易卜生和列昂尼德·安德列耶夫[②]的作品哩！受过教育的青年人啊！社会未来的栋梁啊！祖鲁人[③]和野蛮人！”

“活的”语言

“死的”语言中，我们在中学里只学拉丁语。拉丁语是一门主课。教拉丁语的是我们的级任老师弗拉基米尔·法捷耶维奇·苏博奇，他的样子像一只又高又瘦的猫，蓄着两撇向两边分开的浅色的唇髭。他是一个好心肠的人，我们都喜欢他，不过有时他也会因为拉丁语突然对我们全班大发雷霆。

---

① 普希金的《叶甫盖尼·奥涅金》“……在忘川里慢慢消失吧。”忘川是希腊神话中能使人忘记往事的一条河。

② 列昂尼德·尼古拉耶维奇·安德列耶夫（1871—1919），俄国作家。

③ 又称祖鲁斯人，南非的一个民族。——译者

博江斯基也很关心我们的拉丁语，对我们的拉丁语知识要求十分严格，他喜欢反复说：

“拉丁语是语言结构最伟大的奇观！”

希腊语不是必修课。只有不多几个人学希腊语。教希腊语的是一个身上总是撒满烟灰的老捷克人波斯佩希尔。他的两腿有病，肿了起来。他在走廊里慢慢地走着，上课总是迟到。因此我们给他改了个名字，把波斯佩希尔改成了奥波兹达尔[①]。

“活的”语言中，我们学法语和德语。这是两门枯燥乏味的功课。

法国人塞尔穆有一只手瘫痪了，留着一撮火红色的、亨利四世时代流行的那种尖尖的小胡子，他来上课时腋下总是夹着几张很大的油画、石印画，把它们挂在教室的墙上。

油画、石印画上画着不知是哪个民族的农民一年四季中的幸福生活。春天，这些农民头戴扎着彩带的草帽在耕地，他们那些双颊红润、裙子上扎着宽腰带的妻子则在喂黄色的鸡雏。夏天，农民们在割草，挥舞着蔷薇花枝围着草垛跳舞。秋天，他们在玩具似的农舍旁打谷。冬天，显然是因为没有其他事情可做，他们都在冰封的河上溜冰。

但这些画着农民的图画还是比另外一些图画有趣得多。另外那些图画上画的是一些枯燥乏味的、几何图形的房子，里面只有很少一点儿家具，还有一只在玩一团毛线的小猫。

塞尔穆把油画、石印画挂起来，用那只健康的手拿起教鞭，指着那些

① 俄语“波斯佩希尔”的意思是“匆匆忙忙的人”，“奥波兹达尔”的意思是“迟到的人”。——译者

手持镰刀跳舞的农民，或者指着那只小猫，用雷鸣般的声音操着法语问：

“我们在这幅很有意思的图画上看到了什么呢?”

我们齐声用法语回答，我们在这幅图画上清清楚楚地看到了一些心地善良的农民，或者是看到一只很小的猫在玩可尊敬的祖母的毛线。

这种看图问答式的浪费时间一直持续了两年，直到有一次副校长给我们领来一位新教师戈瓦斯先生，来接替塞尔穆。戈瓦斯先生刚刚来到俄国，他连一句俄语也不懂。他在这个神秘的国家里上的第一堂课恰好是我们班的课。

戈瓦斯先生是布列塔尼人。他又矮又胖，对一切都漠不关心，甚至从不对我们生气。

副校长把戈瓦斯先生介绍给我们以后就走了。这时法国学生列加梅站起来，用说得很漂亮的巴黎方言彬彬有礼地告诉戈瓦斯先生，在俄国，上课以前照例要先做祷告。戈瓦斯先生宽容地微微一笑，显然是认为，每个国家都有一些怪事。

于是，该轮到中学生利塔乌埃尔了。他是个犹太人，但非常熟悉东正教的祈祷仪式。

利塔乌埃尔走出来，站到圣像前，大幅度地挥手画了个十字，念起“学习前的祈祷词”来——“至仁至善的上帝，请赐予我们恩惠，你的圣灵能赐予并加强我们的精神力量。”

他把这段祷词念了5遍，然后又念《伟大的叶克千尼亚》[①]。在这以后，利塔乌埃尔又高声宣读《信经》《我们在天上的父》，并开始念叶甫列

① 东正教的一种祈祷文。——译者

姆·西林的祈祷文。

戈瓦斯先生困惑不解，很有礼貌地低下头来，站在那里。

“上帝，我生命的主宰！”利塔乌埃尔高声呼喊，“请勿使我游手好闲，无所事事，灰心丧气，贪图权势，空话连篇！”

我们齐声重复祷词，并不时看看钟。到下课只剩10分钟了，我们担心利塔乌埃尔缺乏足够的祈祷知识，不能挨过这10分钟。但利塔乌埃尔没有辜负我们的信任，他又念了一遍《信经》，并以庄严地朗读祷词“上帝啊，拯救你的人”结束了这一堂课。

铃声响了。戈瓦斯先生耸了耸肩，走回教员休息室去了。他的黑色常礼服在阳光中一闪，沿着走廊一亮一亮地飘动着，越去越远。

我们躲在把桌面掀开的课桌后面哈哈大笑，但是1分钟后，副校长博江斯基气喘吁吁地跑进教室，大声喊：

“开什么玩笑！二流子，你们这是亵渎神明！是谁做祈祷的？大概，是你吧，利塔乌埃尔？”

“您说哪里话！”利塔乌埃尔站起来，提高声音说，“我是个犹太人啊，巴维尔·彼得罗维奇。”

“哎——呀——呀！”博江斯基说，“犹太人！怪有意思的理由！似乎我会相信，如果你一画十字，你的手就会烂掉似的！把书收拾起来，回家去吧，在路上可以好好想一想你可悲的命运。从今以后，你的操行分数已经有两个4分了。”

在戈瓦斯先生任教期间，我们专心钻研不规则动词及其变位等最复杂的难点。结果出色的语言变成了难懂的刻板公式。我们被这些叫人猜不透的重音，被这些“阿克桑特埃久”“阿克桑格拉夫”“阿克桑西尔孔夫列克斯”[①]搞得糊里糊涂。对于我们来说，福楼拜和雨果的活的语言渐渐和戈瓦斯先生教给我们的法语完全脱离了关系。

随着年龄的增长，我们愈来愈喜欢法国文学作品了，并力图阅读法国作家的原著。为此，我们自学法语，或者在私人教师帮助下学习，根本不理那个对人冷漠的布列塔尼人。他却一直在教他的变格变位，并不时望望窗外——寒冷的白雪正从俄罗斯的天空上飘落下来。除了对小壁炉里炉火的怀念，在戈瓦斯先生的眼睛里看不出有任何别的神情。

我们试图和他谈谈巴尔扎克和大仲马，雨果和都德，但戈瓦斯先生要么是避而不答，要么就说这是供成年人阅读的文学作品，而不是给至今还不知道“菲尤秋尔”和“孔季西昂涅尔”[②]区别何在的俄国小孩子看的。

随着时间的流逝，才渐渐明白，原来戈瓦斯先生在布列塔尼半岛上一个小城镇里有一幢小小的石砌的房子，还有一个老母亲。戈瓦斯先生所以要到俄国来，只不过是为了在几年之内赚一笔数目相当可观的钱，带回家去。他母亲在家里养兔子，戈瓦斯先生打算种香菇，拿到巴黎去销售——这是有利可图的。因此，无论是对俄国，还是对法国文学，戈瓦斯先生都完全不感兴趣。

只有一次，戈瓦斯先生跟我们谈得兴致勃勃。这是在春天里，戈瓦斯先生准备到布列塔尼去度暑假，这就是他情绪很好的原因。

他忧郁地开开玩笑，对我们说，人生来就是为了过没有任何不安的生活。为此，就需要服从法律和知足。

---

① 法语“闭口音符”“开口音符”“长音符号”的音译。——译者

② 法语“将来时”和“条件式”的音译。——译者

后来他给我们讲，他还是个小孩子的时候和他祖父一起捕捉大螯虾的故事，说完叹了口气，陷入沉思。窗外栗树已经开花了。春天和轻微的穿堂风一起在走廊里徘徊，用犹如少女般的呼吸轻轻地吹拂着人的脸。戈瓦斯先生望着春天，悲伤地摇摇头——生活把他抛到世界上来，就像风从绿叶上吹落一只肥胖的瓢虫。而这都是因为他并不富有，必须靠枯燥无味的劳动为自己安宁的未来积攒一笔资金。

“是啊，”戈瓦斯先生说，“生活就是如此！我们要能忍耐。不要抱怨命运和上帝，忍耐会得到报偿的。不是吗？”

谁也没有回答他。因为那时我们深信，忍耐和白痴性质是差不多的。

许多年以后，我对我的朋友、作家阿尔卡季·盖达尔讲起塞尔穆先生照着油画、石印画教我们法语的事。

盖达尔高兴极了，因为他也是用这种方法学习的。盖达尔陶醉在回忆之中。一连好几天，他只用塞尔穆的方法和我说话。

我们那时住在梁赞附近，到处游荡，在湖里捕鱼。

“我们在这幅图画上看到了什么呢？”在我们漫游的时候，盖达尔常常用法语问，并立刻自己回答：“我们看到一个不好客的农村，一些贫穷的旅行者正在离开那里。我们看到一些农民，他们不愿收下旅行者的一把烟叶，换给他们3个鸡蛋。”

当我们沿着从图姆车站到弗拉基米尔的荒凉的铁路支线回莫斯科去的时候，盖达尔在夜里叫醒了我，问：

“我们在这幅很有趣的图画上看到了什么呢？”

我什么也没有看到。因为灯笼里的蜡烛闪得厉害，全车厢里都是一些阴影在迅速地跑来跑去。

“我们看到了一个铁路上的小偷，”盖达尔解释说，“他正从一位可尊敬的老太太的篮子里拖出一双很暖和的俄国靴子，这种靴子叫作毡靴。”

盖达尔——这个身材高大、心肠很好的人——说完以后，从上铺跳了下来，一把抓住一个动作敏捷、头戴方格便帽的人的衣领，从他手里夺过毡靴，说：

“滚出去！这一生中别让我再看到你！”

惊恐的小偷跳到车门外的平台上，在火车行驶中跳下车去。这大概是塞尔穆先生教学法的唯一一次实践了。

德语课比法语课有趣。这并不是因为奥斯卡尔·费多罗维奇·约翰逊是一位模范教师，而是因为在上德语课时，我们有时在做一些与德语毫不相干的事。奥斯卡尔·费多罗维奇多半是让我们抄写他的歌剧《托凯酒之神》的总乐谱。

约翰逊是个已经上了年纪的、神经质的维也纳人，他总是带着一条锯下来的椅子腿来上课。当教室里的秩序混乱达到不能容许的程度时，约翰逊就抓起椅子腿，用力敲敲桌子。我们头脑立刻就会清醒过来。

约翰逊对音乐既是个行家，也是个爱好者。他本来打算成为一个作曲家，但他的生活中发生了一件不幸的事，妨碍了他实现这一愿望。于是，他只好怀着厌恶的心情从事教学工作了。

他只要求我们掌握一些最微不足道的德语知识。如果我们当中有人考得不好，约翰逊好长时间从夹鼻眼镜上方望着他，叹一口气，慢慢地打一个3分，再加上一个减号。

有一次，那时我已经在六年级了，约翰逊在电车上遗失了他的歌剧手稿。这是唯一的一份手稿，他为此在报纸上登了启事。但没有人来归还这部歌剧。整整一个星期，约翰逊没到中学里来。当他来了的时候，我们几乎认不出他来了——他已经鬓发灰白，皮肤发黄的脖子上裹着一条破围巾。这天，约翰逊上课时，教室里静悄悄的，没有一点儿声音。

“你们瞧，年轻人，”约翰逊说，“一切都完了！这部歌剧是我毕生的事业。当我写这部歌剧的时候，我变得年轻了。每写一页，我都会年轻好几岁。是啊！是这样的！那是幸福的音乐。我所写的就是幸福。它在哪里呢？处处都有！在林涛的喧哗之中，在橡树的叶丛中，在酒桶的芳香中，在妇女和鸟儿们的歌声中。到处都有，无处不在。我梦想做一个流浪歌手，而不是穿上这身制服。我羡慕茨冈人。我幻想在乡村举行婚礼的宴会上，在护林员的家里唱歌。我幻想为相爱的人和孤独者，为英雄和诗人，为受了欺骗但仍未丧失对善的信心的人们歌唱。这一切，我的歌剧里都有。一切！我希望，如果我能看到它在维也纳剧院里上演，我也就能安心死去了。我认为，也许我的朋友，老诗人阿尔滕别格[①]会来看戏，像头熊一样坐到天鹅绒扶手椅里，眼里流出泪来。对我来说，这将是最高的奖赏。也许，那位从来不曾相信我的能力的女性会听到这部音乐……”

约翰逊仔细看着自己很瘦的手指说着，他似乎由于悲哀而陶醉了。他说话一向是用词稍有点儿华丽，而且有点儿做作，但现在我们没有注意到这一点。我们都低下头坐着。

下课后课间休息时，苏博奇到我们这儿来了。

---

① 彼得·阿尔滕别格（1859—1919），奥地利作家。

“我想预先告诉你们，”当我们围住了他，他说，“现在你们上奥斯卡尔·费多罗维奇的课，态度要特别客气。不过我认为，不用我说，你们自己也会想到的。”

就在这一天，这样的号召飞也似的传遍了中学的各个班级——“找到歌剧！无论如何也要找到它!”

这一号召是谁发出的，我不知道。它一个传一个地传播开来。我们东一群西一簇地聚集在一起，商讨寻找的方法。我们的行动就像一些阴谋家。每个人的心里都急不可耐，犹如波涛汹涌，极不平静。

寻找开始了。我们询问电车上的售票员，走遍了各个市场。我们在商贩的包装纸里翻寻。最后，这部歌剧在鲁基扬诺夫卡市场上找到了。

八年级的一个学生在一个卖脂油的女小贩那里看到了这部歌剧。女小贩抱怨说，这纸不适宜做包装纸——墨水写的字迹会印到脂油上，顾客会生气的。因此，手稿中只缺了3页。

八年级上课时，学生把手稿还给了约翰逊。我们没有看到这个场面。我们只看到了下课以后约翰逊在走廊上走着，被八年级的学生围了起来。他没戴夹鼻眼镜。他摇摇晃晃走着，步子不稳。八年级的学生们扶着他。副校长博江斯基站在教师休息室门口，微笑着频频点头。他拥抱了约翰逊，和他互相亲吻。

乐谱狂在中学里一直持续了好几天。约翰逊带来歌剧的总乐谱和干净的乐谱纸。他把这些纸分发给我们，我们把这部歌剧抄成了好几份。

这是冬末的事。春天里，我接到从邮局寄来的一张硬纸片。上面写着，奥斯卡尔·费多罗维奇·约翰逊请我“光临”，观看在我一个同班同学家中演出他的歌剧的片段。

晚上，我到比比科夫林荫大道上约定的地点去了。我同学家中很宽的楼梯被灯火照得亮堂堂的。两间大厅里坐满了人，大多数都是男中学生。但是也有马林斯克中学的女生，还有白发苍苍的乐师以及演员。

约翰逊还没到。我站在大厅门口，看到了灯火通明的楼梯。奥斯卡尔·费多罗维奇在楼梯上出现了。他跑上楼梯——面容清癯，变年轻了，穿一件式样雅致的黑色常礼服。他迅速进入大厅。大家都鼓起掌来。

音乐立刻开始了。演奏了由钢琴伴奏的四部合奏曲。这当真是关于幸福的音乐，它表达了恋人的痛苦。这痛苦与特里斯丹和绮瑟的痛苦同样感人。我无法描绘出这音乐动人的曲调，以及它从琴弦上发出的魅力。

音乐结束，大部分客人都向约翰逊表示祝贺，然后各自离去。这时，邀请我们这些留下来的人入席。

深夜，我们送约翰逊回家。路上他顺便到电报局去，往维也纳拍了一份电报。从电报局出来时，他又变得忧郁了。他说，他等待这一天等得太久了。而等待得太久了，喜悦也就会变成一种悲哀了。

“中学生先生们”

博江斯基称我们为“中学生先生们”，谁能知道我们这些“中学生先生们”将来会有什么成就呢？谁能知道，这些戴着褪色的制帽的青年人，这些随时会做出各种越轨行为、随时会嘲笑别人和与别人争吵的青年人，将来会有什么成就呢？譬如说，布尔加科夫将来会有什么成就呢？谁也不知道。

布尔加科夫年纪比我大，但是我清清楚楚记得他神速、敏捷的动作，大家都害怕的无情的语言，以及一种明确性和力量的感觉——在他每一句即使是无足轻重的话里，都能感觉出这一点来。

布尔加科夫满脑子都是虚构、笑话和故弄玄虚的骗人的花样。他把已经被我们研究得十分透彻的中学里的日常生活变成了一个充满不可思议的事件和人物的世界。

一个绰号叫“什波尼卡”的不起眼的学监，落到布尔加科夫的虚构和故弄玄虚的创作方法的范围之内，就会发展成像索巴凯维奇或塔尔塔连[①]那样的人物。于是，他开始过着第二种神秘的生活，已经不是那个因为酒喝得太多、鼻子浮肿的“什波尼卡”，而变成一些滑稽可笑的和怪异事件中的主人公了。

布尔加科夫用自己的虚构几乎能把完全是现实世界里的周围一切事物通通搬到一个夸张的、几乎是荒诞世界的边缘上去。中学毕业后，只是到1924年，我才又和布尔加科夫见面，那时他已经是一位作家了。他没有忘记基辅。在他的剧本《图尔宾一家的日子》中，我认出了我们中学的前厅和看门人马克西姆·霍洛德纳亚·沃达——一个正直的、爱跟人纠缠的老头儿。在剧院的布景后面，仿佛能听到我们基辅秋天的栗子树簌簌的响声。

有好几个几乎和我同时在中学里学习的青年人，后来成了著名的文学家、演员和剧作家。基辅一直是一个醉心于戏剧的城市。

这个中学在短期内培育出了这么多参加文学、艺术工作的人，这是偶然的吗？我认为不是的——当我们上课“偶然”迟到的时候，苏博奇就对

---

① 索巴凯维奇是果戈理《死魂灵》中的人物，塔尔塔连也是文学作品中的人物。——译者

我们说:“除了死,生活中没有任何偶然的事情。”他这样说并不是没有道理的。说过这句格言以后,苏博奇就给迟到的人的操行分数打一个5-。

这当然不是偶然的。这一现象的原因是那么多,而且难以觉察。所以我们由于自己的懒惰,不愿去深入探索这些原因,而宁愿认为这一切都是由于幸运的偶然性发生的。

我们忘记了那些促使我们热爱文化的老师,忘记了基辅的极好的剧院,忘记了我们普遍酷爱哲学和诗,忘记了在我们少年时代契诃夫和托尔斯泰、谢罗夫[①]和列维坦[②]、斯克里亚宾[③]和科米萨尔热夫斯卡娅[④]都还健在。

我们忘记了1905年革命,忘记了我们这些中学生竟然能溜进去参加的那些大学生们的集会,忘记了大人们的争论,忘记了基辅一向是一个具有很大革命热情的城市。

我们忘记了曾狂热地大量阅读普列汉诺夫、车尔尼雪夫斯基的作品以及用不结实的灰纸印刷的革命小册子。而那些小册子上都印着这样一些标语口号:“全世界无产者联合起来!土地和自由”。我们曾阅读赫尔岑和克鲁泡特金[⑤]的作品,还看过《共产党宣言》以及革命工作者克拉夫钦斯基[⑥]的小说。

---

① 瓦连京·亚历山德罗维奇·谢罗夫(1865—1911),俄国画家。

② 伊萨克·伊里奇·列维坦(1860—1900),俄国画家。

③ 亚历山大·尼古拉耶维奇·斯克里亚宾(1871或1872—1915),俄国作曲家和钢琴家。

④ 薇拉·费奥多罗芙娜·科米萨尔热夫斯卡娅(1864—1910),俄国女演员。

⑤ 彼得·阿列克谢耶维奇·克鲁泡特金(1828—1889),俄国革命家、思想家、作家、经济学家、哲学家。

⑥ 克拉夫钦斯基,即谢尔盖·米哈伊洛维奇·斯捷普尼亚克-克拉夫钦斯基(1851—1895),俄国革命民粹主义者、作家。

但就是这种杂乱无章的阅读也结出了自己的果实。

我们忘记了坐落在克列夏季克的著名的伊济科夫斯基图书馆，忘记了那些交响音乐会，忘记了基辅的花园，忘记了基辅的闪闪发光、簌簌作响的秋叶，忘记了我们在中学学习的整个时期，宏伟壮丽、典雅高尚的拉丁文一直陪伴着我们。我们忘记了第聂伯河，忘记了烟笼雾锁的温和的冬天，忘记了富饶、温暖的乌克兰，用大片荞麦田、茅草屋顶和养蜂场包围着基辅市的乌克兰。

很难察觉这些形形色色、有时似乎是千差万别的事物对我们少年时期的意识所产生的影响。但影响是有的。这种影响赋予我们的思想和感觉以一种特殊的诗意。

我们醉心于诗和文学。但我们对俄国文学、对它全部卓越鲜明的特点和深刻的含义的理解，却比对西方较为轻松的文学作品的理解迟一些。

我们还年轻，西方文学作品以其优雅、宁静和画面的尽善尽美吸引了我们。对于我们来说，冷静而简洁的梅里美①的作品要比让人感到痛苦的陀思妥耶夫斯基的作品容易理解。梅里美和福楼拜的作品，一切都是那么鲜明，犹如夏日的早晨。而陀思妥耶夫斯基的作品却像大雷雨那样渐渐逼近，使人感到惊慌，产生想躲到一个可靠的屋顶下去的愿望。狄更斯的作品也不会使人产生疑问。还有雨果，还有巴尔扎克，都是如此。

也许，我们醉心于西方文学也要归咎于一种廉价的、黄封面的《万有文库》丛书，当时这套丛书遍布各个书店。花20戈比就可以看完《蒙特·

---

① 梅里美（1803—1870），法国作家。

奥里奥尔》[①]《欧也妮·葛朗台》[②]《野鸭》[③]和《巴玛修道院》[④]。我们狂热地大量阅读这一切。

有一个时期，我们特别醉心于法国的诗——威尔兰[⑤]、勒孔特·德·李勒[⑥]和泰奥菲尔·戈蒂耶[⑦]。我们既读他们的原作，也读译文。在这些诗人的诗中，法语听来简直像是一种魔法，有时如远方的芳香，轻盈飘逸，几乎令人难以捉摸，有时又像金属一般坚硬。

这种诗所以能吸引我们，不仅是由于音调悦耳，内容朦胧模糊，犹如春天的轻烟薄雾，而且因为它能使我们在想象中产生对诗人本人以及巴黎的概念。这种诗仿佛就是与巴黎有关的、一系列诱人事物中的一件诱人的事物。黑色的屋顶，环形林荫大道，雨，灯火，名人公墓，塞纳河上玫瑰色的夜晚，还有诗。就这样，在我们天真的想象之中出现了巴黎。没有诗，犹如没有街垒和接吻一样，巴黎是不可想象的。

但很快我这个醉心于法国诗的人，就懂得了这不过是毫无热情的闪光。其实生气勃勃而又纯净的俄罗斯的诗是十分丰富的，它就在我身旁发出耀眼夺目的光辉。

---

① 莫泊桑的长篇小说。

② 巴尔扎克的长篇小说。

③ 易卜生的剧本。

④ 司汤达的长篇小说。

⑤ 保罗·威尔兰（1844—1896），法国象征主义诗人。

⑥ 勒孔特·德·李勒（1818—1894），法国诗人。

⑦ 泰奥菲尔·戈蒂耶（1811—1872），法国诗人、批评家，鼓吹为艺术而艺术的“帕尔纳斯”派创始人之一。

树林抖落它那深红色的盛装，

严寒为草木凋零的田野披上银白色的素裳……[①]

我们在成长。于是，强大的、也许是世界上最伟大的俄国文学渐渐攫住了我们的心，把西方文学排挤到了占第二位的，不过仍然是一个享有荣誉的地位。

除了文学，我们还迷恋于绘画。

在我们中学大礼堂里的大理石板上，用金字写着在我们中学毕业的、获得奖章的人和名人的名字。这些人中有画家格[②]。虽然这位画家是我们老一辈的同学，但因为他的画色调阴暗，而且都含有劝善的寓意，我们对他还是并不怎么心悦诚服。在我们那个时候，开始对印象派产生了很大的热情，虽说这种热情来得太迟了。

我的同班同学埃马·什穆克列尔打算当画家。他向基辅的印象派画家马涅维奇学画。我喜欢马涅维奇的画——小市镇上的小房子和庭院，画得色彩丰富，几乎是像油漆匠那样抹上厚厚的一层颜色。

我经常去埃马家。正如大家所说的，这是一个演员之家。

埃马的父亲是城里一个很有名气的廉洁医生，少年时期他幻想成为一个歌剧演员。不知为什么，他的愿望未能实现。但什穆克列尔医生对歌剧的热情还是压倒了一切。

---

① 普希金的诗《十月十九日》。

② 尼古拉·尼古拉耶维奇·格（1831—1894），俄国画家。

他家中的一切——不仅是身材高大、脸刮得光光的、声音洪亮的主人本人，而且还有钢琴，手抄的乐谱，献花用的花篮，海报，著名歌唱家的肖像和镶珠母的望远镜，一切无不令人联想起歌剧。

就连医生家中永不停歇的嘈杂声，也完全是歌剧式的。大声呵斥孩子，激烈的争吵——这一切都好像是华彩经过句、宣叙调、中板、快板调和强奏，一切都像二重唱和三重唱，像男声、女声和童声互相打断的咏叹调。在这一切嘈杂声中都暗含着某种曲调。什穆克列尔家中的声音响亮而流畅，犹如用“轻松优美的意大利风格”唱歌，顺着正门的楼梯传出去很远很远。

我经常去埃马·什穆克列尔家。但是和这个家庭相比，我还是更喜欢我的另一个中学同学、波兰人菲佐夫斯基的斗室。他像我一样，也是独自一个人生活。

菲佐夫斯基身材矮壮，额上耷拉着一绺淡褐色的头发，总是显得沉着镇静。他对待一切事情的态度，都好像是把它们看作愚蠢的无谓的忙乱。

他有他惹教师们生气的古怪行为。例如，他和他同桌的同学、很快活的斯坦尼舍夫斯基说话时，讲的是纯粹的俄语，但是有时却说得叫人连一个字也听不懂。这样做的方法很简单，菲佐夫斯基说话时重音全都不对，而且说得很快。

菲佐夫斯基强迫我学“世界语”。这种语言是华沙的一个牙科医生柴门霍甫发明的，它只有一个优点，就是容易。在不同国家里用这种语言出版了许多报纸。这些报纸上使我感兴趣的，是刊登希望用世界语通信的那些人的地址的栏目。

我学着菲佐夫斯基的样子，开始和英国、法国、加拿大，甚至还和乌拉圭的一些提倡世界语的人通信。我给他们寄去印着基辅风景的明信片，作为交换，收到了一些印有格拉斯哥、爱丁堡、巴黎、蒙得维的亚和魁北克风景的明信片。我渐渐使我的通信内容多样化，我请求给我寄一些作家的肖像和有插图的杂志来。于是，我有了一帧很精美的拜伦的肖像，这是曼彻斯特市一位年轻的英国医生寄给我的。我还得到了一帧维克多·雨果的肖像，这是奥尔良的一位年轻法国女人寄给我的。她很好奇，向我提出了许多问题——据说，俄国神父穿着用金片制作的衣服，俄国军官都讲法语，这是不是真的？

每星期我们都在菲佐夫斯基的斗室里大摆酒宴。在这些酒宴上，我们喝酒喝得最少（我们的钱只够买一瓶果子酒），而最多的是扮演莱蒙托夫作品中的骠骑兵，念诗，争论，发表演说和唱歌。

我们一直坐到早晨。因为吸烟吸得太多，屋里烟雾腾腾。我们好像觉得，透入这烟雾弥漫的斗室的黎明，也就是异常美好的生活的黎明。它就在门外等着我们。春天的黎明特别美。早晨清新的空气里，鸟儿在歌唱，头脑里充满了浪漫主义的故事。

这正在门外等待着我们的美好生活，以令人难以觉察的方式与剧院联系在一起。

那一年，我们对俄罗斯话剧和女演员波列维茨卡娅简直着了迷。她扮演《贵族之家》中的丽莎和《白痴》中的娜斯塔西娅·菲利波芙娜。

只有得到副校长博江斯基的许可证，我们才能去看戏。每个星期他最多只给我们发一次许可证，于是我们就伪造许可证。我仿造博江斯基的签字，而且模仿得那么得心应手，当学监们把从中学生们那儿收回的许可证拿给博江斯基看的时候，博江斯基只能摇摇头。他分不出真伪，于是说：

“我要让这些爱看戏的家伙变得乖乖的！应该学拉丁文，而不是去戏院里闲逛！你们都是些骗子，而不是可尊敬的父母的儿子！”

我们常在散戏后在演员出入的门口等着波列维茨卡娅。她出来了——身材高大，眼睛是浅色的。她向我们笑笑，然后坐上雪橇。雪橇上的铃铛抖动起来。铃铛的响声沿着尼古拉耶夫大街向下，渐渐远去，消失在积雪的街道深处。

我们各自回家去了，雪还一直在下个不停。两颊在发烧。我们这些年轻人强烈的幸福感和我们互相追逐着，在很滑的人行道上奔跑，伴送着我们，好久不让我们入睡。

幸福化作夜间路灯的灯光，在我住房的墙壁上闪烁。幸福化作一堆堆雪花，撒落到地上。在温暖的梦境中，幸福整夜唱着它那关于爱情和悲哀的永恒的歌曲。

雪橇上的滑木在窗外嗖嗖作响，几匹烈马从一旁跑了过去。在这个夜晚，马是拉着什么人在奔驰呢？

罗穆阿尔德中尉的屋里，吉他的弦自己响了一声。弦上的声音久久地颤抖着。声音越来越细，直到变成——起初变得犹如一根银丝，后来又变得像一根银白色的蛛丝。于是静下来了。

白天忙忙碌碌，生活和诗牢牢地交织在一起，简直无法分清什么是生活，什么是诗。冬天就是在快乐的兴奋心情和白天的忙乱中慢慢过去的。

那时候，我已经完全是独自一个人生活了，靠报酬不高的教课维持生计。钱仅够吃饭和去图书馆看书，但大概是由于年轻，那时候我完全没感觉到任何艰难和忧虑。

鹰钩鼻子的国王

每当有什么显要人物到基辅来，一定会让他参观我们的中学。它是俄国最古老的中学之一。

官长们不仅以中学的历史，而且以它的大楼感到自豪——中学大楼是宏伟的，但是并不舒适。为这座大楼增色的唯一装饰品是一个有上下两排窗户的白色大理石大厅。这个大厅里总是很冷，就连夏天里也是如此。

我们喜欢显要人物来校参观。因为为了纪念这次参观，每个大人物都请求校长给中学生们放假一天或两天。

校长总是为这样的荣誉向他表示感谢，并答应他的请求。我们匆匆忙忙用皮带把书捆起来，好似汹涌的洪水一起跑上街去。

但并不是大人物的每次参观都能这样顺利地过去。塞尔维亚国王彼得·卡拉乔治[①]参观时就发生了这样一件不愉快的事。我们知道，他是在一次血腥的宫廷政变之后即位的。

在国王到来以前一个星期，普拉东·费奥多罗维奇就开始教我们学唱塞尔维亚的国歌："公整（正）的上帝，你至紧（今）拯九（救）我们免早（遭）灾难。"[②] 除此而外，还命令我们，欢迎国王的时候不要喊"乌拉"，而要喊"日维奥"。

---

① 彼得·卡拉乔治是1903年至1921年的塞尔维亚国王。

② 歌词是塞尔维亚语，他们的发音不准。——译者

捷列先科校长，也就是“榨油工人”，得用法语向国王说几句表示欢迎的话。欢迎词是戈瓦斯先生起草的，他为此感到自豪。写欢迎国王陛下的欢迎词这一崇高的荣誉，是第一次落到了他的身上。

校长背熟了欢迎词。在这一点上他堪与我们比美。不过和我们不同的是，“榨油工人”的记性不好。他害怕在彼得·卡拉乔治面前会忘记了欢迎词。

校长焦躁不安。他要求我们的新副校长瓦尔索诺菲·尼古拉耶维奇（那时候博江斯基已被任命为第三中学的校长了）给他找一个中学生——一个最好的偷偷提示的人——来帮助他。

我们不喜欢“榨油工人”，拒绝说出谁是最好的偷偷提示的人。让“榨油工人”自己去对付吧。

中学里最好的偷偷提示的人——而且是个法国人——列加梅在我们班上学习。他和我们一起不动声色地听完了副校长提出的请求，很有礼貌地微微一笑。

最后我们勉强同意了。我们答应提供一个偷偷提示的人，只不过有一个条件——把给一个唯命是从的中学生博里莫维奇在数学课上得的不公正的2分改正过来。伊万诺夫答应把2分改为3分。

我们达成了协议。列加梅得到了欢迎词稿，把它抄在夹带上。欢迎词开头是这样讲的：“Sir，permettez a nous”等等。用俄语来说，这句话的意思大致是：“先生，请允许我们在我们光荣的中学银白色的四壁之间欢迎您。”

我们大家都把这段欢迎词背得滚瓜烂熟。当校长从走廊上走过的时候，我们学着他那尖细的嗓音，从教室里齐声对着他的背影说：“先生，请允许我们在我们光荣的中学银白色的四壁之间欢迎您!”

我们感到特别开心的是“银白色的四壁”。“榨油工人”装作什么也没听到。

在国王到来的那一天，中学里像过节一样，干净得简直会发出光来，很宽的楼梯上铺上了红地毯。这天阳光灿烂。但尽管如此，大礼堂里还是开亮了枝形吊灯。

我们来时都穿上了制服。我们班在前厅里排成两列横队。苏博奇站在一旁，佩着一柄塞进文官制服口袋里的短剑。只有精致的金剑柄露在口袋外面，闪闪发光。苏博奇身上散发出一股香水味。他的夹鼻眼镜那么亮，仿佛镜片是用钻石制作的。

“榨油工人”站在大理石柱旁边。用我们中学生的术语来说，“榨油工人”身上在“冒蒸气”——他脸色苍白。勋章在那件穿在他身上显得很紧的常礼服上叮当作响。

从街上传来了“乌拉”声，这是夹道列队欢迎的军队在欢呼。

“乌拉”声离学校渐渐近了。乐队奏起乐来，门敞开了。“榨油工人”束手无策地回头望望列加梅，迈着小碎步迎着国王走去。

矮个子、长着鹰钩鼻子、胡子花白的国王，穿一件镶银边的浅蓝色军大衣，好像轻轻地跳跃着，很快走进了前厅。他身后是清一色的浅蓝色军大衣，一顶顶大礼帽闪闪发光。

看门人瓦西里过去是马戏团里的角斗士，他应该为国王脱去大衣。但瓦西里惊慌失措，不但没给国王脱大衣，反而给他把大衣拉紧了。

国王在反抗。他连脸都气红了。他终于挣脱了瓦西里的强有力的爪子。一个副官跳到国王跟前，用一只戴着白色细羊皮手套的手推开了瓦西里，殷勤地为国王脱掉了大衣。瓦西里的眼睛像喝醉了的人一样，变得混浊了。瓦西里挺直身子站着，呼哧呼哧地喘着气——他不明白出了什么事。

“先生!”“榨油工人”在国王面前弯下腰来说，并且拼命挥动背在背后的左手。这就是说，他把词忘了。

列加梅立刻开始“提词”。他干这种事，技术是十分高超的。

国王不满意地看着校长的红通通的秃顶。在和瓦西里搏斗以后，国王还在沉重地喘着气。后来国王听到了偷偷的提示，冷笑了一声。

校长勉强致完欢迎词，向国王指指中学生们横队之间的狭窄通道，请“陛下”起驾到大礼堂去。

国王移动了。侍从们漫不经心地在前厅的生铁地板上拖着军刀，发出叮当的响声，跟在国王身后拥了进去。服装上的肩饰在我们眼前时隐时现。

基辅军区司令、威风凛凛的伊万诺夫将军跟在国王后面，离他只有一步远。

塞尔维亚的部长们摘下大礼帽，谄媚地微笑着，跟在侍从后面。

我们事先一切都商量好了。国王一走进由中学生的蓝色制服形成的夹道，我们立刻齐声扯着嗓子高呼：“儒利约!”[①] 这听起来好像是“日维奥”。

我们就这样一连喊了好几遍，喊声在中学“银白色的四壁之间”宛若雷鸣。

---

① “儒利约”是俄语“骗子们”的音译，“日维奥”是塞尔维亚语“欢迎万岁”的音译。——译者

国王毫不怀疑，靴子上的马刺叮当作响，慢慢往前走着，边走边向我们点头微笑。

苏博奇脸色变得煞白。基辅军区司令伊万诺夫将军用放在背后的手悄悄地对我们挥挥拳头。他手里攥着一只手套。由于愤怒，手套在发抖。“榨油工人”迈着小碎步跟在国王身后，吓得膝盖直打弯。

国王走过去了，我们听到中学生合唱队在上面用庄严、忧郁的声音唱道：“公整（正）的上帝，你拯九（救）……”

苏博奇凝神注视着我们。但是我们默不作声，整齐地站着。我们脸上除了在这庄严的时刻深受感动的表情，没有任何其他神情。苏博奇耸耸肩，转过身去。

但国王参观的故事还没有结束。当国王返回来的时候，我们震耳欲聋地齐声高呼：“杰尔日耶沃！”[①]这又好像是在喊“日维奥”。国王还是什么也没听懂。他仁慈地微笑着，部长们还是那样姿态优美地在自己面前拿着衬着白缎子里儿的大礼帽。

但是，当被认为是自由党人的、胡子花白的帕希奇总理从我们面前经过的时候，我们第一次清晰地、正确地高呼：“日维奥，帕希奇！”

我们当然做得太过火了。我们指定声音低沉浑厚的马图谢维奇(后来马图谢维奇成了基辅歌剧院的歌唱家)直接对着国王的耳朵喊：“杰尔日耶沃！”国王犹豫了一下，但很快控制住自己，向马图谢维奇亲切地点了点头。

在这次国王事件之后，我们班上有12个同学，其中也包括我，受到了校长的严厉训斥。严厉训斥之后，有3天禁止我们到学校去。领导显然

---

① 俄语“杰尔日耶沃”的意思是“抓住他”。——译者

是想竭力把这次戏弄国王的事暗中了结，害怕宣扬出去。

直到现在，我也不明白3天不准我们去上学的目的。这是安安静静休息、读书、在第聂伯河岸散步和看戏的3天。

当然，戏弄塞尔维亚国王的事还是没能隐瞒住。全校同学都非常羡慕我们。而且，不仅是我们学校，连从来不请任何国王去参观的第二中学、第三中学、实验学校也都羡慕我们。

徒劳无益

我至今对长着像油橄榄一样乌黑的圆眼睛的人持怀疑态度。我的女学生玛露霞·卡赞斯卡娅就有一双这样的眼睛。

这双眼睛毫无表情地环顾周围世界，只是当看到一个很漂亮的士官生或穿着海龙皮领大衣的贵族学校学生的时候，才会闪射出好奇的光芒。只要有一个士官生从窗外走过，于是背熟了的一切——历史年代、地理、句法规则——立刻都从玛露霞的头脑中飞了出去。

我是给玛露霞·卡赞斯卡娅补习功课的家庭教师。这个叽叽喳喳、鼻子尖尖、眼睛很小的玛露霞让我付出了高昂的代价！这个教课的工作是苏博奇给我找到的——“是个受人尊敬的家庭”，苏博奇对我说，“不过，我要预先告诉你，那姑娘并没有才能。”

玛露霞的受人尊敬的家庭包括玛露霞、她的父亲——一个退伍的将军以及她的母亲——一个瘦瘦的法国女人。

将军的个子像个侏儒，但是留着宽而密的大胡子。他矮到了这种程度，要挂大衣，都够不到衣架。

这位将军脸洗得十分干净，有一双丰满的小手和一双好像没有颜色的眼睛。但是，当他想起自己的对手时——那些在职务上超过自己的将军们——苏霍姆林诺夫，德拉戈米罗夫，库罗帕特金和连年卡姆普夫，这双眼睛就会射出愤怒的火光。

卡赞斯基一直升到了侍从将官的职位，当过各个不同军区的司令，曾经教尼古拉二世学习战略。

“在战略问题上，现在的这个年轻人是个真正的笨蛋。”谈到尼古拉二世时，卡赞斯基这样说。

他认为亚历山大三世是最后一位真正的沙皇。

卡赞斯基拥有关于军事方面的丰富的藏书。但是我一次也没看到他从锁着的书橱里取出哪怕是一本书来。他整天都在看《新时报》[①]，摆纸牌卦。将军的膝盖上蜷缩着一头小狮子狗，这狗也有一双像玛露霞那样的黑眼睛。狮子狗又蠢又凶。

每次上完课以后，卡赞斯基都把我送到加里茨市场。他喜欢每天这样散散步。一到了街上，将军立刻快活起来——嘿嘿地笑，讲军队里的笑话。

他用手杖碰碰在他面前立正站着的士兵和士官生的肚子说：

“老弟，真叫人讨厌！别人只看到你们的肚子。”

卡赞斯卡娅夫人管丈夫叫“杜西克”[②]，他管她叫“穆夫托奇卡”[③]。

---

① 1868年至1917年在彼得堡出版的一种报纸。

② “杜西克”是一种昵称。——译者

③ 意思是“小暖手筒”。——译者

我见到过很多无聊的人。但是比卡赞斯卡娅夫人更无聊的人我还没遇到过。

她整天眨巴着带有泪痕的、像小狮子狗那样的小眼睛，给玛露霞绣围裙，要么就是用油画颜料在缎带上画淡紫色的鸢尾花。

在家庭的节日里，她把这些粉红色的带子送给熟人们。无法理解这些带子有什么用处，也不能再往这些带子上缝上任何东西。有些熟人把它们挂在墙上，或者放在客厅里的小桌子上。

另一些人试图把它们当书签用。但带子太宽，书里放不下。最考究的人就尽量把它们放远一些，藏到眼睛看不到的地方去。

但卡赞斯卡娅夫人以白痴似的顽强精神又画了一批批新的带子，把它们第二次、第三次送给那些同样的熟人。

卡赞斯基家的住宅里到处都有这种带子。它们会钩住人的手指，发出一种令人讨厌的声音，简直会弄得神经质的人生荨麻疹。

卡赞斯基家的住房很高、很亮，但这亮光却好像是冷冰冰的、灰色的。阳光落到这套住宅里就会失去亮度和热气，照在地板上，好似一些褪了色的纸片。

我不能立刻猜出，卡赞斯基一家人把精神寄托在什么上面。他们相信上帝，相信上帝恰恰是把世界安排得对卡赞斯基一家人有利。在他们的想象中，上帝就像一位总督，只不过是世界范围的。上帝整顿宇宙间的秩序，并庇护规规矩矩的家庭。

除了上帝，卡赞斯基家还有一个玛露霞。他们以那些晚年得子的老年人病态的爱宠爱她。

玛露霞的任性在他们看来不仅可爱，而且是神圣的。只要她一噘起嘴唇，将军爸爸立刻解下马刺，踮起脚尖走路，唉声叹气。妈妈则慌忙地在厨房里做玛露霞爱吃的美味——松软的馅饼。

玛露霞的婚事是老夫妻俩交谈的主要话题。正在慢慢地为她物色未婚夫，这已经成了一种嗜好，一种癖好。卡赞斯卡娅夫人的记忆力好似一本厚厚的会计账本。在这个账本里，全基辅以及西南地区凡是有资格做未婚夫的人，都已经编了号，收入了卷宗。

玛露霞在杜琴斯卡娅私立中学读书。这是一所资产阶级学校，那里是根据父亲的财富和官衔来给学生打分数的。

但玛露霞的愚蠢达到了这样的程度，就连她爸爸卡赞斯基很高的官衔也救不了她，使她不得2分。每当把玛露霞叫到黑板前，她总是紧闭双唇，恶狠狠地一言不发，揪扯她那条黑围裙的边。

每一个2分都在将军家里引起一片混乱。玛露霞把自己锁在屋里，宣布绝食。卡赞斯卡娅夫人浑身颤抖，痛哭流涕。将军从一个角落跑到另一个角落，大叫大嚷，说他明天就去见省长，要把这个“犹太人的小铺”全都赶走。

第二天，将军穿上制服，戴上所有勋章，坐车来找中学校长杜琴斯卡娅谈话。校长是一位庄重的太太，很了解她学生们的家长在官场中地位的意义。

结果把玛露霞的2分改成了3分–。杜琴斯卡娅不愿失去一位来自显贵家庭的学生。否则，可能对她的无可指责的学校的名誉造成不良影响。卡赞斯基的家庭也平静了下来，直到下次再得2分的时候。

上过第一次课以后，我已经深信，无论给玛露霞讲解什么东西，都是毫无意义的。她什么也不会懂。于是，我采取了一个冒险的办法。我逼着她背熟课本上的课文，这她倒还可以勉强办得到。她一页又一页地读熟课本上的课文，就像小孩子记熟《数数歌》那样毫无意义的一些话：“埃纳，边纳，列斯，克温捷尔，蒙捷尔，热斯！”[①]

我可以训练鹦鹉学习历史、地理和俄语，使它获得和玛露霞同样的成绩。这真是一种让人受不了的工作。我叫它给累坏了。

但不久，我得到了报偿——玛露霞得了第一个3分+。

当晚上我去按卡赞斯基家的门铃时，将军亲自来给我开门。他手舞足蹈，不时搓搓手，圣弗拉基米尔勋章在他脖子上轻轻地跳动着。他帮着我脱下了我那件旧制服大衣。

玛露霞身穿新的连衫裙，头发上扎着很大的花结，在客厅中间钢琴的伴奏下，抱着椅子在跳华尔兹舞。弹钢琴的是法语教师马丁小姐，她也是给玛露霞补习功课的。狮子狗在屋里跑来跑去，不时乱叫两声。

通饭厅的门打开了，卡赞斯卡娅夫人穿着后襟拖地的连衫裙走了进来。我发觉她背后的桌子上已经像过节那样摆好了餐具。

为庆祝第一个3分+，摆下了丰盛的晚宴。

晚宴快结束时，将军灵巧地打开一瓶香槟。卡赞斯卡娅夫人凝神注视着，担心将军把香槟酒洒到桌布上。

将军像喝水一样喝起香槟来，转瞬间他的脸已经红了。他挥了挥手，亮闪闪、圆圆的内衣袖口从他制服上衣的袖子里飞了出来。

“是啊！”将军说，并忧郁地摇摇头，“在这种鬼知道的生活中，每个男人都得背着自己的十字架。我们把它背起来了，而不是在玩乐！中学生

---

① 这些话没有任何意义。——译者

先生、女人们不理解我们。他们的脑子是鸡脑子。”

“杜西克，”卡赞斯卡娅夫人惊恐地提高声音说，“你在说什么呀！我一点儿也不懂。”

“没关系！”将军毅然决然地说，“我要连说三次没关系！干杯，中学生先生。正像我们天才的诗人所说的：‘天啊，做一个成年女儿的父亲，这可算个什么玩意儿呢！’”①

“杜西克！”卡赞斯卡娅夫人高声喊，她那蓝灰色的、浮肿的下眼皮颤抖了起来。

“穆夫托奇卡，”将军甜蜜地、然而严厉地说，“你没忘了我是俄国军队的侍从将官吧？”

他用拳头敲敲桌子，用颤抖的声音喊叫：

“对你们说话的时候，我请你们听着！我教过皇上，我不愿让极端愚蠢的傻瓜来批评我！起立！”

这一切是这样结束的——将军跳起来，从桌子上抓起一块餐巾，跺了一下脚，跳起俄罗斯舞来。后来他倒在安乐椅里，给他灌了一些缬草酊。他用两条短腿拼命地踢着，不断地呻吟。

我和马丁小姐一起离开了这一隆重的宴会。路灯灯光暗淡，是一个有雾的三月的晚上。

“唉！”马丁小姐说，“我多么疲倦啊！我再不能给这个傻丫头上课了，也无法再到这个愚蠢的家庭里来。我一定要回绝他们。”

---

① 这本是亚·谢·格里鲍耶陀夫的喜剧《聪明误》中法穆索夫的话，原文是：“天啊，做一个成年女儿的父亲是一件多么麻烦的事啊！”这里故意做了一些改动。

我羡慕马丁小姐——她能拒绝为玛露霞补习功课，我却不能这样做——卡赞斯基家每月给我30卢布。对于家庭教师来说，这是一笔闻所未闻的高薪。

在这以前不久，父亲突然辞去了布良斯克工厂里的职务，从别日察到戈罗季谢祖父的庄园去了。他再也不能帮助我了。我对妈妈撒了个谎。我给她写信去说，我每月挣50卢布，什么也不用给我寄。再说，她能给我寄什么来呢?

马丁小姐和我在别扎科夫大街拐角上分手了。雪下得很大。药店大门上方的白炽灯在嗡嗡地响。

马丁小姐很快地向比比科夫林荫道走去，她一步一滑，仿佛是穿着溜冰鞋迈着小步奔跑。她低下头，用暖手筒挡着雪。

我站着，望着她的背影。喝过香槟酒以后，我感觉到一种奇怪的状态。一会儿脑子里迷迷糊糊，仿佛烟雾蒙蒙，好像觉得一切都含有奇妙的意义；一会儿烟消雾散，我又完全清醒地理解，在我的生活中并没有发生任何特殊的事情。明天也将和今天一样，我将沿着这些连每一块招牌都已研究过的街道，从一个个庭前花圃、一辆辆马车、一根根贴着海报的柱子和警察们旁边走过，去卡赞斯基家。顺着用黄色瓷砖砌面的楼梯上去，按一按刷成橡木那样颜色的房门上的门铃，听到铃响，狮子狗狂吠起来。我仍将走进那同一间装着镜子和摆着挂衣架的前室，将军那件带红色翻领的军大衣，纽扣全都扣着，挂在那个衣架的同一个衣钩上。

但是当雾浪滚滚而来的时候，我就会想，像马丁小姐、菲佐夫斯基和我这样一些孤独的人是多么相似。我觉得，我们应该成为朋友，互相保护，共同战胜这艰难的生活。

但我怎么知道马丁小姐是一个孤独的人呢？我完全不了解她。我只听说，她出生在格勒诺布尔市，还看到她的眼睛是黑的，神情有点儿忧郁。唯此而已。

我在拐角上站了一会儿，就到菲佐夫斯基那儿去了。他不在家。我从我们约定的那个地方取出钥匙，开了房门。

屋里很冷。我打开灯，生着了小铁炉子，从桌子上拿起一本书，躺在漆布面的沙发上，盖上大衣，把书翻开。这是一本诗。

雾浪又涌来了。“岁月周而复始，秋日慢慢降临，”我读道。诗句间仿佛出现了一道温暖的光。光渐渐扩大，照暖了我的脸。“一片黄叶徐徐打旋，白日已明显地凉爽宜人，空气纯净清新，妙不可言，心灵不能逃避无形的腐烂。”[①]

我把书搁到一边。我躺着想，前面等待着我的生活充满了魅力，有时是快乐的，有时是悲哀的。

生活连同雪堆上那微弱的闪光、花园里的寂静、路灯的反光，就像这个夜晚。夜在自己的黑暗中隐匿了那些有朝一日将成为我亲近的可爱的人，遮住了定将在大地上露出曙光的、静静的黎明。夜隐藏了一切秘密、一切会见、未来的一切喜悦。这是多么好啊！

不，我们这些年轻人并不是不幸的。我们相信，而且在相爱。我们没有埋没自己的才能。我们的心灵当然能“逃避无形的腐烂”。不，不！一直到死，我们都要走向异常美好的时代。

我躺在漆布面的沙发上这样想。让这些该死的、令人作呕的卡赞斯基

---

① 亚·勃洛克的诗《秋之哀歌》。

家的人，让这些该死的、像蚂蚁窝一样恶毒的、规规矩矩的家庭，通通见鬼去吧。

我从菲佐夫斯基家回到荒野巷自己的住处时，科兹洛夫斯卡娅太太递给我一封电报。电报上说，我的父亲在白采尔科维附近的戈罗季谢庄园里已经奄奄一息。

第二天早晨，我就从基辅坐车到白采尔科维去了。

父亲的死扯断了把我与家庭联结在一起的第一根线。后来其余所有的线也都开始断了。

布拉金卡河畔的小旅店

一艘旧轮船转动着明轮，啪啪地打着水，沿第聂伯河向上游驶去。正是深夜。在闷热的船舱里我睡不着，于是到甲板上来了。

风从伸手不见五指的黑暗中吹来几滴雨点。一个穿着打了补丁的长袍的老头儿站在船长桥楼旁边。灯光暗淡的灯笼照亮了他长满硬胡子的脸。

“船长，”老头儿说，“难道您不能体谅一下一个年纪很大的老人吗？请您让我上岸去。从这儿到我那个村还不到1俄里。”

“你怎么啦，是在开玩笑吗？”船长问，“天黑得连自己的鼻子都看不见，我却要往岸上闯，由于你把船撞坏吗？”

“我可没有开玩笑的意思，”老头儿回答，“瞧，这儿山后边就是我那个村子，”他指着黑暗中说，“让我下船去吧！行行好吧！”

“捷连季！”船长问舵手，一边装作根本没在听老头儿说话，“你看到什么吗?”

“连自己的袖子都看不见,”舵手阴郁地抱怨说,“该死的黑夜!我是靠听声音开船的。”

“咱们会把船撞坏的!”船长叹了口气。

“您这条破船什么事也出不了!”老头儿生气地嘟囔着说,“也算是船长呢!您该到洛耶夫去卖梨,而不该在第聂伯河上开船!嗯?让我下船吗?”

“你再给我说一遍!”

“我就要说!”老头儿毫不退缩地回答,“哪儿听说过,要一直把乘客送到杰列麦兹去!”

“可是你要明白,”船长抱怨地大声嚷道,“什么也看不见呀!让我在哪儿靠岸呢?我说在哪儿?”

“喏,就在这儿,陡岸对面!”老头儿又指指漆黑的空间,“就在这儿!让我站到引航员身旁,指给他看。”

“你听我说,”船长说,“你还是滚到魔鬼的姥姥那儿喝蜜粥去吧!”

“啊哈!”老头儿得意扬扬地高声说,“这么说,您拒绝啰?是吗?”

“对!我拒绝!”

“这么说,我赶着要去参加女儿的婚礼,您对这一点儿也不感兴趣,是吗?您对这一点儿也不感兴趣。您要让一个老人伤心!”

“你的女儿与我有什么相干!”

“可是安德烈·贡与您相干吗?”老头儿突然轻轻地、威胁似的问,“您跟安德烈·贡还没见过面吧?那么告诉您,安德烈·贡本人要去参加这次婚礼,吃喜酒去。”

船长一声不响。

“不说话了?”老头儿幸灾乐祸地问，“您这条破船叫‘希望’号。要是您不让我上岸，那么，您就没有任何希望一帆风顺地回去。贡会帮我的忙。我跟他是亲戚。贡决忘不了这件事。”

“你别吓唬人!”船长含糊不清地说。

“西多尔·彼得罗维奇，”舵手声音沙哑地说，“您自己也看到的，这个老大爷多么固执啊。就让他上岸去吧。跟贡打交道可没有好处。”

“嗯，就这么样吧!”船长对老头儿说，“去站到引航员旁边，指给他看。不过要当心，别把船撞坏了!”

“天哪！我对第聂伯河就像对自己的谷仓一样熟悉！轮船——这可是国家的财产啊!”

老头儿站到舵轮旁边，指挥起来：

“往右手去，开快一点儿！快！要不，就会搁浅。对了。再快一些!”

柳枝开始鞭打船舷。轮船碰到河底，停住了。下面那层有篷的甲板上，被撞醒的乘客们吵吵嚷嚷地闹了起来。

一个船员在船头上用灯笼照了照。轮船停在被水淹没的树丛里，离岸还有30来步远，黑漆漆的水很快地从灌木丛中流过。

“喂，”船长对老头儿说，“下去吧。到了。”

“叫我从哪儿下去呢?”老头儿惊讶地说，“这儿水有一人深，我会淹死的!”

“关我什么事？你自己硬要下去嘛。下呀!”船长喊了一声，“快跳下去吧，要不然，我命令船员把你扔到水里去!”

“真有意思!”老头儿嘟嘟囔囔地说，向船头走去。

他画了个十字，爬过船舷，跳进水里。水齐着他的肩膀。

老头儿一边骂着，一边吃力地往岸上走，蹚得水哗哗地响。轮船慢慢地后退，驶出了树丛。

“喂，怎么样，还活着吗?”船长大声喊。

“嚷嚷什么!”老头儿从岸上回答，“反正一样，你还是免不了要跟安德烈·贡见面的。”

轮船驶离了。

那年夏天，有几伙抓不到的强盗出没于切尔尼戈夫省和波列西耶①全境。他们袭击田庄、领地，抢劫邮局，偷袭火车。

强盗头儿中最勇敢、行动最迅速的就是安德烈·贡。龙骑兵和武装守备队把他包围在森林里，赶到波列西耶无法通行的沼泽地里，但安德烈·贡总是能冲出去。在漆黑的夜里，他足迹所到之处又出现了大火的火光。

关于安德烈·贡已经编造了许多惊人的故事。据说，安德烈·贡是穷人的保护者，是所有受压迫和孤苦伶仃的人的保护者。说他只袭击地主，还说他本人不知是切尔尼戈夫的一个中学生呢，还是一个乡村铁匠。他的名字已经成了人民复仇的象征。

我正是要到安德烈·贡任意活动的那个地区，到我的一个远房亲戚谢夫留克家里去度夏。谢夫留克一家在波列西耶有一个并不富庶的小庄园，叫作约尔恰。这次去度假，是鲍里亚给我安排的。我根本不认识谢夫留克家里人。

“你可以在约尔恰休息休息，”鲍里亚说，“谢夫留克家的人有点儿古

---

① 白俄罗斯南部和乌克兰西北部树林茂密的地区。——译者

怪脾气，不过，都很朴实。他们会感到高兴的。”

我同意去约尔恰，因为我别无其他办法。我已经升入中学八年级了。我刚刚考完，面临着在基辅要度过一个令人苦闷的夏天。科利亚舅舅和玛露霞舅妈到基斯洛沃茨克去了。妈妈仍然住在莫斯科。我又不想去戈罗季谢，因为我从伊利科叔叔的信里猜到，他和多吉娅姑妈已经开始有些不和睦了。各种家庭纠纷都使我感到害怕。我不想再做这些不和的见证人和不由自主的参与者。

第二天傍晚，轮船在波列西耶沿岸一带靠了岸，这儿第聂伯河的河岸很低。蚊子像一团团乌云，在空中嗡嗡地叫。殷红的太阳正向河上一片淡白色的蒸气中落下去。树丛中吹来阵阵冷风，篝火在燃烧。几匹身躯细长、筋肉强壮的马站在篝火旁边。

谢夫留克家的人正在岸上等着我——一个瘦瘦的人，蹬着靴子和穿着茧绸上衣——他是庄园的主人。一个个子不高的年轻女人是他的妻子，还有一个大学生，是她的弟弟。

先让我坐到大车上，谢夫留克家的人跳上坐骑，大声吆喝着，策马大步向前飞奔而去。

他们很快就消失了，只剩下了我和一个沉默寡言的赶车的人。我跳下车来，在沙土路上和大车并排行走。草长在路旁发黑的沼泽地的水里。落日的余晖已经暗淡了，但并未熄灭，在这水里发出微弱的闪光。野鸭扇动着沉重的翅膀，从容不迫地呼啦啦飞了过去。雾宛如灰色的破布，紧贴着地面从树丛中爬了出来。

后来，几百只青蛙同时大叫起来，大车隆隆地驶过用圆木铺成的道路。围着大栅栏的庄园出现了。林间空地上矗立着一座奇怪的、呈八角形的木头房子，有许多阳台和附属建筑。

晚上，我们正坐在餐桌边吃一顿并不丰盛的晚餐时，有一个老人走进了饭厅。他背有点儿驼，穿一双树皮鞋，戴一顶撕掉了帽檐的便帽。他从肩上取下一支很长的猎枪，把它靠在墙上。一条有花斑的长毛猎狗用爪子抓着地板，跟着老人走了进来，蹲在门边，开始用尾巴拍打地板。尾巴敲得那么响，老头儿说：

“轻点儿，加拉斯！你要明白，你现在是在哪儿！”

加拉斯不再用尾巴敲了，打了个哈欠，趴了下来。

“喂，听到什么了，特罗菲姆？”谢夫留克问，又转身对我说，“这是我们的护林巡查员。”

“能听到什么呢？”特罗菲姆叹了口气，坐到桌边，“还不是那些。在利亚德放火烧了一座庄园，在斯塔拉亚·古塔那边打死了卡普钦斯基老爷，愿他早进天堂。老实说，他也是个有害的、卑鄙的老头儿。周围到处都在杀人、毁坏，就只饶了你们。怪事！他，那个安德烈·贡为什么不碰你们呢？不知道。也许是听说你们信任普通人吧。可也许是手还没有伸到你们这儿来。”

谢夫留克的妻子玛丽娜·帕夫洛芙娜笑了起来。

“特罗菲姆，所以他一直觉得奇怪，”她说，“为什么我们还都活着。”

“那你们就好好地活着吧，”特罗菲姆说，“我不反对。那个给盲人领路的孩子的事，你们听说了吗？”

“没有。”玛丽娜·帕夫洛芙娜赶快回答，“怎么回事？”

“还有什么事呢？明天要埋掉他，在波高诺耶村。该去一下啊。”

“我们去，”玛丽娜·帕夫洛芙娜说，“一定去。”

“为此上帝会宽恕你们的许多罪过，”特罗菲姆叹了口气，“请把我也带上。要去那里，我可走不动。”

特罗菲姆回头望望窗户，小声问：“没有外人吧？”

“都是自己人，”谢夫留克回答，“讲吧。”

“是这么回事，”特罗菲姆神秘地说，“头儿们在布拉金卡河岸列伊泽尔的小客店里聚会了。”

“什么人？”那个大学生问。

“嗯，头儿们，莫吉廖夫[①]老大爷们。”

“等等，特罗菲姆，”谢夫留克说，“先给他们解释一下。关于莫吉廖夫老大爷们的事，他们一点儿也不知道。”

于是，我第一次听到了有名的莫吉廖夫老大爷们的惊人的故事。听完这个故事以后，时间向前移了，把我带到了一百年以前，也许还要早些——把我带到了中世纪。

很久以前，还在波兰人统治的时代，第聂伯河上的莫吉廖夫就建立了乞丐和盲人的公会。这些乞丐在民间管他们叫“莫吉廖夫老大爷”，有自己的领袖和老师——头儿。

他们把自己繁难的职业——唱圣诗、乞讨的本事教给新入会的人，并且教导他们遵守乞丐社会生活坚定不移的规矩。

乞丐们分散到波列西耶全境、白俄罗斯和乌克兰各地行乞，但头儿们每年都在一个秘密的地点聚会——在沼泽地带的小旅店里或者在废弃不用的森林中的守卫室里——进行审判和接纳新乞丐入会。

---

① 苏联位于第聂伯河畔的一个城市，1569年属于波兰，1772年划归俄国。——译者

莫吉廖夫老大爷们有他们自己的、周围的人都听不懂的语言。

在不平静的时期，在人民骚动的年代，这些乞丐是一种可怕的力量。他们不让人民的怒火熄灭。他们用歌声煽动人心，唱出地主老爷政权的不公正，唱出乡村里受虐待的人们悲惨的命运。

听完这个故事以后，现在我偶然来到的这个波列西耶在我心目中已经变得和以前完全不同了。原来在这个到处都是沼泽、枯萎的树林、烟雾弥漫、荒无人烟的地区，复仇和屈辱之火犹如这里好长时间还停留在天边的落日，正在隐隐燃烧，而不熄灭。从那时起，我好像觉得，从乞丐们的厚呢外衣上散发出来的并不是面包味和道路上的尘土味，而是一股火药味和焦味。

我开始仔细端详盲人和残疾人，并且懂得了这些人不仅是不幸的，而且多才多艺，具有冷酷的意志，他们是一群特殊的人。“他们为什么要在布拉金卡河岸上的小客店里聚会呢？”谢夫留克问。

“这是他们的事，”特罗菲姆不情愿地回答，“他们每年都要聚会。武装守备队员来过这儿吗？”

“没有。”谢夫留克回答，“据说，昨天他们在科马林。”

“嗯，是这样，”特罗菲姆站了起来，“谢谢。我上干草棚去了，歇一会儿。”

特罗菲姆走了。但不是去干草棚，而是到森林里去了。只是到第二天早上才露面。

玛丽娜·帕夫洛芙娜把给盲人领路的那个孩子的事讲给我听。

两天前一个盲人和他的领路人无意中走进了一个富有的地主柳博米尔斯基的庄园，富有的地主把盲人从院子里赶了出去。盲人走出大门后，印古什[1]看门人（那时候很多有钱的地主在自己庄园里雇用印古什人当看门人）把一条用链子拴着的捕狼猎狗放出去咬那个盲人。

盲人站住了，那个领路的孩子却吓坏了，转身就跑。猎狗追上了他，把他咬死了。盲人只是因为站着一动不动，才幸免于难。猎狗把他周身闻了一遍，狺狺地吠了一阵，就走了。

农民们抬走了那个孩子的尸体，把他抬到了波高诺耶村。明天为那孩子安葬。

我喜欢谢夫留克一家人，玛丽娜·帕夫洛芙娜是一个出色的骑手和猎人。她个子矮小，但力气很大，说话声音拖得很长，走路很快，步态轻盈。无论议论什么都像男人那样，意见十分尖锐，爱看像丹尼列夫斯基[2]的《诺沃罗西亚的逃亡者》那样的历史长篇小说。

谢夫留克好像是个害病的人。他很瘦削，爱嘲笑人。他和哪一个邻居也不友好，宁愿和农民来往，经营他那份不大的产业。而玛丽娜的弟弟，那个大学生，整天出去打猎，见不到他的面。空闲的时候，他就装弹药，铸造霰弹，擦他那支比利时双筒猎枪。

第二天，我们到波高诺耶村去了。我们坐渡船渡过了水又深又冷的布拉金卡河，风吹得岸上的柳树哗哗作响。

过河以后，沿着松林边缘有一条沙土路。路的另一侧是一片绵延不断的沼泽地。它在有点儿混浊的空气中，直到地平线那边才消失不见。沼泽地里一个个深水坑闪闪发光，好似沼泽地上的窗户，鲜花丛生的地方犹如

① 北高加索的一个少数民族。——译者

② 格里戈里·彼得罗维奇·丹尼列夫斯基（1829—1890），俄国和乌克兰作家。

一个个小岛，一片金黄，浅灰色的苔草在风中喧哗。

我还从未见过这么大的沼泽地。离道路很远，在一片片长满苔藓，翠绿、松软的泥潭中间，竖着一个已经倾斜的黑十字架——许多年以前，曾有一个猎人淹死在那儿的沼泽地里。

后来，我们听到了从波高诺耶村传来的举行葬礼的钟声。敞篷马车驶进一个荒凉的村庄，村里低矮的茅舍上覆盖着腐烂的稻草。母鸡惊叫着，连飞带跑，急忙从马蹄下逃开。

人群挤在木头教堂旁边。隔着敞开的教堂门可以看到蜡烛的火苗。烛光照亮了挂在圣像旁的一串串纸制玫瑰花。

我们走进教堂。人群默默地向两边分开，给我们让路。

一个男孩躺在狭长的松木棺材里，亚麻色的头发已经仔细梳理过了。在他那双交叉叠放在胸前、没有血色的手里拿着一支细长的蜡烛。蜡烛已经弯了，正在燃烧，发出噼噼啪啪的响声。烛泪滴落到孩子蜡黄的手指上。身穿黑色祭服、头发蓬乱的神父挥动着长链手提香炉，正在念祈祷文。

我望着那个男孩。感觉似乎他要竭力想起什么事情，可是怎么也想不起来。

谢夫留克碰碰我的手。我回头一看，他用眼睛向我指指棺材旁边。我看了看，一些老乞丐排成一列横队站在那里。

他们身穿一式一样的褐色长袍，手里拿着因为年代久远磨得发亮的木手杖。他们那白发苍苍的头高高地抬着。他们目光向上望着圣障，那里有白胡子的上帝耶和华的圣像。他很像这些乞丐，在他那干瘦的、忧郁的脸上，也长着一双像他们那样凹陷下去的、可怕的眼睛。

“头儿们!”谢夫留克小声对我说。

乞丐们一动不动地站着，不画十字，也不鞠躬。他们周围一个人也没有。在他们身后，我看到了两个背着粗麻布口袋的给盲人领路的男孩。其中一个轻轻地哭着，不时用长袍袖子擦擦鼻子。另一个垂下眼睛，站在那儿，他在冷笑。

女人们在叹息。有时从教堂门前的台阶上传来男人们低沉的、嘈杂的说话声。于是，神父抬起头来，提高声音念祈祷文。嘈杂的人声静了下来。

接着，乞丐们马上走到棺材跟前，默默地用手抬起棺材，把它抬出了教堂。引路人带着盲人跟在后面。

在乱堆着十字架的墓地上，他们把棺材放进了墓穴。墓穴底上已经渗出水来。神父念完最后一段祷词，脱下祭服，把它卷起来，一瘸一拐地离开了墓地。

两个上了年纪的农民往手掌里吐口唾沫，拿起了铁锹。这时，一个脸像鹰似的盲人走到坟前，说：

“人们哪，请等一等!”

人群静下来了。那个盲人用手杖探索着地面，向棺材深深鞠了一躬，然后直起腰来，用发白的眼睛直视着前面，拖长声调唱道：

在浅浅的泉水边，在一棵柳树下，

上帝走过艰难的路程，坐下来歇息。

所有的人都走向上帝，

把他们所有的一切奉献给他……

人群向盲人身边靠近过来。

新娘摘下项链，村妇献上线和蜜，
老人献上黑面包，老太婆拿圣像作为献礼。
一个少妇拿来常春花，
把花放在上帝脚下，
自己却跑了，藏身在谷仓后。
上帝笑了笑，问："谁肯献给我他自己的心？
谁舍得向我献上他自己的心？"

一个身穿白色连衫裙的少妇轻轻地叫了一声。盲人住了声，转身对着那个女人那边，接着唱道：

这时一个小伙子把自己的心放在他的手里，
——心还在战栗，好似一只鸽子，
上帝一看，那心上有一个窟窿，血已凝固，
像大地一样，心已经完全发黑。
它发黑是由于哭泣，由于受不尽的屈辱，
因为小伙子和盲人在世上流浪，
连一次也没看见过幸福。

那个乞丐把双手伸到自己面前。

上帝站起来，高举起这颗衰弱的心。
全能的上帝站起来诅咒人世的虚伪。
大地上落下了黑压压的乌云，
一声巨雷劈开了森林。
传来了人人都能听到的上帝的声音。

盲人突然高兴地微微一笑。

我要把这颗心带到天上的宝座前，
让所有心地善良的人
膜拜这人类最丰厚的礼品。

盲人不作声了，想了想，又用喑哑有力的声音唱道：

那颗孤儿的心比钻石还要宝贵，
比鲜花还要华美，比光轮还要光辉。
因为这是一个最美的小伙子，作为一件朴素的礼品，
献给全能的上帝的一片诚心。

人群中的女人们用深色头巾的角在擦眼泪。

“捐献点儿什么吧，人们哪！”盲人说，“为了让无辜被杀害的少年华西里的心能够安息。”

他伸出破旧的便帽，铜币纷纷落到便帽里。人们开始把泥土扔进墓穴。

我们慢慢地向教堂走去，马车在那里等着我们。玛丽娜·帕夫洛芙娜走到前面去了。回去的时候，我们一路上默默不语。只有特罗菲姆说：

“人们活了几千年，可是还不懂得善。真是怪事!”

埋葬了那个领路的孩子以后，谢夫留克的庄园里开始感到不安了。晚上用铁闩把门都闩上。每天夜里谢夫留克和大学生都要起来，带上装好弹药的枪，去巡视庄园。

有一天夜里，森林里燃起了篝火。篝火一直燃到黎明时分。早晨，特罗菲姆说，有一个生人在篝火旁边过夜。

“应当认为，是贡的人。”他补了一句，“他们像狼一样，在周围走来走去。”

在这以后，白天有个光着脚的小伙子到庄园里来。他穿一条士兵穿的黑裤子，上面镶着褪了色的红条。一双靴子背在他的背后。小伙子的脸晒得脱了皮，他的眼睛看人时神情忧郁，紧盯着别人。

小伙子要讨点儿水喝。玛丽娜·帕夫洛芙娜给他拿来一罐牛奶和一大块面包。小伙子贪婪地喝光了牛奶，说：

“大胆的老爷们，不怕住在这种地方。”

“谁也不会碰我们的。”玛丽娜·帕夫洛芙娜回答。

“这是为什么呢?”小伙子冷笑一声。

“我们对什么人也不干坏事。”

“旁观者清。”小伙子令人纳闷地回答，说罢就走了。

因此，第二天，玛丽娜·帕夫洛芙娜不怎么乐意让谢夫留克到邻近的一个小镇上去买食品和火药。谢夫留克把我也带了去，我们应该在当天傍晚前回来。

我喜欢在这荒无人烟的地方坐车出去跑这一趟。道路在沼泽地中间，穿过一个个长满矮松林的沙丘。沙好似一条条很细的流水，一直在从车轮上撒下来。我看到，时常有游蛇从道路上爬过去。

天很热，因此我们可以清清楚楚地看到，晒热的空气在沼泽地上方变成蒸气。

镇上犹太人的屋顶上长满青苔，山羊在屋顶上走来走去。一颗用木头做的大卫[①]之星钉在犹太教堂大门上方。

龙骑兵的几匹马已经卸下了鞍子，正在撒着干草屑的广场上打盹儿。有几个热得满脸通红的龙骑兵就在马的旁边，躺在地上。他们的制服都解开了纽扣。龙骑兵们懒洋洋地唱着：

当兵的，好漂亮的小伙子，
你们的妻子在哪里？
装好炮弹的大炮就是我们的妻子，
我们的妻子就在这里！

一个龙骑兵军官坐在旅店的台阶上，正在喝用面包做的混浊的戈瓦斯。

我们到一家家商店——“斯科列普”[②]——里去。商店里阴暗、凉爽。鸽子从十进制的秤上啄食谷粒。戴着磨得发亮的黑色便帽的犹太商人

① 公元前11世纪末至公元前约950年以色列犹太国国王。——译者

② 乌克兰文“商店”、“小铺”的音译。——译者

抱怨说，没有理由做生意了，因为赚的钱都用来款待县警察局长了。他们说，前天，安德烈·贡的人袭击了邻近一个庄园，赶走了4匹好马。

在一家“斯科列普”里，招待我们喝了茶。茶有一股煤油味，喝茶时还给了些粉红色的水果糖。

我们已经迟了。我们从镇上出来以后，谢夫留克就赶着马快跑。但在沙地上马跑得筋疲力尽，只能一步一步地走。

牛虻好似乌云悬在马屁股上方。毛很稀的马尾巴不停地刷刷地甩来甩去。

雷雨从南方渐渐逼近，沼泽地变得漆黑一片。起风了，风吹动着树叶，带来一股水味。电光闪烁，远方的雷声震动了大地。

“不得不去布拉金卡河畔的小旅店了。”谢夫留克说，“我们在镇上耽搁了一些时间，要在那儿住一宿。”

我们拐到了一条勉强可以辨认的林间道路上。大车在凸出的树根上颠簸不已。

天很快暗下来了。树林里的树渐渐稀少了。迎面吹来一股潮气，我们驶近了那个肮脏的小旅店。

旅店就在布拉金卡河边几棵柳树底下。旅店后面，河岸上长满了荨麻，到处都开着药芹的高大的伞状花。从这香气扑鼻的草丛中传来不安的叽叽的叫声——显然，有一些被雷雨吓坏了的小鸡躲在那里。

一个上了年纪的、肥胖的犹太人——小旅店的老板列伊泽尔从屋里走到歪歪斜斜的台阶上。他穿着靴子。他那条像茨冈人穿的肥大的裤子上扎着一条红色的宽腰带。

列伊泽尔谄媚地微微一笑，闭上了眼。

“什么样的客人啊！”他喊了一声，摇了摇头，“要在森林里找到钻石，也比招来这么让人高兴的客人容易呀。请，请一直到干净的上房里去吧。”

尽管脸上堆着甜蜜的微笑，列伊泽尔还是从浮肿的红眼皮下小心翼翼地打量着我们。“列伊泽尔，”谢夫留克对他说，“我知道头儿们住在您的店里。您别担心，这与我们毫不相干。管他什么人住在店里呢！”

“我能怎么办呢！”列伊泽尔沉重地叹了口气，“你看，这四周都是树林、沼泽地，难道我能为自己挑选客人吗？有时候我自己也害怕他们，谢夫留克老爷。”

我们走进半间干净的房间。刮得干干净净的地板发出嘎吱嘎吱的响声。房屋已经歪了，里面的一切东西也都是歪歪斜斜的。一个面部浮肿的白发妇人坐在床上，周围围着一圈粉红色的枕头。

“我的妈妈，”列伊泽尔解释说，“她患有水肿病。德沃伊拉！”他喊了一声，“把茶炊生上。”

一个身材矮小、面带愁容的女人从帷幔后面朝外望了望，向我们问了声好，她是列伊泽尔的妻子。

由于雷雨，窗子都关上了。苍蝇往玻璃上乱撞。墙上挂着一帧库罗帕特金将军的肖像，上面拉满了苍蝇屎。

列伊泽尔拿来了干草，给我们在地板上铺床。他用一块厚帆布蒙在干草上。

我们坐到桌边，开始喝茶。立刻一声雷鸣，震得桌子上淡蓝色的碟子都跳了起来。暴雨挟着不疾不徐的、低沉的喧哗，突然向小旅店袭来。天色灰暗，犹如洪水般在窗外泛滥。暗淡的闪电不断划破窗外的黑暗。

暴雨声压倒了茶炊咝咝的响声。我们一边喝茶，一边吃小面包圈。很久以来，我没觉得茶是这么好喝了。我喜欢这个小旅店，喜欢这个荒凉的地方，喜欢这雨声和森林中隆隆的雷鸣。勉强可以听到从墙后传来的乞丐们说话的声音。

度过漫长、炎热的一天，而且在大车上颠得厉害，我已经累了。喝过茶，我立刻倒在地板上的干草上入睡了。夜里我醒来时，浑身是汗。混有煤油味的热气仿佛一层一层地悬在空中。一盏通宵点着的小灯，灯光闪烁。老太婆在呻吟。谢夫留克坐在我身边的干草上。

“我们最好是睡到大车上去。”他说，“这么闷热，我的心都要炸了。”

我们小心翼翼地走了出去。大车停在屋檐下。我们摊开干草，躺到上面，盖上帆布。

雷雨已经过去了。星星仿佛是湿漉漉的，在森林上空熠熠闪亮。

雨点还在从房顶上流下来，发出滴答滴答的响声。房檐下飘来一阵阵潮湿的杂草味。

门吱呀一声响，有人从小旅店里走了出来。谢夫留克小声对我说：

“别出声。这大概是头儿们。”

有人坐到房檐附近的一块木头上，开始用火石打火。我们闻到一股马合烟味。

“一烧起来，我们就走。”一个尖尖的声音说，“要不然，会把我们抓进去的。”

“简单得很，”一个嘶哑的声音说，“在列伊泽尔这儿住得太久了。警察会来搜索的。”

“到现在什么也看不见，”第三个声音，还完全是个年轻人的声音，不安地说，“也许，由于下雨，什么都湿透了吧。”

“对于贡的人，既没有潮湿，也没有不幸。”那个尖尖的声音回答。

“会成功的，”嘶哑的声音说，“他们一定会为我们所受的屈辱报仇的。我们准能看到上帝的惩罚，只要眼睛还没瞎。”

乞丐们不作声了。

“彼得罗，”那个尖尖的声音问，“是不是所有的人都准备好了？”

“都准备好了。”那个年轻的声音回答。

“那么叫大家都离开小店。别让列伊泽尔来敲门，不关他的事，钱他已经拿到了。过路的人睡了吗？”

“睡了。他们还能干什么呢？”

声音又静下来了。我动了动身子，谢夫留克碰了碰我的手。从小客店里又走出几个人来。

“我和库兹马去切尔诺贝利，去奥夫鲁奇。”一个熟悉的声音说，“也许，在切尔诺贝利附近能找到个领路人。那儿人们都在挨饿。”

这是曾在波高诺耶村在领路的孩子坟前唱歌的那个盲人在说话。声音又静下来了。我的心在突突地跳。

我好像觉得，在我听到一声轻轻地叫喊以前，过了很长时间：

“烧起来了！”

乞丐们纷纷活动起来。

“喂，弟兄们！”那个嘶哑的声音说，“向上帝祈祷吧，然后上路。”

“‘我们在天上的父，’”乞丐们低声唱道，“‘赞美你的名，你的天国必将来临……’”

乞丐们站起身来，走了。

“他们说的是什么呀?”我问谢夫留克。

“不知道,”他回答,“我到离干草远一点儿的地方去抽口烟。”

他站起来,从房檐下走了出去。

“这是什么?”他在黑暗中惊讶地问,“您到这儿来。”

我跳了起来。黑魆魆的布拉金卡河对岸,柳丛后浓烟滚滚,天空变成了淡红色的。一束束火星仿佛从邻近的灌木丛中飞上去,蹿得很高很高。火光映照在河里,发出暗淡的反光。

“这是什么烧着了?”谢夫留克问。

“柳博米尔斯基的庄园。”列伊泽尔从黑暗中回答。我们没有注意到他是怎么走到我们跟前的。

“谢夫留克老爷,”他用恳求的声音说,“请您可怜可怜您自己和可怜的店老板吧。我给您套马,上帝保佑,您快走吧。您留在这儿可不合适。”

“为什么呢?”

“龙骑兵会从镇上跑来,要么是武装守备队的队员。从店老板这儿他们什么也捞不到。店老板什么也没看见,什么也不知道。”

“我们也是什么也没看见。”谢夫留克说。

“老爷!”列伊泽尔提高声音说,“我以你们东正教上帝的名义恳求您!请您离开吧。我不需要您的钱。对我来说,安宁更为宝贵。您看,周围正在发生什么事情啊!”

“嗯,好吧,好吧。”谢夫留克同意了,“列伊泽尔,您是个神经衰弱的人。请您给套上马。”

列伊泽尔很快套上了马。我们走了。

道路沿着布拉金卡河而去。谢夫留克不去驾驭马匹,他放开缰绳,马在自己走。火光更大了。潮湿的树枝不时地鞭打我们的脸。

“现在明白了，”谢夫留克小声说，“放火烧了柳博米尔斯基的庄园。”

“谁烧的？”

“不知道。大概，是为了那个领路的孩子。不过，我和您没在小旅店里住宿，什么也没看见。好吧？”

“好吧。”我答应说。

布拉金卡河对岸传来一声虽然很轻、但是清晰可闻的呼哨声。谢夫留克勒住了马。呼哨又响了一声。大车停在茂密的灌木丛中，无论从哪里都看不到我们。

“喂，店老板！”有人从对岸低声喊，“摆渡！”

没有任何人回答。我们侧耳倾听。

传来拍水的响声。显然，那个人跳下水去，游过来了。不一会儿，我们就从灌木丛后面看到了他。他正在被火光微微照亮的河心游着。水流湍急，他游得很吃力。

那人在离我们不远的地方爬上来。可以听到水从他身上哗哗地往下流。

“哼，你等着吧，列伊泽尔！”那人说，说着往树林里走去，“为了这次摆渡，你要付出代价的。”

当那人的脚步声已经听不到了的时候，我们才慢慢地继续赶路。

“认出来了吗？”谢夫留克用勉强可以听到的声音问。

“什么？”我没听懂。

“认出那个人来了吗？”

“没有。”

“这个小伙子去过我们那里，喝过牛奶。好像是他的声音。现在清楚了。头儿们向贡告了状。而这个人就是他的人，贡的人。是他放的火。我是这么认为。列伊泽尔把他摆渡到了对岸。不过，您要记住，我和您什么也没看见，什么也不知道。”

谢夫留克用雨衣下摆遮住火柴，小心翼翼地点着了烟。

火光在天空中摆动着。河水在被淹没的灌木丛中哗哗地流着，车轴发出吱呀吱呀的响声。后来，从沼泽地里飘来一片寒冷的雾。

只是在黎明时我们才回到庄园，身上都湿了，也冻坏了。

发生这件事以后，一连好几天都很不太平。我喜欢这种不平静的日子。我喜欢像这样经常等待着危险到来，喜欢这样低声谈话，喜欢特罗菲姆带来的、关于安德烈·贡一会儿突然来到这里、一会儿突然到了那里的种种传闻。

我喜欢冰冷的布拉金卡河，喜欢强盗出没的丛林，喜欢在路上发现的、昨天还没有的、神秘的马掌印。我得承认，我甚至希望安德烈·贡来袭击谢夫留克的庄园，不过不要放火，也不要杀人。

但安德烈·贡没有来。有一天黄昏时分，却有几个龙骑兵来到了庄园。他们在大门旁下了马。一个军官蹬着落满尘土的靴子走到我们在喝茶的阳台前，道了声歉，然后问：

“您就是谢夫留克先生吗？”

“是的，是我。”谢夫留克回答，“我在哪方面可以为您效劳？”

军官转身对着士兵们。

“喂，马尔琴科！”他喊了一声，“把他带到这儿来！”

两个龙骑兵从马后面带出一个光着脚的人，他的双手反绑在背后。这个人穿一条士兵穿的黑裤子，上面镶着褪了色的红条。

他们把那个人带到了阳台前。他凝望着玛丽娜·帕夫洛芙娜，似乎想要对她说什么。

“你们认识这个小伙子吗?”军官问。

大家都不作声。

“请你们仔细看看。”

“不，”玛丽娜·帕夫洛芙娜说，她的脸色变得苍白了，“我从来没见过这个人。”

那人哆嗦了一下，垂下了眼睛。

“那您呢?”军官问谢夫留克。

“不。我不认识他。”

“你怎么啦，老弟。”军官转身对那个人说，“怎么老是说谎，说你是此地人，在谢夫留克先生的庄园里干过活儿呢？现在你可要倒霉了!”

“好吧!”那人说，“把我带走吧！你们手里有力量，不过真理并不在你们手里。”

玛丽娜·帕夫洛芙娜跳起来，回屋里去了。

“不许说话!”军官说，“走，到门外去!”

龙骑兵们走了。玛丽娜·帕夫洛芙娜哭了很久。

“他那样望着我，”她眼泪汪汪地说，“我怎么没猜到呢！本该说，我认得他，他在我们这儿干过活儿。”

“哪能猜得到呢!”特罗菲姆难过地说，“他要是给做个暗号就好了。不过，那个人把柳博米尔斯基的庄园烧得片瓦不留，烧得好厉害。为了给那个被害的孩子报仇。”

不久，我就回基辅去了。

波列西耶作为一个令人悲伤的和稍有点儿神秘的地方保留在我的记忆里。那里毛茛和菖蒲鲜花盛开，赤杨和茂密的白柳在风中喧哗，那里轻轻的钟声似乎永远也不会向沉默的农民宣告人民的光明节日即将到来。当时我曾这样想，但幸而事情并不是这样的。

外祖母花园里的梦

我的外祖母维肯季娅·伊万诺芙娜和我的姨妈叶芙罗西尼娅·格里戈里耶芙娜住在切尔卡瑟。外祖父早已去世，而在我去波列西耶的那个夏天，叶芙罗西尼娅·格里戈里耶芙娜姨妈也因心脏病与世长辞了。

外祖母搬到基辅她的一个女儿——薇拉姨妈家里来了。薇拉姨妈嫁给了基辅的一个大商人。

薇拉姨妈在市郊卢基扬诺夫卡有一幢自己的房子。他们让外祖母住在这幢房子旁边花园中的小厢房里。

外祖母在切尔卡瑟过惯了一切由自己做主的生活，觉得住在薇拉姨妈过于拘礼的家里，变成了一个寄人篱下的食客。外祖母经常为此暗中流泪。不过她是一个人单独住在厢房里，自己做饭，至少在这方面还可以自己做主，而不必欠富有的女儿的人情，只有这一点还让她觉得高兴。

外祖母一个人觉得寂寞，劝我从科兹洛夫斯卡娅太太那儿搬到她住的那套厢房里去。厢房里有4间小房间。外祖母住一间，另一间里住着一个年老的大提琴家加腾贝格尔。外祖母让我住在第3间里，第4间是一间很冷的房间，但是却管它叫温室，那间屋里地板上全摆满了花盆。

当我在仲夏从波列西耶回来的时候，城市几乎是空荡荡的。大家都到别墅去了。鲍里亚已经去叶卡捷琳诺斯拉夫实习。只有外祖母维肯季娅·伊万诺芙娜和加腾贝格尔住在卢基扬诺夫卡。

外祖母已经十分衰老，背也弯了，从前那匀称端正的身材已经消失得无影无踪，但外祖母还是没有改变自己的生活习惯。她天蒙蒙亮就起来，立刻把窗户完全打开。然后，在酒精灯上煮咖啡。

喝过咖啡，她就到花园里去，坐在藤椅上，看她喜欢的书——克拉舍夫斯基[①]的长得没完没了的长篇小说，柯罗连科和伊丽莎·奥若什科娃[②]的短篇小说。她经常在看书的时候睡着——白发苍苍，穿着一身黑衣服，把瘦小的手放在椅子的扶手上。

小蝴蝶落在她的手上和黑色的包发帽上。熟过了头的李子从树上掉下来，发出很响的声音。薰风掠过花园，在小径上驱赶着树叶的影子。

太阳在外祖母头上的高空中照耀着——基辅夏天的太阳十分洁净，也热得很。我想，总有一天，外祖母就像这样在这座花园里温暖和清新的空气中长眠不醒。

我和外祖母很要好。在我所有的亲人中，我最爱她。她对我也报以同样的爱。外祖母养育了5个女儿和3个儿子，而在老年时却完全是孤零零的一个人独自生活。实际上，她也是连一个亲人也没有。正是从我们这共同的孤独之中产生了相互的依恋之情。

外祖母仿佛周身都闪耀着慈爱和忧郁的光辉。尽管我们年龄不同，却

---

① 尤泽夫·伊格纳奇·克拉舍夫斯基（1812—1887），波兰作家。

② 伊丽莎·奥若什科娃（1842—1910），波兰女作家。

有许多共同之点。外祖母喜欢诗，喜欢书，喜欢树木、天空和自己的沉思。她从不强迫我做任何事情。

她唯一的弱点是，只要我稍有一点儿受凉，她就要用她那灵验的药方给我治病。她把这种药叫作“斯皮里图斯”[①]。

这是一种很凶的药。外祖母把她所知道的一切酒精——葡萄酒、甲醇、氯化氨通通羼杂在一起，再往这种混合液里加上些松节油。结果，制成一种深红色的液体，有一股像硝酸那样刺鼻的气味。

外祖母用这种“斯皮里图斯”给我擦胸和背，她深信这种药治病的效力。厢房里飘散着一种刺激喉咙的辣味，加腾贝格尔立刻抽起一根很粗的雪茄。他的屋里弥漫着淡蓝色的轻烟，好似一团团令人愉快的薄雾。

每当加腾贝格尔屋里的大提琴唱起来的时候，外祖母往往就在花园里睡着了。

加腾贝格尔是一个漂亮的老头儿，留着波浪状的白胡子，有着一双明亮的灰眼睛。

他演奏的是他自己谱写的剧本，剧本叫《哈姆雷特之死》。大提琴在哭泣，回声很响，仿佛琴声是从艾尔西诺[②]的穹顶下传出来的。各种音色的琴声相互交替，形成了庄严的诗句：

　　对哈姆雷特要像对国王一样，

---

① 俄语“混合酒精”的音译。——译者

② 艾尔西诺是丹麦的古堡，莎士比亚的《哈姆雷特》中的故事就发生在这里。下文的诗句即引自《哈姆雷特》。

让四个大尉把他的遗体抬到灵车上！

听着他的音乐，我想象艾尔西诺的大厅，像哥特式建筑那样的狭长的阳光，军号声和在哈姆雷特遗体上飘扬的大旗——高高举起、轻轻飘扬的大旗。这些大旗一直垂到地上，发出沙沙的响声。小溪早已把奥菲莉娅的花束带到了大海。波浪已把迷迭香、三色堇和芸香编成的花冠——她痛苦的爱情的最后见证——远远地冲离了海岸。大提琴也唱出了这一切。

外祖母醒了，说：

“我的天哪，难道不能拉点儿什么愉快的曲子吗？”

于是，为了满足外祖母的愿望，加腾贝格尔演奏了外祖母喜欢的《黑桃皇后》中富有田园诗意的乐曲：“我亲爱的朋友，亲爱的牧童……”

外祖母听音乐听得疲倦了。晚上，当加腾贝格尔带着他的大提琴去商人花园参加音乐会的时候，外祖母就休息了。

我常去听这些音乐会。乐队在用木头建筑的白色贝壳形露天剧场里演奏，听众就坐在露天地里。

种着紫罗兰和烟草花的大花坛在黄昏时散发出浓郁、甜蜜的花香，每次音乐会之前都会给花坛浇水。

明亮的灯光照耀着乐队队员。听众坐在黑暗中。女人的连衫裙模模糊糊地闪着白光，树木在簌簌作响，有时会有远处的闪光在头顶上空闪烁。

但我特别喜欢阴沉、潮湿的晚上，那时花园里几乎没有游人。那时候我好像觉得，乐队是为我一个人，还为一个年轻妇女演奏，她戴着一顶帽子，帽檐低垂。

我几乎在每次音乐会上都遇到这个女人。她总是注意地打量着我。我偷偷地注视着她。只有一次，我的目光遇到了她的目光。我好像觉得，狡黠的火花在她的眼睛里忽地一闪。

枯燥无味的基辅的夏天充满了对这个陌生女人的幻想。于是，这个夏天立刻变得不再枯燥无味了。响亮的雨声使这个夏天变得热闹起来。雨从高空中倾盆而下，在花园的绿荫中忙碌着。玻璃似的雨滴从乌云中飞泻下来，仿佛在敲打琴键，节奏急促的雨声充满了我的房间。我觉得这是真正的奇迹——从房顶上流进绿色大桶里的普通的水，竟会像这样歌唱。

“整个夏天出着太阳下雨！”外祖母说，“这是丰收的预兆。”

就在这“出着太阳下雨”时出现的轻烟和彩虹的光晕后面，就在附近的不知什么地方住着一个陌生的女人。我为她的出现，为她立刻改变了周围的一切而向她致谢。

现在我好像觉得，就连用黄砖砌成、上面有一些小水洼的人行道也变得可爱了。就像安徒生的童话那样，蒙上了一层幻想的色彩。

小草从砖缝间钻了出来。一些蚂蚁正在小水洼里挣扎。

当我忽然产生幻想，或者像外祖母用波兰语所说的，产生“马热尼耶”①的时候，我觉得，一切，就连基辅的人行道也变得异常美好了。

直到现在，我也不知道这种心情叫作什么。它是由于一些不易觉察的原因而产生的。这种心情中没有丝毫兴奋的成分。恰恰相反，它会带来安宁和休息。但只要一出现一点儿最微不足道的忧虑，它就会立刻消失。

这种心情要求表达出来。于是，在那个经常“出着太阳下雨”的炎热的夏天，我第一次开始写作了。

---

① 波兰语的音译，意思是幻想、虚构、臆造。

我把写作的事瞒着外祖母。她对我一连几个钟头坐在自己屋里写字觉得奇怪。我对她说，我是在准备中学里的文学课，在写课程提要。

在商人花园里不举行音乐会的那些日子里，我就去第聂伯河畔，要么去城郊，到一个已经荒芜的“忘忧”公园里去。这个公园属于基辅的一个大财主库利任科。

只要给看门人两三支香烟，他就放我进公园去——公园里一片荒芜，杂草丛生。池塘里覆盖着一层浮萍，寒鸦在树上高声啼叫。当我坐到腐朽的长凳子上的时候，凳子就摇摇晃晃。

在公园里，我只遇到过一个老画家。他坐在一把很大的亚麻布伞下，在画草图。还在老远，画家就已经那样生气地不时瞧瞧我，所以我不敢到他跟前去。

我钻到公园里最僻静的地方，那里有一座废弃的房子，我坐在阳台的台阶上看书。

麻雀在我背后吵闹不停。我时常丢开书，望着公园深处。轻烟似的光线落进树丛。我在等着。我深信，正是在这儿，在这个公园里会遇到那个陌生女人。

但是她没有来。于是，我走一条最长的路回家去——乘电车穿过普里奥尔卡和波多尔，然后经过克列夏季克和普罗列兹大街。

途中，我顺便到克列夏季克的伊济科夫斯基图书馆去。夏天图书馆里几乎没有读者，一些由于闷热显得脸色苍白、唇髭也湿淋淋的年轻人——伊济科夫斯基的图书管理员——为我换书。我既为自己、也为外祖母借书。在我当时的那种心情中，我只想读诗。我给外祖母带回来的却是施皮尔哈根[1]和博列斯拉夫·普鲁斯[2]的长篇小说。

我回到卢基扬诺夫卡家的时候，十分疲倦，然而感到幸福。

由于晒太阳和呼吸到新鲜空气，我满面红光。

外祖母在等着我。她屋里那张小圆桌已经铺上了桌布，上面摆着晚餐。

我给外祖母讲“忘忧”公园里的情况。外祖母向我点着头。有时她会说，在这漫长的一整天里她感到寂寞了，但是她从不为了我出去那么久而责怪我。

“青年时代，”外祖母说，“有它自己的规律。我不能干涉它。”

随后，我回到自己屋里，脱掉衣服，躺到窄小的床上。灯光照亮窗外那棵苹果树上弯曲的树枝。

我刚刚睡着，睡得还不太熟。睡梦中仿佛感觉到了夜和夜的黑暗，以及那无限的寂静。我喜欢夜，不过，我一想到，人马星座、宝瓶星座、双子星座、猎户星座和室女星座正在高空中从鲁基扬诺夫卡我们厢房的房顶上经过，我却又有些害怕。

我写了一篇短篇小说。小说里写进了基辅的这个夏天的一切——大提琴家加腾贝格尔，商人公园里的陌生女人，“忘忧”公园，夜，以及一个充满幻想、稍有点儿可笑的中学生。

我为写这篇小说苦恼了很久。词句失去了明确的意义，显得不够坚定，变得像棉花那样软绵绵的。华丽辞藻的堆砌使我自己也感到厌烦了，

---

① 弗里德里希·施皮尔哈根（1829—1911），德国作家。

② 博列斯拉夫·普鲁斯，原名亚历山大·格洛瓦茨基(1847—1912)，波兰作家、评论家。

有时我陷入绝望之中。

那时候，基辅出版一种名称很怪的杂志，叫作《骑士》。它的编辑是基辅的著名文学家和艺术爱好者叶夫根尼·库兹明。

我犹豫了好久，但还是把这篇小说送到《骑士》编辑部去了。

编辑部就设在库兹明的住宅里。给我开门的是一个个子矮小、彬彬有礼的中学生，他领我走进库兹明的办公室。一条身上有斑点的叭儿狗蹲在地毯上，嘴里流着口涎，用一双有病的眼睛望着我。

天气又闷又热。飘散着一股芳香蜡烛的烟味。希腊男女诸神的白色面具挂在黑色的糊墙纸上。到处都堆着很高的一堆堆的书，书上的皮封面已经干裂了。

我等待着。书籍不时发出啪啪的响声。后来库兹明进来了——他身量很高，很瘦削，手指白皙。手指上镶嵌宝石的银戒指闪闪发光。

他恭敬地低下头和我说话。我脸红了，不知怎样才能快点儿离去。我已经觉得我的小说是很平庸的，我自己也是个拙口笨舌的傻瓜。

库兹明用有气无力的手指翻了翻手稿，用很尖的指甲在某些地方划了划。

“我的杂志，”他说，“是青年天才的讲坛。如果我们能找到又一位同行，我将非常高兴。等我看过这篇小说以后，给您寄一张明信片去。”

“如果不太困难的话，请您用封起来的信给我答复。”

库兹明理解地微微一笑，低下了头。

我走了。我气喘吁吁地跑下楼梯，跑到了街上。扫院子的人正在往马路上洒水。水在水龙带里汩汩地流着。细小的水花溅在我的脸上，我觉得轻松了。

我在电车开着的时候跳上了车厢，好尽快从这儿跑开。乘客们讥笑地仔细看看我。我从电车上跳下来，向前走去。

干草市场上方尘土飞扬。一模一样的圆形白云飘过枯燥无味的里沃夫大街上空，周围飘散着一股刺鼻的马粪臭味。一匹白马拉着一车装在口袋里的煤炭。一个满身煤灰的人在大车旁走着，在忧郁地吆喝：

“要煤吗？”

我想起库兹明闷热的办公室里放着我的一篇短篇小说，小说里满篇都是华丽的辞藻和关于生活的一些模糊的想法。

我感到羞愧。我发誓再也不写任何小说了。

“这一切都不是那么回事，不是那么回事！”我反复说，“不过，也许尽管不好，可还是像那么回事吧。”

我什么都不知道。我完全给搞糊涂了。

我沿格鲁博奇察转弯来到波多尔。一些在街头摆摊的鞋匠正在用小锤钉旧鞋底，小锤从皮子上敲出一股股灰尘。几个小男孩在用弹弓打麻雀。平板大车上拉着面粉，面粉从破口袋里撒到了马路上。一些妇女正在院子里晾晒彩色的连衫裙。

是一个有风的天。风把垃圾吹到波多尔上空。山冈上有银色圆顶的安德列耶夫大教堂高高矗立在城市上方——这是拉斯特雷利[①]的华丽的建筑。圆柱上的红色涡卷饰弯曲向下，看上去十分壮丽。

我走进小酒馆，喝了一杯酸葡萄酒。但这并未使我的心情变得轻松。

傍晚前，我回到家里。我感到头痛，外祖母立刻用“斯皮里图斯”给

---

① 瓦·瓦·拉斯特雷利（1700—1771），俄国建筑师。——译者

我擦身，让我睡了下来。

我深信犯了一个无法挽救的错误——写了一篇极坏的短篇小说。这样一来，就终生毁灭了自己从事写作的机会。周围没有任何人可以告诉我，今后该怎么办。难道可以以整个身心追求自己所喜欢的事情，而同时又明明知道这是徒劳无益的吗？

加腾贝格尔在自己屋里悄悄地拉琴。现在他拉的不是《哈姆雷特之死》，而是他新谱写的剧本《瘟疫流行时的宴会》的片段。加腾贝格尔为谱写这个剧本花费了大量劳动，并时常为外祖母和我演奏几个片段。

外祖母仍然为加腾贝格尔的忧郁的幻想感到惊讶。

“一会儿是死，一会儿是瘟疫！”她抱怨说，“这我可不懂。照我看，音乐应当让人愉快。”

现在，加腾贝格尔正在演奏他喜欢的片段：

穿过你故乡土地上
荒野的天堂、大河和小溪，
如今正在愉快地静静流淌，
悲惨、痛苦的呻吟却在河岸溪畔回荡！①

“对！这才是真正的诗！”我喃喃地说，“‘穿过你故乡土地上荒野的天堂。’”

荒野的天堂！这几个字犹如能治病的风吹向我的胸膛。应当努力争

① 普希金的剧本《瘟疫流行时的宴会》。

取，应当工作，应当把全副精神寄托在诗和语言上。我知道这条道路将是多么漫长，多么困难。但不知为什么，这使我得到了安慰。

两天后，库兹明的明信片寄来了。他没有实现我的要求，没有给我寄一封封起来的信。

库兹明在明信片上写道：短篇小说他看过了，将在最近一期杂志上发表。

外祖母当然看过了这张明信片，她甚至哭了。

“你父亲格奥尔吉·马克西莫维奇，”她说，“老是嘲笑我。不过，他是个好心人。我感到可惜的是，他没能活到这个时候。”

外祖母给我画了十字，吻了吻我。

“唉，多多努力吧，愿你幸福。看来，天主可怜我，到最后赐给了我这样的快乐。”

为了我的第一篇短篇小说，她比我还要高兴。

当刊登这篇小说的这一期《骑士》出版后，外祖母甚至烤了“玛祖卡饼”，使早餐具有一种节日的气氛。

早餐时，外祖母穿上了黑色绸连衫裙。以前，只有过复活节她才穿这件衣服。她胸前别了一束假花——向日花。但现在这件衣服已经不像以前那样使外祖母变得年轻了。不过，当她看着我的时候，她的一双乌黑的眼睛总是在笑。

黄蜂落到果酱盘上。加腾贝格尔似乎是猜到了我们这儿在做什么，他拉起了维尼亚夫斯基[①]的玛祖卡舞曲，并且用脚打着拍子。

---

① 亨里克·维尼亚夫斯基（1835—1880），波兰小提琴家和作曲家。

“黄金一般的拉丁语”

拉丁语教师苏博奇用一双滚圆的眼睛看着我。他的唇髭翘了起来。

“还是八年级的学生呢！”苏博奇说，“鬼知道您在干什么！真该给您的操行分数打个4分。那么您就会唱另一个调儿了！”

苏博奇说得对。我们在上拉丁语课时所玩的那套把戏，或者照我们的叫法——“心理实验”，只能用这样几个字来给它下一个定义：“鬼知道”。

我们的教室里曾经挂过几幅图画。画早就摘掉了，但墙上还留着6个大钩钉。

这些钩钉使我们产生了一个“成功的想法”。我们班已经光辉而巧妙地把这一想法付诸实践了。

苏博奇是个很性急的人，他总是流星般地飞进教室。他那件常礼服的后襟也在飞翔。夹鼻眼镜闪闪发光。记分册嗖嗖地劈开空气，沿着轨迹飞行，落到讲台上。灰尘好似旋风，在拉丁语教师背后盘旋。全班一下子跳起来，弄得课桌的活动桌面发出巨大的响声。然后坐下，又是同样一声巨响。装着玻璃的门在叮叮当当地响，窗外的麻雀都从杨树上飞下来，扑棱棱地向花园深处飞去。

通常苏博奇就是这样走进教室来的。

苏博奇站停下来，从口袋里掏出一本很小的记事簿，把它拿到高度近视的眼睛前面，举起手里的铅笔，一动不动地站着。旋风变成了可怕的寂静。苏博奇在记事簿上寻找下一个牺牲者。

把6个体重最轻、个子最矮小的学生，其中也包括我，用束紧的宽腰带吊在钩钉上。钩钉上的宽腰带勒得腰痛，喘不过气来。

苏博奇飞也似的走进了教室。这时所有其他学生都在课桌间拿起“大顶”来——头朝下脚朝上，用双手扶着课桌。

苏博奇跑得很快，停不下来。他把记分册往讲台上一扔，就在这个时候，全班轰的一声巨响，恢复“原来的位置”——双脚着地，然后坐到了位子上。我们6个人则解开宽腰带，摔到地板上，也坐到了课桌后面。

一片预兆不祥的寂静，静得耳朵里似乎发出嗡嗡的响声。一切正常。我们脸上带着一副天真的样子坐在那里，仿佛什么事情也没有发生。

苏博奇大发脾气，但我们把一切都否认得干干净净。我们执拗地证明，什么事情也没有，没有任何人吊在墙上，全班也没有拿什么“大顶”。我们甚至暗示，苏博奇产生了错觉。

拉丁语教师不知所措了。他把6个吊在钩钉上的中学生叫到他跟前去，上下左右怀疑地仔细打量他们。短上衣上没有墙上白粉的痕迹。苏博奇耸耸肩。他看了看钩钉，又看了看地板——看那里有没有掉下来的泥灰。他脸上露出了不安的表情——苏博奇是一个十分多疑的人。

“值日生，”苏博奇说，“请普拉东·费奥多罗维奇到我这儿来。”

值日生出去了。一会儿，和学监普拉东·费奥多罗维奇一起回到教室。

“在我这堂课一开始的时候，您没发现什么吗？”苏博奇问他。

“没有。”普拉东·费奥多罗维奇回答。

“没有任何吵闹和响声吗？”

“全班起立和坐下的时候，总是有些响声的。”普拉东·费奥多罗维奇小心翼翼地回答，并且困惑不解地看了看苏博奇。

“谢谢您，”苏博奇说，“我好像觉得教室里发生了一些奇怪的现象。”

普拉东·费奥多罗维奇仿佛有所期待地望着苏博奇。

“到底是什么现象呢?”他讨好地问。

“什么也没有!”苏博奇突然生起气来，很不客气地说，“请原谅，我打搅您了。”

普拉东·费奥多罗维奇双手一摊，走了出去。

“你们安安静静地坐在这儿，”苏博奇对我们说，并拿起记分册，“我这就回来。”

他走了。几分钟后，和绰号叫“瓦尔萨蓬特”的副校长瓦尔索诺菲·尼古拉耶维奇一起回到了教室。

瓦尔萨蓬特很注意地把我们打量了一下，然后走到墙跟前，爬上课桌，拉了拉钩钉。钩钉几乎毫无阻碍地从墙上掉了下来。

“是这样!”瓦尔萨蓬特令人莫测高深地说，说着又把钩钉插了回去。

全班注视着瓦尔萨蓬特。

“是这样!”瓦尔萨蓬特又说了一遍，“这个梦意味着什么呢?”

“是这样!”他第三次重复说，摇了摇头，然后走了。

苏博奇坐到桌边，坐了好长时间，眼睛盯着记分册，在思索。后来，他霍地站起来，飞也似的跑出了教室。门叮叮当当地响起来，麻雀从杨树上飞跑了。风从课桌间吹过，吹动了桌上的课本。

直到下课，只有我们坐在那里，竭力不弄出声音来。我们为我们的“心理实验”获得成功而感到担心，生怕在这以后苏博奇当真会害精神病。

但结果一切都较为简单。关于“心理实验”的消息传遍了全校，引起忌妒的赞叹。

有一班低年级的学生决定对自己的一位老师重复这一实验。但正如大家都知道的，天才的设想只会成功一次。事情以完全失败而告终。

苏博奇知道了这一切，勃然大怒。他发表了一篇揭发性的讲话。这篇讲话丝毫也不亚于西塞罗[1]的那篇著名的演说《卡季琳娜，你滥用我们的忍耐，要到何时为止!》。

苏博奇在这篇讲话里做了一个出乎意外的转折。他责备我们,羞辱我们,不是因为我们欺骗他苏博奇,而是因为我们竟敢在“黄金一般的拉丁语”课上，在全世界所有语言中最出色的拉丁语课上做出这样不成体统的行为。

“拉丁语!”他提高声音说，“奥维德[2]和贺拉斯[3]的语言！蒂特·利维乌斯[4]和卢克莱修[5]的语言！马可·奥勒留[6]和恺撒[7]的语言！普希金和但丁、歌德和莎士比亚所崇拜的语言！不仅是崇拜，而且精通它，顺便说说，比你们掌握得要好得多。黄金一般的拉丁语！它的每一个词都可以用黄金铸出来。人们不会因此损失一丝一毫这种宝贵的金属，因为拉丁语中没有语言的垃圾。它全部是铸造出来的。可是你们呢？你们在干什么？你们在嘲弄这种语言！你们竟敢把上拉丁语课变成杂耍。你们的头脑里塞满了廉价的想法！塞满了垃圾！塞满了笑话！塞满了足球！塞满了台球！只知道吸

---

① 西塞罗（公元前106—前43），罗马政治活动家、演说家和作家。

② 奥维德（公元前43—约公元18），罗马诗人，哀诗和《变形记》的作者。

③ 贺拉斯（公元前65—前8），罗马诗人。

④ 蒂特·利维乌斯（公元前59—公元17），罗马历史学家。

⑤ 卢克莱修（公元前约99—前55），罗马诗人和唯物主义哲学家。

⑥ 马可·奥勒留（121—180），哲学家，自161年起为罗马皇帝。

⑦ 恺撒（公元前102或100—前44），罗马独裁者，统帅。

烟！只知道粗野地嘲弄人！只知道看电影！头脑里塞满了一切毫无意义的东西！你们该感到羞愧呀！”

苏博奇的讲话宛如雷鸣。这些指责的分量是如此之重，我们的渺小是这样明显。因此，我们都感到心情沮丧。但除此而外，我们还感到委屈。我们当中大多数人拉丁语都学得很好。

不久，就取得了和解。后来“黄金一般的拉丁语”取得了最伟大的辉煌胜利。

我们竭力要在苏博奇面前赎罪，拼命用功攻读拉丁语。我们和苏博奇已经和睦相处，而且很喜欢他。

具有纪念意义的一天终于到了——苏博奇不得不给被他叫起来的所有人都打了5分。

“这是碰巧！”苏博奇说，偷偷地笑了笑。

在下一堂课上，不管苏博奇对我们怎样吹毛求疵，也不管他怎样想用“艰深的课文”难倒我们，他还是得给所有的人都打5分。

苏博奇容光焕发。但某种担心还是给他的喜悦蒙上了阴影。在他的教学实践中出现了从未有过的现象，简直是发生了奇迹。

在第三堂课上大家又都得了5分以后，苏博奇的神情变得忧郁起来。显然，他感到吃惊了。对拉丁语的出色的知识开始具有了丑闻的性质。全校都开始谈论这件事。荒诞无稽的流言蜚语悄悄地传播开来，造谣中伤的人指责苏博奇对学生采取姑息纵容的态度，责备他是有意给自己创造优秀拉丁语教师的荣誉。

“不得不，”有一次苏博奇用犹豫不决的语气说，“给你们当中的三四个人打个4分了。你们认为怎么样？”

我们委屈地一声不吭。我们觉得，如果现在我们当中有人只得2分，苏博奇定会感到满意。也许，现在他甚至为发表了那篇关于“黄金一般的拉丁语”的鼓舞性讲话而感到后悔了吧。

但是，我们已经不能使我们掌握的拉丁语知识低于现在的水平了。我们当中谁也不会同意为了堵住造谣中伤者的嘴，故意让自己的拉丁语不及格。我们已经以全部身心投入了这场竞赛。我们喜欢这场竞赛。

结果，苏博奇经受不住大家的怀疑，为我们安排了一次会考。

有一堂课，他邀请了学区助理督学、校长、副校长瓦尔萨蓬特和精通拉丁语的奥连茨基教士前来听课。

苏博奇以前所未闻、十分狡猾的方式对我们百般挑剔。他千方百计想把我们搞糊涂，使我们惊慌失措。但我们勇敢地承受住了他的打击，考试取得了辉煌的成绩。

校长不时轻轻地笑出声来，并搓搓手。瓦尔萨蓬特把自己的头发弄得乱蓬蓬的。助理督学宽厚地微笑着。奥连茨基教士却只是摇着白发苍苍的头说：

“啊，通晓多种语言的人！啊，懒鬼！啊，好狡猾的人！”

考试以后，我们当然就不那么起劲了。这样紧张我们是经受不住的。又出现了4分和3分。但苏博奇始终享有优秀拉丁语教师的荣誉，无论什么也不能使这一荣誉发生动摇。

人文科学的教师们

俄国文学教师舒利金是一个举止温文尔雅的小老头儿，他的白胡子洗得干干净净，眼睛是蓝的，他有一个异乎寻常的特点——受不了毫无意义的话。

只要一听到毫无意义的话，他立刻火冒三丈，气得发狂。他满脸通红，抓起课本，把它撕碎，或者把两手手指交叉起来，在惊恐不安的学生们面前摇晃着，弄得钉着扣子的圆形硬袖口互相碰撞，发出很响的声音。在这样做的时候，舒利金还大声嚷嚷：

“您！就是您！我请您！出去！我请您！出去！”

这样发作的结果总是使他疲惫不堪。这当然是一种病。无论是我们，所有教师，还是学监们，大家都知道这一点。如果这种发作持续的时间太长了，普拉东·费奥多罗维奇就踮着脚尖走进教室，抱住舒利金的肩膀，把他拖到教师休息室去，在那里给他喝一点儿缬草酊。

一般地说，舒利金是一个态度温和、唯命是从的小老头儿。听他的讲课，俄国文学好像是十分简单，也是完美无缺的。他给人打分数是瞎猜的。低年级那些爱哭和善于纠缠的学生很容易做到让舒利金把他们的2分改为3分，3分改为4分。

有一次，我们在上舒利金的课时写作文，作文题是一个陈腐的题目：《屠格涅夫作品中的妇女典型》。

中学生古季姆两手都沾满了墨水，这个爱装腔作势而且厚颜无耻的家伙突然大声喊：

“鹦鹉飞到林荫道上来了！”

这句话正是会使舒利金狂怒的那种毫无意义的话之一。他立刻发作起来了。

舒利金抓住古季姆的肩膀，用力摇晃起来，弄得古季姆的头都撞到了墙上。后来舒利金又在他自己胸部把制服上衣猛一撕，金色的纽扣飞了下来，在地板上乱滚。

马图谢维奇抓住他的手。我们当中有一个人跳到走廊上去找普拉东·费奥多罗维奇。

舒利金坐到课桌上，用手抱着头，低声痛哭起来。

对这种场面，我们当中很多人都受不了。于是，掀起活动桌面，躲到桌面后边。

惊恐的副校长和普拉东·费奥多罗维奇来了。他们拉走了舒利金。

教室里静悄悄的。斯坦尼舍夫斯基从座位上站了起来。他脸色惨白，他慢慢走近古季姆，说：

“狗崽子！立刻滚出我们的教室！要不然，够你受的！滚！”

古季姆似笑非笑地冷笑一声，没动地方。斯坦尼舍夫斯基一把抓住他的胸膛，向自己猛地一拉，把他摔倒在地上。古季姆跳了起来。全班一声不响。

“滚！”斯坦尼舍夫斯基又说了一遍。

古季姆摇摇晃晃地向门口走去。在门口，他站住了。他想说点儿什么，但我们大家都冷若冰霜、含有敌意地望着他。古季姆缩着脖子，低着头走了出去。

他再也没在我们班上露面。他也不能露面——中学生道义的法律是无情的法律。这是绝不能放弃的。

古季姆的父母让他从我们的中学转学到瓦利克尔的实科学校，那里是无赖和无知之徒的避难所。

在这次事件以后，舒利金病倒了。他病了很久，但恢复健康以后并没有回来。医生禁止他从事教学工作。

有时，我们会在尼古拉耶夫小公园遇到他。他把下巴支在拐杖上，坐在那儿晒太阳。一些小孩子在他脚边沙地上玩耍。我们向舒利金鞠躬行礼，但他只是惊恐地看看我们，而不还礼。

就我们所遇到的俄国文学教师来讲，最初我们很不走运。舒利金走了以后，来了一个特罗斯强斯基——他个子很高，傲慢自大，面色苍白，愁眉不展。

照他的看法，所有俄国作家可以分为两类：思想没有问题、值得研究的和阴谋叛逆者，或是误入歧途的非贵族出身的知识分子。谈到后一类人时，他是怀着惋惜的心情，仿佛所谈的是已经毁灭的天才。

特罗斯强斯基使我们感到气愤。我们在课堂上写的作文里推翻他所崇拜的上帝，颂扬那些阴谋叛乱的人。特罗斯强斯基很客气地微笑着，轻声轻气地向我们证明，我们弄错了，并给我们打上2分。

接替特罗斯强斯基的是心理学和俄国文学教师谢利哈诺维奇，一个很像诗人勃留索夫[①]的人。他穿一件黑色常礼服，全部纽扣都紧紧地扣着。

这是一个性情温和而且很有才能的人。他像修复古画的有经验的工匠洗净古画那样，在我们面前“洗净”了俄国文学作品。他除去了那些不正

① 瓦列里·雅科夫列维奇·勃留索夫（1873—1924），俄国诗人。

确的、浅薄的评价，漠不关心，官腔和枯燥的寻章摘句给俄国文学蒙上的灰尘和污垢。于是，俄国文学以其色彩的绚丽、思想的深刻和伟大的真理，在我们面前放射出耀眼夺目的光彩，使我们当中许多已经长大成人的青年感到震惊。

我们从谢利哈诺维奇那儿知道了许多东西。他不仅向我们打开了俄国文学的宝库，还向我们展示了文艺复兴时期、19世纪欧洲的哲学、安徒生的童话和史诗《伊戈尔远征记》。在这以前，我们只是毫无意义地背诵这部古斯拉夫史诗的原文。

谢利哈诺维奇具有讲课生动的罕见的天才。最复杂的哲学理论经他一讲，就都变得明白易懂、合乎逻辑了，而且会使人对人类智慧的广阔赞叹不已。

在此以前，许多哲学家、作家、学者和诗人的名字，只是让人联想起一些僵死的年月和“对人类做出的功绩”的一串干巴巴的清单。现在，这些名字都变成了可以感觉得到的、有血有肉的人。在谢利哈诺维奇的叙述中，他们从来也不是脱离自己的时代、脱离自我而存在的。

在讲果戈理的几堂课上，谢利哈诺维奇在我们面前复活了果戈理时代的罗马——罗马的地图、山冈和废墟，罗马的画家、狂欢节，罗马土地上的空气以及罗马的蔚蓝色的天空。一系列与罗马有关的卓越人物相继经过我们的面前，仿佛有一种魔力使他们又回到了人间。

这种魔力很简单，也是每个人都能理解的。它就叫作知识，为爱和想象力所鼓舞的知识。

我们从一个时代跨入另一个时代，从一些很有意思的地方到达另一些同样很有意思的地方。我们在学习文学的时候，和谢利哈诺维奇到过各个地方——我们曾处在图拉的军械工匠之间，到过达吉斯坦边界上的哥萨克村镇，曾在《波尔金诺的秋天》，在蒙蒙细雨下体验生活，到过狄更斯的英国的孤儿院和债务人拘留所，到过巴黎的市场，到过肖邦病中居住的马略卡岛上那座废弃的修道院，还到过荒无人烟的塔曼，海风吹动那里干枯的玉米茎，发出簌簌的响声。

我们集中精力研究像普希金这样的一些人的生活。多亏了这些人，我们才认识了我们自己的国家和世界，并能感觉到一切美好的事物——除了普希金，还有莱蒙托夫、托尔斯泰、赫尔岑、雷列耶夫[①]、契诃夫、狄更斯、巴尔扎克以及人类社会中许多优秀人物。这使我们心中充满了自豪，认识到人类精神和艺术的力量。

谢利哈诺维奇还顺便教给了我们一些出乎意外的东西——礼貌，甚至是殷勤。有时他让我们猜谜：

“有好几个人坐在屋里，”他说，“所有扶手椅上都有人坐着。进来一位妇女，她的眼睛好像才哭过的样子。一个有礼貌的人应该怎样呢？”

我们回答——有礼貌的人，当然应该立刻给那个妇女让座。

“一个不仅有礼貌，而且态度殷勤的人，又应该怎样做呢？”谢利哈诺维奇问。

我们猜不出来。

“给她让座位的时候要背对着亮光，”谢利哈诺维奇回答，“以免看到她哭过的眼睛。”

谢利哈诺维奇使我感到惊讶，因为在谈到我想成为一个作家的愿望

① 孔·费·雷列耶夫（1795—1826），俄国诗人，十二月党人。——译者

时，他问：

“您有足够的耐心吗?”

我没想到，这一特点对于从事文学工作是必须的。后来我才深信，谢利哈诺维奇的意见是正确的。

有一次，他在走廊上叫住了我，说：

“请您明天来听巴利蒙特[①]讲课。一定要来。您想做一个散文作家——这就是说，您需要精通诗。”

我去听巴利蒙特讲课了。他讲的题目叫《诗好比魔法》。

商会大厅里又挤又热。在一张蒙着绿色天鹅绒台布的小桌子上，点着两个青铜枝形烛台。

巴利蒙特进来了。他穿着常礼服，系一条华丽的丝领带。纽扣眼儿里插着一朵朴素的母菊。稀稀拉拉、稍有点儿发黄的头发耷拉到衣领上。一双灰色的眼睛令人莫测高深地望着听众的头顶上方，甚至显得有点儿高傲自大的样子。巴利蒙特已经不年轻了。

他慢吞吞地讲了起来。每说完一句，他都停下来，侧耳倾听。就像一个弹琴的人踩踏板的时候在倾听琴弦的声音。

休息之后，巴利蒙特朗诵自己的诗。我好像觉得，俄语中一切和谐的音调都包含在这几行诗中。

密林中传来杜鹃温柔的哭泣，
哀求之音听来是那么奇怪，充满愁思。

---

① 康·德·巴利蒙特（1867—1942），俄国诗人。——译者

春天里多么愉快，多么忧郁——
世界多么美好，在它自己出乎意外的色彩里！

他朗诵时高高抬起下巴底下淡火红色的小胡子。诗句犹如波涛在观众大厅上方渐渐远去。

犹如远方轻轻的脚步声，我听到窗外的絮语，
无法理解的喃喃声——雨滴的喃喃低语。[①]

巴利蒙特朗诵完了。掌声震得枝形吊灯的垂饰在颤抖，巴利蒙特举起一只手来。大家都静了下来。

“我要给你们朗读埃德加·坡[②]的《大乌鸦》，”巴利蒙特说，“但在这以前，我想讲一讲命运对我们诗人毕竟是多么仁慈。当埃德加·坡死后，被安葬在巴尔的摩，诗人的亲戚们在他的坟墓上放了一块异常沉重的石板。这些虔诚的教友派教徒显然是害怕诗人叛乱的灵魂冲破坟墓的束缚，再扰乱能干的美国人的安宁。可是，当把石板放到埃德加坟墓上去的时候，石板破裂了。这块裂开的石板直到现在还压在诗人的身上，但每年春天三色堇都在石板的裂缝里开花。顺便说说，埃德加·坡就曾用这花的名字来称呼他早死的美丽妻子维尔珍妮娅。”

巴利蒙特开始朗诵《大乌鸦》，忧郁而华丽的诗句飘向大厅。

---

① 巴利蒙特的诗《正在出生的生命》。

② 埃德加·坡（1809—1849），美国诗人、作家。

窗外已经既没有基辅，也没有恰似一串串淡蓝色的链条悬挂在克列夏季克上方的灯火——什么都没有了。只有风在撒上一层雪花的黑色平原上空凄凉地、呼呼地吹着。还有那个铁一般的词“内韦尔莫尔”[①]，犹如塔楼上的钟声，沉重地落在这夜的空虚里。

“内韦尔莫尔！”“永不！”意识无论如何也不能容忍这种情况。难道永远不吗？难道维尔珍妮娅永远不会回到大地上来，她已经永远不会再调皮地、小心翼翼地来敲那扇沉重的房门了吗？难道青春、爱情和幸福永远不会回来吗？“是的，永不！”大乌鸦呱呱地叫道。于是，那人由于孤独而蜷缩在破旧的安乐椅里，用一双病态的、孩子般的大眼睛望着寒冷的空虚。而这个矮小的、被大家遗弃的人，就是埃德加·坡——美国的伟大诗人。

我终生感激谢利哈诺维奇，因为是他激起了我对诗的爱。诗在我面前揭示出了语言的丰富多彩。在诗中，词获得了新生，获得了充分的力量。仿佛取下了扎在眼睛上的绷带，我真正认识了广阔无边、形象生动的诗人的世界。

谢利哈诺维奇为我们打开了文学和哲学的宝库，克利亚钦老头儿则让我们认识了西欧的历史。

克利亚钦人很瘦削，穿一件常礼服，不扣纽扣。他总是不刮脸，脖子上有一个很大的喉结，眯缝着眼，眼睛几乎什么也看不见。他说话声音嘶哑、刺耳，一句话要分作几段。

他的话仿佛是扔出来的，就像扔黏土团。他就用这些话塑造出了丹

---

① 英语“永不再有”的音译。——译者

东[1]、巴贝夫[2]、马拉[3]、波拿巴[4]、路易-菲力浦[5]、甘必大[6]等人的雕像。

当他讲到热月九日的政变或梯也尔的背叛时，愤怒在他的喉咙里沸腾起来。他会忘乎所以，抽起烟来。但冷静下来以后，立刻在离他最近的课桌上把香烟摁灭。

克利亚钦是熟悉法国革命的行家。在当时的中学里会有这样一位教师，是令人纳闷的。有时他的话变得那样激昂慷慨，似乎他不是在教室里上课，而是在法国国民公会的讲坛上发表演说。

他是一个活古董，而同时又是我们所有教师当中最进步的一个人。

我们有时会觉得，这是最后一个老山岳党人，奇迹般地活了一百年，现在偶然来到了基辅。他逃脱了上断头台的命运，在圭亚那的沼泽地里又逃脱了死亡，但丝毫也未失去他那严峻的热情。

克利亚钦偶尔也会感到疲倦。于是，他就给我们讲革命时期的巴黎——讲巴黎的街道和房屋，讲当时广场上点的是什么灯，女人穿什么衣服，老百姓唱什么歌，当时的报纸是什么样子。

上了克利亚钦的课以后，我们当中有很多人想回到一百年以前，好亲自做他讲给我们听的那些事件的见证人。

---

① 丹东（1759—1794），法国大革命时期雅各宾派领袖之一。

② 巴贝夫（1760—1797），法国的空想社会主义者。

③ 马拉（1743—1793），法国大革命时期雅各宾派领袖之一。

④ 波拿巴（1769—1821），1804年至1814年，1815年3月至1815年6月的法国皇帝。

⑤ 路易-菲力浦（1773—1850），1830年至1848年的法国皇帝。

⑥ 甘必大（1838—1882），1881年至1882年的法国内阁总理兼外交部部长。

剧院里的枪声

大礼堂里的镶木地板打过了蜡，亮得像湖面一样，能照出蓝色的学生队列——学生都身穿制服，制服上钉着亮闪闪的纽扣——和白天也在亮着的枝形吊灯。

礼堂里充满了轻轻的嘈杂的说话声。刹那间，嘈杂的声音一下子停止了。

一个个子不高、长着一双鼓出来的明亮眼睛的上校，马刺叮叮当当地响着，走进了礼堂。他站住了，凝神注视着我们。铜号嘀嘀嗒嗒地响了起来。

我们一动不动地站着。

紧跟在上校尼古拉二世身后，进来一个身量很高、很瘦削的女人，她穿一件浆硬的白色连衫裙，戴一顶很大的帽子，一边走一边点头。有几枝鸵鸟羽毛从她的帽檐上耷拉下来。这女人的脸好像死人的脸，美丽而且凶狠。这就是皇后。

几个小姑娘跟在皇后的后面鱼贯而入。她们薄薄的嘴唇都没有血色，也都穿着同样的浆硬的白色连衫裙。这些连衫裙不会弯曲，上面没有皱褶，似乎是用有棱的白色硬纸板做成的。

一个身材高大的夫人跟在小姑娘们——女亲王们——身后，衣服发出窸窸窣窣的声音，飘然进入大厅。她穿一件镶黑花边的淡紫色连衫裙，戴着金边夹鼻眼镜，肩上披着一条缎带——这是沙皇女儿们的教育者，宫中女官纳雷什金娜。一身胖肉在她那绷得紧紧的绸衣下扭来扭去。她一直在用一块镶花边的小手帕呼扇自己的脸。

我们学校建校百年的盛大庆典就是这样开始的。

侍从们遮住了尼古拉，使我们看不见他了。我们只看到大臣们秃顶上细心抿光了的、稀稀拉拉的头发，大红绶带，两侧镶金条的白色长裤，套带套在穿着漆皮皮鞋的脚底上，还看到将军们肥大的灯笼裤和银色的宽腰带。

中学里最好的朗诵者涅杰利斯基向沙皇朗诵他自己写的一首欢迎诗。他竭力用毫无表情的声音大声朗诵，他用“你”来称呼沙皇。

之后，侍从们让出一条路来，尼古拉顺着很宽的通道走到我们跟前。他站停下来，摸摸淡褐色的唇髭，发音不清地慢慢说：

“你们好，先生们。”

我们照教给我们的那样，声音不大、但清清楚楚地回答：

“祝您健康，皇帝陛下！”

我站在横队末尾，因为在我们毕业班上我的个子最矮。尼古拉走到我跟前。他一边的面颊轻轻地抽搐着，心不在焉地看了看我，习惯地只用眼睛笑了笑，问：

“您姓什么？”

我回答了。

“您个子不高？”尼古拉问。

“是的，陛下。”我回答。

尼古拉用感到无聊的目光很快地看了我一眼，然后走到我旁边的那个同学面前。

他到所有人面前去了一下。对每一个人他都问他姓什么。

巡视以后，音乐会开始了。尼古拉站着听音乐，因此，大家全都站着。

尼古拉的全部神情仿佛是要表明，庆典使他感到厌烦了，他不想浪费时间来听中学生们的音乐会。他一直不耐烦地撕扯那只从右手上脱下来的手套。

音乐会草草结束了。中学生乐队演奏了《愿我们俄国的沙皇名扬四海》。后来有人朗诵《贤明的奥列格》[①]，合唱队唱了一首颂歌。

这一切都很无聊，谁也不要听。大臣们在沙皇背后不时打哈欠。参加音乐会的人让人看着觉得怪难过的——他们都吓得索索发抖。

举行音乐会的时候，我们仔细看了看大臣们和侍从们。

沙皇和他的侍从们的区别，使我们感到惊讶。

尼古拉其貌不扬，甚至有点儿笨拙，在庞大的侍从当中一点儿也不显眼。侍从们身上的金银饰物、漆皮靴筒、子弹带、穗带、系带、军刀、马刺、披肩和勋章，响声叮当，闪闪发亮。就连侍从们一动不动地站着的时候，我们也能听到他们的勋章和武器发出的隐隐约约的响声。

尼古拉脸上毫无表情地听完了音乐会，然后就离开了学校。他感到不满意。他和我们的学校有一些旧账。在这次庆典两天以前，我们中学从前的学生巴格罗夫在歌剧院向大臣斯托雷平开枪，使他受了致命的重伤。但以后我还要讲这件事。

为了庆祝建校100周年，已经决定把这所中学改建成贵族学校。改建的命令已经准备好了。但在剧院里发生枪击事件之后，认为这样做是不合适的——怎么能把贵族学校的权利授予一所教育出国事犯的中学呢！

---

① 系普希金的诗。

因此，只是把中学改名为“亚历山大皇家中学”——以纪念亚历山大一世，中学生们的普通校徽也换成了带有花字“A”和皇冠的新校徽。

这个校徽上的三个新字母——“И А Г”[①]引起基辅其他中学的学生们许多嘲笑，还经常为此打架。

我们这些毕业班的学生决定仍然戴旧校徽，直到戴坏为止。领导很生气，但我们找借口说，我们没有钱买新校徽和扣带。最后，领导不管我们了。因为和毕业班争吵是没有意义的。

由于尼古拉的到来，基辅举行各种各样的庆祝活动。为很难看的亚历山大二世的青铜纪念像，以及更难看的圣奥莉加[②]、基里尔、梅福季兄弟[③]的石膏纪念像举行了揭幕仪式，在基辅郊区举行了演习，在某些地方张灯结彩，为某些设施举行开幕典礼，举行宗教游行，上演庆祝的戏剧。整整一个星期，家家门前悬挂着彩旗。

在大走马竞赛之后，在跑马场上举行了全基辅中学生的大检阅。

我们扬起尘土，从尼古拉面前走了过去。落日的光芒耀眼。我们什么也看不见，把“看齐搞得一塌糊涂”。军乐队竭尽最后的力量，拼命大吹大擂。

我们中学忘记了回答沙皇的问候，因而大出风头。一个胖将军骑着马跑到我们跟前，把我们骂了很久。他一直在生气地拉缰绳，那匹棕黄色的

---

① 亚历山大皇家中学的缩写字母。——译者

② 圣奥莉加（约890—969），基辅女大公，伊戈尔之妻。伊戈尔死后，由她统治基辅。

③ 基里尔（约827—869）和梅福季兄弟（约815—885），是斯拉夫教育家，创造了斯拉夫字母。

马抿着耳朵，直往后退。

歌剧院里演出庆祝的戏剧，尼古拉也到场观看。所有中学里最后一班的男女中学生都被带去观看演出。

我们班也被带去了。

我们沿着黑暗的辅助楼梯来到顶层楼座。顶层楼座被封锁起来，我们不能到下面几层去。门边站着一些客气的、然而厚颜无耻的宪兵军官。他们往往互相使个眼色，放那些长得漂亮的女学生出去。

我坐在后排，什么也看不见。很热。剧场的天花板就悬在头顶上。

只是在幕间休息时，我才离开自己的座位，走到栅栏前。我用胳膊肘撑在栏杆上，望着观众大厅。大厅里弥漫着薄薄的烟雾。在这片烟雾中，点点星火，五彩斑斓，闪闪烁烁，宛如千百颗钻石。皇帝的包厢空着。尼古拉和他全家都到包厢入口处的小屋里去了。

大臣们和侍从们站在把观众和乐队隔开的栅栏旁边。

我望着观众大厅，倾听着混合成一片的嘈杂的人声。身穿黑燕尾服的乐队队员们坐在自己的乐谱架前，一反往常的习惯，没有在调弦。

突然，传来刺耳的砰的一声，乐队队员们从座位上跳了起来。又砰的响了一声。我没有猜到这是枪声。站在我旁边的一个女中学生喊了一声：

“您看！他径直坐到地板上了！”

“谁?”

“斯托雷平。瞧！就在乐队栅栏旁边！”

我往那儿一看。剧场里异常寂静。栅栏附近的地板上坐着一个身材高大的人。他留着圆形的黑色大胡子，肩上佩戴着一条绶带。他在栅栏上摸索着，好像是想抓住它，站起来。

斯托雷平周围连一个人也没有。

一个身穿燕尾服的年轻人正离开斯托雷平，顺着过道向出口走去。在这么远的距离，我看不见他的脸。我只注意到，他走路十分平静，一点儿也不匆忙。

有人拖长声音大喊起来。接着听到轰隆的一声响。一个军官从楼下两侧厢座的包厢里跳下去，抓住了那个年轻人的胳膊。在他们周围立刻围了一大群人。

"让楼座上的人都出去！"一个宪兵军官在我背后说。

很快把我们赶到了走廊上。进入观众大厅的门都关了起来。

我们站在那儿，什么也不明白。从观众大厅里隐约传来了喧闹声。后来喧闹声停止了，乐队奏起了《上帝保佑沙皇》。

"他把斯托雷平打死了。"菲佐夫斯基小声对我说。

"别说话！立刻从剧院里出去！"宪兵军官喊了一声。

我们顺着进来时走过的那些黑暗的楼梯，来到被路灯照耀得明晃晃的广场上。

广场上空旷无人。骑警排列成散兵线迫使站在剧院附近的人群退到了侧面的街道上，并迫使他们继续后退。马后退着，神经质地徐徐挪动着四条腿，整个广场上都能听到细碎的马蹄声。

号角响了。急救马车飞也似的驶到剧院门前。抬着担架的卫生员从急救马车上跳下来，跑进了剧院。

我们慢慢地离开了广场。我们想要看到以后会怎么样。警察催促我们，但是他们的神情是那样惊慌失措，所以我们都不听他们的话。

我们看到，用担架把斯托雷平抬了出来。把担架推进马车，马车沿着弗拉基米尔大街疾驰而去。一些骑马的宪兵在马车两旁奔驰。

我回到卢基扬诺夫卡自己的家里，把打死斯托雷平的事告诉了外祖母和加腾贝格尔。

外祖母说，不能在剧院里开枪，因为无辜的人可能受害。加腾贝格尔却激动不安，抽着雪茄，说总有一天得打死斯托雷平这个坏蛋，并且立刻到城里去打听消息。

半夜后他回来了，说斯托雷平躺在弗拉基米尔大街上一所医院里。那条街上铺上了麦秸，黑帮分子号召屠杀犹太人。

"就差还没发生这样的事了！"怒气冲冲的外祖母大声说。

但是加腾贝格尔说，沙皇在基辅的时候，不会发生残害犹太人的暴行。

第二天早晨，外祖母问我：

"你又要进城去吗？"

"是的。到学校去。"

"去干什么？"

"为迎接沙皇，要进行排练。"

"你最好还是害病，不要去了。"外祖母劝我，"想起来搞这种蠢事！难道除了在人们面前摆架子，逞威风，沙皇就没有别的事了吗？"

我说，显然正是如此。

"那你就别去！"外祖母说，"大家都因为这个尼古拉在城里跑来跑去，什么也弄不明白。把时间花在敬神上，花在一些小事上，好像这样做了，天主就会让他们多活几年似的。你待在家里吧。你可以头痛嘛！到花园里去坐坐，看看书，我给你烤个斯特鲁采尔（外祖母讲波兰语，把苹果馅饼叫作斯特鲁采尔）。我不懂，这么好的天，怎么能毫无意义地浪费时间呢！”

我听外祖母的话，没有去参加排练。

天的确好极了。苹果树的叶子变成了淡红色的，已经开始枯萎了。有一些叶子卷成小筒，被银丝缠绕起来。小路两旁红色和白色的翠菊已经开花了。

一些黄蝴蝶在树间飞来飞去。它们一小群一小群地落到一切被太阳晒热了的东西上——落到阳台的石阶上和遗忘在花园里的一个洋铁喷壶上。

到了秋天，太阳似乎变小了。它在头顶上方走了很久，慢慢接近胡桃树的树梢。

我坐在外祖母的藤椅上，在花园里看书。有时，我听到从城里传来的遥远的音乐声。后来我放下书，仔细观看小路。小路上长满茂密的杂草，好像给截断了似的。小路的陡坡上覆盖着暗绿色的细小的青苔，好似一片绿色的天鹅绒。在这片青苔中间有什么东西柔和地闪着白光。这不知是从哪儿来到我们花园里的林中的银莲花，已经是第二次开花了。

一只白鸭子从院子里走了过来。它看到我，站住了，不满意地嘎嘎叫了几声，摇摇摆摆地走了回去。显然，我妨碍了它。一些麻雀停在房顶上，梳洗净自己的羽毛，伸长了头，向下张望——看看那里是否有什么有意思的东西。麻雀在等待着。

外祖母裹着暖和的头巾走到阳台上，往小路上扔了一把面包屑。麻雀从房顶上飞下来，像一些灰色的小球，在地上蹦蹦跳跳。

“科斯季克，”外祖母喊，“来吃午饭吧。”

她站在阳台的台阶上。我站起来，向她走去。从屋里飘来一股苹果馅饼的香味。

“难道这不是真正的隆重的节日吗!”外祖母望着花园说,“人们却偏要想出各种蠢事来,去讨好这个尼古拉二世!”

花园里的确是光和清新、温暖的空气的节日。

拉兹古利亚依

我到莫斯科,去妈妈那里度过圣诞节假期。列车经过布良斯克的时候,雪下得那么大,车窗外什么也看不清。我只是从老远猜到,雪幕后面就是那座熟悉的小城。城里街道上覆盖着一层白雪,寒光闪烁。我猜到,科利亚舅舅那幢门廊上装了玻璃的房子就在那边。

我是第一次去莫斯科。我要见到妈妈了,而且我是从南方的外省城市基辅去北方的都城。因此,我的心情是激动的。

列车一小时比一小时更深入白茫茫的平原,慢慢爬上瓦灰色的天边。那里烟雾弥漫。我暗自想象,在前面的地平线上,白天与北极的永恒的夜已融成一片。

我有点儿害怕莫斯科的冬天。我没有暖和的大衣,只有一双鸭掌手套和一顶长耳风帽。

在各个车站上,可以清清楚楚听到阵阵铃声。毡靴踩在雪地上发出嚓嚓的响声。我的邻座请我吃熊肉火腿,熊肉有一股松香味。

夜间,过了苏希尼奇以后,列车陷入了雪堆里。风在铁皮通风扇间尖声呼啸。列车员们打着灯笼跑步穿过车厢,他们身上全是雪,毛茸茸的,浑身雪白，好似从洞穴里钻出来的林中妖怪。他们每个人都使出最大的力气乒乒乓乓地关门。每一次我都被他们吵醒。

早晨，我走到车门口的平台上。空气仿佛是颗粒状的，刺痛人脸。风吹得门缝附近的地板上堆起了松散的小雪堆。

我吃力地打开了车门。暴风雪已经平息了。列车停在壮观的积雪里，雪一直堆到了缓冲器上。人站在地上，连头都会没入雪堆里。车厢顶上落着一只蓝色的小鸟，转动着脑袋，不时叽叽地叫着。天地一色，浑然一体，分不出哪里是白茫茫的天，哪里是白茫茫的地。四周那么静，我竟听到了水从机车上流出来的声音。

在莫斯科，季马到布良斯克车站上来接我。顽强的小黑唇髭已经从他的上嘴唇上钻了出来。季马穿着工学院的大学生制服。

我觉得很冷。于是，我们到茶点部去喝茶。

莫斯科的车站使我感到惊讶——车站是木头建筑，很矮，像一个面积很大的饭馆。

橙黄色的太阳照耀着有白铜台面的柜台、一张张摆着青绿色棕榈的桌子、从茶壶里冒出的蒸气和薄纱窗帘。雾凇在窗玻璃上织出一层矢状叶片花纹，就在这些花纹后面传来了马车夫吵吵嚷嚷的声音。

我们在喝茶，茶里放了碎块砂糖。我们又要了白面包，面包上撒着一层面粉，吃起来会发出咯吱咯吱的响声。

后来，我们走到门口的台阶上。那些鬃毛蓬松的马身上冒起一团团蒸气。马车夫们打了补丁的厚呢上衣上挂着白铁皮号码，叫人看了眼花缭乱。几只鸽子落到了撒着一层马粪的雪地上。

“您吩咐吧，大人!”马车夫们叫嚷着，连声咂嘴，连连扯着缰绳。

其中一个冲上前来。他撩起盖脚的破旧的狼皮毛毯，于是我们坐上了狭长的雪橇，脚下铺着干草。我惊讶地向四面张望，难道这就是莫斯科吗？

“去拉兹古利亚依！”季马对马车夫说，“不过，要经过克里姆林宫。”

“嘿！”马车夫满意地叫了一声，“对我们来说，反正一样。不管是在这儿，还是在克里姆林宫，反正这件上衣都不暖和。”

就在车站附近的多罗戈米洛夫，我们立刻陷入一片混乱之中——无座雪橇、画着花儿的结实的车轭、车上的铃铛、从高昂着头的马脸上向你脸上喷来的热气、小饭店的招牌、唇髭上结了冰的警察、震动空气的教堂的钟声，这一切交织在一起，给人留下一种混乱不堪的印象。

我们驶上了博罗季诺桥。落日的余晖映照到河对岸房屋的窗户上，反光已渐渐暗淡下来。十字路口街上的圆形大钟上，时间才不过是下午两点。这一切都很奇怪，令人惘然，若有所失，而且又十分美好。

“喂，怎么样啊？”季马问，“你喜欢莫斯科吗？”

“很喜欢。”

“先别忙，你还会看到各种奇迹的。”

过了阿尔巴特广场，我们拐入一条不太宽的街道。在这条街道尽头，我看到了山冈上要塞的墙和塔楼、宫殿的绿色屋顶，以及大教堂灰色的庞大建筑群。这一切都笼罩在微微发红的傍晚的雾霭中。

“这是什么？”我什么也不明白，问季马。

“难道你没认出来吗？这是克里姆林宫。”

我好像痉挛似的长长叹了一口气。对这样见到克里姆林宫，我没有做好思想准备。在这个很大的城市里，克里姆林宫拔地而起，犹如一座用淡红色的石头、古老的黄金和寂静筑成的要塞。

这是克里姆林宫。俄罗斯，我们人民的历史。“哪一个骄傲的人不在克里姆林宫神圣的大门前脱帽致敬……”[①]

我的眼睛里流出了泪水。

我们从博罗维茨基大门驶入克里姆林宫。我看到了钟王、炮王和在傍晚时耸入云霄的伊凡大帝的钟楼。

马车夫从头上摘下了帽子，我和季马也摘下了制帽。雪橇从救世主塔楼下驶过，神灯在黑暗的通道里闪烁。头顶上方响起了冷漠而庄严的克里姆林宫的锽锽钟声。

“这是什么?”当我们驶出救世主大门的时候，我抓住季马的手，问他。

在通往河边的斜坡上，一些形状奇特的圆顶高高耸起，宛如牛蒡的色彩缤纷的花冠。

“难道你没认出来吗?”季马回答，并微微一笑，“瓦西里升天大堂。”

红场上燃烧着篝火。有一些过路的人和马车夫在篝火旁烤火取暖。烟雾笼罩着广场。就在这儿旁边的墙壁上，我看到了艺术剧院画着展翅飞翔的海鸥的海报，还看到另外一些海报，上面写着很大的黑字：“埃米尔·维尔哈伦[②]”。

“这是什么?”我又问季马。

“维尔哈伦现正在莫斯科，”他回答，向我看了一眼，笑了起来。大

① 费·格林卡的诗《莫斯科》。

② 埃米尔·维尔哈伦（1855—1916），比利时诗人。

概，我脸上完全是一副惘然若失的神情，“先别忙，你还会看到各种奇迹的。”

当我们来到拉兹古里亚依的时候，天色已经黑了。雪橇在一幢墙很厚的两层楼房旁停了下来。

我们顺着很陡的楼梯上楼。季马拉了拉门铃，妈妈立刻打开房门。加莉娅站在妈妈后面，伸着头，竭力想要在昏暗的前室里仔细看看我。

妈妈拥抱了我，哭了。在我们没见面的这段时间里，她头发完全白了。

“我的天哪，”妈妈说，“你已经完全是一个大人了！你多像你父亲啊！天哪，多么像啊！”

加莉娅几乎已经失明。她把我领到屋里的灯前，好长时间仔细看着我。从她脸上紧张的表情可以猜出，她根本看不见我。尽管她在说，我一点儿也没有变。

屋里的家具是陌生的，少得可怜。但我还是发现有几样从儿时起就熟悉的东西——妈妈的首饰匣、一只古老的青铜闹钟以及父亲在年轻时照的一张照片。照片挂在妈妈床头的墙上。

妈妈为到现在还没做好午饭而心里着急，于是到厨房去了。加莉娅照她的老习惯，向我询问起各种琐事——基辅的天气怎么样，火车为什么晚点了，外祖母维肯季娅·伊万诺芙娜是不是仍然每天早晨都喝咖啡。季马默不作声。

我觉得，这几年里我们生活中发生了那么多困难的、重大的事情，简直不知道该说什么好。后来我明白，无论什么困难的和重要的事情，现在都不需要讲了。

这两年，我们天各一方，生活在不同的环境里。我到莫斯科只住10

天，什么都谈，时间显然是不够的。

因此，关于我的第一篇短篇小说，我什么也没有说。我向妈妈、季马和加莉娅隐瞒了这件事。

我怀着淡淡的愁思想起外祖母，想起卢基扬诺夫卡我自己的房间。大概，我的真正的生活仍然留在那里，这里却好像是陌生的——无论是季马的学院，这两间一套的、昏暗的旧住宅，还是加莉娅的毫无意思的询问。只有妈妈的眼睛还和从前一样。但现在妈妈会因为一些琐事而激动不安，以前她却不会去注意这样的事情。

我等待妈妈和我谈起我的未来，但是她对此保持沉默。只是在吃午饭的时候，她顺便问了一句：

"嗯，中学毕业以后你打算进什么学校?"

"进大学。"我回答。

午饭后，她从首饰匣里取出两张印有海鸥的灰色戏票，递给我：

"这是给你的。"

这是艺术剧院里演出《活尸》和《三姊妹》[①]的戏票。

原来为了买到这两张戏票，在这寒冷的冬天，妈妈在剧院售票处前排了整整一夜的队。我高兴极了，吻了吻妈妈。她微笑着说，她在大学生和讲习班的学生们中间站了一个通宵，觉得很有意思。还说，她很久没有像这样愉快地度过一段时间了。

《三姊妹》就在我到来的那一天上演。午饭后，我和季马立刻准备到剧院去。我们乘坐寒冷的电车来到了剧院广场。蓝色的电火花在电线上噼

---

① 《活尸》是列夫·托尔斯泰的剧本，《三姊妹》是契诃夫的剧本。

啪作响。

雪花熠熠闪烁，犹如许多小光点撒满剧院广场。光点悬在空中，在路灯旁边看得十分清楚。缪尔和梅里利兹商店向马路上撒下一条条光带。商店的玻璃橱窗里面，一棵枞树灯火辉煌。金纸和银纸做的链条一直垂到地板上。

我们穿过剧院广场，进入卡梅尔格尔巷，走进从表面上看并不漂亮的剧院。

地板上铺着灰色的呢毯子，观众行走时没有一点儿声音。热风机送来阵阵热风，绣着一只海鸥的深棕色幕布微微摆动着。一切显得都很庄严，同时又有一种节日的气氛。

我双颊绯红。大概，眼睛也闪闪发亮。邻座的人都不时微笑着看看我。季马说：

“控制住自己。不然，你会什么也听不见，什么也看不到的。”

我为契诃夫剧本中遭受痛苦的人们感到难过。但同时，我又一直有一种新鲜和快乐的感觉。这种快乐和新鲜的感觉来自艺术。

我好像觉得，我在拉兹古里亚依看到的不美和不愉快的一切都是暂时的，而且是不太重要的。即使有贫困、屈辱和挫折，但谁也不能使现在正从神秘的艺术王国里发出的艺术之光熄灭，谁也不能从我这里夺走这一财富。而且，除了我自己，谁也没有支配它的权利。

我在莫斯科的10天就是在这样的心情中度过的。妈妈仔细端详着我，一直在反复说，我变得像我的父亲，像得惊人。

“对我来说，这是很清楚的。”有一次她说，“你未必会成为一个有所作为的人。”

她沉默了一下，又补了一句：

“不，你当然不会是生活中一个可以依靠的人。就是对你自己来说，也是如此。就凭你的兴趣！你的幻想！还有你对待事物的轻率态度！”

我默不作声。妈妈把我拉到自己身边，吻了吻我。

“好吧，上帝保佑你！我希望你能幸福。其余的都不重要。”

“我本来就是幸福的，”我回答，“请不要惦记我。我独自一个人已经过了两年了，还会这样过下去的。”

妈妈那时候已经戴眼镜了。眼镜架断了，所以用带子绑着。妈妈用好长时间捯开带子，摘下眼镜，仔细看了看我。

“我们的家庭变得彼此冷淡了，”妈妈叹了口气，“也不大肯说心里话了。这是由于贫穷的缘故。瞧，你来了以后，关于自己的事，你什么也没有说过。我也一直沉默着，老是想搁到以后再谈。我们应该谈一谈哪。”

“那好吧。只不过你可不要激动。”

“加莉娅眼睛瞎了，”妈妈说，说罢沉默了好久，“现在她又开始变聋了。没有我，她连一个星期也活不下去。你不明白，得多么为她操心。我剩下的力量只够照顾加莉娅了。只有上帝看得到，我是多么爱你们——你、季马，还有鲍里亚——可是我不能分成几个人呀。”

我回答，我对一切都很明白，而很快我就能帮助她和加莉娅了。只要我中学一毕业。

我已经不像以前那样考虑回到妈妈这里来了。但我可怜她、爱她，不希望她一想到我就感到难过。

我安慰了她，并且怀着轻松的心情打算去特列嘉柯夫美术馆。

在自己家里我觉得自己是一个客人。一方面是莫斯科的严寒，另一方面是拉兹古里亚依令人沮丧的生活。这两者之间的对比太强烈了——莫斯科的积雪和冬季的天空闪闪发亮，还有莫斯科的剧院、博物馆和钟声，而拉兹古里亚依的生活却局限于两间寒冷的房间里。

我困惑不解地看到，季马完全满意自己的生活——对学院，对他选择的职业都感到完全满意。而他选择的这个职业对我来说，却是完全格格不入的。我同样困惑不解地注意到，季马的屋里除了课本和石印的讲义，几乎没有书籍。

由于眼睛看不见，加莉娅整天都消磨在小心翼翼、忙忙碌碌地做各种琐事上。她无论做什么都是靠摸索。对她来说，三年前当她开始失明的时候，时间就已经停止了。加莉娅只是靠回忆活着——她回忆的都是一些琐碎而单调的小事。这种回忆的范围越来越小——很多事情加莉娅都开始忘记了。

有时她把双手放到膝盖上，默默地坐着。

晚上，有时妈妈会抽出时间给加莉娅读点儿什么，通常是读冈察洛夫或屠格涅夫的作品。每次读完以后，加莉娅总是向妈妈详细询问刚刚读过的内容，竭力在记忆中再现小说中的情节，使最细微的地方能够互相衔接起来。妈妈总是耐心地回答她。

我到特列嘉柯夫美术馆去了。几乎没有参观者。静悄悄的冬天仿佛把美术馆从首都搬到了莫斯科近郊——听不到任何城市里的声音。几个老太婆——这些名画的保管员——坐在椅子上打瞌睡。

我在涅斯杰罗夫[①]一幅题为《少年随从瓦尔福洛美依的幻想》的画前

---

① 米哈伊尔·瓦西里耶维奇·涅斯杰罗夫（1862—1942），苏联画家。

站了很久。像小姑娘一样苗条的小白桦树亭亭玉立，宛如蜡烛，闪着白光。每株小草都信任地伸向天空。这动人的、不提出任何要求的美，使人的心感到忧郁。

在这幅画对面的沙发上，坐着一个头发花白、穿一件黑衣服、身躯肥胖的夫人。她拿着长柄眼镜在看这幅画。她身旁坐着一个梳着两条淡褐色辫子的年轻女人。

我站到旁边去，以免妨碍她们看画。头发花白的夫人转过身对着我问道：

"科斯季克，你认为这像不像廖夫纳公园后面的小丘？"

我颤抖了一下，窘住了。头发花白的夫人微笑着望着我。

"如今的年轻人不善于观察！"她说，"难道你把卡列琳娜家的人都忘了吗？在廖夫纳？我、柳芭，还有萨莎，全都忘了？不错，已经过了好几年了。"

我脸红了，向她问了好。现在我认出，这个头发花白的夫人就是玛丽亚·特罗菲莫芙娜·卡列琳娜。但我没有立刻认出柳芭来。她长大了，她的辫子上已经没有以前的黑带子了。

"你坐，"玛丽亚·特罗菲莫芙娜说，"你长得多大呀！甚至不好意思用'你'来称呼你了。讲讲看，你是怎么来到这里的。让我们一起来回忆一下廖夫纳吧。啊，那是什么样的地方，什么样的地方啊！这个夏天我们一定要去那里。"

我谈了谈自己的情况。玛丽亚·特罗菲莫芙娜告诉我，她仍然和萨莎一起住在奥廖尔。可是柳芭已经中学毕业，进了莫斯科油画雕塑学校。现在玛丽亚·特罗菲莫芙娜是和萨莎一起来莫斯科度寒假，来看望柳芭的。

“萨莎呢？”我问。

“留在旅馆里，她嗓子痛。”

柳芭低下头，不时乜斜着眼睛瞧瞧我。我们一起走了出去。我送卡列琳娜母女回到洛斯库特旅馆。她们把我拖进自己的房间，让我暖和暖和，喝杯咖啡。

由于挂着沉重的窗帘，铺着地毯，两间一套的房间里显得很暗。

萨莎像对老朋友一样欢迎我，并且立刻问起格列布·阿法纳西耶夫。据我所知，格列布在布良斯克中学学习。

萨莎的脖子上像小猫那样扎了个花结。萨莎拉着我的手说：

“走！我让你看看柳芭的画。”

她拉着我到隔壁房间去。但柳芭抓住了我的另一只手，不让我去。

“胡闹！”她说，脸红了，“以后再看吧。我们还会见面的，不是吗？”

“我不知道。”我犹豫不决地回答。

“他要跟我们在一起迎接新年！”萨莎大声说，“在柳芭那儿。在基斯洛夫卡她的画室里。啊，科斯季克，要是你知道，有一些什么样的生活浪漫的艺术家在那儿聚会那就好啦！画布和调色板的骑士们。有一个女画家——简直就是法国小说里的人物。你准会爱上她的。她穿一件黑缎子连衫裙。窸窸窣窣！窸窸窣窣！而香水！什么样的香水啊！‘晚香玉之忧郁’！”

“噢，天哪！”柳芭说，“多么讨厌的饶舌的丫头！现在明白了，你为什么老是嗓子疼。”

“我有一副夜莺般的嗓子，”萨莎脸上露出痛苦的表情，“它受不了俄罗斯的冬天。”

“不，真的，您来吗？”柳芭问我，“来过新年吗？”

“我要在家里迎接新年，这是我们家的习惯。”

“那你就在家里迎接新年好了，”玛丽亚·特罗菲莫芙娜坚决地劝我说，“而后再去柳芭那里。她们要一直胡闹到早晨。”

我答应了。后来我们喝咖啡，萨莎给我的杯子里放了4块糖。这样的咖啡当然没法喝了，玛丽亚·特罗菲莫芙娜生气了。柳芭坐在那儿，垂下了眼睛。

“你怎么像美丽的华西丽莎[①]一样坐着？”萨莎问，“科斯季克，真的，柳芭成了一位美人儿了，不是吗？你看看她呀，可不像她妹妹——邋里邋遢，像个丑小鸭。”

柳芭满脸绯红，站起来，推开了自己的杯子。

“你有完没完！喜鹊！”

我看了看柳芭。蓝色的火花在她眼睛里霍地一闪。她当真很美。

我走了。回家后我对妈妈说，我遇到了卡列琳娜家的人，她们邀请我在新年之夜到她们那里去。妈妈很高兴地说：

“去吧，当然要去！要不，在莫斯科你大概会觉得无聊的。她们很可爱，也是很有文化修养的人。”

对妈妈来说，衡量一个人的标准就是他的文化修养程度。如果妈妈尊敬某一个人，就会说：“这是一个很有文化修养的人！”

到新年还有两天。这是一些奇妙的日子——外面到处都蒙着一层霜花，由于有雾，到处都是白茫茫的。

我一个人到动物园里的溜冰场去，在那儿溜冰。冰很坚实，是黑色

---

① 美丽的华西丽莎是俄国民间神话故事中的人物。

的，可不像我们基辅的冰。打扫的人用很大的扫帚在打扫溜冰场。

我和一个留着大胡子、头戴黑色卡拉库尔羊羔皮帽的人竞赛。我赶过了他。这个人使我想起我和娜嘉阿姨一起到斯梅拉附近一个庄园里去，在那儿看到过的那个画家。

妈妈打算和我一起到瓦甘科沃墓地去看看娜嘉阿姨的坟墓，可是始终没有去。她说，坟墓上至今还放着一束瓷制的玫瑰花。玫瑰花已经褪了色，可是没有打破。

我在艺术剧院看了《活尸》。与《三姊妹》比较，我更喜欢《活尸》。我在舞台上看到了真正的莫斯科、法庭，听到了茨冈姑娘的歌曲。

在冰雪覆盖的12月的莫斯科，我不知为什么想起了遥远的岁月——阿卢什塔、莲娜，还有她对我大声喊叫："走吧！这都是胡闹!"

这些年来，我一直打算给她写信，可是一直没有写。现在我已经深信，她忘记了我。

我想起了莲娜，有一个想法使我感到惊讶，有多少人离开了我的生活，已经永远不再回来了。这样离开我的有莲娜、娜嘉阿姨、我那位养蜂的爷爷、我的父亲、尤利亚舅舅，还有许多别的人。

这是奇怪的、令人忧郁的。虽然我才17岁，但我好像觉得，我已经经受了人生中的许多悲欢离合。我爱这些人。他们当中每一个人在离开我的时候，都带走了我的一份爱。大概，因此我已经变成一个感情比较贫乏的人了吧。

当时我曾这样想，但这些想法与我心中逐年增长的、对生活的惊人的爱并不吻合。

有许多人完全离开了或长期离开了，因此我觉得，和卡列琳娜一家人的相逢——我已经完全忘记了她们——意味深长，仿佛不会是没有意义的。

我是在家里迎接新年的。妈妈烤了一些饼干，季马买来了下酒的菜、葡萄酒和甜点心。11点钟，季马不知到哪里去了。妈妈对我说，他是去叫他的未婚妻。她叫玛尔加丽塔。

妈妈肯定地说，她是一个非常好的姑娘，妈妈永远不会想到季马会有一个比她更好的妻子。

为了不让妈妈难过，我装作十分高兴，感到惊讶。虽然我并不喜欢季马的未婚妻的名字，也不喜欢她出身于官吏家庭。

我帮着妈妈摆好饭桌，准备迎接新年。屋里飘散着一股烧焦了的头发味——加莉娅在摸索着烫头发，烧着了一绺长发。她感到难过。我竭力设法让她快活起来。

妈妈把青铜闹钟放到桌子上，点上了蜡烛。我把铃响的时间拨到了12点上。

我拿出从基辅带来的礼物——给妈妈的是一块做连衫裙的灰色衣料，给加莉娅的是一双鞋子，给季马的是一大盒制图仪器。这盒制图仪器是我向鲍里亚要来的。制图仪器非常好。妈妈为这些礼物感到高兴，她甚至脸红了。

离新年只差几分钟的时候，季马领着一个身材高大、面色苍白的姑娘回来了。姑娘的脸是长的，神情忧郁。淡紫色的连衫裙上系着黄腰带，她穿着很不合身。胸部别着一块镶花边的小手帕。她老是脸红，用叉子从盘子里叉甜点心。

加莉娅立刻和她谈起教育孩子的事。姑娘不时望望季马，不乐意地回答加莉娅的问题。季马矜持地微笑着。

青铜闹钟拼命地响了起来，打断了加莉娅的议论。我们每人喝了一杯葡萄酒，互相祝贺新年。

妈妈显然竭尽全力，想让玛尔加丽塔喜欢我们这儿。但妈妈忌妒地留心观察玛尔加丽塔看着季马时的神情，仿佛是在掂量，她的目光中是不是有足够的爱。

我净讲些没意思的话，竭力想要显示我很愉快，但又不时偷偷地看着钟。

妈妈喝了酒，心情愉快起来，开始对玛尔加丽塔讲在切尔卡瑟外祖母那儿过复活节的情况，还讲从前我们在基辅生活过得多么轻松愉快。她仿佛自己不相信这些事都是真的。"是真的吧，科斯季克?"她时常这样问我。我每次都说，是的，这是真的。

12点半，我道过歉，走了。妈妈出来，把我送到前室。她用像搞什么阴谋的声音悄悄地问我是否喜欢玛尔加丽塔。我明白，说实话并没有益处。除了多余的不快，这不会带来任何东西。因此，我说玛尔加丽塔是个很可爱的姑娘，我为季马感到十分高兴。

"唉，愿上帝保佑，但愿如此!"妈妈喃喃地说，"我觉得，玛尔加丽塔对加莉娅态度很好。"

我走到巴斯曼大街上，站停下来，吸了一口寒冷的空气。街道两旁的房屋里灯火通明。我雇了一辆马车，向基斯洛夫卡驶去。马车夫一路上都在骂那匹马。

在基斯洛夫卡，给我开门的是萨莎。她的脖子上扎了一个新的华丽的花结。有几个姑娘跑进前室，还出来了一个身穿大学生制服上衣的、很漂亮的老头儿。不知为什么不见柳芭。

姑娘们笑着动手解开我的长耳风帽，从我身上脱下大衣，老头儿却用年轻人的声音唱了起来：

黄昏，三位女神
在山上开始争论。[①]

“眼睛！眼睛！”姑娘们大声喊叫。

萨莎用双手捂住了我的眼睛。姑娘们的头发味、香水味，还有萨莎捂着我眼睛的硬邦邦的小手指头，这一切使我感到喘不过气来。

她们拉着我的手，领着我。我感觉到门敞开了，一股热气迎面扑来。喧闹声停止了，一个女人的声音以命令的口吻说：

“请您发誓！”

“发什么誓？”我问。

“发誓说，在这个夜晚，除了快乐，您将忘记一切。”

萨莎的手指紧紧捂着我的眼睛，使我感到疼痛。

“我发誓！”我回答。

“现在请您起誓！”

“向谁？”

“向当选为我们节日的女王的那个人。”

“起誓啊！”萨莎对着我的耳朵悄悄地说。

---

① 法国作曲家奥芬巴赫（1819—1880）的轻歌剧《美丽的海伦》中帕里斯的咏叹调。

有一种搔痒的感觉使我颤抖了一下。

“我起誓。”

“为了表示服从，您要吻一吻女王的手，这是骑士的风俗。”那个声音忍住笑，说，“萨莎，把爪子放开！”

萨莎把手拿开了。我看到一间灯火辉煌的房间，里面有许多画。一个瘦削的人穿件天鹅绒短上衣，以弗鲁别利所画的魔鬼的姿势躺在钢琴上。他的双手弯向后面，枕在头下。他用一双悲哀的眼睛望着我。

一个翘鼻子的青年猛击琴键。姑娘们纷纷让开，于是我看到了柳芭。她坐在扶手椅上，椅子放在圆桌上面。白色的绸连衫裙轻轻裹住她的身躯，一直垂到桌面。裸露的双臂下垂着。

柳芭右手里拿着一把黑色的鸵鸟羽毛扇子。

柳芭望着我，竭力不笑出来。

我走上前去，吻了吻柳芭垂下来的手。穿大学生制服短上衣的老头儿递给我一杯香槟酒。酒像冰一样冷。我一饮而尽。

柳芭站了起来。我搀她从桌子上走下来。她提起很长的连衫裙的下摆，俯下身问我：

“我们这样胡闹没吓着您吧？他为什么要给您一杯冰冷的香槟酒？您喝点儿什么热的吧。好像还剩着一些热红酒。”

大家把我拉到桌边，开始款待我。但立刻又把这件事忘了，哈哈大笑着把我连同桌子一起推到房屋的角落里，为跳舞腾出地方来。一个青年奏起了圆舞曲。

“弗鲁别利的魔鬼”从钢琴上跳下来，开始和柳芭跳舞。柳芭用力向后仰着头，拿一把黑扇子遮住脸，在屋里翩翩飞舞。每次从我身边飞过，她都从扇子后面对我微笑。她用手提着自己连衫裙的长后襟。

穿大学生制服上衣的老头儿在和一个女人跳舞，她就是萨莎所说的那个法国小说里的女主人公。女主人公用预兆不祥的声音哈哈大笑。

萨莎把我从桌边拉了出来。我在和她跳舞。她的身躯那么细，好像眼看就会弯下腰来。

“不过，你不要和柳芭跳舞。”萨莎说。

“为什么？”

“她是个傲慢的女人！”

跳过舞以后，“弗鲁别利的魔鬼”喝光了所有酒瓶里剩下的酒，喝得酩酊大醉。

“我渴望夏天！”他大声喊，“打倒冰箸！请给我雨！”

谁也不理会他，他不见了。穿大学生制服的老头儿坐到钢琴前，以动人心弦的声音唱道：

遥远的朋友，请理解我的哭声

他唱完后，我们突然听到了雨声。雨就在附近什么地方下着，雨量充沛，给人以清新凉爽的感觉。大家都惊恐地住了声，然后向走廊跑去，跑向浴室。“弗鲁别利的魔鬼”穿着大衣和橡皮套鞋，打着一把黑伞，站在浴缸里，莲蓬头里的水从天花板上猛浇下来，打在伞上，发出啪啪的响声。

“黄金！黄金自天而降！”“弗鲁别利的魔鬼”大声喊。

大家关掉了莲蓬头，把“弗鲁别利的魔鬼”从浴缸里拖了出来。

大家乱哄哄地胡闹，我也不知说了些什么，还朗诵诗，并哈哈大笑。当柳芭关掉枝形吊灯，屋里弥漫着黎明时蓝色的雾霭，这时我才清醒过来。

大家都沉寂下来了。蓝光和台灯的灯光融合在一起。人们的脸好像都失去了光泽，看上去很美。

“这是混乱的夜晚过去以后最美的时刻，”穿大学生制服上衣的老头儿说，“现在可以安安静静地喝酒了，还可以谈谈各种各样的事。我爱黎明，它会洗净人的灵魂。”

“弗鲁别利的魔鬼”酒还没有醒。

“没有任何洗净！”他大声叫嚷，“我不愿听到任何人洗净自己的灵魂。陀思妥耶夫斯基式的心理分析！光是由七种颜色构成的。我崇拜它们。我唾弃其余的一切！”

后来，大家蒙眬欲睡，都一动不动，默默地坐了好久。柳芭就坐在我的身边。

“一切都在眼前飘浮，”她说，“一切都是那么蓝……我一点儿也不想睡。”

“缓和！”穿大学生制服上衣的老头儿庄重地说，“在悲剧以后清洗自己的灵魂。”

“我不知道。”柳芭回答。

她陷入沉思。早晨的蓝光映照在她的眼睛里。

“您累了。”我说。

“不，我只不过是觉得很好。”

“这个夏天您真的会在廖夫纳吗？”

“是的，”柳芭回答，“您也来吗？”

“来，如果科利亚舅舅在那里的话。”

“为什么‘如果’呢？”柳芭狡黠地问。

不一会儿，大家都站起来，开始告辞了。我是最后一个走的。我得送萨莎回洛斯库特旅馆去，而她刚喝了热茶，在等着喉咙里凉下来。

一些打扮得很漂亮的妇女和一些年轻的男人，大概都是演员，正在街上打雪仗。雪地上撒了许多彩色纸屑。太阳用毛茸茸的火光撕破夜雾，正在慢慢升起。

度过这喧闹的一夜，我不好意思回到拉兹古里亚依，回到散发着一股煤油味的、我们贫穷的住处去。但我只是一刹那想到了这些。后来心灵中的一切又都发出奇妙的声音——似乎这雪，这阳光、天空，在告别时曾瞬间握住在我手里的柳芭的手，似乎这整个生活都不知不觉变成了乐队演奏的轻轻的音乐声。

一天后，我离开了莫斯科。妈妈的背已经驼了，她包着一块暖和的头巾，送我到车站去。那天晚上，季马和玛尔加丽塔看戏去了。加莉娅却一直担心我会误了火车。

在月台上，妈妈说：

“你别生气。我好像说过，你像父亲。可是我知道，你是个好孩子。”

列车开了。正是晚上。我久久地望着莫斯科的灯火。也许，这天夜里，其中之一的灯光是从柳芭的屋里照射出来的吧。

一篇内容空洞的短篇小说

从2月起就解冻了。基辅开始淹没在雾海里。温暖的风时常驱散浓雾。我们卢基扬诺夫卡飘散着雪水和树皮的清香——这香味是从第聂伯河那边，从春天前开始变黑的切尔尼戈夫森林里吹来的。

房顶上在往下滴水，冰箸闪着亮光。只有在夜里，而且这种情况也很少，风吹散乌云，水洼上结了一层薄冰，星星在天空中不时发出微弱的闪光。只有在我们郊区才能看到星星。在城里，万家灯火，星星点点，再加上路灯，显然，甚至没有任何人会想到天空中还有星星。

在潮湿的2月的晚上，外祖母的厢房里温暖而且舒适。电灯亮着。由于有风，百叶窗外空荡荡的花园里有时会发出簌簌的响声。

我在写一篇新的短篇小说——关于波列西耶和"莫吉廖夫老大爷们"的故事。我为这篇小说花了不少时间。但时间花得越多，小说越"没有生气"——变得像一朵萎蔫了的花，内容空空洞洞。但我还是写完了，把它送到了《火焰》杂志编辑部。

编辑部设在丰杜克列耶夫大街一间在院子当中的小房间里。一个神情愉快的、圆滚滚的人正在一堆校样上切香肠，准备喝茶。一个中学生带着一篇小说到编辑部来，对这样的事他一点儿也不感到惊讶。

他把小说拿过去，匆匆看了看结尾，说他喜欢这篇小说，不过得等编辑来。

"您在小说上署的是真实姓名吗？"那个圆滚滚的人问。

“是的。”

“不该这样！我们的杂志是左派的，而您是个中学生，可能遇到不愉快的事情。请您想一个笔名吧。”

我顺从地表示同意，把自己的姓划掉，写上了“巴拉金”。

“行！”那个圆滚滚的人赞同地说。

一个瘦削的人从街上走进屋里。他面如土色，大胡子乱蓬蓬的，有一双凹陷下去的眼睛，目光锐利。他一面骂着，花了好长时间脱掉高筒套鞋，解下长围巾，咳嗽了一阵。

“这就是编辑。”那个圆滚滚的人说。他不再撕香肠上的皮了，并用铅笔刀指指进来的那个人。

编辑连看都不看我一眼，走到桌边，坐下来，向前伸出一只手，用一种喑哑、可怕的声音说：

“请拿来吧！”

我把稿子放到他伸着的手里。

“您知道，”编辑问，“不用的稿子不退还吗？”

“知道。”

“好极了！”编辑不客气地说，“请过一个钟头再来，那时会得到回答的。”

圆滚滚的人对我使个眼色，笑了笑。

我垂头丧气地走了出去，在克列夏季克转悠了好久，顺便到图书馆去，在那里遇到了菲佐夫斯基。他刚刚借了一卷《易卜生文集》。他责备我看易卜生的作品看得太少，并且说，世界上最伟大的作品就是《幽灵》。

我们一同走出了图书馆。我要回编辑部去时间还太早。我们走进一个昏暗的院子，在那里抽了支烟——在街上我们可能遇到老师或学监。我们抽烟是禁止的。

菲佐夫斯基送我到编辑部，决定在大门口等着我。他很想知道结果如何。但是我请求他走开，我觉得可怕。如果小说不被采用，那么菲佐夫斯基将会用什么眼光来看我呢。

我走进了编辑部。编辑用锐利的目光看了我好一会儿，默默不语。我也一声不吭，觉得脸上正在往外冒热气。显然，我的脸红得厉害。

“请允许我把手稿拿回去。”我说。

“手稿?”编辑问，笑得咳嗽起来，“我请求您。我恳求您。您可以把它拿走，扔到炉子里去。但问题在于，我想把这篇小说登出来。您要知道，我喜欢它。”

“请原谅，我不知道。”我喃喃地说。

“性急的青年人！既然走上了作家这条路，那就请您准备忍耐吧。稿费——请在星期三来取！”他改变语调，用非常冷淡的语气说，“把您写的所有作品，请都带给我们。”

我从编辑部里跑了出来。菲佐夫斯基站在大门洞里，他没有走。

“喂，怎么样?”他惊恐地问，“采用了吗?”

“采用了。”

“到我那里去！”菲佐夫斯基高声说，“有一瓶麝香葡萄酒和糖渍苹果，咱们来庆祝一下。”

我和菲佐夫斯基两个人喝完了一瓶麝香葡萄酒。我回家很迟，电车已经没有了。

我走在阒无一人的街道上。路灯没有亮。如果我遇到一个乞丐，我大概会把自己的制服大衣送给他，或者做出什么别的这一类轻率的事情来。

但除了一条身上湿淋淋的白狗，我没遇到任何人。那狗蜷着爪子，坐在篱笆旁边。我在口袋里摸了摸，但什么也没有摸到。于是，我在它身上抚摩了一下。那狗立刻跟着我了。

一路上，我一直在跟它说话。它不时跳起来，用牙齿咬住我的大衣袖子，算是对我的回答。

“听！”我说，并且站住了。

那狗竖起了耳朵。从花园里传来沙沙的响声，仿佛有人在翻动去年的落叶。

“你知道这是什么吗？”我问那狗，“这是春天。然后将是夏天，那时我要离开这儿。也许，我会看到一个女人——一个世界上最好的女人。”

那狗跳起来，用牙齿咬住我的大衣袖子，于是我们又继续往前走。

街道两旁的房屋里没有一扇窗子还有灯光，城市已进入梦乡。照我看，所有居民都应该立刻醒来，跑到街上，好看到这些忧郁地飘浮着的云彩，听到积雪融化和那轻微的咔嚓声，听到已经塌陷下去的雪堆下水滴慢慢滴落的滴答声。在这样妙不可言的夜里，是不能睡的。

我不记得是怎样回到家里的。外祖母已经睡了。那狗很有礼貌地跟着我走进屋里。晚饭放在桌子上，已经凉了。我用面包和肉喂了狗，让它躺在炉边的角落里。狗立刻睡着了，它在睡梦中有时感激地摇摇尾巴。

早晨，外祖母看到了狗，但没有生气。她可怜它，给它取名叫卡多，并开始喂它。就这样，这条狗就在外祖母这儿住惯了。

春天日益临近。随着春天的来临，毕业考试也慢慢到来了。要想考及格，就得复习中学里全年的课程。这是困难的，特别是在春天里。

复活节到了。复活节假期快结束时，科利亚舅舅从布良斯克来这儿住了几天。他是来看望外祖母的。

科利亚舅舅住在我住的那间厢房里，薇拉姨妈和她一家人住在临街的一幢大房子里。因为科利亚舅舅住在我这儿，她见怪了。但科利亚舅舅成功地说了句笑话，敷衍了过去。

晚上，我和科利亚舅舅躺在床上，总是有说有笑。外祖母听到我们在闲扯，也起来，穿上衣服来到我们这里，一直待到深夜。

有一次，我和科利亚舅舅在薇拉姨妈那儿吃晚饭，这是一定要去应酬的。吃饭时规矩很多，十分拘束。用外祖母的话来说，各种各样的“怪物和傀儡”都在她家聚会。

这些人当中特别惹我生气的是基辅一个著名的眼科医生杜米特拉什科，他个子很矮，说话尖声尖气，留着卷曲的胡子，金色的卷发披散在他那件黑色常礼服的领子上。

只要杜米特拉什科一来，空气立刻就被毒化了。杜米特拉什科搓着胖胖的双手，开始讲一些侮辱知识分子的下流话。薇拉姨妈的丈夫，一个很像摩尔达维亚人、满脸粉刺的商人，在随声附和他。

随后，一定会来的还有退伍将军皮奥图赫，他总是带着三个老处女——他的女儿们。将军主要是谈劈柴的价钱——他在做少量的劈柴生意。

薇拉姨妈竭力想以上流社会的方式谈话，但是她讲得并不大成功。几乎每一句话，一开始她都要用她最喜欢的那几个字——“请注意。”

“请注意，”她说，“巴申斯卡娅夫人只穿淡紫色的连衫裙。”

“请注意，这馅饼是用我们自己的苹果做的。”

为了让客人们开心，薇拉姨妈硬要她女儿娜嘉弹钢琴、唱歌。娜嘉害怕将军的那几个老处女盯着她看、使她感到心慌意乱的目光。她毫无把握地轻轻弹着钢琴，用尖细、发抖，因而显得怪可怜的声音唱起了当时很流行的《天鹅》[①]：

小河湾在沉睡，平静如镜的水悄然无声……

音乐教师——一个德国女人，这些晚会的默默无言的参加者——聚精会神地注视着娜嘉。这个德国女人有一个很大、但薄得出奇的鼻子。当这鼻子落到明亮的灯光下的时候，看上去仿佛是透明的。在这个鼻子上方高耸着一堆边缘呈锯齿形的头发。

晚饭后，我和科利亚舅舅回到外祖母住的厢房里。

“嘿！”科利亚舅舅说，长长地喘了一口气，“多么讨厌！”

为了忘掉这个晚上，并且散散心，科利亚舅舅硬把加腾贝格尔请到外祖母这边来，举行了一个家庭音乐会。他在大提琴的伴奏下为外祖母唱了几首波兰农民的歌曲。

啊，你呀，淡蓝色的维斯瓦河，
像鲜花一样鲜艳。
你奔向异国他乡——
路途遥远！

① 根据康·巴尔蒙特的诗谱写的一首歌曲。

外祖母紧握双手，按着膝盖，倾听着。她的头轻轻摇晃着，混浊的泪水涌到了眼眶里。波兰离得很远很远！外祖母知道，无论是涅曼河、维斯瓦河，还是华沙，她都永远再也看不到了。外祖母已经行动困难，就连教堂，她也不再去了。

科利亚舅舅动身的那一天对我说，今年夏天他又要去廖夫纳，并且得到我的诺言——我也到那里去，这件事用不着特别请求我——我很高兴地答应了。

从我知道要去廖夫纳的那个时刻起，一切都改变了。我甚至相信，毕业考试我一定会考得很好。剩下的只是等待，而对幸福日子的期待有时远比这些日子本身更为美好。但只是到后来，我才相信是这样的。当时，我还没料到人类生活有这么一个奇怪的特点。

中学毕业证书

毕业考试从5月底开始，持续了整整一个月。所有班级都已经放暑假了。只有我们还到那空旷、凉爽的学校里去。学校在冬天里人群拥挤，现在它仿佛在休息。我们的脚步声传遍学校的每一层楼房。

考试在大礼堂里进行，那里的窗户全都敞开着。阳光下，蒲公英的种子在大礼堂里飞来飞去，好似闪闪烁烁的白色火花。

参加考试时要穿制服。制服镶银边的硬领磨蹭得脖子有些痛。我们解开制服纽扣，坐在花园里的栗树下，等待轮到自己。

考试使我们感到恐惧。要离开学校也使我们感到忧郁。我们在学校里已经习惯了。在我们的想象中，未来是模糊的、困难的，这主要是因为我们必然会彼此失去联系。我们这个忠实、愉快的中学生的大家庭必然要崩溃了。

考试前在花园里举行了一次聚会。除了犹太人，我们班级的全体学生都应邀到会。犹太人不应该知道有关这次聚会的任何情况。

在聚会上通过了一项决定，所有俄国和波兰的优秀学生在考试中至少要有一门课程得4分，以免获得金质奖章。我们决定，把所有金质奖章都送给犹太人。没有这种奖章，大学就不会录取他们。

我们起誓对这一决定保守秘密。我们班级可以引以为荣的是，无论是当时，还是在我们已经进入大学以后，我们都没有说出这件事来。现在我违背了这一誓言，因为我的中学同学已经几乎没有人还活着了。他们当中大多数人都在我这一辈人经历的两次大战中牺牲了。总共只有几个人得以幸免于难。

还举行了第二次聚会。在这次聚会上我们商定，我们当中哪几个人应当帮助马里因女子中学的几个学生写作文。我不知道为什么，但她们要和我们一起参加俄文课的笔试。

由斯坦尼舍夫斯基与女子中学的学生接洽。他带回了需要帮助的女生名单。名单上有6个名字。

指定我帮助一个姓博古舍维奇的女生。我不认识她，而且从来没有见过她。

我们是在大礼堂里写作文。每人单独坐在一张桌子后面——男生在左边，女生在右边。监考的人在女生与我们之间那条很宽的通道上走来走去。他们监视着，不让我们互相传递字条、吸墨纸和其他可疑的东西。

斯坦尼舍夫斯基的名单上的6个女生都坐在靠通道的座位上。我竭力想要猜出，她们当中哪一个是博古舍维奇。“博古舍维奇”这个姓使我想象她是一个胖胖的乌克兰人。女生中有一个很胖，梳着两条很粗的辫子。我断定这就是博古舍维奇了。

校长进来了。我们站了起来。校长嚓的一声撕开结实的信封，从里面取出一张纸来，上面有从学区送来的作文题目。他拿起粉笔，把题目工整地写到黑板上——《真正的教育把道德与智力的发展结合在一起》。

一阵惊慌的窃窃低语声传遍了大厅——这是一个难得要命的题目。

我不能浪费时间。我立刻在一条很窄的字条上为博古舍维奇的作文写起了提纲。

毕业考试时允许我们吸烟。我们获准一个人一个人地到走廊尽头的吸烟室去吸烟。有一个年老体衰的看门人卡济米尔——就是领我到预备班去的那一个——在那里看守着。

在去吸烟室的路上，我把提纲卷成一个很细的小筒，把它塞在烟嘴里。我抽完烟以后，把香烟头放到窗台上约定的地方。卡济米尔什么也没发觉。他坐在椅子上，正在吃夹肉面包。

我的任务已经结束了。在我以后去吸烟的是利塔乌埃尔。他把他那个装着提纲的香烟头丢到窗台上，从我的香烟头里取出夹带，回来时在通道上丢到了女生博古舍维奇的桌子上。在利塔乌埃尔之后，斯坦尼舍夫斯基、列加梅以及另外两个男生也都如法炮制。他们做的事情要求动作敏捷，眼睛看得准确。

当利塔乌埃尔回到大厅的时候，我已经开始写我自己的作文了。我注视着他。我想看到他是怎样丢夹带，把夹带丢给谁的。但他的动作那么迅速，我什么也没有看到。不过女生中有一个匆匆忙忙地写了起来，根据这一点来看，事情已经成功。博古舍维奇得救了。

但开始书写的不是那个梳着两条粗辫子的女生，而完全是另一个人。我只看到她瘦瘦的背影，漂亮的白围裙上的两条带子在她背上交叉成一个十字，还看到她脖子上几绺淡火红色的鬈发。

做作文限定的时间是4小时。我们大多数人在这以前就做完了，只有那些女生还坐在桌子后面受罪。

我们来到了花园里。这天花园里有那么多鸟儿在歌唱，好像它们是从全基辅到这儿来聚会似的。

在花园里，利塔乌埃尔和斯坦尼舍夫斯基差点儿没有争吵起来。利塔乌埃尔说，斯坦尼舍夫斯基搞的这次帮助女生的事，搞得很无能。斯坦尼舍夫斯基发火了。他搞的这件事很成功，因此他容光焕发，他期待受到赞美，而不是批评。

“怎么回事?”他用预兆不会有什么好事的挑衅语气问。

“问题在于，我们根本用不着知道我们替哪个女生写夹带，用不着知道她姓什么。6个女生——6个夹带，随便哪一个女生得到随便哪一个夹带。我干吗要知道，我的夹带是替博古舍维奇，还是替雅沃尔斯卡娅写的？对我来说，反正不都一样吗？这样做只是在我们丢夹带的时候，使事情变得复杂化。”

“我的天哪！”斯坦尼舍夫斯基悲哀地摇摇头，“你是个真正的蠢货！你没有任何丰富的想象力。你要知道，我是故意要这样做的。”

“为什么?”

“我觉得这样更——有——意——思！”斯坦尼舍夫斯基回答，他的话说得很有力，"也许，在这个基础上救人者和被救者之间会燃烧起火一般的爱情！这一点你想过吗?"

"没有。"

"嘿，真是个蠢货!"斯坦尼舍夫斯基毫不客气地说，"现在——到弗兰苏阿那里去。有冰激凌。"

每考完一门课程，我们都要用自己有限的一点儿钱大吃一通——去弗兰苏阿的糖果点心店里，每人吃掉5份冰激凌。

对我来说，最难的一门考试是三角。我还是考及格了。考试一直持续到晚上。

考试结束后，我们等着副校长宣布分数。因为没有人不及格，大家都高高兴兴、吵吵嚷嚷地冲到了街上。

斯坦尼舍夫斯基用尽全身力气把一本破烂的课本抛向空中。课本散成一页页纸片，飘飘洒洒，飞向四面八方，从空中撒落到马路上。我们觉得这很好玩。一声口令，我们大家都把自己的课本抛向空中。1分钟后，马路上一片雪白，撒满了窸窣作响的纸片。警察在我们背后吹起了哨子。

我们拐向丰杜克列耶夫大街，然后转弯走进狭窄的涅斯杰罗夫街。渐渐地大家各自回去了，我们总共只剩下了5个人——斯坦尼舍夫斯基、菲佐夫斯基、什穆克列尔、霍罗热夫斯基和我。

我们向加里茨市场走去，那里有许多小饭馆和啤酒馆。我们决定痛饮一番，因为我们认为考试已经结束了。只剩下一门拉丁语，谁也不怕考拉丁语。

我们说俏皮话，哈哈大笑。用一句陈腐的话来说，我们真是魔鬼附体了。行人都不时回头看看我们。

在加里茨市场上，我们走进了一家啤酒馆，从地板上散发出一股啤酒味。沿墙用木板隔成一间间小间，木板上糊着粉红色的糊墙纸。这些小间叫作“雅座”。我们占据了这样的一间“雅座”，叫了伏特加和原汁小块焖牛肉。

老板颇有先见之明地拉上了褪色的门帘。但我们吵吵嚷嚷闹得那么厉害，所以顾客中有人会偶尔撩开门帘，向我们的“雅座”里张望。所有张望的人，我们都请他们喝伏特加。他们很乐意地喝了，并祝贺我们“顺利毕业”。

天已经很晚了，老板走进我们的“雅座”，用眼睛斜瞟着门帘，压低声音说：

“有个密探站在门口。”

“什么密探？”斯坦尼舍夫斯基问。

“侦探处的。你们得很小心地从后门到院子里去，院子里有个过道通布利瓦尔诺-库德里亚夫大街。”

我们并不认为老板的话有什么特别重要的意义，但还是从后门走进臭气熏人的、黑漆漆的院子。我们经过垃圾箱和木柴棚的时候都弯下腰，以免头碰到晾衣绳，最后来到了布利瓦尔诺-库德里亚夫大街。没有任何人跟在我们后面。

我们从门洞里走到灯光暗淡的人行道上。一个背有点儿驼、头戴圆顶礼帽的人站在那儿等着我们。

“晚上好！”他声音沙哑，阴险地说。说着掀了掀礼帽，“中学生先生们，玩得痛快吗？”

我们什么也没回答，沿布利瓦尔诺-库德里亚夫大街向上走去。那个戴礼帽的人跟在我们后面。

“嘴上乳臭未干，”他恶狠狠地说，“也要从穿堂院里逃跑！”

斯坦尼舍夫斯基站住了。戴圆顶礼帽的人也站住了，并把一只手伸到长大衣的口袋里。

“你要干什么？”斯坦尼舍夫斯基问，“立刻滚开，见鬼去吧！”

“你们躲在小酒馆里，”戴圆顶礼帽的人说，“还是皇家中学的学生哩！去小酒馆，就该开除，而且名字要上黑名单。这你们知道吗？”

“咱们走！”斯坦尼舍夫斯基对我们说，“听傻瓜胡说，毫无意思。”

我们走了。戴圆顶礼帽的人又跟着我们。

“我倒不是傻瓜，”他说，“傻瓜是你们。我自己也上过中学。”

“这看得出来。”什穆克列尔说。

“什么看得出来？”那人歇斯底里地大声嚷道，“因为酗酒把我从中学里开除了，名字上了黑名单。你们喝酒，我就这样饶了你们吗？不！我会达到目的的。不开除你们，不让你们的名字上黑名单，我决不罢休。你们的考试完蛋了。你们得到的将是背心的袖子[①]，而不是大学。你们在小酒馆里发表反政府的言论了吗？发表了！嘲笑皇族了吗？嘲笑了！我要收拾你们，根本不费吹灰之力。奉劝你们不要跟我开玩笑。我反正要把你们交给暗探局。”

我们拐入一些荒凉的街道，向圣斯拉夫雅尔走去。我们想，密探怕跟随我们到这个偏僻荒凉的“雅尔”去。但是他执拗地跟随着我们。

“难道我们5个人还对付不了他吗？”斯坦尼舍夫斯基轻轻地问。

---

① 背心没有袖子，所以这句话的意思是：什么也得不到。与“竹篮打水一场空”的意思相近。——译者

我们站住了。密探从口袋里掏出了手枪。他让我们看看手枪，喑哑地笑了起来。

我们带着他在一些街道上转悠了好久，避开有警察站岗的十字路口。菲佐夫斯基提议单个儿单个儿地离开、溜掉。在这种情况下，密探总是不会去跟着一个人，而是盯着在一起的那几个人，起初是跟着4个人，然后是跟着3个人、两个人，最后跟着一个人。这样，他能抓到的就不是5个人，而只是一个人了。

但我们谁也不同意菲佐夫斯基的意见。这样做违反朋友间互相帮助的原则。

我们嘲笑那个密探。我们每个人都编造一些他的生平事迹，并且把这些事情高声讲出来。这些事迹都是骇人听闻的、带侮辱性的。密探气得嘶哑地叫嚷着。他显然已经累了，但以疯子似的顽强精神勉强跟在后面。

东方已经开始露出蓝天。到了采取行动的时候了。我们商量好，在一些小巷子里兜着圈子，走近斯坦尼舍夫斯基住的房子。

临街有一道一人半高的石砌围墙。围墙下部有一条向外突出的凸缘。我们按照口令，一起跳上凸缘，翻身越过围墙。体操课对我们有了用处。

围墙里面的庭前小花园里有一堆碎砖。一阵雨点般的碎砖落到站在墙外面的密探身上。他大叫一声，跳到街心，开了一枪。子弹令人生厌地哀号着从空中飞了过去。

我们跑过庭前的小花园，穿过门洞，进到第二进院子里，跑上4楼，进入斯坦尼舍夫斯基的住宅。几分钟后已经全都脱掉衣服，躺在长沙发和沙发床上，侧耳倾听街上的动静了。

斯坦尼舍夫斯基的父亲是个律师，他已满头白发，但头发很硬。他穿着睡衣到各个房间里看了看。他也像我们一样好逞强，但请求我们安安静静地躺着，不要跳起来，也不要到窗前去。

起初听到有人疯狂地摇撼大门，和管院子的人对骂。后来听到院子里有密探和警察说话的声音。算我们幸运，斯坦尼舍夫斯基住的那幢房子的院子是个穿堂院。管院子的人肯定地说，那些中学生大概是经过穿堂院溜掉了。闹腾了一阵子，密探和警察走了。

我们睡着了。睡得很死，一直睡到了中午。我们先派几个侦察员——斯坦尼舍夫斯基的姐妹——到街上侦察。没有任何可疑的迹象，我们这才各自回家。

不管在现在看来这是多么奇怪，但我们的确逃脱了一场很大的危险：在毕业前两天必然会被开除，而且被列入黑名单。这等于终身剥夺公民权。

异常美好的那一天终于到了。在这一天，校长在大礼堂里一张铺着绿呢子的大桌子边把毕业证书分发给我们，并祝贺我们每一个人中学毕业。

第二天，中学里举行传统的毕业舞会，邀请和我们一起考试俄文的女生们前来参加。

学校里灯火辉煌。花园里挂着彩灯。乐队在奏乐。

舞会前，苏博奇向我们发表了一篇讲话：

“在四年级的时候，我只是对你们采取容忍的态度。在五年级的时候，我才开始教育你们，尽管很少有希望把你们培养成真正的人。在六年级的时候，我和你们成了朋友。在七年级的时候，我喜欢上了你们。在八年级的时候，我甚至开始为你们感到自豪了。我是一个不幸的父亲。我的孩子太多了，至少有40个人。而且每隔几年，我的孩子就要另换一批新人。一些人走了，另一些人来了。由此可以得出一个结论，我命中注定，伤心的程度要比普通做父母的大40倍，要操心的麻烦事也多40倍。因此，我也许并不总是同样关心你们每一个人。和你们分别，我很难过。我竭力要使你们成为好人，你们也使我的生活有了意义。和你们在一起，我变得年轻了。从现在起，我永远宽恕你们的一切愚蠢行为，就连你们和第一班打架的事，也宽恕了。我宽恕一切，这其中当然并没有任何宽宏大量的成分。但我要求你们宽宏大量。海涅说过，世界上的傻瓜比人还多。他当然是过于夸大了。但这句话究竟是什么意思呢？这句话的意思就是：我们每天都遇到这样一些人，他们的存在既不会给他们自己，也不会给他们周围的人带来任何欢乐和益处。你们要警惕，千万不要成为无益的人。不管你们会成为什么人，请你们都要记住一个英明的忠告：'不要有一天不写点儿什么。'努力劳动吧！什么是天才呢？天才就是三倍、四倍的劳动。你们要爱劳动，愿你们永远和劳动难舍难分。祝你们一帆风顺！如果在和你们进行的斗争中白了头发的教师们有对不起你们的地方，那就请你们多多原谅吧！"

我们都跑到他跟前去，他和我们每一个人热烈地亲吻。

"现在，"苏博奇说，"来几句拉丁语吧！"

他挥动双手，唱道：

Gaudeamus igitur juvenes dum sumus! ①

我们也跟着他唱起了我们的第一首大学生歌曲。

---

① 拉丁语，"趁青春尚在，我们要兴高采烈！"这是一首大学生歌曲开头的两句歌词。

随后舞会开始了。舞会的主持人是斯坦尼舍夫斯基。他吩咐帮助人的男生邀请接受他们帮助的女生跳舞。他介绍我认识了一个长着一双快乐的眼睛的、瘦瘦的姑娘——奥莉娅·博古舍维奇。她穿一件白色的连衫裙。她垂下眼睛，感谢我对她的帮助。由于不好意思，她的脸色变得苍白了。我回答说，这是不值一提的小事情。我和她跳了舞。之后，我从茶点部给她拿来了冰激凌。

舞会后我们送女生们回家。奥莉娅·博古舍维奇住在利普基。夜间，我和她在温暖的树叶下走着。即使是对于这个6月的夜晚来说，她的白连衫裙也似乎太漂亮了。我和她分手的时候已经成了朋友。

我到菲佐夫斯基那儿去了，我们这个小团体在他那儿度过了这一夜其余的时间。我们大伙儿凑钱举行了一次晚宴，请苏博奇、谢利哈诺维奇和约翰逊也来参加。约翰逊唱了几首舒伯特的歌曲。苏博奇以极其高超的技巧用酒瓶为他伴奏。

我们闹了很久。太阳已经升起来了，但街上还有一条很长的寒冷的阴影，这时我们才各自回去。我们紧紧地互相拥抱告别，每个人都怀着一种忧郁而又愉快的奇怪心情，走上了自己的道路。

雷电交加的黑夜

瞧，窗外又是熟悉的榛树叶子。雨滴在叶丛中闪闪发光，公园里到处湿淋淋的。又看到了公园里的太阳，又听到了坝上的水声喧哗，又来到了廖夫纳。但柳芭不在。

卡列琳娜家的别墅门钉着，别墅里空无一人。一条流浪的黑狗住到了别墅的阳台上。每当有人走近别墅，黑狗就尖叫着跳出来，夹着尾巴，躲进灌木丛里。它躲在那儿很久，等待危险过去。

萨莎害了白喉，卡列琳娜一家也许要到夏末才来。也许，根本就不来了。究竟怎样，谁也不知道。

这个夏天经常有暴风雨，天气变幻无常——用科利亚舅舅的话来说，这是因为太阳上有许多黑子的缘故。

淫雨以后又出现了干旱。但热风常常使平静的日子匆匆消失，吹来一阵阵干燥的烟雾。河里的水发黑了。松树摇摆着树梢，传来不安的松涛声。

道路上扬起灰尘。尘土滚滚，追随着行人，沿着道路一直跑到大地的边缘。

“干旱的夏天。”农民们说。

菩提树上出现了枯叶。河水变得一天比一天浅。早晨露水越来越少，白天可以听到草丛中干枯的种子荚噼噼啪啪爆裂的声音。

干热的田野上撒满牛蒡等刺实植物的白絮。

“这样的酷热以后，准会有大雷雨！”大家都这么说。

雷雨终于来了。它是慢慢逼近的，我和格列布·阿法纳西耶夫从一清早就注视着它。河里的浴场上闷热异常，热得人眼前发黑。我们好长时间不从暖烘烘的水里出来。

一层烟雾遮住了天空。烟雾后面露出大团大团仿佛变成化石的黑色棉絮——这是透过烟雾看到的雷雨的乌云。

周围一片死寂。青蛙和小鸟沉默了，鱼儿也不再拍水，就连树叶也被雷雨吓得一动不动。莫尔丹钻到别墅下面，在那里轻轻地尖声吠叫着，不肯出来。只有人们在吵吵嚷嚷，互相呼唤着，但人们也觉得不大自在。

黄昏前烟雾散了，像黑夜一般严密无缝的乌云遮住了半个天空。听不到雷声，闪电不时划破乌云。暗淡无光的月亮在东方升起来了。月亮完全是孤单单地独自迎着乌云升到空中，它被大家遗弃了——它背后看不到一颗星。电光每一闪，月亮的面色都变得惨白。

后来，大地终于令人爽快地长长喘了一口气。第一声雷鸣滚动着经过森林，顺着被风吹得沙沙作响的庄稼渐渐远去，滚向南方。雷声抱怨着渐渐远去了，接着又是一声雷鸣，震动大地，也渐渐向南方滚去。

“先知伊利亚，”格列布·阿法纳西耶夫说，“在天上坐着车兜风了。”

开始看到乌云中有黄色的涡流在旋转，乌云的边缘开始垂向地面。闪电互相追逐着，在天空中黑魆魆的洞穴里连连爆炸。

村里的钟楼上钟声连敲两响，这样一连匆匆地敲了好几次。这是一种信号，叫家家户户把炉灶里的火熄掉。

我们关上了所有门窗、炉子上的风门、百叶窗，坐在阳台上等待着。

公园那边从遥远的远方传来一阵预兆不祥的、低沉的响声。声音那样宽广，仿佛席卷了整个大地。玛露霞舅妈受不住了，于是回到屋里。响声越来越近，犹如汪洋大海扫荡一切，向我们滚滚而来。这是风来了。

随后一切都开始怒号、呼啸起来。百年的菩提树发出吱吱嘎嘎的响声。黄色的烟雾飞也似的掠过地面，窗子上的玻璃纷纷撒落下来。在这片烟雾中忽然亮起一道从未见过的白光，一声爆炸，仿佛把别墅连同房顶整个儿都打进了地里。一团黄色的火球滚过喧哗着的树梢，火球噼噼啪啪地响着，冒着烟。后来突然像远射程炮弹那样爆炸开来，发出一阵干巴巴的隆隆声。

“快点儿下雨吧！”玛露霞舅妈连声说，“快点儿下雨吧！”

暴雨终于像天空塌陷了一般倾泻下来，灰蒙蒙的水流灌入草木蓬乱的公园。

暴雨鼓足了劲，哗哗地下着。在使人镇静的雨声中，我们各自回到自己屋里，睡熟了。

夜里，我被狗吠声、马打响鼻的声音、下面匆匆的脚步声、笑声、碗碟的响声惊醒了。格列布也没有睡。

暴雨过去了，但还在不断地打闪电。

“科斯季克，”格列布说，“我的有预感的心向我提示，有什么人来了。但这是谁呢？咱们来听听看。”

我们默默地躺了几分钟。格列布跳了起来，动手在黑暗中穿衣服。

“是的！”他说，“我听到了绝妙的萨莎说话的尾音。这是卡列琳娜一家！起来吧！”

我也开始穿衣服。我听到玛露霞舅妈在楼下说：

“对，科斯季克在这儿，已经早就来了。格列布也在这儿。得去叫醒他们。”

“让他们睡吧，”玛丽亚·特罗菲莫芙娜说，“明天聊天来得及的。我们是怎么走到的，连我自己也不明白。在里亚布切夫卡等待雷雨过去，等了两个钟头。幸好，是沙土路。”

“喂，走吧！”格列布说。

“你先去。”

“啊哈！”格列布提高声音说，“这么说，您心里发慌了，年轻人！”

“我干吗要发慌呢?”

“那么咱们一起去!”

我们下了楼。屋里点着灯。玛露霞舅妈正在往桌子上摆茶，墙边放着一些淋湿的手提箱。

玛丽亚·特罗菲莫芙娜坐在桌边。萨莎迎着我们跑过来，与格列布和我热烈地亲吻。她瘦得可怕，但她的眼睛仍然和以前一样炯炯有神。

我们恭敬地吻了吻玛丽亚·特罗菲莫芙娜的手。

“哎哟，晒得多么黑呀!”玛丽亚·特罗菲莫芙娜说，用手轻轻拍了拍我的脸颊。

柳芭背对着我们跪着，在篮子里翻寻着。她没有回头看，仍然在寻找什么。

“柳芭,”玛丽亚·特罗菲莫芙娜叫她,“你怎么啦，没听见吗?科斯季克在这儿，格列布也在。”

“就来,”柳芭回答，并慢慢地站了起来,“我找不到柠檬，妈妈。”

“唉，别管它了，别管什么柠檬了。”

柳芭转过身来，整理了一下头发，向我伸出手来。她匆匆地瞥了我一眼，就把目光移开了。

“大家请坐,”玛露霞舅妈说,“茶要凉了。”

我们坐到桌边。科利亚舅舅不在屋里。我听到，他在阳台上不知在给什么人往手上倒水，他给他冲水的那个人喷着鼻子在洗脸，并发音不清地说:

“看在上帝的份上，请别麻烦了。谢谢您。”

“这是谁?”我问萨莎。

她抓住我的肩膀，悄悄地附在我的耳边说：

“连卡·米赫利松。柳芭的同学。画家，神童。一头骡子！”

“谁？”我又问了一遍。

“你自己会看到的。我恨他。”

“萨莎！”玛丽亚·特罗菲莫芙娜呵斥说，“别悄悄地说话！”

柳芭不满意地瞧了萨莎一眼，低下了头。

科利亚舅舅从阳台上进来了。一个戴眼镜的高个子青年，一面搓着手，跟着他走了进来。这个人的脸很长，牙齿很大。他亲切地望着我们的脸，向我和格列布问好。别看他近视得厉害，动作笨拙，但立刻就能看出，正像妈妈常爱说的，他“出身于很好的家庭”。他举止彬彬有礼，态度自然。不过当然，很明显的是一个城里人。

他坐到桌边，从玛露霞舅妈那儿接过一杯茶来，谢了谢，说：

“田园诗一般的生活！”

格列布扑哧一声笑了出来。玛露霞舅妈担心地看了看我和格列布。萨莎却说：

“连尼亚，真的，您最好吃点儿果酱。这是草莓酱。”

科利亚舅舅也严厉地看了看格列布，但又立刻笑了笑。

喝过了茶，我们帮着卡列琳娜家的人把东西搬到她们的别墅去。公园正在抖落它身上的雨滴，到处都是一片沙沙声。村里的公鸡用不同的声音高声啼叫，树梢上方已经露出曙光。

卡列琳娜一家人立刻动手收拾东西，安顿下来。

太阳升起来了，给阳台的栏杆镀上一层金光，显示出周围一切都异常洁净、清新。连尼亚·米赫利松在卡列琳娜家别墅旁的沙径上用一根棍子不知在画什么。

“多美的早晨！”我们把最后一个手提箱拖到了她们这边，玛丽亚·特罗菲莫芙娜叫我们再也不要麻烦了。这时，格列布对我说，“咱们洗澡去。”

我们拿了毛茸茸的毛巾，到浴场去了。卡列琳娜家别墅旁的沙径上画了一个很像柳芭的侧面头像，头像上面是太阳，还有一行题词：“噢，编织光明的阳光！”

格列布生气了：“颓废派！傻呵呵的喜悦！”

格列布边走边挥动着毛巾。后来他不瞧着我，说：

“科斯季克，你别难过，别去想它。说真的，别难过！不值得因为这个而败坏一个夏天的兴致。喂，看谁跑得快？”

他跑了起来。我跟着他跑。青蛙躲开我们，跳进湿草中去。太阳像一个白球越升越高，洗得干干净净、仿佛轻飘飘的天空越来越亮。

当我跑到浴场，我好像觉得，我心中的痛苦几乎已经消失了。我跑得气喘吁吁，满脸通红。我的心在怦怦直跳，我心里想：周围是一个这样美好的早上，前面等待着我的是一个漫长的夏日，难道我会为了柳芭，为了一个傲慢的姑娘而苦恼吗？

科利亚舅舅到浴场来了。我们游泳、潜水，搅得河里波涛起伏。可以看到，远处堤坝旁边缓缓的波浪冲得睡莲花时起时落。我几乎已经忘记了所经受的第一次背叛的痛苦。我只是想让柳芭看到，我一点儿也不为此感到难过，我的生活中充满这样一些很有意思的东西。如果我为了别墅里的爱情，为了她的叹息和模模糊糊的表白而痛苦，那简直太可笑了。

“而且归根结底，难道不正是这样吗？”我想，“我钟情于柳芭，这有哪一点能比得上这太阳呢？”阳光已经穿过绿荫，照射到黑暗的水里。“这爱情有哪一点能比得上这尚未收割的草场上奇妙的芳香？就拿这只在浴棚的木板墙上匆匆爬着的绿色甲虫来说吧，这爱情又有哪一点能胜过它呢？”

我要安慰自己是很容易的。显然，这是因为周围的一切都充满了非凡的魅力。

格列布爬上浴棚的屋顶，双手伸向太阳，庄严地带着难听的鼻音高呼：“噢，编织光明的阳光！”然后号叫着跳下水去。

“喂，你们这些坏蛋！”科利亚舅舅说，“爬上来吧，喝过茶以后我们要去侦察。”

“去哪儿？”我问。

“去河下游，到白垩山那边去。”

我从水里爬了上来。在干燥、温暖的木板上行走，在上面留下几个湿脚印，这是很惬意的。这些脚印眼看着就干了。毛茸茸的毛巾散发着海的咸味，太阳晒暖了胸膛和潮湿的头发。我只想纵声大笑，说一些有趣的事，或者是和格列布赛跑，一直跑回别墅。

我们真的这样做了。莫尔丹和切特韦尔塔克狂吠着跟着我们飞跑，蹦蹦跳跳，试图跑着夺走我们手里的毛巾。

我们在笑声和狗吠声中跑过卡列琳娜家的别墅，冲进自己别墅的阳台，把玛露霞舅妈吓了一跳。

喝过茶以后，我们和科利亚舅舅沿河向下游走去。我和格列布把这条河画到了我们自己绘制的地图上，并且给所有河流转弯处、小河湾、悬崖以及美妙的地方想出了一些名称。

树枝和高高的野草猛烈地抽打着我们，花粉把我们的衬衣都染黄了，河岸散发着温暖的野草和沙土的气味。格列布含意深刻地说：

“现在我们不能忧郁了！”

整个夏天，我们都是像这样度过的。

不久，炎热的天变成了另一种天气。暴风雨在公园上空猖狂咆哮，把乌云推到了树梢。乌云被树梢纠缠住了，后来挣脱开，在枝头留下一块块潮湿的云片，惊恐地、无目的地向远方飞去。

公园摇摇晃晃，似乎在呻吟。河上睡莲的叶子都直立起来。雷在屋顶上轰鸣。阁楼里雨声震耳，仿佛我们是住在鼓里。

除了科利亚舅舅、格列布和我，大家都咒骂阴雨天。我们穿上雨衣，到堤坝那里去，检查昨天放置在那里的渔具。实际上我们并不是为了这个出去，而是为了尽量呼吸暴风雨的潮湿空气，直到吸得肺里感到疼痛为止。风用力猛吹，把从树上吹下来的潮湿叶子紧紧贴到人的脸上。我们的雨衣都僵硬了。我们正好遇上了最猛烈的暴风雨，我们喘不过气来，于是转身背对着风。

“好！”科利亚舅舅大声喊道，“很好！当心，别被吹跑了！”

“田园诗一般的生活！”格列布发音不清地大声喊。

他一直还在嘲笑连尼亚·米赫利松。

我们在巡视我们的领地。一些老柳树把反面呈灰色的叶子伸得笔直，整个树冠都在疯狂地呼啸着。它们正竭尽全力和风搏斗，一些腐朽的树枝噼噼啪啪响着折断了，掉了下来。一些羽毛蓬松的寒鸦顺风飞翔，它们在叫，但什么也听不见。我们只是看到它们张着的嘴。

在高高的堤坝后面有一个风吹不到的地方。我们在草丛中往下走去，来到那里。荨麻鞭打着我们的脸，但没有灼痛我们。科利亚舅舅在这儿的一棵圆木后面藏了几根钓竿，我们像小偷那样取出这些钓竿。我们的手在发抖。要是玛露霞舅妈知道了这件事，那可怎么办？她本来就认为我们是疯子。

我们抛出了钓钩。暴风雨就在我们头上伸手可及的地方喧嚣，但下面却是静悄悄的。

“根本不会上钩，”格列布说，“鱼儿可不是像我们这样的疯子！”

他是故意这样说的，为的是让鱼放心。他非常想让鱼儿上钩。真的，发生了奇迹——浮子慢慢地沉入冰冷的水中。

“软口鱼！”科利亚舅舅对我们大声喊。

我们开始往外拉那些长得很壮、像锡一样闪着光的鱼。暴风雨穷凶极恶地越下越猛，雨以可怕的速度在水面上奔驰。

但我们已经什么也不注意了。

“你们不觉得冷吗？”科利亚舅舅对我们喊。

“不，妙极了！”

“这么说，还要钓？”

“当然！”

暴风雨一连下了5天。它是在夜里停的。谁也没有发觉雨已经停了。

早晨，我在鸟儿的鸣啭中醒来了。公园淹没在茫茫的雾海里。太阳穿透浓雾，冲了出来。显然，雾海上面是一片晴朗的天空——雾是淡蓝色的。

科利亚舅舅在阳台旁生茶炊。烟从茶炊烟囱里往上冒去。我们的阁楼里飘散着一股烧焦了的松球味。

我躺着，望着窗外。一棵老菩提树的树冠上正在发生奇迹。阳光穿透叶丛，在菩提树中移动着，点燃起许许多多绿色和金色的火花。没有哪个画家能描绘出这一景象，当然更不用说连卡·米赫利松了。

在连卡的画面上，天空是橙黄色的，树木是蓝的，人的脸有点儿发绿，好像还没成熟的香瓜。这一切都是虚构的。大概，也和我钟情于柳芭一样。现在我已经完全摆脱了这虚构的爱情。

大概，在摆脱虚构的爱情这件事上，对我帮助最大的是这场持续了很长时间的夏季的暴风雨。

我望着阳光越来越深入叶丛。瞧，阳光照亮了唯一一片黄叶，然后又照亮侧身对着地面、落在树枝上的一只山雀，而后又照亮一滴雨珠。雨珠在颤抖，眼看就要落下来了。

“科斯季克，格列布，你们听到了吗?”科利亚舅舅在下面问。

“什么?”

“鹤!”

我们竖耳倾听。雾茫茫的蓝天中传来一种奇怪的声音，仿佛水正在天空中从一个地方流到另一个地方去。

小剂量的毒药

一个乡村药剂师有时到科利亚舅舅这儿来做客，他叫拉扎里·鲍里索维奇。

在我们看来，他是一个相当奇怪的药剂师。他穿一件大学生制服上衣，在他那鼻梁很宽的鼻子上勉强戴着一副用黑带子拴着的夹鼻眼镜。药剂师个子矮小、健壮，胡子一直长到了眼睛底下，说话尖酸刻薄。

拉扎里·鲍里索维奇是维捷布斯克人，曾在哈尔科夫大学学习过，但没有毕业。现在他和一个驼背的姐姐住在乡村药房里。我们猜想，药剂师是参加过革命活动的。

他总是随身带着普列汉诺夫的几本小册子，上面有很多地方用红蓝铅笔画着粗线，边上还打着一些惊叹号和问号。

每逢星期天，药剂师就带着这些小册子钻到公园深处，把制服上衣铺在草地上，躺下来看书。他把一条腿搭在另一条腿上，摇晃着一只肥大的皮鞋。

有一次，我到拉扎里·鲍里索维奇的药房里去给玛露霞舅妈买药粉。她害偏头痛。

我喜欢药房——一座干净的旧农舍。屋里铺着长条粗地毯，摆着天竺葵，架子上放着一些小瓷瓶，空气中飘散着各种草药味。拉扎里·鲍里索维奇自己采集草药，把它们晒干，再做成浸剂。

我从来没见过像这个药房这样吱嘎响个不停的房子。每一块地板都以不同的音调在吱嘎作响。除了地板吱嘎作响，所有东西也都会吱吱嘎嘎，发出尖锐刺耳的声音——无论是椅子、木沙发、架子，还是拉扎里·鲍里索维奇在上面开药方的斜面写字台。药剂师的每一个动作都会引起那么多音色各异的吱嘎的响声，好像药房里有好几个小提琴手在用琴弓摩擦绷得过紧的、干燥的琴弦。

拉扎里·鲍里索维奇能清楚地分辨出这些不同的响声，听出不同音色的最细微的区别。

“玛尼娅！”他对姐姐喊，“你怎么啦，没听见吗？瓦西卡到厨房去了。那里有鱼啊！”

瓦西卡是药房里一只掉了毛的黑猫。

有时，药剂师对我们这些顾客说："我恳求你们，请不要坐这张沙发。不然，它就会开始奏乐，弄得人简直会发疯。"

拉扎里·鲍里索维奇一边在研钵里研磨药粉，一边说谢天谢地，在潮湿天气里药房不像天气干燥时响得那么厉害。研钵突然尖叫起来，一个顾客打了个哆嗦。拉扎里·鲍里索维奇得意扬扬地说：

"啊哈！您也有神经啊！我祝贺您！"

现在，拉扎里·鲍里索维奇在给玛露霞舅妈研磨药粉，发出许多吱吱嘎嘎的响声，并且说：

"古希腊的哲人苏格拉底是给毒芹毒死的。不错！这儿，在磨坊附近的沼泽地里，这种毒芹多得很，简直是一片毒芹林。我警告您——伞形白花，毒素在根部。不错！不过顺便说说，小剂量的这种毒素是有益的。我认为每个人都应该偶尔往食物里撒一点儿小剂量的毒药，好好刺激一下自己，那么他就会变得清醒了。"

"您相信顺势疗法吗？"我问。

"在心理领域里。是的，相信！"拉扎里·鲍里索维奇坚决地回答，"您不懂吗？好，就拿您来检验一下吧。咱们做个试验。"

我同意了。这是一种什么试验呢，我对此很感兴趣。

"我也知道，"拉扎里·鲍里索维奇说，"青年时代有它自己的权利，特别是当一个青年人中学毕业，进入大学的时候。那时候头脑里仿佛有一个旋转木马。不过，还是应该好好地思考一下。"

"思考什么呢？"

"好像您没有什么可想似的！"拉扎里·鲍里索维奇生气地提高了声音

说，"瞧，您就要开始踏上人生的旅程了。是这样吧？请允许我好奇地问一下，您要成为一个什么人呢？您打算怎样生活？难道您能一直玩乐，开开玩笑，总是回避解决困难问题吗？生活，这可不是假期，年轻人。不！我向您预言，我们正处在一些重大事件的前夜。是的！我请您相信这一点。尽管尼古拉·格里戈里耶维奇嘲笑我，但我们还要看一看，到底是谁对。所以我很想知道，您要成为一个什么人？"

"我想……"我开腔道。

"您别说了！"拉扎里·鲍里索维奇大声喊，"您会对我说什么呢？说您想成为一个工程师、医生、学者，或者是什么别的人。这完全不重要。"

"那到底什么重要呢？"

"正——义！"他大声喊，"应该和人民在一起。而且要为人民而斗争。随便您成为一个什么人，哪怕是做一个牙科医生也行，但是要为人民的美好生活而斗争。是不是呢？"

"但您为什么要对我说这些呢？"

"为什么？一般而论，随便谈谈！没有任何原因！您是个可爱的青年人，但您不喜欢思考。这我早就注意到了。所以，请您要更可爱一些——认真地思考思考！"

"我要成为一个作家。"我说，说罢脸红了。

"作家？"拉扎里·鲍里索维奇扶正夹鼻眼镜，带着严肃、惊讶的神情看了看我，"嗬——嗬！想成为作家的人可太多了！也许我也想成为列夫·尼古拉耶维奇·托尔斯泰哩。"

"不过我写过……也发表过作品。"

"那么，"拉扎里·鲍里索维奇坚决地说，"请您等一等！我称好药粉，然后送送您，咱们会把这一点弄清楚的。”

显然，他很激动。在他称药粉的时候，两次弄掉了夹鼻眼镜。

我们走出来，穿过田野，向河边走去，然后从河边走向公园。太阳落向河对岸的森林。拉扎里·鲍里索维奇扯下苦艾尖上的一些叶子，揉搓了一下，闻闻手指，说：

“这是件大事，但它要求真正了解生活。是这样吧？而您对生活了解得很少，即使不说您毫不了解的话。作家！他必须懂得那么多，甚至想一想都会觉得可怕。他必须懂得一切！他必须不辞劳苦，像牛那样努力工作，而不追逐荣誉。是的！正是如此！有一点我能告诉您——请您到农舍去，到集市上去，到工厂里去，到小客栈去。到四面八方，到处都去——去剧院，去医院，去矿井，去监狱。对，到处都去。让生活像酒精渗透到缬草酊中一样，渗透到您的身心！为了产生一种真正的浸液。到那时，您就可以把它作为一种神奇的灵丹妙药奉献给人们了！但也只能是一定的剂量。是的！”

关于作家的使命，他还谈了很久。我们要在公园附近分手了。

“您不该认为我是个游手好闲的人。”我说。

“啊，不！”拉扎里·鲍里索维奇提高声音说，并一把抓住了我的一只手，“我是高兴啊。您看得出来的。但您得承认我的话多少还是有点儿对的，对有些事情，现在您会想一想了——在服用了我这份小剂量的毒药以后。是吧？”

他不放开我的手，望着我的眼睛。后来他叹了口气，走了。他在田野里走着，个子矮小，须发蓬乱，还是那样边走边扯下苦艾尖端的叶子。后来，他从口袋里掏出一把老大的铅笔刀，蹲下来，开始从地里往外挖一棵药草。

药剂师的试验成功了。我明白，我几乎什么也不懂，有许多重要的东西我还没有考虑过。我采纳了这个可笑的人的建议，不久就走向人间，走进了那所任何书本和抽象的思考都代替不了的生活的学校。

这是一项困难的和真正的事业。

青春起了作用。我没有考虑，我有没有足够的力量学完这所学校里的课程。我深信，我的力量是足够的。

晚上，我们大家都到白垩山去——这是耸立在河边的一个陡峭的悬崖，悬崖上长着一片幼松林。从白垩山上眺望，广阔、温暖的秋夜展现在眼前。

我们坐在悬崖边上。大坝旁水在哗哗地流，鸟儿在枝头忙碌着准备过夜。远方的闪光不时在森林上空出现，于是就会看到轻烟似的薄云。

“你在想什么，科斯季克?”格列布问。

“没想什么……一般地……”

我在想，要是有人对我说，这生活，连同它的爱、它对真理和幸福的渴望与追求，还有这夜间的闪光和远处哗哗的流水声，都是没有意思，没有意义的。不管是谁这么说，我永远都不会相信。我们每一个人都应该——为在到处永远牢固地建立起这样的生活而斗争——直到自己生命的最后一天。

1946年

非琴俄罗斯文学经典译文集

ПОВЕСТЬ О ЖИЗНИ

一生的故事

第二部

[俄] 康·帕乌斯托夫斯基 著
非 琴 译

河北出版传媒集团
河北教育出版社

图书在版编目（CIP）数据

一生的故事 / (俄罗斯) 帕乌斯托夫斯基著；非琴译. -- 石家庄：河北教育出版社，2017.10（2022.7 重印）
（非琴俄罗斯文学经典译文集）
ISBN 978-7-5545-3673-5

Ⅰ. ①一… Ⅱ. ①帕… ②非… Ⅲ. ①散文集 - 俄罗斯 - 现代 Ⅳ. ①I512.65

中国版本图书馆CIP数据核字(2017)第054398号

非琴俄罗斯文学经典译文集

一生的故事

作　　者　康·帕乌斯托夫斯基（俄罗斯）
译　　者　非　琴
策　　划　杨　才　蒋海燕
责任编辑　蒋海燕　郝建国　马海霞
　　　　　霍雅楠　石　姮　程亚星
装帧设计　于　越　郝　旭
出版发行　河北出版传媒集团
　　　　　河北教育出版社　http://www.hbep.com
　　　　　（石家庄市联盟路705号，050061）
印　　制　河北新华第一印刷有限责任公司
开　　本　787mm×1092mm　1/32
印　　张　56.75
字　　数　1336千字
版　　次　2017年10月第1版
印　　次　2022年7月第2次印刷
书　　号　ISBN 978-7-5545-3673-5
定　　价　218.00元（全6册）

第二部

动荡不安的青年时期

目录

“此处未住人”

吉利亚罗夫教授的房门上钉着一块铜牌，上面刻着：“此处未住人”。

吉利亚罗夫给基辅大学的学生讲授哲学史。他满头白发，不刮脸，穿一件肥大而有光泽的毛料西装上衣，上面撒满烟灰。他匆匆登上讲台，用青筋毕露的双手紧紧抓住讲台的边缘，讲了起来——声音喑哑，听不大清楚，好像他讲课是不乐意的。

教室窗外，基辅的花园里金光灿灿，仿佛笼罩着一片无论如何也不会熄灭的金色火焰。

基辅的秋天总是过得很慢。南方的夏天在城市花园里积蓄了那么多太阳的热量、绿荫和花香，因此，它舍不得与这些财富分离，给秋天让位。夏天几乎每年都要干涉大自然的时间表，拖延着不肯离去。

只要吉利亚罗夫一开始讲课，我们这些大学生就已经不注意周围的任何事物了。我们全神贯注地谛听教授含糊不清的低语，人类思想的奇迹像魔法那样迷住了我们。吉利亚罗夫不慌不忙，几乎是气冲冲地在我们面前揭示出人类思想的秘密。一个个伟大的时代相互间都有着内在联系。我们始终有这样一种感觉：人类思想的洪流是不可分割的，几乎不可能彻底弄清，哲学到何处为止，诗从何处开始，诗又是在什么地方渐渐转变为日常生活的。

有时，吉利亚罗夫从鼓鼓囊囊的上衣口袋里掏出一本诗集，封面上印着一只鸱鸮——智慧之鸟，断断续续地读上几行，用来证明他那哲学家的言论：

……如果今天我们的太阳
忘记走完自己的路程——
明天某个狂人的思想
定会使全世界大放光明。[①]

有时，吉利亚罗夫脸颊上很硬的胡子会竖立起来，眯缝着的眼睛也在发笑。这是当吉利亚罗夫给我们讲认识自我的时候。听过这篇讲演之后，我对人类认识的无限力量产生了信心。

吉利亚罗夫简直是对我们大喊大叫。他命令我们不要葬送我们的希望。应当孜孜不倦，力求进步，竭力取得你身上所有的一切。一个有经验的乐队指挥就是像这样发现乐队里的所有声音，迫使最固执的乐队队员充分发挥任何一种乐器的表现力。

“人，”吉利亚罗夫说，“应当认识、丰富和美化生活。”

理想主义已日趋没落，因此，吉利亚罗夫的理想主义染上了一层为此感到痛苦和经常惋惜的色彩。在吉利亚罗夫的许多论述中，我记住了他谈论“理想主义最后的晚霞，以及它临终的信念”的一些话。

在这位外貌好似埃米尔·左拉的老教授身上，充满了对当时一切平安

---

① 引自法国诗人皮埃尔·让·贝朗瑞（1780—1857）的诗《狂人》。

顺遂的庸人和自由知识分子的蔑视。

这和他门上的铜牌所表示的观点完全一致——人是毫无价值的。我们当然明白，吉利亚罗夫所以要挂这块铜牌，是故意要惹他那些体面的邻居生气。

吉利亚罗夫经常说，人要使生活变得丰富起来。但是，我们不知道怎样才能达到这个目的。不久，我得出结论，要做到这一点，需要在与人民的血肉联系中最充分地表现自己。但怎样表现？用什么来表现呢？我认为，最正确的途径就是从事写作。于是，产生了从事写作的想法，仿佛这就是我唯一的生活道路。

从那时起，开始了我的成年生活——它经常是困难的，欢乐的时候却较为少见，但总是动荡不安，而且是那样丰富多彩，以至回想起这段生活时，很容易把头绪弄乱。

我的青年时期始于中学的最后几年，随着第一次世界大战的到来，它也就结束了。也许，青年时期的结束比正常情况早了些。然而，有那么多战争、重大的转变、考验、希望、困难和欢乐落到了我们这一代人身上，这一切足以抵得上我们祖先几代人的经历。

在相当于木星绕太阳运行1周的这段时间里，我们经历了那么多事情，仅仅回忆起这一切，我们的心都会揪紧起来。我们的后辈当然会羡慕我们这些曾亲自参加并目击人类命运中许多伟大转变的人。

大学是城市里进步思想的中心。起初，我和大多数新生一样，在大学里十分腼腆。遇到老生，特别是遇到那些“终身大学生”时，会感到惊慌失措。这些留着大胡子、穿着不扣纽扣的破旧制服上衣的人，好像把我们这些一年级的学生看作是没有理性的小狗崽。

除此而外，离开中学之后，对有些情况，很久我还不能习惯——听课完全不是非去不可。大学里正在上课的时候，可以不受惩罚地坐在家里看书，或者在城里闲逛。

渐渐地我对大学感到习惯了，而且很喜欢它。但我喜欢的不是讲课和教授（有才能的教授并不多），而是喜欢大学生生活的性质。

教室里在正常上课，但犹如暴风骤雨一般、十分吵闹的大学生生活在大学昏暗的长走廊里也很正常，这种生活是不以讲课为转移的。

在这些走廊里，整天都在进行激烈的争论，各种群众大会吵吵嚷嚷，各种同乡会和党派都在这里聚会。走廊淹没在烟草的烟雾里。

我第一次得知，布尔什维克、社会革命党人及孟什维克之间存在着尖锐、激烈的矛盾，第一次听说有什么崩得分子[①]、达什纳克党人[②]、“真正的”乌克兰人，以及“帕奥利亚·齐昂”的党。但有时所有这些党派的代表人物也会联合起来反对一个共同敌人——“阔少爷派大学生”。黑帮学院联合会的成员们和“阔少爷派大学生”的争吵常常会变成打架，特别是当“高加索同乡会”参加进来的时候。

在这激情的沸腾中已经可以感觉到，某一新时代已经临近了。但让人感到奇怪的是，就在这里，几步之外，在教室门里面，一些白发苍苍的、可敬的教授正在令人有点儿烦闷的寂静中，讲什么汉萨同盟[③]各城市的贸

---

① 崩得是“立陶宛、波兰、俄罗斯犹太工人总同盟”的简称，主张民族文化自治，支持孟什维克的立场。——译者

② 达什纳克党是亚美尼亚资产阶级民族主义政党。——译者

③ 14世纪至17世纪以吕贝克市为首的德国北部城市间的商业政治联盟。

易惯例，或比较语言学。

在第一次世界大战前的那几年里，有许多人已经预感到大雷雨正在迫近，但是不能预见到雷雨会以怎么样的威力降落到大地上。正像大雷雨之前一样，俄国和世界都感到闷热不堪。但还没传来雷声，这使许多没有远见的人觉得放心。

工厂罢工时，基辅郊区清晨的烟雾中令人惊惶不安的汽笛声，逮捕和流放，无数的传单——这一切都是远方大雷雨的闪光。只有敏锐的听觉才能隐约听到这闪光后隆隆的雷声。因此，当第一次世界大战爆发时，1914年夏天那震耳欲聋的第一声雷鸣，使所有的人都大为震惊。

我们这些中学生离开中学以后，彼此立刻失去了联系，尽管我们曾经发誓永远不要失去联系。战争爆发了，后来又发生了革命，从那以后我几乎再没遇到过我那些同学中的任何人。快活的斯坦尼舍夫斯基，不太高明的哲学家菲佐夫斯基，为人审慎的什穆克列尔，行动迟缓的马图谢维奇和动作迅速、犹如飞鸟的布尔加科夫，都不知下落，不知到什么地方去了。

我独自一个人住在基辅。妈妈和姐姐加莉娅、哥哥季马——工学院的学生——住在莫斯科。大哥鲍里亚虽然也住在基辅，可是我和他几乎见不着面。

鲍里亚和一个身材矮小、体形丰满的女人结了婚。她穿一件绣着仙鹤的紫色日本和服。鲍里亚天天都待在屋里画混凝土桥梁的图纸。他的屋里糊着仿橡木纹理的糊墙纸，光线昏暗，散发着一股发蜡味。脚老是会粘在油漆过的地板上。墙上用生锈的图钉钉着全世界的美人儿林娜·卡瓦莉耶丽的几张照片。

鲍里亚不赞成我醉心于哲学和文学。“应当在生活中开辟出一条道路来。”他说，“你是个幻想家，和爸爸一样。给人消愁解闷，这不是一件正经事。”

他认为文学就是给人消愁解闷。我不想和他争论。我想保护自己对文学的深厚感情，使它不受恶意的目光伤害。因此，我不再到鲍里亚那里去了。

我住在外祖母那儿，住在绿荫如盖的基辅郊区、卢基扬诺夫卡花园深处的厢房里。我住的那间屋里摆满了一盆盆倒挂金钟。我只是在看书，一直看到十分疲倦的时候。为了稍微喘一口气，每天晚上我都到花园里去。花园里秋天的空气已有寒意，树叶凋零的树枝上方星空闪烁。

起初，外祖母很生气，硬要叫我回屋里去。但后来习惯了，也就随我去了。她只是说，我是在毫无“先斯”[①]地，换句话说，也就是毫无意义地虚度时光。这一切的结果，必然是要害百日痨。

但外祖母对我的新朋友们可有什么办法呢？外祖母怎么能反对普希金或海涅，费特或勒孔特·德·李勒，狄更斯或莱蒙托夫呢？

最后，外祖母根本不来管我了。她在自己屋里开了灯，灯上罩着个形状像一朵大郁金香的粉红色玻璃灯罩，专心致志地在看克拉舍夫斯基那些长得没完没了的波兰长篇小说。而我却想起这样的诗句：“犹如亲切的召唤，星星的金色睫毛在颤动，若隐若现。”于是，我好像觉得，大地就是一座宝库，里面保藏着许多像这些星星的金色睫毛一样的宝物。我相信，生活为我准备了许多迷人的事物、会见、爱情和悲哀、欢乐和动荡，我青年时期的伟大幸福就包含在这一预感之中。未来将证明，它是否会成为现实。

---

① 波兰语“意义”的音译。

而现在，正像一些古老的戏剧里那样，演出之前，演员们先走到观众面前，说："我们将为你们演出日常生活中的种种事件，并尽力迫使你们好好地思考一下，痛哭一阵，大笑一场。"

空前未有的秋天

我乘火车从基辅去莫斯科，坐在列车上安放供暖设备的一间狭小的车厢里。总共只有3个乘客——一个上了年纪的土地测量员，一个包着奥伦堡白头巾的年轻妇女和我。

那位妇女坐在一个冰冷的小生铁炉子上，我和土地测量员轮流坐在地板上——两个人一起坐，坐不下。

碎煤在脚下发出咯吱咯吱的响声。由于这些碎煤，那位妇女的白头巾很快就变成了灰色的。紧紧钉死的车窗外面什么都看不清——车窗也是灰的，玻璃上满都是已经干掉的雨滴痕迹。只是在苏希尼奇附近，我看到并记住了一大片血红的晚霞，晚霞染红了整个天空。

土地测量员看了看晚霞，说边界那里大概已经在和德国人作战了。那女人把头巾紧紧捂在脸上，哭了起来。她是到特维尔去看丈夫的，不知道是不是还能在那儿见到他，还是已经把他派到前沿阵地去了。

我去莫斯科与哥哥季马告别，他也被应征入伍了。我因为近视得厉害，所以不要我参军。除此而外，我还是家里的小儿子，而且是大学生。根据当时的法律，最小的儿子和大学生都免服兵役。

要从供暖设备间走到车厢门口的平台上去，几乎是不可能的。被动员入伍的人就这样随随便便地躺在车厢顶上，吊在缓冲器和扶梯磴上。一个个车站用妇女们拖长声音的号哭、手风琴的吼叫、口哨和歌曲来迎接我们。列车一停下来，立刻就好像在钢轨上扎了根。只有用两台机车才拉得动它——就是两台机车，也得用力猛地一拉才拉得动。

俄罗斯动起来了。战争好似地下的震动，迫使它猛然离开了自己的基础。千万个村庄里响起惊惶不安的钟声，宣布动员。成千上万匹农民的马从全国最偏僻的角落把新兵送到铁路线上。敌人从西方入侵我们的国家，但强大的人流犹如波涛一般，从东方迎着敌人滚滚流去。

全国变成了一座兵营，生活乱作一团。习以为常和固定不变的一切，转瞬间都已消失得无影无踪。

在去莫斯科的漫长旅途中，我们3个人总共只吃了一个硬得像石头一样、嵌葡萄干的小白面包，喝了一瓶混浊的水。

大概正是因此，早晨我从车厢里走到布良斯克车站潮湿的月台上的时候，我觉得，莫斯科的空气芳香扑鼻，让人感到轻快。1914年的夏天——那个可怕的、令人忧虑的战争的夏天即将结束，莫斯科的空气里已经可以闻到有点儿甜蜜蜜的、凉爽的秋天气息——枯叶和静止不动的池塘的气味。

那时候，妈妈恰好住在莫斯科大普列斯尼亚区一个这样的池塘附近。住房的窗子朝着动物园，可以看到普列斯尼亚区许多房屋的红砖防火墙。还在1905年十二月起义时，这些防火墙就已经被炮弹打坏了。还能看到动物园里荒凉无人的几条小路和一个大池塘，池塘里有一池黑水。在一缕缕阳光照射下，池水闪现出水藻的淡绿色。

我从来还没见过一所住房像妈妈在普列斯尼亚的住房这样，与人们的性格及其生活如此协调一致。屋里空荡荡的，几乎没有家具，如果不算厨房里的桌子和几把会吱嘎吱嘎作响的维也纳式椅子的话。几棵发黑的老树的阴影落到屋里，因此住房里总是昏暗的、寒冷的。桌子上发黏的灰色漆布也是冷冰冰的。

妈妈仿佛对漆布产生了特殊癖好。漆布取代了从前的桌布，并执拗地向人提醒生活的贫困，提醒人们——妈妈是在竭尽全力、千方百计地保持整洁。不然，她就无法生活下去。

在家里我只见到了妈妈和加莉娅。季马到格拉沃尔诺沃打靶场教预备役士兵射击去了。

在我没有见到妈妈的这两年里，她脸上已经布满了皱纹，面色发黄，但薄薄的嘴唇仍然紧紧闭着。似乎妈妈是想让周围的人明白，她永远不会对生活屈服，她终将作为一个胜利者摆脱一切伤脑筋的事情。

加莉娅却像往常一样，毫无目的的在屋里踱来踱去。由于近视，老是撞到椅子上，并且向我询问各种琐事——现在从基辅到莫斯科的车票是多少钱，各个车站上是不是还有搬运工人，还是把他们通通赶去作战了。

我这次前来，好像觉得妈妈的心情比以前平静些了。这是我没料到的。我无法理解，在这战争的日子里，当季马很快就可能被派赴前线的时候，妈妈的心情为什么会这样平静。但妈妈自己说出了她的想法。

“科斯季克，”她说，“现在我们轻松多了。季马当了准尉，是个军官，拿的薪水不低。现在我不担心明天没有钱缴房租了。”

她不安地看了看我，又补了一句：

“在战争中也不是所有的人都会给打死的。我深信会让季马留在后方，上级很赏识他。”

我同意，在战争中的确不是所有的人都会给打死。不能让她失去这一很靠不住的安慰。

看着妈妈，我懂得了，经常过着毫无保障的生活，这种痛苦意味着什么。懂得了，一个人是多么需要有一个可靠的安身之处和一块面包。但一想到，是她儿子冒着生命的危险才给家庭带来了这可怜的安定生活，而她竟为此感到幸福，我觉得很不是滋味。她不可能没意识到这种危险，她只不过是竭力不去想它罢了。

季马回来了——他晒黑了，十分自信。他解下刀柄镀金的崭新的军刀，把它挂在前室里。晚上，前室里开了电灯，这时刀柄金光闪闪，仿佛是妈妈简陋的住宅里唯一一件漂亮的物品。

妈妈已经告诉我，季马和玛尔加丽塔的婚事吹了。因为用妈妈的话来说，玛尔加丽塔原来是“一个非常让人讨厌的人”。我默不作声。

几天后，季马被派往纳瓦金步兵团。季马收拾行装，匆匆出发。他走得那么快，妈妈甚至都来不及弄清是怎么回事。只是在他走后的第二天，她才第一次痛哭了一场。

季马的梯队在布良斯克车站备用线上上车。有风，是令人烦闷的一天——寻常的一天，空中飘着黄色的灰尘，天空显得很低。总是觉得，在这样的日子里不会发生任何特殊事情。

与季马告别的情况和这一天刚好相称。季马在指挥上车，他只是间或和我们说几句话，当军用列车已经启动的时候，才和我们匆匆告别。他追上自己的车厢，在列车运行中跳上踏板，但迎面驶来的列车立刻遮住了他。当两列火车错开以后，季马已经不见了。

季马走后，我从基辅大学转学到莫斯科大学。妈妈把季马住的那个房间租给了莫斯科的电车工程师扎哈罗夫。直到现在我也不明白，我们这套住宅里，有什么东西能让扎哈罗夫觉得喜欢。

扎哈罗夫在比利时留过学，在布鲁塞尔住过许多年，第一次世界大战爆发前不久才回到俄国。这是个愉快的单身汉，留着剪短了的花白胡子。他穿着一套外国那种宽大的西装，戴一副引人注目的眼镜。扎哈罗夫在他屋里的桌子上堆满了书。但在这些书中，我几乎找不到一本技术书籍。大多是回忆录、长篇小说和《知识》杂志的合订本。

我在扎哈罗夫的桌子上第一次看到了法文版的维尔哈伦、梅特林克[①]和罗登巴赫[②]的作品。

那年夏天，大家都对比利时这个承受了德军第一次打击的小国表示钦佩，到处都在唱那首赞扬遭受围攻的列日市的保卫者的歌曲。

两三天之内，比利时就被完全击溃了。殉难的光环照耀着这个国家。它那些市政管理局和大教堂的哥特式建筑宛如美丽的花边，现在都已倒塌，在德国士兵的皮靴和大炮的铁轮下被碾成了灰尘。

我在看维尔哈伦、梅特林克、罗登巴赫的作品，力图在这些比利时人的书中找到他们同胞英勇精神的谜底。但无论是在维尔哈伦那些把旧世界看作伟大的邪恶而予以否定的复杂诗句中，在罗登巴赫那些犹如冰下的花朵——苍白而脆弱的小说里，还是在梅特林克仿佛于梦幻中写成的那些剧本里，我都没有找到这个谜底。

有一次，我在特韦尔林荫道上遇到了扎哈罗夫。他挽住我的胳膊，谈

---

① 莫里斯·梅特林克（1862—1949），法语剧作家、诗人。——译者

② 乔治·罗登巴赫（1855—1898），比利时法语作家。——译者

起了战争、受到震动的文化和比利时。他说话稍微带点儿法国口音。

那些日子莫斯科的秋天真美极了。树木抖落镀金的叶子，撒满大炮的炮筒。大炮和弹药箱沿着莫斯科一条条林荫道排成一列列灰色的横队，等待着把它们送到前线去。

在暗淡的阳光中，城市上空清澈透明的蓝天一望无垠，色调之浓郁，空前未见——这就是候鸟群迁徙的道路。树叶一直不停地飘落下来，撒满屋顶、人行道、马路，在扫院子的人的扫帚下，在行人的脚下发出簌簌的响声。仿佛在竭力提醒人们，他们周围仍然有被他们忘却了的土地。也许，正是为了这土地，为了9月晴空的微弱闪光，为了干燥凉爽的地平线上天气晴朗，为了由于从树上掉下的一小块树皮而微微颤抖的、静止的池水，为了已经发黄的爆竹柳的清香，为了这整个落叶沙沙作响、美丽非凡的俄罗斯，为了它的村庄、它的农舍，为了正冒出一缕缕烧麦秸的乳白色炊烟的农舍和从河上升起的淡蓝色烟雾，为了俄罗斯的过去和未来——为了所有这一切，全世界一切正直的人一定会共同做出巨大的努力，以制止这场战争吧。

我明白，当然不能把希望寄托在这上面。所有这些想法，正像鲍里亚常爱说的，都是“纯粹的堂吉诃德式的幻想”。我明白向我们人民、向我们人民的文化举起宝剑的人也许会在这剑下丧生，但他绝不会自愿把剑插回剑鞘里去。

战争正无法避免地滚滚向前，渐渐逼近。似乎战火的硝烟已经笼罩了莫斯科的天空。后来我们得知，这当真是大火的浓烟，不过这是森林的大火——特韦尔附近的森林和干燥的沼泽地起火了。

早晨，我在自己屋里醒来——我睡在地板上——望着窗外。树叶在空中飞过，飘飘摇摇落向地面。窗框遮住了我的视线，我未能跟踪观察，看清它们落到了什么地方。

我无法摆脱这样的想法：落叶纷飞，每天在空中慢慢飞，久久飘荡，也许这是我一生中看到的最后一次了。而且一直好像觉得，落叶是为了逃避战争，在从西方飞向东方。

现在，我并不觉得不好意思承认我曾有过这些想法。因为当时我还很年轻，周围的一切都充满了大概是来自我自身的抒情力量。当时我确实以为，生活的本质就是这样的。

“喂，我的朋友，”扎哈罗夫对我说，“在您这模模糊糊的心情中，您是不是该放弃在莫斯科郊区徘徊了呢。玛丽亚·格里戈里耶芙娜告诉我，这个星期里您已经去过一趟阿尔汉格尔斯科耶和奥斯坦基诺了。”

说“去过一趟”时，扎哈罗夫怀着一种特殊的兴趣。每逢说到他还不习惯的俄语词汇时，他都是这样。

“不错，我去过阿尔汉格尔斯科耶和奥斯坦基诺。”我承认了，“不过，您说的模模糊糊的心情是什么意思呢？”

扎哈罗夫微微一笑：

“您的举止行为，就仿佛认为世界之所以存在，仅仅是为了让我们心中充满一些很有意思的想法。”

“那又怎样呢？”我很不客气地问。我开始生气了。为什么大家都像商量好了似的，责备我对生活不严肃，用小孩子的态度来对待生活呢？

“您只不过是读现代诗人的诗读得太多了，就像吃得太饱了会打嗝儿一样。”扎哈罗夫和解地说，并且很高兴地重复了一遍，“就像吃得太饱了会打嗝儿一样。”

“如果根据您那些书来看，和电车相比，您也是更喜欢文艺作品。”

“问题在于，”扎哈罗夫解释说，“比利时是一个典型的电车王国，也是一个神秘主义的诗歌之国。在我还是个中学生的时候，就派我出国去了。我到了比利时，在那儿住惯了，在列日市的工学院毕了业。但问题不在这里。问题在于战争。您看！”

从斯特拉斯特广场那边传来了行军进行曲，声音低沉、拖得很长的“乌拉”声犹如雷鸣。在被派赴前线之前，后备部队的几个营正在那里整队。

“我刚刚就在那边广场上，”扎哈罗夫补充说，“我几乎记不得俄国了。不是由于我自己的过错，所以我挤到前排去，好看看那些士兵。从他们身上散发出一股很浓的庄稼的香味。奇妙的香味！你一闻到它，不知为什么就会相信，谁也不能消灭俄国人民。”

“那比利时呢？”我问。

“比利时怎么？我不明白您的意思。”

我冷笑一声，说出了最先来到我头脑里的一个想法：

“为什么比利时人那样无所畏惧地和德国人作战呢？”

“啊——呀——呀！”扎哈罗夫像唱歌似的说，“一个小民族总是把精神寄托在回忆过去的伟大上。为此，我尊敬它。就拿梅特林克来说吧，是一个目光忧郁、满脑子模模糊糊思想的神秘主义的诗人，古老的天主教的天主让他感到生气。对于像梅特林克这样感情细腻的性格，那个天主简直是太粗暴了。因此，他用彼岸世界来代替天主——这当然多少比较现代化，也稍有一点儿诗意。这是比宗教更厉害的毒剂。这一切的确是这样的。但除此而外，梅特林克还是一个公民。是这样的教育，这样的传统。

作为一个公民，他用自己神秘主义的手指拿起步枪，他用步枪射击，并不比任何一个皇家步兵差。谁也不关心作为诗人的梅特林克有什么模模糊糊的思想，但大家都关心作为公民的那个梅特林克，所以谁也不去干涉他的诗。比利时就是这样一个国家。不过有什么好说的呢！是个很好的国家。海风吹透了这个国家，全国都是些很愉快的人。顺便说说，都是些很能干的人。关于比利时，您还想知道些什么呢？暂时什么也不需要了。那好吧，咱们结束关于比利时的谈话，来谈谈对您来说更为重要的事情吧。”

对我更为重要的事情原来是——扎哈罗夫提议给我找个工作，让我去当莫斯科的电车司机。问题是，他解释说，几乎所有司机和售票员都应征去服兵役了。不能让这么一个大城市在战时没有电车。现在正好在雇用新的司机和售票员。

由于感到意外，我一时不知如何回答。由梅特林克到电车司机，这转变太突然了。

从念中学时候起，我就执拗地想着要当作家。生活中的一切变化，在我看来都好像是为实现这一愿望而进行准备的学校。应当进入生活，不要嫌弃任何事情。只有这样，才能积累生活经验，建成一座生活的宝库。我将一点一滴地从那里面取出我需要的思想、情节、形象和语言。

况且我明白，现在不能离开母亲。应当和她在一起，帮助她。而现在工资简直是自己送到了我的手里，于是我同意了。

当我对妈妈和加莉娅说，我要去当电车司机，妈妈只是叹了口气，说她从不为做任何工作感到羞耻，并让我们也养成了这样的习惯。加莉娅却感到焦虑不安——我会不会给电流击死呢。

“我在什么书上看到过，”她惊恐地说，“说的是马戏团里的大象，电车上的电流把它给烧死了。会有这样的事吗？”

我回答说，这都是胡说八道。

我在家里待不住，于是到库德林街上的小饭馆去了。小饭馆里的茶杯不断冒出一团团蒸气。

定音鼓和铃铛响声阵阵，小饭馆里的“机器”——机械式自动管乐器放肆地发出震耳的隆隆声。

瞧，冬天三套马车犹如闪电，
沿着伏尔加母亲奔驰向前……

我旁边的一张小桌子旁边坐着一个老人，上衣领子竖着，他不断地在墨水瓶里蘸蘸笔，取下粘在笔上的绒毛，不知在写什么。

我很想给自己的亲人或朋友中的什么人写封信，谈谈我自己的情况。就说生活发生了变化，我要去当电车司机了。但是，我立刻想起，我根本没有可以写信的人。

车夫默默，不闻呼喊，
垂下的手里悬着皮鞭——

“机器”在隆隆地响，空杯叮叮当当，仿佛是对它的回答。

铜　线

录用了我当米乌斯电车场的司机。但是我当司机的时间并不长，不久就调我去做售票员了。

米乌斯车场设在林业街上被烟炱熏黑的几幢红砖房子里。从我做售票员的时候起，我就不喜欢林业街。直到现在仍然觉得，这是全莫斯科灰尘最多、而且最混乱的一条街道。

一想起这条街，总是会联想起清晨从电车场铁大门里爬出来的电车，那金属摩擦时发出的嘎吱嘎吱、令人难受的响声，联想起那磨得肩膀生疼、沉甸甸的售票员的挎包，还有那股难闻的铜臭。因为经常接触铜币，我们这些售票员的手总是绿的，特别是如果我们是在“铜线”上工作的话。

经过花园环形街的那条“Б”线，叫作“铜线”。尽管莫斯科人都深情地管它叫“小甲虫”，售票员们却不喜欢这条线路。我们比较喜欢在叫作“银线”的那条“A”线上——环形林荫大道上工作。莫斯科人对这条线路叫得也很亲切，管它叫“阿奴什卡”[①]。对这个叫法不能提出任何反对意见，不过把“Б”线叫作“小甲虫”，却简直是荒谬的。

这条线路从几个人山人海的车站广场附近经过，电车是在莫斯科尘土滚滚的路边上行驶。“Б”线上的车辆挂有拖车，允许带重东西的人坐在拖车上。这条线路上的乘客多半是从郊区来的——手艺人、种菜园的、卖

---

① 阿奴什卡是姑娘的名字，即安娜的爱称。——译者

牛奶的女人。这类乘客总是用铜币买票，把银币都藏着，不大乐意从自己的钱包或衣袋里掏出来。因此，这条线路叫作“铜线”。

“A”线却是一条很漂亮的线路，沿线全都是剧院和商店。在这条线路上行驶的只有装着马达的车辆，不挂拖车，乘客也和“Б”线上的不一样——都是知识分子和官吏。这类乘客买票通常是用银币或纸币。

林荫道上的树叶在“A”线敞开着的车窗外簌簌作响。车辆慢慢地在莫斯科兜圈子——经过面带倦容的果戈理纪念像，神态安然的普希金纪念像，经过鸟鸣声一刻也不肯安静下来的管子市场，经过克里姆林宫的塔楼、金顶的救世主耶稣大教堂和横跨淤浅的莫斯科河的拱桥。

我们一清早就把车辆开到线路上，回车场时已经是半夜1点了，要不就更迟。在车场里得把一天的进款交给主管人，只是在这以后我才能回家去。肩上背着空挎包，在莫斯科夜间的街道上，在格鲁吉亚区慢慢地走着。在煤气路灯的绿色灯光下，刻着售票员号码的镀镍号牌在我的短上衣上不时发出微弱的闪光。那时候，只有几条主要大街上的路灯是电灯。

起初，每天夜里我要花很长时间慢慢地数点铜币，但后来我的老师、老售票员巴巴耶夫教会了我怎样避免这种麻烦。从那以后，我带回电车场的就只是一些大票子和少量银币了。

方法很简单。在回场前两小时，我们就开始不顾一切地把铜币找给乘客——1卢布，找头全给铜币；3卢布，找头全给银币。有时乘客会骂人。遇到这种情况，我们就立刻让步，以避免不必要的电车上的纠纷。这就是巴巴耶夫的方法秘诀。

“如今乘客都有点儿神经衰弱，”巴巴耶夫说，“不得不让着他们。对待乘客得有同情心，有一些人甚至可以让他免费坐车。譬如说吧，根据一个人上车的样子，我就可以看出，他想不买票，白坐车。看他脸上的表情。你看到，一个人必须要坐车，可是他在车上老是躲着你——这就是说，他口袋里不名分文。那么，对这样的乘客，你就不要跟他纠缠，硬要他买票。你就装作好像已经把票卖给他了，甚至还在票上撕了一个相应的裂口。不论干哪一行，都要能体谅人，而干我们售票员这个工作，尤其需要这样。我们是在和整个莫斯科打交道。而在莫斯科，人们的痛苦多得很，就像大海里的细沙。”

巴巴耶夫把售票员工作并不算难的一切奥妙全都教给了我——怎样在票上撕一个裂口，一个星期里每一天的票是什么颜色的（为了不让乘客拿昨天的票当作今天的票乘车），怎样向车库管理员交车，在市里的哪些地方乘客最经常在车辆行驶时跳上车来，因此得提高警惕，以便在发生任何不幸事故时及时停车。

巴巴耶夫教了我10天。在这以后，我通过了担任售票员的考试。最困难的考试是测验对莫斯科的知识。需要知道全市的所有广场、大街和小巷，所有剧院、车站、教堂和市场。不仅要知道它们的名称，而且要说出到那里去该怎么走。在这方面，只有莫斯科的马车夫还可以和售票员比比高低。

我仔细研究过莫斯科这个杂乱无章、市容形式多样的城市，仔细研究过市内所有的扎采普、斯特罗门基、小饭馆、诺热瓦亚线路、博热多姆基、医院、列尼夫基、安年戈夫小树林、雅乌济、寡妇之家、郊区和克列斯托夫塔楼，这一点得归功于我在电车上的工作。

考我们对莫斯科的知识的，是一个挺厉害的小老头儿。他穿着一件衣襟很长的上衣，不时从茶杯里喝一小口冷茶，亲切地问：

“我的老兄，我要从玛丽娅小树林去哈莫夫尼基，该怎样走才最近呢？啊？您不知道？顺便问一声，哈莫夫尼基这个叫人十分讨厌的地名是怎么来的？莫斯科并不以蛮横无理①而出名的啊。莫斯科为什么会有这样的耻辱呢?!”

小老头儿穷凶极恶地对我们吹毛求疵。有一半的售票员没能通过他的考试。

没能通过考试的人纷纷去向电车场的总工程师波利瓦诺夫申诉。总工程师脸刮得干干净净，是个特别彬彬有礼的人。波利瓦诺夫低下头发花白、梳着分头的头，回答说熟悉莫斯科是售票员工作的基础知识之一。

“售票员，”他说，“不仅是一个有灵魂的售票机器，而且是莫斯科的向导。城市很大，没有哪一个老住户能熟悉全市的一切地区。如果没有任何人能帮助乘客弄清这些由许多死胡同、城门和教堂构成的迷宫，请想象一下，电车上的乘客，特别是那些外省人，将会发生什么样的混乱啊!”

不久我就确信，波利瓦诺夫是对的。

派我到8路电车上工作——这是一条该死的车站线，都认为它还不如“B”线。这条线路连接着布列斯特车站和卡兰切夫广场，以及它的3个车站——尼古拉耶夫车站、雅罗斯拉夫尔车站和喀山车站。8路电车线要经过苏哈列夫广场和两个博热多姆基。

经常会发生这样的情况：在雅罗斯拉夫尔车站附近，用售票员的话来说，电车“正赶上”从谢尔吉圣三一大修道院开来的火车。电车上挤满了衣衫褴褛、靠救济生活的、进香的女人。她们要到莫斯科各个不同的教堂

---

① 俄语“哈莫夫尼基”这个词的词根是“蛮横无理”的意思。——译者

里去，对城市毫不熟悉，像母鸡一样，脑筋迟钝，对什么都怕。

所以每天都发生同样的麻烦事：一个女乞丐要去朝拜“鸡脚的尼古拉”，另一个要朝拜特罗伊采-卡佩利基，第三个要去朝拜弗斯波利亚的格奥尔吉。得耐心地向她们说明，到这些教堂去该怎么走。在这以后，这些老太婆从贴身裙子的口袋里掏出一块手帕，钱就结在这块手帕的几个角上。一个角上是1戈比的铜币，另一个角上是2戈比的，第三个角上是5戈比的铜币。

女乞丐们花好长时间用牙齿解开结得很紧的结，很舍不得地数出买票的钱。仓促中这些女乞丐常常弄错，解开不该解的那个结。于是，她们就再用牙齿把它结起来，然后去解另一个结。

对于我们售票员来说，这简直是倒霉。我们必须在到达红门以前让乘客全都买好车票。老太婆们耽误了我们的时间，我们来不及把票卖完，而专爱与人过不去的查票员正在红门旁等着我们。因为我们工作速度太慢，要罚款。

有一次，巴巴耶夫把我拖到他家里去。他和女儿一起住在帕韦列茨车站附近一间歪歪斜斜的小屋里。他女儿是个缝衬衣的女裁缝。

“瞧，莎尼娅，”巴巴耶夫精神饱满地在门口喊了一声，“我给你领了个未婚夫来！”

莎尼娅在把房间隔开的白布幔后面弄出很响的声音，可是没有出来。

在很矮的屋里挂着几个用报纸蒙着的笼子。巴巴耶夫取下报纸，几只金丝雀立刻在笼子里又唱又跳。

“我和人打交道觉得累了，就跟金丝雀在一起休息休息。”巴巴耶夫解释说，“乘客对我们当售票员的可不会客气，让我们看到的总是最丑陋的面貌。因此，当然啰，我们对人的看法也是多疑的。”

巴巴耶夫说得对。不知为什么，无论在什么地方，一个人的态度都不会像在电车上那样粗暴。就连彬彬有礼的人，一到了电车上，也会传染上那种爱吵架的毛病。

起初这使我感到惊讶，后来开始惹我生气，最后使我感到异常苦恼。以至我只等着一有机会，就丢掉电车上的工作，以恢复我从前对人的好感。

莎尼娅走了进来，是一个很瘦的姑娘。她默默地打了个招呼，把一个有红喇叭的留声机放到桌子上，给它上了发条，然后走了出去，再没有露面。留声机唱起了《利哥莱托》中的咏叹调：“如果美人儿信誓旦旦，把爱情表白，谁要是信以为真，必将铸成大错。”金丝雀立刻沉默下来，开始侧耳倾听。

“我是为了金丝雀才弄了个留声机来，”巴巴耶夫解释说，“教它们唱歌。它们是一种很会模仿的鸟儿。”

巴巴耶夫说，贩卖金丝雀的鸟贩子在莫斯科有一家他们自己的小饭馆，每逢星期天他们都要带着金丝雀到那里去举行竞赛。一些爱玩鸟的内行都到那里去听这些金丝雀的音乐会，有一次连夏里亚宾[①]和百万富翁马蒙托夫[②]也去了。他们当然是很有名望、很著名的人，可是对金丝雀唱歌，他们却不懂，可以说一窍不通，而且也不知道金丝雀的价钱。他们想要花一大笔钱买两只金丝雀。贩卖金丝雀的鸟贩子虽然一再道歉，却不肯

---

① 费·伊·夏里亚宾（1873—1938），俄国著名歌唱家。

② 萨·伊·马蒙托夫（1841—1918），俄国资本家。

卖给他们——把鸟卖给没有经验的人是毫无意义的。要把鸟教坏毫不费力，可是在它们身上已经付出了巨大的劳动。况且，金丝雀也不是玩物，它要求用正确态度来对待它。就这样，夏里亚宾和马蒙托夫一无所获，空手离去。最后，夏里亚宾突然用低音唱了一声，大概是因为心中怀恨吧："就像国王出征。"吓得贩卖金丝雀的鸟贩子们赶快把自己的鸟带出小饭馆——金丝雀是一种很神经质的鸟儿，会把它吓坏的，它会从此一声也不叫，那可就一文不值了。

干旱的秋天变成了阴雨连绵。对于售票员来说，这大概是最困难的一段时间。风吹透了车厢，撒满碎车票的车厢地板上全是黏糊糊的污泥，湿衣服散发出一股霉味，车窗上挂满泪珠似的雨滴，一排排发暗的木头房子和被雨水鞭打着的批发行的招牌，仿佛在车窗外慢慢爬行。

在这种日子里，什么都会惹得售票员生气，尤其是乘客们的愚蠢习惯——把因为潮湿而膨胀起来的旧车票贴在车窗玻璃上，用手指在蒙了一层水蒸气的玻璃上画一些大鼻子的嘴脸。

电车车厢变得像弄脏了的公共宿舍，偶然的住户——乘客们——在里面互相对骂。莫斯科仿佛蜷缩起来，躲到了黑伞和竖起来的大衣领子底下。街道变得空荡荡的。只有苏哈列夫卡市场好似一片人海，人声嘈杂，熙来攘往，犹如波涛喧嚣，浊浪滚滚。

顾客、转手倒卖的商贩和卖东西的人都在大声喊叫，电车从人群中很困难地挤过去。留声机就在车轮旁预兆不祥地咝咝尖叫着，维亚莉采娃[①]

① 阿·德·维亚莉采娃（1871—1913），俄国游艺节目女高音歌唱家。这里是指留声机在放她的唱片。——译者

仿佛在招徕顾客似的唱道："四周只有毛茸茸的雪，寒冷的夜晚，走吧，三套马车！"气炉子的响声盖过了她的歌喉。气炉子急不可耐地向空中喷出呼啸着的蓝色火焰。它们胜利的吼声压倒了一切声音。

受了潮的曼陀铃在叮叮当当地响。用苯胺染料把脸蛋儿染成鲜红色的橡皮小鬼声嘶力竭地尖声号叫，仿佛说："走吧，走吧！"油炸饼在很大的煎锅上翻来翻去。空气中飘散着马粪味、羊肉味、干草味以及木雕小商品的气味，喊哑了嗓子的人们以矫揉造作的激烈姿态互相拍板成交。

平板大车车声辚辚。汗淋淋的马脸老是要伸到电车门口的平台上，喷出一团团很浓的热气。

几个变戏法的中国人蹲在马路上，不时用假嗓音叫喊几声："嘿——嘿！怪事——怪事！"教堂里传来颤抖的钟声，苏哈列夫塔楼的黑漆漆的大门下，一个仿佛在哭泣的女人声音叫喊着："请把你白皙的手放到我瘦弱的胸膛上来吧。"

扒手们胳膊上搭着条似乎是要拿来出卖的长裤，到处钻来钻去。他们的眼睛飞快地转动着，躲躲闪闪。警察的哨子声抑扬顿挫，好似夜莺啭鸣。小孩子们从怀里放出已经在脱毛的鸽子，它们很吃力地扇动着翅膀，飞上烟雾弥漫的天空。

这个占据了几乎从萨莫乔卡到红门之间大片空间的莫斯科的大市场，是无法描绘的。在那里可以买到一切——从三轮自行车、圣像到暹罗的公鸡，从坦波夫的火腿到糖渍云莓果。但这一切都是有虫眼、有缺陷、生了锈或有臭味的。

这是全俄罗斯的乞丐、流浪汉、骗子、小偷、旧货商贩——生活贫困和靠狡猾手段谋生的人们的大聚会。似乎苏哈列夫卡的空气中只充满了一样东西——梦想着轻而易举地大发横财和弄到一块牛腿肉冻。

这是各个时代、社会地位各不相同的人们不可思议的大混合——从两眼深深凹陷、生锈的铁链在身上叮当作响、采取各种手法不买票乘车的疯修士，到留着山羊胡子、头戴绿丝绒帽的诗人；从双脚通红、赤足在苏哈列夫卡泥泞的道路上怒气冲冲地步行的托尔斯泰信徒，到扎着紧身宽腰带的太太们，她们在这泥泞的道路上很吃力地走着，稍稍提起沉重的裙子。

有一次，是一个天色昏暗的阴雨天。在叶卡捷琳娜广场上，有一个乘客上了我的电车。他戴一顶黑帽子，大衣纽扣全都紧紧地扣着，手上戴一双咖啡色的细羊皮手套。他那保养得很好的长脸上表情呆板，看样子似乎对莫斯科的泥泞、电车上的对骂，对我以及对世界上的一切全都漠不关心。但这个人很有礼貌，他拿到车票后甚至掀了掀帽子，向我道谢。乘客们立刻都住了声，仿佛变成了哑巴，并怀着含有敌意的好奇心仔细打量这个奇怪的人。当他在红门旁下车以后，全车的人都开始挖空心思、极其巧妙地嘲笑他，骂他是“遭火灾的剧院里的演员”和“目空一切的家伙”。他的目光神情傲慢，同时又很羞涩，引人注目的温文尔雅的风度和外省人的高傲明显地集中于一身，这一切也使我对这个乘客发生了兴趣。

过了几天，有一天晚上我下班后去综合技术馆参加伊戈尔·谢维里亚宁[①]的诗歌音乐会。

当我那位乘客穿着黑色常礼服走上舞台，垂下眼睛，靠在墙上，好长时间等待着热烈的欢呼和掌声平息下来。用那些已经过时的文学家的写法——那时“我感到多么惊讶啊”。

---

① 伊戈尔·谢维里亚宁(真名：伊戈尔·瓦西里耶维奇·洛塔列夫，1887—1941)，俄国诗人。

鲜花——深红色的玫瑰——纷纷丢到他的脚下。但他还是那样一动不动地站着，没有拾起一朵鲜花。后来他向前走了一步，大厅里静了下来，于是我听到了稍有点儿发音不清、纯粹是沙龙式的、音调悦耳的诗之歌：

把香槟斟进百合花，香槟里放进百合花！
百合花的纯洁会使香槟净化！
米尼昂和埃斯卡米利奥，米尼昂和埃斯卡米利奥！
百合花里的香槟——圣洁的琼浆玉液！①

这诗，这诗之歌中有它自己的魔法，从没有意义的词句中产生了旋律。语言只是作为音乐而存在的，对它别无任何要求。人的思想变成了玻璃珠串的微弱闪光、洒上香水的丝绸窸窸窣窣的响声，变成了扇子上的鸵鸟羽毛、香槟酒的泡沫。

在那些日子里，千千万万俄国农民正卧在灌满雨水的战壕里，以密集的步枪火力击退德军的推进，在这时候听到这些词句是令人惊异，叫人感到十分奇怪的。可就在这时候，来自切列波韦茨的过去的现实主义者洛塔列夫，也就是"天才"伊戈尔·谢维里亚宁，却用喉音发"P"音，吟诗歌唱多愁善感的涅莉娅的闺房。

后来他忽然醒悟，于是开始唱起矫揉造作的关于战争的诗歌。诗中说如果俄国的最后一个统帅不幸牺牲，那就会轮到他谢维里亚宁，于是"你们温柔的、你们唯一的我，将率领你们向柏林进军"。

---

① 引自谢维亚里宁的诗《香槟波洛涅兹舞》。

这就是生活的力量，它能迫使最虚伪的人发生变化，如果他们哪怕稍有一点儿诗才的话。而谢维里亚宁的诗才是异常丰富的。随着岁月的流逝，他开始抛弃自己那些华而不实的艳丽辞藻，发出了更有人情味的声音。我们田野上的清新空气吹进他的诗句里——“风吹过辽阔的田野”，精致也让位给抒情的质朴——“是什么样难以形容的柔情，什么样的热忱使你的容颜光彩照人，像蓝天一样光明。”

我晚上难得有空儿，白天以及夜晚的一部分时间都是在累人的工作中度过的。我总是站着，咬紧牙齿，匆匆忙忙。因此，我和所有售票员一样，累得要命。当我们实在累得筋疲力尽的时候，就请求我们电车场的领导把我们调到“小火车”——蒸气电车——上去干几天。“小火车”行驶于萨韦洛夫车站和彼得罗夫-拉祖莫夫斯基农学院之间。这是全莫斯科最轻松的，用售票员的话来说，是最“郊区的”一条线路。

像茶炊样的小机车，连同烟囱全都隐蔽在一个铁盒子里。只有像孩子叫喊似的呼啸声和一团团蒸气使它露出了马脚。机车拉着4节在近郊行驶的车厢。晚上车厢里用蜡烛照明，“小火车”上没有电灯。

秋天我曾在这条线路上工作过。我很快卖完票，坐在车厢门口的露天平台上，什么也不想，专心倾听耳边簌簌的秋声。秋天正从“小火车”两旁疾驰而过，小白桦林和白杨林尚未凋落的叶子上的潮气扑面而来。

后来小树林渐渐消失，前面农学院景色壮丽的公园草木凋零，五颜六色的秋叶宛如火焰，闪闪烁烁。公园中一片金黄，寂静无声。一大片一大片的椴树、枫树与白杨淡黄、苍白的树冠交织在一起，仿佛是一个华丽而寂静的地区的入口，呈现在人们眼前。就色彩的多样性和仿佛经过深思熟虑的配置来讲，那里的秋天服从人的意志和才能。这个公园是我们著名的植物学家、园艺能手们栽种和布置的。

从童年起，就有一种强烈的感情控制了我——热爱大自然。有时这种感情是如此强烈，以至使我的亲人们觉得可怕。秋天我从布良斯克森林或克里米亚回到中学里的时候，总是十分怀念刚刚度过的夏天。我眼看着自己日渐消瘦，夜不成眠。我向周围的人隐瞒着这种心情。我早已深信，除了困惑不解，这种心情不会引起任何别的反应。照亲人们的看法，这正是我身上妨碍我生活的那种“不严肃的东西”。

我怎么能向他们说明，我对大自然的这种感觉不仅是对大自然的尽善尽美感到惊讶，而且还有一种超出这种惊讶的心情。这并不是毫无目的的欣赏，而是意识到没有这样的环境，人就不可能在工作中充分发挥自己的力量。人们到大自然中去，通常是去休息。我却认为，人必须经常生活在大自然之中。

现在我回想起这些，是因为1914年秋天，我特别强烈地感觉到人和大自然的友谊。大自然也受到了战争的打击，但不是在此地，在莫斯科，而是在那里，在西方，在波兰。因此，对它的爱也变得更加强烈，愈来愈让人觉得心痛了。

我望着从“小火车”烟囱里冒出的烟笼罩了已经枯黄的小树林。每晚都可以看到，莫斯科灯火淡蓝色的反光在小树林后隐隐闪烁。这莫斯科近郊小树林的幻影使人浮想联翩，想到俄罗斯、契诃夫、列维坦，想到俄罗斯精神的许多特性，想到隐藏在人民中的艺术创作才能，想到人民的过去和未来。而这未来，大概，当然是非常美好的。

忽视战争

现在，从第一次世界大战以来几乎过了半个世纪，我回忆起这段还完全不算太远的时间，好像是回忆湮没在往事的烟雾之中、十分遥远的过去。

仿佛在生活的两段时期之间隔着一个炮火连天、狂风暴雨般的世纪，一切都发生了变动。犹如受到突然打击，一切都离开了原来的位置。现在，我们嘲笑那些从前我们觉得重要的事情，我们原谅自己往日的轻率，原谅自己不会认清生活的种种阴谋诡计，弄不清社会关系，不会认识自己。现在，我们对待1917年以前的一切，都好像把它看作童年，虽说我那一代人那时候都已经20多岁了。

1914年的战争并不像战后所发生的一切那样完全支配了人们的思想，当时在俄国有一种忽视战争的生活。当未来主义者或伊戈尔·谢维里亚宁发表演说的时候，综合技术馆的讲堂几乎要被听众挤破。罗宾德拉纳特·泰戈尔控制了思想界，艺术剧院在剧烈的痛苦中寻找新的哈姆雷特。在莫斯科，文学界的“星期三”小组继续在作家捷列绍夫[①]家里聚会，但作家们在这些“星期三”小组会上很少谈到战争。宗教哲学、寻神说、象征主义、号召复兴希腊哲学——这一切都和进步的革命思想同时并存，并试图控制思想界。

---

① 尼古拉·德米特里耶维奇·捷列绍夫（1867—1957），俄国作家。1899年他建立了“星期三”文学小组，这个小组在20世纪初俄国文学的发展中起了显著的作用。

我出身于中层知识分子阶层。我父亲是个统计员，与当时大多数统计员一样，我父亲是个自由主义者。

从很小的时候起，我就常听到父亲和他的朋友们谈论自由、革命的必然性，谈论生活艰苦的人民。

所有这些谈话主要是在饭厅里喝茶的时候进行的，而且每一次妈妈都警告似的用眼睛看看我们这些孩子们，对父亲说：

“格奥尔吉，你总是像着了迷似的。”

在我的想象中，千千万万苦难深重、备受压迫的人民就是农民，很少听说过工人。“无产阶级”这个词在我们这些人中间是难得谈到的，有时会提到“作坊里的工人”和“工厂里的工人”。对于我来说，和这些概念联系在一起的是基辅的郊区、狭窄的木板棚和罢工。

每当我听到“无产阶级”和“工人阶级”这些名词，不知为什么，我总是想，在我们俄国，整个无产阶级仅仅集中在烟雾腾腾的彼得堡，集中在像普梯洛夫工厂和奥布霍夫工厂那样的大工厂里。

这些天真的、孩子式的概念，以及我狂热地醉心于文学，使我大约直到二月革命，对于革命运动几乎一无所知。

当时在我的心目中，革命家这个词就是一种极其勇敢、不屈不挠和具有自我牺牲精神的品质。

但是不能说在我的青年时期，革命运动完全没有引起我的注意。我是1905年一些事件的目击者，我十分了解莫斯科十二月起义的表面的全过程、喀山铁路上的事件以及“波将金”号和“奥查科夫”号军舰的起义，我崇拜施密特中尉。但这些革命事件吸引我的首先是它浪漫主义的一面——暗中破坏，地下印刷厂，炸药，定时炸弹，从流放中逃跑，烈火一般激昂慷慨的演说。

这些事件的内在实质，在很长一段时间里都被简化为一个非常模糊的概念，可以给它下一个这样的定义：“为争取自由而斗争”。

我带着这样一些概念一直生活到1914年的战争之前。不过从战争爆发后，我已经开始了解在俄国发生的那些社会事件了。

在1914年，莫斯科是大后方。只有身穿褐色长袍在市内徘徊的、为数众多的伤兵和女人们的丧服会使人想到战争。

有一次，我偷偷溜进文学界的一个“星期三”小组。作家们在格鲁吉亚区附近一条小巷中一座古老的私邸里聚会。

我坐在后排。直到晚会结束，我一直坐在那儿，没有站起来过。我害怕会发现我，请我出去，觉得自己好像一个无票乘车的乘客，尽管在我周围还坐着好几个像我这样的青年。这些青年人毫不拘束，因此我觉得更窘了。

我的脸在发烧——我是第一次在这么近的地方看到作家们。我无法摆脱这样的想法：虽然他们也穿着普通衣服，说的也是我们这些普通人所说的话，可是在我们与他们之间仍然隔着一段很大的距离。这段距离的名称就是天才，得心应手地掌握思想、形象和语言。总之，是当时我觉得好像魔法的一切。我把每一个作家都看作屠格涅夫、契诃夫、托尔斯泰的直接继承人，看作俄国诗歌和散文传统的保护者。

当时，我无论如何也不能同意普希金的话：有时，“世界上所有毫无价值的人们当中”①，作家和诗人往往是最没有价值的。

---

① 引自普希金的诗《诗人》。

我不能把作家和他所写的一切分割开来。

因此，我怀着同样的激动心情望着把头发剪得像马车夫一样的阿列克谢·托尔斯泰，头发蓬乱、好像一个土地测量员的伊万·什梅廖夫[①]，最安静的扎伊采夫[②]，以及神情冷漠、正在用稍有点儿喑哑的声音朗读短篇小说《赞美歌》的蒲宁。

我希望能在“星期三”小组会上看到马克西姆·高尔基，但是他不在那里。

我旁边坐着一个上了年纪的人，好像他这个人整个都是由皱纹构成的，大概是个害肺病的人。他老是对着一块深色的手帕咳嗽，眼睛发亮，显然，他有热度。他注意听着从坐着作家们的讲台上传来的每一句话，后来扭过头来，对我说：

“啊，俄罗斯多么美好啊！啊，多么美好啊！”

我和这个人一同走了出来。他住在普列斯尼亚城门外，我们正好同路。

苍白的月亮悬挂在光秃秃的树枝之间。微微上冻的落叶在脚下窸窣作响。从窗户里透出的灯光落到我这位同伴像馅饼样的羔皮帽上。他原来是瑟京[③]的印刷厂里的排字工人。他叫叶利谢伊·斯韦尔奇科夫。

“我是在外省长大的，”他对我说。老是停下脚步，咳嗽几声，“在卡申市。从少年时代起就一心一意想要写作，可是感觉到自己在这方面没有才能。我不会用词。我能正确地理解词的意思，可以说，能感觉得到，好

---

① 伊万·谢尔盖耶维奇·什梅廖夫（1873—1950），俄国作家。

② 鲍里斯·扎伊采夫（1881—1972），俄国作家。——译者

③ 伊万·德米特里耶维奇·瑟京（1851—1934），俄国启蒙派出版家。

像能品尝出它的滋味，我知道它的一切性质，可就是不会用。每个词都有许多意思，作家的工作就是要用这样一种方式把这个词和旁的词放在一起，好让它——在年轻人，在读者心中激起所需要的反应。这就要靠天才来帮忙了。让他心里亮堂起来！作家不是寻找，不是挑选——他是立刻就取出所需要的那个词，就像排字工人一样，用不着看，就能从排字盘上取出所需要的那个铅字。而既然他把这个词放到了适当的地方，那就已经绝不会，无论如何也不会把它放回去了。不然，他那奇妙的结构就会垮台。”

“您曾尝试过写作吗？”我问排字工人。

“尝试嘛，我是尝试过的，直到现在还在尝试。可是有什么用呢！我养成了这样一个习惯，每逢节日都要到特列嘉柯夫美术馆去，要么去鲁缅采夫卡[①]。挑一幅我最喜欢的画，于是看着它，在想象中就好像身临其境，亲眼看见了这幅画上所画的一切。譬如，萨夫拉索夫[②]的《白嘴鸦归来》，要么是列维坦的《三月》。萨夫拉索夫的画上体现了我的整个童年。俄罗斯遍地泥泞的春天，到处都是水洼，吹着寒冷的微风，天空显得很低，还有那些潮湿的篱笆和乌云。可列维坦的《三月》，这已经是另一种春天了，不过也完全是我们的春天，地地道道的俄罗斯的春天。房檐上和树上正在往下滴水，大片大片的小树林上面是蔚蓝色的天空。这时，您听我说，雪水一直在从冰箸上滴答滴答往下滴，在每一滴这样的水滴里，都

① 鲁缅采夫卡，即鲁缅采夫博物馆，那里保藏着俄国国务活动家、外交家鲁缅采夫伯爵收藏的图书和手稿。

② 阿列克谢·康德拉季耶维奇·萨夫拉索夫（1830—1897），俄国画家。

有阳光和水滴一起从房顶上跌落下来。这我看得非常清楚。我就这样看看这些画，回到家里尽力设法把我看到的一切都写到笔记本上，打算单用语言就把它生动地描绘出来。譬如说吧，就像画家用赭石、浓黄或深青等颜色画画一样，好让从来没看到过这幅画的人能够完全清清楚楚地想象出画上所画的一切。好让他能闻到，对不起，春天里牲口粪的气味，听到白嘴鸦叽叽喳喳乱叫的声音。我已经写了100多篇这样的描写文了。不久前，我曾把它们拿给一位作家去看——我不把他的名字告诉您。我吓得浑身发抖，就连自己也觉得自己怪可怜的。他看过了，说：'这一切当然都写得合乎语言规范，完全没有语法上的错误，只不过毫无用处。'他说，'我最好是去看原画，这比通过您的描写来了解它们要好得多。'他说，'老兄，您怎么想要跟萨夫拉索夫、列维坦或科罗温[①]较量呢。不是吗？他们可不是一些草包啊！'我反驳他。我说，'我有一个想法，想要让语言像画家画面上的色彩那样，让人产生视觉形象。''而这，'他说，'已经完全是岂有此理了！'于是我就带着这'岂有此理'，离开了他。我只明白一点：我不会用词！可惜！不然，我准能做出一些大事来，这我自己是感觉得到的。"

我把排字工人送到了他的家。他住在一个狭窄的院子紧里边，院子里摆满了生锈的破铁床——一家铁床厂就设在这个院子里。

斯韦尔奇科夫请我常来看他，最后他说：

"我住在铁床中间，可是自己却睡在一张木板床上。这些床都是旧的，人家捐献的。把它们修好，给士兵住的军医院用。为了战争。我不理解这场战争。因为缺乏齐心协力的精神，所以才有战争。如果我们这些普

① 康斯坦丁·阿列克谢耶维奇·科罗温（1861—1939），俄国画家。

通人都有一致的愿望，我们就会说出一个字来：‘不！’那么，所有这种血腥的胡闹就将结束了。所以我在幻想——但愿有人能把这种齐心协力的精神教给我们。难道世界上就找不出一个这样的人来吗?!”

斯韦尔奇科夫敲了敲一个很矮的小窗子。小窗子里面没有任何人回答他，但立刻传出了女人的很厉害的哭声。

“她不了解！”斯韦尔奇科夫叹了口气，“女人啊，我也许只能再活一年了。可是不，她不了解我。请您原谅，年轻人。”

我告辞，走了。大普列斯尼亚区里那么静，甚至能听到守夜人打哈欠的声音。奇奇金和布兰多夫两家牛奶食品店的白色和蓝色瓷砖在路灯下毫无生气地不时发出微弱的闪光。如果在一个拐角上有一家镶白瓷砖的奇奇金的商店，那么在另一个拐角上一定会开一家布兰多夫的镶蓝瓷砖的商店，好抢自己邻居的生意。

家里大家都已经睡了，就连扎哈罗夫的屋里也是黑漆漆的。我躺到自己屋里的地板上，微弱的路灯灯光照射到屋里。

我躺着在想那个从卡申来的害病的排字工人。这些想法并不让我感到痛苦，恰恰相反，而是使我心情平静下来。国内到处都有有才能的人！在俄罗斯城乡，他们这些有才能的人有多少——谁知道呢？有几万还是几十万？他们付出多少智慧、发明创造的能力，运用“黄金般的双手”来装饰、丰富、歌颂自己的国家，为它增光啊。

这个排字工人当然是对的。用俄语可以创造奇迹。生活中和我们思想意识中的一切，没有什么不能用俄语词汇表达出来的。音乐的音响，光谱上各种色彩的闪光，光的变幻，花园里的喧闹声和阴影，模糊不清的梦境，隆隆的闷雷声，孩子的喃喃低语，以及海边沙砾的沙沙声。没有任何声音、色彩、形象和思想——复杂的和简单的——在我们的语言中找不到可以用来表达它们的准确词汇。

从货车站、从备用线路和车站上传来机车的汽笛声，偶尔有在街上拉散座的四轮轻便马车辚辚地驶过铺着鹅卵石的马路，这时很容易想象出城市的夜景。

我站起来，走到窗前，好长时间望着动物园。它荒凉、寂静，在被灯光微微照亮的莫斯科的街区中，好似一个黑色的大岛。

我回过头来，发觉桌子上有什么东西闪着白光。大概，是妈妈写的条子。我拿起它来，划着一根火柴，看到是一封从基辅发来的电报，上面有几行歪歪斜斜的字迹，我读道：

“被派往工兵部队，即赴西线。待有可能写信时，另行通知前方地址。请勿不安，吻你。加莉娅·科斯季克·鲍里亚。”①

原来是这样！这么说，鲍里亚也被动员了！我突然感到羞愧，难以忍受。在他面前我有什么可以骄傲的呢？吹嘘我对艺术的模模糊糊的向往吗？还没写出一行有用的东西，我就已经认为自己是优秀的特等人物了。我嘲笑他住的房子，嘲笑他的混凝土桥梁，嘲笑他的人生哲学。可是他的人生哲学中有什么可笑的呢？无论如何，他是正直的。他像犍牛一样工作，从不说谎，也不逃避自己的义务。即使在亨里希·显克维奇和契诃夫之间，他更喜欢前者。那么，这又算得了什么不可饶恕的罪行呢？我，一个极端敌视偏见的人，却陷入了受毫无意义的偏见支配的境地。

我又划着一根火柴，把电报重新看了一遍，并且心里想：妈妈为什么

① 原文电报中无标点符号。——译者

不等我回来，而是把电报给我放在桌子上呢？为什么？也许，是因为她知道我对待鲍里亚的态度。而现在，在这样的困难时刻，在我脸上看到证实这一点的表情，她是会感到很难过的。

我穿上衣服，到妈妈那里去了。妈妈没有睡。我们并排坐着，我轻轻抚摩着她花白、干枯的头发，不知道该怎样安慰她。她轻轻地哭着，以免吵醒加莉娅。

这时我才明白，青年时代有时是多么残酷无情和不公正，尽管青年时代充满了崇高的思想。

只是到天快亮时，妈妈才睡着了。我回到自己屋里，穿上售票员的制服，拿了空挎包，小心翼翼地从家里走了出去。

灰蒙蒙的光从没擦洗过的窗户渗透到楼梯上。几只老猫，鼓起两腮，正在楼梯上打着呼噜。

蒙着大幅绿色防水布、防水布上有红十字标志的两轮卫生车，车声辚辚，正沿着格鲁吉亚区驶往布列斯特线的货车站。一些弯曲的干丁香叶正从动物园里向马路上飞来，早晨的大滴雨点声音响亮地打在这些落满尘土的淡紫色叶子和两轮马车蒙着帆布的车顶上。

带着一张100卢布票子的老头儿

早就注意到，那些在经常的运动中生活的人——火车司机、海员、飞行员、汽车司机——都有点儿迷信。我们这些莫斯科电车上的售票员也是迷信的。

我们最害怕一个带着一张100卢布的大票子，也就是带着所谓的“卡捷琳卡”的老头儿。这张钞票上印着叶卡捷琳娜二世华丽的肖像，胸部像绷紧的缎子一样光滑。

如果不带成见地讲，那么这个老头儿甚至是相当可爱的——洗得干干净净，性情温和，很有修养。他的大衣口袋里总是翘着一张折得整整齐齐的《俄罗斯新闻》，这主要是教授们看的一份自由派的报纸。

老头儿总是一清早在我们刚刚离开车场的时候上电车，那时候只有发给我们做找头用的零钱——60戈比在我们的挎包里叮叮当当地响。不发给我们更多的零钱。

老头儿上了电车，很客气地微笑着把那张100卢布的钞票递给售票员。当然是找不开了。但老头儿并不要你找钱，他顺从地在第一个车站上就下去，在那儿等着下一部电车。

在下一部电车上仍然如法炮制。

就这样，老头儿从一部车换乘另一部车，不用买票就乘车到达他上班的地点。天天如此，月月如此。对他是无可挑剔的。

老是那同一张100卢布的钞票。我们8路电车上的售票员早就把钞票上的号码记熟了——123715。有时我们用这样的方式向老头儿报复，挖苦地说：

“请把您那张123715号的‘卡捷琳卡’拿出来给我们瞧瞧，然后就下车吧。”

老头儿从不见怪。他很乐意地把那张臭名昭著的钞票递给我们，同样很乐意地、甚至是匆匆忙忙地竭力不让任何人作难，走出车厢。

这是一个闻所未闻、异常顽固的无票乘车的乘客。就连最凶的查票员对他也无可奈何。

但我们不喜欢这个老头儿。倒不是因为这张123715号的钞票，而是因为正如认识他已经多年的老售票员们所断言的，他总是会带来一些不愉快的事情。

最初，我是当司机。我开车在“Б”线的内圈行驶。这是一件要命的工作。电车挂着拖车，挂钩是活动的。因此，开动电车时几乎不可能不把拖车猛地一拉，并听到乘客们刺耳的咒骂，作为对我的回答。

有一次，在斯摩棱斯克林荫道旁，奇奇金商号一辆运送牛奶的白色汽车驶到了电车轨道上。汽车司机开得非常慢，简直是在磨蹭。显然，他是怕弄洒了自己的牛奶。我不由自主，只好跟在他后面慢慢地行驶，结果晚点了。各个站头上都有大群密密麻麻的、愤怒的乘客在等着我的电车。

不一会儿，“Б”线上的另一辆电车赶上了我，后来又来了第2辆、第3辆，最后第4辆也赶上来了。所有电车都震耳欲聋、急不可耐地发出嘀嘀的响声。那时候电车上没有装铃，而是装着电动响板。

电车线路上发生了严重的堵塞现象，仿佛装了一个重型阀门。而那个汽车司机还是占着轨道，在我前面慢腾腾地开着，不敢开快一点儿，而且不往任何方向转弯。

就这样，我们跟着他驶过库德林花园大街，经过特韦尔大街，小德米特罗夫卡和卡列塔商场。我疯狂地按动响板，探出身子来，骂他。但汽车司机只是在抽烟，不时从驾驶室里喷出一股烟来，作为对我的回答。

后面，目光所及，只见一辆辆满载乘客的“小甲虫”在慢慢爬行，几条花园街上全都是震耳欲聋的响板声。电车司机的咒骂声震动了空气。咒骂声从最后一辆电车传到我这里，又好似威力强大的波浪，滚滚地向后流去。

我感到毫无办法，于是决定采取行动。在通往萨莫乔卡的下坡路上，我关掉马达，装作刹车失灵的样子，挟着震耳欲聋的嗒嗒声，从后面撞到那个无赖司机驾驶的奇奇金商号的汽车上。

啪的一声，好似一声枪响。汽车歪向一边，停了下来，从汽车上冒出一阵白烟。留着唇髭的汽车司机跳到马路上，从口袋里掏出警笛，忽高忽低地吹了起来。这对我来说，完全出乎意外。我看到警察分局长和一个警察握着军刀，从萨莫乔卡广场向电车跑来。

总之，第二天把我从司机降为售票员。

但我的灾难并没有到此为止。不久，又罚了我的款，这是因为我的电车经过剧院广场的时候，我坐在电车后面的平台上。在剧院广场上，售票员应当站着，因为这是莫斯科最热闹的地方。在这儿，乘客往往在车还行驶着的时候就不断地跳上跳下。

后来，为了在忙乱的一天当中能稍微喘一口气，我们这些年轻售票员想出了一个我们轻率地认为似乎很成功的办法。我们和司机商量好，比时刻表规定的时间早两三分钟从终点站驶出，或者用电车工作人员的说法，叫作“不保持间隔”。

司机全速行驶，我们很快追上同一条线路上的前面一辆电车，于是就开心了。前面一辆车载走了全部乘客，我们却开空车。车厢里空荡荡、静悄悄的，甚至可以看报。

我们觉得，这个办法是无可指摘的。但是，当然啰，正如常有的情况那样，我们往往做得太过分了，会“被橘子皮滑倒”——在莫斯科一连跑三四趟空车，我们的进款比其他售票员少了。上级立刻怀疑，这里面有问题。终于发觉了我们玩的这种花招儿，狠狠地罚了我们一笔款。

这些不愉快的事都与那个带100卢布钞票的老头儿无关。

但有一次，老头儿上了我的车。我好像觉得他那副模样比往常更加可疑，更加预兆不祥——老头儿容光焕发，对我这个售票员似乎颇有好感。也许是因为我没有注意，老头儿不是白坐了一站，而是白坐了两站路吧。当老头儿下去以后，司机——一个沉默寡言、神情阴郁的人——哗啦一声打开前面的门，隔着整个车厢对我大声喊叫：

“现在当心着点吧，售票员！可别出什么倒霉的事啦！”

说罢，还是那样哗啦一声关上了车门。

整天我都在等着不愉快的事情，可是什么事也没发生，我放下心来。半夜里我们的车从雅罗斯拉夫车站驶出，这已经是一天的末班车了。

车厢里有几个乘客，没有任何迹象预兆会发生什么不幸的事情。我甚至无忧无虑地小声唱起了当时十分流行的一首歌曲：

> 啊，我的小鸟儿们——小骗子们！
> 请换开我的这些票子……

在奥尔利科夫胡同附近，有一位身体健壮的先生上车。他穿一件翻领大衣，戴一顶式样雅致的圆顶礼帽，身上的一切都显示出一种老爷派头——微微浮肿的眼皮，雪茄的香味，外国的白围巾，还有镶银头的手杖。

他拄着手杖，迈着痛风病患者的步子穿过整个车厢，沉重地坐到了出口附近的位子上。我走到他跟前。

“免票！”那位先生声音不连贯地说。说话时不是看着我，而是望着车窗外面。夜间的灯火映照在车窗玻璃上，从窗外一闪而过。

“请出示一下！”我也是那样断断续续地说。

那位先生抬起肿胀的眼皮，带着十分蔑视的神情瞧了我一眼。

“应该认得我，亲爱的。”他气愤地说，“我是布良斯克市长。”

“可惜，”我很不客气地回答，“您额头上并没写着您是市长，请出示免票！”

市长大发雷霆。他断然拒绝出示自己的免票。我让电车停下，请他下去。市长坚持不肯下去。这时乘客们照例一起出来干涉了。

“他是个什么市长啊！”一个嘲笑的声音从车厢最里边说，“市长应该坐他自己的马车。别的不知道，可这个我们清楚得很。我们见过这样的市长！”

“与你们不相干！”戴圆顶礼帽的先生大声喊道。

“我的爷啊！”一个挎着一小篮苹果的老太婆吓了一跳，“好大的嗓门儿！有钱人总是小气得很。花5戈比买张车票，他们都舍不得。他们的钱就是像这样——一个子儿一个子儿，1戈比1戈比地积攒的。”

“也许，他口袋里连一个子儿也没有吧，”一个戴便帽的小伙子讥笑说，“要么我替他买票。拿去，卖票的！找头交给他，让他去买点儿什么填饱肚子吧。”

这一切是这样结束的：狂怒的市长走出车厢，砰的一声用力关上车门，震得车窗玻璃叮当直响。为此，他又受到司机的严厉责骂，对着他的背脊骂他无赖，连他的圆顶礼帽和保养得很好的嘴脸也成了他挨骂的原因。

两天后，米乌斯电车场的场长把我叫了去。他留着很大的大胡子，胡子完全是火红色的，是个很爱嘲笑人的人。他用雷鸣般的声音说：

“217号售票员！请接受第二次警告处分。在这儿签个字！对！算你运气，这一切就这样了结了，到伊韦尔圣母像前点上一支蜡烛，谢谢她保佑你吧。哪见过这样的事——把市长赶下车去，而且是在夜里，又是在第三小市民街。在那里就是大白天，每一个人都会粗野地骂你、推你、撞你。”

电车场场长要求我把和市长吵架的事详详细细地全都告诉他。我讲了一遍，还顺便提到了那个带着一张100卢布钞票的老头儿，还提到根据售票员们的看法，这个老头儿会带来不幸。

“我听到过这个该死的小老头儿的事，”电车场场长说，“怎么才能想个办法骗骗他，让这个演员上当呢？”

8路电车上的售票员们早就梦想着能让这个老头儿上当了。每个人都有各自的计划。我也有我的计划，我把这个计划告诉了场长。他只是冷笑了一声。

第二天早上，让我在一张收据上签了字，发给我100卢布的零票。

我一连3天在等着那个老头儿。第4天老头儿终于落网了。

他毫不怀疑，高高兴兴、泰然自若地上了电车，把他那张“卡捷琳卡”递给我。我接过来，把它翻过来调过去，对着亮光看了看，然后塞进了挎包。老头儿惊讶得连下腭都耷拉下来了。

我不慌不忙数出99卢布95戈比，把找头点了两遍，递给了老头儿。看着他简直觉得可怕。他面色阴沉，仿佛布满乌云，他的眼睛里充满无原则的怨恨。我真不愿在阒无一人的小胡同里碰到这个老头儿。

老头儿默默地接过找头，数也没数，就塞进了大衣口袋，并向出口走去。

“您上哪儿去？”我彬彬有礼地对他说，“您终于有车票了，您随便坐几站都行。”

“祸害！”老头儿用嘶哑的声音说，打开通往前面平台的车门，在第一站就下去了。他这样做大概是由于根深蒂固的习惯。

当电车开动后，老头儿使出全身的力气，用他那根粗手杖朝车厢壁上打了一下，又喊了一声：

“祸害！骗子！我要给你点儿厉害瞧瞧！”

从那以后，我再也没遇到过他。据说，在这以后售票员中有人看到过他。老头儿精神饱满地从家里步行去上班，他的大衣口袋里还是翘着一张折得整整齐齐的《俄罗斯新闻》报。

那张123715号的100卢布纸币作为战利品在米乌斯电车场展出，挂在通常用来悬挂命令、罩着铁丝网的木板上。那张纸币在那儿挂了好几天。售票员们拥挤在纸币前，“当面”认出了它，哈哈大笑。我却博得了一个语意双关的“机智的人”的荣誉。当我故意让20个武装人员无票乘车，突然遇到了查票员的时候，只是由于以上这个情况，才使我没被解雇。

这是在夜里。在雅罗斯拉夫车站，有一些士兵上车，他们都是行军装束，带着子弹袋和步枪，崭新的军大衣上紧紧地束着皮带。这是一些预备役兵——留着大胡子，风尘仆仆，在既不熟悉又不了解的莫斯科，他们感到胆怯。他们从雅罗斯拉夫车站去布列斯特车站，从那里去作战部队。有三个士兵的妻子为丈夫送行，她们包着暖和的头巾，头巾一直裹到眼睛上方。她们紧紧拉着丈夫的大衣袖子，默默不语。士兵们也一声不吭。

我犯了两项渎职罪——让士兵和他们的妻子无票乘车。除此而外，还让武装人员上车，这是严格禁止的。

在叶卡捷琳娜广场，查票员上了电车。

“您别白费力气了，”我对他说，“当兵的反正没有票。”

“丹麦国王替他们买票吗？”查票员平静地问。

“对。丹麦国王替他们买票。”

“真有意思!”查票员说，记下了我的工号，在电车行驶中跳下车去了。

在这以后不久，留着火红胡子的场长又把我叫去了。他好长时间看着我，扬了扬眉毛，不知在考虑什么，然后用“您”称呼我，说：

“您不能做与乘客打交道的工作。这是很明显的！谢天谢地，您已经受过三次警告了。”

“那有什么呢！解雇我好了。”

“用不着多久就会解雇的。只不过为什么呢？我要调您到救护车上去做夜班。您把伤员从各个车站送到各个军医院去。您是个大学生，不是吗?”

我同意了。我觉得这个工作远比忙忙碌碌、令人疲倦地与乘客、车票、找头打交道高尚得多。

我心情轻松地把自己的挎包交给主管人，就回家去了。

我在格鲁吉亚区走着。风吹得瓦斯路灯的火舌微微颤抖。夜间的空气里混杂着淡淡的瓦斯味，仿佛向我许诺，我的生活中即将发生变化，我将去游历，会遇到一些新鲜事情。

列福尔托沃区之夜

那时候，布列斯特车站是莫斯科的主要军用车站，弧光灯把车站照得明晃晃的，车站仿佛在它那咝咝作响的白光中熔化了。军用列车从这个车站驶往前线。每天夜里都有散发着一股碘仿味的长长的卫生列车悄悄地驶近半昏暗的月台，然后开始卸下伤员。

每天夜里2点之前，当城市里的生活已经静止下来，我们这些电车场的工作人员就把白色的救护电车开到布列斯特车站上去。车厢里面吊着弹簧吊床。

要等候很长时间，我们便在车厢旁抽烟。每次都有一些包着暖和头巾的妇女走近前来，怯生生地问，是不是很快就要装伤员了。“装伤员”——也就是把被弹片撕伤的活人像没有生命的货物一样拖进车厢，这几个字本身就是由战争所产生的荒谬事情之一。

“请等着瞧吧！”我们回答。

妇女们叹口气，退到人行道上，站在阴影里，默默地注视着车站上沉重的门。

这些妇女到车站来是以防万一——也许，会在伤员中找到丈夫、兄弟、儿子或亲人的同团战友，他们可以把亲人的命运告诉她们。

我们这些售票员，这些年龄、性格、观点各不相同的人，最害怕的就是这些妇女当中有哪一个当着我们的面找到已经成为残废的亲人。

当车站门口出现抬着担架的卫生员，那些妇女就冲向他们，发狂似的仔细端详伤员们发黑的脸，把一串串小面包圈、苹果、一包包散装的廉价香烟塞到他们手里。妇女中有人因为怜悯而失声痛哭。伤员们忍着呻吟，用明白易懂的话安慰那些女人。普通的俄国人把为不幸的日子准备的这些话藏在心里，只说给也是像他们自己这样的普通人听。

把伤员抬进车厢，电车开始穿过夜间的莫斯科。司机慢慢地、小心翼翼地开车。跑这样一趟车是很累人的。

我们多半是把伤员送到坐落在列福尔托沃区的总军医院去。从那时以来，一想起列福尔托沃区，我就会联想到寒冷的秋夜。已经过了许多年了，可我还是好像觉得列福尔托沃区永远是这样的黑夜，军医院一排排枯燥乏味的窗户在黑夜中灯火通明。我所以无法摆脱这样的印象，是因为从那以后我一次也没去过列福尔托沃区，从未在白天的光照中看到过军医院和它前面的那个大操场。

在列福尔托沃区，我们帮助卫生员们把重伤员抬到病房和临时病房里去。临时病房都分散在远离医院主楼的花园里，那里有一条散发着氯气味的小溪在谷底喧哗。我们抬伤员时走得很慢，因此常常在列福尔托沃区待到天快亮的时候。

有时，我们运送奥地利伤员。那时候人们都讥讽地把奥地利叫作“布头帝国”，管奥地利军队叫“茨冈人的集市”。乍一看，这支由不同民族组成的军队会让人产生这样的印象：似乎这是一大群黑头发、黑皮肤、瘦削得令人难以置信的人。他们身穿蓝色的军大衣，头戴褪了色的法式军帽，锡帽徽上有两个凿通了的字母“F”和“J”。这是那个老糊涂奥地利皇帝弗兰茨·约瑟夫[1]名字的缩写。

我们询问那些俘虏，不由得感到惊讶：这支军队里什么人没有啊！里面有捷克人、德国人、意大利人、蒂罗尔人[2]、波兰人、波斯尼亚人、塞尔维亚人、克罗地亚人、黑山人[3]、匈牙利人、茨冈人、黑塞哥维那人[4]、古楚尔人[5]和斯拉夫人……尽管我已经中学毕业，地理还得了5分，可是这些民族中有一些我根本就不知道。

---

① 弗兰茨·约瑟夫一世（1830—1916），奥匈帝国的皇帝。

② 奥地利的一个民族。——译者

③ 波斯尼亚人、塞尔维亚人、克罗地亚人、黑山人都是南斯拉夫的民族。——译者

④ 南斯拉夫的一个民族。——译者

⑤ 住在喀尔巴阡山区的乌克兰人。——译者

有一次，和我们的伤员一起，把一个细高个儿、打着灰色绑腿的奥地利人抬进了我的车厢。他喉头受了伤，喉咙里发出嘶哑的声音，一双黄眼睛转来转去。当我从他身旁走过的时候，他的一只晒黑的手动了动。我以为他是要喝水，向他那没有刮过胡子、紧绷着一层干皮肤的脸俯下身去，听到了好像鹰叫似的喃喃低语。我好像觉得，奥地利人讲的是俄语，我甚至急忙躲开了。于是，他很吃力地又说了一遍：

"我是斯拉夫人！在一次很大很大的会战中受了伤……我的兄弟。"

他闭上了眼。显然，他在这两句话里注入了对他来说十分重要、对我来说却不能理解的意义。显然，他早就等待说出这两句话的机会，已经等了很久了。后来我思索了好久：这个由于血已经凝固、绷带粘在喉头上的垂死的人到底想要说什么。他为什么不诉苦，不要水喝，不像所有受伤的奥地利人那样，拉着钢制的小链条，从怀里拖出刻着亲人地址的团徽呢？显然，他是想说，弱不敌强，而他举起武器来反对自己的兄弟，这并不是他的过错。在他那因为发烧而变得混乱的意识里，这个想法已经和他对那场浴血会战的记忆联系在一起。而他是按照"德国人"的意志，不由自主地径直从自己的村庄来到了战场。他那个村庄里长着古老的胡桃树，从树上投下大片大片阴影。每逢节日，一头驯服的迪纳拉熊[1]总要在手摇风琴的伴奏下在集市上跳舞。

在列福尔托沃区开始往外抬伤员的时候，我们走到一个长着一头火红头发的沃洛格达义勇兵面前，他说：

"你们去抬那个奥地利人吧。你们要知道，他在受罪，我们等一等。"

---

① 一种小熊，多半是在马戏团里表演。——译者

我们抬起了那个奥地利人。他很沉，在路上他开始轻轻地发出呻吟：“哎哟——哎哟——哎哟，”他拖长声音说，“玛利亚我的妈呀！哎哟——哎哟——哎哟，玛利亚我的妈呀！”

我们把他抬进已经给践踏得不成样子的花园深处的临时病房，这时他已经死了。

军医士命令我们把这个奥地利人抬进停尸房去。这是一个木板棚，像大门一样宽的房门敞开着。我们把奥地利人抬了进去，从担架上把他抬下来，放到被许多人体压乱的干草屑上。四周一个人也没有，天花板下亮着一个发黄的小电灯泡。

我竭力不看四周，从奥地利人敞着的上衣领子里拉出团徽——一本由两片白色氧化金属片构成的小书。上面刻着士兵的名字、他的编号和亲人的地址。

我看了看，把它抄了下来：“伊万·彼得里奇，38719，快乐橡树林（波斯尼亚）。”

我在家里写了（不知为什么是用印刷体写的）一张明信片，告知伊万·彼得里奇的死讯，把它寄往波斯尼亚快乐橡树林村，收信人是彼得里奇的家庭。

当我写这张明信片的时候，仿佛在自己的想象中看到了一座白色的矮房子——房子那么矮，从地上到窗户只有一肘高。我看到了窗下色彩暗淡的牛蒡丛和一只好似悬在房屋上面炎热的天空中的鹞子，还看到一个妇人。她把孩子从黝黑的乳房上拉开，用忧郁的眼睛望着村口，风在那里卷起一团团灰尘。也许，这风是从她的伊万躺着的田野上吹来的。但是风不会说话，永远不会告诉她任何消息。可是没有信。

“在一次很大很大的会战中受了伤……我的兄弟。”我记起了那痛苦的喃喃低语。身穿绿色瘦军装的"德国人"硬把他——伊万，从故乡的菜园里拉走，这是谁的过错呢？他，伊万，是一个顺从的、善良的人，这从他灰色的圆眼睛上就能看得出来，这是一双长在上了年纪的人脸上的孩子眼睛。

列福尔托沃区之夜！战争、苦难以及思考人的曲折生活道路的夜。这是我成长的夜。从前我对现实的概念是虚假的，它那光彩夺目的外壳正在一天天干枯、脱落。我渐渐认识到，生活犹如某种严峻的事物，要求经常不断地工作，以清洗它身上的污垢、脓水和欺骗，看到它壮丽辉煌和质朴的本来面目。

卫生员

1914年10月，我辞去莫斯科电车场的工作，到城市联合会[①]后方军用救护列车上去做卫生员。

待在莫斯科，让人觉得忍受不住。我的全部思想都在西方，在决定俄罗斯命运的、波兰潮湿的田野里。我寻找更接近战争的机会，寻找终于能从早已解体的家庭里令人苦闷的气氛中冲出去的机会。

后方救护列车上的全体卫生员几乎都是志愿服务的大学生。我们都穿士兵的制服，只允许我们仍然戴着大学生的制帽。这一点有许多次救了我们，使我们免遭军事运输指挥员的粗暴对待和"粗野的嘲弄"。

我们这些卫生员每人都负责一节有40个伤员的客车车厢。把自己的

---

① 全俄城市联合会是城市资产阶级为帮助沙皇政府进行战争于1914年建立的一个组织。

车厢“刷洗”得像轮船上那样闪闪发光。“刷洗”得那么干净，让主任医生、国家杜马的成员波克罗夫斯基于每次例行的出车前检查列车时，只是得意地暗笑，把笑容藏在淡褐色的、西班牙式的短尖胡子里，什么话也不说——都认为这是有关荣誉的事。波克罗夫斯基是个要求严格的人，很爱嘲笑人。

我害怕第一次出车。我不知道，要照顾40个躺着的伤兵，我是否能对付得了。列车上护士很少。因此，我们这些普通卫生员不仅要为所有伤员擦洗、喂水、喂饭，而且要留心观察他们的体温，注意绷带的情况，及时让所有的人吃药。

第一趟出车的情况表明，最困难的事情是喂伤员吃饭。餐车离我的车厢很远，不得不拖着满满两桶热汤或开水穿过48道车门。那些自己的车厢就在餐车附近的卫生员，总共只要开关10道至15道车门就可以了。我们认为他们是幸运儿，羡慕他们。不过因为我们一天当中有好多次提着一桶桶食物经过他们的车厢。当然，这就会不由自主地洒出一些汤来——只是由于这一点，我们才多少感觉到一点儿幸灾乐祸的满意心情。那些“幸运儿”却不得不拿着抹布在地板上爬来爬去，一边骂街，一边不停地跟在我们后面擦地板。

最初一段时间，这48道门让我感到毫无办法。有的是普通的往里开的门，也有的门要往外拉——车厢门廊上的门就是这样的。每道门都需要打开、关上，这就得把满满的两桶汤放到地板上，而且竭力设法什么也别洒出来。列车开得很快，经过道岔的时候，车厢摇摇晃晃，向外倾斜。也许正是因此，直到现在我也不喜欢列车经过道岔时车厢突然歪向一边。

除此以外，还得赶快——以免汤或茶凉了。特别是冬天里，两节车厢之间结冰的露天通道上，刺骨的寒风在哀号，在嘲笑我们，很容易滑一跤，飞到车轮底下去。

如果再加上一天至少要去餐车12次（去拿面包、餐具，取茶，取汤，取粥，然后再把脏餐具和桶送回去，等等），那么就会明白，我们是怎样咒骂那个想出要在每一节车厢上至少装6道、甚至一共装8道门的、早就安然长眠的发明者了。

每当给伤员喂饭的时间刚好赶在停车的时候，我们都感谢上苍。于是，我们都提着自己的桶从车厢上跳下去，沿着列车，在坚实的地面上飞跑，而不是在摇摇晃晃的车厢地板上受罪了。

很多伤员都不能自己吃饭，不得不给他们喂饭、喂水。每天早晨，我们给伤员擦洗，然后用石碳酸溶液擦洗地板。

只有到晚上吃过晚饭以后，才可以稍微休息一下。不过又要开始为洋铁皮车灯里的蜡烛操心，经常为它忙个没完。要么是蜡烛灭了，要么是弯了，要么是它突然燃烧得很旺，像火把一样大放光明。而列车乘务组中的连接员又经常在车厢门外的平台上偷我们的蜡烛——这是个大鼻子、短腿的瓦夏叔叔，因为爱偷蜡烛，得了一个绰号："蜡烛嘴"。

如果不是每一节车厢里都能立刻从轻伤员中找到自愿助手的话，大概，我们谁也不能完全应付得了自己的工作。

但归根结底，这一切都只不过是小事。我害怕第一次出车并不是因为这些寻常的困难，有一种更为复杂的困难——所有卫生员都在暗暗地想着它。单独面对40个残疾人是让人感到非常痛苦的，特别是我们这些免服兵役的大学生。我们害怕这些人的嘲笑和公正的愤慨。他们用自己的双肩承担了战争的全部重负和危险，然而我们这些大部分身体都很健康的年轻人却过着安全的生活，没有遭受任何损失。

在第一次行程中，起初我简直没有时间和伤员谈话，留心听听他们说些什么。到夜里，终于一切都静了下来。我在自己的单间里稍坐了一会儿，抽支烟，朝窗外望望。不知是哪个小车站在窗外一闪而过，使路灯射进来的光带也随着它在车厢里很快地转动着。后来在车轮咯噔咯噔的响声伴奏下，车窗外又是漫漫的黑夜和孤零零的村庄里一连串颤抖的灯火。

“卫生员!”一个有点儿嘶哑的、坚决要求的声音从车厢里喊，“卫生员!”

我跳起来，顺着车厢走过去。叫我的是一个皮肤呈褐色，面部浮肿的伤员。

“在睡觉吗，灌肠的?”他平静地问我，并没有嘲笑的意思，“按职务来说，你不该睡觉。给我点儿水喝。要不然，整夜喉咙都干得难受。”

“大家都应该睡觉。”旁边病床上一个伤员调解地说。他留着稀稀拉拉的胡子，长着一张干瘦的脸。他用孩子似的高音说话，“有的人长眠不醒，有的人只能睡一段很短的时间。”

“您怎么，是个修道士吗?”面部浮肿的人嘲讽地问他。

“哎——哎，老乡，”面部干瘦的人笑了笑，“还没有一座我愿意去当修道士的修道院哩。我需要一座特殊的修道院，一座与我的生活观点一致的修道院。”

“嘿，你呀！哼，你呀！好一朵郁金香，好神气呀!”脸上缠着绷带的第三个伤员生气地说。他那双小眼睛像黄鼠狼的眼睛一样，在白色的绷带中间锐利地闪闪发亮。

“瞧，我们自己在互相嘲笑，”面部干瘦的那个人说，“可是不懂得生活的基础。这个基础在哪里呢?”

“那你给讲讲看嘛，别舍不得。”面部浮肿的人粗暴地要求说，“讲讲经线，也讲讲纬线。[①]”

“这可以。”那个面部干瘦的人很乐意地答应了，然后沉默了一会儿，“俄国的土地上曾经有一个相当著名的老头儿，托尔斯泰伯爵。他写了那么多书，据说，写得右手都有点儿麻木了。这就是说，他的右手痛，所以他总是把它插在宽腰带里。这样他好像觉得轻松些，好像他的手就已经不在他身上了。”

“不错，”脸上缠着绷带的伤员说，“我自己在画像上看到过。”

“要是有什么麻木了——不管是手还是脚，那可没有比这更糟的了。”那个面部浮肿的人表示同意，说着很吃力地在床上挪动了一下，对我说，“卫生员，你坐下。我叫醒了你，那你就随便跟我们一起坐坐，听听吧。”

“不断地把人叫醒，也是不行的，”一个半睡半醒的声音从车厢深处说，“这会使血液变酸。”

“你别作声！”那个面部浮肿的人喊了一声，“让人说说话吧。”

“是——啊，”那个面部干瘦的人说，并且舔了舔嘴唇。

“老头儿都干瘪了，可是他的名字叫列夫[②]。大概，这名字叫得对。因为，据说他身上的力量简直就像狮子的那么大。当然啰，是在思想里，在观点里。而在他身体里，什么都没有，就连个子看上去也不起眼。是啊，那么，却说我们镇上有一个粉刷匠，绰号叫科列尔[③]。他和那个托尔斯泰

---

① 这是文字游戏。俄语中“基础”一词还有“经线”（纺织工业中的）的意思。——译者

② 俄语“列夫”一词的意思是狮子。——译者

③ 俄语“科列尔”一词的意思是颜色。——译者

伯爵发生过一次偶然的争吵。倒不是争吵，而是一场普通的谈话。有一次，科列尔坐在天晓得是哪里一个换车的车站上，总之是在莫斯科再往下去的一个地方，在那儿坐了整整一天一夜，在等火车。正是夏天，周围尘土滚滚，车站上寂静无人，显得无精打采。托尔斯泰伯爵也到了那个车站，也在等车。”

“嗯，当然啰，于是就谈了起来——谁去哪里。科列尔说：‘我，要到南方城市敖德萨去，因为在这一带做粉刷活儿已经觉得腻烦了。’‘这是为什么呢？’托尔斯泰问他。‘因为，’科列尔回答，‘这儿的房子都是刷成深色，而那里是刷成浅色。这就让人愉快多了。譬如说吧，那儿是用普通的白粉刷房子——在那些地方管白粉叫白灰——不过，要用干净的和磨得很细的白粉。这样，在天空和大海中间，它，那房子就像会起泡沫的白石头一样。于是房子好像变得那么轻飘飘的，仿佛是天堂里的居民用像空气那样轻飘飘的手指建造的。’‘什么天堂都没有。’托尔斯泰对科列尔说。说着笑了，不过是那样生气地笑。‘是啊，我自己也知道没有。’科列尔回答，‘我这是为了咱们说话儿，这么随便说说的。请问您去哪里，如果不是秘密的话。’‘如果这是秘密呢？’托尔斯泰问他。‘如果是秘密，那就请原谅吧。我是个笨头笨脑的人。’老头儿搂住他的肩膀，亲切地拍拍他，说：‘所以，当真看得出来，是个笨头笨脑的人。你瞧，’他说，‘多么骄傲啊！可是你，’他说，‘是个生活的艺术家，这你自己也清楚得很。所以，’他说，‘你就照过去那样生活吧，这样人们才看得起你。这中间包含着真理。至于说到我嘛，我要在俄罗斯找一个最安静的修道院，一个可以躲起来的地方，好住在那儿，一点儿也不分心，写完自己的最后一本书。’‘您这本书里能写些什么呢？’科列尔问，‘请再一次原谅我的无知。’‘写世界上美好的一切和我在这个世界上看到过的一切。’小老头儿回答他说。‘是件很难的工作啊，’科列尔回答说，‘因为可供挑选的东西太多了。单说好看的颜色吧，就有几十种。那您怎么能写出生活中美好的一切呢?’‘能来得及写多少，就写多少。一开始，我要先写一个住在河边农舍里的老头儿是怎样生活的，每天早晨他走出门槛，看到燕麦沐浴在露水之中。于是在想：现在我到森林里去采越橘，也许会采到满满一篮子，可也许采不到那么多，而是躺到一棵松树底下，长眠不醒。因为已经到了垂暮之年了。不过反正一样——不管是这样还是那样，不管发生什么事情，不管怎么着，全都很好——无论是留在这块土地上，再活一些时候，还是从另一方面来看，给青年人腾出地方来。我自己已经活了很久，快乐过了，那么现在让别人来替我活着，替我快乐快乐吧。’‘啊,不!’科列尔说。‘这样的话我可不懂。当刨花从刨子底下飞出来的时候，要么，譬如说吧，当颜色像平静的水面一样刷得挺均匀的时候，才会觉得快乐。’他说，‘我，主要是在工作中觉得快乐。而您的话，列夫·尼古拉耶维奇，对我毫无用处。’”

“说得对!”脸上缠着绷带的那个伤员高兴地说，“全世界就是靠工作支撑着。工人就是世界的基础。你先把自己的活儿干完了，然后再去欣赏吧。不管是欣赏露水，还是欣赏燕麦，愿意欣赏什么就欣赏什么。”

“托尔斯泰干的活儿比谁都多，”那个睡意蒙胧的声音从车厢深处说，“我看过他的不少书。”

“对!”面部浮肿的那个人突然喊了起来，“譬如说吧，播种以前，我拿起一块泥土来把它揉碎，闻一闻，就会明白，种子在这样的泥土里会怎么样，泥土里湿度有多少，这点儿湿度够不够让谷穗全都喝足水分。”

“嚷嚷什么，”那个半睡半醒的声音又从车厢最里面说，“也许，你的那个科列尔说的全都是谎话。粉刷匠都是些出名的爱说蠢话的人。只有一点怪可惜的，列夫·托尔斯泰没有写出那本关于世界上一切美好事物的书。我们多想看看啊！”

“卫生员！”那个面部浮肿的人突然又用先前那种坚决要求的声音喊道，“掀开窗帘！外面已经是早晨了，想要瞧瞧窗外是什么样。快到我们科斯特罗马那一带了。”

伤员们都不作声了。我撩开粗麻布窗帘，看到了窗外秋天的俄罗斯北部地区。直到地平线，烟笼雾锁，一片片小白桦林、一片片牧场、一条条弯弯曲曲的无名河流，都染成了金黄色。列车风驰电掣，喷出一团团蒸气，遮蔽了一个个岗亭。

我还从未看到过这样的秋天，这样明朗的天空，仿佛松脆易碎的空气，蛛丝的银光，长满红色的酸模草的谷地，透过池水能看到沙底的池塘，烟雾弥漫的远方的光晕，在清晨似乎湿润的蓝天上静止不动、柔情脉脉的一缕缕白云……

我看得出神，没有立刻感觉到背部承受的重负。那个面部浮肿的人把一只仿佛是铁铸的手搭到我的肩上，欠起身来，凝望着窗外。

“唉，你呀，我亲——爱——的小兄弟！”他拖长声音说，“我真想光着脚走遍这块土地，在每一家农舍里喝一杯水。可是你瞧，真不走运。现在我没有可以走路的东西了。”

我一回头，看到了那个面部浮肿的人长袍底下紧紧缠着绷带、截去一只脚的残肢。

列车平稳地在露水盈盈的丘陵间疾驰。机车突然那样高兴地吼叫起来，仿佛它是一个宣告盼望已久的幸福消息的人。

“唉，”面部浮肿的人又补了一句，“我们是径直向妻子和母亲的眼泪飞跑啊。那就别回来吧！可是那也不行，无论如何也不行。老弟!”

冰雪覆盖的俄罗斯

我们在后方救护列车上跑了好几趟车，从莫斯科去俄罗斯中部地区各个城市。我们到过雅罗斯拉夫尔、伊万诺沃-沃兹涅先斯克、萨马拉、阿尔扎马斯、喀山、辛比尔斯克、萨拉托夫、坦波夫和其他城市。

不知为什么，我不大记得这些城市。但像什么巴扎尔内·瑟兹甘这样的一些小站，某些村庄，特别是村镇上一座被雪埋住的农舍，我却记得清楚得多。我甚至不清楚这是在哪一省——是喀山省、坦波夫省，还是奔萨省。

直到现在，我还记得这座农舍和一个身材高高的老头儿，他那瘦削的肩上披着一件没挂面儿的光板羊皮袄。他从很矮的房门中走出来，手扶着门，久久地望着车厢壁上画着红十字的一长列列车。雪花从房顶上飞下来，犹如暴风雪一般，在老头儿头发蓬松的头顶上飞舞。

正是冬天。俄罗斯已被冰雪覆盖。

我们运送伤员的时候，周围的一切，我们什么都看不见——顾不得这个。但是在回程时，每个卫生员独自待在擦洗得干干净净的空车厢里，却有的是朝窗外眺望、看书和睡觉的时间。

回程在记忆中留下的只是一片雪野，雪野以其光辉洒满车厢，一片洁白，还有那颜色像鸽子一样、瓦灰色的低悬的天空。脑海中一直出现不知在哪里读到的诗句：“沉默的国家，全身洁白，宛如新娘，披着白纱。”[①]每天早晨护士们巡视车厢时，她们那雪白的头巾和长袍与这雪和诗句奇怪地互相吻合。

巴扎尔内·瑟兹甘——我记住了这个小站，是由于一件无关紧要的小事。我们在瑟兹甘的备用线上停了整整一夜——外面有暴风雪。到早晨，列车全都让雪给封住了。我和隔壁车厢的邻人、好心肠但笨拙迟钝的尼科拉沙·鲁德涅夫到车站上的小食堂里去买小面包圈，鲁德涅夫是彼得罗夫农学院的大学生。

暴风雪后总是这样，空气清新、凛冽，砭人肌肤。小食堂里空荡荡的。由于天冷，冻得颜色发黄的绣球花摆在铺着漆布的长桌子上。门边挂着一幅招贴画，上面画着一只山羊站在高加索白雪皑皑的山巅上，山羊下面写着：“请饮用萨拉杰夫的白兰地”。食堂里飘散着一股烧焦了的葱味和咖啡香味。

一个敞胸短上衣外面罩着围裙的翘鼻子的姑娘闷闷不乐地坐在一张小桌后面，望着一个面色如土的小男孩。小男孩的脖子很长，仿佛是透明的，而且被厚呢上衣的领子磨破了，流出血来。稀稀拉拉的亚麻色头发耷拉到额上。

小男孩把脚缩到桌子底下，正在从一个陶碗里喝茶，他脚上穿的那双结了冰的破鞋已经化开了。他从一大片黑麦面包上掰下几大块，然后从桌子上把面包屑收集起来，倒进自己的嘴里。

我们买了小面包圈，坐到桌边，要了两杯茶。已经烧开的茶炊在隔板

① 引自巴利蒙特的诗《沉默的国家》。

后面咕嘟咕嘟地响着。

翘鼻子的姑娘给我们把茶端来了，还拿来几片干瘪的柠檬。她朝那个穿厚呢上衣的小男孩那边点了点头，说：

“我总是给他东西吃。是我自己的，不是小食堂里的。他靠讨饭生活，在列车上、在车厢里讨点儿吃的。”

小男孩喝完了茶，把碗扣过来，站起身来，对着萨拉杰夫的白兰地广告画了个十字，不自然地挺直身子，用呆滞的眼睛望着车站宽大的窗户外面，唱了起来。他唱歌，显然是为了感谢那个富于怜悯心的姑娘。他用悲哀的高音唱着，当时我好像觉得，这个男孩子的歌最好不过地表达出了俄罗斯乡村的孤独。他的歌词，我只记住了很少几句：

……把她埋葬在
潮湿的松树林里，
潮湿的松树林里，
一块木头下，
一块木头下，
一块橡木下……

我不由自主地把目光转向男孩望着的方向。积雪的道路奔向处在挂着霜花的榛树丛之间的谷地。谷地后面，从炉子里冒出的一缕缕青烟，在谷物干燥室的草屋顶后袅袅地升向仿佛有点儿羞涩的淡灰色天空。男孩的眼睛里流露出忧郁的神情——思念他所没有的，像这样歪歪斜斜的农舍，思念沿墙固定着的宽阔的长凳，思念用纸糊起来的有裂缝的小窗户，思念底部烤焦了的、热烘烘的黑麦面包的香味。

我心里想：当没有幸福的时候，为了获得幸福，归根结底，一个人的需要是多么少。而当幸福到来的时候，他所需要的又是多么多啊。

从那时起，我曾多次住在乡村中的农舍里，并且爱上了它们，爱上了圆木墙壁暗淡的闪光，爱上了灰的气味，爱上了农舍严峻的性质。这严峻和这样一些熟悉的东西，像泉水、树皮篮子或并不漂亮的土豆花，性质是十分相近的。

没有对自己国家——特殊的，对它的每一件小东西都感到十分宝贵、十分亲切可爱的国家——的感情，就没有真正的人的性格。这种感情是无私的，它会使我们对一切都怀有巨大的兴趣。亚历山大·勃洛克在很久以前的困难年代里写道：

俄罗斯，极端贫穷的俄国，
对我来说，你那平凡的农舍，
你那随风飞翔的歌——
都好似那最初的泪珠儿为爱情滴落！[①]

勃洛克当然是对的，特别是他的比拟。因为没有任何东西比为爱情而流的眼泪更富有人情味，没有任何东西能像这样强烈、这样甜蜜地撕碎人的心。也没有任何事物比一个人对自己的祖国漠不关心——对祖国的过去、现在和未来，对她的语言、风俗，对她的森林和田野，对她的村庄和

① 引自勃洛克的诗《俄罗斯》。

人，不管他们是天才还是乡村鞋匠，对这一切全都漠不关心，更加令人厌恶。

我在救护列车上工作的那些岁月里，第一次感觉到，直到最后一根血管，我都是俄国人。我仿佛融合在人民的洪流里，融合在士兵、工人、农民、作坊的工人们中间了。因此，心里感觉到很有信心。就连战争也没有给这信心投上任何惊惶不安的阴影。“俄国大地的神灵是伟大的，”尼科拉沙·鲁德涅夫常爱说，“俄国人民的天才是伟大的！谁也不能使我们屈服。未来是我们的！”

我同意鲁德涅夫的话。在那些年月里，俄罗斯只是以士兵、农民和农村的面貌呈现在我的面前，农村中缺乏财富，却有着大量的痛苦。我第一次看到了许多俄国城市和工厂区，它们都以其共同的面貌在我的意识里融成一片，并留下了对它们所富有的那种典型特点的爱。

我记得阿尔扎马斯，记得装在柳条篮子里的、红艳艳的大个儿苹果，还有像这些苹果那么多、也是那样红艳艳的圆屋顶。因此好像觉得，这座城市是熟练女工的手在绣金作坊里绣出来的。

下诺夫哥罗德迎面吹来一阵散发着蒲席香味的伏尔加河上的风。这是一座象征俄国进取精神的城市，一座批发行、大桶、腌制食品的城市——俄国历史上一个繁荣兴盛的转运码头。

喀山有一座杰尔查文[①]的纪念像，纪念像上撒满了雪花。

在那里，我十分疲倦，竟在看《雪姑娘》时在歌剧院里的顶层楼座上睡着了。在睡梦中记起刚刚听到的两句话：“难道对姑娘们关闭房门，禁

---

① 加·罗·杰尔查文（1743—1816），俄国诗人。——译者

止她们入内?”

我在半夜里醒了。看守人抓住我，把我带到了警察分局。那里有一股火漆味，肥胖的分局局长做了“在剧院大厅里违章睡觉”的违警记录。

我向车站走去。雪从伏尔加河上扑面飞来，我可怜浑身冻透了的杰尔查文，他那坚定的青铜眼睛正凝望着黑暗。

也是在一个冬夜，我来到辛比尔斯克。这座当时十分荒凉的城市全城披着霜花。城中荒芜的花园仿佛坐落在锡制的叶丛之中。

我曾从旧韦涅茨观看夜间的伏尔加河，但除了暗淡无光、仿佛冻结起来的烟雾，什么也没看见。

当时我还不知道辛比尔斯克是列宁的故乡。但现在我当然觉得，似乎当时我已经看到了列宁在辛比尔斯克住过的那幢木头房子。我所以会有这样的感觉，也许，是因为那里有许多这样的暖和的木头房子，从这些房子的窗户里每晚都向狭窄的人行道上投去一道道灯光。

那时候，我只知道辛比尔斯克有一位冈察洛夫——一个动作缓慢的人，他有一种掌握俄罗斯语言的、几乎是神奇的才能。在他写的书里，这种语言轻快、亲切而且很有力量。

我觉得萨拉托夫好像建造得太规矩了，甚至让人感到枯燥乏味。城市中似乎有一种富裕生活和秩序的特征。这种印象是由几条主要街道留下来的。但随后我又来到旁侧的街道、小巷，到了巴布什金山路，那儿有一些小男孩坐着小雪橇在干雪的旋风中从山上往下滑。

我和小男孩们一起从山上往下滑。我喜欢脸朝下俯在小雪橇上，从一座座小屋旁飞速滑过去。那些小屋的窗户玻璃后面，开着红花的天竺葵仿佛在熊熊燃烧。而且，我得承认，我羡慕住在这些小屋里的人。因为我曾到其中的一幢小屋里去过。

有一个小男孩领我到一幢这样的小屋里去找一位索菲娅·吉洪诺芙娜——到那里去喝一杯热牛奶。

我看到了装着玻璃的穿堂。微弱的阳光落在干净的地板上，被窗框分割成一个个方块。第二间暖和的穿堂里放着一桶冷水，水中漂着一个木勺。门后是正房，窗户上挂着深红色丝绒窗帘。指针很大的挂钟报时声那么响，以至要和那个腼腆的小老太婆索菲娅·吉洪诺芙娜说话不得不提高嗓音。靠窗的一张小桌子上铺着带花边的台布，桌子上放着厚厚一沓浅蓝色纸封面的《田地》周刊，还摆着一些早就干枯了的花。

墙上，在一些照片和水彩画中间挂着一张很大的戏报，已经稍有点儿发黄了——那是上演马克西姆·高尔基的《太阳的孩子》的戏报。

“我儿子是个演员，”索菲娅·吉洪诺芙娜对我说，“在彼得堡剧院里。每年夏天顺路回来一趟，来看看我，在家里住一两个星期——有时是在去矿水城的半路上，有时是在从矿水城回去的时候。”

我竭力想象这种仅仅是由于等待儿子才有了意义的生活。

这想必是一种痛苦的生活，但老太婆却轻松地、毫无怨言地忍受着它。每样东西都洗过、擦净，每样东西都是专门物色来的，而这仅仅是为了漫长的一年当中，在这极其短暂的7天里，儿子可能需要它。他或者只不过是看它一眼，或者会突然问：“妈妈，那盏青铜小灯到哪里去了。”或者问，“5年前我从锡梅伊兹给您带来的那块克里米亚的石头在哪儿呢?”

用牙粉擦得干干净净的青铜小灯还在原来那个地方点着。那块扁平的克里米亚石头还放在那沓《田地》周刊上——就是半个俄国都熟悉的那种海边的鹅卵石，上面有这样的题词："来自克里米亚的问候"。上面还用粗糙的油画颜料胡乱画了一棵柏树，柏树后面是点缀着一点儿白帆的天蓝色的大海。

有很多城市，春天到了的时候，用它那稍有点儿粘手的、清香扑鼻的嫩叶给外省的荒野和污水小溪披上了绿装。

春天里，我们到了地势很高的库尔斯克。库尔斯克全城直到屋顶仿佛都挂满一堆堆刚刚发芽的树枝，著名的库尔斯克夜莺在潮湿的小树林里啼声婉转，好似在倾听自己的歌声。图斯科尔小河冰冷的河水从长满黄色驴蹄草的低岸间懒洋洋地流过。

库尔斯克是一座奇怪的城市。有很多人，就连从来也没到过这座城市的人都喜欢它。因为库尔斯克——这就是通往南方的门口。莫斯科-塞瓦斯托波尔快车笨重的车厢上落满了尘土，当从车厢里看到山冈上库尔斯克的房屋和钟楼，旅客们就已经知道，再过一昼夜，黎明前大海的烟雾中即将泛出一片片粉红色的湖泊——那就是盛开的杏花。从地平线上明亮的微光就可以猜到，"南方的土地"已经近在眼前了。

俄罗斯春花怒放，春色遍野。我们运送伤员去的城市——克利亚济马河上的弗拉基米尔、坦波夫、特维尔都已满城春色。

在每一次新的行程中我们都发觉，伤员们变得越来越沉默，越来越严厉了。整个国家也沉默不语，仿佛在考虑怎样反击对我们的打击。

不久，我们全体人员都从后方列车调往战地救护列车。我们第一次出车到西方去，去布列斯特-立陶夫斯克线，到战地去。

司号兵和碎纸

战地救护列车是由取暖车组成的。列车只有4节客车车厢。其中一节装备成了手术室。

派我担任手术车厢里的卫生员。从这时起，我就处于孤独之中。除了医生和护士，不允许任何人到手术室来。

我整天不断地用松节油擦净车厢里的白色墙壁，擦洗地板，用高压灭菌器给纱布和绷带消毒，并且听着间壁后面我们的“药剂师”、莫斯科商学院的大学生罗曼宁在列车药房里唱各种歌曲，在药房里的孤独中为自己消遣解闷。

罗曼宁演唱的内容十分广泛。当罗曼宁想要开开玩笑的时候，他唱道：

我想有一个这样的小女婿，
让他穿着胸衣，打扮得漂漂亮亮，
让他穿着胸衣，打扮得漂漂亮亮，
手里还要拿一根手杖。

当愁思使罗曼宁感到烦恼的时候，他就用哭声唱：

唉，你为什么吻我，

胸中隐藏着狂热的爱情之火……

因为把药弄乱，和主任医生波克罗夫斯基发生争吵以后，罗曼宁心情忧郁。在这种情况下，他就会唱无政府主义者预兆不祥的赞歌：

在警报声中，在如雷的炮声伴奏下，

起来，兄弟们，响应拉瓦绍利的号召！

罗曼宁有一个极坏的习惯——一连几个钟头待在药房里，我从间壁后面喊他的时候，他也不回答。因此，每当绝望的哀号突然冲破药房里的寂静，我都会吓得打个哆嗦，骂出声来。他突然唱道：

他稍有点儿大腹便便，

大腹便便，大腹便便，

稍有点儿秃顶，露出秃斑，

不过这没什么！……

在这些歌声的伴奏下，列车开着空车，在由于春雨而膨胀起来的白俄罗斯平原上，从莫斯科慢慢驶往布列斯特。

夜间，我离开手术室，到“队部”——卫生员的车厢里去过夜。和我住在同一单间里的是罗曼宁、尼科拉沙·鲁德涅夫和一个沉默寡言的卫生员——波兰人古戈·利亚赫曼。他只干一件事：一天中擦好几次靴子，把自己的靴子擦得简直叫人受不了的那么亮。

前线上暂时平静。因此，我们在布列斯特，在忧郁的平原上这座平淡无奇的城市里停了很久。像这些平原一样忧郁的春天从这些平原上渐渐消失了，只有蒲公英还在田界上开花。阳光好像有点儿发白——天空几乎总是被烟雾笼罩着。

战争就在附近。但仅仅是根据布列斯特车站上人数众多的士兵和准尉，根据肮脏的备用线路上挤得满满的一长列一长列军用列车，才能感觉得到战争。

那时候还没有空军。大炮打不到布列斯特。战斗离这儿还远，正在基埃尔策附近作战。

我们急不可耐地等待着出发到前线去。我们已经等得不耐烦了。我们好像觉得，车轮已经生锈，列车也在钢轨上牢牢地扎下了根。

由于年轻、性情急躁，我们忘记了我们停留在布列斯特，这就意味着没有伤员，没有残废的人。只有罗曼宁没有忘记这一情况，他说：

“来到战场，就好像来到艺术剧院。幕好久还没拉开，于是他们就跺起脚来。傻瓜！”

在罗曼宁说过这些话以后，“队部”里安静了片刻。但不一会儿又爆发了激烈的争论，典型的大学生们的俄国式的争论——吵吵嚷嚷，争论个没完。而且这些争论总是由良好的动机引起来的，虽说争论的对手们持完全不同的观点。

谈论得最多的是德国、普鲁士军阀骇人听闻的迟钝和蛮横无理。威廉二世向上翘着的小硬唇髭——所有粗野的军人和靠妓女养活的男人都梦想留这样的唇髭——似乎是当时德国的象征。所有这一切和下面的事实无论如何也不相符：席勒和海涅里查·瓦格纳[1]和当时还年轻的卓越作家亨利希·曼[2]都生活在这个国家里。

但理想终于实现了！列车慢慢启动了。我在列车运行时从“队部”跳下来，追上了我的手术室——列车运行时，在我的那节车厢和“队部”之间没有任何联系。

我打开三棱车门，坐到平台上，把脚垂下去，这样坐了几个小时。望着波兰的田野和小树林，竭力想看到附近的战争迹象。

但是没有战争的迹象。经过一些村庄，村里的篱笆上缠绕着旋花，而且像在我们乌克兰一样，一些瓦罐底朝上扣在篱笆上，好把它们晒干。农舍屋顶上很大的鸟巢里站着傲慢的鹳。

空气是金黄色的和淡白色的，就像那些忧虑地朝驶过去的列车挥手的孩子们的头发。

我好像觉得，一个用扁担挑着水桶的波兰姑娘，她的脸也是这样金黄和苍白的。她把水桶放到地上，手搭凉棚，久久望着慢慢地隆隆驶过的车厢，后来她把一绺耷拉到脸上的头发撩上去，又挑起了水桶。

各个十字路口都矗立着刻有耶稣受难像的、高大的黑十字架。一些手里不知在编结着什么的老太婆坐在十字架旁，用带子拴着的山羊正在一旁吃草。一个天主教小教堂里点着蜡烛，但是我没看到里面有任何人。田野也闪着金黄色的和淡白色的光。从田野中流过的小河，沙质的河底上河水色彩变幻，也是只见一片金光和白光。

---

① 德国作曲家、指挥家。——译者

② 亨利希·曼（1871—1950），德国作家和社会活动家。

“战争在哪里呢?”我问自己。列车从伊万哥罗德要塞旁驶过，远远地在维斯瓦河对岸看到了要塞的绿色碉堡和遭到围攻时砍掉的、古老黑杨留下的高高的树桩。

我突然看到：从铁路路基直到地平线，穿过一片沼泽洼地，延伸着一条条仓促挖成的战壕，战壕里都灌满了水。列车在一条高高的堤坝上行驶。机车拉响汽笛，刹车发出尖锐刺耳的响声，我们停了下来——经过维斯瓦河的道路，不知为什么不能通行了。

在突然出现的寂静中开始听到，要塞里司号兵正在吹号，发出信号。

卫生员们纷纷从车厢里跳了下来。

“我们要在这儿停整整1个小时。”罗曼宁对我大声喊叫，“咱们走!”

我们顺着陡峭的斜坡往下跑，沿着战壕走去。我开始看出，在显然是战斗之后才长出来的草丛中有许多碎纸和变形的罐头盒。这些罐头盒显然是匆匆忙忙打开的，也许，甚至是用刺刀撬开的。洋铁罐子开口处的锯齿形边缘锈迹斑斑，好似一块块干血。

我不明白，战场上哪儿来这么多碎纸。这是一些撕碎的信、报纸、明信片、书籍、证件、小照片，在撕碎前都已经磨破了，浸透了汗液。就在这里，还乱扔着一些已经踩进泥土里去的军帽。士兵穿的厚棉布衬衣已经撕成了破布条，挂在弯向地面的铁丝网上晃来晃去，好像是故意挂在那里似的。

带刺的铁丝网上到处都挂着一块块铁锈，仿佛长满了小瘤。

“原来，”罗曼宁顺带说，“铁所以会生锈，不仅仅是由于水的缘故。”

“那是由于什么呢?”

“有时也是由于血的缘故。”罗曼宁不乐意地回答。

士兵穿的足球鞋，纽扣，子弹，钢弹夹，断裂的“伊尔”牌香烟盒，一条红丝带，泡涨了的马合烟的商标，灰色的机枪子弹袋，钉子，小圣像，皮带、靴子上的鞋掌，绣着小十字的烟荷包，急救包的包皮，已经拧成绳子的脏绷带，奥地利的短刺刀，压坏的小木勺，带条纹的炮弹钢帽，被子弹打穿的军用水壶，碎玻璃，扔得到处都是。

这是战争垃圾。是人留在死亡地的一切。是他生前曾那样长期保护，现在却丢在这儿任凭日晒、风吹、雨淋的一切。我心里想，曾在这里作战并在这里牺牲的都是成年人，但对待这些他们个人随身携带、并担心与之分离的财物，他们的态度却好像是一些孩子。

在一个弹坑旁边躺着一匹被乌鸦啄得体无完肤的死马，它龇着长长的黄牙，仿佛在笑。弹坑里黑漆漆的，全都是圆滚滚的、很肥的蝌蚪，好像许多古塔橡胶泡沫。

四周静悄悄的，只有一些田鼠在垃圾里乱翻。后来，要塞的围墙后面司号兵又吹起号来，号声是忧郁的。

这号声使我想起儿时的战争概念，那时在我的想象中战争似乎是一种庄严的事情。这号声中包含有从童年起就已经习惯的关于战争的一切美丽的虚构，包含有深深渗透进我——而且不仅是我一个人——意识中去的一切不真实的概念。军旗猎猎，军号嘹亮，马蹄声声，急如骤雨，凉爽的空气中子弹呼啸，危险的感觉使人兴奋，刀光闪闪，刺刀如林……

还从我孩子般地醉心于维克多·雨果的作品的时候，我就背熟了他的一段华丽的诗：

法兰西的旗帜，我们光荣的传说，

另一庄严时代的见证者，
往事遗留下的奇妙赠品！
你们高高飘扬，哪怕在战斗中已被打穿。
死在你们下面，英雄毫不畏惧，毫无怨言，
巴亚尔战死疆场，英勇献身……

我父亲有厚厚的3卷格涅季奇[①]的《艺术史》。我喜欢看战史画家马泰伊科[②]、维列瓦尔德[③]、迈索尼耶[④]、格罗[⑤]等绘画的复制品——这都是关于普鲁士艾劳[⑥]和费尔-萨门努阿兹[⑦]战役的作品。骠骑兵的进攻，枪骑兵的长矛，大炮的一团团浓烟，将军们手拿望远镜站在铺在鼓上的地图旁边。当然，我知道战争完全不像这些画上的样子。但美化战争的这些漂亮场面的影响还是深入我的脑海，相当牢固地保留在我的记忆里。

现在，我看到的不是战争本身，而仅仅是它留下的“胎盘”，它的脏东西、臭气和垃圾。这是出乎意料的。但是我默默无言，什么也没对罗曼宁说。

机车拉响汽笛，向路基两旁喷出两股蒸气。得回去了。

---

① 尼古拉·伊万诺维奇·格涅季奇（1784—1833），俄国诗人，翻译家。——译者
② 扬·马泰伊科（1838—1893），波兰画家。
③ 波·帕·维列瓦尔德（1818—1903），俄国画家。
④ 埃·迈索尼耶（1815—1891），法国画家。
⑤ 安·格罗（1771—1835），法国画家。
⑥ 普鲁士艾劳系俄国一个城市。1807年俄普法战争中，俄法军队曾在这个城市附近交战。
⑦ 费尔-萨门努阿兹系法国一个村庄。1814年3月13日（公历25日）盟军进军巴黎时曾在此与法军作战。

我们默默地向列车走去。在车厢门前的平台上，罗曼宁斜着眼睛瞟了我一眼，说：

“应当习惯，有知识的孩子。习惯！要不然，还会这样的。”

我突然冒起火来，回敬了罗曼宁一句粗话——我们在前线上建立起了友谊，在这全部时间里，这是我第一次也是最后一次对他说粗鲁话。

喀尔巴阡山山前地带的雨

那一次，我们的列车是从布列斯特去基埃尔策，但怎么也到不了这个遥远的波兰城市。我们总是在路上受到阻拦。在斯卡尔日斯科-卡缅纳枢纽站，我们停了一个多星期。

当时，在远离居民点的铁路交叉点建立了许多枢纽站，这些枢纽站都很奇怪。设有小食堂的大车站，明晃晃的白炽灯，几十条铁路线，冒着烟的机车库，洋槐树丛中一座座铁路员工的小木屋，而车站后面却是一片荒野，乌鸦在荒地里顺着风跳动着。不管往哪里看，都看不到任何有人烟的迹象——既没有农舍，也没有炊烟——只有令人感到枯燥乏味的道路向深耕过的土地那边延伸过去。

斯卡尔日斯科-卡缅纳也是这样，在离大车站100步远的地方就有云雀在叫，一条狭长的公路消失在宛如波浪起伏的田野里。

离车站不远，田野里有一大堆石头，那是一座尚未建成的天主教教堂。是谁想起要在这个荒无人烟的地方建造教堂的呢？这儿谁需要这座教堂？谁也不能回答这个问题。

雨燕在教堂空荡荡的四壁之间飞来飞去，一座没有栏杆的石头楼梯通向上敞廊。楼梯上已经长出草来，迎风发出簌簌的响声。

把手术车厢里收拾好以后，我就拿一本拉宾德拉纳特·泰戈尔的书，到这个教堂里去。我坐在俯临田野、尚未建成的墙壁上看书。有时，我会用自己的思想偷换泰戈尔的思想，并对此感到十分满意。

波兰铁路员工的孩子一个一个地跟在我的后面，偷偷溜进教堂。狗又紧跟在孩子后面，不久教堂就成了孩子们玩耍的地方。

孩子们都很安静，甚至好像有点儿害怕的样子，目光专注着别人。在这些眼睛深处，随时都准备露出信任的微笑。

我试图用波兰语和孩子们交谈，但他们只是惶惑地互相交换一下眼色，作为对我的回答——他们听不懂我的话。我说的是一种很蹩脚的波兰语–俄语–乌克兰语的混合语言，在我们基辅，认为这就是波兰语了。

后来罗曼宁、尼科拉沙·鲁德涅夫和护士叶莲娜·彼得罗芙娜·斯韦什尼科娃也开始跟我一起到教堂去。对斯韦什尼科娃，大家都只不过叫她廖莉娅。这是一个任性的姑娘，说话声音稍有点儿慢吞吞的，总是面色苍白，似乎这是由于她心中总是激动不安。还在后方列车上的时候，我就和她成了朋友。那时候，廖莉娅在夜间巡视各个车厢，发觉我在不是规定的时间睡着了，就把我推醒。这时，会把几滴蜡烛油滴到我的脸上——她总是拿着蜡烛巡视各个车厢。

我被烫得困惑不解地跳起来。随后，廖莉娅给我包扎起来。她一会儿由于惊恐和羞愧而失声痛哭，一会儿又破涕为笑，嘲笑自己的愚蠢和我那副可怜相。

有一次，廖莉娅来到教堂，从背后偷偷地走近我，从我手里夺走拉宾德拉纳特·泰戈尔的书，把它扔出去老远。那本书在空中飞行了好久，书页刷刷地响着，落进草丛里。我回过头来，正好碰到廖莉娅那双气得发黑的眼睛。

“够了！”她说，“别再看这种让人越看越糊涂的、模模糊糊的哲学了。”

我一声不吭。廖莉娅也默默不语，后来问：

“地平线上可以看到的那是什么？瞧，就是那里！”

“喀尔巴阡山支脉。”

“您生气了？”她问，“那么，我去把这本书给您找回来。”

“不，用不着。”

“嗯，那好吧！咱们最好到桥那儿去。”

我们向架在一条小河上的铁路桥走去，小河两岸长满了悬钩子。

我们在桥边站了好久，眺望喀尔巴阡山的支脉。喀尔巴阡山支脉犹如乌云，沉重地卧在远方。一个哨兵走到我们身边，也站了一会儿，望了望。

“不管怎样努力适应，”最后他说，“可是我们弟兄对异乡土地总是不习惯。这儿下的雨也不一样，草好像是熟悉的。然而，不是我们自己的。”

“难道这不好吗？”廖莉娅问。

“是啊，这并不坏，护士。”哨兵遗憾地回答，“幅员辽阔，这不错。可是不知怎的，总觉得有点儿冷。就好像是白天做梦。”

廖莉娅笑了一声，没说什么。哨兵叹了口气，走了。

“不许站在这儿。”他临走时用犹豫不决的声音说，“虽说你们是自己人，可是任何人都不能站在这儿。”

由于廖莉娅的缘故，我体验到了人生中最大的屈辱。

有一次，派我从布列斯特到莫斯科去取药品。医生、护士和卫生员们交给了我很多任务和信件。那时候，大家都力图托人带信，以避免战时的检查。

廖莉娅把她的一块金手表交给我，请我把表交给莫斯科的一位当教授的叔叔。这块金手表老是让廖莉娅感到不好意思，在救护列车上它当然毫无用处。

除了表，廖莉娅还交给我一封写给她叔叔的信。她在信中写了许多关于我的好话，并且请求教授，如果需要的话，让我住在他那里。

我在莫斯科找到了可尊敬的教授的住所，按了按门铃。好久没有人给我开门。后来门后有一个不满意的女人的声音问我是什么人，有什么事。开门的是一个上了年纪、眼睛斜视的女仆。女仆身后站着一个身材高大、神态庄严、好似一尊纪念像的老夫人。她穿一件上浆的小袄，系着黑色蝴蝶领结——这就是教授夫人。她那银白色的头发像圆蓬头式地高高卷起，像她的夹鼻眼镜上的镜片一样闪闪发光，使她脸上具有一种傲慢的神情。她站在那儿，堵住了去餐厅的门。教授一家人正在餐厅里喝早上的咖啡，茶匙在叮叮当当地响。

我把装着金手表的小盒子和信都交给了教授夫人。

“请在这儿等着。”她说，富有表情地向女仆看了一眼，然后走进餐厅。

女仆立刻擦起前室中一张光滑的小桌子上的灰尘。而在这以前，小桌子早就已经擦得干干净净，亮得让人感到难受了。

“谁按门铃？”一个尖锐的老年人的声音从餐厅里问，“有什么事？”

“你瞧，”教授夫人回答，弄得纸窸窸窣窣地响（显然，她正在打开小盒子），“廖莉娅就是在战时仍然是个像从前一样任性胡来的人。捎了一块金手表来，让一个当兵的带来的。这多不谨慎啊，完全像她母亲！”

“嗯！”教授含糊不清地嗯了一声。显然，他嘴里正塞满了食物，“毫不费力就可以偷了去。”

“总之，我不了解廖莉娅。”教授夫人又说，“瞧，她在信上写着，请让他住在这儿。这怎么行？住在哪儿呢？我们厨房里住着帕莎。”

“就差还没遇到这样的事了，”教授含含糊糊地说，“给他1卢布，请他出去。廖莉娅该知道，外人住在我家里，我是受不了的。”

“1卢布到底拿不出手去，”教授夫人怀疑地说，“你认为呢，彼得·彼得罗维奇？”

“嗯，那就给他2卢布，打发他走吧。”

我猛一下子拉开通往楼梯的门走了出去，砰的一声用力关上房门，震得教授的住宅里不知有什么东西掉下去，乒乒乓乓响了一阵，打得粉碎。我在楼梯平台上站住了。

门立刻开了一条缝，门里面用链条拴着。教授全家都扶着房门，站在女仆身后——傲慢的教授夫人，一个长着一张马脸的大学生，以及胸衣里塞着一块揉皱的餐巾的教授本人。餐巾上沾有蛋黄的污斑。

“你发什么火？”女仆对着门缝儿嚷道，“还是从前线来的兵呢！保卫祖国的人啊！”

“请转告你的主人们，”我说，“就说他们都是畜生。”

前室里立刻传来一阵不清楚的推推搡搡的声音。那个大学生跳到门边，一把抓住拴在门上的链条，但教授夫人把他拉开了。

“格尼亚，算了！”她大声喊道，“他会杀了你的。在前线上他们已经习惯杀死一切人了。”

这时，老教授挤到前面来了。他那撮洗得干干净净的小胡子气得直发抖。他用双手撮成个小喇叭，放到嘴边，对着门缝儿大声喊叫：

“流氓！我把你送到警察局去！”

“唉，您呀！”我说，“科学界的泰斗！”

教授夫人把可敬的小老头儿拉开，砰的一声关上了房门。

从那以后，我终生对所谓“献身于科学的人”，对那些伪学者，对那种过分夸耀自己渊博的学识，而在生活中却十分庸俗、卑鄙的人，始终持不信任的态度。有很多种我们没注意到的庸俗行为，就连像契诃夫那样的、对庸俗行为的正确无误的“捕捉者”，也不能把它的一切表现全都描写出来。

唉，这些教授的家庭啊，它们把世代相传的荒谬习惯敬若神明，过分强调自己的正派，过分显得高傲自大而又讲究礼仪。家中总是有年高德劭、炫耀自己的学识、能一本正经地计算出甲虫身上有多少根绒毛的父亲。这些家庭里的语言字斟句酌，句法严谨，家中也总是有十分迂腐而有洁癖的夫人，而且总是爱偷偷地计算别人在学术上和职务上的成功和失败！

这些教授的住宅里总是有经过严格训练的仆人，还有那一劳永逸、仿佛经过校正从此至死不变、令人无法忍受的无聊和乏味。

我没有把这件事告诉廖莉娅。

我常和她闲谈，一谈就是很长时间。还和她争论，晚上经常一起去一家小咖啡馆——卡维亚尔尼亚①，在那儿喝咖啡，吃点儿家常饼干，看着

① 乌克兰语“咖啡馆”的音译。——译者

年老的女店主在一块日拉尔杜夫[1]麻布桌布上绣红花。

还是没有战争的感觉。要不是桥边有哨兵站岗，那就会觉得，我们是在波兰的大后方休息。廖莉娅的少女的苍白面容和泰戈尔关于清洗人的灵魂中一切污秽的议论，是与战争环境完全不一致的。

静静的晚霞每天在田野和喀尔巴阡山支脉上空渐渐熄灭。每次都还有充满许多思想和欢乐的一天在隐隐燃烧着的晚霞深处渐渐逝去。那时候我们都是青年人，而青年人和姑娘们想得总是比成年人多得多。而且，当然，即使是在战时，他们的欢乐也比成年人多得多。

太阳进入铅灰色的烟雾之中。夜里雨点像擂鼓一样开始敲打着车厢顶。

第二天早晨，我们从斯卡尔日斯科-卡缅纳开往基埃尔策。喀尔巴阡山山前地带立刻向我们靠拢过来。从一片片山毛榉树林中往车窗里吹来一股股潮气。云紧紧攀住小山冈的山顶，一会儿遮住，一会儿又让人重新看到路旁的十字架。

突然，烟雾中懒洋洋地、而且很有分量地传来一声孤零零的、隆隆的炮声。我好像觉得，列车的速度减慢了。后来又是一声炮响，接着是第三声——一切都静下来了。

“罗曼宁！”我隔着间壁喊道，“您听到了吗？”

“听到了。”罗曼宁回答，“我感到惊讶。”

“惊讶什么？”

“您到我这儿来，我讲给您听。”

---

① 波兰城市，以亚麻厂闻名。——译者

我到药房里去了。药房里干净、窄小，因此我喜欢它。飘散着干悬钩子的香味。罗曼宁正在一架小天平上称药粉，天平上的秤盘好像珠母一样。

“请坐。”他说，“您可以抽烟，没关系，我也抽烟。我感到惊讶，可是我得承认，我自己也不知道为什么。”

“不过，到底是为什么呢?”

“大概，根本就值不得去弄清它。您瞧，我这儿一切都闪闪发光，一切都放在固定的位置上。每一个药瓶都放在一个木格里。使人感到很舒适，不是吗？即使在不需要的时候，我也整天都坐在这儿。看书，望望车窗外面。要不然，就在这把扶手椅上睡一会儿。”

他向一排排小瓷瓶扫视了一眼，叹了口气。

“可是只要偶尔打来一发炮弹，这一切就都会飞进地狱里去。所以我感到惊讶——离危险越近，你就越是喜欢这些并不牢固、简直像空气一样靠不住的小瓶子，书籍，清洁，寂静和香烟。”

“炮弹打不到我们。”我说，“打不到的!”

黑漆漆的备用线相互交叉，从车窗外一闪而过。我们已渐渐驶近基埃尔策。

细雨霏霏，洒落到车站仓库被炮弹打穿的屋顶上。

得在基埃尔策停留3天，等待伤员。主任医生允许廖莉娅、罗曼宁和我去亨齐内镇，到前沿阵地去。

亨齐内镇上驻扎着炮兵部队。廖莉娅的表哥在这个部队里服役。

早上，时间已经不早了，我们坐着两轮卫生车出发。雨下个不停，城市笼罩在机车喷出的带酸味的浓烟中。城郊一些由于挖土而形成的深坑里积着一汪汪红水，不时有火红色的气泡在水面上破灭。

我们经过一座被炮弹轰毁了的砖厂。一些提着空篮子的妇女和孩子在碎砖中翻刨，不知在寻找什么。随后，一条被轧坏的军用道路向前延伸而去。它很像一条很浅的泥河。

一些士兵掖起湿淋淋的军大衣的衣襟，沿着道路在田地里慢慢地走着。他们用杆子拖着一卷卷带刺的铁丝。

路旁一条沟里停着一辆掉了一个车轮的卫生马车。一些士兵聚集在那辆马车旁边。他们轮流爬进马车，好避避雨，抽口烟。

士兵们毫无怨言地等着轮到自己，好爬进马车，撕一块湿报纸，用淋湿的手指卷一支马合烟，把它点着。抽几口呛人的烟，仿佛获得高度的享受。

他们弓着背，把两手揣在大衣袖筒里，等着。只是不时吐口唾沫，朝西方望望。从那里吹来一阵阵潮湿的风，吹坏柳枝，吹来一片片乌云。

“可找到抽烟的地方了，”我们的车夫轻蔑地说。这是一个黑头发、黑皮肤、矮个子的士兵，竖着大衣领子，“这烟可有啥用呢！”

“这地方有什么不好呢？”罗曼宁问，“可以避避雨嘛。”

“德国人不断朝这段道路开炮，”那个士兵回答，“一个钟头一次，要不，隔的时间就更短，要打两三发炮弹，为了吓唬人。德国人是看着怀表打仗，时间准得很。真该死！我总是想赶在刚打过炮以后赶快从这地方跑过去。”

“怎么样，来得及吗？”

“有时来得及，有时来不及，”士兵安详地回答，“多半来得及。不过，一天跟一天不一样，要碰运气。”

马车旁边的士兵们突然动起来了。有人很快蹲下，有人向路旁一块不大的长形洼地跑去。但那些正在马车里抽烟的却不从里边爬出来，而是继续匆匆地抽着，烫着了手，不时吐口唾沫。

“抽烟抽出祸事来了，步兵们！”赶车的嘲讽地对那些士兵大声喊叫，“德国人会让你们抽个够的。别忘了自己的亲娘啊！”

立刻不知有什么霍地一闪，挟着刺耳的尖叫声，仿佛打了一个炸雷。离卫生车不远的地方，黄色的泥土块和泥浆像喷泉一样飞上空中。

“驾——驾！”车夫对马吆喝，“害人精！该把你们送到屠宰场去，而不是让你们服现役。”

但马并没有加快脚步，第二发炮弹打到了我们后面的路边上。我第一次听到呼啸的弹片声。

一个几乎还是孩子的后备军士官生跑到我们的两轮马车前。他的脸还没有被风吹得粗糙起来，还没有晒黑。根据一切迹象可以看出，这孩子出身于城市里的知识分子家庭。

他抓住两轮马车后部，用断断续续的声音，但是很有礼貌地问：

“请告诉我，他们很快就会停止打炮吗？”

由于这一出乎意料的问题，车夫喉咙里甚至发出咯咯的声音，并且让马停了下来。

“您去问他们，问德国人去吧，”他以非常冷淡的嘲笑口吻说，“深深地一躬到地，你是个受过教育的人嘛。也许，他们会尊重你的。嗯，好了！看得出来，你是头一遭碰上这样的事。上车吧。别穿着脏靴子往干草上爬。我不是为了让您把它弄脏才铺上的，你真该死！”

后备军士官生匆匆地爬上马车，抱歉地看了看我们。他转动头的时候显得很吃力，好像他的头是接上去的。第三发炮弹又落到了后面，比第二发更远。

“好，这会儿打完了！”车夫说，“现在抽烟吧。人做完了课程表上的功课，去吹凉他的咖啡去了。”

四下跑开的士兵们又聚集到那辆马车附近。但现在他们已经不是那样毫无怨言地站着了，可以听到他们对骂的声音。

“你怎么，麻脸鬼！又抽第二支吗？你在利用什么，利用打炮吗？快出来！要不然，够你受的！”

“你别咋呼，大胡子！老兄，我们可不是好惹的！”

“占住地方不让了，真是活宝！瞧，德国人倒讨他们欢喜哩！”

“好，好，这就出来。干吗无缘无故骂人呢。请到这一小块干燥地方来吧！”

我们继续驱车往前走去。也许，是因为危险刚刚过去，雨好像变得比较暖和了，田野里飘来一股潮湿的草香，地平线上出现了一条晴朗的天空。

道路夹在两排高高的白杨树间向前延伸而去。我们进入了喀尔巴阡山山前地带。雨丝好似麻缕拖到地上，雨水汇成洁净的小溪，在碎石路边上匆匆奔流。碎石闪闪发光。淋湿了的枣红马身上升起一团团蒸气。

在云和雨的蓝色烟雾中，远方一块高地上出现了一个很小很小、好像玩具一样的小城镇。风从那儿送来了悠扬的钟声。

“这就是亨齐内。”车夫说，“你们去哪儿？去探照灯连，还是去炮兵那儿？”

“去炮兵那儿。”

马车在一幢两层楼房旁停了下来。楼房的山墙上没有窗户，只有一扇窄门，门上方的墙上有一个刻着耶稣受难像的黑色十字架。

我们在波兰的全部时间里，钉在十字架上的耶稣一直在跟随着我们。有一些耶稣受难像做得那么精确，完全合乎解剖学，直到被长矛刺穿的耶稣很瘦的肋部上凝固的血块，都做得十分逼真，以至会让人产生反感。罗曼宁说，这些吊在十字路口的死人让他感到厌恶，他真想回自己的家乡，回到萨克马拉河畔。那里方圆100俄里都是森林茂密的乌拉尔山的支脉，盛产梭鲈鱼的萨克马拉河流经群山之间，他父亲的养蜂场也在那里。罗曼宁的父亲——过去是地方自治会委派的医生——在萨克马拉河畔一座小庄园里靠养老金度过自己的余年。

炮兵军官们欢迎我们。他们请我们喝茶，把自己的行军床让给我们睡。我们浑身都湿透了。由于喝了茶，而且感到暖和，我们都昏昏欲睡。我立刻就沉沉入睡了。

夜里，我被炮声惊醒。附近在进行炮战。隔壁屋里烛光摇曳，军官们在桌边低声争论。他们脱掉了军便服，只穿着衬衣，正在起劲地打牌。

窗户玻璃在乒乒乓乓地响。每一声炮响，从上面的房顶下都会传来教堂的钟声。正在下雨，窗外一片漆黑，看着它简直叫人感到可怕。

我抽起烟来。罗曼宁在床上辗转反侧。

“是啊——啊，”他对着空间说，“由于一些坏蛋和白痴的过错，血流成河呀。”

“由于什么人？”我又问了一遍。

“白——痴！”罗曼宁一字一字地重复说，“由于所有这些傲慢的威廉和傻里傻气的尼古拉[①]，还有一些抓住机会不放的投机分子。一些人是蠢货，另一些是居心叵测的下流东西。不过，我们并不会因此而感到轻松些。”

“你们听我说，”廖莉娅轻轻地说。原来她没有睡，“别说这些了。不然，我真要爆炸了……”

我们都不作声了。雨还在那样不停地下着。我想要吃东西，可是到早上还有很长时间。

我打起盹儿来。我半睡半醒地看到，廖莉娅站起来，走到窗前，久久地望着窗外的黑暗。黑暗中，有时不知有什么忽然一闪。后来她叹了口气，拉正了我身上滑下去的军大衣，坐到床边的一个小凳子上，把两只手紧紧夹在膝盖中间，好长时间一动不动地坐着，好像一个死人。

烟笼雾锁的桑河对岸

一轮火红的太阳渐渐落进桑河对岸稀疏的松林里。

在一些树桩和灌木丛间耸立着一棵棵一模一样的松树——又高又细，被沉重的树冠压得弯下了腰。血红的阳光掠过松树干，落到树根旁的沙地上，摇摇晃晃，倒映在桑河湍急的河水里。

过了林边，是一片平原。由于晚上的烟雾，平原上呈淡蓝色。从平原上飘来沼泽地里野花的香味，好像是巴旦杏苦涩的清香。

这就是加里西亚。

---

① 威廉是当时的德国皇帝，尼古拉是俄国的沙皇。——译者

在桑河木桥旁边一个边境会让站上，我们的列车给拦住了。迎面开来一列列军用列车。

我是第一次过国境线。桑河对岸是奥地利。我认为，过了国境线，一切都将完全是另一个样子，不像我们这里这样——不仅人、村庄和城市不同，就连天空和树也不一样。

还是个小孩子的时候，我就是把外国想象成这个样子。直到成年，在某种程度上我心中还保留着这种愚蠢的信念。

但暂时一切都和我们那里一样。小路两旁长着同样的枯萎的菊苣。也像在俄国一样，脚会陷进沙土里去，就连桑河里的水也是混浊的。然而，按照我的概念，它应该是一条清澈透明、响声悦耳的河流。

夜间我们从桥上渡过桑河，进入加里西亚。早晨我们停在梅列次市[①]。

我没来得及细看这座城市。前方，登比察附近正在交战，立刻就把我们派到那里去了。我只是隔着车窗看到了一些愉快、苍翠的小丘，瓦屋顶，爬满忽布的墙壁，像白粉一样雪白的道路以及路两旁种着的杨树。

后来，我们听到了低沉的、不间断的炮声，看到了南方遮蔽了整个地平线的黑色灰尘。也许，这不是灰尘，而是正在燃烧的村庄的烟。

难民的大车队从列车旁向北面的桑河渡口快速跑去，疲倦的步兵部队散漫地走着。大地在隆隆地响，声音越来越清晰。车厢里玻璃发出叮当的响声。

列车最后停在一个宽阔的谷地里。谷地的斜坡上枝繁叶茂的树林里乱糟糟地腾起榴霰弹微微发黄的烟云。

---

① 现为波兰的一个城市。——译者

骑兵从列车旁策马疾驰。隐蔽在附近灌木丛中的野战炮兵连开炮轰击，震耳欲聋。主任医生波克罗夫斯基命令我们在列车顶上升起两面很大的红十字旗。

在这以后，我们又稍稍向前移动了一些，驶近一个已被毁的铁路护路亭。护路亭旁落满尘土的草地上躺着几十个草草包扎过的伤员。

我们立刻动手把伤员抬上列车。列车上已经装满了伤员，可是伤员还不见少。我们把他们放在过道里、车厢之间的通过台上，放在“队部”里。整个列车上已经到处都是拖得很长的、各种不同音调的呻吟。

显然，战斗正在渐渐逼近。但是，我们并没有看到这一情况。我只是匆忙中有时偶然注意到车窗上被打碎的玻璃，有时听到流弹打在铁轨上尖锐有力的响声。

我们卫生员中有一个人肩膀上受了伤。一阵热浪猛然把罗曼宁推倒在地上。

但这一切，我们都没有意识到。大家全神贯注，只有一个想法：“尽快把伤员抬上列车！尽快！”

一个满头大汗的军官策马跑到列车跟前，把波克罗夫斯基叫了出来。这个军官的肩章上积了一层那么厚的灰尘，连上面的星都看不出来了。

“快！”军官冲口而出，大声嚷道，“开着您的列车快走吧！再过一刻钟就迟了！你们的列车已经超载！马上走！”

军官挥动攥在手里的马鞭，指指北面。军官胯下的马像发狂似的在打转。

“我们还可以把伤员抬到车顶上去！”波克罗夫斯基大叫大嚷着回答。

“开着车抬吧！”军官喊了一声，猛然策马向机车跑去。列车立刻开动了。有一些伤员抓住车上的扶手，卫生员们把他们拉上了平台。

只是在这时我才注意到，天色已经进入黄昏——爆炸的火光看得更清楚了，地平线上的灰尘给染成了不祥的血红色。

后来子弹开始啪啪地打到车厢壁上，但这总共只延续了几分钟时间。列车开得飞快。当它终于减慢车速，我们猜到已经冲出了“包围圈”。

列车装载了几百名匆匆包扎过的伤员，绷带已被血湿透，有的绷带已经滑了下来。由于口渴，伤员们的脸色都已经发黑了。得为所有的人重新包扎，得把需要立刻动手术的重伤员全都挑出来。

立刻开始工作。从这一分钟起，时间仿佛已经停止了。我们不再注意时间。每隔一刻钟，我要在手术车厢里洗净铺着漆布的地板上的血迹，拿走发硬的脏绷带，然后又叫我到手术台那儿去。我不大明白我是在做什么，只是抓住伤员的一条腿，竭力不去看波克罗夫斯基怎样用一把握得很紧的小手锯锯开像白糖一样雪白的骨头。突然，那条腿变得很沉。仿佛透过一层烟雾，我模模糊糊地意识到，手术已经做完了。于是，把那条截下的腿拿到一个锌箱子里，好在以后把它埋在车站上。

散发着一股血腥味、缬草酊味和燃烧的酒精味。酒精炉上在不断地煮沸着各种医疗器械。

从那以后，在我的记忆里，淡蓝色的酒精火苗总是和难以忍受的痛苦，布满在人们脸上的、毫无生气的灰色汗珠联系在一起。

有些伤员大声喊叫，有些伤员却咬紧了牙，把牙齿咬得咯咯地响，而且在咒骂。但有一个伤员的忍耐力，就连一向沉着镇静的波克罗夫斯基也为之惊讶。这个伤员的一块髋骨被打碎了。他经受了非常人所能忍受的疼痛，但是他不用卫生员搀扶，而是扶着车厢墙壁，一个人走进了手术车厢。给他包扎的时候，他只是要求允许他抽支烟，以“减轻痛苦”。他一声也没哼，一次也没叫喊，却一直在安慰波克罗夫斯基和帮助波克罗夫斯基取出弹片、做复杂缝合包扎的廖莉娅。

“没关系！”他说，“受得住。甚至完全可以受得住。您别担心，护士。”

只有眼睛暴露出他的痛苦。每一分钟他眼睛的颜色都变得越来越淡，仿佛蒙上一层薄薄的淡黄色。

“你这个人是从哪里来的？”波克罗夫斯基生气地问。

“我们是沃洛格达人。”那个伤员回答，“大人，我母亲在潮湿的松林里生下我来。她自己接生，就用水洼里的水给我洗了洗。大人，我们那里的人差不多都是这样的。受了伤的野兽当然会叫，可是人却不该叫。”

现在，我记不得这不断的包扎和手术持续了多长时间。要做特别复杂的手术时，列车要停在车站上。

我只记得，我一会儿开开明晃晃的电灯（车厢里有蓄电池），一会儿把灯关掉，因为太阳已经在车窗外照耀着了。但太阳照耀的时间没有多久，我好像觉得，总共只不过一个钟头的光景。于是，我又开开耀眼夺目的白炽电灯。

有一次，波克罗夫斯基抓着我的手，把我拉到车窗前，硬逼着我喝了一杯棕褐色的黏稠液体。

“您要支持住，”他说，“很快就要完了。哪一个人也不能换班。”

我支持住了，只是有时换掉血迹斑斑的白罩衫。

伤员仍然不断地走来。我们已经不再分辨他们的脸，已经好像觉得所有伤员的脸全都一样——都没有刮过脸，脸色发绿，由于疼痛眼睛发白，瞪得滚圆，大家的呼吸都是急促的、微弱的，手指都像钢铁一样有力，抓住什么就不肯放松——当我们抓住他们的手为他们包扎时，他们的手指就紧紧地攥着我们的手。我们的手上全都是一块块抓破的伤痕和瘀血。

只有一次，在波兰一个不知道叫什么站名的车站上，我走出车厢一会儿，抽了口烟。那是在晚上，刚下过一场雨。月台上有一些水洼在闪闪发亮。微微发绿的天空中悬挂着一片雷雨的乌云，晚霞给它抹上了一层淡淡地玫瑰红，看上去好像一串巨大的葡萄。

列车旁站着一群妇女和孩子，妇女们用头巾角擦着眼睛。“她们为什么哭呢?”我心里想，却什么也不明白。这时，突然听到了从车厢里传来的轻轻的呻吟。

整列列车在不停地呻吟，这声音是疲倦的。当然，没有一颗母亲的心能够忍心听着这含糊不清的、要求得到帮助、要求获得同情的呻吟而不流眼泪。要知道，每一个伤员都已经变成了孩子，无怪乎在他们激动不安的夜晚，在他们无法忍受的疼痛时要呼唤母亲了。但是没有母亲。谁也不能代替她，就连最有自我牺牲精神的护士也代替不了母亲。从护士们的身上，甚至从护士们那温暖的、小心谨慎的手上，从她们那轻轻接触伤痕累累的身体、化脓的伤口和乱蓬蓬的头发的手上，也仿佛传来了同情和怜悯。

我不记得是哪一天的黎明我们来到了卢布林。有3列空着的救护列车在那儿等着我们。

空车带走了我们车上的伤员，和他们一起回俄国去了。我们却留在卢布林，给了我们3天休息时间。

我在车站的铁路上走到给水塔前，在水龙头底下泡沫飞溅的强大水流下洗了很久。我所以洗了很久，显然，是因为洗澡的时候我在打盹儿。这极其短暂的梦境充满了水的气味和马赛生产的肥皂味。

后来我换了衣服，走上车站。车站附近丁香花丛好似一堵堵墙壁。不知是一些什么花，好像穿着淡紫色和白色的印花布衣服，弯着腰站在花坛里。

我坐到长木椅上，靠着靠背，望着很近的城市，蒙眬入睡。城市耸立在一座高高的绿色山冈上，周围是一片片田地，它仿佛被晨光洗得干干净净。

太阳在异常纯净的蓝天上照耀着。从城里传来银钟的锽锽响声。那天是复活节前的星期五。

我睡着了。太阳照射着我的眼睛，但是我没有感觉到，我的脸正好处在一把伞的阴影里。

一个小老头儿坐到长椅上我的身旁。他的衣领上过浆，已经发黄，他撑开一把小伞，用它为我遮着阳光。

我不知道他这样坐了多长时间。我醒来时，太阳已经升得相当高了。

小老头儿站起来，稍微掀了掀圆顶礼帽，用波兰语说了一声“普舍普拉沙姆”——“对不起”——就走了。

这是一个什么人？是一位老教师，还是铁路上的售票员？还是一个在教堂里弹管风琴的人？但无论他是什么人，我对他都始终怀着感激的心情，感谢他在战争时期并未忘记普通的助人精神。他的出现，犹如从卢布林绿荫如盖的街道上走出一位善良的老仙人。他来自这样一些街道，那里住着的全是退休的公职人员，过着并不富裕的生活。在那里一个人最后的欢乐只不过是篱笆边的一小畦金莲花和一盒已经装上了克里米亚芬芳的烟草的香烟纸筒。因为孩子们已经分散到各地去了，妻子早已去世，而所有的旧杂志——无论是《田地》周刊，还是《每年画报》——早已反复看过好几遍了。一切都已逝去。只剩下了默默无言的智慧，从香烟上冒出来的烟，还有从城市里传来的遥远的钟声，无论是在节日里还是在举行葬礼时都完全一模一样的钟声。

维普希河上的春天

在战争的日子里寂静显得特别可爱。

卢布林充满了这种寂静。喧嚣的战争生活越过这个城市，犹如一列列军用列车几乎毫不停留地从卢布林车站飞驰而过。

车站上弥漫着马合烟的烟雾，军用水壶叮当作响，皮靴的沉重的脚步声和步枪碰撞的响声汇合成低沉的轰鸣。但一个人只要顺着宽阔的街道往上走，来到市区，那么立刻就会陷入寂静和盛开的丁香花清香的包围之中。于是，他摘下制帽，擦干被硬帽檐磨出一条红印的前额，深深地呼一口气，自言自语地说："啊，不，这是什么样的发烧的呓语啊！大概，从来就没有任何战争！"

他抬起头来，看到雨燕正在房顶上面飞翔。轻盈的白云从蔚蓝色的远方飘来，又飘往同样蔚蓝色的远方，而不会夺去大地上的一丝阳光。阳光透过丁香花的心形绿叶丛，落到人行道的石板上，以春天的方式把石板微微晒暖。

管乐队在萨克森花园里练习歌剧中的一些片段。在城市里固定不变的寂静中，乐声飞向四面八方，传播到很远的地方。向下通往河边的小街夹在两道围墙中间，围墙上开着很窄的便门，在任何一条这样的小街上都能从老远听到熟悉的曲调：

> 未婚夫，他在遥远的地方，在异国他乡……

便门上面悬挂着铁铸的灯笼，丁香从围墙后探出身子倒挂下来。从早到晚，银钟一直在锽锽锽锽响个不停。

在卢布林，我们正赶上复活节。复活节日替代了不久前战斗的混乱、拥挤和灰尘。然而，在收拾和洗刷得干干净净的列车上，我们还是会有时在刹车的把手后面找到一小块沾满凝血的棉花，有时在取暖车厢里找到一些因为疼痛而咬碎的、掉到卧铺后面的烟头。

我们到贝尔纳金教堂去参加复活节的晚祷。一切都很富有戏剧性：身穿带花边的衣服的侍童，穿上浅蓝色锦缎衣服的木雕圣婴耶稣旁边堆积如山的丁香花，带着鼻音唱拉丁文赞美诗的、头发花白的教士，犹如雷鸣般的隆隆的管风琴声。

在祈祷的妇女们的眼睛里只看到一个神情——像发疯一样期待着奇迹，怀着巨大的希望——也许这个婴儿，或者是这个长着浓密的睫毛、面色苍白的妇女，这个吃奶的上帝的母亲，能让战争、繁重的劳动和贫穷从世界上完全消失。到那时，终于可以在装满脏衣服的木盆前伸直背脊，对着在肥皂水中闪烁的太阳微笑了。

对于她们来说，宗教是甜蜜的自我欺骗。这是一个对于疲惫不堪的人们毫无结果的虚构的世界。他们看不到别的出路，因此才违反正常的理智，不顾自己的生活经验，狂热地相信，在加利利①的一个乞丐的形象中，在上帝的形象中体现了人间的正义。但不知为什么，人们为了弄清流血的、艰苦的人生中一切混乱现象而想象出来的这个上帝，却总是拖延着，总是默默不语，怎么也不肯来干涉生活的进程。

但人们还是相信他，尽管这个上帝的无所作为已经持续了好多个世纪。对幸福的渴望是如此强烈，于是人们力图把对幸福的幻想转移到宗教上去，注入这如同哭泣一般的管风琴声中，注入敬神的烟火和庄严的咒语中去。

在复活节的前一天，我和廖莉娅、罗曼宁一同到城外很远的维普希河岸上去。清澈的河水从麦田间流过，芦苇倒映在深水里，好似一堵堵黑墙，小河鸡在芦苇从上空飞来飞去。

在一个陌生的国家里走在坚实的田间道路上，不知道这条路会引导我们走到哪里去，这是很愉快的。

田间的野花东摇西晃，婀娜多姿。我们眼看着天空深处生出由一团团白云形成的积雪的峭壁。

无论是谁，当时在维普希河畔，还是后来在漫长的一生当中，都不能向我说明，在没有发生任何特殊事情的时候，为什么有时会突然感到幸福，这种突然的幸福感是打哪儿来的。

当时我真诚地感到幸福。

维普希河岸上有一座草顶的简陋农舍。篱笆上挂着渔网，渔网上落着几只深棕色的苇莺，正在啄出那上面晒干了的水草。

---

① 巴勒斯坦北部历史区，《福音书》中说，是耶稣基督布道的主要地区。——译者

它们害怕我们，叽叽叫着腾空飞去，惊醒了一个吃奶的婴儿。他睡在窗旁墙根土台上的一个小摇篮里。

婴孩哭了起来。从农舍里走出一个年轻的农妇，她的花条裙子掖在腰里。她看到我们，站住了，把双手紧紧贴在胸前。

一条毛色花白的狗不乐意地从一个破木盆下爬出来，走到土台前，打着哈欠，困惑不解地看了看摇篮。当那狗深信一切正常以后，于是坐下，用一双黄色的老眼不时地瞧瞧我们，起劲地抓起身上的跳蚤来。

“走开，西维！”那女人轻轻地喊了一声，抱起婴孩，转身面对着我们，亲切的笑容使她的脸光彩照人。我们也不由得微笑作答，但是什么也不能说，就这样默默地站着。

那女人羞涩地提议，请我们喝杯牛奶。我们谢了谢她，走进农舍。

农舍里什么都是木头的，不仅墙壁、地板、桌子、长凳和床，就连盘子、窗台上的梳子、盐碟和圣像前的神灯也都是木头做的。窗台上放着一把木叉子，这些木头用具加深了贫穷和清洁的印象。

廖莉娅接过婴孩，主妇下到地窖里，从那里拿来一罐牛奶，罐子外面蒙着一层水汽。

她用毛巾擦净桌子，这时她深深地弯下腰来，太阳的反光落到她金色的头发上。我望着这波浪般的、纤细的头发。主妇感觉到了我的目光，于是抬起眼睛来看了看我。她的眼睛是淡绿色的，表情很不好意思。根据这一点以及其他迹象，我明白这座简陋的农舍中有一种宁静的幸福。

当我望了望天花板的时候，不知为什么这样想。天花板上吊着一个小小的枝形吊灯，上面插着几根很细的蜡烛。吊灯是用干花编成的，它的烛台是几朵鲜红的大翅蓟花，还没点过的蜡烛就插在这些花上。

“这是什么?”我问女主人，“是一件多美的东西啊!”

“这是件玩的东西，”女主人不好意思地回答，“它不能点燃。我丈夫编的，好让屋里显得愉快些。他是个编篮子的，他用柳条编篮子和凳子，不久前还给雅沃尔斯卡娅小姐编了一把小阳伞。”

罗曼宁听不懂她说的“伞”字。当向他说明，这就是普通的伞时，他感到十分惊讶。

这时门敞开了，一个身材高大的年轻农民站在门口。

一件绿线绣花的白皮背心随随便便披在他的肩上。他很瘦削，也像女主人那样腼腆地微笑着。

“这就是斯塔西，我丈夫。”主妇说，“他跟大家不一样。”

斯塔西默默地鞠躬行礼，把一捆树皮放到角落里，坐到桌边，微笑着挨个儿很仔细地看了看我们每一个人。

云雀在敞着的窗户外面鸣叫。可以看到，它们振动翅膀，径直从碧绿的麦田上腾空而起，消失在蔚蓝的天空中。

斯塔西望望窗外，微微一笑。

“我们的帮手，”他说，“云雀。”

“为什么是帮手呢?”廖莉娅问。

“人们干活儿的时候，它们让人们觉得快活。”斯塔西还是那样亲切地微笑着回答，“我自己没见过，不过，据说有一只金喙的云雀，它们的头领。”

“斯塔西!”主妇责备地喊了一声，“这是谁编出来的!”

“人们说的。”斯塔西回答，“也许，云雀会拯救我们，使我们免遭战祸，就像在残暴的扬科国王时代那样。”

“不该给别人讲童话。”主妇警告他。

斯塔西什么也没回答。他只是仍然那样宽厚地微微一笑，用手指轻轻地敲着桌子。

“有什么呢，”他沉默了一会儿，说，“谁不相信，他就别信好了。谁要是相信——也许，他活在世上就会觉得轻松些。残暴的扬科国王对邻国发动了战争，可是那个国家里只有一些农奴，他们耕地、种庄稼。他们穿着白色粗呢外衣，拿着自己干活儿用的铁叉去迎战扬科的骑士们。那些骑士都披着铠甲，吹着铜号。他们的双刃宝剑都磨得十分锋利，一剑就能把一头犍牛劈作两半儿。这是一场非正义的战争——太不公正了，所以大地不愿接受人的血。那血在田野里就像在玻璃上那样流，流进河里。死了许许多多农奴，他们的农舍在燃烧，由于痛苦，他们的妻子都发疯了。那些农奴中有一个年老的驼背乐师，他在人们举行婚礼的时候拉他自己做的一把小提琴。那个驼背乐师说：‘世界上有各式各样的鸟，甚至还有极乐鸟，但最好的是我们的云雀。因为这是庄稼人的鸟。它们为庄稼唱歌，因此庄稼长得又壮又密；它们为耕地的人唱歌，好让他们耕地的时候省力；为割庄稼的人唱歌，歌声盖过他们镰刀的响声，让他们听了心里觉得快活。那些云雀有个头领——是一只年轻的、最小的云雀，不过它的喙是金子的。得去向它求救，它不会让农奴们痛苦地死去。它会拯救我们大家，兄弟们，还有你们的妻子儿女，以及你们绿色的田地。’于是农奴们派了许多急使去找那只云雀。”

“哪一些急使?”主妇突然问。

“各种各样的。麻雀、燕子，甚至还有一只秃顶的啄木鸟——就是啄穿柳巴尔托夫教堂上木十字架的那一只。”斯塔西用狡黠的眼睛向大家扫视了一眼，“于是，成千上万只云雀都飞到农奴们的国家，落到房顶上，对妇女们说：‘你们，母亲们和妻子们，姐妹们和情人们。为了结束这场战争，你们肯拿出什么来呢？’‘什么都献出来！’妇女们大声喊道，‘请把一切都拿去吧，直到最后一点儿面包屑。’‘既然这样，’云雀们说，‘那么，今天就把藏在你们屋里的所有毛线和绣花线全都拿到村后的牧场上去吧。’妇女们照办了。半夜里，千万只云雀都飞到牧场上，衔起这些线团，向残暴的扬科的军队飞去，好似乌云一般，在这支军队周围飞来飞去，捯开这些线团，像蜘蛛用蛛丝缠住苍蝇那样，用线把那些骑士缠绕起来。起初，骑士们撕断这些线，但云雀把他们缠得越来越紧，直到那些骑士都倒在地上，已经手脚都不能动弹，只是在不断地吐出塞得满嘴都是的毛线上的毛为止。于是，农奴们脱掉骑士身上的铠甲，夺去他们的宝剑，把骑士们堆到大车上，运到自己土地的边界，把他们丢到河那边的谷地里，就像把垃圾运到垃圾场去一样。残暴的扬科本人吞下了那么多毛线上的毛，弄得脸色发青，活活地给憋死了，让所有善良的人都感到高兴。”

斯塔西沉默了一会儿。

“先生们，要是我们，”他微笑着说，“能找到那只金喙的云雀就好了。”

傍晚，我们离开了斯塔西的农舍。女主人送我们到通往卢布林的大道上，斯塔西留在家里。他站在农舍敞开着的门口，从烟斗里往外喷着烟，目送着我们。

女主人手里抱着婴孩，说斯塔西跟大家完全不一样，所以我们对他不要见怪。

在十字路口上，我们与她告别了。

太阳落向维普希河对岸。在静下来的小树林和田野上方，天空深处升起一弯银光闪闪的新月，来接太阳的班。

那位妇女向我伸出手来。我不知道为什么，但是我弯下腰，吻了吻这只皮肤粗糙、散发出一股面包香味的手。女人没有把手缩回去，“谢谢！”她很随便地说，向我抬起神情平静的眼睛，“请一定再到我们这儿来。我给你们烙饼，斯塔西会在维普希河里捕到很多鱼。”

我们答应要来，但第二天我们的列车就被派往谢德耳策，从那里又被派往华沙。无论是斯塔西，还是那个抱着婴孩的妇女，我都再没有见到。为此感到遗憾，很长时间这种惋惜的心情一直使我十分苦恼，我自己也不知道这是为什么。也许，是因为我也像我的许多同时代人一样，那时在生活中甚至还没享受过像这位温柔的波兰农妇所享有的那种极普通的幸福吧。

大骗子

我们在布列斯特停留的时候，有一次，一个瘸腿的中尉来找列车上的主任医生波克罗夫斯基，中尉外表整洁，戴着挺漂亮的无边夹鼻眼镜。

中尉自称姓索科洛夫斯基，并且讲了一个很普通的故事：他受了伤，出院后给了他3个月的假期，让他养伤。不过，因为他没有亲人，无处可去，所以他请求在这3个月里，让他在列车上当一个普通卫生员。他自我感觉良好，只是腿稍有点儿瘸。

索科洛夫斯基的一切证件都完备无缺。

主任医生同意接受索科洛夫斯基，把他领到了我们的“队部”。

我们这些大学生都不喜欢军官，因此警惕起来。如果这是一个准尉，那么我们还可以容忍他。但对于我们来说，中尉却是基干军官的化身。

从索科洛夫斯基出现的第一分钟起，“队部”里就开始出现了奇迹。

“你们的生活过得很不好，僧侣们，”索科洛夫斯基用雷鸣般洪亮的声音说，“地板洗得很不干净。请拿一桶开水和一桶冷水来，知识分子们，我教你们怎样擦地板。喂，快点！两桶水，不许有任何反对意见！”

谁也不动。大家都默默地看着索科洛夫斯基。

“是一些傲慢的人吗？”索科洛夫斯基嘲讽地问，“我自己就是个傲慢的人。可是我反正要让你们见识见识，让你们看看魔鬼的姥姥是什么样的。”

他脱掉戴着乔治十字勋章的制服，只穿一件用天蓝色背带束紧的雪白衬衫，到厨房去了。他从那儿提回两桶水来。他一边向我们喊叫着，叫我们把脚缩起来，一边动作迅速地把车厢里的地板洗得那么干净。以至我们不得不承认，他干这种事的确高明得很。

后来就开始出现了一些已经完全不可理解的事情。

索科洛夫斯基从墙上取下卫生员利亚赫曼的吉他，弹了几个和音，唱起一首忧郁的格鲁吉亚歌曲。后来，他又唱了一首亚美尼亚歌曲，然后又唱了乌克兰歌曲、犹太歌曲、波兰歌曲、芬兰歌曲、拉脱维亚歌曲，并且带着茨冈人的“拖腔”，娴熟地演唱了一首《两匹枣红马》，结束了这场出人意料的音乐会。

原来索科洛夫斯基能流利地讲许多种语言，而且详尽地了解全俄国的情况。

大概，没有一个城市他没到过的。没有一个城市，他不熟悉那里多多少少有点儿名望的当地人。

索科洛夫斯基这些奇怪的品质使我们更加提高警惕。特别是在他完美无缺地伪造了一张有波克罗夫斯基医生签字盖章的处方，凭这张处方在布列斯特药房里弄到了一瓶纯酒精之后，在一夜之间就把这瓶酒精全喝光了。

“可要当心哪，朋友们。”沉默寡言的卫生员格列科夫说，他也是莫斯科的大学生，“命运塞给了我们一个可疑的人，要防备发生各种不幸。得打听清楚，战前他是个什么人。”

就在那一天，罗曼宁直接向索科洛夫斯基提出了这个问题。索科洛夫斯基眯缝起他那双美丽的、蒙着一层厚颜无耻的亮光的眼睛。他凝神逼视，盯着罗曼宁看了很久，最后声音里带着轻微的威胁语气回答：

“啊，是这样！你们想要知道我从前是什么人吗？犹太教堂里唱诗班长。这是一！在马戏团里表演吞吃正在燃烧着的香肠。这是二！当过御前照相师。这是三！顺便说说，还做过阿布哈兹的邦君——米哈伊尔·舍尔瓦希泽。对你们来说，这够了吗？还是嫌少吗？那么，不瞒你们说，敬爱的同事们，我还当过妇科医生，在‘雅尔’的茨冈人合唱队里当过领唱人。再没有问题了吗？”

大家都一声不吭。索科洛夫斯基天真地大笑起来，搂住罗曼宁的双肩：

“唉，你呀，真是个朴实的人！我只不过是个商品推销员罢了，我的一切品质都是由此而来的。可是本来也可能当一个像你一样的大学生。”

索科洛夫斯基是在公然嘲笑我们。他竭力装作愉快的样子，可是心中恼恨，气得面色苍白，嘴唇上一条小小的伤疤都完全变成了透明的。

可同时，仍然在继续出现奇迹。索科洛夫斯基不管玩什么牌——无论是玩“傻瓜”，还是玩波兰牌，他总是赢。不久，他就承认，他掌握玩牌时搞鬼的一切手法。于是，给我们做了一次玩牌搞鬼的报告，并援引历史上的种种例子，为我们表演了弄虚作假的所有手法。

索科洛夫斯基用两个手指从一副牌里取出一部分牌来，说：

“这儿是19张牌，请你们证实一下。”

我们数了数牌。牌数总是正好与索科洛夫斯基所说的完全相符，这是不可思议的。而且和一切超出我们经验范围之外的事情一样，也是令人不愉快而又讨厌的。与索科洛夫斯基打交道使我们感到头痛。

他耍的鬼把戏竟达到了这样的程度——索科洛夫斯基把一个火柴盒或烟盒放到床上，让我们凝神注视着这些东西，直到我们眼看着它们消失不见，仿佛融化在空气里了。而这时，索科洛夫斯基却把双手插在马裤口袋里坐着，然后立刻从一个卫生员的口袋里把这个火柴盒或烟盒掏了出来。

“小事情，不值一提！”索科洛夫斯基说，“请你们不要激动不安！简单得很，就像橙子一样。问题在于，笨拙的人眼只能看到很慢的动作，可是有一种眼睛不能发现的速度。为了做事情能有这么快的速度，我练了10年。10年！这可不像你们辛辛苦苦地埋头钻研组织学或罗马法。不错——这才是轻松的独幕喜剧！而其余的一切全都是胡说！”

那时候，前线上暂时平静。几乎没有伤员，但是有许多病号，特别是癫痫病人。那时候很少用“癫痫”这个词，大部分都用民间的叫法——羊角风。

不允许和其他伤员一起运送癫痫病人。因此，总是让他们先待在野战医院里，凑成一批，然后单独送到后方去。

这是件很不愉快、而且时间拖得很长的麻烦事。因此，为了尽快摆脱这些癫痫病人，野战医院往往会耍花招儿。他们给癫痫病人在胳膊上或腿上包扎上绷带，伪装起来，有时甚至在他们胳膊上夹上夹板，敷上石膏，把他们当作伤员送到救护列车上去。而在路上，这些士兵的癫痫病开始发作起来，刺激人们的神经，弄得全车厢里的人几乎都要害精神病。

因此，为了在装运伤员的时候把混在伤员中的癫痫病人全都挑出来，送回军医院去，我们的医生总是给弄得筋疲力尽。很少能有把这些病人全都挑出来的情况——癫痫病人外表上没有任何害病的迹象。

索科洛夫斯基来给医生们帮忙了。在列车还没离开我们接收伤员的车站的时候，医生要巡视各个车厢。索科洛夫斯基请求波克罗夫斯基，在医生巡视车厢的时候允许他也在场——仅仅一次。

波克罗夫斯基笑了，不过同意了——这个不同寻常的卫生员也引起了他的注意。

于是，这次“历史性的”巡查开始了。

索科洛夫斯基和医生们一起走进取暖车厢，很快地看了看所有伤员，对一个胳膊上缠着绷带的“大胡子”说：

“喂，老乡，到这儿来！”

士兵从床上起来，走到他面前。

“喂，看着我！”索科洛夫斯基命令说。他那双令人感到难受的眼睛仿佛穿透了那个惊慌失措的士兵，“别把眼睛转过去！反正没有用。”

索科洛夫斯基走到那个士兵紧跟前，轻轻地，不让其他伤员听到，十分信任和同情地问：

“羊角风？”

士兵哆嗦了一下，挺直了身子。

“是，大人。”他用恳求的语气低声回答，“这不怪我……”

“那么，从取暖车厢里滚出去吧！”

就这样，在一次装运伤员时，索科洛夫斯基就找出了7个癫痫病人，把他们送回了军医院。从那以后，军医院的领导就不敢再把癫痫病人“偷偷塞给”我们了。

“你们那儿，”军医院里的人说，“出了一个不知是会看手相的人呢，还是一个骗子，鬼知道他是个什么人！不过，他是怎么猜到的呢？”

但医生们询问索科洛夫斯基的时候，他只是彬彬有礼地微笑。

“我什么也不能回答你们。请你们相信，我自己也不知道我怎么会看出来的。”

大多数医生和卫生员对索科洛夫斯基怀着天真的好奇心。这个神经质的、无疑很有才能、但又毫无价值的人，使他们觉得可笑。但不得不和索科洛夫斯基打交道却使另一些人，其中包括罗曼宁，还有我，感到气愤。他不知厌倦地扮演小丑，总是大言不惭。吵吵嚷嚷，还有他那毫不在乎的、恬不知耻的态度，都令人生厌。

最令人惊讶的是，这个似乎是在庸俗的笑话中长大的人，他的眼睛深处有时会隐隐出现一种好像狗在摇尾乞怜的恐惧神情。

这种人是从哪里，从什么环境里，由于什么情况出现的呢？

我从未看到过索科洛夫斯基的神情是悲哀的。从那时起，我完全确信能感觉悲哀的能力是真正的人的特性之一。失去悲哀感情的人，也像不知道什么是欢乐的人，或失去感觉可笑事物的能力的人一样可怜。

丧失这些特性中的哪怕一种特性，就证明一个人无法补救的精神上的局限。

我不相信索科洛夫斯基，尽管他有一次对我说，他一生都想为人做好事，不过他缺乏足够的愚蠢来实现自己的愿望。

索科洛夫斯基到来后，列车上，特别是“队部”里出现的不良情况不可能长期延续下去。这种情况的结束是很突然的。

有一次，我们来到基埃尔策。晚上，主任医生准许几个卫生员到城里去。

基埃尔策市里昏暗、空荡荡的。

我们走进一家咖啡馆。里面灯光明亮，飘散着一股巧克力香味，两个女招待正在叽叽喳喳地说话。

黑漆漆的窗户玻璃把我们和潮湿的夜隔离开来。在这儿，夜似乎不像在街上那样让人感到不快。

我们在安安静静地喝着咖啡。远处一张桌子后面，有一个工兵中尉在打盹儿。咖啡的热气，香子兰果和糖果点心甜腻腻、热烘烘的香味，还有那两个金发女招待讨人喜欢的喃喃低语，使他浑身瘫软无力。

通往外面的玻璃门啪的一声敞开了，索科洛夫斯基走进了咖啡馆。

他没穿军大衣。他身上穿着一套崭新的骠骑兵少尉的制服，银色的穗带在他肩上闪闪发光。身后拖着一把骑兵马刀，碰在咖啡馆的红砖地上，响声铿锵。

我们都不说话了，困惑不解地盯着索科洛夫斯基。

他慢慢走到我们跟前。他脸上出现了一副痛苦的怪相，因此脸变得很难看，眼白都发红了。

他站停下来，盯着罗曼宁看了一眼。

“我不知道你是个禁卫军骠骑兵，索科洛夫斯基。”罗曼宁说，“请跟我们一起坐吧。”

“起立！”索科洛夫斯基用一种古怪的声音喊叫，“为什么不给军官敬礼？你们都喝多了，坏蛋！”

“别装傻了，”罗曼宁惶惶不安地说，“你喝醉了。”

“住嘴！”索科洛夫斯基大声吼叫，说着从刀鞘里拔出马刀，“我宰了你们，就像宰一些狗崽子！知识分子！我要让你们看看，索科洛夫斯基是什么人！”

他抡起马刀，一刀砍在我们的桌子上。小桌子被劈成两半，杯子飞到了地上。姑娘们狂叫起来。工兵中尉醒了，一下子跳了起来。

索科洛夫斯基疯狂地挥舞着马刀去砍罗曼宁，但卫生员格列科夫使出浑身的力气朝他背上打了一拳。索科洛夫斯基跌倒在那张破桌子上，马刀也掉了。

我们冲出咖啡馆，穿过一个院子，跑上铁路，回到了列车上。

我们立刻去找波克罗夫斯基，把在咖啡馆里发生的事全都告诉了他。

波克罗夫斯基命令夜里把“队部”锁起来，如果索科洛夫斯基来了，不要放他进去，到早晨就去把咖啡馆里的事报告铁路运输军事代表。

我到手术车厢去过夜。在明天装运伤员之前，我要给绷带消毒。

半夜里，有人在门边忙碌起来，试图用三棱锉把门撬开。但是我在门上还加了一把普通锁，单有三棱锉是撬不开的。

那人用三棱锉撬了好久，后来来敲我的窗子。我走到窗前，细细一看，索科洛夫斯基站在窗外，没戴制帽，肩上披一件士兵的军大衣。

“让我进去过夜，”他对我说，“让我藏起来吧，大学生。”

“不！”我回答，“我不放你进来。”

“要是我有一支手枪，”索科洛夫斯基说，并且似笑非笑地冷笑一声，“我就立刻给你脑袋上留下个窟窿眼儿。花花公子，叫你去见你的老祖宗。不放我进去吗?”

“不!”

索科洛夫斯基走近车窗。

“上帝保佑，有朝一日我们还会见面的。好好地记住我吧，花花公子。好立刻认出我来，在我放出你的馊血以前，还来得及祈祷。”

“罗曼宁!”我喊，虽说我知道罗曼宁不在药房里，“到这儿来。”

索科洛夫斯基用力朝车窗玻璃上啐了一口，向后退去，消失在黑暗之中。我关掉了灯，从盛放木质胶的抽屉里取出藏在那里面的手枪，坐了很久，等待突然袭击。

索科洛夫斯基再没有来。他消失了。但是第5天或第6天，一个天真的青年农民走到当时停在腊多姆车站的列车前，把一个缝在帆布包里的匣子交给值班员，立刻就走了。

匣子上写着：217号战地军用救护列车护士小姐收。

值班员把小匣子拿给了护士长。帆布下有一张字条：“分给所有护士每人几个耳环，留作纪念。索科洛夫斯基中尉赠。”

把匣子打开了。匣子里有一些用淡紫色天鹅绒衬里儿的黑色小盒，盒子里放着几个钻石耳环。小盒子的数目与列车上护士的数目刚好相符。

波克罗夫斯基命令立刻把这些耳环交给车站上的铁路运输军事代表。

3天后，我们在布列斯特的一张小报上看到一条电讯，谈到在维尔诺市发生了一次异常大胆的抢劫首饰店的案件。

就在这一天，铁路运输军事代表来找波克罗夫斯基，问他：

“曾经有一个自称索科洛夫斯基中尉的人在您这儿当过卫生员吗?”

“是的，有过。”

“现在他在哪儿?”

“不知道。”

“您应该知道这件事的利害关系。”

“为什么?”

“因为这是个很大的野兽。”

“我不是猎人。”波克罗夫斯基开玩笑地回答。

“不该这样!”铁路运输军事代表神秘地说，说罢就走了。就这样始终也没告诉主任医生，索科洛夫斯基是个什么人。

起初我们猜来猜去，怎么也猜不着，但不久就把索科洛夫斯基给忘了。

只是在两年以后，我才偶然得知他的底细。当时，我在顿涅茨盆地烟雾腾腾的尤佐夫卡、新罗西斯克工厂里工作。

我们车间里有一个制图员格林科，从前是社会革命党人。他面色苍白，是一个害肺病的人，戴一顶软帽子，以毫不掩饰的嘲讽态度对待周围所发生的一切。

我在“大不列颠”旅馆里租了一间便宜的房间。就在这间有霉味的房间里，格林科讲给我听。因为他属于社会革命党，曾在叶卡捷琳诺斯拉夫受审，并被判处流放西伯利亚5年。

去西伯利亚的路上，在哈尔科夫，有一个戴着镣铐、戴一副无边夹鼻眼镜的年轻人被带进了犯人们的车厢。

车厢里有许多所谓“流氓”的小偷。那个戴镣铐的人走进车厢，只说了一个字：“嗯!”“流氓”们立刻安静下来。尽管车厢里很挤，还是给他让出了整整一个单间，并且千方百计地巴结他。

制图员注意到，就连那些押送犯人的人对那个戴镣铐的年轻人也怀着几分敬意，对他总是采取放任的态度。

戴镣铐的那个人请制图员到他的单间里去。邀请时还说，他自己也是个知识分子，会说几种语言，而且很喜欢音乐。

制图员把自己的不幸告诉了那个戴镣铐的人。那人很注意地听完了他的话，俯身低声说：

“我把您放出去。”

“怎么！”

“不骗您！为了像您这样的糊里糊涂的案子就去西伯利亚是愚蠢的。在流放中，两年后您就会死在那儿。”

戴镣铐的那个人向制图员详细问清了他的案情。制图员说，不过，他当然不相信这个刑事犯能帮助他。这一切都像是吹大牛。

但是在奔萨省某个枢纽站上，有一个宪兵军官来到车厢里，他带着一份列车开出后紧跟着从叶卡捷琳诺斯拉夫发出的电报命令。命令上说：由于流放格林科一案需进行补充侦查，上述格林科必须押下列车，送往纳罗夫恰塔市监狱，在该处等候进一步指示。

制图员被押下了列车，那个戴镣铐的年轻人只是在最后对他使了个眼色，劝他在事情“发生转变时要多加小心”。

在纳罗夫恰塔市偏远的监狱里，制图员待的时间并不长。不久，叶卡捷琳诺斯拉夫法院的裁决就送到了监狱。裁决说，格林科一案经缺席复审，由于罪证不足，格林科宣告无罪。

监狱长向格林科祝贺，客客气气地释放了他。格林科回到叶卡捷琳诺斯拉夫，但在叶卡捷琳诺斯拉夫车站又立刻被捕，因为逃跑，再次受审。只是到这时格林科才猜到，这次极为复杂的释放完全是那个戴镣铐的年轻人暗中安排的。

“这是一个著名的骗子，”制图员对我说，“是伪造者和骗子手们的一个强大组织的头儿。显然，在库尔斯克，他买通了一个押送的人，通过他把一份关于我的命令转交给他的一个‘自己人’。一切都做得十分巧妙、机智，可是我这个傻瓜却把这一切欺骗当成了真事，所以又第二次落网了。”

“请您告诉我，”我问，“这个戴镣铐的年轻人有什么特征吗？”

“嘴唇上有一道伤疤。他姓索科洛夫斯基，是个瘸子。”

于是，我把神秘的卫生员索科洛夫斯基的事情讲述给制图员听。

“就是他！”制图员说，“他只不过是在你们的列车上隐蔽起来罢了。要隐蔽，这可是个很合适的地方。”

“他为什么用自己的真姓在列车上工作呢？”

“因为姓索科洛夫斯基的人成千上万。除此而外，过这种冒险生活的人有时想玩火，想要碰碰运气。”

多年的经验使我深信，没有一次生活中的相遇会不留下任何痕迹，就连遇到像索科洛夫斯基这样的人也是如此。

根据他的一些暗示可以猜到，还在童年时他就遭遇过许多不公正的事情。这一切使他满怀怨恨，把自己的全部才能都用来复仇，用任何方式为他屈辱的一生复仇。

“葡萄牙”号远洋轮船

1915年遇上了一个炎热干旱的夏天。从车窗里可以看到，波兰的田野上笼罩着一片褐色的尘幕。军队在撤退。

一切都蒙上了撤退时掀起的、散发着火灾遗址苦味的灰尘——士兵们的脸孔，地里庄稼的谷穗，大炮、马匹和我们的列车。红色取暖车厢已经变成了灰色的。

现在我们在任何地方停留的时间已经都不超过三四个小时了。列车在不停地运行，一直有伤员到来。

有一次，我们在维斯瓦河右岸、华沙郊外的布拉加区接受伤员。市内莫科托夫城门一带正在作战。大火的火焰并不高，火光倒映在维斯瓦河里，烟和黑暗在屋顶上空弥漫开来。一排排枪声在河对岸嗒嗒地响，仿佛有人在忙乱地撕裂麻布。

风从东方吹来，使布拉加充满夜晚的凉气。但白天的闷热还滞留在车厢里，特别是在我的手术车厢里。这里的车窗都紧关着，因此绷带的气味永远不会消失。

当时，我们是把伤员从波兰送到戈梅利去。列车一进入波列西耶，立刻就感到凉爽了。我们觉得，白俄罗斯潮湿的森林和静静的河流好像凉爽的天堂。伤员们都有了精神，从床上探出头来，望着在风中喧哗的密密的白杨林，或者望着傍晚时微微发绿的天空。

到仲夏，列车已经磨损得十分厉害，不得不命令火速把它开到敖德萨的修车场去进行大修。

我们经过基辅——我童年的城市——去敖德萨。黎明时，我从车站的备用线上又看到了基辅。太阳已经给金字塔形的杨树镀上一层金黄，在用基辅黄砖建造的高大房屋的窗户里点燃起一片红光。

我想起基辅早晨刚刚洒过水的街道，街道上到处都是阴影。还想起用篮子提着热烘烘的法国面包和一瓶瓶冷牛奶的主妇。但不知为什么，这些凉爽的街道已经不再吸引我了——基辅已经成为一去不复返的过去。

过去不能逆转。这是有道理的，也是合理的。我曾做过两三次尝试，试图再次体验已经体验过的往事。在这以后，我才对此深信不疑。“生活中什么都不会再来，”我父亲喜欢这样说，“只除了我们的错误。”生活中当真是什么都不会再现，这正是生活具有深深魅力的原因之一。

过了基辅以后，草木葱茏、被太阳晒暖的乌克兰从车窗外徐徐向后逝去。每个养路亭旁已经发黄的、万寿菊的阵阵花香甚至透入车厢里来。

被一行行金黄色向日葵分割开的草原绵延不断。在像玻璃一样晶莹透明的远方，空气整天都在摇曳、闪烁。我肯定地对罗曼宁说，这地平线上的闪光是阳光在高层空气中的反光。阳光落到海里，再反射上去，就出现了这样的景象。

罗曼宁这一次没有反驳，也没有嘲笑我。他在自己的药房里大声朗诵：

这就是大海！它发出绿松石的光彩，
珍珠似的泡沫熠熠闪烁。
波浪滚滚，惊惶不安，汹涌澎湃，
向潮湿的浅滩接踵涌来……

在敖德萨附近，我醒来了。列车停在一个小站上，我从车厢门口的平台跳上路基。海里的小贝壳在脚下噼噼啪啪地响。

我看到了小车站上有红色瓦顶的矮房子。白墙旁长着高高的玉米，风吹得长长的玉米叶子簌簌作响。瓦屋顶和玉米的上面，空气色彩变幻，那蓝色显得格外壮丽。

“瞧，现在这才真的是像大海的反光了。”罗曼宁从敞开的车窗里面对我说。

四周飘散着苦艾的清香。那时这稍有点儿苦味的清香第一次在我的想象中与黑海就在近旁的感觉联系了起来。后来，苦艾和大海为邻的概念已经变得如此根深蒂固。就连在北方的时候，一闻到苦艾味，我也会情不自禁地侧耳倾听，希望能听出遥远的大海的波涛声。有时我仿佛听到了波涛声，但当然，喧嚣的不是大海，而是松林中的松涛。

再过几分钟就能看到海了，我为此感到十分幸福。从童年起，泡沫飞溅、浩瀚无边的愉快的大海就已深深印在了我的心里。

让我们开到敖德萨仓库去卸车。看不到海。只有敖德萨车站在远方闪着白光。

但我好像觉得周围的一切都充满了海的魅力，就连路上的一汪汪重油也是如此。至少当时我是这样认为的。它们闪着大海的蓝光，一些乱扔在地上的旧缓冲器上蒙着一层船舶的铁锈。

把一节三等客车车厢拨给我们这些卫生员居住。我们很快就搬了进去。调车机车开始推着这节车厢往前行驶，最后把它推到一座荒凉花园的矮围墙旁边。我们在敖德萨的整个这段时间里，它一直都停在那儿。

我们很喜欢我们的驻地。早晨，我们就在车厢旁的给水龙头下洗脸。金合欢稀疏的阴影在车窗上跑来跑去。

花园后面是一个很热闹的小市场，再过去就是敖德萨的郊区——摩尔达万卡，这是小偷，收购赃物的人——“马拉维赫尔”[①]，小商贩和其他一些人数众多、说不清究竟是干哪一行的人的栖身之地。

医生和护士住在敖德萨附近小喷泉的一所别墅里，我们几乎每天都到他们那里去。

就这样，在到达敖德萨的那天，我没有看到海。第二天，我起得很早。在铁路上用稍有点儿咸味的水洗了脸，就到小市场上去喝牛奶，吃点东西。

小市场上那些卷起袖子的女小贩坐在凳子上，由于天热和大声喊叫，她们的脸都红通通的。整天她们都在互相对骂，此呼彼应，死乞白赖地招徕顾客，要么就嘲笑这些顾客。她们对骂时故意尖声叫喊，招徕顾客时则曲意奉承，甚至是卖弄风情。嘲笑顾客时却是大家齐心协力，暂时忘记了彼此之间的内部纠纷。

“孩子！”她们对我大声喊叫，“瞧，这牛奶是用文火煮开的！瞧，上面有一层凝皮哩！您亲爱的妈妈吩咐过您，叫您一定要喝有一层凝皮的牛奶呀！”

“炒葵花子！葵花子！”另一些用忧郁的声音喊，“1戈比买满满一口袋！随便什么样的破戈比都行！”

但最有意思的地方还是在一排排鱼摊之间。我在那里那些冰凉的锌板

① 黑话，即收购赃物者。——译者

柜台旁站了好久，柜台上粘满了鱼鳞，撒着一些像石头似的粗盐。

扁平的鲽鱼背上长着雪青色的骨刺，用混浊的眼睛望着天空。鲭鱼好似淡蓝色的水银，在潮湿的篮子里微微战栗。褐色的鲈鱼慢慢地把嘴张开，轻轻地吧嗒着嘴，仿佛在津津有味地吞吃早晨市场上的凉气。鰕虎鱼堆得像一座座小山——有黑色的“石匠”，浅色的“砂岩”和砖灰色的“鞭子”。

坐在一篮篮极小的鲱林卡[①]旁边的女小贩们态度特别亲切。她们的货物，主妇们只是买了去给猫吃。

“这是喂猫的，小姐，要么是太太！这是喂猫的！”这些女小贩用谄媚的声音喊叫。

一些已经卸下马匹的大车上，杏和樱桃堆积如山。这些财富的主人——从柳斯特多尔夫和利边塔尔来的德国移民——躺在大车底下温暖的尘埃里打着呼噜。坐在大车上的是他们雇来招徕顾客的叫卖人——犹太小孩，犹太人初等教会学校的学生。他们闭上眼睛，像在祈祷时那样摇晃着，用抱怨似的声音唱着：

“哎，好心肠的人们，亲爱的先生们！哎，樱桃！哎，樱桃！哎，甜杏！哎，5戈比一磅啊！哎，5戈比！纯粹是赔本的生意！哎，好心肠的人们，请来买啊！哎，随便吃吧！”

马路上撒满了还带着血红色樱桃肉的樱桃核和杏核。

我买了个嵌葡萄干的灰色粗面包，就往市场另一边卖熟食的饮食摊走去。那里一张张厚厚的桌子上放着歪歪斜斜的茶炊，茶水正在翻滚，茶炊

---

① 鲱林卡是黑海里的一种小鱼，音译。——译者

上映照出令人难以忍受的黑海的太阳，平底煎锅上正在煎着乌克兰香肠。

我坐到一张铺着手工织的桌布的桌子旁边。桌布上用十字花纹绣着题词："拉伊奇卡，别忘了亲爱的奥维季奥波利。"

桌子当中放着一个碰掉一块搪瓷的旧蓝盆，盆中的水里漂着几朵芍药花。

我吃了一锅煎香肠，开始喝滚烫的甜茶，并且断定敖德萨的生活是很美的。

这时，一个干瘦的人坐到我身边来。他戴一顶出海的人戴的便帽，漆皮帽檐上已经有了裂纹。黄色的连鬓胡子像大山猫那样，翘在他那张灰脸两边。

"请告诉我，年轻人，"他用阴谋家那种压低了的声音问我，"您，请原谅，不是卫生员吧?"

"是的，是卫生员。"

"是昨天来大修的那列火车上的吧?"

"对，是那列火车上的。"我回答，并且惊奇地看了看这个头戴便帽、无所不知的陌生人。

"那么咱们认识一下吧，"陌生人说。说着用双手掀起头上的便帽，然后又把它戴到秃头上，"阿里斯塔尔赫·利波贡，以前是近海船队的船长。天生的海员。"

"你到年轻人这儿来干什么!"那个卖茶给我喝的、满脸通红的女小贩大声喊道，"你干吗要迷惑他!"

"拉娅大婶，"天生的海员很客气地回答她，"别人的计划关您什么屁事，您干吗要来干涉？您干吗要夺走我嘴里的一块面包？看得出来，您吃得饱饱的，可我在挨饿，就像个空桶一样，腹内空虚。明白了吗?”

拉娅大婶又稍稍唠叨了一阵，就住了声。

“我可以为你们效劳，”利波贡说，“我不嫌弃任何工作，只要是你们需要的，不管是你们卫生员，还是住在小喷泉贝霍夫斯基的豪华别墅里的医生们，随便需要我干什么都行。一切我全都能很快办妥，收费低廉。”

“嗯，举例来说说看，”我问，“‘一切’是什么意思呢?”

“我能卖东西和买东西，只要是你们需要的，都能送到车厢里。没纳过消费税的康斯坦丁诺波尔的烟草。这是金色的鬈发，而不是烟草！法国香粉。希腊的‘乳香’伏特加，意大利墨西哥有特殊香味和独特风味的橙子。要么是新鲜罐头，今天刚出厂的番茄牛肉是直接从我们敖德萨工厂里弄来的，到第二天它们就已经失去一些那种绝妙的滋味了。我竭力推荐！我在城里和港口上交际很广，您随便向什么人问起我，只要他是个正派人，准会一字不差地回答您：‘利波贡无所不能。利波贡有20条腿，40只手和100只眼睛。’”

“不过你只有1条舌头，囚犯！”拉娅大婶生气地说，“你这个贫嘴的家伙，只有1条舌头，可是胡扯起来抵得上7条。”

我对利波贡说，我什么也不需要。不过，也许医生和护士们会需要点儿什么，等我去问问他们。

“可我，”利波贡说，“今天晚上正好要到贝霍夫斯基的别墅去。很高兴认识您，年轻人。”

他又用双手抬起那顶揉皱的便帽，然后再把它戴到秃头上，于是走了。他上衣的后襟摇摇晃晃，很随便地唱道：

年轻的海军准尉，
长着一头淡褐色的头发，
抛弃了美人儿敖德萨……

“瞧，”拉娅大婶对我说，“眼前就是个例子。青年人，想入非非会把一个人弄成什么样子。”

“怎么想入非非？”我惊讶地说。

“一个人过得好好的，”拉娅大婶悲哀地回答，“在一条木船上干活儿，从赫尔松往敖德萨运西瓜，身上有套像样的衣服，口袋里有20卢布的零用钱，天天都有饭吃。可是偏不安分！一个人不能安分守已，我太了解他了。我和他从小认识，都住在奥维季奥波利，两家的院子紧挨着。这个人不能像大家那样生活。‘我，’他说，‘拉伊奇卡，这种平淡无味的枯燥生活让我觉得难受。’‘我，’他说，‘拉伊奇卡，想要过像小说上写的那样的生活——有伤心的眼泪，也有鲜花，要有音乐和丰富多彩的爱情。’‘我，’他说，‘必须冒险，以便像书上写的那样，要么出人头地，要么完蛋！’”

“有什么好说的呢？”旁边的一个女小贩叹了口气，一面把一些青茄子摆在马路上，“已经出人头地了，可是后来又完蛋了。”

“他干了什么呢？”我问。

“结婚了。”拉娅大婶回答，“不过，请您听着，他是怎么结婚的！从前我们敖德萨有一个好像是罗马尼亚的乐队。说是罗马尼亚人，可又不是罗马尼亚人，各种各样的人都有。有的是从高加索来的，有的是从基什尼奥夫来的，还有的就是我们这儿摩尔达万卡的人。那个乐队里有一个敲扬琴的女人，名字叫塔玛拉。不错，是个漂亮女人，人才出众。他就是跟她结了婚。只要是看上去豪华阔气的东西——那些玻璃珠串啊，天鹅绒啊，扬琴啊，还有什么华尔兹啊，她样样都要。‘我，’他说，‘要让她过这样的生活，让薇拉·霍洛德纳娅[1]本人看了都会忌妒死。’”

“有什么好说的呢，他是让她过上了这样的生活！”卖茄子的女小贩叹了口气。

“这人到底是为那个女人尽了力，”拉娅大婶和解地说，“到现在还在尽力。一结了婚，他就开始乱花钱，也不管自己有多大家底。开始在自己的船上运私货，他落网了。当然啰，没收了他的执照，花了一大笔钱才没有坐牢。他已经流落街头，可还是给她买下了一套住宅。唉，不是住宅，简直像一个系着粉红丝带的蛋糕盒！简直像一个用纸制花边装饰起来的小盒子！他从船上被赶了下来，只好去干点小事儿，当经纪人。他已经垂头丧气，在人们中间失去了威信。可还是想入非非，一直在胡扯！他在塔玛拉面前隐瞒着自己可怕的贫穷。她是个懒女人，还有点儿傻气，对什么她都不感兴趣。整天躺在窗台上，开着留声机看一些破破烂烂的小书，放上一张《夜在呼吸》，要么是什么《昨天我梦见了您》，就看起书来。披头散发，她反正无所谓，只要有酥糖吃。而这个人已经让自己变成了叫花子，成了一个废物。可是她不想看到这些，她在看恋爱故事！呸，呸！”

拉娅大婶生气地啐了一口唾沫。

“他会弄到去罚苦役的。我可以向您发誓，准会这样，年轻人！”

我回到自己住的车厢里，已经完全准备好要去海边了，但是派我们去铁路上的修理工厂，帮助工人们刮掉车厢上的旧漆。我们一直干到晚上。

---

① 俄国著名的女电影演员。——译者

后来我洗过脸，到小喷泉的别墅去了。在那儿的陡岸上，我终于看到了海。烟雾弥漫的晚上和淡蓝色的浩瀚水域融成一片，下面波浪冲击着鹅卵石，隐隐发出隆隆的响声。在一片宛如银鸟翅膀的白云下，第一颗星星已经亮了起来。

灯塔没有亮。地平线上可以看到一个黑乎乎的庞然大物——一艘轮船。这是土耳其的“美奇提哀”号巡洋舰，被我们的海防炮打坏了，已经搁浅，还没有把它拖出浅滩。巡洋舰慢慢没入暮色之中，不一会儿在暮色中完全消失了。

我沿一条陡峭的小路跑向大海。遍布碎石的土地上长着干枯的洋槐丛，海边很大的鹅卵石从我脚下撒落下去。坚硬的染料木向四面八方射出一支支黑箭，上面开着即使在黑暗中也能看得见的黄花，散发着一股晒暖了的介壳石气味和煎青花鱼的香味——护士们正在别墅旁的炉灶上煎鱼。

我下到海边，脱掉衣服，走进齐脖子深的温暖、然而让人感到爽快的海水里。星星的倒影好似很小的水母，在我身旁的海水里漂浮着。

我竭力一动不动，以免把它们打碎成几十块摇摇晃晃的碎片。因为需要过很长时间，才能使它们重新汇集成星星的倒影。

我全身都感觉到大海小心翼翼、但十分强烈的呼吸，勉强可以看出海在轻轻地晃动着。

海稍稍低于我的眼睛，和我的下巴一般高。我想到，海洋就在我的眼前，从这里可以通往博斯普鲁斯海峡，通往希腊和埃及的海岸，通往亚得里亚海和大西洋。在我和这浩渺无边的远方海洋之间没有隔着任何东西，全世界伟大的大洋就始于我的眼前。我的心开始狂跳起来。

从岸上飘来紫罗兰的芳香。远远地从德涅斯特湾那个方向传来一声炮响，炮声沿着海岸很快滚动着，传播开来。这儿，在这仿佛是故意为积极而又幸福的生活创造出来的地方，在这仿佛是故意为海员、园艺家、酿造葡萄酒的专家、画家、孩子们和情人们，为无忧无虑的童年、硕果累累的成年和犹如晴朗的9月一般的老年而创造出来的地方，也有战争的踪迹。

护士们从岸上叫我。我从水里走出来，穿好衣服，上岸来，向别墅走去。别墅的阳台上遮着一大幅花条布，代替屋顶。利波贡摘掉了便帽，正站在那儿曲意奉承地和护士们说话。作为开始，他先卖给她们一小麻布袋希腊油橄榄。

我和利波贡一起回城里去。

“我就猜到，”在电车上利波贡对我说，“您是个很喜欢海的人。”

我表示同意。

“那您就不该在列车上，坐着破取暖车跑来跑去，而应该在海上的医院船上工作。眼下在我们敖德萨正停泊着一艘‘葡萄牙’号医院船，以前这是艘法国船。”

“嗯，那好，”我小心翼翼地回答，“我倒很高兴调到这艘轮船上去。”

“这是可能的！”利波贡很随便地脱口而出，“有一个机会！那里有个低级医生，是我的熟人。我常借给他走私的烟草。请您明天下午1点到卡兰金港口来，我在‘葡萄牙’号附近等着您。我不收您任何报酬，请我在饭馆里吃顿饭，就算两清了！”

他沉默了一会儿。

“有时间的话，”他俯身对我说，以免电车上的噪音压倒他的声音，“我跟您谈谈我自己。人们胡说八道，净说我的坏话。我的生活就好像一篇未完待续的长篇小说。我的生活有一些秘密。我的命运当然坏透了。不过我，也许比你们所有的正派人都更正派。只不过我很少获得成功，所以没有胆略采取行动。”

黑夜好像一阵风闯入没有灯光的电车。当时所有的港口城市都不点灯。

“如果我有决心的话，”利波贡说，“我就会乘船走遍所有海洋。那我的生活就不是生活，而是艾瓦佐夫斯基①的一幅画了。”

第二天，我不是在下午1点，而是在上午10点钟就到卡兰金港去了。防波堤旁，一艘白色远洋轮船仿佛融化在亮闪闪的、干燥的阳光里，船舷上有两个很大的红十字。

我在船尾上看到了两个金色的法文词：“葡萄牙-马赛”。

轮船的颜色雪白。它的桅樯、缆索和舰桥都好像轻飘飘的，铜把手闪闪发光，舷窗洁净，宛如钻石，甲板也洗得一尘不染。在这一切之中似乎有一种非现实的东西，仿佛这艘轮船来自一个终年都是节日的世界，仿佛它是用凝固的光线做成的。

这是法国“梅沙热里·马里季姆”公司的一艘客轮。战前它经常从马赛开往马达加斯加、叙利亚和阿拉伯半岛，后来不知为什么来到了黑海。它在这儿正好遇上了和土耳其的战争，于是与法国政府达成协议，“葡萄牙”号转交给我们，用作医院船。给它重新油漆，漆成了白色。

一些穿着灰白的夏季连衫裙、很年轻的护士和穿白衣服的海员在“葡萄牙”号的甲板上走来走去。我害怕不到时候就让人看见，于是走开了，在港口上一直闲荡到下午1点。

---

① 伊万·康斯坦丁诺维奇·艾瓦佐夫斯基(1817—1900)，俄国画家，擅长画海景。——译者

1点整，我又走近“葡萄牙”号。利波贡站在舷梯旁，正在无拘无束地和一个年轻的海军军医说话。医生长着一双爱嘲笑人的黑眼睛，脖子通红，制服的白领稍稍压迫着脖子。他很快地握了握我的手，对利波贡说：

“就这样吧，再见，船长！这一次航行以后，请再给我带点儿烟叶来。”

“是!”利波贡故意装作精神饱满的样子，喊了一声，举手行了个军礼，于是走了。

医生抓着我的胳膊肘，领我到他的舱房里去。他那样紧紧地抓着我的胳膊肘，好像担心我在这镜面似的甲板上会滑倒。而且，上帝保佑，还会弄坏或打碎什么闪闪发光的仪器或玻璃门。

我不太喜欢这样。不过我没作声，也没把胳膊抽回来。

“总之，”医生在自己的舱房里说，船舱里充满了稍带点儿咸味的凉爽空气和上等烟草的气味，“我需要一个进行包扎的卫生员。您是个大学生？好极了！证件您带来了吗?”

“是的。”

“请给我看看。”

我把证件拿给他。他匆匆看了看，就还给了我。

“您可以认为，一切都办妥了。”他说，“请您后天来，我们办个手续，您就可以留在船上了。可能很快就要出航。”

我如坠五里云雾中。不相信我将乘这艘远洋轮船出航。童年的幻想实现了。我当然舍不得离开列车，舍不得离开伙伴们。但渴望去海上漂泊的强烈愿望还是获得了胜利。

医生把我送到舷梯旁。那儿站着一个像猴子一样好动、身材矮小的小老头儿，他穿着海军制服，但这制服不是俄国的。他衣袖上有好几条金色条纹。根据这一点来看，我猜想，这是船上一位级别很高的长官。

“我们的船长巴亚尔先生。”年轻的医生小声警告我。

他向船长鞠躬行礼，用法语对他说：

“船长先生，这就是我们新来的卫生员。莫斯科来的大学生。”

我也鞠了个躬。

“这是不可思议的，我的上帝！”巴亚尔先生提高声音用法语说。说着把双手举向天空，“学士们不去学习，而要用调羹给俄国庄稼汉喂碎麦米粥。在这个古怪的国家里，谁也不做他该做的事。没有任何人！”

船长用一只很有力的棕色的手抓住我的肩膀，让我转过身去面对着他，看了看我的眼睛。

“噢——噢——噢！”他说，“对！对！每个人都有这种心情！我理解您。梦想，梦想！不！”他突然大声喊叫，“海——瞧，它在那儿，我的朋友！”

他摘下绣着金线的法国军帽，指指他那白发苍苍、剪成平头的脑袋。

“所有赤道上令人心醉的夜晚都在这里！所有孟加拉的晚霞！还有肉桂的香味以及其他种种胡说八道。都在这里！您有病啊，年轻人！但是我不知道有能治这种病的任何药物。因此，我很高兴在自己的船上见到您。”

他很快转过身，在甲板上向船长舰桥跑去。

医生带着嘲讽的、然而是尊敬的微笑望着他的背影。

“瞧，我们的船长就是这样的，”他说，“是个出色的大言不惭的人。那么，后天见。”

第二天，我在斯捷波瓦亚街达达尼尔海峡饭店请利波贡吃午饭。

说实话，这并不是饭店，而是一家苍蝇嗡嗡叫的小酒馆。

和我一起来的还有罗曼宁、尼科拉什卡·鲁德涅夫。我要离开列车，使他们两人心情沮丧，而且不管看来这是多么奇怪，但他们俩都并不羡慕我。恰恰相反，他们好像都不赞成我这样做。

在达达尼尔海峡饭店里的午餐以吵架而告终。侍者给我们端来了小块焖羊肉，我们吃了。但在这以后，利波贡立刻把那个懒洋洋的侍者叫过来，对他说：

“叫老板到我们这儿来。”

“这是为什么？”

“不用你问。”

睡眼惺忪的老板，一个脸色有点儿发绿的大胖子，不乐意地从后面房间里走了出来。

“怎么回事？”他用嘶哑的声音问，“如果有什么不喜欢的话，那么要知道，我这儿可不是‘伦敦旅馆’里的餐厅。既然您这么娇气，可以滚到那里去嘛。”

“问题是，”利波贡预兆不祥地回答，“卡缅纽克先生，您把臭羊肉偷偷地塞给顾客。这样一来，您很可以把他们送进天堂去了。”

“您这样认为？”卡缅纽克先生讥讽地问，“啊——呀——呀！真是臭的吗？我的羊肉是头等的。”

“可我跟您说，是臭的！”

“那您干吗要吃掉呢？”卡缅纽克用原先那种不会预兆有什么好事的讽刺口吻问，“您不是吃得只剩下骨头了吗？而且还用面包皮把盘子都擦干净了。您别愚弄我，我可不是毛孩子！”

“哼，是这样吗！哼，您的羊肉不是臭的吗？”利波贡突然大声喊，声音里含有某种狂喜的味道，“那么，恳请您再给我们来4份这种极好的小块焖肉。”

可以看得出来，卡缅纽克不喜欢这些话。

“羊肉全卖光了。”他说，面色变得苍白了，“没了！明白吗？而且，我什么也不再卖给您了。”

“那我只好，”利波贡神情忧郁地说，“去请警察局长斯库利斯基先生来，依法起诉了。所以，万一有什么不愉快的事情，您可不要怪我，卡缅纽克先生。”

卡缅纽克用手掌在我们桌子上使劲一拍。

“最后一句话，请你们出去，不要吵架。我不需要你们的钱！”

他转身对利波贡说：

“让那些钱把你卡死，害人精！”

事情出乎意外的发展使我们惊呆了，我们竟没有来得及进行干涉。我还是掏出钱来，放到了桌子上，但我不能肯定这些钱全都装进了卡缅纽克先生的口袋里。因为卡缅纽克先生愤怒地把这些钱向利波贡那边扔去，利波贡却把钱捡起来，带着极端鄙视的神情又把它们扔回给卡缅纽克先生。但我注意到，票子的数目比第一次扔过来的时候已经少了一些。

“您为什么要搞出这么一桩荒谬的事情来呢？”我气坏了。当我们已经走到街上的时候，我问利波贡。

“因为你们都是大学生。”利波贡回答，“你们囊空如洗，卡缅纽克却靠卖臭肉养得越来越肥。”

“可是羊肉并不臭啊！”

“今天不臭，可明天就会臭了。”利波贡沉着地回答，“你们看到了，当我要他再来1份的时候，他是怎样闪烁其词。因为他这条狗，心里在想，也许它，这羊肉，当真是臭的。那样，就会有拿给警察的物证了。那么，最好是摆脱我们，总比冒险要好一些。”

我们在自己的车厢里对这件事议论了好久。晚上我们到别墅去——我得与医生和护士们告别。

别墅里所有的人都为我的举动感到大吃一惊。有人羡慕我，有人感到困惑不解。只有廖莉娅咬着嘴唇，一声不吭，连一次也没有看我。

我们坐在黑暗的阳台上。下面，拍岸的浪涛哗哗地响，仿佛要进入梦乡。

廖莉娅攥住我的手，捏得我好疼，并且说：

“咱们走！”

我们走进黑暗的花园里，然后向下往海边走去。廖莉娅默默不语，但紧紧握着我的手——人们通常是像这样领着一个有过失的孩子，要去惩罚他。

在下边，到了海边，廖莉娅终于停了下来。她吃力地喘着气。

“幻想家！”她说，“冒险家！小孩子！明天您就到这艘漂亮而愚蠢的轮船上去，拒绝不干。听到了吗？”

“为什么？”

“什么为什么？我的天哪！难道您自己不明白吗？因为这不够朋友。因为这是岂有此理！当然，在这座水上医院挂着细纱窗帘的沙龙里无所事事，和身上洒了香水、像洋娃娃一样的护士们厮混，远比在破破烂烂的取暖车厢里，比在血污中工作要愉快得多。就连罗曼宁、鲁德涅夫和您的所有伙伴都替您感到不好意思。好像您没注意到似的！当然啰，谁都不会对您说这些话。可我要说。因为对我来说，这并不是无所谓的……因为我希望把您想得很好……总之，您自己知道的事情，不要来问我了。”

“可是我什么也没问啊。”

“那太好了！怎么样？我在等着。”

我的心里掀起一场风暴。当然，就某一方面来说，廖莉娅是对的。但是我怎么能失去这神话般的航海机会，怎么能失去我等待了这么长久、从我生活中幼年起就在等待着的机会呢？

“不，”我说，“我不能拒绝。而且这一切也完全不是像您所想的那样，不该因为怨恨而说这样的话。”

“好吧，那么告别了！”廖莉娅声音暗哑地说。说罢，转身沿着拍岸波浪的白色边缘向黑暗中走去。

我喊了她一声，她不回答。我跟在她的后面。她站停下来，用冷冰冰、恶狠狠的声音说：

“别跟着我。这是愚蠢的！而且令人讨厌。别了。请问候您的新朋友，这个……他叫什么来着……利波贡。”

她笑了起来。我等待着。我听到她继续往前走去，后来站住了，往海里丢了几块小石子。随后，显然是在嘲笑我，唱道：

我满怀忧郁……如果你能理解
我轻信而温柔的心，
请你来向我抱怨
我奇怪而不安定的命运……

我转身走上岸去，没有去别墅，而是步行走回敖德萨。

夜，很暗很暗。风在花园里呼呼响。巡逻队两次拦住我，检查证件。

我一小时一小时地回想过去所发生的一切，突然恐惧地了解到，原来我自己也不知道，我做得是好呢还是不好。我自己也不知道！

“这是什么？”我问自己，“精神上的贫困？还是疾病？还是只不过是不愿对自己和自己的生活进行深思？还是胆怯呢？”

有时我好像觉得，廖莉娅说得完全正确。有时又恰恰相反，我认为，她所说的一切都是伪善，都是假装出来的。但是，为什么罗曼宁和鲁德涅夫都不看着我的眼睛？是什么使他们感到苦恼呢？难道他们断定我是个一无可取的人吗？为什么呢？这是谁想出来的，似乎在医院船上工作，就像娱乐和游玩一样？不，我无论如何也不拒绝，决不屈服。去它的吧！

我当然是迷路了。回到车厢的时候，大家都已经睡了。这倒使我高兴。

后来发生了如下一些事情。第二天早晨我来到卡兰金港，但在昨天停着“葡萄牙”号的地方，停靠着一条运煤的铁驳船。

一个坐在驳船船舷上洗赫氏拟鲤鱼的人对我说，“葡萄牙”号已经于昨夜起航，开往特拉布宗去了。

“怎么会是这样呢？”我惘然若失地问，“它应该过几天再走啊。”

“常有这种事，”那个洗赫氏拟鲤鱼的人漠不关心地说，“一封电报把它召去了。紧急起航。朋友，是打仗的事啊。它还会回到这儿来的。你别担心。”

我很不好意思回到自己的车厢，回到自己的老伙伴们那里去。但只好回去。

“现在您将干什么呢？”罗曼宁不大客气地问我。

“等着‘葡萄牙’号回来。”

“那好，等着吧。当然，这是您的事。”

从早上我就坐上电车，到柳斯特多尔夫去了。留在车厢里，我感到很不愉快。

我在柳斯特多尔夫这个枯燥无味的德国人移民区的海岸上度过了一整天。我什么也没吃，只是到傍晚，才买了10个杏子。

我决定坐末班电车回敖德萨去，但电车没有来。到市区大约有20公里，于是我步行回去。

又是夜和风。一路上又听到许多花园里风声呼啸，不时有从裂开的荚中飞出的洋槐种子打到脸上。

我似乎觉得，整个世界上只有我孤零零的一个人。我愿付出任何代价，只要能让我现在看到妈妈，让她轻轻地拍拍我的头发，说："唉，你还是多么不可救药啊，科斯季克！"

我坐到一座别墅的铁门旁休息。石砌围墙上做了一个安放雕像的深龛，但是里面没有雕像。我爬进空壁龛，双手抱膝坐下，这样坐了很久。后来我睡着了。

我醒了。大概，是因为壁龛旁站着一个骑自行车的中学生，正在赞叹地望着我。

"早上好！"他说，"您真像雕塑家安托科夫斯基[①]雕刻的靡非斯特[②]像。"

"没有这样的雕像！"我生气地说。尽管我很清楚，是有这样的一尊雕像。说罢，我跳到地上，往城里走去。

道路夹在两道石砌围墙中间。我仔细看看这些围墙，好像觉得这围墙

---

① 马·马·安托科夫斯基（1843—1902），俄国雕塑家。——译者

② 歌德的《浮士德》中的魔鬼。——译者

我是熟悉的。

这是什么？难道这是小喷泉吗？已经远远看到了医生和护士们住的那座别墅便门上边的铁灯。我完全忘记了，去柳斯特多尔夫的道路从离小喷泉不远的地方经过。

我在便门旁站停下来，推开了便门，往花园里看了看。花园向下通往白茫茫、静悄悄的大海。

早晨天气阴沉，没有风。几滴雨点落到我的脸上和小路上的海边鹅卵石上，由于石头上的盐分已经干了，因此看上去石头是灰色的。落上雨点以后，鹅卵石上出现了发暗的潮湿斑点，眼看着这些斑点又变干了。

“大概，大家还都在睡觉。”我心里想。我想要看到廖莉娅，又像不久以前在夜里一样，孤独感又控制了我。

这里人们是不是已经知道我没有走，我没上“葡萄牙”号轮船它就已经驶离了？大概，还不知道。昨天卫生员中没有人打算到别墅来。

我小心翼翼地走进花园。修剪过的、高高的黄杨树丛后面有一条熟悉的绿色长椅子，我坐到椅子上。无论从阳台上还是从花园里，都看不到我。我想稍微休息一下，就悄悄离开这儿，用这样的想法让自己的心情平静下来。

又落下几滴雨点。海鸥在海上尖叫起来。

我抬起头。有人很快从别墅向便门走去。我从黄杨树枝间透光的空隙里往外一看，看到了廖莉娅。

她没戴帽子，穿着雨衣。她的脸那么苍白，我还从未见过她的脸像这个样子。她走得很快，几乎是在跑。

我从长椅子上站起来，分开黄杨树枝，迎着她走了出去。

廖莉娅看到我，大叫一声，跪倒在地上，用一只手撑着，向一块很大的灰色砾石倒了下去。她的双眼闭了起来。

我跑到她跟前，抓住她的肩膀，但是没能把她扶起来。她开始轻轻地哼着，后来喃喃地说：

“天哪！他活着！天哪！”

“我去迟了，没赶上‘葡萄牙’号。”我毫无意义地说，不知该怎样安慰廖莉娅。

“请您帮帮我，”她抬起泪痕未干的脸孔，说，“把手伸给我。”

她很吃力地站了起来。

“难道您什么都不知道吗？”

“不知道。”我完全茫然，不知所措地回答。

“走，咱们离开这儿。随便到哪里去。”

我们走进邻近一座荒废的花园，没有任何人住在那里。廖莉娅疲惫不堪地坐到了一条长凳上。

“我的天哪！”她说。说着用饱含泪水的眼睛看了看我，“您真傻，真傻！给，请您看看吧！”

她从雨衣口袋里掏出一小张灰色的纸。这是《敖德萨新闻报》的号外。我打开它，看到了黑体字的标题：

“德国人骇人听闻的新暴行。‘葡萄牙’号医院船在塞瓦斯托波尔附近的海面上被德军潜艇发射的鱼雷击沉，全体船员及工作人员无一人获救。”

我丢掉报纸，抱住廖莉娅的双肩。现在她像个小姑娘一样痛哭，不觉得不好意思，也控制不住自己，轻松的眼泪止不住地流淌下来。

“天哪！”她泪汪汪地说，“这是怎么回事，我哭得这么伤心？多么荒谬！请别以为我真的已经爱上了您，我只不过是害怕罢了。”

“可是，我什么也没以为啊。”我回答，并且轻轻抚摩她湿润的头发。

“真的？”廖莉娅问，抬起眼睛来看着我，微微一笑，“请把手提包给我，那里面有我的手帕。可我要跑到城里去打听……也许，不是所有的人全都牺牲了。”

在被破坏的道路上

还在列车到敖德萨来的一个月以前，我和罗曼宁就往莫斯科寄去了申请书，请求把我们从列车上调到战地救护队去。我们希望能离战争更近一些。

所以要这样做，罗曼宁还有他自己的理由。他秘密地告诉我，他在给维亚特卡激进派的一份报纸写关于战争的特写，在列车上工作给他提供的特写材料很少。

他让我看了几篇登出来的特写。我喜欢这些特写，写得真实，语言朴素。

罗曼宁劝我也给这份报纸写两三篇特写。我只写了一篇。这是我的第一篇特写，题目叫《蓝色的军大衣》，也登出来了。在这篇特写里，我写的是奥地利佩列梅什利要塞的数千名驻防军是怎样全部被俘的。我们在布列斯特看到过这些俘虏。

在这篇特写里我没能写出一件不仅使我，而且使所有卫生员都感到惊讶的怪事。

俘虏们被带着经过布列斯特。数千名奥地利官兵很吃力地拖着破烂的足球鞋在布列斯特的街道上走着——这是一条色彩暗淡的蓝色军大衣的缓慢的洪流。

有时人流停下来，那些没刮过脸的人都望着地面，无精打采地等着。后来他们又走动了，吉凶未卜的命运压得他们弯下了腰。

突然，卫生员古果·利亚赫曼一把抓住我的胳膊。

“您看！”他喊了一声，“就在那里！一个奥地利士兵！您看哪！”

我看了一眼，觉得浑身一阵发冷。我自己正迈着均整的步伐，十分疲倦地向我迎面走来，只不过那个我穿着奥地利士兵的军装。我多次听到过关于容貌相同的人的故事，但是还一次也没遇到过这样的人。

一个和我容貌相同的人正向我迎面走来。他身上直到一些细微的特征都和我完全相像，就连右面的太阳穴上也有一块和我一模一样的胎痣。

“真见鬼啦！”罗曼宁说，“这简直可怕。”

这时，发生了一个真正是十分奇怪的情况。一个押送俘虏的人看了看我，然后又看了看那个奥地利人，跑到他跟前去，拉了拉他的袖子，向他指了指我。

那个奥地利人朝我看了一眼，好像磕绊了一下，站住了。于是，整个俘虏队伍立刻停了下来。

我们互相凝望着对方的眼睛，大概，时间并不长，但我觉得好像过了整整一个小时。俘虏队伍中激动不安地议论开了。

我在那个奥地利人的黑眼睛里看到了惊讶的神情，后来惊讶变成了短暂的恐惧。他很快克服了恐惧心理，突然腼腆而又悲哀地对我微微一笑，举起一只苍白的手，仿佛表示欢迎似的向我挥了挥手。

“齐步走!”最后，押送的人喊了一声。

蓝色的军大衣徐徐飘动，继续向前走去。那个奥地利人几次回过头来，对我挥挥手。我也向他挥挥手。就这样，我们遇到了一起，又分散开了，以后永远不会再次相见。

关于这件事，列车上有很多议论。大家一致认为，这个奥地利士兵，不消说，是个乌克兰人。因为我在某种程度上也是乌克兰人，所以我们惊人的相似之处也就不是那么不可理解了。

是的，不过我已经远离了本题。当时在敖德萨，在“葡萄牙”号沉没几天之后，我和罗曼宁接到了莫斯科的电报。通知我们，我们两人都被调到同一个战地救护队，我们必须立刻回莫斯科，从那里再去救护队的驻地。

不久前发生了那次伤脑筋的“葡萄牙”号事件以后，我倒很高兴仍然留在列车上。现在这新的调遣并不使我感到十分幸福，但退缩是不行的。我将和罗曼宁在一起工作，只有这一点使我感到安慰。

大家十分热闹地在敖德萨车站上为我们送行。有人决定开个玩笑，请利波贡帮忙，雇了一个小小的犹太人乐队。一些见过世面的老犹太人穿着沾满灰尘的大衣，在月台上沉着地演奏了玛特奇什舞曲[①]和步态舞曲[②]，在第三遍铃响以后，又奏起了《思念祖国》进行曲。

千百个旅客也和千百个送行的人一样，吵吵嚷嚷，对这豪华的送别表示自己的狂喜。

最后，廖莉娅紧紧拥抱了我，吻了吻我，取得了我一定给她写信的诺

① 一种节奏快的舞蹈。——译者

② 最初是美国黑人的一种舞蹈，20世纪初在欧美风行一时。——译者

言。并且小声对我说，她也想调到救护队或军医院去。那么，我们大概会在波兰的什么地方见面。

列车启动了。利波贡把便帽高高举到头顶上，一直这样拿着，直到列车在转弯处消失不见。小提琴在伤心地哭泣，声音哀婉动人，奏出熟悉的旋律。

我从车窗中探出身去，好长时间还看到廖莉娅的白色三角头巾，她一直在列车后面挥动着它。

总是这样，每当我的一段生活结束，另一段生活时期到来的时候，忧郁就会潜入我的心里。忧郁，以及对往事、对我离开的人们感到惋惜。

我躺在上铺上，望着天花板，逐日回忆这忧虑不安而又漫长的一年中的往事。

我切实知道的只有一点：就应该像我度过的这一年那样生活——地点和人都经常改变。就应该像这样生活，如果你想献身于写作的话。

莫斯科一切都是老样子——厨房的油烟牢牢渗透进住宅里的墙壁，总是为什么感到不安的加莉娅，还有紧闭双唇、沉默寡言的妈妈。

在莫斯科发给我一套制服和一件军大衣，大衣上钉着奇怪的——银底上有一颗星——肩章。于是，我去见战地救护队的特派员切莫达诺夫，向他做自我介绍。

罗曼宁已经先走了，给我留了一张条子。字条上写着，切莫达诺夫是个可爱的人，对音乐很在行，写过许多关于音乐问题的文章。我想起了巴亚尔船长的话：在这个古怪的国家里，谁也不做他真正该做的事。我想，这个船长对真正该做的事情的概念是相当奇怪的。眼下，在战时，每一个人真正该做的事情就是保卫俄罗斯。我清清楚楚地知道这一点。

切莫达诺夫——一个高个子、黑头发、身穿军服式上衣，温文尔雅、彬彬有礼的人——接待我时很客气，但是对我好像有点儿不信任的样子。

“我担心，”他说，“在救护队里您会感到困难。”

“为什么呢?”

“您是个很腼腆的人。而在目前这种情况下，这是个缺点。”

我不能提出任何论据来反驳他。

救护队驻扎在卢布林附近的某个地方。只有在布列斯特我才能确切知道救护队的驻地。于是，我到布列斯特去了。

我坐在一节挤满军官的软席车厢里。我的制服，有一颗星的肩章，还有那把刀柄闪闪发亮的军刀，使我感到十分拘束。

一个吸烟很多、和我在同一车厢单间里的大尉注意到了这一情况，于是问我是什么人，要去干什么，并且给了我一些很有道理的忠告。

“孩子，”他说，“要多给人行礼，而且只说两句话：对上级要说‘请允许’，对下级要说‘请’。这可以使您避免遇到各种意外的事情。”

可是，这个爱唠叨的大尉说得并不对。第二天我到餐车上去吃饭，所有桌边都坐满了人。我发觉，只有一个白胡子胖将军坐着的桌边有一个空位子。我走近前去，微微点了点头，说：

“能坐在这儿吗?”

将军正在嚼着煎牛里脊。他含含糊糊地不知回答了一句什么。他嘴里塞满了肉，因此，我听不清他说的是什么。我好像听到，他是说：“请。”

我坐了下来。将军吃完了煎牛里脊，瞪着一双愤怒的、滚圆的眼睛，盯着我看了好久。后来他问：

“您穿的是什么衣服，年轻人？这算是什么制服?”

“发给的是这样的制服，大人。”我回答。

“谁发给的?”将军用可怕的声音大声喊道。

整个车厢里立刻都静下来了。

“城市联合会，大人。”

“圣母啊!”将军说，声音像打雷一样，“我有幸在总司令大本营里任职，可是根本没想到有这种事情。俄国军队里一片混乱！毫无秩序，混乱不堪，道德败坏!”

他站起来，高声喷着鼻子，走出了餐车。只是到这时，我才看到他肩上的穗带和肩章上的皇族花字。

立刻有几十张笑嘻嘻的军官的脸转过来面对着我。

“哈，您真走运!”邻桌一个高个子骑兵大尉说，“您知道这是谁吗?”

“不知道。”

“在总司令尼古拉·尼古拉耶维奇亲王大本营供职的雅努什凯维奇将军。亲王的右手。我劝您回车厢去，直到布列斯特别再露面。第二次可能不会这样轻易饶了您。”

小骑士

在布列斯特，我找到了所谓的“救护队基地”——一幢爬满了野葡萄的小房子。

基地里空荡荡的。只有一个老护士神情十分疲倦，孤零零地独自在那里等候救护队的队长格龙斯基。

原来我也得等候格龙斯基——只有他一个人知道我的救护队现在在什么地方。

护士是波兰人，说话带波兰口音，而且一直在唉声叹气：

“是一个这么轻浮的人，这个格龙斯基先生。飞也似的跑了来，开开玩笑，亲亲小瘦[①]，就又飞走了。你连一句话都来不及说。唉，绳母[②]啊！由于这个轻浮的人，我在这儿日渐憔悴了。”

我已经听切莫达诺夫说起过这个格龙斯基。格龙斯基是华沙“波兰喜剧院”的演员，是一个风流倜傥、大胆勇敢的人，有很多优点，但为人极其轻浮。因为他的这一切品质，还因为他个子矮小，人们都叫他“小骑士”。

“您自己会看到的，”切莫达诺夫对我说，“他就像是从显克维支的历史小说里跳出来的。”

我洗了脸，洗去了一路上的灰尘，和老护士雅德维加小姐一起喝了咖啡，然后躺到行军床上。我不想睡。我在窗台上找到了一本破破烂烂的书——萨尔塞的《围攻巴黎》，看了起来。窗外的风吹得葡萄叶子摇摇摆摆。

突然一辆汽车开来，马达发出震耳欲聋的轰响声，一下子停在房屋附近。有人飞也似的顺着楼梯跑上来，马刺叮当作响，门忽然敞开了。我看到了一个身材矮小的军人，一双灰眼睛神情十分高兴，长着一个像西哈诺·德·贝热拉克[③]那样的大鼻子，留着柔软的淡褐色唇髭。

“我的孩子！”他用高音喊了一声，向我的行军床扑来。

---

①② 这里她把“小手”说成了“小瘦”，把“圣母”说成了“绳母”。——译者

③ 西哈诺·德·贝热拉克系法国剧作家罗斯丹（1868—1918）的同名剧本中的主人公。

我差点儿来不及跳起来。

"我的孩子！我无限高兴！我们在等您，犹如大旱之望云霓。罗曼宁在想您，可把他给想坏了。"

他紧紧地拥抱了我，一连吻了我3次。从格龙斯基的唇髭上散发出十分幽雅的紫罗兰香味。

"请等一等！"他对我喊了一声，说着冲到窗边，探出身去，对着下面喊叫："雅德维加小姐！您好！好消息。我终于为您挑了个最合适的救护队。全都是结巴和不吭声的人。什么？我骗您？"

格龙斯基把一只手举向天空：

"就像在天主和他最最英明的唯一儿子耶稣面前一样，我起誓！明天早晨我就用这辆瘸腿的福特牌汽车送您到那里去！我们三个人一起去。"

他离开窗户，喊道：

"阿尔捷缅科，到这儿来！"

一个卫生员、基地上的工友，靴子噼里啪啦响着跑进屋里。

"让我看看你诚实、坦然的脸。"格龙斯基说。

阿尔捷缅科羞愧地把眼睛移开了。

"5听炼乳在哪里？就是放在床底下的那几听？"

"我不知道。"阿尔捷缅科大声说。

"你是个狗崽子！"格龙斯基说，"这可是最后一次。不然，就要让你上法庭，进军事感化营，叫老婆哭哭啼啼，孩子们一辈子倒霉。走开，别让我看到你！"

阿尔捷缅科向门口冲去。

"等一等！"格龙斯基扯着嗓子大喊，"去汽车上给我把箱子搬来。别摔碎了，笨蛋!”

阿尔捷缅科从屋里跳了出去。

“我的孩子，我的儿子!”格龙斯基说。他抓住我的肩膀，用力摇了摇，热情地看了看我的眼睛，“如果您能知道，我是多么可惜每一个落到这个疯人院里来的青年人啊，多么可惜落到这混乱不堪的地方，落到这失火的小酒馆里，落到这杀人就像掐死虱子一样的地方，落到这魔鬼的绞肉机里，落到这极端猖狂混乱中来的青年人那就好啦，而所有这一切就叫作战争。请信赖我吧。我决不让人欺侮您。”

阿尔捷缅科把一个胶合板箱拖进屋里。格龙斯基用漆皮皮靴的靴尖使劲从下面踢了踢箱盖。箱盖飞跑了，但靴子上新钉的鞋掌也飞跑了。

“恳请赏光!”格龙斯基彬彬有礼地，然而是悲哀地说，并指了指箱子。箱子里透明的纸下面密密地放着一块块巧克力。

格龙斯基坐到床上，脱下一只靴子，皱起眉头，好长时间细细端详掉了的鞋掌。

“奇怪!”他带着无法形容的悲哀神情说，并且摇了摇头，“而且是神圣地！一星期里掉了3次鞋掌。阿尔捷缅科！你躲在哪儿呢?”

“有!”阿尔捷缅科大声答应，他就站在旁边。

“把靴子拿到这个麻脸的骗子那儿去，拿到这个鞋匠师傅雅科夫·库尔那儿去。一个钟头以后必须修好。不然我就穿着一只靴子去用军刀砍掉他的烂茅草屋，他还要给我敲着铃鼓跳舞。”

阿尔捷缅科拿起靴子，从屋里跑了出去。

“嗯，怎么样?”格龙斯基问，“这只老母火鸡，这位雅德维加小姐还没啄穿您的脑袋吗？真该让天主踢她100次屁股！我把她弄到哪里去呢，既然她只要听到一句粗话就会翻白眼，像母鸡一样咕咕叫着昏厥过去。这样的活宝也给我送了来！来，喝杯掺兑白兰地的茶吧。怎么样？晚上一起去军官俱乐部，那里要举行音乐会。明天天一亮咱们就出发。当然啰，如果高贵的兹翁科沃依老爷，我的司机，能把马达修好的话。”

“马达怎么了?”

“被子弹打穿了。在柳巴尔托夫附近铁路道口上。这颗子弹是哪儿来的呢！啊——啊——啊！您在看萨尔塞的作品吗？是本极好的书。不过，我更喜欢左拉的《陷阱》。我更喜欢用分析法研究问题的作家，譬如巴尔扎克。不过，我也喜欢诗。”

格龙斯基从军服上衣口袋里掏出一本小书来，在空中晃了晃，怀着并非故意装出来的热情高声说：

“《叶甫盖尼·奥涅金》！我和它形影不离！永不分离！即使世界毁灭，这些诗仍将在它不朽的光荣中万古长存!”

我已经被格龙斯基搞得头晕了。他留神地看了看我的脸，感到不安起来：

“我的孩子！您躺下，在去听音乐会之前先睡一会儿。我会叫醒您的。”

我很乐意地躺下了。格龙斯基飞也似的跑了下去。我听到他在用盆洗脸，喷着鼻子，并用口哨吹着《马赛曲》。后来他不知对谁，显然，是对阿尔捷缅科说：

“你知道什么是‘给你个厉害瞧瞧’吗？不知道?！我可以让你见识见识，很有意思。”

雅德维加小姐哎哟了一声，还喊了一声“绳母”[①]，格龙斯基却说：

“虽然我和他比，只不过是一条虫而已。但和他，和这张脸孔相比，这个副官的嘴脸像是挨揍的，我会弄到枪毙的地步。这已经决定了，已经签了字！”[②]

这时，我睡着了。

仿佛屋里有一根拉紧的粗绳啪的一声绷断了，我立刻醒了。天色已经很暗，早已进入黄昏，暗绿色的高空在敞开着的窗户外面向四面伸展开去。

我躺着，在侧耳倾听。雅德维加小姐在大声祈祷，后来又有一根绷得过紧的弦啪的一声绷断了。淡红色的火光在空中一闪，我听到从夜空中传来马达平静的轰鸣声。

“起来吧！”格龙斯基对我喊道，“齐伯林式飞艇飞到布列斯特上空来了！”

我跳起来，走到阳台上。格龙斯基和阿尔捷缅科已经站在那里，望着天空。

“瞧，那就是！”格龙斯基指给我看，“没看到吗？在大熊星座左边一巴掌远的地方。”

我细细一看，看到一条长长的黑影轻盈地很快掠过空中，许多步枪凌乱地向它附近射击。一颗榴霰弹在我们房屋上方爆炸，喷出一股黄色的火焰。

---

① 这里她又把“圣母”说成了“绳母”。——译者

② 这是法国诗人贝朗瑞（1780—1857）的诗《显贵的朋友》中的一段。

“不错!”格龙斯基说，“如果这样继续下去，自己人就会打穿我们的脑袋。德国人扔下两颗炸弹就走了。演出结束了，走吧。刚好，茶已经准备好了。”

喝过茶，我和格龙斯基到军官俱乐部去。这是一个长长的木板棚，窗子朝着花园。从花园里送来一阵阵新鲜空气。

我困得要命。我半睡半醒地听到低沉的男低音：

每天午夜12点钟

鼓手从棺材里站起来……

我睁开了眼。一个梳着平分头、刮过脸的高个子军官正在唱歌。

“这是一位著名的歌唱家，”格龙斯基对我说，并且说出了他的姓。但是我又沉沉入睡了，没有听清他姓什么。就这样，在开音乐会的全部时间里，我一直在睡觉。

第二天早晨，我们出发了。高贵的兹翁科沃依老爷原来是一个翘鼻子、心地善良、来自奔萨的钳工。他听着格龙斯基说话，只是得意地微笑着，赞叹地摇晃着脑袋，说：“嗬，好家伙!”

我记得滚滚的流沙，被破坏的宽阔道路，市镇上吓得要命的居民。难民的大车队一直到轮毂都陷在流沙中，迎着我们慢慢爬来。

我们把雅德维加小姐留在了一个市镇上。

傍晚，我们终于到达罗曼宁的救护队的驻地维什尼察镇。一座木板房上面悬挂着兵站司令的黄黑两色的旗帜。大车队和畜群扬起的灰尘犹如干雾悬浮在空中，慢慢地降落到地面。

一些戴着袖标的老犹太人——战时的临时警察——挨家挨户跑来跑去，驱赶居民到镇外去挖战壕。远远传来低沉、频繁的隆隆声。那里正在进行炮战。

惊惶不安，闷热，秩序混乱。市镇广场上燃烧着几十堆篝火。篝火附近卸下马匹的大车旁边，难民们——波兰农民——有的坐着，有的就随便躺在地上。疲惫不堪、头上没裹头巾的妇女们手里抱着吃奶的婴孩。婴孩的脸色发青，好像已经渐渐麻木了。狗在吠叫，辎重兵在骂人，要在这乱七八糟的人群中开辟出一条通道来。他们用鞭子鞭打人们，车轮碰到一堆堆乱堆着的农民的家具什物，绣花手巾、披肩、衬衣挂到大车上，拖在车队后面。妇女们哭着从车轮下把这些东西拉出来，拿到篝火边去。但东西已经粘上了柏油，挂破了，在尘土里滚脏了。

一些戴着火红色假发的犹太老太婆从简陋的房屋里拖出她们积攒起来的破烂——羽毛褥子、碗碟、旧缝纫机、发绿的铜盆，把这一切都包在床单或被子里。但是我没有看到一辆可以装运这些家私的大车。

罗曼宁的救护队住在市镇出口处一个破旧的小旅店里。旅店四周的土地被踩得乱糟糟的，就在地上支起三脚铁架，三脚架上有4口大铁锅，锅里正在沸腾。

士兵们在锅边忙碌着。罗曼宁就站在那里，正在用嘶哑的声音对一个浑身上下都是灰尘、连头发都好像变白了的军官大声喊叫。

“见你的鬼去吧！”罗曼宁大声叫嚷。他看到了我和格龙斯基，对我们挥挥手，又转身对着那个军官，“你们的牛每隔半个钟头就成批成批地死去，你们就把它们丢到路上。可你们为什么还舍不得呢！”

“需要有正式接收书。”军官沮丧地说，“每一头死牛我们都要做正式记录。我干吗要为了您去受军法审判呢？”

“好，咱们去写一份接收证书就是，好吧！”罗曼宁说，抓住军官的胳膊肘，把他领进了小旅店。他回头看了看，对我微微一笑，大声喊道：“我这就来。跟这位管畜群的长官把这桩拖拖拉拉的事情一办完，我就来。”

我们走进了小旅店。里面空荡荡的，有一股寒冷的烟味。蟑螂看到我们，在墙上迅速地四下爬开了。

“抽支烟吧，”格龙斯基对我说，“您也不得不立刻着手工作了。您看到了，正在发生什么事情。我要去说服这位牛的统帅。”

我坐到一条瘸腿的长凳子上，抽起了烟，侧耳倾听。窗外，妇女们在哭泣，在向士兵央求什么。牲口在拼命哞哞地叫，远处隆隆的响声越来越频繁了。

每响一声，就有一股沙土从天花板的裂缝里撒下来，落到桌子上和一块黑面包上。

我把面包挪开一些。

木板间壁后面已经是三个声音在大喊大叫：罗曼宁的声音低沉，军官声音沮丧地在和他争论，格龙斯基用唱歌似的、气愤的男高音喊叫着。

“您给我两头牛，我给您接收书！”罗曼宁大声嚷嚷，“不就完了！我没有东西可给人们吃的。人——们！孩子像苍蝇那样大批大批地死去，您却在谈论书法。可耻啊，上尉先生！”

后来间壁后面静了下来。罗曼宁走了进来。

“哈，好极了，”他用嘶哑的嗓子说，并和我互相亲吻，“来得正是时候。好不容易说服了这个家伙，从他那里夺下了两头牛。您带上几个卫生员——得立刻宰掉一头牛，剥开，丢进锅里。没有时间等着肉凉了，难民们已经两天没吃东西了。”

罗曼宁稍稍撩开肮脏的窗帘，往牧场上看了看。

“正在发生什么样的事情啊！”他说，“我好像已经快有5昼夜没睡了。好了，这都是胡扯。开始工作吧，咱们想办法抽个时间，以后再谈。”

虽然格龙斯基在路上已经对我说过，自从波兰人离开他们待惯了的地方，开始逃难的那个时候起，有几个救护队，其中也包括我们这个救护队，接到命令，要他们负责难民的食物供应和医疗工作，但我还想象不出这个工作该怎么做。

“无论干什么都不要去问任何人，”罗曼宁对我说，“您认为该怎么做，就怎么做。丢掉您的待人客客气气的态度，让它见鬼去吧！不然，就什么也干不成，而您将要为这种客气态度多付出十几条人命的代价。”

罗曼宁派给我两个卫生员。在小旅店的院子里，卫生员们在篝火的火光下宰了一头瘦牛。细瘦的牛角扎进泥土里，血形成一汪汪水洼，没有渗透到尘土里去。

我们三个人一起切开死牛的躯体。我那件崭新的军便服卷起来的袖子已经被血湿透了。

我们切下一块块牛肉，挂在篱笆下面，稍微风干一下。

尘土的烟雾越来越浓。篝火的火光犹如一些橙黄色的斑点。后来小旅店窗户上的旧玻璃开始乒乓作响，整个小旅店也开始颤抖、跳动起来。

格龙斯基走进院子。

“别了，我的孩子。”他说。拉着我血迹斑斑的袖子，把我拉过去，吻了吻我，“我到第三队去，那里情况不妙。”

“这是什么在隆隆地响?”我问,“又是辎重队吗?”

“这不是辎重队,”格龙斯基回答,“这是炮兵在撤退。好吧,再见!天主保佑您工作顺利。伙食的事可不要拖延,这是危险的,我的孩子。”

他又吻了吻我,转身走出了院子。他的头垂着,似乎他的脖子上压着牛轭。

后来我们把牛肉放进锅里。热汤上冒起肮脏的灰色泡沫,我们用很大的漏勺把泡沫抛到地上。一些很瘦的狗,互相狺狺地狂吠着,争着去舔那油腻的泥土。

半夜里肉汤煮好了,我们开始把肉汤分发给难民。几百只颤抖的手端着杯子、旧盘子、碗和盆向卫生员们伸了过来。一些妇女得到食物以后,试图去吻卫生员们的手。

人群中只听到一片无法与笑声(也许,这当真是饿坏的人闻到热牛肉的香味而发出的笑声)区别开来的哭声。人们也不怕烫着,立刻就喝掉肉汤,嘴里发出哼哼的声音。

10分钟以后,几个锅都已经舀得见了锅底。罗曼宁命令立刻再放肉进去。

我们宰了第2头牛,剥掉皮,取出内脏,灰尘又落到鲜肉上,形成一层黑色的黏膜。夜间的苍蝇不知从哪里像乌云一般成群飞来。孩子们又哭了,辎重队又夹杂着嘶哑的咒骂声从旁边辚辚地驶过。远方又传来隆隆的炮声,但已经不是像昨晚那么远,而是近得多了。

到黎明,我们又给第二批难民吃过了肉汤。罗曼宁命令立刻开拔。

一部分难民已经走了,一部分却耽搁下来……朝霞升起来了,它是火红的,烟雾腾腾,散发出一股焦味。地平线上升起一根根黑色的烟柱。卫生员们说,这是在放火焚烧庄稼。

一个哥萨克骑兵侦察班策马疾驰，穿过市镇。哥萨克们在犹太教堂旁的广场上下了马，到两三家房屋里去了一下，立刻策马疾驰而去。从房屋里冒出了黑烟，大片大片火焰冲向天空，人们叫喊起来。

火星撒落到正在睡觉的孩子们身上，难民们的破烂衣服开始隐隐燃烧。妇女们抱起孩子，丢掉一切，向市镇的出口跑去。男人们也跟在她们后面走了。

我们在浓烟和散发着的焦味中好不容易出了小镇。马打着响鼻，东躲西闪。卫生员们把头藏在竖起来的军大衣的领子里。

“你们撤退到皮夏茨和捷列斯波利去。”罗曼宁说，“我先到前面去找住处，你们跟着大车走。挑乡间土道走，避开大路，大路上堵住了。如果我不在皮夏茨，你们就直接去捷列斯波利。好吧，再见！”

我和他互相亲吻告别。罗曼宁说：

“这可不是您的‘葡萄牙’号。”

他拍拍我的肩膀，抓着马鞍，一只脚在马旁跳跃了一会儿，跨上马去，沉重地坐到马鞍上，沿着路边快步向前疾驰而去。

我们整天都在乡间土道上行走。我时常看看地图，确定方位。大火的浓烟从四面八方包围了我们。烟缓慢地升起来，弯向东方。

我好像觉得在这一天我所听到的唯一和平的声音，就是我们在一条已经淤浅的小河边停下来饮马时，听到的柳叶的沙沙声。

我们赶过了难民，辎重队和炮队又赶过了我们。越来越经常听到“马肯森”[①]这个词，这个元帅指挥的德军正在从后面进攻。

---

① 马肯森（1849—1945），德国元帅。——译者

我们有两次停下脚步来，埋葬倒在路旁的死人。

有一次是一个婴孩。他躺在一块方格头巾上——显然，这块头巾是母亲从她自己头上取下来的。不知什么人把一丛连根拔起的油菜花放到婴孩的胸口上。

另一次是一个睁着一双明亮的眼睛的、年轻的农妇，她平静地望着天空。淡黄色的太阳透过烟雾，在空中照耀着。一只蜜蜂陷在农妇的头发里，生气地嗡嗡叫着。大概，它早已陷在头发里，怎么也飞不出来。

当我们离开这两座新坟已经相当远的时候，一个又高又瘦、性情温和、姓斯波洛赫的卫生员对我说：

“瞧，我们埋葬了一个女人，大人。我想，这就是那个婴孩的母亲。”

“为什么呢?”

“她没戴头巾。她的头巾在婴孩那儿。所以我认为，这就是他的母亲。”

“战争——对有的人来说，是母亲。可对有些人来说，它是鬼的母亲!”一个矮壮的卫生员格拉德舍夫突然说。

我骑着马，这使我觉得很累。嘴里全是沙子，感到牙碜。当时我什么也不想。是的，大概是什么也不想，除了一个执拗的想法：我埋葬了两个人，可是甚至不知道他们叫什么。我想起了那个女人的手臂，手臂上蒙着一层勉强可以看出的金黄色绒毛，想起了那个婴孩干净的、向前突出的前额。

死神恰恰来到了他们的生活之中，来到了常春花还没有凋谢的、他们的那个小村子。也许，村中的农舍里还飘散着热面包的香味，死神把他们从家里驱赶出来。他们匆匆忙忙，满脸泪痕，又被死神扼杀在异乡，扼杀在流沙之中，扼杀在路上。大车的铁轮箍就在离他们长眠不醒的脸旁一掌远的地方嘎嘎地响着。这一切是谁想出来的呢?

“大人!”斯波洛赫喊了我一声。

“你有什么事?”

“您别想这些了!我劝您别想了。请您听我的话,我参加战争已经有一年了。”

“你怎么知道我在想呢?”

“怎么不知道呢!难道看不出来吗?”

很难相信,昨天还是和平的布列斯特,和老护士一起坐在桌边喝咖啡,有那个饶舌的格龙斯基,还有柔软的床铺和夜里凉爽的空气。

傍晚,我们才到达皮夏茨——路上的沙使我们耽误了时间。

罗曼宁不在皮夏茨。

堆积如山的旧东西和破书乱扔在街道上。我捡起几本书来,看了看,又把它们扔了回去——这都是些看不懂的希伯来语书籍。

镇上已经阒无一人。有一些猫不时蹲下来停一停,从一个院子窜到另一个院子里去。

我们在一处曾经是理发馆的房子里停下来休息。

装了玻璃的门会发出乒乓的响声,门上有一个小铃铛,门上方挂着一块招牌。一个留着黑唇髭、面颊红通通的美男子围着雪白的罩单,坐在扶手椅上,伸出一双穿着皮鞋的脚,皮鞋后跟像妇女的高跟鞋那么高。美男子的半边脸已经抹上肥皂,一把很大的剃刀不用人的手帮忙,威胁地自己悬在这个美男子抹了肥皂的面颊旁。美男子在无忧无虑地微笑着。

招牌上写着:“维也纳理发馆　伊萨克·莫泽斯祖孙”。

理发馆里的全部地板都颤抖得很厉害。每走一步，唯一一面已经打破的窗间壁镜都会摇摇晃晃，这面镜子上溅上了不少已经干了的肥皂沫。

屋里飘散着花露水味。一张3条腿的竹制小桌上放着几本已经撕破的、油迹斑斑的杂志——《星火》《世界全景》和《百眼巨人》。几只懒洋洋的、肥大的苍蝇在往玻璃上乱撞。

我们煮了稀粥，烧好了茶。不想睡觉。想坐在理发的安乐椅上，仰着头靠在已经磨光的天鹅绒垫子上，闭上眼睛思索。想什么呢？想大海毫不停息的波涛喧嚣，干燥的群山里蝉声聒噪。想阿卢什塔秋天的晚上，大片大片黄叶从法国梧桐上飘落下来。想那个迎面跑来的快乐的小姑娘。想诗。天晓得还要想些什么，但都是离战争那样遥远、而且是不完全清楚的事情。

但是该出发了。又是刺鼻的马汗味，叫喊声："驾，害人精!"以及车轮的嘎嘎声，硬邦邦的马鞍，沙，还是沙。

但现在，我们身后已经没有迤逦不断、拖得很长的大火的浓烟了。在空中照耀着的是火红色的反光，星星静静地在路旁闪烁。

那钢铁的雷鸣仍然在大地上滚动——这是不会下雨的战争的雷鸣，为了炸碎人的躯体而创造出来的、克虏伯康采恩生产的大炮的声音。

我在马鞍上打起盹儿来。星座在头顶上方移动，汇合成星云，聚合成一群一群的，仿佛是在和人们一起逃离战争。

我又渐渐睡着了。我好像觉得睡梦中看到一颗颗流星，时而在这里，时而在那里，穿过黑暗的天空。仿佛是天空派遣自己的急使到大地上来，想要了解一下莱布尼茨[①]、洪堡特[②]、赫歇耳[③]的子孙们——这些伟大的德国人的后裔现在在干什么。

白天，我们终于来到了捷列斯波利。

两千册

在捷列斯波利，我在一个乡村教士的家里找到了罗曼宁。

天主教教堂已经发黑的木头房子坐落在花园里的白苣菜和荨麻丛中。有些地方，鲜红的锦葵从野草中向外探头张望。

天主教教士没有和难民们一起离开捷列斯波利。他和罗曼宁一起在台阶上迎接我。

这是一个又高又瘦的人，长着一双活泼的眼睛。破旧的长袍下露出一双红褐色的靴子。

教士按照当时的习惯，为我祝福，并且用俄语说：

“我的家对所有人都敞开着门，就像天主的家一样。请进，我的孩子。您怎么方便就怎么安顿吧。”

教士的声音很高，像小孩子的声音。

---

① 戈德弗里特·威廉·莱布尼茨（1646—1716），德国唯心主义哲学家、数学家、物理学家和语言学家。

② 亚历山大·封·洪堡特（1769—1859），德国自然科学家、地理学家和旅行家。

③ 威廉·赫歇耳（1738—1822）和约翰·赫歇耳（1792—1871）都是英国天文学家、彼得堡科学院的外籍名誉院士。

我们走进屋里。我们一走路，玻璃就乒乒乓乓地响。教士打开一扇房门，房门通向一间又矮又暗的房间。屋里靠墙有几排木书架，书架上摆着几百本书。

“我不愿看到德国人！”教士在门口站住，突然说。他把一双很大的手掌举到头顶上，仿佛是在驱赶幽灵，“愿圣母马利亚让我摆脱他们。我不愿看到任何一个普鲁士人。在俾斯麦首相的肖像下，他在肮脏的床上受胎的那个污秽的夜晚，应该受到诅咒。”

罗曼宁推了推我，但是我不明白，他想让我注意什么。

“首相瞪着眼睛注视着每一次受孕的情况，”教士极端厌恶地说，“心里在想：‘嘿，迈因戈特[①]！又是帝国的一个雄赳赳的士兵。嘿，迈因戈特，你给德国派来了这么多火红色头发的小伙子，这是多么好啊。’”

教士用手摸着书的封面，慢慢地沿着书架走过去。他好像在数这些书。后来，他很快转过身来。

“整个一生，”他用波兰语说，“我收集了这些书籍。两千册历史书。我想拯救它们，但是上哪里去弄这么多马车呢！所以，您看，我就和它们一起留下来了。您可以拿任何一本书去看。但是我看得出，您已经很累了。请休息吧。”

教士用一只干瘦的手拍拍我的肩膀，长袍窸窣作响，走了出去。

“是个好人，是吗？”罗曼宁问，“我和他已经成了朋友。他这里什么没有啊！瞧，这个书架全是关于苏沃洛夫的书，而这个书架全是关于拿破仑的，上边——是中世纪的书和教堂神父们的作品。”

---

① 德语“我的上帝啊”的音译。——译者

我无目的的随手拿了一本厚厚的、黑色封面的已经干裂的书。这是卡莱尔①的《法兰西革命史》。

“明天拂晓我们向布列斯特前进。”罗曼宁说，“一切都要见鬼去了！所有这些书，还有它们这位有点儿古怪的主人。去洗个澡吧，您这个班布尔的黑人！花园里有个小浴室，不久前才生上了火。”

我到浴室去了。浴室已经倾斜的木墙上，直到屋顶都长满了荨麻。

锅里装满了有点儿混浊的温水。我把几块从围墙上拆下的朽木板扔到锅底下，点着了它。从打破的窗户里冒进一股潮气——已经快到晚上了。

我脱下衣服，落满尘土的衣服和靴子竟是那么重，使我感到惊讶。后来我在长凳子上坐了好久，等着水烧热。我在抽烟，什么也不想。我只不过觉得很好——在这短暂的孤独中，由于从花园里送来的新鲜空气，我觉得很好。

小蚊子互相推推撞撞，在暗淡的阳光中挤作一团。窗外，一些白色的伞形花比窗台还高。

周围那么宁静，我甚至能听到拴在花园里树上的我们的马打响鼻的声音。后来从远方传来一阵缓慢的轰隆声，从小浴室上空滚过，在西方渐渐消失。

一只灰猫跳到窗台上，望了望我，惊奇地喵喵叫了一声。在这以后，它沿着墙绕着浴室走了一圈，瞅了瞅我的靴子。靴子里空无一物，黑漆漆的。猫又叫了一声，但现在已经含有询问的意思，并开始在我腿上蹭来蹭去。它那毛茸茸的皮发出勉强可以听得到的啪啪的响声。

---

① 托马斯·卡莱尔（1795—1881），英国政论家、历史学家、哲学家。

我轻轻抚摩它。猫高兴得轻轻打起呼噜来。

“你，这个躲在后方的家伙！”我对猫说，“谁也不来招惹你。那些头戴钢盔的人不会为了不知为什么一定要杀死你而来追捕你。让我们交换一下位置，好吗？”

猫装作没听到我的话。它不慌不忙地走出浴室，甚至没有回头看一看。

“猪猡！”我对着它的背影说，“猪猡和自私自利的家伙。”

我很希望它回来。我需要一个不知道什么是战争的活物。它认为，世界好像仍然和一个月或一年以前那样美好——荨麻蛱蝶照样在花园里飞舞，乡村中明净的太阳还是那样落下去，仍然可以像往常一样在破旧的安乐椅上打盹儿。每当干裂的书封面发出神秘的噼噼啪啪的响声时，也照样可以动动耳朵。

由于疲倦，思想混乱了。我想让思想停下来，好终于想想早就使我心中感到又痒又痛的一切。想一想抚爱，想一想温暖的肩膀，可以紧紧地靠在上面的肩膀。

“妈妈！”我低声说。但立刻想起了妈妈那冷淡的、紧闭着的嘴唇和她那惘然若失的面容。不，能帮助我的不是她。但那是谁呢？没有任何人。也许，只有在将来，如果真的会有将来的话，我将遇到一个心灵十分温柔的人……就连廖莉娅，我也已经失去了，再也见不到了。

又是一阵又慢又长的雷声滚过浴室上空。一群寒鸦乱哄哄地啼叫着从教堂那里的榆树上飞了起来。罗曼宁走到窗前。

“您怎么，睡着了吗？”他问，“教士先生那儿有樱桃酱。”

“好像是睡着了。”我承认。

“年轻人，”罗曼宁说，“我不喜欢您。您在这儿想什么呢？赶快洗个澡，一起去喝茶吧。”

一个穿粗布长袍的老人——教堂里的下级职员——把茶摆在藏书室里。他在一张圆桌上铺了块灰桌布，把茶杯和一个暗淡的灰色玻璃糖罐摆在桌子上。只有樱桃酱石榴红的鲜艳糖浆特别引人注目。

我们拿来了自己的储备——肉罐头、干饼和红莓苔子汁。此外，我们再没有任何旁的东西了。

那只灰猫来了。它叫韦利泽武尔。

我们请教士入座。在坐下来之前，他先喃喃地做了简短的祈祷。我们站着听他祈祷。

“有礼貌的年轻人。”教士微微一笑，然后沉默了一会儿。

“愿天主为你们祝福，”他坐下来的时候说，“愿圣母保护你们所走的每一步路。你们当然并不相信她。但反正一样！愿她用自己的目光注视着你们，推开敌人的手。”

教士推开茶杯，转身面对在桌子边上喝茶的下级职员。

“亚诺什，”他说，“你去开教堂门，我们要通宵祈祷，还有明天一整天。”

“是，教士先生，”下级职员低声答应，说着欠起身来，“一个通宵，还有明天整整一天。”

“我们要为牺牲的人做伟大的启应祷。”

“是，教士先生，”下级职员又小声回答，“为所有死者做启应祷。”

“然后我们要为天主做弥撒，让他帮助波兰像凤凰从灰烬中复活那样，得以复兴。”

“是，教士先生，”下级职员喑哑地答应，“就像凤凰从灰烬中复生。”

“阿门！”教士说。

“阿门！”下级职员喃喃地说，低下头发花白、蓬松的头。

教士的这些咒语和下级职员的喃喃低语使我和罗曼宁觉得不大舒服。教士好像猜到了这一点，他默默地站起来，走了出去。下级职员也稍有点儿一瘸一拐地跟在他后面走出去了。

我躺到黑色的漆布沙发上，盖上军大衣，陷入一片仿佛发出嗡嗡响声的黑暗中。

我突然醒了，没有任何原因。显然，已经是深夜了。

敞开着的窗户外面，在伸手不见五指的黑暗中，花园时而开始轻声喧哗，时而又变得静悄悄的。我向窗外望了望，既没有月亮，也没有星星——大概，天空给云遮住了。

周围真静极了。但我好像觉得，我是被什么声音惊醒的。我躺在那儿等着。我深信那声音一定还会出现。我想抽烟，但我迟迟没有划火柴，以免惊走安全的夜的黑暗。

我等着。因为在等待一种不知道是什么的声音，我开始感到可怕。

就这样躺了好几分钟，我突然一跃而起，坐到沙发上。军大衣窸窣作响，沉重地落到了地上。

声音来了——是一种可怕的、拖得很长、让人感到难过得颤抖的声音，好像老年人的哭泣。

这是什么？过了好长时间，声音才静下来，但立刻又出现了。我听出这是教堂悠扬的钟声，这是教士在半夜里为死者们做伟大的启应祷。

我伸手去拿放在桌上的香烟盒，但这时突然有逐渐增强的呼啸声从屋顶上飞过，鲜红的火光霍地一闪，轰隆一声爆炸，随后好长时间还听到一种奇怪的隆隆声，仿佛是许多小石子撒落到鹅卵石马路上。

罗曼宁跳起来，点燃了蜡烛。又是一阵呼啸声从我们头顶上方飞过。窗外又是一声爆炸，火光一闪，照亮了花园。

“他们在试射！”罗曼宁喊了一声，“穿上衣服，备马。我去命令套车。”

我本来就穿着衣服。我拿着手电筒走到花园里。马匹抿着耳朵站在那里，拉紧了缰绳——就是用缰绳把它们拴在树上的。惊醒了的卫生员们在互相呼唤。镇边上出现了火光，火光帮助我们迅速集合起来。

我们急忙出发。步兵已经在散漫地穿过市镇向后撤退。

当我们经过教堂的时候，教堂门大敞四开。里面明晃晃地点燃着蜡烛。显然，下级职员把教堂里储备的所有蜡烛全都点上了。我看到祭坛上方一个很大的、刻有耶稣受难像的十字架，十字架周围围着绣花毛巾。

教士披着镶花边的短斗篷站在教堂门前台阶上，把一个黑十字架高高举到头顶上。在火光的反光中可以看到从衣服下露出的红褐色靴子。下级职员站在教士背后。

当我们走到与教堂门前台阶并排的地方，教士远远地用黑十字架画了个十字，为我们祝福，并且高声说：

“愿高于一切处女的圣母，天国的百合，所有苦难深重的人们的母亲，保佑你们！”

火光落到教士镶花边的衣服上和他的脸上，火焰闪烁。因此，看上去好像教士正在微笑。

我们走出镇外，射击停止了。身边散发着马蹄扬起的尘土味和沼泽地里的水味，我们又听到了从背后传来的颤抖的教堂钟声。

“好像他有点儿发疯了。”罗曼宁说。

我什么也没有回答，竖起军大衣的领子，抽起了烟。我冷得瑟瑟发抖。我只想设法暖暖身子。

科布林镇

我们离开布列斯特，到科布林镇去。格龙斯基先生也坐着他那辆碰出许多伤痕来的福特牌破汽车和我们同行。

布列斯特在燃烧，炸掉了要塞炮台。我们后面，空中升起了粉红色的烟雾。

在布列斯特附近，我们收容了两个失去母亲的孩子。他们互相偎依着，站在路边——一个穿一件中学生破制服大衣的小男孩和一个十一二岁的、很瘦的小姑娘。

小男孩把制帽的帽檐拉到眼睛上，遮住眼泪。小姑娘用双手紧紧抱着男孩的双肩。

我们让他们坐到马车上，给他们盖上两件旧军大衣。正在下雨，雨点密集，刺痛人脸。

傍晚，我们进入科布林镇。像煤一样黑的泥土被撤退的军队搅和成了泥浆。歪歪斜斜的房屋，屋顶已经朽烂，一直到门槛都陷在泥泞里。

马在黑暗中长嘶，灯笼光线昏暗，摇摇摆摆的车轮发出嘎吱嘎吱的响声，雨水像小溪一样从房顶上哗哗地流下来。

在科布林，我们看到了用车从镇上送走犹太圣人，即所谓的“长老”的情况。

格龙斯基告诉我们，在西部边区和波兰有好几个这样的长老。他们总是住在一些小镇上。

经常有许多人从全国各地来向长老们请教各种各样日常生活中的问题。镇上的居民就靠这些外来人生活。

一群衣衫褴褛的妇女聚集在一座扁平的木头房子旁边，唉声叹气。门边停着一辆挂着帘子的带篷马车，车上套着4匹瘦马。我还从未见过这样古老的马车。就在这儿，有几个龙骑兵，他们已经从马上下来了，正在抽烟。原来这是在路上护送长老的卫队。

突然，人群叫喊起来，向门口跑去。门开了，一个满脸长着黑色硬毛、身材高大的犹太人像抱婴孩那样，抱出一个完全干瘪了的、留着白胡子的小老头儿来，小老头儿裹在一条蓝棉被里。

几个披着斗篷的老太婆和几个头戴便帽、身穿很长的常礼服、面色苍白的青年人匆匆忙忙跟在长老后面。

把长老放进带篷马车，老太婆和青年人也都坐到了车上。骑兵司务长喊了一声口令："上马！"龙骑兵都跨上了马。于是，带篷马车摇摇晃晃、嘎吱嘎吱响着，在泥泞中出发了。一群女人跟在马车后面奔跑。

"你们知道，"格龙斯基说，"长老终生不出房门吗？而且要用调羹喂他吃饭。实实在在，这是真话！真的！"

在科布林，我们借住在一座古老、潮湿的犹太教堂里。只有一个人坐在教堂昏暗的房屋里，嘟嘟囔囔，不知是在祈祷，还是在诅咒。我们点着了灯，看到一个上了年纪的犹太人，他那双忧郁的眼睛带着讥笑的神情。

"啊——呀——呀！"他对我们说，"亲爱的士兵们，你们为不幸的人们带来了什么样的快乐啊。"

我们阴郁地一声不吭。卫生员们从院子里拖来一块铁板，我们在那上面生起火来，支好了锅，烧开茶水。两个孩子默默地坐在火旁。

格龙斯基走进犹太教堂，弄得行军皮带刺啦地响，他说：

“我的朋友们，把两轮马车卸下来吧。见鬼！到天黑我哪儿也不去了。军队正拥挤着穿过市镇，他们会踩死我们的。给这两个孩子随便吃点儿什么吧。”

他久久地望着这两个孩子，篝火的火焰映照在他明亮的眸子里，闪闪烁烁。后来，他用波兰语和小姑娘谈了起来。她不抬起眼睛，用勉强听得到的声音回答他。

“这一切什么时候才会结束呢?”格龙斯基突然问，“什么时候才能扼住熬这锅血粥的人的咽喉?”

格龙斯基骂了一句。

大家都默不作声。这时那个犹太老人站了起来。他走到格龙斯基跟前，对他鞠了一躬，问：

“亲爱的先生，顺便问一声，您不知道这样的不幸对我们当中的什么人有利害关系吗?”

“不是我，也不是你，老人家!”格龙斯基回答，“不是这些孩子，也不是这些人。”

窗外飞起一阵火星，这是行军炊事车从犹太教堂旁经过。

“到锅边去，”格龙斯基说，“大家都去！去弄点儿汤来!”

我们都到行军灶那里去了。小男孩也跟我们一起去，卫生员斯波洛赫紧紧拉着他的手。

一群饥饿的难民向大锅冲去，士兵们制止了他们。火把在乱晃，仿佛只照亮了一些眼睛——人们的眼睛向前突出，呆板无神，除了热气腾腾、开着盖的大锅，什么也看不见。这儿的人群比维什尼察的人群更加疯狂。

“让——我——过去!”有人拼命大声喊叫。

人群猛冲过来，把小男孩从斯波洛赫身边挤开了。小男孩绊了一跤，跌倒在向大锅冲来的成百上千人的脚下。他连喊都没来得及喊一声。

男人们互相从别人手里夺过大碗。女人们匆匆忙忙把一块块泡软的灰色猪肉塞进脸色发青的吃奶的婴孩嘴里。

我和斯波洛赫急忙扑向那个小男孩，但人群推开了我们。我喊不出来，我的喉咙梗塞住了。我拔出手枪，朝空中开了一枪。人群向四面散开了。小男孩躺在泥泞里，眼泪还在顺着他那毫无生气的、苍白的面颊往下流。

我们抱起他，把他抱进犹太教堂。

“哼，”斯波洛赫说，并且痛苦地骂了一句，“一定要为这些眼泪报仇！只要我们积蓄起力量，就一定要和敌人清算!”

我们把孩子抱进犹太教堂，放到一件军大衣上。小姑娘看到了他，站了起来。她颤抖得那么厉害，以至能听到她牙齿打战的声音。

“妈妈!”她轻轻地说，一面向门口退去，“我的妈妈呀!”她大喊一声，跑到街上去了。

辎重队隆隆地从窗外驶过。

“妈妈!”她在窗外拼命呼喊。

我们呆呆地站着，直到格龙斯基喊了一声：“快去把她领回来！快，你们都见鬼去吧!”

罗曼宁和卫生员们跑上街去，我也跟着他们跑了出去。到处都找不到那个小姑娘。

我解下我的马，跳上马去，冲进了辎重队。我用鞭子抽打那些汗淋淋的拉车的马，为自己开辟出一条路来。我在人行道上策马疾驰，又跑回来，喊住士兵们，问他们是否看到过一个穿灰大衣的小姑娘。但是，他们连理都不理我。

镇郊有一些小茅屋在燃烧。火光在水洼里摇曳，使本来已经乱作一团的两轮马车、大炮、马、大车显得更加混乱，使夜间撤退的混乱局面显得更加混乱不堪。

我回到犹太教堂。小姑娘不在那里。小男孩躺在军大衣上，苍白的面颊紧贴在潮湿的呢子上，好像是在睡觉。

此外，黑暗、潮湿的犹太教堂里我们的人都不见了。火熄灭了，只有那个上了年纪的犹太人坐在小男孩身边，嘟嘟囔囔，不知是在祈祷，还是在诅咒。

“我们的人呢？”我问他。

“我怎么知道呢？”他回答，并叹了口气，“每个人都想喝口热汤。”

他沉默了一会儿。

“先生，”他轻轻地、但是清清楚楚地说，“我是个马具匠，我叫约瑟夫·希夫林。我不会述说我心中的想法。先生！我们犹太人从自己的先知那儿得知，上帝会怎样向人复仇。那个上帝，它在哪里呢？它为什么不用火烧死那些想出这种灾难来的人，不挖掉他们的眼睛呢？”

“上帝什么，上帝！”我粗暴地说，“您说话就像一个愚蠢的人。”

老人悲哀地笑了笑。

“您听我说，”他说，并且碰了碰我的大衣袖子，“请您听我说，有学问的聪明人。”

他又不作声了。火光一动不动地停留在犹太教堂落满尘土的窗户上。

“瞧，我坐在这儿，在想。我不像您知道得那么清楚，这一切都怪什么人。我连犹太小学都没上过。不过，我还不完全是个瞎子，还是看得到一些什么的。所以我问您，先生：谁来复仇？谁来为这个年幼的孩子报仇，讨还这笔昂贵的血债？还是你们都这么善良，所以怜悯并饶恕送给我们一个这么好的礼物——这场战争——的那些人呢？我的天哪，要到什么时候，人们才会终于拿定主意，自己为自己建立真正的生活啊！”

他向教堂的天花板举起双手，闭上眼睛，摇晃着身子，尖声喊叫：

“我看不到谁将为我们复仇！那个人在哪里呢？那个将擦干这些乞丐的眼泪，让母亲有奶来喂孩子，免得让孩子们吮吸没有奶汁的奶头的人在哪里呢？那个要在这块土地上为饥饿的人播种庄稼的人在哪里呢？那个要夺过富人们的黄金，把它分给穷人的人在哪里呢？永远诅咒那些双手沾满人类的鲜血、抢光赤贫者的人，直到世界的末日！让他们断子绝孙！让他们的种子全都烂掉，让他们自己的唾液像毒药一样毒死他们！让他们呼吸的空气变成灰蒙蒙的，让他们喝的水变成沸腾的焦油。让这个孩子的血使一块美味的面包浸透毒液，让他们被这块面包卡死，让他们像被压死的狗一样在痛苦中死去！”

老人举起双手，高声大喊。他晃动双手，攥起拳头。他的声音宛如雷鸣，响彻整个教堂。

我感到可怕。我走出去，靠在犹太教堂的墙上，抽起了烟。细雨霏霏，黑暗越来越紧地贴到地面上来。黑暗好像故意让我独自面对一些关于战争的想法。对我来说，有一点是很清楚的——应当结束这一切，不管这要付出什么代价。为了正义与和平能最终在被侮辱的、贫穷的大地上取得胜利，应该献出全部力量和我自己心里的全部鲜血。

背 叛

在科布林我们接到了向北转移的命令。我们出发了，几乎毫不停顿，直到到达别洛韦日森林附近的普鲁扎内镇。

路上，我们经过一片片一望无垠、长满野芥菜的贫瘠的田野。

西南方被炸毁的布列斯特浓烟滚滚。

在普鲁扎内附近的田野里，我们看到了一门丢弃在那里、炮筒已经炸毁的大炮，于是停下脚步来。

几个穿着粗糙的军大衣的士兵坐在大炮旁边。他们有的在抽烟，有的在重新裹包脚布，另外一些神情漠然地望着我们，坐在那儿什么也不干。我策马走到士兵们跟前。

“这是什么?”我指着被炸毁的大炮问一个留着大胡子的士兵。那个士兵靠在大炮的轮子上躺着，正在抽烟。他看了我一眼，什么也没回答。

“这是什么?”我又问。

“我什么都要向你报告吗?”士兵反唇相讥，“你是个什么大首长啊?没看到吗？大炮!”

“炮筒为什么炸坏了?”

士兵扭过脸去，挥了挥手。一个没戴军帽的年轻士兵用哭声代他回答。他那淡黄色的头发剪得很短，他的头像玻璃球一样闪闪发光。

“您纠缠什么，年轻人!”他恼火地说，“你们这些人搅得人不得安宁，简直逼得人要投水。”

“他问什么?”一个脸色发绿的士兵大声喊道。他正蹲着用一块木片刮掉干面包上的污泥，“干吗要折磨人？他猜不出大炮是怎么回事吗？背叛——就是这么回事!”

“背叛!”留着大胡子的士兵用嘶哑的声音重复了一遍，坐起来，扔掉了自己卷的烟头。

他攥紧肤色黝黑的拳头，对着东方晃了晃。那里，风吹弯了很细的爆竹柳。

“背叛，该死的！炮队走在辎重队前边，没有炮弹。即使有了，又会在炮筒里爆炸。要弹药，又是没有。怎么，让我们用棍子跟德国人打仗不成!”

“背叛!”几个喑哑的声音同声说，“准是背叛。”

我们的马车走了。我也策马离开了他们。

就这样，我第一次在前线上听到了这个恶毒的词——“背叛”。不久它就传遍了全军，传遍了全国。有时是小声说出这个词，有时是用着凉的嗓子大声说出这个词来。大家都在谈论——从辎重兵直到将军。就连伤员回答询问：“你是怎么受伤的?”也是义愤填膺地说：“背叛!”

越来越经常听到陆军大臣苏霍姆林诺夫的名字。大家都在谈论，他从向军队销售不能使用的炮弹的大企业家那儿接受了巨额贿赂。

不久流言越传越广，越来越接触到更上层的人物——已经公开指控皇后阿莉莎·格森斯卡娅在俄国领导了为德国人效劳的间谍活动。

愤怒在增长。一直没有炮弹。军队抵挡不住敌人，在急速向东撤退。

我们在格罗德诺省南部地区活动，供给难民吃饭，把他们送往后方，收留病号，把他们分送到各个小医院去。

淫雨天气开始了。道路上到处都是泛着泡沫的黄色水洼，看上去好似一个个麻点。雨水也是黄色的，好像马尿一般。军大衣一直都不会干，散发出一股狗臭味。风不停地吹，吹得路边的灌木丛弯下腰来，树枝在呼啸，好像在抽打人的身体。

沿路的市镇——普鲁扎内、鲁扎内、斯洛尼姆——都被撤退的士兵像啃骨头那样吃得精光。小铺里除了群青和木器胶，已经什么也没有了。“当兵的把什么都拿走了。”吓破了胆的犹太店老板们抱怨说。

我和罗曼宁说话的时候越来越少了。因为有风，他经常把制帽上的皮带子放下来系在下巴底下，现在他的脸好像变得十分严厉，颧骨也好像变得很高。

格龙斯基先生坐着他那辆摇摇晃晃的福特牌汽车不知在哪里奔跑，给我们弄食品来。他很少露面——总是十分疲倦，睡眠不足，眼皮肿胀。他那柔软的唇髭已经长长了，遮住了他的嘴。这样一来，看上去格龙斯基好像变成了一个老头子。

他每次到来时总是抓住我的胳膊肘，把我领到一边去，信任地低声说：

“没关系！别伤心，我的孩子！等这场鬼战争结束了，我们去彼得格勒，把这个傻瓜和他那些格森斯基家的败类全都从宝座上扔下来，让他们见鬼去。波兰一定会复兴。真的！一个曾经出过像密茨凯维支、肖邦、斯洛瓦茨基[①]这样一些人的国家，是不会完蛋的。不可能！就像士兵围着篝火一样，波兰的优秀人才一定会在这些人的荣誉周围聚集起来。他们会发誓：‘愿自由人民的波兰永生不灭，万古长存！万岁！’”

---

① 尤利乌什·斯洛瓦茨基（1809—1849），波兰诗人，革命浪漫主义的代表人物。

他像个有精神病的人，每次都对我说这些同样的话，甚至是用同样的词句。我不知道这是由于疲倦呢，还是因为害病。格龙斯基的眼睛狂热地炯炯发光，他那样用力紧紧捏着我的胳膊肘。我勉强忍耐着，才没有痛得大叫起来。我记起，疯人的手往往会有异常惊人的力气。

我把我的担心告诉了罗曼宁。他目光锐利地看了看我，恶狠狠地说：

“怎么，您知道疯人和正常人之间的界限在哪里吗？不知道？那您为什么要下结论呢？我才不在乎您这些结论哩。也许，我自己就是个疯子。”

我还从未见过罗曼宁像这样狂怒。

“请把您自己身上的兽性锁起来吧。”我竭力心平气和地回答。

他似笑非笑地笑了笑，抓住我的肩膀，把我拉过去。但立刻又把我推开，走了。

这是在斯洛尼姆镇上、不久前还在卖煤油的一个小铺里。地板上钉着铁皮，铁皮上还有一汪汪煤油。

没处可坐。我靠在墙上，抽了一支烟，跟着罗曼宁走了出去。

救护队已经走了。雨水顺着雨衣往下流。一些羽毛蓬乱的乌鸦掠过低空，落到腐朽的屋脊上面的马头形装饰木雕上，张开了嘴，想要呱呱地叫几声，但是没有叫出来——大概，是因为它们明白，这毫无用处。反正是叫不出好天气来的。

在沼泽地的树林里

过了斯洛尼姆，沼泽地里的树林绵延不断，让人感到烦闷。其中有许多白杨幼林。白杨排列成行，很细的树干是灰色的，雨水也像一条条很细的灰线落到树林里。

不过，下午天空晴朗了。天空是绿色的，冷冰冰的。猛烈的风驱赶着一片片肮脏的乌云。

罗曼宁骑着马走在前面，我在后面。我看到从树林里走出一个穿着粗糙的靴子的白俄罗斯年轻农民。他摘下帽子，抓住罗曼宁的马镫，和马并排走着，卑躬屈节地不知在向他请求什么。他的眼里闪着泪花。

罗曼宁停下脚来，把我叫了过去。

"这儿树林里，"他不看着我，说，"有个难民在生孩子。就是这个人的妻子。大家都走了，只有他一个人和她留了下来。好像是难产。"

"她痛苦得要命，我的老爷。"农民好像唱歌似的说，说着用帽子擦了擦眼。

罗曼宁沉默了一会儿。

"请您去接生！"他仍然不看着我说，并且拉正了马笼头，"我们当中谁也不会干这个，都和您一样。不过，最好还是由知识分子的手来做这种事情。"

我听出他的话音里好像含有嘲笑的意思。我感觉到，我的脸渐渐变得毫无血色。

"好吧。"我克制着自己说。

"我们在巴拉诺维齐等着您。"罗曼宁把一只湿手伸给我，"要给您一个卫生员吗?"

"我不需要任何卫生员。"

我拿了一个包，包里装着药品和几件最普通的外科手术器械——我们再没有别的了——就转身沿着林间小路策马向树林里走去。

那个农民——他叫瓦西里——拉着马镫，在我旁边奔跑。马蹄溅起的污泥飞到他的脸上，他不时用湿透的帽子擦擦脸。马在大步快跑。

我竭力不去想几分钟后这个树林里将要发生的事情，也不看那个难民，默默不语。我感到可怕。这一生中我甚至从未到正在分娩的妇女身边去过。

我突然听到了一阵不太响亮的哀号声，于是勒住了马。有人就在旁边什么地方叫喊。

“快点儿，老爷！”瓦西里绝望地说。

我朝马抽了一鞭。马从一片榛树林中冲了过去。瓦西里放开马镫，落到了后面。

马把我带到了一块不大的林间空地上。空地上一堆篝火已经快要熄灭了。篝火旁坐着一个十来岁的男孩子，一顶黑色便帽拉到了耳朵上。他双手抱膝，摇晃着，并且单调地、轻轻地说：“哎呀，佐霞！哎呀，佐霞！哎呀，佐霞！”

从渐渐熄灭的篝火上冒出的烟笼罩了林间空地。烟雾弥漫在榛树丛低矮的树枝之间，因此看不清周围有什么东西。

我跳下马来。篝火另一边停着一辆马车。车上坐着一个妇女，双手紧紧抓着车帮。我只看到她发黑的、形状改变了的脸和一双明亮的大眼睛。她在哀号，嘴张得大大的，几乎把嘴唇都撕裂了。一会儿向前弯下腰，一会儿向后仰着，声音嘶哑，像野兽那样不停地号叫。

一条毛蓬蓬的狗藏到大车底下，牙齿打战，发出咯咯的响声。

我的心好像结成了冰。一股寒气升上来，冲到头脑里，恐惧立刻消失了。

“生火！”我对那个男孩大声喊道，“快！”

男孩跳起来，绊了一跤，跌倒了，爬起来跑进树林，去捡干树枝。瓦西里跑来了。

我完全不知道该怎么办。我只是模模糊糊猜到该做什么。

首先我脱掉军大衣，洗净了手。瓦西里用碗舀水给我冲洗手。他的手在发抖，所以总是把水倒偏。

男孩拖来了干树枝，生旺了篝火。天色开始暗下来了。

“把孩子领走，”我对瓦西里说，“不应该让他看到这一切。”

“这是她弟弟，”瓦西里急忙回答，“这儿树林里有个水塘，让他去打点儿水来。”

“对，水，水！”我焦急不安地连声说，“还要块干净手巾，破布也行。”

“佐霞有两件干净的衬衣。”瓦西里很殷勤地、喃喃地说。

“米科拉伊奇克，你跑去打水，我来拿衬衣。我来拿。”

接着，我突然感到犹豫了，这大概只有1分钟光景，刚好是在我从头上往下脱军便服的时候。突然变得一片黑暗，我住了手。我想镇静下来，集中思想。什么思想？想什么呢？我什么思想也没有——只有绝望。

我终于下定决心，脱下军便服，卷起衬衣袖子，从口袋里取出手电筒，把它递给瓦西里：

“你给照着！”

我走到马车跟前。大概，由于激动我什么都听不见了。我再没听到那女人的喊叫声，而且竭力不看着她。

我看到一个粉红色的、怪可怜的东西。于是，我很快、然而小心翼翼地伸手向前，抓住了他，用力朝自己一拉。我不知道是否应该这样做。我做这一切时就好像在做梦。无论是当时还是现在，我都记不起，婴孩是不是立刻就出来了。我只记得摸到两个小肩膀的感觉。大概，这是肩膀。我用手掌紧按在肩膀上，又小心翼翼地用力朝自己一拉。

“老爷!”瓦西里喊了一声，一把抓住了我，“老爷!”

我站着，摇摇晃晃。向前伸着的双手里有一个很温暖的、湿漉漉的东西。这个古怪的生物突然打了个喷嚏。

在这以后，该做的一切我做得都比较镇静一些了，尽管我的头已开始颤抖。我和瓦西里把婴孩洗干净，然后用手巾和破布把他紧紧包裹起来。

我抱着包在襁褓里的婴孩，生怕把他掉到地上。

瓦西里用牙齿咬着自己长袍的袖子，脑袋哆嗦着，哭了起来。

我对他喊了一声，走到那个女人跟前，小心翼翼地把婴孩放到她的身边。她瞅着他，发自内心地、轻松地笑了笑，并用很瘦而且肤色黝黑的手很轻很轻地摸了摸他。这是她的第一个孩子。

“我亲爱的小花，”她用勉强可以听到的声音说，“我亲爱的，可怜的小儿子。”

泪水从她睁着的眼睛里流了出来。突然，她抓住我的一只手，把她干涩、发烫的嘴唇紧贴到我的手上。我没有把手缩回来，以免使她感到不安。我的手被她的泪水沾湿了。

婴孩试图翻身，像小猫一样轻轻地哭了起来。于是，我缩回了手。那妇人抱起婴孩，羞涩地把奶头露了出来。

瓦西里已经不哭了，只是在不停地用袖子擦眼睛。那个小男孩蹲在篝火旁，愉快地望着他。

树林后面很远的地方传来几声炮响。

我洗净了手，披上军大衣，坐到篝火旁，请瓦西里抽烟，自己也抽起烟来。我从未像在这个忧郁的晚上这样，体验到吸烟会使人得到如此的快乐。

但平静的心情持续的时间并不长，那个妇女使我感到担心。我站起来，走到马车前。在篝火闪闪烁烁的火光中，我仿佛觉得她的脸发烧。她侧身躺着，把婴孩紧紧抱在胸前，好像是睡着了。睫毛的浓密阴影落到她的脸颊上。

我第一次细细看了看这个妇人，她脸上那幸福而又动人的表情使我感到惊讶。那时我还不知道，几乎所有刚刚分娩的妇女，她们的脸尽管时间不长，都会变得美丽而又平静。大概，当拉斐尔、列奥纳多[①]和波提切利[②]画圣母像时，正是这母性的美，使文艺复兴时期这几位伟大的画家为之陶醉了。

我小心翼翼地拉过那妇人干瘦的手，搭了搭脉搏。脉搏微弱，但是并未变快。

那妇人没有睁开眼，又抓住我的一只手，仿佛仍在睡梦中，温柔地抚摩了一下。但现在她已经不是像第一次那样对我表示感谢了。现在这抚摩中包含的意思，是想要让我放心。她好像在说："别担心，我一切都很好。你歇歇吧。"

---

① 列奥纳多·达·芬奇（1452—1519），文艺复兴时期意大利著名画家。

② 波提切利（1445—1510），意大利著名画家。

1小时以前，当我心中空虚，策马在被冲毁的道路上行走的时候，我是否想到，在这个晚上会有人这样温柔地对待我呢。战争一天天拖延下去，好似不舒适的长夜。我永远也不会相信，这个夜晚，在这荒凉寂寞的孤独中，发自内心的亲切微笑，犹如昙花一现，会这样迅速地对我霍地一闪。

树林后面，黑暗的天边，短促的隆隆声又一声接着一声，此起彼伏。它们互相追逐着，互相打断。

“老爷，”瓦西里对我喊了一声，“德国人快要来了。我们躲到哪里去呢？”

违反常理，一种莫名其妙的宁静心情控制了我。

“没关系，”我含糊不清地说，“再在这儿待两三个钟头。现在在车上颠簸，对她有害。”

“老爷，您不会丢弃我们吧？”

“是的，不会。”

瓦西里放下心来，开始和小男孩一起煮粥。

我知道留在树林里是危险的。根据隐约传来的战斗声音判断，德国人已经不远了。也许，又会发生突破，而在这种情况下战线总是会迅速向后推移，终于消失得无影无踪。但我只不过是不想离开这里罢了。

我坐在马车旁，呆呆地望着篝火。没有任何事物能像夜里的火光这样迅速地把时间偷走。我注视着每一根燃烧着的树枝，注视着从干枯的针叶上飞起的旋风似的火星，注视着红中透青、还在冒着火苗的灰烬。

那个女人呼吸平静而均匀。“不，”我暗自说，“你是逃脱不了战争的。不管你是多么希望这样做，在世界上你不是独自一个人。”

我看了看表。从我目不转睛地望着这火的时候起，已经过去两个小时了。

“该收拾了。”我对瓦西里说。

我们吃了稀粥，佐霞醒了，瓦西里也喂她吃了一些。她吃得很少，很慢，一直在瞅着她的孩子。瓦西里碍她的事，老是缠着让她吃粥。她很小心地推开了他：

“这会儿不要吃！”

到天亮还有很长时间。瓦西里套上了马。我们让佐霞在车上躺得舒服些，给她盖上两件光板羊皮袄，马车开始小心翼翼地驶出树林，来到了公路上。公路上空荡荡的，刮着风。松树凄凉地喧哗着。炮火停息了。

我骑着马在前面慢慢地走，有时用手电筒照照公路，好让瓦西里绕过路上的坑和水洼。

我从罗曼宁口中得知，离这儿几公里远的地方有一座巴拉诺维齐驻防军的旧兵营。我希望能在这座兵营里遇到某个撤退下来的野战医院，把佐霞安置在医院里，直到她身体复原。

我们运气不坏。兵营的木板棚里真的有一座野战医院。但它已经缩编，而且正打算离开。我们来得正是时候。

我去见主任医生。他坐在一个空荡荡的木板棚里，正在用洋铁杯子喝茶。这是一个没刮过脸的老头儿，长着一双兔子那样的红眼睛。他摘下眼镜，默默地听着我说，一面拧干他工作服袖子上的带子——带子落到了茶里，全都湿透了。

“这么说，您接生了一个婴孩？”他问，并且不满意地瞅了我一眼。

“是的，是我。”

“真的接生了?”

“此外，毫无办法。”我回答，为自己辩解。

“看来，是没有办法。”医生表示同意，把一块糖在茶里蘸湿了，放进嘴里，“显然，婴孩是自己出来的。所以您不要太骄傲了，准尉。”

“我本来就没有骄傲。”

“不该这样！处在您的地位上，我是会感到骄傲的。想喝茶吗？以后再喝？以后就喝不成了，我们很快就要出发。请暂时先把您那位女难民安置在剧院里。告诉值班护士，就说是我的命令。”

“什么剧院?”我惊讶地问。

“彼得格勒的皇家歌剧院。”医生生气地回答，“请别装傻！这里，兵营里有个夏季剧院。确切些说，是有过这么一个剧院，为军官先生们开办的。请把她送到那里去。”

我们把佐霞抬进已经腐朽的剧院板棚。值班护士不知到哪里去了，我们自己把佐霞放到一张行军床上。

板棚尽里面有个舞台。舞台被一块破粗麻幕布遮着，幕布上画着粗制滥造的风景画——锡梅伊兹的歌女崖和僧侣崖。为什么恰恰要在这儿画上这些悬崖，画上颜色像群青一样鲜明的大海，以及好似黑色长矛的柏树呢？——不可理解。

“产妇在哪儿呢?”墙外一个女人的声音问。

我不由得离开行军床，退到了黑暗的墙边。我听出这是廖莉娅的声音。

她很快走了进来。和往常一样，她的一绺鬈发从三角头巾下耷拉了下来。刚从外面的亮光下进来，在昏暗的板棚里她没能立刻看清床上的妇女和我们这两个男人。

“谁送她来的?”廖莉娅问。

“那不是，准尉老爷。”瓦西里含糊不清地说，说着用帽子指了指我。

廖莉娅转过身来面对着我。

“是您?”她问。

我从黑暗的角落里走出来，走到她的面前。

“是的，是我。”我回答，“是我，廖莉娅。”

她的脸色变得煞白，后退一步，坐到一张空床上，抬起吃惊的眼睛望着我。

“天哪!”她喃喃地说，“您好！您干吗站着，像个木偶似的。”

她没有站起来，把一只手伸给我。我弯下腰，想要吻她的手，但廖莉娅搂住我的脖子，把我拉过去，吻了吻我的嘴唇。

“终于见到了,”她说,“我和您大概是在幸运的星辰下诞生的。”

在幸运的星辰下

野战医院要到晚上才出发。我担心赶不上自己的队伍，所以对廖莉娅说，我必须马上就走。

“请您留下来吧,”她请求说,“哪怕待1个钟头也行。因为这算不了什么。请您等一等，我一会儿就回来。”

她走出了板棚。佐霞问：

“这位小姐是谁？是您的未婚妻吗?”

“是的。”我回答。我能对她说什么呢？朴实的人需要得到明白易懂的回答。

“别作声，佐霞！”瓦西里惊恐地对她喊了一声，“怎么能这样对准尉老爷说话呢。可别这样说话啊！”

10分钟后，一个卫生员进来说，主任医生请我到他那里去。

我已经认识的那位主任医生见了我很生气。

“您装什么蒜，年轻人？”他问，眼镜上向前凸出来的镜片对着我一闪。

“我怎么装蒜了？”

“对不起，我挑不出别的词儿来。其实，您是个所谓的非军人！您的救护队属于城市联合会，是个非军事组织。您知道，在前线上您服从军事当局吗？”

“好像是这样。”我说。

“不是‘好像’！”医生突然大声喊叫。他满脸通红，咳嗽起来，“而是的确如此！请您举止得体，以合乎规定的方式对我说话。不然，我要逮捕您。‘好像’，‘好像’！”他大声喘着气，怪腔怪调地学着我的话说。

“是。”我回答，“不过，我不明白。”

“马上您就明白了。我建议您留在军医院里，直到接到特别命令为止。相应的命令会准备好的。当不再需要您的时候，就会把命令交给您，作为给您的首长的证明文件。您的首长是谁？”

“特派员格龙斯基。”

“格龙斯基——加夫龙斯基——普希佩尔东斯基！”医生滑稽地模仿我的话说。

我一声不吭。

“嘿，瞧您，已经见怪了！”医生责备地摇摇头，“请在我们这儿待几天吧。在发生了产妇这件事情以后，我很想把您完全留下来。不过，总而言之，青年人，您别不好意思！一切我都听说了。我自己从前也是年轻人，自己也受过痛苦。所以我痛恨那些忘记了自己青年时代的老头子。不管怎么说，对于爱情，我们是并不尊重的。”

医生大声叹了口气。这场谈话搞得我糊里糊涂。我猜到，廖莉娅准是卷进来了。

“我们救护队里人很少，”我说，“您自己也明白，我可不能开小差。”

“对，”医生又叹了口气，“‘开小差’！当然啰！您这是夸大其词，不过我理解您。情况是不怎么合适。嗯，那好吧！您要去巴拉诺维齐，我们也要去巴拉诺维齐。我们不是在晚上出发，而是在两小时以后。我们没有拖累，最后一批伤员已经在昨天移交给救护列车了。您和我们一起走到巴拉诺维齐吧——再没有别的要求了！把您的产妇也带着，我们负责照料她。”

我同意了。老头儿拍了拍我的肩膀。

“请允许我向您提一个老年人的忠告。请珍惜爱情，就像爱护一件珍贵的物品。对爱情一次处理不好，那么您的下一次爱情也一定是有缺陷的。是——的！是有缺陷的！好，去吧。很高兴和您认识。”

我走出板棚，看到了廖莉娅。她坐在不远的地方一把已经倾斜的木制蘑菇伞底下的长凳子上——兵营里这种像蘑菇样的木伞是为哨兵制作的。

我走到她跟前，廖莉娅低下头，用双手捂住了脸。

“不，不，不!”她很快地说，没有把手拿开，她的头在颤抖，“我是个多么少有的傻瓜！我恨我自己！请您走吧!”

“我留下来了，”我说，“我们一起走到巴拉诺维齐。”

廖莉娅把手从脸上拿开，跳了起来。可以看到她脸上留下的手指印。

“咱们走!”她说，拉住我的手，我们一起走到公路上。

我们走到第一根里程标前，然后返回来。在刮风，水洼里泛起涟漪。从西方又飘来一片片乌云，堆满了潮湿的地平线。

我们手挽手走着，默默不语。廖莉娅只是说，离开敖德萨以后，她立刻去莫斯科，达到了调往西线野战医院工作的目的。

她为什么要这样做，她没有解释。但一切都很明白，无论是她还是我，谁都不想说话。我们知道，任何话，就连最聪明、最温柔的话，听起来也会是不真实的。还没有这样的语言，可以表达出目前我们两人心中所产生的那种感觉，那种让人感到心痛的、对一个昨天还是陌生人的亲近感。

下午2点军医院出发了，卫生马车一辆接着一辆。瓦西里坐着自己那辆马车，慢慢地跟在后面。那条拴在马车上的毛茸茸的狗努力在后面跟着跑。

我骑着马和一辆卫生车并排行走，车上坐着廖莉娅和一个戴金丝边眼镜的、上了年纪的护士。有时我落后一些，到瓦西里的马车那儿去，了解一下佐霞怎么样了。她亲切地点点头，说她很好。但瓦西里却神情忧郁——大概，他是在考虑以后怎么办。他能否赶上同乡们，还是不得不独自在白俄罗斯，在一些陌生人中间为生活而苦恼。

还差20俄里左右就到巴拉诺维齐了。这时公路上站着几个武装的士兵，他们旁边有一个军官，骑着一匹身上溅满污泥的马。

军官举起一只手。大车队停了下来。

军官策马来到主任医生跟前，举手行了个礼，开始不知向他报告什么。主任医生咬着胡子，阴郁地望着他。

医生和军官的谈话中有某种令人不安的成分。大家都警觉起来。

但很快就弄清了，邻村——从公路上可以看到的那个村子里有许多害病的难民。这个军官根据军参谋长的命令，请求派一部分医务人员到村里去，对他们进行急救。

医生同意了。从车队里拨出了3辆大车。

“您跟我们一起去，”廖莉娅对我说，“您的直接工作就是帮助难民。到晚上我们会在巴拉诺维齐赶上医院的。”

“走吧。”

我们拐向侧面的一条道路，医院的大车队继续往前走去。瓦西里在公路上站了好长时间，望着我们的背影。好像他拿不定主意：是否要跟我们一起走。但后来他拉了拉缰绳，对马吆喝了一声，于是大车沿着去巴拉诺维齐的大道向前走去。

在离公路1公里远的地方，我们看到灌木丛里有一些拿着步枪和机枪的士兵。

“难道德国人离得这么近了吗?”那个戴金丝边眼镜的、上了年纪的护士惊恐地问，“请您去问问他们。”

我策马来到那些士兵跟前。

“你们过去吧!”一个戴上等兵领章的士兵回答我，连看都没有看我一眼，“允许你们过去。说真的，不许我们和任何人说话，也不许任何人在这儿停留。”

我们过去了。已经可以看到寨门，从这儿看上去，这个贫穷的村庄好像一堆轮廓模糊不清的牲口粪。天下起雨来。

“好像是在准备迎击德国人。”我对廖莉娅说。

我向可能出现德国人的西方望了望，看到在向下通往谷地的牧场上有前哨警戒。士兵们或坐或卧，布成一条很长的散兵线，但互相之间距离相当远。嗯，真是这样！

“那不是对付德国人的，”一个赶车的卫生员说，“那完全是另一回事。喏，请您看看这边。”

他指了指东边，那里也可以看到一些士兵。

“整个村子都给封锁起来了！”卫生员惊慌地说，“整个村子都给包围了。我猜想这里面准有问题，护士小姐。”

“有什么问题？”

“我自己怎么也弄不懂。不过，我们不该到这里来。根本不该来！”

原来这个卫生员说得对。我们进入了一个没有人烟的村庄。村口停着一辆属于一支陌生的流动卫生队的红十字两轮马车，车上空无一人。我们从这辆两轮马车的车夫口中知道了一个惊人的消息：我们落入了圈套。

村里流行黑痘[1]。四周都有军队在行军，成千上万的难民拥挤在道路上，暂时滞留在沿路的村庄附近。黑痘有可能蔓延到军队里去。因此命令派一支流动卫生队到这个村里来，封锁这个村庄，不放任何人走出村庄。命令向任何一个试图离开这个村庄的人开枪。

---

① 出血性天花。——译者

在公路上拦住我们的那个军官只字未提黑痘的事。

我们体验到的最初感情是愤慨。倒不是因为我们中了圈套而气愤，而是因为用欺骗的办法把我们骗到这里来。然而，实际上当时我们任何一个人当然都不会拒绝自愿来消除黑痘。

“十足的愚蠢，”廖莉娅气愤地说，“要不是欺骗我们，我们会把防治黑痘的一切都带来的。可是现在我们什么都没有，就连牛痘苗都没有。”

“还不知道，这到底是不是愚蠢呢。”车夫说。

“你胡说什么?”戴金丝边眼镜的护士薇拉·谢瓦斯季亚诺芙娜生气了。

“鬼知道他们，”车夫嘟嘟囔囔地说，“当头儿的对什么都有他们自己的想法，当头儿的甚至总是狡猾的。”

农舍里是不能停留的——到处都躺着病人。只有牧场上有一个空板棚，那支陌生的流动卫生队就安置在那里。我们把药品和其他东西都搬进了板棚。

在那支陌生流动卫生队里工作的有一个医生、一个护士，还有两个卫生员。

我们在板棚里只碰到了那个护士——一个没有眉毛、总是绷着脸的人。我们很难从她口中问出哪怕是几句话来。

“唉，这样的流动卫生队，真活见鬼!”我们的卫生员们说，“简直是殡仪团!”

我们在板棚里把一包包药品拆开。流动卫生队的医生来了。这是一个还不算老，但皮肤松弛、长了一脸黑色硬毛、眼睛浮肿的人。

“你们好!”他看到我们说。似乎是遇到我们，他感到很不愉快，吃了一惊，“你们知道，你们到了什么地方吗?”

“到了黑痘流行的地方。”我回答。

“正是如此！不过，您知道黑痘是什么吗，年轻人？您亲眼看见过黑痘吗？”

“不，没见过。”

“荣幸地向您祝贺您的命名日！你们有牛痘苗吗？没有！好极了！那你们打算在这儿干什么呢？开留声机吗？听维亚莉采娃的曲子？”

我们阴郁地默不作声。

“至于说到我嘛，”医生说，“那么，够了！我不想再装傻了。”

“您怎么能这样说呢！”廖莉娅愤怒地说。

“小姐！”医生愤恨地眯缝起眼来，“请别发脾气！这对您很合适。您生起气来，变得简直迷人——不过，仅此而已。我再说一遍：仅此而已！这是胡扯！毫无意义的可爱的声音。我和您都落进了陷阱。就像普希金所说的：‘唉，落网了，小鸟儿，别动了，你飞不出网去’[①]，好像是这样吧？”

“您是在扮演小丑，医生。”廖莉娅厌恶地说，“这简直让人讨厌。”

“笑吧，小丑！”[②]医生唱道，并且笑了起来，“我还能做什么呢？也许，您能悄悄地告诉我，向我提示一条摆脱这糟糕透顶的处境的出路吗？”

“他喝醉了！”薇拉·谢瓦斯季亚诺芙娜说。

“妙极了，喝醉了！”医生毫不见怪，平静地回答，“你们有吗啡吗？”

“很少。不过，倒有很多樟脑。”

---

① 见波列茨基的诗《被捕获的小鸟》(1864)。

② 意大利歌剧作家列昂卡瓦洛（1848—1919）的歌剧《小丑》中的咏叹调。

“如果有吗啡的话，我就毒死所有的人。于是就完了！”

“够了，别说这种愚蠢的废话了。”我粗暴地说，“请把你们所有的一切都交给我们。我们自己干。”

“请吧！劳驾！我们欢迎！”医生像演戏那样提高声音说，“我把全部牛痘苗都交给你们，请你们给已经害病的人接种去吧，因为这儿的人们全都害了病。这将是一项奇妙的医学试验。”

“您听我说，”我走到他的面前，“请您住口，要不然，我就把您从这儿扔出去。别看您是个大尉，这儿已经没有任何法律了。”

“完全正确，”医生表示同意，“没有法律了。就像在一座鼠疫流行的城市里一样。把牛痘苗拿去吧！行动起来吧！我却要睡了。我已经两昼夜没睡了。对这一点有时也应该予以注意的，理想家先生们。”

他走到板棚角落里，倒在干草上，已经半睡半醒，拉过军大衣盖在自己身上。

“让他去睡吧，上帝保佑他。”薇拉·谢瓦斯季亚诺芙娜和解地说，“护士，请把你们的牛痘苗交给我们。”

“请写个收据。”护士回答。她好像没注意到我们和医生的谈话。

我写了一张收据，护士把牛痘苗交给了我们。

“喂，怎么样？”廖莉娅低声问我。

“什么怎么样？”我回答，“事情不大妙。你们待在这儿，我先和卫生员到各个农舍里去一趟，看看那里的情况。”

“不！我不放您一个人去，并不是因为我不能没有您。”她脸稍有点儿红了，“不！只不过我们大家在一起就不会觉得这么可怕了。”

我们4个人——薇拉·谢瓦斯季亚诺芙娜、廖莉娅、我和卫生员一起走了出去。

灰蒙蒙的雨帘遮蔽了田野。土豆的茎叶乱扔在菜园里，好像一些黑乎乎的断骨头。已经是秋天了。混合着牲口粪和烂干草的黏土膨胀了起来，两脚踩到泥土里，立刻滑着劈开。

农舍里没有冒出一缕缕炊烟。但还是有一股强烈的烟味，好像是烧羽毛的气味。

村后面的寨门旁有一堆已经烧毁的破布，还在阴燃。烟味就是从这堆破布上冒出来的。

“这是在焚烧病人的各种旧衣服。”卫生员说，“叫作消毒！”沉默了一会儿，他又嘲讽地补了一句。

村里既没有一条狗，也没有一只鸡。只有一个牛棚里有一头没有挤过奶的母牛在哞哞地叫。它叫得又慢又长，老是被口涎呛住。

“是啊，”薇拉·谢瓦斯季亚诺芙娜突然说，“好像是但丁描写的地狱。”

我们走进第一座农舍。在前室里，廖莉娅用纱布绷带把我们的嘴都扎了起来。

我打开从前室通往里屋的门，一阵暖烘烘的臭气扑面而来。

农舍里的窗户上挂着窗帘。在最初时刻什么也看不清，只听到一个单调的孩子的声音，不停地说着同一句话：“哎哟，爷爷，解开我的手。”“哎哟，爷爷，解开我的手。”

“什么也不要碰！”薇拉·谢瓦斯季亚诺芙娜命令说，“请您给照个亮！”

我开亮了手电筒。起初，除了一张堆着一堆破旧东西的破木床，我们什么也没看到。从炉炕上垂下一双穿着粗糙靴子的脚，但是看不到那个人。

“这儿有活人吗?”卫生员问。

“我自己也不知道，”一个老人的声音从炉炕上回答，“我是个活人呢，还是个死人。”

我往炉炕上照了照。上面坐着一个老人，穿着一件褐色长袍，蓄着一缕缕好像快要揪光的胡子。

“就是有人到屋里来，也要说声谢谢了。”他说，“帮帮我的忙，当兵的，要不，我拉不动他。”

“拉谁?”

“瞧，他就躺在我旁边，女婿。从昨晚就躺在这儿了，本来身上发烫，就跟火炉似的，可这会儿摸摸他，真要命——已经浑身冰冷了。”

“我的天哪!”廖莉娅轻轻地说，“这是什么呀?!”

床上那堆破布动了动，那个孩子的声音又哼哼唧唧地说：

“哎哟，爷爷，我再也受不住了，给我把手解开。”

“那儿炉炕上已经全都完了。”薇拉·谢瓦斯季亚诺芙娜说，“请您照照这儿。”

我照了照床，我们看到了一双眼睛。一双由于发烧而闪闪发亮的、乌黑的大眼睛和红通通的两腮。

破布下面躺着一个十来岁的女孩。

我小心翼翼地撩开她身上的破布。小姑娘朝前伸着用破毛巾捆起来的双手，弓着背，用力挣扎。

她胸前的衬衣已经掉下去了，我第一次看到了黑痘——深红的红斑，上面有像干柏油样的黑点。红斑好像是贴在小姑娘稍有点儿发绿的皮肤上。

小姑娘摇起头来。她那深色的头发披散开来，头发中翘着一条揉皱的红发带。

卫生员从前室拿来了冷水，把病人的手捆起来，免得手去抓溃烂的地方。卫生员一直为此感到难过。

“唉，这可多受罪啊。”他小声说，“为什么要这样摧残人哪！”

廖莉娅给小姑娘喝了些水。我扶着小姑娘的头，就连隔着皮手套，都能感觉到她那瘦瘦的后脑勺上发出的干热。

“给她用些樟脑！”薇拉·谢瓦斯季亚诺芙娜说。

农舍里散发出一股乙醚味。

用过樟脑以后，给小姑娘注射了吗啡。廖莉娅用香醋擦净了小姑娘的脸。

“好吧，”卫生员对我说，“来，把那个死人抬出去。”

廖莉娅抓住了我的一只手，但立刻又放开了。她的眼睛在恳求我，叫我不要接触死人，但是她说：

“不过，您要记住……嗯，好吧，好吧！”

死人躺在一块粗麻布上。我们抓住麻布的四角，竭力不碰到死尸，把他拖了出去。我们还是把他掉到了地上，不过已经是在门口了。

“把他扔到板棚里去吧，”老头儿劝我们说，“那儿已经躺着两个了。”

板棚的门用大叉顶着。一个老太婆脸朝下趴在里面的泥土地上，她旁边还有个五六岁的小女孩。

“唉，战争，战争！”卫生员说，“真该领那些将军和政客们到这儿来，让他们看看这一切！这些该死的养得肥肥的猫！”

我们回到农舍里，想打开门窗给屋里通通风。但外面已经像下初雪之前那样寒冷了。

“能生炉子就好了。”卫生员提议，“可是周围什么都烧光了，连一块劈柴都没有。”

他到院子里去了。可以听到，他一面在骂街，一面在从台阶上往下拉一块木板。

我们打开房门，生着了炉子。

“老大爷，”薇拉·谢瓦斯季亚诺芙娜说，“你下来，我们给你种牛痘。”

“那管什么用呢？”老大爷漠然地回答，“我是活不了了，反正也要饿死，这只不过白在我身上浪费药品。”

但我们还是为他接种了牛痘，给屋里通了风，答应给老大爷送面包来，然后走了。

再往前去，情况越来越糟。我们咬着牙工作，谁也不看谁。卫生员在小声骂人，但谁也不理会他。

似乎周围的一切都是化作各种不同形式的黑痘。

“这一切都毫无用处，”最后，薇拉·谢瓦斯季亚诺芙娜说，“我们救不了任何人。这儿从来没接种过牛痘。这个江湖卖艺的，流动卫生队的医生当然是对的。”

“可是怎么会是这样呢？”廖莉娅问，“我们该怎么办呢？”

“自己别传染上天花。唯此而已。”

“嗯，可是病人呢？”

“吗啡！”薇拉·谢瓦斯季亚诺芙娜简短地回答，“让他们少受痛苦。”

卫生员啐了一口，骂了一大串很难听的话。

我们回到板棚里，薇拉·谢瓦斯季亚诺芙娜给所有的人都接种了牛痘。

一段阴郁而痛苦的时间开始了，这段时间持续了很久。

我们巡视每座农舍，注射吗啡，给垂死的病人喝水。默默无言、怀着绝望的心情注视着那些为数不多、暂时还没有传染上病的人相继病倒。

我们把死尸抬进板棚去。流动卫生队的那个医生命令把这些板棚烧掉。每次他都亲自处理这种事情，这时他总是显得十分活跃。

卫生员们在板棚四周放上干草，把它点燃。板棚要过好长时间才燃烧起来，但烧得很旺，向四周冒着浓烟。

板棚散发出一股石碳酸味。我们的手都被石碳酸灼伤了，洗都洗不干净，一沾水痛得简直无法忍受。

夜里稍微轻松些。我们随便躺在干草上，盖上军大衣和羊毛毡。到半夜，我们暖和过来了，但睡得很不好。

医生平静下来了，小声地讲述他在别尔江斯克的家庭，谈起他的妻子——一个很节俭的主妇，还谈到他的儿子——一个世界上最伶俐的孩子。

但谁也不听他的，每个人都在想自己的心事。

我躺在廖莉娅与一个沉默寡言、满脸雀斑的卫生员中间。卫生员是波兰人，姓瑟罗科姆利亚，他常在夜里哭泣。我们知道，在前线上，人们只为永远失去的亲人痛哭流泪。但大家都不作声，没有任何人试图安慰他，连一次都没有。这是毫无用处的眼泪。它们不能减轻痛苦，而是恰恰相反，会使痛苦加深。

廖莉娅有时也会在夜里紧紧抓住我的一只手，默默地流泪。她的身体在轻轻颤抖，因此我猜到，她是在哭。

于是，我小心翼翼地抚摩她的头发和湿漉漉的面颊。作为对我的回答，她把发烫的脸紧贴在我的手掌上，哭得更厉害了。薇拉·谢瓦斯季亚诺芙娜说：

“廖莉娅，别这样。别让自己丧失意志。”

这些话起了作用。廖莉娅平静了下来。

廖莉娅随时把从我身上滑下去的军大衣给我盖上。夜里，我一次也没和她说过话。我们默默地躺着，听着屋檐下干草窸窣的响声。

偶尔有远方隆隆的炮声传到板棚里来。于是大家都抬起头，侧耳倾听。即使战线快点儿接近这儿也好啊！

我不记得廖莉娅是在哪天夜里轻轻地对我说：

“如果我死了，请不要把我放在板棚里烧掉。”

她全身战栗了一下。

“别胡说！”我回答，抓住她的一只手，感觉到我的心猛然抽搐了一下。廖莉娅的一只手像冰一样冷。我摸摸她的前额——前额滚烫的。

“是的，”廖莉娅悲伤地说，“是的……还在昨天我就发觉了。只不过请您不要把我一个人撇下，我亲爱的人……”

我叫醒了薇拉·谢瓦斯季亚诺芙娜和医生。卫生员们也都醒了。

点上了灯。廖莉娅转过脸去，避开灯光。

大家沉默了好久。最后，薇拉·谢瓦斯季亚诺芙娜说：

“得把隔壁一座农舍冲洗一下，进行消毒，再生上火。那是座空房子。”

卫生员们商量了几句，唉声叹气地走出了板棚。医生把我领到一边，悄悄地说：

“我一定做我力所能及的一切。明白吗？一切。”

我默默地握了握他的手。廖莉娅叫我了。

“别了！”她脸上带着奇怪的、安详的微笑望着我说，“虽说时间不长，可是我感到很好……很好。只不过不能说出来……”

“我一定和您在一起。”我回答，“我决不离开您，廖莉娅。”

她闭上了眼，又像在兵营里的长凳子上那样，头开始抖动起来。

不管我怎样竭力回忆，现在却不能连贯地记起以后所发生的事情。我只记得一些片断。

我记得一间寒冷的农舍。廖莉娅坐在床上，薇拉·谢瓦斯季亚诺芙娜在给她脱衣服。我帮助她。

廖莉娅闭着眼睛坐着，呼吸困难。我第一次看到了她裸露的处女的身体，我觉得它是珍贵的、温柔的。死神已经接触到这修长匀称的腿，纤细的手臂和动人的、小小的乳房。单单这样想一想，也会觉得这是不合理的。

这寒热发作、软弱无力的身体上的一切都是宝贵的——从后脑勺上的细发到肤色黝黑的大腿上的胎痣。

我们让廖莉娅躺下。她睁开眼睛，清清楚楚地说：

“请把衣服留在这儿，别把它拿走！”

我和薇拉·谢瓦斯季亚诺芙娜一直守在她身边。到夜里，廖莉娅好像昏迷了。

她几乎没有辗转反侧，那样静静地躺着。以至有时我感到害怕，于是向她俯下身去，好听到她的呼吸声。

夜过得很慢很慢。周围没有任何迹象可以据以判断是否快到早晨了——既没有鸡叫，也没有挂钟的嘀嗒声，漆黑的天空上也没有星星。

天快亮的时候，薇拉·谢瓦斯季亚诺芙娜到板棚里去了，去稍微躺一会儿。

当窗外模模糊糊开始泛出蓝光的时候，廖莉娅睁开了眼睛，叫我。我对她俯下了身子。她有气无力地把我推开，久久地望着我的脸，含着那样深深的柔情，那样无限的悲哀和关怀。以至我忍不住，喉咙紧缩，哭了起来——在已经几乎被忘却的童年过去之后，许多年来我第一次哭了。

“别这样，我亲爱的小兄弟。”廖莉娅说，她的眼睛里饱含着眼泪，但是泪水没有流出来，“请把一杯……一杯水……放到小凳子上。那里……板棚里……有浓缩红莓苔子汁。您去拿来……我想喝点儿……什么酸的……”

我站了起来。

“还……”廖莉娅说，“我还希望……我唯一的幸福……不要哭。我忘记了所有的人……连妈妈也忘了……只有您……”

我冲到门边，给廖莉娅拿来了水，很快走出农舍。当我从板棚里拿着浓缩红莓苔子汁回来的时候，廖莉娅平静地睡了。她的嘴半张着，她的脸以其不自然的苍白的美使我感到震惊。

我拿浓缩汁来迟了。廖莉娅没有等到我回来，就喝过了水。她把水稍稍弄洒了一些，洒在床边的地板上。

我不记得我在廖莉娅身边坐了多少时间，保护她安睡。当我发觉廖莉娅已经不在呼吸的时候，模模糊糊的亮光已经透进了小窗子。我抓住她的一只手，手已经冰凉。我怎么也找不到脉搏。

我冲到板棚里去找薇拉·谢瓦斯季亚诺芙娜。医生也跳起来，和我们一起跑进廖莉娅躺着的农舍。

廖莉娅死了。薇拉·谢瓦斯季亚诺芙娜在小凳子上她的衣服下面找到了一个盛吗啡的小盒子。盒子是空的。廖莉娅打发我去拿浓缩红莓苔子汁，是为了服用足以致死的剂量的吗啡。

“唉，那有什么呢。”医生说，“她应该在死亡时不受痛苦。”

薇拉·谢瓦斯季亚诺芙娜默默不语。

我坐到床边的地板上，把头藏在竖起来的军大衣的领子里，不记得这样坐了多长时间。后来我站起来，走到廖莉娅跟前，抬起她的头，吻了吻她的眼睛、头发和冰冷的嘴唇。

薇拉·谢瓦斯季亚诺芙娜把我拉开，命令我立刻用一种有刺鼻气味的液体漱口、洗手。

我们在村后小丘上一棵老白柳旁挖了一个很深的墓穴。从老远就能看到这棵白柳。

卫生员们用几块发黑的旧木板钉成了一口棺材。

我从廖莉娅的手指上摘下那只普通的银戒指，把它藏到我的军用挎包里。

廖莉娅躺在棺材里，看上去比她临死前更美了。

当我们把坟墓掩埋起来的时候，传来了步枪射击的声音。枪声不多，每隔一段同样的时间就响几声。

就在那天，我们得知已经没有任何封锁了。没有事先通知我们，就解除了封锁。也许，这枪声就是预先通知吧，但是我们没有明白这一点。

我们立刻离开了那个村庄。四周荒无人烟。

当我们走出约莫有半俄里远的时候，我停下步来，掉转马头。后面，淡淡的薄雾中，在秋日阴暗的光线里，可以看到一棵树叶凋零的白柳下，廖莉娅的坟上矗立着一个小小的十字架——这就是一颗战栗的处女的心、她的音容笑貌、她的爱和泪所留下的一切了。

薇拉·谢瓦斯季亚诺芙娜喊住了我。

“你们走吧，”我说，“我会赶上你们的。”

“您保证，这是实话？”

“你们走吧！”

大车队走了。我一直站在那儿，没有下马，遥望着那个村庄。我好像觉得，如果稍微移动一下，那么生活的最后一根线就会绷断，我就会从马上跌下来，一切就都完了。

车队几次停下来，等着我，后来在小树林后面消失了。

于是，我回到坟墓那里。我跳下马，没有把马拴起来。马不安地鼓起鼻子，轻轻地嘶鸣着。

我走到坟前，跪下，把前额紧贴在冰冷的泥土上。在这层沉重的、潮湿的泥土下，躺着一位在幸运的星辰下诞生的年轻女子。

怎么办呢？用手抚摩这接触她面容的泥土吗？掘开坟墓，好再看到她的脸，并吻一吻她的眼睛吗？怎么办呢？

有人紧紧抓住了我的肩膀。我回头看了看。

卫生员瑟罗科姆利亚站在我的背后。他手里牵着一匹灰马的缰绳，这匹马是流动卫生队里那个医生的。

“咱们走吧！”瑟罗科姆利亚说，不好意思地用明亮的眼睛看了我一眼，“不要这样！”

我的脚好久蹬不到马镫里去。瑟罗科姆利亚为我扶住马镫，我坐上马鞍，踏着铅灰色冷冰冰的水洼，缓步离开了坟墓。

斗 犬

在巴拉诺维齐，我没遇到救护队。它已经继续往前，到涅斯维日去了。铁路运输军事代表这样对我说。

我不愿回军医院去，即使只是在那里待一段很短的时间。我难以和医院里的人相见。

我在去明斯克的铁路上一个养路亭里过了一夜，第二天早晨动身去涅斯维日。

我并不催马快跑。马缓步而行，有时甚至停下来，不知在想什么。或许，只不过是在休息。休息过后，它又摇晃着脑袋，继续往前走去。

是一个凉爽的秋日，没有下雨，但空中有瓦灰色的乌云。乌云低垂，笼罩着大地。

白天，我来到了一个小镇。我记不得小镇叫什么了。我决定留在镇上，等到明天早晨再走。撤退已经放慢了一些，我们的救护队不会离开涅斯维日，再往前去。我相信明天一定能赶上它。

小镇挤在一个大池塘边的洼地上。池塘边一座磨坊的旧水坝旁，水在哗哗地流，到处都能清楚地听到水流的响声。一些黑压压的柳树弯腰立在池塘边上，好像觉得，眼看它们就要失去平衡，跌进深水里去。

我问一些犹太老太婆，在哪儿能找到过夜的地方。她们指给我一个破旧的小旅店——一座到处都有裂缝、散发着煤油味和鲱鱼味的木板房子。

店老板是个个子矮小的犹太人，长着一头蓬松、浓密的火红色头发，他说，他这儿当然有可以过夜的地方，有一间斗室。不过，已经有一位炮兵军官住在那儿了，他担心我们嫌挤。

他把我领进一间像口棺材那么窄的小房间里。军官不在，但是他的行军床支在那儿。剩下的地方刚好可以再搭一张床，但两张床之间的通道是那么窄，简直就无法坐在床上。

“喏，就请在这儿住一夜吧！”店老板说，“我们这儿很安静，没有臭虫——我的天哪，一个也没有！可以煎鸡蛋，要么，如果先生喜欢的话，也可以煮牛奶。”

“那位军官怎么样呢？”我问，“他同意吗？”

“啊，我的天哪！”店老板大声说，“这真可笑！德沃伊拉，你听到人家问什么吗？这不是个军官，这是一位上帝的天使。”

我把马拴到板棚里，给它喂了些饲料，就到镇上去了。

我自己既不想说话，也不想听到别人说话。说出或听到的每一句话都会增加廖莉娅与我之间的距离。我担心痛苦会变得迟钝，会变得麻木起来。我珍惜这痛苦，犹如珍惜由不久前的爱所留下的最后的感情。

唯一不惹我生气、我不想躲避、不想离开的东西，就是诗。诗不知为什么，也不知是从记忆深处的什么地方忽然出现，它那抚慰人心灵的语言从不和人纠缠，而且不会使人感到痛苦。

我走到池塘边，坐到岸上的柳树下，听着腐朽的水槽里哗哗的流水声。

傍晚，白云上蒙了一层轻微的淡黄色烟尘。大地的边缘后面可以看到暗淡的太阳。黄色的天空倒映在水里，柳树下阴暗而潮湿。

突然，我记起了早就读过的诗句：

在我夜间的旅途中，一座破旧的磨坊

让我看到了黑压压的柳树下我自己的家……

这些话里没有任何特殊的东西，但同时却包含有能治病的魔法。夜间，旅途中的孤独进入我的意识，仿佛起了一种安慰的作用。

但我立刻又用双手紧紧抱住了头—— 一个遥远的可爱的声音从某一遥远的地方，从潮湿多雨、秋风萧瑟的辽阔空间说出了那些熟悉的词句。现在，那里是浓重的暮色笼罩着一座被遗弃的孤坟。一位姑娘留在了那里，而我和她在生活中连1个小时也不应该分离。我清清楚楚听到："春天，对你来说，没有名字。我遥远的，对你来说，没有名字。"[①]这是她喜爱的诗。现在我自己说出这些诗句，但我的声音传到我的耳朵里，却好似廖莉娅的遥远的声音。但是，要知道，无论是谁，永远再也听不到她的声音了。无论是我，还是任何别的人。

我站起来，向镇外的田野走去。

暮色充满了天空和红褐色田野之间的整个空间。已经看不清道路了，但我还一直在走着，走着。卢尼涅茨那个方向上升起了暗淡的火光。北方田野上，一座孤零零的、昏暗的茅舍上方闪现出一颗白色的星。

"幸运的星！"我心里想，"她在去世的前几天相信了这颗星。"

不，一个人永远也不能容忍另一个人的消失！

我在黑暗中回到了小旅店，斗室里已经为我准备好了床铺。旁边那张床上躺着一个炮兵军官，他的脸色阴郁，眉毛好像褪了颜色。他正在烛光

---

① 勃洛克的诗《我遥远的，对你来说，没有名字》。

下看书。

我进来时，军官的床底下发出一阵嘶哑的、狺狺的狂吠声。

“别动，马尔斯!”军官喊了一声，欠起身来，向我伸出了手，“维什尼亚科夫中尉，很高兴有个邻居。我们在这儿马马虎虎对付着睡到早晨吧，啊?”

他说这话的声音是缺乏信心的。

“德沃伊拉!”店老板在墙外喊道，“去问问军官先生们，说不定他们要吃饭呢。”

我不想吃什么。我只喝了茶，立刻就躺下了。我的邻居原来是个沉默寡言的人。这使我放了心。

从他的床下钻出一条黄毛大斗犬来，它走到我跟前，久久地凝视着我的脸。

“它这是要糖吃。”军官说，“您别给它，它习惯向人讨吃的。在前线上带着条狗真是活受罪。可是丢掉又舍不得——是个很好的守卫。”

我抚摩了一下这只斗犬，它用牙齿咬住我的一只手。它想要吓唬我，咬了1分钟光景，然后才放开。看来，是条很容易与人接近的狗。

我闭上眼睛，躺了好久。还从童年起，我就喜欢这样躺着，假装睡着了的样子，在想象中虚构出种种不寻常的经历。要么就闭着眼睛，在想象中周游世界。

但现在我既不想虚构，也不想旅行。我只想回忆。

于是，我回忆起和廖莉娅共同经历的一切，并为我们曾这么久在一起生活，但又彼此相距那么遥远而感到遗憾。只是在敖德萨，在小喷泉，对我、对她来说，一切才都明朗起来。不，大概还要早些，当我们在维普希河畔那座贫穷的波兰农舍中，听金嗓云雀的故事的时候，就已经明白了。不，大概还要早些。在亨齐内，外面下着雨，廖莉娅坐在小凳子上，在我床边坐了整整一夜。大概，在那时候就已经明白了。

后来我想起了罗曼宁。他是怎么了？他为什么变得对我这样粗暴？大概，这是我的过错。我明白，我的随和——他把这叫作不坚决，以及我的另一种倾向：有时甚至把一些互相敌对的事物看作好现象——他把这叫作无原则，都会惹他生气。对他来说，我是个“不稳定的知识分子”，而只有对我，罗曼宁才这样偏激，这样不公正，这就使我觉得更委屈了。“说真的，”我对自己说，“我完全不是这样的人。”但怎样才能向他证明这一点呢？

夜里，我被包着铁皮的车轮的辚辚声吵醒了。有炮队从这个小镇上经过。后来我又打起盹儿来，也许，甚至睡着了。

小房间里有一种可怕的、不清晰的号叫声惊醒了我。最初一刹那，我以为这是那只斗犬在叫。我旁边那张床在咔咔地响，在摇晃。

我点燃了蜡烛。那个军官在哼哼，在号叫。他在床上颠来倒去，从他嘴里流出了黄沫。

这是羊角风发作。还在后方救护列车上，我就多次见过这样的羊角风发作，而且知道在这种情况下该怎么办。

应该拿一只调羹塞到军官的嘴里，压着他的舌头，以免他咬掉舌头或被舌头憋死。

窗台上放着一杯冷茶，杯子里有一只茶匙。我拿过茶匙，想要把它塞进军官的嘴里。但地方那么窄小，而且他在那样用力挣扎，弯着身子，我怎么着也塞不进去。

我用力压住军官的双肩，但立刻感觉到后脑勺上一阵剧痛。有个什么沉重的东西吊在我的背上。我还什么也不明白，用力摇了摇头，想要甩掉这个沉重的东西，这时才终于清清楚楚感觉到咬进我脖子里的尖锐的犬牙。

斗犬悄无声息地从背后扑到我的身上，来保卫它的主人。显然，它认为我要掐死他。

斗犬用它紧闭着的嘴做了一个吞咽的动作。我脖子上的皮肤紧缩了起来，我明白，再过1秒钟我就要失去知觉了。

于是，我以最后的意志力迫使自己从枕头底下抽出勃朗宁手枪，在耳朵附近向后开了一枪。

我没听见枪响，我只听到跌落下去的身体沉重的响声。我回头看了看，斗犬躺在地板上。血从它那龇着牙的嘴脸上流了下来。后来它抽搐了一下，就安静了下来。

“救命啊！”店老板在墙外喊叫起来，“救命啊！”

“别嚷嚷！”我对他喊道，“到这儿来！我需要帮助。”

店老板只穿着一件衬衣走进来。他持着一个银烛台，上面插着一支很粗的蜡烛。店老板吓得眼睛都发白了。

“请扶着他，”我对店老板说，“我要把茶匙塞到他嘴里去。不然，他就会咬掉舌头。这是羊角风。”

店老板抓住军官的肩膀，用力压着他。我把茶匙塞进他的嘴里，让他翻身侧躺着。军官那样用力咬住茶匙，咬得上下腭都在咯咯地响。

“先生，您背上有血。”店老板轻轻地对我说。

“这是狗咬的。它扑到我身上，我开枪打死了它。”

“哎哟，世界上在发生什么事情！”店老板大声嚷嚷，“人把人弄到了什么地步啊！”

军官不知怎么立刻不再折腾了，平静了下来。发作结束了。

“现在他要睡上几个钟头了。”我说，“得把狗弄出去。”

店老板把狗拖出去埋在菜园里，德沃伊拉来了——这是一个很瘦的女人，脸上的神情是善良的、温顺的。我从挎包里取出急救包，德沃伊拉给我洗净脖子上的伤口，又包扎起来。

我对店老板说，我不愿和那个军官见面了，只要天一亮，我立刻就走。

“对，是该这样！”店老板表示同意，“他也不高兴，您也不愉快，虽说在这件事情上谁也没有过错。请到我们那儿去吧，喝点儿茶再上路。”他叫德沃伊拉生上茶炊。

我在店老板那半间房里喝着清茶的时候，德沃伊拉说：

“只要想想看哪！再过1分钟，它就要把您给憋死了。我一想起来，简直浑身发抖。”

脖子在痛。头很难转动。

“如今生活不是生活！”店老板说，并且叹了口气，“钱也根本不是钱，而是垃圾。要是您在和平时期到我们这儿来就好了。每天都有它自己的秩序和娱乐。一清早我开了小店的门，好心的人们坐着马车来到这里——有的上市场，有的去磨坊。方圆50俄里的人，我个个都认得。人们顺便到小客店来，吃点儿什么，喝点儿什么——有的喝茶，有的喝伏特加。看着人们在吃一些普普通通的东西——面包，要么是葱，要么是香肠和西红柿，心里挺高兴的。谈话也挺有意思——谈论物价、收成和磨粉，要么是谈土豆和干草。这我还能知道点儿什么！知道世界上的一切。太平时期让人心里高兴，我从来也不是只想赚钱。只要够过日子，够向警察局长先生行贿，也就行了。我有一个想法——让孩子们受教育。可不是，这个教育他们已经有了，在军队里当兵受到了教育。现在的一切，我们的全部生活都给磨得粉碎了。”

天开始亮了。浓雾笼罩着大地。在雾中，树好像比实际上要大些。雾预兆会有一个晴朗的天气。

我告别了店老板。他请我给那个军官留张条子。我写道：“请原谅。我不得不打死了您的狗。”

我从镇上走出去几俄里后，太阳升起来了。露水盈盈，一切都在闪闪发亮。初升的太阳照耀着赤褐色的小树林。远远看去，好像觉得小树林在隐隐燃烧，只看到一片暗红色。空气清新，令人惊讶，仿佛它曾长期被囚禁着，是这个早晨第一次把它释放出来。

我勒住了马，从军用挎包里取出那只银戒指，把它戴在小手指上。我好像觉得戒指十分温暖。

我在涅斯维日附近的扎米里耶村追上了我的救护队。

潮湿泥泞的冬天

10月里前线上暂时平静下来。我们的救护队停留在从巴拉诺维齐去明斯克的铁路附近的扎米里耶村，整整一冬救护队都驻扎在扎米里耶村里。

我这一生中从未见过比这个村庄更令人沮丧的地方。又矮又脏的农舍，平坦、荒凉、光秃秃的田地，四周看不到一棵树的影子。

这幅色彩阴郁的画面上还要加上肮脏的辎重车、鬃毛蓬乱的瘦马，以及到那时已经完全失去“雄赳赳的战士形象”的辎重兵们。他们那用人造羊羔皮缝制的羊皮高帽已经褪了色，而且破了，帽耳向两边翘着，好像被打死的鸟儿的翅膀。棉袄油光光的，军大衣上束着一根细绳，而且每个辎重兵嘴里都叼着一支自卷的马合烟，纸烟已经给咬烂了，粘在嘴唇上面。

深秋到来了，天色阴暗，看不到亮光。我们那间农舍的窗户上一直蒙着一层水汽。简直是从窗户上在往下流水，窗户外面什么也看不见。

辎重车陷在泥泞里。风往门里呼呼地吹。靴子从外面带进黏糊糊的烂泥。因此，农舍里总是很不舒服。这一切使我和罗曼宁都感到厌烦了。我们洗净了农舍，把它收拾得整整齐齐。没有必要的事情，不放任何人进来。

我回到救护队的时候，罗曼宁紧紧拥抱了我，似乎我们之间并没有发生过任何误会。显然，这一切都是由于疲倦的缘故。

他扭过脸去，以遮掩自己流泪。他说，我是个“真正的畜生”，为了我，他简直把头发都急白了。说着让我看看他的一绺白发。他这绺头发一直是白的。不过，说真的，现在变得更白，也更多了。

我把廖莉娅的死讲述给罗曼宁听。他坐在桌边，好长时间在擤鼻涕，他的眼睛也红了。我竭力不看他。后来他出去了，回来的时候已经喝醉了，不过很安静。他还从来没有过这样的情况。

我已经碰不见格龙斯基了。他害了精神失常症，已经把他撤回到明斯克去了。

给我们派了一个新的特派员克德林来接替格龙斯基。克德林是立宪民主党的著名活动家，还是个律师。这是一个身材矮小的老头儿，留着西班牙式短尖的花白胡子，戴一副端正的眼镜。他穿着灰大衣，很像一只聪明的大老鼠。所以就给他取了个绰号，管他叫“敬爱的耗子”。

他说话枯燥乏味、彬彬有礼，对军事问题的看法天真到了岂有此理的程度。他不了解农村，也不了解真正的生活，只致力于政治推论和“分析目前业已形成的局势”。而且，总而言之，他在扎米里耶村显得很突出，在迅速瓦解的军人中是一个与众不同的人物。

难民已经为数不多了，他们大部分都已在附近的村镇上定居下来。我们没有事干，于是罗曼宁发起要在扎米里耶村建造一个澡堂。

渐渐地，许多苦于无事可干的人也都参加到建造澡堂的工作中来了。建筑工程成了整整一篇史诗。从明斯克，甚至从莫斯科来了许多代表、技术员、军事工程师、盖澡堂和砌炉子的专家。罗曼宁和所有的人争论、争吵，甚至赶走了某些人。

生虱子的后方期待着澡堂，好似期待奇迹。大家都把罗曼宁看作父亲和恩人，就连辎重兵也向罗曼宁敬礼，并服从他。

因为建造澡堂，克德林在晚上喝茶时发表了一篇内容丰富、构思十分巧妙、甚至提高到总结高度的讲话。不仅为建造澡堂提出了哲学上的论据，而且把它形容成立宪民主党进步政策的环节之一，这个立宪民主党终将使苦难深重的“俄罗斯母亲”得到幸福。

克德林的讲话中有很多引文，提到了许多人的名字。他提到了图甘-巴拉诺夫斯基[①]、斯特鲁韦[②]，甚至还提到了拉萨尔[③]。用罗曼宁的话来

---

① 米·伊·图甘-巴拉诺夫斯基（1865—1919），俄国经济学家、历史学家，“合法马克思主义”的代表人物之一，后来成为资本主义的公开辩护者。

② 彼·别·斯特鲁韦（1870—1944），俄国经济学家、哲学家、历史学家、政论家。

③ 拉萨尔（1825—1864），德国小资产阶级社会主义者，拉萨尔派的创始人。

说，这样的讲话即使是在国家杜马的讲坛上“演出”，也是毫无愧色的。

但是一般说来，克德林的所有这些讲话，只是为我们嘲笑这个老立宪民主党人提供了丰富的笑料。克德林把开玩笑当作真的，每次都十分激动。

罗曼宁一直驱使我到各地去为澡堂弄建筑材料。一会儿派我去涅斯维日，一会儿派我去米尔；一会儿派我去斯卢次克，一会儿又派我去明斯克。

有一次，我们农舍里来了一个留着火红色大胡子、披着军大衣的人。他的羊皮高帽以不可思议的方式顶在后脑勺上。他的眼睛在笑。这个蓄着火红色胡子的人的声音吵吵嚷嚷，不过让人觉得愉快。

他自我介绍说是一个盖澡堂和消灭虱子的专家。谁也不知道他姓什么，大家都管他叫“红胡子”。

他闯进我们的农舍，住了下来。从那以后，澡堂问题就具有了一种出乎意料的性质。

开始谈论罗马澡堂的构造。谈到莫斯科的桑杜诺夫澡堂、梯弗里斯的澡堂，谈到普希金曾多么出色地描写过这些热水澡堂，谈到普希金的散文，也一般地谈论散文——红胡子认为散文是“艺术之神”——谈到谁的散文更好，是普希金的，还是莱蒙托夫的。还谈到《战争与和平》的提纲，好像是莱蒙托夫简明扼要草拟出的这个提纲，后来落到了列夫·托尔斯泰的手里。谈到在雅斯纳亚·波良纳的托尔斯泰的葬礼，谈到《安娜·卡列尼娜》，谈到列文①去猎丘鹬的情况，一般地谈论打猎，还谈到了契诃夫的《海鸥》。最后发现，红胡子曾到雅尔塔契诃夫的家里去过，并在一些外省剧院里上演过契诃夫的剧本，能讲一口流利的法语，而和盖澡堂却从

① 《安娜·卡列尼娜》中的人物。——译者

未发生过任何关系。

我们怎么也弄不清他的职业。对于直接向他提出的问题，他用马克西米利安·沃洛申[①]的诗句来回答。照他的话来说，这几行诗很好地说明了他生活的实质：

> 被放逐者、流浪者和诗人，
> 他渴望得到承认，但未能成为任何人。
> 鸟须有巢，兽须有穴。
> 但手杖和乞讨却是我们的遗训。

红胡子出现两天后，我们已经不能想象没有这个人，怎么能在该死的扎米里耶村生活下去。

红胡子根本不理会克德林。当克德林发表惹人生厌的讲话，妨碍大家谈话的时候，红胡子就面带温和地微笑说：

“老头儿！等一等！会叫你的。”

有时，大半是在夜里，谈话往往变得具有激烈的性质。大家在谈革命。

罗曼宁持社会革命党的观点，克德林无聊地发表他那又臭又长的立宪民主党的学究式议论，红胡子却说工人的革命会把罗曼宁和克德林通通扫到魔鬼的姥姥那里去。越来越经常重复列宁这个名字和“国际”这个词。

当红胡子说话的时候，大家都住了声。似乎已经听到了人民群众嘈杂的声音，革命的隆隆的轰鸣犹如冲毁堤坝的海洋的波涛，向俄罗斯大地滚

---

① 马克西米利安·沃洛申（1877—1932），俄国诗人。

滚而来。

就连克德林也不打断红胡子的话头。他只是用发抖的手指擦净眼镜，可怕地喷喷鼻子，仿佛是要让鼻子通通气，并且耸耸肩膀。这是克德林表示最大愤慨的一种表情，就等于他说："对——不起！"他说这句话时语气傲慢，带有挑衅的性质，但克德林的怒火通常到此也就发泄完了。于是，他不知在悲痛地、嘟嘟囔囔地说些什么，把他那套全俄地方和城市自治联合会的制服整整齐齐地叠放在小凳子上，睡觉去了。

但是有一次，当邻近某救护队里一个绰号叫"油橄榄"的护士到我们这儿来做客的时候，克德林显示出他是一个十分勇敢的、向女人献殷勤的人。

他从自己的手提箱里取出一瓶科蒂牌巴黎香水，送给那个护士。护士轻佻地转动着眼睛，由于感到幸福，愚蠢地哈哈大笑。克德林搓着手，迈着小碎步在她身边转来转去，直到红胡子对他喊了一声：

"老头儿！安静下来吧！会叫你的！"

二月革命以后，有一个时期克德林是临时政府派驻西线的政委。很容易想象得出，他说过多少空洞无力、令人作呕的废话。如果士兵们没有为此打死他，那克德林简直是太幸运了。

在那个冬天里，我经常到一些小城镇去。有时是骑马，有时是坐火车。

当时，白俄罗斯看上去就好像一幅古老的风景画，靠近前线的车站上肮脏的小食堂里都挂着的那种风景画。过去的痕迹仍然到处可见，但这仅仅是外壳，内容却已经消失了。

我看到过波兰大地主的城堡——涅斯维日的拉吉维勒公爵家族的城堡特别豪华。看到过一些庄园，看到过美丽如画、拥挤而又荒凉的犹太人小镇，看到过古老的犹太教堂，也看到过哥特式的天主教教堂，它们就像在这里，在草木凋零的沼泽地带的一些外来的外国人。还看到过从尼古拉时代遗留下来的带条纹的里程标。

但无论是从前的大地主，还是他们那无忧无虑的奢华生活，以及那些忠实于他们的“农奴”，无论是那些不太高明的拉比[①]哲学家，还是犹太教堂里可怕的最后审判日，以及第一次起义时期插在天主教教堂祭坛上、已经腐烂的波兰旗帜——这一切已经都没有了。诚然，涅斯维日的犹太老人还能讲述拉吉维勒家族的那些娱乐，叙述拉吉维勒迎接自己的情妇、女冒险家金格斯通时，几千“农奴”手持火把从俄罗斯边界直到涅斯维日夹道迎候的盛况，讲讲那些热闹的狩猎、宴会、任意胡闹，讲讲小贵族阶级的傲慢自大和有点儿愚蠢的目空一切。而在当时，认为这种高傲态度就是属于高贵的“老爷集团”的身份证。但这些犹太老人讲这一切，已经是在转述别人的话了。

而现在，在战争时期，固定的生活习惯也和这些毫无生气的回忆一样，已经被战争彻底消除了。战争把这种生活习惯踩在脚下，把它赶进一些最后的静静的洞穴，用嘶哑的詈骂和懒洋洋的雷鸣般的炮声把它压倒了——只是为了清除海湾狭口，连冬天也在打炮。

但是在混乱和战争的慌乱中，已经明显地出现了新的转折时期的特点，犹如在一场慢慢逼近的大雷雨之前，人们心里感到惊惶不安。

冬天天气潮湿。雪一飘落下来就化作泥泞。这样一连几个星期，地上蒙着一层肮脏的雪粥。潮湿的风一个劲儿地从波兰吹来，翻动着白俄罗斯农舍屋顶上霉乱的麦秸。

---

① 犹太教宗教社团领导人，主持宗教仪式。——译者

我喜欢到处去跑，因为这样就只有我一个人了。经过秋天发生的事情以后，我还没能摆脱孤独和回忆。每天的生活都分散成几部分，而且都充塞着对廖莉娅的回忆。我已经开始忘记她的声音，这使我感到害怕。

在这些因公外出的时候，我以不可思议的顽强精神让自己经受种种痛苦——浑身湿透，冻透，睡在板棚里。要不，就简直睡在地上，几乎什么也不吃，只是一支接一支地抽受潮、发酸的香烟。

任何一件小事都会激起我内心的战栗，引起悲哀的想法和惊慌。

例如，在莫洛杰奇诺的时候，就有过这样的情况。我在备用线上一节没有生火、空无一人的三等车厢里过夜。黎明时，我醒了。大家都熟悉这行动迟缓、仿佛很怕冷的黎明，它似乎不乐意把也是这样行动迟缓的黑夜排挤出去。冬天的主人是黑夜，冬天的白天好似食客，竭力想少在主人前露面。

我盖着军大衣躺在木板长凳上，甚至感到稍微暖和了一些。一个司号兵在铁路上吹起号来。大概，车站上停着一列军车。号声高亢，好像在哭泣。我浑身战栗，听着军号的哭泣，我突然明白，我所处的那个环境是多么孤立无援，明白了我的全部生活已遭到破坏，我的生活是不舒适的、孤独的。我想起了妈妈、正在邻近某条战线上作战的两个哥哥，想起了廖莉娅。想到缺少关怀，缺少人的爱抚，人的心就会渐渐变得冷酷无情。

这种被抛弃的感觉原因在哪里呢？我想了解它。显然，原因就在于我们是从书本，从模模糊糊的诗的境界，从温情的思想中来到生活里的。而人民却从我们身旁漠不关心地走了过去，甚至没有注意到我们——大概，人民需要的不是像我们这样的儿子和助手。

有一次，12月初，我在一次例行的外出之后骑着马回扎米里耶村。我迷了路，走到一条靠近前沿阵地的道路上。

是一个阴郁的晚上。路上已经结冰。马缓步走着，竭力避免滑倒。不久，天变得那么黑暗，连两旁的灌木丛都看不到了。

我听到前面从远处传来隆隆的响声。马警觉起来，在原地踏步不前。我侧耳倾听，听出这是军队辎重队的熟悉的辚辚声。虽然声音还很远，我还是让马拐到路边上去了——我们大家都十分清楚，辎重兵赶车是什么也不看的。

我突然听到一声尖细的呼啸声。一发榴霰弹发出微弱的闪光，在前面道路上爆炸了。后来又是第2发、第3发。德国人在向道路开炮——这是很清楚的。

在爆炸的间歇可以清清楚楚听到，辎重队已经在飞驰。大概，那里已经开始出现通常会发生的惊慌失措的现象。

一发榴霰弹就在旁边爆炸了。我没有注意到它。但我的左脚不知出了什么事，它好像变得像棉花一样软绵绵的。

我很快伸下手去摸摸靴子，手指摸到了一些暖乎乎的液体。我抬起手来，感觉到脚上痛得厉害，好像要把它劈开似的。我一把抓住鞍子，但是没能支持住，跌到了路上。大概，我跌下去时是受伤的那只脚着地的，因为有一瞬间我失去了知觉。

当我恢复了知觉，辎重队疯狂的隆隆声已经就在近旁。我抓住马镫，对着马吆喝了一声。马打着响鼻，小心翼翼地徐徐挪动四蹄，把我从路上拖到了路旁的沟里。

我抓着马镫躺着，离我的脸只有两步远的地方，辎重队号叫着、打着呼哨、辚辚地疾驰而过——发疯似的马打着响鼻，包着铁皮的车轮在跳动着。我觉得这种情况好像永远也不会结束似的。

后来一切都沉寂下来了。马闻了闻我，惊惶不安地萧萧长嘶。我花了5分钟时间，从口袋里掏出手电筒，按亮了它。在这以后，我已经什么也不记得了。显然，我又失去了知觉，手电筒就放在我身边，一直亮着。

几个坐着两轮马车去涅斯维日的电话接线兵根据手电筒的亮光找到了我。他们把我抬上车，给我马马虎虎包扎了一下，然后把我带到镇上，交给了野战医院。

我在涅斯维日的军医院里躺了一个月左右。伤势不重，没伤到骨头。只有我一个人躺在病房里，没有伤员。

罗曼宁常来看我。澡堂终于开办起来了，罗曼宁显得容光焕发。

“敬爱的耗子”克德林来过两次。他谨慎地环顾四周，对我讲拉斯普京[①]的故事，讲宫廷的腐化。由于恐惧和气愤，他那西班牙式的短而尖的花白胡子在瑟瑟发抖。

这时尼古拉二世正来西线视察，他也“访问”了扎米里耶村。在他到来之前，命令把村庄整顿得像样儿一些。这表现在从树林里运来了许多枞树，用枞树把一些最坏的农舍遮掩起来。

在医院里，我看了许多书。那时候，大家都爱看斯堪的纳维亚国家一些作家的作品——易卜生、斯特林堡[②]、汉姆生[③]、班格[④]。我在看易卜生

---

① 格里戈里·叶菲莫维奇·拉斯普京（1872—1916），沙皇尼古拉二世及其妻子的宠臣。

② 奥·斯特林堡（1849—1912），瑞典作家、剧作家。

③ 克·汉姆生（1859—1952），挪威作家、剧作家。

④ 格·班格（1857—1912），丹麦作家。

这位人类灵魂的伟大小工的作品。后来我偶然得到一本穆拉托夫的《意大利神像》，于是我沉湎在博物馆和意大利大教堂稍带点儿苦味的空气之中。我仿佛在想象中看到了佩鲁贾那些高高的山冈，山冈淹没在淡蓝色的雾霭里，阳光柔和地照耀着，使它们发出了光彩。

我开始看列昂尼德·安德列耶夫的《一个人的生活》，但为了朴素、纯净的契诃夫的《草原》，又把这本书搁置起来了。

开始思念俄罗斯。我最经常回忆的是布良斯克森林，把它看作大地上最幸福、最安乐的一个角落。我回想起那些树林茂密的谷地、河流、采伐过的林地，那里长满了幼松、白桦、鲜红的柳兰，还有叶子呈银白色的植物的白色树冠。那里是黄金般的地方，呼吸轻松，安静。我真想得到这样的安静，简直想得要哭出来。但谁能给我这样的安静呢？

不久，我已经能开始拄着双拐慢慢行走了，甚至允许我到镇上去。我常到一个熟识的钟表匠那里去休息。四面八方都有钟表在小心翼翼地滴答滴答作响，窗台上天竺葵正在开花。钟表匠一边看着放大镜，一边给我讲镇上的新闻。

钟表匠给我看报纸和杂志，多半是《星火》画报。我细看那上面画家斯瓦罗格[1]所画的千篇一律的、描绘战斗情况的插图，以及在前线阵亡的军官们的几十幅照片。报纸上通篇是对尼古拉和阿莉莎[2]、拉斯普京和戈列梅金所做的模模糊糊的暗示：乌鸦翅膀的黑影落到了俄国的国土上。

罗曼宁经常给我寄一些不大的包裹来——干酪、香肠和砂糖。

---

① 瓦·谢·斯瓦罗格（1883—1946），苏联画家。

② 指尼古拉二世的妻子亚历山德拉·费多罗芙娜。

有一次，由于无事可做，我开始看一张揉皱的旧报纸。这张报纸包过干酪，所以上面全是油渍。

在阵亡名单一栏里印着：“工兵营中尉鲍里斯·格奥尔吉耶维奇·帕乌斯托夫斯基于加里西亚前线阵亡”，稍靠下面一些：“纳瓦金步兵团准尉瓦季姆·格奥尔吉耶维奇·帕乌斯托夫斯基在里加方面的战斗中阵亡。”

这是我的两个哥哥。他们是在同一天牺牲的。

尽管我身体还有些虚弱，军医院的主任医生还是让我出院了。给我派了一辆救护马车，送我到扎米里耶村。晚上，我离开扎米里耶村，坐火车去莫斯科，到妈妈那里去了。

悲哀的忙乱

妈妈完全消瘦了，连身材也变矮了。但她脸上仍然保留着从前的那种委屈神情和谁也不能理解的孤独的悲哀。

我回来时，离我哥哥们牺牲的那天已经一个多月了。妈妈很少哭。一般说，她不是一个爱流泪的人。

加莉娅姐姐一谈到两个哥哥，就浑身战栗起来，但只是在妈妈不在的时候。当着妈妈的面，她总是克制着。

到那时候，我已经看到过许多人类的悲哀，并且注意到人们几乎总是竭力减轻自己的悲痛。在那时候，最容易做到这一点的是老年人。他们相信人们死后还会相见，相信死者的灵魂会到幸福的地方去。

有什么能减轻悲哀呢——回忆，朋友们，大自然，意识到人死后会给人留下好的印象，使人怀念，对仍然活着的亲人们的关怀。

妈妈和加莉娅的悲哀是无可缓解的，无人可以分担的。

得活下去。妈妈得为了加莉娅活着，加莉娅活着是为了让妈妈能关怀她——关怀加莉娅。

我不知道怎样帮助她们。我自己也为这同时发生的两次死亡感到异常悲痛，心情沮丧。在我们，在我和两个哥哥之间很少有共同的东西。我们都是很不相同的人。但这更增强了对他们，对已经不再活着的哥哥的怜悯。

摆脱这种情况的办法是偶然找到的。我问加莉娅，有关两个哥哥牺牲的情况她和妈妈知道些什么。原来她们什么也不知道。

“那么，应该打听一下。”

“怎么打听呢?”加莉娅问。

“写信到他们服役的部队去。找到他们的同事，找到那些在他们牺牲的那天和他们在一起的人。请求把他们的书信、日记、证件——他们遗留下的一切都寄给我们。”

我没想到这些话会起什么作用。出现了生活的目的。出现了任务。

加莉娅把这些话告诉了妈妈。从第二天起，顽强的、狂热的、在任何困难面前也决不退缩的活动开始了。

加莉娅和妈妈给作战部队写信。她们在到处寻找季马和鲍里亚的同事，连那些躺在医院里和已经离开军队的人也不例外。她们打听那些曾经是两个哥哥的部下的士兵的姓名。她们往各处寄出了一封封询问的信。

除此而外，妈妈还在设法申请抚恤金。

回信开始来了。现在妈妈和加莉娅的时间几乎全都花在这样一些事情上——讨论这些回信，对照种种事实，以准确弄清哥哥们阵亡时的情况，再次写信去询问所收到的信件中不清楚的地方。

原来季马是记日记的——总共只有几页撕下来的笔记。辨认这些日记也占用了整整几天时间。

许多人参加了这种通信。其中每一个人尽管是捎带着，但都提到了自己生活中的某些情况。于是，出现了一些未见面的新熟人，因为怀念哥哥们，这些熟人都显得十分可贵。新的熟人们的生活真诚地引起了妈妈和加莉娅的兴趣。妈妈按照自己的习惯教导人们，用她的话来说，“为人正直高尚”，给他们写一封封长信，提出忠告，劝说并援引自己生活中的经验作为例子。

一个在生活中一无所获的不幸的老妇人教导别人应如何正确地生活，作为一个旁观者来说，这是感人的，也是令人十分痛苦的。

于是，悲哀渐渐融合在别人的生活里，融合在忙乱的行动之中，融合在这痛苦的、无谓的忙乱中了。我为此感到高兴，虽然我明白，很快就会清醒过来的。到那时会怎样呢？

我那位基辅的姨妈薇拉·格里戈里耶芙娜在普里皮亚季河畔有一个小小的林业庄园，叫作科潘。薇拉姨妈早就为庄园荒芜、无人经管而发愁了。她曾几次向妈妈提议，要她和加莉娅搬到科潘去。但妈妈由于必须与季马、加莉娅住在莫斯科而没有同意。

现在薇拉姨妈又来叫妈妈和加莉娅去科潘，妈妈很乐意地答应了。

决定在早春时动身。从这时起，妈妈放下了心，甚至变得快活起来了，出现了一线希望。

妈妈已经制订了整顿庄园的计划。要用微不足道的花费使庄园繁荣兴盛起来，“薇拉对庄园放任不管，那里毫无秩序，她当然永远也梦想不到庄园会像这样兴旺。”

妈妈并不为我焦虑不安。有一次，我听到了加莉娅和妈妈的谈话：

“为什么科斯季克的心情比你和我都平静呢?”加莉娅问。

“他过的是另一种生活。”妈妈回答，“他到过很多地方，见到和遇到过各种各样的人。当然，他也有他自己的兴趣。终生漂泊的流浪汉！就像你父亲一样。”

在这一评语中当然有责备的成分。照母亲的看法，正是父亲的“爱换地方”，导致了我们家庭的贫困和衰败。

对于妈妈来说，只有责任。只有责任，再没有任何高于责任的东西。她总是在完成自己为自己提出的责任中得到一切快乐。

而父亲，用妈妈的话来说，是“一把一把地把生活拿来享受”，当然，只有不可救药的利己主义者才会这样做。

这就是妈妈在老年时的生活哲学。

为了在负伤后能恢复健康，我在城市联合会得到了两个月的假期。3月里我就得归队了。

他们建议我在这个城市联合会里暂时搞从莫斯科往前线发送药品和食品的工作，这样可以多得一份工资，所以我同意了。得为妈妈去科潘积攒一点儿路费。

我的职责就是雇一些赶大车的，和他们一起去仓库，领出药品和其他货物，把这些东西送往货运站，再发送到城市联合会的各个救护队去。

每天早晨，我来到瓦尔瓦拉广场。那儿是赶大车的等候雇主的地方。

雇车的规矩很严格——不能和任何一个赶大车的人单独讲价钱，这样做可能挨打。

赶大车的成群地站在广场上。这都是些身材高大、留着大胡子的大老粗，穿着光板皮袄，外面再罩一条帆布围裙。说话声音洪亮，都是些爱骂街和爱说俏皮话的人。他们每个人都必须待在领班看得到的地方，以免他们试图拦截雇主，欺骗劳动组合。

要到赶大车的那儿去，得穿过一群群喂得很肥的鸽子。

雇主一出现，领班就从自己头上摘下帽子，所有赶大车的都把自己的铜号牌扔进他的帽子里。领班摇晃着帽子，弄得号牌哗哗啦啦地响着，一边迎着雇主走去。

雇主需要多少“团”——平板大车——就取出多少个号牌。

在抽签之前，要先进行激烈的讨价还价。尽管几十年来如同法定的运货和装货的价钱是大家都知道的。

做了1个月的这种工作，我仔细研究了几乎所有莫斯科的货运站，以及它们的许多货栈和仓库。

这是一个有它自己的风气、很少有人知道的大世界。给人留下这样的印象：仓库主任、看门人、装卸工人、赶车的，特别是货运站上的过磅员——大家都在偷。赶车的公开偷窃，如果给抓住，就采用屡试不爽的手法——用不堪入耳的粗话骂人，拼命要跟人打架。很少有人想跟这些身强力壮的大老粗打架，何况这些人还结帮成伙，一呼百应，互相支援呢。

他们什么都偷，就连旧钉子、旧蒲席也不放过。

这是下面的情况。上面的情况如何，那就只能猜测了。

一切黑暗、卑鄙和贪婪的势力都受到拉斯普京的榜样的刺激，兴奋到了歇斯底里的程度。到处都在谈论拉斯普京。

拉斯普京——托博尔河上的一个偷马贼，长着一双淫荡的眼睛的富农统治着国家，坐在俄罗斯的王位上。

“我们有哪一点不如格里什卡·拉斯普京啊。”赶大车的哈哈大笑，在过路的妇女背后吹着口哨，“捞吧，伙计们！趁着有得拿的时候，拿吧！有格里戈里·叶菲莫维奇在保护我们。不是吗，我们知道，他们是怎样熬烧酒，怎样在集市上偷马的。”

这伙小偷有一条不容违反的神圣规矩——分赃。与每一个参加偷窃的人分赃，分给他“合法的”一份。

而仓库呢？我看到过装满各种军需品的、很大的地下室，里面有一拿到手里就会绽线的毛皮高帽，用像粗麻布一样的呢子缝制的、透风的军大衣，已经不成形状的、帽檐和帽徽都已断裂的军帽，用烂皮子做底的足球鞋，能划破皮肤的粗棉布衬衣——在这种棉布里不知有多少扎人的芒刺。

把这一切都缝进散发出一股强烈气味的新蒲席里，发送到前线上去。大概，在这堆破烂和废品中，蒲席是唯一质量还算不错的货物。

我不能等到假期结束了，我想赶快回到救护队去。在远离救护队的地方，对我来说，它变得亲切、可爱了。似乎俄罗斯健康和正直的一切都只集中在那里，集中在前线上，而这里—— 一切都已经腐烂了。

而莫斯科的冬天和这些想法也是完全一致的——经常解冻，积雪是肮脏的，有时下毛毛雨，有时又是无雪干冷的天气。

动物园里的池塘都解冻了。不知是一只什么水鸟在其中一个池塘上尖声大叫，仿佛在问：“这是什么？我的天哪，这是什么呀？”在屋里能清清楚楚听到它的叫声。

我只是上半天有事，很早就回家来。吃过那顿简单的午饭，就回到自己的斗室。

妈妈和加莉娅在缝补衣服，为动身做准备。直到半夜，缝纫机都在匆匆忙忙地缝着。地板上撒满了碎布和线头。

我坐在自己屋里写作。写战争，写我这一代人。我深信，这一代人将改造世界。

这一代人经历了许多动荡和不安，有许多幻想。我天真地认为，这些特点不允许我这一代人度过可耻的一生，毫无建树地离开人世，而只是像罗曼宁常爱说的那样，“用油烟熏黑整个宇宙”。

尽管有这样的信念，但我还是越来越清楚地看到，就在这一代知识分子和置身于任何阶级之外、自认为是“国家精华”的那些人身旁，有一个庞大的人民阶层，也就是千百万自称“我们工人兄弟”的人，正在过着一种我暂时还不了解的紧张的生活。

他们有真正的生活力量，不能容忍异端邪说，有根据他们切身劳动体验而孕育成熟的清醒的真理。任何最美的诗的旋律都不能压倒这一真理，当时很时髦的柏格森[①]的任何含混的哲理也不能使这真理变得模糊不清。犹如一种执拗的、注意力集中的目光，到处都能感觉到这一真理的存在。因此，渐渐变得十分清楚——不确定自己对工人阶级，对它的斗争，对它的期望持什么态度，已经不能在俄罗斯安心生活和工作了。

我在着手写一篇关于我这个时代的一个青年人的中篇小说。我写了很久，写得很慢。这篇小说在革命和国内战争的这些年代里跟随我到处漂泊，搁置了很长时间。最后我用《浪漫主义者》这一标题发表了这篇小

① 柏格森（1859—1941），法国哲学家。——译者

说。但那是很久以后，在30年代。

那时候我写了几首诗，寄给了一位大诗人[①]。我没指望他会回信，但他却给了我回答。我收到了他的一张明信片，上面用粗大的笔迹写着："您是在以别人的语言歌唱。"

这句话占据了整张明信片。

那时候我过着双重生活——真正的和虚构的。我在这本书里写的是真正的生活。虚构的生活则不依附于真正的生活，而是把这真正的生活中所没有、而且也不可能有的一切补充到真正的生活中去。要把我觉得诱人的、美妙的一切都补充到真正的生活中去。

虚构的生活是在漫游中度过的，在和一些非凡的人物的会见、在一些奇妙的事件中度过的。它笼罩在爱情的轻烟薄雾里。实际上，这是一场漫长的、首尾连贯的梦。

当然，现在可以宽容地微笑，嘲笑我当时的心情。这是最容易的。由于有了经验，我们增长了智慧，仿佛我们有这样微笑的权利。至少是那些头脑清醒、认为恰恰是他们在干唯一正经事的人们，是这样想的。

但其实，他们并没有这样微笑的权利。他们没有权利嘲笑青年人的梦。正是这样的梦，在许多人的心灵里播下了最初的诗的种子。在这些梦和这些虚构中，包含着纯洁和高尚的感情，这些品质的反光将照耀着人们的一生。

每一个在青年时期具有这一特性的人都会同意我的看法——他曾是一个拥有取之不尽的财富的人。

---

① 指蒲宁。

他拥有整个世界。对他来说，不存在时间和空间的界限。现在他可以呼吸大森林中飘散着蘑菇香味的空气，而1分钟后，又可以呼吸到灯火暗淡的巴黎林荫大道上的空气。他可以和雨果及莱蒙托夫，和彼得一世及加里波第[①]谈心。他可以把自己的爱情献给一个穿着深棕色制服连衫裙、由于心情激动老是在揪自己辫子的17岁的中学女生，正像可以把爱情献给伊佐莉达一样。他可以和米克卢霍-马克莱一起在新几内亚的热带森林里生活，也可以和普希金一同策马驰往埃尔祖鲁姆。他可以在国民公会里开会，也可以披荆斩棘，在佛罗里达半岛的森林里开辟出第一批道路。他可以和小杜丽[②]的父亲一起关在债户监狱里，也可以把拜伦的骨灰护送回英国去。

界限是没有的。我很想见到这样一个怀疑主义者——他不同意这个第二世界能丰富人的精神生活，会对他的思想和一生的行动产生某种影响。

我写的就是这一切。我在很宽的窗台上写作。我没有桌子。我常常停下笔来，望着窗外，看到动物园里的菩提树枝，覆盖在树枝上的雪已经冻结起来了。我还听到池塘上一只鸟儿在忧郁地高声叫喊而得不到回答：“这是什么？我的天哪，这是什么呀？”

正在我紧张写作的时候，从城市联合会来了一封信。总代表、立宪民主党的著名活动家谢普金叫我前去见他。

第二天早上，我去见谢普金。城市联合会设在艺术剧院旁边一幢很大的房子里。

---

① 加里波第（1807—1882），意大利民族英雄。

② 狄更斯的长篇小说《小杜丽》中的主人公。

接见我的是一个很平凡的小老头儿，模样相当和善，但是脸上流露出厌恶的表情。

“是这么回事，亲爱的青年人，”他说，“我得告诉您一个很不愉快的消息。”

他说这话，用的是果戈理的《钦差大臣》中的词儿。显然，他很喜欢这么说。因为他咳嗽了一阵，在空中挥舞着丰满的双手，又重复了一遍：

“很不愉快的消息！当您在扎米里耶村我们救护队里的时候，皇上去过那里。”

“是的，”我说，“是有这么回事。”

“是的，”谢普金回答，“还有另一件事。具体地说，就是救护队里有一个工作人员完全是以讽刺的形式描写了皇上在扎米里耶村逗留的情况。在给他的朋友写信时，由于年轻，他忘记了有一个战时书信检查机关。有这么回事吗？”

“有。”我回答。

当我躺在涅斯维日军医院里的时候，听到了许多关于尼古拉这次旅行的故事，并把这些故事写信告诉了基辅的我的一个同学。

“还有这么一件事，”谢普金接下去说，“战时书信检查机关拆开的恰恰是这一封信。因为署名看不清楚，而信封上有您那个救护队的图章，检查机关认为把这一案件交由我们审理是有益的，以便找到写这封信的人。而一旦发现了这个人，今后就不准许他再到前线去。这是您的信吗？”

谢普金把一张纸递给我。

“是我的。”

“便宜了您。”谢普金说，“那么，虽然就对您的评语来看，我们将失去一位很好的工作人员，但毫无办法——请您立刻交出证件，您被解雇了。”

我很想回救护队去，因此对我来说，这一打击是使我大为震惊，而且十分残酷的。今后该怎么办呢？

我离开城市联合会后不是回家，而是到特列嘉柯夫美术馆去了。那里空荡荡的。几个看门的女人在角落里打盹儿，从炉子的通气孔里吹来一阵阵暖风。

我坐到弗拉维茨基①的《塔拉坎诺娃公主》对面，对着它看了很久，看了一个多钟头。我所以看着它，是因为这幅画上的女人很像廖莉娅。

我不想回家去。现在我已完全明白了：我没有家。

切切列夫卡郊区

2月里，妈妈和加莉娅到基辅去了。我留在莫斯科，希望能找到工作。

刚好这时我的舅舅、炮兵工程师尼古拉·格里戈里耶维奇从布良斯克调到了莫斯科，暂时调到法国军事代表团里工作。派这个代表团来俄国，是为了组织好法国爆破榴弹的生产。

玛露霞舅妈也和科利亚舅舅一起来到了莫斯科。拨给科利亚舅舅第一小市民街上一幢小房子里的一套公家住宅。

---

① 康·德·弗拉维茨基（1830—1866），俄国学院派画家。——译者

代表团里的工作人员——法国炮兵专家们——常到科利亚舅舅家来吃饭。

有一次，法国人来吃饭时，我也在那儿，好奇地看着那些法国人。他们的浅蓝色制服散发出香水气味，几乎所有军官都带鲜花来送给玛露霞舅妈，而且十分殷勤。但在这殷勤态度和温文尔雅、彬彬有礼的谈吐后面，却隐隐含有大仲马的火枪手们的“某种东西”。

通常在喝过俄国伏特加以后，这“某种东西”就会显露出来。大叫大嚷，说俏皮话，纵声大笑，随后军官们就齐声合唱起那首《站长》歌来。这是法国列车上的乘客们爱唱的一首歌曲，是专门为了把站长气得发狂而编出来的。

当站长走到月台上来为列车送行的时候，乘客们就列队站在打开着的车窗旁，在起初很慢，后来愈来愈快的车轮声伴奏下，唱起这首歌来。唱歌时大家都像中国木偶那样，同时一起从车窗里向站长点头。

这首歌只有一句反复重唱的歌词：“塞列科丘，列舍夫德利亚加尔！”“塞列科丘，列舍夫德利亚加尔！”翻译出来，意思是：“瞧，他站在那儿，戴绿帽子的丈夫，站长！瞧，他站在那儿！”

军官们是在演唱这首歌曲，分别扮演不同的角色。一个留着黄色小胡子、上了年纪的上校——“科洛内尔”[①]——演得特别出色，他扮演气得发狂的站长。

有时军官们争吵起来，于是科利亚舅舅低矮的饭厅里开始散发出火药味，似乎眼看就要拔剑相斗了。眼睛炯炯发光，纤细的唇髭神经质地翘起

① 是法语“上校”的音译。——译者

来，粗鲁的叫喊声互相打断对方，直到“科洛内尔”从圆袖口里举起一只手来。

于是，大家都不作声了。

用科利亚舅舅的话来说，这些军官都是很有学问的工程师。而“科洛内尔”甚至是法国一位杰出的冶金学家，是好几本学术著作的作者。

科利亚舅舅与许多冶金工厂都有联系。我请求他安排我到其中一家工厂里去当工人。对此，他一点儿也不感到奇怪，安排我到叶卡捷琳诺斯拉夫的布良斯克工厂里去当炮弹检验员。

在这以前，我得先在莫斯科一家工厂里学检验，同时还要学习在水压机上工作。当时炮弹壳是在这种水压机上制作的。

我在索菲亚沿河大街上的古斯塔夫·利斯特工厂里学习。

从看图纸开始学起——图纸是一张张蓝纸，上面有水压机各种零件的模糊不清的图形。看这种图纸真会把眼睛弄瞎。

除此而外，还教我使用供验收炮弹壳和定时信管用的精密测量仪器。

我从工厂回到像马厩一样完全空荡荡的住宅里。少得可怜的一点儿家具被妈妈全卖掉了，只剩下一张行军床和一把椅子。

我喜欢这种空旷。没有任何人妨碍我看书一直看到深夜、抽烟和思索。我一直在想着我一定要写成的那些书。后来我写的是完全不同的另一些书，但现在这已经没有任何意义了。

不久，我就动身了。我乘错了火车，过了库尔斯克以后，让我在勒热夫车站下了火车。我在那儿坐了几个小时，等候我该坐的那趟列车——它正从后面驶来。

我没有发怒。坐在三等候车室里，看看时刻表，听着铃声和发报机不间断的嗒嗒声。当一列快车震动整个小站，不停顿地从一旁飞驰而过的时候，走到月台上去，这是很美妙的。

我在车站附近的田野里闲逛了一会儿。这儿，过了库尔斯克以后，已经开始感觉到春天来了。积雪已经塌陷下去，变得像泡沫岩一样，出现了许多小孔。像乌云似的成群寒鸦高声啼叫着。我真想，后来也有许多次想要这样做：走到春天潮湿的田野里，再也不从那里回来。

在叶卡捷琳诺斯拉夫，我在离布良斯克工厂不远的切切列夫卡郊区租了半间房子。

我只有12卢布。

我向一个鳏居的旋工租了厨房里的一个角落。和旋工住在一起的是他的独养女格拉莎——一个二十四五岁，害肺病的姑娘。

除了我，厨房里还住着布良斯克工厂里的一个铆工——一个身材高大的小伙子，长着一双羞涩的眼睛，我连一次也没听到他说过一句话。问他，他也不回答。因为他完全是个聋子。

每晚从工厂回来的时候，他都带回一瓶混浊的叶卡捷琳诺斯拉夫出产的“布扎”——一种用黍酿制的、能醉人的饮料，把它喝掉。不脱衣服，就倒在铺在地上的破床垫上睡得死死的，直到早晨第一遍汽笛声响起。

房东留着小黑唇髭，也是个沉默寡言的人。对我们，他的房客们，完全漠不关心。不过有一次，他还是对我说：

“你好像是个大学生吧。给我本什么文学作品看看，让头脑清醒一下。”

我没有文学作品。房东沉默了一会儿，说：

“要是格拉莎身体健康的话，我就把她嫁出去，嫁给你。将来你到底会有出头之日的。我看到你每天夜里一直在写，那你就别躺在泄水盆底下的地板上。水龙头漏水，水一滴一滴地往下滴，恐怕弄得你睡不着。”

他说这些话的声音是很枯燥的，只是“为了说话”而已。他自己也不相信，这会有什么结果。

晚上，我听到格拉莎在门后面责备他：

“你怎么老是纠缠所有的房客，净跟他们说你那些蠢话！你干吗要把我塞给所有的人！我又不是白吃饭，干坐着，家务事我样样做。”

“说谎。”父亲回答，但是并不生气，语气甚至是亲切的，“你是个什么人，你是只下蛋的母鸡！我是在关心你的幸福呀。你可不能一辈子待在这间小屋里，瞪着眼睛看糊墙纸啊。”

“我的幸福留在阴间了。”格拉莎说着哭了起来，“你自己也不知道，干吗要生下我来。你自己也不清楚，我的寿命到来年春天就要完了。”

父亲生气地走了。格拉莎哭了一阵子，走进厨房里来，问我有没有什么关于至死忠贞不渝的爱情的书。

她出来的时候，脸上搽了厚厚的一层粉。她那本来就十分苍白的脸，搽了粉以后变得好像一个廉价的硬纸假面具。从格拉莎身上散发出一股像糖果似的、甜蜜蜜的花露水味。

我回答说，我没有关于爱情的书，特别是关于至死忠贞不渝的爱情的书。

“嘿，这样的一些房客！”格拉莎说，“跟你们在一起我真无聊极了。”

她回到屋里，锁上房门，开动破旧的留声机，唱起了小丑比姆和博姆唱的俏皮歌曲：

鲁克列齐娅
在当铺里煮甜馅饺子，
而蒙娜·焦万娜
在用香水洗鸡。

格拉莎经常在夜里咳嗽，一咳就是很长时间，憋得喘不过气来，并且对着空间说：

“天哪，哪怕能有个好心肠的人，像打死一条狗一样，一枪打死我就好啰。”

我可怜她。我在切切列夫卡的免费图书馆里借了一本雨果的《海上劳工》，带回来给格拉莎看——这是一本关于海员日利亚特至死忠贞不渝的爱情的小说。格拉莎以不可思议的速度，一个晚上就把它看完了。

我躺在自己的床垫上看书。铆工在睡觉，睡梦中牙齿咬得咯咯直响。突然格拉莎的房门敞开了，雨果的那本书飞过厨房，掉了好几页，啪的一声落到了我床垫旁边的地板上。

“拿回去吧！”格拉莎大声喊道，“把这本下流的书，这本害人的书拿回去吧！让这本书把你那个法国人卡死！全都是撒谎！他在说谎，这条狗！从来没有这样的事，也不会有这样的事。要是世界上有这样的人，难道我会像现在这样过日子吗？我会把那个人捧在手上。”

“这样的人是有的，”我说，“您别嚷嚷！”

“哎哟，‘别嚷嚷’吗？您瞧，这多新鲜啊！怎么，要我给您唱《大家都说，我有时轻佻》吗？还是给您跳玛特奇什舞呢？我恨！”她大声喊叫，把留声机从桌子上扔了下来。“我恨，但愿我的眼睛不要看。让地狱里的火，把一切通通烧掉！”

她从墙上撕下一条残存的糊墙纸，屋内灰尘飞扬。铆工跳起来，跑到水龙头下去洗脸。大概，他好像觉得第一遍汽笛声已经响了。

这时旋工回来了。他抓住了格拉莎的双手，而她却咬紧牙齿，面色苍白，两眼发光，一条接一条地撕糊墙纸。屋里眼看着变成黑漆漆的了，泥灰剥落，就好像把它里朝外翻了过来。

柔和的春天的朝霞已经在窗外泛出蓝光。

这一切是这样结束的——格拉莎的喉咙里涌出血来，第二天早晨把她送进了工厂里的医院。旋工开始大量喝酒。铆工仍然喝他的“布扎”，睡觉，对住所的混乱和房东们的命运完全不感兴趣。

格拉莎死后不久，铆工搬到别处去了。旋工家里变得空空如也，一无所有。

有一天晚上，当只有我一个人在屋里，和往常一样，我正躺在自己的床垫上看书的时候，有人轻轻地、然而很执拗地敲门。

我打开门。站在门外的是我们工作间的工人布加延科，一个平常很镇静、爱嘲笑人的人。但看得出来，现在他有些不好意思。

“我是来找您的，”他说，“得跟您谈谈。”

他打量了一下泥灰剥落的墙壁，叹了口气。

“您不走运，住到一个无聊的人的家里。能换个住处就好了。”

“我在这儿，在叶卡捷琳诺斯拉夫待不长。”我回答，“不值得换。”

“一个无聊的人。”布加延科又说了一遍，“离开了生活，离开了伙伴们，一头扎进伏特加里。在无产阶级中，这样的人只会引起混乱。但总的来说，我们这些人是坚强的。”

“我知道，”我回答，“你们这些人是先进的。”

“对，我想谈的就是这个。我们早就在注意观察您了，可您好像并没发觉。”

“这是为什么呢？”我茫然不知所措地问。

“我们在判断，”布加延科回答，并微微一笑，“就信任而言，如今看人得非常小心谨慎。”

“嗯，怎么样呢？”我问。

布加延科坐下来，抽起了一根很粗的香烟，慢慢地、仿佛是自言自语地说，他早就在观察我了，直到确信，照他看，虽说我暂时还是一个与革命运动距离相当远的人，然而却是一个可靠的人。现在有这么一件事，因为全国到处都是横行霸道，需要散发传单，可是没有能写传单的人。看得出来，我是一个有文化修养的人，要是能写张传单，他们工人们审查一下，再“散发出去”，那该多好。

我答应了。我写了一张传单，把我所能用的激昂慷慨的词句全都写了进去。用一个比喻的说法，当我写这张传单的时候，维克多·雨果的影子一直在我头上翱翔。但布加延科断然认为它是废品。

“从所提出的任务来说，这样写不合适。”他说，“写得很漂亮、很精致，这没什么可说的。可是美，您要知道，它有时会缓和不应缓和的东西，会让人心情平静下来。要恰到好处才好。这种事情需要明白易懂，要写得简单明了，就连最没有文化的文盲也能看懂。让人看了会感到气愤，准备采取行动。让他自己会攥紧拳头。我明白，这大概比写得美还要难。请您再试一次。”

在这以后，我花了好几个晚上，竭尽全力设法把传单写好，直到终于写得简单明了为止。

用胶印机把传单印了很多份，贴在各个车间，并在车间里散发。我为此感到十分自豪。然而可惜，我不能向任何人说，我是传单的作者。我想留下一份传单作为纪念，但布加延科把它夺了过去，并责备我是一个不好的秘密工作者。但他对传单是满意的，他在暗暗地微笑，把笑容隐藏在他那剪得很短、熏上了烟草味的唇髭里，并且说：

“瞧，您要知道，我们扎波罗什农舍里有一些什么样的小伙子啊。”

在工厂里，我做检查榴霰弹弹壳的工作。弹壳整整齐齐地堆放在没有刨平的木板长桌上。我用小电灯泡照照弹壳里面，看看弹壳内壁上有没有气孔或烧坏的金属。然后，用卡尺量量弹壳的直径。

我在报废的弹壳上用粉笔打一个叉。废品很多，一些上了年纪的女工用小车把废品推去回炉。

我工作的地点旁有一把圆锯。圆锯在尖叫着锯铁，那声音简直叫人无法忍受。这尖叫声让人听了身上会起鸡皮疙瘩，心里气得发疯。这尖叫声像钻头一样在钻人的脑子。

我简直变成了聋子、瞎子，如果可能的话，真想炸掉这把圆锯。再也想不出比这更厉害的作弄人、作弄神经、作弄脑子和心灵的方法了。

当锯子住了声的时候，那就更糟——老是在焦躁不安地等待着它再尖叫起来。这等待本身就使人感到恶心。不久，锯子又胜利地尖叫着，用它那疯狂转动着的钢齿扎进铁块，向四周喷出一股股炽热的火星喷泉。

我不归工厂领导管，而隶属于从彼得格勒派来的韦利亚米诺夫大尉，他是炮兵管理局派驻布良斯克工厂的代表。

每隔三四天，我就得去向他报告自己的工作情况。

我有好久想不出韦利亚米诺夫大尉像谁，但后来终于想起来了：他像十二月党人亚库博维奇[①]。韦利亚米诺夫的脸也是那么消瘦，也是留着两撇朝下耷拉着的黑唇髭，额上也扎着一条黑带子。

韦利亚米诺夫住在大街上。从他住房的窗户里可以看到第聂伯河和一些花园，花园里花木的嫩芽已经长大了。早春时节总是这样，树木上方缭绕着一片勉强可以看出的淡绿色轻烟。

韦利亚米诺夫的屋里堆满了图纸、书籍，以及许多与他的专业——炮兵事务——并没有直接关系的东西。

韦利亚米诺夫酷爱照相和地方志学。窗台上一个挨一个地摆满了量杯，装着显影液的小玻璃瓶，印照片用的小框子。屋里飘散着定影液的酸味。

在那张仿蓬莱蕉木的小圆桌上，磨破了的天鹅绒桌布上放着一张张照片。这是一些外省城市——波尔霍夫、格多夫、瓦尔代、洛耶夫、罗斯拉夫利，以及许多其他城市的风景。韦利亚米诺夫在每个城市里都会发现一些有意思的东西。他叼着烟卷，喷着烟，傲慢地、但带着明显满意的神情给我讲述这些发现，并且把它们的照片拿给我看。

有时这是彼得大帝时期的木头大门，或者只不过是阳台上独出心裁的小栏杆，有时是商场上的一排排货摊，或者是果戈理笔下的那种瞭望台。

韦利亚米诺夫的每一次假期都是在远离京城的偏僻地方度过的。他在破产的地主的庄园里拍摄绘画、瓷砖砌面的炉子、房间里和花园里保存下来的雕像，然后把照片带到彼得格勒去，拿给朋友们——艺术鉴赏家们看。

---

① 亚历山大·伊万诺维奇·亚库博维奇（1792—1845），十二月党人，大尉。

他怀着有分寸的自豪感讲给我听，他怎样在卢加附近的苏伊达村发现了普希金的乳娘阿琳娜·罗季翁诺芙娜的坟墓。除此而外，还在切列波韦茨附近一座已经钉起来的房子里发现了著名雕塑家科兹洛夫斯基[1]雕刻的一尊半身像，还有法国画家普桑[2]的两幅画。

我总是在韦利亚米诺夫那儿坐上很久，仔细观看那些照片。他从热水瓶里倒水给我沏茶，还请我吃面包夹煮熟的香肠。

他那间摆满东西的房间很暖和。我拖延着迟迟不愿回到切切列夫卡我自己那间破破烂烂的厨房里去，那间厨房里有许多饿得几乎透明的棕黄色蟑螂，互相追逐着在墙上爬来爬去。

有一次，韦利亚米诺夫对我说：

"够了，您别再无聊地待在切切列夫卡，让锯子给吵得耳聋了。我派您到塔甘罗格去。这是个很可爱的城市。不过在去塔甘罗格的路上，您顺便到尤佐夫卡的新俄罗斯工厂里去一趟，整顿一下那里的炮弹检验工作。这总共只要您花两三个星期的时间。您同意吗？"

我当然同意了。

韦利亚米诺夫把薪水和路费都发给我，答应在夏天他也要去塔甘罗格，于是我们分手了。

在切切列夫卡我自己的住处，我辗转反侧，几乎彻夜不眠。我们从不熄灯，只有用这个办法才能避免蟑螂的骚扰。在黑暗中，蟑螂会纷纷从墙上爬下来，在脸上、手上乱窜。

---

① 米哈伊尔·伊万诺维奇·科兹洛夫斯基（1753—1802），俄国雕塑家、画家。——译者

② 普桑（1594—1665），法国画家。——译者

我躺着的时候，脑子里出现了一个疯狂的想法——推迟五六天到达尤佐夫卡去，在这段时间里到塞瓦斯托波尔去一趟。韦利亚米诺夫不会知道这件事的。

当我还是个小孩子的时候，我们全家从基辅去阿卢什塔，我到过塞瓦斯托波尔，但从那时起我就忘不了这座城市。我甚至经常梦见它——海水的反光洒满了这座小城。它美丽如画，散发着水藻味和从轮船上冒出来的烟味。

水龙头在滴答着水，蟑螂在地板上的一个小水洼里喝水。街上一个醉鬼哭着号叫："朝我开枪吧，犹大！打我的心！"但是我什么也没有注意。我已经呼吸着扁桃花盛开的花园中芳香的空气，蒙眬入睡。

仅仅一天

叶卡捷琳诺斯拉夫的售票处问我要进入塞瓦斯托波尔的许可证。我没有许可证，只好买了一张去巴赫奇萨赖的车票。我相信，从巴赫奇萨赖我总能设法到塞瓦斯托波尔去。

卖票的老头儿甚至同情起我来。

"严厉的措施啊！"他叹了口气，"而这都是因为'玛丽亚皇后'号出了事。"

黑海舰队里最强大的主力舰"玛丽亚皇后"号悲惨的覆没是很神秘的，当时全世界都在谈论这件事。这艘舰停泊在北港，没有任何明显的原因，突然爆炸，底朝上翻了过来。

爆炸前不久，一批“至尊的客人”来参观过这艘舰。客人们当中有亚历山德拉·费多罗芙娜皇后的亲信。大概，他们当中有人偷偷地在军舰最容易受到攻击的地方，放上了像香槟酒瓶塞那么大小、有定时装置的小型炸弹。

“玛丽亚皇后”号事件不是唯一的一次事件。在大西洋上，装运武器驶往欧洲的军事运输船时常由于这种几乎看不见的炸弹而爆炸或起火。在装煤的时候，有人把炸弹和煤一起偷偷地丢进运输船的煤舱里。

在火车上，我好长时间站在客车门廊的车窗旁。温暖、漆黑的南方的夜降临了。在一些小站上，我打开外面的门，侧耳倾听。黑暗中传来听不清的沙沙声。大概，融雪后还是潮湿的土地正在渐渐变干。

我抱怨途中的停顿，而在从车窗里照射出去的模模糊糊的灯光中从容不迫向后逝去的每一根里程标，却使我感到高兴。

当时火车上还没有电灯，车上点着蜡烛。在昏暗的车厢里想象自己的未来，是很美的。这未来总是十分诱人，而且丰富多彩。我不久前提到过的那个虚构的第二世界以非凡的力量变得更加美丽动人。可以不受良心的谴责，完全沉醉在这美丽的梦境里。反正在路上既不能工作，也不能看书，有许多可以用来幻想的空闲时间。当然，如果没有与人纠缠不休的旅伴的话。

幸而，没有这样的旅伴。在门廊上，除了我，还站着一个穿黑色军大衣的年轻水兵。他一直总是那样开始唱一首歌，但立刻猝然中断，然后又重新开始。我的记忆里只留下了这样两句：

在占科伊车站，有一次

发生过这样一件事

就这样，我始终也不知道，在我们的火车于半夜时抵达的占科伊车站上究竟发生了一件什么事。

过了占科伊以后，我注视着黑暗中，想看到克里米亚群山的支脉，但只看到了辛菲罗波尔的灯光。

辛菲罗波尔的月台上阒无一人。天刚刚亮，从山上吹来了风。车站上小公园里的杨树叶子在微微摆动。

车站小食堂的窗户里灯火通明。长桌上有银白色的香槟酒桶，桌子上摆着几个插着扁桃枝的花瓶。一个皮肤黝黑的年轻水兵坐在桌边，用胳膊肘支在桌子上，在很随便地抽烟。当列车启动时，他不慌不忙走出餐厅，在列车运行中敏捷地跳上了最后一节车厢。

列车员熄掉蜡烛。在黎明时静静的蓝色背景上，古老的大地呈现在我的眼前——被朝霞照亮的群山的山顶，在鹅卵石上淙淙流过的清澈透明的小河，悬铃木，以及那里远方天空中奇异的微光。列车正在向那里疾驰，身后拖着一条很长的、极其柔和的团团玫瑰色蒸气。

在巴赫奇萨赖我下了车。列车员对我说，夜里有一趟从辛菲罗波尔开来的本地列车，坐那趟车到达塞瓦斯托波尔最容易，只需塞给宪兵3卢布。

我只好在巴赫奇萨赖度过整整一天。

小城显得狭小，铺着已经磨损的石板。喷泉水声潺潺。

妇女们用铜罐在喷泉下接水。水渐渐装满铜罐，响声很快变化着，从高音变成最低音。

这铜罐和水的音乐使我大吃一惊。这音乐仿佛是从我想象中虚构出的那些地方来到这里的。我心里想，也许根本就没有我的任何虚构，只不过是世界上本来就有这样一些地方。我觉得是我想象出来的一切，在那里实际上都是确实存在的。

这里一切都是新鲜的。首先是喷泉。这完全不是我以前看到过的那种喷泉，那些喷泉是从青铜鹭鸶的喙里或从海豚的嘴里喷出来的。这儿却是一些砌在无缝的墙上的石板，从这些石板上的洞里流出一股懒洋洋的水来。

巴赫奇萨赖宫殿里著名的“泪泉”也不像喷泉。它那像泪珠一样慢慢滴落的一滴滴水珠，从一个贝壳状的水盆落到另一个贝壳状的水盆里，发出轻微的响声。

我走进一家狭小的咖啡馆。它设在一个装了玻璃的、破旧的小阳台上。每当有大车从一旁驶过，它就会叮当作响，摇摇晃晃。一些鸽子摇摇摆摆地在晃动的桌子底下走来走去，闷声闷气地咕咕叫着。

窗外可以看到峡谷，黄色的喀斯特凹地，上面长满带刺的灌木丛。通往山洞城丘富特–卡列的道路穿过这片凹地。

“多美的生活啊！”我坐在阳台上，心里想。花盆里的倒挂金钟在桌布上方挂着暗红色的花朵。

“多美的生活啊！无怪乎罗曼宁说，从某个时期以来，我们过的不是生活，而是‘历史和地理’[①]哩。”

---

① 成语，意思是“想不到的麻烦事”。——译者

我渴望多样化。瞧，它实现了。

诚然，在这些频繁的变化中悲哀多于欢乐。但不可战胜的青春，还是凌驾于一切不幸之上。犹如大海，好似一堵蓝色的墙壁耸立在远方。这减轻了失败和损失的不幸感觉。

我付了喝咖啡的钱，向丘富特–卡列走去。

陡峭的黄色悬崖，密密麻麻像蜂房一样的窗户仿佛在悬崖上蛀出许多洞来。在我还未看到这一切之前，我不明白山洞城是什么意思。

我顺着陡峭的小径爬上这平坦的悬崖，立刻到了这样的古迹之中，似乎它是不真实的。

在长满苔藓、因而变成黄色的石灰石上开凿出一条条很深的道路。沉重的车轮在路上压出两条车辙。低矮的入口通往山洞房屋，一个地下柱廊形小厅里，祭坛上有蜥蜴在爬来爬去。

是谁开凿出这个城市的？谁也不能向我说明这个问题。周围不见一个人影。

许多很小的淡紫色小花好似地毯，铺满了峻岩之间净是石头的每一小块空地。花的形状十分端正——有5个花瓣儿，但大概只有用放大镜才能看得清楚。

一匹瘦弱的枣红马正在峻岩之间吃草，那马经常停下来打盹儿。当有黄蜂落到它身上的时候，它的皮肤就微微颤动起来。

我爬上峭壁，用双手撑着坐下来。手掌下的石头晒得暖烘烘的。

我面前展现出像丘富特–卡列那样平坦的群山，形成一个雄伟壮丽的半圆形。

只有我一个人在这空中的荒野里。下面远远地可以看到一些绵羊，好似一团团脏毛线。羊身上铃铛叮叮当当的响声清晰地传到山上。

我不想动弹，仰面躺下，打起盹儿来。天空犹如蓝色的火光，闪闪烁烁。彩色的火焰射出刺目的光线，在睫毛间发生折射现象。一只老鹰在高空盘旋，从不同角度望着我，打量着，看是不是可以落到我的身边。

后来，我听到了很轻很轻的滴水声。回过头去，发觉从邻近一座峭壁的裂缝里渗出一条小溪——不比线粗——匆匆忙忙地滴下一些像小玻璃珠那么大小的小水滴。我睡着了。

当我醒来的时候，火光满天，但已经不是蓝色的火，而是赭石色的——橙黄色的，十分奇特。血红的云彩洒满苍穹，有的像羽毛，有的像扇子，有的像柱子，有的像雄伟的山峰，有的像岛屿。

太阳渐渐落山了，宛如一个铜盘，用预兆不祥的火光淹没了群山。

这空前未有的晚间大火每一瞬间都变得愈来愈猛烈，愈来愈粗犷了。大火一直燃烧到最炽热的程度，为的是在以后慢慢熄灭。

果然是这样。太阳落下去了，有点儿凉意的风立刻在刺花李丛中喧哗起来。

我从山上走了下来。巴赫奇萨赖喷泉的响声比白天更厉害了。

我在那同一家咖啡馆里喝了一杯咖啡——我的钱勉强够用——饿着肚子，但心情轻松、兴奋，向车站走去。

火车在早晨5点钟到了。我没有买票。

我站在车厢的门廊上，立刻有一个身材魁梧的宪兵跟着我走进门廊。他当然已经看到了我——我是在巴赫奇萨赖上车的唯一乘客。

“您的许可证呢？”宪兵微微一笑，说。

我递给他3卢布。他接过纸币，举起手来，把一只手指贴到蓝色制帽的帽檐上，走了。我留在门廊上。

我一直不离开车窗。什么时候我才能终于看到海呢？天已经亮了。陡峭的石堑发出雷鸣般的隆隆声。出了石堑，列车立刻到了横跨峡谷的桥上。桥似乎轻飘飘的，响声震耳。然后，一个急转弯，车厢仿佛侧向一边，被抛进险峻的弯道。覆盖着一层黄花的斜坡时隐时现，葡萄园中茂密的叶丛从一旁飞驰而去，石堑沉闷的、雷鸣似的隆隆声又闯进了车厢。怪石嶙峋的悬崖从旁一闪即逝，离车窗玻璃那么近，伸出手去是很危险的。

穿过隧道以后，一片淡绿色的水立刻突然扑面而来，宽阔的北港迎面疾驰，弯弯曲曲，逐渐消失在干雾之中。

车窗外的一切都一动不动。但列车在行驶，因此好像觉得外面的一切都在发出响声，摇摇晃晃，闪闪发亮——无论是底朝上放在岸边的黑色纵帆船、灰色的巡洋舰、舰身很长的驱逐舰、浮标、旗帜、警备巡逻船、桅墙、瓦屋顶、渔网、木桩、金合欢，还是岸边鹅卵石上光芒四射、闪闪烁烁的火光——照射在洋铁罐头盒上的太阳反光。

随后，城市宛如一个蒙着一层青铜色荣誉之光的半圆形露天剧场，在缓缓流动的烟雾中呈现在眼前。

制动装置发出咝咝的响声，列车勇敢地突入无数狭小街道、斜坡、院子、楼梯和挡土墙构成的迷宫，最后停在打扮得很漂亮的车站旁边。

我看到过许多城市，但比塞瓦斯托波尔更漂亮的城市我却还未见过。

黑海几乎紧靠着房屋门口的台阶。屋里充满了大海的喧哗声、海风和海洋的气味。很小的无篷电车小心翼翼地爬下斜坡，生怕落进水里。从停泊场传来漂浮在水上的浮标警报器的嗡嗡声。

市场上细小的波浪就在包着锌皮的大箱子和散装的鲽鱼，以及粉红色的鲱鲤旁拍溅，平底小驳船船舷互相碰撞，发出嘎嘎的响声。

从开阔的海面上滚滚而来的拍岸的波浪冲击着要塞的炮台，装甲船在停泊场上冒着烟。

汽笛长鸣，每隔半小时一次的钟声与电车的响声、教堂里的钟声互相呼应。客船不满意地呜呜叫着，锚链拖长声音哗啦啦地响个不停。日落时，从降下船尾旗、准备过夜的船上传来铜号声。号声忧郁地向已经静下来的水面上四下散开去，传出去很远很远。不一会儿，从滨海林荫大道上传来的从容不迫的圆舞曲取代了号声。给人的印象，仿佛这不是乐队在演奏，而是黄昏在歌唱，让沉船纪念碑旁波浪最后的拍溅声平静下来。

我在市内徘徊，随时都发现一些风景如画的角落，直到疲惫不堪。

我特别喜欢石梯——上城和下城之间的台阶。台阶是用多孔的黄色砂岩砌成的。

这些台阶两旁梯田似的土地上都有房子。爬满常春藤的吊桥从台阶之间的平台通往房屋大门。窗户和阳台上的门都敞开着，从台阶上可以清清楚楚听到屋里的一切声音——孩子的笑声，女人的说话声，碗碟叮叮当当的响声，学生练习音阶的曲声，歌声，狗吠声，以及鹦鹉尖锐响亮的叫声。不知为什么，塞瓦斯托波尔当时有许多鹦鹉。

晚上城市实行灯火管制，害怕德国舰队突然袭击。

灯火管制并不是绝对的。商店里放下来的窗帘上，有从里面照明的镂空字迹。“糖果点心店”、“矿泉水”、“啤酒”、“水果”这样一些火红色字句，向街上投射出模模糊糊的神秘的光晕。

一些爱说话的妇女挎着大篮子，在人行道上卖紫罗兰，一直到很晚的时候。这些妇女身旁的小凳子上都放着灯笼和蜡烛，蜡烛的火舌几乎毫不闪动——快到夜里，风就停了。

一群群海员——军官和水兵——挤满了夜晚的一条条街道。要不是有灯火管制和在远处搜索的探照灯光，没有任何迹象说明现在有战争。

大概19世纪初，当战争的危险还不是这么大的时候，被封锁的海港城市看上去就是这个样子。敌人的笨拙的浅水重炮舰在岸边冒着烟，用青铜大炮向长满荆棘的古老要塞轰去。就其实质而言，那时候并没有真正的战争。但轻微的危险感却使人精神振奋，会产生一种无忧无虑的愉快心情。一般认为，这种心情是一个勇敢的人必不可少的品质。

直到晚上，整个黄昏我都坐在1854年棱堡附近的林荫大道上。

下面是南港，再过去是船舶区。四周扁桃花盛开。

没有哪一种树开花比扁桃开花更为动人，更为纯洁。每一根树枝都缀满粉红色的花朵，好似新娘穿着她那透明的结婚礼服。

城市里没有灯光，黄昏渐渐把城市笼罩在色彩变幻不定的烟雾里。

起初，这烟雾反射出渐渐熄灭的太阳的金光，后来烟雾开始具有纯洁的银白色调，直到银色完全排挤了金光。但不久，银色也逐渐暗淡下来，不再晶莹透明，慢慢蒙上一层浓厚的、不透光的蓝色。连这蓝色也熄灭的时候，夜幕就降临了。

我从历史林荫大道到车站去，试图弄到车票。没有通行证就乘火车离开这里。列车在夜里开车。

我碰到的第一个搬运工人答应，不用任何通行证，就给我弄到车票。

“离开车还有3个钟头。”他说，“而您是个年轻人，您干吗要无聊地待在车站上呢。您再去溜达溜达，欣赏一下我们的城市吧。”

我向电车走去。心里在想，南方人心地是多么善良、多么朴实，但在电车站旁，一支海军巡逻队——两个背着步枪、戴着袖标的水兵——坚决走到我面前来。他们向我要证件。我拿给他们看了。

“您住在哪里?”水兵中有一个问，“在哪条街上?”

我承认，我不是塞瓦斯托波尔人。

“当然!”水兵说，“你用不着做塞瓦斯托波尔人，只好带您去见海军准尉了。您放心好了，不管是什么人，他一眼就能把他看透。”

我们走了。在路上，一个水兵问：

“您给了那个搬运工人多少钱?”

“10卢布。”

“喏，这就是您的钱。”水兵递给我10卢布。

我回头看了看，但天很黑，我没看到那个搬运工人。不过我相信，他正在幸灾乐祸地望着我的背影。

水兵们把我带到纳西莫夫大街附近一幢小房子里。在一间有拱顶的屋里，一个身材细长、筋肉强壮、长着鹰钩鼻子的海军准尉坐在窗台上，他身旁坐着一个穿方格短裙的姑娘。两条淡褐色的长辫子甩在她的胸前，她正用手依次抚摩那两条辫子，一条腿晃来晃去。一只破旧的拖鞋钩在大脚趾上，从脚上耷拉下来。

桌边坐着另一个海军准尉。他一身行军装束，穿着军大衣，戴着军帽，漆皮腰带上别着一支乌黑的手枪。

水兵们报告了我的情况，然后走出去，站到走廊上。

一身行军装束的海军准尉接过我的证件，抽起了烟。他被烟熏得眯缝起眼睛，开始看那些证件。

“嗯——啊!”最后他说，“‘一只小鸟儿在灾难的小路上快活地徘徊，没有预见到会有什么后果出现。’[①]”

姑娘笑了起来，晃悠着一条腿，快活地望了我一眼。

“是这么回事！”海军准尉说，“请您老老实实告诉我，您是什么人，您要干什么，您为什么来到塞瓦斯托波尔，为什么想要悄悄地从我们这儿溜掉。您的证件没问题。不过，一般地说，鬼才弄得清这些证件。”

我感到很窘，但是把一切都原原本本地告诉了海军准尉。

“啊哈！”他满意地说，“我理解。这样的浪漫主义诗人的天性，是吗？”

“萨沙，”鹰钩鼻子准尉从窗台上说，“别胡闹！”

别着手枪的海军准尉毫不理会鹰钩鼻子准尉的话。

“如果您能证明，”他对我说，“您本质上是一位诗人，是远游的缪斯迷住了您。那么，也许我们会达成某种协议。”

我不明白他是在嘲笑我，还是一本正经地在对我说。但我决定装作把他的话当作一本正经的谈话。

“如果海军上将埃别尔加尔特，”鹰钩鼻子准尉又从窗台上说，“知道了你做侦察员的天才，萨沙，那么你准免不了要上驳船。”

当时，在塞瓦斯托波尔把浮动监狱叫作“驳船”。

“诗人，”别着手枪的海军准尉还是毫不理会鹰钩鼻子海军准尉的话，教导似的说，“应该能背诵诗。在这方面您能向我们提供点什么证据来呢？”

我不明白他的意思。

---

① 引自19世纪后半叶一个无名作者的一首诗。

"给他随便背几首诗，"姑娘对我解释说，"他自己就是个诗人。"

"'上帝赐给乌鸦一块干酪，'[①]"鹰钩鼻子海军准尉嘲讽地提示说。

"不，"我说，"如果真要背诗，那么，我就给你们念一首勃孔特·德·李勒的诗吧。"

"真有你的！"别着手枪的海军准尉惊异地说，"说到哪里去了！好一个乖巧的小家伙！不，您最好还是给我们念一首勃洛克的诗《我永不忘记》吧。只不过，不要有漏掉的地方，如果您想得到通行证的话。"

"请开个庸俗的玩笑吧，年轻人。"鹰钩鼻子海军准尉说，但别着手枪的海军准尉仍然毫不理会他的话。

我念了勃洛克的诗。我自己也喜欢这首诗。

水兵们在走廊里把步枪弄得哐啷哐啷地响。应当认为，他们都大为惊奇。

"真是胡闹！"别着手枪的海军准尉装作伤心的样子说，"在塞瓦斯托波尔，有人能为你作保吗？"

"没有。"我回答。

"我保他，萨沙，"鹰钩鼻子海军准尉说，"别再装傻了。立刻就能看出他是个什么人。你写一张通行证，保证书我明天给你写。"

别着手枪的海军准尉笑了笑，开始仔细写通行证。趁他写的时候，我们谈起诗来。鹰钩鼻子海军准尉喜欢福法诺夫[②]，那个姑娘喜欢米拉·洛赫

---

① 克雷洛夫的寓言诗《乌鸦与狐狸》中的第一句。

② 康·米·福法诺夫（1862—1911），俄国颓废派诗人。——译者

维茨卡娅[①]。

姑娘脸红了，并用恳求的语气说，如果有时间的话，她倒要念一念自己的一首长诗，不过它太长了。

“给！”海军准尉把我的证件和通行证递给我，叹了口气，“可惜您要走了。不然，等我有空儿的时候，咱们再见见面，倒是可以谈谈的。”

我谢了谢他，说塞瓦斯托波尔显然是一个奇迹的城市。在任何地方我的被捕都不会以像在塞瓦斯托波尔这样异常的方式结束。

“我亲爱的、而且有些天真的青年人，”别着手枪的海军准尉回答我，“没有任何奇迹。请您记住，间谍和其他形迹可疑的家伙永远也不会坦白地把实话告诉搬运工人。这像是一条很好的格言。不是吗?”

我走了。姑娘和鹰钩鼻子海军准尉自告奋勇送我到去车站的斜坡，别着手枪的海军准尉好像有点儿不快的样子。看来，他自己也不反对在塞瓦斯托波尔的街道上和这个淡褐色头发的姑娘并肩走一会儿。

在路上，姑娘对我说：

“请到我们这儿来。我住在绿冈，5号房子。我叫丽塔，那儿大家都认识我。唉，您要走了，这多可惜！在塞瓦斯托波尔，我们太少了！”

“我们是指谁?”

“诗人呗。喏，就是他们俩，还有我。还有一个从哈尔科夫来的大学生。”

在车站上，我认识的那个搬运工人走到我面前来。他开朗而且亲热地微笑着。

---

① 米拉·洛赫维茨卡娅（1869—1905），俄国女诗人。——译者

“您看，”他说，“没事了吧？这样您更太平，对我来说也好一些。请给我5卢布。我马上就给您把票买来。”

一股海藻的气味透入打开着的车窗。探照灯的白河流入大海黑暗的远方，在那儿消失得无影无踪了。我为离开这个城市——最近极其疲倦的几个月里这次短暂和愉快的停留——感到十分惋惜。

“大不列颠”旅馆

在尤佐夫卡，我住在“大不列颠”旅馆一间便宜的房间里。这个臭烘烘的洞穴所以叫这样一个名称，是为了纪念休斯和巴洛富尔这两个英国人的祖国，他们两人在顿河流域拥有一些大工厂和大矿井。

从前的那个尤佐夫卡现在已经没留下任何痕迹了，在它的旧址上已经出现了一座设备完善的城市。在那个时候这却是一个杂乱无章的、肮脏的小镇，周围净是些破旧的小房子和土窑。

这些聚集成堆的土窑各有不同的名称：纳哈洛夫卡、索巴切耶夫卡、卡贝兹多霍夫卡①。这些名称忧郁的幽默性质最好不过地说明了它们令人不快的外观。

新俄罗斯冶金工厂在盆地里的小镇旁边冒着浓烟，我就是被派到那里去整顿验收炮弹的工作。

① 俄语“纳哈洛夫卡”的词根是“无赖汉的”意思，“索巴切耶夫卡”的词根是“狗的”意思，“卡贝兹多霍夫卡”的意思是“但愿你死了”。——译者

烟不仅是从工厂的烟囱里冒出来的，各个车间的厂房本身也在冒烟。烟是黄色的，好像狐狸毛的颜色，臭气熏人，好似烧焦的牛奶味。

深红色的火焰似乎不是真的，在高炉炉口上摇曳着。

烟炱似乎油腻腻的，从天空中纷纷飘落下来。由于烟和烟炱，白色在尤佐夫卡已经消失了。所有本应是白色的东西都变成了肮脏的灰色，上面还有黄色的污点。旅馆里的窗帘、枕套、床单都是灰色的，还有灰衬衣，连白马、白猫和白狗也都变成了灰马、灰猫和灰狗。

尤佐夫卡几乎不下雨，热风白天夜里都卷起垃圾、煤粉和鸡毛。

所有街道上和院子里都撒满了葵花子壳，节日之后积得特别多。

吃葵花子，在当地叫“嗑”。全体居民人人都在嗑，难得会碰到一个下巴上没粘着葵花子壳的本地人。

他们嗑葵花子的技术十分高超，特别是那些在篱笆门旁闲聊的妇女们。她们以不可思议的速度嗑着，葵花子不是拿到嘴边，而是从老远用指甲把它投进嘴里。

这样嗑的时候，她们还能东家长西家短地搬弄是非——只有南方小市民阶层的妇女才能像这样说别人的坏话——以一种天真的厚颜无耻的态度，用词肮脏而且恶毒。这些妇女中的每一个人当然“在自己家里都是最重要的人物”。

别看她们在搬弄是非，而且在嗑葵花子，她们还有空儿打架。只要两个妇女像野兽那样尖叫着互相揪住对方的头发，立刻就会有一群哈哈大笑着的人围拢来。于是，打架就变成一场赌博——在胜利者身上押2戈比的赌注。一些老住户——酒鬼拿出钱来做庄，钱收集在破便帽里。

人们故意挑逗那些女人，挑拨她们。

整条街道都渐渐卷入斗殴中去，这是常有的事。男人们肆无忌惮地走了出来。他们使用灌了铅的羊拐子和铁指套，软骨被打得咔咔地响，血也流出来了。于是，一排哥萨克从矿井和工厂“管理处”所在的“新世界”策马疾驰而来，用鞭子驱散打架的人。

很难一下子弄明白，居住在尤佐夫卡的是些什么人。旅馆里一个心平气和的看门人对我解释说，这是一些“拍马的人”——收破烂的，小本高利贷者，市场上的小贩，富农，小酒馆的老板和老板娘，这样一些靠附近的工人新村和矿工新村谋生的人。

许多工厂从四面八方冒着烟。一个个矿井在地平线上堆起一堆堆落满尘土的灰色锥形废石堆。

“大不列颠”旅馆是值得描写一番的，就像是描写早已灭绝的生物的化石。

旅馆的墙壁粉刷成脏肉的颜色，但旅馆的老板觉得这太枯燥乏味了。他吩咐在墙上画满当时很时髦的颓废派的壁画——白色、淡紫色的鸢尾花和从睡莲中向外张望、卖弄风情的女人头。

到处都是无法消除的香粉味、厨房里的油烟味和药味。电灯光线暗淡，在它那黄疸似的灯光下无法看书。所有的床都被压得中间凹陷下去，好像一个个洗衣盆。

做服务员的姑娘们不分昼夜，随时都“接待客人”。

下面，一些歪戴着鸭舌帽、打着蝴蝶领结、面容枯瘦的青年人在弹子台的补了又补的呢子上砰砰啪啪地打摆好的“三角”。

每天晚上，都有人被台球杆打破脑袋。

玩台球的人下的赌注很大。钱放在球囊里，但是大家都机警地注视着，以免被所谓的“顺手牵羊者”——一些卑鄙的玩台球的人——偷去。

旅馆里各个房间之间的墙很薄。夜里，我常听到叹息声、呻吟、粗野的讨价还价声，有时还有女人凄惨的号哭声。于是，我叫来看门人，撬开房门。这时，从屋里跑出一个号啕大哭、披头散发的女人，这多半是这个旅馆里一个熟悉的女服务员，在她后面别人拖出一个额上耷拉着一绺湿头发、醉醺醺的小伙子。他像牛一样哞哞叫着，用力往左右乱打。

大家把他捆起来，带走，踢着他的背脊数落着：

“你又故意少给姑娘钱了，缺德鬼！已经是多少次了！掐死你，也太便宜你了！”

女伴们跑到那个痛哭的姑娘身边。她哽咽着，把攥在拳头里的钱拿给她们看——这是少给了她钱的证据。

姑娘们一起数钱，大声惊叹，说所有男人都该用硫酸浇在他们身上。

有一个身材矮小、头发花白的商品推销员——“曼杰利公司”成衣商号的代表——一定是这类胡闹的参加者。他穿一套宽大的樱桃红的西服，脚蹬一双鞋尖凸起来的黄皮鞋。

他总是安慰那些受委屈的姑娘们。

“你呀，穆霞，”他说，“应该用哲学家的平静态度来对待一切。学学我的样吧。”

“您滚到一边去吧！”穆霞眼泪汪汪地回答，“让您这些忠告卡死您。我知道您那哲学家的平静态度！”

但老头儿并不感到不好意思。

“古希腊人认为，”他说，“平静是幸福的主要条件。主要条件！最后的论据[①]！你懂吗？你认为他少给了你多少钱？”

“少给了1卢布，坏蛋！”姑娘回答，不再哭了。

“好，给你1卢布。擦干眼泪，洗个脸、穿上衣服，再变得像以前那么好看，然后把一瓶葡萄酒、波尔若米矿泉水和饼干送到我房里来。”

“您滚到一边去吧！”姑娘愤怒地说，“花1卢布就让我到您那儿去吗？老耗子！”

但老头儿并不见怪。他双手插在口袋里，在走廊上走来走去，唱道：

在阿根廷炎热的天空下，
那儿的妇女美丽如画，
那儿南方的天空湛蓝湛蓝——
在那里爱上了乔克洛！

旅馆里有一个大家喜欢的人，就是所谓的“百依百顺的格里沙大叔”。

这是一个说话发音不清、好像受过不少磨难的人，留着一撮淡褐色的小胡子，长着一双孩子般的蓝眼睛。他光着身子穿着茧绸西装，不好意思地掩着衣襟，总是好像冷得发抖，其实是因为喝酒喝得太多了。

据说，格里沙大叔是彼得堡一个枢密官的儿子，贵族学校毕业。在巴黎挥霍掉一大笔财产，后来当过在电影（当时的那种“幻影”）里弹钢琴的人，现在他靠人们的施舍生活。作为一个最好的吉他手和专唱十分感人的抒情歌曲的歌手，有时也能在晚会上捞到一两个卢布。

---

① 原文是拉丁文“Ultima ratio”。——译者

格里沙大叔是那么不幸，就连旅馆的老板，一个头戴圆顶礼帽、穿一条拼命提上去的瘦小格子长裤、身躯肥胖的先生也可怜他，给了他一个工作——让他在锅炉房里烧沏茶的开水。干这个活儿，格里沙大叔可以不付房钱住在放锅炉的那间小屋里。

他那间狭小的小屋就像是旅馆里的俱乐部。旅馆里的“长期住户”经常在那里聚会，玩捉傻瓜，玩多米诺骨牌，占卦，议论发生的种种事情，姑娘们则织补长袜，缝衣服，熨衣服。

有一次，在格里沙大叔房里庆祝我们3楼上的女服务员柳芭的生日。“出于尊敬”，邀请了4个住在旅馆里的人去参加这一庆祝活动，其中也包括我。参加这一庆祝活动的有一个上了年纪的女人——牙科医生法茵娜·阿布拉莫芙娜，哈尔科夫一家报纸的撰稿人——一个拄着拐杖的、高个子的人，还有药房的学徒阿尔贝托——一个皮肤娇嫩、脸上有雀斑的青年。他一直好像很懂事、而且很瞧不起人地微笑着。

那个老推销员也试图闯进来参加命名日，但是姑娘们不放他进来。

姑娘们都打扮得很漂亮，柳芭却面色苍白，沉默寡言，穿一件黑连衫裙。用阿尔贝托的话来说，好像“玛戈皇后”。

心情激动的柳芭有时抬起长长的睫毛，留心看看我们，每一次她眼睛里纯洁的闪光都使我感到惊讶。

真不相信，这就是那同一个柳芭——不久前一天夜里，她曾放声大哭，一只手拉着撕破的麻纱衬衫，遮住胸部，紧夹着裸露的圆滚滚的膝盖，扯着嗓子咒骂34号房间里那个身体健壮、不怀好意的客人。用她的话来说，那是个无赖和下流胚。

格里沙大叔刮过了脸，穿了一件别人的粉红色衬衣，衬衣上别着一枚铜佩针，佩针做成一条毛虫的样子。

大家坐到桌边，桌子上摆满了旅馆餐厅里做的并不新鲜的下酒菜和几瓶花楸露酒。桌子当中摆着一大束紫色的纸玫瑰花。

柳芭走到格里沙大叔跟前，抚平了他头上稀疏的头发。格里沙大叔赶紧抓住柳芭的一只手，握了握。于是，柳芭把他那颤抖的头紧贴在自己胸前，大约有1分钟的光景。这时，她从格里沙大叔的头上面望着窗外，她的眼睛像平常一样平静。

满脸通红、十分满意的姑娘们执拗地劝我们多吃。她们亲热地望着我们的眼睛，说：

“请吃啊，请！为了让柳芭永远幸福和健康。别客气，请！这都是新鲜的，刚从厨房里拿出来，你们可别以为这不新鲜。”

柳芭坐在格里沙大叔和我中间。

“我想请问您，”柳芭对我说，“您为什么一直在写文章？每次我收拾您房间的时候——到处都乱扔着一张张的纸。您在写什么？写心爱的生活吗？”

“是的。”我回答，“写幸福的生活，柳芭。”

“如果我是个有意思的人，”柳芭叹了口气，“您也许能把我写下来，写整整一部小说，人们看了准会流泪。”

“喝吧，柳布卡，”穆霞大声说，“趁悲伤还没毁掉你。”

柳芭的眼睛黯然失色了。

“你安静一下吧！”她轻轻地说，“我反正不会和悲伤共同生活。”

“我只不过是这么说说罢了。”穆霞回答，“我是同情你呀，柳布卡。”

“您也写歌吗？”柳芭又问我，“随便说说，您别理会这个傻女人穆霞。”

“不，不写。从前写过诗，而且知道很多诗。”

“伤感的吗？”

“大概，是的。”

“请您念几首。”

“好吧，”我回答。喝下去的花楸露酒已经使我开始有点儿“心醉”了，“我只念给您一个人听，今天是您的节日。”

“难道只念给一个人听吗？”柳芭问，并且稍稍摸了摸我小手指上的银戒指，“这是谁的戒指？”

“我的。”

“说谎，不是您的。”

大家已经吵吵嚷嚷，闹得很厉害了。我想了一下，念一首什么明白易懂的、朴素的诗呢？

“她懂不懂，”我想，“反正一样！”于是，我稍微拖长声调念道：

不，我这样热爱着的并不是你，
你的美丽不是为了我而显得光彩夺目：
在你身上，我爱的是往日的痛苦，
还有我的青春，因为它早已逝去。

桌边的喧闹声平静下来了。

当我有时注视着你，
目光久久注视着你的眸子：

我在谈话，我的话是那样神秘，
但我的心与之交谈的并不是你。

我停了下来。

“好吧！”柳芭很生硬地说，“既然您已经开始念出这样的诗，那就索性撕碎人的心吧。”

我是和我青年时期的女友谈心，
在你的玉貌中寻找别人的朱颜，
在活着的双唇中寻找早已沉默的双唇，
在你的眼睛中寻找那早已熄灭的眼神。[①]

姑娘中有一个大声吸了一口气，低声啜泣。

“诗人莱蒙托夫的诗，”格里沙大叔说，一面在调吉他的弦，“唱比朗诵好。”

他弹了一个柔和的和音，用令人感到愉快的、有力的男高音唱了起来：

我独自一人上路，
多石的道路闪闪发亮，透过烟雾……

“你们跟着唱啊！”他命令说，吉他又在他的手指下如泣如诉起来。

---

① 莱蒙托夫的诗《无题》。

“大家都跟着唱吧！‘黑夜静悄悄，荒漠听从上帝的吩咐，星星和星星在低声絮语，倾吐积愫。’[①]”

大家都轻轻唱出这行诗的结尾。柳芭用胳膊肘支撑着桌子，下巴靠在交叉起来的双手上，坐在那儿唱着，眼睛望着窗外。她的眼睛炯炯有神。格里沙大叔仰起头来，弹着吉他，他的脸颊上泪珠闪闪发亮。

门突然开了。34号房间的客人，那个长着东方人的快活的眼睛、身体健壮而不怀好意的人走进屋来。

“柳博奇卡，我的小母鸡，”他甜言蜜语地说，“我是来找您的。请出来一下，我很想和您谈谈。”

“谈谈？”柳芭问，说着回过头来，“你要和我谈谈？在你的房间里？”

“就算是吧。房间是挺合适的。”

柳芭站了起来。

“你自己知道，今天是我的什么日子。就这样你还要缠着我，不能忍耐一下，下流东西！从这儿滚开！”

“柳布卡！”穆霞尖叫了一声，但已经迟了。

柳芭抓起一瓶花楸露酒，用尽全身的力气向那个不怀好意的人扔去。

酒瓶打到他的头上，打得粉碎。他用双手捧住脸，抹得胖胖的腮帮子上全是混合着花楸露酒的鲜血。他退向走廊，在门槛上绊了一下，扑通一声，仰面朝天倒了下去。

“我要宰了他！”柳芭疯狂地喊叫，“把所有的人都像宰疯狗一样通通宰了。所有的人！你们别碰我！别与我纠缠！我要去西伯利亚，去服苦

---

① 莱蒙托夫的另一首诗《无题》。

役，可是跟你们，跟你们这些坏蛋，一定要清算！”

她倒在椅子上，头俯在桌子上。

“姑娘们！”她怀着淡淡的忧郁说，“我亲爱的女伴们！难道甚至不让我们洗净自己的污点吗？姑娘们！”她大声喊叫，浑身发抖。“我好像做了一个快乐的梦……谢谢你，格里沙大叔，谢谢，我亲爱的。谢谢你们大家。”

她被泪水呛得喘不过气，咳嗽起来。格里沙大叔站在她身边，浑身发抖，直咽唾沫。

我抓住柳芭的肩膀。就是隔着衣服，我也感觉到她的肩膀有多么热。

我明白应该对她说那句最重要的话，说那句为了救一个人、在这个人的一生中只能对她说一次的话。但是，我不能说这些关于爱情和帮助的最重要的话。不管我是多么想这样做，我也不能说这样的话。也许我应当说谎，如果我深信这会使柳芭感到轻松一些的话。我的话已经早就说过了，在那里，在白俄罗斯，当廖莉娅奄奄一息，轻轻推开了我，她眼里噙着泪水，泪珠深深地藏在眼眶里没有流出来，早在那时候我的话已经说过了。

而且柳芭所需要的也不是我的话。这些话应该由格里沙大叔来说。但这个已经成为酒鬼、浑身颤抖、靠人们的怜悯活在世上的、脆弱的老头子，能说什么呢？

我什么也没有说。我抓住柳芭的一只手，紧紧握了握，她隔着被泪水粘在一起的睫毛很快地瞧了我一眼，用手抚摩了一下我的脸颊。

不管严肃的人们会怎样得意地微笑，不管他们会对滥用感情发表什么议论，我却要带着这目光度过一生，永远也不会忘记。

我们听到了走廊里很快的脚步声、马刺的响声、大声谈话的声音。我回头一看，走廊里挤满了旅馆里惊恐的客人们。

瘦弱的警察局长带着几个警察走进屋来。警察很有礼貌地按着军刀。

“请您跟我们走，小姐。”警察局长严厉地、同时又好像惋惜地说。

柳芭很快站起来，没有向任何人看一眼，就走了出去。她连一次也没回过头来。

把那个不怀好意的人抬走了。姑娘们互相拥抱着放声大哭。格里沙大叔在焦急不安地喝花楸露酒，一杯接一杯，就像喝水一样。

这时，那个拄着拐杖，整个晚上一言未发的人走到门边，把门关上，说：

“我们都是证人。在法庭上应该说，这个人向柳芭猛扑过去，又骂又打。她为了自卫，用酒瓶打了他。这位老人，”拄拐杖的人指指格里沙大叔，“在法庭上应该头脑清醒，毫无醉态。而且要像大家一样做证。”

这时格里沙大叔站了起来。他凝神望了望那个拄拐杖的人，很有力地说：

“阁下！用不着您来教导我对待妇女的高尚法规，我自幼就具有这些品质。如果命运使我落魄，这并不能给予任何人侮辱我尊严的权利。只是因为您举止像一位骑士，我才原谅您。”

格里沙大叔紧紧地握了握那个拄拐杖的人的手。

从这天晚上起，我的意识里不知有什么突然发生了急剧的变化。所有我从前害怕与之接近的一切，现在不再让我感到害怕了。我对待人们已不再像从前那样只是短促地接触一下。

从那时起，我懂得了应当在周围的人们中寻找每一道人性的闪光，不管乍看起来这些人似乎多么陌生和令人感到乏味。

每个心灵中都有一根弦。它一定会响应美好事物的、哪怕是极其微弱的召唤。

在柳芭出了这件事以后不久，我从“大不列颠”旅馆搬到了工厂里炮弹车间的绘图室。

在这件事情上，制图员格林科帮了我的忙——他是一个精神萎靡不振、害肺病的人，从前是社会革命党人。有一次，他到旅馆的房间里来找我，旅馆里的臭气使他大为吃惊。于是，劝我搬到绘图室去，虽说我待在尤佐夫卡的时间已经没有多久了。

在绘图室里工作的只有格林科一个人。我很晚才从车间回来，睡在一张木沙发上过夜。

工厂里的生活与旅馆里令人窒息的生活相距如此遥远，好像觉得在工厂和“大不列颠”之间隔着几百俄里。

每晚下班以后，我都要到酸性转炉车间去。我可以一连几个钟头观看钢水从有3层楼那么高、好似一只只钢梨一般的巨大转炉里流出的景象。

夜里，我去观看高炉每一次出铁。那场面是可怕的。生铁冒着火红的蒸气，顺着地上的沟奔流。周围一切都只染上两种很浓的颜色——黑色和红色。在流动的生铁的反光中，工人们都像是从地狱里出来的人。

有时，我去轧制钢轨的车间。巨型压延机颤抖着，嘎嘎地响着，把烧得白热的钢锭吞噬进去，在自己冷冰冰的金属大嘴里揉它、压它，把很粗的钢锭变成细长的钢条，再投掷出来。钢条从一台压延机迅速进入另一台压延机，一直在逐渐加长，直到变成暗红色的钢轨。

轧制好的钢轨就在脚边沿着铁圆滚动，无数火花闪闪烁烁。

四周一切都发出雷鸣般的响声，嘎嘎地、哗啦哗啦地响，蒸气在啸叫，烟雾腾腾，火星四溅，轰隆轰隆，叮叮当当。透过隆隆的声音传来拖得很长的喊声：“当心！”工人们用独轮手推钢车很快地推着炽热的钢锭。如果迎面走来的人来不及及时跳开，他的衣服就会隐隐燃烧起来。吊车像螃蟹一样，用两只钢螯在空中夹着同样炽热的钢锭，在人头顶上移动。

格林科很晚才离开绘图室。他是个单身汉，并不急于回家去。

格林科走后，我就躺在木沙发上看书。在绘图室里能听到就在近旁的工厂里低沉的轰鸣，这使我感到高兴。意识到身旁有许多人彻夜不眠，心里会感到安宁。

我躺着看书，望着挂在墙上的一位老人的肖像。这是贝色麦[①]——新炼钢法的发明者。后来我渐渐睡着了，我好像觉得我是睡在列车上——睡梦中听到微微抖动、隆隆的和叮叮当当的响声。

格林科坐在他那张斜面绘图桌后面，鼻子很长，头发披散到脖子上，看上去好像漫画上的果戈理。格林科戴一顶黑帽子，披一件钉着狮头形纽扣的黑色旧斗篷，这就使他更像果戈理了。有一个时期，海军军官都披这样的斗篷。

有一次，我把救护列车上的事讲给他听。作为回答，他讲了索科洛夫斯基怎样把他从监狱里释放出来的故事。

我尽量不与格林科谈政治问题。让一个过去的社会革命党人在工厂的军需车间工作，而且是当制图员，这一情况使我感到惶惑。

格林科无论谈什么脸上都带着轻蔑的冷笑，很明显地感到无聊。只是

---

① 亨利·贝色麦（1813—1898），英国发明家，酸性转炉炼钢法的发明者。

偶尔他的眼睛里会露出短暂的、凶狠的闪光。

我发觉工人们都嘲笑格林科。他们背地里都管他叫“失去社会地位的人”，显然，是暗示他退出了革命工作。

有一次，我用电灯泡照弹壳的时候，发现了塞在弹壳里的一张字条：

“请别信任绘图室里的邻居。请烧掉字条。”

我烧掉了字条，从那以后开始仔细观察送炮弹壳来的工人。但他们的脸是叫人猜不透的。

在离开尤佐夫卡的前一天，我在炮弹壳里发现了一张胶印的传单。传单的右角上印着：“全世界无产者，联合起来！”

这是一张布尔什维克的传单，号召把帝国主义战争转变为国内战争。

我看过了传单，又把它塞进那同一个炮弹壳里。当午休后我回到车间来，炮弹壳里的传单已经不见了。工人们微笑着看着我，但是谁也没说一句话。

去塔甘罗格的火车在晚上开出。我向格林科告别。

“您不该怕我。”他无精打采地坐在他那张斜面绘图桌后面，没有把眼睛抬起来，“不错，我过去是社会革命党人。可现在我是个无政府主义者。”

他沉默了一会儿，又沮丧地补了一句，好像完全不相信他自己说的话：

“无政府主义——这是人类社会唯一合理的制度。”

“那好吧，”我说，“愿上帝帮助您！”

“您要么是个机会主义者，”格林科还是那样轻轻地说，但已经是用凶狠的语气，“要么是个犬儒主义者。可我却以为是在与一个进步青年打交道哩。”

“我的证件上写着：‘基辅省，瓦西里科夫市市民’。您想从我这里得到什么呢？不管怎么说，我感谢您的殷勤招待。因此，我不想与您进行任何争论。”

“而您，看来前程远大。”格林科已经不加掩饰地粗暴地说。

“像您这样远大的前程我是决不会有的！这一点我可以担保。别了。”

我拎起自己的手提箱。格林科还是那样无精打采地坐着，用他那双小眼睛望着我，呼哧呼哧地喘着气，默不作声。

我走了出去。

夜里，我坐在亚西诺瓦塔亚车站昏暗的小食堂里等候去塔甘罗格的火车。心里在想，瞧，生活中又有一个不大的阶段过去了，与此同时，又增添了一些苦恼。但不管这多么令人奇怪，苦恼并没有扰乱，而是恰恰相反，增强了对美好的日子必将到来、全民的解放必将到来的信心。

它是一定会到来的！我对自己说。即使是因为，这对它的期待本身中就已经包含着有益的巨大力量，它也不可能不会到来。

谈谈笔记和记忆

人们常常问作家，他们记不记笔记，还是只靠记忆。

大部分作家都记笔记，但很少在自己写作时利用这些笔记。在文学中，笔记主要是作为一种独立的体裁而存在的。因此，无论哪一个作家的笔记都和他们的长篇小说、短篇小说一样，是单独出版的。

还在中学里的时候，“俄罗斯文学”教师舒利金老头儿就喜欢对我们重复说，“文学，这就是记忆。”起初，我们不十分了解舒利金讲的是什么，但随着年龄的增长，我们懂得了的确是这样。

“我们，”舒利金说，“在自己的记忆里保存着许多个世纪。世界的全部历史，幻想，人类的思想——这一切都保存在记忆里，并迫使我们的智慧工作。如果没有记忆，我们就会像瞎眼的鼹鼠那样生活了。”

对于作家来说，记忆几乎就是一切。记忆不仅保存积累起来的材料，它还像一个有魔法的筛子，能保留下一切最珍贵的东西。灰尘和草屑会漏下去，随风飞散，而金沙却始终留在表面上。十分明显，正是应该用这些金沙来创作艺术品。

我谈起笔记，并非偶然。

几年以前，有人给我看一位已经去世的作家的笔记。我开始看这些笔记，并确信这并不是经常在笔记本和日记中看到的那种单独的、简短的笔记，而是相当连贯地描写一个不知其名的沿海城市。以下我将努力尽可能准确地转述这些描绘。

我越往下看这些笔记，记忆中也就越来越清楚地出现了那些已被忘却的色彩、气味，以及某些熟悉的地方。但我不能立刻记起我是在哪里看到过这些地方，这是什么时候的事。它们仿佛从雾中，或者从一个很久以前的梦中出现。你力图根据一些片断再现那一完整的梦境，犹如力图把一个破碎的雕像重新粘合起来。

这些笔记中有些什么呢？

首先，是精确地描绘一些树和金合欢的花。

“这些花上有薄薄一层淡黄色和粉红色的覆盖物，好像稍有点儿干枯的样子。

“金合欢羽状叶子的阴影落在白墙上，即使是感觉不出的微风也会使阴影轻轻摆动。只要看一看这活的阴影，就会明白，你是在南方，离开大海不远。

“当金合欢花凋谢的时候，风在街道上吹动一堆堆落花。落花沙沙作响，犹如拍岸的波浪，沿着马路滚滚而来，冲向花园的围墙和房屋的墙壁，但这波浪是干燥的。”

这本笔记中还有一段是描写港口的斜坡。通往港口的斜坡，通往船舶和辽阔海面的通道——对于文学上的描写来说，这并不是像乍看上去那样似乎微不足道的区区小事。

“港口斜坡上的路面被拉车的马的蹄铁磨得像铅一样闪闪发亮，撒落的燕麦和小麦已经在石缝间抽出了芽，陡峭的挡土墙上长满了染料木。染料木从上面耷拉下来，好似一条用枝叶、棘刺和黄花编结成的、无法穿越的、静止的瀑布。

“在这片落满尘土的绿荫中，有些地方开凿出一些壁龛。一些小咖啡馆和小铺就躲在里面。咖啡馆里卖瑟尔滕斯矿泉水和夹心饼干—— 一种加蜂蜜的多层希腊饼干。

“咖啡馆前面那堵墙上总是装着玻璃。透过玻璃可以看到，一些穿着褪了色的贴身衬衣的人在里面狂热地玩牌。

“但这还不是一切。就在这里，一条条矮长凳上还坐着一些老妇人，在卖炒栗子。火盆里炭火正旺，可以听到连续不断的、轻轻的噼啪声——这是栗子壳爆裂的声音。

“一个急转弯——下面，犹如一幅儿童图画，出现了完全像玩具一样的港口。

“狭窄的防波堤上杂草丛生，野草遮住了轨道。这是很可惜的。不然，我们就能看到由于生锈而变成红色的钢轨，以及用白色花冠紧紧偎依着钢轨的母菊花了。

“靠码头的每一尊铁炮，炮口里都灌满稍有点儿咸味的水，就像是盛在杯子里。弯下腰去，您就能闻到一种会使您的心怦怦直跳的气味——海洋和苦艾的气味。这气味能让人神清气爽，并联想到有益于心脏和对头脑会起良好作用的远航。

“淡绿色的细浪汩汩地拍打着木桩。

“海鸥从高空看到一群轻信的小鱼，尖声大叫，并贪婪地哈哈大笑。

“浪涛冲击着防波堤尽头一座小信号灯塔的基座，这座自动闪光灯塔透光的铁塔楼发出一阵阵金属的响声。

“港口的桅杆上挂着一些神秘的信号——圆球和圆锥体。

“这些黑球预报什么呢？也许，是浊浪滚滚的风暴。也许，是完全风平浪静。那时空气明净清澈，仿佛溶解在海水里。大海吸收了这纯洁的成分，于是也变得清澈见底了。

“不，大概会有风暴。平底渔船上的黑帆在惊惶不安地颤动，船上的灯火在暮色中很快地闪烁着。

“远洋旅行的想法已经深入心中，但要离开这个舒适的城市还是稍有点儿惋惜。这儿风吹动蓝色或绿色的护窗板，噼噼啪啪地拍打着墙壁，灯火通明的屋里可以看到书架上摆着一本本厚书。大概，是全年的《田地》周刊，《环球》和《祖国》杂志的合订本。

“但您反正还是走不了，因为港口上没有轮船。轮船远远地停泊在停泊场上。

“难道这个港口上没有轮船吗？当然有，有一艘港口拖船。它正在码头边温和地小声打着呼噜。有一艘旧纵帆船“海上劳工”号，还有两艘拆除了帆樯索具的三桅舰。

“很早以前，就把这两艘三桅舰拖到这里来准备拆掉了。但它们暂时还停在港口，把沉重的锚链放进水里，好像伸直的手臂。三桅舰在梦中回忆起自己的过去，当时它们曾经过麦哲伦海峡，也曾用船首劈开爱琴海油腻腻的海水。在昏暗中可以，不过是很吃力地分辨出它们弯曲的舰首冲角、舰首斜桅和烟囱。

“白天可以划着小船靠近这两艘三桅舰中的一艘，把一包地狱里的茨冈女人牌香烟送给看守人，然后就可以坐在甲板上烟囱的阴影里，您爱看什么书就看什么书，爱看多久就看多久。当然，在这种地方最好是读诗，要么看描写旅行的书——譬如像《帕拉斯号三桅巡洋舰》和《库克舰长的日记》等这样的一些书籍。

“但总而言之，您还是自己挑吧。这甲板（因为太旧，这甲板已经发白）和铁船舷（船舷的吃水线上长满了流苏似的海藻）的气味让您更喜欢什么，您就挑一本什么书吧。

“从这两艘三桅舰——环球荣誉的见证者——的甲板上可以清清楚楚看到大海。

“这海并不是闪着蓝光，不是像绿松石、青玉、海蓝宝石那样闪闪发亮，也没有南方海洋其他色彩的闪光。

“海微微发绿，十分平静。它的唯一装饰品是云。海很乐意映出云影，因为它明白，云会使广阔的海域变得生动、活跃起来。

“云从南方慢慢升起。这些云很像一些中世纪的城市，城市里有要塞的塔楼，大教堂，柱廊形大厅，凯旋门，闪闪发亮的骑士王旗，还有勃朗峰和罗萨山等雪山远景。

“某个狂妄的画家独出心裁地为这些城市增添了异彩。于是云蒸霞蔚，日落之前，彩云仿佛在熊熊燃烧，映出晚霞的一切光色——从蓝到金，从深红直到银白。”

我看这篇笔记的时候，有某种熟悉的东西使我感到苦恼。我在寻找，哪怕是能找到任何一个名称或名字，好认出这个城市。在内心深处我已经猜到这里描写的是哪个城市了，但还不能对此完全确信不疑。

啊哈！瞧！终于有了！“奇怪的是，在我们一位著名作家——就是这个城市里的人——的书里却丝毫也没有反映上述的这一切——无论是海、港口、金合欢，还是黑色的船帆。”

谜底就包含在这几句话里。真的，当然这一切描写的都是塔甘罗格——契诃夫的故乡。

我一猜到这一点，所看过的一切立刻都仿佛活了起来。在我看这篇笔记时，感到这与我无关的那层东西消失了，一切都具有了鲜明突出的形象和现实性。

是的，这是塔甘罗格。1916年我从尤佐夫卡到那里去，并在那里一直住到深秋，当时我看到的塔甘罗格就是这个模样。

我所以会看到它像这个样子，是因为当时我还年轻，而且具有浪漫主义的心情。我读诗和看关于海洋的书看入了迷，由此看到了我想要看到的一切。

因此，有很长一段时间我害怕在成年时再去塔甘罗格，以免感到失望，发现它完全不像第一次呈现在我面前的那座城市。

有什么办法呢？随着年龄的增长，我们正在渐渐丧失那种有益的夸张才能。

但是1952年秋，我偶然来到了塔甘罗格，并且确信，在青年时代我还是正确的。塔甘罗格仍然那样美。它并未失去其迷人的魅力，不过已经具有另一种性质。现在这是一座青年学生的城市——青年男女在街道上互相大声呼唤，欢声笑语，手里拿着一包包书籍，歌声悠扬，并且在互相争论。

在1916年并不美观的郊区，现在出现了一些新的、很漂亮的小城镇——一些新工厂附近的工人新村。它们好似一条闹哄哄的包围圈包围了塔甘罗格老市区。

但塔甘罗格市区仍然是那样荒凉、舒适和寂静。张着黑帆的渔船离开海岸，那样从容不迫地漂向大海。从矗立着彼得大帝青铜像的山上眺望，好像觉得似乎是风吹散几片黑色的秋叶，在海面上向四面漂去。

1916年，我住在塔甘罗格库姆巴鲁利的旅馆里，这是一家大而空荡荡的、凉爽的旅馆。它还是在那些神话般的时代建成的，那时候塔甘罗格是亚速海边最富有的城市——希腊和意大利批发商人的都城。

那时，意大利歌剧曾在塔甘罗格大放异彩，加里波第和迷恋于埃拉多斯的诗人谢尔比纳[①]曾经住在塔甘罗格，秃顶而爱打扮的亚历山大一世曾在那里生活，并死在那里。

但不久，敖德萨和马里乌波尔夺走了塔甘罗格的财富。于是，塔甘罗格就变得寂静而荒芜了。

库姆巴鲁利的旅馆房间高得出奇，到晚上天花板就没入一片黑暗之中，灯光照不到天花板上去。墙上色彩发暗的壁画描绘出一个很美的地方，那里有古迹的遗址，一系列小瀑布和一些穿红裙子的、懒洋洋的牧女。牧女正在编结，当然是在编花冠。

最初两个月，我在涅夫-维尔戴锅炉厂里工作。工厂属于比利时的一家股份公司。

工厂坐落在城外炎热的草原上，在工作间里能听到螽斯的叫声。

我到来的时候，工厂里正在装配加工炮弹壳的唯一一台水压机。戴着巴拿马草帽、穿着彩色吊带长裤的比利时工程师们在明亮、空旷的工作间里走来走去。他们以高傲和怀疑的态度对待我们俄国工人。无论如何，不满意的怪相从未从他们的脸上消失过。

工厂里实际上是在进行不间断的意大利式的罢工。工作无精打采，精神萎靡不振，速度是那么慢。两个月里，我们只勉强安装好了水压机的机座。

城市里已经在闹饥荒，不是总是都有足够的面包。物价在上涨，我们主要是喝瑟尔滕斯矿泉水和吃干饼。从兵站仓库的地板下整箱整箱地搬来这种航海时吃的咸干饼，平分给我们车间里的工人们。

---

① 谢尔比纳（1821—1869），俄国诗人。

住旅馆费用太昂贵。不久，我就在一个叫阿布拉沙·弗拉克斯的人那儿租了一间房子。这个弗拉克斯是一个态度放肆、说话大声嚷嚷的经纪人。

阿布拉沙·弗拉克斯深信，我除了在工厂里工作，还在写关于杰克-波特罗希捷尔和著名的美国密探尼克-卡德尔以及纳特-平克通的短篇小说。

阿布拉沙不承认其他文学作品。他那乱糟糟的住宅里堆满了破烂的小册子，这些小册子是用极糟的灰纸印刷的，但是都有彩色封面。上面画着匪徒们骇人听闻的罪行，以及就其骇人听闻的程度而言并不亚于这些罪行的、密探们的功勋。

我特别记住了一张封面，上面画着落到一个黑人杀人犯魔爪里的纳特-平克通。黑人伸出双手抓住平克通的腰，把他举在无底深渊上。而平克通却冷静地用两把手枪瞄准那个杀人凶手。这幅画的寓意十分明显——如果黑人松开手，把平克通投进深渊，那么那个密探还是来得及把两颗子弹打进黑人的身体。

显然，无论是密探还是黑人，谁都没有理由杀死对方。阿布拉沙·弗拉克斯对这个封面赞叹不已。

阿布拉沙有妻子——一个矮小、爱哭的女人，有一头黑色的鬈发。说话声音好像诉苦，长着一双好吹毛求疵的眼睛。

“您别看她个子小，”阿布拉沙信任地对我说，“可是您看，她像条疯狗一样凶恶。和这样的人在一起生活，还不如投海自尽。”

诚然，阿布拉沙并没有投海，但他却到外边去寻欢作乐。有一次，我在游船码头上碰到他和一个忸怩作态的大眼睛姑娘在一起。她的帽子上有几条丝绒红罂粟花在摇来晃去。姑娘调皮地在肩上转动着一把日本小伞，伞上画着几个正在洗澡的黑人。

阿布拉沙租了一条小船，和姑娘一起乘船到海上去兜风。当小船已经离岸较远的时候，姑娘令人可疑地哈哈大笑，尖声叫喊起来。

船夫拉古诺夫是一个为人严肃、而且总是对什么都不满意的人。他说，阿布拉沙·弗拉克斯是个小经纪人和色鬼。总有一天，因为他这样淫荡，要狠狠地揍他一顿。把船租给这样的人去玩，只不过是弄脏大海。

每次弗拉克斯太太得知阿布拉沙又干了对不起她的事，家里就吵得天昏地暗。

首先，弗拉克斯太太穿着宽大的长袍跑到院子里，向空中举起瘦削的双手，用凄惨的声音喊叫：

“请你们听着，正直的妇女们！请大家听着！他又跟这个贱货，跟这个不要脸的柳丝卡搞到一起了！要是我不打死这条毒蛇，自己不服毒自尽，就叫我回不到家，死在外边。给我毒药！给我吧！”

在这以后，弗拉克斯太太就跑上街去。显然，是到药房里去买毒药。不过，也许是去寻找柳丝卡。富有同情心的主妇们从院子里跑出去，追上她，把这位号啕大哭的太太拖回家来，争先恐后地安慰她：

“别这么激动，弗拉克斯太太，这样心脏会破裂的。请可怜可怜您自己的女人的神经吧！每个男人都有各自的缺点。”

“请把我妈妈叫来！”弗拉克斯太太放声大哭，“把我好心肠的老妈妈叫来。电报局胡同，5号！还有我妹妹贝尔塔，还有我姑妈索福奇卡，还有我那个聪明的鲍列奇卡。让他们对他进行最后审判！给我把他本人，把这个坏蛋也带了来。要不，我真不知道会做出什么事来。”

她开始在地板上打滚，用脚拍打着，尖声喊叫。女人们不住地叹气，跑来跑去，给她灌缬草酊。直到一个嘴上有花白茸毛的、严厉的胖女人

——好心肠的妈妈终于来到这里。还在前室里，她就用雷鸣般嘶哑的低声叫喊着：

“给我安静下来！吵吵嚷嚷，简直是茨冈人的市场，像什么话！往她身上泼一桶冷水！”

弗拉克斯太太霎时间就安静下来，只是像一只受伤的鸟儿那样轻轻地哼着。

“为这个精神失常的女人操心，”好心肠的妈妈雷鸣般地说，“把我都烦死了！住嘴，疯婆娘！你像个什么样啊！像头脏猪！起来，去洗个脸，别让我再听到你说一句话，白痴！”

1小时或2小时以后，在院子里，刚好就在我房间的窗户底下，组成了家庭法院。大家全到齐了，包括妹妹贝尔塔和聪明的小鲍列奇卡。

这场尖声叫喊的家庭吵架一定要当着人们的面在院子里表演，在邻居们贪婪好奇的目光注视下大发议论，这简直无法解释，而且令人厌恶。

把一张圆桌拖到院子里，桌子上铺着一块编结的桌布，还拖出几把摇摇晃晃的维也纳式木椅。大家都围着桌子坐在椅子上，只有阿布拉沙作为被告，稍稍离开桌子，脸色很难看地坐在一边。

没有立刻开庭审判。在等待拉比。大家暂时都一声不吭，责备地看着阿布拉沙。

阿布拉沙出庭时总是神色惊慌失措——穿着没有领子的衬衣，背带长裤，蹬着一双解开鞋带的皮鞋。也许，他是想以此来引起别人的怜悯。不过也许，照阿布拉沙的看法，这种模样是表示悔过，以代替往头上撒灰的古老风俗。

后来好心肠的老拉比来了。他满院子擤鼻涕，坐到一把柔软的安乐椅里，花好长时间用一块方格手帕擦干净大胡子，然后说：“骗人的把戏又开始了。”于是进行审理。一切都是按犹太人的方式进行的，但这并不妨碍人数众多的俄国观众体验这场家庭悲剧的一切波折。

一切都是以和解的方式了结的。把拉比请到屋里去，款待他，于是有一段时间平静无事。

涅夫–维尔戴工厂里的工作不多。我很早就回到家里，有很多时间写作、看书。

我在市图书馆里办好了借书手续。那里有一些单独的书架，上面放着契诃夫捐赠的书。这些书不供外借，但有时让读者参观。

这都是一些几乎被人忘记的作家——波塔片科[①]、谢格洛夫[②]、埃特尔[③]、伊斯梅洛夫[④]、巴兰采维奇[⑤]、穆伊热利[⑥]等人的著作，有作者的亲笔题词或契诃夫的赠书题词。契诃夫的题词字迹纤细，没有粗笔道，好似医生的处方。

生活过得如此平静，我甚至建立了某些坚定不移的生活规律。我在家里写作，看书却要到港口上去，坐到两艘已经拆除帆樯索具的三桅舰中的一艘上面，多半是坐在“扎波罗热人”号上。

我和看守成了朋友，他在任何时间都允许我到三桅舰上去。有时在天

---

① 伊·尼·波塔片科（1854—1929），俄国作家。

② 伊·列·谢格洛夫（1856—1911），俄国作家、剧作家。

③ 亚·伊·埃特尔（1855—1903），俄国作家。

④ 亚·叶·伊斯梅洛夫（1779—1831），俄国作家。

⑤ 卡·斯·巴兰采维奇（1851—1927），俄国作家。

⑥ 维·瓦·穆伊热利（1880—1924），俄国作家。

气暖和的夜晚，我甚至留在“扎波罗热人”号上过夜。

我向船夫拉古诺夫租一条舢板，划到三桅舰旁，把它拴到很陡的铁舷梯上，然后顺着这条舷梯登上很高的甲板。

我随身带着一点儿吃的，和看守一起烧开茶水。

我好像觉得也许这是真的——由于晒太阳和轻微的饥饿，我的身体渐渐健壮起来——在那段时间里我一直觉得有点儿饿。

我接连不断地看书，背熟了从图书馆借来的那些诗人的所有作品。

诗的音乐使我心醉。只有在诗中，俄语音调和谐的完美才能完全显示出来，达到最高境界。

在诗中，每一个词听起来都仿佛有了新的含义。似乎是第一次发现，第一次说出它来。这些词的准确性、表达力和耀眼夺目的光彩使我为之震惊。

我可以无休止地反复吟咏个别心爱的诗句。每一天都有一些不同的诗句。一行诗让位于另一行诗。

一会儿我记起莱蒙托夫的诗：“默默无言的草原蓝光闪闪，高加索用银白色的花环包围着草原”[①]；一会儿又是普希金的诗句，诗中说：“每一天时光都带走一小部分生活”[②]；一会儿又是丘特切夫诗中的春雷，提到：“轻佻的赫柏在喂宙斯的神鹰，漫不经心，笑嘻嘻地把装满雷电的大杯洒向大地”[③]；一会儿又是费特的春天：“从冰雪的王国，从暴风雪的王

---

① 引自莱蒙托夫的诗《纪念А.И.奥多耶夫斯基》。

② 引自普希金的诗《是时候了，我的朋友，是时候了！心灵要求安宁……》。原文是“每一小时都带走……”。

③ 引自俄国诗人丘特切夫（1803—1873）的诗《春雷》。赫柏是希腊神话中的青春与美之女神，宙斯是希腊神话中最高的天神。

国，飞出你的五月，它是多么清新，多么纯洁。”

我被一群诗人包围着。我在和他们交谈。他们的许多思想以及仿佛是铸造出来的宝贵形象使我为之头晕目眩。这一切是从哪儿来的，来自开朗和热烈的心灵多么深的深处啊！

我觉得自己是拥有许多财富的主人。勒孔特·德·李勒和海涅，维尔哈伦和贝恩斯[①]都在和我谈心。而且他们对我讲的是他们所能说的最好的一切。难道这不是幸福吗？然而，有一些人却不懂得，或者没有注意到这一点。还在当时，在我年轻的时候，而且就是现在，这都使我感到惊讶。

我坚信，外国诗人的诗译成俄文，读起来比他们的原文更动听，更有韵味。

那时，我特别记住了埃雷迪亚[②]的一些诗。他的诗与亚速海沿岸地带，连同它那些险峻的岬角、草原以及那种古老的感觉十分协调。埃雷迪亚的许多诗我都背熟了。

我很难忍住现在不在此再背诵一遍：

悬崖下岬角上的古庙已只剩下断垣残壁，
死神把英雄们的青铜像在荒野中红黄色的泥土里
与大理石的女神像混合在一起，
让他们的荣誉在昏睡的灌木丛中得到安息……

---

① 贝恩斯（1759—1796），苏格兰民间诗人。——译者

② 埃雷迪亚（1803—1839），古巴诗人。——译者

就在近旁，仿佛响起了几乎已被遗忘的梅伊[①]的诗。“金发的福玻斯[②]把金铸的盾牌投进大海，于是大理石上泛起春天红润的晚霞。”[③]亚历山大·勃洛克那心情开朗、犹如清晨的呼吸一样晶莹的诗句也立刻唱道：

噢，春天无边无际——
梦想也无边无际！
生活，我认识你！接待你！
并用盾牌为你奏一首欢迎曲！[④]

对于我来说，诗也像面包、工厂里的工作，像太阳和空气一样，完全是现实的东西。诗迫使我生活在经常的紧张状态，生活在出乎意外和形形色色的不同世界里。犹如泡沫飞溅的急流带着一根从树上脱落下来的树枝，诗带着我到处漂流。我不能抗拒它。

我是透过晶莹透明的诗看到周围的一切的。起初我好像觉得，这周围的一切有时是由于接触到诗才获得了它们本来并没有的内容，才有了更加明亮的光辉的。

但事实并非如此。无论是当时，还是现在，我对于青年时期醉心于诗，连1分钟也不感到惋惜。因为我知道，诗，这就是充分表达出来的生

① 梅伊（1822—1862），俄国诗人、剧作家。——译者
② 福玻斯是希腊神话中太阳神阿波罗的另一个名字。——译者
③ 引自梅伊的诗《加拉杰亚》。原诗为“疲倦的福玻斯把……”。
④ 勃洛克的组诗《对火和剑的誓言》中的一首《无题》的最初几句。

活，是揭示出世界上最深奥的秘密，而我们懒惰的目光却看不到这样的深度。

在塔甘罗格，我是第一次不是作为客人在海边生活。印象不是一闪即逝，而是深深印入脑海，渐渐巩固下来。因此，我特别喜欢那些充满沿海生活特点的诗。我用周围发生的一切现象来检验这些诗。

我经常坐着小艇远远地到海上去，通常是在晚上下班以后，太阳正渐渐落下去。我让小艇停下来，水珠从桨上往下滴落。

落日的景象在记忆中唤起如下的诗句："太阳的金色圆盘渐渐离开荒漠似的天空，慢慢沉入大海微波荡漾的涟漪之中……"

这两句话的准确性使我感到惊讶。真的，太阳的金色圆盘渐渐离开荒漠似的天空，慢慢沉入大海微波荡漾的涟漪之中。这两句话里没有任何华丽的辞藻和刻意雕琢的痕迹，但其中却包含有辽阔壮丽的美。我无论如何也无法找到这壮丽的美在这两句诗中出现的那一瞬间。而一旦出现之后，它已经毫无阻碍，气势磅礴，犹如波涛一般奔流向前了。

我喜欢港口上那些小小的轮船事务所。由于烟草的烟雾，事务所里是瓦灰色的，墙上贴着轮船时刻表。这些事务所里的职员大部分是希腊人。我不由得借用下面几行诗的内容来描写他们："我那样经常地投去凝神注视的目光，同样多次遇到对方细细端详的视线，在轮船事务所里遇到的是奥德修斯[①]的目光，在小饭馆的台球记分员中遇到的是阿伽门农[②]的视线。"

---

① 奥德修斯是荷马史诗《奥德修纪》中的主人公。——译者

② 阿伽门农是特洛伊战争中希腊联军的统帅。——译者

我深信，在这些人当中我一定也会找到我自己的奥德修斯。果然如此。他叫格奥尔吉·西里戈斯，是一个轮船代理人——一个干瘦的人，脸上的皮肤呈深棕色，长着一双神情忧郁的黑眼睛。在他一只干瘦的手里拿着一串琥珀念珠。

不管天气如何，西里戈斯都要乘小艇去停泊场，到轮船上去。他自认为是一个最了解亚速海的人。根据天空的颜色，他能说出明天刮什么风，鲱鱼群是不是会进入顿河的支流。他判断风向，误差不会超过1度。无论什么罗盘也不能比他测得更为精确。

西里戈斯有个女儿，是一个美人儿。她经常到轮船事务所去找她父亲，坐在窗台上一连看很多书。当有人叫她时，她不是立刻回答，而是先抬起头，仿佛酣睡之后刚刚醒来。她那双蓝眼睛从不微笑，从她那长长的黑辫子上总是散发出一股薰衣草的芳香。

在她纤细的手臂上戴着一只海员的锡手镯。她从不和任何人交谈。

有时我在港口上看到她。她坐在防波堤上，把两条腿耷拉下去。波浪冲击着防波堤，浪花溅湿了她的黑连衫裙。和所有希腊妇女一样，她喜欢黑色。有许多海员向她求婚，但她全都拒绝了。

有很长时间，西里戈斯和他的女儿使我很感兴趣。谁知道我曾虚构了多少浪漫主义的故事，故事里的主人公就是西里戈斯、他的女儿和我。

大约离塔甘罗格1海里远的开阔海面上，在一些矮礁岩上有一座自动闪光灯塔，灯塔的名字叫“乌龟”。

我经常到“乌龟”那里去。在风平浪静的天气，我常常把小艇系在灯塔的铁栅栏上，坐在船上钓鱼。钓到的几乎清一色全是黑色的鰕虎鱼，它们脸上都带着聚精会神的样子。它们好像甚至不为自己遭到的不幸感到悲哀，而仅仅是想要努力理解，怎么会发生这样的事。

清澈透明的海水在礁石间闪射出绚丽的色彩。远远可以看到岬角上的塔甘罗格、教堂的圆顶、灯塔和橙黄色的海岸斜坡。

有一次，我在“乌龟”附近全神贯注地钓鱼，没有注意到暮色已经降临。我背对着开阔的海面坐着，突然听到一阵自远而近、奔驰而来的轻微低沉的响声。我回头一看，海上起了风。天边悬着一片灰蒙蒙的烟雾，一道不很亮的闪电在烟雾中隐隐一闪。

四周的水立刻变得漆黑，水面上泛起鱼鳞般的铁黑色波纹。

我从“乌龟”上解下小艇，开始向塔甘罗格划去。风以那样快的速度越刮越猛，几分钟后波浪已经开始涌进小艇。

在海上经常会是这样的，特别是在亚速海。风向变了，风从塔甘罗格吹来，开始把我吹向开阔的大海。一阵小旋风挟着哗哗的水声，喧嚣着从一旁掠过。

天很快黑了下来。塔甘罗格的灯塔亮了。

这座灯塔上的灯是这样安装的：离港口的距离不同，所看到的灯光颜色也各不相同。现在我已经记不清这些光色的顺序了，不过好像是离港口最近的地方，灯塔发出的是红光，再远一些是绿光，在最远的地方看到的是白光。

我回头看了看。灯塔的灯光是白的，离港口还很远。

风毫无理性地狂吹着。阵风疾驰而来，又突然冲往一边，盘旋着，幸灾乐祸地在船桨间呼啸。

波浪用力猛击船头，在一片黑暗中小艇仿佛腾空而起，我听到大海沉重地猛一下子把一大桶水倒进小船。

我的脚直到踝骨已经浸在水里了，得把水舀出去。我丢开船桨，摸到了长柄勺，但一排浪涛立刻把小船打得侧转过去。我感到一阵晕眩。我明白，只要一个大浪涌来，就会漫过小艇，把它打翻。

我抓起船桨，又用最后一点儿力气开始划船。潮湿的衬衣紧贴在身上，非常碍事。手火烧火燎地痛，大概，手上的皮肤已经磨破了。

我回头一看，灯塔发出绿光。港口已经近一些了。“再稍加一把劲，”我自言自语地说，“再划！马上就会出现红光，那么你就得救了。”

我失去了时间感。大概，已经是半夜了。浓重的黑暗在四周发出低沉的响声，好似发了疯，甚至看不见涌来的巨浪的浪花。

我划着桨，紧张得发出呻吟。潮湿的头发耷拉到眼睛上，但我没有把它撩开——反正周围什么也看不见，而我也不能扔下船桨，哪怕只扔下1秒钟都不行——风立刻就会把小艇推回去很远。

我回头一看，骂了一声：灯塔又变成了白光！风很快把我的小船吹离海岸，越吹越远，似乎没有任何力量能迎着狂风把小船推向岸边。

于是，我扔下船桨，又动手往外舀水。一种奇怪的无所谓态度支配了我。我在往外舀水，不知为什么突然想起了妈妈和加莉娅，想起了卢布林的那条狭窄的小街，在那里我曾给廖莉娅折了一枝冰凉的丁香。我还想起了在去巴拉诺维奇的路上那些潮湿的乌云，想起满怀柔情地抚摩我脸颊的、女人的温暖的手掌，想起了科布林犹太教堂里的篝火。

回忆毫不连贯，十分紊乱，互相排挤。有一会儿工夫，我好像变成了聋子和瞎子。

当我抬起头来，灯塔的亮光悬在地平线上，宛如一颗正在下坠的星星。

我拿起桨来，开始慢慢地划，不疾不徐，仿佛处于麻木状态。我还没有沉没，这使我感到惊讶。波浪已把我折磨得筋疲力尽，这时我未必还能思考什么。

我回头一看，看到了绿光。这让我心中不是充满喜悦，而是满怀一种不可理解的狂怒。我开始拼命用力划，弄得船桨都在嘎嘎地响。我站着，用自己全身的重量压在船桨上，用力划着。我咬紧牙齿，透过牙缝咒骂着，后来毫无意义地重复着同一句话："决不！我决不向你屈服！"

时间在流逝，我相信夜永远也不会结束了。

突然，我听到背后有一种新的、极为凶恶的怒吼。回头一看，看到了灯塔上的红光。港口已经就在附近。那凶恶的怒吼是波浪涌来撞到防波堤上，再猛然退回去，与迎面而来的波浪相撞发出的吼声。黑色的水柱和浪花飞向空中。在海港入口处出现了最可怕的景象，海员们把这叫作"魔鬼的锅炉"。必须穿过拦在港口前疯狂翻腾的水墙冲进港口大门。

防波堤的顶端有一片亮光。我把小艇转向这亮光，但立刻又意识到会有危险。

根据亮光，我判断出波浪正在把我冲往哪里，于是疯狂地划起桨来。为了感到轻松一些，我大声喊叫。

小艇好似一个落到瀑布下面的软木塞，被冲得团团乱转。它飞起来，船头向四面八方乱冲乱撞，船底被波浪打得啪啪直响。

一道耀眼的白光在我头顶上方霍地一闪。我当然无法猜到，这是照明弹，防波堤上已经有人发现了我。

我看到防波堤的黑暗近在咫尺，而且突然感觉到，汹涌的海水退落了。防波堤顶端的亮光慢慢向后漂去，突然间波浪也不再冲击我的小船了。我看出了前面熟悉的三桅舰上高高的船首斜桅，蜿蜒曲折的灯光的倒影，还听到有人在拖长声音高声呼喊：

“喂，小船上的！小船上的！”

防波堤上有人在挥动灯笼。我划着小艇向灯光驶去，驶近石阶，扔掉了船桨。

港口看守人从小艇上把我拖上岸去，领我来到守卫室。我在那里令人炫目的电灯光下看到了自己——浑身衣服都撕破了，湿透了，两手发青，血迹斑斑。

“您真幸运。”长着两道仿佛怒气冲冲的浓眉、头发花白的港口管理员对我说，“从下午2点就挂出了风暴信号，您为什么还要出海呢？”

“我不会分辨信号。”我承认说。

“原来是这样。”港口管理员说，并把银烟盒递给我，“请您记住，每一个人都应当懂得风暴信号。无论是在海上，还是在自己的生活里，以避免无可挽救的不幸。”

粉刷农舍的艺术

我从涅夫-维尔戴工厂转到了瓦克索夫的榨油工厂。1916年的夏天就要结束了。

工厂的老板是个胖子，年轻，有点儿愚蠢，在塔甘罗格算是一个百万富翁。他总是穿着肮脏的、皱巴巴的茧绸西装，总是伸开五指梳理他那乱蓬蓬的、淡火红色的胡子，说话含糊不清，结结巴巴，说得很慢，可还是常常会出错误。

瓦克索夫想要证明自己的爱国主义热忱。于是，在他的榨油厂里安装了一台水压机，开始冲压炮弹弹壳。但这样做毫无结果。瓦克索夫的水压机只出惊人的废品。

瓦克索夫这个人当然值得描写一番。但是可惜，我不能这样做，因为在中篇小说《海的生日》的序幕中我已经描写过了。

在瓦克索夫的工厂里完全无事可做。我给叶卡捷琳诺斯拉夫我的直接领导人韦利亚米诺夫大尉寄去一份申请书，请求解除我的工作。一星期后我接到了回信，说我的请求被接受了。

我所以敢这样大胆地放弃工厂里的工作，是因为在塔甘罗格市场上认识了一个来自彼特鲁沙沙嘴的老渔夫梅科拉，已经跟他讲定，他收我做他的助手。

一个懒洋洋的“大叔”用牛车把我带到了彼特鲁沙沙嘴，这位“大叔”还要继续往前赶路，到一些什么“鬼农庄”去。

车轮直到轮毂都陷在尘土里，为此“大叔”对我说：

“瞧，这些鬼尘土，真是该死！不过，顺便说说，有一个办法可以消灭它。是个古老的办法。”

“什么办法?”

“用盐水泼到路上。盐会把尘土黏结起来，就跟水泥一样。我们那儿，娘儿们把盐水泼到屋里的泥地上，那地就硬得跟石头似的。打谷的时候，打谷场上也是泼盐水，为了让土变得结实。是啊，少爷！您得弄明白，世界上的事什么跟什么有关。要不，无意中您就会干出傻事来。”

他在彼特鲁沙沙嘴附近的一个斜坡上让我下了车，又赶着大车继续往前驶去，懒洋洋地对若有所思的犍牛吆喝着：

“往右——往右边走，鬼东西！嘿，让鬼把你们抓了去！”

我从陡岸上看到下面有一片小沙滩，沙滩上有几座白得令人炫目的农舍。岸上有一些支柱，上面晾着淡粉红色的薄薄的渔网。几条黑色平底渔船在清澈的水面上微微晃动着。

如果不算深蓝色的天空、大海、太阳和枯黄的野草，四周就再没有任何旁的东西了。只有野草在风中摇曳。

当我从陡岸上下去的时候，我发现有两个浅色头发、光着脚板、年纪还很小的小男孩，还有一个大约有七八岁的小姑娘，头发也是浅色的。他们拼命迎着我跑来。小姑娘跑在前面，不时回头望望，对两个小男孩喊道：

“快点儿！要不，就来不及躲起来了！快！”

后来三个人都不见了，仿佛钻进了地缝里。但当我经过高高的飞廉丛时，听到里面有轻轻的啜泣声和匆匆的低语声：

“唉，你别哭！叔叔会听见的。我一下子就能给你把刺挑出来。”

孩子们藏在飞廉丛中。等我走过去以后，他们走了出来，在后面跟着我，不过保持一段相当的距离。有一个小男孩一瘸一拐，大概是脚上扎上刺了。

我站停下来，对孩子们喊了一声。他们很腼腆地垂下了眼睛，用鼻子大声吸着气，慢慢走近前来。小姑娘走在前面，两个小男孩躲在她的后面。

“你好，”我对小姑娘说，“梅科拉老爷爷住在哪儿？”

小姑娘浑身抖动了一下，向我抬起炯炯有神、目光清澈的灰眼睛，微微一笑。

这个晒黑了的小人儿现在流露出的一切神情都集中在这一微笑里了

——懂礼貌、自豪和不好意思。所以感到自豪，是因为这个神秘的城里人首先向她，而不是向小男孩提出问题。

“走吧，叔叔！”她大胆地说，感到十分幸福，满脸通红。她拉住我的手，领着我向紧靠水边的、最后一座很小的农舍走去。

就像听到口令一样，各家农舍的门槛上立刻出现了一些妇女——有年轻的，也有年老的。她们匆匆整理一下头上的头巾，亲切地向我问好，并且故意说：

“娜塔尔卡，你这是在哪儿领来一位这么漂亮的客人呀？真是个聪明姑娘！可我们在寻思，她这是把谁领到我们沙嘴上来了！准是‘刻赤’号上的船长。”

“刻赤”号是一艘明轮小轮船。它航行于罗斯托夫和马里乌波尔之间。如果有货，那么“刻赤”号有时也顺路到渔民们的沙嘴上来。

显然，在孩子们的心目中，“刻赤”号是一艘童话里的船。

娜塔尔卡自豪地走着，不回答女人们并不恰当的玩笑话，只有通红的脸蛋儿暴露了她心中的喜悦。两个小男孩意识到自己的渺小，怀着极其尊敬的心情，默默不语，懒洋洋地跟在后面。

就这样，我们走到了梅科拉老大爷的茅舍。在那里，娜塔尔卡亲手把我交给了一个眼睛敏锐的、干瘦的老太婆——梅科拉老大爷的妻子，亚芙多哈老大娘。

在这样好的预兆下，开始了我在彼特鲁沙沙嘴上的生活。

梅科拉老大爷很乐意收我做他的助手。所有青年渔民都被硬派到军队里打仗去了，用梅科拉老大爷的话说，沙嘴上“出奇地缺少人手干活”。梅科拉老大爷使用“出奇地”这个词儿，含有各种不同的意思。它既可以表示“完全”，也可以表示“无疑”、“许多”，甚至只不过是表示“是的”。梅科拉老大爷回答问题的时候，经常这样说：“出奇地!”

他让我做他的助手，条件是“光管饭，不分钱”。换句话说，梅科拉老大爷有责任供给我吃饭，在卖鱼时，我放弃分得现金的权利。我吃得那么少，因此，对于梅科拉老大爷来说，是一个非常合适的助手。

我放弃分成，“吃得又少”，这样的情况虽然对梅科拉老大爷有利，但是却使他感到十分局促不安。他经常和亚芙多哈老大娘议论这两个令人纳闷的事实。当然啰，他认为我精神稍有点儿不正常——是个“神经病”。

我开始研究“渔民的科学”。这的确像一门科学，是一种复杂的手艺。它“出奇地”需要丰富的经验和一些特殊的、任何书本上也没写着的知识。这些知识是渔民们世代相传的。

梅科拉老大爷不慌不忙地把他的科学传授给我，用他生活中的种种例子和遇到过的种种事情来讲解捕鱼的知识。

渐渐地，我知道了亚速海里出产的各种鱼类，知道了它们的生活习性，鱼群洄游的主要水下道路。我知道了许多预兆，知道了所有的风（而亚速海上的风是很多的）——寒冷的东北风，从陆地吹向海洋的强烈寒风，山风，河口风，落潮风，海风，陆风，刻赤风，利凡特[①]风，以及其他一些更为少见的风。

每个渔民在海上都有自己撒网的“位置”，他们必须十分准确地到这个位置上去。

梅科拉老大爷首先教会我在海里根据岸上静止不动的物体来判断方

① 利凡特是地中海东岸一些国家的统称。——译者

向，或者照渔民们所说的，教会我“对着物体走”。用海上的术语来说，这种艺术叫作“定方位”。

“喏，”梅科拉老大爷说，“瞧，当悬崖上那棵枯树遮住塔甘罗格大教堂上的十字架，这就是我们的航线了。咱们必须沿着这条航线走，就像在一根弦上一样，出奇地走。直到，喏，那边草原上左边那座最近的小丘遮住远处的那座小丘，这个交叉点就是咱们撒网的‘位置’。”

在风平浪静的天气，“对着物体走”还容易。但刮风的时候，在我把行驶不灵活的平底渔船驶到该去的地点以前，我却不得不花好长时间划桨，受尽折磨。

我们总是在晚上撒网，不管遇到什么天气，都要在黎明时起网。只有在刮大风暴的时候，渔民才不出海。但他们从不承认这是因为有危险，而是推说海浪把所有的鱼全都“搅和”起来了，反正什么鱼也捕不到。

我看到过很多海上的黎明。

有的黎明温暖、柔和。在夜的寂静中，朝霞慢慢地诞生了。天空中东方露出娇艳的蓝色，星星渐渐变得暗淡无光（星星不是立刻熄灭，而是逐渐变小、变淡，越去越远，隐入天空深处），清澈透明在水面上升起淡淡的薄雾。

当我们驶近渔网时，太阳已经升起来了。渔船的影子横卧在水面上。在船影中，海水变成暗绿色。周围那么静，船桨碰到船舷发出低沉的响声，沿着海面传出去很远很远，就像在屋里一样。

渔民们把这样的黎明叫作“天使的黎明”。

但是也有寒冷、潮湿的灰蒙蒙的黎明。那时风驱赶着淡红色的浊浪，天边升起一团团暗白色的烟雾。

也有天昏地暗、风暴猖獗的黎明，天空好像被撕成碎片；也有一些黎明，海水混浊发绿，把浪花抛到人的脸上。

天空艳红，寒风刺骨，这样的黎明总是会带来连绵阴雨。

但天气恶劣的黎明是很少的——正是8月，亚速海上最平静、最温暖的一个月份。

梅科拉老大爷把鱼卖给收购商——一些十分疲倦、很爱说话的女人。有时，星期天他自己也到塔甘罗格市场上去卖鱼。

梅科拉老大爷是个沉默寡言的老头儿，模样甚至是阴郁的，和沙嘴上的其他老渔民不同。亚芙多哈老大娘是个有病的、唯命是从的女人。当着丈夫的面，她也不说话，老是唉声叹气。丈夫不在的时候，她喜欢抱怨梅科拉老大爷吝啬。

沙嘴上有大家共同粉刷农舍的习惯。经常粉刷，无论是节日前夕，还是下雨后，都要粉刷。

渔妇们从一清早就集合起来，从最边上的梅科拉老大娘的房子开始，接连不断地粉刷所有农舍。

这是一些愉快的日子。妇女们掖起裙子，健壮的双腿晒得黝黑，脸颊红润，牙齿洁白，吵吵嚷嚷，互相呼唤着，项圈叮当作响，说说笑话，哈哈大笑，不时从垂下的睫毛下狡黠地朝人瞧上一眼——就像亚芙多哈老大娘所说的，“勾魂摄魄，真是迷人”。

娜塔尔卡的母亲赫里斯季娜粉刷的技术最好——她是一个和蔼可亲的、瘦瘦的女人，肤色黝黑的脖子上戴着一串珊瑚项链。她丈夫在部队里，她带着娜塔尔卡，驾着一条小渔船，自己出海捕鱼。

赫里斯季娜拿一把用树皮做的普通粗刷子准确而干净地给窗户刷上一

道淡蓝或绿色的边。

我想起和赶车人的那场关于盐的谈话。于是向妇女们建议，在白粉浆里撒一些盐，免得墙壁容易弄脏，让白粉能粘得更牢。妇女们喜欢这个办法。为了表示感谢这个建议，赫里斯季娜在梅科拉老大爷家的炉子上画了大朵大朵的蓝色玫瑰花和几只小公鸡。

每逢星期天，我都带着两个小男孩和娜塔尔卡一起坐着渔船出海。我们在离岸不远的地方下锚，在那儿钓鰕虎鱼。我们总是小声说话。

娜塔尔卡喃喃地说个不停，她什么都说，想到什么就说什么——她讲的有沙嘴上的各种新闻，还有，例如她说，据说有一个长着一双铁眼睛的老太婆在草原里的路上走，她只要朝谁看一眼，那个人的家里一定会有人死在战场上。

在坟冈上，每天夜里飞廉都会烧起来，冒出通红的火苗（我自己没看见过，可是人们都这么说）。有个从马里乌波尔来的海员用3卢布跟人打赌，说是他要用那棵飞廉上的火来点着自己卷的纸烟。

“点着了吗?”两个小男孩惊恐地问。

“可不是吗!”娜塔尔卡不大客气地回答，“他甚至没有死。海员什么事都能做。昨晚整夜远处都在打闪。可那不是打闪，那是死在前线上的人的灵魂在和我们说话儿，想要看看我们。妈妈说，也许，爸爸的灵魂黑夜里也在海上颤抖，甚至还在哭呢。我安慰她说，随便什么子弹都打不到我们的爸爸，因为我把我的小铁十字架埋在草原上一个石头人底下了，还用一只脚站着转了三转，说了三次：‘圣梅科拉·米尔利基斯基，海员的保护神，让死神离开我的爸爸。’”

“您也许以为，”娜塔尔卡担心地问我，“要么，也许您觉得我是在说胡话吧？一点儿也不是！我说的要是有半句谎话，就让上帝惩罚我。”

为了证实自己的话，她画了个小小的十字，还把两个手指并拢起来。两个小男孩惊恐地斜着眼睛看着她，也不知不觉地把手指并拢起来。

10月里，有一次梅科拉老大爷从塔甘罗格邮局一下子给我带回3封信来——妈妈的、罗曼宁的，还有第3封，笔迹是陌生的，好像是不大会写字的人的笔迹。

我有好久没有下决心拆开这些信。就像在敖德萨我想到“葡萄牙”号医院船上去的时候一样，我感觉到自己是一个负义的人。我为自己选择了轻松的命运，但战争仍然在拖延着。而且感觉到，虽然还不清楚、但已经不太遥远的暴风雨正在逼近。

“当然，”我心中暗暗地对自己说，“住在沙嘴上，捕捕鱼，晒晒太阳，让身体壮实起来。看一些好书，就好像什么事情也没发生，大地上是一派和平、幸福的景象，这样是最容易的了。用不着以这样的借口为自己辩解：不允许我回前线去，为了我准备做的一番大事业——为了写作，我需要体验各种不同的生活。”

不知为什么，波隆斯基[1]的话浮现在我的脑海里：“如果作家是波浪，那么俄罗斯就是大洋，当自然力盛怒时，他不可能不怒火中烧。”[2]

波隆斯基当然是对的。如果我想成为作家，那么我就必须处于生活及其种种事件的中心。而不应追求这草原上的寂静，不应用哪怕是最美的诗的音乐来安慰自己的心。

---

① 波隆斯基（1819—1898），俄国诗人。——译者

② 引自波隆斯基的诗《题Ⅲ的纪念册……》。

还没有看信，我就已经决定回莫斯科去了。

我向岸边的渔船走去。那条渔船已经有一半从水里拖上岸来。我坐到船尾上，拆开信封，开始看信。

罗曼宁写道，救护队已经调到明斯克附近的莫洛杰奇诺，工作很少，但是他不打算离开救护队。因为他预感到有重大意义的时期即将到来（这些话在信里加了着重点），根据某些理由，他应该待在军队里。

“至于说到您，”罗曼宁写道，“那么，现在大概可能又会派您到救护队来。请在莫斯科催一催，到这里来吧。格龙斯基已经恢复健康，又和我们在一起了。他已经变得非常安静。克德林在明斯克的管理局里，和往常一样，在那里说一些无用的废话。您那里怎么样，您在那里做什么？鬼知道您钻到哪里去了！”

妈妈在信上写着，她和加莉娅对科潘的生活十分满意，和土地、农活打交道，事情很多，如果我能到她们那里去，那就太好了。

第3封信是柳芭从哈尔科夫寄来的。

“我给您写一封信，寄到塔甘罗格邮局待领，以碰碰运气——也许，我这封信会送到您的手里。我从法茵娜·阿布拉莫芙娜那里得知您在塔甘罗格。您的证词在法庭上宣读了。谢谢您，亲爱的。宣判我无罪，只判决要我在教堂里忏悔1个月。而我是个什么样的修女，您自己是知道的。格里沙大叔已死于酒狂。可怜的人，那么可怜，他简直让人受不了。在我不在场的时候埋葬了他。现在我在哈尔科夫，在电影院里当检票员。要是我知道您现在确实在那里，我真想去看看您，哪怕只有一天，好跟您谈谈——不知怎的，我一个人总觉得忧郁，又没人可谈。我什么都记得，而且永远不会忘记。要是您什么时候路过哈尔科夫，您写信告诉我。不管是白天还是夜里，我一定跑到车站上去。吻您，始终是您的柳芭。”

我决定等“刻赤”号到来，乘船去马里乌波尔，再从那里乘火车去莫斯科。

我所以拖延行期，是因为我相信，我永远再不会来到这极其幸福的地方了。除此而外，还因为10月的最后几天天气是那么晴朗、温暖，真舍不得和它分离，失去这美好的秋天的每一分钟，都令人感到惋惜。

完全晶莹透彻、光辉灿烂、充满各种响声的白天不是一下子就出现了。白天从早晨的轻烟薄雾中慢慢发出红光，战胜烟雾之后，直到日落，一直以华丽而稍有点儿寒冷的光辉照耀着。

一切响声都听得特别清晰，这是因为海上风平浪静。秋天和夏天不同，充满各种慢悠悠的响声。干透的各种植物的茎叶在脚下噼噼啪啪的响声，遥远的轮船的汽笛声，院子里妇女们的说话声——这一切都不是一下子就消失，而是会产生像悠扬的钟声那样的隐隐约约的回声。

秋天的空气是一种容量很大、容易产生共鸣的介质，总是尽力保存每一小时、每一分钟的声音。

仿佛秋天自己舍不得与这些地方和人们分离，正在留心倾听他们的生活。

秋天里发生的两件完全不同的事，更增强了我离开这里的决心。

第一件事发生在塔甘罗格。有一次，到市场上去卖鱼的渔民们从塔甘罗格回来了。他们说，塔甘罗格群情骚动，一群饥饿的妇女带着孩子捣毁了面包房和食品店，哥萨克拒绝向人群开枪。

第二件事与第一件相比，是完全无足轻重的。

有一次，我在修补梅科拉老大爷的渔网。一个又高又瘦的渔民伊万·叶戈罗维奇坐到我的身边。我们抽了会儿烟，后来他说：

“我早就想以我们村社的名义单独跟您谈谈了，可总是下不了决心。您是个有学问的人，也许，您和我们打鱼的哥儿们有不同的看法。那么，就请您原谅了。”

“什么事呢?”我问。

“不知怎么，这有点儿不对头，我们的年轻渔民都在军队里。当然，他们的老婆孩子都留在这儿。为了想法活下去，弄口饭吃，她们简直像在地上的鱼儿，在拼命挣扎。她们自己出海捕鱼，这可不是她们妇道人家的力量所能对付得了的。可您，又年轻，又有力气，却来给梅科拉老大爷当帮手。您最好是，比如说吧，到赫里斯季娜那儿去，到她的渔船上去。那还比较公道些。人们，当然啰，都有点儿觉得奇怪。可梅科拉老大爷要您帮忙，不过是为了往钱罐里多藏些卢布。”

我感觉到我的脸红了。老头儿说得对。我自己怎么没想到这一点呢!我对伊万·叶戈罗维奇说，我没有考虑到这些事，而现在却要走了。现在已经毫无办法了。

“这倒是的!”伊万·叶戈罗维奇表示同意，“人们对您都很有好感，您就留在我们沙嘴上吧。”

“不，无论如何也不行。”

“唉，那么请原谅，打搅您了。”伊万·叶戈罗维奇站了起来，“当然，这是您的事。再见。”

在这次谈话之后，我对梅科拉老大爷和亚芙多哈老大娘已经完全失去了兴趣，我决定明天就去塔甘罗格。但我很幸运，傍晚“刻赤”号轮船来了，它正是要驶往马里乌波尔。

为迎接“刻赤”号到来，沙嘴上的全体居民都聚集到了海岸上。

大家亲切地为我送行，祝愿我身体健康、幸福和成功。大家都和我吻别，亲吻前先用手背擦擦嘴唇。

赫里斯季娜和娜塔尔卡用自己的平底小船把我送到“刻赤”号上。她们把两个小男孩也都带着。和伊万·叶戈罗维奇的谈话，我一个字也没对赫里斯季娜说。不好意思承认自己的过失。

“刻赤”号的甲板上堆满压得紧紧的干草。我登上甲板，走到船舷旁。轮船用狂怒的低音吼叫起来，这声音与它那破旧的外貌和极小的吨位毫不相称。

明轮搅动泡沫翻腾的绿色海水。娜塔尔卡站在渔船上。她的脸可怜地皱了起来，她用袖子遮住了脸。她哭了，赫里斯季娜却弯下腰，拉拉她，笑了起来。

渔船开始和海岸一起向后退去。妇女们在岸上挥动着白头巾，好像有一群海鸥一直在海岸上空同一个地方做低空盘旋，而不肯下决心落到沙滩上。满脸泪痕的娜塔尔卡也在挥动她那块褪了色的绿色小头巾。

轮船带着我离开了熟悉的、陡峭的海岸。正像生活中发生一切变化时一样，心又在痛苦地怦怦直跳了。当生活不知怎的变得有点儿荒谬的时候，就会感到更加困难。生活中一些个别的部分之间没有任何联系，一些突然在我生活中出现的人又同样突然从我的生活中消失。也许，是永远消失了。

我从马里乌波尔往哈尔科夫给柳芭发了一封电报。电报发出后又开始感到后悔。但为时已晚。

列车在一个让人觉得很冷的清晨到达哈尔科夫。柳芭在月台上等着我。她穿着短上衣，头上裹着薄薄的头巾。她觉得冷，连嘴唇都发青了。

她朝我扑来。我们互相亲吻。随后她留心看了看我的眼睛，拉住我的手，我们默默地走到月台上一个用木板钉起来的售货亭后面。

“请您什么也别对我说。”柳芭说。

她抱住我的肩膀，把头偎在我的胸前，仿佛是寻求救护。我默默不语。她紧紧偎在我的身上，越贴越紧，她的头在颤动。这样过了几分钟，第3遍铃响了。柳芭抬起头来，很快地为我画了个十字，把头巾的一角按在脸上，转身沿着月台走了。我走进车厢，列车启动了。

潮湿的二月

在莫斯科，我径直从车站上到城市联合会去。我在那里看到的第一个人是克德林。我们彼此都很高兴，甚至互相吻了吻。原来克德林是从明斯克出差来的。

我对他说，我想回救护队去。

“这是件微妙的事情，”他回答，“得去查明是怎么回事。”

他去查明情况，好久都没回来。回来以后，他神秘地说，回救护队的事毫无结果。军队里情绪不稳，是个令人忧虑的时期，目前最好别到前线上去。这就是城市联合会领导的意见。

我感到心情沮丧。

克德林摘下眼镜，擦干净了，又把它戴上，很仔细地看了看我。在这以后，他说：

“别泄气。工作总是找得到的。您文章写得不错，罗曼宁把您的特写《蓝色的军大衣》拿给我看过。您能写作。”

他为我给莫斯科一家报纸编辑部里自己的一个熟人写了一封介绍信。

编辑部里接待我的是一个样子好像老演员的秃顶的人。他在一间满是灰尘的屋里，正坐在一张堆满一堆堆校样的桌子后面写东西。

在他对面，离桌子不远的一把柔软的安乐椅里，坐着一个矮小而又健壮的人。他的一只眼睛神情狡猾而且愉快，留着两撇花白的、扎波罗热人的唇髭，穿一件腰部打褶子的灰色外衣，戴一顶羔皮高帽。他很像塔拉斯·布尔巴。

秃头看过了克德林的信，说：“居然健在！请等一等。”他把信塞到一堆校样底下，又写了起来。

塔拉斯·布尔巴从上衣口袋里掏出一个银鼻烟壶，朝秃头那边眨眨眼，用一只手指弹了弹鼻烟壶，把它打开，向我递了过来：

“请用！这个鼻烟壶是在普列夫纳会战以后，斯科别列夫将军亲手送给我的。”

我谢了谢，拒绝了。塔拉斯·布尔巴灵巧地往大拇指的指甲上撒了一点儿鼻烟，吸进鼻孔里，震耳欲聋地打了个喷嚏，散发出一股干樱桃味。秃头根本不理会塔拉斯·布尔巴。

塔拉斯·布尔巴又像个阴谋家那样朝秃头那边使了个眼色，从桌子上拿起一块马蹄铁——作为镇纸，用它来压着校样——轻而易举地把它扳直了。

这时秃头抬起眼来。

"老一套！"他说，"您用这一套收买不了我。战争——没有任何预支！"

"人家在等着您呢，"塔拉斯·布尔巴向秃头指了指我，"我只是想用这种方法提醒您注意这回事。唯此而已。"

"那好吧，"秃头懒洋洋地说，并且看了看我，"咱们试试看吧。请跟我们谈谈，您是个什么人。顺便说说，我叫米哈伊尔·亚历山德罗维奇。而这一位，"他指指塔拉斯·布尔巴，"是莫斯科的驻地记者之王，诗人，过去的摔跤运动员，演员，熟悉莫斯科贫民窟的行家，契诃夫和库普林的挚友，大名鼎鼎的'吉利亚大叔'——弗拉基米尔·阿列克赛耶维奇·吉利亚罗夫斯基。"

我感到很窘。

"没关系，别害怕！"吉利亚罗夫斯基安慰我说，并且那样用力握了握我的手，捏得我的骨头发出咯咯的响声。

他向房门走去。在门口，他回过头来，朝我这边点点头，说："我相信他。"说罢轻轻唱着，走了出去。

秃头接受我到报馆工作，自己为此向我祝贺，并且说：

"现在是个紧张时期，孕育着种种出乎意外的事情。看来，我们将是俄罗斯第二个混乱时期的见证人。外部暂时还算平静，但内部却一直在沸腾。政府把锅盖拧得越紧，爆炸也将越猛。我们必须注视着这种沸腾现象。需要知道，莫斯科在想什么和说什么。需要知道，在剧院里和在家里，在市场上和在工厂里，在澡堂里和在电车上人们都在说些什么。需要知道，工人、车夫、鞋匠、卖牛奶的女人、演员、商人、工程师、大学生、教授、军人和作家都在说些什么。您就干这个工作，作为开始。以后再看情况而定。”

就在这天，我在石榴胡同租了一间小屋，就是23年前我在那儿诞生的那条胡同。

我发觉，俄罗斯人在火车上和小饭馆里最乐意说话。因此，我从近郊列车上开始——列车上弥漫着马合烟味，人声嘈杂。近郊列车行驶的路线离莫斯科最远不超过60俄里。我买一张到达终点的车票，坐到终点，再从那儿返回来。这样，在一段很短的时间里，我便到过莫斯科近郊的许多城镇。我确信，首都莫斯科原来是处于如此古老的罗斯的包围之中，就连许多老莫斯科人也未必了解这个罗斯。

离开莫斯科50俄里，就已经人烟稀少，一片荒凉——强盗出没的森林，无法通行的道路，衰败的城镇，泥灰剥落的古老教堂，毛上粘着牲口粪的小马，酗酒斗殴，十字架东倒西歪的墓地，养在农舍里的绵羊，拖着鼻涕的孩子，森严的修道院，教堂门前台阶上的苦行修道士，撒满干草屑的市场，市场上小猪在尖声叫唤，随时都能听到骂娘的声音，腐败，贫困，偷窃。

莫斯科近郊，风在白桦光秃秃的树枝间呼啸着。就在这辽阔的地区里，到处可以听到妇女在偷偷地尖声哭泣。士兵的亲人们在哭泣——母亲和妻子，姐妹和未婚妻。她们毫无怨言、毫无希望地哭着，仿佛不能期待从任何地方得到欢乐。

就这样，大地上冻了。秋末冬初的落日洒下一条条鲜红的光带，枞树林犹如一道道栅栏，在大地上投下一条条黑影，最初的薄冰像砂糖样地在地上发出清脆的响声，大地用冻僵的村庄里的炊烟覆盖了田野。勃洛克的话好像是预言：

我的罗斯，我的生命，我们是否在一起受苦受难？

沙皇，以及西伯利亚，还有叶尔马克①，还有牢监……②

我在听人们的谈话——醉话和清醒的谈话，怯生生的和绝望的谈话，十分顺从和满怀激愤的谈话，各种各样的谈话。这些谈话中只有一点是共同的——希望“停战”，希望士兵们从战争中归来，使“生活轻松一些”。不然，就毫无办法，只能活活饿死了。

似乎人民的全部愤怒都集中在那里，集中在西方，集中在军队里。农村在等待着，等待愤怒从那里像潮水一般涌来，摧毁这令人厌恶的生活，消除这极端贫困的生活，让农民、作坊和工厂里的工人终于取得统治这块土地的权利。

到那时候，真正的生活就将开始了！到那时候，人们的手就会忍不住要去工作，全国都会响彻锯子、斧头和铁锤的声音，即使敲响教堂里所有的钟，也压不倒这劳动的声音。

人真是个奇怪的生物。我在莫斯科近郊所有这些地方看到的一切，反映了全俄罗斯的灾难。但有一个情况却激起了我内心的喜悦——研究无论就形象性和朴素性而言都异常美妙的人民的语言。我是第一次和它如此接近。

---

① 叶尔马克（？—1584），哥萨克首领。——译者

② 勃洛克的诗《无题》。

屠格涅夫说，这样的语言只会给予伟大的人民。[①]这句话听起来并不像是夸张之词，而像是一句老生常谈。

在莫斯科却是另一种情况。一些人为寻找出路而进行徒然的争论，另一些人知道出路何在，正默默地为此在做准备，还有一些人却在发财。出现了一些有铁的手腕和胆略的生意人，其中居首位的大概是西伯利亚的企业家弗托罗夫了——一个比契诃夫的《樱桃园》中的洛帕欣还要精明一千倍的人。

在这惶惶不安的生活上面可以看到拉斯普京的阴影。

在俄罗斯的全部历史中还从未有过这样的情况：一个只字不识、老奸巨猾的家伙、偷马贼和富农，为了寻求暴利来到彼得堡。过了一段短短的时间，就成了几乎是国家的专制君主，成了国家命运的主宰，成了皇上的右手和后富美女的统治者。

皇帝、世袭贵族和内阁大臣们的彼得堡对他低下了高傲的头，好似一条挨了打的狗，等待着他从自己的盘子里扔给它一块啃光的骨头。

国家还从未像这样堕落，遭受过这样的耻辱。决定性的时期已经来到门口，大家都在苦难中等待着结局。

结局开始了。它是从拉斯普京被杀开始的。有人把他的尸体扔到了小涅瓦河的冰层底下。拉斯普京被人毒害，又挨了几枪，然后给扔进水里淹死了。但用医生们的话来说，即使是在水下，仍然有好几分钟他的心脏还在跳动。作为一个典型的偷马贼，他的生命力是很强的。

在那时以前，莫斯科就已经一切都混乱了。

---

① 见屠格涅夫的散文诗《俄罗斯语言》。

成千上万穿着绿色长袍的乌兹别克人，一群一群地被押解着经过莫斯科的街道。中亚的起义给镇压下去了，乌兹别克人被赶到穆尔曼去——去修建极地铁路，慢慢地死在那里。第一场干雪落到银线绣花的黑色小圆帽上，这些注定要死亡的人们的长征持续了好几天时间。

从波兰、波罗的海沿岸地区和白俄罗斯逃出来的难民流入本地人居统治地位的莫斯科。说话很快、带有咝音的土腔越来越经常地侵入到音调悦耳的莫斯科口音中来。

一些好像犹太教拉比的、年迈的犹太人在莫斯科街道上走着，打着小伞遮雪。

完全丧失了现实观念的象征主义诗人在歌唱情欲的苍白幽灵，歌唱阴曹地府的欲火。在大家的思想、感情都陷入一片混乱的时候，人们已经不再注意他们，顾不得他们了。

编辑部里，生活的脉搏连一个钟头也没有停止过——无论是白天，还是夜里。工作人员的全部空闲时间都是在编辑部里度过的。大家在争论，吵吵嚷嚷，等待着发生什么事情。

从彼得格勒传来令人惊惶不安的流言。外地来的人在讲买面包时可怕的排队现象，讲街道和广场上短暂、愤怒的群众集会，讲工厂里骚动的情况。

拉斯普京被杀以后不久，秃头把我叫了去。

“是这么回事，”他说，“我们喜欢您的特写。您成功地捕捉到了某些……人民的心声。因此，产生了一个想法——派您到一个偏僻的县城去，以便写出在屠格涅夫的俄罗斯，人们现在在想些什么。”

我同意了。开始考虑到哪里去，在离莫斯科最近的什么地方能找到一个偏僻的县。

谈话时，著名的戏剧评论家和研究契诃夫的专家、性情十分温和的尤里·索博列夫也在场。不管是当面还是在背后，大家都叫他尤罗奇卡。

“契诃夫曾经写过，”尤罗奇卡说，“对于他来说，俄罗斯偏僻地方的化身就是图拉省的小城镇叶夫列莫夫。这就在叶列茨附近，刚好是屠格涅夫的地方，叶夫列莫夫坐落在克拉西瓦亚梅恰河的沿岸地带。您记得《来自克拉西瓦亚梅恰河的卡西扬》吗？就请您到那里去吧。”

我是在夜里到达叶夫列莫夫的。车站上的小食堂粉刷成灰暗的淡紫色，我在这个冷飕飕的车站小食堂里一直坐到黎明。除了凉茶，小食堂里什么也没有。

煤油灯在冒烟。车站上的一个蓄着大胡子的宪兵几次从我身旁走过，严厉地望望我，把马刺弄得叮当直响。

天刚亮，我就雇了一辆马车，到叶夫列莫夫唯一的一家旅馆去。

在冬天刚破晓时灰白色的亮光中，城镇看上去小得令人吃惊，而且仿佛已经褪了颜色。

砖砌的监狱，有一个细长的铁烟囱的酿酒厂，仿佛愁眉苦脸的教堂，还有那些楼下是石头建筑、楼上是木头建筑，一模一样，简直像双生子的小房子——在朦朦胧胧、还未熄灭的路灯灯光下，这一切都让人感到忧郁。大概唯一令人感兴趣的建筑物是市场上的一排排货摊。有一些好像圆柱和拱门的东西点缀着货摊，说明这些货摊都是老古董了。

寒鸦在污浊的空气中盘旋，街上飘散着一股刺鼻的马粪味。

“唉，竟是这样的城镇！”我对车夫说，“没有什么可看的。”

“干吗要看它！”车夫漠然地回答，“为了看，谁也不上这儿来。不是吗，这可不是莫斯科。”

“那为了什么到这儿来呢？”

“来买粮食和苹果呗。我们这儿有最富的粮站，买卖人的钱成千上万。可苹果，真的，眼下我们这儿苹果真好极了。安东诺夫卡苹果。要是您感兴趣的话，请到近郊的小村子博戈沃去，我可以送您到那里去。就是在冬天，那里的苹果要买多少就有多少。”

旅馆里昏暗、寂静。我住的房间虽然窗户朝街，但也是昏暗的，不过挺暖和。从下面餐厅里散发出一股酸汤味和从茶炊上冒出的烟味。

麻脸的服务员好像由于惊讶，老是微微张着嘴，怎么也不想从房间里出去，老是站在那儿望着我。大概，他是在揣摩我是个什么人，到底是为了什么到叶夫列莫夫来。

我撵他出去，他并不见怪，边往外走边说：

“您想不到吧，前两天有一位上校住在我们的旅馆里，眼下有个从莫斯科来的占卦的女人住在这儿。特罗玛太太！她瘦得像只猫，一天要抽3包伊尔牌香烟。所有的手指上都戴着戒指，全都是钻石的。我们这儿可快活啦。今天晚上下边有舞会，这都是我们老板举办的，为了赚钱。他呀，是我们这儿的鹰！”

服务员走了。在火车上我一夜没睡，因此很高兴地脱了衣服，躺到床上。

很久以来，我第一次感到疲倦。我觉得很冷，冷得发抖。因此，既不想动，也不想说话。

“就差还没在这个偏僻的地方病倒了。”我想。

关于害病的想法使我想到了我总是竭力不去想的东西——孤独。妈妈和加莉娅离得很远，罗曼宁在前线，廖莉娅已经死了。没有任何人可以在我遇到不幸或害病的时候帮助我。没有任何人！在一段很短的时间里有许多人从我的生活中经过，但是谁也没有停留下来。这让人感到遗憾，而且也是不公正的。

我这样想，竭力想要至少是安慰安慰自己。

我睡着了。我一直在做同一个梦——积雪的平原，上面矗立着稀稀拉拉的电线杆子。我醒了，但刚一闭上眼，这单调的平原就又出现了，而且又是一根根电线杆子，不知延伸到哪里去，也不知为什么要向前延伸。在梦中我十分清楚，它们无处可以延伸。前面既没有城市，也没有村庄，只有雪和令人厌烦的冬季的严寒。

我好像觉得有人轻轻地在床上把我往上抛，于是彻底醒了。我睁开了眼，还什么也不明白，就已经听到消防队员乐队的铜管乐器嘹亮的吼叫声。

窗户上的玻璃在颤抖。土耳其鼓精神饱满而又执拗地咚咚地响着。

下面已经开始跳舞了。

我穿上衣服，走了下去。出现了一个合适的机会，可以看看叶夫列莫夫的居民。

半昏暗的很矮的大厅里，从墙上冒出一股股潮气。乐队像发疯似的演奏着。几个面部神情紧张的姑娘坐在会嘎吱嘎吱响的椅子上，一直在用手帕扇着。

完全空荡荡的大厅中间，有一个面容枯槁、身穿破旧常礼服的人在跳舞。花白头发像猪鬃一样翘在他那香瓜似的长脑袋上。他显然已经喝醉了，但舞跳得却敏捷而潇洒，还蹲下来跳，并且叫嚷着：“喂，纽尔卡，别伤心，跳上两圈开开心！”

男人们挤在大厅门口。几乎没有年轻人，如果不算那几个身体瘦弱、脖子很长、眼睛好像没有颜色的人的话。看来，这是些服兵役不够格的人。

在大厅里一个显著的位置上坐着一个仿佛贴了一身黑玻璃串珠的瘦女人（我猜到，这就是那个占卦的女人），一个鼻子朝上翘着的男人把一条腿搭在另一条腿上，很随便地坐在那个女人身旁。他留着短而尖的火红色胡子，戴一顶宽边黑帽，一头长发耷拉到肩袖连裁的方格子大衣的领子上。他在两膝之间夹着一根手杖，手杖的银镶头是一个裸体卧在海浪尖上的娜伊阿得斯[①]。他在玩那根手杖，脸上带着无聊的微笑，不时透过一副很小的夹鼻眼镜朝四下张望。

他看到了我，在椅子上坐不住了。站起来，傲慢地避开那个跳舞的人，走到我的面前。

“一千个对不起！”他说，并且用演戏的姿势摘下帽子，“根据旅馆的旅客登记簿来看，您是一位文学家，是这些地方的稀客。因此，作为从事写作的同行，我斗胆向您自我介绍：‘梦幻公主’。”

我感到不知所措。那个戴帽子的人满意地微微一笑。

“没料到吧？”他问，“没想到会在这个偏僻的地方遇到我吧？我妈妈住在这里。我经常从莫斯科到这里来，好让身心都能得到休息。”

“梦幻公主”！我经常在一些给妇女看的廉价杂志上“答我们的女读

---

① 希腊神话中栖居河川、水泽的水泉女神。——译者

者”一栏里看到这个签名。

“梦幻公主”借助在这方面的丰富知识，以浮华而又伤感的风格来回答女读者们的一些最微妙而且涉及隐私的问题：怎样让一个金发男子爱上自己；如果丈夫不忠实，该怎么办；柏拉图式的恋爱是怎么回事；怎样摆脱粉刺和萎黄病。

“我的真实姓名，”戴帽子的人说，“叫米古埃尔·拉钦斯基。请允许我介绍您认识我们城市的女宾，著名的算命人、阿杰拉伊达·塔拉索芙娜·特罗玛夫人。”

他介绍我认识了那个很瘦的女人。她把一只瘦骨嶙峋的手伸给我，手指上的假钻石戒指闪闪发亮。她很冷淡地看了看我的脸，用稍有点儿嘶哑的声音说：

“噢，多么不同寻常的、幸福的青年人啊！噢！美好的未来在等待着您。您是一位天生有福的人。”

她还想说点儿什么，但忽然咳得喘不过气来，把一块镶花边的黑手帕紧紧地捂到嘴上。她全身在战栗，透过衣服的开口处，我看到她那尖尖的锁骨和很瘦的胸部都在发抖。

特罗玛夫人怎么也咳不出痰来，于是走出了大厅。

米古埃尔·拉钦斯基请我到小卖部去喝瓶葡萄酒。

在喝酒的时候，他把这个城镇的全部底细都讲给我听了。

首先他说，在大厅里跳舞的那个喝醉了的人是本地的一个棺材匠，跳舞跳得很好，可以说是一个跳舞的好演员。旅馆的老板雇他来跳舞，只“招待他吃一顿饭”，为的是吸引客人们也去跳舞。要不然，姑娘们就像些蠢货一样，整晚上都坐在那里，扇着小手帕，脸红得厉害。男人们蜷缩着身子，倒换着两只脚在门口站一会儿，也都不好意思地走散了。只有为数不多的几个人转移到小卖部来，开怀“畅饮”，一直喝到早上。

照拉钦斯基的说法，城镇里没有“精神上的知识分子”，如果不算他拉钦斯基本人，不算初级女子中学里一个教俄国文学的青年教师奥西片科，不算一个消费税征收员、著名作家的兄弟布宁的话。不过，布宁是个不爱交际的人，而且只对研究巫医有兴趣，只知道研究各种各样的符咒和咒语。

在这第一次相识之后，我每天都遇到拉钦斯基。并且明白了，他的主要不幸就在于他对庸俗、吹牛和廉价的姿态有一种病态的爱好。

他当然并不聪明，更确切些说，他是一个天真的人，不过天性是善良的、轻信的。他很可怜那个占卦的女人——一个被丈夫遗弃的、害肺病的女人。占卦的女人在拉钦斯基那儿搭伙吃饭，他要求母亲给占卦的女人单独做一些很油腻的东西吃。因为他不知在什么地方看到过，害了肺病，应当“用脂油补肺”。

他的庸俗习气是无法消除的。就连谈论政治、谈论俄罗斯局势的时候，他也喜欢卖弄机智，使用一些语义双关的词句。有一次，谈到拉斯普京的活动，他说这是“达到极限的犬儒主义”。他一开口就是拙劣的诗句与平淡无奇的格言，这些话从他嘴里说出来，简直就像从正在换毛的猫身上往下掉毛那么频繁。

但在自己家里，他却是个很细心的主人。我越仔细观察他，就越可怜他这个误入歧途的人。

拉钦斯基也建议我在他母亲那里搭伙，这可真帮了我一个大忙。因为城镇里旅馆内附设的唯一一家餐厅其实是个臭烘烘的饮食摊。

我同意了。当我第一次去拉钦斯基家，看到一位令人很高兴的、聪明的老太婆——从前当教师的他的母亲，感到十分惊讶。他对待儿子——自己的米沙（在家里，米古埃尔这个名字是不存在的），就像对待一个明显精神失常的人，单是看到他的外表，她就感到痛苦。然而，对他却十分温柔。这是做母亲的对待一个畸形儿子的怜悯的温柔。

每天吃午饭时，正如拉钦斯基所说的，和他“同桌共餐的人”——占卦的女人、奥西片科和我——都在他家的饭桌旁聚集在一起了。

中学教师原来是个十分热心、机智而且精力旺盛的人。他爱争论，非常喜欢文学，而且从不放过任何一次机会，指出拉钦斯基“唯美主义的怪僻行为”。被揭穿的拉钦斯基只是不好意思地笑笑，擦擦夹鼻眼镜。他不敢反驳这位教师。

占卦的女人很怕冷地裹着头巾，一声不吭。她只乐意跟拉钦斯基的母亲瓦尔瓦拉·彼特罗芙娜说话，而且那也要在男人们听不到的时候。

她显然为自己的职业感到不好意思，来吃饭的时候常常面带泪痕。我只知道她是彼得堡人，抛弃她的丈夫是个律师。

在不给人占卦的空闲时间，她在军医院里照料伤员，给护士和医生们帮忙。军医院设在教区的学校里。

我决定到近郊农村博戈沃去一趟，了解一下这里的农民靠什么生活，他们在期待什么。

博戈沃坐落在屠格涅夫赞美过的克拉西瓦亚梅恰河的河岸上。河已经被雪覆盖起来，但水磨旁的排水槽里，黑水还在哗哗地流。融化的小冰箸滴落到水里，发出很响的声音。

2 月里，最初的解冻天气已经到来。大雾弥漫，屋檐上在往下滴水，时而有阵风吹来，飘散着一股烟味。

在博戈沃我见到了一个人。起初，我把这次会见看作一件好笑的事。不过几天后，我却发现这次会见中含有一种几乎是象征性的意义。

博戈沃的农民和莫斯科近郊的农民一样，只期待着一件事——战争的结束。以后会怎样，谁也不知道。但大家都深信，战争不会白白过去，战后终将恢复正义。

“主要的是没有真理！”乡村鞋匠——一个身体虚弱、胸部凹陷的农民对我说，“你走遍全俄罗斯，问问所有的居民，就会发现每个人对真理都有自己的看法，局部的看法。要是把这些局部的看法都归总起来，那么就会得到一个唯一的，可以说是全俄罗斯的真理。”

“嗯，那您自己的局部真理是什么样的呢？”我问。

“瞧，我们的真理就在那儿！”鞋匠回答，说着指了指耸立在河岸上的山冈。在那儿一座高低不平的苹果园里，可以看到一幢半倾倒的地主的房子。房子不大，但仍然保留着亚历山大一世时代俄罗斯盛行的、那种庄园的帝国风格特征——有两排圆柱的三角门楣。不过圆柱已经泥灰剥落了，又窄又高、顶部呈半圆形的窗户，两排半圆形的厢房，异常漂亮的铁栅栏，不过都已经折断了。

“请您给我解释一下，”我请求说，“这幢老房子和您的局部真理有什么关系呢？”

“请您到这幢房子里去，见见房子的主人，您就会明白了。既然谈到真理，那就请您自己做出结论吧：这幢房子，还有附属于这幢房子的果园和土地——那里有两俄亩[①]土地——应该属于谁。不过，那里的主人是个

① 1俄亩等于1.09公顷。——译者

怪人。地主舒伊斯基，是个让人难以想象的坏蛋，他未必会让您到他家里去。得想个主意，说是有事去找他。”

“什么事呢？”

“嗯，就好像您是想在他那儿度过夏天，要租一幢别墅。您是来决定这个问题的。”

我顺着雪地里勉强可以辨认的小路走到了那幢房子门前。窗子都用腐朽的旧木板钉着，正门的台阶已被雪掩埋起来。

我绕着房子走了一圈，看到一扇蒙着破毡的窄门，于是用力敲了敲。没有任何人应声，也没有人来开门。我竖耳倾听，房子里死一般寂静。“唉，算了。”我想，“大概，没有任何人住在里面。”

这时，门突然敞开了。门槛上站着一个小老头儿，他穿一件已经磨出洞来的黑色旧棉袍，腰里系着一条毛巾。老人的头上戴着一顶缎子小帽。他整个脸上都裹着脏绷带，绷带下翘着一块块被碘酒染成深棕色的棉花。

小老头儿用像小孩子那样完全纯蓝色的眼睛愤怒地看了我一眼，用很高的声音问：

“您有什么事，先生？”

我照鞋匠教我的那样回答了他。

“您不是布宁家的人吧？”小老头儿怀疑地问。

“不是，绝对不是！”

“那么，我们走吧。”

他把我领进了大概是这幢房子里唯一一间住人的房间。屋里堆满了破布和废物，房屋当中热烘烘地生着一个小铁炉子。

每次阵风吹过，都会从炉子里飞出一缕缕烟来。

在角落里，我看到了一个挺不错的圆形瓷砖壁炉，上面镶着带花纹的瓷砖。炉子上的瓷砖几乎有一半已经取了下来，在取下瓷砖后形成的小壁龛里放着一些蒙着一层灰尘的小药瓶，乱扔着一些已经发黄的小纸袋，还放着一些已经干瘪的、生虫的苹果。

木床上铺着一张已经掉了毛的熟羊皮，木床上方挂着一幅镶在沉重的金框里的女人肖像。那女人穿一件轻飘飘的天蓝色连衫裙，搽过粉的头发高高竖起，长着一双跟小老头儿一模一样的蓝眼睛。

我好像觉得我是到了上世纪初果戈理笔下的泼留希金[①]那里。在这以前我无法想象，罗斯还保留着这样的房子和这样的人。

“您是贵族吗?”小老头儿问我。

为防万一，我回答:“是的，我是贵族。”

“您现在在干什么，”小老头儿说，“这我不感兴趣。如今出现了一些这样的职业，简直让宪兵跑断了腿。您看到了吗，甚至出现了什么收获量估产员，胡说八道！罗曼诺夫王朝的胡说八道！房子我租给您，让您在这里度过夏天。不过有个一定要遵守的条件，您可不能养山羊。要不然，3年前布宁住在我这儿，是个让人怀疑的先生！是个出卖耶稣的人！他养了些山羊，山羊可高兴了——把苹果全啃光了。”

“作家布宁吗?”我问。

“不是，是他兄弟，消费税征收员。作家也来过，比他那个当官的兄弟稍懂点儿礼貌。不过，我告诉您，我也不懂他神气什么！小地主家的小人！”

---

① 《死魂灵》中的人物。——译者

我决定以小老头儿所能理解的方式来为布宁辩护。

“您说哪里话，”我说，“要知道，布宁是出身于一个古老的贵族家庭啊。”

“古老的吗?”小老头儿讥讽地问。说着朝我看了一眼，就像是看一个不可救药的蠢货，并且摇了摇头，“古老的！那我就更古老了！我已经载入丝绒封面的史册。如果您好好学过俄国历史的话，就应该知道我的家族有多么古老了。”

只是到这时我才想起，鞋匠对我说过这个小老头儿的姓——舒伊斯基。难道我面前站着的就是沙皇舒伊斯基家族的最后一代后裔吗？真是见鬼!

“一个夏天，”这时小老头儿说，“我收您50卢布。这笔钱数目当然不小。不过，我的花费也不小。去年我和我的夫人离婚了。她这个老妖婆，这会儿住在叶夫列莫夫，不得不间或施舍几个钱给她，有时是5卢布，有时甚至是10卢布。只不过毫无益处。她把钱都花到情夫们身上去了。没有一棵好杨树，好在上面吊死她。”

“她多少岁了?”我问。

“这个没用的女人70多了。”舒伊斯基生气地回答，“关于您要住在我这儿的事，我们得一项一项地写一份协议书。不然，无论如何也不行。”

我同意了，我感觉到这好像是在我面前演一出极为罕见的活报剧。

舒伊斯基从一个破纸夹里取出一张带纹章的黄纸，上面印着一只双头鹰，又拿出一支鹅毛笔，用一把已经折断的小刀刮了刮，把笔插进一个装碘酒的小罐里蘸了蘸。

“呸!”他说，“这都是为什么呢？因为这个笨头笨脑的傻女人瓦西莉莎从来也不把东西放在该放的地方。”

从接下去的谈话中才弄清，一个从前烤圣饼的女人、已经很老的瓦西莉莎，一星期从博戈沃到舒伊斯基这儿来两趟，马马虎虎收拾收拾房间，劈点儿劈柴，给老头儿熬一些粥。

舒伊斯基找到了现在用来装墨水的变形牌雪花膏瓶，开始写了起来。一面写，一面唠唠叨叨地抱怨新时代。

“如今说话和书写都好像是用鞑靼语。四面八方到处都是罗曼诺夫王朝的胡说八道！收获量估产员，土壤改良家！据说，尼古拉什卡让一个生活放荡的乡巴佬[①]跟自己坐在一起。也算是个沙皇呢！他是个狗崽子，而不是沙皇!”

“您为什么用棉花把脸裹起来?”我问。

“我在脸上抹了些碘酒，随后，当然就用棉花遮盖起来。”

“为什么呢?”

“因为神经的关系。”舒伊斯基简短地回答，“嗯，好了，请看一看，签上您的名字吧。”

他把一张写满字的纸递给我，字迹清晰，是古老的写法。上面逐项列举了住在这幢倾斜的房子里的种种条件。我特别记住了一条：

“余，上述的帕乌斯托夫斯基，承担义务绝不利用果园中之果实。此系鉴于该果园已于果实未成熟时租予叶夫列莫夫之独院小地主加夫留什卡·西特尼科夫之故。”

我签署了这份奇怪的、我完全不需要的文件，并且问了问，要付多少

---

① 指沙皇尼古拉宠信拉斯普京，尼古拉什卡是尼古拉的卑称。——译者

订金。我明白，为我反正不会去住的房子付钱是愚蠢的，但是需要把我扮演的角色演完。

“谈什么订金呀!”舒伊斯基生气地回答，“如果您当真是个贵族，那您就不该提这种事！您来了，咱们再算。我要向您鞠躬告别了。我不送您——因为我感冒了。请把门关严一些。”

我步行回叶夫列莫夫去。离开博戈沃越远，越觉得这次会见是荒诞的。

在叶夫列莫夫，瓦尔瓦拉·彼得罗芙娜向我证实，这个小老头儿的确是最后一个舒伊斯基公爵。诚然，他有个儿子，但40年前舒伊斯基已经以1万卢布的高价把他卖给了一个没有孩子的波兰大地主。那个大地主需要一个继承人，以免在他死后巨大的田庄——长子继承的不动产——分散到亲戚们之间去，能够继续留在一个人手里。贵族会议里那些机灵的秘书们给这个大地主找到了一个血统很好的男孩——舒伊斯基，大地主买下了这个孩子，把他认作自己的儿子。

一个静悄悄的下雪的晚上，吊着的煤油灯里不知有什么在轻轻地嗡嗡响。

饭后，我仍然待在拉钦斯基家里，看谢尔盖耶夫-倩斯基[①]的《田野的忧愁》，看得入了迷。

拉钦斯基在饭桌旁写他给妇女们的建议。写完几句后，他靠到椅子背上，看一遍，得意地微笑着。显然，他对所写的一切都非常喜欢。

瓦尔瓦拉·彼得罗芙娜在打毛线，占卦的女人躲在扶手椅里。望着自

① 谢·尼·谢尔盖耶夫-倩斯基（1875—1958），苏联作家。

己那双放在膝盖上、戴着钻石戒指的手，不知在想什么。

突然，有人用力敲了敲窗户。大家都打了个哆嗦。根据敲窗子的方式——敲得很快，惊惶不安——我明白准是出什么事了。

拉钦斯基去开门。瓦尔瓦拉·彼得罗芙娜画了个十字。只有那个占卦的女人一动不动。

奥西片科冲进饭厅——他穿着大衣，戴着帽子，连套鞋也没有脱掉。

“彼得堡发生革命了！”他大声喊道，“政府被推翻了！”

他的声音突然中断了。他倒在椅子上，哽咽着失声痛哭起来。

刹那间变得十分寂静。只听到奥西片科抽抽搭搭地吞咽着空气，完全像小孩子那样痛哭着。

我的心狂跳起来。我喘不过气来，并且感觉到泪水在顺着我的面颊往下流。拉钦斯基抓住奥西片科的肩膀，大声叫嚷：

“什么时候？怎样发生的？您讲呀！”

“这不是……这不是……”奥西片科喃喃地说。说着从大衣口袋里掏出一条又窄又长的电报纸条，“我刚从电报局来……都在这上面……都在……”

我从他手里拿过纸条，开始大声地念临时政府的号召书。

终于发生了！我的手在瑟瑟发抖。尽管最近几个月全国都在等待着发生什么事件，但打击还是太突然了。

这里，在这死气沉沉、塞满旧时代垃圾的叶夫列莫夫，更是特别闭塞。莫斯科的报纸在第3天才到，而且一般说，数量也不多。每天晚上，市镇上的狗在叫，打更的人似乎不乐意地敲着梆子。好像觉得，从16世纪以来，这个市镇上什么都没有改变。既没有铁路，也没有电报；既没有战争，也没有莫斯科，也没有发生任何事件。

可是突然——革命！各种想法在头脑里乱糟糟地翻腾着，只有一点是清楚的——伟大的事件发生了。无论什么人和任何事物都无法制止的事情已经发生了。就是在现在，在这似乎是最平常的一天，发生了人们等待了一个多世纪的事情。

“怎么办呢？”奥西片科焦急不安地问，“应当立刻采取行动。”

这时，拉钦斯基说话了。因为这几句话，可以宽恕他的一切罪过：

“应当把这份号召书印出来，把它贴到城里去。还要和莫斯科联系。咱们走！”

我们三个人一起走了出去——奥西片科、拉钦斯基和我。只剩下了瓦尔瓦拉·彼得罗芙娜和占卦的女人留在家里。瓦尔瓦拉·彼得罗芙娜站在神龛前，很快地一再画着十字，喃喃地说：“天哪，可等到了！天哪，可等到了！”占卦的女人还是那样一动不动地坐在扶手椅里。

冷冷清清的街道上，有一个人迎着我们跑来。在路灯微弱的灯光下，我看出他没戴帽子，只穿一件斜领衬衫，光着脚板。他一只手里拿着一个鞋楦。

那人向我们跑来。

“亲爱的！”他大声喊叫，一把抓住了我的手，“你们听到了吗？沙皇没有了，只有俄罗斯还在。”

他和大家热烈地亲吻，然后又继续向前跑去。边跑边呜咽着，嘟嘟囔囔地不知在说什么。

“我们是怎么搞的，”奥西片科说，“怎么不互相祝贺呢?!”

我们站停下来，也热烈地互相亲吻。

拉钦斯基去电报局，注意从彼得格勒和莫斯科发来的一切消息。我和奥西片科找到了一家偏僻的小印刷所，那里平时只印海报、军事长官的布告和命令。

印刷所的门关着。正在我们试图砸掉门上的锁的时候，来了一个手忙脚乱的人。他拿着钥匙，打开了印刷所的门，点上了灯。原来这是叶夫列莫夫唯一的排字工人和印刷工人。他为什么来到印刷所附近，我们没有问他。

“请您站到排字盘前，赶快排版！”我说。

我向排字工人口述号召书上的内容。他在排字，不时停一停，用衣袖擦擦涌到眼眶里的眼泪。

不久，又给我们送来了新消息：临时政府的交通部长涅克拉索夫关于拦阻皇家列车的命令——给所有的人，所有的人，所有的人！——无论在何处发现皇家列车，一律不准放行。

一个又一个事件，犹如巨浪一般向俄罗斯袭来。

我在看印出来的第一份号召书，字母在我眼前跳跃着，渐渐变得模糊了。

印刷所里已经挤满了人，他们不知是怎么知道这里正在印革命号召书的。他们拿起一沓沓号召书，跑上街去，把号召书贴到墙上、篱笆上和路灯杆上。

已经是半夜1点了，平常这时候叶夫列莫夫早已酣睡不醒了。

突然，在这不该打钟的时候传来一声教堂里的钟声，钟声响亮而又短促。然后是第二声、第三声。钟声越来越频繁，紧张的钟声已经在市镇上空回荡。不久，所有近郊教堂里的钟声也都和城里的钟声汇合起来。

家家户户都点上了灯，街道上挤满了人。许多房屋的门都大敞四开，无人照看。彼此不相识的人都在哭着互相拥抱。

从车站那边传来机车得意扬扬的和欣喜若狂的吼叫声。

街道深处不知哪里传来了起初很轻、后来愈来愈嘹亮的歌声：

与旧世界彻底决裂，
从我们脚上抖落它的灰烬。

乐队的铜管乐器响亮的声音闯入了人们的合唱声之中：

我们向我们饱受苦难的兄弟走去，
我们向挨饥挨饿的人们走去……

奥西片科在沾满油墨的桌子上写叶夫列莫夫市临时革命委员会的第一道命令。没有任何人成立这个委员会。谁也不知道，也不可能知道委员会的成员是什么人，因为它根本就没有成员。这命令是奥西片科的即兴之作。

“在解放了的俄国政府任命叶夫列莫夫市和叶夫列莫夫县新政权之前，”奥西片科写道，“叶夫列莫夫临时革命委员会要求全体公民完全保持平静，并命令”——

“责成县地方自治参议会及其主席库舍列夫公民负责管理市、县。”

“在公布特别命令之前，任命库舍列夫公民为政府委员。”

“警察局和宪兵队立即把武器送交县地方自治参议会。”

“在街道上建立人民警察队。”

“一切机关及商业企业不得停止工作。”

“叶夫列莫夫驻防军（后备连）应效法彼得格勒、莫斯科及俄国其他城市驻防军，向新政府宣誓效忠。”

黎明时，面带倦容、脸色苍白，但神情坚定的拉钦斯基来到了印刷所。他的大衣上别着一个很大的红色花结。

他走进来，用演戏的姿势砰的一声把一把宪兵的军刀和一支装在皮套里的纳甘式转轮手枪扔到桌子上。原来，一些铁路工人解除了车站上那个大胡子宪兵的武装，当时也在场的拉钦斯基把这些武器作为第一批战利品带到了革命委员会。

后来，一个身材高大、头发花白、脸上带着惊慌神色、然而善良的人来到了印刷所，他就是临时政府的新委员库舍列夫。他甚至没有问，是以什么方式任命他担任这一崇高职位的。

立刻由他签名发布了一道新命令，向全市居民祝贺俄国从长期压迫下获得解放。下午1点，决定召开全市居民各阶层代表会议，讨论与最近的事件有关的迫切问题。

我一生中从未见过像那几天中所看到的那么多幸福的眼泪。库舍列夫签署命令时也在哭泣。

他的女儿也和他一起来了——这是一个身量很高、腼腆的姑娘，裹着头巾，穿一件短皮袄。父亲在签署命令，女儿却抚摩着他花白的头发，用颤抖的声音说：

“不要这样激动，爸爸。”

库舍列夫年轻时在北方度过了10年流放生活。他曾因为属于一个大学生革命小组而被判罪。

闹哄哄的、混乱的、幸福的日子开始了。

地方自治会议大厅里昼夜不停地在开全民会议。人们把地方自治会议叫作“议会”。由于千百人的呼吸，“议会”里仿佛烟雾腾腾。

2月的风，吹动许多面红旗在空中飘扬。

农村里的人拥进市内打听消息和命令。“要是能快点儿分给一小块土地就好了……”农民们说。会议大厅附近的所有街道上停满了无座雪橇，撒满了干草。到处都在大叫大嚷，为土地、赎金、和平等问题进行争论。

各个十字路口站着一些上了年纪的人，都戴着红袖标，腰带上别着手枪——这就是人民警察。

惊人的消息接连不断。尼古拉在普斯科夫车站宣布退位。国内客运交通停止了。

叶夫列莫夫的各个教堂都在为新政府做祈祷。从监狱里释放了几乎所有被捕的人。学校停课，女中学生们兴高采烈地在全城奔跑着，分发政府委员的命令和布告。

在第5天或第6天，我在“议会”里遇到了博戈沃村的那个鞋匠。他告诉我，舒伊斯基得知革命的消息后，打算到城里来。在这以前，他搬了个梯子靠到瓷砖壁炉上，顺着梯子爬上去，从最上面的一块瓷砖底下取出一小口袋金币，一脚踩空摔了下来，到晚上就死了。鞋匠到城里来，是为了把舒伊斯基的钱交给临时政府的委员。

城市仿佛变成了另一个城市，城里的人也仿佛变成另一些人。俄罗斯开始说话了。在人们都不善于辞令的叶夫列莫夫，令人不可思议地不知从哪里出现了一些说话很能打动人心的演说家。这主要是铁路机车库里的工人们。妇女们一边听着他们的演说，一边止不住地在流泪。

不久前叶夫列莫夫居民所特有的那种垂头丧气、神情阴郁的模样已经消失得无影无踪了。人们的脸变年轻了，眼睛里发出思想和善良的光芒。

再也没有市民了，只有公民。而这个词使人有了责任感。

非琴俄罗斯文学经典译文集

ПОВЕСТЬ О ЖИЗНИ

一生的故事

第三部

[俄]康·帕乌斯托夫斯基 著
非 琴 译

河北出版传媒集团
河北教育出版社

图书在版编目（CIP）数据

一生的故事 / (俄罗斯) 帕乌斯托夫斯基著；非琴译. -- 石家庄：河北教育出版社，2017.10（2022.7 重印）
（非琴俄罗斯文学经典译文集）
ISBN 978-7-5545-3673-5

Ⅰ. ①一… Ⅱ. ①帕… ②非… Ⅲ. ①散文集－俄罗斯－现代 Ⅳ. ①I512.65

中国版本图书馆CIP数据核字(2017)第054398号

非琴俄罗斯文学经典译文集
一生的故事

作　　者　康·帕乌斯托夫斯基（俄罗斯）
译　　者　非　琴
策　　划　杨　才　蒋海燕
责任编辑　蒋海燕　郝建国　马海霞
　　　　　霍雅楠　石　姮　程亚星
装帧设计　于　越　郝　旭
出版发行　河北出版传媒集团
　　　　　河北教育出版社　http://www.hbep.com
　　　　　（石家庄市联盟路705号，050061）
印　　制　河北新华第一印刷有限责任公司
开　　本　787mm × 1092mm　1/32
印　　张　56.75
字　　数　1336千字
版　　次　2017年10月第1版
印　　次　2022年7月第2次印刷
书　　号　ISBN 978-7-5545-3673-5
定　　价　218.00元（全6册）

第三部

一个未知时代的开始

目　录

旋　涡

在几个月里，俄罗斯说出了它在几个世纪里保持沉默而没有说出的话。

从1917年2月到秋天，全国昼夜都在连续不断地举行毫无秩序的群众集会。

城市的广场上，纪念碑旁，散发着氯气味的车站附近，工厂里，农村里，市场上，多少有几个人居住的房屋的每个院子里、每条楼梯上，都有人群在吵吵嚷嚷。

发誓，号召，揭露，演说家的热情——这一切突然都淹没在疯狂地呼喊“打倒”或兴奋、嘶哑地欢呼“乌拉”的叫嚷声中。这些叫喊犹如鹅卵石滚动的隆隆声，滚过一个个十字路口。

莫斯科的群众集会特别鼓舞人心，特别激烈。

人群对着某人大声喊叫，抓着军大衣的扣带把某人从普希金纪念像上拖下来，和某人亲吻，又粗又硬的胡子擦破了人家的脸，拉着某人粗糙的手和他握手，打掉某个知识分子头上的帽子。但就在这里，1分钟后又已经胜利地抬起他来，他却一边用手扶着不断跳动的夹鼻眼镜，一边咒骂不知哪一些毁灭俄罗斯自由的人。时而在这里，时而在那里，人们在拼命为某人鼓掌，粗糙的手掌发出的响亮的掌声，好似大个的冰雹打在马路上的噼啪声。

顺便说说，1917年的春天是寒冷的，冰雹经常给莫斯科林荫大道上的嫩草覆盖上一层噼啪作响的雪糁。

在群众集会上，谁也不是要求发言，都是自己走上去发表演说的。人们很乐意让从前线归来的士兵们发言，也乐意听一个滞留在俄国的法国军官发表演说。这个人是法国社会党成员，后来又成了共产党员，他叫雅克·萨杜尔[①]。他的浅蓝色军大衣一直在莫斯科两个最经常举行群众集会的地点——普希金纪念像和斯科别列夫纪念像——之间飘动着。

当一个士兵自称是从前线归来的战士时，一开始人们先吵吵嚷嚷地询问他，“从哪个前线来的？”人群中有人大声喊叫，“在哪个师？哪个团？你的团长是谁？”

如果那个士兵惊慌失措，一时回答不出，那么人们就在“他是从霍登卡前线来的！打倒！”的喊叫声中把他拖下讲坛，拖进人群深处。他在那里难为情地擤擤鼻涕，用军大衣的下摆擦擦鼻子，困惑不解地摇摇头。

要想一下子就掌握住群众，迫使他们听自己讲话，需要采取强有力的方式。

有一次，一个穿一件竖着领子的军大衣的大胡子士兵爬上普希金纪念像的台座。人群开始吵吵嚷嚷地问：“哪个师？哪个团？”

那个士兵生气地眯缝起眼睛。

“嚷嚷什么！”他大声喊道，“要是仔细搜一搜，那么就会发现，这儿三个人当中就有一个人的口袋里装着威廉的照片！你们当中足有一半人是

---

① 雅克·萨杜尔（1881—1956），法国工人运动活动家，国际主义者。

间谍！这是事实！你们凭什么权利堵住俄国士兵的嘴，不让他讲话?!”

这是一种强有力的方式。人群不作声了。

“你先到战壕里去喂喂虱子，”那个士兵大声喊道，“然后再来质问我！没有消灭光的沙皇的走狗！败类！你们别上了大红花结，就以为我们看不透你们了吗？你们把我们像卖鸡一样卖给资产阶级还嫌不够，还想把我们身上的最后一根毛也拔掉吗？由于你们的缘故，无论是在前线，还是在腐败的后方，到处都只有背叛！从前线回来的战士同志们！我是在对你们说话！我恳请你们，请你们包围所有这些公民，进行搜查，检查一下他们的证件。要是在哪个身上搜出什么来，那么咱们自己就崩了他，用不着政府委员的命令。乌拉!”

那个士兵摘下毛皮高帽，把它举到头顶上。有些人在喊：“乌拉!”不过声音稀稀拉拉的，分散得很。人群中立刻开始出现了预兆不祥的移动——士兵们手拉着手，开始包围人群。

要不是有人想起给代表会议打电话，真不知这一切将如何结束。武装工人坐着卡车从那里赶来，恢复了会场秩序。

渐渐地，在莫斯科各个不同地点举行的群众集会各自具有了独特的性质。在斯科别列夫纪念像旁发表演讲的主要是各不同政党的代表——从立宪民主党人和人民社会党人到布尔什维克。在这儿发表的演说都很激烈，然而很严肃。在斯科别列夫纪念像旁不允许说废话。演讲者刚一想做这样的尝试，人群立刻对他齐声喊叫：“到塔甘卡去！见鬼去吧!”

在塔甘卡广场上当真是可以想到什么就说什么，哪怕是说克伦斯基是个在什波拉镇出生的、受洗礼而改信基督教的犹太人，或者说在顿河修道院的僧侣们那里发现了1000枚10卢布的金币，这些钱都藏在糖渍苹果的肉里。

春天里（已经是5月了，但那时似乎谁也没有注意到莫斯科河上的流水，也没注意到繁花盛开的稠李），有一次，我站在斯科别列夫纪念像旁的人群中。社会革命党人和布尔什维克在激烈争吵。

拉琴斯基突然爬上纪念像的台座。我甚至打了个哆嗦。直到这时，我在莫斯科没遇到过拉琴斯基。

拉琴斯基摘下丝绒宽边帽，高高举起杖头镶着裸体那伊阿得斯江河水泉中的女神银像的手杖，要求大家安静，然后慷慨激昂地喊叫起来：

“乌云企图遮蔽我们灿烂的自由的太阳！请允许我一个住在阁楼上的谦逊的穷诗人，发出自己愤怒的声音……”

“到垃圾场去！”人群中有人用清晰、坚决但稍有点儿粗鲁的声音说。

“到塔甘卡去！”人群很乐意地附和道，“喂，谁离那儿近些啊，请把他从台座上拖下来。”

“这是篡权！”拉琴斯基用绝望的声音大声喊道，“没有理性的无知之徒的声音！”

但反正还是不让他讲话。他悲哀地抬起眼睛望着天空，挥一挥双手，不失尊严地跳下台座，消失在人群之中。

普希金纪念像旁的群众集会上谈论的题目虽然多种多样，但正如现在通常所说的，这些集会总是保持“很高的水平”。在普希金纪念像旁演讲的多半是大学生。

我当时在报馆工作，按自己的职务来说，我必须到这些群众集会上去。群众集会能反映出莫斯科群众情绪最微小的波动。我们这些报界工作人员就是在那里采访到了许多新闻。

我在那儿工作的那份报纸有一个奇怪的名称，叫作《莫斯科市政府办公室公报》。正如已经没有任何“公报”一样，那时候也已经没有任何“市政府办公室”了。报纸叫这样一个名称，可能是因为它的编辑部正好占用了特韦尔林荫大道上从前市政府长官办公室的房子。

这是一份不大的报纸。编辑这份报纸的是一个为人非常轻率、态度十分随便的诗人兼小品文作家堂·阿米纳多。谁也不知道他的真实姓名。

报纸刊登从全国各地发来的、惊人的电讯，莫斯科生活的新闻，偶尔也刊登临时政府部长基什金医生发布的两三道命令。没有任何人执行这些命令，甚至连想也没想过要去执行它。所以基什金这个人只具有纯粹是装饰品的性质。这是一个相当瘦削的人，留着一把花白的胡子，长着一双注定要做牺牲品的人的眼睛。他穿一件式样雅致、带丝织翻领的常礼服，纽扣眼儿上缀着一个红色蝴蝶形饰物。

在群众集会上演讲的人所讲的内容一天比一天更明确了。不久，从混乱的口号和要求中开始出现两个阵营，全国都已经分成这样两个阵营：布尔什维克、工人的阵营与另一个阵营——乍一看，是一些温情主义的、然而没有骨头、惊慌失措的人们的阵营，知识分子——临时政府的追随者——的阵营。当然，不是全部知识分子，不过是知识分子中很大的一部分。

国家崩溃了，就像一团湿泥。俄罗斯的省、县不服从彼得格勒，俄罗斯不知是靠什么生活，也不知是在怎样汹涌、沸腾。前线上的军队在迅速瓦解、消失。

克伦斯基在全国东奔西跑，力图用自己蛊惑人心的口才把俄罗斯组织起来。他试图用夸张的言辞、歌剧中那样的装腔作势、庄严然而并不恰当的姿势来代替思想的力量和坚定的信念。他就以这样的面貌在前线上，在战壕的胸墙上对千千万万士兵发表演说，而没有发觉，他的模样简直是可笑的。

有一次，他撕下一个拒绝到战壕里去、害病而且上了年纪的士兵的肩章，用罗马皇帝下命令的姿势向那个士兵指着东方，大声喊道：

"胆小鬼！你到后方去吧！不是我们，而是你自己的良心会处死你！"

他眼里含着泪水，用悲痛的声音这样叫喊。士兵们却转过脸去，嘴里在咒骂着。

我曾多次见到过这个人——脸是柠檬色的，稍有点儿浮肿，眼皮通红，稀疏的浅色头发剪成平头。他走路很快，迫使副官们跟在他后面奔跑。他转身也是那样迅速而且突然，总是使和他同行的人大吃一惊。一只有病的手吊着黑色的吊带，插在揉皱的弗伦奇式军上衣的衣襟里。弗伦奇式军上衣靠肚子的地方打着褶子。细长的双腿上深棕色的漆皮绑腿不时吱吱作响，并发出微弱的闪光。

他用狗吠似的、冲口而出的声音向人群掷去几句短促的话，然后气喘吁吁地喘息一阵。他喜欢响亮的言辞，并且相信它们。他好像觉得，这样的词句会像警报一样在惊惶不安的全国上空飞翔，唤起人们去做出牺牲，建立功勋。

叫喊了一阵这样的响亮词句以后，克伦斯基倒在安乐椅里，由于流泪而浑身发抖。副官们给他喝些药水。就像那些神经过敏的女人一样，他身上总是散发出一股缬草酊味。

这种气味使人想起那些富有的老式住宅里散发着霉味的空气，因而揭穿了他。至少我当时觉得是这样。我不知为什么相信，药味和高级官员崇高的称号是不相容的。

不久我就明白了，克伦斯基只不过是一个害病的人，在很大程度上具有“陀思妥耶夫斯基小说中那种充满内心矛盾”的人物的命运。他只不过是一个相信自己崇高的救世主使命的演员，正在鲁莽地向深渊飞奔。

他怀着内心激动的信念，相信自己是献身于俄罗斯的。在这一点上，看来他是真诚的——这个歇斯底里病患者，像一片轻飘飘的刨花，被冲到第一个革命浪涛的浪峰上来了。

从封建诸侯时代起，俄罗斯就出过不少狂人。克伦斯基身上也有点儿这种疯狂的成分。

我有机会见到二月革命的几乎所有当时的领袖。对当时那种复杂局势我还弄不大清楚，不过这些人形形色色、各不相同的复杂身份还是使我感到惊讶。

例如外交部部长、贵族老爷式的历史学家米留可夫①教授，就和克伦斯基完全不同。

他那花白而又稍有点儿发蓝的头发看起来好像已经消过了毒，而且结了冰。就连他整个这个人也好像是结了冰，消过毒的，直到他所说的经过仔细斟酌、很有分寸的每一句话都是如此。在那个狂风暴雨似的时代，他似乎是来自另一个——规规矩矩的、纯粹是理论上的——星球的人。

突然出现了许多大喊大叫的人。他们像蘑菇那样生长出来，认为最重要的就是用喊声压倒对方。

在撒落下牲口粪的、喧闹的市场上，廉价的蛊惑宣传空前繁荣兴旺，

---

① 米留可夫（1859—1943），俄国政治活动家、历史学家、政论家，立宪民主党人。

甚至从国外运来了一些大喊大叫的人。

有一次，从巴黎来了个法国军需部长阿尔贝尔·托马。

他来到我们这里，是为了劝说“英勇的俄国人民”永远做一个忠实的同盟者，而不要退出战争。

这个短腿、留着火红色大胡子、穿着式样雅致的常礼服的人，在自己的讲话中为大喊大叫和富于表情的姿势提供了一个最好不过的榜样。有一次，他从现在的莫斯科市苏维埃（当时这幢房子是临时政府委员的官邸）的阳台上发表演说。

托马讲的是法语。听他讲话的人群中未必有哪怕是10个人懂得这种语言。人群中主要是士兵和莫斯科郊区的居民，但用不着听他讲些什么，就能听懂托马所说的一切。

托马的两条腿是弯的，他在阳台上跳跃着，以直观的方式指出，如果俄国退出战争，照他看，俄国会发生什么事情。他把自己的唇髭捻成威廉式的模样，瞪着凶恶的眼睛，一下子跳得很高，动作异常迅速地在空中扼住想象中的俄国的喉咙。他死死地抓住俄国，嘴里发出咝咝的声音，把它丢到脚下狂怒地用漆皮皮鞋践踏它。在这样做的时候，他气势汹汹地大喊大叫，像只发疯的猛虎一样咆哮着。

他在被打倒的俄国的躯体上跳起威廉时代的舞来，这种可怕的舞蹈持续了好几分钟。对这种马戏团里的表演感到震惊的人群都在屏息观看。

后来人群中发出一阵不太响亮的嘈杂声音。托马用洒过香水的手帕擦擦通红的脸，以一个习惯的姿势——稍有点儿歪着——戴上闪闪发亮的大礼帽。他仔细听听人群中的声音，微微一笑。他好像觉得，嘈杂的人声是表示赞同他的意见。

但嘈杂的人声逐渐增大，变得越来越可怕了，直到终于听到这样的喊声：“可耻!”“小丑!”“打倒!”传来一声尖锐的呼哨声。

有人殷勤地抓住托马的胳膊，把他领下了阳台。这时代替托马来到阳台上的是比利时的社会党人王德威尔得①——一个脸色阴沉得简直让人受不了的人，穿一件牧师穿的常礼服，纽扣全都紧紧地扣着。

他开始讲了起来。声音很轻，没有语调，仿佛是用干瘪的薄嘴唇在咀嚼所说的话，好像他是想要使人群入睡。人群中的人当真开始迅速减少了。不一会儿，阳台附近只剩下了不大的一小群人。他们显然是出于礼貌，还在那儿听王德威尔得讲话。

王德威尔得讲的也就是托马讲的那些话，他无精打采地呼吁忠于“神圣的军事联盟”。

从斯特拉斯特修道院那边传来了音乐声。声音越来越大，发出震耳的轰鸣：

我们都来自人民，
是劳动家庭的儿女。
兄弟联盟和自由——
这就是我们的战斗口号!

工人队伍从普列斯尼亚区沿着特韦尔林荫大道渐渐走近。大幅红布标语在王德威尔得身旁徐徐飘动：“给农舍和平，战争留给宫廷!”“一切政

---

① 王德威尔得（1866—1938），比利时社会党人，改良主义者。

权归苏维埃!”“打倒战争!”

王德威尔得的嘴唇又动了几分钟，后来他折起那几张写着讲话内容的纸，不是拄着手杖，而是拄着一把紧紧卷起来的、套在绸套子里的伞，慢慢地走了。

工人队伍中没有人注意到他。工人的队伍唱道：

他们的王位赖以支撑的一切——
都是工人的双手制造的产品……
我们自己装填弹药，
自己把装到步枪上的刺刀拧紧！①

现在，许多年以后，回忆起革命最初几个月的情景，开始清清楚楚地懂得，那是一个充分意识到所发生的事情并不巩固、而且在期待着一定会发生的变化的时期。

旧制度已经破坏了。但在内心深处，几乎没有任何人认为，二月革命的新制度就是革命的结束。它当然只不过是俄国历史上的一个过渡阶段。

可能当时那些昙花一现的国家领导人也明白这一点，这削弱了他们对新制度的反抗。对于他们来说，这种新制度是敌对性的，但又是不可避免的。列宁在芬兰车站装甲车上的讲话中第一次提到这个新制度：“全世界社会主义革命的曙光已经出现了!”

二月革命后毫不费力地获得的和仓促建立起来的一切，原来是一个新

① 列·彼·拉金（1860—1901）写的歌曲《同志们，勇敢地前进……》。

时期最初的开端。

对于大家来说，这一点到了很晚才变得明显起来。当时只是模模糊糊感觉到了这一点。那个时期太紧张了，每天都在发生的、梦幻般的事件实在太多了。既缺乏足够的精神力量，也没有足够的时间来好好分析一下那闪电似的历史的飞跃。旧时代崩溃的隆隆声汇合成一片连续不断的轰鸣。

革命最初几天那种安闲的无忧无虑的心情已经变得暗淡无光。安宁崩溃了，垮台了。

知识分子——伟大的人道主义的俄国知识分子，普希金和赫尔岑、托尔斯泰和契诃夫的孩子们——大都茫然不知所措。已经不容置辩地弄清楚了：知识分子能创造出崇高的精神珍品，但除了极少数例外，在建立国家组织的事业中却显得无能为力。

俄国文化主要是在为争取自由与专制制度进行斗争中成长起来的。在这一斗争中，思想渐渐磨炼得锐利起来，培育出了崇高的感情和光明正大的勇气。

旧制度崩溃了。这还不是在人民中传播那种可以选入文选的“合理、善良、永恒的东西”的时候，而应该立刻用自己的双手建立起生活的新形式，应该勇敢地管理这个已经完全无人治理的、幅员辽阔的国家。

国家这种不安定的、几乎是非真实的状态不可能长期延续下去。人民的生活要求目的明确，要求实实在在劳动。原来，确立正义和自由要求做艰苦的工作，甚至要求残酷无情。原来这一切不会在漂亮、空洞的言辞和同胞们赞美的呼喊声中自己诞生。

这就是革命的最初的教训。这就是俄国知识分子和自己的理想第一次面对面相遇的情况。

这是一杯苦酒，谁也无法回避它。意志坚强的人喝干了它，并和人民留在一起。意志薄弱的人要么是堕落，要么是灭亡。

就这样，国家进入了一个创造新文明的严峻而漫长的时期。但是，我再重复一遍，在那个时候，还不是所有的人都已彻底明白这些思想。它们几乎是作为一种感觉，处于萌芽状态。许多人只是怀着一种愿望在无数事件的大海中随波逐流，希望能活得更久一些，好看到历史将怎样转变，最后会把俄国冲向一个什么样的新岸。

至于说到我，那么我是怀着小孩般的喜悦之情来迎接二月革命的，尽管那时候我已经25岁了。我曾天真地相信，这次革命能突然使所有的人全都变好，使不可调和的敌人团结起来。我觉得为了革命的无可争辩的重要意义，一个人要摒弃过去的遗毒，摒弃一切恶习。首先是不再渴望发财，要摒弃民族仇恨，不再压迫和自己一样的人。要做到这一切，似乎并不那么困难。

我曾一直相信，每个人心中都有善良愿望的萌芽，全部问题只在于使这些萌芽从人的内心深处生长出来。

但不久我就确信，这种温情主义心情有一半是烟雾和腐朽的东西。每一天都把一些残酷无情的证据投掷到我的面前，证明人并不是那么容易改变的。革命暂时还既没有消灭仇恨，也没有消灭互不信任。

我在驱除这一令人不快的想法，但它不肯离去，于是使我的高兴渐渐消失了。愤怒越来越经常地突然爆发，我开始特别强烈地憎恨那些表面圆滑的自由主义知识分子。照我的看法，由于仇视不久前还在怜悯他们的、自己的人民，他们都异常迅速而且十分明显地变糊涂了。但这还并不意味着，在当时我已完全接受了十月革命。有许多东西我是接受了，但另一些，特别是对于我觉得是忽视过去文化的一切，我却拒绝接受。

我所受的唯心主义教育妨碍我完全接受十月革命。因此，我不是作为一个参加者，而是作为一个深感兴趣的目击者，度过了十月革命的最初两三年。

只是到1920年我才明白，除了我的人民所选择的道路外，别的道路是没有的。于是心里立刻觉得轻松了。信赖和怀着巨大希望的时期开始了。以后的生活已经不是偶然地，而是更加自觉地和或多或少坚定地沿着在文学领域里为人民服务的道路前进了——在我看来，好像觉得文学工作是最有效、也是较为适合我的能力的一个领域。

不知是哪一条道路更好——是从怀疑到承认呢，还是没有任何怀疑。

无论如何我始终认为，深深忠实于自由、正义和人道，也与在自己良心面前的正直、诚实一样，都是我们革命时代的人必须具备的品质。

1917年闷热的夏天接替了寒冷的春季。

热风在马路上驱赶着一堆堆揉皱和撕破了的报纸。莫斯科几乎每天都出现一些新报纸，有时是一些最罕见的思潮的报纸，直到神智学和印着这样标语的无政府主义的报纸：“无秩序及秩序之母”。这些轰动一时、而且大部分文理不通的小报，总共只有两三天的寿命。

风哗哗地吹动贴在墙上的几十种呼吁书，这些呼吁书有时是揭露性的，有时却是要求人们保持理智。空气中充满油墨的煤油味和黑麦面包的香味。这后一种农村中的气味是军队带来的。尽管有克伦斯基大叫大喊的命令，城市里却挤满了拥到后方来的士兵。

莫斯科变成了一个沸腾的军人宿营地。士兵们密密麻麻地在各个车站周围待了下来。车站前的广场上冒着烟，好似被征服的城市的废墟。但这不是火药的硝烟，而是抽马合烟的烟味。风卷起葵花子壳，形成一阵阵灰色的旋风。

拴在斯科别列夫威风凛凛地高举着的青铜马刀上的红旗早已被太阳晒得褪了色，但在风中仍然胜利地发出呼啦啦的响声。

城市上空悬挂着一道尘幕，尘幕中昏昏沉沉的黄色路灯不分昼夜都亮着。只不过是忘记把它们关掉了。

为了节约电力，根据政府的命令，钟都拨慢了很多。太阳在下午4点钟就落山了。

全城的人都不待在家里，住宅里空无一人。人们通宵达旦在群众集会上发言，喊哑了嗓子，由于失眠在街上游荡，坐在小公园里进行争论，要么就这样在人行道上争论。一些素不相识的人在群众集会上碰在一起，一转眼就会成为朋友或敌人。从革命开始已经过去4个月了，但兴奋的心情还没有平静下来，忧虑还是那样令人担心。

我决定秋天到母亲那里去。在莫斯科我已经十分疲倦了。除了许多用白报纸匆匆印刷的、反映各个政党不可调和的争吵的政治性小册子之外，在这段时间里我什么书也没能看。我幻想着能再看一遍托尔斯泰的《战争与和平》，好像这是幻想什么不可能实现的事情。当时我好像觉得，这部小说是在两个世纪以前写成的。

妈妈和我的姐姐加莉娅住在波列西耶，离切尔诺贝利市不远。我那个基辅的姨妈薇拉在那里有一座不大的庄园，叫作科潘。妈妈同意住在科潘，经管那里很少的一点儿产业。妈妈喜欢为土地忙碌。有一个时期，她甚至梦想培养我成为一个农艺师。

我路上经过基辅。基辅就像莫斯科一样，到处是群情激愤的集会。不过这儿不是喊“打倒”和“乌拉”，而是喊“格季”[1]和“斯拉瓦”[2]；不是唱《马赛曲》，而是唱谢甫琴科的《遗嘱》和《乌克兰尚未死亡》。

我坐一艘油漆剥落的小轮船“沃洛佳”号沿第聂伯河和普里皮亚特河去切尔诺贝利市。这是一艘很勤奋的轮船。船长——一个胸前别着大红花结、唇髭花白的乌克兰人——有时会登上舰桥，微笑着对着机舱说：

“喂，‘沃洛佳’！加油！为革命卖点儿力气！”

于是“沃洛佳”号卖起力气来。它开始竭尽全力噗噗地喷着蒸气，用轮叶匆匆地拍打着河水，明显地加快了航速。但这样持续的时间并不长。不久轮叶又在船舷外懒洋洋地拍打着河水，好心肠的乘客们又在甲板上休息，从岸上飘来一阵阵沼泽地里喇叭花的香甜气味，螽斯唧唧的叫声和催人入睡的钟声又融成了一片。

我也在甲板上睡了个够。在这儿，好像觉得莫斯科是一场混乱的梦。

从切尔诺贝利得坐马车穿过松林和流沙，再走40俄里。马在慢慢地走，车轮不时吱嘎吱嘎地响着，从旧挽具上散发出一股焦油味。赶车的——一个穿着质量不好的褐色长袍、个子矮小的“大叔”——一直在问：

“在莫斯科那里。当然，我要请您原谅，那里还没听说什么时候会有全世界的解决办法吗?”

“什么解决办法?”

“让庄稼人自己在土地上当家做主啊，拿棍子在那些老爷和老爷的狗

① 乌克兰语“打倒”的音译。——译者

② 乌克兰语的欢呼声，相当于俄语“乌拉”。——译者

腿子们的屁股后面，把他们通通赶到魔鬼的老娘那儿去。据说克伦斯基碍事，不让这么做，那就照着他腰上给他一锥子!”

科潘原来是一个小庄园，更确切些说，是一个荒芜的农庄。林间空地上有一座相当大的旧农舍，屋顶上盖着腐烂的麦秸，还有几个破旧的小草棚。没有篱笆，树林从四面包围着农舍。经过莫斯科的混乱以后，我好像觉得松涛声显得格外庄严，而且能使人心情平静下来。

妈妈看到我，强忍着没有流泪。不过，她的嘴唇开始颤抖，突然语塞了。但她立刻拥抱了我，把白发苍苍的头紧靠在我的肩上，好长时间一动不动地站着，默默地吞声饮泣。她还从来没有像这样拥抱过我，就像是在拥抱一个年长的人，拥抱一个保护者，拥抱她这受尽挫折的一生中唯一可以依靠的人。

加莉娅却紧紧抱住我的胳膊肘，从她那向前凸出的镜片底下落下一滴滴眼泪。她没有擦掉它们。

我笨拙地安慰妈妈。我经常想起她，思念她，但只有现在才懂得生活没有给她留下任何东西，除了深深埋藏在心里的、唯一痛苦的爱，对两个仍然活着的亲人——对我和加莉娅的爱。这是她得以生活下去的、最后一点点的爱。为了这种爱，她毫无怨言地忍受着阔亲戚们加给她的屈辱、艰苦的工作和在这荒无人烟的森林中完全被人遗忘的生活。

黄昏时，妈妈用抱歉的语气说，现在完全弄不到煤油了，就连在切尔诺贝利也买不到煤油。因此，她和加莉娅每天晚上只能用松明照亮。

在这以前，我从来没见过松明。我甚至喜欢它那明亮的、鲜红色的火光。

妈妈用干瘦的、由于在地里干活而变得粗糙的手指逐一翻弄着头巾上的流苏，犹豫不决地说：

“科斯季克，要是你能留下来，永远和我们待在一起，那该多好。现在这么害怕分离。我们能过下去的。不错，只有土豆和脂油，可是大家能在一起。你认为怎样，科斯季克？”

她下不了决心看我的脸，而是坐着，眼睛看着下面。

我一声不吭。

妈妈开始把一根新的松明放进铁夹子里去。她的手在发抖。

“我和加莉娅谈过，”她说，没有回过头来，“要是你不放弃想当作家的想法，那么无论在哪里工作，对你来说反正都是一样的。这里很安静，谁也不会妨碍你。”

不能再沉默了。

“让我考虑考虑。”我回答。

妈妈走过来，抚摩了一下我的头发。

“嗯，这就好，”她说，并且忧郁地微微一笑，“这就好。真的，你考虑一下吧，科斯季克。”

不管你在世界上生活多久，永远也不会不对俄罗斯感到惊讶。从童年起我就产生了这种惊讶心情，直到现在这种惊讶的心情仍然没有消失。世界上再没有比俄罗斯更出人意外和更矛盾的国家了。

我来到科潘的第二天就在这里证实了这一点。

我在给妈妈和加莉娅讲革命的莫斯科的情况，就在这时，看到窗外有一个精神萎靡不振的驼背僧侣。他穿一件落满尘土的长袍，戴一顶破旧的尖顶僧帽，正从树林里向庄园慢慢走来。他走了进来，对着空无一物的角落画了个十字，向我们深深地躬身施礼，请求妈妈收下僧侣们的干蘑菇，换给他们一点儿盐。这个僧侣仿佛来自彼得大帝以前的时代。

妈妈这里有盐。她倒了四分之一口袋给那个僧侣，但是没有收下蘑菇——在这个林区，连自己的蘑菇都多得没处可放。

妈妈请僧侣喝茶。他坐到桌边，没有摘下僧帽，就着果汁糖喝茶，小滴的泪珠有时顺着他蜡黄的面颊流淌下来。他用长袍的袖子仔细擦干眼泪，说：

“上帝赐予我恩惠，让我临终前再喝一次加糖的茶。上帝真的怜悯我，宽恕了我无所事事的生活。”

妈妈不知到隔壁屋里去拿什么。我跟着她走出去，问她，这里哪儿来的这个僧侣。妈妈说，离科潘10俄里远，在乌日河畔森林中一个最偏僻的角落里，从很久以前就有一座小小的隐修院。现在，在革命以后，所有身体稍好一点儿的僧侣都跑散了，隐修院里只剩下几个病弱的老人。

“你最好到这个隐修院里去一趟，”妈妈劝我说，“跟他们谈谈。这对你也许是有意思的。”

几天后我到隐修院去了。树林里光线昏暗，到处都是被暴风吹倒的树木。后来，不是在林间空地上，而是直接在树林里，就在树丛中，我遇到了一堵用发黑的圆木筑成的木墙。我在画古庙的廖里赫[①]和涅斯杰罗夫的画上看到过这样的木墙。

我沿着木墙走到大门口。大门用木板钉起来了。我敲那道便门，敲了好久，直到去我们那儿要盐的那个僧侣来给我开门。

---

① 尼古拉·康斯坦丁诺维奇·廖里赫（1874—1947），俄国画家。

我走进杂草丛生的小院子，看到一座用松木建成的歪歪斜斜的小教堂，立刻觉得仿佛离开了我们这个世纪。

从教堂里传来老年人唱歌的声音。偶尔从钟楼上传来一声钟声。

“我们都不知道，”僧侣对我说，“是不是还该打钟。我们担心哪，生怕现在的当局会为此怪罪我们。所以只稍稍打几下。钟楼上落着一只乌鸦，连它都不飞走。请到教堂里去吧。”

我们走进教堂。总共只点着三四支蜡烛。几个身穿苦行修士黑长袍的老人一动不动，长袍上绣着白色十字架和骷髅头。圣徒像狭长的脸上那层褐色的镀金在昏暗的光线中不时发出微弱的闪光。燃烧着的刺柏果散发出一股稍带点儿苦味的清香——僧侣们把刺柏果当香烧。

不知怎的，一切都在意识中混合在一起了——古老的隐修院，凄凉的赞美歌声，教堂墙外的松涛声，苦行修士长袍上的骷髅头，莫斯科，廖莉娅坟上的十字架，战壕里生了一身虱子的士兵，科布林的犹太教堂，塔甘罗格灯塔上的火光，群众集会，革命，《马赛曲》，克伦斯基，“给农舍和平——战争留给宫廷”。这一切好像是一个色彩绚丽的梦——这几乎像不真实的、我一生的过程。期待转变已经成了这生活中习以为常的事情。

怎样认识这一切呢？怎样理解它呢？怎样在这混乱的现象中找到明确性？而没有这样的明确性，就不可能做出真正的和重要的事情。而且该怎样向自己说明这一情况呢——它使一个人同时既是革命的拥护者、伟大的进步思想的追随者，又是一个和海涅交谈的人，又是古代罗斯的同时代人。这古代的罗斯就在这儿，在这个隐修院里用颤抖的声音唱着：人应该获得天堂里的幸福，“无论是现在，还是永远，永远应该享受这样的幸福”。为什么我听着这些话的时候，想起了这样的诗句：“我的悲哀串成一串大而圆润的珍珠，撒进包着铁皮的小匣子。”我好像觉得，在这两句诗和僧侣们的赞美诗中，有不知什么共同的东西。

我离开了隐修院，但很久还不能理顺自己的思绪。

从那时起，每次我去乌日河捕鱼的时候，都要顺便到隐修院去。僧侣们用陈蜂蜜和凉水款待我。

没有报纸。要买报纸，得骑着一匹瘸马到切尔诺贝利去。

我只到那里去过一次，给科潘带回了科尔尼洛夫叛乱和德国人转入进攻、占领了里加的消息。

但妈妈不让我第二次再去切尔诺贝利了。森林里出现了一伙匪徒——不知是逃亡的奥地利俘虏呢，还是从监狱里放出来的囚犯。谁也没看到过这伙匪徒，可是大家都十分惊慌。

时光流逝。已经有好久没听到关于匪徒的任何消息了，大家都安下心来。深秋，我终于到基辅去了，然后又从基辅去莫斯科。妈妈得到我的诺言：明年春天一定回来。

我走的时候，波列西耶已经到处都是干枯的黄叶，笼罩在柔和的烟雾之中了。

在我走后一个星期，不知是一伙什么匪徒突然闯进隐修院，翻遍了所有僧房，想要找到银子。他们开枪打死了那些僧侣，放火烧掉了教堂。但教堂是用经过几个世纪已经几乎变成化石的木头建造的，所以只烧焦了表面，而没有完全焚毁。

蓝色的火炬

在莫斯科，我住在尼基塔城门附近一幢两层楼的房子里。这幢房子三面临街——特韦尔林荫大道、尼基塔大街和列昂季耶夫胡同。房子的第四面紧挨着一堵没有门窗的墙—— 一幢6层楼房的防火墙。

对面，在特韦尔林荫大道的岔道口上（现在那里是季米里亚泽夫[①]的纪念像），当时有一座枯燥乏味的长条形房屋。有一家药店就设在那里，地下室里是药品仓库。我住的那间房子的窗户就朝着这家药店。

之所以不得不这样详细谈谈房子的位置，是因为这个位置正是下面描写的、一些不完全寻常的事件的原因。

有一次，在一个由于寒冷的烟雾而变得灰蒙蒙的秋夜，因为有一种奇怪的感觉，我在二层楼自己的房间里突然醒来了，我觉得好像有人把屋里的空气一下子全都排挤了出去。由于这种感觉，有几秒钟时间我仿佛变成了聋子。

我跳了起来。地板上撒满了窗户玻璃的碎片，这些碎玻璃片在暗淡的月光下闪闪发亮。月亮高悬在已经进入梦乡的莫斯科上空，慢慢地移动着。

周围真静极了。

后来传来一声短促的雷鸣。就在已经打破的窗户这么高的高度上，一

---

① 克·阿·季米里亚泽夫（1843—1920），俄国植物学家。

阵越来越响、尖锐刺耳的呼啸声一掠而过，立刻轰然一声巨响，声音拖得很长，尼基塔城门旁一幢房子的一角倒塌了。房东住的房子里孩子们哭了起来。

起初，当然无法猜到，这是安放在普希金纪念像旁的大炮直接瞄准尼基塔城门在开炮射击。后来才弄明白是怎么回事。

第二次射击以后，又恢复了寂静。月亮还是那样从烟雾蒙蒙的夜空留神注视着地板上的碎玻璃。

几分钟后，尼基塔城门旁一挺机枪嗒嗒地响了起来，枪声响了很久。

十月的战斗，或者照那时的说法，“十月政变”，在莫斯科就这样开始了。这场战斗持续了好几天。

一阵猛烈的步枪声对机枪火力做出了回答。一颗子弹嗖的一声打到墙上，打穿了契诃夫的肖像。后来我在塌落的灰泥底下找到了这帧画像。子弹打中了契诃夫的胸膛，在白色凸纹布坎肩上打穿了一个洞。

互相射击的枪声好似正在燃烧的干树枝，噼噼啪啪地直响。子弹密密麻麻地落到铁皮屋顶上，发出金属碰撞的响声。我的房东，一个上了年纪、鳏居的建筑师，喊了我一声，叫我到他那儿后面的几间房子里去。那几间房子的窗户都朝着院子。

那儿地板上坐着两个小女孩和一个老保姆。老太婆用暖和的头巾把两个小姑娘连头都蒙了起来。

“这儿没有危险，”房东说，“子弹未必能打穿里面的墙壁。”

那个大一些的小姑娘从头巾下问：

“爸爸，这是德国人在进攻莫斯科吗？”

“什么德国人都没有。”

“那么是谁在开枪呢?”

“别说话!”父亲呵斥她说。

我回到自己屋里，紧贴着窗间的墙壁，乜斜着向窗外望了望。月亮给乌云遮住了。在昏暗中勉强可以猜出那些熄掉灯火的高大房屋，不断爆发出射击的火光，子弹用各种不同的声音呼啸着。一会儿是尖细的啸音，一会儿是刺耳的尖叫，一会儿是奇怪的、好像鹰叫的声音，仿佛子弹在空中翻跟头。

我想看到人，但射击的闪光不够亮，不足以让我实现这一愿望。根据炮火来看，从斯特拉斯特广场进攻的赤卫队员们已经攻进了林荫大道的一半，那里有夏季餐厅的一个精致的木售货亭。士官生们隐蔽在尼基塔城门附近的广场上。

突然，窗下蹿起一道很高的火光，蓝色的火舌轻轻地呼呼响着，在风中摇曳。这好像是火炬。在它那毫无生气的光亮中终于看到了从一棵树向另一棵树跑去的人们。

不久，林荫道对面又燃起第二个蓝色的火炬。

这是子弹打碎了瓦斯路灯的灯头，燃烧着的瓦斯直接从管子里冲了出来。

在它那闪烁的亮光中，枪声立刻响得更厉害了。

我回到房东那里。

“喂，怎么样?”他问。

“得把孩子们从这儿领走。”

“领到哪里去?”房东问，“特韦尔林荫大道处在炮火射击之下。”

“去尼基塔大街。穿过商店。”

“赤卫队员们从尼基塔小街用机枪向尼基塔大街和‘联合’电影院射击。士官生的司令部就设在电影院里。”

“那么只剩下列昂季耶夫胡同了。”

“咱们去了解了解情况。”

我们从后面的楼梯下去，来到呈正方形的院子里。这儿子弹是在高处呼啸，只是有些地方有被打掉的屋檐正在塌落下来。院子深处，管院子的人住的小房子旁边站着几个人。

原来列昂季耶夫胡同里的火力比特韦尔林荫大道上的更加猛烈。我们院子的第四面矗立着邻居家房子的防火墙。墙上连一个窗户都没有。

建筑师看了看防火墙，骂了一声。

“陷阱。”他说，“我们的屋子四面都被包围了，没处可去。我们落到了一个没有生路的地带。”

天已经亮了。站在管院子的人住房旁边的那几个人，原来是设在这幢房子里的巴尔捷利斯面包店的面包师。

一个被面粉弄得浑身都白了的、蓄着大胡子的面包师在旅顺当过兵，他提议让全体住户都搬到管院子的人住的小屋里去，因为那是个最安全的地方。住户很少——底层的房子全是商店和仓库。

就这样开始坐在管院子的人的小屋里，一连待了好几天。

面包师中有一个年轻小伙子决定跑到赤卫队员那边去。他刚弯着腰从门洞里钻出去，跳到人行道上，从尼基塔城门那边来的机枪扫射立刻把他打倒在地。

我们坐在管院子的人住的小屋里，逐一回忆过去几天的情况，不由得为自己脑筋迟钝感到惊讶。对于我们来说，战斗好像是突然发生的。然而，我们已经知道彼得格勒的起义、冲击冬宫和“阿芙乐尔”号的炮击，知道莫斯科已宣布处于战争状态，知道在霍登卡聚集了一批装备精良的赤卫队和士兵，知道阿列克谢耶夫和亚历山德罗夫军官学校已经做好战斗准备。

在旅顺当过兵的那个面包师担负起我们这幢房子的指挥任务。管院子的人屋子里的水龙头里流出一条很细的水流。面包师命令从各个住宅里把所有水桶和罐子都收集到这里来，储备饮水。每1分钟都可能断水。

后来我们又收集所有的面包和食品。结果发现食品并不多。

我们不知道周围在发生什么事情，深信整个莫斯科都在进行战斗。我们只知道自己处于包围之中，好像住在一座堡垒里，四周全都被火力圈封锁了。但是这个堡垒是不可靠的。第一天快结束时，子弹就已经开始飞进院子里来了。

头一夜，我们整夜都坐在管院子的人屋子的台阶上，竭力想根据火力和猛烈程度猜出哪一边占了上风。

半夜里炮火突然停止了。大家都警觉起来。这寂静似乎比狂风暴雨般的炮火更危险。但寂静延续的时间不长，不久我们听到在一片漆黑中从远处传来拖得很长的喊叫声：“转告指挥员！士官生聚集在屋顶上！”

喊声越来越匆忙，越来越不安了：“转告指挥员！士官生聚集在屋顶上！”立刻又开火了，子弹犹如铅雹，又开始鞭打着水落管和一块块招牌。

第二天傍晚，岔道口上药店所在的那座房子起火了。它腾起五彩缤纷的火焰——一会儿是黄的，一会儿是绿的和蓝的。显然，这是药品燃烧的火光，闷声的爆炸在地下室里隆隆地滚动着。由于这些爆炸，那座房子很快就倒塌了。火焰跌落下去了，但焚烧后的遗址上一连几天还在冒着五颜六色的刺鼻的浓烟。

我们房子的铁皮屋顶开始弯曲，窗框也开始冒烟了。但幸而房子并未着火。

我们喘不过气来，被烟熏得直流泪。用湿手巾把脸包起来，但这几乎不起作用。

第三夜互射又停止了，开始听到有人在林荫大道上用犹豫不决的痛苦声音叫喊：

“全铁工会执委会（当时叫‘全俄铁路工会执行委员会’）紧急建议各方停火，并派出谈判代表！谈判停战！不要开枪！调解人——全铁工会执委会的代表将等待10分钟。不要开枪！”

忽然变得很静。这寂静好像不是真实的，可以听到被子弹打坏的招牌在风中发出咯吱咯吱的响声。

在渐渐烧毁的药店暗淡的反光中，我看着表。大家都默默地注视着我。秒针绕着圆周飞跑，似乎比往常跑得更快了。5分钟！7分钟！难道士官生不肯投降吗？10分钟！

一声孤零零的枪响，接着是第二声。于是互射立刻像暴风一样，响声震耳，越来越猛。

随后，从阿尔巴特广场那边传来几声炮击声。高高的防火墙后面，隔壁那幢房子里有什么东西轰然一声倒塌下来。房顶上慢慢盘旋着升起一根火柱。

后来才知道，士官生用炮弹炸毁了隔壁那幢房子，以免赤卫队占领它。这幢房子，用作战报告的话来说，控制着周围地区。

这第二场大火远比药房的那场大火危险。已经有一些被火烧得歪歪扭扭的铁片和正在燃烧着的木头叮叮当当响着飞进我们的院子。我们用我们可怜的那点储备水泼灭了它们。

老面包师肯定地说，隔壁那幢房子最上面的一层一烧完，危险就会过去。当然，如果防火墙不倒塌的话。我们同意他的看法，虽然大家都很清楚，我们的处境是相当糟糕的。

院子被大火照耀得通明透亮，甚至能看清石头上的每一粒微尘。但就在这天夜里，不知是由于什么奇迹，有一个人从特韦尔林荫大道爬过来，穿过底楼被打破的窗户，爬进了我们的院子。他穿一件灰色西装上衣，扎着一条士兵的宽腰带，腰里插着一支毛瑟枪，戴着眼镜，留着淡褐色的胡子。他有点儿像杜勃罗留波夫。

“安静！”他大声喊道，“居民们，到我这儿来！我们已经与士官生达成了协议。我们和他们马上都停止射击，为了把孩子和妇女们从这幢房子里带出去。只有孩子和妇女！他们不放男人出去。你们的处境十分危险——房子随时都可能起火。因此，照我看，男人们也可以冒险试一试。当然，只是在孩子和妇女们都出去以后。穿过特韦尔林荫大道去布龙大街，一个一个地走，在门洞里集合。”

这个人像他来的时候那样，很快消失了。

大家都集合在门洞里。枪声停止了，第一个迈着小碎步穿过林荫大道的是我们那位带着两个小女孩的老保姆，其余的妇女也跟着她跑了过去。

当妇女们跑着穿过林荫道的时候，赤卫队员们开始和士官生们互相喊话。

“喂，你们这些拿枪的小家伙们！”赤卫队员们喊道，“别胡闹了！放下武器吧！”

"我们宣过誓!"士官生们大声回答。

"向谁宣誓？向克伦斯基吗？他这个狗崽子，已经跑到德国人那里去了。"

"我们是向俄罗斯宣誓，而不是向克伦斯基!"

"可我们就是俄罗斯!"赤卫队员们喊叫，"得明白这一点!"

妇女们刚一走完，老面包师就从门洞里跳了出来。我应该跟在他后面往外跑。但立刻从士官生那边一阵机枪扫射，打掉了门洞的一角。面包师跑了回来。射击声又如雷鸣般响了起来，断砖、碎玻璃和木片又向人行道上飞去。

我们回到了管院子的人住的那间屋子。

面包师骂了一声，对我说：

"唉，要是我们能冲出去就好了！那我和你就去参加赤卫队。准会收下咱们的，尽管你是个大学生。不管怎么变，俄罗斯始终只有一个。我们的俄罗斯。他们的那一个已经发臭了。"

我想起不久前赤卫队员们的喊话："可我们是俄罗斯!"于是，突然带着异常明确而又新颖的感觉想出了那个已经不常使用的概念："人民中心。"是的，我属于这个"人民中心"。我感觉到在这些工人、农民、士兵中间，在这伟大的平民百姓中间，我是他们的自己人，格列布·乌斯宾斯基①、列斯科夫、尼基京②、高尔基，以及千万个我们这些有才能的人都来自平民百姓之中。

---

① 格列布·乌斯宾斯基（1843—1902），俄国作家，革命民主主义者。——译者

② 伊·萨·尼基京（1824—1861），俄国诗人。——译者

“好吧，”我回答面包师，“没有自己的人民，我就无法生活。这我是知道的。”

“问题就在这里！”面包师说，并且笑了笑，“你和我们保持一致吧，亲爱的。别掉队。”

第5天，食品吃完了。直到晚上，我们咽着唾沫，忍耐着。管院子的人住的那间屋子的墙后边，隔壁那幢房子已经快要完全烧毁了。

我们这幢房子里有一家小小的熟食店。除了撬开这家商店，再没有其他办法了。这家商店的后门通往院子里。面包师用斧子砍掉了门上的锁，我们每天夜里轮流跑进这家商店，尽量多拿回一些香肠、罐头和干酪来。

火光照耀着，得躲在柜台后面，以免“联合”电影院里的士官生隔着打破的橱窗发现我们。谁知道他们脑子里会产生什么念头呢。

头一夜顺利地过去了。但第二夜，布龙大街拐角上一幢房子的塔楼上埋伏了一个赤卫队的射手。在火光下，从这座塔楼上可以清清楚楚看到我们的院子，那个射手坐在那里不时抽几口烟，向院子里出现的每一个人开枪射击。

刚好轮到了我。我顺利地跑进了商店——那个射手或者是没发现我，或者是没来得及开枪。

直到现在我还记得这家商店。在一根铁丝上挂着一些用银纸包着的熏肠，柜台上的红色圆形干酪浇满了从被子弹打破的罐子里流出来的洋姜汁。地板上有一汪汪发出一股刺鼻气味的水洼，这是醋、白兰地以及甜酒的混合液体。水洼里漂着一些醋渍白蘑菇，那些蘑菇很硬，表面上覆盖着一层橙黄色的薄膜。一个装蘑菇的大瓷桶已经给打得粉碎。

我很快扯下几根很长的香肠，像垛劈柴那样把它们放到胳膊上抱着。在香肠上面又放上一块像车轮那样圆滚滚的、很厚的瑞士干酪和几听罐头。

当我跑回来穿过院子的时候，不知什么在我手底下响了一声，可是我没有注意它。

我走进管院子的人住的房子，唯一一个留下来和我们待在一起的妇女，管院子的人的妻子，一个面色苍白而且害病的女人，突然狂叫起来。我把食品丢到地板上，我的双手都沾满了很浓的血。

1分钟后，这间房子里的人全都哈哈大笑，笑得前仰后合。尽管当时的环境无论如何也是不应该笑的。大家都纵声大笑着从我手上刮掉很浓的番茄酱。

当我往回跑的时候，射手还是打了一枪。子弹打穿了一听罐头，弄得我身上全都沾上了血红色的番茄酱。

我们连一点儿面包屑都没有了。我们不吃面包，单吃咸干酪、熏肠和有辣椒的罐头，喝冰凉的自来水。

我的房东想起他厨房里还有一小袋黑面包干。我自告奋勇地去拿面包干。

我小心翼翼地从后面的楼梯上去，楼梯上已经堆满了碎砖。厨房里面，水从被打穿的水管里流出来，地板上已经积起一摊泡涨了的灰泥。

我开始在碗橱里摸索，寻找面包干。这时从林荫大道传来了喊叫声和脚步声。我走到自己的房间里，想看看出了什么事。赤卫队员们端着步枪呈散兵线在林荫大道上向前奔跑。士官生们向后退去，没有回击。

我第一次看到在这么近的地方，就在自己房间的窗户底下进行战斗。

人们的脸孔让我感到吃惊——脸色发绿，双眼凹陷。我好像觉得这些人都被自己的喊声震聋了，什么也看不见，什么也不明白。

我听到正面楼梯上有匆匆忙忙的皮靴声，于是离开了窗子。从楼梯通往前室的门啪的一声打开了，猛地一下撞到墙上，从天花板上撒下一些石灰来。一个激动的声音从前室里喊了一声：

“米秋哈，把机枪拖到这里来！”

我转过身来。一个上了年纪的人站在门口，他戴着护耳棉帽，肩上挎着机枪子弹带，手里拿着步枪。一瞬间，他奇怪地凝望着我，后来很快端起枪来，喊了一声：

“不许动，举起手来！”

我举起了双手。

“那里怎么了，老大爷?”一个年轻的声音从走廊里问。

“抓到了一个，”戴护耳棉帽的人说，“他开枪了。从窗户里朝我们开枪，坏蛋！从背后开枪！”

只是到现在我才想到，我身上穿着一件破旧的大学生制服上衣。而且想起，据面包师说，尼基塔城门附近，站在临时政府一边作战的是大学生义勇队。

一个把便帽拉到耳朵上的青年工人走进屋里。他有点儿摇摇摆摆地走到我跟前来，懒洋洋地抓起我的右手，仔细看了看手掌。

“看来，他没开枪，老大爷。”他忠厚地说，“没有枪栓印，手是干净的。”

“你是个傻瓜！”戴护耳棉帽的人大声嚷嚷，“要是他用手枪，而不是用步枪射击呢，而且也会把手枪扔掉的。把他带到院子里去。”

“一切都是可能的。”青年工人回答，并且拍拍我的肩膀，“喂，往前走，别调皮。”

我一直默不作声。为什么呢——我不知道。显然，整个情况是那样毫无希望，辩解简直毫无意义。他们正好看到我站在二层楼打破了的窗户前面，正好是在赤卫队刚刚占领的房子里碰到了我。我身上穿着大学生的制服上衣，上面沾满了石灰浆，还有一些给番茄酱弄脏的、可疑的褐色斑点。不管我说什么，他们反正不会相信我的话。

我默默不语，意识到我的沉默是对我不利的又一重大罪证。

“顽强的家伙，鬼东西！”戴护耳棉帽的人说，“立刻就看得出来，是个有原则性的人。”

他们把我带到了院子里。那个年轻的赤卫队员用枪口轻轻地推着我的背脊。

院子里站满了赤卫队员。他们从打坏的仓库里拖出一些箱子，用箱子筑成一道横断特韦尔林荫大道的街垒。

“怎么回事？”赤卫队员们吵吵嚷嚷地围住了我和两个押解我的人，“这是什么人？”

戴护耳棉帽的人说，我曾从窗户里朝他们背后开枪。

“干掉他！”一个眼神显得好像喝醉了的小伙子用快活的声音喊，“送他到上帝的大本营去！”

“请指挥员到这儿来！”

“没有指挥员！”

“指挥员在哪儿呢？”

“有命令——不许伤害俘虏！”

“那是一般的俘虏，可他从背后开枪。”

“对这只有一个回答——就地枪毙。”

“指挥员不在，不能这样做，同志们!”

“竟出了一个懂法律的了！让他站到墙边去，枪毙!”

他们把我拖到了墙边。管院子的人的妻子没戴头巾，从屋里跑了出来。她向赤卫队员们跑来，慌忙抓住他们的手。

“孩子们，同志们!”她大声喊道，“这是我们的房客啊，他没朝你们开枪。我不需要活下去了，我是个害病的人，最好还是打死我吧。”

“大娘，你别不分青红皂白，什么人都可怜。”戴护耳棉帽的人通情达理地说，“我们也不是杀人凶手。你去吧，别干涉我们。”

我永远也不能理解——无论是当时，还是现在——为什么我站在墙边，听着拉枪栓的响声却没有任何感受。是突然精神迟钝呢，还是思想已经停止活动——我不知道。我只是凝望着被机枪扫射打坏的门洞上的那个角落，什么也不想。但不知为什么，我记住了门洞里那个角落上极其细微的细节。

我记得被子弹打出的7个小坑。小坑上边是白的（那里是灰泥），里面是红的（那里是砖）。我记得漆成白色的拉铃的铁环，铃在管院子的人的屋里，现在拉铃的那根线已经断了。我记得拴在这个铁环上的一段电线，还记得用木炭画在墙上的、有一条大鼻子的人脸，这个人头上竖着几根像稀稀拉拉的铁丝一样的头发，下面有一行字：“傻瓜信，骗傻瓜!”

我好像觉得时间已经停止了，我已陷入全世界的寂静之中。但实际上总共只不过过了几秒钟，我听到一个陌生的、但同时又好像十分熟悉的声音：

“你们在枪毙什么恶魔啊！命令忘了吗？把枪收起来！”

我很吃力地把目光从门洞的角落上移开——我的脖子疼得无法忍受——看到了那个挎着毛瑟枪、很像杜勃罗留波夫的人，就是为了领走妇女和儿童、夜里到我们这里来过的那个人。他面色苍白，不瞧着我。

“停止！”他生硬地说，“我认识这个人，他不在大学生义勇队里。士官生在进攻，你们却在胡闹！”

那个戴护耳棉帽的人抓住我的胸口，用力摇了摇，气愤地说：

“真他妈的见鬼！由于你我差点儿玷污自己的良心，你这个傻瓜。你干吗不吭声？还是个大学生呢！”

那个青年工人又拍拍我的肩膀，快活地眨眨眼睛：

“上帝保佑，滚吧！”

街上士官生们在扔手榴弹。赤卫队员们躲在街垒后面，开始往林荫大道上跑。房子空荡荡了。机枪又令人激怒地、顽强地嗒嗒响了起来。

就这样，我始终没能知道那个从我们房子里救出妇女和儿童、又救了我的性命、挎着毛瑟枪的青年指挥员是谁。我再没有在任何时候遇到过他。可在几十个、几百个人中间我都能认出他来。

在我们的“尼基塔之围”的第6天夜里，我们都没刮脸，由于天冷嗓子都哑了。大家像往常一样坐在管院子的人屋子的台阶上，猜测这场持久的战斗将在何时结束。战斗仿佛在原地踏步不前。

战斗还不像后来国内战争时期的那样残酷无情。赤卫队员们作战是在“比耐力”，他们深信自己终将获胜，知道士官生们的神经很快就会支持不住了。

新的苏维埃政府已经在彼得格勒夺取了政权。全国正在一个阶层一个阶层地脱离临时政府。这一切，莫斯科的士官生们当然是清楚的。他们的战役已经输了。在尼基塔城门房屋周围呼啸的子弹，是他们最后的子弹。

我们坐着在谈论这些情况。深夜，空气中飘散着一股火灾遗址的烟味。火光熄灭了。只是在基辅车站那边，天空还被一层发暗的红烟遮蔽着。

后来在北方，从霍登卡那边传来炮弹的吼叫声。炮弹经过莫斯科上空，在克里姆林宫那个方向轰隆一声爆炸了。立刻像听到口令一样，枪声都停止了。显然，赤卫队员们和士官生们都在侧耳倾听，等待第二声爆炸，以便弄明白大炮是向哪里轰击。

听，这第二声冷冷的吼叫声终于来了。爆炸的火光又在克里姆林宫那个方向霍地一闪。

“难道是向克里姆林宫开炮吗?”老面包师轻轻地说。

建筑师跳了起来。

“我永远也不会相信!”他大声喊道，“这不可能！谁也不敢向克里姆林宫动手。”

“当然啰，谁也不敢，”面包师轻轻地表示同意，“这是为了吓唬人。请等一等，我们再听听。”

我们木然地坐着。我们等着随后传来的射击声。过了1个小时，但是没有枪声。2个小时过去了，四周一直毫无动静。

东方开始露出灰蒙蒙的亮光，清晨的寒光。莫斯科静得出奇，我们甚至听到林荫大道上瓦斯火炬火焰的呼呼响声。

“好像结束了，”老面包师低声说，“得出去看看。”

我们小心翼翼地走到特韦尔林荫大道上。

树枝被打断的菩提树挺立在灰蒙蒙的雾凇和烟雾之中。沿着林荫大道直到普希金纪念像，被打坏的瓦斯路灯好似志哀的火炬，燃烧得正旺。整条林荫大道上到处是乱七八糟的被打断的电线。电线哀怨地嗡嗡响着，摇摇摆摆，碰到马路上的石头。一匹被打死的马，龇着黄牙，倒在电车轨道上。

我们大门附近，鲜血曲折蜿蜒，在石头上流成一条很长的小溪，不过现在血已经凝结起来了。被机枪火力打坏的房子，从窗户上掉下许多尖锐的碎玻璃，四周一直能听到叮叮当当的玻璃响声。

一群疲惫不堪、默默不语的赤卫队员，横断林荫大道，向尼基塔城门走来。他们衣袖上的红袖标已经滚得变成了辫子。几乎所有的人都在抽烟，香烟上的火光在烟雾中闪闪烁烁，好似在进行无声的互相射击。

“联合”电影院旁一根路灯杆上绑着一面有旗杆的白旗。

士官生们排成一列横队，站在白旗旁边那幢房屋的墙下。他们都戴着揉皱的军帽，穿着因为沾上石灰已经变成灰色的军大衣。他们当中有许多人拄着步枪在打盹儿。

一个没带武器、穿一件皮短上衣的人走到士官生们面前。有几个赤卫队员在他后面站停下来。

穿皮短上衣的人举起了一只手，声音不大地不知对士官生们说了些什么。

一个个子高高的军官从士官生们中走了出来。他解下军刀和手枪，把这一切都扔到那个穿皮短上衣的人脚下，举手行了个礼，转过身，步履蹒跚地慢慢向阿尔巴特广场那边走去。

在他之后，所有士官生开始依次走到穿皮短上衣的人跟前，把步枪和子弹放到他的脚边。然后，他们也像那个军官一样，慢慢地、疲倦地沿着尼基塔林荫大道向阿尔巴特走去。有些人一边走着，一边撕掉了自己的肩章。

赤卫队员们默默地、脸上带着严肃紧张的神情望着士官生们。没有一声叫喊，也没有说一句话。

一切都结束了。在寒冷的烟雾中，从特韦尔林荫大道上传来几支乐队雷鸣般的、狂欢喧闹的乐曲声：

从来就没有什么救世主，
也不靠神仙皇帝。
要创造人类的幸福，
全靠我们自己。

记者咖啡馆

1918年是在开始解冻、雪已变成灰色的情况下到来的。空中烟雾弥漫，从工厂烟囱里冒出的烟一直升到云端，在那儿停下来，化作一个个沉重的烟团，在云层下慢慢向四面八方散去。

莫斯科的一些街道上仍然飘散着一股油墨味，墙上仍然挂着报纸和宣传画的一条条潮湿的碎片。

在这一片片破纸上面又贴上了苏维埃政府的一道道法令，这些法令都印在不结实的灰纸上。

这些严厉的、无情的法令以坚定不移的彻底精神，日复一日地在消灭过去形成的、根深蒂固的生活习惯，把它们抛到一边，并宣布新的生活原则。

暂时还难以想象出这种新生活是什么样子。新旧观念的交替发生得那样突然，以至我们的日常生活有时会失去现实性，变得像海市蜃楼那样模糊不清。心里感到发冷。意志薄弱的人简直像喝醉了一样，无谓地瞎忙。

尼基塔城门附近我那间住房已毁于战火。我搬进了石榴胡同一间让人感到枯燥乏味的、砖木结构的厢房里，就在25年前我出生的那幢房子旁边。我住在一个忧郁的寡妇家里。她只把房子租给训练班的学生和大学生。

我的女邻居，脸上有雀斑的莉波奇卡，是训练班的学生，一个乡村教师的女儿，常有乡下的亲戚和熟人从梁赞附近到她这儿来。他们随身带来了严寒、苹果和农民穿的上衣的气味。

我向他们询问农村里的情况。他们小心翼翼地叹一口气，低声说，弄不懂农村里是怎么回事。就像是发大水的那样，不知道以后会怎么样。要么是大水给土地覆盖上一层肥沃的土壤，要么是把庄稼全都冲走，冲得干干净净。所以，他们说，农村里是又害怕又欢喜。主要的是庄稼人拿到了土地，现在别想轻易从他们那里把土地夺走了。

苹果味很浓，农民的上衣仿佛给人一种牢靠和温暖的感觉。不知为什么，因此心里觉得比较平静了。

还在9月，我从科潘回来的时候，我就担任了《人民政权报》的记者。这是那些短命的报纸之一，当时出现了相当多这样的报纸，后来它们很快就都停刊了。

这份报纸是人民社会党人，即所谓的“恩涅斯”[①]办的。就连报纸的一些工作人员，对这个党并不明确的纲领也搞不大清楚。我们只知道，这份报纸的领导人都是一些充满自由主义激情、特别引人注目的知识分子。但是，不会让他们实现这些自由主义的理想。

领导这份报纸的是一个威严而又美丽、上了年纪的“人民社会党人”叶卡捷琳娜·库斯科娃。她说话声音低沉，好像茨冈人的声音。对待我们这些记者，她总是显得十分高傲，好像不以为然的样子。特别是在她的办公室门上出现了用化学铅笔写的一首打油诗以后：

咕——咕，咕——咕，小杜鹃！
你不该不叫啊！
库斯科娃夫人，小心肝，
不要怀念过去啊。

对我，和对其他记者一样，《人民政权报》编辑部并不要求我们写带有偏见的文章——那是评论员和“社论作者”的事。我毫无顾忌地在大大小小的种种事件、轰动一时的新闻、辩论会、广场上的群众性革命活动、示威游行和街道上互相开枪射击之间过着彻夜不眠的报社生活。

革命的冬天的紧张空气使人感到头晕。模模糊糊的浪漫主义激情在我们心中汹涌澎湃。我不能、也不想抗拒。它对全民幸福的信念宛如永不熄

① 即人民社会党人的简称。——译者

灭的霞光，照耀着被搅乱的生活。它，这全民的幸福是一定会到来的。我们天真地认为，我们希望成为全民幸福的组织者和见证人，这就是全民幸福一定会到来的保证。

人们在诗和散文中寻找世界性。竭力想在许多现象中看到不同时代的相互呼应。法国大革命、十二月党人起义、巴黎公社和1905年革命的遥远的反光落到现代生活上，使它变得更加美丽。

就连维尔哈伦自相矛盾的诗里（当时我正醉心于他的诗）也似乎燃烧着昔日革命的火焰：

> 那里，广场上方悬着断头台的利刃，
> 那里警钟狂鸣，街上飘荡着警报的声音，
> 梦想正疯狂地向那里飞奔！①

那时候的所有思想混乱和狂热，都可以用年轻、渴望尽快看到新事物来做解释。不久前，我在动荡不安的青年时期，特别是由于战争而产生的沉思，现在已变得暗淡无光。种种事件仿佛使我倒退了10年，退回到尚未成熟的孩子般的热情时期。我好像觉得我变愚蠢了，渐渐失去了立足点。对周围正在发生的一切找不到一个固定的态度，这使我感到惶惑，甚至使我狂怒。

正在发生的事情，时而使人高兴，令人赞叹，时而又好像是不正确的；时而似乎是伟大的，时而却又好像把这伟大偷偷换成了不必要的残

① 引自比利时诗人维尔哈伦的诗《暴动》。

酷。一会儿好像是光明的，一会儿又似乎烟雾弥漫，令人感到可怕，就像天空中布满一卷卷血红色的红云。

只有一点是明确的——生活已经清算了过去，正在冲向新的基础。新的基础当然应该是自由和公正的，应该把人提高到空前未有的高度。让他的一切希望和可能，像鲜花一样盛开。照我看，凡是能让人的内心世界变得丰富起来的一切，革命都应该给予它同样的生存权利。

我认为革命的最伟大的意义就在于，它从生活和文化的众多现象中果敢地汲取出我们精神成长所必需的一切珍贵的东西。人们告诉我，这是革命的结果，而不是它的目的。但我认为，目的就是为了结果而存在的。不能否认这一真理。

在编辑部工作的所有“人民社会党人”中，我们这些报界的青年人只和作家米哈伊尔·奥索尔金[①]一个人交上了朋友。奥索尔金长期侨居国外，刚从国外归来，他感到惶惑，难以弄清所发生的种种事件。这种惶惑甚至反映在他那过分敏感而明亮的眼睛里。

他对所有的人都采取宽容与温和的态度，相信一切，相信所有的人。在他的面容上，甚至在他那疲倦的声音中都显露出一种抑制着的忧愁。他怀念在那儿度过了许多岁月的意大利。他在俄国生活，仿佛是处于一种半睡半醒的状态。

我们有时劝他回意大利去。对他说，在这儿他无事可做，在那里他至少可以写一些朴实的小说。奥索尔金抱歉地回答：

---

① 米哈伊尔·安·奥索尔金(真姓:伊林)(1878—1942),俄罗斯作家。从1922年起侨居国外。

“请你们理解，我是个俄国人，我爱俄国，爱得心疼。但是现在我认不出它来了。有时我想，算了，这是俄国吗？连俄罗斯语言的音调都变了。现在我很想去意大利，但在那里我会非常思念俄国。显然，我是个没出息的人。”

尤其是当“记者之王”、无处不在的吉利亚罗夫斯基老头儿闯进编辑部来，用他那响亮而稍有点儿嘶哑的嗓音和一抽烟就咳嗽的声音压倒所有人的时候，奥索尔金就更加感到茫然不知所措了。

“黄口小儿！”吉利亚罗夫斯基对我们这些青年记者大声叫嚷，“‘人民社会党人！’腐朽的自由主义者们！关于俄国人民，你们不比这个傻女人库斯科娃了解得更多。‘我不去，我不知道，我没吃饭！’[①]报纸应该热得烫手，叫人很难拿在手里。报纸上应该有这样的语言，让读者看了喘不过气来。可你们在干什么呢？嘟嘟囔囔，说得不清不楚！你们最好还是去写一部关于贫血的大姑娘们的长篇小说吧。我了解俄国人民。他们还会给你们点儿厉害瞧瞧的。”

奥索尔金抱歉地微笑着，库斯科娃却气愤地砰的一声关上自己办公室的门。吉利亚罗夫斯基向房门使个眼色，用可以听得清清楚楚的低声说：

“当然，可以跟在女人后面搞政治。哪怕她那张写字桌的腿只有蜘蛛脚那么细，也可以对着自己写的关于俄国农民的文章流泪。可是只要听到庄稼人的一句话，你们大家就都会中风！也算是民粹主义者呢！再见！改天再来。这会儿不知怎么不乐意跟你们聊天。”

他走了，但编辑部里有一段时间还保持着警惕的寂静——怕老头儿再

① 原文为法语的音译。——译者

回来。

我们这些报界的青年喜欢吉利亚罗夫斯基，喜欢他那吵吵嚷嚷的才能，喜欢他那无穷无尽的虚构和老年人无所畏惧的精神。他也以他自己的方式喜欢我们——总是嘲笑我们。

通常他离开《人民政权报》以后，总是到最近的某一编辑部去。他在那里看看情况怎样，或者照例发表一通猛烈攻击什么的言论，或者是收集新闻，或者就沉溺于回忆——回忆契诃夫、库普林、夏里亚宾和斯科别列夫将军。

他遇到我时，用一双滚圆的、愤怒的眼睛看着我，说：

“年轻人，已经该从小号铅字转到大号铅字，然后再转到黑体字去了。小号铅字，这是排报纸的，大号铅字是排诗的，黑体字是排散文的。请用皮带把自己绑到椅子上，努力干吧。”

这个唇髭已经花白、身穿哥萨克短上衣、头戴羔皮帽的老头儿是俄国气魄、机灵、狡黠和善良的化身。他不仅是记者，而且是诗人、散文作家、绘画鉴赏家和莫斯科著名的好客的人。他脑子里装满了各种各样的虚构、即兴创作、应付不同事情的方法和笑话。如果没有这一切，他准会变得萎靡不振。

这个大嗓门儿的人是一个真正的小孩子。例如，他喜欢编造一些并不存在的地址，往各个诱人的国家寄信——寄到澳大利亚或哥斯达黎加共和国去。因为找不到收信人，这些信被退回莫斯科，上面贴了许多彩色的条子，盖了各种不同文字的邮戳。

老头儿仔细查看这些信，甚至还要闻一闻，似乎它们会散发出热带果实的气味。但这些信只是散发出一股火漆和皮革的气味。

谁知道呢。也许，这些信是他的梦想的悲哀的替代物，这样就等于他说着笑话——在巴黎拍拍出租马车车夫的肩膀，或者是在赞比西河两岸拍拍黑人国王们的肩膀，请他们闻点儿鼻烟——就等于做一次环球旅行，并得到了这样一些印象——这些印象当然会使莫斯科这个老太婆赞叹不已，并为之陶醉。

对于革命，吉利亚罗夫斯基老头儿把它看作一个最大的、能引起轰动的报纸新闻，把它看作俄国反抗精神的发展。他在拉辛[①]起义、普加乔夫[②]起义、农民暴动和“红公鸡”[③]中寻找革命的根源。“穿树皮鞋的小伙子们，全到船头上去，”“跃跃欲试，放手大干！”[④]

他十分熟悉城市生活，尤其熟悉那种竭力不让苏维埃政权看到的秘密生活，波克罗夫斯基-斯特列什涅夫胡同的茨冈人之家，罗戈日城门附近教派信徒的小礼拜堂，布列斯特区几条街道上的赌窟，聚集在救世主耶稣教堂旁边佩尔佐夫家里、仿佛在讨论的一群群唯美主义者。在那儿当头的，是一个发音不清、留着像孩子那样很长的刘海儿的诗人。他穿着晚礼服，戴着单眼镜，而且是那样脆弱，以至和他握手简直是危险的，总好像觉得他那娇嫩的、洁净的手掌会像一件宝贵的纪念品留在您的手里。

时代还没有固定下来，同时存在着许多互不相容和使人感到意外的人。现在他们比以前更加引人注意了。革命把他们从各个角落里抖搂了出

① 拉辛（约1630—1671），1670年至1671年俄国农民起义的领袖。——译者
② 普加乔夫（约1742—1775），1773年至1775年俄国农民起义的领袖。——译者
③ 指农民放火焚烧地主的庄园。——译者
④ 这是强盗动手前的命令。——译者

来，用力摇晃他们，就像摇晃一桶腐败的死水。于是，沙土、树叶、折断的树枝、甲虫和毛虫都突然从桶底漂浮了上来。这一切都在旋转，在漩涡中飞速流动着，互相交叉，互相碰撞，直到又沉到桶底。

在那年轻的革命时期，有许多很有意思的人经常聚集在桌布胡同的记者咖啡馆里。记者们合资租了3楼上一套无人居住的空房子，开了这个咖啡馆。在那里，几张很小的小桌子旁边，总是烟雾腾腾，愉快的聚会通宵达旦。

在这个咖啡馆里可以见到安德烈·别雷①，孟什维克马尔托夫，勃留索夫和巴利蒙特，双目失明的、莫斯科无政府主义者的领袖切尔内和作家什梅廖夫，女演员罗克萨诺娃②——第一位契诃夫的“海鸥”，马克西米利安·沃洛申，波塔片科，诗人阿格尼夫采夫③，以及许多年龄、观点和性格各不相同的记者和文学家。

忠厚的阿格尼夫采夫在唱他自己那些不难理解的歌曲。一条很大的领带在阿格尼夫采夫的长脖子上打成一个花结，他那条宽大的方格长裤总是被香烟烧出一些洞来。

苦得像奎宁一样的咖啡在搪瓷杯里冒着热气，就连糖精也不能盖过咖啡的苦味。时而在这里，时而在那里爆发激烈的争论，有时在嘈杂的争吵声中还会插入一声震耳的耳光声。

挨耳光的多半是一个仪表令人肃然起敬、然而十分恶毒、留着染过色

---

① 安德烈·别雷（真名是鲍·尼·布加耶夫，1880—1934），俄国诗人，散文作家，评论家。

② 玛·柳·罗克萨诺娃（真姓是彼得罗夫斯卡娅，1874—1958），俄国演员。

③ 尼·雅·阿格尼夫采夫（1888—1932），苏联诗人。

的大胡子的记者。他用像蛇一样咝咝的声音，毫无例外地把疯狂的恶毒语言喷向一切和一切人。

就可能发生火灾来讲，这种耳光是很危险的。因为那个留着染过色的大胡子的记者从来不从嘴里取出那根烧得赤热的烟斗。每挨一记耳光，烟斗都会从他的嘴里飞出来，像焰火一样旋转着从顾客们的头顶上飞过，撒出一撮撮正在燃烧着的烟草。立刻，有一股毛料烧着了的气味向四周扩散开来，大家赶快弄灭烧着的上衣、裤子和桌布。那个留着染过色的大胡子的记者不动声色地拾起烟斗，装上烟草，把它点着，临走时用大家都能听到的声音宣布，他要把这一岂有此理的事件提请同志审判会审理。

“见鬼去吧！”咖啡馆里的顾客们大声叫嚷，“哪怕交革命法庭也行！滚！讨厌！奸细！”

有一次，诗人马克西米利安·沃洛申顺路到咖啡馆来——他留着火红色的大胡子，是一个身体健壮、眼睛近视的人。他邀请我们大家去听他在“隐居处”花园的剧院里做关于诗的报告。

总共只去了几个人。其余的人都离不开在这些摇摇晃晃的小桌旁进行的激烈的政治争吵。

我也到“隐居处”去了。3月已经到了月底。花园里阴暗、寂静，已经融化的积雪正从树上滴落下来。

我闻到一股好似淡淡的葡萄酒香味的、霉烂的树叶味，还闻到植物的苦味和已经化冻的、去年的花的香味。这香味仿佛是从潮湿的泥土里渗透出来的。土地已经荒芜，似乎无家可归，早就没有铁锹来松土了。

在那个时候，人已经忘记了大自然。各种各样的演说在全国宛如雷鸣一般，坚决号召人们去参加斗争，表达心中的愤怒、喜悦，揭露、威吓敌人。犹如围绕着磁场，千百万人聚集在这些讲话周围，号召他们同时既从事破坏，又要参加建设。

那是一个做出种种出人意外的决定和令人不安的时期。

顾不得大自然了。但被人遗弃的森林还是那样有点儿惊惶不安地喧哗着。河里的冰已经发蓝，里面已经有了水。在阴暗的早晨，莫斯科林荫大道上的菩提树还是蒙上那样一层暗淡的、毛茸茸的霜花。晚霞还是那样顺从地渐渐熄灭，夜里星星胆怯地闪烁着，好像知道人们——就连天文学家和诗人们——现在都完全顾不得它们了。

每个人都被正在他自己意识中喧嚣的暴风雨完全控制住了，感到惘然若失。人不去看大自然，即使有时看一看，也是用呆滞的目光，什么也看不见。

旁的喜悦和热情控制了人们。就连像空气一样平常、像阳光一样毫无保留的爱情，有时也会让位给许多事件的洪流，感觉到它自己好像是一种多愁善感的疾病。

对义务的忠诚要求摒弃不适当、有时也是危险的、心中突然爆发的热情。这种突发的热情已被推迟到遥远的未来。大震荡占用了全部精力，连一点儿精力也不能白白浪费。白白浪费吗？牺牲爱情，当然是一种太大的、英雄的牺牲，特别是如果一个人意识到他是在牺牲什么的话。

那时候，无论想到什么——爱情、诗、正在发生的事情的意义，我都发觉，我的看法是不明确的。我竭力尽快让自己的看法明确起来。不然，我就和每个人一样，很难生活下去。但不久我就明白了——显然，我的时间尚未到来。生活还太混乱，需要等待，直到从这一片混乱中出现新制度的特点。

沃洛申的报告又带来了更多的混乱。

剧院几乎是空荡荡的。由于潮湿和寒冷，手都抽筋了。几个积满灰尘的电灯泡一会儿熄灭，一会儿在天花板下发出暗淡的亮光。大厅里弥漫着褐色的烟雾。

沃洛申仿佛在自言自语，忘记了听众。他讲到战争，讲到统治了全世界的钢铁时代。他望着空荡荡的大厅深处，用暗哑、悲痛的声音问——够了，诗人和艺术家们是否需要这个痛苦的时代呢？

在英国，吊死了一些最优秀的爱尔兰诗人。在法国，战争的最初几天就牺牲了300个诗人。一个自认为是诗歌爱好者和鉴赏家的法国将军说：

“让这些兴奋的青年人在冲锋时处于最前列吧。让他们点燃起士兵们心中的热情之火，带领他们前进。”

维尔哈伦违背他一生的信念，不得不去恨。战争的荒谬使儒勒·勒梅特尔[①]大为震惊。他病了，已经不会看书。他辨别不出符号的意义，开始一个音节一个音节地从头重新学习识字。

反对艺术的战争暴行的、令人可怕的清单越来越长，沃洛申的声音也越来越暗哑了。

就算是这样吧。但出路何在呢？

关于这一点，沃洛申只字未提。

在咖啡馆的常客中可以遇到许多很出色的人。他们每个人的作风各不

① 儒勒·勒梅特尔（1853—1914），法国戏剧和文学评论家，作家，剧作家。

相同，但大家在一起却构成了报界同人这一嘲讽和无情的大家族。

只有一个年轻作家，伏尔加河流域的沃利斯克市人亚历山大·雅科夫列夫[1]独来独往，不大与人接近。

雅科夫列夫十分熟悉农民生活，写过一些关于农民生活的极好的特写。大家都对这个腼腆而沉默寡言的人怀着一种审慎的尊敬心情。人们尊敬他，不仅是因为他能写出很好的特写，而且因为雅科夫列夫有一种罕见的才能：在当时铁路上极端混乱的情况下，他竟能到俄国最偏僻的角落去，然后又安然无恙地回来。这需要有坚韧不拔的勇敢精神。几乎每次旅行都要冒生命危险。

复员军人拥挤在铁路上，破坏他们满不在乎的旅途中的一切。列车上凡是能打破和撕破的东西，全都打破、撕破了。就连车顶上生锈的铁皮也给拆了下来。在苏哈列夫卡正进行着热闹的交易，买卖车厢里的洗脸盆、镜子以及从车厢里沙发上割下来的一块块红色旧长毛绒布。

许多换上士兵服装的匪徒教唆复员军人胡作非为。在车站上打碎玻璃窗，拆掉篱笆，拿去给机车当柴烧，有时把铁路员工的整座房子全都拆掉。离铁路最近的墓地，那就不用说了，首先飞进机车炉膛里的就是坟墓上的十字架。士兵们把墓地上用洋铁皮百合花和玫瑰花编成的生锈的花圈拆下来，用铁丝捆在车厢上当作装饰品。列车开动时，风在这些玫瑰花中无精打采地嗖嗖作响。

复员军人的列车夹杂着强盗们的那种口哨声，手风琴和留声机的怪叫声，机枪的射击声，压弯钢轨，渐渐驶入进站的道岔。在这以前，车站上

① 亚·雅科夫列夫（1886—1953），苏联作家。

的职工早就纷纷逃散了。稍一拖延列车通过的时间，车站上的值班人员就会受到残酷的镇压。许多声音一起号叫："开车，加夫里拉！"——这喊声，能使火车司机们的脸色吓得发白。

所有普通人、"非军人"、"公民"和"小人物"，如果由于什么奇迹竟来到军人列车上，通常会在途中被扔到边坡下去的。

雅科夫列夫被扔出去过3次，但都幸免于难。

最奇怪的是，雅科夫列夫从这些可能送命的旅行中归来，反而精神饱满，心情激奋。他看到、听到了许多很不寻常的事物，他说为了这些对于作家来说极其宝贵的素材，甘愿付出任何代价。

雅科夫列夫钻到一些最荒凉的、与莫斯科完全隔绝的小城镇上，钻到像什么赫瓦伦斯克、萨拉普尔或谢尔多布斯克等这样一些几乎是神话一般的地方。甚至都不相信这些地方是确实存在的。

俄国仿佛又分裂成一些小块的封建领地。由于没有道路，邮电联系中断，隔着许多森林、沼泽，桥梁已被拆毁，空间似乎突然变得很大。这些封建领地都是相互隔绝的。

在这些偏僻角落里宣布成立了一些不够格的共和国，在县城的印刷所里印刷自己的货币（多半是用邮票代替货币，在本地流通）。

这一切和过去的残余混合在一起——和窗台上的凤仙花、教堂里的钟声、在截短了枪筒的半截枪仿佛带有醉意的枪声中举行的祈祷仪式和婚礼、长着瘦弱庄稼的平原（由于油菜夹杂其间，庄稼似乎发黄了，好像有毒似的）以及关于世界末日的议论（到那时俄国将只剩下"黑夜和3根烟柱"）交织在一起。

雅科夫列夫津津有味、不慌不忙地叙述这一切，就像一个善于用彩色粗麻线缝合搭在马鞍上的皮带的马具匠那样，把这一切全都缝合起来。

从那时起，在不同的年代里，我有时又见过雅科夫列夫。他总是以自己对平民百姓的俄国怀有异常宽厚和忘我的爱使我感到惊讶。他临终时留下遗言，不要把他埋葬在莫斯科，而要埋葬在伏尔加河畔他的故乡沃利斯克，这并不是没有原因的。

有时，咖啡馆里出现一个戴一顶帽檐耷拉着的帽子的人，好像他有一个时期不知是在图拉还是奥廖尔的报馆工作过。

这个人与普里什文[①]曾经发生过一件有趣的事。普里什文谈起这件事来，喜欢把它描绘成一个十分神奇的故事。

普里什文从叶列茨搬到莫斯科来。当时波罗的海水兵的阻截部队正在各个枢纽站上任意胡来。

普里什文把所有东西、手稿和书籍全都缝在一个个大包里，拖进了车厢。在奥廖尔附近的一个枢纽站上，阻截部队的水兵扣留了普里什文的这些大包，不管是劝说和请求都没有用。

普里什文跑到车站上去找部队的首长。那是一个颧骨凸出的水兵，腰里挎着毛瑟枪，有一只耳朵上戴着一个锡耳环。他正在像喝粥那样用木勺舀着吃咸刀鱼，不想跟普里什文谈话。

“当然啰，知识分子！”他说，“你要是胡说八道，我就以阴谋破坏的罪名逮捕你。为了这一堆堆的东西，还不知道革命法庭会根据哪条法令拘捕你哩。所以，朋友，趁你还没事儿，赶紧离开这儿吧。”

---

① 米·米·普里什文（1873—1954），苏联作家。

那个戴帽檐朝下耷拉着的帽子的人跟在普里什文后面走进队长的屋里。他站在门口，轻轻地、但是清晰可闻地说：

“立刻把东西还给这位公民。”

“这个戴帽子的又是个什么间谍?”水兵问，“你是什么人，竟能命令我?”

“我是马加利夫。”那个人眼睛盯着水兵，还是那样轻轻地、然而清晰地回答。

水兵被咸刀鱼给呛着了，站了起来。

“请原谅，”他用曲意奉承的语气说，“看来，我的弟兄们是弄错了。他们太累了。洛博夫!”他用雷鸣般的声音喊道，“把东西还给这位公民!马加利夫的特派员亲自下的命令。明白吗？送回车厢去。快！抢，不停地抢，大家的东西都要抢，真该把绞盘塞到你们的嘴里!”

在月台上，普里什文向那个其貌不扬的人道谢。但那人的回答只是建议普里什文在所有包上都用化学铅笔写上“民俗学”一词。

“俄国人，”他解释说，“对不理解的词，特别是对外国词汇，都怀有尊敬的心情。写上这个词以后，谁也不会再碰您的东西了。这我可以担保。”

“请原谅我的无知。”普里什文问，“您说您是马加利夫，不过这个马加利夫是个什么有势力的机关？为什么一提到它，就会对阻截部队产生这样惊人的作用呢?”

那人抱歉地微微一笑。

“这不是机关，”他回答，“这是我的姓。有时它挺有用。”

普里什文哈哈大笑。

他听从马加利夫的建议，在包上写上了“民俗学”这个神秘的词。从那以后，再没有一支阻截部队敢碰这些包了。

当时是最初开始使用一些荒谬的缩写名称。几年以后，这些缩写词的数量已经具有灾难的性质，简直有把俄语变成类似那种发音不清楚的国际语言“沃拉普尤克”[1]的危险了。

莫斯科有名的爱书记者谢尔库诺夫每晚都到咖啡馆来，他进来时总是在擦眼镜，凸出来的镜片上蒙上一层水汽。因为看不见，他老是会碰到桌子。他总是带着用电线捆着的、一包包很沉的书籍，书上净是灰尘。

谢尔库诺夫脱下他那件缝着旧天鹅绒领的老式大衣，把它小心翼翼地挂到钉子上，咖啡馆里立刻充满拼命狂叫的猫叫声。

谢尔库诺夫在街上拾起被人丢弃的小猫，把它们分别塞到大衣两边的口袋里，带着它们在城里荡来荡去。只是到很晚的时候才把这些饿猫带回家去，亲手交给自己的妻子。

谢尔库诺夫很像一个地方自治会委派的医生。他的胡子总是湿漉漉、乱蓬蓬的，因为衣袋里装满书和手稿，西装上衣给坠得像一条口袋。

那时还没有自来水笔，谢尔库诺夫还在口袋里装着一个“不倒翁”墨水瓶和几支鹅毛笔。他不能用铅笔写字，似乎只有我一个人理解他，不嘲笑他的这一特性和那些鹅毛笔。我总是觉得用铅笔写的一切都是草率的和未完成的东西。我认为，明确的思想要求用清清楚楚的笔迹写下来。如果可能的话，我将只用中国的墨写在很结实的纸上。

---

① “沃拉普尤克”是一种人为的国际语。——译者

谢尔库诺夫坐到桌边，用刀片仔细削尖鹅毛笔，鼻子里发出好像小声打鼾的声音，开始用像彼得大帝以前的那种花体字来写简讯。

他写的是关于珍贵书籍、发现名画、展览会、书报评介以及种种稀世珍宝的消息。

从一清早他就出去搜寻书籍，采访新闻，可以在莫斯科一些最意想不到的地方碰到他。

他的备忘手册里记着一些虔诚的老太婆、书店里从前的店员、装订工人、收购赃物的商人和书贩的许多地址。这些人都是书籍的供应者。他们多半住在郊区——住在伊兹马伊洛夫、切尔基佐夫、科特雷，或普列斯尼亚区那边。谢尔库诺夫走遍了这些地区，能坐电车的地方就坐电车，但大半是靠步行。

他对书籍有一种第六感觉。他往往花好长时间，小心翼翼地追踪珍本书籍，就像猎狗在追踪野兽。他不是莫斯科唯一爱书的人。其他爱书的人和旧书商知道他有准确无误地找到稀世珍本的特殊本领，都在机警地盯着他，而且不止一次试图截获他即将到手的珍本。因此，谢尔库诺夫不得不经常让人弄不清他的行踪，把那些跟踪他的人搞得糊里糊涂。这种狂热的工作使他养成了秘密工作者的特性。

也许，因此他无论说什么都要压低了声音，喃喃低语。一双像鞑靼人那样细眯眯的眼睛，总是怀疑地不时发出微弱的闪光。

“好像，”他在桌边小声说，使对方不得不紧凑到他跟前去，“几天之内我就会找到伊凡雷帝藏书的密室了。不过，上帝保佑，千万可别让卢那察尔斯基知道。请您守口如瓶！”

如果有人拿珍本书来请谢尔库诺夫做鉴定，他翻翻那本书，甚至好像是闻闻它，然后似笑非笑地冷笑一声，说：

“是一种相当普通的版本。您可以任何一天在中国城墙下的旧货摊上买到它。您只不过是上当了，我为您感到惋惜。不过，一般说来，我可以用切洪捷的《形形色色的故事》的第一版来换这本书。愿意换吗？怎么能不愿意呢?！一年后您会后悔的。嗯，好吧！那么我给您一本意大利版的《马可·波罗》。明天您就能拿到。”

这么说着，谢尔库诺夫不等那本书的天真的主人同意，就把这个珍本藏到他那装得鼓鼓囊囊的皮包里，啪的一声把皮包锁上，东张西望，竭力想赶快溜掉。在我的记忆中，还没有一次有哪个头脑简单的人能把那本仿佛沉没在谢尔库诺夫皮包里的书再夺回去。

即使吵架也无济于事。只要一发现有吵架的最初迹象，谢尔库诺夫立刻默默地穿上大衣，迈着沉重的脚步，像牛那样低下头，走出咖啡馆去。没有任何力量能让他停下脚步来。这时，他固执地默默不语，很吃力地呼哧呼哧喘着气，即使对最可怕的侮辱他的话，他也好像是个聋子。

有一次，谢尔库诺夫提议让我和他一起到温道车站附近一家小客店去。那里住着一个堕落的、图拉市的自学成才的诗人。谢尔库诺夫想从他那儿设法弄到一些珍本书和手稿。

我们乘电车去温道车站。但为了预防有人跟踪，在到达那家小客店的前一站就下了电车。根据只有他自己知道的某些迹象，谢尔库诺夫怀疑，他的宿敌——一些书商——恰恰要在今天暗中守候着他，设法赶在他之前找到这个图拉诗人。

突然，谢尔库诺夫一把抓住我的手，把我拉到一根贴海报的柱子旁边。我们躲在柱子后面，谢尔库诺夫气喘吁吁地说：

“他站在那儿，卖旧货的！瞧，就在那边，小客店对面的人行道上。那个戴一顶破巴拿马草帽、留着山羊胡子的老头儿。我带您来，是请您帮我的忙。”

“我怎么帮忙呢？”

“我到药店里去，从那儿的窗户里可以清清楚楚看到那个小客店。您把他引开，我在药店里等着。要是他看到我进了小客店，那我就完了！我找这个鬼诗人，足足找了两个月。”

“我怎样把他引开呢？”

“您装作密探，他准受不了。他做贼心虚。我自己就从他那儿买过从历史博物馆里偷出来的书。”

谢尔库诺夫不让我醒悟过来，就溜进了药店。没有别的办法，我只好扮演密探了。但怎么扮演呢？

我把便帽拉到眼睛上，把手塞进口袋里，迈着摇摇摆摆的步子走近那家小客店。走到离那个戴巴拿马草帽的老头儿只有几步远的地方，我站停下来，靠在篱笆上，很不自然地打量那家小客店——一座4层楼房，墙上有一条裂缝从房顶一直裂到地下室。小客店的门上钉着用红、蓝铅笔交替写成的公告：

“进门者须知：在每层楼上都请轻轻移步！”

那个戴巴拿马草帽的老头儿斜着眼睛瞟了瞟我。我脸上带着一副漠然的、我好像觉得甚至是有点儿厚颜无耻的神情站在那里。后来又仿佛竭力不让老头儿发觉似的，开始留心看着自己稍微握着的手掌，好像我的手掌里攥着一张照片。

老头儿很快扭过脸去，两只脚倒换着，开始侧着身子离开原来站着的地方。但这时，他犯了一个不可饶恕的错误——掏出烟盒，抽起烟来。

我望着老头儿的背脊，跟在他的后面。根据这虚弱有病的背脊可怕的紧张程度来看，我明白老头儿是在竭力克制着，没有撒腿就跑。我追上了老头儿，很有礼貌地叫住了他：

“请借个火，公民。”

这时发生了不可思议的事情，把我自己也吓了一跳。戴巴拿马草帽的老头儿大叫一声，向一旁跳出去老远，像螃蟹那样用弯曲的两腿很快跑开，在隔壁一个门洞里消失得无影无踪。

谢尔库诺夫满意地搓着胖乎乎的手。

他顺利地在那个图拉诗人那里买到了列夫·托尔斯泰的一封信，胜过了职业收购旧书的人。我却十分恼恨谢尔库诺夫和整个这次极其愚蠢的事情，并且发誓再也不和谢尔库诺夫打交道了。

我想，谢尔库诺夫也和大多数藏书家一样，自己来不及看这些书。他只是作为一个收藏家对书感兴趣，而不问这些书的内容是什么。但不久发现，事实并非如此。

谢尔库诺夫在咖啡馆里给记者们做了一次关于书的历史的报告。这个报告可以称为一篇关于书的诗，一篇热情洋溢的书的赞歌。

用他的话来说，书是人类思想的唯一保存者，又是把这些思想从一个世纪传送到另一个世纪，从一代传给另一代的传递者。书携带着思想穿越一切时代，而这思想仍然像刚刚诞生时一样，那么纯洁，那么丰富多彩。

人的手创造的书籍已成为像空间和时间一样的永恒范畴。生命有限的凡人创造了不朽的珍品。但是因为陷在忙乱的生活之中，我们总是会忘记这一点。

我们细心深思荷马节奏缓慢的史诗的结束句，于是在我们面前就会发生奇迹——已经变作化石的、千年前的荷马的手杖开出了栩栩如生的诗的鲜花。

我们第一次接触从不可思议的远方到达我们这里的思想，总是觉得这样的接触是新鲜的，而没有衰颓老朽的感觉。我们20世纪的人也是怀着与我们远祖同样的新颖感和天真的感情，接受这一思想。

许多世纪已经没入无法穿透的浓雾之中。只有人类的思想，犹如淡蓝色的织女星，仿佛吸收了浩茫宇宙间的全部亮光，在雾中发出耀眼夺目的光辉。宇宙间任何“黑暗的力量”也不能遮住这最纯洁的星光。完全和这一样，历史上的任何失败和时间上的任何穹远距离也都不能消灭保留在数百、数千和亿万册手稿、书籍中的人类思想。

谢尔库诺夫相信，地球上，特别是在《圣经》上的那些古代国家里，还有许多未曾发现的手抄本文献。发现这些文献，将会以人们还不知道的哲学体系和诗中的珍品丰富人类的思想宝库。不久前，在西奈的群山里发现了托勒密王朝[①]建造的一座古城。古城隐藏在炎热、荒凉的峡谷之中。这座死城的每一座建筑物都是建筑艺术的杰作。既然发现了古城，那么就可能发现古老的手抄本和书籍。

听了谢尔库诺夫的报告以后，特别是当我知道了一些神秘的阿拉伯城市之后，我开始对东方心驰神往。我着手研究东方的诗。谢尔库诺夫很乐

① 公元前305年至公元前30年古埃及的王朝。

意给我弄到萨迪[1]、欧玛尔·海亚姆[2]和哈菲兹[3]的书。

在革命时期，在一切已经习以为常的概念和习惯都遭到破坏的时期，有些人生活在革命之中，同时却醉心于东方、诗和许多旁的东西。从旁观者的角度来看，可能会觉得这是很奇怪的。但其实这并没有什么奇怪的地方，原来人类求知欲的容量远远超出了可能想象得到的程度。

革命最初几年所特有的那种严肃而朝气蓬勃的感觉具有如此强大的威力，而且激动人心，因此在人类的一切思想上都会留下明显的痕迹。我们这个时代的人，革命的产儿，不仅应该具有以前只是个别杰出人物才有的一切高尚品质，而且应该拥有以前各个时代和所有国家的精神财富。我认为，这一观点是不容争辩的。因此，我在一切之中寻找这种能使内心世界丰富的东西，其中也包括东方的诗。

记者罗佐夫斯基更加深了我醉心于东方的热情。这是一个留着波浪形的淡褐色大胡子、总是懒洋洋的、上了年纪的人。整个冬天他穿着一件长抵脚跟的、高级僧侣穿的皮袍。这件皮袍曾经是华丽的，但现在毛已经掉了。尽管他是个犹太人，可是因为穿着这件皮袍，简直就像一位东正教的神父。

所有空闲时间，罗佐夫斯基都躺在自己屋里一张压坏了的沙发床上，看关于东方的书。沙发床上铺着土库曼的地毯。

他是一个十分熟悉伊斯兰教的行家，特别熟悉伊斯兰各种不同的教

---

① 萨迪（生于1203年—1210年之间，卒于1290年），波斯诗人、作家、思想家。

② 欧玛尔·海亚姆（约1048—约1123），波斯和塔吉克诗人，数学家和哲学家。

③ 哈菲兹（约1325—1389），波斯诗人。

派。在所有教派中，他特别注意宗教领袖艾利·巴布[1]的所谓“巴布派”。用他的话来说，这是波斯的一个革命教派。他认为，这个教派会毁灭伊斯兰教，使小亚细亚那些死气沉沉的国家得到复兴。

革命前，罗佐夫斯基去过土耳其和波斯，为的是在当地研究东方。他是个自由自在的人，只身一人，他要去旅行是很容易的。

他在小亚细亚宗法制度的土耳其城市布尔萨几乎住了一年。他讲过许多关于土耳其的事。他不是照通常那样，而是用他自己的方式叙述这一切。

他从来也不是从主要的事情开始，而是从部分，甚至是从一些琐事讲起。但渐渐地，所有这些细节就会形成一个引人入胜的故事。可以把它记下来，立刻就去付印。

但是，由于罗佐夫斯基懒得出奇，他从来也没有记下任何东西。只要他一坐到桌边，就会感到无聊得要命。于是丢下笔，到编辑部或记者咖啡馆去寻找可以和他聊天的人了。

我记得罗佐夫斯基讲的他在布尔萨居住的那座古老木头房子的故事。他讲这个故事，不是从描写这座房子，而是从研究土耳其木头房子的气味开始。

罗佐夫斯基肯定地说，这些房子散发出一股温暖、腐朽的木材味和蜂蜜的香味。特别是在炎热、寂静的日子里，那时候不能碰阳台上的栏杆，免得烫伤手掌。

---

① 巴布（原名赛义德·阿里·穆罕默德，1819—1850），伊朗宗教领袖，伊斯兰改良教派——巴布教派的创始人。

总是觉得朽木气味中有干玫瑰花的香味。这些房子所以会有蜂蜜味，是因为周围那些夹杂有一丛丛野玫瑰的齐墩果园里有许多蜜蜂。蜜蜂在房子的顶楼上营造蜂房，所以屋里就飘散着那么甜的蜂蜜味。

罗佐夫斯基第一次闻到这种香得腻人的干玫瑰花和蜂蜜味，是在君士坦丁堡[①]。那时人家给他看一个小匣子，匣子里撒满了经过粗制的宝石，保藏着一面先知的绿旗。旗子卷在已经腐朽的绸缎中，上面撒满玫瑰花瓣。

罗佐夫斯基向我说明了许多人们不大理解的阿拉伯神像和布宁的东方诗的含意。从那时起，我总是觉得伊斯兰教就是消极无为、忍耐和懒惰的宗教，特别是当我想起布宁读《古兰经》引起灵感而写成的诗句：

在那炎热的时辰，当镜中的幻影，
把全世界融合为一个伟大的梦，
于是它把灵魂带往无边的光海，
越过可悲的大地的边界，进入吉纳特[②]花园的仙境。

一切河流的河，天蓝色的科夫谢里，
在那里，在烟雾后奔流不息，
应许把安宁给予整个大地、所有种族和国家，
忍耐吧，祈祷吧——信仰吧[③]。

---

① 即现在的伊斯坦布尔。

② 即天堂。

③ 引自布宁的诗《科夫谢里》。

有一次，我对罗佐夫斯基讲起伊斯兰教的消极和懒惰。他说这种想法是胡说八道。恰恰相反，他说伊斯兰教是一个最尚武、最狂热的宗教。只要一宣布圣战，只要一举起先知的绿旗，伊斯兰教就会像沙漠中凶恶、迅猛的干热风扑向世界。我清清楚楚想象出这样的干热风，想象出那飞驰而来的低悬的烟雾，从烟雾中传来骑士们的怒吼，出鞘的大弯刀在他们手中闪闪发光，犹如无数短小的闪电。

我当然不能记述记者咖啡馆里的所有顾客，尽管他们都是应该记述的。

但是，不能不提一提旧莫斯科的又一残余——“金丝雀歌唱爱好者学会”的主席、记者萨韦利耶夫。

这个总是嘿嘿笑的老头儿是政治谣言和流言蜚语的主要提供者。他所以没有为此吃什么苦头，仅仅是因为他一向用鼻音说话，发音含糊不清，而且说得很快。只有十分集中注意力，才能猜到他讲的是什么。

他那件很不干净的短上衣，所有口袋里都塞满了黏糊糊的水果糖。他执拗地请所有抽烟的人吃这些糖，他简直是逼着他们吃这些在脏口袋里粘上许多垃圾的水果糖。因此，只要萨韦利耶夫一走进编辑部，大家都立刻匆匆忙忙地摁灭香烟。

萨韦利耶夫在报馆的唯一任务就是写悼文，因此给他取了个绰号：“死神”。

他写的所有悼文，一开头都是这样几句：“死神从我们队伍里夺走了”，要么是“我们遭受了重大损失”。

这些追悼文章让大家都看腻了。因此，有一次负责排版的人决定给一篇照例的追悼文章稍稍润色一下，顺便也和萨韦利耶夫开个玩笑，于是在

“死神从我们队伍中夺走了”一句中仅仅加进了一个词：“终于”。

第二天编辑部里发生了一场可怕的争吵。负责排版的人被解雇了。尽管那篇追悼文章谈的是一个让人讨厌的教育家，但大家心里还是很不舒服。萨韦利耶夫整天都坐在编辑部里，在他那张桌子后边擤鼻涕。

“我把几百个人送到了那个世界，”他嘟嘟囔囔地说，“但我一次也没有犯侮辱死者的罪过。我不是他们的评判者。而对那些下流的家伙，我连一个字也没有写过。”

萨韦利耶夫哭够了以后，到总编辑那里去，结结巴巴地对他说，报馆竟会发生这样可耻的事情，他不能再在这里工作了。怎样劝说他全都无效，萨韦利耶夫离开了编辑部。只是在这时所有同事才突然感觉到，听不到萨韦利耶夫很快的讲话和嘿嘿的笑声，好像缺少了点儿什么似的，就连那些粘满垃圾和棉花的水果糖似乎也让人感到怀念了。

不久，萨韦利耶夫就死了。悼念他的文章和所有那些沉闷而冷漠的悼文没有任何区别：“死神从我们队伍中夺走了一位谦虚、勤奋的报界同人。”等等，等等。

萨韦利耶夫是个单身汉。他死后闷热的房间里只剩下了一只老鹦鹉。它头朝下悬在鸟笼里的小横杆上，像它的主人那样嘿嘿地笑着，用傻里傻气的声音大叫：“小鹦鹉，要吃糖吗？”

管院子的人把鹦鹉拿到他自己屋里去了。于是与萨韦利耶夫的一生有关的一切完全结束了。

最后闯进记者咖啡馆的，是一个彬彬有礼、轰动一时的人——“轰动一时的新闻之王”奥列格·列昂尼多夫。他是故意在最后才来的，刚好是在印上油墨、因而有点潮乎乎的报纸飞出印刷机的时候。

这时，可以放心大胆地把列昂尼多夫在一天之内获得的全部能引起轰动的新闻，讲给互相竞争的不同报纸的同事们听，而不必担心他们会把这些能引起轰动的消息塞进自己的报纸里去。由于忌妒，同事们的脸色都发白了，但是毫无办法。

跟踪列昂尼多夫没有任何结果。他是叫人找不到的。谁也不知道他是怎样、在什么时候钻进了新的苏维埃机关内部，温和地、带着傲慢的微笑，在那里弄到了惊人的消息。

要欺骗和愚弄列昂尼多夫是不可能的。在耍花招儿这方面，他是一个最高明不过的能手。

只有一次，那还是在战时，一个不谨慎的基辅记者欺骗了列昂尼多夫，偷偷塞给了他一条能引起轰动的假消息。列昂尼多夫差点儿没因此被报馆开除，但是他狠狠地向那个基辅记者报了仇。从此以后，不仅没有任何人再敢愚弄列昂尼多夫，而且连跟他开玩笑也不敢了。

从表面上看，列昂尼多夫报仇的方式十分简单。他给那个基辅记者发了一份电报："只给哈尔科夫阿尔汉格尔斯克明斯克火鸡喂燕麦粉。"①

那是战争时期。这份电报落到军事检查机关手里，断定这是密码。那个记者被捕了，有从事间谍活动的嫌疑。

要不是侦查员偶然想到把电报上每个词的第一个字母连起来读一读，真不知道那个记者要在监狱里待多久。这些字母组成了一句骂人话②。那

---

① 原文无标点符号。——译者

② 原文每个词的第一个字母组成的意思是："下流坯，白痴。"——译者

个记者被释放了，只受了一场惊吓。奥列格·列昂尼多夫却镇静自若，在莫斯科获得了机智的复仇者的声誉。

由于缺少资金，记者咖啡馆于1918年夏末关闭了。不仅各个极不相同的报纸的记者们，而且连作家和画家们也都真诚地对它感到惋惜——凡是觉得这所天花板很低、糊着不像样的粉红色墙纸的房子是一个自由而且有吸引力的俱乐部的人，无不感到惋惜。

黄昏时分，咖啡馆里特别美。在开着的窗户外面，消防队瞭望台和已经拆除了斯科别列夫纪念像的基座后面，温暖的晚霞正在染成金黄色的尘土中慢慢熄灭。嘈杂的市声，更确切些说，是城市里人们说话的声音（那时候汽车还很少，电车也不多）渐渐静下来了，只有从远方传来《华沙之歌》自由奔放的歌声。

在这种时刻，想到太阳正慢慢向布列斯特车站后面，向霍登卡那边落下去，那里露珠已经降落到白桦丛中。莫斯科近郊清澈的河流里，河水正淙淙地流着，把水中的树干冲洗得干干净净，心里就会愈来愈觉得烦闷。从河上飘来一阵阵凉气、水藻和腐朽的木桩气味。无人居住的别墅里光线昏暗，早就栽种的芍药已经孤单单地开花了。露水从阁楼流到已经钉起来的阳台的顶上，除了均匀的滴水声，在愈来愈浓的暮色中再也听不到任何别的声音。

暂时得到安宁的公园、田野和树林，就坐落在惊惶不安的莫斯科近旁，在睡梦中倾听着莫斯科紧张嘈杂的声音。

喷泉大厅

政府从彼得格勒迁到了莫斯科。

在这以后不久，《人民政权报》派我去列福尔托沃区兵营采访。列宁要在那里的复员军人中发表演说。

那是一个雨雪交加的晚上。兵营里很大的大厅淹没在马合烟的烟雾之中。雨点噼噼啪啪打在积满灰尘的窗子上，飘散着一股酸味、湿军大衣味和石碳酸味。拿着步枪、打着肮脏的绑腿、穿着因受潮而涨大的足球鞋的士兵们，就直接坐在潮湿的地上。

这大部分都是从前线回来的士兵，在签订布列斯特和约以后，他们仍然留在莫斯科。他们觉得一切都不合心意。他们不相信任何人，对什么也不相信。他们一会儿吵吵嚷嚷，要求立刻送他们回故乡去。一会儿又断然拒绝离开莫斯科，大喊大叫，说是在欺骗他们，是想借口送他们还乡，重又驱赶他们去打德国人。有一些诡计多端的人和逃兵在扰乱士兵们的心。大家都知道，普通的俄国人，如果折磨他，把他搞糊涂了，他就会突然狂怒起来，开始造反。归根结底，为这样的士兵造反吃苦头的，大半是司务长和炊事员。

那时候，莫斯科流传着一个几乎无法平息下去的谣言，说是列福尔托沃区的士兵们很快就要暴动了。

我勉强挤进兵营，站在后边。士兵们怀着恶意盯着我这个外来的非军人，仔细打量着。

我请求允许我到离胶合板讲台较近一些的地方去。但是谁也不让开，甚至连动也不动。坚持自己的要求是危险的。一会儿是这里，一会儿是那里，士兵们像弄着玩似的哗啦哗啦地扳动枪栓。

士兵中有一个人拖长声音打了个哈欠。

“好累啊!”他说，并搔搔毛皮高帽底下的后脑勺，“又要自作聪明，劝说我们了。他们这些劝说，我们已经听腻了。”

“你还要什么呢！有马合烟。口粮嘛，多多少少也发给你——这就行了呗!”

“你就待在莫斯科，和姑娘们玩玩吧。”一个瘦瘦的、留着大胡子的士兵含讥带讽地补了几句，“抱住个‘带吸管的汽水瓶’，直到老死你都会记得这个最先成为国都的莫斯科。就算代替乔治十字勋章吧。”

“他们在拖什么!”后面有人叫喊，并且用枪托敲地板，“来谈谈嘛!既然把我们这些蹲战壕的集合起来，那就快点儿，别耽搁时间!”

“这就要讲了。”

“谁?”

“好像是列宁。”

“列——宁！别扯谎了！他没见过你的嘴脸。”

“除了跟你这位团里的大忙人说话，他没有人可以聊天了。”

“真的，是他!”

“我们知道他说什么。”

“彻夜布道，做礼拜。”

“听那些标语口号把肚子都听瘪了。够了!”

“我说，弟兄们，别听那一套，别让他把我们打发走!”

“要走，咱们自己走。够了！”

突然，士兵们声音嘈杂，纷纷移动，站了起来。从马合烟上冒出来的烟开始像波浪一般起伏荡漾。在昏暗的光线和一层层浓烟中，什么也看不清，我听到了“л”和“р”这两个字母发音稍有点儿含糊不清、异常平静的、很高的声音：

“请让我过去，同志们！”

后面的人开始推搡前面的人，以便看得更清楚些。有人在用枪威胁他们，有人在骂人。对骂有变成互相射击的危险。

“同志们！”列宁说。

嘈杂的人声仿佛被刀子一下子割断了。只听到警觉的人们从支气管里发出带咝音的、嘶哑的呼吸声。

列宁开始讲话了。我听不大清楚。我被紧紧夹在人群中间。不知是谁的枪托紧贴着我的腰部，站在后面的一个士兵把一只沉重的手搭在我的肩上，不时痉挛似的攥紧手指，紧紧地捏着我的肩膀。

粘在人们嘴唇上的自己卷的纸烟已经快要烧完了。从纸烟上冒出的一缕缕青烟一直升到了天花板。但谁也没吸烟——大家都把纸烟忘了。

雨在墙外喧哗。但透过雨声，我开始渐渐听清了那些平静而朴实的话。列宁并不号召人们去做什么。他只不过是在向这些愤怒、然而天真的人说明他们暗暗怀念，而且也许已经不止一次听到过的东西。不过，大概他们以前听到的都不是他们所需要的那些话。

他不慌不忙地说明布列斯特和约的意义，说明左翼社会革命党人的背叛，还谈到工农联盟和粮食问题。他说，不应该在莫斯科吵吵嚷嚷，搞群众聚会，不知是在等待什么，而应该赶快去耕种自己的土地，相信政府和党。

只传来个别词句。但是从人群的呼吸声，从毛皮高帽怎样滑到后脑勺上的情况，从士兵们半张着的嘴，以及出人意外、完全不像男人而更像妇人们的长叹声来看，我猜到了列宁在讲什么。

那只沉重的手现在平静地搭在我的肩膀上，仿佛在休息。在这只手沉重的负荷中，我感觉到一种好似友好的抚爱。等这个士兵回到农村，他就会用这样的手拍拍自己孩子们头发剪得短短的小脑袋。而叹息——这就是说，啊，终于盼到了土地。现在只要耕地、耙地，为了与此相适应的生活，抚养这些小鬼了。

我想看看这个士兵。我回头看了看。原来这是一个后备兵，脸上长满浅色的硬毛，脸盘很宽，但没有一点儿血色，十分苍白。他不知所措地对我微微一笑，说：

“主席!”

“什么主席?”我没听懂，问。

“人民委员会主席本人，答应会有和平和土地。你听到了吗?”

“听到了。”

“问题就在这里了！想念土地呀，而我老是不在家。”

“你们轻一点儿，咕噜起来没完了!”旁边一个人朝我们喊了一声——这是一个身体虚弱的、个子矮小的士兵，军帽滑到了他的眼睛上。

“好吧，你也别作声了!”后备兵小声顶了他一句，动手匆匆解开那件已经看不出是什么颜色来的军便服上衣。

“慢着，慢着，我想让你看看……”他含含糊糊地低声说，并且在胸口摸索着，直到终于抓着一根带子，拖出一个因为汗湿已经发黑的小麻布袋，从里面取出一张破照片来。

他吹了吹照片，把它递给了我。高高悬在天花板下面、罩着铁丝网的电灯好像在眨眼。我什么也看不出来。

于是后备兵用手掌遮着，划着了一根火柴。火柴一直燃烧到了他的手指，但是他没有吹灭它。

我只是为了不得罪那个后备兵，才看了看那张照片。我相信，这是一张普通的农民家庭的照片，我曾在许多农舍里的神龛旁多次看到过这样的照片。

坐在前面的总是母亲—— 一个面容消瘦、满脸皱纹、手指骨节粗大的老太婆。不管她实际上是一个什么样的人——善良的和柔顺的，还是大喊大叫的、喜欢争吵的——在照片上她总是脸上毫无表情，紧闭双唇。在照相机的快门咔嚓一响的那一瞬间，她成了坚强的母亲，严肃的种族延续者的化身。她周围坐着或站着一些瞪着眼睛、神情木然的孩子和儿孙们。

得花好长时间细看这些照片，才能在这些神情紧张的人们当中看到和认出那些自己很熟悉的人：这个老太婆的害肺病的、沉默寡言的女婿——乡村鞋匠；他的妻子—— 一个乳峰高耸、爱争吵的村妇，穿一件边上有很宽的褶子的小袄，鞋子上的提靴环翘到胖得发亮的、光着的小腿肚上；一个头发蓬乱的小伙子，他眼里的神情像流氓那样空虚得令人感到可怕；还有另一个小伙子，肤色黝黑，带着一副嘲讽的神情，可以认出，这就是那个全县闻名的铁匠。还有儿孙们—— 一些胆小的孩子，看眼神，好像他们都是小小的殉难者。那是一些从未受到抚爱和亲切对待的孩子。也许，只有那个当鞋匠的女婿暗暗地可怜他们，把一些旧鞋楦送给他们玩。

但后备兵拿给我看的那张照片完全不像这种全家福。照片上是一辆套着两匹黑色走马的轻便马车。我的这位后备兵穿着天鹅绒背心坐在车夫座上。在照片上他显得年轻、漂亮。在他不自然地伸着的双手里拉着很宽的缰绳，马车上侧身坐着一个美丽非凡的年轻农妇。

“再划根火柴!”我对后备兵说。

他匆匆划着了第2根火柴，我发觉他也像我一样在看这张照片，凝神注视着，甚至流露出惊讶的神情……

马车上坐着一个年轻农妇，她穿一件带皱边的、很长的印花布连衫裙，裹一块白头巾，像修女那样，头巾一直低低地扎到眉毛上边。

她稍稍张开嘴，正在微笑。这微笑中含有那么多的柔情，因此我的心不由得颤动了一下。女人的眼睛很大，显然是灰色的，脉脉含情，感情深沉。

“我在地主韦利亚明诺夫家当了两年车夫，”后备兵匆匆地小声说，“别人给我偷偷照了一张坐在地主老爷马车上的照片，和我的未婚妻在一起，就在临结婚前。”

他沉默了一会儿。

“喂，你怎么不说话呀?”他突然挑衅似的、很不礼貌地问我，“难道你见过几千个这样的美人儿吗?”

“不，”我回答，“这样的美人儿我没见过，从来也没见过。”

“麻子，”士兵安静下来，说，“就在战争爆发前死了，因为难产。可是我女儿——长得完全像她。你到我们那儿去吧，亲爱的同志，到奥廖尔省……”

人群突然冲向前去，把我们挤散了。毛皮高帽和军帽飞向空中。讲台周围爆发了疯狂的“乌拉”声。“乌拉”声滚过整个大厅，传到了街上。我看到列宁很快地走着，有一大群士兵围着他。他用手掌紧紧捂着一只耳朵，以免被这“乌拉”声震聋。他笑着，不知在对一个身体虚弱、个子矮小的士兵说什么，那个士兵的军帽老是会滑到眼睛上去。

我在沸腾的人群中寻找我那个后备兵，没有找到。于是很吃力地挤出去，来到了街上。拐角那边还在传来雷鸣般的“乌拉”声。显然，人们是对着已经乘车离去的列宁的背影在欢呼。

我顺着一些长长的、漆黑的街道往城里走去。雨已经过去了，乌云中露出好似给雨淋湿了的月亮。

我在想着列宁和伟大的人民运动。这个刚刚从十分兴奋、大声狂呼的士兵群中走过，异常平凡的人，就站在这场运动的前列。我在想那个后备兵和那个年轻的农妇，隔着许多岁月的遥远距离，我几乎像爱上俄国那样爱上了她。在这次三人的相遇中，对我来说似乎有点儿什么不易觉察的共同的东西，某种令人神往的东西，犹如一阵喜悦的波浪激动人心。我说不清这激动的原因。也许，这是对一个空前未有的时代的感觉和对美好的未来的预感吧——我不知道。俄国是一个非凡的、与什么都不一样的国家——这一愉快的想法，正如它已经有好几次来到我的心头那样，又涌进了我的脑海。

首都大饭店的正面，就在房顶下面，有一幅根据画家弗鲁别利的素描、用瓷砖砌成的《梦幻公主》图。瓷砖破损得很厉害，是被子弹打破和擦伤的。

中央执行委员会——当时的议会——就在首都大饭店里开会。

中央执行委员会在从前的餐厅里开会。餐厅正中有一个灰色的水泥喷泉，现在已经不喷水了。喷泉左边和大厅中央（如果从讲台上看）是布尔什维克和左翼社会革命党人的席位，坐在右边的是人数不多、但吵得很凶的孟什维克，社会革命党人和国际主义者们。

我经常去采访中央执行委员会的会议。我喜欢在开会前很久就到那里去，坐在离讲台不远的壁龛里看书。我喜欢大厅里的昏暗，喜欢大厅里回声很响的空旷，喜欢在各个角落里水晶灯座上孤零零地亮着的那两三盏电灯，甚至喜欢那从落满灰尘的地毯上散发出来的、从未从首都大饭店消失过的旅馆气味。

但我最喜欢的还是等待那一时刻的到来。到那时，这暂时还十分空荡荡的大厅就将成为唇枪舌剑的激烈战斗和出色的演讲的见证者，变成犹如暴风骤雨的历史事件的舞台。

在我熟悉的记者中，常到中央执行委员会来采访的有罗佐夫斯基和谢尔库诺夫。罗佐夫斯基总是能准确无误地预言，当前这次会议将会激烈到什么程度。“今天请你们当心!”他预先警告说，“等着爆炸吧。”要么是枯燥无味地说：“小卖部里有茶。走，咱们喝茶去。马上就要像理挂面那样，在一些琐碎的立法问题上纠缠不清了。”

谢尔库诺夫却不知为什么害怕全俄中央执行委员会主席斯维尔德洛夫，特别是怕他那双凝神逼视、沉着镇静的眼睛。如果斯维尔德洛夫偶尔朝记者们看一眼，谢尔库诺夫就立刻转眼望着一边，要么是躲在邻座的背后。

斯维尔德洛夫个子不高，面色苍白，穿一件旧的皮短上衣。在他的每一句话和每一个姿势里，特别是在他那和有病的外貌毫不相似的、有力的低音中，可以感觉出有一种不屈不挠的坚强意志。就连像孟什维克马尔托夫和唐恩这样一些最无礼、最大胆的敌手也屈服于斯维尔德洛夫的声音。

马尔托夫坐得离记者们最近，我们把他研究得清清楚楚。他身量很高，身子瘦削，性情暴躁，脖子上青筋毕露，围着一条破围巾。他常常跳起来，打断讲话的人，用嘶哑的、发泄怨气的声音说一些怒气冲冲的话。他是一切风暴的罪魁祸首，而且不弄到禁止他发言或取消他参加几次会议的资格，他决不会安静下来。

但有时他也会心平气和。在这种时候他就会坐到我们旁边，从随便哪一个人的手里拿过一本书去，埋头看书。仿佛忘记了时间和地点，对喷泉大厅里所发生的事情毫无反应。

有一次，他向罗佐夫斯基要去了《伊斯兰教史》一书，专心看了起来。马尔托夫看书的时候，连头都缩进安乐椅里，把两条瘦腿伸出去老远。

现在，正在讨论派工人征粮队下乡去的法令。大家都预料会有风暴。但马尔托夫和唐恩的举止态度却并不预示会发生任何意外事情，于是大家渐渐放下心来。开始听到翻阅报纸的窸窣声和用铅笔写字的沙沙声。斯维尔德洛夫挪开放在铃上的手，微笑着在听坐在他旁边的人说话。这大概最能让代表们放心了——斯维尔德洛夫是很少笑的。

发言者的名单已经快完了。这时马尔托夫好像一觉醒来，用萎靡不振的声音要求发言。大厅里顿时警觉起来。一排排座位间传出一阵警告的嗡嗡声。

马尔托夫弓着背、摇摇晃晃地慢慢走上讲台，用没有任何表情的目光向大厅扫视了一眼，开始轻轻地、仿佛不乐意地说，派遣工人征粮队的法令草案需要更准确的法律措辞，在修辞方面需要更为准确。例如，法令的某条某款应该表达得简单些，删去许多多余的词。譬如像“目的是”，可以改用“为了”，而在某条某款中有些词句是重复前面一条中已经说过的话。

马尔托夫花了好长时间在自己的笔记中翻来翻去，没有找到他需要的东西，遗憾地耸了耸肩。大厅里已经确信不会有任何爆炸性的场面了，翻报纸的窸窣声又响了起来。预言会有风暴的罗佐夫斯基感到困惑不解，“他简直像阿莫尼亚水一样，走了味了。”他对我小声说，“我们最好还是去小卖部吧。”

突然，整个大厅抖动了一下。我没有立刻明白出了什么事。从讲台上传来马尔托夫的声音，雷鸣般的声音震动四壁。他的心中燃起了怒火。被他撕碎并扔下来的枯燥乏味的笔记，好似大片大片雪花，盘旋着落到前面几排扶手椅上。

马尔托夫在自己面前摇晃着攥紧的拳头，气喘吁吁地大声叫嚷：

“背叛！你们想出这个法令，是为了把所有不满意的工人——无产阶级最美的花朵——通通赶出莫斯科和彼得格勒去！用这种办法扼杀工人阶级强有力的反抗！”

沉默了1分钟以后，大家都从座位上跳了起来。大声叫喊的风暴席卷了大厅，个别的叫喊声不时打断他的讲话：“从讲台上滚下来！”“叛徒！”“好啊，马尔托夫！”“他怎么敢！”“忠言逆耳！”

斯维尔德洛夫疯狂地摇铃，要求马尔托夫遵守秩序。但马尔托夫继续大声叫喊，而且比以前叫得更激烈了。

他以假装的漠然态度麻痹了大家，现在正在加倍捞回他失去的东西。

斯维尔德洛夫禁止马尔托夫继续发言，但他仍然在讲。斯维尔德洛夫取消了他参加三次会议的资格，但马尔托夫置之不理，仍然大放厥词，提出一个比一个更凶恶的指责。

斯维尔德洛夫叫来了警卫队。只是在这时，马尔托夫才在口哨声、跺脚声、掌声和叫喊声中走下讲台，故意慢腾腾地走出大厅。

几乎在中央执行委员会的每次会议上，首都大饭店的墙壁都会被唇枪舌剑的战斗震得发抖。往往是孟什维克和社会革命党人利用微不足道的借口，对发言人的一句不能令人满意的话，或者是对他说话的方式进行挑剔，故意激起这些风暴。有时他们不用愤怒的喊叫，而是突然嘲弄地哈哈大笑起来，或者是在发言人刚一开始说话的时候，他们就像遵照口令一样，大家一起站起来，互相大声招呼着，大声交谈着，走出大厅。

这种举动既表现出无能为力，也含有小孩子般的故意逞英雄的成分。抗议具有了争吵的性质。

国家生活的几千年的基础受到了震动。时代是严酷的，充满模糊不清的预见、期待、残酷的磨难和矛盾。因此，这种斗争的游戏，这种徒然的、吵吵嚷嚷的胡闹就更加令人不可理解了。

显然，对于这些人来说，他们党的教条比人民的命运，比普通人的幸福还要宝贵。这些在远离俄国、远离人民生活的烟草会议上诞生的教条中有某种抽象的化学公式的成分。他们想要把新生活硬塞进脱离现实生活的侨民的刻板公式里去。这种做法显示出藐视真正的人心，对自己的国家了解得极差。

只有一次，中央执行委员会上异常寂静。这是在德国大使米尔巴赫①伯爵被杀害的那几天。

德国政府提出最后通牒，似乎是为了保卫大使馆，要求让德军进驻莫

---

① 威廉·米尔巴赫（1871—1918），德国外交家。从1918年4月任驻莫斯科大使，被左翼社会革命党人布柳姆金刺杀。刺杀德国大使就是左翼社会革命党人叛乱的信号。——译者

斯科，还要求使馆所在的银钱胡同那个区完全由德国政权管辖。

大概历史上再没有比这更蛮横无理、更厚颜无耻的最后通牒了。

提出最后通牒以后，立刻召开了中央执行委员会非常会议。

我清清楚楚记得那个闷热的夏天将近黄昏时的情景。窗户玻璃上反射出太阳苍白的反光，全城都隐没在这反光和黄昏前淡黄色的烟雾里。

我走进喷泉大厅，异乎寻常的寂静使我感到吃惊。尽管大厅里已经挤满了人，甚至听不到许多人低声说话的嗡嗡声。

大厅的墙上，挂钟的钟摆在均匀地计算着时间。但显然所有的人也和我一样，觉得时间已经停止了，只剩下了正在渐渐消失的、微弱的滴答声。

斯维尔德洛夫走了进来，摇了摇铃，用暗哑的声音说，请人民委员会主席弗拉基米尔·伊里奇·列宁对非常会议讲话。

大厅里颤动了一下。大家都知道列宁害病，他不能讲话。

列宁快步走上讲台。他脸色苍白，很消瘦。他的喉部裹着白色纱布绷带。他双手紧紧抓住讲台的边缘，长时间用目光扫视整个大厅。可以听到他断断续续的呼吸声。

列宁用一只手紧按着患病的喉部，轻轻地、慢慢地说，人民委员会坚决拒绝德国蛮横无理的最后通牒，决定让俄罗斯联邦全体武装力量立刻做好战斗准备。

在一片静默中，手纷纷举起来，又放下去，表示赞同政府的决定。

我们来到剧院广场，所听到的事情使我们感到震惊。黄昏已经笼罩了莫斯科，一队红军战士有节奏地摆动着刺刀，从首都大饭店旁走了过去。

寂静地区

有时我也有空闲日子。于是我一清早就走出家门，步行穿过全城，到诺耶夫花园去。要么就在莫斯科郊区闲逛，多半是在普列斯尼亚区和杰维察田野那边。

正是饥荒时期。一天只发给八分之一磅黑面包。我带着这八分之一磅面包，两三个苹果（这是女邻居莉波奇卡供给我的）和随便一本什么书出去，直到天黑，整天待在外边。

当时莫斯科郊区和所谓的“县辖”俄国小城镇几乎毫无区别。荒凉的郊区包围着巨大的、惊惶不安的首都，但莫斯科嘈杂的市声传不到这里。只是间或有一阵微风卷起尘土，有时和这静静的旋风一起会传来遥远的《国际歌》声，有时会传来也是那样遥远的枪声。当时城里相当频繁地发生短时间的互相射击，但很少有人注意它们。互相射击总是突然爆发，又同样突然沉寂下来。

市郊十分荒凉。大概，最吸引我的也就是这一点了。这是不是希望在度过紧张的日子以后获得短暂的休息呢？或者，也许这是寻找一个可以深深喘一口气的寂静场所，可以回顾一下，以旁观者的角度想象一下所发生的事情，以便更容易弄清这是怎么一回事吧？

只要我一来到郊区，总是还会产生另一种感觉——深信形形色色、也许甚至是过于丰富多彩和很有意思的生活正在前面暗中等候着我。为什么恰恰是在郊区才会产生这种信心呢，直到现在我也弄不明白。

我望着遍地枯草的某一条偏僻小巷，那里晾在一条绳子上的洗净的衬衣已经晒干了。这时我心里甚至会想，几年以后我一定要再回到这条小巷来，了解在这段时间里我发生了什么样的变化，而这条小巷却仍然和过去一样荒凉。

那座灰泥剥落的教堂的圆顶还是那样暗淡地不时发出微弱的闪光，那已经干透的衬衫还是那样在风中发出窸窸窣窣的响声。而我在这段时间里也许已经有过漫游的经历，写出了几本书，甚至说不定已经遇到了不同寻常的爱情。

我似乎是用这条偏僻小巷来做我生活的见证者。我想借用莫斯科这一并不美的角落来标志我自己身上时间的流逝。

但是，我当然错了。当5年后我回到莫斯科，回到一条这样的偏僻小巷，我却看到了一幢白色的房子，四周栽上了菩提幼树，房门前挂着一块牌子——某区音乐学校。

在郊区——在歪歪斜斜、用发黑的木头支撑着的木头房子里，在滨藜丛中乱扔着锈成红色的锅炉、早已荒废了的小工厂里，在散发着桦树皮味的木柴仓库里都有它自己的魅力。由于年代久了，大门口的长凳子已经闪闪发亮；由于泥土里踩进了许多葵花子壳，门口的土地已经变得像柏油马路那样坚硬；由于长满鹅绒委陵菜，马路却已变得十分松软，废弃的铁路支线上拦路杆已经没有任何作用了——在这一切之中都有它自己的魅力。铁路支线上停着几辆已经永远熄火的黑漆漆的机车，上面装着嗓门儿很大的汽笛，想必那还是史蒂芬逊时代的产物。燕子已经在这些机车的司机室里筑了巢。

还有那些发黑的老榆树，由于衰老已经那样虚弱，到夏末才勉强长出一半树叶。还有上面长满蒲公英的一堆堆炉渣，椋鸟巢，用破铁床和教堂里的断栅栏扎成的篱笆，这一切也无不有其独特的魅力。篱笆上缠绕着虽有点儿甜味、但仍然相当苦的菟丝子。小窗户里面种在罐头盒里的天竺葵红艳艳的，好似火红色的海外奇葩。

在一个院子里，我甚至看到一个奇怪的现象——一间狗舍，里面有一只黑尾巴的火红色公鸡，用链子拴着它的爪子（代替已经不在那里的狗）。显然，这是因为它那厚颜无耻和爱打架的脾气而惩罚它。

还有杨树上银灰色的绒毛，一卷卷在街上轻飘飘地滚动着；还有那些在后院里玩耍、尖声叫唤、正在蜕毛的小猫；那些仿佛是用有皱褶的棕色木料雕成的老太婆；还有那些旱金莲，它们那色彩鲜艳的圆叶子和红色风帽样的花朵长得那样茂盛。这一切都各有其迷人之处。就连在配水站旁尚未干涸的水洼里喝水的麻雀，隔着敞开的窗户，在一间半昏暗的房屋里看到的那幅拉满苍蝇屎的石印画《接吻礼》；还有那个鸟笼，笼里的金丝雀由于感到无聊正在尖声鸣叫；还有那些橡皮树，那只已经打破、又歪歪扭扭粘起来的红褐色瓷制长毛小狗，那个已经蛀坏了的黄鹂标本；最后，还有院子里径直冲向淡白色天空的、茶炊上冒出来的烟。尽管那个茶炊向一边歪着——在这一切之中也都有一种迷人的魅力。大家都知道，茶炊的烟一直向上冒，这是稳定不变的大热天的预兆。

乱堆在荒地里的一些很大的水管上，有孩子的手用木炭写的字迹："天堂"、"地狱"、"宝岛"、"冬宫"。"冬宫"上面覆盖着一层由碎砖头造成的，看上去还很新的红色伤痕。显然，就在不久以前，"冬宫"曾遭到轰击。

有时，风使街上弥漫着一股发臭的水味和番茄叶子的气味。住房后面展现出一片片菜园，好似波浪一般。菜畦中间，孩子们用彩色有光纸做的风车正在一根根小棍上旋转着，代替稻草人。

远处，莫斯科市内的一个个圆顶、救世主耶稣教堂勇士头盔似的圆顶，在尘土和淡灰色的烟雾上方若隐若现，不时闪现出发暗的金色。一团团白云宛如搅出许多泡沫的蛋白，停留在教堂上空，被太阳微微染上一层红霞。

这当然是亚洲——仿佛用褐色黏土塑造出来、或者是用生铁铸成的东正教圣徒们的多神教神庙，用铁链固定起来的一个个100普特重的十字架，克里姆林宫的一个个圆形塔楼，一群群鸽子不断飞到塔楼上方，好像给塔楼戴上一圈由飞鸽编成的花环。

郊区那些有很多淤泥的池塘特别美妙。透过池塘里橄榄油似的绿水，沉没在池底的罐头盒不时发出微弱的闪光。水里竖着几根腐朽的木桩，水藻宛如一绺绺细发，从木桩上耷拉下来。水藻散发出一股药房里的气味。几棵树心被雷电烧坏的柳树，在岸上协同一致地向水面弯下腰去。柳树投下一片阴影。

我坐在这片树荫下温暖的地上看书，不时望望从池底冒起的一串串沼气气泡。这些气泡一个跟着一个，从来也不互相赶过对方。不知是一些什么长腿的小虫在水面上跑来跑去。郊区的小男孩管它们叫"水上漂"。只要往水里丢一根火柴，"水上漂"就从四面八方飞也似的向它跑去，挤作一堆，待到确信这只不过是一根不能吃的火柴，就又飞速跑散了。

总是有泡沫飞溅的水从一根生锈的管子里流入这样的池塘。在水落进池塘的地方，像乌云一样，总是聚集着一群小鱼。

小男孩们把一些扁平的木片当作轮船，放进水里。一些半大的小姑娘撩起印花布连衫裙，在池塘里洗衣服。每当有看不见的水中生物钻到她们脚下，她们就尖声大叫起来。小姑娘们深信，这是水蛭。

在这样的一个池塘边，我经常遇到一个种菜园的人。这个人神情阴郁，穿着一件肥大的破长袍。他把五六根钓竿插在岸边，在那儿钓鱼。有时他会钓到一些像5戈比铜币那么大的小鲫鱼。老头儿一连几个钟头坐在那儿，像我一样，嘴里嚼着黑面包。

我和他闲谈，他把他的菜园指给我看。照我看，这个菜园比最华丽的玫瑰花坛还要美丽。在湿漉漉的菜丛中散发出令人神清气爽的莳萝和薄荷香味。

“您瞧，亲爱的伙伴，”种菜园的人对我说，“原来也可以像这样生活。怎样生活都可以——可以赢得自由，也可以好像是在改造人，也可以种种西红柿。不管干什么，都各有它的荣誉、价值和光荣。”

“您这是指的什么?”我问。

“指容忍和理解。照我看，这里面就包含着真正的自由。每个人都应该随自己的意思做他爱做的事。谁也不该妨碍他。那么，对我们来说，就没有什么是可怕的了，也没有任何敌人能征服我们。”

有时我穿过菜园和荒地——荒地里从碎玻璃上反射出点点阳光，照得人眼花——走到莫斯科河河水较浅的那段河岸上。绿荫犹如波浪状的群山，从诺耶夫花园一直延伸到水边。水中漂浮着一层很薄的石油，一会儿聚合在一起，一会儿四下散开，组成一条条像茨冈人的披巾那样五彩斑斓的花纹。

一个摇渡船的小男孩把我摆渡到对岸的诺耶夫花园。那里有高大的菩提树和菩提树的绿荫，因而显得十分庄严。

菩提树正在开花。浓郁的花香仿佛是从遥远的南方的春天带到这里来的。我喜欢想象这个春天。这样的想象增强了我对世界的爱。除了纸，我不能把自己的这些幻想告诉任何人。我曾经记下一些自己的想法，但通常总是立刻就毫不可惜地遗失了。

我为这些笔记感到羞愧。它们和严峻的时代很不相称。

诺耶夫花园从很早以来就以栽培花卉而闻名。它渐渐衰败了，荒芜了，到革命前，花园里只剩下了一个不大的温室。但还是有一些上了年纪的妇女和一个老花匠在里面干活儿。他们很快就和我熟了，甚至开始和我谈起自己的工作来。

花匠抱怨说，如今只有举行葬礼、开隆重的会议才需要花。每次他一讲到这一点，妇女当中有一个——瘦瘦的，长着一双明亮的浅色眼睛——好像是为他感到不好意思。于是对我说，很快他们就准会为市里的一些小公园栽培花卉，把花卖给所有公民了。

“不管您怎么说，”那个妇女在说服我，尽管我并没反驳她，“可人没有花是不行的。譬如说吧，无论从前还是将来，都有在恋爱的人。不用花，怎样才能最好地表达自己的爱情呢？我们这一行是永远也不会消灭的。”

有时花匠给我剪几枝紫罗兰或重瓣的石竹。我不好意思拿着花穿过饥饿和忧心忡忡的莫斯科市区，因此总是用纸很细心地把花包起来，而且包得那样巧妙，让人猜不出我的纸包里包着的是花。

有一次，在电车上纸包破了一条缝，我没发觉。直到一个包着白色三角头巾、上了年纪的妇女问我：

“眼下您在哪里弄到了这么可爱的东西？”

“您要小心点儿拿着，”女售票员警告我，“不然，一推您，这些花就全都压坏了。您知道，现在我们的人民是些什么样的人啊。”

“这是谁在推啊？”一个腰里系着子弹带的水兵挑衅地问，并且立刻对一个扛着磨刀凳在乘客群中挤过来的磨刀人大发脾气，“你往哪儿钻？没看到吗？——这是花。笨蛋！”

“你瞧，是个多么容易感情冲动的人哪！”磨刀人反唇相讥，但看来只是为了保持自己的尊严，“还是个海员哩！”

“你别跟海员碰！不然，要不了多久你就会清醒过来的！”

“天哪，因为花也要骂人！”一个抱着吃奶的婴孩的妇女叹了口气，“我丈夫，别提有多严肃、多庄重了。可是我生这一个，生头一胎的时候，他给我往产科医院里送去了一束稠李。”

有人在我背后焦急不安地呼吸，我听到了轻轻说话的声音。声音那样轻，因此我没有立刻猜到，声音是从哪里来的。我回头一看，我背后站着一个10岁左右的小姑娘。她脸色苍白，穿一件褪了色的粉红色连衫裙，用一双像锡制的、灯碗一样滚圆的灰眼睛恳求地望着我。

“叔叔，”她声音嘶哑地、神秘地说，“给我一枝花！啊，请给我一枝。”

我给了她一枝重瓣的石竹。在乘客们忌妒和愤怒的谈话声中，小姑娘拼命挤向后门的平台，电车还在行驶时就跳下车去，消失了。

“完全疯了！”女售票员说，“精神不正常的小傻瓜！要是良心允许的话，那么每个人都会要花的。”

我从花束中抽出第二枝石竹，送给了女售票员。上了年纪的女售票员满脸通红，都快流出泪来了，她低下熠熠闪亮的眼睛望着那枝花。

立刻有好几只手默默地向我伸了过来，我把一束花全都分送给了别人。突然，我在破旧的电车车厢里看到了那么多眼睛里的闪光，那么多亲切的微笑，那么多赞美的神情。好像无论是在这以前，还是以后，我从未遇到过这么多的喜悦和赞美。仿佛耀眼夺目的太阳突然闯进这肮脏的车厢，给所有这些疲倦而满怀忧虑的人带来了青春。大家祝愿我幸福、健康，祝愿我有一位最美丽的未婚妻和天晓得还有些什么美好的东西。

一个穿着破旧的黑色短上衣、骨瘦如柴、上了年纪的人，深深低下头发剪短了的头，打开帆布包，很爱惜地把花放进包里。我好像觉得有一滴眼泪，落到了油迹斑斑的帆布包上。

我忍受不了这一切，于是在电车还在行驶时跳下车去。我走着，一直在想，既然这个骨瘦如柴的人忍不住当着大家流泪，那么这枝花想必在这个人的心里引起一些多么痛苦、多么幸福的回忆，他在心中隐藏着自己的老年和一颗年轻的心的痛苦，想必已经有很长时间了。

每个人心中都保藏有犹如诺耶夫花园里菩提花幽香的、对幸福闪光的记忆，但这闪光后来却被日常生活的垃圾掩埋起来了。

在我漫游莫斯科郊区和诺耶夫花园的时候，我隐遁到了包围着这个城市的寂静地区。它离城这么近，似乎这是不真实的。在许多使人震惊的事件当中，这种隐遁是可以理解的。因为这些事件都来不及合情合理地互相交替，而一天中就会发生好几起这样的事件。

普通生活和最伟大的历史事件几乎就在相距只有几步远的地方同时并存，这中间大概也有它的规律性吧。

叛　乱

大剧院里空无一人的舞台上布置着《鲍里斯·戈东诺夫》一剧中多棱宫的布景。

一个穿黑连衫裙的妇女，鞋跟笃笃地响着，跑到了脚灯前。一枝大红石竹花别在她裙子的宽腰带上。

从远处看，这个女人好像还年轻。但在脚灯的灯光中，开始看出她发黄的脸上纵横交错布满了细碎的皱纹，眼睛里闪烁着泪汪汪的、病态的亮光。

那女人一只手里紧握着一支钢制勃朗宁小手枪。她把手枪高高举到头顶上，跺着鞋后跟，尖声高呼：

“起义万岁！”

大厅里也以同样的喊声回答她。

“起义万岁！”

这个女人是著名的社会革命党人玛露霞·斯皮里多诺娃[①]。

我们这些记者就是这样得知，左翼社会革命党人在莫斯科的叛乱已经开始了。在这以前曾发生过许多事件。

---

① 玛露霞·斯皮里多诺娃（1884—1941），俄国政治活动家，社会革命党人。1918年7月6日至7日，左翼社会革命党人在莫斯科发动叛乱的思想领导人。

正在开苏维埃代表大会[①]。大概，在代表大会上任何人的位置也没有记者的位置好。让记者们坐在乐队席里，从那里什么都看得十分清楚，听得十分清楚。

在所有发表讲话的人当中，我清清楚楚记得的只有列宁。而且与其说是记得他讲话的内容，不如说是记得他的动作和说话的风格。

列宁坐在桌子最靠边的地方，低低地低着头，很快地书写着，好像根本没听那些发言的人讲话。只能看到他那好似悬在空中的前额，偶尔还能看到他向发言者斜视的眼睛里嘲讽的炯炯闪光。但有时他会从自己的笔记上抬起头来，对某一篇讲话迅速地提几句愉快的或尖锐的意见。大厅里突然爆发出笑声和掌声。列宁靠到椅子背上，富有感染力地和大家一起笑了。

他是在说话，而不是“发言”，十分轻松。仿佛不是在和广大听众，而是和自己的某一个朋友谈心。他说话既不激昂慷慨，也不向人施加压力，而是用日常生活中谈话的普通声调，读字母“p”时稍带点儿喉音，这使他的话给人以亲切的感觉。但有时他会稍微停顿一下，用毫不怀疑的、金属般铿锵有力的声音，迅速说出某一句话来。

他讲话时，沿着脚灯走来走去。时而把手插在裤袋里，时而很随便地把双手插在黑色背心开口的地方。

他身上既没有令人感到拘束的庄严，也没有觉得自己伟大的想法；既没有高傲，也没有郑重说出神圣真理的愿望。

无论是就他说的话，还是他的动作来看，他都是平凡的和自然的。从

---

① 工农兵及红军代表第五次全俄苏维埃代表大会于1918年7月4日至10日开会。

他的眼睛可以看出，除了国家大事，在空闲的时候，他也不反对谈谈日常生活中种种有趣的事情和工作——也许，他会谈谈温暖多雨、盛产蘑菇的夏天或捕鱼的事，要么是谈谈科学地预报天气的必要性。

在代表大会上，列宁谈的是和平的必要性，国家必须有一个喘息时间，还谈到粮食和面包。在其他发言者的讲话里，“面包”一词听起来好像是一个抽象的、纯粹是经济学和统计学的概念。在列宁的口中，由于几乎无法察觉的语调，这个词却具有了生动的形象，变成了黑麦黑面包，当时全国都在谈论的那种必不可少的面包。这种印象并不会减弱讲话的重要性，以及它关系国家利益的重要意义。

在苏维埃代表大会上，侧面包厢里坐着德国大使米尔巴赫伯爵——一个高个子、秃顶、戴着单眼镜、神情十分傲慢的人。

当时，德国人占领了乌克兰。乌克兰各地不断爆发农民起义，起义的烈火时而熊熊燃烧，时而暂时平息。

在代表大会的第一天，左翼社会革命党人卡姆科夫就起来发言。他大声叫嚷，发表了一篇反对德国人的愤怒的演说。他要求和德国人断绝外交关系，立刻宣战，支持起义者。大厅里顿时充满了惊惶不安的嘈杂的人声。

卡姆科夫几乎走到米尔巴赫坐着的包厢跟前，对着他大喊：“乌克兰的起义万岁！打倒德国占领者！打倒米尔巴赫！”

左翼社会革命党人都从座位上跳了起来。他们摇晃着拳头，大声叫喊。卡姆科夫也在摇晃拳头，在他敞开的上衣下面可以看到挂在腰带上的手枪。

米尔巴赫不动声色地坐着，甚至没有从眼睛上取下单眼镜来，仍然在看报纸。

叫喊、吹口哨和跺脚达到了闻所未闻的程度。好像觉得很大的枝形吊灯眼看就要掉下来，剧院大厅墙壁上的泥塑花边也要开始脱落了。

就连斯维尔德洛夫用他那雄浑有力的声音也对付不了大厅里的骚乱。他不停地摇铃，但只有坐在乐队席上的记者们能听到铃声。铃声传不到大厅，被叫喊的声浪挡住了。

于是，斯维尔德洛夫宣布休会。米尔巴赫站起来，慢慢走出包厢，把报纸留在栏杆上。

无法挤出剧院的走廊。警卫队把所有的门全都大大敞开，但人们走得还是很慢，很久剧院里还没有走空。

气氛紧张到了这样的程度——每1分钟都可能发生冲突或爆炸性事件。但在莫斯科，这一天的其余时间却出乎意外平静地过去了。

第二天，7月6日，我很早就来到大剧院。但在乐队席上看到，所有记者都已经在那里了。大家都来得早一些，期待着会发生什么事件。大家都在等待就昨天左翼社会革命党人的示威发表一份简短的政府通报。

剧院大厅里坐满了人。规定下午2点开会。但在2点钟的时候，主席团桌边连一个人也没有。又过了半个小时，会议还没有开始。大厅里响起一阵困惑不解的交谈声。

这时，人民委员会秘书斯米多维奇走上舞台，说会议将稍延迟一些。建议布尔什维克们到剧院隔壁的一幢房子里去参加党的会议。布尔什维克都出去了。

大厅里空荡荡的，里面只剩下了左翼社会革命党人。

大家都明白，只有遇到非常情况，才会延迟开会。记者们都纷纷冲向电话，要给编辑部打电话，打听一下出了什么事。但每一部电话机旁都站着武装的红军战士，不准任何人到电话机旁边去。剧院的所有出口都关闭了。门边也都站着武装警卫，他们奉命不放任何人出去。

不久，不知从哪里来的消息传遍了剧院：3小时前米尔巴赫伯爵在他的大使私邸里被人刺杀了。

记者们感到极端不安。左翼社会革命党人都默默地换了座位，坐到所有的出口旁边。

开始有一些奇怪的声音从外边传进剧院——压低了的啪啪响声和不响亮的敲打声，仿佛离剧院不远的地方在用打桩机打木桩。

一个头发花白的检票员用手指招呼我过去，说：

“如果您想知道城里在发生什么事，请顺着这个小铁梯子爬到布景格架那儿去。不过可别让任何人发觉。那里，在左边您会看到一个很窄的小窗子。您往窗外看一看。我竭力劝您试一试。唉，这样的事情，愿上帝保佑您!”

我顺着没有栏杆的、很陡的铁梯子爬到一个积满灰尘、很窄的小窗子前。确切些说，这只是墙上一个很深的洞。我隔着窗子往外一看，看到了剧院广场的边缘和首都大饭店侧面的墙壁。

一些红军战士弯着腰从市杜马那边向首都大饭店跑去。他们很快卧倒，几乎是跌倒在马路上，从他们的步枪里开始喷出短促的火光。后来，左边，在卢比扬广场那边传来密集的机枪声，又突然传来一声炮响。

很清楚，当我们坐在剧院里，和左翼社会革命党人一起被禁闭在里面的时候，暴动已经在莫斯科开始了。

我悄悄回到乐队席。这时斯皮里多诺娃立刻跑到脚灯前，于是出现了我在这一章开始时所讲的那一场面。一切都完全清楚了——左翼社会革命党人已经开始暴动。

所有左翼社会革命党人都从上衣下面或口袋里掏出手枪，来回答斯皮里多诺娃的叫喊。但就在这1分钟，从楼座传来了克里姆林宫卫队长平静而严厉的声音：

“左翼社会革命党人先生们！只要你们一试图走出剧院，或者试图动用武器，马上就会从上面几层座位向大厅开火。奉劝你们安安静静地坐着，等候决定你们的命运。”

记者中没有哪一个愿意由于警卫队的疏忽而牺牲性命。显然，警卫队忘记及时放我们出去了。

我们派了一个以奥列格·列昂尼多夫为首的代表团去见卫队长。他很有礼貌、然而坚决地回答，很遗憾，他没接到关于记者的任何指示。但最后卫队长还是听从我们的劝说，命令我们大家悄悄地集中到剧院的前厅里，警卫队迅速打开剧院门，从那里把我们推到了剧院广场。

刚从半昏暗的剧院大厅里出来，最初一瞬间我被落日的光芒照花了眼。在第二瞬间，有一颗子弹打到旁边剧院的一根圆柱上，啾啾一声，好像又飞了回去。接着，仿佛根据一声口令，子弹似乎有计划地啪啪不断打到墙上，但幸而弹着点都高于我们的头部。

“到科皮耶夫胡同去！”奥列格·列昂尼多夫喊了一声，弯下腰，几乎是俯在地上，跑到剧院拐角后边去了。其余的人也都跟着他跑了过去。

墙角后边是安全的。子弹虽然就从附近飞过，但都不是对着我们的。只是根据轻微的呼啸声，根据剧院对面房子上窗户玻璃碎裂，以及从墙上击落的灰泥像白色的喷泉一样纷纷飞散的情形，我们才猜到有子弹飞过去。

谢尔库诺夫奔跑的时候，从他皮包里掉出一本翻乱了的书。他有好几次竭力想从墙角后边跳出去，把那本书拾起来，但我们抓着他的手，不放他去。最后他还是挣脱了，爬到那本书那儿，回来的时候满脸通红，浑身都是灰尘，然而十分幸福。

“您带着您这些书真是个可怕的狂人，”奥列格·列昂尼多夫对他大声喊道，“您是个疯子！”

“您怎么啦？！”谢尔库诺夫愤怒地说，“这是让·雅克·卢梭的《忏悔录》的第一版啊。疯子是您，而不是我。”

火力很快向卢比扬广场那边转移。左翼社会革命党人后退了。

在编辑部里我得知，米尔巴赫伯爵的确在这天早晨被左翼社会革命党人布柳姆金打死了。这就成了暴动的信号。叛乱分子夺取了波克罗夫兵营、米亚斯尼茨大街上的电报局，几乎到达卢比扬广场。留在剧院里的那些左翼社会革命党人，在我们离开后不久就被逮捕了。

傍晚前，叛乱分子被赶出了市区，向喀山铁路线上的货车站和梁赞公路那边退去，开始逃散了。

暴动的结束像它的开始一样迅速。

莫斯科私邸史的一些材料

房屋的历史有时比人的一生还有意思。房屋的寿命比人长，因此会成为几代人生活的见证者。

除了为数不多的一些地方志专家，谁也不肯花力气去仔细研究某一幢老房子的历史。对地方志专家通常是采取宽容态度，认为他们是一些无害的怪人。其实，他们是在一点一滴地搜集我们的历史和风俗习惯，培养对自己那个地方的爱。

我深信，如果原原本本完全恢复某幢房屋的历史，仔细研究曾经住在这幢房子里的所有人的生活，了解他们的性格，描绘在这幢房子里发生的那些事件，那么一定会写成一部也许比巴尔扎克的小说更有意义的社会小说。

除此而外，每座房子的生活还和许多东西的存在有联系。这些东西也经过了一段不短的时期，做过长途旅行，见到过某些事情。可惜，要写这些东西的历史是不可能的。东西不会说话，而人又总是健忘，并不富有好奇心，而且总是以令人遗憾的、漫不经心的态度来对待东西——自己的忠实助手。

东西是我们的手做成的，正像布拉金诺是老木匠卡尔洛[①]用一块有很多节子的劈柴刨成的一样。布拉金诺活了起来，立刻围绕着自己制造了那么多事件，弄得没有仙女干预，没有童话，事情就简直无法收拾。

如果东西能活起来，它们会给我们的关系带来多大的混乱，历史也将会变得多么丰富多彩啊。那么，它们也就有可以叙述的事情了。

十月革命之前，莫斯科有多少座私邸，当然，谁也说不确切。据说，不少于300座。这多半是商人的私邸。贵族私邸已所剩无几——其中大多数还在1812年就被烧毁了。

十月革命以后，大部分商人私邸都给无政府主义者侵占了。他们无拘

---

① 布拉金诺和卡尔洛都是阿·托尔斯泰的童话《金钥匙》中的人物。——译者

无束、快活逍遥地住在这些房子里，生活在那些古老、豪华的家具，枝形吊灯和地毯之间，而且有时是用一种有点儿独出心裁的方式来对待这些陈设。画拿来当作用毛瑟枪打靶的靶子。把贵重的地毯当作帆布，拿来盖到乱堆在院子里的弹药箱上。为了防备万一，用罕见的大厚本书在窗洞上筑起了工事。铺着带花纹的镶木地板的大厅变成了小客店。住在里面的有无政府主义者，也有各式各样身份不明的人。

莫斯科到处流传着无政府主义者在他们侵占的私邸里纵酒行乐的传说。古板的老太婆们恐惧地互相低声谈论着惊人的酒神节。但那根本不是酒神节，而是最普通的狂饮。那里喝的不是香槟酒，而是烈酒。下酒菜是硬得像石头一样的里海拟鲤。

这是一大群社会渣滓、学坏了的少年和狂热的少女们——这就像是处于莫斯科心脏的、未来的马赫诺[①]匪帮的巢穴。

无政府主义者们甚至有自己的剧院，剧院叫“伊西达”[②]。这个剧院的海报上宣布，这是一座神秘主义、色欲和无政府精神的剧院，它把“提高到狂热程度的思想”作为自己的目的。

这是一种什么思想，海报上没有宣布。每次碰到这张海报，我都会想所以会有一个“伊西达”剧院，这件事不会没有拉钦斯基的份。

我经常在编辑部里坐到深夜，要不就坐到早晨，在写我的第一部长篇小说。我就睡在编辑部里那张压坏了的、弹簧已经断了的沙发上。有时半夜里会有一根弹簧忽然发出幸灾乐祸的响声，用力弹起来，打到我的腰上。

---

① 马赫诺是1918年至1921年南乌克兰武装反革命匪帮的匪首之一。——译者

② 原文有误。伊西达是古埃及神话中管天、地、黄泉三界的女神。——译者

我宁愿在编辑部里，而不愿在死气沉沉、有一股霉味的自己的住处写作。我住的地方，浴室里的水龙头一直在往外滴水，女主人还不时穿着拖鞋在门外啪嗒啪嗒地走过去。我屋里的灯光使她感到不安，她一夜要去看几次电表。

在编辑部，我占用了库斯科娃那间十分宽敞、铺着地毯的办公室，还占用了她的写字桌。有时我坐在这张写字桌旁睡着了，大约10分钟至15分钟后醒来，休息过来，感觉到神清气爽。

编辑部里养着的一只猫蜷起前爪，睡在我对面的一张桌子上。有时它把眼睛睁开一条缝，好心地瞧瞧我，仿佛说："你在工作吗？好，你工作吧，工作吧！我还要再睡一会儿。"

但是有一次，猫的耳朵向四面转动起来。它用像醋栗浆果似的绿眼睛望了望我，嘶哑地喵的叫了一声。

我侧耳倾听。远处互相射击的枪声传遍黑夜的城市，离编辑部渐渐近了。枪声是执拗的。显然，这不是街上偶然的互相射击。

电话铃声立刻震耳欲聋地响了起来。莫斯科的主任打来了电话。

"已经开始解除无政府主义者的武装！"他对着话筒大声喊叫，"在猛攻私邸。幸好，您在编辑部里。我这就来，亲爱的，请您先到沃兹德维任卡的莫罗佐夫的私邸去，去看看那儿有什么情况。不过要多加小心。"

我来到街上，一片黑暗、荒凉。从小德米特罗夫卡那边传来凌乱的枪声。无政府主义者盘踞在那里——从前的商人俱乐部里，甚至在大门口放了两门山炮。

我穿过一条条胡同，来到沃兹德维任卡的莫罗佐夫的私邸。所有莫斯科人都知道这幢形状奇特、好似城堡的房子，房子的灰墙上嵌着许多海洋里的贝壳。

现在私邸完全是黑洞洞的，看上去凶险可怕。

我顺着花岗石石阶走到沉重的正门前，这门好像是用青铜铸成的、中世纪大教堂的大门。我侧耳谛听，里面没有任何声音。我断定无政府主义者已经走了，但还是小心翼翼地敲了敲门。

门突然轻轻地打开了。有人抓住我的手，把我拖了进去，门立刻砰的一声关了起来。我落入一片完全的黑暗之中，不知是些什么人紧紧抓住我的胳膊。

“怎么回事?”我很随便地问。我觉得这句问话本身就是愚蠢的。什么事也没有，只有明显的荒谬行为。正如我已经猜到的，这一荒谬行为可能以对我发生极不愉快的事情而告终。

“显然，是个密探，”我身旁一个年轻女人的声音说，“得报告奥格涅夫同志。”

“请你们听我说，”我回答，决定说句笑话，“基度山伯爵的时代已经过去了。请点上灯，我把一切都向你们解释清楚，而且请你们放我回去。”

于是，我听到了以其风格的混乱使我感到惊讶的回答。

“哼，这是妄想!”还是那个年轻女人的声音说，“你瞧，他想要什么啊——要把他放了。您这个小猫咪，布尔什维克的间谍，您就留在这儿吧。我答应您，您头上绝不会掉一根头发，如果您不挣扎，不胡说八道的话。”

我生气了。

“无政府公主，”我对那个看不见的女人说，“请您别装傻了。您只不过是看黄色小说看得太多了。在您这个天真的年龄，这是危险的。”

“搜一搜他的身，然后把他关到左边拐角上的客厅里去。”那个女人好像没有听到我的话，用冷冰冰的声音说，“我去报告奥格涅夫同志。”

“请吧！”我挑衅地回答，“请去报告吧，报告奥格涅夫也好，特列尤希也好，恰希佳也好，[①]随便报告谁都行，我才不在乎呢！”

“哎哟，你这样厚颜无耻，可别后悔啊，小猫儿！”那个女人拖长声音说。

两个男人在黑暗的走廊里拖着我，其中一个穿着冰凉的皮革短上衣。

他们默默地拖着我，一会儿下，一会儿上，经过几道很短的楼梯，把我推进一间屋里，从外面把门锁上，取出钥匙，说如果我试图敲门，他们就径直隔着门板朝我开枪。说罢走了。临走时，其中一个最后又用相当和气的语气补了几句：

“难道能像这样侦察吗？布尔什维克瘟疫！你要是在我们这儿的话，我倒会教你的。”

我身上带着火柴。但是我下不了决心哪怕是划一根火柴，好在黑暗中看清周围的环境。无政府主义者的头脑里可能产生各种想法，他们会把划火柴当作信号，恐怕真的会隔着门板开枪。

我摸了摸门板，门板上刻着奇怪的花纹。后来我摸到了墙，我浑身的肌肉都收缩了起来——我的指甲挂住了蒙在墙上的丝绸。最后我碰到了一张有扶手的柔软圈椅，于是坐到椅子上，开始等待着。

最初这件事让我觉得快活。无政府主义者显然把我当成了秘密派来的

---

① 俄语“奥格涅夫”一词的意思是“火的”，“特列尤希”一词的意思是“隐隐燃烧的”，“恰希佳”一词的意思是“冒烟的”。——译者

侦察员。照我看，从他们这方面来说，这是十分愚蠢的。但在这里，我已经什么也不能做了。再说，这个姑娘是什么人？我好像觉得声音是熟悉的。我开始搜索记忆，回想起有一次在果戈理纪念像旁的群众集会上，一个女无政府主义者发言时就是这个声音。她留着很长的黑色刘海儿，眼睛像吸可卡因的人那样贪婪地闪闪发亮，一对很大的绿松石耳环在她耳朵上摇来晃去。没让她讲话。于是她掏出一支香烟，点着了烟，摇摆着大腿，轻蔑地冷笑着，从人群中走了过去。对，这当然是她。

我喜欢坐在舒适、柔软的扶手椅里，等待着以后会发生什么事。我深信，只要我一出示《人民政权报》的证件，他们就会放掉我的。

过了一个多钟头，偶尔传来步枪射击的声音。有一次，我听到了不太响的、隆隆的爆炸声。

很想抽烟，想得要命。我终于忍不住，取出一支香烟，蹲在扶手椅的椅背后面，擦着了火柴。火柴像镁光一样突然发出很亮的光来，刹那间照亮了这间半圆形的房屋。火光在镜子里和水晶玻璃花瓶上霍地闪亮。我匆匆点着了烟，熄灭了火柴。只是在这时才猜到，它为什么燃烧得这么亮——这是一根不合格的火柴，火柴头加大了一倍。

这当儿发生了第二件出乎意外的事——突然从街上朝私邸的玻璃窗开枪了。灰泥纷纷撒落下来。这样一来，我只好坐在地板上了。

火力迅速增强。我猜到，窗子里火柴的亮光似乎成了暗暗包围私邸的红军战士们的信号。

主要是朝我坐在地板上的这间房屋射击，子弹打中了枝形吊灯。我听到吊灯上的多棱水晶玻璃抱怨似的响着，掉落到地板上。

那些无政府主义者毫无根据地把我误认为侦察员，现在我竟不由自主地扮演了这一角色。我明白，我的处境很不妙。如果无政府主义者们已经注意到火柴的火光，他们准会冲进屋里，开枪打死我。

但显然，无政府主义者们没有看到火柴的火光，而且现在他们也顾不得我了。他们在开枪还击。可以听到有人在走廊上跑步拖着一个什么隆隆响的东西——大概，是机枪。有人断断续续地咒骂着，大声发出号令："4个人去底层！别让他们靠近窗户！"

有什么东西很响地倒塌了。随后有一些人咚咚地从我这间房子旁边跑过去，打掉的窗框咔嚓一声折断了。那个熟悉的女人的声音喊道："到这儿来，同志们！从墙上的破口出去！"一阵乱跑以后，一切都沉寂下来了。只是偶尔有红军战士射出的子弹观望似的在窗户上啪的一响，仿佛是试探房子里有没有埋伏。

后来完全静下来了。无政府主义者们显然都逃跑了。

但这寂静持续的时间并不长，又听到了沉重的脚步声，金属碰撞的响声，说话声："搜查整幢房子！拿灯来！灯！""看来，过得挺阔气啊，这些坏蛋！""不过，要仔细点儿。不然，会从角落里扔出一颗手榴弹来。"

沉重的脚步声在我的房门前停了下来。有人用力猛拉了一下门把手，但门没有拉开。

"门锁起来了，坏蛋。"一个嘶哑的声音若有所思地说。

开始摇撼房门。我默不作声。我能做什么呢？我不能隔着锁着的房门，花好长时间不得要领地说明，是无政府主义者把我抓起来锁在屋里的。谁会相信我呢。

"开门，蓬头鬼！"已经是好几个声音在门外大声叫喊。后来有人朝房门开了一枪，房门咔嚓响了一声。枪托接连不断沉重地打在门上，房门摇晃起来。

“房子盖得真不含糊。”还是那个嘶哑的声音赞叹地说。房门的一半掉下来了，一道手电筒的亮光射到了我的眼睛上。

“只剩了一个！”一个年轻的红军战士高兴地喊了一声，用步枪对准了我，“喂，站起来，无政府主义者。到司令部去！过了一段快活日子——够了！”

我很乐意到司令部去。司令部设在厨师大街一幢小小的私邸里。那儿前厅里桌边坐着一个瘦得出奇的人。他穿一件军装上衣，留着一撮尖尖的浅色小胡子，眼睛里含有讥笑的意味。

他神情平静地把我仔细打量了一番，突然微微一笑。我也微笑作答。

“喂，谈谈吧。”那个很瘦的人说，并且点着了烟斗，“不过，要简短些，我没空儿跟您纠缠。”

我诚恳地把一切都讲了出来，并且把我的证件拿给他看。那个很瘦的人匆匆看了看证件。

“由于您过分的好奇，真该关您两个星期。但可惜没有这样的法令。您走吧！我劝您丢弃您这份《人民政权报》，让它见鬼去吧。您要它干吗？您怎么，不满意苏维埃制度吗？”

我回答说，恰恰相反，我对俄国人民幸福命运的全部希望都寄托在这个制度上。

“那好吧，”那个很瘦的人回答，烟斗上冒出来的烟熏得他皱起眉头，“我们当然要尽力不辜负您的信任，年轻人。请您相信，这对我们来说是非常荣幸的。非常荣幸。现在——请您出去吧！”

我来到了街上。有些地方还能听到互相射击的枪声。我感觉到我的脸羞愧得发烧。那个很瘦的人是在嘲笑我。但在内心深处，我明白他是对的，不管我怎样事后聪明，想出多少最俏皮、最能挖苦人的话来回答他，都驳不倒他那几句轻蔑的话。

中午前，无政府主义者都从所有私邸里被赶了出去。他们中一部分跑出了莫斯科，一部分分散在市内，失去了那种好斗的热情。

莫斯科居民在睡梦中错过了机会，没有看到这一事件。第二天他们惊讶地仔细观看那些弹痕累累的私邸，正在把碎玻璃归作一堆堆的扫院子的人，以及小德米特罗夫卡商人俱乐部墙上唯一一个被炮弹打出来的破口。

那时候，各种事件都是那样突然发生，所以甚至会在睡梦中错过看到它们的机会。

几点说明

夏天里，《人民政权报》和其余所有自称“独立的”报纸一样，被封闭了。

在这以后不久，我收到了加莉娅姐姐从科潘寄来的一封信。这封信是一个从布良斯克来的列车员在我不在家的时候送到我家里来的。他没有留下我可以据以寻找他的任何痕迹。

信上沾满重油，折叠的地方都磨破了。这封信从科潘到莫斯科竟走了一个多月。

加莉娅写道：

“你答应妈妈春天回来，可是一直不来，我们对看到你已经感到绝望了。妈妈立刻衰老了许多，你简直认不出她来了。她整天默默不语。每到夜里，等到她以为我已经睡了的时候，她就哭起来，哭得那么响，连我都听到了。而我，科斯季克，在这一年里几乎已经完全成了聋子。

“难道你无论如何也不能让她得到这最后的快乐吗？我们只是在谈论你，不知道你情况怎样，身体是否健康。我们一想到每天你都可能出什么事，就感到可怕。你的生活中什么都有，可是妈妈除了你，却没有任何人。你要明白这一点，科斯季克。

“昨天早晨妈妈说，如果到8月中旬你还不回来，我和她就从这儿步行到莫斯科去。妈妈相信，我们总会设法走到的。什么都丢在这儿——我们要这些东西有什么用！——只背着背囊走。钱很少，可是妈妈说，世界上不会没有好心人的，所以她什么也不怕。得趁天气还暖和，离冬天还远的时候动身。也许，在什么地方还能坐一阵火车。不过，据说火车已经不通了。

“科斯季克，亲爱的，你哪怕随便给个音信也好，让我们知道你现在情况怎么样了，是否在这儿等着你。就只有我们住在这里，就像住在洞穴里一样。而且不明白，怎么到现在我们还没有被人杀死。”

这封信像剃刀一样在割我的心。得去妈妈那儿。但怎样去呢？怎样才能到达乌克兰呢？

那时候，乌克兰、顿巴斯和克里米亚都已被德军占领了。在基辅掌权的是德国人扶植的黑特曼帕维尔·斯科罗帕茨基[1]—— 一个腿很长、外表

---

① 帕维尔·彼·斯科罗帕茨基（1873—1945），国内战争时期乌克兰的反革命活动组织者之一，中将，伪“乌克兰国”的黑特曼。

漂亮、但有点儿愚蠢的军官。乌克兰的一些报纸认为，不喜欢袒胸露肩的衣服是他的一大功绩。此外，再也提不出斯科罗帕茨基还有任何值得注意的品质。就连德国人也粗暴地嘲笑这个伪黑特曼。

要从内务人民委员部获得离开苏维埃俄罗斯的出境许可证，至少需要1个月时间。7月已经快过完了，我计算了一下，只有在8月底我才能得到许可证。我知道妈妈的性格，我知道在8月中旬，即使她和加莉娅要冒生命危险，她反正还是要步行到莫斯科来。因此，我不能浪费一天时间。应当立刻动身。

原来，要进入乌克兰，还需要有乌克兰领事签发的入境许可证。

我到领事馆去了。领事馆设在特韦尔大街一幢大房子的院子里。黄色和淡蓝色的两色旗已经褪了色，无精打采地从旗杆上耷拉下来，旗杆绑在阳台的栏杆上。

阳台上晒着衬衣，领事的吃奶的婴孩睡在摇篮里。一个老保姆坐在阳台上，用脚摇着摇篮，懒洋洋地唱着：

> 鸽子飞来了，
> 把小梨叼来了，
> 给彼得里克叼来的，
> 给小少爷叼来的……

后来才清楚，就连走近领事馆的门口，都是不可能的。有几百人直接坐在或躺在尘土滚滚的地上，排队等候着。有些人已经等了一个多月，一直在这儿听那首彼得里克小少爷的小曲，徒然地巴结领事的保姆。因为完全不知道今后的命运如何，几乎失去理智。

得在没有入境许可证的情况下，偷偷地进入乌克兰。

我得知，有几个在廉价的、所谓的低级趣味小报工作的彼得格勒记者要到乌克兰去。他们的证件都办妥了。

记者中有人介绍我认识了这几个彼得格勒人。他们虽然并不特别高兴，不过答应带我一起去，而且在边界上帮助我，但正如他们的头儿——一个肝火很旺、穿着灰色的护腿套、戴着金丝夹鼻眼镜的人——所说的，“只是到可以想象到的界限为止”。这“可以想象到的界限”是什么呢，他没做解释。再说，我自己也知道，如果我出了事，谁也不会来保护我。

约定3天后动身。在这3天里没发生任何事情，除了我得知罗曼宁来到了莫斯科。我立刻到亚基曼卡他住的那幢房子去找他。但是一个很不和气的妇人连前室也不让我进，她说罗曼宁1个月只在这儿住两三个晚上。

我给罗曼宁留下一封信，就走了，从那以后永远失去了他的踪迹。我又体验到那种熟悉的痛苦感觉：总是一个接一个地不断失去刚刚爱上的人。

人流从一旁匆匆滚过，没有一个人留下来，哪怕是和我在一起度过几年时间。人们偶然出现，很快离去，我知道今后未必能和他们再见一面。显然，作为一种安慰，我想起了莱蒙托夫所说的“在沙漠中浪费的心灵的热”①。

动身之前，我到我喜欢的莫斯科各地走了一遍。我从诺耶夫花园眺望克里姆林宫。雷雨很快向克里姆林宫袭来。大教堂的圆顶仿佛隐隐冒出暗红色的火焰，雷雨前的风吹得红旗鼓胀起来，闪光从云层里面照亮了黄色

---

① 参见莱蒙托夫的诗《感激》。

云彩的波涛。

突然，一声雷鸣冲出狭窄的城市，隆隆地滚过头顶上方。倾盆大雨在树木间喧哗起来。

我躲在空荡荡的温室里。架子上放着唯一的一盆正在开花的天竺葵，花朵上蒙着一层病恹恹的红润。我摸了摸这株被遗忘的、或者是故意留在这里的花。它用所有的叶子和尖端伸向臭氧和甘雨，那雨正浇灌着放在外面的其他幸运的花朵。

我把这盆花拿到雨中去。在雨滴的打击下，它开始微微战栗。似乎眼看着它已经活起来了。

对我来说，它，这盆花，就是我对俄国的一部分爱。对这盆花的回忆是和我在莫斯科度过的最后几天紧紧连接在一起的。我向未知的命运走去，当然没有料到，只是在5年以后才能回来。而正在等待着我的生活，简直像是虚构的，我甚至有点儿害怕写它。

在前面几章里，我叙述的仅仅是我亲自看到和听到的事情。因此，其中没有那几年里的许多著名事件。我写的仅仅是我个人的证词，没有打算以任何方式，而且也不可能在这部书里提供一幅革命最初几年的广阔画面。

还在相当久以前，我就已经在开始写这部自己一生的故事了。我的年纪已经很大了，而这部书，我暂时却只写到了我还是一个青年人的时期。

我不知道我是否能来得及把它写完。如果我能从自己的年龄中再减去10年，那么我就会有足够的时间再写一部也许比第一部更有趣的第二部书——第二部我的一生的故事。但不是写我的实际生活，而是写应该和可能有的生活，如果创造自己的生活仅仅取决于我，而不取决于一系列外在的、而且往往是敌对的环境的话。

这将是一部这样的故事，它写的是未能实现的一切，支配我思想和心灵的一切，集中包括全世界一切色彩、光、激动与不安的生活。

我这样清楚地看到了这部书中许多章的内容，仿佛这一切我已经体验过好多次了。

里加-奥廖尔铁路线上的取暖货车

从童年时代，我就有一个特别喜欢铁路的特点。可能这是因为我父亲是铁路上的职员。

这种喜爱当然是以小孩子的方式表现出来的。当我们家在铁路附近某个地方度过夏天的时候，我总是一连几个钟头待在邻近的车站上，而且一定要与戴红帽子的值班员一起迎送每一趟列车。

与铁路有关的一切，就连从机车炉膛里冒出来的煤烟味，对我来说，至今仍然似乎充满了旅行的诗意。

当油腻腻的绿色机车越来越慢地摆动着闪闪发亮的钢连杆，停到给水塔旁，从容不迫地向空中喷出一条呼啸着的蒸气急流，仿佛走过一段累人的路程之后，在大声喘气。这时，我总是赞叹地望着它。

我想象这辆机车怎样用自己铁的胸膛冲过风、夜和密林，穿过繁花盛开的荒野，它的汽笛声远远地飞离铁路。也许，飞到林间小路上去。在这条林间小路上有一个像我这样的小男孩，也在想象有一列喷火的特别快车穿过黑夜，在荒野上飞驰。一只狐狸蜷缩起爪子，远远地望着火车，由于无法理解的忧郁，尖声叫唤着。不过，也许是出于赞美吧。

当客车驶离以后，车站上变得静悄悄的，死气沉沉。炎热的车站上，无聊烦闷占据了统治地位。从月台上一个绿色大木桶里滴出温暖的水，几只母鸡厚颜无耻地在路上乱刨，庭前花圃里的烟草花直到晚上花瓣都合拢着，被无数车轮磨光的钢轨令人厌烦地闪闪发亮。一节停在备用线上的货车车厢里设有茶点部，一匹套在大车上的棕黄色的马就拴在那节车厢上。马在睡觉，但它背上的皮肤不时用力抖动一下，以赶走老是叮它的苍蝇。

随后从老远传来愤怒的、颤抖的汽笛声，这是在站上不停车的货车来了。车站外面高高的铁路路基呈弧形渐渐进入一片松林。列车总是突然冲出树林，在弯道上倾斜着，弯曲着飞也似的驶进车站。

我好像觉得我从未见过比这更美的景象。从烟囱里飞出一团团像群山一样的、稠密的蒸气。机车长吼，好像在拉警报。列车飞跑着以全部冲力冲进车站，疾驰而过，令人头晕目眩——挟带着钢铁碰撞的响声，车轮匆匆忙忙、时断时续的响声，卷起一阵阵猛烈的尘土的旋风。仿佛觉得再过一会儿，它就会腾空而起，把车站上的人全都像干树叶一样带上天去。而首先当然是会带走戴红帽子的值班员。

货车车厢很快地时隐时现，看得人眼花缭乱。但有时我还是能看出车厢壁上表明各条不同线路的白色字母：Р О（里加–奥廖尔线），М К В（莫斯科–基辅–沃罗涅什线），Ю З（西南线路），С П В В（圣彼得堡–华沙线），Р У（梁赞–乌拉尔线），П Р И В (维斯瓦河沿岸)，М В Р (莫斯科–温道–雷宾斯克线)，С В (塞兹兰–维亚泽姆斯基线)，М Х С（莫斯科–哈尔科夫–塞瓦斯托波尔线），还有几十条其他线路。有时还碰到一些我不知道的线路：У С С或П Р И М。我从父亲那里了解到，У С С是远东的乌苏里线，П Р И М是滨海线——在芬兰湾沿岸行驶的、从彼得堡到谢斯特罗列茨克的一条小火车线。

还用说吗！我羡慕没有生命的货车，是因为它们自己永远不知道把它们开到哪里去——也许，是去符拉迪沃斯托克，从那里再去维亚特卡，从维亚特卡又去格罗德诺，从格罗德诺去费奥多西亚，再从费奥多西亚去纳夫利亚车站——去浩瀚无边、林涛喧嚣的布良斯克森林的心脏。

如果可能的话，我就会坐到任何一节货车车厢的角落里，和它去一同漫游。货运列车在会让站上常常要停留好几个小时，在那里我将度过一些多么美妙的日子。我将躺在路堤旁温暖的草地上，在货车车厢门口的平台上和乘务员一起喝茶，向腿很长的小姑娘们买草莓吃，在附近一条黄色睡莲花盛开、使人感到清凉的小河里游泳。然后，在路上，我将坐在打开着的车厢门口把腿垂下去，从一天内已经晒暖的土地上刮来的风猛吹到脸上。长长的、飞跑着的车厢阴影落在田野上，太阳好似一面金盾，落向俄罗斯平原烟雾弥漫的远方，落向几千俄里以外的远方，在晚霞渐渐消失的天空中留下一条葡萄酒般的、金光闪闪的痕迹。

当我在布良斯克车站备用线上找里加-奥廖尔线717802号取暖货车的时候，回想起童年时对货车心驰神往的情形。

在这节取暖货车上，我已经遇到了自己的旅伴——几个彼得格勒人。他们很舒服地安顿下来，正在一只翻过来的木箱上喝茶，还在讲一些文雅而又猥亵的笑话。

他们并不理会我，勉强与我打了个招呼。而且千方百计竭力表示，他们不愿意认识我。那么，当时他们为什么答应带我一起走呢？

我百思不得其解。难道仅仅是为了在遇到危险，可能被当局逮捕的时候，为了自己逃命而出卖我吗？他们的证件没有问题，不过什么事情都可能发生的。万一当局对什么进行挑剔呢？在这种情况下，像我这样一个没有通行证、没有出境许可证的人，对他们来说，就简直是一个求之不得的转移目标的对象了。

我使他们有可能避开打击，让他们扮演对苏维埃政权完全忠诚的角色，说："瞧，同志们，你们对我们这些正直的苏维埃人吹毛求疵，然而取暖货车上却混进了一个可疑的家伙，一个没有证件的人。我们的责任就是把这个情况报告你们。请你们检查一下他吧。"

我驱散了这些想法。我为这些想法感到羞愧。5年前我从来也不会把一些不认识的人想得这么坏，但我无法克制对这几个态度很随便的记者的不信任情绪。一个个子矮小、长着一双仿佛油腻腻的圆眼睛的人，让我感到特别讨厌。他叫安德烈·博雷利。但当然，这只不过是他写各种令人震惊的简讯时所用的笔名。记者们在他们自己之间都管他叫多佳。

他一直在提他那条很短的保护色长裤，一面笑，一面尖声叫喊，唾沫飞溅。他的脸上好像蒙着一层有许多小孔、橡胶般的灰色皮肤。他不停地、而且是愚蠢地说俏皮话和双关语，不论说什么都是用一种纠缠不休的、嘲笑人的态度。他把苏维埃俄罗斯叫作"工农兵代表苏维埃"，把莫斯科叫作"首先成为国都的红色中心"，把布尔什维克叫作"装订工人同志们"。

就连这伙腐败堕落的家伙的头儿，那个肝火很旺、穿着灰色护腿套的人，有时也忍不住皱着眉头说：

"您是个说废话的天才，多佳。别装小丑了，已经叫人讨厌了！"

"白的，叫您讨厌，"多佳连1分钟也不假思索，立刻说了一句双关的俏皮话，"可是红的，对您来说却好极了！"

于是，那个肝火很旺的人说，马上就把多佳从取暖货车车厢里扔出去，多佳才稍微安静了一会儿。

一夜平安无事地过去了。列车勉强慢慢地走着。我不和自己的旅伴们说话，而且想设法到另一节取暖货车上去，但这是不可能的。车上到处都是全副武装的红军战士和波罗的海的水兵，有几节货车车厢里还装载着骑兵的马匹。

第二天，我注意到一个奇怪的情况。多佳的手提箱上拴着一把蓝色的搪瓷茶壶——整个壶都压坏了，有的地方搪瓷也碰掉了。

我觉得奇怪的是，我的旅伴们总是端着一个大洋铁杯跑到车站上去打开水。他们不往茶壶里倒开水，尽管一杯水显然不够他们大家喝的。

路上的第二天，突然解开了这把茶壶的谜。列车不断地停下来，仿佛犹豫不决地渐渐驶入了布良斯克站。隔壁一节取暖货车上的一个红军战士朝我们这节车厢门里望了望。

“弟兄们，”他说，“你们可知道，我们那儿出了一件多么荒唐的事。我们太粗心，在路上失手把茶壶弄丢了。公家的。简直急得要哭出来了！你们这儿没有多余的茶壶吗？”

“没有！”多佳毫不客气地说，“我们自己也是用杯子喝水。”

“喏，你们那里不是拴着一把搪瓷茶壶吗，”红军战士天真地说，“借给我们用一天吧，还回来的时候保证不会把它弄坏。”

“这把茶壶不行。”那个穿护腿套的人回答，他的夹鼻眼镜恶狠狠地闪亮了一下。

红军战士感到受了侮辱。

“为什么不行？”他问，“它是金子做的吗？”

“它漏了。明白吗？漏了！毫无用处，净是洞。”

红军战士理解地笑了笑。

“怪人!”他还是那样天真地说，“非要拖着各种各样的破烂不可。要是穷人，那还说得过去。可你们并不穷。瞧，你们喝茶放的是纯粹的砂糖，而不是糖精。对不起，打搅了。”

红军战士走了。我的旅伴们互相使了个眼色，其中一个用咝咝的低语对多佳说：

“蠢货！把茶壶摆在显眼的地方，就像在做侮辱人的手势一样。”

他们又小声争吵了好一阵子，后来把一个大包堆到拴着茶壶的手提箱上，再拿一件大衣盖在上面。

“在哪一节取暖货车车厢里？”突然外面有一个不满意的声音问，“这一节，是吗？”

“是的，政委同志。里加-奥廖尔线上的。”

多佳很快向茶壶俯下身去，把它拿过来放在自己的膝盖上，使劲扳那个洋铁壶嘴，憋得满脸通红，眼睛里几乎流出了眼泪。他把壶嘴扳下来，塞进了口袋里。

一个上了年纪、脸上带着不满意的神情的政委，呼哧呼哧地喘着气，爬上了取暖货车。那个已经见过的红军战士也跟在他后面爬了上来。

“你们这儿的茶壶是怎么回事？”政委问，“茶壶呢？请拿给我看看。”

多佳从那一大包东西底下把那把破茶壶拖了出来。

“可是茶壶嘴儿——不见了!”红军战士说，并且吹了一声口哨，“刚刚还在，现在飞走了。就像那只会唱歌的小鸟儿一样，就像那个空中的俘虏一样。”

政委看了看茶壶，想了想，然后对红军战士说：

“喂，你跑步去，从警卫队里带两个人来。”

他转身对那几个记者说：

“你们的证件。”

记者们很乐意取出证件，不过他们的手还是在发抖。政委耐心等待着。他慢慢地检查了所有证件，把它们装进自己的上衣口袋里。

“我们的证件完全合乎手续，政委同志，”那个穿护腿套的人说，“您为什么要扣留这些证件。”

“我看到是合乎手续的。”政委回答，并等待地向我转过身来。

“政委同志，您瞧，是这么回事，”那个穿护腿套的人匆匆忙忙地说，“这位公民来到了我们的取暖货车上，是在莫斯科上车的，尽管我们反对他上来。据我们所知，他既没有通行证，也没有出境许可证。首先应该检查他。我们作为奉公守法的苏维埃公民，打算向您报告这个情况。可是您瞧——没来得及。”

“奉公守法的苏维埃公民先生们，你们根据什么断定，”政委问，“他既没有通行证，也没有出境许可证呢？你们认识他？”

“不，完全不认识。”

“要诬蔑人，得认识他。”政委用教训的口吻说，“而这些在茶壶嘴里带钻石的小人，我们一星期就查获了5个。干这种事情需要有想象力！想象力！”

政委弯起手指敲了敲茶壶。

“那么，公民们，请吧。咱们要谈一谈，东西暂时先留在这里。西多罗夫，叶尔希科夫，”他对两个站在取暖货车旁的武装红军战士说，“把他们带到我那里去。这一个,”他指指我,“暂时让他留下来。当心,别让他们在路上从口袋里丢出任何东西去。明白了吗?”

“明白了!”红军战士们乐意地回答,“不是头一次了,政委同志。”

他们把那几个记者带走了。政委跟在他们后面走了出去,只剩下我一个人留在取暖货车上。不久,红军战士们回来,默不作声地拿走了那几个记者的东西。

我等待着。一个钟头过去了,从停在不远处的一节宣传车厢里走出一个赤脚、光着上身的人。他睡眼惺忪,长着一头浓密、蓬乱的头发,留着一绺大胡子。他从车厢里取出一块胶合板、几支画笔和几罐颜料,把胶合板靠在车厢上,往手上吐口唾沫,拿起笔来一挥而就,用烟炱画了一个戴大礼帽的胖子。从用刺刀剖开的、胖子的肚子里撒出许多钱来。

后来,留大胡子的人搔搔耳朵后面,用红颜料在这幅宣传画的旁边写上:

资产阶级的金肚子从未预料
会有这样的丑态。

邻近一节取暖货车车厢里,水兵们哈哈大笑起来。留大胡子的人对此毫不理会,坐到车厢门口的阶梯上,动手用马合烟卷一支很粗的烟卷。

这时,一个红军战士走来,叫我去见政委。一切都完了。我提起自己的手提箱,我们一起走了。

政委住在一节货车车厢里,车厢停在一条长满蒲公英的备用线上。车厢门口支着一挺擦得很干净的机枪。

政委坐在一张木板桌旁，正在抽烟。他好长时间若有所思地望着我。

“都说出来吧。”最后他说，“您去哪儿，有什么事？顺便说说，也请把证件拿给我看看。”

我明白需要开诚布公，十分坦率。我把申请离境许可证的不幸情况讲了一遍。

“至于证件，我有一份最重要的证件——就是这封信。”我说。说着拿出姐姐加莉娅的那封信，把它放到政委面前，“别的证件没有了。”

政委皱了皱眉，开始慢慢地看信。他看信的时候，好几次朝我看看。后来他把信折起来，装进信封，递给了我。

“证件是真的，”他说，“您有什么证明吗？”

我把证明递给他。

“请坐。”他说，取出一张盖着印的表格，开始仔细填写，有时看看我的证明。

“给！”最后他说。说着把那张表格递给了我，“这就是您的离境许可证！”

“谢谢。”我不知所措地说，我的声音都变了。

政委站起来，拍拍我的肩膀。

“好啦，好啦！”他不好意思地说，“感情激动是有害的。请问候您的妈妈。请告诉她，政委安诺欣·帕维尔·扎哈罗维奇向她问好。想必，是一位很好的老太太。瞧她想出了什么样的主意——步行到莫斯科去。”

他向我伸出手来。我紧紧地握了握他的手，什么话也说不出来。他拉正佩着毛瑟枪的皮腰带，说：

“那个在茶壶嘴里带钻石的家伙只好枪毙了，其余的人都放了。我吩咐让您到另一节取暖货车车厢里去。您不能跟他们在一起。好，祝您一路平安。可别忘了向您妈妈问好。”

我离开时感到惘然若失。我竭力克制着，才强忍着没有流出泪来。送我到另一节取暖货车车厢去的红军战士注意到了这个情况。

“为这样的政委，”他说，“就是献出两次生命，也在所不惜。奥布霍夫工厂的工人，彼得格勒人。你要记住他叫什么——安诺欣·帕维尔·扎哈罗维奇。也许，在哪儿还会和他见面的。”

他们把我安顿在一节只有两个人的取暖货车车厢里：一个上了年纪的歌唱家和一个瘦瘦的、饶舌的半大孩子瓦季克——这是一个笨手笨脚、天真而且富有同情心的男孩子。他们俩都是从彼得格勒来的，歌唱家要到在文尼察当医生的独养女儿那里去，瓦季克是去敖德萨找他母亲。1917年寒假，瓦季克从敖德萨到彼得格勒他祖父那里去，因为走不了，在那里待了一年半。这一切事情他觉得很有趣。

我们平安无事地到达了当时俄罗斯和乌克兰之间的边境车站泽尔诺沃（布德中部）。

在泽尔诺沃附近，列车夜间停在森林边缘的一个小站上。布良斯克森林从这儿向北延伸，我童年时常去的那些可爱的地方就在近旁。

我睡不着。我和歌唱家跳下取暖货车，顺着乡间土路向前走去。土路沿着森林边缘伸向模模糊糊、看不清楚的夜间的田野。庄稼在沙沙地响，远方的闪光时而在低空忽然一亮，粉红色的火光微微一闪，然后就又熄灭了。

我们坐到路旁一棵很久以前就被暴风吹倒的老榆树上。这些在牧场和田野里被风吹得变粗糙了的、孤零零的榆树，不知为什么总是会令人想起身穿粗呢外衣、银髯被风吹得乱蓬蓬的、身体健壮的老人。

歌唱家沉默了一会儿，说：

“每个人都以自己的方式对俄罗斯怀有信心，每个人都有他自己证明这种信心的证据。”

“您的证据是什么呢？”

“我是个歌唱家。很清楚，我会有什么证据。”他稍稍沉默了一会儿，突然悲哀地拖长声调唱道：

我独自一人上路，
透过烟雾，多石的道路闪闪发光。
黑夜静悄悄。荒漠听从上帝的吩咐，
星星和星星在低声絮语，倾吐积愫。

我早就认为，俄国的诗中再没有比莱蒙托夫的这几行诗更有天才的诗句了。尽管莱蒙托夫说过，他并不期待生活中会有任何东西，对过去也毫不感到惋惜。但正因为他对过去感到惋惜，而且期待生活中会有即使是虚幻的、然而会令人愁肠百结的瞬间，他说这几句话显然是违心之谈。

风从庄稼上吹过。庄稼起伏波动，发出一阵好像撒落什么东西似的沙沙声。远方的闪光忽然一闪，比以前更亮了，开始传来好似睡梦中喃喃低语的隆隆的雷声。

我们走回小车站去。我在黑暗中拔了一根不知是什么的草。只是到早晨才看到，这是一棵芳香浓郁的三叶草，俄国大地上最腼腆、最可爱的小花。

中立地带

早晨，列车驶入了泽尔诺沃。边境检查人员到各节取暖货车车厢里去，检查了出境许可证。

我们这一节取暖货车车厢和其他几节车厢被摘下，脱离了整列列车。一辆调车的旧机车把我们拖往边界，即所谓的“中立地带”。车厢的门都关上了，门口站上了持枪的红军战士。

列车终于停下来了，我们下了车。取暖货车停在养路亭旁干燥的田野里。风吹来一阵灰尘。有几辆农民的大车拴在拦路横杆上。赶车的——一些拿着鞭子的老头儿——轻轻地叫喊：“谁去那边，到乌克兰去。请吧！”

“远吗？”我问一个留着稀稀拉拉的胡子的老头儿。

“远什么！3俄里，那里已经有德国人了。坐车走吧！”

我们把自已的东西放到大车上，自已在一旁跟着走。其余的大车一辆接一辆地跟在我们后面。我在后面看到了那节里加–奥廖尔线取暖货车上的旅伴。他们跟在大车后面走着，激动而且高兴地谈论着，不知在谈什么。多佳没跟他们在一起。在这儿的田野里，在风卷起一根根尘柱、榛树林在谷地里喧哗的道路上，那个穿灰色护腿套的人看上去样子非常奇怪。

当我们走出约莫1公里以后，那个穿护腿套的人站停下来，转身面对北方，对着俄罗斯，朝那边挥动拳头，进行威胁，很粗鲁地骂了一句。赶车的惊恐地看了他一眼，遗憾地摇了摇头。

我好像在什么地方提到过，我母亲相信报应。没有任何卑鄙的、残忍的或阴险的行为，她说，会不遭报应。或早或迟，报应总会到来。我总是嘲笑妈妈的这种迷信思想，但在这天，我几乎相信，的确是有报应的。

我们下坡，进入一片长满榛树林的谷地。我们的车夫焦躁不安起来，吆喝着催马快走。

我们过了谷底，开始顺着斜坡向上，往对面走去。这时，从榛树林里走出一个人来。他头戴毛皮高帽，穿一条净是灰尘的紫色马裤。在他垂下的一只手里拿着一支毛瑟枪，他的胸前十字交叉系着两条粗麻布子弹带。

跟着那个穿马裤的人后面，从树丛中走出几个小伙子来。他们穿着军大衣、水兵的呢子衣服和绣花的乌克兰衬衣。他们都带着截短了枪筒的半截儿枪和军刀，有人在腰带上还挂着柠檬型手榴弹。

那个穿紫色马裤的人举起毛瑟枪，朝空中开了一枪。大车立刻都停了下来。

“谁放过来的?”那个穿紫色马裤的人用哭声大声喊。

“边防警察队。”那个穿灰色护腿套的人惊慌地回答。

那个穿紫色马裤的人走上大道，刚好走到装着记者们的东西的那辆大车旁边。

“受贿放过来的!”那个穿马裤的人大声喊道，“东西检查过了吗?”

“检查过了。”

“受贿检查的！证件看过了吗?”

“看过了。”

“受贿看的。喂，小伙子们，动手！快!”

小伙子们动手从大车上把手提箱扔下来。穿护腿套的记者大声喊叫起来，穿紫色马裤的人用毛瑟枪柄对准他的牙齿狠狠地敲了一下，说：

“钱赚够了？那么别作声，资产阶级坏种，趁我还没有打穿你的脑袋。”

穿护腿套的那个人把一块血迹斑斑的手帕按在嘴上，在路上的尘土中摸索着，寻找给打掉了的夹鼻眼镜。

小伙子们动手用军刀劈开皮箱。他们劈得很巧妙、很敏捷——嚓，嚓，划一个十字。显然，没有时间去打开箱子或撬开箱子上的锁。看得出来，小伙子们都很匆忙，一直在朝苏俄边界那边张望。

我们的车夫轻轻地赶着车悄悄地走了几步，然后又停下。小伙子们从手提箱里把东西拖出来，对着亮光看看那些衬衣和单裤，所有不需要的东西全都扔到尘土里。

“在搜哩，”赶车的轻轻地向我们解释说，“你们往前走，不过要轻点儿，走到那个灌木丛那儿。过了灌木丛就是拐弯的地方，到那里就看不到我们了。我赶着车一点儿一点儿地走过去，也许，他们不会注意我们的。”

我们走到了灌木丛后面，赶车的一会儿赶着车走几步，一会儿停下来，不久就过了灌木丛，在这以后使劲赶着马车快跑。我们爬上一道长山坡，马也飞跑起来。我们跟在大车后面跑了大约10分钟，然后赶车的把车停下了。

我们抽起烟来，赶车的说，以科久巴为首的一伙匪徒在中立地带游来荡去，抢劫所有过路的人。他们主要是寻找贵重物品和现钱。可是这样做的时候总是十分匆忙，因为虽说苏维埃边防军不应该进入中立地带，不过他们有时还是会向匪徒们发起突然袭击，无情地向他们开枪。

我们苦恼地默默不语。我们从匪徒那里逃脱了出来，不知为什么这一点儿也不使我们感到高兴。

道路在一片宽阔的采伐迹地上、在树桩之间向前伸展着。太阳渐渐落山了，落日淡红色的余晖落到稀稀落落残存的几棵松树的树梢上。

我走着，陷入了沉思。突然，我打了个哆嗦，一声尖锐刺耳的喊声使我抬起眼来：

“哈尔特[①]！”

道路中间站着两个身穿黑色军大衣、头戴钢盔的德国兵。其中一个抓住我们车夫那匹瘦弱的、后腿有病的马的笼头。

德国人要看通行证。我没有通行证。

那个矮墩墩的德国人显然根据我脸上的表情猜到了这一点。他走到我面前，朝俄罗斯那边指了指，大喊一声：“楚吕克[②]！”

“给他一张沙皇时期的5卢布钞票，”赶车的说，“然后我们就可以再往前走，一直到米哈伊洛夫农庄。这条狗，可别哄骗我们。”

我递给德国人10卢布。“奈因[③]！奈因！”他恼怒地叫喊，并且摇摇头。

“您干吗给他10卢布。”赶车的生气了，“我跟您说的是给他5卢布。他们只要5卢布一张的钞票。因为沙皇时期的5卢布钞票是在他们德国印的。”

我给了德国人5卢布。他把一只手指举到钢盔边上，挥了挥手，说：

“法——尔[④]！”

---

① 德语“站住”一词的音译。——译者

② 德语“回去”一词的音译。——译者

③ 德语“不”的音译。——译者

④ 德语“走”的音译。——译者

我们走了。我回头一看，德国人叉开穿着沉重靴子的双脚，牢牢地站在沙土道路中间，轻轻地笑着，抽起烟来。太阳照在他们的钢盔上，不时发出微弱的闪光。

仿佛有一团辛辣的东西滚到我的咽喉。我好像觉得俄罗斯已经没有了，而且将来也永远不会有了。一切都已经丧失，再活下去已经毫无意义。那个歌唱家似乎猜到了我的想法，说：

“仁慈的上帝啊，俄罗斯这是怎么了！好像一场糟透了的梦。”

瓦季克也站住了，朝德国人看了一眼，嘴角耷拉下来，嗦嗦颤抖，像小孩子那样大声痛哭起来。

“没关系，小伙子，”赶车的含糊不清地低声说，“也许，不会那么快。不过为了我们流的泪，他们反正要遭报应的。”

他拉了拉缰绳，大车在沙土很深的棕黄色沙地上吱嘎吱嘎地响起来，沙地上留着德国人打过鞋掌的靴子印。

俄罗斯已留在北方，那里笼罩在采伐迹地上的玫瑰色暮霭愈来愈浓了。一片片三叶草好似一个个小岛，在路边开着淡紫色的花。不知为什么，这使我心里开始平静下来。“咱们等着瞧，看谁胜利。”我心里想，“等着瞧吧！”

“我们流浪汉的黑特曼”

我在科潘一直住到深秋，后来我去基辅，想在那儿找个工作，把妈妈和姐姐接到城里去。

我没能立刻找到工作。最后我开始在唯一一份还算正派的报纸《基辅思想报》当校对。这份报纸曾有过一段美好的日子。柯罗连科、卢那察尔斯基和许多进步人士都在那里工作过。在德国人和黑特曼统治时期，《基辅思想报》也试图保持独立，但并不是总能做得到。经常对它罚款，还有好几次威胁要封闭它。

我在弗拉基米尔大教堂附近一幢不大的房子里租了两间窄小的房间，房东是一个过分多愁善感的老处女——德国人阿玛莉娅·克诺斯捷尔。但是，我没能把妈妈和加莉娅接到基辅来——城市突然被彼得留拉匪帮[①]包围了。彼得留拉匪徒们开始对城市进行常规围攻。

我住的房间，窗户朝着植物园。早晨，我被接连不断围绕着基辅全城轰鸣的炮声惊醒了。

我起了床，生上炉子，望着植物园。植物园里树枝上的霜都被炮声震得纷纷撒落下来，后来我又躺下，看书或者在思索。看上去仿佛毛茸茸的冬天的早晨，炉子里劈柴噼噼啪啪的响声，隆隆的炮声——这一切，造成一种奇怪的宁静心情。虽然这种心情不太寻常，也并不巩固，但还是会给人以一种宁静的感觉。

头脑是清醒的，我用水龙头里冰冷的水洗脸。从老处女克诺斯捷尔屋里飘散出来的咖啡香味，不知为什么造成一种好像圣诞前夜的错觉。

那时候我开始大量写作。不管这是多么奇怪，但在写作这件事上，包围却帮助了我。城市被紧紧包围了，我的思想也同样被压缩了起来。

意识到基辅已经与世界断绝联系，不能离开基辅，哪里也不能去。意

---

① 1918年至1919年在乌克兰活动的武装反革命匪帮。——译者

识到包围显然要持续很长时间，现在已经毫无办法，只能等待——这种认识使生活具有了一种轻松和毫无牵挂的性质。

就连老处女阿玛莉娅·克诺斯捷尔对炮声也习惯了，似乎这就是像昼夜交替那样固定不变的规律。当炮声偶尔停止的时候，她反而感到焦躁不安。寂静预兆会发生意外的事情，而这是可怕的。

但不久，轻轻的、雷鸣般的轰隆声又开始包围了城市。于是，大家都放下心来。又可以看书、工作、思索，醒来、工作、饥饿（确切些说，是半饥半饱）和使人恢复精神的睡眠，这一切又合乎规律地依次到来了。

我是阿玛莉娅的唯一的房客。她只把房子租给单身男人，但她这样做并没有任何不老实的打算。她只不过是忍受不了女人们。她偷偷地轮流爱上每一个房客，但绝不以任何方式表示这种爱慕之情，只除了一些细微的关怀或者会突然满脸绯红。只要听到任何一句可能解释为对爱情或婚姻这一危险领域的暗示的话，她那长长的黄脸上就会泛起一片红霞。

她热情洋溢地称赞以前住在这里的所有房客，而且真诚地感到伤心。因为他们大家就像商量好了似的，全都娶了凶恶和贪婪的女人，在这以后就从她的住宅里搬走了。

从前，阿玛莉娅在基辅的一些富人家里做家庭教师，积攒了一点儿钱，租了一套房子。现在她就靠出租房屋和给人缝衬衣生活。

但尽管阿玛莉娅从前做过家庭教师，她却没有过分拘礼的习惯。一般说来，她是一个心地善良、寂寞而孤独的女人。

阿玛莉娅有一个情况使我感到惊讶：虽然她自己是德国人，但她对占领基辅的德国人却持敌视态度，认为他们都是些粗暴无礼的人。

她对我怀有一种有点儿羞涩的好感。显然，这是因为我在夜里看书和写作的关系。她认为我是个作家，甚至决定有时间和我谈谈文学与她心爱的作家施皮尔哈根[①]。她亲自给我收拾房间。后来我在自己的书里有时会发现一些干枯的花，有时会发现印着华丽的大丽花的明信片。但阿玛莉娅的关怀并不是和人纠缠不已，因此我们的友谊一次也没有遭到破坏过。

只有在重大的节日里才有女伴们来看她，这是一些很老的当保姆的德国女人和穿着带缎带的女斗篷、提着手提包、穿着护腿套的瑞士女人。

阿玛莉娅拿出一沓沓绣着小猫、小哈巴狗、三色槿和勿忘草的餐巾，把这些财富陈列到桌子上，然后端来著名的巴塞尔咖啡（她是巴塞尔人）。

保姆们吃东西、喝咖啡都很客气，并且进行一场完全是由表示惊讶和恐惧等的感叹词构成的谈话。

只允许一个男人参加到这群经过精心挑选的人们当中来，这就是房屋管理员。他是西南铁路线的会计师，这个人有一个十分华丽的姓——谢巴斯季安·克图连达·齐卡夫斯基。

这是一个总是神气活现、留着平头、个子矮小的人，蓄着靠妓女养活的人的那种唇髭，唇髭上搽了油膏，长着一双像纽扣样的、傲慢的小眼睛。他穿一件短小的、带烟色条纹的蓝色西装上衣，胸前的口袋上缝着一小块淡紫色的绸子，象征性地代替似乎是塞在这个口袋里的、花花公子们用的那种小手帕。除此之外，他还戴着赛璐珞的粉红色衣领，打着蝴蝶领结。这些总是不干净的赛璐珞衣领在当时叫作“单身汉的幸福”。这种衣领不能洗，都是用学生使用的普通橡皮来擦掉上面的污垢的。

克图连达先生身上散发出一股胡须油膏、烟草和家酿白酒的复杂气

---

① 施皮尔哈根（1829—1911），德国作家。——译者

味，他在自己一间昏暗的屋子里用黍子酿制这种混浊的烧酒。

克图连达是个单身汉，和母亲——一个胆小的老太婆——住在一起。她怕儿子，特别是怕他的博学多识。克图连达先生喜欢用自己的这些学识，使住在我们这幢房子里的人都大吃一惊，而且他表达自己渊博学识的方式也有点儿故意卖弄。

“我要告诉你们，”他神秘地说，“韦伊宁格尔的《性与性格》一书乃是在最好的方面对性欲问题的记录。”

在阿玛莉娅家里谈话的时候，克图连达先生绝口不提性欲问题。但是他论述“高贵的先生、黑特曼斯科罗帕茨基”的政权来源于神意的那些话，却使家庭教师们吓得发抖。

我这一生中见过许多傻瓜，但是从来也没遇到过像这样不开窍的白痴。

当时基辅的生活好似瘟疫流行时的宴会。开了许多咖啡馆和饭馆，这些地方的甜食和食品最多只够供应30个顾客，但表面上一切都给人留下一种破破烂烂的印象。因为来了许多莫斯科人和彼得格勒人，城里的居民几乎增加了一倍。剧院里在上演阿尔志跋绥夫①的《嫉妒》和维也纳的轻歌剧。德国枪骑兵巡逻队手持长矛、头戴黑红两色的军帽在街上巡逻。

报纸上很少刊登在苏维埃俄罗斯发生的事件。这是个麻烦题材，宁愿避而不谈，让大家似乎觉得生活毫无波折吧。

一些大眼睛的基辅美人儿和黑特曼的军官们穿着滑轮鞋在溜冰场上溜冰。出现了许多赌窟和供人幽会的场所。在比萨拉布卡公开贩卖可卡因，

---

① 米·彼·阿尔志跋绥夫（1878—1927），俄国作家，宣扬非道德论。

一些未成年的雏妓老是缠住过往的行人。

工厂里和工人们住的郊区在干什么，谁也不清楚。德国人感觉到没有信心，特别是在艾希霍恩将军被刺杀以后。

似乎基辅希望在封锁中无忧无虑地生活。乌克兰好像已经不存在了——乌克兰处于彼得留拉军队的包围圈之外。

晚上，我有时去尼古拉耶夫大街上文学界人士和演员们的交际场所。从北方逃出来的诗人、歌唱家和舞蹈家们在那里的餐厅里登台表演。醉醺醺的号叫声不时打断慢吞吞的诗歌朗诵。餐厅里总是又闷又热，因此尽管是冬天，有时还是要稍微打开窗子。于是，雪花和寒冷的空气一起飞进灯火辉煌的大厅，但立刻就融化了。夜里的炮声听得格外清晰。

有一次，维尔京斯基[①]在文学界人士和演员们的交际场所演唱。在那以前我从未听到过他在台上演唱。我记得他还是个中学生和青年诗人时的情况，那时候他写过一些很优雅的诗。

那天晚上，从窗外飞进一些特别大的雪花。雪花盘旋着，甚至飞到了映出五彩缤纷的枝形吊灯的钢琴上。炮声明显地逼近了，炮声震得小桌子上的高脚酒杯叮当作响。玻璃惊惶不安的哭泣仿佛在警告人们，会有危险。但桌边的人们仍然在抽烟、争论、碰杯和欢笑。一个穿着晚礼服、长着一双像埃及女人那样很细小的眼睛的年轻女人，笑得特别富有感染力。雪花落到她裸露的背上，融化了。每次她都要颤抖一下，回头望望，仿佛想要看到那片融化的雪花。

维尔京斯基穿着黑色燕尾服走上台来。他身材高大、干瘦，脸色异常

---

① 亚·尼·维尔京斯基（1889—1957），俄国演员、诗人、作曲家。

苍白。一切都平静下来了。侍者们不再端着托盘分送咖啡、葡萄酒和下酒菜，都站停下来，在大厅深处排成一列横队。

维尔京斯基把两只手上纤细的手指交叉在一起，痛苦地向前垂下双手，唱了起来。他歌唱不久前在基辅附近博尔夏戈夫卡村被打死的士官生，歌唱那些被派去反击危险的匪帮、必死无疑的青年人。

> 我不知道，这是为了什么，又是谁的需要？
> 是谁用无情的手派他们去见死神？

歌曲唱的是士官生们的葬礼。维尔京斯基用这样几句歌词结束了这首歌曲：

> 疲倦的观众默默地把身上的皮袄裹紧，
> 一个脸上带着疯狂神情的女人，
> 吻了吻死者已经发青的双唇，
> 把订婚戒指扔给了神父大人。

他唱的是在士官生葬礼上的一件真实事情。

大厅响起了雷鸣般的掌声。维尔京斯基鞠了一个躬。坐在远处一张小桌旁的、一个喝醉了的军官毫无表情地喊了一声：

“唱《上帝保佑沙皇》！”

掀起一阵吵吵嚷嚷的声音。有一个瘦瘦的老头儿，留着尖尖的、发抖的小胡子，戴着夹鼻眼镜，穿一件因为太旧而闪闪发亮的西装上衣，他突然向军官冲去。这个人好像是个教师。他开始用又瘦又小的拳头敲着军官那张桌子的大理石桌面，唾沫飞溅地大声喊叫：

“近卫军的妖孽！你怎么敢侮辱自由的俄罗斯的人！你应该到前线上去打布尔什维克，而不应该待在这里！在饭馆里充什么英雄！”

大家都跳了起来。瘦削的老头儿拼命要和军官打架，但是大家抓住他的手，把他拉开了。军官满脸红得发紫，慢慢站起来，一脚踢开椅子，抓住了一个酒瓶的瓶颈。

侍者们急忙向他跑去。穿晚礼服的那个女人大叫一声，用手掌捂住了脸。

维尔京斯基用力猛击琴键，举起了一只手。立刻都安静下来了。

“先生们！”维尔京斯基清晰而傲慢地说：“这简直是无能！”

他转身慢慢走下舞台，给那个戴夹鼻眼镜的人喝了些水。军官若无其事地坐到桌边，对着广阔的空间说：

“我过去打过犹太人。将来，一直到死也要打犹太人。我要让你们认识认识这个近卫军的妖孽，戈梅利省戈梅利县的莫夫申宗。”

他们又开始争吵起来。袖子上戴着黄色和淡蓝色双色袖标的、黑特曼的雇佣哥萨克近卫军巡逻队走进了大厅。

我走出去，来到了街上。我边走边恶狠狠地骂我自己。在我周围，在我的国家里生出了多少佩着近卫军肩章、戴着粉红色赛璐珞衣领或沉重的德国钢盔的妖孽啊。我写了许多文章，因此我是在过着双重生活。我认为，用这样的理由为自己辩解是十分软弱无力的。一个虚构的世界在鞭打我，我却不能反抗它。

我当时所写的东西更像是一些文字优美、谁也不需要的学术著作。其中缺少严整性，却有许多轻浮的东西和一些乱七八糟的想象。

例如，我可以一连几个钟头描写各种不同的闪光，不管这是哪里的闪光——瓶子的碎片上的，轮船舷梯的铜扶手上的，窗户玻璃上的，杯子上的，露珠上的，珠母贝壳上的，以及人的眸子里的。这一切，会结合成一些对于我自己来说也感到出乎意外的画面。

真正的想象要求清晰、明确，但我很少能做到这一点。这些画面大部分是模糊不清的。那时候我很少下功夫赋予它们现实的明确性，而且我往往忘记了粗暴的生活。

最后，我形成了一条这样描写的确定不移的标准。但不久我就发现，把这些东西连起来重看一遍，却感到无聊和甜得腻人。我吃了一惊。散文所必需的力量和精确竟成了如同清凉果汁饮料、美味糕和美食之类的东西。这种文字的清凉果汁饮料是很黏的，只要粘上就很难把它洗干净。

我无情地洗掉这种意思含糊不清、华而不实的散文，不过并不是总能成功地把它洗净。

幸而，这段时期很快就已成为过去，那个时期所写的一切几乎都被我销毁了。但就是现在，有时我还会发觉自己偏爱华丽的词句。

不久，我的写作和怀疑都以一种出乎意外的方式被打断了。

彼得留拉把对基辅的包围圈越缩越紧。于是黑特曼斯科罗帕茨基发布了一道命令：毫无例外地动员所有从18岁到35岁的男人。被动员的人不去报到，要由房屋管理员负责，要他们用自己的脑袋担保。命令里讲得很简单：如果“隐匿”上述这一年龄的男人，房屋管理员就会被无情地枪毙。

命令分贴在全市各处。我漠不关心地看完了这个命令，我认为自己是俄罗斯联邦共和国的公民，因此我不应该、也不想服从任何黑特曼的命令。

在一个冬夜，天已经很晚了，我从印刷厂回自己家里去。刮着寒冷的风，比比科夫林荫大道上的杨树凄凉地呼啸着。

屋子附近的庭前花圃里站着一个裹着暖和的头巾的女人。她快步走到我跟前，拉住我的手。我急忙闪开。

“别出声！”那个女人说。我听出这是由于焦急不安而变得断断续续的、阿玛莉娅的声音，“我们离开这儿。”

我们向弗拉基米尔大教堂走去。样子笨拙的扶壁支撑着教堂沉重的墙壁。

我们站到一堵背风的扶壁后面，阿玛莉娅匆匆地低声说，尽管周围连一个人影都没有：

“您整整一天不在，真是谢天谢地。他从早上10点钟起就一直坐在前室，哪里也不去。这真可怕！”

“谁？”

“克图连达先生。他在守候着您。”

“为什么？”

“啊呀，天哪！”阿玛莉娅提高声音说，并且恳求地把揣在小暖手筒里的一双手放到胸口上，“您快跑吧！我求求您。别回家去。我把我一个女伴的地址给您——她是一个心肠那么好的老太婆，像这样的好心人世界上再也不会有了。我给她写了一封信，请您到她那里去吧。这地方很远，在格卢博奇察，不过那里要好一些。她独自一个人住在自己的一幢小房子里，她会把您藏起来的。我每天给您送点吃的东西去，一直到危险过去。”

“出什么事了?”我问,“我什么也不明白。”

“难道您没看到黑特曼的命令吗?”

“看到了。”

“克图连达来找您,要把您送到军队里去。”

只是到这时,我才一切都明白了。

“他在哭,”阿玛莉娅用冷静的声音说,“他哭得像个泪人儿,他说要是您逃跑了,那么明天早上10点钟就要枪毙他,就像枪毙一个最坏的土匪。”

她从暖手筒里取出那封信,把它塞在我的大衣口袋里。

“去吧!”

“谢谢,阿玛莉娅·卡尔洛芙娜!什么也威胁不了我。我是俄罗斯联邦共和国的人。黑特曼的命令,我才不在乎它呢。”

“上帝啊,多么好啊!”阿玛莉娅大声说。她没有注意到,要么是原谅了我说的像“不在乎”这样的粗话。她把暖手筒贴在胸前,笑了起来,“这我倒不知道。这么说,现在也不会把他怎么样了。”

“什么事也不会有的。明天我和克图连达到征兵站去,立刻就会放我回来的。”

“嗯,那太好了,”阿玛莉娅放下心来,表示同意,“那我们回家吧。我先进去,您在我进去以后过两三分钟再进屋去,免得让他猜到。唉,我多累呀!”

我第一次挽着她的手,搀着她走。我感觉到她在嗦嗦发抖。我在楼梯上等了几分钟,然后才走进住宅。克图连达先生坐在前室里的椅子上。他向我冲了过来,用他那双鸡爪似的手紧紧抓住我的手,用颤抖的声音嘟嘟嚷嚷地说：

“为了耶稣基督，请您别害了我的命！我等了您整整一天。请您可怜可怜我吧，如果不是可怜我，也请可怜可怜我的妈妈吧。”

我说明天早上我和他到征兵站去。不过，作为一个俄罗斯人，当然会放我回来的。

克图连达先生呜咽啜泣，很快弯下腰，试图吻我的手。我把手挣脱了。阿玛莉娅站在门槛上，眯缝着眼睛望着克图连达先生。我还没看到过她的眼睛像这个样子。这时，我突然心里想，如果我听从阿玛莉娅的劝告逃跑了的话，那么，这个可怜的人是当真会被枪毙的。我想到了这一点，不由得为这个过于多愁善感的女人无动于衷的残酷感到惊讶。

克图连达先生走了，临走一再为我祝福。这时他表示，他最真诚地相信，当然会放我回来，因为“黑特曼先生”绝不会把红色莫斯科的人留在自己军队里，他对此是绝不会感兴趣的。

当我在厨房里水龙头底下洗了脸，回自己屋里去的时候，阿玛莉娅在走廊上叫住了我。

“一声也别吭！”她神秘地说着，拉住我的手，踮着脚尖领我穿过小客厅，来到黑暗的前室里。在那里，她指指房门，轻轻按了按我的肩膀，要我朝锁孔里望一望。

我望了望。克图连达先生坐在楼梯口平台上一个装鸡蛋的箱子上，用一只手捂着嘴，正在不出声地打哈欠。他当然不相信我，决定一直到早上都在这儿看守着我。

“畜生！”当我们从前室走进客厅以后，阿玛莉娅轻轻地说，“我还让他进我的屋里去呢。我恨他，恨得头脑都变迟钝了。明天早晨我把早饭给您留在厨房的小橱里。”

早晨8点整，克图连达先生在门外按了按门铃。我给他开了门。他的一双红红的眼睛里含着眼泪，“蝴蝶式”领结像压坏了的翅膀朝下耷拉着，看上去完全是一副可怜相。

我们向设在加利茨市场上的征兵站走去。克图连达先生借口头晕，紧紧挽着我的手。他显然害怕我跑进遇到的第一个穿堂院里去。

在征兵站上得排队等着。房屋管理员们拿着厚厚的户口簿，在被动员的人们身旁跑来跑去。房屋管理员们面有愧色，又带着谄媚的神情。他们竭力请被动员的人们抽烟，简直是把香烟硬塞给他们。不管被动员的人说什么，他们都唯唯称是，但一步也不离开自己的被监护人。

在一间散发着厨房气味的房间深处，一张桌子后面坐着一个佩着黄色和淡蓝色双色肩章的、黑特曼的军官。他的一只脚在桌子底下摇晃着。

我前面站着一个没刮过脸、戴眼镜的瘦弱青年。他垂头丧气、默默地等着。当轮到他的时候，军官问他的职业，他回答说：

“我是水文地理学家。”

“伯爵[①]？”军官又问了一遍，靠到椅子背上，以毫不掩饰的满意神情看了看那个青年，“是个少有的大人物！我这儿有贵族，甚至有男爵，可是还没有伯爵。”

“我不是伯爵，而是水文地理学家。”

“住嘴！”军官平静地说，“我们大家都是伯爵。我们知道这些伯爵和这些水文地理-伯爵。由于这些蠢话，您给我到总务队里干苦活儿去吧。”

---

① 俄语“水文地理学家”一词的后半部分发音与“伯爵”一词是相同的。——译者

那个青年只是耸了耸肩膀。

“下一个!”

下一个是我。

我把自己的证件拿给那个军官看，并且坚决地说，作为俄罗斯苏维埃联邦共和国的公民，我不应被征入黑特曼的军队里服役。

“多么出人意外的事!”那个军官说，做了个鬼脸，扬起眉毛，“我简直被您的话迷住了。如果我知道大驾光临，就叫军乐队来欢迎您了。”

“您的笑话与此无关。”

“什么有关呢?”军官凶狠地问，说着站了起来，“也许，是这个吗?”

他做了一个侮辱人的手势，并把手伸到我的脸上。

“去他的!”他说，“您的苏维埃-犹太国籍顶个屁用。我才瞧不起它呢，我要坐在一棵高高的树上朝它啐唾沫。”

“您不能这样说话!”我说，竭力保持着镇静。

“每个人都指着我的眼睛说，‘不能’!”军官忧郁地说，然后坐了下来，“够了！出于对您伪造的国籍的尊重，我指派您去哥萨克步兵团。到黑特曼先生本人的近卫军去。感谢上帝吧，证件留在我这里。下一个!”

在和黑特曼的军官进行这场谈话的时候，克图连达先生已经不见了。我们这些被动员入伍的人由护送队押送着被带到了杰米耶夫卡的兵营。

这出因为有士兵的刺刀更加深了人们的印象的喜剧，是如此荒谬，而且难以置信。因此，只是在寒冷的兵营里我才第一次感觉到了这出喜剧的苦味。我坐到积满尘埃的窗台上抽起了烟，默默沉思。我准备接受任何危险、艰苦的生活，但没有准备参加黑特曼军队的这个戏班。我决定看清环境，尽快逃跑。

原来这是一个血腥的戏班。就在那天晚上，有两个从普列德莫斯特镇上来的小伙子因为走到大门外，听到吆喝声没有立刻站住，就被哨兵开枪打死了。

炮声加剧了。这一情况使那些还未丧失激动能力的人安静了下来。炮声预告变化，虽然不知是什么样的变化，然而这变化已经临近了。“哪怕更坏些，只要是另一个。”这大概是当时基辅最流行的一句口号了。

被动员入伍的大部分是“运动的小伙子们”。城里给从最坏的郊区——索洛缅卡和舒利亚夫卡来的那些流氓和小偷取了这么一个绰号。

那都是些不可救药的、十分狂暴的小伙子，他们很乐意参加黑特曼的军队。很明显，黑特曼的军队只是在苟延残喘，“运动的小伙子们”比谁都清楚，在即将发生的混乱中可以不归还发给他们的武器，他们可以不受约束地放手抢劫，大发横财。因此，“运动的小伙子们”尽力暂时不引起长官们的怀疑，尽可能装作是黑特曼的勤奋的士兵。

这个团叫作“高贵的先生、黑特曼帕维尔·斯科罗帕茨基殿下哥萨克步兵团”。

我被分到了由一个当过俄国飞行员的“中尉先生”指挥的连里。除了几个口令，他连一句乌克兰话也不懂，就连喊那几句口令时，他的声音也是吞吞吐吐的。在喊“普拉沃鲁奇”（“向右转”）或“利沃鲁奇”（“向左转”）以前，他要先想一会儿，想起那句口令该怎么喊，生怕喊错了，会把队形搞乱。他对黑特曼的军队公开持不友好的态度。有时他望着我们，摇着头说：

“哼，好一支虚无国国王的军队！净是败类、流氓和一些没有骨气的家伙！”

他花了好几天时间马马虎虎教我们站队、使用步枪和手榴弹。后来给我们穿上烟草绿的军大衣，戴上钉着乌克兰国徽的法国军帽，还发给了旧足球鞋和绑腿，带我们到克列夏季克去参加检阅，答应在检阅以后第二天就派我们到与彼得留拉作战的前线去。

我们和其他一些人数不多的军队在克列夏季克从市杜马大楼旁边走过。还是个小孩子的时候，我曾在这里遭到过射击。最高统帅米哈伊尔的镀金像还是那样一只脚站在市杜马圆形大楼的尖顶上，竭力保持着平衡。

黑特曼穿一件白色无领束腰长袍，头戴一顶揉皱的小毛皮高帽，骑着一匹英国枣红马，站在市杜马旁边。在他垂下的一只手里拿着马鞭。

几个德国将军头戴镀金圆顶尖盔，骑着铁黑色的马，像石像那样一动不动地站在黑特曼身后。几乎所有的德国人都戴着单眼镜，眼镜不时发出微弱的闪光。人行道上稀稀拉拉聚集着一群群好奇的基辅人。

部队分别从黑特曼面前走过，很不整齐地对着他喊“斯拉瓦”作为回答。他只是把马鞭举到毛皮高帽边上，让马稍微动一动。

我们的这个团决定让黑特曼大吃一惊。我们刚刚走到与黑特曼并排的地方，全团突然唱起了雄赳赳的歌曲：

我们亲爱的，我们亲爱的，
我们流浪汉的黑特曼，
我们流浪汉的黑特曼——
帕维尔·斯科罗帕茨基！

“运动的小伙子们”唱得特别卖劲——在每一节开头都吹着口哨，雄赳赳地拼命大喊一声“嘿”：

嘿，我们亲爱的，我们亲爱的
黑特曼斯科罗帕茨基，
黑特曼斯科罗帕茨基，
流浪汉的阿达曼①。

很快就要派我们上前线去，这惹火了那些“运动的小伙子们”，于是他们不再服从了。

斯科罗帕茨基并没有发抖。他还是那样镇静地把马鞭举到毛皮高帽边上，冷笑一声，仿佛听到的是一句亲切的笑话，还回头望望那些德国将军。德国将军的单眼镜忽然讥讽地一闪，只是根据这一点可以看出，德国人大概听懂了这首歌的某些歌词。人行道上的一群群基辅人赞美地、压低声音嗡嗡地议论起来。

天色还黑的时候，就把我们叫起来了。东方模模糊糊透露出不需要的曙光。在这个闷闷不乐的早晨，在营房里煤油灯的油烟中，在散发出一股鲱鱼味的清茶里，在“中尉先生”那双由于慢慢陷入绝望而变得没有颜色的眼睛里，在怎么也穿不到脚上去的、又湿又冷的足球鞋里，含有那样一种不会消失和毫无意义的忧郁，含有那样一种无边无际、使人心里感到空虚的不舒适感。因此我决定，今天一定要从“高贵的先生、黑特曼帕维尔·斯科罗帕茨基殿下哥萨克步兵团”里逃跑。

---

① 阿达曼系哥萨克军队的最高首领或匪帮的首领，这里指头儿。——译者

点名的时候发现已经少了12个人。飞行员绝望地挥了挥手，说：

“嘿，去你们的，都见鬼去吧！站队！”

我们马马虎虎站好了队。

“克罗科姆鲁什①！”飞行员喊了一声口令，我们蜷缩着身子，从兵营里潮湿而且很成问题的温暖中走出去，走进冬天一清早刺骨的寒冷空气里。

“那个前线到底在哪里呢？”一个好像刚刚睡醒的声音从后排惊讶地问，“怎么，我们就这样走着去吗？”

“你听到过齐姆科维奇夫人的妓院吗？在普里奥尔卡的那一家。那么，那里就是前线了。最高统帅的大本营。”

“你们最好别作声，”“中尉先生”请求说，“真的，听着真讨厌。而且在队列中根本就不应该说话。”

“我们自己知道什么是应该的，什么是不应该的。”

“中尉先生”只是叹了口气，往一边走了两步，离开队伍稍远一些。他显然有点儿害怕那些“运动的小伙子”。

“为了一瓶烧酒就把乌克兰给出卖了，”一个气愤的低音说，“可你现在却得在这掺杂着马粪的雪地里跋涉。岂有此理！”

“把他们大家通通赶到魔鬼的老子那儿去——不就完了！”

“这个大家是谁呀？”

“就是大家！那个彼得留拉，还有那个狗娘养的黑特曼，不管哪里的，所有的人通通赶去！让人们平静地喘口气。”

---

① 乌克兰语：齐步走。——译者

“中尉先生，您怎么啦，真的像给说媒的说了去一样，一声不吭吗？前线在哪儿呢？”

“过了普里奥尔卡，”飞行员不乐意地回答，“在普夏-沃季察附近。”

“嘿——！叫你不得好死！这么说，不是要走10俄里吗？”

“没关系，”飞行员说，“会把我们送到的。”

队伍里发出一阵嘲笑的声音。

“真有意思，请问坐什么去呢？”

“你们这就会看到的。”

“用沙皇的敞篷马车送我们去。我们是这样一些奋不顾身的英雄，不可能不是这样。”

直到现在我也不明白是由于什么迟钝的惯性，我们一直走着，走着。虽然我们当中每一个人，包括“中尉先生”在内，大家都明白到前线去毫无意义，我们现在可以放心大胆地散伙回家去，而不会产生任何后果。

但我们还是走着，下了坡走到波多尔，走到合同广场。那里，早晨的和平生活已经开始了——穿着灰制服大衣的男孩子们去上中学，兄弟修道院里的打钟召唤人们去做早祷，一些穿着靴子的村妇赶着瘦弱的母牛，肮脏的理发店已经开门营业，扫院子的人正从人行道上扫下灰色的雪水。

合同广场上停着两辆没有顶篷的旧电车。

“上车！”飞行员突然活跃起来，喊了一声。

连队困惑不解地站住了。

“已经说过了——上车！”飞行员生气了，“我不是说过，会把我们送去的。这是军用电车。”

雇佣哥萨克步兵们愉快地叫嚷起来。

“我们作战很先进嘛!”

“嘿，真是格尔瓦西神父的奇迹！坐着电车上前线去。”

“来吧，运动的小伙子们！别耽搁了。”

我们很快挤满了电车车厢，电车咯噔咯噔响着，不时轻轻地打着铃，顺着铺了鹅卵石的波多尔和凄凉的普里奥尔卡慢慢向普夏-沃季察驶去。

过了普里奥尔卡，电车停住了。我们下了车，散漫地跟在飞行员后面，顺着两旁有一些歪歪斜斜的破旧小屋的小巷，穿过一堆堆牲口粪上正冒着蒸气的、积雪的荒地，向前走去。前面出现了一座黑乎乎的、很大的古老公园。这就是我还在童年时就十分熟悉的、著名的“忘忧”别墅。

公园边缘积雪的斜坡上已经挖好了有通道的战壕，还有掩蔽部和叫作“狐狸洞”的掩体。出人意料地，哥萨克步兵们很喜欢这些战壕，掩体是安全的。

飞行员占据了掩蔽部，“运动的小伙子们”立刻占据了两个“狐狸洞”。几分钟后，他们已经在那里的木板床后面打起牌来。

我在放哨。前面，辽阔的田野那边，由于暖风吹拂，普夏-沃季察的松林已经变得湿润了，远远看去，郁郁苍苍。彼得留拉匪徒（我们管他们叫“赛切人”）就从那里懒洋洋地开枪射击。子弹毫无危险地在头顶上方轻轻呼啸，有时啪的一声打在胸墙上。

飞行员命令我们不许从胸墙上探头张望，对彼得留拉匪徒的射击也不许还击。

右边，像锡一样灰白色的天空悬挂在第聂伯河上方，由于撒满牲口粪而变成棕黄色的田间道路渐渐进入森林。左边，从斯维亚托申那个方向传来猛烈的炮声。

不管我怎样向森林那边仔细观看，希望能看到哪怕是一个彼得留拉匪徒，可是我连一个人影也没看见。即使有一棵灌木在动也好，可是连这也看不到。

这样站着是很无聊的。我抽起烟来。不久前，我弄到了3包萨利韦牌的敖德萨香烟，为这些香烟感到十分骄傲。这些香烟很粗，很扎实，香味浓郁。

我抽着烟。由于无事可做，在脑子里逐一回忆最近几年里自己生活中的每一件事情，结果形成了一幅绚丽多彩的画面。

我想，是时候了，该让我的生活具有哪怕是相对的条理，并使它服从我想要成为作家的志向了。我已经26岁，而我还没有一本正经地写过任何作品——全都是一些片段、速写和习作。我必须要达到坚定不移的目的，摒弃偶然性的东西。

我好像觉得有一个勉强可以看到的、模模糊糊的东西正在田野间道路后面向右移动。那里是一片古老的墓地，乱坟中有一个坟堆上竖着一个歪歪斜斜的十字架。突然，我好像觉得，这阴沉沉的日子，还有那个十字架，这融雪的天气，正在我背后黑乎乎的公园里啼叫的寒鸦，还有撒满腐烂的干草、仿佛施过肥的道路，这一切全都是我早就熟悉的。由于这种感觉，我甚至呻吟起来。3年前，就在和这一模一样的一天，也是在村外这样一个小丘上，曾经埋葬了廖莉娅。3年似乎等于30年。如今，那里还是那些该死的德国人，还是那样的雨雪泥泞的天气。也许，她的坟墓已经连影子都不见了。我连一瞬间也不能想象，地下埋着的是她的骸骨。我不相信这一点。我觉得她将永远像我们把她放进木板棺材时一样——面色苍白，无法形容的美丽、宁静、年轻，垂下的睫毛在她面颊上投下悲哀的阴影。

我不能把这一切述说给任何人听，就连对妈妈也不能说。我注定要在心中带着这刺痒的疼痛。没有一天我不感觉到这样的疼痛，尽管在这部书中前面的许多篇幅里我并未提到过这一点。

而且，大概也用不着提。作家能不能相信，批评家无情的手或读者爱抱怨的目光不会有点儿粗暴而嘲笑地触及在他心中战栗的那种感情呢，而这种感情犹如唯一一滴泪珠，眼看就要落到地上来了。作家能不能相信，在看到这些地方的时候，谁都不会抖落这滴泪珠，而它也不会在人心中留下出血的伤痕呢。

我想起廖莉娅，又慌忙抽起烟来。后来，为了设法缓解一下突然向我袭来的忧虑，我扣动了步枪的扳机。步枪放在胸墙上的一条沟里。砰的一声枪响，立刻从墓地里嗒嗒地响起杂乱无章的还击的枪声。显然，有一些彼得留拉匪徒聚集在那里，我的射击惊动了他们。

飞行员从掩蔽部里跳了出来。我们向墓地快速射击。可以看到，从十字架上飞下一片片腐朽的木片。后来有一些人从地上爬起来，离开墓地，向森林跑去。“运动的小伙子们”跟踪射击，把两根手指伸进嘴里打着呼哨，用极粗野的话叫骂着。彼得留拉匪徒的进攻未能得逞。

把我从战壕里换了下来，换了一个头发蓬乱、戴着很厚的眼镜的大学生去放哨，他大概是牧师的儿子。

我下来，进入“狐狸洞”里，一盏煤油灯在里面冒着黑烟。我从背包里取出一个面包和一根陈熏肠吃了起来。值日兵向我走来。这个人长着一双活泼的眼睛，脸上有许多白色的伤疤，手掌上刺着花纹，像噘着嘴的女人的嘴唇。当那个活泼的人把手掌伸直，嘴唇就张开来，好像是要接吻的样子。他把手掌弯起来，嘴唇就闭上了。这个花纹在“运动的小伙子”当中获得很大的成功。

那个活泼的人给我斟了一杯热茶，给了我3块糖，并且拍拍我的肩膀，说：

“‘茶是韦索斯基的，糖是布罗德斯基的，俄罗斯是托洛茨基的。’我说得对吗?”

不等我回答，他就从我这儿走开了，坐到木床旁边，嘴里说着下流话，像小丑那样丑态百出，又去打牌了。斯维亚托申那边的炮声听得愈来愈清楚了。每一声炮响之后，煤油灯上的烟就冒得更加厉害。

我暖和过来，靠在墙上睡着了。

半夜里，我被声音不太响的吵闹和骂人声吵醒了。牌迷们打了起来，把那个活泼的人的胸部按在桌子上，正在默默地、聚精会神地打他的脖子。

那个活泼的人不反抗，也不吭声——显然，人们打他是有原因的。

战壕里叫3个人出去换岗。“运动的小伙子们”放开了那个活泼的人，我们3个人一起走进战壕——他，我，还有一个穿骑兵大衣的高个子。

在战壕里，我站在那个活泼的人的附近。

半夜里冰雪开始融化。雪在沙沙地响，好像是一些老鼠在我们四周跑来跑去。

有好长时间那个活泼的人一直在骂街，直到那个穿骑兵大衣的人用恶狠狠的、咝咝的声音对他说：

“你别作声了，讨厌鬼。要不我把你打成残废，就像打一条狗!”

那个活泼的人啐了一口唾沫，走到我身边，蹲下来，沉默了一会儿，说：

“兄弟，你不会把我打成残废的！我自己已经把自己弄得很难看了，弄得像一幅画！我的脸全都刮破了，满脸都是伤疤。你注意到了吗?"

"注意到了。"我回答。说实话，我不愿意和这个微不足道的人说话。

"可以说，那根本不是伤疤，"那个活泼的人带着出乎意料的忧郁神情说，"那是写在我这极其可恶的身体上的一段闻所未闻的爱情故事。正是应该这样来理解它。"

那个活泼的人不自然地笑了起来，好像他呛着了似的。

"从前我在'高加索和水星'公司的伏尔加轮船上工作，在餐厅里当侍者。有一次，一个毕业班的女中学生在科斯特罗马上了我们的船。她要去辛比尔斯克。在那以前我尝遍了许多女人的滋味，都是轮船上的女朋友。我对待她们的态度一向是很轻浮的。有些男人，当女人不再爱他们的时候，他们会放声大哭，用脑袋去撞墙。我却毫不痛苦。我反正已经达到了目的。好吧，不爱了——就算啦！就此收场！对贪婪的人，我总是走运。女人都是贪婪的，要么是在爱情上贪婪，要么是贪钱。那些比较年轻的女招待和洗碟子的女工大都……对了……这个女中学生上了轮船，到餐厅里来吃晚饭。就只她一个人，面色苍白，漂亮极了。而且看得出来，对于她来说，一切都是生疏的。看得出来，她感到不好意思。两条辫子完全是金色的，沉甸甸地盘在后脑勺上。我给她送吃的来的时候，一只手碰到了这两条辫子。我浑身打了个哆嗦——辫子竟是那么冷冰冰的。而且，该怎么说呢，是有弹性的。我当然向她道歉。她只是皱起眉头，看了我一眼，说了一声'没关系'，很平静地整理了一下辫子。看得出来，是个高傲的姑娘。

"'唉，'我想，'完了！'主要的是，她那个干净样儿叫我完全绝望了。一棵苹果树，花开得这么好看——芬芳扑鼻。我立刻感到心情忧郁，我甚至由于她呻吟起来。一想到她在辛比尔斯克就要下船，而你却将带着一颗肮脏的、破碎的心留在船上，真想用脑袋往墙上撞，真想放声哀号。但我暂时还忍耐着，计算一下时间——到辛比尔斯克毕竟有两昼夜的航程。我给她送上最美好的食品，甚至答应送给厨子半瓶白酒，让他把配菜做得考究一些。可她，显然是个没有经验的雏儿，并没有注意到这些。完全是一个非常年轻的女人，嘿，简直还是个小姑娘。我试图跟她说说话儿，虽说我们当侍者的，当然是不准和客人搭讪的。是这样的规矩——一声不吭地端酒送菜，动作要迅速，可不许伸过那副难看的嘴脸去和乘客先生们攀谈，这种事连想一想都不敢。你是个当差的，一举一动都要符合自己的身份：'是'，'马上就来'，'请吩咐开饭'，'十分感谢'（这是给你小费的时候）。

"怎么也找不到一个可以和她攀谈的时间，另一个侍者尼科季姆老是在周围跑来跑去。我的运气终于来了——尼科季姆到厨房里去了。我立刻问她：'请问您去哪里？'她向我抬起眼睛——是一双忧郁的灰眼睛，眼睫毛像给人以温暖感觉的黑夜一样。她回答说：'去辛比尔斯克。问这干什么？'瞧，她用这句'问这干什么？'可把我完全窘住了。'没什么。'我说，'只不过想预先告诉您，看得出来，您是独自一个人出门，而轮船上什么样的人都有。可以说，是些肮脏的人，没有良心的人，特别是涉及无人保护的年轻妇女时，更是如此。'她看了我一眼，说：'我知道。'并且微微一笑。这时我明白，为了她的每一次微笑，我甘愿一滴一滴地献出我的全部鲜血，甚至谁也不会听到我的呻吟。

"我再也没有跟她说话的机会。我，当然啰，故意把两三张餐桌上的鲜花通通挪过去，摆到她的餐桌上——我想，哪怕能用这一件小事使她明白，对我来说，她是全世界上最可爱的人。可她好像还是没有注意。

“就在快到辛比尔斯克以前，尼科季姆突然吵闹起来，而且还是当着她的面。‘你这是干什么，’他说，‘把我的花都拖到你那儿去！找到一朵什么样的郁金香了！’她当然猜到了，脸涨得通红，可是没有抬起眼睛来。

“你要相信我。我一生中是头一次把这件事讲给你一个人听。总不能讲给流氓听吧。流氓听了立刻就会把一切都糟蹋得不成样子，可我一生当中再没有比这更美好的东西了，我用我老娘的名义起誓。不管我是个什么样的作恶犯法的人，也可以说，完全是一个正直的小偷，不过我还不至于做出这样卑鄙下流的事：把这件事讲给流氓听。你相信吗？”

“相信。”我回答，“请你一直讲到结束吧。”

“没有结束。”那个活泼的人说，而且声音中含着出乎意外的威胁语气，又重复了一遍，“没有结束！可我认为会有的。你无权使我产生怀疑。你别搅乱我的思路。对了……第二天早上我们的轮船该在辛比尔斯克靠岸了，可我脑子里——天晓得在想些什么！我只知道一点——现在我绝不和她分离。哪怕是从远处，哪怕是悄悄地，可是我一定要跟踪她，直到我这卑鄙的生命结束为止。我需要的并不多，只要求呼吸她所呼吸的空气，因为别的空气对于我都是毒药。这你能理解吗？你看过各种各样关于爱情的书，这一切在那上面都写着的。是啊！快到早晨的时候，我脑子里已经有了一个我该怎么做的可靠的计划。夜里，我从餐厅老板的钱柜里偷走了全部进款，等我们在辛比尔斯克一靠岸，我就穿着身上那件侍者的寒碜的燕尾服跑上岸去，仿佛是到市场上去买小洋萝卜。就这样留在了岸上。

“最初一段时间里，钱是有的，不过我那身衣服当然会惹人怀疑。我买了一件西装上衣。当然啰，跟踪找到了她。算我幸运，在她住的房子斜对面——她住在她祖母家里。这是一幢老房子，有花园，还种着醋栗——就在房子的斜对面，只是稍微斜着一点儿，有一家小饭馆。是一家并不阔气的小饭馆，很小，甚至没有金丝雀给顾客唱歌。我就待在这个小饭馆里，不肯走了。我编了一个故事，说是我和同事讲好了，要在辛比尔斯克买鹅，可是同事来迟了，他没有来。所以我就坐在这儿，无聊地坐在这儿等着。不过有一点没考虑到，买鹅都是在秋天里，而不是在夏天。”

“怎么样，见到她了吗?”我问。

“见到了。两次。她从我的心里穿过去，把一切全都带走了。当时，我什么也不明白。我只知道一点：我觉得高兴。她当然什么也没有猜想到，而且，想必已经忘记了我——我是个外表让人讨厌的人，我自己知道——牙齿像黄鼠狼的牙齿，眼睛像老鼠的眼睛。而且老是转来转去，这双该死的眼睛。我真想把它们挖出来，让它们见鬼去！不管怎样努力，想尽办法，漂亮是既挣不到，也偷不来的。”

彼得留拉匪帮的机枪从森林边缘打了短短一梭子令人感到无聊的子弹，就又沉寂下来。

“这一切都是胡说八道。”那个活泼的人说，“什么黑特曼，什么彼得留拉匪徒，还有这些混乱，这场挣扎。这一切有什么用，我不明白，而且也不想明白。”

他沉默了一会儿。

“喂，你是怎么啦。”我说，“开了个头，又不讲了。”

“不，我没有不讲。我在辛比尔斯克总共住了10天，后来饭馆的老板——是个害病的人，也是个好人——不知怎的把我叫过去，悄悄地对我说：‘这儿有一些密探，总而言之，是些告密的人，在问起你。当心，小伙子，今天可别把你抓了去。你是个小偷吗？’‘不！’我说，‘我不是小偷，而且从来也没做过小偷，要不是爱上一个女人的话。’‘法庭可不会把对女人的爱当作理由，不是法律因素。你不要再到这儿来了，提防着点儿吧。’我打定主意——不，我绝不坐牢。现在我需要自由行动，不至失去这个女人的踪迹。应当转个圈儿，踩乱自己的足迹。

“我在当天就到塞兹兰去了，想在那儿避避风头。在那儿，第三天就把我当作没见过世面的小偷，逮捕了我。有两个押送兵跟着我，押送我乘轮船到萨马拉去受审。轮船快到辛比尔斯克了，我从小窗子里朝外一看，从河上能看到她住的那幢房子和花园。我请求那两个押送兵：‘请带我到三等舱的小卖部去，我已经一天多没吃饭了。’嗯，当然，他们可怜我，把我带去了。我轻轻地向女服务员要了一杯伏特加，她给我斟了酒。我一口气喝干了。然后，喏，就用这只手攥破了杯子，并用碎玻璃划自己的脸，刮自己的脸，仿佛用那些血淋淋的碎玻璃洗脸一样。这是由于无法忍受的忧郁。鲜血洒满了柜台。从那以后，我脸上留下了伤疤，变得更漂亮了。”

“嗯，后来呢？”我问。

那个活泼的人看了我一眼，长时间地吐了一口唾沫，回答：

“好像还不知道似的。后来——甜菜汤加大粪。给我一包‘萨利韦’，要不我就掐住你脖子上的筋——我看得准，抓得紧——你都来不及挣扎。我对你说了许多谎话，花花公子，你却立刻流出鼻涕来了。”

我给了他一包萨利韦牌香烟。

“嗯，全说完了！”他说。站起来，顺着战壕慢慢向前走去，“你要是说漏了嘴，讲给流氓听，不管是现在，还是30年以后，我都要无情地宰了你。这句诗你大概懂得吧：‘啊，爱情，这是一场令人陶醉的梦。’”

我不能理解这种突如其来的愤恨，于是望着他的背影。

在黎明时的烟雾中，从基辅那边传来哀号似的炮弹的呼啸声。我好像觉得炮弹是直接向我们打来的。我没有弄错。

一发炮弹打到胸墙上，轰的一声爆炸了。似乎周围的空气像一个空铁球，突然胀裂开来，弹片好似一群雨燕呼啸着飞了过去。那个活泼的人惊讶地转过身来，脸撞到战壕壁上，和鲜血一起从嘴里吐出最后一句骂人的话，慢慢倒在混合着泥雪的水洼里。雪地上渗出一个血红色的斑点，慢慢地越来越大了。

第二发炮弹打到“狐狸洞”附近。“中尉先生”从掩蔽部里跳了出来。第三发炮弹又打到胸墙上。

“自己人!”“中尉先生”用哭声大叫大喊，向基辅那边发出威胁。“自己人打自己人！白痴！废物！你们在打谁呀？向自己人开炮，卑鄙的小人!”

“中尉先生”转身对我们说：

“撤退到普里奥尔卡去。快！不要惊慌失措！让你们的黑特曼见鬼去吧!”

我们顺着下坡路以跃进的方式后撤，每当炮弹的呼啸声逐渐增强的时候，就卧倒在地上，这样撤到了普里奥尔卡。当然，最先跑的是那些“运动的小伙子们”。

原来，黑特曼的炮兵断定，似乎彼得留拉匪徒已经占领了我们的战壕，所以集中火力轰击他们。

“中尉先生”走出战壕时，跨过那个活泼的人的尸体，他头也不回，对我说：

“把他的证件拿来，以防万一。也许，会找到他的亲人。到底是个人哪，而不是一条狗。”

那个活泼的人脸朝下俯卧在地上。我把他翻转过来，他的尸体还是温暖的，别看瘦，却沉得很。一块弹片正打到他的脖子上，刺在手掌上的蓝色花纹——噘着嘴的女人的嘴唇上沾满了鲜血。

我解开那个活泼的人身上浅蓝色的奥地利军大衣，从军便服口袋里掏出一张磨破了的证件，那显然是假的。还有一个空信封，上面写着地址：“辛比尔斯克，花园街，13号。叶莉扎薇塔·杰尼舍娃收。”

疲惫不堪、人员更加稀少的黑特曼的军队开始在普里奥尔卡中央撒满干草屑的广场上集合。

普里奥尔卡的居民拥上街头，带着毫不掩饰的幸灾乐祸的神情对雇佣哥萨克步兵的撤退议论纷纷。

但不管这一切，德国骑兵仍然骑着喂得饱饱的枣红马，镇静地在市内走来走去。无论是黑特曼，还是彼得留拉——对德国人来说，反正一样。首先需要遵守秩序。

在普里奥尔卡广场上，我们按“中尉先生”的命令，把步枪和子弹堆成一堆。德国人立刻策马来到这堆武器旁边，开始不动声色地守着它们。对我们，他们连看都不看一眼。

“现在——都回家去！”“中尉先生”说，撕下自己身上黄色和浅蓝色的双色肩章，把它扔到马路上。“各人用各人的办法，靠自己的本事。城里一片混乱。一些街道上，彼得留拉的人已经拥进来。旁边一些街道上，黑特曼的人在撤退。因此，通过十字路口的时候，要先朝左边看看，然后再望望右边。祝你们健康长寿。”

他为自己这句并不成功的笑话不自然地笑了笑，像平民百姓那样对我们挥了挥手，头也不回，匆匆地走了。

有一些雇佣哥萨克立刻就在广场上脱下军大衣，以很低的价钱卖给普里奥尔卡的居民，或者把它送给别人，只穿着没有肩章的军便服离去了。

我觉得冷，没有脱掉军大衣，只是连同军大衣上的布把肩章撕了下来。从撕掉肩章的破洞里露出了棉花，单凭这一标记，就很容易猜出我是个什么人。

我走到基里洛夫医院。很久以前，我曾跟父亲和弗鲁别利一起到过这里。那时候我觉得，医院附近所有这些地方，那些长满山楂树的深沟，还有树枝上有节子的榆树，都好像是神秘的，可怕的。现在我很吃力地慢慢走上通往鲁基扬诺夫卡的公路，陡峭的公路上尘土滚滚。我不仅没有感觉到这些地方有什么不同寻常，而且连对时代的感觉也没有了。这大概是由于疲倦的缘故。

我当然意识到这是一个神话般的、几乎是神奇的时代，有时好像是狂想或过分荒诞的故事，但现在我却没有看到这一点——暗淡的天空像30年以前一样，悬挂在踩脏了的郊区街巷和陋屋的上方。我的头脑里模模糊糊闪现了一些阴郁的想法，我无精打采地想：“这出业余爱好者演出的、乱七八糟的戏剧什么时候才能收场呢？在这出戏里，粉墨登场的既有黑特曼，又有阿达曼，又有彼得留拉。还不时高声发出空洞而夸张的口号，思想极端混乱，种种概念混淆不清，乱糟糟地搅在一起。还有那仇恨、这仇恨，远远超出了可以用环境来做解释的限度。这个仓促钉成的舞台上的幕布，什么时候才能拉起来呢？可惜，在这个舞台上流的并不是酸果蔓汁，而是真正的热血。”

在城里的十字路口上，我既没有向左看，也没有向右看。这军事和政治的粗俗表演使我感到极端厌恶，愤怒使我丧失了对危险的感觉。我穿着那件撕掉肩章的军大衣穿过彼得留拉匪徒的队伍，只有两次有人使劲用枪托打我的背脊。

一群群真正的乌克兰人，稀稀拉拉、一排排地站在人行道上，对彼得留拉匪徒们高呼："斯拉瓦!"却带着疯狂的仇恨表情望着我。

但我还是走到了家，按了按门铃，听到阿玛莉娅高兴的欢呼声。我抓住了门把手，坐到前室里的椅子上，一些轻松愉快的想法开始在我脑子里活动起来。尽管军大衣很厉害地压迫着我的胸部——一分钟比一分钟更厉害，仿佛它是个活的东西，想要憋死我。后来我明白了，这不是军大衣，而是那个活泼的人为了一包萨利韦牌的敖德萨香烟，用他那骨节粗大的长手指掐住我的咽喉。他手掌上的蓝色花纹——那噘着嘴的女人嘴唇也和那个活泼的人一起在掐我的喉咙。我呻吟起来，忘记了一切。

青年时期，有时我会像这样在短时间内昏迷不醒。疲倦的时候就会这样。

紫　光

扯着嗓子喊"斯拉瓦"远比喊"乌拉"困难。不管怎么喊，也不会产生强有力的轰响。从远处听，总是觉得喊的不是"斯拉瓦"，而是"阿瓦"，"阿瓦"，"阿瓦"。总之，在检阅时，欢呼和表达人民的兴奋心情，用这个词都不合适。特别是一些上了年纪的公民，头戴羔皮帽，身上穿着从箱子里拖出来的、压皱的乌克兰短上衣，用这个词来表达兴奋喜悦之情，那就更不合适了。

因此，当第二天早晨我从自己屋里听到“阿瓦，阿瓦”的欢呼声，我就猜到，这是“乌克兰军队和海达马克[①]军营的头领”、彼得留拉先生本人骑着白马进入基辅城了。

前一天，全城就已张贴出城防司令的布告。布告中以庄严冷静、毫无幽默感的语言宣告，彼得留拉将骑着日梅林卡铁路员工们赠送的白马，率领政府——执政内阁——进入基辅。

为什么日梅林卡铁路员工们送给彼得留拉的恰恰是一匹马，而不是一辆轨道车，或者至少是送给他一辆调车机车，这是不可理解的。

彼得留拉没有辜负基辅的侍女、女小贩、家庭女教师和小店老板们的期待。他的确是骑着一匹相当驯良的白马进入了这座被征服的城市。

马身上披着镶黄边的淡蓝色马衣。彼得留拉穿着保护色的乌克兰棉短上衣。唯一一件装饰品——一把显然是从博物馆里拿来的扎波罗热弯刀——不时拍打着他的大腿。真正的乌克兰人怀着极其崇敬的心情望着这把哥萨克“军刀”，望着面色苍白、稍有点儿浮肿的彼得留拉和姿态矫健、骑着鬃毛很长的骏马跟在彼得留拉后面的海达马克们。

海达马克剃光的脑袋上留着一绺黑中透蓝的长发（这绺长发从毛皮高帽底下耷拉下来），使我想起了童年和乌克兰戏剧。在戏剧中，像这些人一样的海达马克[②]，眼圈上涂了粉黛，雄赳赳地喊出跳乌克兰戈帕克舞时

---

① 1918年至1920年乌克兰反革命武装的特种骑兵。——译者

② 这里指17世纪至18世纪反抗波兰人的乌克兰哥萨克。——译者

所说的那几句话，“跳吧，老兄，别发愁啊！过去，过去，转个身啊！”

每个民族都有他自己的特点，有他自己值得尊敬的特征。但人们的民族感情如果表现得太过分，失去分寸，却总是会把这些民族特征弄到滑稽可笑的程度，弄得像糖浆那样腻人，令人感到讨厌。因此，对于自己的民族来说，再没有比庸俗的爱国主义更凶恶的敌人了。

彼得留拉试图恢复那种甜得腻人的乌克兰。但这种企图当然毫无结果。

跟在彼得留拉后面进城来的是执政内阁—— 一个身体虚弱、患神经衰弱病的作家温尼琴科[①]。他后面，是谁也没听说过的老朽的部长们。

一个轻率的短命政权——执政内阁——就这样在基辅粉墨登台了。

像所有南方人一样，爱讽刺的基辅人把这个新的“民族独立”政府变成了闻所未闻的大量打趣嘲笑的对象。基辅人感到特别好笑的是，在彼得留拉政权成立的最初几天，滑稽歌剧里的海达马克们抬着梯子在克列夏季克走来走去，爬上梯子，摘掉所有俄文招牌，把它们通通换成了乌克兰文。

彼得留拉带来了一种所谓的“加里西亚”语——这是一种相当难懂的语言，里面充满了从一些相近的语言中借用的外来语。而那种闪闪发光、当真是像珍珠一样、犹如健康的少妇的牙齿、十分俏皮、而且如同唱歌一般的乌克兰人民的语言，在新的外来者面前却退避到遥远的谢甫琴科的茅舍和静静的村边园地去了。它在那里“悄悄地”度过了所有艰难岁月，保存了自己的诗意，而不允许把它糟蹋得面目全非。

---

① 弗·基·温尼琴科（1880—1951），乌克兰作家。乌克兰反革命匪帮的领导人之一，执政内阁（1918—1919）的首脑。

在彼得留拉当权的时候，无论是海达马克、语言、他的全部政策，还是那些从积满尘土的洞穴里大量钻出来的、留着花白胡子的、沙文主义的公民们，以及货币，直到执政内阁在人民面前所做的像笑话似的工作报告—— 一切都好像是故意做作。但关于这次报告，留待以后再谈。

看到海达马克，大家都像惊呆了一样，环顾四周，在心里问自己：这是海达马克呢，还是开玩笑？听到新语言不自然的声音，脑子里不由得会出现那同一个问题——这是乌克兰语，还是开玩笑呢？当在商店里找给您找头的时候，您会不相信地仔细看看那些灰色的纸币，纸币上影影绰绰勉强可以看出一些黄色和淡蓝色的斑点。于是，您就会想——这真的是钱，还是开玩笑呢？孩子们就是喜欢玩这样的脏纸，把它想象成钱币。

伪币那么多，而真钱又是那么少。因此，居民们只好默默地同意真假之间并没有任何区别了。伪币自由流通，行情和真钱完全一样。

没有一家印刷厂，那里的排字工人和石印工人不曾快活地印制假造的彼得留拉伪币——卢布和萨格。萨格是最小的货币单位，相当于半戈比。

有许多精明的公民借助墨汁和廉价的水彩颜料，在自己家里制造伪币。有外人进屋来的时候，他们甚至不把伪币藏起来。

在克图连达先生屋里，制造伪币和用黍米自酿白酒，搞得特别狂热。

在这位能说会道的先生把我塞给黑特曼的军队以后，他对我怀有一种特殊的好感，这是刽子手对他的牺牲品所特有的一种感情。他对我非常客气，总是一再邀请我到他家里去。

这个活到我们这一（用克图连达先生自己的说法）“惊人”时代的、小贵族阶级的最后残余，使我很感兴趣。

有一次，我到他那间摆满大玻璃瓶的狭小房间里去，那些玻璃瓶里装着混浊的“黍米液”。屋里飘散着颜料的淡淡的酸味和一种特殊的药味——现在我忘记这种药叫什么了，那是当时治淋病的一种特效药。

我正好碰到克图连达先生在制造彼得留拉的100卢布一张的伪币。票面上画着两个大眼睛的姑娘，穿着绣花衬衫，裸露着粗壮的大腿。姑娘们不知为什么以芭蕾舞演员那种优美的姿势站着，衣服上镶着独出心裁的锯齿形花边，长着一头鬈发。我进去的时候，克图连达先生正在用墨涂这些头发。

克图连达先生的母亲——一个面部总是在颤动的老太婆——坐在屏风后面，小声念波兰祈祷书。

“锯齿形花边是彼得留拉钞票上最主要的东西，”克图连达先生以教导的口吻对我说，“您可以画上两个像戈莫莉娅卡太太那样的胖女人来代替这两个乌克兰小姑娘，而不会冒任何危险。这并不重要。重要的是要让这些锯齿形花边和政府的钞票一模一样。那么谁都不会对这两位逗人的胖太太眨一下眼，而且很乐意给您兑开这张100卢布的大钞。”

“您能造多少这种钞票呢?”

“我一天能画”，克图连达回答，并且傲慢地鼓起唇髭剪得很短的嘴唇，“3张，也能画5张。这要取决于我的灵感。”

“巴夏!”老太婆从屏风后面说，“我的好儿子，我害怕呀。”

“什么事也不会有的。妈妈，谁也不敢加害克图连达先生。”

“我害怕的不是监狱，”老太婆突然出乎意外地回答，“我怕的是你，巴夏。”

“没有脑子。”克图连达先生说，并且朝老太婆那边使了个眼色，“对不起，妈妈，不过您不能不作声吗？”

“不！”老太婆说，“不，我不能。上帝会惩罚我的，要是我不对所有的人说话，我的儿子。”老太婆哭了起来，“我的儿子就像那个犹大……”

“安静点！”克图连达用狂怒的声音大喊一声，从椅子上跳起来，用尽全身的力气摇晃后面坐着老太婆的那面屏风。屏风咔咔地响起来，屏风的腿敲击着地板，从屏风上飞下一团黄色的灰尘。

“安静点，发疯的傻女人，要不我就用蘸了煤油的抹布堵上你的嘴。”

老太婆哭了，在擤鼻涕。

“这是什么意思？”我问克图连达先生。

“这是我个人的私事。”克图连达先生挑衅地回答。他那变得很难看的脸上布满了鲜红的血管，似乎眼看就会从这些血管里喷出血来，“如果您不想和布尔什维克睡在同一个坟墓里，我劝您别多管我的闲事。”

“坏蛋！”我镇静地说，“您是个小坏蛋，像您这样的坏蛋，甚至还不如这些讨厌的100卢布的钞票值钱。”

“丢到冰底下去！”克图连达先生突然歇斯底里地大声叫嚷起来，还跺了跺脚，“像您这样的人，彼得留拉先生要把他扔进第聂伯河……丢到冰底下去！”

我把这件事告诉了阿玛莉娅。她回答说，她猜想，克图连达先生给当时把乌克兰搞得四分五裂的所有政权当密探——给中央拉达[①]、德国人、黑特曼，而现在是给彼得留拉当密探。

阿玛莉娅相信，克图连达先生准会报复我，准会去告发我。因此，作

① 中央拉达是1917年至1918年乌克兰资产阶级民族主义反革命组织。——译者

为一个关心别人、而且能应付实际问题的女人，在那一天，她就立刻开始对克图连达先生进行监视了。

但到晚上，阿玛莉娅为使克图连达先生不能危害别人而采取的一切巧妙措施已经都变得毫无必要了。我和阿玛莉娅亲眼看到克图连达先生送了命，他的死也和他卑鄙下流的一生一样，愚蠢到了令人无法忍受的程度。

黄昏时街上噼噼啪啪响起手枪的枪声。遇到这种情况，我常常走到阳台上去，看看出了什么事。

我来到阳台上，看到弗拉基米尔大教堂空旷的广场上有两个穿便衣的人向我们的房子跑来，几个彼得留拉的军官和士兵在后面追赶他们。但显然不敢追上来，不敢接近他们。军官们跑着向那两个逃跑的人开枪射击，疯狂地叫喊："站住！"

这时，我看到了克图连达先生。他从他住的厢房里跑出来，跑到朝街的、沉重的便门旁边，从锁上拔出一把像中世纪城市古老城门上的那种大钥匙。

克图连达先生拿着这把钥匙藏在便门后面。当那两个穿便衣的人从一旁跑过的时候，克图连达先生忽然敞开便门，从门内伸出拿着钥匙的手(他拿着钥匙的样子，好像是拿着一把手枪。从远处看，当真像是克图连达先生在用一把古老的手枪瞄准)，尖声大喊：

"站住！布尔什维克死尸！我要打死你！"

克图连达先生想要帮助彼得留拉匪徒，哪怕能把那两个逃跑的人拦住几秒钟也行。这几秒钟当然就能决定他们的命运。

我从阳台上清清楚楚看到了以后发生的一切。跑在后面的那个人举起手枪，没有瞄准，甚至连看也没有看克图连达，一面跑着，一边朝他那边开了一枪。克图连达先生尖叫着，被血呛得喘不过气来，双脚敲打着石头，在铺着鹅卵石的院子里乱滚，挣扎了一阵，发出一阵嘶哑的声音，手里攥着一把钥匙，一命呜呼了。血流到他那双赛璐珞的粉红色袖口上，睁着的眼睛里停滞着恐惧和仇恨的神情。

只是在一个钟头后，才来了一辆油漆剥落的“救护车”，把克图连达先生运到停尸所去了。

老母亲在睡觉，没看到儿子的死，到夜晚才知道这回事。

几天后，老太婆被送进了古老的苏利莫夫养老院。我经常遇到住在苏利莫夫养老院里的老婆婆们。她们像贵族女子中学的学生那样，穿着完全一模一样的深色厚布连衫裙，一对儿一对儿地出来散步。她们的散步好像干瘪的金花虫在庄严地列队游行。

我之所以要叙述克图连达先生这件无关重要的事情，只是因为，这件事与执政内阁时期的生活整个性质完全一致。一切都是卑鄙的、荒谬的，好像一出蹩脚而且杂乱无章、但有时却又是悲剧式的轻松喜剧。

有一次，基辅市内到处贴出了大幅海报。海报通知居民，执政内阁要在“阿尔斯”电影院里向人民报告工作。

全城的人都想办法要去听这个工作报告，因为预感到会有出乎意外的精彩节目。果然不错。

狭长的电影院大厅沉浸在一片神秘的幽暗里。没开电灯，人群在黑暗中快活地喧闹着。

后来，从舞台后传出一声很响的锣声，彩色的脚灯突然大放光明。在观众面前，在用相当醒目的色彩画成的舞台背景下，恰似“宁静的时候异常美丽的第聂伯河”[1]，出现了一个虽然上了年纪、但身材匀称的人。他穿一套黑西装，留着一撮式样优美的小胡子——这就是执政内阁的总理温尼琴科。

他显然感到拘束，一直在拉正那条色彩鲜明的领带，不满意地发表了一篇枯燥、简短的讲话，谈的是乌克兰的国际形势。大家为他鼓掌。

在这以后，一个姑娘走上舞台，从来没见过有像她那样瘦的人。她脸上搽了厚厚的一层粉，穿一件黑色连衫裙。她显然是绝望地把双手交叉放在胸前，在若有所思的钢琴声伴奏下，开始惊恐地朗诵女诗人加琳娜的诗：

我砍伐苍翠的幼林……

大家也为她鼓掌。

部长们的讲话和幕间插曲交替进行。交通部长讲话以后，姑娘们和小伙子们跳了一个乌克兰民间舞。

观众由衷地感到愉快，但当上了年纪的“废话部长”——换言之，即财政部长，吃力地走上舞台时，大家都警惕地安静了下来。

这个部长头发蓬乱，看上去是个爱吵架的样子。他显然在生气，大声呼哧呼哧地喘息着。他那留着平头的圆脑袋上汗珠闪闪发光，两撇扎波罗热式的花白唇髭一直耷拉到下巴上。

部长穿一条肥大的、带条纹的灰色长裤，一件也是那么宽大、口袋都坠下去的茧绸西装上衣。上衣里面穿一件绣花衬衫，领口上扎着一条有红

① 引自果戈理的中篇小说《可怕的复仇》。

色小绒球的带子。

他根本不打算做任何报告。他走到脚灯前，开始侧耳倾听观众大厅里嘈杂的人声。为此，部长甚至把手掌弯起来，遮在自己毛茸茸的耳朵上。他听到了笑声。

部长很满意地笑了一声，仿佛是对自己的某些想法点了点头，问：

“莫斯卡理[①]？”

真的，坐在大厅里的几乎都是俄罗斯人。什么也不怀疑的观众天真地回答：“是的，坐在大厅里的大半是俄罗斯人。”

“这——样！”部长预兆不祥地说，并且往一块宽大的格子手帕里擤了擤鼻涕，“甚至太清楚了。不过，并不愉快。”

大厅里静下来了，预感到情况不妙。

“干吗？”部长突然用乌克兰语大声叫嚷，脸红得像一根红甜菜，“你们干吗从你们那个可恶至极的莫斯科到这里来，就像苍蝇来叮蜂蜜。在这儿，你们什么没看到啊？真该叫雷劈了你们！在你们那里，在莫斯科，已经弄得不仅没什么可吃的了，而且……连吃饭的家什也没有了。”

大厅里发出一阵愤怒的嗡嗡声。听到了呼哨声。有一个个子矮小的人跳上舞台，小心翼翼地拉住“废话部长”的胳膊，试图把他领走。但老头儿激动起来，用力推开了那个矮小的人，使小个子差点儿没跌倒。老头儿已经不由自主，止不住了。

“你们怎么不作声？”他像讨好似的问，“啊？你们装傻。那么我替你们回答。在乌克兰，你们又有面包，又有糖，又有荞麦，又有花。可是在

---

① 乌克兰人对俄罗斯人的一种蔑称。——译者

莫斯科，你们只能对着神灯，慢慢地受人侮辱。就是这么回事!”

已经有两个人小心翼翼地在拉部长茧绸上衣的下摆，但是他狂怒地挣脱开，大声喊叫：

“流氓们！寄生虫们！滚回你们的莫斯科去！在那里去推翻你们的犹太政府吧！滚!”

温尼琴科在布景后面出现了。他愤怒地挥了挥手，那个气得满脸通红的老头儿终于被拖到了布景后面。为了缓和一下这一不愉快的印象，立刻有一个年轻小伙子们的合唱队跳上舞台，小伙子们歪戴着羔皮帽，弹起了班都拉，蹲下来跳着舞，唱道：

噢，是什么躺在那儿，代替死人，
那不是公爵，不是老爷，也不是上校——
那是一个老娘儿们的情人

执政内阁对人民所做的工作报告到此结束。人群嘲笑地大声呼喊着，“滚回莫斯科去！在那里去推翻你们的犹太政府!”拥出了“阿尔斯”电影院。

乌克兰执政内阁和彼得留拉的政权看上去有点儿乡里土气。

曾经十分漂亮的基辅城变成扩大了的什波拉或米尔哥罗德，连同那里的政府机关和待在里面的多夫戈奇洪[1]也都来到了基辅。

---

① 多夫戈奇洪是果戈理笔下的人物。这句话的意思是：把基辅变成了果戈理的小说中所描写的那些地方，连机关和人物也是那些小说里的。——译者

城市里的一切，直至卖蜜糖饼干的售货棚都是仿照旧时代乌克兰的格式，售货棚上挂着一块招牌，上面写着："来自波尔塔瓦的塔拉斯"。留着长胡子的塔拉斯神情那样庄重，身穿一件那么神气的、雪白的衬衫，衬衫上鲜艳的绣花红得耀眼，因此并不是每一个人都敢向这个歌剧中的人物去买薄荷饼和蜂蜜。

无法理解，是正在发生什么重大事情呢，还是在演戏？出场人物都是《海达马克》的剧中人。

要想弄清正在发生什么事情，是不可能的。那是一个极不稳定的时代，什么都好像一阵风，转变纷至沓来。每一个新政权出现的最初几天，就产生了明显的和可怕的迹象，标志着它很快就要可怜地垮台。

每个政权都匆匆忙忙尽量多发表宣言和法令，希望这些宣言里至少会有点儿什么渗透到生活中去，会在生活中扎根。

彼得留拉政权和黑特曼政权一样，只留下了一种对明天毫无信心和思想模糊不清的感觉。

彼得留拉把最大的希望寄托在当时占据了敖德萨的法国人身上。苏维埃军队从北方严厉地威胁着他。

彼得留拉匪徒散布谣言，说是法国人好像已经前来解救基辅，似乎法国人已经到了文尼察，到了法斯托夫。明天，穿着红裤子、戴着土耳其防护军帽、勇敢善战的法国朱阿夫兵[①]甚至就可能到达博亚尔卡城下。彼得留拉最亲密的朋友，法国领事恩诺向他发誓，保证这都是事实。

报纸被各种互相矛盾的谣言搞得糊里糊涂，很乐意刊登这一切胡说八

① 19世纪至20世纪法国殖民地军队的轻步兵，建于北非。——译者

道。其实几乎所有的人都清楚，法国人待在敖德萨法国人占领区里，连动都不能动，而城里的“各个势力范围”（法国的、希腊的和乌克兰的）只不过是用一些摇摇晃晃的弯曲木椅互相隔离开来。

在彼得留拉的统治下，谣言像瘟疫一般，具有一种自然现象的、几乎是一种宇宙现象的性质。这是一种普遍的催眠术。

这些谣言已经失去其直接意义——报道捏造的事实。谣言具有了一种新的实质，仿佛已变成另一种物质。它们变成了一种自我安慰的手段，变成了一种最强烈的麻醉剂。人们只是在谣言中才获得对明天的希望。

基辅人就连外表上也变得好像是一些有吗啡瘾的人。听到每一个新的谣言，他们那通常看上去混浊不清的眼睛立刻都会变得炯炯有神。通常那种萎靡不振的样子消失了，含糊不清的语言也变得生动活泼，甚至变得机智俏皮起来。

有些谣言犹如昙花一现，也有一些谣言起作用的时间要长一些。它们能使人在两三天内处于一种虚幻的兴奋状态。

就连最不可救药的怀疑主义者也相信一切，直到相信这样的谣言：乌克兰将要宣布成为法国的一个省，为了隆重地宣布这一国家命令，彭加勒[1]总统要亲自到基辅来；要么是电影演员薇拉·霍洛德纳娅召集自己的军队，像圣女贞德[2]那样骑着白马，率领她那支无忧无虑的大军开进了普里卢基市，在那里宣布自己是乌克兰的女皇。

有一段时间我曾记下这一切谣言，但后来就不记了。记这些谣言，要

---

① 拉蒙·彭加勒（1860—1934），法国政治活动家，1913年至1920年任法国总统。——译者

② 圣女贞德（约1412—1431），法国抗英民族女英雄。

么会头痛得要命，要么会慢慢地发疯。那时候真想消灭所有的人：从彭加勒和威尔逊[1]总统到马赫诺和在基辅附近特里波利耶村守着自己公馆的出名的匪首泽廖内。

可惜，我把这些笔记销毁了。其实这是一部骇人听闻的伪经，它记述的是束手无策、惊慌失措的人们的谎言和无法遏止的幻想。

为了让自己的精神稍稍恢复正常，我又重读了一些心爱的书。这些书写得十分简洁，仿佛有永远光辉灿烂的光芒温暖着它们，屠格涅夫的《春潮》，鲍里斯·扎伊采夫[2]的《淡蓝色的星》《特里斯丹和绮瑟》《曼侬·莱斯戈》[3]。这些书的确像一些永不熄灭的星星，在动乱的基辅夜晚的昏暗中熠熠闪亮。

我独自住在基辅。妈妈和姐姐仍然与基辅完全割断联系。她们的情况，我什么也不知道。

我决定在春天步行到科潘去。尽管有人警告我，说路上有一个横行霸道的“德梅尔”共和国，我绝对无法活着通过这个共和国。但这时又发生了一些新的事件，关于步行去科潘的旅行连想都不用想了。

我只有独自一人和自己的书在一起。我试图写点儿什么，但写出来的东西总是含糊不清，好似呓语。

当寂静统治了整个街坊和我们的房子，只有不常经过这里的巡逻队、云彩和星星还没有入睡，这时只有黑夜在分担我的孤独。

---

① 威尔逊（1856—1924），1913年至1921年任美国总统。——译者

② 鲍里斯·康·扎伊采夫（1881—1972），俄国作家。

③ 指法国作家普雷沃神父(1697—1763)的长篇小说《德·格里欧骑士和曼侬·莱斯戈的故事》。

巡逻队的脚步声从远处传来。每一次我都熄掉油灯，以免把巡逻队引到我们的房子这里来。有时夜里我听到阿玛莉娅在哭，于是想，她的孤独远比我的孤独痛苦。

每次夜里哭过以后，总有好几天，她和我说话时态度傲慢，甚至含有敌意。但以后她会突然腼腆地、抱歉地微微一笑，又开始像关怀她所有的房客那样热忱地关心起我来。

德国爆发了革命。驻扎在基辅的德军认真而庄重地选出了自己的士兵代表苏维埃，准备返回祖国。彼得留拉决定利用德国人的这一弱点，解除他们的武装。德国人知道了这个消息。

在预定要解除德国人武装的那天早晨，我感觉到好像我们房子的墙在有节奏地摇晃，于是惊醒了。外面响起了咚咚的鼓声。

我走到阳台上。阿玛莉娅已经站在那儿了。德国人的团队迈着沉重的脚步，在丰杜克列耶夫大街上默默地走着。打了掌的靴子步伐整齐，震得窗户玻璃哗啦哗啦直响。鼓声咚咚，仿佛发出警告。骑兵跟在步兵后面，细碎的马蹄声嘚嘚地响着，也是那样阴郁地走了过去。骑兵后面是几十门大炮，在铺着长条石板的马路上隆隆响着，轻轻地跳跃着。

德国人一言不发，只是敲着鼓绕着全市转了一圈，然后又回到了兵营。

彼得留拉立刻取消了解除德国人武装的密令。

在这次德国人沉默示威游行之后不久，从第聂伯河左岸开始传来遥远的炮击声。德国人很快退出了基辅。炮击声听得越来越清楚了，城市获悉，苏维埃军队的几个团正一面作战，一面前进，从涅任迅速逼近基辅。

当战斗在基辅附近勒罗瓦勒和达尔尼察一带打响以后，大家都已经明白，彼得留拉的事业完蛋了。这时，在全城宣布了彼得留拉的城防司令的一道命令。

这个命令里说，在到明天之前的这个夜里，彼得留拉的指挥部要放射一种对付布尔什维克的致命的紫光。这种紫光是法国军事当局通过“自由乌克兰的朋友”、法国领事思诺提供给彼得留拉的。

鉴于要放紫光，命令全市居民在明天以前，整夜都躲进地下室去，直到早晨不要出来，以免不必要的牺牲。

基辅人已经习惯钻进地下室去，当发生什么转变的时候，在那里避难。除了地下室，厨房也成了像堡垒那样相当安全可靠的地方，可以在那里喝一点儿茶，没完没了地聊天。厨房大部分坐落在住宅的深处，子弹不大会飞到那里去。厨房里还保存着很少一点儿食品，在这食品的气味中会感觉到某种使人获得安慰的东西。那里有时甚至会从水龙头里滴出水来。在一两个小时里可以积起满满一壶，把火烧开，就能用干越橘叶煮一壶浓茶了。

凡是夜里喝过这种茶的人都同意，这是当时我们生活的唯一支柱，仿佛是一种维持生命的饮料，防止一切不幸和灾难的法宝。

当时我似乎觉得，国家正飞向犹如宇宙一般神秘莫测的迷雾中去。风在被子弹打穿的屋顶上飕飕作响，仿佛在烟炱和绝望中搅拌过的这个黑夜似乎酣睡不醒。不能相信，在风声呼啸中，总有一天，这样的夜空上会露出寒冷的曙光。而曙光透露出来，仅仅是为了又能看到荒凉的街道，看到街道上不知在往哪里奔跑的人们。由于寒冷和没有吃饱，这些人脸色发青，都打着粗糙的绑腿，手里拿着各种牌号和不同口径的步枪。

由于经常扳动钢枪栓，手指在痉挛。整个人体的暖气已经丝毫不剩，全都从薄薄的军大衣和扎人的厚棉布衬衣下透出来了。

在放紫光的那天夜里，城市里死一般寂静。就连炮火也沉默了，能够听到的唯一声音是远远的辚辚的车轮声。根据这颇有代表性的声音，有经验的基辅居民明白，这是军队的辎重队在匆匆离开城市，不知驶往哪个方向。

果然如此。第二天早晨，市内已经不见彼得留拉匪徒的踪影，连最后一粒尘屑都好像被一阵风吹得干干净净。散布什么关于紫光的谣言，原来是为了在夜里不受干扰地逃跑。

基辅，正如经常发生的情况，又处于无政府状态。但土匪头儿们和郊区的“流氓”没能占领城市。中午，从马屁股上冒出一团团热气，车声辚辚，人声呐喊，在歌声和抑扬婉转的、愉快的手风琴声中，红军博贡[①]团和塔拉先斯基团沿着采普内桥开进市内，于是城里的生活又发生了根本转变。

正如剧院里工人们所说的——“全部换景”。但谁也猜不到，这一变化对已经饿坏的公民们将预示着什么。只有时间才能证明这一点。

“我丈夫是布尔什维克，我却是海达马克”

墙上出现了潮湿的、仿佛给泡得涨大起来的传单，上面印着军事革命委员会的严厉命令。

---

① 伊万·博贡（？—1664），乌克兰人民解放战争中的英雄。——译者

命令简短有力。这些命令无情地、而且毫无保留地把基辅的全体居民分为有价值的人和人类的垃圾。

开始清除垃圾，但原来垃圾并不是那么多。垃圾自行分散到一些很少有人去的地方，在那里沉积下来，等待对自己较为有利的时期。

我在莫斯科体验过的一切重又开始了，不过具有另一种性质。一切之上又增加了一层自由放纵和满不在乎的色彩。

博贡团（它所以叫作博贡团，是为了纪念波格丹·赫梅利尼茨基[①]勇敢的战友博贡团长）分散驻扎在基辅的私人房屋里。

派了4个博贡团的士兵住到我们的住宅里。他们带来了一颗飞机上的炸弹，小心翼翼地把它放在前室里弯曲的维也纳挂衣架上面，并对阿玛莉娅说：

“亲爱的，您可别疏忽大意碰到这个东西。要不，它就会轰的一声，那么您的房子和全套家具就都要变作一场梦了。懂吗?”

“懂。”阿玛莉娅咬紧嘴唇回答。说罢，立刻打开了早就钉死的后门。

从那以后，谁也不再走正门了。

难以理解，博贡团的人带着那么多武器，怎么能在地上运动。他们什么武器都有：机枪、火枪、手榴弹、步枪、截短枪筒的半截儿枪、刺刀、毛瑟枪和芬兰刀、马刀、匕首。除此而外，仿佛是作为对伤感的和平生活的回忆，还带着淡紫色和红色的留声机大喇叭。

博贡团的人刚一占领城市，立刻从所有窗户里传出了早被忘却的、激

---

① 波格丹·赫梅利尼茨基（约1595—1657），17世纪乌克兰著名国务活动家和解放战争的统帅。——译者

情浪漫的歌曲中的华彩乐句。一个忧郁的男中音又用走了调的声音抱怨，他再也没有急于前去的地方，再也没有可以爱的人。一个发音含糊不清的男高音在悲叹，春天不是为了他到来，布格河不是为了他泛滥，心儿也不是为了他而欢欣地跳动，不是为了他。

维亚莉采娃又大声吆喝着，坐着“三套马车”疾驰；一只美丽的海鸥正在湖水发红的湖面上慢慢死去。

一切都混淆起来了——瓦丽娅·帕尼娜[①]和手榴弹，碘仿味和乌克兰音调悦耳的“莫瓦”[②]，毛皮高帽上的红带子和交响乐音乐会，博贡团的士兵们对快乐的村边园地上平静的池塘的梦想和歇斯底里、尖声叫喊、在市场上的搜捕。

我们下边一套住宅里住着一个衰老、善良的老头儿，别列柳布斯基工程师，他和他的妻子住在一起。当年他作为伏尔加河上著名的塞兹兰桥的建筑师，曾闻名于全世界。

别列柳布斯基家有个女仆——面颊红润、性情愉快的姑娘莫特丽娅。

博贡团里的一个司务长爱上了她，坚持要跟她结婚。莫特丽娅犹豫不决。对婚姻问题，她有一些已经有点儿过时的陈旧观念。她怕博贡团的那个人经常流动，是个不可救药的人——和她过上几天，以后一定会抛弃她。

有一次，莫特丽娅到我这里来，以乡下姑娘那种不怕害羞的坦率态度告诉我，她差点儿没跟那个司务长同居，不过她跑开了。如果博贡团的那个人“照规矩”和她结婚，他们的爱情能够白头到老。只有在这种情况

---

① 瓦丽娅·帕尼娜（1872—1911），俄国女低音歌唱家。——译者

② “莫瓦”是乌克兰语“语言”的意思。——译者

下，她才答应与他亲近。

她口述，叫我给博贡团的那个人写了一封信。这封信总共只有10个字：“要是白头到老，我就答应。”我是用印刷体大写字母写的。

大约过了一个钟头，博贡团的那个人接到了这封信。他骂着街，威胁要动用武器。靴子咚咚地响着，在所有住宅里跑来跑去，寻找连队里的大印。

“这些强盗，把印藏到哪里去了？”他对下属大叫大喊，“我要把你们通通枪毙，就像打死一群狗崽子。立刻把印找出来！”

房屋被靴子的脚步声震得发颤。司务长把战士们背囊里的东西通通倒了出来。

印终于找到了。司务长在一张条子上写上“我发誓，白头到老。”啪的一下子盖上连队里的印作为保证，然后送给了莫特丽娅。莫特丽娅答应了。

一天后，举行了热闹的婚礼。这幢房子前驶来了几辆双套敞篷马车。烈马的马鬃上编着彩带。尽管举行婚礼的弗拉基米尔大教堂离我们这幢房子最多不过200米远，举行婚礼和参加婚礼的人却坐着马车向大教堂疾驰，在铃铛声、叫喊声、口哨声和雄赳赳的歌声中绕着教堂转了好几圈，歌声唱道：

我坐在大桶上面，
大桶底下是摇篮，
我的丈夫是布尔什维克，
我却是海达马克！

嘿，小苹果，你往哪儿滚呀，
落到博贡团的人手里——一去不复返啊！

我们的博贡——是个
无所畏惧的指挥员，
遍体疤痕，遍体鳞伤，
重新焊成钢铁汉！

当唱到叠句“嘿，小苹果，你往哪儿滚呀”时，驭手在行进中突然勒住马。马焦躁不安，晃动着铃铛，向后倒退，仿佛和着歌声的节拍在跳舞。这是技艺高超的表演，跑到弗拉基米尔大教堂来的一大群好奇的人用热烈的欢呼声欢迎博贡团的战士们。

在举行婚礼后的第3天（不知为什么，一切不愉快的事总是发生在第3天），半夜里发出警报，把博贡团的战士们全都叫了起来。

他们勉强集合起来，默默不语，对所有的询问只是简短地回答：

“把我们驱赶到日托米尔去，去镇压叛乱。那儿神父们造反了。”

莫特丽娅号啕大哭。她害怕的最坏的事情应验了——司务长当然会抛弃她，永远不再回来。

这时司务长大发脾气。

“把房客通通都赶到院子里去！”他对战士们大声喊道。为了证实这个命令，他在楼梯上朝天花板开了一枪，“把他们，把这些寄生虫通通赶到院子里去！叫他们灵魂出窍！”

把惊恐的房客都赶到了院子里，是冬天的一个深夜。砭人肌肤的、细碎的雪花从有雾的天空中洒落下来。女人们哭着，紧紧搂着浑身发抖、睡眼惺忪的孩子们。

“别害怕，”战士们说，“你们什么事也不会有的。是我们的指挥员叫这个鬼莫特丽娅搞得精神失常了。”

司务长叫自己的一排人在那群惊恐的房客对面站好了队，自己走了出来。他挽着大声哭叫着的莫特丽娅的手。

他在结了冰的院子里站住，从刀鞘里拔出骑兵的马刀，用刀尖在冰上画了一个很大的十字，大声说：

“战士们和自由俄罗斯的自由公民们！请你们都做见证人，我当着你们的面在亲爱的土地上画一个十字，发誓绝不抛弃自己的美人儿，我一定要回到她这儿来。我要和她在著名的坎涅夫市附近的莫什内村建立一个小家庭，我签字画押，我起誓。”

他拥抱了正在哭泣的莫特丽娅，然后轻轻推开她，大声喊道：

“上车！出发！”

战士们跳上双套敞篷马车。在口哨声和《小苹果》的歌声中，马车飞也似的驶出院子。包了铁皮的车轮隆隆响着，沿着比比科夫林荫大道向下疾驰，奔向去日托米尔的公路。

一切都结束了。莫特丽娅擦干眼泪，说：“就要叫他说这句话，这个该死的没良心的！”于是又回到别列柳布斯基的家里，几条惊惶不安的哈巴狗正在那里狂吠。生活又走上了常轨。

不知怎的，一切立刻都变得暗淡无光了。过了一些时候，基辅人开始怀着明显的惋惜心情回想起博贡团的战士们。那都是一些忠厚老实、性情愉快、勇敢无畏的小伙子。他们带来了火药味，带来了在战斗中被子弹打穿的红旗、快活的歌曲，以及对革命的忘我的无限忠诚。他们来了，又消失了。但很长时间，革命浪漫主义之风仍然在城市上空喧哗，而没有平息，迫使对一切都已习以为常的基辅人愉快地微笑着。

当时指挥博贡团的是邵尔斯[①]。不久，他的名字几乎变成了传奇式的名字。

我是从博贡团的战士们那里第一次听到邵尔斯的事迹，听到了一些关于这位坚强不屈、空前勇敢和天才的指挥员激动人心的故事。

我记得，当时使我最为惊讶的是对邵尔斯的那种忠诚的、几乎是孩子般的爱。在战士们的眼里，他身上具体体现了作为一个统帅的一切最好的品质：坚强、机智、公正，对普通人的爱，还有他身上那种永不枯竭的——如果可以这样说的话——清醒的浪漫主义精神。

博贡团里的战士都是青年人。邵尔斯也是青年人。他们的共同的青春和对革命必胜的信念，使这支队伍变成了一个由共同的激情和共同流出的鲜血牢牢联结在一起的、亲密友好的团体。

任何外部事件都不能延缓树木汁液的运动。因此春天如期归来，第聂伯河自由泛滥，荒地上的野草长得比人还高，被子弹打穿的栗树上挂满嫩绿的树叶，而且不知为什么花开得特别绚丽多彩。

有时好像觉得，这个世界上唯一未受触动的东西，就是栗树上的叶子

---

① 尼·亚·邵尔斯（1895—1919），苏联国内战争时期的英雄，曾指挥博贡团及其他红军部队与彼得留拉匪帮、波兰干涉者作战。

了。叶丛还是那样在人行道上微微颤动，投下浓密的阴影。树上那些形态匀称的小蜡烛还是那样柔情脉脉、悄悄地开始绽开，渐渐变成稍稍喷洒上一些黄色斑点的、淡玫瑰红的花朵。但在栗树的树荫中已经碰不到那些眼睛湿润、神采奕奕的、熟识的中学女生了。现在，在人行道上落下来的干花瓣旁，乱扔着步枪子弹发绿的铜弹壳和又脏又硬的绷带的碎片。

春天在基辅渐渐进入全盛时期，把城市淹没在它的蓝光之中，直到花园里的菩提树终于开花。菩提花香透入一冬来门窗紧闭、仿佛已经荒废的房屋，迫使市民们打开了窗户和阳台。

于是，夏天带着轻轻的穿堂风和暖气一起闯进了房间。一切恐惧和不幸也都溶化在这夏天的宁静之中了。

诚然，没有面包。作为面包的代用品，我们吃冻坏的陈土豆。

我到一个很奇怪的机关里参加工作。要说出这个机关的简称几乎是不可能的。我只记得开头是“奥布古布斯纳布丘普罗德……”接下去已经变得那么复杂，就连这个机关的首长—— 一个留着短而尖的黑胡子、脖子上挂着毛瑟枪（就像挂着照相机那样）、胖胖的亚美尼亚人，每次在文件上签字的时候，都要喷喷鼻子，感到气愤——也记不清了。

很难说清这个机关是干什么的，主要是管厚棉布，所有房间和走廊里都堆着一大包一大包厚棉布。这些棉布无论如何也不发给任何人，但是一直时而运来，时而运到仓库里去，一会儿又拖到机关里来，堆放在走廊上。由于同一些厚棉布这种莫名其妙的循环，这个机关里的工作人员都被搞得有点儿发呆了。

我有很多空闲时间。我试图找到中学里的同学，但除了埃马·什穆克列尔，他们几乎都不在市内。不过，就连什穆克列尔，我也很少见到。他变得沉默寡言，郁郁不欢。也许，这是因为，为了父母，他不得不牺牲自己心爱的绘画。埃马的父亲病了，保护家庭的全部重担都落到了埃马的肩上——保护家庭不受饥饿，不受征用、压缩住房和强制迁移的威胁，不受残害人民的彼得留拉匪帮的蹂躏，不让军队住到他们家里去。

每天晚上，我又像中学时代那样，到从前商人俱乐部的花园里去听音乐会。这个花园里已经没有盛开的玫瑰和美人蕉了，代替它们的是薄荷和艾蒿。

一些外来的声音——遥远的爆炸声或枪声，相当频繁地闯入音乐作品的结构之中。但谁也不注意它们。

在基辅的那些日子里，我开始对文学中一位伟大的故弄玄虚者、也是一个伟大的法国人司汤达的作品着了迷。但是，我并没有对他故弄玄虚的本质进行深思。

我认为它们是完全合理的，直到今天我还是这样认为。所以说它们合理，是因为它们证明了思想和形象的储备取之不尽，用之不竭，而且这些思想和形象是如此多种多样。因此，要用一个名称把它们统一起来，是不可思议的。谁也不会相信，同一个人会那样精确地深入到人生中一些完全对立的领域中去——对绘画、做钢铁生意的方法、法兰西外省的日常生活、滑铁卢战役的混乱情况、勾引妇女的学问、否定自己的资产阶级的时代、军需工作、契马罗萨[①]和海顿[②]的音乐都研究得那么透彻。

当我得知，内容丰富、充满真实事件和思想的司汤达的日记有很多都

---

① 契马罗萨（1749—1801），意大利作曲家，拨弦古钢琴家，小提琴家，歌唱家。

② 海顿（1732—1809），奥地利著名作曲家。

是虚构的，但虚构得如此巧妙，就连最了解司汤达那个时代的、知识渊博的行家也无法对这些日记进行挑剔，我不由得对这个神秘而孤独的人的天才和在文学上的大胆精神产生了敬佩之心。

从那时起，他成了我秘密的朋友。很难说，我曾于想象中在罗马和梵蒂冈做过多少次散步，在法国那些古老的城市里做过多少次旅行，在拉·斯卡拉剧院里看过多少次演出，曾有多少次和这个笨拙的人一起倾听与19世纪那些最聪明的人的谈话。

不久我交了好运。作家米哈伊尔·科利佐夫[①]和叶菲姆·佐祖利亚[②]从莫斯科来到了基辅。他们开始出版一份艺术杂志，我当了这份杂志的文学秘书，工作很少。杂志很薄，像一本撕掉了一半的小学生的练习簿。

十分自信、爱嘲笑人、机智俏皮的科利佐夫几乎不到编辑部来。我天天和叶菲姆·佐祖利亚坐在同一间房间里。佐祖利亚眼睛那样近视，心地那么善良，待人那么宽厚，无论如何也不像莫斯科派来的铁石心肠的使者。

我把自己第一篇尚未写完的中篇小说《浪漫主义者》开头一部分拿给佐祖利亚看。他真诚地称赞这篇作品，不过说，我太过分醉心于自我分析了。除此而外，写得稍嫌长了点儿。

佐祖利亚当时正在写每篇只有五六行的系列短篇小说。他自己说，这些小说比“麻雀的鼻子”还短。这些小说很像寓言，每篇都含有正确的寓意。

---

① 米哈伊尔·科利佐夫（1898—1942），苏联作家。——译者

② 叶菲姆·佐祖利亚（1891—1941），苏联作家。

佐祖利亚认为，文学就是做教师的工作，就是宣传。我却认为，文学远远高于这种实用的意义。因此，经常和佐祖利亚争论。

当时我已经深信，真正的文学，这就是自由的人类智慧和心灵的最纯洁的表达形式。只有在文学中，人才能显示出精神世界和自己内心力量的全部丰富多彩和复杂性，并且仿佛是以此来为自己日常生活中的许多罪行赎罪。我认为，文学，这就是从遥远的、可贵的未来投掷给我们的一件礼品。在文学中，人类的梦想从一个世纪转入另一个世纪，这梦想就是世界的尽善尽美，世界的和谐，爱的永生不灭。尽管爱是每天都在诞生，每天都在消亡的。海洋贝壳轻轻的隆隆声就是像这样激起人们的愿望，想要看到在黎明时的雾霭中变成淡蓝色的、浩渺无际的平静的海水，使人产生一种忧郁的思念之情。思念飞向天顶的白云的银白色轻烟，思念在潮湿的森林中诞生、使我们的眼睛变得明亮起来的臭氧的海洋，思念永恒的飞翔，思念孩子的响亮的声音，思念世界的深深的寂静——沉思的旅伴。

文学也是这样。它以一种仿佛是在水下的、第二种遥远而同时又很近的声音，使我们渐渐接近我们思想、行为和感情的黄金时期。

在我与佐祖利亚为文学进行争论的时候，蛮横无理的土匪头子泽廖内和斯特鲁克正在基辅周围到处流窜，并时而在这里，时而在那里进攻市郊。有一次，斯特鲁克甚至侵占了波多尔全区，而从那里把他驱逐出去，并不是毫不费力的事。

邓尼金[1]分子从南方渐渐逼近。涅斯托尔·马赫诺在克列明楚格那边的

① 邓尼金是苏联国内战争中反革命武装的头目。——译者

草原上胡作非为。

城里很少谈论这些情况，仿佛不认为这些事件有什么特殊意义。流传着那么多虚假的谣言，弄得连真正的事实也已经无人相信了。

镶条子的深红色马裤

我与佐祖利亚进行的、关于艺术的心地单纯的争论，突然因为我给征召入伍而被打断了。因为高度近视，我一向免服兵役，是一个所谓“服兵役不合格的人”。但现在突然征召以前免服兵役的一切人入伍。

我和一些有病的青年匆匆通过了体格检查，被分派到守备团去。

这显然是古往今来世界上所有团队中最荒诞的一个团。

在与马赫诺匪帮的一次冲突中俘虏了马赫诺的一个助手——不知他是叫安托先科呢，还是叫安托纽克。我忘记他姓什么了，就管他叫安托先科吧。

这个安托先科罪行累累，按他所犯的那些罪行来说，本该把他枪毙。但是当他在鲁基扬诺夫卡监狱里等候处决的时候，他那狂妄的头脑里不知怎么竟出现了一个可能使他得救的想法。

安托先科把侦查员叫了来，向他口述了一封给肃反委员会主席的信。安托先科在信上写道，苏维埃政权不知道该对俘虏的匪徒们怎么办。俘虏太多了，不能把所有的人通通枪毙。但把这些寄生虫关在监狱里，特别是在饥饿时期，这是不合算的。因此，收缴了匪徒的武器以后，往往就把他们放掉了。他们当中大多数人都立刻回到自己头目的“团旗”之下，又开始在乌克兰到处流窜，重新犯下血腥的罪行。

安托先科提出一个办法，不要枪毙他安托先科。恰恰相反，要把他从监狱里放出来。而他为了表示感谢，将负责把所有各种牌号的土匪组编成一个完全合乎标准的守备团。

安托先科借口他在匪徒中享有威信，写道——除了他，谁也不能担负起这一任务。

政府决定冒一下风险，释放了安托先科。他当真在短时间内组编了一个守备团，所有被俘的匪徒都以连为单位分别编入了这个团——马赫诺匪徒，斯特鲁克匪徒，泽廖内匪徒，红桃天使匪徒，红上衣匪徒，格里高里耶夫匪徒。还有一个连，是由那些比较矮小的、不那么出名的匪帮中的代表人物，即所谓“亡命之徒”组成的。

所有我们这些过去“服兵役不合格的人”就是被派到了这个团里。

事情是这样开始的——先由护送兵把我们带到征兵站，再用车送我们到佩切尔斯克的团部去。在路上，对于我们的询问，护送兵什么也不回答，不过还是会偶尔突然说出一两句预兆不祥的话，“你们自己会看到的，像条毒蛇。”要么是，“别让他看到，不然，他会立刻打死你。”这显然是说指挥员安托先科。

后来，好戏开场了！让我们在一幢古老的小房子对面排好了队，房前小花圃里的丁香长得比房顶还高。似乎没有任何事物令人感到会发生什么灾难，不过护送兵们苍白和紧张的脸没有预示会有任何好事。

从屋里摇摇晃晃走出一个留着黑色连鬓胡子的、个子矮小的人。他的腿是弯的，好像螃蟹腿。他穿一件红色毛料军便服和一条镶银条的深红色马裤，他那双红皮靴上老大的马刺发出叮叮当当的响声，一双红皮手套在他的粗手指上弯出了皱褶，一顶红顶羊皮帽拉到了前额上面。

这正是那个滑稽可笑的“红军指挥员”——狂妄的马赫诺匪徒们就是把“红军指挥员”想象成这个样子。

被征召入伍的人们当中甚至没有任何一个人发笑。恰恰相反，看到这个人那双浅色的、由于凶狠几乎变成白色的眼睛，许多人都打了个哆嗦。我们猜到，这就是安托先科了。

他的腰带上挎着一把装在大木枪套里的毛瑟枪，腰里挂着一把套在镶银刀鞘里的弯刀。

他从马裤口袋里摸出一块雪白的手帕，以很客气的态度在空中把它抖开，擦了擦嘴唇。然后，用嘶哑的声音问：

“小伙子们，你们给我送了些什么人来？败类中的败类吗？”

护送兵一声不吭。

安托先科慢慢地绕着我们的队伍转了一圈，从头到脚细细打量每一个人。两个高个子的指挥员跟在他后面。大概，这是两个营长。

突然，安托先科拔出弯刀，用哭一般的声音大喊大叫：

“我要教会你们怎样为革命服务。这样，这样，真他妈的！狗崽子！你们知道我是什么人吗？我就是用这把刀砍死了卡列金[①]将军。那么，你们以为我对你们会过分客气吗？没有一天我不咳出12杯血来。为了我的祖国，我浑身都给子弹打穿了。因此，莫斯科每月给我送来3万金卢布，给我做零用钱。这你们是否知道？也许，你们知道，我跟像你们这样形迹可疑的家伙讲话，甚至是很短的——后脑勺上给一发枪子儿，就推到坑里去！”

---

① 阿·马·卡列金（1861—1918），顿河哥萨克反革命首领。——译者

他的声音提高到了尖声叫喊的程度。唾沫泡在他的嘴角上不断地破灭。显然，在我们面前的这个人要么是疯子，要么就是患羊痫风的人。

他走到一个戴眼镜的高个子青年——大概，是个大学生——紧跟前，用刀柄戳了戳他的下巴。

“你怎么？”他像喝醉了似的仔细打量着那个高个子青年，问，“戴眼镜吗？瞧，我就是用这双手杀了自己的老婆，因为她对我不忠实。”他叉开五指，让我们看看他那戴着深红色手套的短粗手指，手套上有皱褶，戴在他手上显然太大，“那么你以为，因为你戴眼镜，我对你就会抱什么希望吗？我要剥掉你的皮，谁也不会对我说什么，连一个字也不会说。”

我们一声不吭，感到震惊。不明白正在发生什么事，我们是在什么地方。护送兵们紧张而憎恨地望着安托先科。只有两个营长完全漠然地站在那里，不时用感到无聊的眼神望望我们。显然，对这种场面，他们都已经看惯了。

安托先科跳到一边，用假装出来的愉快声音大声喊道：

“喂，你们当中谁识字？劳驾，请向前三步走！”

他用出鞘的军刀做了一个邀请的姿势。

我想往前走，但是站在我身旁的一个护送兵用勉强可以听到的声音说：

“慢着！别出去！”

我站住了。我们大家当然个个都识字，但是许多人怀疑安托先科的声音里有问题，所以只有10个人——15个人走出去。安托先科对此一点儿不感到惊奇。

“你们当中谁是音乐家？”他又用愉快的声音问。护送兵又轻声对我说：

“别出去!”

后来安托先科又开玩笑，暗暗微笑着，叫鞋匠、爱唱歌的和裁缝走出来。人们放下心来，很多人都走出去了。我们这些不识字和毫无用处的人，总共只剩下了12个。显然，只是护送兵警告过的那些人。

这时，安托先科转身面对一个营长，用疲倦的声音对他说：

“营长，你看到这些自私自利的家伙吗？他们想要当文书，好躲在司令部里，要么是给战士们补补裤子，而不愿为了全世界的农民去英勇献身。你看到这些知识分子坏蛋吗？他们想坐着过舒服日子，可是没有能享受这种待遇的任何明显的权利。”

“看到了，指挥员同志。”营长用疲倦的声音回答。

“今天就派他们到特里波利耶附近去打泽廖内。要是他们当中哪怕有一个人活着回到团里，就要你的脑袋，营长。我以我母亲的名义起誓!”

“是，指挥员同志。”营长还是那样沮丧地回答。

安托先科向我们这些目不识丁的人匆匆看了一眼，敏捷地把军刀插进刀鞘，说：

“这些废物，我连看都不想看。到后勤队去！到魔鬼的老娘那儿去，开步走!”

我们和其余的人分开了，被带往尼科尔斯基要塞，守备团就驻扎在那里。

这座半圆形的要塞就在马里因公园附近，矗立在俯临第聂伯河的陡岸上。要塞周围全是壕沟，壕沟的斜坡上长满了接骨木。少年时期，特别是在春天里，我在这个绿荫如盖、荒凉僻静的公园里度过了许多时间。我曾在这个公园里遇到海军准尉生，第一次强烈地感觉到想去远方航行。我曾在这个公园里茉莉花丛中蜜蜂嗡嗡的伴奏下阅读许多不同诗人的诗，并且没完没了地、几乎是如痴似呆地反复吟咏使我感到惊讶的诗句。因此，我似乎觉得，用灰砖砌成的尼科尔斯基要塞，连同它的枪眼，炮眼，拱顶，用生锈的铰链连接着的破旧吊桥，铁门上的青铜狮头像，是世界上最富有浪漫主义色彩的地方之一。

要塞里空无一人，早已荒废。本来供训练和检阅用的练兵场上长满了高高的野草。燕子已经在要塞的屋檐下筑巢。夏天，暖烘烘的、枯萎的叶子的气味透入已经打破的窗户。

从来没有任何人来围攻这个要塞。许多年来它完全是作为一座和平建筑物矗立在这里。

对尼科尔斯基要塞的这一印象，从那么早以前就已经深深印在我的记忆里，因此我甚至为将在这个要塞内服役感到高兴。但从第一分钟起，这一天真的想象就像尘埃一样很快飞散了。要塞内部阴郁、肮脏，发霉的墙壁上写满了下流话，穿着皮靴行走的脚步声、呼喊声、各种各样的狂呼乱叫、对天发誓和歌声，震得四壁都在发抖。要塞里面弥漫着一股那么浓烈的兵营味，因此衣服立刻而且永远浸透了这种气味。

在积满尘土、地板没有刨过的走廊上，又叫我们排好了队。面色苍白、有点儿女人气质的后勤连连长走到我们眼前。显然，他以前是个军官。他同情地看了看我们，用马鞭打了打皮靴，说：

“喂，怎么样？看到那条疯狗了吧？这样的指挥员，打死他，还太便宜他了。”

他这样说是真诚的呢，还是在煽动我们，我们始终没弄明白。为防万一，我们一声不吭。

“唉，你们哪！”连长说，“不中用的东西。齐步走，到地下室去削土豆。”

直到晚上，我们一直在寒冷的地下穹窖里削潮湿的烂土豆。从墙上流下一股股潮气，老鼠在黑暗的角落里不时尖叫着。

光线从很窄的枪眼里勉强渗透进来。冷冰冰、滑溜溜的土豆冻得手指抽筋。

我们相互低声交谈。这时我得知，我身旁的那个人叫约瑟夫·莫尔根什捷尔恩，战前是罗兹市剃刀厂的工人——这是一个个子矮小、毫无怨言的人，戴着眼镜，长着一双悲哀的、发红的眼睛。

晚上我们回到兵营。我躺到没铺任何东西的木板床上，立刻就沉沉入睡了。

半夜里，我被很响的马蹄声惊醒了。我睁开眼睛，光线微弱的电灯泡由一根很长的电线从天花板上吊下来，到处都传来各种各样不同的鼾声，墙上的挂钟指着3点。

在电灯的黄光中，我看到了安托先科。他骑着一匹枣红马在拱形走廊上走着，石板在他那匹壮马的马蹄下发出清脆的响声。军用电话线横着从走廊上拉过去，妨碍安托先科骑马行走。他停下来，拔出军刀，砍断了电线。

安托先科从走廊进入我们的营房，勒住马，大喊一声：

“后勤连！整队！”

从梦中惊醒、神色惊慌的人们从床上跳起来，匆匆地站队。大家几乎都没穿靴子，光着脚站在石板地上，睡眼惺忪，浑身发抖。

“瞧，我这就，”安托先科平静地说，“这就叫一个机枪手到这儿来，下令把你们通通打死，就像打死鹌鹑一样。你们以为，我不知道你们打算杀害自己的指挥员，骂他是疯狗吗？”

他的声音里有歇斯底里的腔调。

“机枪手到这里来！”他转过身去，喊了一声。只是在这时我们才看到，安托先科身后，营房门口站着他的两个传令兵，“他躲到哪里去了，恶魔的儿子？”

“指挥员同志，”传令兵中有一个小心翼翼地说，“真的，咱们回家去吧。”

“我要宰了他们！”安托先科疯狂地叫喊，在马鞍上晃晃悠悠，“我要把他们宰割开，做成皮带——这些戴眼镜的犹太人。我要用圆锯锯开他们，就像锯绵羊一样。”

安托先科声音嘶哑。唾沫从他的嘴角上往下流，他开始慢慢地从马鞍上倒了下来。

我们一动不动地站着。后来才知道，当时每个人脑子里都出现了同一个想法——如果安托先科真的叫来机枪手，大家就冲向放步枪的枪架，各人拿起枪来——开火。

传令兵扶住安托先科，把他拖进走廊，又从走廊上把他拖到院子里去。那匹壮马像上了发条一样，漠然地跟在他们后面。

我们这些后勤连的士兵，这些偶然来到这个团里的人，谁也无法理解，在基辅，就在克列夏季克附近，就在剧院、大学、图书馆和交响乐音乐会近旁，就在许多普通的好人身旁，怎么会有这么一个以半疯狂的、害病的指挥员为首的、黑暗的匪巢。

这个团的存在似乎是荒谬的。每一分钟安托先科都可能枪杀我们当中的任何一个人。每个人的生命都取决于他忽然产生什么念头。

每一天，我们都等待他会有什么新的狂妄举动，在这一点上他从不使我们失望。

我们足不出户地待在尼科尔斯基要塞里，不准到城里去。但即使让我们到城里去，我们没什么人会把这个团里所发生的一切通通讲给别人听。而且讲也无益——简直不会相信我们。

我们决定把安托先科的情况写信报告政府和军事人民委员波德沃伊斯基[1]，但后来发生的事件赶在了我们前面。

有几天过得比较太平。团里的一部分人被派到特里波利耶附近打泽廖内去了，其余几个连在基辅担任守备任务——保护仓库和货车车站，在比萨拉布卡和克列夏季克有名的谢马杰尼咖啡馆附近参加搜捕投机分子。

但不久，一天深夜里发出警报，全团人都被叫了起来，在要塞前的练兵场上排成一个宽大的方阵。谁也不知道出了什么事。传说有一伙来历不明的匪徒正从斯维亚托申那个方向向城市逼近，我们应当去打退他们。

战士们轻微的紧张心情甚至传染给了我们后勤连。后勤连装备了日本步枪，但是没有一颗子弹。

我们站在练兵场上等候着，第聂伯河对岸渐渐露出阴雨天的曙光。栗树叶子已经稍有点儿干枯了，宽阔的绿枝垂了下来，落满尘土的野草飘散着清香。可以听到，佩切尔大寺院里的钟楼上打了谁也不需要的4下。

“全团，立正！”指挥员们用不同的声音喊道。战士们挺身直立，屏息不动。

---

① 尼·伊·波德沃伊斯基（1880—1948），苏联党的活动家和军事活动家。

一辆黑漆4座敞篷马车急速驶入方阵中央。两匹带灰斑的白色奥尔洛夫大走马停了下来，开始用蹄子刨地。

安托先科站在马车上，他身旁坐着三个戴帽子的姑娘。姑娘们用胳膊肘你推推我，我推推你，高兴得尖声大叫，哈哈大笑。

“全团，听着，”安托先科用喝醉了的声音拖长声调大声喊叫，并且把军刀举到头顶上，“围绕我的马车……以排为单位，一排一排地……唱着我心爱的歌曲……以分列式队形……齐步……走！”

他放下了军刀。全团站着一动不动。只有由马赫诺匪帮分子组成的第一连犹豫不决、步伐混乱地绕着马车走了起来。他们唱起了《你别哭啊，玛露霞，你将是我的》这首歌曲，但是又立刻住了声，连队惊慌失措地站停下来。

“齐步走！”安托先科用发狂的声音喊叫。

全团仍然那样一动不动地站着，悄然无声。姑娘们不再笑了，周围变得那么安静，甚至能听到安托先科断断续续的愤怒的呼吸声。

“哼，原来你们是这样，狗崽子们。”安托先科声音嘶哑地说。说着，从枪套里拔出了毛瑟枪。

就在这一时刻，后排有人大声呼喊：

“你是在逗你的玛露霞开心啊。坏蛋！打他，小伙子们，打死他！送他进棺材！”

响起了一声步枪声。安托先科的车夫猛然掉转马头，两匹马甚至直立了起来——马车从练兵场跑到街上，沿着马里因公园的围墙疾驰而去。

在马车后面又响了几声步枪声。后来队伍混乱了，听到一阵乱哄哄的叫喊声和拼命咒骂的声音。那一连马赫诺匪帮分子被挤到了墙边，他们开始用枪托抵抗。在练兵场和要塞上空响起用两个手指放在嘴里吹出来的、尖锐刺耳的强盗的口哨声，这声音压倒了一切响声，好像基辅全市上空都响彻了口哨声。

“回兵营去！安静！”指挥员们叫喊，但已经谁也不听他们的了。

开始发生暴动。

人们在痛打那些马赫诺匪帮分子，显然是因为这是安托先科心爱的一个连。马赫诺匪帮分子躲在要塞的底层，开始开枪还击。同时也在打炊事员和管理员。

很难弄清正在发生什么事情。疯狂的号叫声滚过练兵场、楼梯和掩蔽工事。幸而，对我们后勤连暂时还没注意，我们毫无损失地退回自己的营房，在里面筑起了防御工事。

两小时后，驻扎在附近的、由被俘的匈牙利人和奥地利人组成的国际团包围了尼科尔斯基要塞，这时暴动才平息下来。不过，这是多么奇怪——竟没有人死亡，只有几个人受伤。

上午11点，又发出警报，召唤全团到练兵场集合。人们互相咒骂着，神情阴郁，不乐意地站好了队。

接着，向全团宣布，马上有政府成员来和战士们谈话，了解所发生的事情的全部真相。一声轻松的叹息传遍了整个队伍。

在方阵正中安放了一个木板讲台。不久，以拉科夫斯基为首的政府成员乘汽车来到了练兵场。

全团举枪敬礼，乐队奏《国际歌》。看看战士们纹丝不动的队伍，谁也不会想到，几个钟头以前这个团里曾经发生暴动。只有一些战士在夜间受伤或碰伤以后，头上包扎着新纱布。

安托先科悄悄地走上讲台，他没向全团问好。在讲台上，他站在几个政府成员身旁，甚至试图巴结地和他们说话，但是他们不回答他。

拉科夫斯基首先讲话。他说话温和、亲切，让战士们放心。他说，政府特别委员会将在3天内查清对团长的所有控诉，如果控诉得到证实，将采取最坚决的措施。

安托先科站在拉科夫斯基后面。他满脸充血，有一条紫红色伤疤的面颊不停地抽搐着。他一直痉挛地时而攥紧，时而松开刀柄。最后，安托先科忍不住了，一把推开拉科夫斯基，大声喊道：

"拉科夫斯基同志，和这些杀人犯说话难道能这么客气吗？政府姑息你们，我却不愿姑息。我为什么要对每一个废物过分客气呢？我要用我自己的方式和你们谈谈。第一，你们这些狗崽子们怎么想出来的，要向我们敬爱的政府控告自己的指挥员父亲？你们的脑瓜里怎么会钻出这样的坏主意来？你们不应该控告，而应该吻我的手。是谁把你们这些匪徒变成人的？是我安托先科！是谁给你们鞋子穿，给你们衣服穿？又是我安托先科！是谁给你们加素油的大麦饭吃？是谁发给你们充足的烟叶？还是那同一个指挥员——安托先科同志。要没有我，你们通通被就地枪毙了，我以赫里斯季诺夫卡我那位做鞋匠的爸爸的名义起誓。可你们却要告状！你们却要造反！害人精！对，就是你，那个红脸的家伙——向前三步走！啊，不是你，是那边那个穿奥地利军大衣的。是谁发给你大衣的？朋友，回答呀！"

那个穿奥地利军大衣的战士从队伍里走出来，向前迈了三步，笔直地站着，但是默默不语。

"我把什么都发给了你。是我！你这个翘鼻子的家伙！是谁发给你蓝色毛料的绑腿，真正英国斜纹呢的绑腿？你不知道？闭上你的眼睛吧！是我，指挥员安托先科非法发给你的，因为那是军官的绑腿。你懊悔了，坏蛋。你干吗瞪着眼一声不吭，就像许配了人家的大姑娘一样。现在，再说第二点！控告指挥员，你们倒挺勇敢，可是你们自己却把公家的面包卖给大寺院里的僧侣。你们以为我不知道吗？是谁在日特内市场上贩卖军大衣？是谁在弗拉基米尔小山上剥光了妓女的衣服，让她们光着屁股在基辅跑来跑去？我什么都知道。瞧，你们全都在这儿，攥在我的手心里。”安托先科攥紧又松开自己的红通通的拳头，“我可以立刻把你们每一个人都拉出去枪毙。”

副官试图阻止安托先科，叫他别再说了。但是他连头也不回，对副官连看也不看。

“你们在所有房子里酿造白酒，用防毒面具做了许多螺旋管。前线上与自由乌克兰的土匪头儿们作战时缺少弹药，你们却浪费子弹，拿子弹寻开心，行凶作恶！哼，等一等！好吧——当着政府的面，我饶恕你们。好吧——我心里并不恨你们。能跟你们，跟你们这些叫花子要什么呢？为了这——全团听着！”

安托先科拔出弯刀。刀刃在早晨潮湿的空气里发出微弱的闪光。

“在政府的讲台前，高唱军歌，从右翼开始，以排为单位，一排一排地成分列式行进，齐步——走！”

乐队奏起热情奔放、快活热闹的曲调，全团笨拙地成分列式从讲台旁走过。第一连里响起了歌声：

一只小鸡神气活现，

脚穿树皮鞋，

去水滨浴场散步，游玩。

抓住了它，

逮捕了它，

叫它拿出身份证来看一看。

政府成员没等到分列式行进结束，就很快走下讲台，驱车离去。

全团都猜不出，这一切将怎样结束。大家深信，会撤安托先科指挥员的职，降他的级。但是，日子一天天地过去了，什么也没有改变。显然，政府顾不得管安托先科。邓尼金占领了敖德萨，情况是令人不安的。

安托先科趾高气扬，在团里大耍无赖，比发生这次臭名远扬的暴动之前还要厉害。

结束守备团这种痛苦和疯狂生活的，是我们连的一个士兵，就是我在这一章一开始提到过的那个个子矮小、性情温和的约瑟夫·莫尔根什捷尔恩。

这个性情温和、唯命是从的人恨透了安托先科，无情地、发疯似的痛恨他。特别是在安托先科答应要“毙掉”全团的所有犹太人，从团里清除“耶路撒冷的贵族”以后。

有一次，违反规定派我们连到巴伊科夫墓地后面的仓库附近去执行守卫任务，甚至给每支步枪配了两发作战用的子弹。

一个暖和的夜晚，不知从哪里飘来一股正在开花的紫罗兰的芳香。半夜，快要消失的一弯月牙儿升到黑暗的基辅上空，在悄无声息的乌克兰黑夜上空慢慢地飘浮着。

为了不至睡着，我暗自轻轻地哼着各种各样的歌曲。我正哼着一首古老的歌曲：

听不到城里嘈杂的市声，
涅瓦塔楼后面一片寂静，
在哨兵的刺刀上
半夜的月亮闪出阵阵寒光——[①]

这时听到了马蹄声。有人骑着马走近仓库，骂着娘跳下马来。我听出这是安托先科的声音。有时他在夜里出去查岗。

安托先科向仓库走来。莫尔根什捷尔恩在仓库门口站岗。

“谁?”他用自己尖细的声音喊了一声。

“怎么，你眼睛瞎了吗？猪耳朵！”安托先科大声喊道，“没看到是谁来了吗?”

这时莫尔根什捷尔恩当然立刻认出这是指挥员。但他好像是严守操典上的规定，不间断地、很快地连问了三声：“谁？谁？谁?”没等安托先科回答，对准他开了一枪，一枪就打死了他。

这一切是这样结束的——莫尔根什捷尔恩被捕，但一天后就把他释放了。这个团则立刻解散，我们后勤连的人全都被放回家去。

我在暮色苍茫中沿着学院街回家去，路上经过国家银行大楼。这座大楼是建筑师忽生奇想，仿照威尼斯的“督治宫”[②]建造的。

---

① 引自格林卡的《囚徒之歌》。

② 督治是威尼斯共和国（7世纪末至18世纪）和热那亚共和国（14世纪至18世纪）的元首。督治宫是他的私邸。

天气又闷又热，雷雨临近了，银行光滑的圆柱上映出了远方的闪光。一阵凉风在栗树丛中哗哗地响了一阵，又静了下来。

大楼敞着的窗子里面有人在钢琴上弹出一个旋律，用男中音唱道："他在远方，他不会知道，不会正确理解你的忧伤。"①庭前花圃里散发出杂草的气味。

我突然想起了那一天夜里的情景——在告别中学的舞会之后，我沿着学院街，就是在这些栗树下送奥莉娅·博古舍维奇回家的。我好像觉得，即使是对于这节日之夜来说，她的连衫裙也未免太漂亮了，而且她本人也就是美丽和欢乐的化身。

我记起了这个夜晚，记起了我们在她家附近分手时那姑娘由于激动而变得冰凉的手指，记起了在路灯的灯光下她那双令人受不了的、炯炯有神的眼睛。我好像觉得，那时的一切都是百年前的一场不可能成为现实的梦。

不能相信，就在这闪光和栗树，嫩草和平静的人声，少女的战栗和柔情，书、诗和隐藏在内心的希望的世界近旁——就在这光明和纯朴的世界近旁——就在这里，会有一个眼中充满无耻的疯狂神情的残暴家伙，有一个天生冷酷无情的安托先科，正如莫尔根什捷尔恩所说的，有一个"地狱里的恶鬼"。我不由得会想，文化的薄膜还是多么脆弱，在这层薄膜下还隐藏着多么荒凉而又深不可测的野蛮和愚昧之水啊。但人类思想之光一定会照亮这一潭死水，一直照射到水底。这正是我们的未来，我们的工作，我们这暂时还不能令人满意的生活的伟大使命。

---

① 见莱蒙托夫的诗《恶魔》。此处是指鲁宾斯坦的歌剧《恶魔》中的咏叹调。

20多年以后，有一次我在阿拉木图市图书馆读者中间发表讲话。

深秋，又干又硬的杨树叶子发出哗哗的响声。灌溉渠从山上引来散发着海洋气息的冰水。深厚的天空在阿拉套山脉的峰顶上闪闪发光，似乎觉得印度就在这些山峰后面。

讲话结束以后，有一个身材矮小、头发已经全白、有一双神情悲哀的眼睛的人走到我跟前来。

“您不认得我吗?”他问。

“不，记不起来了。”

“我是莫尔根什捷尔恩，我和您曾一起在基辅的守备团里待过。”

“您现在在做什么呢?”我问。

“这并不重要。”他回答，并且笑了笑，“不过，我为您感到高兴。在文学上，您必然会为您一生中遇到的所有人做点什么，其中也包括您的同团战友莫尔根什捷尔恩。”

多层夹心饼

一个夏天的早晨，不时有阵风吹过。窗外，栗树毫无规律地喧哗着，从法斯托夫那边远远传来隆隆的炮声。那里正在和从南方渐渐逼近的邓尼金匪军作战。

在阿玛莉娅稍有点儿昏暗的住房里飘散着刚刚磨好的咖啡香味，阿玛莉娅正在磨完最后一些咖啡豆。磨在抱怨地轧轧响着，有时甚至尖叫起来，仿佛预感到自己的生活就要结束了。

和往常一样，由于这咖啡的香味，好像觉得住宅里变得舒服些了，尽管挂在墙上的“海洋的礼物”——一个用贝壳做装饰、已经坏了的寒暑表——无论冬夏总是指着同一个度数：−3℃。由于这永恒的−3℃，有时似乎觉得，住宅里比实际上要冷一些。

有人敲厨房门。我听到阿玛莉娅去开门了。在短暂的寂静以后，她突然气喘吁吁地大声喊道：

“对！他在这里！在这里！当然！”

阿玛莉娅的声音突然中断了。我跑进厨房，那里站着两个满身尘土的女乞丐。她们头上的头巾裹得那么低，几乎看不见眼睛。

那个矮一些的女人喊了一声：“科斯季克！”一下子跌坐到一张小凳子上，把头俯在厨房里的桌子上。一根用榛木自制的手杖从她手里掉下来，砰的一声落到了地板上。

我听出了妈妈的声音，跪到她面前，试图看看她的脸。她不看着我，用又干又冷的手掌紧紧抱着我的双颊，痛哭起来——但是几乎没有眼泪。不过，痉挛的呼吸暴露出她在哭泣。

加莉娅却站在那儿，一动也不敢动——她大概已经什么也看不见了。我注意到，她的脚上缠着从凸纹布被子上剪下来的布条，上面还用绳子绑着。直到现在我还记得这些有绿色花纹的被子上的布条。加莉娅没戴眼镜，她紧张地伸着脖子，望着厨房里摆着黑色维也纳弯木衣架的那个角落，问妈妈：“怎么样？科斯季克，他在这儿吗？你怎么不回答？他在哪儿？”

妈妈和加莉娅从科潘步行来到基辅，她们不可能再在科潘住下去了。小股土匪几乎每天袭击庄园，但是既没有触犯妈妈，也没有触犯加莉娅。

显然，这是因为她们那儿没有什么可拿的东西。

有些土匪甚至可怜妈妈，临走时给她留下点儿什么。有时是留下一点儿面包干，有时是留下一点儿豆饼，有一个土匪甚至送给她一条非常漂亮、但已经完全破烂的西班牙披巾。用他的话来说，这条披巾是他从日托米尔的剧院里抢来的。

最后，一个外号叫“复仇天使”的土匪完全断送了妈妈的生计。妈妈已经见到过几十个土匪头目，但看到“复仇天使”是一个戴眼镜、留着大胡子、改信耶稣教的犹太人，觉得十分惊讶。从前这个人在拉多梅什利开药店，自认为是一个有原则的无政府主义者。

他管妈妈叫“夫人”，拿走了她的一切，连最后一枚针也不剩。不过留下了一张详细的清单，上面开列着拿去的一切东西。并注明凭这张清单，有权得到赔偿，但是最早也要等到“无政府主义掌握全世界”的时候。

妈妈和加莉娅走了两个多星期才来到基辅。她们在路上扮作乞丐的模样——实际上她们和乞丐也没有任何区别了。加莉娅没戴眼镜，像瞎子那样扶着妈妈的肩膀行走。如果加莉娅戴着眼镜的话，那就谁也不会相信她们是讨饭的了。在那个狂风暴雨似的时代，对戴眼镜的人总是持怀疑态度。几乎所有“戴眼镜的人”都被看作狡猾的敌人，恨透了他们。令人惊异的是，直到现在，对戴眼镜的人还保留着这种怀疑情绪，并且产生了一个含有轻蔑意味的绰号——“四只眼”。

妈妈和加莉娅休息了几天，睡了个够，安宁和幸福的表情没有从她们的脸上消失过。后来，像往常一样，妈妈决定开始行动，帮助阿玛莉娅缝衣服。她们立刻成了朋友，住宅里已经有两台缝纫机在嗒嗒地响。加莉娅也开始努力制作假花。

她花很长时间，细心地用彩色零碎布料制作假花。我惊奇地细看加莉娅的一套钢制工具和钢模，她用这些工具在上浆的细棉布上刻出母菊的花冠、玫瑰花瓣和各种形状的叶子。刻雄蕊和花蕾特别麻烦。花做得很好，不过有一股颜料味和胶水味，而且很快就会落上一层灰尘。

我在内心深处深信，加莉娅所做的这种事毫无意义，特别是在革命、饥馑和国内战争时期。当人们为了一磅大麦米或一杯葵花子油大伤脑筋、冒着生命危险进行远征的时候，谁会来买这些花呢。但事实说明，原来我的想法并不对。

在巴伊科夫墓地旁的小店里，布做的假花被争购一空。这些小店里卖的东西有廉价的花圈，坟墓上的栅栏（大半是用旧床做的），像砂糖一样洁白的大理石纪念碑，以及做得十分精致的铁十字架。

一个老年女贩子每星期都到加莉娅这儿来收购假花。她劝加莉娅不要做得太仔细了，反正会卖光的，因为没有别的花。

加莉娅对她的话感到气愤，为了做好一朵香水月季，仍然要忙上整整一天。她是一个十分认真的人，认真到了完全是自己折磨自己的程度。

那个老是爱谈哲理的老年女贩子有一套相当阴郁的人生哲学理论，她喜欢用她单调乏味的音调说明这些哲理。

“到了当今这样的时代，”她说，“只能靠我们地球上过去总有、现在还有、将来也会有的一些东西挣钱，别看有革命啊、战争啊什么的。头一样——不管什么时候，人的头发总是不断地长。就像人们常说的，只要我们的地球还在天上转。不分昼夜，都在转个不停，请您记住这一点。我认为，由此您可以得出结论，最有利可图的职业是当理发师。第二样，不管什么时候，人总不会不死。不管是什么政权，总得埋葬死人。人不会自己给自己挖坟墓，自己把花圈放到坟墓上去，也不会自己在墓碑上写上：‘安息吧，亲爱的丈夫雅沙’，要么是‘你英勇牺牲，使敌人胆战心惊’。这就是说，在这种事情上也可以不断地赚钱。事情就是这样。一些人伤心，可是我却有了面包。一些人流泪，可是我却有了一杯牛奶。”

除了加莉娅，家里的人都害怕这个不祥的、墓地上的老太婆。只有加莉娅，勇敢地和她进行无益的争论。

南方的炮声越来越猛烈了。苏维埃军队已经在和邓尼金匪军争夺通往城市的要冲。

我从守备团回来后，又回到了那个发放棉布的机关。现在这个机关开始疏散了，把一包包棉布运到货车车站上，然后运往北方。

有一天早晨，我来到机关里，看到门上用图钉钉着一张条子。条子是用我熟悉的那台缺少字母“P”的打字机打出来的：“机关已疏散，联系电话号码是……”

我站在有点儿昏暗、撒满蒲席碎片的楼梯上，希望同事当中还会有人到这儿来。但是，谁也没有来。

我困惑不解地走到街上，看到了20多个受伤的红军战士。他们满身征尘，疲惫不堪，很吃力地在马路上走着。有一些人的手臂上，有一些人的脸上，刚刚包扎上的雪白的绷带闪着白光。

我跟在他们后面。显然，这些人是刚刚退出战斗，缓慢地步行走回市里来的。

他们走过瓦西利科夫大街，然后经过克列夏季克，开始下坡，向通往第聂伯河的波多尔走去。他们走着，首先是人声嘈杂的商业大街——瓦西利科夫大街，然后是同样人声嘈杂、装饰得十分漂亮的克列夏季克都慢慢地沉寂下来了。行人停下步来，久久地望着红军战士们的背影。惊惶不安的情绪跟着伤员来到了克列夏季克，不久又传遍了邻近的所有街道。

我追上红军战士中的一个人，问他现在是在哪里作战。

“在红色小饭馆附近。”红军战士没有看我一眼，回答说，“那儿现在打得可激烈了，同志。”

邓尼金匪军从东南，从达尔尼察进攻，而红色小饭馆却在基辅西南。

“难道邓尼金匪军已经在包围城市了吗？那里邓尼金匪军很多吗？”人群中有人问。

“那里哪有什么邓尼金匪军啊！”红军战士遗憾地回答，“那里从来就没有邓尼金匪军。”

“那么是在跟谁打仗呢？”

“当然是跟敌人。”红军战士回答着，冷笑了一声，就跟在自己人后面走了。

这一切都无法理解。当1小时后，炮弹挟着人们熟悉的吼叫声飞过城市上空，在波多尔和码头上爆炸的时候，基辅人完全陷入了惊慌失措的混乱状态。又开始躲进地下室去，又开始在院子里值班，每一次爆炸都会把油灯震灭，又开始用各种容器储存水，又是谣言流传，彻夜不眠。

大概，在那个暴风骤雨似的时代，夜间值班是一件最平静的事了。我甚至喜欢在我们的小院里，在荒凉僻静的铁便门和同样荒凉僻静的生铁大门旁值班。

狭小的院子里有一棵栗子树，枝叶扶疏，这是院子里唯一的一棵树。不知为什么，夜间在这个小院里我感觉到自己是安全的，就好像我躲在一个攻不破的堡垒里。

值班的人没有、也不可能有任何武器，即使保存一把儿童玩的小口径单弹枪也会被枪毙。对值班人员的唯一要求，是在发生即使是最小的令人担心的情况时，叫醒屋里的人，以免遇到危险时人们措手不及。为此，在院子里挂着一个铜盆和一把铁锤。

我喜欢这种夜间值班，大概是因为当危险就在近旁时，却会有一种奇怪的、完全虚假的安全感。它，这危险就躲在这里，躲在便门上那张总共只有两毫米厚的铁皮后面。

只要一打开便门，跨出门槛，就会单独面对那在黑夜里控制了基辅死寂的街道的、神秘而可怕的力量，就会听到有人正沿着庭前花圃悄悄地走来，就会以全部神经感觉到那颗正在撕裂空气、恰恰是向你飞来的铅弹。

在院子里，这种恐惧就消失了。只需要侧耳倾听，十分安静地坐着，以免有任何东西暴露自己。兽类的本能悄悄地提示，在完全寂静和黑暗之中，唯一可以使自己脱险的方法，就是不被发现。

有时，一个在从前的列万多夫斯卡娅女子中学教历史的老教师——阿韦利·伊西多维奇·斯塔科韦尔与我一起值班。

尽管斯塔科韦尔在女子中学教书，但他是一个激烈的厌恶女人的人。他个子矮小，留着很长的、乱蓬蓬的大胡子，眼皮发红，不修边幅，总是怒气冲冲，像先知耶利米[①]那样，不知疲倦地、毫无例外地诅咒所有的女人。

只有在谈到中世纪的时候，他才能心平气和地说话。他断言，中世纪

---

① 公元前7世纪至公元前6世纪古犹太先知。——译者

是人类生活中最可爱的时期。对这一点，斯塔科韦尔有他自己的根据。当然，如果从中世纪历史中除去对美丽的妇女和圣母的迷信的话，其余的一切都使斯塔科韦尔感到完全满意。

他可以扳着手指头列举中世纪的种种优点。第一，地球上比较宽广。第二，茂密的森林和水一直到达人们住处的门槛。人呼吸的是密林中令人神清气爽的空气，吃的是大地纯净的汁液，而不是呼吸煤油的油烟，吃罐头食品。第三，那时候壮丽辉煌的诗篇已经十分繁荣兴盛，犹如百花盛开，人类的思想也已经十分敏锐机智，并不亚于现在。第四，人类本身比文明极盛的时期纯朴、开朗，也更讨人喜欢。

斯塔科韦尔利用一切机会向我证明中世纪的美。似乎他能轻而易举地把我迁往那些遥远的时代，好像我能自由挑选在任何一个世纪生活。他说话犹如一个招募者，好似一个有鼓舞力的信徒，仿佛他就是中世纪的代表，谈到中世纪时，就好像他是刚从那里归来。

就连在乌克兰进行的国内战争和我们的夜间值班，斯塔科韦尔也利用来作为赞美中世纪的材料。

当红军放弃基辅、不知是谁的炮兵隔着城市进行间接开火的那天夜里，斯塔科韦尔对我说：

“我不知道您是怎么想的，我年轻的朋友，不过我希望只住在中世纪的城堡里。在那些危险时期，只有在那里，人才能体验到一种怡然自得的宁静和安全感。他从每走一步都有危险窥视着他、都可能被吊死在第一根橡树枝上的森林里，进入了有雉堞的城墙的永恒保护之下。吊桥在他身后拉了起来，拉向紧紧关闭的城堡大门。于是，人突然不仅感觉到一种脱险的喜悦，而且感觉到生活是完全充实的。铺着石板的大院里洒满阳光，一片寂静，在这寂静中可以看到生活的闪光，空气中充满生活气息。它吹起要城堡里的居民们去进餐的号角，唱的是生活的歌曲。风在图书室里吹动发硬的书页，发出沙沙的响声，生活也包含在那儿那些厚厚的对开本图书里。人对自己的生活感到放心。而只有在这种情况下，他才能创造出不朽的珍品，我年轻的朋友。”

白天，斯塔科韦尔给我看古代城堡的平面图和素描，上面有宏伟的主要塔楼、枪眼、炮孔，瞭望塔、通道，由许多昏暗的房屋构成的迷宫，两米厚的墙壁，壁炉，内花园和水井。所有城堡都矗立在山顶，矗立在无法攀登的悬崖上。从勃艮第和法兰西岛，从洛林和萨瓦，从波希米亚和亚平宁吹来的风，从四面八方吹向这些城堡。高高的太阳犹如一顶灿烂的光冕，把自己的光照射到塔楼、旗帜和蒙着一层青苔的瓦上。

妈妈特别爱听斯塔科韦尔说话。当我值班的时候，她常常在夜里起来，披上一块暖和的头巾到院子里来。我们坐在房屋的凸出部后面，低声交谈。我们经常停止谈话，好仔细听听某一奇怪的声音。

和所有做母亲的一样，妈妈认为加莉娅和我还都完全是小孩子，天真地劝我，要常和斯塔科韦尔谈谈。

“这是一位博学多识的人，”妈妈说，“是一所活大学。经常和他见面，对你是十分有益的，科斯季克。你不要瞧不起这样的人。”

不，我从来也没有瞧不起这样的人。恰恰相反，我可以一连几个钟头听他们说话。我感谢他们，感谢他们渊博的知识，感谢他们那样慷慨地把自己的知识告诉我。

使我感到惊讶的是，因为我注意听他们讲话，他们也感谢我。他们显然并未受到过分的关怀，没有被别人的关怀宠坏。对此，我只能做这样的解释。借用普希金十分确切的说法，就是——我们俄罗斯人“既懒惰，而且也不富有好奇心”[①]。无论是中学还是大学，都没有给予我如此丰富的知识——像书籍和与人会晤所给予我的那样深刻而又引人入胜的知识。而我，这个过分腼腆的人，总是羡慕那些很容易与周围的人结识，并且立刻就和他们进行生动活泼的交谈的人。我要做到这一点，却需要很长时间。

炮弹整夜都在城市上空呼啸。炮弹在波多尔爆炸时，那声音就像有人把一捆铁皮用力扔到地上似的。

黎明前，苏维埃军队已经沿第聂伯河向上游退去，周围沉寂下来了。

妈妈有一个特点——具有异常强烈的求知欲，而且完全无视危险。一清早，她就进城去了。用她的话来说，是去“侦察”。不久她就回来了，说城里已经空荡荡了，邓尼金匪军还没进来。但有些地方，一些有先见之明的市民已经在房上挂出了沙皇的白、蓝、红三色旗。

当我们在厨房里喝用胡萝卜泡的茶的时候，丰杜克列耶夫大街上传来了熟悉的呼喊声：“斯拉瓦!”我们走到阳台上，看到街上走着的不是邓尼金匪军，而是打着黄色、淡蓝色两色旗的彼得留拉匪帮。他们走路的样子镇静而且似乎很有信心，好像在炫耀他们的奥地利服装。

不久前，我们看着觉得讨厌的那些身穿绣花衬衫、“真正的乌克兰人”，正在对他们高喊“斯拉瓦!”又把自己那些被虫蛀的羔皮帽抛向空中。

城市感到困惑不解。进来的不是邓尼金匪军，而是彼得留拉匪帮。

---

① 引自普希金的《阿尔兹鲁姆游记》。谈到格里鲍耶陀夫的死，普希金说：“写他的传记，是他的朋友们的事。但一些卓越的人从我们中间消失了，而没有留下任何痕迹。我们既懒惰，而且也不富有好奇心……”

他们走到克列夏季克，占据了它，在那里安营扎寨，在市杜马的阳台上挂起了自己的旗子。悬挂在这个阳台上的旗子好像就是声明拥有某种权利的权柱。每个新政权都要把旗子悬挂在这里，表示它绝不会不战而降。

立刻传出谣言，说邓尼金把基辅让给了彼得留拉，从南方向城市逼近的白军正在向奥廖尔方向转移。

被一连串出乎意外的变化和“转变”搞得晕头转向的居民已经几乎无所谓了，管他是谁占领城市，反正一样。只要新来的人不枪毙人，不抢劫，不把人们从屋里赶出去就行。因此，彼得留拉匪帮的到来受到了完全漠然的迎接。

但是，下午1点，邓尼金的第一批骑兵队从佩切尔斯克，从大寺院那个方向开进市内，跟在他们后面的是顿河哥萨克的一个团。

邓尼金匪军来到被彼得留拉匪帮占领的克列夏季克，对所看到的情况感到十分惊讶——他们惊讶的程度并不亚于市民——于是，开始查明这到底是怎么回事。

原来，彼得留拉的一个师在城市西面的一些村庄里隐蔽了很长时间，待机而动。谁也不知道这回事。趁苏维埃军队退出的机会，彼得留拉的这个师决定赶在邓尼金匪军前面，闯入基辅。经过两天战斗，他们占领了城市。

邓尼金匪军自然不喜欢这一情况，他们和彼得留拉匪帮之间开始进行一场秘密而又复杂的谈判。谈判之后，市杜马的阳台上，在彼得留拉的旗帜旁边又出现了一面白、蓝、红的三色旗，证明城市里出现了双重政权。

基辅人给彻底搞糊涂了。难以弄清，到底是谁将统治这座城市。

但快到傍晚，当邓尼金的援兵开到以后，这些疑问全都结束了。两个哥萨克团突然从佩切尔群山，以排山倒海之势向毫无戒备的彼得留拉匪帮猛扑过来。

哥萨克团手持长矛，矛尖向下，一边大声呐喊，策马疾驰，一边朝空中鸣枪示警，出鞘的军刀闪着寒光。没有任何神经能够经受得住这一疯狂和突然的进攻。

彼得留拉匪帮一枪未打，丢掉了大炮和武器，逃之夭夭。那些早上谄媚地高呼“斯拉瓦”的“真正的”老头儿，现在都从阳台上和人行道上疯狂地摇晃着拳头，高呼：“甘巴！”那意思是“可耻”。但彼得留拉匪帮毫不理会这些叫喊，只顾逃跑，不时回头望望。在跑着的时候，还不知把什么东西匆匆地分别塞进口袋里去。

只是当跑到斯维亚托申，到了城外，他们才镇静下来。他们在那儿停下来，喘一口气。他们唯一一个完整无损的炮兵连朝基辅胡乱打了10发炮弹。

没有造成损失，如果不算击毁了弗拉基米尔小山上一个卖冰淇淋的售货亭的话。弹片打掉了俄罗斯启蒙运动者之一——不知是基里尔呢，还是米福季——石膏纪念像上的一只耳朵。

第二天早晨，城里贴出了布列多夫将军的命令，宣布从今以后基辅永远回到了统一的、不可分割的俄国整体之中。

半夜里的喊叫声

大概是那样一个深更半夜的时候，由于那仿佛黏糊糊的黑暗和寂静，周围的一切都变得死气沉沉。就连生锈的水管里的水，在半夜里也枯竭了，不再从水龙头中均匀地滴落到厨房的铁泄水盆里。

在这样寂静无声的夜里，往往会做一些乱七八糟的梦。由于这些梦，以后很久好像心里还觉得怪不好受的。

有人在叫醒我，已经叫了很久，但我怎么也醒不过来。更确切地说，是我不想醒来——正痛苦地在仿佛黏糊糊的混乱的意识中捕捉一道渐渐熄灭的霞光。

突然，透过与这睡梦进行的困难的斗争，听到了呜咽声。我睁开了眼睛，很快在床上坐起来。于是，看到了妈妈。

她坐在我的脚边。几绺白发耷拉到她的脸上。她抓着床背，正在喑哑地、抽搐地哭泣。

“怎么?”我低声问，“出什么事了?”

“轻点,”妈妈吞咽着眼泪，说，“你会吵醒加莉娅的。”

“可是到底出什么事了？你说呀!”

“我不知道。”妈妈茫然地回答，她的头颤抖起来。我觉得妈妈好像是疯了，“我不知道出了什么事，不过想必是很可怕的。你起来，听一听。到阳台上去。”

我摸索着走到阳台。阳台上的门大敞着。我走出去，侧耳倾听，不由得浑身发冷——打老远，从瓦西利科夫大街传来一阵阵许多人恐惧的号哭声，许许多多人面临死亡时的号哭声。这哭声滚过城市的夜空，渐渐接近我们的房子。哭声里分辨不出个别人的声音。

“这是什么?”我不对着任何人，对着黑暗中问。

“大屠杀。”阿玛莉娅突然在我背后回答。

她的牙齿在打战。看来，她已经再也忍不住，眼看就要歇斯底里发作了。

我又仔细听了听。只听到叫喊声，再没有大屠杀的任何其他迹象——既没有枪声，也没有打碎窗户玻璃的响声，房屋上面也没有火光——没有大屠杀时必然会同时发生的任何情况。

在发生海达马克残害犹太人的可怕暴行之后，有一段时间是太平的。邓尼金匪军占领城市的最初日子里，也平静无事。他们暂时还没有触动犹太人。有时，不过那是在离行人众多的街道比较远的地方，一些眼神显得好像是可卡因中毒者的士官生矫健地策马驰骋，唱着他们心爱的歌曲：

> 穿黑衣的骠骑兵！
> 拯救俄罗斯，杀死犹太鬼——
> 他们都是政委！

但是，在苏维埃军队迫使邓尼金匪军从奥廖尔后退，开始往南方驱赶他们以后，白匪军的心情变坏了，在一些县城和小镇上开始发生残害犹太人的暴行。

基辅市四周都有残害犹太人的暴行，这个圈子愈缩愈紧。终于在我说的那天夜里，瓦西利科夫大街上发生了第一次夜间的暴行。

匪徒们包围了许多大房子中的一幢楼房，但是还没来得及闯进去，房子躲藏在黑夜之中。就在这幢黑暗的房子里，一个女人突然恐惧、绝望地尖声喊叫起来，划破了深夜中预兆不祥的寂静。她没有任何别的手段可以保护自己的孩子——只有用这毫不间断、连一刹那也不停顿的恐惧和束手无策的号哭声来保护他们。

突然，整幢房子从第一层直到最高一层，都用同样的呼喊声回答那个女人孤单单的喊叫。匪徒们受不了这样的喊叫声，都拔腿逃跑了。但是他们无处可以藏身，瓦西利科夫大街上以及附近各条胡同的所有房子里，赶在他们到来之前，都已经喊叫起来。

喊声像一阵风，席卷了一个又一个新的街坊，声音越来越大。最可怕的是，这喊声来自似乎无人居住的、黑暗的房屋。街道上荒凉僻静，阒无一人，死气沉沉，只有稀疏、昏暗的路灯微微颤抖，闪闪烁烁，仿佛是在为这喊声照亮道路。

这一切我是后来才知道的。当时我却不知道正在发生什么事情，于是匆匆穿上衣服，想要到传来这撕人心肺的喊叫声的地方去。妈妈也穿起了衣服，她决定和我一起去。

我为什么要去，自己也弄不清楚。但是，我不能留在家里。我明白，在我还没打听出这喊声的原因之前，我绝不会安心。情况不明比在市内黑夜里该死的街道上窥视着每一个人的危险还要糟。

但是我们用不着出去了。就在我们穿衣服的这个当儿，邻近的丰杜克列耶夫大街和我们房屋旁边的一幢3层楼房里也喊叫起来。那幢楼房的窗户里看不到一点儿灯光。

我又走到阳台上，看到有几个人从丰杜克列耶夫大街上跑过，急急忙忙从那些正在喊叫的房子那儿跑开。这大概是匪徒们。

我在打战，这如同害寒热病似的神经性发作。阿玛莉娅坐在旁边的地板上，用手掌捂着脸，摇摇晃晃，轻轻地呻吟着。妈妈把她领走了，给她吃了些缬草酊。

我在听。波多尔、新建筑区、比萨拉布卡都在喊叫，整座巨大的城市都在喊叫。这喊声大概在城市边界之外很远的地方都能听到。它，这要求怜悯和慈悲的哀号一次又一次碰到低垂的漆黑的夜空，又返回地面。

暴行没有蔓延开来。邓尼金匪军的指挥部没料到事情会发生这样的转变，感到惊惶不安。往城市里派来了武装队伍，街道上的路灯点亮了。一清早，各处的墙上贴出了邓尼金匪军司令的安民告示。第二天，《基辅人报》上刊出了著名的保守党人舒利金①的一篇文章，题目是“恐惧的折磨”，在这篇文章里出乎意外地谴责邓尼金的司令部纵容残害犹太人的暴行。

我听到过个别人、一群人由于恐惧而喊叫，但我从未听到过整个城市的呼喊。这是叫人无法忍受的，可怕的。因为人们有一个习惯的、大概是天真的观念，认为有一种对于大家来说都必须遵守的人道主义精神，而现在这种观念却突然从意识中消失了。这是向人类良心的残余发出呼吁的哀号。

是的，人类走向公正、自由和幸福的道路有时当真是可怕的。只有深信光明和智慧一定会战胜黑暗与愚昧，只有这样的信心不允许绝望完全控制人的思想意识。

人类良心的力量毕竟是如此伟大，所以永远也不能对人类的良心完全丧失信心。

关于这一点，不久前一位熟悉的作家给我讲述了这样一个令人惊异的故事。

这位作家是在拉脱维亚长大的，能讲一口流利的拉脱维亚语。战后不久，他乘电气列车从里加到海滨去。车厢里，他对面坐着一个神情平静然而阴郁的、年老的拉脱维亚人。我不知道他们是从什么开始谈起来的，在这次谈话中，老人讲了一段故事。

---

① 瓦·维·舒利金（1878—1976），俄国政治活动家，君主主义者。——译者

“请您听着，”老人说，“我住在里加郊区。就在战争爆发以前，有一个人在我的房子旁边定居下来。他是个很坏的人。我甚至说，他是个没有人格的、凶恶的人。他做投机生意。您自己也知道，这种人是既没有心肝，也没有人格的。有些人说，投机倒把，这只不过是发点横财罢了。不过，是靠什么发财的呢？靠的是人们的悲哀、孩子的眼泪，最稀奇的是靠我们的贪心。他和他老婆一起搞投机贩卖。是啊……却说，德国人占领了里加，把所有犹太人都赶进了犹太人区，为的是杀害一部分人，把另一部分人活活饿死。整个犹太人区都给包围了，连只猫都跑不出去。谁要是走到离哨兵50步远的地方，就会被当场打死。犹太人，尤其是孩子，每天都有许许多多人死去。这时，我那个邻居产生了一个成功的想法——装上一大车土豆，给德国哨兵‘塞几个钱’，把大车赶进犹太人区，在那里用土豆去交换珠宝。据说，关在犹太人区的犹太人手里还有很多珠宝。他当真这样做了。在出发前，他在街上遇到了我，您只要听一听他对我说了些什么，就明白了。‘我呀，’他说，‘只把土豆换给那些有孩子的女人。’”

“为什么呢？”我问。

“因为为了孩子，她们什么都肯干，这样我就可以多赚一倍的钱。”

“我没作声。但为了保持沉默，我也付出了不小的代价。您看到了吗？”

那个拉脱维亚人从嘴里取出已经熄灭的烟斗，指指自己的牙齿——嘴里少了几颗牙齿。

“我默不作声，可是用力咬紧自己的烟斗。结果不但咬坏了烟斗，而且咬断了两颗牙齿。据说，血液会冲到头脑里去。我不知道。我的血不是冲到头脑里，而是冲到两只手里，冲到了拳头里。两只拳头变得那么沉重，好像是用铁铸的。要不是他立刻就走了的话，我也许会一拳就把他打死。他好像猜到了，因为他一下子从我身边跳开了，像黄鼠狼那样对我龇了龇牙——不过，这并不重要。夜里，他把一袋袋土豆装到大车上，到里加的犹太人区去了。哨兵喊住了他，不过您是知道的，坏人只要彼此瞧一眼，就会互相理解。他塞给哨兵一些钱，哨兵对他说：'你是个傻瓜。过去吧，不过他们除了空肚子，什么也没有了。你准会带着你的烂土豆回来的。我可以跟你打赌。'

"在犹太人区，他把大车赶到一幢大房子的院子里。女人和孩子们围住了他这辆装着土豆的大车，默默地看着他解开第一个口袋。一个女人抱着一个死孩子站在那儿，伸出一只手，手掌里有一块已经打破的金表。'疯子！'这个人突然大声喊，'他已经死了，你还要土豆干吗？走开！'后来他自己述说，他不知道自己当时是怎么了。他咬紧牙齿，用力扯开扎在口袋上的绳子，把土豆通通倒在地上。'快点儿！'他对那些女人们喊道，'把孩子给我，我把他们带出去。只不过让他们不要动，也别出声。赶快！'母亲们匆匆地把惊恐的孩子们藏到口袋里，他把口袋紧紧地扎起来。您也明白，女人们连吻一吻孩子的时间都没有。可不是，她们都知道再也见不到自己的孩子了。他装了满满一大车装着孩子的口袋，只是在边上留下了几袋土豆，然后赶着大车就走。女人们在吻他那辆大车的肮脏的车轮，他连头也不回，赶着大车走了。他扯着嗓子吆喝着马，生怕孩子们当中有人哭起来，暴露了大家。但是孩子们都不出声。

"他认识的那个哨兵打老远就看到了他，大声喊道：'喂，怎么样？我对你说过，你是个傻瓜。趁中尉还没来，带着你的臭土豆赶快滚吧。'

“他赶着大车从那个哨兵身旁经过，一边用最恶毒的话咒骂这些像叫花子一样的犹太人和他们该死的孩子。他没有回家，而是一直沿着偏僻的乡村土路驶往图库姆斯那边的森林。那儿有我们的游击队，他把孩子们交给了游击队员，他们把孩子们藏到安全的地方去了。他对自己的老婆说，德国人夺走了他的土豆，还逮捕了他，把他扣留了两昼夜。战争结束后，他和老婆离了婚，离开了里加。”

年老的拉脱维亚人沉默了一会儿。

“现在我想，”他说，第一次微笑了，“要是那时候我忍不住，一拳打死了他，那可就太糟了。”

结婚礼物

列车从基辅慢慢驶往敖德萨，整整走了18个昼夜。我没有计算这是多少个小时，不过我记得十分清楚，这令人疲倦的旅途中的每一小时，对于我们这些乘客来说，都比平时要长一倍。这大概是因为，每一小时中都潜伏着死亡的威胁。

不错，流弹总共打死了取暖车厢里的三个人，还有好几个人受了伤。但所有乘客，特别是几个年轻的天主教教士——日托米尔天主教教会中学的学生——都认为，我们这次旅行能有这样的结果，是幸运的神意。

教士们希望经过伊斯坦布尔、萨洛尼卡、贝尔格莱德和布达佩斯，走这样一条很伤脑筋的道路到波兰去。我们当中当然谁也不相信，这些教士中哪怕会有一个人能活着到达波兰。

秋天，当白匪军还待在奥廖尔和库尔斯克之间的某一个地方，而且感觉到很放心的时候，在秋天一个天气暖和的黎明，基辅突然被猛烈的机枪声惊醒了。

和往常一样，不进行侦察，是什么也弄不明白的。进行这种侦察的是妈妈。当我们大家被枪声惊醒，匆匆忙忙穿衣服的时候，妈妈到街上去了。她很快就回来了，很高兴，而且很兴奋。

妈妈的勇敢精神总是使我感到惊讶。对她的勇敢可以做这样的解释：她是一个信念坚定的宿命论者，认为每个人的生命都掌握在确定不移的命运之中。无法逃避命运。命中注定了该怎样，就一定会怎样。

妈妈带回了一个惊人的消息——苏维埃军队从西方冲进了基辅，占领了直到加里西亚市场的整个市区。

从基辅到最近的苏军前线并不近。无法想象，苏维埃军队能在白匪军占领区悄悄地进行这样的转移。因此，苏维埃军队的出现仿佛是一个奇迹。但这一奇迹是完全可以感觉得到的，越来越经常地啪啪打到我们这幢多灾多难的房屋砖墙上的子弹，就可以证明这一点。

原来，还在邓尼金匪军进攻初期就从南方撤退的苏维埃军队，留在了基辅附近地域辽阔、很难通行的伊尔片沼泽地带，在那里隐蔽起来，整个夏天，直到秋季都待在那里。不仅邓尼金匪军，而且基辅市里都没有任何人料到这一情况。伊尔片沼泽周围村庄里的农民连一个字也没有透露那里有苏维埃军队。

所以现在这一部分军队突然冲进基辅，一面战斗，一面向前推进，占领了半个城市，夺取了许多粮食和武器。后来又且战且退，退往北方，穿过战线，回到自己人那里去了。

战斗十分激烈，出现了好几个战斗中心。一会儿在城市的这个地方，一会儿在另一个地方，只是到傍晚战斗才平静下来。

第二天获悉，邓尼金匪军司令布列多夫将军决定宣布动员40岁以下的所有男人。我决定去敖德萨，以逃避这次动员。

妈妈已经安下心来，在基辅她有房子住，而我临走时几乎把所有的钱全都留给了她。在那时以前，加莉娅做假花，收入已经很不错了。除此而外，妈妈和加莉娅都成了阿玛莉娅的朋友。我知道，遇到灾难的时候，她绝不会撇下她们不管。

我们商量好，只要基辅一切都正常了，我就回基辅来。因此，我去敖德萨时，心情是平静的。

第一夜顺利地过去了，虽然地平线上有火光在光中摇曳。列车悄悄地行驶着，没有灯火。列车经常停下来，好长时间停在那里，仿佛在倾听夜间模糊不清的声音，不敢继续前进。有时它甚至开倒车，稍稍后退，仿佛要躲开过分明亮的火光，藏到阴影里去。每一次我都好像觉得，前面很远的地方有一些黑乎乎的骑马的人，他们没有发觉我们，正策马快步穿过铁路路基。

我们这节取暖货车上有5个天主教教士，《俄罗斯言论报》的一个工作人员纳扎罗夫，还有一个很好动的、瘦瘦的敖德萨人，他的纽扣孔上戴着一条法国荣誉团勋章的绶带，他叫维克多·赫瓦特。第一次世界大战时，他在法国军队里工作，甚至参加过著名的马恩河会战。

赫瓦特一路上都在说俏皮话，多半是嘲笑自己的犹太人出身。他所以要说俏皮话，大概是为了把心中的忧虑压下去。我们大家都明白，如果碰上任何一伙匪徒——当时乌克兰遍地都是土匪——首先就会把赫瓦特枪毙。

当时对“枪毙”的概念有许多种说法：“站到墙边去”，“换开”，“消灭”，“送他去神灵的司令部”，“报销”，等等。几乎全国的每个省都有自己的说法。

赫瓦特说俏皮话的本事在那时候是一种宝贵的品质。一句成功的俏皮话可以使人从不可避免的死亡中获救。

纳扎罗夫也有一个很好的特点——天真和近视，这些特点曾几次从灾难中救了他的命。因为天真，就连最桀骜不驯的匪徒也会对他产生好感。而高度近视，他们认为，这是一种完全软弱无力和无害的可靠标志。

几个天主教教士全都面色苍白，性情温和，是一些过于殷勤多礼的年轻人。遇到危险时，他们悄悄地用不易察觉的动作画十字，不时惊恐地瞧瞧我们。

但在旅途中的第三天，教士们已经长出一脸硬毛，失去了温文尔雅的外貌。他们也和我们一样，好几昼夜都没洗脸了。因为经常要往车上装劈柴，他们的长袍都撕破了——教士们很卖力气地拆毁车站上的板墙和护路亭，把木头送去给机车当柴烧，而且认为他们是干这种事情的最好的专家。维克多·赫瓦特指挥教士们的这个运柴小组。

在法斯托夫，有一个胖女人爬上了取暖车厢。她神情愉快，长着一双看上去非常年轻的眼睛。她叫柳西耶娜。

她首先把一个大包扔进敞开着的取暖车厢门里。大包是用一条茨冈人的破披巾缝成的，上面落满了尘土。这时，那几个教士正规规矩矩地坐在门边的木板床上，嘴里嚼着硬得像石头似的黑麦烙饼。维克多·赫瓦特说，这些烙饼所以叫作黑麦饼，仅仅是因为，马一看到它们就会高兴得嘶鸣起来[①]——在这些饼上有那么多麦秸。

“喂，你们这些笨蛋！”柳西耶娜对那几个教士喊道，“把手伸给妇女，拉她一把啊。你们是看到的，我自己可爬不上去。”

教士们跳起来，互相推推搡搡地向门口跑去。他们为自己的过失感到不好意思，大家合力把柳西耶娜拉进了车厢。

“唉——唉，”她叹了口气，朝取暖车厢仔细打量了一下，“原来你们这儿的环境并不怎么样啊。”

教士们很窘地默不作声。

“好吧，神父们！”柳西耶娜打量完了取暖车厢，并且拉紧整个袜筒全都织补过的丝袜说，“我坐到板床上那个黑暗的角落里去，免得让你们认为，好像我想要侵犯你们的童贞。顺便说说，你们需要这个童贞，也就像死人要用热敷治病一样。”

一个教士不合时宜地嘿嘿笑了一声，维克多·赫瓦特却毫不客气地说：

“我深信，亲爱的，在您的帮助下，我们准会通通完蛋。不过即使完蛋，也会十分愉快，而且会叽叽喳喳地说个不停。”

“住嘴，您这个尖声叫唤的人。”柳西耶娜用装出来的低音回答，“或许，我不是敖德萨人，没见过比您更有地位的公子哥儿呢？我不跳下流的康康舞，不过在哈尔科夫的‘季沃利’咖啡馆里当过歌女。我会唱那样的歌，我亲爱的，管叫您贫血的血液也会沸腾起来。总而言之，请一个年轻的女人吃点儿烙饼，是不碍事的，除了开玩笑的笑话，她已经两天没吃东西了。”

---

① 这是一句俏皮话，因为“黑麦”和“马嘶”在俄语中发音相似。——译者

我们请她吃了烙饼。从这一时刻起，正如赫瓦特所说的，我们的取暖车厢里过起了“新的快乐生活”。

柳西耶娜狂热的激情和乐观情绪把什么都不放在眼里—— 一切，就连我们这辆半已被打坏的列车经常受到扫射的威胁，以及匪徒们可能夺取这列火车，也被柳西耶娜当作开玩笑的借口，当作应付那些由于她的在场而完全变傻了的教士们的方法。她和赫瓦特比赛说俏皮话，唱轻佻的小曲，说一些勾引人的笑话，把那几个教士搞得狼狈不堪。

教士们只是唉声叹气，但是他们的眼睛里越来越经常地流露出强烈、真诚的赞美神情，对这个“伟大的淫荡女子柳西耶娜小姐”赞叹不已。他们显然都喜欢她。他们在天主教教堂的教义中，在《新约》和《旧约》中，而且大概也在教皇的通告中寻找为她辩护的理由。

最后他们宣布，她就是我们时代的抹大拉的马利亚。大家都知道，这个火红色头发的美人儿，这个不分昼夜都在犯罪的荡妇，因为她对耶稣的纯洁的爱，被列为圣者——因为她曾扑倒在枯焦的各各他地上，扑倒在那个钉在十字架上的人脚下，用自己披散着的浓发裹住他的双脚。而当这头发一接触到他，他那被钉碎的踝骨和手掌上的疼痛就立刻消失了。

有多少妇女走过这同一条罪恶之路，而后来都成了圣者。作为这一点的证据，在文艺复兴时期伟大的艺术大师们的绘画上，她们的头上都有一圈微弱的金色光环，闪闪烁烁。而洁白的百合花则俯向她们轻盈的衣裾，散发出纯洁的芳香。

教士们在低声谈论着这一切。我懂波兰语，听着他们的议论，我越来越倾向于同意这样一种见解：天主教及其对圣母的崇拜，只不过是肉欲的表现形式之一而已。虽说这肉欲是含蓄的，然而却是明明白白的，而且是永恒的。

我对此完全深信不疑，时间却要迟得多了。那是在许多年以后，我在那不勒斯和罗马许多大教堂各种不同色彩的昏暗光线中看到了那些睫毛低垂、面色苍白的圣母像，看到了仿佛正在微微颤抖的小巧的朱唇上那神秘的、似乎在向人召唤的蒙娜丽莎的微笑。于是我深信，事情的确如此。

现在，时隔多年，我好像觉得在那节被打坏的取暖车厢里进行的这些谈话和那些想法，都似乎是不真实的。秋风正在这节取暖车厢被子弹打穿的破洞里轻轻呼呼作响，一些完全不同的人和睦地、愉快地生活在一起——其中包括一个陷入贫困之中的歌女、生活放荡浪漫的交际花柳西耶娜，几个天主教教士，一个荣获荣誉团勋章的人，一个眼睛高度近视，与一本《海涅文集》形影不离的哲学家纳扎罗夫，还有我——当时我也是个没有明显的职业、爱好幻想的人。

列车经常停下来，机车开始拉响恳求的汽笛。这就是说，燃料快完了，乘客们如果想继续往前走，而不是等待离得最近的土匪来打死他们，那么就得跳出车厢，去拆毁最近的木板墙或车站集市上的大箱子，拿来当燃料烧。

于是，赫瓦特轰隆一声推开沉重的取暖车厢的门，对教士们大声喊道：

“喂，圣徒们，拿起斧子来！”

我们这节取暖车厢里有一根铁棍和两把斧子。教士们拿起斧子，跳下取暖车厢。他们往下跳的时候，撩起长袍，于是露出了士兵穿的笨重的足球鞋和绑腿。

我们也跳下车，向离得最近的木板围墙跑去。这些突然袭击并不总是能顺利结束。有时围墙的主人会用截短枪筒的半截儿枪向我们开火。于是，司机不拉汽笛就启动列车，赫瓦特大声喊叫："虔诚信仰基督的战士们！上马！"——我们已经不得不在列车运行中跳上取暖车厢。

过了白采尔科维以后，列车经常遭到扫射。通常都是从路旁的小树林和灌木丛中向列车射击。我们暂时还没看到射击的人。

扫射时，我们都躺在床板上。或者，还是用那个赫瓦特的话来说，"压缩靶子"。赫瓦特肯定地说，躺着的人受伤的机会只有站着的人的十六分之一。

我们不太喜欢这样做。特别是在一发流弹刚好在柳西耶娜头顶上方打穿了车厢壁，从她蓬松的头发上打掉了那把高高的西班牙梳子以后——这把梳子是她的祖母、在德涅斯特河上的雷布尼察市卖面包圈的小贩留给她的遗产。

一发子弹打到梳子上，发出一声号叫。有一会儿工夫，我们似乎觉得它发了疯，在车厢里东奔西窜，寻找出路。但是子弹又打到车厢壁上，落到了一个教士的背上。

他把那发子弹拾起来，藏到钱包里，并且发誓要用一条银链把它挂到琴斯托霍瓦圣母像前，以感谢圣母救了他的性命。

柳西耶娜整理了一下头发，坐到铺板上，故意用尖锐刺耳、热情奔放的声音唱道：

你好，我的柳布卡，你好，亲爱的，

你好，亲爱的，再见啦！

你卖光了我们所有的悬钩子——

现在请收下这些齐墩果吧。

教士们齐声跟着唱了起来。后来柳西耶娜想了想，说：

“要是我被打死了，那么请用这条茨冈人的披巾把我裹起来安葬。至于教士们会为我举行头等的葬仪，对此我是毫不怀疑的。”

脸朝下俯卧着的教士们当中（枪声比较稀疏了，但还没有停止）传出了奇怪的轻微的响声。好像教士们在竭力忍着，以免哈哈大笑起来。

“会让我进天堂的，”柳西耶娜很有把握地说，“甚至是随随便便地让我进去。因为我要给彼得[①]唱一首这样的小曲，逗得他笑得流出泪来，擤擤鼻涕说，‘柳西耶娜小姐，我简直感到遗憾，因为我是在这个让人讨厌的天堂里，而不是在罪恶的尘世上遇到您。要是在尘世上遇到您，我准会跟您快快活活地过日子，叫人们看了只是晃着脑袋说，‘这真不错！’”

教士当中最拘谨的那一个说：

“这是亵渎神明啊，柳西耶娜小姐！愿圣母宽恕您。我们早就宽恕您了啊。”

“这可真得谢谢你们了。”柳西耶娜回答。又突然声音很轻很轻地补了几句：“你们，我亲爱的男人们！要是你们知道，我心里多轻松就好了。谁也不缠着我，谁也不流口水，谁也不像奉承妓女那样奉承我，而且谁也不知道我的胸膛已经被打穿了。在卢甘斯克我曾经开枪自杀。有这么一个该死的城市，我的孩子死在那儿了。我的孩子……”

---

① 指看守天堂大门的圣彼得。——译者

她俯卧在床板上，不作声了。我们都默默不语。

“我干吗要到敖德萨这个鬼地方去？那里有什么我需要的呢？”柳西耶娜突然说，说话时并没有抬起头来。

我站起来，小心翼翼地打开车厢门。一条蓝色的小河在干旱的草原上曲折蜿蜒。秋天的白色太阳在空中照耀着，太阳渐渐消失的温暖碰到了我的脸。我们的列车扑哧扑哧地喷着气，摇摇晃晃地慢慢驶往南方，驶向遥远的大海，烟雾蒙蒙的高空中一群大雁也在向那边飞去。

在科尔孙，有一个脸上有麻子的、头发火红色的村妇上车。她要到兹纳缅卡去给她女儿办婚事，还给女儿运去一个装满嫁妆的、很沉的五斗橱，作为送给她的礼物。

这个女人喜欢大喊大叫，还爱发脾气。她的裙子底下耷拉着一些肮脏的黄色花边，老是碰到那双擦过油、打过掌的靴子。

那婆娘像个土匪头目一样指挥那些饿得面有菜色的铁路工人。她向他们大声吆喝，要求他们把五斗橱搬进取暖车厢去。

但是人们都不让那个带着五斗橱的女人到取暖车厢里去。为了她的五斗橱，为了她那张亮光光的、血红的脸和尖锐刺耳的声音，全列车上的人都对她大发脾气。

我大概是第一次看到这样典型的女富农——贪婪、凶狠，在普遍破产和贫困的时候，由于感到自己富裕，能吃饱肚子，显得蛮横无理。那时候乌克兰还有许多残忍而傲慢的富农。为了自己过富裕日子，这样的女人能掐死自己的亲爹，她们的“好儿子”则到土匪头目们麾下去当土匪，到马赫诺和泽廖内那儿去入伙，并且像冷血动物那样把人活埋，用枪托砸碎孩子们的脑袋，从犹太人和红军战士的背上割下一条条皮来。

那婆娘在五斗橱旁走来走去，一会儿解开扎在脖子上的暖和头巾，一会儿又把它系紧，并且过分用力地大声叫喊：

“车上装满了叫花子，可我们这些主人们却连个坐的地方都没有！他们，那些城里人和他们的太太们穷得精光，只剩下裤子上的窟窿！真该像碾死蛆那样碾死他们，而用不着把他们从基辅运到敖德萨去。”

背稍有点儿驼的车站值班员站在发狂的那个婆娘旁边，神情沮丧地默默不语。

“你干吗像绵羊似的站着！我给你脂油和面包是为了什么？为了让每一个叫花子都在这儿嘲笑我吗？你答应让我上车，就得让我上车！要不，就要你把面包和脂油都还给我。”

值班员挥了挥手，沿着列车往前走去。他不时朝车厢门里张望一下，讨好地请求乘客们，怕让那个婆娘听到，说话的声音很低：

“让她，让我说的这个女人上来吧。劳您驾，求求您。她丈夫是村长，是个土匪。他会打死我的。再说我连一点儿面包屑都没有，可她给了我一个面包。”

但取暖车厢里的人都是铁石心肠。于是值班员和司机达成了协议，司机同意把五斗橱放到机车前面的平台上车灯之间，以换取答应给他的脂油和面包。

大家很吃力地把五斗橱拖上了机车，用粗铁丝把它紧紧捆住。那个女人坐到橱上，像一只孵蛋的母鸡，用自己的脏裙子把五斗橱盖起来，她自己把头裹在暖和的头巾里，于是列车启程了。

我们就这样继续前进——机车上放着一只五斗橱，上面坐着一个怒气冲冲的婆娘，一路上小男孩们都吹着口哨、大声呼喊着迎接我们。

在所有车站上，那个婆娘都要解开装食品的袋子，贪婪地吃东西，而且吃得很多。也许，她并不总是想吃东西，但她怀着幸灾乐祸和挑衅的心情故意这样做，为的是向饥肠辘辘的乘客们报仇，在他们面前神气一下。

她把油质细腻的粉红色脂油大块大块地切开，用有力的手指撕开烧鸡，把柔软的小麦面包塞进嘴里。她的腮帮子上抹得油光光的。吃完以后，她故意打着响嗝儿，把腮帮子鼓起来。

她很少离开自己的五斗橱，就连去解手最多也只是从机车走出去两三步远。这不仅表明她不知羞耻，而且也说明，她完全蔑视大家。

司机不满意地从喉咙里发出咯咯的声音，扭过头去，不过什么话也不说。他还既没得到一点儿面包，也没得到“一小块”脂油。这一切都是答应给他的，但只是在兹纳缅卡，当他把这个婆娘送到她要去的地方以后，才会兑现。

整个列车上的人都恨透了五斗橱上的那个婆娘，恨得要命。这憎恨甚至压倒了乘客们对死亡的恐惧。有些人恨她甚至恨到了这样的程度，竟急不可耐地等待着某一伙“好匪徒”狠狠地扫射我们的列车。大家都深信，首先会打死那个婆娘——她和她那个五斗橱是个理想的靶子。

在博布林车站那边的某个地方，我们复仇的幻想实现了，不过只实现了一部分。傍晚，马赫诺匪徒扫射了我们的列车。有几发子弹打中了五斗橱，那个婆娘安然无恙。不过，有一部分嫁妆被子弹打坏了，打穿了几个洞。

从那以后，那婆娘咬紧发青的嘴唇，呆呆地坐在五斗橱上。她的眼睛里含有那么多凶恶的仇恨，以至没有特殊必要的情况，乘客们宁可不从机车旁边经过。

我们在等待复仇。我又想起了妈妈说的所谓报应的规律。听到这种规律，教士们都活跃起来，齐声证实说，无疑是有这样一条规律，就是在内战时期，它也不会失效。柳西耶娜却说没有任何报应的规律，只有一些窝囊废男人，他们不敢从经过的第一座桥上把那个婆娘连同她的五斗橱通通扔到河里去。

报应终于到了。果然不出所料，报应到来的那天，天空布满仿佛被撕碎的乌云。乌云以不可思议的速度在空中掠过光秃秃的田野，像冰雹一样沉甸甸的雨带抽打着兹纳缅卡车站上泥灰剥落的墙壁。

似乎是复仇女神本人放出这些凶恶的乌云、雨和潮湿的风，让它们到大地上来的。

事情是从这里开始的——那婆娘本来答应给司机5俄磅脂油和两个大面包，可是只给了他1俄磅脂油和一个面包。司机一句话也没说。他甚至谢了谢那个婆娘，并且请司炉帮忙一起从机车上卸下那个五斗橱。

那个五斗橱足有15普特重，不会少于15普特。他们很吃力地把它抬下机车，放到了轨道上。

“两头健壮的公牛，”那婆娘说，“却抬不动一个五斗橱。把它抬远一点儿。”

“你自己试试看，能挪得动这个鬼东西吗？”司机回答，“没有铁棍是不行的，我这就拿铁棍去。”

他爬进司机室去拿铁棍，但是他没拿铁棍，却从机车上向两旁喷出两股嗞嗞响的热蒸气。婆娘大叫一声，跑开了。

司机开动机车，撞到五斗橱上。五斗橱干巴巴地咔嚓一声，裂成几半，所有贵重的嫁妆都从里面掉了出来：棉被、衬衣、连衫裙、毛巾、白铜刀叉、调羹、一块块衣料，甚至还有一个镀镍的茶炊。

机车狂欢地鸣着汽笛喷出一股股蒸气，从这些嫁妆上碾过，向给水塔驶去，把茶炊压成一个扁饼。但这还不够。司机又向后倒车，把机车停在嫁妆上，突然从机车里流出许多混合着机油的热水，正好浇到这些嫁妆上面。

那婆娘扯下头上的头巾，抓住自己的头发，拼命撕扯，脸朝下趴在地上，拼命号哭。她那双手抓着一绺绺撕掉的头发，在钢轨附近的水洼里抽搐地乱动着，好像她打算游过这个水洼去。

后来她跳起来，向司机冲去。

“我要挖掉你的眼睛！”她大声喊，并且动手挽起袖子。

有人抓住了她。

从人群中挤出一个个子矮小的人来。这个人是由一顶很大的方格便帽、一双新胶鞋和一个从帽子底下翘出来的尖鼻子组成的。他就是那个婆娘的女婿。他来接她，可是来迟了。

女婿看了看那一堆破破烂烂的嫁妆，拖出那个压扁了的茶炊，把它扔到婆娘脚边，用吱吱呀呀的声音高声说：

“好啊，亲爱的妈妈，非常感谢您。谢谢您这么完整地运来了我们的最后一点儿财产。”

婆娘转身面对女婿，一把抓住他的胸口，朝他脸上啐了一口唾沫。人群哈哈大笑起来。

我们在博布林站停了好几天。前面在修复被马赫诺匪徒破坏的路基。

在博布林车站以南，有一伙乌克兰凶恶的亡命之徒乘坐双套敞篷马车疯狂地驰骋，无法无天，大声呐喊，车声辚辚，从奔跑着的马车上用机枪开火，打着呼哨，抢劫财物，强奸妇女。但只要一遇到强有力的对手，就赶紧逃窜。

从不久前还是古风未泯、由于锦葵丛点缀其间远远看去一片粉红色的小城镇里，会突然冲出一些极其残暴的土匪头目。“乌曼大屠杀”的血腥时代重又出现了，马刀嗖嗖地响，砍掉飞廉的花和人的脑袋。绣着死人头的黑旗在赫尔松辛纳的和平草原上呼啦呼啦地飘扬。在20世纪的残酷、猖狂和出人意外的无知面前，中世纪已经变得黯然失色。

这一切都躲在哪里？在什么地方渐渐成熟、积蓄力量、等待时机？谁也说不出来。历史在急剧倒退。世界上一切都混乱了，在度过多年平静生活以后，人第一次又感觉到在另一个人凶恶的意志面前完全孤立无援、束手无策。

关于这一点，纳扎罗夫谈得比谁都多。教士们默默不语，柳西耶娜整天价睡觉，赫瓦特却不喜欢这种谈话。因为这种谈话很少提供嘲笑人的笑料。

离博布林车站4公里远有一个叫斯梅拉的小城镇——就是我还是个小孩子的时候和娜嘉阿姨去过的那个小城镇。在那里，我曾见到一个爱上娜嘉阿姨的、蓄着大胡子的年轻画家。

列车中途停车的第二天，我步行到斯梅拉去。访问早已离开的地方，旧地重游，这多半是令人伤感的事。时而在这里，时而在那里，会碰到一些已经完全忘却了的事物，这会加深你的愁思。不管这是一个旧台阶，一棵已经枝繁叶茂的杨树，还是一个已经生锈的邮箱——从前我就是往这个邮箱里投过一封信，第一次向一位蓝眼睛的基辅女中学生表白了自己的爱情。

斯梅拉镇上静悄悄的，阒无一人。居民们一般都不到街上来，以免忽然碰到醉醺醺的邓尼金匪军士兵。佳斯明河仍然和我童年时一样，河面上覆盖着一层像地毯一样厚厚的、翠绿的浮萍，因此看上去好似草色青青的、春天的牧场。从篱笆后面飘来一阵阵万寿菊的清香。

所有这些地方——无论是斯梅拉，还是邻近的城市切尔卡瑟——都和我家的生活有密切的关系。我在斯梅拉寂静的街道上慢慢走着，在此以前似乎觉得十分短暂的我的一生，突然变成一系列充满许多大大小小事件的漫长岁月，呈现在我的眼前。

人们喜欢回忆，显然是因为隔着遥远的岁月，以往经历的内容会变得更加清晰。还在少年时期我就喜欢回忆，回忆的热情出现得太早了，甚至具有一种好像是游戏的性质。

我回忆的不是连续不断的生活过程，而是个别的，如果可以这么说的话，是生活的个别项目。有时，我开始回忆我住过的所有旅馆（当然，是最便宜的，所谓“带家具出租的公寓”），有时又回忆我一生中看到过的所有河流，我坐过的所有海轮，或者是我认为我可能爱上的所有姑娘。

这种回忆的嗜好原来并不像我最初觉得的那样毫无意义。例如，当我回忆旅馆的时候，我会在记忆中唤起与这些旅馆联系在一起的一切小东西——铺在走廊里、已经磨破的长条地毯上的花，糊墙纸上的花纹，旅馆里的气味和石印画，旅馆里当服务员的姑娘们的脸，她们说话的方式，用坏了的弯木家具——一切，直到一个用颜色像湿砂糖的乌拉尔石头雕成的墨水瓶。这个墨水瓶里从来也没有墨水，却有几个已经完全干透了的死苍蝇。

回忆时，我竭力使自己好像重新看到这一切。只是到后来，当我开始写作时，我才明白这样的回忆对我的工作很有帮助。这样的回忆会使记忆习惯于具体地、清晰可见地记住一切，使记忆养成第二次体验一切的习惯，积累大量个别的细节作为储备。以后，我可以从这些储备中挑选我需要的东西。

我返回博布林车站，已经是入暮时分了。我沿着铁路路基走，路基进入一条深沟。月亮高悬在空中，从博布林车站那个方向传来了枪声。

突然，我的心停止了跳动，随后又砰砰地狂跳起来。因为我忽然想到，我竟有机会生活在这样一个很有意思的时代。这个时代里充满了矛盾和种种事件，充满了伟大的希望。“你简直是太幸运了。”我对自己说，“你是一个生来就有福气的人。”

我们的列车一清早抵达波莫什车站。立刻让我们的列车开到一条很远的备用线上去，那里的一堆堆旧炉渣上长满了一丛丛黑压压的滨藜，滨藜都已经枯萎了。

早晨，我们跳下取暖车厢，吃了一惊——我们的机车已经被摘掉，不知开到什么地方去了。在整条线路连同许多道岔，以及车站上都看不到一个人。车站上似乎已经人烟绝迹。

我去进行侦察。寒冷的车站上空气也是晦暝的。所有的门都敞开着，但无论是候车室、小食堂，还是前厅里都不见人影。车站已经荒废了。

我在发出很响声音的石板地上慢慢走着，来到广场，绕到车站后面，看到了一扇摇摇晃晃的房门。我把门推开，在一间狭长而且很高的房间里坐着一个戴红制帽的、驼背的人——显然，这就是车站上的值班人员。他垂头丧气地坐在桌子后面，双手揣在制服大衣破烂的袖子里，一动不动。他只是用一双红肿的小眼睛瞟了我一眼。他的红制帽下翘着几绺粗头发。

“出什么事了？”我问他，“车站上连个人影都没有。”

值班员从袖筒里把手抽出来，神秘地招手叫我到他桌边去。我走了过去。他用发潮的、冰冷的手指抓住我的手，低声地说：

“大家都跑到草原上去了，只有我一个人留在这儿。说真的，不该我值班，该轮到邦达尔丘克。可是，就像故意与人为难似的，他有老婆和孩子，可我是独自一个人，所以就这么办了。他没求我，是我自告奋勇替他值班。”

值班员越来越用力攥紧我的手。我开始感到可怕了。“疯子。”我想，于是把手挣了出来。值班员困惑不解地看了看我，冷笑了一声。

“您害怕？”他问，“连我自己也怕。”

“您怕什么？”

“怕子弹，”值班员回答，说着站起来，扣上制服大衣，“谁知道那发要打穿我脑袋的子弹这会儿在哪里呢，所以就坐在这儿等着。”

他看了看钟。

“还有半个钟点。”

“有什么事？”

“马赫诺来了，”值班员突然清清楚楚地大声说，“明白吗？再过半个钟点就到这里。”

“从哪儿知道的？”

“就从这儿，”值班员指指桌子上的电报机，“从爱迪生那儿。在没有这个爱迪生以前，人们过得安安宁宁的，什么也不知道。可这会儿，什么都是事先就知道了。这样一来，心里只会觉得惊慌。马赫诺在戈尔塔附近给打垮了，他正匆匆忙忙地跑回老家，到古里雅依波列去。发来了一封电报——要带着他的小伙子们分乘3列军用列车毫不停顿地经过我们波莫什车站，去兹拉托波尔。命令——把所有道岔扳成一条直线，落下扬旗，等着。如果不服从，就要枪毙所有的人。碰上谁，就打死谁。您瞧，是这么说的——‘全世界通通枪毙’。”

值班员指指堆在桌子上、已经弄乱了的电报纸带，叹了口气：

“要是这个狗崽子快点儿从我们旁边过去就好了。您是客车上的吧？”

我回答，是的，是客车上的。并且微微一笑——哪里有什么见鬼的客车呀！只不过是一列肮脏破旧的取暖列车罢了，开起来一会儿歪到这一个车轮、一会儿歪到另一个车轮上去。

“那么请您到列车上去，告诉大家，叫大家关在取暖车厢里，别探头探脑。要是叫马赫诺匪徒看见了，就会把车厢里的人全都赶到壕沟里，用机枪通通打死。”

我带着这个惊人的消息回到列车上。取暖列车上的门立刻通通关了起来，所有的铁炉子都熄了火，以免从洋铁烟囱里冒出去的烟暴露了我们。在我们的列车和马赫诺匪徒的军车经过的主要干线之间停着一列很长的货车，很好地掩护着我们。因此，我们大家都觉得高兴。

但是赫瓦特和我却不满意这列货车，我们想要看看马赫诺匪徒。我们躲到列车和扳道亭后面，偷偷地溜到了车站上。值班员非常高兴——有人在一起，到底会感到轻松些。

“你们到小食堂那儿去，在那儿，从窗户里什么都能看得清清楚楚的。”他说。

“那您呢？”

“我到站台上去，打着绿旗，放列车通过。”

赫瓦特怀疑地看了看值班员：

“也许，最好还是别出去吧？”

“怎么能不出去呢？我是值班员啊。不出去，司机就要停车，到那时——别了，我的杜霞，写信到天堂里去吧。”

我和赫瓦特到小食堂那里去了。那里竖着一块木板，上面贴着早已过期的列车时刻表。我们把木板挪到窗前，好躲在木板后面观看。那样准不会发现我们。如果有危险，可以很容易地从小食堂跑进厨房，再从厨房里下到黑暗的地下室去。

从地下室里跑出来一只带棕黄斑点的灰猫。它瞟了我们一眼，从所有桌子和空柜台上走过去，跳到窗台上，背对着我们蹲在那里，也开始望着空荡荡的铁路。它显然对车站上乱七八糟的情形感到很不满意，它气得尾巴尖直发抖。

灰猫妨碍我们，但是我们下不了决心把它赶走。我们明白，这猫也好比是一个铁路工人，它有权待在这里。而我们——没有这种权利的乘客——应该知道自己的本分。猫不时不满意地回头望望我们。

后来灰猫竖起耳朵来。于是我们听到了疯狂地向车站疾驶而来的机车发出的坚决要求通过的汽笛声。我紧贴在窗户玻璃上，看到了那个值班员。他匆匆走到站台上，拉正了制服大衣，举起卷着的小绿旗。

机车飞驰而来，向空中喷出一团团蒸气，拖着一列一节取暖车厢与一节敞篷平车相互交替牵挂的混合列车。我觉得从我们旁边疾驰而过的平车上，一切都好像是害热病的病人的呓语。

我看到了许多小伙子哈哈大笑的嘴脸，他们身上挂着种种武器——弯刀、海军军刀、镶着银制装饰品的匕首、柯尔特式手枪、步枪和帆布子弹袋。

毛皮高帽、平顶羊皮帽、鸭舌帽、圆顶礼帽和护耳皮帽上，很大的黑红两色花结被风吹得摇来晃去。我在一顶压皱的大礼帽上看到了一个最大的花结。大礼帽的主人穿一件为方便而裁短了的、两面有毛的皮袄，他在对空开枪——显然，是向吓得屏住呼吸的波莫什车站鸣枪致意。

一阵风吹来，把一个马赫诺匪徒头上的一顶扎着花结的圆草帽吹掉了。草帽在站台上滚了好久，最后停下来，几乎正好倒在值班员的脚边。尽管这顶草帽上有一个可怕的黑色花结，但看上去还是一副轻佻的样子。大概，这顶草帽——外省那些专爱追逐女人的家伙梦寐以求的装饰品——不久前还戴在某个理发师搽了油的分头上。可能草帽的主人为了他这种讲究穿戴的嗜好，已经付出了生命的代价。

随后，一个瘦削的、长着一个鹰钩鼻子的水兵飞也似的一闪而过。他的脖子很长，几乎像长颈鹿一样，身穿一件一直到肚脐眼儿全都撕破了的贴身衬衫。显然，贴身衬衫是故意撕破的，好让大家都能看到刺在水兵胸膛上的华丽而且吓人的花纹。我没来得及细看这些花纹，我只记得乱七八糟的一大堆女人的腿、心、匕首和蛇。火药似的蓝灰色刺花上又涂了一层像草莓汁一样的玫瑰红。如果文身也有风格的话，那么这就是“洛可可”[①]风格了。

---

① “洛可可”是18世纪西欧流行的一种华丽的装饰性建筑风格。——译者

随后，有一个胖胖的格鲁吉亚人飞快地过去了。他穿一条绿天鹅绒马裤，脖子上围一条女人的毛皮围脖。他站在一辆双套敞篷马车上，竭力使身体保持平衡。我们看到他身旁有两挺机枪，枪口正对着我们。

那只猫凝神注视着这旋转木马似的奇景，赞叹地浑身战栗。一会儿伸出爪子，一会儿又把爪子缩回去。

一个淡黄色头发、围着一条长围巾、手里拿着一只烤鹅、喝得醉醺醺的小伙子过去以后，一个白发苍苍、看样子好像年高德望的老人，戴一顶钉着破帽徽的中学生制帽，神态庄严地一闪而过。他手持一杆哥萨克长矛，矛尖上绑着一条撕开的黑裙子，裙子上用白颜色画了一轮正在升起的旭日。

每一节平车开过时，都向站台猛然抛出各种不同的声音。一会儿是像号哭一样的手风琴声，一会儿是彪悍的口哨声，一会儿又是歌声。歌声你追我赶，互相打断。

“起来，小伙子们！”第一节平车歌声震耳；“响应帕塔雄的召唤！”第二节平车应和着；第三节却高声唱道：“和圣徒们一同安息，安息，拉宾诺维奇和他的妻子，安息——是的！”接着，又传来了第一首歌曲的悲伤的结尾：“在那草色青青的坟墓下长眠的是什么人？”邻近的一节平车上悲哀地回答：“马赫诺的英勇的小伙子，盖着马衣。”

第一列军车过去了，第二列军车立刻紧跟着闯进站来。双套马车的车辕向上竖起，好似一片森林。列车行驶，车身晃动，于是这森林也在轻轻跳动，摇摇摆摆。鬃毛蓬乱的马匹侧身站在取暖车厢里，摇晃着脑袋。马身上盖着的不是马衣，而是犹太人晨祷时披的罩布——衣服。

驭手们坐在车上，把脚耷拉下来。各式各样的脚从眼前一闪即逝：黄色皮靴，皮底毡靴，毡靴，鞋带一直系到膝盖上的皮鞋，银制的马刺，靴筒上别着军官帽徽的骑兵皮靴，在沼泽地里行走的长筒靴，橙黄色的土耳其便鞋，皮肤粗糙的、通红的赤脚，用红色长毛绒和台球台上的绿呢剪成的绑腿。

突然，列车减低行速。值班员束手无策地回头一看，突然身子蜷缩起来，呆呆地不动了。我们急忙离开窗户，打算跑开。

但列车并没有停下来。它从容不迫、缓缓地经过车站，于是我们看到了一节敞篷平车。除了一辆车门上有镀金的公爵纹章、上过油漆、带活动车篷的豪华4座马车，平车上什么也没有。马车的一根车辕朝上竖着，车辕上飘扬着一面黑旗，旗上绣着："无政府状态乃秩序之母！"平车的四角上都架着机枪，机枪旁都坐着一个身穿英国烟色军大衣的马赫诺匪徒。

一个身体虚弱瘦小的人半躺在4座马车的红色精制山羊皮后座上，他戴一顶黑帽子，穿一件敞着怀的宽大的哥萨克上衣，面色如土，又有点儿发绿。

他把脚放在车夫座上，全身的姿势都表现出一种懒惰的慵倦、餍足的宁静神态。这个人垂下的一只手里拿着一把毛瑟枪，他在玩这支手枪，把它轻轻地抛上去，再在它往下落的半途中接住它。

我看到了这个人的脸，一种厌恶的恶心感觉涌上咽喉。一绺潮湿的额发耷拉到有皱纹的前额上。他的眼睛里——在那双凶恶的、同时又空虚的、像黄鼠狼和精神错乱者那样的眼睛里，不时发出疯狂的、凶狠的闪光。大喊大叫、歇斯底里的疯狂显然从来也没有在这个人的身上平息过，就连现在也是如此。尽管他的姿势是庄严与平静的。

这就是涅斯托尔·马赫诺。

值班员不自然地挺直了身子，把拿着绿旗的右手向前伸出老远，左手举到帽檐上，向马赫诺敬礼。值班员这样做的时候还讨好地面带微笑，再也想不出比这微笑更可怕的东西来了。这不是微笑。这是屈辱地哀求得到宽恕，这是为自己可怜的生命感到恐惧，这是束手无策地乞求得到怜悯的尝试。

马赫诺懒洋洋地举起手枪，连看也没看那个值班员，也没有瞄准，开了一枪。为什么——不知道。难道能猜得出杀人不眨眼的恶魔脑子里会出现什么想法吗?

值班员古怪地挥了挥双手，后退一步，向侧面倒下去。他抓住自己的脖子，弄得双手沾满鲜血，在站台上挣扎起来。

马赫诺一挥手，立刻一梭机枪子弹射向铺沥青的站台，打到值班员的身上。他抽搐了几下，平静了下来。

我们穿过前厅向站台跑去。最后一节取暖车厢从我们身旁开了过去。一个长着一头鬈发、头发剪得很短、穿着羔皮短上衣和马裤的翘鼻子姑娘愉快地微笑着，用毛瑟枪向我们瞄准。一个戴法国钢盔、脸上长满黑色硬毛的马赫诺匪徒推了她一下，子弹打到了我们后面的墙上。

我们跑到值班员跟前。他已经死了，讨好的微笑还停留在他的脸上。

我们抬起他来，竭力不踩到那一汪血，把他抬进小食堂，放到一张长桌上。桌子上摆着一个绿色木桶，桶里的棕榈树已经枯萎了，有一些发黄的香烟头插在木桶的泥土里。

只是到第二天早上，才让我们的列车继续行驶，驶往戈尔塔车站。

教士们都安静下来，整天在低声念祈祷文。

柳西耶娜躺在床板上，一声不吭。望着车厢门外淡白色的天空，赫瓦特懊丧地皱着眉，只有纳扎罗夫一个人试图和我们说话，但是大家都不乐意回答他，于是他也不作声了。

我们到达戈尔塔的时候，那里几小时前刚发生过一场屠杀犹太人的暴行。据说，街上横七竖八地躺着许多被打死的人。我们没能打听出，暴行是什么人干的。谁也不敢到城里去。

半夜里，柳西耶娜哭了起来。起初声音很轻，后来声音越来越大，随后哭泣变成了抽抽搭搭的号啕大哭和歇斯底里大发作。

黎明前，发作过去了。但早晨，当我们在一个小站上醒来的时候，柳西耶娜却已经不在取暖车厢里了。我们走遍了整个列车，可是没有找到她。谁也没有看到她。她不见了。但她把那个用茨冈人披巾缝成的大包留在了取暖车厢里。显然，对于她来说，这包东西已经不需要了。

鲱林卡鱼，自来水和微不足道的危险

鲱林卡鱼是一种像别针那么大的黑海里的小鱼，因为没有任何别的鱼，而且全敖德萨都在吃（或者照南方的说法，说得比较委婉一些——“食用”）这种毫无价值的小鱼。所以只要在卖这种鱼，那总是新鲜的。不过，有时候就连这种小鱼也缺货。

这种鱼或者是稍微腌一腌生着吃，或者是把它剁碎烧成鱼肉丸子。这种鱼肉丸子只能在绝望的情况下才能下咽，或者用敖德萨人的说法——“用眼泪做配菜”才吃得下去。

我和纳扎罗夫（我们彼此住在隔壁）几乎没剩下什么钱。因此，我们只吃鲱林卡鱼和潮湿的玉米饼。玉米饼的样子像颗粒状的蛋糕，味道像茴香水。吃完饭以后，不得不漱漱口，以清除这种玉米饼的强烈气味。

有时我买点儿烤栗子。卖栗子的是一些头上裹着沉甸甸的带毛边的披巾、老是在唉声叹气的老太婆。她们坐在人行道旁的矮凳子上，不时搅拌一下火盆上的栗子。栗子啪啪地爆裂开来，散发出一股栗子皮稍微烤焦了的气味，可是吃起来滋味又香又甜。

敖德萨的灯光很少，路灯到很晚才亮。要不然，就根本不亮。有时静悄悄的秋日的晚上，只有火盆里通红的炭火照耀着人行道。这种从下向上照耀的亮光，使街道有点儿好像梦幻中的景色。

老妇人裹着披巾，城市则裹在浓雾里。整个秋天都是在这沿海的大雾中度过的。说实在的，从那时起，我爱上了雾天。特别是在秋天，当落叶以毫无生气的柠檬色黄光从下面照亮雾霭的时候。

在敖德萨很难找到房子，但我们却很幸运。在兰热隆俯临大海的陡岸上有一条曲折蜿蜒的、僻静的小街——黑海街。这条街上有一座精神病疗养院，是精神病医生兰杰斯曼开办的一家私人疗养院。那些年里生活极不安定，变化无常，因而使精神病患者的数量激增，但是谁也没有钱治病。特别是像兰杰斯曼的这样昂贵的疗养院，更没有人能住得起。因此，疗养院已经关闭了。

纳扎罗夫在敖德萨遇到了一个熟识的女人——一个从莫斯科来的精神病医生，她给我们在这座空无一人的疗养院里安排好了住处。兰杰斯曼——一个神态十分庄严，然而彬彬有礼的人——拨给我们两间不大的白色病房，条件是让我们看守疗养院。我们必须监视着，不要让人把疗养院附近一个小花园里的树砍去当柴烧，不要让人把房子一点儿一点儿地拆光。

疗养院里的暖气不开放。我住的那间房间很宽敞，又有一排很宽的窗户，因此不管“小铁炉子”怎样努力燃烧，却从来也没能使这间房间暖和起来。几乎没有劈柴，我偶尔买点儿洋槐木劈柴。这种劈柴论磅卖，我充其量只能买三四磅——没有钱。

冷得很，特别是在刮北风的时候。加之光滑的瓷砖墙上的白颜色，更增强了这种冷的感觉。

我又在一家报馆里（我忘了报纸的名称）当校对。这份报纸是奥夫夏尼科·库利科夫斯基[①]院士出版的。我每隔两天，也就是在第三天去工作，只得到很少一点儿“钟票”——当时管印着克里姆林宫钟王的邓尼金的伪钞叫“钟票”。

我喜欢在这俯临大海、会发出响亮回声的偏远住处里的生活，我喜欢完全的孤独，甚至喜欢房屋四壁之内仿佛呈颗粒状的、散发着海洋咸味的寒冷空气。

我大量阅读，一点儿一点儿地写作。由于无事可做，我着手研究海上的雾。每天早晨我都要到花园里，到俯临大海的陡岸上去。

在雾中，看不见的拍岸的浪涛冲击着鹅卵石，慢慢传来一阵阵低沉的隆隆声。沃龙佐夫灯塔上的强音雾笛发出凄凉的吼声，钟声在均匀地敲响着。灰白色的小水珠在早已干枯的杂草和洋槐枝上不时发出微弱的闪光。

从那时起，在我的想象中雾就与孤独、与平静和精神集中的生活联系在一起了。雾把大地限制在一定的范围之内，把它关闭在一个不大的、可

---

① 奥夫夏尼科·库利科夫斯基（1853—1920），俄国文学研究家，语言学家，文化史学家，从1907年起为彼得堡科学院名誉院士。

见的圈子里。它只留下了不多一些可供观察的东西——几棵树，一丛染料木，一根未经琢磨的石柱，一扇生铁便门，还有一条堆在花园角落里，不知是做什么用的锚链。

雾迫使我们比平常更留心、更长久地观看这些东西，在它们当中发现许多以前没有注意到的性质。例如，在那块多孔的黄石头上，有许多仿佛紧紧焊在上面的海里的小贝壳。染料木丛中还有几朵花，花开在笔直的、很硬的细枝上，好像几只湿漉漉的、有皱纹的金色蝴蝶，正在耐心地等候太阳出来。但是，太阳很难得透过浓雾，洒下几点好似被冲洗掉的白斑。既不会提供温暖，也不会投下阴影。那棵唯一的法国老梧桐，树干上有一些柠檬色的斑点，树下堆着一堆似乎是用色泽暗淡的绿天鹅绒剪成的叶子。那扇生铁便门上有许多蚂蚁，排成一列，匆匆来回奔跑，把过冬的最后储备搬进它们的地下粮仓里去。那根锚链底下住着一只胆小的小癞蛤蟆。

雾也有它自己的声音。当雾渐渐稀薄的时候，在这之前就会听到雾的声音。那时会听到一种模糊不清的沙沙声。这是水尘聚集成水滴，水滴顺着黑色的树枝往下淌，沙沙响着落到地面上去。后来有一种纯正的、拖长的响声参与到这柔和的沙沙声中来。这就是说，第一滴由雾凝结成的水滴从房檐上落下，正打在一个底朝上扣过来的锌桶上面。

我爱上了雾的气味——淡淡的煤烟味和蒸气味。那是车站、码头、甲板的气味，是这样一些事物——凡是与旅行联系在一起的一切；与辽阔广大的陆地和海洋相互交替出现的一切；风从遥远的玫瑰色海岛上吹来淡淡的柠檬清香，凡是与在这些群岛之间发光的、蓝中透紫的广阔空间里航行密切相关的一切；与湿润的风、与拉芒什浮动灯塔上不安的灯光紧密相连的一切；与列车穿过我们静静的林区、从容不迫的行驶联系在一起的一切；与俘获人类脆弱的心灵、并使之终生陶醉的那些事物密切相关的一切都散发着这样的气味。

当时在敖德萨，有这样一个想法攫住了我的心：要在漫游中度过我的一生，不管赋予我的生命有多久——是很长呢，还是很短，但我一定要经常带着新颖感度过这一生。以便竭尽所能，用我的全部力量把这样度过的一生写成许多部书，并且把这些书，把整个大地，连同它所有诱人的角落，赠送给一位我还没遇到的年轻妇女。她的存在将使我的一生岁月变成一条连绵不断的喜悦和痛苦的洪流，变成在世界之美前面强忍着眼泪的幸福——世界应该永远是这样的，但是在现实中它却难得会是这个样子。

在那时候我深信，我的一生一定会恰恰是这样的。

作家赠送给一个心爱的人的一切，也是赠送给全人类的。我相信这一慷慨和完全献身的、模模糊糊的法则。献出，而不期待什么，不请求以任何东西来做交换，也许只要求得到一些真正微不足道的东西——落到可爱的、温暖的手掌里的一颗沙粒——仅此而已。

以上所写的这一切，文学理论家们称之为抒情的插话，而且劝告作家们不要失去自制，不要把作品的结构弄得乱糟糟的。但是我却认为，可以就像这样——不受拘束、一点儿也不紧张地——写成整整一部作品，只服从想象力和思维毫不停顿的自由奔驰。也许，只有这样才能使表现力得到最充分的发挥。

不过，还是不得不回到鲱林卡鱼和玉米饼，回到敖德萨的秋天来。

这十分有限的食物丝毫也不使我感到难过，特别是在我从停泊在港口上的一艘法国轮船“迪蒙·迪维尔”[①]号上的厨师那里弄到了两听荷兰的浓缩咖啡以后。我用一盒斯塔姆波利厂生产的烟草换来了这些咖啡。这盒烟草是父亲留下的，不知怎么保留了下来，妈妈把它送给了我。

“迪蒙·迪维尔”号停泊在卡兰金港湾的防波堤旁，紧挨着一艘英国驱逐舰。驱逐舰上的水兵整天在防波堤上玩一种浇铸出来的球。

“苏埃德·的里雅斯金诺”公司漆成黑黄两色的轮船定期从的里雅斯特和威尼斯开到敖德萨来。希腊水兵在街上巡逻。他们的蓝制服，扣着小圆纽扣的白色护腿套和很宽的双锋剑都是老式的，好像剧院里的服装和道具。

在那一年，敖德萨令人感到诧异，有各式各样的人不可思议地混杂在一起。

敖德萨那些搞证券交易的小投机分子和小投机商人，即所谓的“土包子”，在那些蛮横无理、残酷无情的外来投机商的进犯前，一个个畏缩退避，惊慌失措。那些外来的投机商自己气愤地说，他们是从“工农兵代表苏维埃”逃出来的。“土包子”只能痛苦地叹息——古老的传统生活已经结束了——那时候承运阿尔汉格尔斯克一车皮柠檬酸的那同一张已经磨破了的铁路运货单，整整一个月在凡科尼的咖啡馆里从一个人的手里转到另一个人的手里，价格时涨时落，让人们可以靠“价格差”赚几个钱。

阿尔汉格尔斯克可望而不可即，似乎比火星还要遥远，柠檬酸也早已成了神话。但这并没有使“土包子”们感到不安，他们干的事情很像狂人们吵吵嚷嚷的游戏。他们讨价还价，喊哑了嗓子，拍板成交，总还觉得受了委屈，有时为了这一车皮柠檬酸或也是这样如同神话般的货物——海绵（在希

---

① 迪蒙·迪维尔（1790—1842），法国航海家和海洋地理学家。

腊的帕特拉斯港口交货）激烈地争吵起来，尖声叫喊，吵上好长时间。

不过“土包子”们有时也会做成几笔真正的交易——一包糖精，一批存放了很久的背带，或者是一批可疑的氯化铵粉。当时氯化铵价格坚挺，它取代了酵母。

从北方跑来的投机商人以一宗宗大胆的、满不在乎的交易使那些心平气和的哲学家——“土包子”们为之目瞪口呆。钻石闪闪发光，而且一定是从沙皇的王冠上取下来的，崭新的英镑和法郎嚓嚓地响，从著名的彼得格勒美人儿肩上脱下来的、最罕见的香气扑鼻的毛皮服装转到了由于经常刮脸，脸都变成了瓦灰色的希腊批发商发抖的手里。俄罗斯投机商们特别慷慨地拍卖“多灾多难的俄罗斯”各省的贵族庄园。

在杰里巴索夫大街上，每晚都可以在一些卖花女那儿遇到许多知名人士。诚然，他们的衣服已经有点儿破了，滑稽可笑的谣言瞬息万变，使他们情绪十分激动。在传播谣言这方面，敖德萨超过了南方的所有城市。

但这些谣言不仅滑稽可笑，而且让人感到可怕。谣言与从赫尔松草原上刮来的猛烈的风一同闯入城市。苏维埃军队打退阻截部队，迫使白军后退，切断道路，冲向南方。白军战线稀疏的链锁形配置好似一根腐烂的线，一会儿在这里断裂，一会儿在那里断裂。

前线每被突破一次，敖德萨就挤满一批开小差的人。小酒馆里吵吵嚷嚷，一直闹到早晨。女人们在那里尖声叫喊，打碎的杯盘响声叮当，枪声砰砰直响——战败的人自己在互相算账，竭力想要弄清楚，他们当中究竟是谁出卖并毁灭了俄罗斯。“死神营”军官衣袖上的白色骷髅头已被泥泞和油污染成黄色，像这副样子已经不能吓唬任何人了。

城市是靠侥幸心理生存下去。根据计算，食品和煤炭储备应该已经耗尽了。但不知是由于什么奇迹，储备竟还没有枯竭。只有在市中心电灯还亮着，不过也是暗淡无光，仿佛十分胆怯。谁也不服从白色政权，就连白匪自己也是如此。

从摩尔达万卡来的、以米沙·亚蓬奇科为首的3000匪徒懒洋洋地进行抢劫，步履蹒跚，好像不大乐意似的。过去那种神话式的抢劫已经使他们感到厌烦。他们想要休息休息，不再干那种终日奔忙的事情了。他们更多的是说俏皮话，而不是去抢劫。他们在饭馆里纵酒作乐，哭着唱那首撕人心肺、痛哭薇拉·霍洛德娜娅之死的歌曲：

可怜的鲁尼奇大放悲声——
薇拉在棺材里长眠不醒。

鲁尼奇是薇拉·霍洛德娜娅的搭档。歌词中说，薇拉在棺材里请求鲁尼奇：

请用淡蓝色的矢车菊
遮住我的胸口，
把痛苦的泪珠儿
洒在我的胸口上。

有一天晚上，我从印刷厂出来，和一个彼得格勒的记者亚科夫·利甫希茨一起回黑海街上自己的住处去。无家可归的利甫希茨已经成了住在兰杰斯曼疗养院里的第三个人。

个子矮小、总是不肯安静、头发蓬乱的利甫希茨有一个绰号，叫“轮子上的亚沙”。所以得了这么一个绰号，是因为利甫希茨走路时那种极不平常的步态——他走路时每个脚掌都要做这样一种摆动的动作——打个比方，就像吸墨器吸干纸上的墨水那样。因此，好像觉得亚沙不是在走路，而是很快地滑行。他的皮鞋也很像吸墨器，或者是像轮子的一部分——鞋掌是弯的，中间凸出来，呈弧线形。

我和“轮子上的亚沙”往黑海街走去，专挑一些僻静的小巷走，以便尽量少与巡逻队相遇。在一条小巷里，从一个大门口走出两个戴着同样的骑手帽的年轻人。他们站到人行道上，抽起烟来。我们迎着他们走去，但两个年轻人一动不动，好像他们是在等着我们。

“土匪。”我轻轻地对亚沙说。但他只是不相信地喷了喷鼻子，含糊不清地嘟囔说：

“胡说！土匪不在这样僻静无人的小巷里抢劫，得检验一下。”

“怎么检验呢?”

“走过去跟他们谈谈。谈谈，就一切都清楚了。”

亚沙有一种处世理论——永远不顾一切地往前闯，迎着危险挺身而上。他深信“多亏了”这个理论，他曾幸运地避免了许多不愉快的事情。

“谈什么呢?”我疑惑地问。

“反正什么都一样，这没有意义。”

亚沙快步走到两个年轻人面前，完全出乎意外地问：

“请问，我们去黑海街该怎么走?”

年轻人很有礼貌地开始向亚沙说明，去黑海街该怎么走。这条路很复杂，他们解说了好久，加之亚沙老是反复提出问题。

亚沙向两个年轻人道谢，于是我们继续往前走去。

“瞧，看到了吧。”亚沙得意扬扬地说，“我这个方法没错儿，十分有效。”

我同意他的说法。但就在这个时刻，那两个年轻人叫我们站住。我们站住了。他们走近前来，其中一个说：

“你们当然知道，去黑海街的路上，在亚历山大公园附近要剥掉所有行人的大衣。”

“哦，真的是所有人吗？”亚沙快活地问。

“几乎是所有人，”那个年轻人改正说，并且微微一笑，“要剥掉你们的大衣，这是毫无疑问的。所以你们最好还是自己在这儿把大衣脱下来。在哪儿剥掉你们的大衣——是在亚历山大公园，还是在缆索小巷，对你们来说反正一样。你们认为呢？”

“是的，大概……”亚沙惊慌失措地回答。

“那么，就劳你们驾吧。”

年轻人从袖筒里抽出一把芬兰刀。我还没见过这么长、这么漂亮，而且显然像剃刀一样锋利的芬兰刀。刀刃就在亚沙的肚子那么高的地方悬在空中。

“如果这不使你为难的话，”手持芬兰刀的年轻人说，“那么请从大衣口袋里把你需要的东西全掏出来，只除了钱。对了！谢谢你！晚安。不，不，你别麻烦了，”他转身对我说，“我们有一件大衣就够了。贪心是一切恶习之母。请放心走吧，不过可别回头。你们要知道，老爱回顾，在生活中是什么正经事也办不成的。”

我们走了，这件事甚至没有使我们十分垂头丧气。一路上，亚沙老是等着什么时候也剥掉我的大衣。但是没有发生这样的事。亚沙突然变得神情阴郁，绷着脸生我的气，好像我能知道为什么只剥掉了他的大衣，或者我是强盗的眼线，和他们是“一伙儿”似的。

总之，亚沙很不走运。纳扎罗夫肯定地说，亚沙属于一种类型罕见的人，这种类型的人会带来背运。他举出两件事作为证据。可惜我无法推翻这些证据，因为这两件事都是当着我的面发生的。第一件是一大瓶水的事，第二件是体温表的事。

那时候，敖德萨的供水情况很糟。要从60公里以外的德涅斯特河里抽上水来。德涅斯特河上的抽水站只是在勉强对付着工作，形形色色的匪徒曾多次扫射抽水站。城市的水源一直如同系于一发——可以毫不费力完全断绝它的水源。

只有城里海拔最低的一些街区水管里有水，而且也不是经常有。人们提着水桶、水罐和茶壶，从早到晚，从全敖德萨络绎不绝地到这些幸运的街区去。

只有为数不多的一些幸运儿——有小车的人——拉着车用大桶去运水。大家都羡慕他们，同时也恨他们。尽管他们是自己拉车，每当他们气喘吁吁地拉着车上坡，或者在下坡时惊恐地跟在车后面奔跑，水也泼掉一半。他们的那副样子叫人看了实在感到可怜。

我们轮流到2公里外的乌斯宾斯基大街上去取水。我熟悉这条街上所有有水龙头的地下室，蒙着眼睛也能找到它们。

在排队等着接水的时候，我们能听到一切最新消息和流言，遇到经常来排队打水的人，就像见到要好的老朋友一样。

女诗人薇拉·英贝尔[①]住得离我们不远，住在绿荫如盖的天文台小巷。她抱着一个大玻璃花瓶去打水。花瓶是用不透明的彩色玻璃制成的，上面有凸出来的淡紫色鸢尾花花纹。

有一次，身体很弱、个子矮小的英贝尔滑了一跤，把花瓶打碎了。但第二天她又拿着一个同样的花瓶前来打水。我只不过是出于怜悯，给她把这一花瓶水送到她家里去。英贝尔那样担心，生怕我会失手打碎这最后一个花瓶。她的恐惧使我感到疲乏无力，我的腿都开始发抖了。

拿着水的时候，我当然总是看着脚下。因此，研究了黑海街和乌斯宾斯基大街之间所有的人行道和马路。

我深信，这是一件诱人的、在某一方面甚至是有益的事。在人行道和马路上可以发现许多很小的记号，它们会使人进行思索并得出结论。这些记号有的使人感到愉快，有的无关紧要，有的却令人感到不快。

特别令人感到不快、几乎是预兆不祥的、而且也是最经常遇到的记号，是几滴、有时是整整一摊血，还有毛瑟枪的弹壳。弹壳散发着弹药的酸味。空钱包和撕碎的证件也令人感到不快。不过很少碰到这些东西。

让人感到愉快的记号比较少，不过花样却比较多。其中最经常遇到的是一些完全出乎意外的东西——花束中几朵枯萎的花，水晶玻璃的碎片，已经干硬的蟹螯，埃及香烟的烟壳，小姑娘失落的蝴蝶结，生锈的鱼钩。这一切都说明和平生活。当然，从人行道上的石板缝里长出来的小草也是令人愉快的记号，还有几朵并不好看的花。不消说，这些花已经干枯了。还有水泥排水沟里被雨水洗净的海边的小圆石头，这些东西也都是使人感

① 薇拉·英贝尔（1890—1972），苏联女作家。

到愉快的。

最多的是无关紧要的记号——纽扣、铜币、大头针和烟蒂。谁也不去注意它们。

我们把水打回来，倒进走廊里一个大玻璃瓶里。

有一次，亚沙·利甫希茨走到走廊里，突然狂叫起来。我从我的屋里跑出来，看到一种无法解释的现象。我和亚沙眼看着很大的玻璃瓶开始慢慢倾斜，短暂的一会儿工夫，它呈比萨斜塔的那种状态，随后轰隆一声巨响，倒在地上摔成千百块碎片。宝贵的水顺着楼梯潺潺地流了下去。

当时，我们当然来得及跑过去扶住那个大玻璃瓶，但我们没有这样做，却站在那里，像中了魔法一样呆呆地看着它。

第二件体温表的事更加令人惊讶。我染上了西班牙流行性感冒，在敖德萨要弄到体温表，不比弄到菠萝容易。城里有多少体温表，屈指可数。这里爱惜体温表，就像一条遇难的小艇上爱惜最后一根火柴。

纳扎罗夫请求报纸编辑、著名的科学院院士奥夫夏尼科·库利科夫斯基借给一个体温表，借用两天。院士是一位著名的人道主义者，一位珍惜自由的俄国社会传统的人，他当然不能拒绝纳扎罗夫的请求。他的嘴唇翕动着，喉咙里发出咯咯的声音。这表明他很不满意，但还是把体温表给了纳扎罗夫。不过以命令的口吻严厉地说，一定要把它放在棉花上，放进桌子抽屉里，要比爱护眼珠还要加倍小心。

纳扎罗夫给我量了体温，但是忽略了院士的命令。他把体温表放在桌子上，就进城去了。我沉沉地睡着了。

亚沙吵醒了我。他小心翼翼地推开房门。门吱呀一声，我醒了。

我朝桌子上看了一眼，感觉到似乎我头上的头发自己摆动起来——体温表突然慢慢地往桌边滚了起来。

我想喊叫，但我喘不过气来。我看到了亚沙的一双可怕的眼睛。他也在看着体温表，而且一动不动。

体温表慢慢滚到桌边，掉到地上摔碎了。大概是由于惊吓，我的体温突然下降。我立刻痊愈了。

我们花了好长时间，绞尽脑汁，也想不出到哪里去弄一个体温表。纳扎罗夫称病，有两天没到编辑部去，以免让院士看到。最后不得不采取不正当的手段。我们配了一把兰杰斯曼办公室的钥匙，在他的书桌里找到了一个体温表。用小偷们转弯抹角的话来说，我们"拿走"了它（小偷不喜欢"偷"这个词），把它还给了奥夫夏尼科·库利科夫斯基。

发生了这两件事情以后，纳扎罗夫开始设法让我相信，亚沙是个危险的人，劝我不要和他一起在街上走。我只是嘲笑纳扎罗夫，为此不久就受到了残酷的惩罚。

为了准确地想象出所发生的事情，得先说几句话来描写一下斯图尔扎小巷。到黑海街来，路上要经过这个小巷，无论如何也不能绕过它去。

这条以普希金时代一个著名耶稣会会员斯图尔扎命名的小巷，总是会在我们心中引起一种隐隐的危险感觉。也许，这是因为小巷两边只有一些石墙，那是一些面积很大的花园的围墙。花园的另一边是大海，花园仿佛突然跌进了大海。这些僻静的石墙不能提供任何保护，没有任何可供隐蔽的地方。那时候，人们都养成了这样的习惯——在街上走路，要预先看准一个最近的可以隐蔽起来的地方，以防碰到枪击或遇到酒醉的巡逻队。

如果不算唯一一幢门洞又窄又暗的两层楼房，斯图尔扎小巷里连一个可以藏身的地方都没有。没有任何人住在那幢楼房里。在窗框已被拆掉的窗户里，杂草丛生。

我没有听纳扎罗夫的警告。有一次，秋天天很晚的时候，我又和亚沙一起回家。

只有严格遵守一系列不成文的规则，才能在晚上到街上行走。不能抽烟，不能谈话，不能咳嗽，也不能让鞋后跟在人行道上发出响声。应当在墙根底下或树荫下行走，更确切些说，是溜过去。每走四五十步就得停下来，仔细听听，朝黑暗中仔细看一看。在十字路口上应该仔细看看要穿过的那条街道，很快穿过十字路口。

我们顺利地走到了斯图尔扎小巷，停下脚步，从拐角上朝小巷里望了望，倾听了好长时间，并且朝伸手不见五指的黑暗中仔细看了看。从一方面来说，黑暗能使人得救，它会掩蔽我们。但从另一方面来说，黑暗又是危险的，因为我们可能碰上埋伏。

一片寂静，静得我们都能听到小巷深处轻轻的拍岸的浪涛声。

我们悄悄地走进小巷。我说，应当沿着有门洞的那一边走，还没走到门洞的时候，就停下来，仔细听一听，然后毫无声息地很快从门洞旁边跑过去。照我看，我的计算简直像数学一样精确。如果门洞里有人，他们可能不会发现我们。如果我们沿门洞对面那一边走，那么从老远就可能看到我们。我计算出，在后一种情况下，我们在危险的门洞对面。或者，更确切地说，在藏在门洞里的那些人注视下行走的时间，要比在第一种情况下长4倍。可见，我们被发现的机会也就多4倍。

但亚沙又小声讲起他的那个理论来，说是永远应该迎着危险挺身而上。我没和他争论，以免增加不必要的吵闹声。于是，我们沿着门洞对面那一边朝前走去。

亚沙暗自一秒钟一秒钟地计算着时间。我们知道，从斯图尔扎小巷到兰杰斯曼的疗养院要走7分钟。在疗养院里，躲在高高的围墙和铁门后面，我们总是感觉到自己是十分安全的。特别是如果不点油灯的话。

当我们经过门洞的时候，亚沙磕绊了一下。后来，当我们回忆在斯图尔扎小巷里发生的这件事情时，亚沙肯定地说，总是这样——如果想要以最好的方式做好某一件事，那就准会因为一件微不足道的小事而失败。我却在暗自想，一切都怪亚沙那使人受不了的走路的步态。不过我没作声，免得使亚沙伤心。

不管怎么说吧，反正亚沙磕绊了一下。由于感到意外，他不是暗自咒骂一声，反而用听得清清楚楚、惊慌失措的声音说：

“对不起！”

“站住！”一个嘶哑的声音从门洞里大声喊叫，一道刺目的手电筒的亮光落到了我们身上，“把手从口袋里拿出来！他妈的，快！”

几个全副武装的人走到我们跟前。这是哥萨克巡逻队。

“证件！”还是那个嘶哑的声音说。

我把自己的证件递了过去。哥萨克用电筒照了照证件，然后照了照我。

“希腊人，”他断定，“加柠檬汁的青花鱼[①]！把你的假证件拿回去。”

他把证件还给了我，然后照了照亚沙：

“你不用拿证件了。”他说，“立刻就能看出，你是耶路撒冷的将军[②]。嗯，好吧。走吧！”

---

① 这是希腊人爱吃的一道菜。——译者

② 指他是犹太人。——译者

我们走了没几步。

“站住!”还是那同一个哥萨克突然歇斯底里地大声喊,“不许动!”

我们站住了。

“干吗站住!对你们说过了——走!”

我们又开始往前走,不过走得很慢,以免暴露自己的惊惶不安。神经紧张到极点,我的背部、我的整个身体都感觉到,哥萨克们正在张开机头。我没听到枪栓哗啦的响声。我明白,这是猫吃老鼠以前在逗着老鼠玩。他们反正要打死我们,每一瞬间都可能是最后的一瞬间。

“站住!他妈的!”那个哥萨克又大喊一声。其余的人都矜持地笑了起来。

我们又在墙边站住了。在黑暗中我没有看到墙,但是我知道,墙是用粗糙的石头砌成的,墙上有凸出来的地方,也有凹进去的地方。

“爬上墙,”我低声对亚沙说,“一下子跳下去!反正完了!”

我很瘦削。我轻而易举地迅速爬上了墙。但亚沙穿着他那双车轮皮鞋却差点儿没摔下去。我一把抓住他的一只手,用力一拉。我们双脚跨过围墙,跳了下去。后面砰砰响起快速的枪声,从围墙顶上飞下一块给打掉的石头。

我们穿过黑暗的花园飞也似的奔跑。抹了石灰的树干在黑暗中闪着白光,这帮了我们的忙。

哥萨克们跟在我们后面也翻过了围墙,一发子弹就在近旁呼啸而过。我们跑到花园对面的那堵围墙前,墙上有一个豁口。

哥萨克们已经在花园里奔跑着了,但是他们失去了枪上肩的时间,所以我们跑出了豁口。离豁口三步远就是陡峭的海岸。

我们从陡岸上滑下去，沿着岸边奔跑。哥萨克们从上面往下打枪，但在黑暗中他们已经失去了我们的踪影，子弹都打偏了。

我们在布满沟壑和洞穴的海岸上走了很久。拍岸的浪涛还是那样漠然地、懒洋洋地冲击着鹅卵石，发出低沉的隆隆声。难以相信，在这飘散着百里香味的温暖的秋夜，面对着这平静的波浪低声喧闹的大海，人会无缘无故地打死像他自己一样的人。由于天真，当时我认为，不可能当着西斯廷圣母像①，或在雅典的卫城前杀人。

很想抽烟，想得要命。枪声停了，我们爬进遇到的第一个洞穴，在里面抽起烟来。大概，我一生中从未体验过抽烟带来的这样的快乐。

我们在这个洞穴里待了约莫3个小时光景，然后出来悄悄地沿着海岸向兰杰斯曼的疗养院走去。周围一片寂静。

我们在疗养院对面抓着灌木丛和石头，沿着陡岸向疗养院城堡似的高墙爬去。围墙墙基上有一个排泄雨水的圆洞，我们从洞里钻进去，用石头把洞堵上——虽然完全无此必要——然后回到屋里。

纳扎罗夫没有睡。听了我们讲的故事，他感到十分惊慌。在没有窗户的浴室里，我们点上油灯，第一次看到了自己的那副样子。衣服撕破了，手也擦伤了，碰出了血。不过一般说来，我们轻易地摆脱了死神。

我们贪婪地喝够了茶，好像喝醉了似的。当然，不是因为喝了茶，而是由于一种奇妙的、无可比拟的、轻飘飘的安全感。如果有绝对的幸福，那么那天夜里我们就体验到了这样的感情。

我想尽可能延长这种感觉。我穿好衣服，拿着被子到敞廊上去——这

---

① 文艺复兴时期意大利著名画家拉斐尔（1483—1520）的名画。

是二层楼上一个很深的壁龛，前面有伸向外边的阳台。敞廊里很暗，风吹不进去，从街上谁也看不到我。

我坐到一把藤编的躺椅上，用被子裹起来，就这样侧耳倾听夜里的种种声音，一直坐到天亮。

大海无止境的喧嚣连1分钟也不停息。大海的喧嚣犹如一连串很长的波浪滚滚而来，时而增强，时而沉寂。风时而在光秃秃的树枝间呼啸，时而沉默下来，也像我这样在倾听黑夜流逝的声音。但风并没有离去，它还在这里。根据潮湿的鹅卵石散发出的气味，根据勉强可以听出的、一片孤零零的法国梧桐叶的颤抖声，我知道它还在这里。

还在白天，我就注意到了这片固执的、灰青色的叶子。但现在，在夜间，我却好像觉得它是一个小小的活的生物，是唯一还没有睡的我的朋友。

偶尔从黑暗中，从城市里传来枪声。每声枪响后，狗都要狂吠好长时间。后来，远方的海上有一点儿暗淡的火光忽然一闪，随即又熄灭了。

周围一切都已进入梦乡。我时常打个盹儿，睡着几分钟，但是睡得不熟。那是一种半睡半醒的状态，这时会像醒着的时候那样，而且只有在醒着的时候，才能那样清清楚楚地看到漂浮在夜间海洋里的大朵大朵白花，或者听到小提琴的琴声。那把小提琴轻飘飘的，只有孩子的手掌那么大。

在这半睡半醒的状态里，我感觉到自己完全变成了另一个人，和往常完全不同——很平静、轻信，变得心情宁静。我听到从大海的黑暗中传来的诗句，很像一个女人的喃喃低语：

对你来说，我的名字里能有什么？

它将死亡，如同大海里的波浪

拍溅在遥远的岸上那哀怨的声音，

又好似偏远的森林里传来夜的声响。[①]

最后一发霰弹

敖德萨的生活一天比一天更令人惊惶不安了。已经在沃兹涅先斯克附近与苏维埃军队交战了。

一艘艘满载逃亡者的轮船在驶往君士坦丁堡。几乎所有这些轮船——肮脏不堪，船舷上的黑色油漆已经剥落——慢慢驶出港口时都倾斜得很厉害。载重量超过了吃水线，浓烟滚滚，烟雾笼罩了整个兰热隆和我们这条黑海街。

不过报纸还在出版。白军司令部知道，末日即将来临，当真是在一小时一小时地渐渐逼近。但它尽一切可能向居民们隐瞒这一情况，特别是瞒着从北方来的逃亡者。报纸上登着电讯，说布尔什维克的进攻已被制止，已从萨洛尼卡向敖德萨派来一支装备着大炮和毒气的强大的法军。

散播这些谣言，是为了使从北方来的逃亡者不要丧魂落魄地继续拥向南方，拥往君士坦丁堡去，不要妨碍白军逃跑。港口上的轮船很少，邓尼金匪军要留着用于他们自己逃命。

报纸还在出版。对一切都已不存任何希望的军官们还在“黄色金丝雀”咖啡馆里惹人讨厌。报纸试图让居民们相信那个已经成为老生常谈的

① 普希金的诗《无题》的第一节。

历史故事——“莫斯科烧毁了，但俄罗斯并未因此而灭亡。”[1]

我在那儿做校对的那份报纸也在大块文章、小品文和诗里没完没了地反复谈论这一话题。

有一次，布宁到我们编辑部来了。他焦虑不安，想要打听一下前线上发生了什么事。他站在门口，好长时间在脱右手上的手套。街上正下着寒冷的雨，皮手套湿透了，粘在了手上。

他终于脱下了手套，用那双平静的眼睛匆匆看了看我们坐在里面的那间烟雾腾腾的房间，说：“是啊，你们这儿并不阔气。”

我们不知为什么觉得很窘，纳扎罗夫却回答说：

“这会儿还谈得上什么阔气啊，伊万·阿列克谢耶维奇。我们已经是奄奄一息了。”

布宁拿起一把椅子，坐到纳扎罗夫那张桌子旁边。

“顺便问问，”他说，“您不知道‘奄奄一息’这个说法是从哪儿来的吗？”

“是的，不知道。”

“总而言之——完了！”布宁沉默了一会儿，说，“雨、寒冷、黑暗，但心里却很平静。更确切些说，是空虚。就好像死亡一样。”

“您发愁了，伊万·阿列克谢耶维奇。”纳扎罗夫谨慎地说。

“啊，不。”布宁回答，“只不过这个世界变得不令人舒服了，就连大海也散发出一股铁锈味。”

他站起来，走进编辑的办公室。

---

① 指1812年拿破仑入侵俄国。——译者

从少年时代起，我就喜欢布宁的作品。喜欢他那无情的准确性和悲哀，喜欢他对俄罗斯的爱和对人民的惊人的了解，喜欢他对世界、对世界丰富多彩的美所做的聪明的赞美，喜欢那种鲜明的布宁的感觉——到处都有幸福，但幸福只给予了解它的人。在那时候，对我来说，布宁已是一位经典作家了。我背得出他的许多诗，甚至背得出他的散文的个别片段。但我认为，就作品所表达出来的痛苦、苦难和正确无误的语言来看，最好的作品是一篇很短的短篇小说，总共只有两三页，这篇小说的题目是“先知伊里亚”。

因此，现在当着他的面我连一句话也不敢说。我简直觉得可怕。我低下头，听着他那喑哑的声音，只是偶尔朝他看一眼，害怕遇到他的目光。

许多年以后，我看完了《阿尔先尼耶夫的一生》。对我来说，这本书中的某几章更高于最完美的诗和散文。特别是那些地方，在那里布宁谈到埋在叶列茨寒冷的黏土地里的他母亲的骸骨，谈到必然会失去仅有的一些心爱的人，谈到对这爱的绝望和在人生的空虚中痛苦地跳动着的可怜的心。他知道一些能撕碎我们心灵的、朴素的语言：

> 夜里，寡妇在哭泣。
> 她满怀柔情爱着孩子，但孩子已被死神夺去。
> 邻里一位老人，用衣袖掩着眼睛，也在哭泣，
> 星星化作泪珠儿，从夜空流向人世。
>
> 每天夜里，母亲都在哭泣。
> 夜间哭泣的人勾起别人的伤心事，也把泪珠儿洒。

星光灿烂，畜棚里一只小羊羔也在哭泣，

上帝用衣袖紧掩双眼，洒下泪雨。[①]

布宁很快就走了。我不能继续工作下去，不能再校对敖德萨记者们凭空捏造的那些胡言乱语和文理不通的简讯了。于是，我回黑海街上自己的家里去。

从锡水似的海上吹来一阵阵黑风。阴郁的雨幕悬挂在大海上空。洋槐叶子已经不再漂浮在洁净的水洼上面，早已沉入水底。现在叶子已化作一层层黄色腐烂物质沉积在水洼底下人行道的石板上，只有湿漉漉的常春藤在篱笆上不时发出微弱的闪光，说明生命尚在。

我向大海，向阿尔卡季走去。水的荒野有节奏地晃动着，悄无声息地冲上被洗净的沙滩。秋天大海的全部阴郁和令人不舒适的感觉都化作复杂的、寒冷的愁思进入我的脑海。我并不抗拒这种愁思。

我已经有多少次在想象自己的一生了。我逐年回忆自己的生活，突然明白了，只有未来能证明被种种矛盾撕碎的我的全部过去是正确的，只有未来能赋予它目的、力量和意义。

也许，未来会从这一生中，从这许许多多遭遇中挑出被真正的人道主义和诗照亮并温暖的一切，帮助我把我一生中这些互不连贯的环节组合成一篇完整的故事吧。谁知道呢，也许人们会需要这篇故事，而不仅仅是我自己需要它。它将帮助人们顽强地冲过阴雨连绵的天气，奔向晴空万里、光彩夺目的遥远的光明地带。

① 见布宁的诗《无题》。

谁知道呢？要奔向的那条光带，现在已经在南方的大海上空慢慢扩大，应该从凝胶似的阴云中把被俘获的滨海地区秋天的太阳释放出来。

一夜之间，那条晴朗的天空已经扩散开来。早晨，我从自己房间的窗户里看到了似乎不像真实的蔚蓝的大海。

刮着微弱的，然而砭人肌肤的东北风。像往常一样，东北风带来了寒冷、晴朗的天空、洁净的空气。枯草蒙上了一层霜花，迎风摇曳，不时发出微弱的闪光和轻微的响声。拍岸的波涛迟钝地、懒洋洋地舔着沿岸的巉岩，在岩石上留下一些白色的冰壳。风从海浪上刮下一层很稠的咸沫，看上去好似搅出泡沫来的蛋白。一团团泡沫在岸上颤抖着，轻轻颤动着，因此很容易相信古希腊人的传说——美丽的女神阿佛洛狄忒[①]就是从这些泡沫中诞生的。

雷鸣般的、沉闷的炮声打断了我这些空洞的思想，炮声好似用铁爪子砰的一声打在城市上。由于这一声炮响，整个疗养院像一个干裂了的玻璃橱，稀里哗啦地乱响起来。啪的一声，从房顶上掉下一片瓦来，摔得粉碎。

后来又传来了第二声，第三声，第四声……炮响。

停在碇泊场上的法国巡洋舰在开炮射击——向草原炮击。炮弹从城市上空飞过，飞往那么遥远的地方。因此，爆炸声传不到敖德萨来。

我从窗户里看到，“轮子上的亚沙”从街上冲进了院子。他打开楼梯上的门，立刻从下面大声喊叫，空旷的疗养院里到处都能听见他那很响的声音：

---

① 阿佛洛狄忒是希腊神话中爱与美的女神。——译者

“布尔什维克在季利古利河口湾突破了防线！已经逼近库亚利尼克。完了！”

库亚利尼克在敖德萨以东，离城只有几公里。

亚沙跑进我的房间，纳扎罗夫也来了。亚沙大声叫嚷着，说白军一枪未放就逃跑了，港口上一片混乱，法国巡洋舰朝草原上胡乱开枪，需要立刻拿上最必需的东西，收拾好小手提箱，到港口去。那里已经开始放人上船了。

“那好吧，”我对他说，“您去吧。这是您的良心问题。不过我认为，无论什么时候，无论在什么情况下，永远也不能抛弃自己的祖国，还有自己的人民。”

“对，”纳扎罗夫补充说，“在俄罗斯之外的生活没有任何价值和任何意义。亚沙，如果您的生命真的是那么宝贵的话——我不知道对谁是宝贵的——那么，您就跑吧，去您的吧。”

“胡闹！”亚沙含糊不清地说。脸红得那么厉害，眼睛都流出泪来，“大家都在跑，这把我搞糊涂了。嗯，当然啰，我哪里也不去。”

当时要求很快做出决定。一分钟的犹豫不决能够毁掉一生，或者能够使它得救。

亚沙留了下来。已经什么也不需要想，也不需要犹豫了。为此，他觉得很高兴。他甚至烧开了茶，我们匆匆喝了茶，就到亚历山大花园去了。

在这个花园里有一个俯临陡岸的古老的拱廊。从那儿，从上向下眺望，可以清清楚楚看到整个港口，以及港口上所发生的一切情况。

以后，我有很久无法摆脱这样一种痛苦的感觉，似乎我已经在一位无情的画家的画面上看到了荷马描绘的这一溃逃场面，看到了这些因为大声呼救、仿佛被撕裂了的嘴，看到了这些瞪得圆圆的眼睛，吓得发绿的脸，由于感觉到死神已经临近而出现的深深的皱纹，恐惧的盲目。这时，人们只看到一样东西——轮船的摇摇晃晃的跳板，还有跳板上被人体压断了的栏杆。在这幅画面上，我还看到了举到人们头顶上的士兵的枪托，母亲们高举在疯狂的人群上面、伸直的手里的孩子，仿佛听到了他们的哭泣，还看到了一个还在马路上尖叫着挣扎的、被人踩在脚下的妇女……

人们在互相摧残，甚至不让那些已经到达跳板并抓住扶手的人得救。立刻有好几只手紧紧抓住这样的幸运儿，吊在他的身上。他拼命往前冲去，在跳板上拖着那些逃亡者，但立刻掉下去，和那些拉着他的人一同跌进海里。由于无法摆脱那些可怕的活的重负，终于沉入水底。

港口所有入口的斜坡上都挤满了人。似乎围墙和房屋都被他们挤得咔咔直响，眼看就支撑不住，轰隆一声倒塌了。这当然会使人们得救。但房屋是用粗糙的石头建造的，它们不肯屈服。只有玻璃连续不断破碎的声音和木头咔咔的响声，说明人们被挤到了窗户上和门上。

被踩坏的手提箱、包袱和篮子在人们脚下顺着斜坡滑下去，好像一些很丑陋的活的生物。东西从这些箱子、包袱和篮子里掉出来，挂在、钩在人们的脚上。人们就这样拖着女人的汗衫和花边、孩子的衣服和带子往前走。这些象征和平生活的东西，更为这逃亡景象增加了一层悲剧色彩。

在港口所有入口的斜坡上笼罩着一团团寒冷的微尘。

军官和士兵夹在人群中间，被人群挤散。只见一些高加索人穿的薄毡斗篷宛如一口口黑钟，在人群中钻来钻去，妨碍它们的主人奔跑。他们扔掉斗篷，于是这些薄毡斗篷好似黑色的地毯，仿佛自己徐徐飘动着，向港口游去。

有一艘轮船中的船长台上冒出一股蒸气，冲向灰蒙蒙的天空，传来一声颤抖的、浑厚的汽笛声。立刻，其余所有轮船也都随声附和，用不同的声音吼叫起来——那是告别的、起航的汽笛声。

汽笛声听起来好像是给那些离开祖国的人做送终祈祷。他们抛弃了自己的人民，抛弃了俄罗斯的田野和森林、春天和冬天，抛弃了人民的苦难和欢乐，与过去和现在都脱离了关系。背弃了普希金和托尔斯泰英明的天才，背弃了对我们朴素而美丽的土地上每一株小草、水井里的每一滴水珠的爱——儿子对母亲的伟大的爱。

防波堤顶端的骑兵仍然那样一动不动地站着。

护送轮船的驱逐舰开了两炮。两发毫无用处的榴霰弹在城市上空爆炸了，发出一阵软弱无力的、颤抖的响声。这是向祖国的土地做最后告别的炮声。

苏维埃炮兵没有还击。人们站在防波堤上，林荫道上，俯临大海的峭壁上，望着那些轮船犹如一团团浓墨在烟雾中渐渐暗淡下来，渐渐远去了。在这胜利者的沉默中含有严厉的责备意味。

轮船在烟雾中慢慢消失了。东北风仿佛翻开了干干净净的一页。俄罗斯——多灾多难、不同寻常、我们直到生命最后一息也在热爱的俄罗斯的英雄历史，应该从这一页开始。

非琴俄罗斯文学经典译文集

ПОВЕСТЬ О ЖИЗНИ

一生的故事

第四部

[俄]康·帕乌斯托夫斯基 著
非 琴 译

河北出版传媒集团
河北教育出版社

图书在版编目（CIP）数据

一生的故事 / (俄罗斯) 帕乌斯托夫斯基著；非琴译. -- 石家庄：河北教育出版社，2017.10（2022.7 重印）
（非琴俄罗斯文学经典译文集）
ISBN 978-7-5545-3673-5

Ⅰ. ①一… Ⅱ. ①帕… ②非… Ⅲ. ①散文集－俄罗斯－现代 Ⅳ. ①I512.65

中国版本图书馆CIP数据核字(2017)第054398号

非琴俄罗斯文学经典译文集
一生的故事

作　　者　康·帕乌斯托夫斯基（俄罗斯）
译　　者　非　琴
策　　划　杨　才　蒋海燕
责任编辑　蒋海燕　郝建国　马海霞
　　　　　霍雅楠　石　姮　程亚星
装帧设计　于　越　郝　旭
出版发行　河北出版传媒集团
　　　　　河北教育出版社　http://www.hbep.com
　　　　　（石家庄市联盟路705号，050061）
印　　制　河北新华第一印刷有限责任公司
开　　本　787mm × 1092mm　1/32
印　　张　56.75
字　　数　1336千字
版　　次　2017年10月第1版
印　　次　2022年7月第2次印刷
书　　号　ISBN 978-7-5545-3673-5
定　　价　218.00元（全6册）

第四部

怀着巨大希望的时期

目　录

奥斯塔普·边杰尔的祖先

1920年2月里的一天，刺骨的北风呼啸着，邓尼金匪军最后向城市打了几发榴霰弹，逃离了敖德萨。炮弹在空中爆炸，发出微弱的响声。

白匪军逃走后留下了一座备受蹂躏的城市。风把一堆堆烧焦的纸和油迹斑斑的邓尼金伪钞吹集到水落管旁。人们就这样随便地把这些钞票扔掉了，用这些伪钞连一个齐墩果也买不到。商店都关了门，隔着窗户可以看到，一群群褐鼠匆匆忙忙在积满灰尘的柜台上乱翻乱刨。一个个集市广场——普里沃济、托尔奇基和巴拉霍尔基全都变成了铺着鹅卵石的荒地。只有一些饿猫，饿得摇摇晃晃，迟疑不决地从这些广场上跑过去，想要寻找一点儿吃剩的东西。但是那时候在敖德萨根本就没有任何吃剩的东西。

可怜的一点儿剩余食物转瞬间就消失了。一想到在这座荒凉的港口大城市里，除了带点儿锈味的自来水，什么也弄不到，心里就不由得一阵阵发冷。不知是由于什么奇迹，自来水设备还从德涅斯特河里抽送来一股很细的这样的水流。

那时候我住在敖德萨黑海街上兰杰斯曼医生的一所空着的疗养院里。

还有几个记者和我一起住在疗养院里。其中有一位彼得格勒的记者亚沙·利甫希茨，这是一个精力过于充沛的人，除了政治和报纸工作，他对世界上的一切都不感兴趣。在我上一部自传体小说《一个未知时代的开始》中，我已经谈到过他。

苏维埃军队到来之前不久，亚沙对我说，得从兰杰斯曼的疗养院里搬出去，因为布尔什维克进入敖德萨以后，就会把疗养院收归国有，反正要把我们赶出去。

“可能发生很不愉快的事！”亚沙用宿命的语气说。

他没有说明到底会发生什么不愉快的事。因为那时候预料到会发生不愉快的事是人们常有的一种心情，所以我也没问他。

我和亚沙在疗养院附近向一个善于趁机谋利的房东租了一间管院子的人住的房子，房东是个免去教职的神父，姓普罗斯维尔尼亚克。

管院子的人住的房子坐落在一座荒芜的花园里，花园四周围着高高的围墙，围墙是用一种叫作“砂岩”的石头砌成的。临街的那一边有一幢两层楼房保护着这间管院子的人的住房。在那个不太平的时期，住在这间管院子的人的住房里，就像住在堡垒里一样，使人感到放心。无怪乎普罗斯维尔尼亚克本人把这间管院子的人的住房叫作“基督山堡垒”哩。

在我们住到这儿来以前，普罗斯维尔尼亚克曾把管院子的人住的那间房子租给新俄罗斯大学一个讲授政治经济学的教授、俄罗斯化的德国人施韦塔乌。教授把这间房子改造得好像一所独门独户的、舒适的小住宅，住宅周围全是种着雏菊的花坛，还把他自己的藏书搬到了管院子的人的住房里。但不久预感到危险时期已经临近，于是扔下一切，跑到君士坦丁堡去了。

教授的藏书几乎全都是德文经济学著作，这些书放得那么整齐，好像连一次也没有人碰过它们。而且这些书都是用哥特字体印刷的，因此在我看来，它们似乎枯燥异常。

这些书散发出一股很浓的来苏气味和调料丁香味。从那以后，对于我来说，这种气味就成了似乎令人感到苦涩的、烦闷的象征，特别是调料丁香——这种黑色的、像小泡钉一样的、热带植物种子的气味。

但教授的藏书中有全套86卷的《布罗克豪斯—艾弗隆百科辞典》[①]。这是令人羡慕的宝贵财产。

我住在施韦塔乌留下的这些书籍和东西中间，虽然没见过这位教授的面，却已经想象出他是一个什么样的人了。他当然对自己很满意，总是洗得干干净净，面色红润，留着一撮淡褐色的小胡子，戴着金丝眼镜，眼睛里有一种老童男所特有的空虚的闪光。我想象中的、在我以前住在这里的这个人的形象使我感到不快。因此只要有合适的机会，我就把窗子全都敞开，以便把这种规规矩矩的教授气味从管院子的人的住房里吹出去。

在转而叙述今后的事情以前，得先用几句话来谈谈黑海街。我爱上了这条郊区的小街，深信它是世界上最美的一条街道。

从城里通往黑海街的道路本身仿佛就是一种能医治一切不幸的药物。我经常有这种体会。有时由于受到什么挫折，我从城里回来的时候，心情十分沮丧。但是只要我一走进黑海街四周那些荒凉无人的小巷——天文台小巷、斯图尔扎小巷或炮垒小巷——听到老洋槐树沙沙的响声，看到冬天金色的太阳照耀着围墙上发黑的常春藤，脸上感觉到吹来的海风，于是立刻就会恢复平静和轻松的心情。

这些小巷全都是由围墙构成的。房屋藏在花园深处，躲在偏僻的便门

---

① 布罗克豪斯和艾弗隆股份公司出版的百科辞典是十月革命前俄国最早的百科辞典。——译者

后面。这些小巷都通往黑海街。黑海街延伸在俯临大海的、高高的陡岸的边缘上。“延伸”一词用在这里未必合适，因为这条街并不长，几分钟就可以穿过这条街。

从黑海街上可以看到大海——在任何天气里海都是极美的。左下方可以清清楚楚看到兰热隆和卡兰金港，那条被狂风骇浪磨光的旧防波堤就是从港口那里蜿蜒曲折，伸向大海的。右边是红褐色的陡岸，上面长满滨藜和落满尘土的灰菜，陡岸一直通往阿尔卡季和大小喷泉，通往烟雾弥漫的海滨浴场，大海时常把挣脱锚链的浮动水雷冲到海滨浴场上来。

黑海街是敖德萨的海上前哨，进港和出港的轮船都要从它旁边经过。黑海街上花园里的呼啸声能表示出各种不同的风力，我们学会了根据这些呼啸声判断风力，就像海员根据蒲福风级判断风力有几级一样。

还有一些别的声音，甚至是一些无关重要的声音，但它们也能把天气情况告诉我们。例如，成熟的栗子落到人行道上的频繁响声，说明风力正在加强，达到了4级。

黑海街上总是荒凉无人，不多的居民宁愿待在家里。因此，黑海街上有一次出现了一个赶着一匹驽马的、黑脸的卖炭人，这简直被当成了一件离奇的事。这首先是因为，当时木炭的价钱像金子一样贵。还因为那个卖炭人居然大胆说穿他所卖的是什么东西，用仿佛毛茸茸的、阴郁的声音喊出那两个亲切的字来。

“哎，木炭，木炭啊，卖木炭啊！”

在那些日子并不舒适的日常生活之中，对于被生活的风暴抛到黑海街上的人们来说，黑海街好像是一个虽说靠不住、但毕竟可以“救命的孤岛”。

那时候，伊利亚·阿诺尔多维奇·伊利夫[①]还不是作家，而是穿着破旧的衣服，扛着一把高凳梯子，在敖德萨走街串巷给人修电灯。伊利夫肩上扛着这把高凳梯子，很像安徒生童话中又高又瘦的扫烟囱的人。

伊利夫是个电工，干活儿慢腾腾的。他站在高凳梯子上，夹鼻眼镜上的镜片不时发出微弱的闪光，他敏锐地注视着脚下吵吵嚷嚷的住宅和机关里所发生的一切。

显然，伊利夫看到了许多好笑的事情。因为他总是在暗自发笑，不过什么也不说。

有几十个奥斯塔普·边杰尔，暂时还没写出来、还没被揭露出来的奥斯塔普·边杰尔摇摇摆摆地从伊利夫身边慢慢走过去。他们并不特别注意伊利夫，只是有时说几句俏皮话，嘲笑他那副知识分子的夹鼻眼镜和那条提得很高的裤子。有时他们还是会问他，要不要焊铁用的盐酸（那时候自然界里早就已经没有盐酸了），或者是要不要从犹太教堂里剪下来的3米电线。

遇到这种情况，伊利夫会进行激烈地讨价还价，而这仅仅是为了听到一连串敖德萨最新的俏皮话、誓言和骂街的话。

流行的誓言经常更换，这取决于许多事物，取决于国内战争前线上的情况，取决于英国的“壮丽”号主力舰是不是停泊在君士坦丁堡，要么是取决于波罗的海水兵队的举止，据说这支水兵队借住在磨坊主魏因施泰因的家里。

---

① 伊·阿·伊利夫（1897—1937），苏联作家。曾与叶·彼得罗夫（叶夫根尼·彼得罗维奇·卡塔耶夫，1903—1942）合作进行创作。

当时最时髦的誓言是："叫我走不到我要去的那个地方。"这句誓言中含有明显的暗示——在敖德萨街道上走路是危险的。

但是伊利夫修电灯的时间并不长，不久敖德萨发电厂便停止发电。敖德萨人断言，它永远停工了。

我所以想起伊利夫和他小说中的主人公——大胆的骗子奥斯塔普·边杰尔——是因为，即使在那些严酷的日子里，诈骗行为在敖德萨也十分活跃，就连意志最薄弱的人也沾染上了诈骗习气。他们也开始相信旧货摊上的一条古老的规律："要想有饭吃，就得在旧货市场上卖掉背心上的袖子。"①

诈骗行为最后竟钻进了我们文学工作者和记者们的圈子。

苏维埃政权的货币，我和亚沙·利甫希茨连1戈比都没有，只剩下够吃一天的咸刀鱼。写字台上扔着两块黑面包干。黑面包干也像教授的藏书一样，散发出同样令人厌恶的来苏味和调料丁香味。

应当采取个什么办法，免得由于虚弱而饿死。但好像故意与人为难似的，头脑里是空的，只是在嗡嗡地响。无论是我，还是亚沙，都想不出任何主意。而且，在一个既没有机关、没有报纸、没有市场，又没有苏维埃政权的货币、已被洗劫一空的城市里，能想出什么主意来呢？只好等待一切都走上正轨。可是等待几乎是不可能的，我们已经饿得摇摇晃晃，感到恶心了。

因此，我们宁愿用自己的旧大衣蒙起头来，躺在管院子的人的房子里，还是在等待着，不过不知是在等待什么。

---

① 背心没有袖子，所以这句话的意思是：做不可能做的事。——译者

管院子的人住的那间房子像冰窖里一样冷，屋里仿佛有一层厚厚的寒气。我们用旧报纸生起“小铁炉子”，很快就把炉子烧得通红。但是它也很快就又冷却下来，和烧旺起来同样迅速。

在苏维埃军队占领敖德萨以后的第5天，我在基辅的一个同学沃洛佳·戈洛夫钦涅尔来找我们了。在这以前两星期，我在杰里巴索夫大街上碰到了他。尽管他眼睛近视得厉害，戴着金丝眼镜，神情萎靡不振，但看上去还是一副老爷派头，他正在沿街叫卖打火机。

沃洛佳领来了一个满脸皱纹、像猴子那样矮小的人，这个人说话说得很快，含糊不清，似乎嘴里含着满满的小石子。

“喏，”沃洛佳·戈洛夫钦涅尔说。说着模棱两可地指了指那个矮子，“我荣幸地向你们介绍托列利同志——这是笔名。而在‘尘世上’，这是用你们那位免去教职的房东的说法，他姓布柳姆基斯。他是敖德萨的记者。他有一个主意。”

我们从大衣下伸出头来，默默地仔细打量那位正在抱歉地微笑、而且有个什么主意的托列利同志。

“是托列利，还是托里切利?”亚沙吹毛求疵地问。他稍有点儿耳聋。

“托列利。”沃洛佳·戈洛夫钦涅尔没精打采地又说了一遍，“不过这并不重要，他的主意与你们十分困难的生活有关系。我所说的这位托列利同志——在尘世上是布柳姆基斯——处境也十分困难，和你们两位一样，甚至也和我弗拉基米尔·戈洛夫钦涅尔，基辅一位教授和口腔科医生的儿子，游泳冠军的处境完全相同。这个主意由托列利同志自己来说明，因为他的语言能力是允许他这么做的。”

沃洛佳喜欢用胡闹似的语言说话。还在中学里的时候，我对此就已经习惯了。

于是托列利说了一通，但是说得那么快，我们只听到一些嗒嗒的响声，就好像有人在敲土耳其鼓，鼓点声声，密如骤雨。

“对不起，我来翻译。”沃洛佳·戈洛夫钦涅尔毫无热情地说，“托列利同志认为，应当立刻、而且尽可能一本正经地采纳他的主意。”

原来托列利同志向免去教职的神父普罗斯维尔尼亚克租了一间房子，就在朝街的那幢两层楼房里面。他从免去教职的神父那儿获悉我们是首都的记者。托列利羡慕首都的记者，不过他无论如何也不同意用敖德萨来交换即使是在《俄罗斯言论报》的工作。你们会问：为什么呢？非常简单。在敖德萨可以“制造”任何轰动一时的消息。例如，可以在《敖德萨邮报》上发一条新闻，说在工人居住的佩列瑟普郊区，有一条经线断了，只是由于救火队努力奋勇抢救，城市才避免了一场巨大的灾难。在莫斯科和彼得格勒，这一招儿就永远也行不通。

但现在问题不在这里，托列利说。问题在于摆脱饥饿。为此，需要至少4个有经验的记者联合起来。应当冒险，然而也许明天我们就可以，用托列利含着柔情的说法，“食用”面包了。也许，甚至会预支给我们一笔钱——每人预支几张“柠檬票”。那时候，票面100万卢布的苏维埃政权的纸币叫“柠檬票”。

托列利拒绝说明他这个主意的实质，要求对他绝对信任。

“不到时候就宣扬出去，就等于有人用毒眼看了，准会发生不幸！”他坚信不疑地说。

我们对此并不觉得奇怪。现在对我们来说反正一样，完蛋就完蛋，冒险就冒险吧！我们已经饿糊涂了，什么我们都同意。

“那么，”托列利说，“明天我来叫你们，陪你们一起到城里去。”

他戴上一顶圆形草帽——在这以前他一直把草帽放在背后——含含糊糊地说：“再见，再见！”于是悄悄地走了。

“是——啊，”亚沙·利甫希茨若有所思地说，“‘一切都被强大的飓风刮走了。’什么都卖光了，什么都吃掉了。”

“您说的是什么？”沃洛佳问。

“我说的是，托列利同志的破草帽不是在敖德萨冬天刮北风的时候戴的那种帽子。”

“你们要知道，”沃洛佳说，“他有一个妹妹。一年前，她的腿瘫痪了，她几乎不能走路。他们住在同一间屋子里，他是多么耐心地照料她啊！在他这可怜的外貌下跳动着的却是一颗舍己为人的心，是一个值得由莎士比亚来写的题材！”

“这个托里切利，他打算玩什么花样呢？”亚沙问。“我们可别陷进一件愚蠢的事情里。”

沃洛佳说，什么都是可能的。然后走了。我们又把大衣拉到头上，但好长时间我也暖和不过来，睡不着。

黎明时我醒了。这时，窗外空气微微发蓝，好似用不大干净的群青染过的水，看上去甚至是粗糙的，空气里似乎充满了寒冷的风。显然，这风是直接从北极吹来的。我极其厌恶地想，不久就得起来到城里去，而风将钻进衣领，冻僵全身。

也许，还是不去吧。在大衣下蜷缩成一团，把身上全部微弱的热气都集中在一起，然后渐渐入睡。犹如从新年枞树上的棉花里，从这热气中抽出一个轻盈的、欢乐的梦—— 一个蓝色的、精致的梦，它会留下这样一种温柔的感觉，仿佛用自己的面颊轻轻接触一个正在熟睡的婴儿的面颊。

我在等待这样的梦。但梦没有来，却听到北风在花园里恶毒地发出咝咝声。后来这咝咝的风声中又加入了一阵执拗而粗暴的敲门声——这是托列利同志来叫我们了。

我们穿过亚历山大花园到城里去。北风卷起一阵阵沙砾，鞭打着我们的脸，粗糙的灰沙迎面扑来。锌白色的大海从黎明时锌白色的浓雾中滚来了响声震耳的混浊巨浪。公园里那个小天文台的屋顶上，锌制的风向标一直在讨厌地、纠缠不已地吱吱地响。

“不会有春天，”亚沙说，“也不会有太阳！什么也不会有了！这一切都是还没有消灭干净的知识分子的又一幻想。”

托列利轻轻尖叫了一声，好像呛着似的。我没有立刻猜到他是在笑。在他那被风吹红了的眼睛里，微微发红的泪珠闪闪发光。

“您领我们到哪里去？”亚沙找碴儿似的问，“我预感到这是一场可怜的冒险。”

“我以我的人格起誓，我只是要把你们领到第一个苏维埃政权机关那里。”托列利急忙回答，“归根结底，他们总得开始办公，这些机关！顺便说说，你们自己都已经同意去冒险了。”

沃洛佳·戈洛夫钦涅尔在缆索街的拐角上等着我们。

市内空荡荡的。几个骑马的人在缆索街上走过，马蹄嘚嘚地响着。他们的旧羔皮帽上都缝着一小块红布，他们连看都没看我们一眼。从所有门洞里都有些小孩子探出头来，院子里立刻传出母亲们响亮的叫喊声：

“回来，你们这些死不了的！真是些祸害，而不是孩子！回来！”

小孩子们不见了。

后来，一辆摇摇晃晃的载重汽车装着些破破烂烂的家具驶了过去，震得窗户哗啦哗啦地响。驾驶室里坐着一个带步枪的红军战士，他正在抽烟。小孩子们又从门洞里探出头来，但又听到新的嘶哑的叫喊声："回来，你们这些野孩子！叫你们到阴间去下火焰地狱！"于是，孩子们又像出现时一样，突然消失了。

一股令人神清气爽的、奇妙的马合烟味缭绕盘旋，在街上飘过。我不由得咽了一口唾沫。

"别落下这辆汽车，"托列利生气地低声对我们说，"这是一个机会！"

我们加快了脚步。载重汽车驶入黎塞留[①]大街，转向歌剧院，停在一幢昏暗的大楼旁边。那是黎塞留和何塞·德·里瓦斯[②]时代遗留下来的建筑之一。这样的建筑物使敖德萨具有了热那亚、佛罗伦萨那种高尚优雅的特点，而有些敖德萨人断言，甚至是具有了巴黎的特点。

这幢古典大楼旁的人行道上堆放着一个普通苏维埃机关的财物（显然，这个机关的生活大部分是在车上度过的）：一卷卷破纸，卷在旗杆上的一幅幅褪了色的红布标语，几张摇摇晃晃的办公桌，一些好像是神经质的格子柜，只要粗暴地用力一关门，它们就会仰面朝天倒在地上，几幅装在用瓦灰色的媒染剂染过的画框里的、褪了色的肖像画，一个歪着的装开水的大桶，还有许多木箱。

---

① 黎塞留（1585—1642），1624年起为法国首相。——译者

② 何塞·德·里瓦斯（又名德里巴斯，1749—1800），俄国海军上将，西班牙人。自1772年在俄国军队任职，参加过1787年至1791年的俄土战争，敖德萨港口和城市都是由他领导修建的。

一个水兵在看守着这些财物，他长着一头像铁丝一样的火红色头发。因此，他的海军帽并未接触到他的脑袋，而是靠这些头发支撑着，仿佛悬在空中。

这座大楼的门上钉着一块粗麻布，上面写着："敖德萨奥普罗德科姆古布"。

"到这儿来！快！"托列利说。说着冲往一边，跑到歌剧院旁的帕列一罗亚尔小广场上。在那儿，那个头发像铁丝一样的守卫看不到我们。

现在托列利完全不像昨天在黑海街上或1小时以前那副可怜相了。灵感的反光落到了他的脸上。但是我想象不出，这一灵感的原因是什么。托列利的眼睛在稍有点儿浮肿的眼皮之间那两道细缝里狡黠地不时发出微弱的闪光。

"首先得弄清，"他说，"奥普罗德科姆古布是什么意思。"

我知道这个缩写名称，做了解释。它的意思是："省粮食特别委员会"。

托列利蹲下来，用他那双瘦得皮包骨头的手拍了拍膝盖，轻轻地笑了起来。

"再好的机关，"他尖声说，"我们也不需要了。正好合适！"

这时沃洛佳·戈洛夫钦涅尔生气了。

"您听我说，托里切利先生，"他说，"请您给我解释一下，这是个什么马尼法尔基。或者简单些说，这是怎么回事。不然我们丢下您就走。"

凡是沃洛佳不明白的事，他都把它叫作"马尼法尔基"。

于是托列利说出了他自己的"主意"、自己的计划。我们觉得这个计划非常危险，而同时就其愚蠢的程度而言，又是闻所未闻的。

“请你们听我说，”他说，“你们都知道机关是什么，不是吗？还是你们不知道呢？你们也知道，任何一个尊重自己的机关，如果不出版某种报道性的小报或公报，通报自己的工作情况，那么它就不可能存在下去，是不是呢？或者说，如果没有自己的报道科，那么情况就会很糟。这一点你们知道吗？好极了！可是你们想过没有，要有报道科，就需要有办报的人？特别是记者。你们是否知道，如果没有报道科，那么机关里的首长，即使是福特[①]先生本人，在工作中也要手忙脚乱，就像小鸡在水洼里挣扎一样。我们在这个省粮食特别委员会里办他一个报道科。我们用手摇油印机印他一份十分精美的公报，报道已有三大桶陈刀鱼从奥恰科夫运到了敖德萨，还有从蒂拉斯波尔运来的一车皮玉米和盐渍西红柿，即将分配给急不可耐、翘首以待的市民。你们懂得这意味着什么吗？这意味着，在敖德萨，生活就要开始了！”托列利大声喊叫，“生活！”

“您为什么确信这个机关里还没有报道科呢？”亚沙问，“您让自己承担的责任太多了，托里切利同志。”

“哈！”托列利提高声音说，“再来一次‘哈’！如果您愿意的话，可以来它20次‘哈’！您是看到的，就连自己的这些破烂儿，他们还没有拖进屋里去哩。他们还是一些黄口小儿。好吧，如果这里已经有报道科了，可是这并不是敖德萨的唯一机关。咱们就到另一个机关去，在那里办一个报道科。”

托列利的逻辑使我们感到沮丧，我们都默默不语。

“需要一个仪表堂堂的戴眼镜的人，而且俄语讲得要像演员卡恰洛

① 指美国福特汽车公司的老板亨利·福特（1863—1947）。

夫[1]一样漂亮。”托列利说，“照我看，戈洛夫钦涅尔同志最合适，他将做我们的科长。您，”他指指我，“是副科长，利甫希茨同志是经济专家，我是记者。不过，主要的是要从这个水兵，从这个持枪的、长着火红头发的大力士身旁很快跑过去。走吧！快！干这种事情，拖延是第一个危险。”

我们脸上带着严肃认真的表情走近神秘的省粮食特别委员会的大门口。托列利走在后面，不自然地吹着口哨，竭力想躲在我们背后。

长着火红色头发的卫兵坐在一个木箱上，抓着一条毛茸茸的小白狗的前爪。

“用后腿站起来，给叔叔来一个！”水兵故意用严厉的语气说，“给叔叔来一个，毛茸茸的小鬼，小狗崽儿！给叔叔来一个！”

小狗摇摇尾巴，尖声叫唤。显然，是表示它对这样的态度感到太高兴了。但是它不会用后腿直立起来。

“喏，从夜里它就迷了路，不肯走了。”水兵对我们说，“是一条这么懂礼貌的小狗，你们简直不会相信！饿了，这坏蛋！只好把它带回队部去。唉，只好这么办了！”他亲切地拍拍小狗的背脊，说：“唉，得把这条可笑的坏蛋小狗带回去呀！得用水兵的供应来喂养这条毛茸茸的狗啊！”

小狗用尾巴在地上拍打着，高兴得低声吠叫。

我们很快从水兵身旁跑过去，跑到省粮食特别委员会森严的拱顶底下。我看了看我的同伴们。他们惘然地微笑着。

“嘿，是个什么样的小伙子啊！”亚沙·利甫希茨突然说。

---

① 瓦·伊·卡恰洛夫（1875—1948），苏联著名演员。

“谁?”托列利问。

“当然不是您。”

一些红军战士穿着足球鞋，迈着沉重的脚步，正在昏暗的走廊上拖办公室里的公文橱。橱门自己打开，又立刻震耳欲聋地砰的一声关上。红军战士们在小声咒骂着。

“这么说，是这样。”沃洛佳·戈洛夫钦涅尔说，“我们这就去打听一下，这个机关的首长在哪间屋子里，到他那里去，请求他接受我们参加工作。”

托列利摆了摆手，后退一步，带着恐惧和蔑视的神情看了看沃洛佳。

“您怎么了?”他用咝咝的声音低声问，“完全疯了，还是没疯呢？难道您还没长牙？您想让人把我们从这儿直接送到肃反委员会去，把我们通通枪毙吗？从街上进来——叭的一下——就直接去找首长！我们是什么人？我们是什么呢？黄色报刊低级趣味的记者！您会葬送大家的。我绞尽脑汁，想出这么一个绝妙的计划，由于您的缘故，却什么都要告吹了，永远完蛋了！难道能这么干吗?”

“那该怎么样呢?”戈洛夫钦涅尔惊慌地问。

我和亚沙也慌了。

“既然您不知道，那就信赖我吧!”托列利傲慢地说，“我向你们提示该做的一切。什么首长都没有！我们自己就是首长！跟我来!”

托列利向前走去。我们感到很苦恼，后悔卷进了这件事情里，迟疑地跟在他的后面。

幸而，谁也没注意我们。我们终于来到了空无一人、积满灰尘的二楼走廊上，走廊尽头是一个门已经坏了的厕所和一个后面的楼梯。

“大概，最好是在这里。”托列利说，并且推了推看到的第一个房门。

门开了，我们走进一个空房间。房间里什么也没有，除了地板上乱堆着一些关于接种牛痘的资料和一幅宣传画，宣传画上有一行字：“为消灭猪旋毛虫病而斗争！”

托列利拿起那幅宣传画，从口袋里掏出一支蓝铅笔，把宣传画翻过来，让干净的一面朝上铺在窗台上，用文书书写的那种花哨字体在上面写上：“报道科”。然后想了想，又用稍小一点儿的字体在下面写上：“科主任——В.Л.戈洛夫钦涅尔。”

我们目不转睛地注视着托列利的一举一动，就好像一些被响尾蛇迷惑住了的兔子。

托列利从裤袋里掏出一个小纸包，里面包着几个图钉，然后走到走廊里，把那幅宣传画钉到门上。

“瞧，全办妥了！”他说，高兴地搓了搓手。“什么都已经考虑到了，第一个行动已经完成，现在只剩下等待以后的事件了。请坐，请你们都坐到窗台上吧！”

沃洛佳·戈洛夫钦涅尔有一包库班烟草，烟草是干的，颜色黑得像泥炭一样。我们坐到积满灰尘的窗台上抽起烟来，开始等着。我们都低声说话，只有托列利用口哨吹着《风流寡妇》[①]中的圆舞曲。

“该死。”亚沙含含糊糊地说，未说明是指谁。“也许，真的会把我们枪毙吧？”

托列利轻蔑地嗤之以鼻。

---

① 《风流寡妇》是匈牙利作曲家莱哈尔（1870—1948）的轻歌剧。

我们坐在那儿，竖耳倾听渐渐充满整个机关的、混乱嘈杂的响声。不知哪里甚至响起颤抖的电话铃声，仿佛是从地狱里来的召唤。

窗外可以看到兰热隆的斜坡，但不是全部，而只是美丽如画的一小部分。海已呈蓝色，北风的威力渐渐耗尽了。

“我们是冒充的，”亚沙又用阴郁的声调说，“马上就会揭穿我们。趁还不算迟，最好还是走吧。”

这时托列利发怒了。

“我非常喜欢这样！”他提高声音说，“好，好极了！请您别惹我发笑。您在哪儿见过冒充的人？难道我们不诚心诚意地工作吗？如果我们找到一个能发挥知识分子能力的合适的地方，那么这只不过是一个正当的想法，仅此而已！”

“您是斯宾塞①，托列利，”沃洛佳说，“康德！彭加勒总统！您给我这个报道科主任的不稳固的称号奠定了铁的基础。您说过这些话以后，我真像长出了翅膀一样。”

“轻点儿！”亚沙突然凶狠地小声说，“装小丑装得够了！有人来了。”

真的，有人在走廊里走，马刺在叮叮当当地响。脚步沉重，像中世纪骑士团长的脚步声。那个靴子上有马刺的人在我们的房屋对面停住了，用浑厚的嗓音咳嗽了几声，迟延了一下，打开了房门。

我们打了一个寒战。

门口站着的显然是那些著名的游击队中一位无所畏惧的指挥员。乱蓬蓬的、花白的浓眉耷拉到他的一双黑眼睛上。马马虎虎刮过的脸闪着青黑

① 赫伯特·斯宾塞（1820—1903），英国哲学家，社会学家，实证论创始人之一。

色的光。他的腰带上挎着一支有木枪托的大毛瑟枪，肩上挎着图囊。军便服胸前的口袋里鼓鼓囊囊装满了手枪子弹夹、马合烟、打火机和揉皱的纸币。由于这些东西太多，两个口袋都撑破了，挎毛瑟枪的这个人一动，就从口袋的破口处撒出一些珍贵的马合烟来。

挎毛瑟枪的人凝神注视，把我们仔细打量了一番，然后用目光打量了一下房间的大小，突然用像笛子一样尖细的声音说：

"你们好，朋友们！咱们认识一下吧。卡尔普·波利卡尔波维奇·卡尔片科。从前是国民教育领域的工作人员，现在是你们的管理员。谁是这儿这个如此出色的科的主任啊？好像是В.Л.戈洛夫钦涅尔同志吧，他在这儿吗？"

"在，我就是。"沃洛佳谨慎地回答。

"我恳请您，"管理员说，"最迟于1小时以后，把由您签字的、你们所需财物的详细清单交给我。在财物还没被更厚颜无耻的别的科室抢光以前，你们可别错过机会。你们要知道，报道科总是受骗。对这种事，我有经验。为什么呢？我亲爱的В.Л.戈洛夫钦涅尔同志，因为知识分子和各种坏家伙打交道总是光会诉苦。得用拳头，给他们点厉害瞧瞧！瞧瞧！"管理员握起汗毛很重、肤色发红的拳头，给我们看了看。他甚至把拳头翻过来掉过去，好让我们看清楚些。"常言说得好，话用不着多说，就只要这么一下子！各式各样的家伙立刻都会夹起尾巴，秩序也就完全建立起来了。还有这玩意儿，"他拍拍毛瑟枪，"给人清洗脑子，也比工业上用的氯化铵强。请放心吧，我不会让人欺负你们的，因为我从我父亲那儿继承了尊敬劳动知识分子的感情。你们知道，有一个诗人说得完全正确：'请播种理性、善良和永恒的一切……’”①

他突然住了声，竖耳倾听。从走廊里传来好几个人呼哧呼哧的声音。管理员敞开房门，从屋里跳了出去，用女人的哭声嚷道：

“你们的眼睛都瞎了吗？你们这是在给我举办舞会啊！这儿是报道科，可是你们却把该送到会计科去的保险柜往这儿拖。搬回去!!从后面这个楼梯搬到一楼去。你们震得整座大楼都在发颤，把地板也弄破了，就像一块瓦被打碎似的。这是些什么样的鬼人啊，真的，就连看看你们都令人觉得讨厌!”

门外一阵大声喘气之后，突然响起扑通一声。走廊里有什么东西倒了，窗框咔嚓一声断裂了，玻璃稀里哗啦飞了下来。管理员又用绝望的声音大喊（通常是抱着头这样叫喊）：

“扶住！扶住它!!扶住这个鬼东西。要不，把大楼也要弄倒了！扶住，我说！……”

这时，我们第一次感觉到好像发生地震一样。房子颤抖了一下，摇晃了一下，一阵雷鸣似的隆隆声从我们二楼向一楼滚去。我们头顶上方的顶楼抖动起来，灰泥像一片片白色的鱼鳞从天花板上纷纷撒落下来。可以听到足球鞋沉重地响着，人们向四面跑开了。

第二次地震的响声和管理员嘶哑的号叫声融成一片。

“从平台上一点儿一点儿地往下挪，他妈的！难道你们自己没看到是怎么回事吗？一点儿一点儿地挪!”

省粮食特别委员会里面的地震像开始时一样，突然平息了。我们走到

---

① 涅克拉索夫的诗《给播种者》。

走廊里。走廊上弥漫着石灰粉尘，好像在下雾。地板上出现了一些坑坑洼洼的、犁沟样的痕迹，仿佛用很重的犁在走廊上犁过似的。窗户的一角给砸坏了。在下面的一楼，从二楼飞下去的那个倒霉的铁柜子倒在后面那个楼梯的平台上，好像是在休息，上面还捆着一些已经断了的绳子。楼梯上的栏杆全都断了，奇迹似的单靠一根生锈的铁丝吊着。

那几个搬东西的红军战士低着头发愁地站在那儿看着保险柜，好像在看一个死人。显然，他们都是后勤队的——我没看到他们有任何像军人的姿态。

管理员也站在保险柜旁，陷入沉思。他看到了我们，用靴尖踢了踢保险柜。马刺仿佛气愤地发出清脆的响声。

“看到这头公牛了吗？”管理员问，“差点儿没有碰伤人。那么，戈洛夫钦涅尔同志，请把清单给我送来。别客气，请造一份‘加码’的清单。”

从这时候起，我们相信托列利的“天才”计划即使不是完全大功告成，那么至少也已经成功了一半。

清单编造好了。托列利把清单给管理员送了去。送清单去的时候，他已经和管理员成了朋友，熟悉了省粮食特别委员会里的生活情况。用托列利的话来说，管理员原来是个“顶呱呱的小伙子”。

我们快活了，特别是在屋里出现了第一批桌椅以后，就连亚沙也欢快起来了。他不再说丧气的话了，不过偶尔还是会想起将要填表的那一可怕的时刻。

但对我们的考验并未到此为止。走廊里又传来了脚步声，但现在已经是好几个人的脚步声了。我们迅速地坐到暂时还空无一物的自己的桌子后面。桌子上连个墨水瓶都没有。

门又敞开了，一个瘦弱的年轻人走进屋来。他穿一件用士兵的军大衣改做的大衣，戴一顶褪了色的大学生制帽。他眼睛近视，透过很厚的镜片仔细打量我们。

这是省粮食特别委员会的首长阿金同志，以前是哈尔科夫大学法律系的学生。

他的随从也跟着他走了进来。这都是一些健壮的小伙子，穿着结实的军便服，束着嘎吱作响的皮武装带。

阿金的出现好似罗马皇帝马克·奥勒留[①]——一个温情主义的哲学家和诗人，由军团的士兵簇拥着，在叮当作响的刀剑和铠甲的包围中出朝受觐。

我们好久不能相信，这个身体虚弱、性情温和的人是一个管理敖德萨粮食供应机关的首长。这是一个人声嘈杂、并不文明的机关，各种各样投机倒把、贪图私利、贪赃枉法的人，以及粗枝大叶和“走后门捞外快的人”，立刻就包围了这个机关，试图冲进机关里去。

阿金并不大喊大叫，但是不屈不挠。因此，那些满脸通红、潮涌似的人群，也就是那些秘密的和公开的投机商人们，以及他们那要大发横财的狂热梦想，在他的办公室门前都好似浪涛一般平静了下来。

“原来我们甚至还有一个报道科哩！”阿金说，像嚼东西那样动了动嘴唇，冷笑一声。

我的心仿佛沉了下去。

阿金向我们大家扫视了一眼，又冷笑了一声。

---

① 马克·奥勒留（121—180），161年起为罗马安东尼王朝皇帝，哲学家，后来的斯多葛派的代表人物。

“谁是这个科的主管人？是您？非常高兴，同志。您贵姓？戈洛夫钦涅尔？您不是著名的犹太复国主义者戈洛夫钦涅尔的亲属吧？不是吗？好，那就更好了。有时同姓的人也会引起一些不愉快的事情。这都是您的同事吗？都是记者？非常，非常高兴！希望我们能够协调一致地工作，虽然你们这个科的职权我还不是十分清楚。”

托列利发出一声古怪的、拖得很长的声音，那意思显然是证实我们当然会协调一致地工作。

阿金转身面对着他，把头稍稍歪向一边，仿佛是仔细思索托列利迅速做出反应、冲口而出的那些话，并且等待他继续说下去。但是托列利已经满头大汗，默默不语。

“啊哈，我懂，”阿金说，并且友好地对托列利笑了笑，“您说得完全对。”

他请沃洛佳·戈洛夫钦涅尔1小时后到他的办公室去参加各科主任的会议，讨论工作计划，然后朝我们点了点头，走了出去。

沃洛佳·戈洛夫钦涅尔站在那儿，脸色苍白，用托列利的话来说，“活像个磨粉工人”。

过了令人十分难受的两个小时，沃洛佳回来了。这时他满面红光，神情愉快，从门口就对我们大声喊道：“起来，小丑们！”并分发给我们每人10万卢布，一张面包券，以及一张有120个问题的调查表。但现在调查表已经不使我们感到害怕了。我们祝贺托列利，并向他致谢。他好似一个胜利者，容光焕发，并且照莫斯科人的习惯，和我们互相亲吻三次。

到晚上，这个科看上去已经像一个真正的编辑部了。在一张小桌子上放着一台崭新的手摇油印机。

油印机上方挂着一幅很大的宣传画：一个头戴绿色勇士盔的红军战士把刺刀刺进一条妖龙有鳞片的肚子里，妖龙的嘴里喷出蓬乱的深红色火焰。下面是题词："打倒反革命多头蛇！"

沃洛佳·戈洛夫钦涅尔的桌子上方挂着一块硬纸板，纸板上由橡树叶组成的一些小圆圈中印着领袖们的肖像。所有这些领袖不可思议地彼此十分相似，好像他们都是兄弟。对这种情况可以做这样的解释：很稀的油墨在硬纸板上扩散开来，所有人脸孔的轮廓都融合成一个模糊不清的斑点了。

管理员卡尔普·波利卡尔波维奇·卡尔片科给我们送来了一些宣传画，以表示他对我们怀有特殊的好感。

生活好像又变得十分美好，隔壁一家临时面包房里烤出来的暖烘烘的、有点儿烤焦、散发出一股忽布香味的面包，味道似乎异常好吃。我还从未吃过会发出这样咯吱咯吱的响声、这样香喷喷的面包。

一切都应付过去了，但亚沙和我的心里还是很不平静。有一天夜里，亚沙在没有床垫的、硬邦邦的床上翻来翻去，对我说：

"不管您愿意不愿意，我明天一定去找阿金，把这件岂有此理的事都告诉他。讲一讲我们是怎么来到省粮食特别委员会的。"

"好吧，我们一起去。"

第二天早晨，我们到阿金那里去了。那天敖德萨已经出现了春天的朕兆，阳光仿佛变得更浓更密。大团大团的白云在海空飘浮着，慢慢崩塌，塌陷下去的地方露出一块块蓝天。

就连阿金的办公室里也感觉到春天已经临近了。从窗户里射进来的阳光落到潮湿的地板上，于是那些阳光照到的地方就冒起一团团蒸气。

阿金靠在扶手椅的椅背上，很客气地听完了我们的话，点着头，轻轻地笑了起来。

“我等着这样的忏悔。”他说，“不过，说实在的，我预料还要稍迟一些才会有这样的忏悔。我什么都知道。不能说我十分赞赏你们的发明——它与刑事犯罪的距离太近了。但既然这不是你们发明的，而是那个有一个并不好听的意大利姓的矮子发明的，所以你们并没有特别的过错。如果我猜不到，这无疑是一件不光彩的事情，那我就是一个毫无用处的领导人了。”

“您是怎么猜到的呢?”亚沙问。

“首先，我们的工作方案中没有任何报道科。这个科来到省粮食特别委员会就像晴天霹雳，是从天上掉下来的。我们最亲爱的管理员卡尔普·波利卡尔波维奇从一开始就已经有点儿怀疑了。是他第一个向我报告说，看来，这是些知识分子，无论如何也不是骗子，想必是些很好的工作人员，用不着吵吵嚷嚷毁了他们。不过，老实说，要我倒填日期，把这个冒牌的科列入机关的机构中，可并不容易。最奇怪的是，这个科原来当真是需要的。如果没有它，将是一个明显的损失。为此，请接受我的谢意。”

胶合板迷宫

沿人行道的老洋槐树已经开花了。周围所有东西上都撒满了淡黄色的洋槐花。

春天到来之前，省粮食特别委员会从黎塞留大街迁到了这些街道上洋槐树最茂密的地方——迁到了杰里巴索夫大街上的“北方旅馆”里。

革命最初几年的特点，是各个机关异乎寻常地爱挪地方。他们经常搬迁。一个机关吵吵嚷嚷地占据了某一幢房子，首先要用胶合板（或者用南方人的说法，叫“三夹板”）的隔板在房屋内部隔成许多小间，装上一些也是用这种胶合板做的、很不结实的房门。

如果把一个机关的胶合板迷宫拉成一条线，大概，可以沿着环城的法兰西港口大街绕敖德萨全城筑成一堵胶合板墙。

胶合板隔板总是不顶到天花板，它们相互交叉的地方形成一些最稀奇古怪的拐角，往往把楼梯上的平台分割成两半，构成一些黑暗、神秘的过道、死胡同和角落。

如果能掀掉这些隔满隔板的机关的屋顶，或者从顶楼到地下室把它垂直剖开，那么在吃惊的观众面前将展现出一幅错综复杂的人类的蚁垤图。这个蚁垤中挤满了特种的人蚁。他们一天中书写的文件堆积如山，夜间把这些文件藏到一些胶合板小屋里，就像藏进蜂房里一般。

胶合板隔板上应当贴上一沓沓命令、布告和像床单那么大的壁板。

胶合板隔成的走廊里放上一个盛开水的锌桶，还有一个用链条固定在水桶上的洋铁杯子。大桶旁边坐着一个女通信员——莫佳大婶或拉娅大婶——从这一时刻起，机关就开始办公，行使他的全部职能了。

有时甚至好像觉得，如果没有胶合板隔板和女通信员，任何机关都是不可思议的。只有在具备胶合板和女通信员的情况下，机关才能繁荣昌盛，生机勃勃。不仅本机关里的那位“莫佳大婶”，而且邻近机关里的——友好的或敌对的——所有“莫佳大婶”也都在对机关里的工作进行全面的讨论。每一个“莫佳大婶”都维护她自己那个机关的威信。“内部的规章制度”对她来说，是不可动摇的原则，不应受到批评。而且这些规章制度显然是由万军之主本人在行政机关的西奈高原上亲自交付给管理员的!

在这些胶合板隔板的迷宫里可以看到许多很有趣的东西。首先是出纳室—— 一间看上去令人感到沮丧的斗室，挨在胶合板上开出的一个歪歪斜斜的小窗户后面。

省粮食特别委员会出纳室的小窗户上面用蓝铅笔写着：“同志们！数字请用文字填写，不要烦请出纳员把钱裁开。请自裁！（根据：省粮食特别委员会第1807号命令）。”

这句令人纳闷、而且有点儿使人感到可怕的句子“请自裁!”，解释起来也很简单：出纳员收到的纸币都是一大张一大张的，不得不花费许多时间把它们裁成单张的钞票。干这种事情使出纳员感到厌烦了，于是他开始用没有裁开的大张钞票来发工资。

根据每张钞票不同的票面值，印着钞票的那一张大纸的价值也是不一样的。例如，1000卢布一张的钞票，每张纸上一共印20张，所以这一张纸值2万卢布。10卢布一张的钞票，每张纸上一共印60张，所以这张纸相应地就值6000卢布[①]。

但出纳员并不总是只给人发整张的纸币，有时他不得不用剪刀从一大张上剪下所需要的数目。

出纳员不反对这样做——归根结底，这样一道手续只占用不多一点儿时间。有些傲慢的工作人员拒绝接受整张的纸币，要求付给剪开的单张钞票，因此不时会爆发争吵。

---

① 这里可能是作者的疏忽，应该是600卢布。——译者

在这种情况下，肝火很旺的老出纳员就砰的一声关上出纳室的胶合板小窗子，从里面大声叫嚷：

“什么！裁裁钞票，你的手就会烂掉吗？你自己不愿意裁，就让你的孩子裁吧。让他们高兴高兴！”

砰的一声关上小窗子，是出纳员很厉害的、不过也是禁止使用的一招儿，这就好像是一种心理攻势。我亲自体验过，并且深信砰的一声关上的出纳室的小窗子会使所有职员都感到惊慌失措，特别是那些家里人口众多和爱喝酒的人。每个人都会产生一种无法解释的信念，认为小窗子已经永远不会再打开了。所有的钱，直到最后1戈比都已经发光，而且总而言之，自然界中再也不会有钱了。

面对砰的一声关上的胶合板上的小窗子，连最执拗的领钱人往往也会屈膝求饶，甚至感到后悔。于是出纳员又打开小窗子，好长时间伤心地从眼镜上面望着那个提出抗议的人，并且摇摇头。

“你不觉得害臊吗，年轻人？”他说，“吵架您倒会，可是稍微帮帮财务工作人员的忙，自己把钱裁开，干这种事却总是没有您的份。请在这儿，在这个打红勾的地方用文字填上钱数。”

为了让省粮食特别委员会的工作人员懂得货币流通领域里的知识，出纳员在出纳室旁的胶合板隔板上贴上了可以在全国通用的、苏维埃货币的样张，在它们旁边又贴上了不能通用的钞票的样张。

这是一整套罕见的纸币收藏品。之所以没有人把这些钱偷走，只不过是因为，有先见之明的出纳员是用木器胶把钱贴在胶合板上的，无论用什么方法也揭不下来。但是在这套纸币贴出来的第二天，管理员卡尔片科还是发现，有人企图偷走这套纸币——有人企图用细工锯锯掉贴着钞票的那块胶合板。

那时候几乎所有纸币都有一个绰号。1000卢布的票子叫“块”，100万卢布的叫“柠檬”，10亿卢布的钞票授予一个响亮的绰号：“柠檬香”，所有零票也都有一些最出人意料的名称。敖德萨人对30卢布和50卢布的零票叫得特别温柔好听。

不能通用的纸币中，有些是十分荒诞的。例如，印在纸牌背面的100卢布一张的钞票。这些钞票是乌克兰一个偏僻的城市——不知是奇吉林呢，还是斯拉武塔发行的。有些敖德萨的钞票样子好像驳船，有白匪军的“钟票”和“叶尔马克”票。乌克兰的“卢布”，100卢布的“亚叶什尼察”，“萨格”①，还有许多各式各样的钞票和“辅币”。这些钞票的价值是由各个不同城市——从克雷若波利到索斯尼察，从什波拉到格卢霍夫——可疑的财产做保证的。

我们省粮食特别委员会出纳室附近的墙壁看上去好似一幅美丽的图画。几乎每个工作人员领到钱以后，都要对这些钱做同一道工序——把整整一大张钞票按在胶合板上，再用一张纸铺在钞票上面，用力在那块纸上磨蹭，以去掉钞票上多余的黏糊糊的油色。

这样一来，钞票既印到了那张纸上，也印到了胶合板上，而且印得那么清晰。以至一些爱说俏皮话的人断言，可以用它们制成印样，和真钱一样流通。

领过钱以后，一切都蒙上一层黏糊糊的钱印。在手指上、桌子上、纸上和书上，我们都能发现一系列钞票的号码和财政人民委员的签字。

---

① “萨格”是半戈比。——译者

大麦粥

我们作为工资领到的几十万卢布全部都在隔壁国营公共饮食公司食堂里花在吃饭上了。我们每天在那里吃两三勺大麦粥，粥里还加了些像凡士林一样的绿色东西。托列利肯定地说，这是军械油。

除了大麦粥，我们还吃烤焦的面包和壳菜。

面包有一个奇妙的特点：面包皮和面包瓤是截然分开的，它们形成了两个仿佛互不相容的不同“地质层”。在这两层之间有一个空间，里面装满略带酸味的混浊液体，一种带有苦味的、用面包做的克瓦斯。

有些人喜欢吃这玩意儿，他们经常喝这种饮料，并且断言它能治关节肿大。

由于营养不良和寒冷，当时出现了这种肿大症。一碰到肿大的地方，立刻就会感到尖锐的疼痛，而且这种疼痛的感觉好久都不会消失。除此而外，每次试图洗手的时候，肿大的地方都会破裂、出血。冷的时候疼得厉害，暖和的时候奇痒难忍。

我喝过这种用面包做的饮料。可以证明，肿大不会因此而消失，却反而会开始感到胃灼痛。

小海贝肉——壳菜——我们是加盐煮熟了吃。这种东西吃起来有一种很强烈的鱼石脂味道。

除此而外，得自己到兰热隆去弄壳菜，用小刀从沿岸的礁岩上把它们剥离下来，当然是在风平浪静的暖和天。因此壳菜只是夏天的食品。

我们急不可耐地等待着夏天。夏天里我开始去捕鰕虎鱼和鲱鲤。港口宽阔的防波堤上，菜园已经一片葱绿，菜园四周围着用生锈的管子和破铁皮构筑的篱笆。番茄叶子散发出奇妙的香味，看样子不久就可以收获“红果”（在敖德萨把番茄叫作“红果”）了。饥馑的幽灵已经变得苍白，但还没有消失。饥馑就隐藏在附近。我们一直感觉到它就在近旁，知道稍一疏忽，它就又会出现，而且将比以前更加令人难受，更加凶恶。

至于说到我，当我弄到几片糖精的时候，我感觉到自己是一个十分幸福的人。我在用干甜菜和焦面包皮泡的茶里放上糖精，喝着这种茶，感觉到一股股蓬勃的朝气和力量注入了我的身体，使已经减少的血液得到了更新。

钱都花在了大麦粥和水上，一桶水要付500卢布。此外，几乎不够买任何东西了，就连买火柴和劈柴都不够。颜色像硫黄样的洋槐木，在敖德萨只是劈成细劈柴卖，而且只论斤称。

因此不得不去偷劈柴。我并不羞于承认这一点，即使因为这是一件危险的事，有时甚至要冒生命危险，我也不会对此感到不好意思。

当然啰——还用说吗——我们宁愿用报纸和废纸来生我们忠实的“小铁炉子”。但旧报纸也得去偷。

从道德观点来看，偷劈柴和偷报纸是同一性质的事。但是从实用观点来看，显然报纸怎么也不能和劈柴相比。报纸只能提供瞬息间的温暖，更确切些说，是对温暖的暗示，但是却会撒得满院子和花园里全都是烧过的纸和黄色的纸灰，招来免去教职的神父普罗斯维尔尼亚克的责难。

我们多半是在阿尔卡季那里偷劈柴。这是海岸上离敖德萨最近的一个别墅区。

夏天到来的时候，阿尔卡季很像罗马一些别墅——博格泽、阿尔多布兰京或孔季——的废墟。干枯的常青藤缠绕着灰泥剥落、已经出现裂缝的圆柱。圆柱是故意打坏的，想要证实那些柱子是用砖砌成的，不能当柴烧。

几条蜥蜴在窗洞里取暖，金黄色的染料藤紧紧钩住打破的石头窗台，正在开花。燕子已经在壁柱上筑巢。敞廊上，落满尘土的大翅蓟长得十分茂盛，好像是栽在一些很大的石碗里。

蚂蚁正在大理石石板上敷设宽阔的亚庇乌斯道路①。那个熟悉的水泥蓄水池，与南边已经倒塌的大斗兽场②一样，也是从南边，从靠海的那一边崩塌了。水池底上长满了已经干枯的牧草和蜡菊。

虽然这些废墟总共才不过有两年历史，但古代的空气已经统治了这个地区。古代的空气使荒无人烟的阿尔卡季的色彩具有了拍加马王国③和埃拉多斯④积满尘土的青铜时代的情调。

夏天里是这样的。冬天，特别是在阴雨的夜里，当我们大胆潜入阿尔卡季的时候，废墟一片漆黑，十分可怕。一月的北风在废墟中哀号，一阵阵干雪扑面而来。那时不可能想象，有朝一日，敖德萨夏天的太阳还会在这些废墟上升起。当微风吹拂，一些完好无损的百年古树的叶丛中还会传

---

① 亚庇乌斯道路是古罗马监察官亚庇乌斯·克劳狄乌斯于公元前312年用石块铺设的第一条道路。

② 大斗兽场是古罗马的遗迹之一。

③ 拍加马王国系公元前283年至公元前133年小亚细亚西北部的一个古国。

④ 埃拉多斯即希腊。这里指考古学家们在希腊中部发现的青铜时代（约公元前2500—公元前1100）的埃拉多斯文化。

来一阵阵从容不迫的、轻微的簌簌声。

我和亚沙一冬总共只偷过三次劈柴。不过，诚然，都很顺利。有两次各拖回了一块地板，还有一次我们甚至成功地拆下了一副门框。

这些劈柴够我们用整整一冬，但这只是因为亚沙发明了一个绝妙的方法，霎时间就把“小铁炉子”烧得旺旺的，同样转瞬间就在炉子上把茶水烧开。全部问题都在于，要用像麦秸那么细的劈柴生火。这会产生很旺、但时间很短的火苗，而只消耗微不足道的一点儿劈柴。

我清清楚楚记得我们去偷劈柴的夜间的远征。最初，我们先在白天去进行侦察，找到一座里面的木结构还没有给完全偷光的别墅。去侦察时，亚沙照例要和我进行一场怒气冲冲的争论，争论莎士比亚剧本的真伪，要么是争论凡尔赛和约在经济上所产生的影响。

侦察以后，我们出发进行远征。我们在天黑以前沿海岸走到阿尔卡季，冬天里，在海岸上未必有人会发现我们。我们在大衣底下带着免去教职的神父普罗斯维尔尼亚克的一把手摇钻，还有他的一把小猎斧。根据严格的协议，免去教职的神父因为借给我们工具，可以从我们这儿得到一些生茶炊用的引火柴。我们只把劈柴分给托列利——他那个躺着不动的、有病的妹妹需要经常保持温暖。

阿尔卡季附近有一个已经废弃不用的售货亭，很久以前这里卖加了糖浆的塞尔查矿泉水，我们就在那里等待天黑。

在黑暗中，我们找到白天选中的那座别墅。我们小心翼翼地朝它走去，时刻在侧耳谛听。一听到轻微的响声，我们就躲在遇到的第一堵围墙后面。

我们完全不是害怕民警。阿尔卡季没有民警，而且也不可能有。谁会想到要来保护废墟、光秃秃的树枝在风中呼啸的花园，以及风暴大作、夜间的黑烟笼罩着的、寒冷的沿岸地带呢？我们不是逃避民警，而是避免遇到偷劈柴拿去贩卖的小偷，避免遇到贪婪的小贩。那时候市场上这种人多得很。

就在第一夜，我们突然碰到了他们——他们差点儿没有用截短枪筒的半截儿枪打伤我们。这时他们对我们说了这样一些骇人听闻的、进行威胁的话，使人听了头发都会直竖起来，血液也会结成冰。

最困难的是拆下地板上的木头。这需要做得完全没有声音，但生锈的钉子总是会阴险地突然尖叫起来。我们的手都给撕破了，流出血来，指甲全都折断了，两条腿紧张得直发抖。

地板上的木头沉得要命，好像是生铁的。我们俩极其吃力地、累得筋疲力尽、磕磕绊绊地勉强把它们拖回自己那间管院子的人住的小屋。

我生着了“小铁炉子”，亚沙却倒在地板上那个压坏了的床垫上，咒骂自己，咒骂“小铁炉子”、敖德萨、协约国[①]和世界上的一切，呻吟着发誓说，无论如何再也不去偷劈柴了。

我心里也不愉快。我好像觉得，我和亚沙已经完全堕落了。如果这样下去，我们准会变成平常的偷劈柴的小偷。但热茶的诱惑力是如此巨大，以至我们立刻就忘记了自己良心的这种可怜的、暗暗的责备。喝过茶以后，亚沙立刻睡着了，我却躺在教授那张硬邦邦的沙发床上，好长时间倾听夜间的种种声音。

---

① 指第一次世界大战时的协约国。——译者

封 锁

在人们回忆之中那些模糊不清的领域里，包含有许多乍看起来是神秘的、而实际上只不过是没有得到解释的东西。

例如，对一些重大事件的回忆，有时，比方说吧，就像回忆最平淡无味的一天那样模糊不清。

在我自己的作品中，我竭力想避免有这种模糊不清的地方，但不能确信我能够完全做得到。记忆给我们留下的往往是一个时代在我们主观上的形象，然而我们却认为它是客观的、准确的。例如，在我的记忆里，1920年末和1921年敖德萨的全部生活，似乎是在许多轰动一时和令人震惊的事件中一段比较平静的时间。这该怎样解释呢？

在那几年里，敖德萨已经成了一座空城。一部分工人已经随红军的最初几批部队，随同粮食队和水兵队一起去北方，到苏维埃俄罗斯去了。这还是在外国武装干涉者和邓尼金出现以前的事。一部分居民已经离开敖德萨，拥到农村去了，以逃避饥馑和白匪军的动员。

城里几乎没有大工厂。一家黄麻厂、几家罐头厂和修船厂就算是最大的企业了。控制城市的是港口，以及港口上的流氓无产阶级——搬运工人、流氓和一些大老粗。而盘踞在广大郊区的却是十分顽强而又非常机灵的敖德萨市民。

在外国武装干涉时期，留在敖德萨的工人千方百计支持做地下工作的布尔什维克。

地下工作者隐藏在采石场里和城市里。尽管有逮捕和枪杀，他们仍然那样大胆地开展工作，甚至在法国人和邓尼金白匪军的占领下，成功地召开了布尔什维克的州代表会议，定期出版地下报纸《共产党人》，散发大量传单，支持印刷厂、电车场和电报局里罢工的工作人员，炸毁装载外国武装干涉者军用物资的列车，最后还成立了军事革命委员会，在苏维埃军队占领敖德萨的最初日子里，担负起城市临时政权的职责。

在红军攻占城市以前不久，还在别里斯拉夫和彼列科普附近与白匪军作战的时候，邓尼金的反间谍机关枪杀了9个年轻的布尔什维克地下工作者。在处死他们之前，曾经异常残酷地拷问他们，这些中世纪的刑罚甚至使毫无同情心的敖德萨居民为之震惊。

我记得伊达·克拉斯诺谢金娜的故事，她表现出不可思议的坚强和不可摧毁的勇敢精神。反间谍机关把全部愤怒都倾泻到了她的身上。

在被害前，地下工作者们给他们自由的同志们写了一封信。这封信里有一些非常朴素和十分感人的话："我们就要死了，但我们正在取得胜利。"

这些话包含着年轻人的热情和对必然胜利的巨大信心。从那时起，这样的热情和信心就成了革命青年不可缺少的品质。

在邓尼金匪帮第二次到来之前，敖德萨的工人队伍更大大减少了。几乎所有工厂都已关闭，港口上杂草丛生。生活的脉搏明显地渐渐停止了，只有疯狂的投机买卖却如火如荼，仿佛喷射出华丽的毒焰。

除此而外，在敖德萨，各种不同的人思想认识之间有一个很大的距离——那些从北方来的人已经在革命中生活了两年多，而敖德萨本地人却只是在革命中度过最初的几个月，这两种人的思想认识是大相径庭的。

我也经历过不止一次、而是三次十月革命了：第一次是1917年10月在莫斯科的那些日子里，第二次是1919年在基辅，第三次是1920年在敖德萨。

革命不但把在北方形成的国家组织形式和生活方式带到了敖德萨，而且给黑海之滨的南方带来了一些新人。他们是由革命的风暴教育出来的，与敖德萨居民的实际经验格格不入。

出现了一些十分坚定、似乎是铁石心肠的人（对这些人，敖德萨人不加任何区分，一概称之为“政委”），他们确切地知道，在这些形形色色、过于感情外露、倾向于采取无政府主义行动的敖德萨居民之间，要使革命的思想取得胜利，需要做什么。

当时敖德萨的生活看起来好像是平静的，对此还可以做这样的解释：在敖德萨，1920年冬和1921年全年都是被封锁的时期。大海一连多少个月毫无生气，远望好像一块白色的抹布，看不到一缕轮船上冒出来的烟。

已遭破坏的铁路，各式各样土匪的突然袭击，一些没有任何政权的“稀奇古怪的国土”，已被炸毁的桥梁，这一切使敖德萨与苏维埃政权的北方断绝了联系。

这就产生了敖德萨生活的那种多少有点儿闭塞的性质。但是，即使对我们西南方的革命事件只有一点儿最肤浅的认识，也不可能不注意到这种闭塞性质。

我睡在教授的那张沙发床上，经常会醒来，倾听夜间的声音。一个时期以来，这已经成了我喜爱的一件事情。

夜里万籁俱寂。我久久地倾听这极端的寂静，耳朵里仿佛发出嗡嗡的耳鸣声，有时我会听到遥远的炮声。这是法国的“利亚·斯卡尔普”号炮舰每天夜里都在轰击奥恰科夫。

异常的寂静和隆隆的炮声就意味着封锁。

在这以前，我只是在历史书和像青铜器上那层微微发绿的铜绿一样古老的、关于海战的小说中看到过这个词。但我还是相当清晰地想象出封锁的情景。

这是什么呢？空旷的大海，护卫快艇预兆不祥地在海上疾驰，从海上来的炮火毫无意义地轰击郊区的菜园，熄灭了的灯塔，在港口的进口处被炸毁的船队，沉船的桅樯露在水面上的顶桅，就在闪闪烁烁的银河旁的、探照灯的遥远的灯光。还有，由于吃不饱，全身那种轻飘飘的感觉。

照我当时的看法，如果这就是封锁的特征，那么敖德萨的封锁可以说是很典型的。

上面所说的一切都成了当时敖德萨生活的内容。不过有时我们自己好像觉得，在这里，现实与幻想是那样紧密地相互交织在一起，简直无法把它们彼此分开。

尽管饥饿，屋里又冷又潮，一切都被破坏，再加上孤独（快到春天的时候，亚沙搬到城里去了，只剩下我独自一个人住在黑海街上），有时我却感觉到一种无法解释的兴奋心情突然涌上心头。我认为这是因为我年轻的关系，虽说那时候我已经不那么年轻了——我已经快30岁了。但是我感觉到自己好像是一个18岁的人。对所有成年人——正派的和明白道理的——我都持敌视态度，不过有时在他们面前我又感到胆怯，好像一个小孩子。

敖德萨的一切，就连持续了整整一个春天和夏天的封锁，都使我产生这种青年人的心情。

正如我已经提到过的，封锁的概念总是与海洋联系在一起，天边看不到一缕从轮船上冒出来的烟。当时敖德萨就是这样的。我很喜欢这一情况。

海是那样荒凉，就像人类甚至尚未学会制造木筏的时代一样。可以一连几个星期和几个月从林荫道上注视着远方，除了波浪起伏中的太阳的闪光，什么也看不到。

有时天边会出现形状稀奇古怪的帆船舰队。它们傲慢地在鼓胀的白帆下航行着，但驶近后却变成可怕的雪山，突然向发暗的水面投掷出一支支雷鸣电闪的火箭。

大海响应这些乌云的声音，把一声雷鸣变成许多雷声交织成的错综复杂的隆隆声。这些响声在四面八方震撼着遥远的海疆。

我利用每一天空闲日子，走出城，到大喷泉最远的车站上去。

春天开始来了。春天来到这滨海的草原，比在那些植物十分丰富的地方更加令人感动。也许，因为这里从已经废弃的、生锈的电车轨道下伸展出来的每一朵小花，在海边温暖的气流中晾干翅膀的每一只微微战栗的小蝴蝶，都十分引人注目吧。

这空气从棕黄色的陡岸下升上来，犹如均匀的、强有力的呼吸，这空气又是从战后堆满轮船和木船残骸的海滨浴场上升起来的。我好像觉得，温暖的气流甚至是从分舰队中“赞捷”号驱逐舰的船身上流出来的。这艘驱逐舰被丢弃在大喷泉旁沿岸的峭壁间，插入峭壁，甚至没有任何人试图把它从这些峭壁间拖出来。

水在它的舱房和底舱中流进流出，抱怨地哗哗响着。一些螃蟹顺着船舷很有信心地爬上甲板，在铆接起来的一块块铁板上取暖。

而大海仍然是那样荒凉，以至觉得，如果我们在海里看到希腊三层舰的青铜船头或腓尼基人的彩色船帆，我们也不会感到惊讶，虽说这都是古代的船，早已消失了。

古老的概念和荒凉的概念，总是互相关联的。因为在神话般的三层舰的时代，地球上人烟稀少，所以不消说，地球上所有的海洋和大陆也都十分荒凉。

现在黑海一片荒凉，是因为封锁的缘故，还是因为白匪军逃离敖德萨的时候带走了全部所谓的商船——罗比特（俄罗斯航运贸易协会）黑海——多瑙河航运公司，以及志愿船队的所有客船和货船、拖船、驳船和汽艇。

商船队被带到地中海的各个港口。到那些港口时，白匪军司令部把这些船全都卖给了各个外国公司。

白匪军把一些私人的轮船也弄走了，就连像著名的船主萨亚·克拉波特尼茨基的轮船那样一些破船也不例外。萨亚是海港城市敖德萨取笑的对象，他惊人地吝啬和不讲信义。他赊账，连马车夫也不相信他。只有那些毫无办法的倒霉蛋才同意在克拉波特尼茨基的轮船上工作。要从克拉波特尼茨基那儿拿到工钱，得抓着他的衣领，从他身上把钱抖搂出来——照这个词的字面理解，的确是“抖搂出来”。

从敖德萨开往阿克尔曼的一艘十分陈旧的明轮轮船“屠格涅夫”号，就是萨亚的，这条船卡达耶夫在他的中篇小说《白色孤帆》中曾经描写过。一部分敖德萨本地人对这一说法提出异议，肯定地说，“屠格涅夫”号属于“米舒列斯父子”轮船公司。

在石油港口堆垃圾的偏僻地方，也就是“轮船墓地”上，还有乱扔在那里的几条已经完全解体的轮船，都是预定要拆毁的，其中有一条锈透了的“季米特里”号，也是这个声名狼藉的萨亚的轮船。这条船差点儿没有在我的生活中扮演一个悲剧性的角色。

港口像一个浅水海湾，静止不动。港口失去了真正的用途，变成了鲭鱼和鰕虎鱼的小花园，变成了一些年迈的老渔夫非常喜爱的地方。

防波堤上长满了燕麦（撒在堤上的麦粒发芽了）和花香扑鼻的黄色母菊。系船的铁桩上蒙了那么厚的一层层铁锈，勉强才能看清铸在上面的题词。题词说，这些铁桩是在敖德萨的别林诺-芬杰里赫造船厂里铸造的。

港口看守在宽阔的防波堤上开辟了一些菜园，种上了菜。

在我一生中所见过的无数菜园中，这些菜园是最美的。在酸涩的番茄丛中，主人不是摆上一条长凳，而是摆上了一只木箱。可以在上面坐坐，抽口烟，听听各种各样的谈话。

所有菜园里都有稻草人和其他很巧妙的设施，以驱赶麻雀。稻草人被装扮成流浪汉和醉鬼的模样，穿着破烂的水兵衬衫和用破麻袋布做的喇叭裤。在破布做的这些流浪汉的脑袋上，再戴上孩子的棉风帽或压坏了的圆顶礼帽。这些歪戴着的礼帽使稻草人的样子看上去有点儿顽皮，同时又好像厚颜无耻。似乎觉得这些圆顶礼帽的主人就要跳“死神舞”或康康舞了。

卡兰金港口防波堤上一个菜园里的稻草人最受欢迎。这个稻草人扮作一个骗子，戴一顶商船船长的便帽，一只手里拿着一瓶伏特加。人们给这个骗子取了个外号叫“公爵花园里的若拉”。

酒瓶里装的不是伏特加，而是海水。但这并不妨碍港口的常客称赞菜园主人巧妙的发明，并大声喧嚷着向他表示祝贺。

在各式各样驱赶麻雀的设施中，只有一个小风车受到普遍赞扬。风车的胶合板片被海上的轻风吹得不停地旋转，打到拴在细绳上的碎玻璃片上。于是发出相当好听的细碎的叮当声，麻雀受不了这样的响声。

还有一些上面绑着彩色破布条的竹竿。布条迎风飘扬，卷成一团，然后又舒展开来。

这一切（包括港口上的稻草人）都是封锁的间接特征。在敖德萨，这封锁暂时是平静的（夏初，连我们的老相识“利亚·斯卡尔普”号炮舰也离开了敖德萨海岸），因此就在这封锁期间，居民却在从事各种各样和平的、有时是田园诗般的事情。

与波兰白军的战争没有蔓延到敖德萨来。敖德萨是平静的。只是有时在海上，总是在奥恰科夫和金布尔沙嘴那个方向，传来雷鸣般的炮声。这是弗兰格尔[①]的“卡尔古”号巡洋舰从克里米亚驶来，毫无意义地向海岸开炮。我们的海防炮垒立刻开炮赶走它，于是“卡尔古”号很乐意地返回塞瓦斯托波尔，装作已经完成任务的样子——很凶猛地冒着浓烟，钢船头掀起一堆堆闪闪发光的浪花，主桅的斜桁上飘扬着褪了色的安德烈耶夫旗。

还有一些别的封锁的特征。一小块又干又硬的玉米饼和10个杏就算作完全足以充饥的食物了。

我们这些省粮食特别委员会的工作人员知道，要供养半饥不饱的全市居民，需要做出什么样的超人的努力，真的是要像福音书上的寓言里所说的那样，用5个饼让几千人都能吃饱。

面包是凭卡供应的，或者用当时敖德萨的说法，叫“凭字母”供应。

---

① 1920年盘踞在克里米亚和乌克兰南部的白匪将军。——译者

这个说法是这样解释的：卡片上印着字母表上的所有字母，从“A”到“Я”，面包供应的数量要看字母而定。字母“A”配给的数量最多，字母“Я”只供给几乎没有重量的一点儿面包。显然，只够金丝雀吃的。

我是凭字母“K”领取面包。

我喜欢排长队。每个长队的生命虽然短促，然而是诱人的。排队的全部兴趣都集中在一些让人伤脑筋的谣言、笑话、突然发生的惊慌失措，以及对于某个人所说的处世秘诀的嘲讽性的议论上。而且，当然啰，还集中在争吵上。争吵像爆破弹那样突然爆发，但平息下来却是慢慢的——就像爆炸后灰尘慢慢消失一样。

打架的情况很少见，即使打架也并不危险，不过是伸开五指互相推搡对方的胸部而已。

在敖德萨排队的时候，我看到了一次奇妙的争吵。就说话之少和姿势的富有表现力来讲，我看，它堪称街头争吵的典范。

队伍里有一个性情温和的犹太老人，穿一件长抵足跟的破旧黑大衣，戴一顶落满尘土的圆顶礼帽。他面带微笑，头部微微颤动着，温厚地透过一副异常厚的眼镜仔细观察排队的人。他不时从大衣口袋里掏出一本小书，小书的黑封面上压印着大卫的一面金盾。他翻开书，看上一两页，然后又把它装进口袋里。

这当然是一位学者。也许，甚至是一位犹太教的长老，法兰西港口大街上的一位老哲学家。生活的一切灾难都不能扰乱他开朗的心情，改变他对人们的好感，熄灭他那淡蓝色的、孩子般的眼睛里的笑容。

一个态度放肆的青年人在队伍旁转来转去，仔细打量那些排队的人。他戴一顶钉着小纽扣的小便帽，脚上一双已经穿大了的金黄色靴子闪闪发亮。

那时候皮靴是很罕见的，大家都穿木底鞋。全城里都充满木底鞋笃笃的响声。每天早晨，当敖德萨人跑着去上班的时候，笃笃的响声变得更加频繁。如果闭上眼睛，那么可以认为，敖德萨的全体居民都拿着响板在欢快喧闹地跳舞。因此，那个态度放肆的青年人的那双金黄色靴子在队伍中引起了轻微的羡慕之心。这羡慕表现在赞美的目光和叹息声中。

那个青年人在考虑，怎样才能尽量不被注意，而且在不引起争吵的情况下混进队伍里去。最后，他看到了那个拿着小书的老头儿。在他看来，这个老头儿自然像是温顺和勿抗恶的化身了。于是，青年人拿定了主意。他敏捷地把肩膀插到老头儿和前面那个人的中间，很客气地把老头儿挤到后面去，站到小老头儿前面，很随便地说了一声：

“对不起!”

老头儿还是那样温和地微笑着，弯起手臂，把尖尖的小胳膊肘稍稍伸向一边，打量了一下，突然神速地使劲用这胳膊肘朝那个青年人胸口“心”窝下面猛一撞。这样做的同时，老头儿好像纠正什么错误似的，完全平静地说：

“不，是我对不起!”

那个青年人打了个嗝儿，从队伍里飞了出去，背脊撞到一棵洋槐树上，便帽从他头上掉了下来。他拾起便帽，头也不回，向十字路口走去。只是在十字路口，他才终于转过身来，伸出拳头威胁那个老头儿，哽咽着说：

“服苦役的囚犯！老土匪!”

队伍默默不语。这一事件使人感到意外，集体的见解尚未形成，还没有找到明确的表达形式。老头儿却又从口袋里掏出小书，深入地研究起来。显然，是在寻找适于在法兰西港口大街寂静的庭院里和他那些老朋友们讨论的某一真理。

对于敖德萨的某一部分居民来说，封锁的那些日子所以好像平静无事，只不过是因为对城市以外所发生的事情完全缺乏情报而已。实际上，对于还年轻的苏维埃政权来说，局势是严峻的、紧张的。要摆脱威胁着城市的危险，需要有很大的随机应变能力和对自己力量的信心。

问题在于白匪军从敖德萨逃跑以后，还有大约7万名邓尼金白匪军官兵滞留在市郊和德国移民区，滞留在所有这些利边塔尔、柳斯特多尔夫和马里因塔尔等地。

盟国指望依靠这些白匪军在敖德萨发动起义，用自己舰队上的炮火从海上支援他们。

此外，在郊区——在摩尔达万卡、布加耶夫卡、斯洛博德卡-罗曼诺夫卡，在远磨坊区和近磨坊区——根据保守的计算，还有大约2000名土匪、强盗、小偷、盗贼的眼线、制造伪币的、收购赃物的以及其他可疑的人。

这个包括形形色色成员、暴躁易怒的社会，它的情绪是不清楚的。匪徒们的特点是歇斯底里，反复无常。谁也无法知道如果发生暴动，他们会采取什么态度。

当时敖德萨的苏维埃军队很少。然而，盟国的分舰队已经在敖德萨沿岸一带游弋，并派遣意大利的“拉基亚”号驱逐舰到前面来进行侦察。

这时发生了一件事情，急剧地改变了整个局势。“拉基亚”号驱逐舰在大喷泉灯塔正巧碰上了水雷。从表面上看，这件事情只不过是从海上传到市内的一阵轻微的隆隆声，但是这并未使任何人感到惊惶不安。

根据敖德萨省委会的命令，金岸、大喷泉、卡瓦列夫斯基别墅和柳斯特多尔夫的渔夫们——一些经验丰富、沉着冷静的人——立刻驾驶着自己的平底小驳船出海，赶到发生爆炸的地点，救起那些幸免于难的意大利人，从即将沉没的驱逐舰上抬下已经被炸死的人，赶在分舰队派船去救援以前，把他们通通带回岸上来了。

死难的意大利人的尸体运到了敖德萨，用无线电通知分舰队的司令。通知中说，这一不幸事件使城市感到十分悲痛，它承担起埋葬英勇的意大利水兵的责任，邀请分舰队司令前来参加这一隆重的葬礼，并请派水兵队来向死难者致最后的敬礼。

海军上将回电表示同意——他再没有任何别的办法了。

第二天早上，从港口到车站附近的库利科夫田野——那里已经挖好了阵亡将士公墓，红军部队和我们的水兵不带武器列队站立在街道两旁。所有房屋上都悬挂着致哀的黑旗，殡仪队经过的道路上撒满了鲜花和侧柏枝。

10万敖德萨人参加了这一葬礼——这几乎是当时的全体市民。

港口工人抬着棺材。皮肤晒黑了的意大利水兵们拿着步枪，枪口朝下，跟在工人后面。

外国舰队上的乐队和敖德萨的混合乐队高奏哀乐。敖德萨的乐队没有丢脸，肖邦进行曲那撕人心肺的、悲哀的乐声迫使多愁善感的敖德萨妇女失声痛哭，不时用披巾的一角去擦眼睛。

新阿丰修道院会馆的教堂里悲哀地敲响了下葬的钟声。许多房顶上黑压压地站满了人。

司令在墓地上发表了讲话。意大利人听讲话时，“持枪致敬”。后来，军舰上遥远的告别的排炮声和库利科夫田野上齐射的枪声响成一片。阵亡将士公墓变成了一座鲜花的金字塔。

举行葬礼以后，在从前的凡科尼咖啡馆里为外国水兵摆下了晚宴。为了这次晚宴，阿金同志耗尽了几乎全部不可动用的粮食储备。

在举行了这样的葬礼以后，当然也就不可能谈到进行炮击和暴动了。外国舰队上的水兵绝不会容许这样做。他们为布尔什维克给予他们牺牲的同志们的荣誉而表示感谢，为受到友好的接待而深受感动。

据说，样子很像朱塞佩·威尔第[①]的老海军上将明白，这一战役暂时已经输掉了。他给分舰队下令返回君士坦丁堡，于是傍晚时分舰队在黑海上的烟雾中悄悄地消失了，撇下邓尼金匪军的那些军官们，让他们听天由命。

敖德萨省委会让外国武装水兵队进入市内，是冒了一次很大的风险。但这是高尚的冒险，敖德萨的布尔什维克举行了这次葬礼，从外国武装干涉者那里赢得了一场不流血的战役。

省委会的工作人员相信，葬礼一定会激发分舰队的水兵与我们的工人、士兵的团结精神，任何命令都不能破坏这种团结精神。

不久封锁解除了。从赫尔松来的第一批帆船驶进港口，运来了一些杏儿。

后来，在一个万里无云的早上，卡兰金防波堤旁停下了两艘从斯库台驶来的土耳其小帆船。小帆船花花绿绿，像复活节时用的绘有图案的彩蛋一样——这是敖德萨的第一批商船。

第二天报纸扬扬得意地报道，从土耳其来了两艘小帆船，运来1公斤打火机上用的电石、一些玻璃珠串、镀金镯子和一小桶齐墩果。

当然，问题不在于1公斤打火机上用的电石，而在于从今以后海上又

---

① 朱塞佩·威尔第（1813—1901），意大利作曲家。

可以自由通航了。我似乎觉得，大海甚至立刻变了样：在阵风吹动下，海开始愉快地喧嚣起来，雪白的浪花熠熠闪光。在此以前，我从未看到海里的浪花像这样雪白。

现在，已经每天都可以期待在西南方大海蔚蓝色的水域中出现远洋轮船黄色的烟囱，雄伟的船体，奇异的旗帜，得意扬扬的汽笛声和拖得很长的、锚链的隆隆声了。这响声总是向航海者应许即将得到合法的休息，虽然这是在异国他乡，但却是在一个十分美丽的地方。

情况的阴谋诡计

沃洛佳·戈洛夫钦涅尔喜欢寓意深刻地说，我们的生活取决于离奇古怪和出乎意外的错综复杂的情况。他引用契诃夫的《伊万诺夫》中的一段话来证明自己的说法是正确的：

“我们的生活……人的生活犹如一朵生长在田野里、开得十分美丽的小花，一头山羊走来，吃掉了它——于是花就没有了……”

托列利同意沃洛佳的看法。他说，也许整个地球上的生活都合乎规律，但是说到敖德萨，对这一点就不能担保了。

他断言，敖德萨是一座任性的城市，在这里什么都是可能的，直到为了几把弯曲木椅爆发一场巷战。说到这里，托列利回想起1919年外国武装干涉者占领敖德萨时期的一件事。

外国武装干涉者把城市分为四个区：法占区、希腊占领区、彼得留拉匪帮占领区和邓尼金匪军占领区。每个地区都用一排排弯曲木椅与毗邻的地区隔开。有一次，彼得留拉匪帮利用一名法军卫兵去解手离开岗哨的机会，把一部分椅子往自己这边拉过来一些[①]——夺取了别人的一大块领土。这位愤怒的法国卫兵大吵大嚷，用托列利的话来说，掀起了“可怕的轩然大波”，甚至开了枪。

但不管怎么样，在下面所说的这件事情上，事实证明沃洛佳·戈洛夫钦涅尔是正确的——出现了离奇古怪和出乎意外的错综复杂的局面（或者像沃洛佳所说的，“阴谋诡计”）。

当封锁正十分严密，几乎完全与世隔绝的状态使敖德萨的生活甚至具有某种无忧无虑的性质。就在这时候，夏天里的一天清晨，托列利来敲我那间管院子的人住的房门了。

“起来！”他隔着门对我大声喊，“好像敖德萨又要发生外国武装干涉了。”

我一跃而起。在敖德萨，无论发生什么事情都不会使人感到意外。我和托列利从俯临兰热隆的陡岸上看到了笼罩在淡蓝色柔和烟雾里的港口，看到了托列利用华丽辞藻所形容的“有玫瑰色手指的曙光女神”——大海上空被静静的朝霞照亮的一缕缕薄云，还看到港口清澈透明的水面上有两艘悬挂法国旗帜的、笨拙的远洋巨轮。

两艘轮船旁停着一艘外形雅致、舰身修长、好像一支灰色雪茄的法国驱逐舰——“博尔利中尉”号。透明的青烟从它的烟囱里袅袅升起，一些铜部件在甲板上光彩夺目，宛如几十个灼热的太阳。

我们走向港口，但是在那里不放我们进去。港口被红军战士和我们的

① 作者有误，应该是把椅子往对方挪过去一些。——译者

水兵队伍包围了。

法国运输船慢慢地、小心翼翼地靠近了码头。

我们得知，“博尔利中尉”号驱逐舰是由一位温文尔雅的法国著名海员作家克洛德·法列尔[①]指挥的，他就是《在鸦片的烟雾中》一书的作者。

这一情况本身也是很有意思的。但立刻就开始的、从法国运输船上下船的情况却远比这更有意思。

在一片寂静中，秩序井然地从船上下来的不是朱阿夫兵，也不是咖啡之乡的塞内加尔人，甚至也不是法国外籍军团的士兵，而是我们的俄国士兵。他们穿着崭新的保护色军装，但是没有武器。他们有别于旧沙俄军队士兵的唯一东西，就是用发光的黄皮子制作的、嘎吱作响的皮绑腿。

士兵们在码头上站好队，由苏维埃军队指挥员伴送着，走进兵营去了。

不错，1小时后我们已经知道了一切。这“一切”就是——第一次世界大战时，尼古拉二世产生了一个古怪念头，把一军团俄国步兵派往法国，这就是所谓的远征军团。从符拉迪沃斯托克由海路把这些士兵运到了马赛。

军团在马赛登陆后，在向官兵们纷纷投掷鲜花、大声赞美的法国妇女面前行军穿过巴黎。

共和国总统在凯旋门旁检阅了俄国军队。士兵们唱着雄赳赳的歌曲从总统面前走过去：

额上垂着长发的英雄们，痛苦不是不幸！

---

① 克洛德·法列尔（1876—1957），法国作家。——译者

后来俄国发生了革命，俄国士兵自然拒绝作战，于是法国人把他们送到了后方战俘营。我们的士兵在那里待了好几年，要求返回祖国，有时还发生哗变，使法国政府感到惊慌失措。

最后法国人决定摆脱这些俄国人，把他们装上远洋运输船。和苏维埃政府达成协议后，押送他们回敖德萨。

敖德萨倾城出动，拥到港口斜坡上去欢迎俄国士兵。和他们拥抱、亲吻，送给他们鲜花。

但随后发生了一件完全不可理解的事。

当登陆结束，运输船立刻离开码头，在“博尔利中尉”号驱逐舰护送下出港，向沃龙佐夫灯塔外的碇泊场驶去。这时从我们黑海街那个方向传来一阵雷鸣般的排炮声，榴霰弹在运输船船头前纷纷爆炸，构成一条火力带。

运输船停下了，驱逐舰却掉转船身，以船舷对着敖德萨，它的指挥台上立刻闪闪烁烁，发出耀眼夺目的紫色闪光——驱逐舰开始与岸上进行匆匆的谈判。

在封锁起来的滨海林荫大道上架起大炮。聚精会神、神情严肃、腰挎毛瑟枪的水兵们默默地干着，动作十分迅速。

全敖德萨立刻都获悉，运输船的货舱里藏有大批武器，直到轻型坦克，应有尽有。

法国人决定一箭双雕——摆脱革命的俄国士兵，而在从敖德萨返回君士坦丁堡的回程中顺路去克里米亚，卸下供给弗兰格尔的武器。

敖德萨当局从远征军团的士兵们那里得知这一情况后，用无线电请求莫斯科给予指示。

莫斯科命令不要放走法国运输船，并要求法国人为了避免不必要的流血，把给弗兰格尔的武器在敖德萨卸下来。

法国人坚持不肯让步。敖德萨人都在说，运送武器的这一无耻欺诈事件全都是德·安塞尔姆将军想出来的。就连他的盟友——邓尼金匪军——也认为，德·安塞尔姆像木头一样愚蠢，像泼留希金[①]一样吝啬。

过了两天，敖德萨全城的人都聚集在海岸上，猜测这一切将怎样结束。法国人坚持不肯妥协，锅炉里保持着蒸气，运输船的烟囱里一直在冒烟。

显然，法国人在寻找某种至少能保留一点儿体面的、摆脱困境的办法。但除了使用粗暴的兵力，他们当然什么办法也想不出来。

从君士坦丁堡向敖德萨派出了一支强大的法国海军分舰队。分舰队的司令用无线电通知敖德萨，威胁要用重炮向城市开火，如果不放运输船，就要把整个城市夷为平地。

直到现在我还记得，当我们得知莫斯科为拯救敖德萨，建议放了法国人的时候，我们感到了强烈的痛苦和遗憾。当时我们在海上还不是那样强大，还不能迎战法国的整个分舰队。

在法国运输船离开的那一天，我到大喷泉去了，从那里可以看到开阔的海面。我从陡峭的海岸上看到，海上水天相接的天际线笼罩在看不透的、浓重的烟幕之中。这时法国分舰队驶近了。分舰队停在离岸几海里的地方，等候自己的运输船。

运输船全速驶离了。那艘“博尔利中尉”号驱逐舰跟在后面，不时从这一艘运输船驶到另一艘运输船那儿，绕着它们兜圈子，护送着它们一同离去。我们有一个炮垒还是忍不住，紧跟着已经离去的法国人，开炮齐

---

① 泼留希金是果戈理《死魂灵》中的人物。——译者

射，打了几发榴霰弹。

当时我感到非常遗憾，为法国和法国人感到遗憾，为伟大的法国文化，为狄罗德[①]和伏尔泰、雨果和司汤达、左拉和科罗[②]、巴斯德[③]和德拉克洛瓦[④]，为所有伟大的法国人感到遗憾——我们当中没有任何人会把这些伟大的法国人与俄国人截然分开。我们好像觉得，他们也像普希金、托尔斯泰、契诃夫一样，是我们的亲人。他们的尊严受到了严重伤害，他们被法国的政治小经纪人及其代表——像雄鸡那样妄自尊大的德·安塞尔姆将军贬低了。我想象，因为这个将军怯懦的卑鄙行为，司汤达或雨果怀着多么无情的蔑视下令把他枪毙就好啦。

“和平起义日”

敖德萨的电灯早就不亮了。人们已经忘记了电灯，电灯泡上长出了一层灰尘的外壳。如果偶尔按一按电灯开关，由于生锈，它们会尖叫起来。

我们当中为这种情况感到高兴的唯一一个人是沃洛佳·戈洛夫钦涅尔。

“每个时代，”他以十分自信的态度说，仿佛是发现了一个很不寻常的真理，“都有它自己的风格。当代的风格就是接近太古时代的生活。你们

---

① 狄罗德（1713—1784），法国唯物主义哲学家。——译者

② 科罗（1796—1875），法国画家。——译者

③ 巴斯德（1822—1895），法国学者，近代微生物学和免疫学的奠基人。——译者

④ 德拉克洛瓦（1793—1863），法国画家。

自己想一想吧，电力已经一去不复返了。电车轨道上长满了荨麻，土豆在市内的广场上开花，烟炱的最后一些分子已经从空气中消失了。我们不穿靴子，而穿希腊的厚底靴，不喝伏特加，而喝纯净的水。照我看，这是十分美妙的。黄金时代开始了。”

有一次我不大舒服。我没有去省粮食特别委员会，直到晚上一直躺在我那间管院子的人住的房子里。正值暮春时节，栗树已经开花，朦胧的月亮升上了海空。

我心情平静地在油灯下看《布罗克豪斯-艾弗隆百科辞典》第10卷，突然发生了某种莫名其妙和令人忧虑的情况——天花板下面电灯泡里的细丝开始发黄，还远未到完全炽热的程度，就不再增加亮度，随后便处在这种静止不动的状态了。电灯泡向周围洒下如此暗淡、如此令人不快的微光，房间好像变成了停尸所。

我木然地望着电灯泡，猜测它为什么这样暗淡。显然，微弱的电流使劲挤进生锈的电线，勉强穿过积满灰尘、包着干胶布的接合处，在电表中蒙了一层蛛网的机件中卡住了。

“最后它总会亮起来的。”我肯定地对自己说。但光并未逐渐增强，而恰恰相反，愈来愈弱了。但这点儿微弱的光还是完全足以照亮橡木书橱里那一排排阴郁的、教授的书籍。

我想，电灯突然亮了，当然不会是没有原因的。它是一种令人纳闷的警告。当然，这样想的并不是我一个人。敖德萨开始出现了一场隐隐约约的惊惶不安。敖德萨人明白，电灯亮了，在这以后准会发生不愉快的事。不过是什么不愉快的事呢？

托列利就此向我做了些暗示。他敲了敲门，走进管院子的人的住房，他面色发黄，眼睛好像也变白了。他的胳膊上搭着一件水鼠皮领的、崭新的女大衣。

“我请求您，”托列利匆匆地说，“把这件大衣挂在您的衣架上，在这儿放几天。这大衣是我妹妹的。”

我感到大惑不解，不过还是从托列利手里接过大衣，把它挂到衣橱里。大衣很轻，散发出一股香水味。显然，托列利的妹妹拉希莉——一个还年轻、面容俊俏、因为有雀斑肤色呈棕黄色的女人——害病以后，连一次也没穿过这件大衣。

“怎么回事?”我问托列利。

“问题在于逻辑。”托列利不自然地嘿嘿笑了笑，搓了搓手，“我和您十分清楚，敖德萨供发电站用的煤粉总共只够烧三夜，然而电站却送电了。这就是说，在这三天里准会发生什么事情。而这件‘什么事情’一定需要有电灯光。”

“会出什么事呢?”我茫然地问。

“我怎么知道?!”托列利耸耸肩。“圣巴托罗缪之夜[①]！屠杀婴儿[②]！抢走萨宾人的姑娘[③]！庞贝的末日[④]！看您喜欢什么了。敬礼，明天见!”

---

① “圣巴托罗缪之夜”，指1572年8月24日（圣巴托罗缪节）前夜巴黎天主教徒对新教徒的大屠杀。

② 源出《圣经》中的故事：犹太暴君希律得知耶稣诞生，为了杀死耶稣，下令杀死全国所有婴儿。

③ 意大利传说：萨宾人不愿把女儿嫁给罗马人，罗马皇帝罗慕洛邀请萨宾人去过节，趁机抢走了萨宾人的许多姑娘。

④ 罗马古城庞贝于公元79年8月24日因维苏威火山爆发而毁灭。

他走了，撇下我一个人，我感到完全困惑不解。

最后我什么也想不出来，于是躺下睡了。我去按电灯开关，开关转动了，可是电灯却没有熄灭。我开始把开关按来按去。开关吱吱地叫，声音越来越尖，叫得越来越凶，可是电灯泡仍然亮着，它连闪都不闪。于是我站到椅子上，用报纸裹住灯泡，试图把它拧下来。但灯泡已经粘在灯头上，所以啪的一声好像一声枪响，灯泡破了，电灯熄灭了。现在已经是永远熄灭了。

我没有关窗，躺了下来。大海低沉的波涛声时而懒洋洋地滚进我这间管院子的人的住房，时而从屋里退出去，节奏均匀，不疾不徐，很快就把我送入梦乡。

黎明时我醒了。窗外的侧柏枝上挂满露珠。花园里静悄悄、空荡荡的。只是在一间放着一个装有石灰的旧木桶的墙角那里，出现了一个黑乎乎、看不清轮廓的、很大的东西。

我久久注视着这堆好像干草垛似的黑东西。这堆东西里不知有什么让人感到害怕，但是我克服了恐惧，从窗户里爬进花园，向它走去。

这堆东西包括几件已经穿旧、但很贵重的毛皮大衣。有一件海狸皮领子的黄鼠狼皮大衣，两件老式的厚呢春秋大衣，还有一件羔皮女大衣和一件袋鼠皮的女短上衣。

在这层皮大衣下面，我发现了一个矮凳子，花缎蒙面儿，镀金的凳腿做得十分奇巧精致。有一次我在剧院里看《黑桃皇后》，曾在老伯爵夫人的脚下看到过这样的凳子。

我想把凳子拖出来，好仔细看看它，但是没有估计到自己有多大力气——刚把它拿起来，立刻就把它摔掉了。我好像觉得，凳子里面灌满了铅。

我用脚踢了它一下，听到在它里面，在路易十四时代的漂亮花缎下面有金属的响声。神秘的气氛变得更浓了。但是在设法解开这个谜之前，我先跑到最近的一家小店里去买面包。小店一天只开两个小时。我生怕去晚了，会弄得没有面包吃。

我回来的时候，那堆皮大衣已经用干草和枯叶遮盖起来了，而且遮盖得那么仔细，以至谁也不会想到这里藏着什么东西。

正如一切令人不解的事情一样，这件事使我失去了平静。我知道，从院子到花园里来只有唯一一道便门，门上的钥匙在普罗斯维尔尼亚克手里，于是到他那里去寻求解释。

对于我们来说，普罗斯维尔尼亚克的举止一直好像是一种晴雨计。如果他碰到亚沙和我的时候，眼睛望着一边，装作听不清我们在说什么。和我们说话时老是打断我们，对着厨房，向从前当过修女的女佣人大声喊："涅奥尼拉，别倒那么多素油!"要么是什么别的这一类的话。那么这就意味着，敖德萨苏维埃政权的地位在某种程度上发生动摇了，甚至只不过是稍有点儿动摇的迹象。

如果普罗斯维尔尼亚克警惕地显得特别客气，而且双手从下面撩起自己的黑胡子，用不自然的低音哈哈大笑，那么这就证明苏维埃政权是巩固的。

这一次普罗斯维尔尼亚克显得拘谨而又客气，不过他的眼睛却因为充满仇恨而发白了。听完了我讲述的堆放皮大衣和凳子的故事，他恭顺地，但是特别强调地回答：

"您，十分尊敬的康斯坦丁·格奥尔吉耶维奇，作为苏维埃政权的职员，虽说责任有限，但对您主人们的所作所为毕竟负有某种责任，您应该知道，从今天起，在敖德萨宣布实行‘和平起义日’。据当局说明，这个起义日要延续4天。”

“我还没去过城里，”我回答，“‘和平起义日’是怎么回事？”

“那么，请您了解一下吧！”普罗斯维尔尼亚克把一张灰纸放到我面前的桌子上，他的手在发抖。“昨晚11点我亲手从自己房子的墙上揭下来的。”

我看完了敖德萨省执行委员会的命令。命令上说，为了没收从今以后已成为人民财产的、有产阶级的财物，在敖德萨宣布实行“和平起义日”。

在这一天，将毫无例外地没收所有公民多余的东西和食品，只有清单中列举的、最必需的东西除外。

我草草看了看这张清单。上面印着：“留供每个公民使用的东西有：全套上装，全套内衣，一双皮鞋（皮靴除外），一顶帽子”，以及其他等等，直到“一把汤匙，一把茶匙，一把刀子，一把叉子，一只杯子，最必需的做饭器皿和100克砂糖。”

“如发现黄金、贵重物品、外币，以及奢侈品和投机贩卖的物品，隐藏此类物品者将以叛国罪和反革命罪交付法庭审判。”

“完蛋！”普罗斯维尔尼亚克突然说，我甚至打了个哆嗦。我是第一次从他一向说甜言蜜语的嘴里听到骂人的话。

“那么，达尼尔，谢苗诺维奇，”我说，“请费心把您的所有东西都从我的窗子底下拿走，您愿意藏到哪里，就把它们藏到哪里去。您要知道，我可不愿意由于您那些被虫蛀的皮大衣和塞满金子的凳子被枪毙。”

“您大错特错了，康斯坦丁·格奥尔吉耶维奇，”免去教职的神父用柔和的语调回答，并把双手贴在胸前，“您不该生气。不错，有两件皮大衣是我的，可凳子是伦南坎普夫将军的小姨子拿来的。由于我心肠软，不能拒绝她，因为我是当着她的面在藏自己的家私。请您设身处地为我想一想吧。天一黑，我就去把这一切通通拿走。”

“好吧，”我同意了，“到晚上就到晚上吧。”

普罗斯维尔尼亚克想必是忘了自己是免去教职的人了，把双手举向天空，仿佛是从教堂的讲道台上用很有鼓舞力的、虚伪的声音说（与此同时，有一瞬间他的眼睛里闪射出狂怒的火光）：

“骨肉相残的时代！人类的恶行和反基督的阴谋当真是没有限度的！”

他放下手来，用已经是平常的声音接着说：

“我尊敬您，不过第3套住宅里的那个住户，电工加瓦尔沙基同志却使我深感不安。他在收购炸药。总有一天会把我们大家连同他一起逮了去，通通枪毙。我以脑袋担保！请提防着他！注意看着点儿，可别让他把那造花炮的鬼玩意儿埋到花园里去。皮大衣，这是小事。好吧，实在没有办法，就让‘同志们’没收好了。我已经做好一切准备了。”

我走了。毫不怀疑，普罗斯维尔尼亚克绝不会从花园里拿走他的东西。结果我是对的。当晚上我和亚沙一起回来以后，那堆东西已经沿着围墙伸展开来，变成了整整一堵墙壁。这些东西也像第一堆东西那样，都由干草仔细遮盖起来，现在我似乎觉得那一堆东西已经算不了什么了。

在这堵由许多东西堆成的墙边，有一个络腮胡子已经发白、可尊敬的老人坐在一把弯曲木椅上打盹儿。他那副打扮看上去那么老式，因此可以认为，似乎花园里正在拍摄冈察洛夫或奥斯特洛夫斯基[1]时代的电影。

“东西您当然并没拿走。”我对普罗斯维尔尼亚克说。“好吧，让上帝

① 亚·尼·奥斯特洛夫斯基（1823—1886），俄国剧作家。——译者

来做您的评判人吧。不过，花园里那个坐在椅子上的又是什么人呢？”

“看守。”普罗斯维尔尼亚克神秘地回答。“这话只能在您我之间说说，东西是一点一点地从整条黑海街上拖来的，实在是个非常僻静的地方。不过，当然啰，人们承受双重的恐惧。从一方面来说，当局可能把所有东西通通没收。从另一方面来说，说不定敖德萨的强盗也会偷了去。所以决定轮流看守着，直到危险过去。加瓦尔沙基同志也带着他造花炮的玩意儿往花园里钻，可是我不放他进去。”

“什么造花炮的玩意儿？”

“他想把瓶子藏起来。能装两维德罗[①]的瓶子，里面装着不知什么液体。这个加瓦尔沙基神经不大正常。”

“嗯–哼！”亚沙了解了花园里和房子里的大体情况以后，说，“我可以预言，您这儿的情况将以一场惨重的灾难而告终。”

那一天，城里让我感到惊讶的，首先是街上空前未有的热闹景象。特别引人注目的是大量各式各样的童车，以及总的来说大量各种各样、凡是可以用来运送东西的工具，直到像骡子那样驮着东西的自行车和装着很矮的小轮子的小木板车。童车当中大部分完全是用一小段一小段绳子捆起来的破架子。

这条童车的洪流向希腊市场那边滚滚而去。从后面推着的木板小车车声辚辚，也急急忙忙往那个方向跑去。还有一些人提着包袱和手提箱，气喘吁吁，也在匆匆忙忙往那边奔跑。台灯和缝纫机，裁缝用的、乳房高耸的人体模型和牙科医生用的扶手椅，也都往那边拖去。

---

① 俄国容量单位，1维德罗等于12.3公升。——译者

这波澜壮阔的运动是在一片寂静中进行的。特别奇怪的是，童车里的孩子也毫无声息。显然，孩子都酣睡不醒。他们当中没有哪一个哭过一声，叫过一声。除此而外，童车里所有这些盖得严严实实、裹得紧紧的孩子显然都是未来的巨人——童车都被他们不可思议的重负压弯了。车轮一直在摩擦着破烂的车身。

自发的童车流动持续了整整一天。省粮食特别委员会的职员们从窗户里注视着童车的流动。短暂的停顿或速度减慢都会在观众中引起不安。人们从窗户里探出身子，惊慌地对推着童车的人们喊叫：

“那里怎么了？不让过去吗？那么拐到佩列瑟普去，他们最后才去那里。”

“啊，不是的，让过去。”人们从街上不乐意地回答，“只不过有一辆童车散架了，挡住了大家的去路。”

“车上装的是些什么啊？”人们从窗子里真正很感兴趣地问。

“几罐酥糖。”人们从街上回答，“足有5普特，这些酥糖。整整一仓库！”

我刚一来到省粮食特别委员会，托列利立刻向我说明城里正在发生的、人群和童车从一个街区向另一个街区转移的意义。

昨天夜里，希腊市场区已经没收过多余物资了。因此其他还没有没收过财物的各区的居民，譬如说，车站区的居民，都把自己的贵重东西运到希腊市场区去，把那里当作一个安全的避难所。到明天，如果车站区也没收过，那么这条童车和人的洪流就会涌回去，以便给从法兰西林荫大道上运出的东西腾出地方来。

“这就像在战争中一样，”托列利说，“您是知道的，炮弹很少会两次落到同一个地方。因此，为了逃命，最好躲在刚炸出来的弹坑里。于是，我们的希腊市场区就成了这样的弹坑。”

整整一夜我和亚沙都睡不着。堆在花园里的那些东西的主人，像蝙蝠一样在窗外走来走去。只要一有很小的响声，他们就好像钻进了地缝里，不见了。

我们所以睡不着，还因为每时每刻都在等待搜查队出现。我们当中谁也不知道，什么时候才终于轮到我们黑海街。

因此，我和亚沙躺着仔细倾听从街上和从花园里传来的各种不可理解的响声，并竭力找出每一个声音的原因，用这种办法来解闷。

从那幢最大的房子里传来一阵阵轻微的嗡嗡声。那是所有那4套住宅里的住户们会合成一片的、焦急不安的喃喃低语声。不过，在这片嗡嗡声中，还是听得出加瓦尔沙基同志令人讨厌的抱怨声。他始终没能摆脱他那几瓶不知是什么玩意儿的爆炸性液体。

“我们这样快活，可不会有什么好结果。”亚沙·利甫希茨说，“我要是处在您的地位上，就会从花园里那些东西当中把那个有镀金腿的凳子拖出来扔出去，让它见鬼去。把它扔到隔壁院子里，怎么样？您知道，由于它您在冒生命危险吗？您怎么能证明它不是您的呢？”

“那么您自己去把它拖出来扔出去吧，”我平静地回答，“您去和吵吵嚷嚷的那一大群藏东西的人打交道吧。对我来说，现在反正都一样。”

亚沙不作声了。但根据他那呼哧呼哧的喘息声，我明白他开始生气了。

“喂，你们这些有产阶级的代表！”他突然大发脾气，对着窗外大喊大叫，不知是什么人胖大笨重的身影惊恐地在窗外一闪。“省长们和宫廷女官们！你们老在我们窗子底下晃来晃去，有完没有？你们和你们这些坏种简直不让人睡觉!”

和往常一样，亚沙一生气，他后脑勺上的一撮黑头发就翘起来了。亚沙喊过以后，花园里和房屋里，正像人们所常说的，“笼罩着”一片惊恐的寂静。我把脸埋在枕头里，哈哈大笑起来。

“您怎么了?”亚沙责备我说。

“第一，”我回答，“您不知道‘坏种’这个词是什么意思，第二……”

但我没来得及把话说完。加瓦尔沙基同志没有敲门，就从院子里进来了。他一声不吭，但是带着责备的神情站在门口。他甚至把双手交叉放在胸前。

“您有什么事，年轻人?”亚沙问他，“正像在这种情况下对蛮横无理的人所说的那样:‘晚安!’”

但加瓦尔沙基对亚沙连瞧都不瞧一眼。得顺便说说，加瓦尔沙基的外貌，就连最不拘小节的人看了也会感到不好意思。他那张土色的长脸，那只拉得长长的、稍稍歪向一边的黑鼻子，那双仿佛画上悲哀的黄眼圈、好像油亮亮的眼睛，两条走路踉踉跄跄的腿，以及说话嘟嘟囔囔的声音，都说明他是一个习惯于毫无怨言地忍受命运打击的倒霉的人。他脑筋迟钝，永远也不能担保他能完全听懂别人对他说的话。

加瓦尔沙基仍然默默不语，微微张着嘴，好长时间仔细打量着管院子的人住的这间房子。后来他终于说话了:

“倒可以放在这里，放在门后面……不过，那里只放得下1个瓶子。可是我有3个。”

我在亚沙的眼睛里看到了恐惧的神情。

“他在说什么?”亚沙问，“他想干什么?”

“是否把它们塞到橱里去呢?”加瓦尔沙基平静地自己问自己，“我的东西是没问题的。纯醚。”

“什么醚?”亚沙惊恐地问，说着坐到自己的床上。

“我不是对您说了——纯净的‘硫酰醚’。您怎么？开玩笑吗？每一瓶都能换3普特面粉和1瓶神灯油。这可不是什么不起眼的小东西。要是他们发现了，那当然就会逮捕你们，拷问你们，会把你们枪毙！不过他们不会到你们这管院子的人住的房子里来的。我用生命起誓。这是间不住人的房子，附属房子。他们要它干吗？可在我那儿，瓶子就摆在屋里正当中，就像摆在舞台上一样。因为它，我紧张得要命，神经过敏。同志们，我沉不住气，搞得头痛。”

亚沙跳起来，走到加瓦尔沙基紧跟前，低声嘶哑地、用从未有过的凶狠语气说：

“滚出去！不然，我把你像狗崽子那样扔到门外去。滚!”

加瓦尔沙基惊讶地看了看亚沙，搔搔后脑勺，不乐意地从屋里走了出去，小心翼翼地随手关上了房门。他出去以前问我：

“他怎么了？精神病很厉害吗?”

亚沙用钥匙把门锁上，吹灭了油灯，躺下。他在黑暗中辗转反侧，折腾了好长时间，并且诅咒自己，说是鬼使他来到了黑海街。

我开始沉沉入睡，酣睡中我闻到一股奇怪的、有点儿刺鼻的气味。我突然感觉到，我正在失去重量，心脏正慢慢地、但肯定无疑地在渐渐停止跳动。

心脏最后跳动了一次，勉强可以听到它跳动的声音，随后就毫无痛苦、也不感到恐惧地停了下来。一股温暖、幸福的清新空气，犹如波浪一般包围了我。由于体验到一种强烈的快感，我甚至笑了起来。

我立刻听到，仿佛从宇宙深处传来亚沙·利甫希茨雷鸣般的吼声：

“起来！快！醚！”

亚沙猛地一拉我的一只脚。我在床上沉重地坐了起来，又倒了下去。亚沙抓住我的肩膀，摇摇晃晃地把我拖到管院子的人住房低矮的小窗户前。

“爬到花园里去！”他大声喊叫，并推我的背脊。“啊，该死的，狗崽子！希腊鬼子加瓦尔沙基！快！我们要完蛋了！快！”

我费力地从窗户里探出身子。外面有人接住我，把我拖进花园里。这是托列利。亚沙跟在我后面，也从窗子里爬了出来。管院子的人住的那间房子里有一股强烈的、很难闻的气味。

“为了上帝，我恳求大家！”普罗斯维尔尼亚克把双手举向天空，用哭声喊道，“别在这儿抽烟，也别划火柴！我恳请大家！不然，房子就要飞上天去了。别到阴井旁边去，有生命危险！”

我恢复了知觉。天蒙蒙亮了。花园里挤满了惊恐不安的房客，他们都紧靠在石砌围墙上。

托列利的妹妹躺在一棵老洋槐树下，身子底下铺着一条被子。

“怎么回事？”我向四面环顾，问，“来搜查过吗？”

“才不是这么回事哩！”托列利用不自然的、精神饱满的语调回答我，“上帝宁愿创造奇迹，用来代替搜查。”

这时所有房客突然像遵照口令一样，一起笑了起来。女人们用手帕捂着嘴，笑得前仰后合。男人们不出声地笑得浑身颤抖，托列利在嘿嘿地笑，而且尖声大叫。普罗斯维尔尼亚克捋着胡子，不时轻轻地哈哈笑一下。就连亚沙也笑得直咳嗽，吐痰。

我感到可怕了。

“别笑了！”我大声喊道，“出什么事了？”

原来半夜两点钟的时候，搜查队来到隔壁一幢房子里。那时吓昏了头的加瓦尔沙基拿起他那几瓶醚，把它们倒进厕所里的水槽里，他本人也立刻不知去向了。

醚的令人难受的有毒气浪涌进屋子里，顺着下水道冲进管院子的人的住房和隔壁一幢房子，开始通过法兰盘渗透出来，从阴井流往街道和院子。

我们这里和隔壁那幢房子里的居民全都及时跑了出来，大家勉强把托列利的妹妹也抱了出来。搜查队离开了，绕过了被醚污染的房子。显然，是为了避免中毒，匆匆忙忙去搜查远处的房子去了。到早晨，搜查队走了，临走时威胁说，哪怕加瓦尔沙基躲到海底去，也一定要找到他，揪掉他的脑袋。

就在那天，那些东西也从花园里消失不见了，又回到了它们的主人家里。它们消失的速度快得惊人，而且是悄悄消失的。免去教职的神父把花园打扫干净，后来下了一场雨，把尘土压下去，洗净了夜间那场混乱的一切痕迹。于是管院子的人住的房子又处在沿海的蓝色的寂静之中，这种寂静已经再也不会消失了。

亚沙回到城里他自己的住处去了。沃洛佳·戈洛夫钦涅尔搬到黑海街我这儿来，代替了亚沙。

在任何时代，人类的感激之情都是这样的。一星期后，加瓦尔沙基安然无恙地回来了，不过人瘦了，也变傻了。住宅里还稍有一点儿醚的气味。

尽管加瓦尔沙基救了房子里的住户，使他们免遭搜查，但他们大家却齐声猛烈地攻击他。几乎没有一天他们不讲一些关于他的各种各样滑稽可笑和愚蠢的故事。

加瓦尔沙基搔搔后脑勺，徒然地试图在这些住户中找到哪怕是一丁点儿同情。但没有同情。只有沃洛佳·戈洛夫钦涅尔耐心地听完他的话。不过，当加瓦尔沙基走了以后，他也叹口气，绝望地摇摇头：

“不，这样的公民，当然是不会有什么创造性的。”

奥地利海滨浴场

一堵用混凝土板筑成的高墙保护着卡兰金港口，使它不受海浪冲击。这堵墙渐渐变成了碇泊场的防波堤。

冬季威力强大的风暴在这堵墙上冲出一个很宽的缺口，在墙脚靠海的那一边淤积成一个不大的沙滩浴场。最初使用这个海滨浴场的，是外国武装干涉时期的奥地利士兵。因此，这个十分舒适、温暖而又荒凉的海滨浴场就得了这样一个名称：“奥地利海滨浴场”。

从城里到这个海滨浴场来，比去兰热隆的大海滨浴场要远一些。常到奥地利海滨浴场来的，只有那些喜欢僻静的人。也许，还有那些喜欢古代大海风光的人，这样的古代风光主要是保存在那些已经发黄的杂志的版面上。因为要去奥地利海滨浴场，得穿过港口，从那些沉入地下、已经取出炸药的圆形水雷和涂上黄、红两色的浮标旁边走过去，从那些通往水中的石梯和信号杆旁边走过去，从那些旧平底小驳船和已经腐烂的一圈圈缆索旁边走过去，最后还要经过防波堤上一座神秘的小屋，那座小屋有一个白色的小塔楼和一个已经锈坏了的阳台。这座小房子的底层没有门窗，这使它有点儿像要塞或碉堡。

这座房子上覆盖着马赛瓦。风经常在这座房子的旗杆周围唱歌，在第二层的窗子里、遮得不严的窗帘后面可以看到墙上挂着几幅褪了色的地图，窗台上堆着一些书。这座海边的房子里没住着任何人。如果允许我住到这座房子里去，我当然会认为自己是世界上最幸福的人了。

我不仅要用新的地图和书籍来装饰这座房子，而且要让海上的空气经常在屋里流通，让在周围一片蔚蓝色中看上去好像是玫瑰色的阳光把它晒暖。

奥地利海滨浴场似乎是为了读那些需要慢慢看的书而创造出来的一个地方，看这些书的时候要经常把它们放到一边，好在沙里刨一刨，找一找，无意中找到一块水晶的碎片。

这是一个绝妙的打盹儿的地方。开阔的大海上的海风吹拂着，使眼睛感到愉快，稍稍有点儿咸味的氧气久久不肯从肺里离去，使人感到轻微的醉意。

在奥地利海滨浴场上不多的几个常客中，我遇到了伊利亚·伊利夫（那时他还没有笔名，大家都叫他伊柳沙·法因西尔伯）。我喜欢他那神态安然而又有点儿忧郁的脸。总是好像觉得，某种半睡半醒、仿佛一半沉浸在故事中的状态在支配着他，因此他经常在海滨浴场上睡着，不得不在日落时叫醒他。

许多年以后我看了伊利夫的《笔记本》中的几篇笔记。从那以后，我不能摆脱这样一个想法：这一切恰恰是1921年他在奥地利海滨浴场上想到的。我在这里引用一段这样的笔记：

“以前，入睡之前常常会出现一些令人安心的想法。例如，以日德兰半岛战役而告终的英国舰队的出航。我久久注视着空荡荡的港湾，这使我昏昏欲睡。有几万人在海上，而港湾里却静悄悄、空荡荡的，令人感到惶惶不安。”

“我久久注视着空荡荡的港湾。”当时在敖德萨，大概再没有比注视着空荡荡的港湾和港湾里许多详情细节更习以为常和更令人忧郁的事情了。它们，这些详情细节特别可爱。平静的光，中午太阳的炎热，缓慢的、仿佛正在嬉戏的波浪就在近旁，这一切赋予它们一种最具有南方特征的美的性质。

一生中我不得不采取许多行动。行动总是会推动生活从一种状态转移到另一种状态，引导它流入不同的河道，使它在各种不同的、有时是最奇特的拐角旁边转弯。

但发生这种转变时既没有无谓的忙乱，也没有多余的议论，也没有和任何人进行杂乱无章的交往。

恰恰相反，行动总是和这样一些情况结合在一起：渴望进行观察，像用放大镜那样在近处仔细观看生活，渴望赋予生活（在想象中）远比实际上所有的更多得多的诗意。

我不由自主地给生活染上更加鲜艳的色彩，给生活增添亮光。我喜欢这样。这样一来，生活在我的眼里充满了格外迷人的魅力。

即使我十分希望，但也不能消灭我的这一特征。正如我后来才懂得的，这一特性已经成了作家工作的原则之一。也许，正因如此，对我来说，写作已经成为不仅是一种职业，也不仅是一种工作，而已经成为我个人生活的一种状态，成为我内心世界的一种状态了。我经常发现我自己仿佛生活在一部长篇小说或一篇短篇小说之中。

所以，在敖德萨这种想透过放大镜细细观察生活的愿望有力地攫住了我的心。而且无疑这种愿望是和我在港口闲荡，在奥地利海滨浴场度过的那些安闲时光联系在一起的。

时间磨灭了那个时期像刀刃上的缺口那样尖锐的悲伤和不幸。记忆不愿去想那些伤心事。它宁愿透过当时难得会有的喜悦，回忆以光明形象出现的往事。在以后的岁月里，这些喜悦成了有重大意义和十分重要的事件。无论是伤寒、饥饿、结冰的斗室，还是对明天毫无把握，都不能破坏我们对自己人民的幸福命运的信心。

青春是不可战胜的。它能使但丁描写的地狱变成令人神往的景象。尽管饿得全身浮肿，我们还是闻到了管院子的人的住房窗外第一朵小花淡淡的芳香，并为此感到高兴。

我和许多与我年龄相同的人把那些严酷的年代看作伟大的、不容争辩的希望，我们就是这样认识它们，并把它们牢牢记在心里的。

这一希望永远存在，而且存在于一切事物之中。它犹如透过敖德萨冬天天空中浓密乌云的太阳的反光，深入到我们的意识里。院子里一棵已经冻坏、挂着冰凌的滨藜草茎，突然被不知从哪里来的温暖的光照亮了，在这亮光中已经感觉到春天正喜气洋洋地渐渐临近了。

有一次，在奥地利海滨浴场上，一个身材矮小的人坐到了我和沃洛佳·戈洛夫钦涅尔身旁，这个人说话“р”和“л”发音分不清楚，眼睛好像懒洋洋的。他手里拿着一顶已经褪了色、简直看不出像个什么来的海军帽。

这个人用制帽捧着一大堆杏，请我们吃。

当我们吃完了这些杏，那个不认识的人说，他是《俄罗斯言论报》以前的工作人员叶夫根尼·伊万诺夫。

“你们大概已经听说过我，听说过热尼卡·伊万诺夫了吧?”他微笑着问，露出一口尖锐的小牙。“我博得了一个冒险家的名声。但这一切都是纯粹的敖德萨的谎言！我对你们有两个建议，可不是轻率地，而是完全一本正经提出来的。”

他潇洒地把海军帽戴到后脑勺上，拍了拍我的肩膀。

“第一个，”他说，“内容是：两星期后，敖德萨将开始出版一份海事报纸——《海员报》。你们眼前看到的就是这份报纸的技术编辑。请你们到我这儿来工作吧。我听人说起过你们。我们要努力办成这样一份报纸，让大仲马和布塞纳[1]的长篇小说在它面前都会黯然失色。我们用一种专门订购的纸来印这份报纸，这种纸是用马尾藻[2]制造的。我们要把地球上的所有海洋，瞧，都一把紧紧攥在这只手里。”他把小小的手指攥成拳头，“就像从菠萝里挤出汁液那样，从海洋里挤出那么多出色的材料，50年后，为了征集到每一份《海员报》，收藏家们准肯出100金卢布。”

这当然是闻所未闻的谎言。我看着他。他说得那样津津有味，以至他嘴角上冒出唾沫，开始像小孩子那样流起口水来。

“我不是开玩笑。”他笑了笑，说，“您愿意做编辑部的秘书吗？同意吗?”

“我同意。”我毫不犹豫地回答。

但沃洛佳·戈洛夫钦涅尔拒绝去《海员报》工作，推说他不是记者，

---

① 布塞纳（1847—1910），法国作家。——译者

② 马尾藻系一种海生褐藻，集中产于大西洋中部。

况且他还在主管省粮食特别委员会的一个科。

“好吧，那您就待在您的省粮食特别委员会里吧。”伊万诺夫轻蔑地说，“在那里您连一瓶糖浆也弄不到，好用来举行一次有玉米面干面包的隆重茶会，以庆祝编辑部成立，您弄不到，不是吗？嗯，第二个建议却简单得多。趁我们闲聊的时候，我和你们是不是可以脱掉衣服，到那些岩礁上去，多挖一些壳菜来当晚餐呢？生产工具我是有的。”

他从怀里掏出一把有缺口的奥地利刺刀。

沃洛佳不愿意下水。他是个出色的游泳好手，但在海滨浴场上，他总是懒得下水。

我和伊万诺夫脱掉衣服，向旁边那些岩礁走去。

“壳菜，”伊万诺夫说，“咱们把它放到我的帽子里。”

采壳菜可以归结为——我用那把钝刺刀从岩礁上把壳菜挖出来，划破了手，弄得两手都是血，而伊万诺夫则把它们放进自己的海军帽里。

但采壳菜延续的时间并不长。一个相当粗鲁的女人声音从海滨浴场上喊叫：

“热尼卡！你钻到哪里去了？马上出来！”

“玛里努什卡，”伊万诺夫用讨好的声音喊着回答，“我是刚刚……”

“我要等你很久吗，流氓?!”那女人又大声喊道。我终于看到了她。“爬出来，我对你说！你想要害肺炎吗？自己不怜惜自己，那么至少也该为孩子们着想啊。”

“我妻子，”伊万诺夫信任地对我说，“玛里娜。真的来了，坏蛋。是个罕见的坏蛋！不过是个极好的女人。只好走了。”

玛里娜原来是个大眼睛的女人，身材高大，像茨冈人那样肤色黝黑，嘴上有点儿黑唇髭。她与我和沃洛佳握了握手，说：

“今天晚上请到我们家来，我弄到了一小块猪肉。咱们把它烤熟了，就着玉米粥一块吃。我的热尼卡爱淘气，像一只猫，得目不转睛地盯着他。别看他个子矮小，举止文雅，像个跳芭蕾舞的女演员，可是个头等的色鬼。不错，他是个出色的记者，他有干这一行的真正天才，不过他喜欢投机冒险，搞各种不正当的勾当。”

“住嘴！”热尼卡说。他正用一只脚在地上跳着，穿上帆布裤子。“不该管的，你要管，可是裤子上的扣带断了。”

“如果他已经邀请你们到《海员报》去，”玛里娜不理会热尼卡的话，继续说，“那么你们俩准能办一份极好的报纸。只不过可要当心，别让他胡扯。他的性格坏透了。”

就这样，在奥地利海滨浴场上，我成了《海员报》的工作人员，直到现在我仍然认为，我很走运。我只能用以后的故事来证明这一点。

甘油肥皂

在我到《海员报》去工作之前的这两个星期里，发生了几件事。其中最悲哀的一件，是托列利妹妹的死。

她叫拉希莉。她害了一种在当时还是新出现的疾病——“西班牙流行性感冒”。这是一种会引起并发症的、最厉害的流感。

托列利不再去省粮食特别委员会了。他像卫生员那样，亲自照看妹妹。我和沃洛佳常去看望拉希莉，尽管托列利每次都感到害怕，试图赶我们走，怕我们会传染上这种病。

沃洛佳·戈洛夫钦涅尔不知在哪里弄到了一小块旧甘油肥皂，把它送给了拉希莉。别看拉希莉有热度，身体虚弱，她却高兴得拍了拍手，脸红得那么厉害，以至她脸上的雀斑都变成了一些淡白色的斑点。

不单是拉希莉，连我们也都对着一线亮光仔细观看这一小块奇妙的肥皂。它层次分明地不时发出微弱的金黄色闪光，还散发出一股十分幽雅、不过已经有点儿淡薄了的清香。

有一次托列利要进城去，没有人可以留下来照料拉希莉，于是他请求我陪她待着，不过要离她远一点儿，坐在门边。

在那以前我已经离开省粮食特别委员会，因此整天都有空儿。

拉希莉闭着眼睛躺着，面带笑容。她把那一小块甘油肥皂放在自己胸前，用小提琴手的有力的手指紧紧握着它。拉希莉在向敖德萨一位大名鼎鼎的音乐家——纳乌姆·托卡里——学拉小提琴。

这位“大名鼎鼎的人物”出色地教会自己的学生“正确地练习弓法”，“教会他们正确的指法”，不过他只是一个有实践经验的人，而没有很高的成就。

“您是怎样演奏这部作品的！”托卡里对某个学生大声喊叫，“柔和性在哪里呢？美和细腻在哪里呢？魅力在哪里呢？请您想象一下，您的妈妈罗扎莉娅·约瑟芙娜用欧洲甜樱桃熬好了著名的果酱，您正等着，马上就要吃这果酱了。您甚至已经流出了口水。这部作品就应该这样演奏！预先体会到！预先体会到！预先体会到！预先体会到！”

大师一面说，一面生气地用脚打着拍子。

拉希莉很少提起她拉小提琴的事。现在她睁开红肿的眼睛，对我说：

“请您什么也别对阿布拉姆说，不过我知道，我很快就要死了。他会把我埋葬在犹太人墓地，父亲、妈妈和弟弟阿尔卡沙都埋在那里。它，这个墓地是很寂寞的。看在上帝的分上，请您不要让我相信我会痊愈，不要让我相信我的脸蛋儿会红得像番茄一样。也许，我还会嫁给一个长着一头鬈发、穿着‘敞领’衬衫、挂着银表链的青年人。这一切我已经从阿布拉姆口中听到过一百次了。您最好还是告诉我马略卡岛在哪里吧。”

“您要知道这个干吗？”

“我们上过一堂课，讲的是肖邦的故事，说他在那儿住过。不过以后我连一次也没想起过这个岛，可是今天不知为什么梦见了它。那儿有一条条很浅很浅的小河从山冈上流下来，河水很清，而且是暖的，河有那么宽，就像从这儿到卡兰金诺那么远距离。那些河从绿色的草地上流过，可是草地上面有各式各样的花，长得比水还高，一直被流水冲得摇摇晃晃的。我光着脚从这些河里蹚过去，脚下是柔软的草地，我觉得那么愉快。”

拉希莉睁开眼睛，转过头去，朝窗外望了望。洋槐树上方，一团团很小的白云，好似一颗颗白色的圆形炮弹，从空中掠过。这情景，仿佛这些炮弹是一些看不见的船从古老的铜炮中射出来的。

“现在，”我对拉希莉说，“诗人格奥尔吉·申格利住在这儿，住在敖德萨。还在战争时期，我在莫斯科听到过他在一个晚会上朗诵自己的诗。我总共只记住了其中三行：‘有一些岛，像梦一样遥远，像轻轻的女中音那样柔和婉转——马略卡，米诺尔卡，罗得和马耳他……’下面我不记得了。不过肖邦当真曾和乔治·桑[①]一起住在马略卡岛上，住在一座废弃了的

---

① 乔治·桑（1804—1876），法国女作家。——译者

修道院里。肖邦当时已经病得很厉害，快要死了，因此这个西班牙海岛上过于耀眼的太阳总是惹得他生气。”

我不作声了。

“以后呢？”拉希莉问。没有等到我回答，就抱怨地说，“我为什么要生在这个家庭里呢？这个家里所有的人迟早都会两腿瘫痪。一个火红头发的畸形儿！难道我愿意成为一个这样的人吗？我真想乘船在波浪上颠簸，在甲板上让风吹拂着我的膝盖。我真想哈哈大笑、唱歌。我这样说话，您不觉得讨厌吗？我倒想现在给您唱一首歌，可是我的胸口好像被束襁褓的带子扎紧了似的。”

她住了声，把那一小块甘油肥皂在手里滚来滚去。

“劳您驾，给我帮个忙。”她轻轻地请求说，“趁阿布拉姆不在，请您往那个小碟子里倒点儿水，用这块肥皂在水里搅一搅。那边的五斗橱上有一束干枯的花，请从那里面抽出一根空心的草茎，然后把这些东西都拿给我。”

我照拉希莉所请求的那样做了。她把草茎的尖端劈开，然后放进肥皂水里，慢慢吹出了一个大肥皂泡。

肥皂泡脱离了草茎，几乎飞到天花板上，停在空中稍有一点儿灰尘的阳光里，色彩变幻不定，闪射出苍白的、虹霓般的光辉。

拉希莉用手捂着嘴，以免自己的呼吸惊动轻飘飘的肥皂泡。我几乎也竭力不透气。

“这会儿它是金色的。”拉希莉说，“可是刚刚它还是红的，像大火一样。”

她小心翼翼地吹出第二个肥皂泡，第三个，第四个……我也拿了一根草茎，吹起肥皂泡来。不一会儿，由于肥皂泡转瞬即逝的色彩和闪光，整个屋里都在闪闪烁烁。

一部分肥皂泡落到地板上，破灭了，但大部分却在和太阳嬉戏，在屋里飞来飞去，有时会合并起来组成一些绚丽多彩的星座。

下面，装着弹簧的正门砰地一声响。房屋轻轻震动起来，所有肥皂泡一下子都破灭了，极小的水尘纷纷落到了地板上。

“把这些东西都藏起来！”拉希莉很快地说，并且闭上了眼睛。“我累了，想要睡了。我永远看不到它了，永远。”

“看不到什么？”我问。

“这个马略卡岛呗。您走吧，谢谢您。我有点儿不舒服。”

我在门口正碰到托列利。他听说妹妹在睡觉，于是踮着脚尖回厨房去烧开水了。

晚上他到管院子的人住的房子里来找我们，坐到门槛上，忽然哭了起来。我们得知拉希莉突然死了，大概是死于心力衰竭。

托列利在哭，也不擦眼泪。他那双滚圆的红眼睛望着我们，直往一个破枕套里擤鼻涕。

我在什维塔乌的书橱里找到了一小瓶已经干了一半的缬草酊。缬草酊几乎已经没有气味了。我往一个罐头盒（当时它代替我的杯子）里滴了一些，来到坐到门槛上的托列利身边，让他喝下去。

他很听话地喝了药水，然后把头埋在手里，他的肩膀抖动起来了。他吸气时发出啸音，把枕头套捂在眼睛上，并断断续续地低声道歉，请求原谅他来打扰，原谅他的泪水弄脏了我那条沾满灰尘的深棕色破绒布长裤。

那个确定拉希莉已经死亡的医生说，如果不是害“西班牙流感”的话，她可能还会活下去。托列利说，她只是突然用力大叫了一声，立刻就停止了呼吸。

我们大家——亚沙、沃洛佳·戈洛夫钦涅尔和我都去参加葬礼。加瓦尔沙基站在拉希莉躺着的那间房屋的角落里，手里揉搓着一顶油迹斑斑的便帽。他的眼睛只是悲伤地试图弄明白正在发生什么事情，此外再没有流露出任何表情。

出殡前，普罗斯维尔尼亚克来了。他气愤地看了看拉希莉，看了看她脚上穿着木板鞋的匀称的腿，小声对犹太教堂里的职员——葬礼的主持人——提了些批评意见。职员奴颜婢膝地点头作答，向几个样子很难看的老太婆喊了一句什么，那几个老太婆正在油漆已经剥落的黑棺材周围走来走去。显然，这口“租赁”的棺材已经成百次装着死人，由摇摇晃晃的平板大车把他们从城里运到犹太人墓地上去。

老太婆们不知从哪里拿来一条深棕色的破披巾，把拉希莉的脚裹在披巾里。这时免去教职的神父脸上才带着已经履行了自己的责任的神情，扬扬得意地从屋里走了出去。

“蛮横无理的人!”亚沙对着他的背影相当清楚地说，“发号施令，就像在他自己家里一样。”

但普罗斯维尔尼亚克装作没听到亚沙的话。

“我恳求您，”托列利低声说，“别惹他。我害怕吵架。”

我是第一次参加犹太人的葬礼。葬礼的匆忙使我感到惊讶。平板大车来了，车上套着一匹满身尘土的送殡的驽马。满头白发的饶舌的车夫走进屋里，用鞭杆敲敲棺材盖，说：

“喂，年轻一些的英雄们！抓住！抬起来！一鼓作气。抬着走！拐弯的地方小心着点儿。该把那个造这个楼梯的人钉在棺材里，让他来代替这位姑娘，让他在阴间里打嗝儿！难道这算是楼梯吗？这是难题，是上帝在惩罚我!”

后来，我们在鹅卵石马路上走了很久。平板大车在我们前面轻轻跳动着，有时突然猛一下子从一边歪向另一边，似乎想要把棺材摔到地上去，就像一匹难以驾驭的马摔掉使它感到厌烦的骑手那样。

墓地在城外的草原上。尽管是初夏，草原却已经干枯了。风沿着墓地上高高的围墙吹着，吹来一阵阵温暖的尘土。

平板大车的一个轮子挂住了墓地的大门，得让大车稍稍后退一下。但那匹驽马不愿后退，于是车夫动手用鞭杆打它的脸。

托列利对他喊叫起来。车夫吐了一口唾沫，说：

“既然您这么温情，那您还是去哭您的妹妹吧，那不是比哭这头瘦弱的牲口要好吗?”

托列利的眼眶里满含着泪水。他跺了跺穿着橙子皮色的尖头皮鞋的脚，用同一个语调尖声叫喊，声音达到了刺耳的程度：

“坏蛋！残酷的家伙！摩尔达万卡的屠夫!”

托列利在悲伤和愤怒的时候显得很可怜。

车夫只是轻蔑地耸耸肩，抬起平板大车的后部，把那个车轮和大门分开，坐到车夫座上，鞭打着那匹马，头也不回，顺着墓地上很长的林荫道大快步地向坟墓跑去。四周连一棵树也没有。大概，树全被砍掉，拿去当柴烧了。没有扫过的、很脏的地上，两旁只有些一模一样的发黄的墓碑。

坟墓还很远。我们和那些走路磕磕绊绊的墓地上的乞丐一起，跟在平板大车后面奔跑。

棺材放进了墓穴。不知为什么墓穴里扔着许多碎玻璃。

托列利把施舍物分送给那些乞丐——每人1000卢布（那时候币值已

经升高了)。乞丐们不乐意地接过钱去，并不掩饰自己不满意的神情。一个烂眼睛的老太婆把钱扔到拉希莉的坟上，大声说：

“我拿您的钱能买什么呢？买面包圈上的那个窟窿眼儿吗？你们还是自己去买吧，财主！”

我们心情沮丧地走了。托列利心里平静不下来，一直到家，一路上不时痛哭流泪。犹太教堂里的那个职员一瘸一拐地在一旁走着，说：

“我已经认不出人们来了，布柳姆基斯先生。与其像这样举行葬礼，还不如自己躺到坟墓里去，我以我母亲的名义起誓。”

埋葬了拉希莉以后，有好几天我哪里也不去，只是每天早晨从窗户爬到花园里去。普罗斯维尔尼亚克总是把花园门锁着，因此无论什么时候那里都没有任何人。只有普罗斯维尔尼亚克本人偶尔来到花园里，但是一看见我，立刻转身就走，而且就连他的背部也表现出他的愤怒心情。

埋葬了拉希莉以后，我和沃洛佳·戈洛夫钦涅尔都不再理会普罗斯维尔尼亚克了。再说，已经谁也不把他放在眼里，甚至不把他当作以前的房东，对他毫无顾忌。这对他来说，好像是最严重的侮辱。大约从那时起，他就怀恨在心，渴望进行报复。起初他只是暗暗梦想着苏维埃政权会发生政变和垮台，而现在，这种梦想已具有躁狂症和严重的精神病的性质。发生变化的希望越小，免去教职的神父就变得愈来愈干瘪，脸色愈来愈阴暗，深深凹陷的眼睛里也愈来愈经常地出现疯狂的闪光。

他遇到我们时不打招呼，而是嘟嘟囔囔，说些什么“犹太化的知识分子”和“偿还耶稣的无辜鲜血”之类的话。

他的疯狂与日俱增。就连他的女仆涅奥尼拉，一个不敢表示自己意见的女人，也害怕独自一个人和他住在一套住宅里，于是搬到管院子的人住房的小储藏室里来了。她每天都在哭，对我们说，普罗斯维尔尼亚克威胁她，说是因为她“跑到犹太人和异教徒那里去”，要杀死她。

她还告诉我们，二月革命以后，鳏夫普罗斯维尔尼亚克免去教职，是为了要第二次结婚（神父是禁止这样做的），他想要娶一个富有的希腊女批发商。可是就在举行婚礼之前，那个希腊女人对免去教职的神父感到害怕了，于是改变了主意，带着自己的资本回希腊去了。

有一天夜里，我被一种奇怪的声音惊醒了。似乎就在我旁边，有人正在轻轻地用铁器刮铁。这声音是从厨房里传来的。女仆住的那间小储藏室，房门正是朝着厨房。

我悄没声地起了床，走近朝着厨房的那扇装着玻璃的房门。普罗斯维尔尼亚克正蹲在花园里那扇矮窗户前，试图用凿子撬开窗户上的插销。

他全神贯注地在撬窗子，所以没有发觉我。他狡猾地、得意地微笑着，嘟嘟囔囔地不知在说什么。

我感到可怕了，突然大喊一声。普罗斯维尔尼亚克跳起来，头也不回，只几跳，就从花园跑回院子，又从院子跑回自己屋里去了。他那件祭服下面的旧长袍好似黑色的翅膀，在他背后随风飘拂。

我叫醒了沃洛佳。我们走进花园，来到免去教职的神父想要打开的那扇窗户前。窗户旁边，地上扔着一个生锈的5俄磅秤砣和一把骨柄的德国剃刀。

沃洛佳到警察局去了。两小时后，精神病院派了一辆救护车来接普罗斯维尔尼亚克。两个身强力壮的卫生员捆住普罗斯维尔尼亚克的双手，带走了他。普罗斯维尔尼亚克只是轻轻地哼哼着。

吓坏了的女仆到蒂拉斯波尔投奔自己的亲戚去了。她怕免去教职的神父会从疯人院里逃出来，那么他一定会杀死她。

不久，托列利从我们这儿搬走了。继续住在拉希莉死去的房子里，他感到很不愉快。后来不知由于什么原因，大概是因为醚的事情，逮捕了加瓦尔沙基。普罗斯维尔尼亚克的朋友，一个住着两套房子的、研究宗教法的教授，不知为什么在一天夜里带着全家人逃离了敖德萨。到夏天以前，房子已经完全空了出来。《海员报》的一个工作人员、水手长米龙诺夫搬进了这座房子。他长着一头火红色的头发，沉默寡言，是赫尔松人。米龙诺夫曾和人打赌，用一只手折断了花园栅栏上的铁条。他在家里、院子里和花园里都采用了船上的制度。

总共只剩下几天时间，就要到《海员报》去工作了。这几天我过得无忧无虑。

我看完了《百科辞典》上关于马略卡岛、肖邦和乔治·桑的全部材料，试图回想起以前看到有关这一切的全部内容。并断定，如果说有什么能美化我们的过去，那么这就是时间的久远了。

肖邦和乔治·桑在马略卡岛上的生活安排得并不好，生活是困难的，条件是恶劣的。当时乔治·桑已经不爱这位害了致命重病的音乐家了。他是孤独的。有风的夜晚和阴雨，胸部的疼痛和咳嗽，这一切都在折磨他。他明白，他的生命已只有屈指可数的几个星期，他已经来不及写完他认为是唯一无愧于他的天才的那部惊人乐曲了。

他认为，他的生命是被疾病强行夺去的。也可能不发生这样的情况。他在自己过去的岁月中仔细寻找发生这一致命错误的那一天。啊，如果能让人及时明白这些错误，而不是事后聪明，等到一切已经无可挽回的时候才恍然大悟，那该多好啊！

但是，上帝没有给予任何人这样的智慧。几乎每一个人离开人世时都未能完成他可能完成的事业的十分之一。

由于潮湿，古老的修道院里墙壁已经发绿，那里每一间单间修道室里都挂着铁的耶稣受难的十字架，肖邦就是在这发绿的四壁之间抱怨上帝。他害怕出声地说出自己的思想，但人们吁请上帝宽恕自己的罪行，这种奴隶式的祈祷却使他感到极端不安。流血、欺骗和仇恨，这一切所以会降临到人们头上，都是由于上帝的恩典。在这样的大罪面前，人类这些微不足道、十分渺小的罪过又算得了什么呢！

而他却在庄严的乐声中，在风琴隆隆的响声中，在玫瑰的芬芳中，在进圣餐的妇女们像天国的琴弦那样柔和的嗓音中歌颂他，歌颂这个上帝。

从修道院的走廊上飘来一股霉味和腐烂气味。黑压压的树林在装着栅栏的窗子外面喧嚣。出乎意外地，他和乔治·桑故意寻找到的这全部浪漫主义精神突然变成了忧愁的思念。思念那间立陶宛的屋子，屋里有一架样子并不美观的钢琴。那是一间最平常的房屋，甚至是简陋的，然而是温暖的——一定是温暖的。这全部浪漫主义精神都变成了忧愁的思念，思念一张普通的、然而是舒适的木床，变成了渴望获得安宁。

做天才，他已经感到疲倦了。这对他毫无用处。他带着这个称号，或者说这个外号，犹如担负着一副重担，只是对于他的亲人和周围的人们来说，这副重担才是愉快的。

但过了一段时间以后，这一称号却从他和乔治·桑在马略卡岛上的生活中细心地挑出痛苦的一切，把这一切通通丢掉，并把他们的这段生活变成了两个相爱的人自我牺牲精神的、一篇令人赞叹不已的诗。

这篇诗打动了许多人的心，其中也包括敖德萨一个红头发犹太姑娘的心，这个姑娘在她的一生中从未见过比用甘油肥皂水吹出的肥皂泡更美的任何东西。

我不管到哪里，都带着那部还在塔甘罗格就已开始写作的中篇小说《浪漫主义者》。我写这部小说，经常中断很长的时间。说真的，我认为，到现在还没有遗失这部手稿，这简直是一个奇迹。

现在，在敖德萨，我开始写这部小说的最后一部分。通常，当我对工作渐渐习惯了的时候，就会变得孤僻起来——躲避人们，独自徘徊，半夜2点钟起来，在油灯下写作，生怕沃洛佳·戈洛夫钦涅尔醒来，那时我就无法逃避不必要的询问了。

我还发现了我工作时出现的一个怪脾气。当我写悲伤的情节时，我就寻找痛苦和强烈的印象，以及这样的环境，仿佛这一切能帮助我写作似的。

因此，有一天清晨我去犹太人的墓地，但很快就从那里逃跑了。女人们的号哭、歇斯底里的叫喊和哭诉震聋了我的耳朵。老太婆们紧紧抓住棺材的边缘，那发黄的手指使我感到恐惧。她们那样用力抓着棺材，好几个人都拉不开她们。做妻子的无声地叫喊着，扯着自己的头发，试图跳进尚未掩埋起来的丈夫的墓穴里。这景象使我感到震惊，这景象不能以任何一点美化人类的悲伤，因此我回来时感到心慌意乱。

我正在写《浪漫主义者》的最后一部分。就在这个时候，有一天晚上，一个瘦瘦的、稍有点儿轻浮的年轻人来找我，他自称是未来的《海员报》负责排版的人，名字叫伊沙克·利甫希茨。

“不过不是‘夫’，而是‘甫’。”他说，“不是利夫希茨，而是利甫希茨。请不要和亚科夫·利甫希茨混淆起来。”

“您不喜欢他吗？”我问。

“不，为什么呢？”利甫希茨回答（从认识他的第一天起，我就和大家一样，管他叫伊贾了），“不过，在我们这个时代，他不会长寿。”

“为什么呢？”

“他缺少幽默感。”

伊贾带来了伊万诺夫的一张条子，伊万诺夫请我明天到《海员报》编辑部去——该准备上班了。

还有一个高个子、瘦得令人难以置信的人和伊贾一起来我这里，这个人打着绑腿，侧面很像一个流浪歌手，额上耷拉着一缕美丽的栗色头发。他向我伸出宽阔的、友善的手，像军人那样啪地一声并拢鞋后跟。随后他走到放着教授的《百科全书》的书橱前，抽出第一卷，翻了翻，把书中蒙在彩色插图和地图前面的所有香烟纸通通撕了下来。

“埃佳！”伊贾警告他说。但那个侧面很像流浪歌手的人连看都不看他一眼。他抽出这套《百科全书》的第二卷，也撕掉了书中的全部香烟纸。

“好，现在我们可以抽烟了！”他高兴地说。

“埃佳，这不体面。”伊贾说。

高个子默默地从一张香烟纸上撕下很短的一小条来，不知怎么特别灵巧地把它夹在手指中间，拿到嘴边。突然，管院子的人住的房子里响起了像铃铛那样尖细、但同时又很响亮的颤音，仿佛有一只无疑十分动人的小鸟儿在啭鸣。

“照您看，这美不美呢？”高个子问。

这是很不寻常的。我听到，仿佛在这只小鸟很小而且十分紧张的喉咙里有一颗会唱歌的小玻璃珠在滚来滚去。

“请原谅，”伊贾突然想起来了，“我忘了给你们介绍了。这是我们敖德萨的诗人和捕鸟人埃·格·巴格里茨基①。”

“您总是这样，又弄错了，伊贾。”巴格里茨基故意用嘶哑的低音说。“应该这样说，‘巴格拉季翁-巴格里茨基，古犹太久布支系中高加索一波兰公爵世系的末裔。’走，到兰热隆游泳去!”

劈家具

在这一章里不得不稍稍越出按照顺序描写各种事件的范围，略微介绍一下《海员报》极好的编辑叶夫根尼·伊万诺夫和编辑部里的情况。

得预先说明，海员协会任命远洋轮船船长、共产党员波霍德金担任报社责任编辑。伊万诺夫只不过是一个技术编辑，但是他以自己的坚韧不拔、机敏和胆略，对已经年老体衰的船长具有决定性的影响。因此，船长几乎已经摆脱了编辑部的工作，而宁愿待在阿尔卡季自己的别墅里。

我已经说过，伊万诺夫戴一顶揉皱的海军帽，穿一件补过的骑兵军大衣，赤脚穿着一双木板鞋，看上去好像一个会给人留下强烈印象的港口上的大老粗。但同时，却没有任何人能像这个发音含糊不清、长着一双天真的眼睛的孩子那样使人着迷。看上去，伊万诺夫不过20多岁，而实际上

① 埃·格·巴格里茨基（1895—1934），苏联诗人。——译者

他已经快40岁了。

他是一个出色的讲故事的人。一生中任何时候，就连在绝望的情况下，他也从未失去幽默感。除此而外，伊万诺夫还很有礼貌。

在那些年代里，他也敢吻女人的手。据说有一次，在德涅斯特河上的雷布尼察市，险些儿为此把他枪毙。这个城市以摩尔达维亚的美人儿而闻名于世。

伊万诺夫的确在瑟京的《俄罗斯言论报》做过记者。这份报纸的前经理，一个从莫斯科逃到敖德萨来的、敬畏神明而又吝啬的老头儿布拉戈夫，证实了伊万诺夫狂风暴雨似的一生中的这段历史。同时他还补充说，伊万诺夫为《俄罗斯言论报》经管过莫斯科的赛马，在赛马赌博中下过大笔赌注。

伊万诺夫让布拉戈夫担任《海员报》的校对组长。布拉戈夫对正字法吹毛求疵达到了岂有此理的程度。工作人员中不管是谁，只要在文字上出了一个微不足道的小错误，就足以使布拉戈夫对他永远白眼相看了。连伊万诺夫本人都怕他，就不必说排字工人了。当布拉戈夫走进印刷厂的时候，排字工人的样子看上去真是怪可怜的。他们像参加毕业考试的中学生一样，常常会失去自制。

伊万诺夫属于这样一种类型的记者。他甚至会在污水沟里或在讨论为羊保险的保险公司会议上找到很有意思的材料。

他不仅善于发现材料并美化材料（当时报社里把一切有趣的新闻都叫作“材料”），而且对材料甚至有一种预感。他知道该到哪里去寻找材料，而且往往能根据只有他一个人知道的预兆，猜到不久会发生什么事情。

伊万诺夫也能根据除了他谁也不去注意的一些微不足道的迹象，同样准确地判断出人们可能会有什么举动。他知道，一些什么样的小事有时会决定人的某些动机和行为。他不怕在这些小事中顽强地翻寻，就像在翻一个装满垃圾的篮子。而且往往会在这只篮子的底上找到“一块钻石或因为血污而生锈的匕首”，要么是“一颗英勇无畏的人心”。我们的拼版工人、苏霍多利斯基老头儿喜欢用这样的说法。

不能控制自己感情的苏霍多利斯基在印刷厂里给报纸拼版的时候，会扯着嗓子对伊贾·利甫希茨和我这个编辑部的秘书大声叫嚷：

“我们的热尼卡·伊万诺夫会成为什么人呢？你们不知道吗？巴尔扎克，好让你们能像这样生活！巴尔扎克！要么是龙勃罗梭[①]！”

伊万诺夫按自己的方式为报纸挑选工作人员。他评价人的标准有三条。首先他挑选年轻、同时又有才能的人；其次是有经验的、所谓“饱经世故的”人；最后是明显的冒险家和爱胡扯的人。

伊万诺夫所以喜欢最后一类人，也许是因为，他自己就是一个堪称典范的、爱制订空洞计划的人，总是想靠鸡生蛋、蛋孵鸡就能发财致富。不过，他属于这类人中比较安静的一种类型。

伊万诺夫总是生活在种种计划的烟雾之中。这些计划，有一些他已经在我们的《海员报》上实现了。这些计划有时会成功，有时却会引起一场在某种程度上相当大的争吵。但大部分计划总是只存在几个小时。伊万诺夫能怀着惊人的轻松心情放弃这些计划。

第一个已经实现的计划，凭一时的热情，我们觉得它很有意思。无论如何，它以新颖感令人感到惊讶。

---

① 龙勃罗梭（1835—1909），意大利精神病学家，人类学派的创始人。——译者

所有报纸的报头上都印着这样几个字："全世界无产者，联合起来!"伊万诺夫提议代之以另一条纯粹是海员的标语："全世界海洋上的无产者，联合起来!"

报纸的报头上印着沃龙佐夫灯塔，灯塔上射出四条光芒。"全世界海洋上的无产者"这条标语用四种语言印在灯塔的这些灯光上——英语、俄语、法语和德语。

但是印有这样一条惊人标语的这一期《海员报》既是第一期，也是最后一期。伊万诺夫被叫到省委员会，他回来的时候面色苍白，因此显得十分漂亮。他结结巴巴地命令立刻打碎那块有海员标语的华丽锌版，订做一块新的，还是用有沃龙佐夫灯塔和灯光的图案，不过要改用正确的标语。

封锁解除以后，外国轮船开始进入敖德萨。每当有外轮在港口停泊的时候，《海员报》还专为外国海员用他们祖国的语言印一部分外文版。

这个新办法使《海员报》在外国船员中大受欢迎，而这一革新的荣誉是属于伊万诺夫的。

在这以后，翻译工作者络绎登门，使人应接不暇。有一次，编辑部里甚至来了一个阿比西尼亚语翻译—— 一个皮肤呈深棕色、和蔼可亲而且看来很饥饿的人。但是因为阿比西尼亚没有自己的商船队，无论如何也不能期待会有悬挂阿比西尼亚国旗的轮船来到敖德萨港，所以不得不拒绝了这个人的帮助。

那个阿比西尼亚人满含泪水走出了编辑部。但伊万诺夫有一颗善良和慷慨的心。他把那个人叫回来，详细询问他，才知道那个阿比西尼亚人——他叫瓦尔福洛梅——还在革命以前就被派到俄国来，在喀山大学学习，后来却不得不当了理发师。伊万诺夫忽然产生了一个很成功的想法：

让这个阿比西尼亚人担任《海员报》的理发师，算作编制内的工作人员。好在第一期报纸出版后一个星期，编辑部就已经当真变成一个十分热闹的海上文学俱乐部了。每天都有许多人在编辑部里进进出出，因此这个性情温和的阿比西尼亚人很快就有了广泛的主顾。

《海员报》里全体翻译的头儿是一个精通英语的人，姓莫泽尔，从前是敖德萨港口出租船舶的船主和码头上的装卸包工头。此人温文尔雅，彬彬有礼，性情温和，满面红光，长得圆滚滚的。他是一个精通巧妙的航运事务、精通各种各样刁钻古怪的海事契约和海洋法的行家，对全世界的商船队了如指掌，熟悉航海的传统。

他总是穿着自己那套式样雅致的英国西装，一直穿到不能再穿。在我们这些衣衫褴褛、面容消瘦的人们中间，看上去俨然是海军部的一位真正的勋爵。

莫泽尔的妻子是法语翻译。她身材高大，干瘦，像个英国女人，稍有点儿古板，完全是一位上流社会的太太。在那些年代里，这使我们产生了这样一种印象——似乎她是一个来自博物馆里的人物。

她翻译异常认真。每发现印错一个字，她都会害病，不过她害病也完全是按照上流社会的风度。她痛苦地呻吟着，整天躺在自己房间里一张旧沙发上，闻剩下的最后一点儿已经走了味的芳香嗅盐，并且把一块带花边的小手帕在公用厨房的水龙头下沾湿了，紧紧按在太阳穴上。一个肥胖的女邻居——佐菲尔“太太”从早到晚都是厨房里的主宰。

这位可敬的主妇一连几个钟头用震耳欲聋的声音阐发她的见解。佐菲尔“太太”说的每一句话，一开头总是用她喜欢的那几个字——“很久很久以前……”

“很久很久以前，”她说，“当我每天都有硬粒春小麦面包的时候，我根本就不吃这种玉米面粥。”

1分钟后，她的声音又雷鸣般地响起来了，不过她的话题和刚刚说出的那句箴言大不相同，足足拐了一个“一百八十度”大弯。

“很久很久以前，”她说，“我们生下的到底都是正常的孩子，可您呢，我亲爱的，天晓得您生下来的是什么——简直是些小猫。”

在我们认识莫泽尔太太的最初一段时间里，她对佐菲尔“太太”这些雷鸣般的粗话感到很不好意思。但很快就摆脱了社会上的那套虚礼，不久莫泽尔太太一边闻着嗅盐，一边完全平静地说：

“她又在说她那些单调无味的话了，这个偷嫖客财物的婊子！”

而在《海员报》工作了一个月以后，莫泽尔太太已经能用敖德萨海员的行话流畅地表达自己的意思了。

我们在《海员报》上刊登与海和海上的职业有关的一切。撰稿人都在追求各个时代和各个民族的航海材料，这在他们当中具有一种疯狂竞赛的性质。

有一段时间莫泽尔太太成了冠军。她翻译了一位几乎已被忘却的法国海员诗人特里斯坦·科尔比耶尔①的几首极美的诗。我们把这些诗汇集刊登出来，前面还刊登了儒利·拉法格②的一篇文章和科尔比耶尔的简单传记。传记中指出，特里斯坦·科尔比耶尔从少年时代起就当船员了，总是披着格子斗篷和穿着木底鞋，1873年在巴黎出版了唯一一本诗集，不久就去世了，那时他还十分年轻。

---

① 特里斯坦·科尔比耶尔（1845—1875），法国诗人。

② 儒利·拉法格（1860—1887），法国象征主义诗人。

拉法格在他的文章里以法国文学的优美风格写道，科尔比耶尔的诗中“充满粗话、无情的骂人的话、双关语和生动的语言，仿佛是神经质的、断断续续的音节，以及能深深刺伤人的、讽刺性的忧郁。”

但不久，我们黑海街上的邻居、水手长米龙诺夫就从莫泽尔太太娇弱的手里夺走了冠军的荣誉。他从一艘英国旧货船上弄到了一本叫作《海员圣经》的手抄本书籍，这艘货船有一个无法解释的温柔名字——“海伦的心”（轮船已经弄得很脏，船舷上有许多铅丹的斑点，还有一股无法消除的鸟粪——海鸟粪的臭味）。

这本书是用澳大利亚——英国的海员行话写的，我们一致公认，这是一部举世无双的民间口头创作。

这本书中的几章落到了米龙诺夫的手里。得赶快把它们抄下来，因为货轮“海伦的心”两天后就要驶往爱丁堡。这当然是已经解除封锁以后的事。在莫泽尔夫妇和米龙诺夫的领导下，整个编辑部都在抄写。

《海员圣经》开宗明义第一章叫《大祈祷文》。帆船上刮甲板用的砂岩石板就叫这个名称。除此而外，还有一些较小的石头。它们也分别以各种祈祷的名称命名——“帕泰尔·诺斯泰尔”（“我们在天上的父”），“阿维·马利亚”（“马利亚，你好”），“马泰尔·多洛罗扎”（“悲痛的圣母”），以及“米泽列列”（“饶恕我吧，上帝！”）。

强迫船员用“大祈祷文”擦洗甲板，是一种惩罚。

《海员圣经》里描写了老式帆船上船员们的艰苦命运，这些帆船主要是绕过合恩角[1]，航行于欧洲和澳洲的港口之间。

① 南美洲最南端，是火地岛中合恩岛的岬角。——译者

个别篇章用来描绘不新鲜的食物——“狗吃的睡菜”，疾病，货舱里腐臭的空气，以及在热带水域里与这些灾难进行斗争的方法。

有一章叫《大洋的狡猾》——讲的是海员们在大西洋和太平洋上可能遇到的各种不愉快的事情，主要是在涛声如雷、该死的北纬40度地区可能遇到的不愉快的事情。那不是一般的模模糊糊的描写，而是一篇篇故事，叙述对于整整几代海员都永记不忘的个别事件——叙述海上的飓风，龙卷风，“海啸”（水下发生地震时出现的特大巨浪），大雷雨，沉船事件。当然，也叙述帆船（而且不仅是帆船）上船员们相信的、预报危险的不祥之兆——桅杆顶上圣埃尔莫火球，血红的彩虹和“飞行荷兰人”号帆船。据说，尽管有暴风，这艘船上的索具总是蒙着一层蛛网。

与这一切并列的，还有《对船员的警告》——一些船长的名字，由于这些船长野兽似的脾气（并精确地列举这些船长和船员过不去的一切罪行），不能到他们的船上工作。还有“脏狗”，即所谓的“上海佬”——招工者的名单（他们主要在拉丁美洲和中国的各个港口上工作），他们总是把船员们灌醉，迫使他们在酒醉的状态中与船长签订奴役性的合同。还有不正直的、给人身上刺花的人的名单，全世界各主要港口上接受海员以物品做抵押的各个啤酒馆的地址。还有“博尔金加乌兹”（为海员开设的廉价旅馆）的地址，救世军的“兄弟”和“姐妹”们总是搅得住在这些旅馆里的人不得安宁。

了解了这部《海员圣经》的内容以后，对海上劳动的那种天真和具有浪漫主义色彩的观念多少遭受了某种程度的破坏。

在这些材料的残酷无情中，可以感觉到几十年里积压在心头的海员的愤怒。《海员圣经》属于那种所谓的爆炸性的书，尽管书中没有任何标语和号召。

水手长米龙诺夫使我感到有点儿为难。我想现在就来谈谈他——在这儿谈刚好合适。但可惜，我已经发表过一篇关于这位水手长的短篇小说了，而按照文学上的规则，自己的作品是不能重复的。

我试图像在那篇短篇小说里那样精确地描写米龙诺夫，但写法却稍有不同。

米龙诺夫最显著的特征就是一声不吭、沉默寡言，还有他那友善的讥讽目光。他只用这样的目光来看那些他认为“有价值的怪人”。

米龙诺夫曾多次在太平洋上航行。要为他写传记，即使是像斯蒂文森这样的作家，也未必能对付得了。大概，无论是谁，就连最顽强的作家，也不能胜任这一工作。因为要从米龙诺夫嘴里问出他自己的事情，那简直是不可能的。

我还是从米龙诺夫那儿探询出了他生平中的某些特点。他的一生是革命的——按这个词最明确的含意来理解。首先，米龙诺夫永远也不饶恕狗船长和他们的仆从——水手长们。他相信劳动者万能的兄弟团结，他认为，对于革命工作来说，海上的职业是最合适的。

“希望是很大的！”他说，“就像轮船上的烟随风飘散那样，我们也是这样把‘国际’一词带到全世界去。应该明白这一点。”

后来我尽了最大的努力，花了两个月时间，才又问出——第一，米龙诺夫看到过第一艘用玻璃制作的轮船；第二，由于他挺身而出保护黑人，以及与警察打架（“我们把警察翻了个里朝外”，谈到这次打架，他谦逊地说），他在新奥尔良蹲了两个月监狱；第三，他到过克尔格伦岛——海员们都把它叫作“绝望岛”。

从米龙诺夫口中再也没能问出别的什么来。我对他已经不再抱有任何希望了。

他的回忆，如果可以这样说的话，主要带有谈论气候的性质。

“您到过新几内亚吗？”我问米龙诺夫。

“可不是！”米龙诺夫闷闷不乐地回答，“当然到过。当你在那里航行的时候（‘那里’——这就是说，在美拉尼西亚群岛），无论如何也绕不过这个几内亚去。它总是拦在你的路上。”

“嗯，怎么样？”

“什么怎么样？”

“那里那些地方怎么样？”

“地方嘛，倒也合适，”米龙诺夫有点儿怀疑地说，“不过那里热得要命——真像蒸气浴室！您准不喜欢。”

“您到过秘鲁共和国吗？”又有一次我问他。

“当然到过。”

“嗯，怎么样？”

“什么怎么样？”

“那儿那些地方怎么样？”

“坟墓！”米龙诺夫回答，“太阳晒得发烫，就像在炉膛里一样，根本喘不过气来。不过顺便说说，海洋里的水却像冰一样冷。洗澡真痛快！”

好长时间米龙诺夫一直在等着派他到轮船上去，因此他在《海员报》编辑部里已经待熟了。在编辑部里，他好像是一个问讯处，可以向他询问关于许多轮船和帆船的知识。

在这方面，无论是谁，就连莫泽尔本人也无法和他较量。因此，伊万诺夫把米龙诺夫算作编制内的工作人员，但很久绞尽脑汁想不出给他定个什么职称，直到最终伊贾·利甫希茨建议送给他一个冠冕堂皇的“世界海船吨位顾问”的称号为止。

在黑海街，每天晚上，“世界海船吨位顾问”喜欢坐在院子里的长凳子上，抽着烟，不时瞧瞧天上的星星，低声唱一首完全是陆地上的乌克兰歌曲：

小伙子们，去卸下马匹，
然后去躺下歇息！

他唱着，抽着烟，无忧无虑，丝毫也未料到，一点儿也没猜想到，他的光荣日子已经临近了。

《海员报》编辑部收到莫斯科，好像是外交人民委员会的来函，询问被白匪军劫走的商船队的情况。造一份被劫走的轮船的清单是很容易的，但人民委员会请求把有关这些船只以后命运的所有情报全都告诉它——这些船现在在什么地方，悬挂什么旗帜在海上航行。

把莫泽尔叫了来。他双手一摊，表示无能为力。谁能知道这些船现在怎么样了？大概，从偶尔落到敖德萨的外国报纸上可以弄清两三艘轮船的命运，仅此而已。而且也未必会弄得清。

莫泽尔建议把那些以前的轮船代理人、船长，以及……总而言之，把所有经验丰富的海事人员通通召集到编辑部来，交相询问，以查明可能弄清的一些情况。

于是就这样做了。烟草的烟雾宛如从轮船烟囱里冒出来的，穿过窗户，从开这个“会”的那间屋里飘向林荫大道。经验丰富的海事人员坐在屋里，身穿解开纽扣的制服和湿漉漉的贴身衬衫，不停地擦汗。他们的秃顶闪闪发亮，好像是擦洗干净的铜器，他们的声音嘶哑了，但暂时只弄清了一条船的命运，而且那也只是大概的估计。

这时米龙诺夫来到了编辑部。他不时碰到一把把椅子上，满脸通红，走到伊万诺夫跟前，用连隔壁都能听到的低声对他说：

“您别这么搞了，叶夫根尼·尼古拉耶维奇！这样什么结果也不会有的。还是让一个人来写，我来述说吧。一有可能，您就可以核对一下。我用我的生命担保，对每一个错误负责。”

海事人员们互相使个眼色，冷笑一声，坐得离桌子更近一些。烟雾腾腾的房间里静悄悄的——这是期待的寂静。

米龙诺夫搬过一把椅子，坐到离桌子稍远一点儿的地方，把他那顶破旧的便帽紧紧攥在拳头里。在落日的余晖里，洋槐的柔和阴影在房屋一角的墙壁上轻轻颤动着，米龙诺夫望着那个角落，说：

“请写吧！‘阿列克谢·尼古拉耶维奇大公’号船，属于俄罗斯航运贸易公司，卖给了法国‘梅萨热里·马里季姆’商行。改名为‘图卢兹’号，在马赛港注册。悬挂法国国旗，定期从马赛开往热那亚和科西嘉。锅炉清洗过了。法国人修理过，当然，修得并不彻底。全体船员都是法国的，经不起风浪，不过大副还是从前那个人，格里戈里·帕夫洛维奇·莫斯托文科。”

海事人员中有人活动起来了，传出一声深深的叹息。

“请接着往下写，”米龙诺夫沉着地说，“‘科斯特罗马’号，远洋轮，属于志愿商船队。悬挂意大利国旗，从布林的西开往马索瓦和索马里，途经亚历山大。已改漆成白色，现在叫‘巴西利卡塔’号。锅炉肯定没有清洗过，因此航速很慢。它不定期航行，可以说，把它放在很不重要的地位上。船员全部是黑人。”

当米龙诺夫一一列举，讲完了所有轮船的情况，珠母色的晨光已经在大海上空慢慢显露出来，小鸟已经在林荫道的法国梧桐上开始小心翼翼地轻声歌唱，从窗外飘来了浓郁的紫罗兰芳香。

海事人员中几乎一个人也没有走。大家都坐在那里，由于疲倦和天已破晓，人们的脸都是苍白的。晨光好似寒冷的波浪流入窗内。

这是惊人的，而且不可理解。显然，米龙诺夫具有异常准确的记忆力。

海事人员们只是摇摇头，走到他跟前，和他紧紧握手，然后不乐意地离开，各自回家去了。多么想再谈谈“亲爱的大海和我们的轮船”啊，这些轮船，直到被太阳晒暖的最后一颗铆钉和橡木船缘上每一条擦伤的痕迹，都是熟悉的。

关于米龙诺夫的传说在黑海上传播开来。可能传到了土耳其，也许，甚至传到了希腊。海员们有他们自己神秘而又迅速的通讯方法。

外交人民委员会向米龙诺夫表示感谢。

米龙诺夫为自己取得的辉煌成绩感到很不好意思，于是跑回故乡赫尔松去了。用他向我和沃洛佳·戈洛夫钦涅尔告别时的话来说，这是为了“别把自己搞昏了头”。

要结束关于伊万诺夫的话题，必须讲一讲与这个人执拗的性格密切相关的种种故事。但暂时我只讲一个这样的故事。

伊万诺夫那些可以算作大胆和任性的行为，大部分都可以用他对报纸的狂热的爱来加以解释。对他来说，世界上没有任何高于《海员报》的东西。

他不仅以这样的爱感染了我们这些工作人员，而且也感染了自己的妻子玛琳娜（她只是由于习惯才对丈夫大声叫喊，骂他，但谁也不去注意这些）和他的两个小女儿。为了心爱的报纸，没有他自己不肯做出的牺牲，也没有任何艰难困苦是他的家庭不肯毫无怨言地忍受着的。

1921年，敖德萨碰上了一个北风呼啸、风暴频繁的冬天。寒冷的感觉，打个比方说吧，比在莫斯科还要厉害。因为几乎整座城市都是用一种叫作“砂岩”的石头建造的，这种石头有许多小孔，沿海一带冬天里那种刺骨的潮气很容易透过这种“砂岩”。房屋和马路上覆盖着一层薄冰，好像涂了一层搪瓷，闪闪发光。风在朝北的街道上嗖嗖地响，使人感到忧郁。只有在横向的小巷里，风力稍稍减弱，在那里还可以喘一口气。

大家的指关节又开始肿胀和出血了。海上直到大喷泉灯塔那儿都结了冰。一艘保加利亚轮船“瓦尔纳”号被冰卡在港口的进口处，不能动弹。

我在什维塔乌教授的书籍中发现了一本还没用过的1916年的日历，于是把它挂在墙上，因为它毕竟能给人造成一种时间正在运动的概念。

而这运动似乎越来越慢了。由于严寒，时间仿佛已进入冬眠状态。在这严寒和最初的暖和天之间隔着日历上厚厚一沓落满灰尘、已经发黄了的纸。

《海员报》编辑部里比家里更冷。编辑部设在沃龙佐夫宫旁一座很大的私邸里。私邸里的墙上画着浅色壁画，那些墙壁和窗户上的彩色玻璃，特别是那些蓝玻璃，更使我们感到冷得瑟瑟发抖。

大家都挤在一间生着“小铁炉子”的房间里，炉子上有一只熏黑的烟囱通到窗户外面，有时会有发臭的煤焦油从烟囱里滴到人的头上和手稿上。

不知发愁、总是笑语喧哗的女打字员柳西耶娜·辛松坐在“小铁炉子”旁边。大家都说，她“像意大利女人那样漂亮”，而且因为她坐在屋里一个最好的位置上，大家都羡慕她。但不久，连柳西耶娜也变得无精打采、垂头丧气了。

总务主任肯季是个罗马尼亚人，喜欢大喊大叫，穿着一件厚厚的黑军大衣，好似披着一身铁甲，他连一抱劈柴也弄不到了。为了给自己辩护，他敞开军大衣，拍着旧军服上衣的口袋，大声说，从敖德萨直到文尼察，连一块劈柴也没有。如果情况不是这样，那就在公爵的纪念像旁吊死他。

“请别再拍您的上衣，弄得尘土飞扬了！”柳西耶娜不大客气地对他说，“总之，请别再搞您的什梅克里亚了！”

我们当中，连柳西耶娜在内，谁也不懂得罗马尼亚语“什梅克里亚”是什么意思。听到这个词，肯季气得发狂，就连站在他身旁也觉得危险。他浑身上下仿佛都在咯咯地响，嘴里发出嘶哑的叫声，转来转去，唾沫飞溅，对人进行威胁，似乎每时每刻都会挟着震耳欲聋的隆隆声和呼啸声，突然爆炸。

只是在过了几天以后，我们才知道“什梅克里亚”这个词是什么意思。这是一个毫无恶意的词。译成俄语，意思就是“欺诈”。

这样的一天终于到了。编辑部的生活眼看就要猝然中断，生活眼看就要停止，因为手指已经拿不住笔了。

于是，伊万诺夫吩咐从私邸的地下室里拖出一个哥特式大教堂似的黑橡木大餐具橱，把它劈了当柴烧。

我走进编辑部的时候，从已经结冰的前厅里就听到了斧头愉快的咚咚声，木柴裂开的噼啪声，叫喊声，欢笑声和炽热的“小铁炉子”里火焰呼呼的响声。

伊万诺夫被一种精神力量鼓舞着，气得面色苍白，正在指挥这场动作神速的劈家具的战役。报纸的直接主人——敖德萨水运工人工会区委会——不关心编辑部的燃料问题，这种态度激怒了他。于是，伊万诺夫在进行一场不顾利害的赌博。

劈家具的战役正紧张地进行的时候，头发蓬松的肯季忽然跑进编辑部来，向天空举起双手，大声呼喊，说现在正在召开一次水运工人工会区委会非常、特别临时紧急全体会议，讨论《海员报》编辑部劈家具当劈柴烧的问题。

劈得更快了。会议开了两个小时，会议结束时，整个餐具橱外加一个已经干裂的碗橱，已经都劈成了细碎的劈柴。劈柴堆在编辑部办公室的墙边，“小铁炉子”在疯狂地呼呼叫着，好像整整一个航空大队的飞机在轰鸣。

水运工人工会区委会给予伊万诺夫严厉的警告处分，并要求一定把这一警告处分刊登在下一期《海员报》上。

敖德萨的讽刺诗人和小品文作家亚多夫用“水手长亚科夫”的笔名为我们《海员报》撰稿。

伊万诺夫约请亚多夫写一篇关于劈家具的小品文，刊登在下一期上。而把水运工人工会区委会的决定作为这篇小品文的引言，用小号铅字排在它的前面。

我只记得这篇小品文中的一段讽刺诗：

在国内报纸是有重大影响的因素之一，
我的直接责任就是保护报纸。
作为编辑，我绝不容许冻坏我的同事。

在这次劈家具的事件以后，或者照敖德萨的流行说法，在“《海员报》编辑部大胆劈开灌木丛”以后，敖德萨海运当局对伊万诺夫开始持十分小心的态度，几乎不再干涉报纸的事务了。

麻布证件

革命前，《海员报》是一份秘密小报。它是在埃及的亚历山大港印刷的。从那里由一些可靠的人，主要是轮船上的司炉，散发到俄国的各个港口。

那时《海员报》难得出版一期，更像是传单，而不像报纸。从前，还在亚历山大时期就是《海员报》的工作人员当中，有一个蓄着白唇髭的老头儿，因为搞惯了秘密工作，考虑问题稍有点儿过虑，他劝伊万诺夫给《海员报》的固定工作人员发一份印在薄麻布上的证件。必要时可以把这样的证件缝在上衣或大衣的里子里。

我们这些《海员报》的工作人员看不出这有什么意义。我们知道，我们当中谁也不会被派到国外去执行任何任务。除此而外，我们也不能设想，有朝一日我们将不得不带着这样的麻布证件转入地下。

我们暗笑着领取这种罕见的证件。证件很长，很像儿童玩具“吹气长舌头”，上面还盖着印，印上有十字交叉的海军部的两个大船锚。

这些证件在平时是不能用的。第一，要打开证件并看清这些柔软的破布上的字迹并不容易。第二，无论我们把这种证件拿给谁看，谁都会根本不相信。

最后，我们都把这种证件藏起来留作纪念，工作时另发给我们一份在柳西耶娜的打字机上打出来的普通证件。

一般说来，《海员报》还有一些别的奇怪事情。譬如，就从印报的纸张说起吧——报纸不是印在普通的纸上，而是印在彩色的茶叶完税签条的背面。敖德萨没有纸。无论如何，很少的一点儿纸张储备只够供应一份主要报纸——《敖德萨消息报》。出版《海员报》已经批准了，但发现没有印报的纸。幸而，伊万诺夫打听到敖德萨海关存放着一大批现在谁也不需要的茶叶完税签条。

这些完税签条印在一种很薄而且透明的纸上，大小刚好相当于一张打开的报纸。这种光滑的纸还有一面是完全干净的。印上油墨以后，签条纸也不会湿透。

完税签条纸有各种不同的颜色，这取决于茶叶的等级。不知为什么，选用的颜色都是些淡色，雪青色，淡黄色，灰色和粉红色。

在革命前，完税签条纸都被裁成窄条，把它们贴在茶叶包上。在每张这样的纸条上都标有茶叶的等级、重量，还印着俄国的国徽——一只小双头鹰。

正是由于这些双头鹰，很久不同意把这些签条纸拨给我们。伊万诺夫喊哑了嗓子，竭力证明，用完税签条纸来印报纸，绝不是为君主制做宣传。

我们尽力设法在一星期内不同的日子里出版颜色不同的报纸。例如，星期二总是雪青色的，星期三总是粉红色的，等等。我们这样做，结果相当好。

遇到特殊情况，在所谓节日的那几期，配给我们白报纸。只有在完全黑暗的背景下，才能把这种纸叫作白纸。那是一种不结实、然而很厚的灰纸，很像包装纸，中间还夹杂着一些宽而薄的刨花（甚至还看得出年轮的痕迹）。

油墨几乎印不到这样的刨花上去，因此节日的报纸看上去好像布满麻点。在这种纸上，字母不是印出来的，而是压出来的，就像供盲人阅读的书上那样。

但无论是灰纸，还是劣质油墨，都吓不倒我们。因此，我们更爱自己的报纸。如果报纸是光洁的、漂亮的，我们反而不会像这样喜欢它了。

我们往工作中倾注了许多热情、劳动和发明创造。因此，报纸受人欢迎，就是对我们，对《海员报》工作人员最好的奖赏了。报纸时常立刻销售一空。《海员报》的确是一份抢手的报纸。

除了麻布证件和完税签条纸，《海员报》还有第三个特点——有许多没拿到过1戈比稿酬、对报纸忠心耿耿的同人。他们心甘情愿满足于发给的一点儿微不足道的实物。

肯季把凡是能够弄到的一切都发给大家——像鹅卵石一样硬的群青，歪歪扭扭的珠母纽扣，发霉的库班烟草，赤褐色的岩盐（它立刻就在编辑部里溶化了，流出一些有刺鼻气味的红色盐水），还有绒布绑腿。

激情满怀的柳西耶娜在我们中间分配这些财富。有人抱怨时，她只是模仿唱小曲的女歌手，用木板鞋打着有力的拍子，讥讽地唱着，作为回答：

请稍稍忍耐，

抓住船舷！

道路十分明确，

港口近在眼前！

大家当然都忍耐着，并不抱怨，就连对绒布绑腿也毫无怨言。

伊万诺夫给报馆的固定工作人员发了60张麻布证件。

除了固定工作人员，《海员报》还有许多工人通讯员和报纸的朋友——在我们那个时代叫作“布尔什维克”的那些人。

起初，工人通讯员多半分布在敖德萨和最近的一些港口城市里——奥恰科夫、尼古拉耶夫、赫尔松、奥维季奥波利、兹布里耶夫卡和斯坦尼斯拉夫。但随着黑海沿岸地区逐渐从白匪军占领下获得解放，工人通讯员的人数也在逐渐增加。不久，在罗斯托夫、塔于罗格、马里乌波尔、别尔迪扬斯克，后来在诺沃罗西斯克和高加索滨海地区，最后在克里米亚也都出现了工人通讯员。

敖德萨的工人通讯员——从远洋轮船的船长到司炉和船上管厕所的工人——时常聚集在编辑部里，就像在自己的俱乐部里一样。烧开水的锅整天都在沸腾，柳西耶娜整天都在烧胡萝卜茶，嗡嗡的人声、抽烟的人低沉的咳嗽声、洪亮的笑声，犹如波涛起伏，振动着抽烟抽得烟雾腾腾的空气。

至于那些固定工作人员，他们是吵吵嚷嚷、形形色色、喜欢嘲讽和生动活泼的一群。

有时有一些老头子（我们把所有超过40岁的人都叫作老头子）也到这个编辑“俱乐部”里来。到这里来的有法国人占领敖德萨时期的著名地下工作者、老布尔什维克阿奇卡诺夫，他是《海员报》的朋友和爱挑剔的庇护者。到这里来的还有白发苍苍、客气得令人不耐烦的作家谢·索·尤什克维奇[①]，但在“俱乐部”聚会的主要是海员和记者——一些没有耐心和性情急躁的人。

“你们要学会工作和等待，”有时阿奇卡诺夫留心听着我们的谈话，对我们说，“社会主义不会像海枣那样从海枣树上直接掉进你们的口袋里。”

我们十分清楚，革命的改造需要时间。但我们还是希望跳过困难和紧张的年代，谈论革命的最终结果，谈论胜利和幸福。

有时我们在“俱乐部”里一直待到早晨，东方露出金色的微光。我们这些具有诗人情绪的青年人不由得认为，这微弱的金光就是即将到来的美好时代的反光，似乎那就是已经不太遥远的黄金时代的反光。

天空中微弱的金光和早晨大海上的金色闪光融成一片。就连敖德萨海湾彼岸、多芬诺夫卡那边的草原，在朝阳下也金光闪闪，仿佛正在准备迎接节日。

在“俱乐部”里什么不谈啊！谈“波将金”号在田德尔的起义，谈革命的巡洋舰“奥恰科夫”号在塞瓦斯托波尔的猛烈炮击，谈“死囚岛”别廖赞，谈赫尔松的纵帆船——“橡木船”的特点，谈桑热伊卡那边著名的瓜园，谈擦净灯塔上玻璃的最好方法，谈鲻鱼的鱼汛期，谈希土战争，谈流传到敖德萨来的、巴比塞[②]的一本叫作《炮火》的书，谈怎样修理浮动船坞，谈怎样做羊奶干酪，以及怎样用缴获的曼利海尔型奥地利步枪射击。

---

① 谢·索·尤什克维奇（1868—1927），俄国作家。

② 亨利·巴比塞（1873—1935），法国作家、社会活动家、共产党员。

人们一面喝着胡萝卜茶，一面闲聊——这些谈话好像是一种革命、文学、航海和日常生活的百科全书，不过它比任何一部最好的百科辞典还要丰富。因为我们听到的是包含有许多极美的音调、形象生动、有许多粗话，而且十分准确的活的语言。

那是语言的金矿。因此，显然，那些将来成名的敖德萨青年作家几乎总是在这个革命的“俱乐部”里度过他们的所有时间。到那里去得特别多的是埃杜阿尔德·巴格里茨基。

不可能在此谈到所有工作人员，虽说他们都是值得谈一谈的。只好只谈谈其中的几个人了，几乎是不经挑选，想到谁就谈谁。

《海员报》有两个小品文作家——才思敏捷的敖德萨诗人亚多夫（“水手长亚科夫”）和散文作家瓦西利·列吉宁[①]。

亚多夫在编辑部里坐到椅子最边上，一挥而就，不加涂改，匆匆写他那些滑稽可笑的歌曲。第二天，全敖德萨就已经都知道这些歌曲了，一两个月后，这些歌曲有时甚至会传到莫斯科去。

就其本性来讲，亚多夫是个很随和而且十分敏感的人。如果不是敖德萨港口和郊区的人们都喜欢他的歌曲，因而也喜欢他的诗，他的生活本来是会很困难的。因为亚多夫的作品很受欢迎，报纸编辑、各种夜酒店的经理以及登台演唱的歌手们都很器重他。亚多夫心甘情愿为他们写一些歌曲，而只得到真正是微不足道的一点点报酬。

从外表上看，他和港口上的人们几乎毫无区别。他总是穿一件褪了色的蓝衣服，不戴帽子，马合烟直接装在他那条宽大的裤子的口袋里。只有

---

① 瓦·亚·列吉宁（1883—1952），苏联新闻工作者。

那张愉快中流露着忧郁、神情多变的脸，使他看上去像一个上了年纪的喜剧演员。

在敖德萨，亚多夫不是一个独一无二的人。

敖德萨还有一个天才诗人，十分熟悉本地民间口头创作的米龙·亚姆波利斯基。

亚姆波利斯基的最著名的歌曲当然是《什涅耶尔松的婚礼》了：

什涅耶尔松的家里热闹得令人可怕……

这首歌曲传遍了整个南方。歌曲中有许多寓意深刻的段落，如像这幢房子里的所有当权者突然来参加什涅耶尔松的婚礼（在装腔作势、妄自尊大的、雷鸣般的进行曲中）的那一节：

房管会主席本人阿布拉沙·杰克·莫洛奇尼克，
简直像个沙皇，由扈从们簇拥着走进他的屋子！
跟在他后面的是副主席瓦因什托克
和哈伊姆·卡奇克斯——他的秘书。

这首关于什涅耶尔松的婚礼的歌曲，和它的续篇——《什涅耶尔松的幸福好景不长》一样，只有土生土长的敖德萨人和熟悉边远地区民间口头创作的行家才能写得出来。

几乎所有的本地歌曲都是无名的敖德萨人写的，就连城里无所不知的居民也记不起。譬如说，《你好，我的柳布卡，你好，我亲爱的!》这首歌曲的作者是谁——是斯捷波尼亚大街上的若拉写的，还是阿布拉沙·克内什写的呢？“怎么？您不认得他？这就是在蒂拉斯波尔袭击邮电所时受伤的那个男孩子呀。”

在敖德萨，流行歌曲只不过风行一时，经常会改变的。不仅每年有每年的流行歌曲，而且有时每个月都各有其心爱的歌曲。全城都在唱这些歌。

如果熟悉所有这些歌曲，那么就可以相当准确地恢复敖德萨的编年大事记了。

例如，《罗斯季斯拉夫》和《保卫共和国“钻石”勋章，我们的战斗口号是——砍杀特权阶层的人们!》，这两首歌是在1918年唱的，而《我是否要上街去，打出红旗，啊，布琼尼比邓尼金更为走运!》这首歌是在1920年邓尼金大势已去的时候唱的。

我记得全敖德萨都在唱《海军准尉琼斯》的情景，后来又唱《唉，阴郁的日常生活，秋天的日常生活》《鸡雏》《两个小偷从敖德萨的贼窝里逃跑了》《小姑娘布罗尼娅》《瞧，玛尼娅走进了大厅》。

在这以后流行的已经是时间更迟的歌曲，像那首著名的《匪徒之歌》：

省侦查处发出一封封电报，

说哈尔科夫市里挤满了小偷!

已经到了紧要关头——危害分子搅得人实在难受。

这首歌可以无休止地唱下去，因为歌中的城市名称可以根据演唱者的意思不断更换——哈尔科夫、基辅、雅尔塔、索契，还有，不知为什么一下子跳到了遥远的维亚特卡。

敖德萨的歌曲犹如流水，源源不断，直到40年代仍未停息。但是流水似的歌曲已明显地渐渐涸竭，在战前，1941年，终于完全干涸了。

在卫国战争时期，那些总是吵吵嚷嚷、为人轻率的敖德萨人，那些喜欢这些歌曲的人，那些不久前还被人叫作“大老粗”的人，镇静而严肃地、然而仍然说着始终不变的敖德萨笑话，为保卫自己的城市而战。他们作战那样英勇，具有大无畏的自我牺牲精神，就连敌人也为之惊讶。

参加战斗的还有老渔民，以及那些因为船舶不够，未能在船上找到一个战斗岗位的海运工作人员。他们英勇无畏地战斗，因为他们的背后是敖德萨，是那座劳动永远不脱离娱乐的城市，是那座宛如黑海上的万顷波涛，喧嚣不止、永远也不会安静的城市。

自然，战后又产生了一些新的歌曲，歌唱敖德萨人的英勇精神，歌唱他们对自己的城市始终不渝的爱。

1922年春，我离开敖德萨去高加索，在巴统住了好几个月。

有一次，我意外地在巴统滨海林荫大道上遇到了亚多夫。他弓着背，独自一个人坐在那儿，把一顶旧草帽拉得几乎遮住眼睛，不知用手杖在沙地上画着什么。

我走到他跟前。我们彼此都感到很高兴，于是一起到“米拉马列”饭店去吃饭。

饭店里人很多，散发着一股烤羊肉味和黑葡萄牌淡紫色葡萄酒的酒味。乐队（那时候还没有爵士乐队，甚至很少有人听到过萨克管）在舞台上演奏由各个轻歌剧中的乐曲组成的集成曲，后来开始演奏亚多夫的一首著名歌曲：

为了整个共和国
请购买面包圈！
拿出卢布来吧，
请您快掏腰包！

亚多夫仔细看着洒上了葡萄酒的桌布，微微一笑。我走到乐队那里去，对指挥说，这首歌曲的作者——敖德萨的诗人亚多夫就坐在这个大厅里。

乐队队员们站起来，走到我们那张桌子跟前。指挥一挥手，那首歌曲自由奔放的曲调在饭店烟雾腾腾的穹顶下雷鸣般地响了起来。

亚多夫站起身来，饭店里的顾客们也都站了起来，开始向他鼓掌。亚多夫请乐队队员们喝葡萄酒，他们为他的健康干杯，并且说了一些巧妙的祝酒词。

亚多夫深受感动，向大家致谢。但小声对我说，他想赶快离开饭店。

我们走了出去。他挽住我的手，我们向海边走去。他走路很吃力，稍有点儿瘸。黄昏慢慢降临，太阳正在西沉。远方，安纳托利亚海岸上笼罩着一片紫色的烟雾。烟雾上方，一条火红色的彩云仿佛正在熊熊燃烧。街道给人以美的感受，飘散着相思树的清香。

亚多夫用手杖指给我看一片长长的白云，突然说：

犹如安息的大自然的梦想，
飘过一片片波浪状的白云。

我惊讶地看了看他。他注意到了，于是微微一笑。

“这是费特的诗。”他说，“一个好像是来自布罗茨基犹太教堂的拉比的诗人。如果认真地说，那么我到这个世界上来，完全不是为了讥诮别人，尤其不是为了用诗来嘲笑别人。就我的气质来说，我是个抒情诗人。可是没能成为这样的人，结果成了个给人逗乐的人。谁也没有教导我在任何情况下都要疯狂地抗拒生活。恰恰相反，从童年起人们就劝导我，在生活面前应当卑躬屈膝。而现在已经迟了。抒情诗犹如春汛时的河水从我身旁流过，而我只能爱它，怀着忌妒的心情从远处欣赏它。但是我写不出任何真正的作品来。轻快的曲调就像木琴声一样在脑子里回荡着。”

“不过，”我说，“您也许在为自己写一些抒情诗吧？”

“这算是什么问题呢！当然不写。谢天谢地，我还有足够的智慧和鉴别力，足以明白在这方面我是一个毫无前途的人。瞧，据说，人们都会意识到自己的才能和天才。而我却意识到自己的平庸，毫无才气。大概，这更痛苦。您不记得吗，卓越的德国诗人中是哪一个有一天早晨坐到桌边，突然写了一首极坏的诗？脑子枯竭了。原来这位诗人是随随便便，简直如同犯罪一般对待自己的脑子。在这个可怕的早晨以后，他已经写不出任何可用的、即使是在低级趣味的报刊上发表的东西了。他更换了职业，开始熬制杀臭虫的毒药水。至少有点儿用处，对于人类。”

“您不该这样说，亚科夫·谢苗诺维奇。”我说。他的话使我真诚地感到伤心。

“我亲爱的，这一切都是早已经过深思熟虑，反复思考过的。我并不感到绝望。我把我的才能分赠给那些贪婪的、厚颜无耻的小贩——做生意的人和报纸的出版者了。如果我能丝毫不受损失地活到今天——也许，我就能写出第二首《马赛曲》来。谢谢您，哪怕是为了您说的那些好意的话。”

我们互相告别了。从伸手不见五指的天空中开始落下第一批沉甸甸的雨点。我很快走回家去，一面倾听着从海上渐渐过来的均匀的雨声。

此后我再没遇到过亚多夫，但是记住了他那张悲哀的、丑角似的脸，唇边有两道很深的褶子，还记住了他那双忧郁的眼睛。

全俄罗斯的作家和记者都知道瓦西利·亚历山德罗维奇·列吉宁，或者是瓦夏·列吉宁，直到老年人，大家都这样叫他。

我第一次见到他是在敖德萨《海员报》编辑部里。在这以前，我从亚沙·利甫希茨、布拉戈夫、叶夫根尼·伊万诺夫，以及其他一些老记者那儿听到过很多关于他的事情。

关于列吉宁的故事似乎是不真实的，好像都是笑话。根据这些故事来看，列吉宁是那种在俄罗斯难得遇到的、果敢大胆、抓住什么就绝不放松的记者。纯粹出于体育方面的兴趣，在非洲密林里找到利文斯通的斯坦利[①]就是一个这样的记者。但是，在俄罗斯几乎没有像列吉宁这种气质的记者。然而在日常生活中，他却是个慎重的、甚至是谨小慎微的人。

革命前，列吉宁在彼得格勒编辑过像《蓝色杂志》这样一些对什么都满不在乎的廉价“黄色”杂志，还编辑过像《百眼巨人》或《我想知道一切》这样一些普及性的杂志。他编辑这些杂志很有办法，很有气魄。这些杂志有它们自己的读者圈。

严肃、“善于思索的”读者习惯于看有点儿枯燥、然而严谨的“有思

① 亨利·斯坦利（1841—1904），新闻记者、非洲冒险家。——译者

想性的"《俄国财富》月刊，习惯于看文风庄重的《欧洲通报》《田地》周刊和它那些极好的附刊，习惯于看《大众杂志》，最后还有，习惯于看进步的《年鉴》月刊。列吉宁那些虽然附有精美的插图、但仅仅是有趣的杂志，内容庞杂，因而使严肃的读者感到生气。

"黄色"杂志的数量在增加。自然，在这些杂志之间开始了竞争，竞相争取读者。为此想出各种各样的方法，这些方法或多或少都是低级趣味的，例如《蓝色杂志》举办过一次著名的扮鬼脸竞赛——看谁的鬼脸做得最好。这场竞赛中的优胜者可以得到一大笔奖金。

想参加竞赛的人很多。《蓝色杂志》上一期接一期地刊登各种鬼脸的照片。

杂志的发行量立刻上升了。但竞赛不能长期延续下去。该给这项竞赛发第一笔奖金，再另想一个也是如此令人震惊的广告式花招儿了。

于是，彼得格勒的报纸上出现了这样一则广告：某月某日，奇涅泽利家族的马戏院上演驯服野虎这一节目的时候，《蓝色杂志》的编辑瓦西利·亚历山德罗维奇·列吉宁将独自一人走进关着老虎的铁笼，驯兽师不在场，也不带武器。他坐到一张已经为他摆好咖啡的小桌旁边，不慌不忙地吃着甜点心，喝完一杯咖啡，安然无恙地走出铁笼。

关于这个非常事件的详尽报道，包括列吉宁本人的直接印象，将和大量照片一起刊登在《蓝色杂志》上。《蓝色杂志》保留独家刊登这些照片的专有权。

在列吉宁与老虎相会的那一天，奇涅泽利家族的马戏院里挤得水泄不通，直到圆顶都坐满了人。值勤的骑警队包围了坐落在丰坦卡的马戏院。

列吉宁脸上搽了厚厚一层粉，燕尾服的纽扣孔上插了一朵菊花，镇静自若地走进关着老虎的笼子，坐到桌边，喝起了咖啡。

这样厚颜无耻的行为使老虎惊慌失措。它们挤到笼子的一个角落里，恐惧地望着列吉宁，轻轻地吼叫着。

整个马戏院里屏住了呼吸。几个面色苍白的工友站在栅栏旁边，拿着水龙带的喷嘴，做好了准备。

列吉宁喝完了咖啡，没有转过身来背对着老虎，而是倒退到笼门，很快走出了笼子。

就在这一瞬间，老虎明白了，它们错过机会，放走了猎物。于是发出一声可怕的怒吼，向列吉宁猛扑过去，抓住笼子上的铁条摇撼起来，想要折断它们。

妇女们大叫一声，昏厥了过去。马戏院里欣喜若狂，大声叫喊。孩子们在哭。工友们用水龙带向老虎喷射冷水。骑警迫使吵吵嚷嚷的人群从马戏院的墙边退回来。

列吉宁很随便地穿上皮领大衣，玩着手杖，走出了马戏院。他脸上的表情好像一个无忧无虑正在散步的人。

我不太相信关于列吉宁的这个故事，直到他自己把照片——他自己和老虎在一起——拿给我看。“那时候，”他皱着眉头说，“我是个小孩子和爱吹牛的人。不过，我们使《蓝色杂志》的发行量达到了惊人的数字。”

我认识列吉宁的时候，他已经到了中年，到他老年时我仍然和他很熟，我发觉他终生都保留着那种并不太浓厚的爱吹牛的味道。这表现在他爱开玩笑，喜欢一切鲜明、刺目和不寻常的事物上。

列吉宁离开敖德萨后，去莫斯科编辑一本叫作《三十天》的杂志，这是最有趣的杂志之一。

列吉宁把他做新闻工作者的全部经验都投入到这本杂志里。他把它办得十分出色。

他第一个在《三十天》上刊登了伊利夫和彼特罗夫的《十二把椅子》，然而其他杂志和出版社却宁愿“放弃”刊登这部奇妙的、然而骇人听闻的中篇小说。

列吉宁在《三十天》里集中了许多优秀作家和诗人，以及当时所有有才能的文学青年（现在这些人已经都是年高望重的作家，有些人甚至已经是“经典作家”了）。

列吉宁稍微带有一些骄傲地说，《三十天》的撰稿人毫无例外全都是30年代的作家和诗人。这句话里没有夸张的成分。正如条条道路通罗马一样，所有作家，特别是才开始写作的年轻作家都要通过《三十天》这份杂志。无怪乎直到现在作家们还开玩笑地说：

列吉宁老头儿发现了我们
临进棺材，还在为我们祝福……

列吉宁的工作作风（或者，照通常所说的“工作风格”）的特点是灵活、迅速，没有任何使人感到拘束的规章制度。

列吉宁拿起手稿，很快地看一遍，用完全冷淡的、甚至是萎靡不振的语调说：“好吧！请写一张300卢布的收据。”说着打开写字桌的抽屉，从里面数点出这300卢布。在这以后，好像做完了一件很吃力的工作，于是著名的列吉宁的谈话又开始了。谈话中夹杂着许多新闻、回忆、趣事、文学中的故事、笑话和讽刺性的俏皮话。

列吉宁过的是范围广泛而且多种多样的生活。他的记忆力十分敏锐，说起话来滔滔不绝，但是几乎什么也没有写。遗憾的是，他没有留下一部回忆录。他的回忆录将是关于不久以前的往事的引人入胜的著作之一。

几年前，列吉宁去世了。他死的时候很痛苦，然而死得很有勇气。他活在世上的这最后几天的勇敢精神中包含着他一生的总结：他这一生是很不平静，十分紧张的，他的一生都献给了报章杂志业，献给了艺术，在世界上他最爱的就是轰动一时的新闻、文学、戏剧、杂技，以及与有才能的人的友谊。

他在敖德萨、在《海员报》工作时是一个什么样的人，过了许多年以后，在莫斯科的时候仍然是那样一个人——干瘦，温文尔雅，动作十分迅速，面容很像著名的法国电影演员阿道夫·曼若，说话很快，笑起来会发出咝咝的声音，眼睛十分敏锐，但同时又流露出疲倦的神情。

被偷走的讲话

4月中旬的一天傍晚，编辑部窗外空气微微发绿，沃龙佐夫灯塔上的红光有节奏地闪烁着。这时，伊贾·利甫希茨小心翼翼地走进了我的房间。他随手轻轻关上雕花的房门（门上有木雕的一串串沉甸甸的葡萄和一串串玫瑰花），踮着脚尖走到桌边，做了一个要求别作声的典型手势——把食指贴到嘴唇上。

伊贾很吃力地喘着气，心情非常激动。

编辑部里已经没有人了，大家都各自回去了，只除了那个阿比西尼亚人瓦尔福洛梅。因此，我觉得伊贾的举动是不自然的。

“哎，都说出来吧!”我大声对他说，“出什么事了?”

伊贾瞪着神情恐惧的眼睛，用力抓住我的肩膀，用勉强可以听到、几乎只是呼吸的声音，轻轻地说：

“别作声。听着!”他不时向后仰着头，得意扬扬地凝神注视着我，对我说，他刚刚到敖德萨省委员会印刷厂去了，在那儿看到……

伊贾激动得喘不过气来。他住了声，笨拙地卷了一支烟，点着了抽了一口，只是在这以后才说出他在省委员会印刷厂里看到了什么。

他看到了不久前列宁在莫斯科发表的关于新经济政策的讲话的铅版。讲话排成小册子的式样，可是还没有付印。第一页正文前有一段按语，说讲话不应公开发行，而要作为手稿印发，也就是只供为数不多的人内部传阅。

关于这篇讲话的模模糊糊的传说，在敖德萨流传已经是第3天了。但谁也不清楚讲话的内容是什么。我们编辑部里只知道一点——发表了一篇讲话，而且当然已经刊登在俄罗斯联邦的所有报纸上了。但在敖德萨，不知为什么却向居民隐瞒着这篇讲话。

我们深信，这都怪敖德萨省委员会的工作人员。显然，他们不同意列宁讲话的基本论点。后来证明，的确是这样。

从另一方面来看，我们这些党外人士——伊万诺夫、伊贾和我，在那时候难以弄清这种事情。我们什么都不清楚。我们只是为向人民隐瞒列宁的讲话深感愤慨。我们认为这是最大的犯罪行为。应当弄到这篇讲话，无论如何也要把它刊登出来。

我们试图弄到这篇讲话，但毫无结果。省委员会里嘲讽地回答我们说，我们用不着对与我们无关的事感兴趣。

这不是，现在伊贾·利甫希茨偶然看到了这篇讲话，排好的铅版放在印刷厂厂长那间镶着玻璃的小屋里。厂长暂时离开屋子，不知到哪里去了。伊贾没能把讲话的内容看一遍，印刷厂里看不到一份校样，而且也不能再待在那儿了。伊贾是到那里去和厂长商谈为《海员报》制作锌版的事的。他当然不露声色，没有让人看出他看到了列宁讲话的铅版，立刻就走了。

"我们要么一定发表这篇讲话，"伊贾说，"要么就得承认自己是最胆小的胆小鬼和不中用的废物。我既不愿做胆小鬼，也不愿做不中用的废物。您也是如此。因此，请您听着：有一个绝妙的计划！我们的拼版工人苏霍多利斯基一星期中有3天在我们这里工作，其余3天——在省委员会的印刷厂里。在那里，他是自己人。得尽力说服他，叫他在夜里把排好的列宁讲话的铅版拿给我们，借用两三个小时。在这段时间里，我们来得及把排好的铅版运到我们的印刷厂，印在《海员报》的插页上，洗掉版上的油墨，然后再送回去。走，咱们找伊万诺夫去。只有他一个人能说服苏霍多利斯基。"

我们立刻去找伊万诺夫商议。他住得很远，在法兰西林荫大道附近。伊万诺夫听到关于列宁讲话的情况，脸色变得煞白，说话也结巴起来。这是他异常激动的征兆。

我们和伊万诺夫一起去苏霍多利斯基的住处——一幢用透风的砂岩建造的老房子。我和伊贾在大门洞里等着。我好像觉得，我那块手表上的秒针抹了胶水，它在表盘上勉强转动着，每走一秒钟都好像要花很大力气。

时间过得很慢，事情好像已经失败了。难道像苏霍多利斯基这样一头已经养肥了的骟猪，会同意去冒险吗？永远不会！伊贾懊恼地几次使出全身的力气用脚踢墙，竭力把自己急不可耐的心情发泄到墙上。

伊万诺夫终于和苏霍多利斯基一起出来了。苏霍多利斯基的眼睛炯炯闪亮，他用神秘的低语对我们说："哈，无赖！哈，聪明人！"苏霍多利斯基总是用这些话表示自己的赞美。

原来苏霍多利斯基的老丈人，一个"钻石般的老人"，是省委员会印刷厂的看门人。

苏霍多利斯基很乐意把偷铅版的全部行动由他独自承担。

一切都做得迅速而且毫无声息。我们和苏霍多利斯基以及看门人悄悄地把讲话的沉重铅版搬出来放到马车上，运到我们的印刷厂。伊万诺夫已经在那里把什么都准备好了——从仓库里取来了纸，把几个可靠的印刷工人夜间留在厂里（下一期《海员报》已经快要印完了，所有排字工人早就各自回家去了）。

大家开了个会，决定把讲话单独印成插页。但是小册子的版面比我们报纸上的版面要宽一些，因此插页不是像《海员报》上那样排6栏，而是只容纳下4栏，旁边还留下一条很大的空白。

但是没有时间考虑了。把排好的铅版放到了印刷机上。苏霍多利斯基排好了标题。机器轻轻地响起来，完税签条纸开始沙沙地响，印出具有历史意义的讲话。

我们在厨房煤油灯的灯光下贪婪地看这篇讲话，心情激动。而且明白，历史就在这昏暗的印刷厂里，就在我们身旁，而我们也在某种程度上参与了这一历史事件。

插页印好了，从铅版上仔细洗掉了油墨，把铅版搬上马车，我和伊贾把铅版送回省委员会印刷厂去，仍然丝毫不差地放到它原来放着的那个地方。

除了默默不语的看门人，谁也没看到我们。我们没留下任何痕迹。

不想回家去——再过1小时，就要破晓了。我们心情十分激动，因此到编辑部去了。

瓦尔福洛梅给我们开了门。看到我们他很高兴，把茶壶搁到了小炉子上。

我们坐在一沓沓完税签条纸上喝茶。司晨女神在黑暗中刚刚露出她那落上一层灰尘的玫瑰色长衣。

明天全敖德萨都将知道列宁的讲话了，我们大家都为此暗暗感到骄傲。我们谁也没有考虑我们这一大胆行动的后果，尽管我们大家都明白，对于我们来说，后果可能是非常严重的。只有拼版工人苏霍多利斯基摇摇头，偶尔说，为防万一，最好是悄悄地从敖德萨溜走。

1921年4月16日清晨，敖德萨那些老报贩——怀疑主义者、厌世者和患硬化症的人们——穿着木板鞋在街上匆匆走着，用嘶哑的声音叫喊：

“《海盐报》[①]！列宁同志的讲话！大家都来看啊！只有《海盐报》上有，别处哪里也看不到！《海盐报》！”

不管我们怎样尽心竭力，但是在《海员报》存在的整个这段时间里，我们都没能教会报贩正确地叫喊。他们认为这一要求是我们的无理要求，只不过是编辑的任性胡闹，并且说：“对你们来说，有什么区别呢？我们卖你们的报比卖随便什么别的报纸都卖力气。”

---

① 他们说话嗓音含糊不清，把《海员报》都说成了《海盐报》。——译者

刊印讲话的这一期《海员报》几分钟就卖光了。

敖德萨人声嘈杂，好似被惊动的鸟巢。

我们等待着会有不愉快的事情，并做好了应付的思想准备。但是没有发生任何麻烦事，如果不算我在希腊街上碰到了省委员会书记的话。

他气得满脸通红，摇晃着那一期《海员报》，飞快地迎面跑了过来。走到和我并排的时候，他站停下来，大声喊：

“你们偷走的！我们的铅版！低级趣味的把戏！你们要对此负责！你们搞到什么地步了！”

我装出一副天真的样子。我们什么也没有偷。这是诬告！证据在哪里呢？

书记气得喘不过气来。

“您需要证据吗？”他从那一期《海员报》里抽出刊登讲话的插页，“这就是！所有错字都是我们铅版上的！版面是印小册子的，是宽的——也是我们的！这就是给您的证据！”

他痉挛地把那份《海员报》塞进破皮包里，在花已经凋谢的一排排洋槐丛中消失了。

我不知道，是时代使我们对一切意外事件都已习以为常了呢，还是因为我们青春的激情还没有平静下来，还没有使我们残余的孩子气完全消失——但是我们为自己的行为感到自豪。

这种感觉使我们在自己的心目中变得高大起来，虽说我们都没有公开这样说过。

我们认为自己已经不是普通的报馆工作人员了。公民的责任感，感觉到自己的生活与国家的生活息息相关，这使我们心中充满了无言的喜悦。

纯属虚构的画家科斯坦季[①]之死

契诃夫害怕敖德萨的记者。众所周知，他不乐意对别人谈他自己的写作计划。他总是用同一要求来结束所有这一类的谈话：

“只是，看在上帝分上，请不要把这告诉敖德萨的记者们。”

我还遇到过几个让契诃夫感到害怕的敖德萨记者。这些记者当然都是最近的“轰动一时的消息之王”。他们的发祥地和可靠的避难所是敖德萨的《敖德萨邮报》，他们的领袖是这份报纸的出版者，一个姓芬克尔的人。

这份报纸的主要内容就是详尽无遗地描写所有火灾、盗窃、凶杀、欺诈以及一切其他刑事犯罪事件。

这份报纸上文章的风格是梦幻剧的风格。我记得，有一次，为了市杜马通过了一项根本不值一提的决议，芬克尔写了一篇社论，说是“为了表示庆祝，应该把我们敖德萨的天空染成玫瑰红色，大家站在屋顶上向市杜马鼓掌致敬”。

一些老记者对我们这些年轻人说，如果说芬克尔是个传奇式人物，那么这仅仅是由于他那近乎神奇的无知。

契诃夫害怕的那些记者当中，只有一个还留在我们《海员报》里，这就是列瓦·克鲁普尼克，一个单看外表会让人受骗的人。这个干瘦的、性情温和的小老头儿说话的声音颇讨人喜欢，穿一件补过的茧绸上衣，戴一

---

① 基·康·科斯坦季（1852—1921），乌克兰画家。

副金丝夹鼻眼镜，身上散发出一股革命前的消毒花露水[①]味。

别看他有这样一副安闲恬静的外貌，列瓦这个人却像毒气弹一样的危险。伊万诺夫曾就此警告过我，但我并不相信他，直到发生了一次非常事件。

夏天，我总是一清早就来到编辑部。我喜欢从可以到达编辑部的4条路中任选一条道路，从我住的黑海街慢慢走到编辑部去。这4条路都同样通往林荫大道，通往沃龙佐夫宫。

那里旱金莲攀着一根根古老的圆柱，花红似火，开得十分华丽。港口上的风总是在轻轻吹拂——正是吹拂，而不是刮——凉风习习，稍带点儿咸味。风使海滨街道上充满刚刚刷洗干净的甲板气味。

我坐到俯瞰通往港口的陡岸的防护墙上，闭上眼睛，坐一会儿。这样我能更好地感觉到拂面的微风。在这风中我不仅闻出了甲板的气味，而且闻出了洋槐味，干水藻味，开在挡土墙裂缝中的母菊的芳香，还有柏油味和铁锈味。但有时这一切气味都被从开阔的大海上飘来的那种雷雨后的特殊气味冲洗得荡然无存。没有任何事物能与这种特殊气味相比，也绝不会把它与任何别的气味混淆起来。仿佛是少女的肩膀轻轻触及我的面颊，由于刚刚洗过澡，这肩膀稍有点儿凉意，而且已失去光泽。

我这样坐在防护墙上，失去了时间概念，用内心世界的目光凝神注视着若隐若现的戈尔康达[②]的远方。我希望相信，而且也当真相信，世界上确实有这样一个繁荣兴盛的国家。有时我好像觉得，它正在向我靠近，正

① 这种花露水含浓酒精量较高，用作消毒药剂，不同于一般的花露水。——译者

② 16世纪至17世纪印度的一个古国，位于德干高原。

在渐渐漂来，仿佛发出一片红光，在前面驱赶着这风的波浪，这轻轻漂动的空气的洪流。

我在防护墙上打一会儿盹儿，然后就到编辑部去。我们编辑部的理发师、阿比西尼亚人瓦尔福洛梅给我开了门。

他夜里就住在这间从前曾经十分豪华、现在墙上的壁画已经剥落的客厅里。壁画上画的是身穿玫瑰色透明长衣的司晨女神。女神在天空上驼色的彩云中飞翔，从羊角中往大地上撒下许多大红的鲜花和老鸦企叶子。

画家在司晨女神身后、海上淡蓝色的烟雾里画上了敖德萨通往大海的石级和黎塞留公爵的纪念像，这位画家的天真总是使我深受感动。

夜间凉爽的空气还滞留在编辑部我那间房屋里。我坐到桌边，在柳西耶娜到来之前（她总是在我以后到来），我还来得及“为自己”写点儿什么。我非常珍惜编辑部里一个人也没有的这两三个钟头。

随后同事们来了，把写得密密麻麻的一条条很窄的纸堆满我的桌子。我整天在修改文稿、电报和简讯，一直修改到疲倦不堪，手都开始隐隐作痛。大约有一半简讯我不得不重新改写，好去掉文章中那种无法消灭的敖德萨—摩尔达万卡风格。

最后，我爱上了修改稿子的工作。这种技巧对于我自己从事写作很有帮助。

我是编辑部的秘书，换言之，我必须什么都做——从修改文稿和给记者分配任务，到接待作者和制止在青年与老年记者之间突然爆发的、闪电似的争吵。

除此而外，我几乎每晚都和伊贾·利甫希茨一起为下一期报纸排版。

有一天我来得很早，在编辑部碰到了列瓦·克鲁普尼克。他坐在窗台上，用一块方格子手帕捂着眼睛，放声痛哭。他的夹鼻眼镜用一条细带子吊在脖子上，他在抽抽搭搭地哭，呼吸不匀，因此夹鼻眼镜也在摇来晃去。

我吃了一惊，问他出什么事了。列瓦只是挥挥手，不搭理我，用这个手势强调我的问题提得很不恰当，强调我的态度不够客气。显然，他的悲痛是如此之大，以至他根本没有心思回答别人的询问。

我倒了一杯水，递给列瓦。他连同自己的眼泪一起喝掉了这杯水，又挥了挥手，说：

“他躺在桌子上……盖着床单……我的天哪，我的天哪……一起上学……8年坐在一张课桌后面……一起在小阿尔纳乌特街上闲逛，可是，瞧……”

他哽咽着，擤擤鼻涕，用一双微微肿胀而且发红的眼睛瞅了我一眼，期待着同情。

“谁死了？”我怯生生地问，“是您的一个亲戚吗？”

“为什么呢？谢天谢地，我没有亲戚。”

“那么是谁呢？”

“画家科斯坦季！”列瓦提高声音说。听他说话的语气，好像我提出这样的问题，简直是愚蠢的。“南俄罗斯派画家的领袖。”他已经是用比较平静的语调补充说，“大师！有一只钻石般的手，一颗金子似的心。世界上再没有比他更善良的人了。”

列瓦伤心极了。我真诚地可怜他。我不知道该怎样安慰他。突然一个使我高兴的想法在我脑子里闪现，我说：

“请您克制着自己的感情，坐下来，写一篇悼念科斯坦季的文章吧。明天的报纸上用。”

列瓦抓住摇来晃去的夹鼻眼镜，把它歪戴到鼻子上，从积满灰尘的窗台上爬下来，抖了抖裤子，突然用调皮的语气说：

“那么，请至少给我几张纸啊。我用什么写呢？我们编辑部里连一张卷烟卷儿的4开的纸都要不到。”

我给了他几张有一面完全干净的旧校样，但是他轻蔑地哼了一声，说在旧校样的背面随便胡写什么都可以——可以写大事记，或者是敷衍的小品文，但是写悼念文章，悼念去世的伟大画家，那简直不成体统，也太不尊敬了。

他显然是在吹毛求疵。我把这归咎于，用他自己的话来说，他的“病态感情”。我给了他几张好纸，在编辑部里，把这样的纸看得像金子一般贵重。

他到隔壁屋里去了，好长时间在那里擤鼻涕，叹气，用笔在纸上潦草地涂抹着。

后来柳西耶娜来了，听说科斯坦季死了，哎哟了一声，说：

“这样一位极好的老人——突然一下子就死了！可是像肯季这样的所有这些公牛们，各种各样的骗子和毫无用处的人却还活着，尽蒙哄别人。”

“唉！”列瓦伤心地叹息说，“柳西耶娜·卡济米罗芙娜，您用这几句粗话说出了我心里的话！”

“好一位伤感的王子，好像真了不起似的！”柳西耶娜回答，“用不着装得那么伤心，老头儿。”

后来列瓦向柳西耶娜口授悼文，老头儿要打两份副本。柳西耶娜却指天发誓，说她只剩下最后一张复写纸，而且有一份副本，对列瓦来说也就够了。为此他们争吵了起来。但列瓦还是达到了自己的目的，拿了一份副本走出了编辑部。显然，他要把这份副本留作纪念。

我看了悼文，修改了一下（改掉了列瓦把科斯坦季的画与拉斐尔的杰作相提并论的地方），就发到印刷厂去了。

我想起列瓦回家去的时候怎样痛苦地叹气，于是对柳西耶娜说：

“您惹得这个不幸而且无力自卫的老头儿伤心难过，怎么不觉得不好意思啊？”

“谁不幸？”柳西耶娜问，“克鲁普尼克吗？而且谁无力自卫，请问您？还是这个克鲁普尼克吗？您先别忙，他还会暗中捉弄您，做出这样卑鄙的事来，让您诅咒您自己的生日。你们这些莫斯科人，个个都是多愁善感的人。”

这时，我们的校对科利亚·加德扎耶夫来了，他是诺沃罗西斯克大学的年轻学生，鉴赏左派绘画和诗的行家。

科利亚的见解，特点是严厉、简短，而且不容争辩。谁也不敢反驳他，因为谁也不像科利亚那样博学。

科利亚蔑视所有与他持不同见解的人，认为他们是“如同垃圾一般毫无价值的人”——就像蟑螂一样。一谈到自己思想上的对手，他总是皱起眉头，看样子，他并不是在心理上，而是的确感到恶心。

敖德萨的诗人当中，他只是对爱德华·巴格里茨基还能容忍，对弗拉基米尔·纳尔布特[①]持宽容态度，认为格奥尔基·申格利是一个失去朝气的唯美主义者，还不仅是因为他的诗，而且还因为申格利在敖德萨戴着一顶热带的软木盔形帽。

---

① 弗·伊·纳尔布特（1888—1944），苏联诗人。

“科利亚!”柳西耶娜喊了他一声，“您听说了吗？画家科斯坦季死了!”

“您的科斯坦季不是画家，而是个养猪专家!”科利亚突然大声回答她，气得脸都发黑了。“怎么能这样不珍惜‘画家’这个词呢！他一生都抓着巡回展览派艺术家们磨破了的裤子。请别跟我谈起他!”

渐渐地同事们都来了。记者阿连别尔格来了，这是一个身体健壮的人，长着一双总是在笑的眼睛。

任何新闻都会使他高兴得不得了，无论是挪威轮船“卡米拉·吉利贝特”号进港，还是阿拉伯半岛发生地震。

生活过程本身，生活运动的一切波折和详情细节，以及一切变动，不管这会带来什么——是灾难呢，还是幸福，都会使他感到兴奋。对于他来说，生活变化的后果也是个重要问题，不过那毕竟是次要问题。

关于科斯坦季的死，阿连别尔格发表了这样意思的意见：科斯坦季——这当然不是列宾[①]。这又激起科利亚·加德扎耶夫一阵新的愤怒的爆发，但现在已经不是针对科斯坦季了，而是反对列宾。

“老怪人，吃干草吃得太多了!”科利亚对列宾做了这样的评价，说完就走了，甚至没向旁边看一眼。显然，是由于蔑视我们大家。

列宾有一些古怪脾气，其中之一是相信用新鲜干草煮的汤对健康有益。这个干草的故事特别惹得科利亚生气。

后来伊万诺夫和记者洛文加尔德来了。洛文加尔德满头白发，高个子，留着唐·吉诃德式的小胡子，手里拿着一根好像短矛的手杖。洛文加尔德一生都在报社里为敖德萨港口服务，对港口，直到最后一根系船桩，

---

① 伊·叶·列宾（1844—1930），俄国著名画家。——译者

他都了如指掌。因此他说，对于画家科斯坦季，他不能发表评论，因为他从未听说有这么一个人，不过要是说到轮船“海上劳工”号上的船长科斯坦季，那么，他当然是……

但这时有人打断了他的话。他坐到一个角落里，双手放到手杖上，闭上眼睛，就这样坐了相当久，不知在思索什么。这是他通常的姿势。

每天晚上我经常顺路到印刷厂去，检查下一期报纸拼版的情况，和排版负责人伊贾·利甫希茨、拼版工人苏霍多利斯基聊聊。总而言之，呼吸一下印刷厂里的空气。

从在《海员报》工作的时候起，我就爱上了印刷厂，爱得入了迷。就连油墨味和铅味，对我来说也是“香甜”的。我喜欢排字工人，喜欢他们含讥带讽的语言，喜欢他们那渊博的、虽说是偶然得到的知识，喜欢他们对许多事物所做的无情的评价，甚至喜欢他们排版时的姿势——在排字盘旁摇摇摆摆，就像穆斯林做礼拜或读《古兰经》时那样。

灰尘飞扬、又矮又暗的印刷厂，潮湿的版样，扁平的印刷机隆隆的响声，一沓沓彩色完税签条纸，一卷卷纸张，与校对人员发生的传统的激烈争吵，放在窗台上已经冷却的茶，摆在窗台上的一盆天竺葵，表面粗糙的天竺葵叶子上的气味——这一切在我看来，都仿佛笼罩在带有某些浪漫主义色彩的光晕里。显然，这是因为报纸和书籍、地图和海报、日历和轮船时刻表，都是在这里诞生的。

看来，我永远也不会忘记印刷厂敞着的窗户旁边那张粗糙的木头桌子，由于沾上了油墨，那桌子看上去又黑又黏。窗外，生锈的铁栅栏外面，由于炎热，栗树的叶子稍稍朝下耷拉着。我忘不了院子里柏油地面上的淡紫色闪光，忘不了那张潮湿的条样，以及印在上面的、我不知道是哪位诗人的几行诗：

> 八月的晚霞！田野的呼吸，还有那
> 缓慢的微风从远方飘来，
> 忧愁上停留着一片白云，像雪一样洁白，
> 那样白，甚至好似淡蓝色……①

在条样边上，校对用蓝铅笔写上粗大的字迹："不是忧愁上，而是大海上"②。我看了校对所做的改正，心想排字工人的错误并不是那么坏。为什么白云不能作为抚慰心灵的美的形象，作为能医治心灵创伤、使人减轻痛苦的力量，停留在人类的忧愁上呢？

但是在我所说的那天晚上，印刷厂里人声嘈杂。从院子里我就听到了伊贾·利甫希茨愤怒的说话声和排字工人哈哈大笑的声音。

我一走进印刷厂，伊贾·利甫希茨立刻朝我跑来，手里挥动着一张刚刚印出来的潮湿校样，上面印着悼念科斯坦季的那篇文章。

"是谁对报纸干出了这样卑鄙的事？"他那样愤怒地大声喊叫，气得连眼睛都发白了。"是哪个坏蛋？"

"克鲁普尼克。"我茫然地回答。

"我就知道是他！败类！讹诈者！"

"出什么事了？"

---

① 格·申格利的诗《无题》。

② 俄文"忧愁"(rope)和"大海"(mope)两词只相差一个字母。——译者

“出了一件非常有趣的事。”伊贾预兆不祥地冷笑一声，“非常有趣。真该用起锚的绞盘敲他的脑袋，敲您的这位‘记者之王’的脑袋！出现了一个不值一提的情况。刚才我到印刷厂来拼版，在离这儿两幢房子远的地方遇到了已经复活的科斯坦季。甚至陪着他一直走到了叶卡捷琳娜大街。甚至跟他谈起了将要举办的他的画展。甚至握了握他那坚毅有力的手。甚至注意到了他那件茧绸上衣上有一块蓝色油画颜料的斑点。我可以肯定地对您说，他一点儿也不像死人。”

“这意味着什么呢？”我问。

“这意味着，克鲁普尼克卑鄙地说了谎。他想用虚构的、轰动一时的消息多挣5000卢布。您一定会说，这是毫无意义的，为了这件事会把他从《海员报》里赶出去。当然，会赶他出去。但是芬克尔没有为了这件事赶他走，克鲁普尼克希望，在这儿一切都能对付过去。说谎，这是他唯一可靠的特点。在任何时候、任何情况下他都不会背叛这一特点。然而，他经常背叛一切和一切人。”

“应该把像列瓦这样的人通通掐死！”拼版工人苏霍多利斯基说，“我见不得他。我一看到他，腿就发抖。一听到他那虚伪的声音，我心里就憋得难受。”

我和伊贾从那一期报纸里抽掉了悼念科斯坦季的那篇文章。第二天早晨，《海员报》出版时没有那篇悼文，但我们立刻在《敖德萨消息报》上发现了这篇悼文，就是我们刚刚从《海员报》上抽出的那篇悼文，直到最后一个逗号，丝毫不差。

不一会儿，记者阿连别尔格飞快地跑进编辑部，由于得知一件报界内部的、引起轰动的新闻而容光焕发。他宣布克鲁普尼克从《海员报》径直跑到《消息报》去，把悼文塞给了他们，而且也像在我们编辑部里一样，流了一阵鳄鱼的眼泪。为了以防万一，列瓦决定给自己保个险，以保证这篇悼文见报。

《消息报》向科斯坦季表示深深道歉，《海员报》却就此事发表了亚多夫的一篇诗歌形式的小品文。它的结尾是：

请看这一期报纸，请你看一看，
如果你听其自然，
如果报上说，你已经一命归天——
请赶快躺进棺材里，从此长眠不醒。

克鲁普尼克不见了。狂怒的热尼卡·伊万诺夫要求把克鲁普尼克给他找来，不管是活的还是死的，他要审判他。但到处都找不到克鲁普尼克，他不在自己家里过夜。

过了两个星期。有一次，我和往常一样，很早来到编辑部，走进我的办公室，不由得后退了一步——列瓦·克鲁普尼克又坐在积满灰尘的窗台上，痛哭流涕。他的夹鼻眼镜用一根细带子吊在脖子上，由于抽搐着呼吸，它摇来晃去。

“请原谅，”列瓦用断断续续的声音说，“不过出了一个小小的差错。”

“差错？”我问，感觉到我的双手在发凉。

“是啊，”列瓦温顺地表示同意，“善意的差错。原来死去的不是画家科斯坦季，而是擦皮鞋的那个科斯坦季。一个同姓的人。他就住在画家住的那幢房子的地下室里。您要明白，这是很容易混淆起来的。”

“对不起，”我已经渐渐镇静下来，“您不是亲眼看到他躺在桌子上，盖着床单吗……”

“问题就在这里！”列瓦擤着鼻涕回答，“您要明白，地下室里光线很暗，而那里还有这床床单……顺便说说，我给您带来了一篇科斯坦季举行画展的简讯。画展很快就要开幕了。”

“得认为，”我说，“这是他死后的画展吧。”

“您不该这样开玩笑，”列瓦以责备的口吻回答，“从您这方面来说，这甚至是不体面的！”

“您在说些什么呀！”我说，“您走吧！在《海员报》，您再没有什么事情可做了。”

“好像真有什么了不起似的！”列瓦用要和人争吵的语气提高声音说，说着站了起来。“这也算一份报纸哩！不过是像小孩子玩的那种破哨子罢了！我当过《费加罗报》的敖德萨通讯记者，您却老是拿您这份有鱼腥味的传单来责备我。”

我还没来得及回答他，房门敞开了。门槛上站着气得脸色发白的伊万诺夫。

“滚！”他用清晰而响亮的声音大喊道，“立刻滚！”

列瓦·克鲁普尼克跳起来，用手扶着快要掉下来的夹鼻眼镜，迈着小碎步向门口走去。

后来，我们听到他在有司晨女神的客厅里生气地往木地板上啐了一口唾沫，穿着木板鞋在人行道上踢踢踏踏地走了，永远离开了《海员报》。

契诃夫有充分根据感到害怕的那些敖德萨记者中的最后一个，就这样从编辑部里消失了。

“您想要什么，年轻人？”

动人的语言几乎被人忘记了。当代的生活要求使用普通的表达方法。

但用什么语言才能描绘实际上是无法描写的敖德萨的集市呢？在我们这个20世纪的20年代，这种集市有一个新的名称，叫作“新市场”。

我们这些已经不习惯使用那些让人兴奋的措辞的人，怎样才能描绘这个市场呢？怎样叙述昨天聚集在烧得炽热的平底煎锅旁那些害斑疹伤寒的人呢？煎锅上一块块加大蒜的、自制的乌克兰香肠，靠本身的油煎得毕毕剥剥地响，渐渐卷曲起来——怎样才能叙述这新经济政策的第一个产儿呢？

怎样才能转述那许许多多的誓言、号叫、呼喊、抱怨、歇斯底里、诅咒和谩骂？怎样才能表达由这些声音混合成一片的嘈杂的嗡嗡声？怎样才能表达这突然被警察尖锐刺耳的哨子声打断的喧哗呢？怎样才能描写那些周身上下挂满东西的投机商迈着沉重的脚步，在被他们的脚步震动得发颤的石板路上逃跑的情景呢？怎样才能描写在这样逃跑时失落的那些已经发黄的女人胸衣，士兵穿的厚棉布衬裤和那些已经老化、表面上有一层裂纹、呈肝脏色的橡胶热水袋呢？

既然动人的语言对我们来说格格不入，那么只好用寻常的措辞来谈谈敖德萨的集市了。

首先需要提一提几条规则，不知道这几条规则，就根本不要闯到新市场上去。

第一条规则是：在市场上闲逛的时候，脸上一定要保持冷淡的、甚至是感到无聊的神态，无论如何也不要流露出您想要买什么东西的表情。因为如果让人看出您想买东西，那么就会有几十个人紧紧抓住您的衣袖，要么是从后面用力拉您的军便服，要么，最后还有，拉住您军大衣上的扣带，几乎是悲惨地、怀着绝望的希望，大声喊叫：

“您要买什么，年轻人?”

谁也不问您想要买什么。问这个问题毫无意义——想要卖的东西总是拿在手上，或者挂在脖子上。

如果有人什么也没拿着，可是他的眼睛却在令人怀疑地东张西望，寻找买主，那么市场上的常客立刻就会猜到，他是卖假珠宝的，于是嘲讽地对着他背后喊道：

“粪堆里的钻石玫瑰花！淀粉里的珊瑚！别尔季切夫[①]王冠上的玉髓！”

但还是有这样的例外：不能立刻猜出一个人在卖什么。例如一个精神相当萎靡不振、绰号叫列瓦的法国水兵，就是如此。

他从军舰上下来以后掉队了，因而滞留在敖德萨。他完全相信，在正在进行国内战争和国际法已被废除的那些奇妙年代，谁也不会把他当作逃兵送交给法国政府。

他个子矮小，总是不刮脸，脸上流露出不满意的神情，长着一只长长的黑鼻子和一双愤怒的、瞧不起人的眼睛，穿一件蓝色的、肮脏的军大衣，戴一顶缀有大红绒球的圆形软帽，围一条紫色破围巾。他坚决地把双手插在大衣口袋里，默默地在杰里巴索夫大街上奔跑着，突然出乎意外地，并不停下来，完全出其不意地用在几个街区以外都能听到的、尖锐刺

① 苏联日托米尔州的一个城市。——译者

耳的假嗓子叫喊：

“最好的！最结实的！最耐用的！”

他从不说出自己货物的名称。他在杰里巴索夫大街上跑过去，就像一阵旋风。人群在他周围左右躲闪着，接着都急急退向两旁，紧靠到墙上。“他在卖什么?”外来人惘然地问。敖德萨人嘲笑地耸耸肩，作为回答。小孩子们兴高采烈地在水兵后面吹着口哨。一个警察手里拿着黑色的角笛，从最近的岗哨上迎着水兵匆匆走来。

水兵看到警察，终于喊出了他卖的东西：

“最好的电石！打火机上用的！最长的！打火机上用的！”

在这胜利的喊声伴奏之下，他在花园街的深处消失了。新市场，这个“背口袋”贩卖粮食的投机小贩、将军夫人和扒手们的避难所，就隐藏在那个灰白色的、素油的油烟里。

他，这个水兵，身体轮廓显明，很像一尊雕像，仿佛是用黏土塑造出来，又涂上了鲜明的颜色。

市场上的第二条规则是：您卖的东西，要同意人家给的最初的价钱。忽视这条规则，结果可能发生一场灾难，我就遇到过一次这样的情况。

瓦夏·列吉宁的妻子害了重病，她是个弱不禁风、长得十分秀丽的女人，对所有实际事务都毫无办法。

除了妻子，列吉宁还有一个小女儿基拉，一个性情温和的五六岁的小姑娘。

因为妻子经常生病，列吉宁的情绪完全变坏了。他张皇失措地在城里奔走着。由于心情激动，他几乎变成了聋子，竭力想弄到一点儿钱和一种在当时来说是神奇的药品（好像是芥末膏）。他泪水汪汪，请求我到市场上去卖掉他的一块很好的长毛绒布。

那是一块质量很好、像绒毛一样轻的长毛绒布。照我看，它是一件很贵重的东西。

我不知道列吉宁为什么恰恰是请我去卖这块长毛绒布。据我所记得的，他曾提到过我随机应变的能力，并推说他自己干这种事情毫不中用。他在奉承我，我却信以为真。

我到列吉宁家去，拿了那块长毛绒布，把它卷成一卷，就到市场上去了。从我这方面来说，这是愚蠢的，但当时我还没料想到，我是到什么地方去。我泰然自若地在花园街上走着，却不知道这是一条直接通往地狱的道路。

起初谁也不注意我，对我这块极好的长毛绒布连看都不想看。大家都装作好像是第一次听说有什么长毛绒布。“这是什么?”人们问我，“蒙沙发的料子吗?还是用来裹不足月的婴儿的暖和襁褓呢?”

我感到受了侮辱，但一声不吭。即使有一些厚颜无耻的妇女从长毛绒布上掐下一小块去，把它撕成一条条纤维，不知为什么闻闻它。即使在这种情况下，我也默默不语。

最后有一个脖子上挂着皮尺（由此我断定他是个裁缝）的好心肠的老头儿愿意出10万卢布买我这块长毛绒布。这是个好价钱。但我决定，这块长毛绒布至少要卖20万卢布，并以此来为列吉宁造福。

“您头脑里有脑子吗?”裁缝惊讶地问我，“您还是把钱收下吧，别装作自己是诺贝尔男爵[①]了。算您幸运，您碰到了一个正直的人。”

---

① 指伊曼努尔·诺贝尔（1859—1932），大工业家、企业家，1888年至1917年在俄国开办过一个最大的石油公司。

我拒绝了。裁缝徘徊了一会儿，啐了一口，走了，边走边吆喝着：

“长裤，马裤！当着订货人的面，用他的来料，两个钟头就能做好！穿在身上服服帖帖！长裤，马裤！工钱便宜！不添配料，只要30万卢布！”

下一个买主是个小个子、已经喝得半醉的希腊人，他给我7万卢布。在他以后，一个好像要哭出来的女人给我5万卢布。

时间已经快到下午4点，市场上渐渐空荡荡了。那个希腊人不知从哪里又回来了，这时他已经只给3万卢布了。

我叫他见鬼去。这时，一个光着脚板、戴一顶旧哥萨克制帽的小伙子把1万卢布塞到我的手里，从我胳膊肘下用力一拉那块长毛绒布，说：

“给，拿着，从市场上滚到你的柳塞奇卡那儿去吧！”

我从他手里夺过长毛绒布，把他的1万卢布给他扔了回去。

“啊，你竟这样，害人精！”小伙子说，说着把手伸到怀里去。

这时一个帽子上带有丝绒蝴蝶花的老太婆尖叫了一声。她正在卖最后一个卷成辫子形状、没有什么营养成分的土豆馅饼。随着老太婆的尖叫，警察应声吹起了哨子。那个小伙子大摇大摆地慢慢走开了，肩胛骨在他褪了色的衬衣下微微颤动着。

“您快走吧，”老太婆对我说，“他怀里揣着刀子。我已经不能再在市场上看到流血，总是去做证人了。”

天色渐渐暗了。我在市场上的这一天可耻地结束了。因为过于天真，当时我这样认为。

我从市场上走了。我走着，突然想起那个希腊人，那个好像要哭出来的女人，以及那个戴哥萨克制帽的小伙子。我刚来到市场上的时候就在人群中一个大箱子后面看到过——三个人在一起。只是到这时我才意识到，在我身边捣鬼的原来是同一伙“马拉维海尔”。在敖德萨，人们把专门从事杀价、遇到合适的机会还在市场上行窃和抢劫的流氓叫作“马拉维海尔”。

在市场大门口，我碰到了那个喝得半醉的希腊人。他抽着一支自己卷的纸烟，根本不理会我。

我走着，直到一个最近的十字路口，一直有一股很难闻的刺鼻气味尾随着我。在十字路口，一个卖葵花子的女小贩叫住了我：

“您身上着火了，年轻人！”她对我喊叫，“烟从您身上往外冒，就像从火车头上冒出来一样。”

我回头一看，从那块卷起来的长毛绒布上冒出一股刺鼻的白烟。

我打开长毛绒布。绒布上有一条火的花纹冒着烟，闪闪烁烁，正在向四面扩散。

我想踩灭这还在慢慢扩散的火，但徒劳无益——火蜿蜒曲折，像几十条小蛇，继续在绒布上向四面蔓延。我唯一还能做的，就是把这块正在燃烧的长毛绒布一脚踢到马路上去。

“我想，”那个女小贩说，“您准是在市场上碰到‘马拉维海尔’，发生了很不愉快的事，年轻人。他们怀恨在心，从后面点着了绒布。用香烟。”

我想起在市场大门口碰到的那个半醉的希腊人。这准是他干的。

燃烧着的长毛绒布周围围了一群人。卖葵花子的女小贩大声叫嚷，气愤地打着手势，把我这不幸的事情讲给大家听。

我没到列吉宁那里去。极端的厌恶、愤怒和羞愧憋得我喘不过气来。我诅咒认为在盗贼横行的世界上似乎还有什么浪漫主义迹象的一切人。纯粹是胡说八道！是说给没出息的人和轻信的傻瓜听的胡言乱语。

我向自己起了最可怕的誓——再也不到市场上去了。

第二天早上，我得至少弄到20万卢布，随便在哪里弄到都行。我答应过列吉宁，他的长毛绒布可以卖到这么多钱。我为此绞尽脑汁，最后决定去找莫泽尔。一致公认，他是我们当中非常富裕的人。

莫泽尔夫妇很可怜我，大声叹息，十分气愤。他们请我喝了茶，给了我两大张钞票（每张10万卢布）。我把钱卷起来，到列吉宁那里去了。似乎我一生中从未体验过像那天那样的轻松心情。

由这次长毛绒布事件可以引出第三条市场上的规则：永远不要把东西放在背后。因为，当然啰，可以用保险刀片悄悄地把它割破，要么是用火把它点着，以后这些给毁坏了的东西就一钱不值了。

但尽管起过誓，当然啰，我还是没能永远摆脱市场。城里几乎没有公家卖的货物，如果不算厚棉布、一些护耳棉帽和棉袄的话。

这些镶着灰色人造羔皮的护耳棉帽，不知为什么都是压成一块装在大包里运来的。这些大包堆在商店里，谁也不去打开它们，于是它们就散发出一股霉烂的气味。

什么东西都不得不到市场上去买，特别是钓丝和钓钩。

每次从市场上回来时，我都暗暗地感到气愤，心情沮丧，觉得受了侮辱。无耻的贪婪、令人感到无能为力的贫困、对人类尊严的嘲弄、畜生般的粗暴和欺骗，这一切景象都伤害了我的自尊心。

诈骗行为尤其多——卑鄙的、厚颜无耻的诈骗，眼睛东张西望，寻找进行欺诈的机会。

所有大箱子的阴影里都有人在玩牌。玩“三叶”、“打结”，掷“骰子”，玩牌的时候经常弄鬼、打架。一些干瘦的赌棍扯着嗓子号叫，满脸抹上了血，威胁要用这种巧妙的方法和欺侮他们的人算账，叫人听了头皮一阵阵发麻。

人们在一些流浪的疯子身后拴上些破衣烂衫、一束束报纸，再用火把这些东西点着。

有时在市场上的僻静角落里突然密密麻麻地聚集起一大群人。人们默默地、怀着强烈的好奇心往前挤，往人群中间挤，可以听到那里有低沉的打击声和压低声音的叫喊——那里在凶狠地毒打小偷，要么是在一些没包头巾的农村女富农尖声哈哈大笑的伴奏下，剥光一个被人怀疑偷东西的妇女的衣服，对她进行搜查。

有时根本不可能弄清正在发生什么事情。小偷挣脱开，给打得浑身上下青一块紫一块的，在人群赞许的齐声吼叫中装腔作势，跳起下流的舞来。而那个给剥光了衣服的妇女却抓住那个被偷了东西的女人的头发，好长时间两个人一直在尘土中滚来滚去。

在来敖德萨以前，我从未在一个地方看到过人类的恶习和仇恨如此大量集中的现象。而就在近旁，温暖的大海闪闪发光，漂亮的城市里人声嘈杂，洋槐树正在开花，阳光为建筑物增添了一种金黄的色调。尽管在闹饥荒，街上仍然有许多欢笑的人，花香阵阵，远处明亮的星星在大海的低空上闪烁，好似浮标上的火光。因此，这人类的恶习和仇恨就更令人惊讶，令人感到难过了。

不过在市场上，也会偶尔碰到一些好人。这都是一些怪人，都是生活不顺利、在生活中一无所获的人。但在这里，他们却是人道主义的楷模。

我记得一个眼睛近视得厉害的老头儿。他在卖立体镜上的照片，经常有一些小孩子围着他。他整天免费给他们看巴黎和罗马、莫斯科和马德拉群岛的风景照片。完全无法理解，他是靠什么生活的。在那个时候没有一个活人（除了伊贾·利甫希茨）买立体镜上的照片。而且伊贾买这些照片，也只不过是出于对这个老头儿的怜悯。

就在老头儿身旁，马路上放着一个褪了颜色、落满灰尘的地球仪。每一个感兴趣的人，花50个卢布就可以转动这个地球仪，在上面寻找各个诱人的国家和城市，如像复活节岛、赞比西河或加拉加斯市。

离这个老头儿不远坐着一个算命的笔相家。他看笔迹给人占卦。他整天坐在一条板凳上，用一个很大的放大镜研究信和信封。

他怒气冲冲地给人占卦，训诫那些来算命的人，甚至大声斥责他们。但尽管如此，主顾们都喜欢他，特别是女人们。

可他大声说出来的都是一些令人惊讶的事情。

“我已经给您算过三次命了，女公民。”他对一个面容憔悴的女人大声说，“我算出，要您丢掉这个和您同居的人，假如您不想跟他一起去做苦役的话。”

“不错，是该丢掉他。”那女人犹豫不决地答应。

“丢掉他吧，维尔卡！你要明白，人家是希望你好哇。”她的女伴们劝她。

“结果，”占卦的人委屈地大声说，“我就像一个寄生虫，尽刮您的钱，每次收您300卢布。而这都是因为您犹豫不决！这真不像话！既然您不愿相信我，那么就别来找我。我不再给您算了。够了。”

另一次他大声喊：

“根据字母的形式来看，您很自负，少年。您目空一切，妄自尊大，喜欢与人争吵。像样儿的生活，只能通过科学和忍耐的途径才能获得，而不能靠耍无赖和骂人。我早就注意到，您一直在跟‘梅花十’维季卡那一伙人鬼混——而不是诚实地工作，让您年迈的双亲为您高兴。”

但最使人感动的是那个卖便帽的老年商贩祖斯曼，他在市场里一个偏僻的地方开了一个很小的小铺，挂着一块招牌，上面写着：“华沙便帽”。

他整天和一个帮工坐在小铺里，帮工是个精神萎靡不振的有病的男孩子，名字叫米利亚。男孩在睡觉，不时打着呼噜，老人却戴上眼镜，慢慢地看报纸、叹气，不时不满意地望望难得光顾他这里的顾客。

有一次，我和亚沙·利甫希茨走进他的帽子铺。

“您干吗要买新帽子？”祖斯曼生气地问亚沙，“您那一顶还挺不错的嘛。”

“这是我的事！”亚沙也是那样气冲冲地回答。

“您习惯到处乱扔帽子吗？”祖斯曼讥讽地问，“您的事！米利亚，给这位同志随便拿顶帽子，我要到邻居那里去一下。”

他走了。亚沙气得呼哧呼哧的，在生这个奇怪的售货员的气，开始试帽子。米利亚在他面前拿着一面镜子，因为在打盹儿，有两次差点儿没把镜子掉到地上去。

亚沙犹豫不决。他戴上一顶咖啡色的便帽，问我他戴着合适不合适。

我还没来得及回答，祖斯曼进来了，朝亚沙匆匆看了一眼，问：

“米利亚，刚刚到铺子里来的那位顾客呢？”

“就是他，”米利亚无精打采地回答，说着指了指亚沙。

“不！”祖斯曼大声喊叫，后退两步，双手一拍，留着大胡子的脸上泛出幸福的笑容。“不！你真会胡思乱想，米利亚！站在我面前的是一位戴着苏格兰便帽的勋爵，真正的张伯伦勋爵[①]。而那位顾客，对不起，完全是一副晦气相，有点儿像流浪汉。”

“这就是他嘛，”米利亚还是那样无精打采地证实说，“只不过他戴了一顶新帽子罢了。”

“啊——呀——呀！”祖斯曼大声惊呼，“这种10万卢布一顶的廉价帽子对一个人会产生什么样的影响啊！当然啰，如果帽子是由手艺高明的师傅缝制的，它能创造奇迹！”

亚沙忍不住哈哈大笑起来。祖斯曼也哈哈大笑，笑得流出了眼泪，对自己的这一发明感到十分满意，并且友好地拍拍亚沙的肩膀。

“做生意会让我们变成演员，”他笑着说，“我准会成为一个喜剧演员的。说真的！咱们认识一下吧。请常到我这儿来谈谈，要不，在这个空荡荡的小铺里，真会憋死的。我要给您缝一顶夏天戴的帽子，这样的帽子连劳合·乔治[②]都没有过，而且他一辈子也不会有这样的帽子。只要能弄到一块好料子。”

大家都很满意，米利亚却又已经坐在柜台后的凳子上，打起盹儿来，还不时打着呼噜。

“你们自己可以确信，”祖斯曼叹口气说，并对着米利亚那边点点头，“我有一个什么样的谈心的人呀！这只会让人发疯，把人憋死！”

---

① 奥斯丁·张伯伦（1863—1937），曾任英国财政大臣、印度事务大臣、外交大臣等职，是1927年英国与苏联断绝外交关系的倡议者之一。

② 劳合·乔治（1863—1945），1916年至1922年任英国首相，自由党领袖。外国武装干涉苏联的组织者之一，后来主张与苏联建立联系。

"您想要什么，年轻人?"在敖德萨市场上，每次都有人这样问我。我想要什么呢？我只想要一样——让这个贫困和肮脏的"神庙"被火烧掉，连灰烬也随风飘散。最后果然是这样。

是的，顺便说说，列吉宁相信，我真的把他的长毛绒布卖了20万卢布。只是过了20年以后，在莫斯科的时候，欺骗才被发觉。于是，列吉宁郑重其事地把那20万卢布还给了我，不过还给我的是1939年发行的两张10卢布的纸币。这时，他以自己独特的方式不出声地大笑，笑得浑身发抖。

"我向你们保证，一定会有莫泊桑"

有一期《海员报》上刊登了一篇短篇小说，题目叫《国王》。小说下面的署名是"伊·巴别尔"①。

小说写的是敖德萨的土匪头目边齐翁·克里克（也就是边尼亚）把他那个已经衰老的妹妹德沃伊拉强行嫁出去的故事，他把她嫁给了一个身体瘦弱而且爱哭的小偷。那个小偷只不过是因为对边尼亚怕得要命，才娶了德沃伊拉。

这是巴别尔最初的所谓"摩尔达万卡"小说中的一篇。

敖德萨铁路货车站附近有一部分地区叫摩尔达万卡，2000个敖德萨的强盗和小偷都住在那里。

---

① 伊萨克·埃马努伊洛维奇·巴别尔（1894—1941），苏联作家。

为了更好地了解摩尔达万卡的生活，巴别尔决定在那儿一个老犹太人齐列斯的家里住一个时期。齐列斯的妻子哈瓦大婶整天对丈夫大喊大叫，他就是在妻子的压迫下度过自己的余生。

巴别尔在这个性情温和、像侏儒一样的小老头儿那里租了一间房子，在这以后不久，发生了一系列发展异常迅速的事件。巴别尔不得不不假思索地从散发着一股煎葱花味和樟脑味的齐列斯的住宅里逃了出来。

但这一切，我要稍迟一些，等读者已经熟悉摩尔达万卡当时的生活情况以后，再详细叙述。

《国王》这篇小说写得简洁、真实。它像一股含有碳酸气的水，一种清凉新鲜的感觉扑面而来。

从少年时代我就把某些作家的作品看作魔法。看过《国王》之后，我明白又有一位魔法师进入了我们文学创作的行列，这个人所写的一切永远不会是平淡无奇、毫无生气的。

《国王》这篇小说里，对于我们来说，一切都是生疏的。不仅人物和这些人行为的动机，而且连那些意想不到的环境，人们所不了解的生活方式，坚决有力、生动形象的对话，也无不是生疏的。这篇小说里的生活与荒诞作品毫无区别，在每一个细节中都可以看得出作家敏锐的目光。而突然，恰似一道阳光出乎意外地照射到窗子上，一段极其优雅的文字，要么是一句好似从法文翻译出来的句子，从容不迫，华丽多彩，仿佛低声吟咏，闯入小说的正文。

这既新颖，而又罕见。在这篇散文中听到的是这样一个人的声音——他在骑兵中经过长途行军，满身征尘，同时他又掌握了过去文化的全部财富——从薄伽丘到勒孔特·德·李勒，从弗美尔[1]到亚历山大·勃洛克。

领巴别尔到《海员报》编辑部来的是伊贾·利甫希茨。我从未遇到过像巴别尔这样的、外貌与作家很少有相似之处的人。他的背有点儿驼，由于有遗传性的敖德萨气喘，他几乎没有脖子，鼻子扁平，额上布满皱纹，一双小眼睛闪现着仿佛油亮亮的光芒。乍看上去，他绝不会引起别人的兴趣，而会把他当成一个商品推销员或经纪人。但，当然，只是在他开口讲话以前。

他刚一说出最初几句话，一切就都发生了变化。在他尖细的声音里可以听出执拗的讥讽语调。

许多人不能看巴别尔那双似乎一眼就能把人看穿的眼睛。就其性格来说，巴别尔是一个揭露者。他喜欢把人搞得不知所措，因此他在敖德萨是一个有名的难以相处和危险的人。

巴别尔到《海员报》编辑部来的时候，手里拿着一本吉卜林[2]的短篇小说。他和编辑热尼亚·伊万诺夫谈话的时候，把那本书放到了桌子上，但一直急不可待地、甚至有点儿贪婪地不时望望它。他在椅子上转动着，一会儿站起来，一会儿坐下。他很明显地感到焦躁不安。他想看书，而不愿进行迫不得已的、彬彬有礼的谈话。

巴别尔很快把话题转到吉卜林身上。他说应当像吉卜林那样，用钢铁般的散文写作，应当完全清晰地想象出必须从笔下出现的一切。短篇小说应该像作战报告或支票那样精确，应该用写命令和开支票那样坚定和直率

---

① 弗美尔（1632—1675），荷兰画家。——译者

② 吉卜林（1865—1936），英国作家。——译者

的笔法来写。顺便说说，吉卜林的笔法就是这样的。

巴别尔用一段出人意外的话结束了关于吉卜林的议论。他摘下眼镜，这样一来，他的脸立刻变得平庸而善良了，然后说出了这样一段话：

“在我们敖德萨，”他说，一双眼睛不时嘲讽地发出微弱的闪光。“不会有我们自己的吉卜林。我们是心平气和、乐观愉快的人。然而我们会有自己的莫泊桑。因为我们有许多海洋、太阳、美丽的妇女和可供思考的东西。我向你们保证，一定会有莫泊桑。”

他立刻谈起了他到过莫泊桑在巴黎的最后一所住宅的情况。他在描绘那些被太阳晒暖的、带花边的粉红色灯罩，这些灯罩很像那些可亲的交际花们穿的衬裤。他谈到发蜡和咖啡的香味，谈到那位患病的作家居住的那些房子，房子是那样宽大，使作家感到恐惧。他住在里面十分痛苦，多少年来他已经使自己习惯于在构思与用最简短的词句叙述这些构思之间保持严格的界限了。

巴别尔叙述这一切的时候，还津津有味地提到了巴黎的印刷厂。巴别尔的法语发音很好。

从巴别尔所作的几句评语和所提的几个问题中，我明白了，这是一个闻所未闻的不屈不挠、十分顽强的人。他希望看到一切，对任何知识都不嫌弃。外表上他似乎倾向于持怀疑态度，甚至近乎信奉犬儒主义，但实际上他却相信人的心灵是天真和善良的。无怪乎巴别尔喜欢重复《圣经》上的一句名言了：“力量使人贪得无厌，只有悲伤才能让人心满足。”

我从自己的窗户里看到巴别尔走出编辑部，弓着背，顺着海滨林荫大道有阴影的那一边朝前走去。他走得很慢，因为刚刚走出编辑部，他就立刻翻开吉卜林的书，在路上看了起来。有时他站停下来，好让迎面走来的人从他身旁绕过去，但他一次也没有抬起头来看看他们。

迎面走来的人从他身边绕过去，困惑不解地回头望望，但谁也没对他说过一句话。

不一会儿，他就在法国梧桐的树荫中消失了，在如同流水一般的黑海的空气中，法国梧桐那丝绒般的叶子正在微微战栗。

后来我经常在城里遇到巴别尔。他从来也不是独自一个人，总是有一些所谓“敖德萨的文学学徒”像小蚊子一样围在他的周围。他们匆匆忙忙抓住他说的一些机智的话，立刻在全敖德萨把这些话传播开来，而且毫无怨言地完成巴别尔委托他们去办的大量任务。

如果玩忽职守，巴别尔总是十分严厉地处罚这些兴高采烈的青年人，如果他对他们感到厌烦了，就毫不留情地把他们赶走。一个青年人受到的处罚越是严厉，那个受处罚的人就越是感到自豪。巴别尔的处罚简直使这些“文学青年”容光焕发。

但不仅是“文学学徒”对巴别尔敬若神明。一些老文学家——当时敖德萨有好几个这样的人——也和敖德萨的青年作家、诗人一样，十分尊敬巴别尔。

这不仅是因为他是一个非常有才能的人，而且还因为，作为一位作家，他得到了阿列克谢·马克西莫维奇·高尔基的承认。高尔基很喜欢他的作品，还因为他刚刚从神话般的布琼尼骑兵集团军归来，最后，还因为在当时对于我们来说，他是第一位真正的苏联作家。

不能忘记，在那时候苏联文学刚刚诞生，除了勃洛克的《十二个》和亨利·巴比塞的《炮火》的译本，敖德萨还没有到过一本新书。

无论是勃洛克，还是巴比塞，都使我们产生了极其强烈的印象——在这些作品里已经清清楚楚地出现新的诗和散文的闪光，我们背熟了勃洛克的诗，也背熟了巴比塞的严肃的散文。

我和巴别尔密切接触是在夏末，当时他住在喷泉区第9站。我正在休假，和伊贾·利甫希茨一起在离巴别尔的别墅不远的地方租了一座半已倾倒的别墅。

我们这座别墅有一堵墙悬在壁立的陡崖上。经常会从墙上掉下一块块鲜艳的粉红色灰泥，欢快地跳跃着飞向大海。因此，我们宁愿睡在朝向草原的阳台上。那里比较安全。

别墅旁的花园里长满齐腰深的浅灰色艾蒿。从艾蒿丛中钻出一些像指甲那么大的小罂粟花，好似刚刚打碎的朱砂碎屑。

我们经常和巴别尔见面。有时我们一起坐在海岸上，几乎坐一整天，和伊贾一起用捕鱼钩索一边钓鲈鱼和鰕虎鱼，一边听巴别尔不慌不忙地讲故事。

巴别尔是一位天才的讲故事的人。他口头讲的故事比他写出来的小说更有力、更完美。

怎样才能描绘1921年我们一起在喷泉区度过的那个快乐、同时又忧郁的夏天呢？使这个夏天变得快乐的是我们的青春，所以觉得它又是忧郁的，则是由于心中经常感觉到轻微的惶惑。也许，在某种程度上也是由于那神秘莫测的南方的夜晚。夜幕就在我们身旁降落下来，仿佛紧挨着我们，就在我们阳台的第一级石阶外面。

站在阳台上，可以把手伸进这黑夜中去，但指尖感觉到近在咫尺的、宇宙空间的寒意，于是立刻就又把手缩了回来。

快乐汇集起来，仿佛形成一个由我们的谈话、开玩笑和故弄玄虚交织在一起的五彩缤纷的线团。当时在敖德萨已经把故弄玄虚叫作“愚弄”了，后来这个词很快传遍了全国。

而忧郁，对于我来说，不知为什么却具体地化作每天夜间始终不变的在大海的天际线上熠熠闪烁的明亮的火光。那是一颗很低的星。谁也不知道这颗星的名字，尽管它每天夜里都在友好地、执拗地彻夜注视着我们。

不知为什么，但忧郁也包含在每到夜间就会凉下来的石铺公路散发出来的气味中，包含在住到我们门口的一株小小的野马鞭草淡蓝色的瞳孔里，包含在这样一种感觉里——当时我们明显地感觉到，时间的运动实在是太快了。

不幸暂时还统治着世界。但对于我们这些年轻人来说，幸福已经成了不幸的近邻，因为时代充满了希望——希望会有一个合理的命运，希望能摆脱与人纠缠不已的灾难，希望在似乎没有尽头的严冬过去之后，一定会迎来百花盛开的春天。

大概，在那个夏天我清清楚楚地懂得了，“天才的力量”意味着什么，而在这以前我却觉得这只是一句空话。

有巴别尔在，使这个夏天变得引人入胜、很有意思。我们都生活在他的天才的轻微的反光之中。

在此以前，我遇到过的几乎所有的人都未能在我记忆里留下特别明显的痕迹。我很快就忘记了他们的容貌、声音、他们说过的话和走路的姿态，以及许许多多其他特征，即使会突然想起他们脸上某一条为某人所特有的皱纹。现在却不是这样了。我贪婪地在自己的记忆中勾勒出人们的轮廓，而这是巴别尔教给我的。

巴别尔经常在傍晚坐有轨马车从敖德萨回来，有轨马车取代了已完全被人忘记的电车。有轨马车只行驶到第8站，打从老远，它那些已经松动的螺丝钉就已经叮叮当当地响了起来。

巴别尔从第8站步行回来，风尘仆仆，十分疲倦，但眼睛里闪着狡黠的光芒，说：

“哈，在车厢里，老太婆们的闲话惹出麻烦来了！为了‘鸡蛋’。请听我说！你们简直会高兴得哭起来。”

他开始转述这场谈话。我们哈哈大笑，不禁笑得流出泪来。我们简直被这个故事逗得控制不住自己，笑得前仰后合。于是，巴别尔一会儿拉拉这一个的衣袖，一会儿拉拉那一个的衣袖，用喷泉区第10站上我们熟识的那个女小贩的声音，尖锐刺耳地大声问：

“您完全疯了，年轻人？还是怎么了？”

在听巴别尔叙述的时候，只要闭上眼睛，立刻就好像到了敖德萨有轨马车闷热的车厢里，那样清楚地看到了所有同路的人，仿佛您已经和他们在一起生活了许多年，一起吃完了整整1普特盐。也许，他们这些人根本就不存在，而是巴别尔纯粹虚构出来的。但对于我们来说，这又有什么关系呢，既然他们的一举一动是那样具体生动地呈现在我们眼前——声音嘶哑，在咳嗽、叹气，并富有表情地互相朝巴别尔“先生”那边使眼色。在敖德萨人们已经在纷纷议论，说巴别尔也是一个像高尔基那样的聪明人。

早在看到他发表的小说以前，我们就从他嘴里听到了格达尔这个为“善良人的国际”而伤感的老人的故事，听到了在“顽固的”法斯托夫车站上发生的盐的故事，听到了疯狂的骑兵冲锋和布琼尼惊人的讥笑，以及极其美妙的哥萨克歌曲。有一首歌曲使巴别尔特别惊讶，后来，在敖德萨我们经常低声吟唱这首歌曲。每唱一次，都愈来愈为它的诗意感到惊叹不已。现在我已经忘记了这首歌的歌词。记忆中只留下了最初两行：

> 田野上的一颗星在父亲的房舍上空闪烁着，
>
> 我母亲忧伤的手……

这“田野上的一颗星”特别令人难过，使人愁闷。夜里，我甚至经常梦见这颗星——亲爱的、贫瘠的田野上一片昏暗，浩渺的高空中只有唯一一颗静静的星。

一般说，巴别尔是很乐意讲话的，无论是阿列克谢·马克西莫维奇，高尔基的事迹，还是革命故事，他都讲了很多。还讲过他——巴别尔，在彼得堡未经官方许可就住在阿尼奇科夫宫里，睡在亚历山大三世办公室的一张沙发床上。有一次，他小心翼翼地往沙皇的写字台抽屉里看了一眼，发现了一盒上好的香烟——土耳其苏丹阿卜杜尔·哈米德送给沙皇亚历山大的礼品。

这些很粗的香烟是用粉红色的纸卷成的，上面印着金色的阿拉伯花字。巴别尔很神秘地送给我和伊贾每人一支这种香烟，我们在晚上把这烟抽掉了。一股极其幽雅的芳香在喷泉区第9站上空扩散开来。但我们的头立刻痛得要命，整整1小时我们像喝醉了一样，扶着石砌围墙走动着。

就是在那个时候，我从巴别尔那里听到了那个唯命是从的老犹太人齐列斯的非同寻常的故事。

巴别尔住到了摩尔达万卡中心、齐列斯和他那个神情阴郁、行动迟缓的妻子哈瓦大婶的家里。他决定写几篇短篇小说，取材于敖德萨这个郊区的生活以及那里那些富有刺激性的风俗习惯。像已经成为传奇人物的米什卡·亚蓬奇克（别尼亚·克里克）这样一些匪徒十分独特、而且无疑很有才能的性格，使巴别尔很感兴趣。巴别尔想要更深入地研究一下摩尔达万卡，当然，要这样做，齐列斯那座令人感到枯燥无味的住宅就是一个很合适的地方了。

在那些大吵大闹、大声喧哗的贼窝和给人以虚假安全感的住宅中间，齐列斯的房子好似一座可靠的山岩，而在那些给人以虚假安全感的住宅里，尽管五斗橱上铺着编结的小桌布，摆着可以插7支蜡烛的银烛台，但在父母的屋顶掩护之下，却隐藏着一些盗贼。

齐列斯家四面八方的邻居都是一些大胆勇敢、很好地武装起来的年轻人，好像给齐列斯的住宅装上了防护铁甲。

巴别尔把他要研究摩尔达万卡的目的告诉了齐列斯，这并未给老头儿留下愉快的印象。恰恰相反，齐列斯感到担心：

“啊呀，巴别尔先生！”他摇着头说，“您是这样一位有名望的父亲的儿子！令堂也是一位美人儿！据说，布罗茨基[①]的侄子都向她求过婚。所以您要明白，摩尔达万卡对您可完全不合适，不管您是一位什么样的作家。您把摩尔达万卡忘了吧，别再想它了。我要告诉您，您在这儿绝不会获得哪怕是一丁点儿成就，然而倒可能装满一口袋不愉快的事情。”

“什么不愉快的事情？”巴别尔问。

“我怎么知道是什么呢！”齐列斯闪烁其词地回答，“单拿‘五卢布’[②]来说吧，难道能猜得到他脑子里会产生什么可怕的念头吗？我就不说像柳

① 伊·伊·布罗茨基（1884—1939），苏联画家、教育家。——译者

② 一个土匪的绰号。——译者

西卡·库尔和其余的所有那些无赖了。巴别尔先生，您最好还是别冒险，悄悄地回到叶卡捷琳娜大街上您父亲的房子里去吧。凭良心对您说，我自己已经后悔把房子租给您了。不过，我怎么能拒绝这么一位让人高兴的年轻人呢！”

巴别尔有时住在齐列斯家他租下的那间房子里，而且有好几次听到哈瓦大婶在低声骂老头子，怪他把房子租给了巴别尔，让一个陌生人住到家里来。

“你从这桩生意上能得多少钱呀，小气鬼！”她对齐列斯说，“1个月10万卢布吗？可是这样一来，你却要失去一些最好的主顾。草原街上的拉扎里·布罗伊杰准会哄骗你，嘲笑你。他们全都会跑到布罗伊杰那儿去，我用过世的伊多奇卡的名义起誓。”

“密探们就只等着你的布罗伊杰哩，要抓他。”齐列斯没有把握地回了一句嘴。

“以前好像并没把你抓了去。碰上这么个房客，你会落得两手空空。谁也不会再给你提成了，连一笔都不给。那么，我们靠什么度过自己的晚年呢？”

齐列斯心里很不好过，辗转反侧，久久不能入睡。

巴别尔不喜欢老太婆在夜里说的这些叫人听不懂的话。

他感觉到这些话里有某种可怕的秘密。他也是好久睡不着，竭力想猜出哈瓦大婶低声说的话是什么意思。

在摩尔达万卡，夜过得又慢又长。远处路灯暗淡的灯光落到褪了色的糊墙纸上，糊墙纸散发出一股醋精的酸味。偶尔从街上传来好像去办什么事的匆匆的脚步声，尖细的哨子声，有时甚至会听到很近的枪声和女人歇斯底里哈哈大笑的声音。笑声是从砖墙后传来的，似乎这号哭般的笑声已经给深深地砌在砖墙里了。

下雨的夜里使人感到特别不快。水在铁槽里流动，发出微弱的叮叮咚咚的响声。稍一活动，床都会轧轧作响，不知有个什么动物，整夜都在糊墙纸后面咀嚼已经朽成粉状的烂木头。

真想立刻起床，回到叶卡捷琳娜大街上自己的家里去。在那里厚厚的墙壁里面，四层楼上寂静、昏暗、安全，桌子上放着已经修改和重抄过几十遍的、最近写的一篇短篇小说的手稿。

巴别尔走到桌边，小心翼翼地抚摩这篇手稿，就好像是在抚摩一头还没有驯服好的野兽。他常常在夜间起来，把一本很厚的大开本百科全书竖立起来，遮住油灯，在灯光下再看上三四页。每次他都会发现几个多余的词，并怀着幸灾乐祸的心情删掉它们。“语言的明确性和力量，”他说，“完全不在于对一句话已经不能再补充任何东西，而在于从这句话里已经再也不能删除什么了。”

所有看到过，特别是在夜里看到过巴别尔工作的人（很难在这种情况下看到他，因为他总是躲着人们写作），都会对他忧郁的面容以及他那种特殊的善良和痛苦神情感到吃惊。

在这些使人感到精神贫乏的摩尔达万卡之夜，为了能立刻回去看自己的手稿，巴别尔愿意付出很高的代价。但在文学领域里，他感觉到自己好比是一个侦察员和士兵。而且认为，为了文学事业，他应该忍受一切——无论是孤独，还是会引起气喘严重发作的熄灭的油灯上冒出的煤油臭味，或者是屋子墙外号哭的女人的喊叫声。不，不能回去。

在这样的一个夜晚，巴别尔突然想到，显然齐列斯是一个寻常的给盗贼做眼线的人！齐列斯就靠这个生活，他这样做可以得到自己的提成——“合法的一份”。可见对于这个老人来说，巴别尔当真是一个不合适的房客。

他会吓跑那些无所畏惧、但同时又小心谨慎的主顾，使他们不敢与这个老眼线接近。齐列斯贪图多得10万卢布，让一个公子哥儿住到摩尔达万卡的心脏里来，谁愿意为了齐列斯贪财而冒完全失败的危险呢？

何况这个公子哥儿还是一个作家，因此就比一个普通靠妓女养活的人或啤酒馆里的赌棍更加倍危险了。

巴别尔终于懂得了齐列斯的暗示，明白他所说的满满一口袋不愉快的事情是指的什么了，于是决定再过几天就离开齐列斯那儿。但是巴别尔还需要几天时间从这个老眼线的口中探听出他能讲出来的一切有意思的情况。巴别尔知道自己有这样一个很厉害的特点——刨根问底，无情地、执拗地把人心里的话全都掏出来，或者像敖德萨人们所说的，“靠上帝帮忙，把人完全折磨死”。

但这一次巴别尔没能把老齐列斯“折磨死”。那些强盗们当中有一个，好像是先卡·维斯洛乌希，赶在巴别尔之前，而且不是照这个词的转义，而是按它真正的本意这么干了。

有一回，就在大白天，巴别尔到城里去以后，齐列斯在自己屋里被人用芬兰刀一刀刺死了。

巴别尔回到摩尔达万卡来的时候，在那座房子里遇到了警察，而在他住的那间屋子里，则遇到了刑警队的队长，队长正坐在桌边做记录。这是一个彬彬有礼的年轻人，穿一条蓝斜纹布的马裤。他梦想也能成为作家，因此对巴别尔十分尊敬。

"请您，"他对巴别尔说，"带着您的东西立刻离开这座房子。不然，我不能保证您个人的安全，即使在最近几天里也无法保证。您自己也明白，这里是摩尔达万卡！"

于是巴别尔逃跑了：哈瓦大婶嘶哑的号哭声使他浑身战栗。她诅咒先卡，以及照她看与齐列斯被杀害有牵连的一切人。

这些诅咒是可怕的。彬彬有礼的刑警队长甚至劝巴别尔说：

"请您不要听这些精神不正常的叫喊。早晨她神志还清醒，而且提供了证词。可这会儿她已经疯了，罗曼诺夫卡镇上的疯人院马上会派车来接她。"

哈瓦大婶在屋里的隔板后面不疾不徐、以同样的速度从头上撕下一撮撮蓬乱的头发，把它扔掉，摇摇晃晃，号啕大哭，大声喊叫：

"西梅翁（她叫先卡的全名），但愿你喝了有老鼠药的伏特加，死在你自己吐出来的那些脏东西里！但愿你踢你自己的亲娘，生下你这样一个坏蛋和恶魔来的老毒蛇米丽阿姆！但愿全摩尔达万卡的全体小男孩都磨快自己的铅笔刀，一连12天和12夜把你千刀万剐，割成碎块！先卡，但愿你身上着了火，由你自己身上沸腾的脂油把你涨死！"

不久，巴别尔就知道了齐列斯之死的全部情况。

原来齐列斯的死要怪他自己。因此，除了哈瓦大婶，摩尔达万卡没有一个人可怜他。没有一个人！因为齐列斯原来是一个不正直的老人，已经没有任何办法能够救他，使他免于一死了。

事情是这样的：齐列斯在他死前的头一天去找过先卡·维斯洛乌希。

先卡正在前室里对着一面镶着很精致的黑框、十分华丽的窗间壁镜刮脸。他斜着眼睛朝齐列斯看了一眼，说：

“跟公子哥儿搞到一起了吗，齐列斯先生。祝贺您！您知道吧，有一条新的苏维埃法规：如果你到一个正在刮脸的人那儿去，那就赶快把事办完，有话快说。我让您用10个字说明来意，就像在中央电报局一样。每说一个多余的词，我就在您的提成，也就是所谓合法的一份里扣掉20万卢布。”

“莫非您从小天生就是一个不会开玩笑、可偏要开玩笑的人吗，先尼亚?”齐列斯谄笑着问，“还是随着岁月的流逝，才渐渐地成了一个这样的人呢？您认为呢?”

齐列斯在生活中胆子很小，就是做“买卖”也有点儿畏畏缩缩，可是说话的时候却敢用一些耍无赖的词。无怪乎他被认为是敖德萨一个最老练的眼线哩。

“嗯，讲吧，老小丑。”先卡说着，在空中挥动剃刀，好像用琴弓在拉琴，“讲吧，趁我的耐心还没消耗光。”

“明天，”齐列斯很轻地说，“下午1点，有40亿运到‘孔科尔季亚’劳动组合。”

“好的!”先卡也是那样轻轻地回答，“您会得到您合法的一份。不扣您的。”

齐列斯慢慢走回家去。他不喜欢先卡的举止。以前谈正经事的时候，先卡不允许自己开玩笑。

齐列斯把自己的想法告诉了哈瓦大婶，她当然大声嚷嚷起来：

“已经有多少年了，你总是像个最傻的傻瓜，在原地踏步！你干吗扭过脸去，望着伊多奇卡的肖像？我是在问你，而不是问她！当然啰，先尼亚不会去做这桩买卖。由于这肮脏的40亿，他会给你惹出麻烦来的。你是羊肉吃不到，反倒会沾一身膻味——唯此而已！”

“那怎么办呢？”齐列斯呻吟着说，“他们，这些强盗，简直弄得我要发疯了！”

“到‘五卢布’那儿去。也许，他会贪图你这几十亿假钱。这样的话，至少不至于做白痴。”

老齐列斯戴上那顶有光泽的丝织便帽，慢慢地到“五卢布”那里去了。“五卢布”正在屋旁小花园里白洋槐树丛的阴凉下睡觉。

“五卢布”听完了齐列斯的话，睡意蒙眬地回答：

“你走吧。可以指望得到你合法的一份了。”

齐列斯心满意足地走了。他感觉到好像已经用纯金为自己的生命保了险。

“老太婆说得对。难道能信赖先尼亚吗？他太任性了，像一只小飞蛾，像一个怀孕的女人。他同意了，而后来，却又玩着剃刀，拒绝不干了。这对他来说又算得了什么呢，如果他觉得这桩买卖太麻烦的话。”

但是饱经世故的老眼线齐列斯搞错了，在他的一生中这是第一次、也是最后一次出了差错。

第二天下午1点，先尼亚和“五卢布”在“孔科尔季亚”劳动组合的出纳处前碰头了。他们坦率地互相看了看对方的眼睛，先尼亚问：

“能不能劳驾告诉我，是谁指引你来做这桩买卖的？”

“老齐列斯。你呢，先尼亚？”

“也是老齐列斯叫我来的。”

“是这样吗？”“五卢布”问。

“那么老齐列斯再也别想活下去了！”先尼亚回答。

“阿门!”“五卢布”说。

强盗们心平气和地分手了。照规矩，如果两个强盗碰到一起，要做同一桩买卖，那么这桩买卖就得取消。

40分钟后，当哈瓦大婶到院子里去晾衬衣的时候，老齐列斯就死在了自己的房子里。哈瓦大婶没看到凶手，不过她知道，除了先尼亚或他的人，谁也不会做出这样的事来。对于欺骗，先尼亚是从来也不饶恕的。

“那个”男孩子

巴别尔的别墅里住着许多人——巴别尔本人，他那位娴静而又严厉的母亲，他的妻子、一位火红色头发的美人儿叶夫根尼娅·鲍里索芙娜，巴别尔的妹妹梅丽，还有他的岳母和她的一个小孙子。巴别尔开玩笑地、而且并不尊敬地把所有这一群人叫作“家族”。

却说7月里有一天，巴别尔家里发生了一件异常的事。

要明白这一事件的全部所谓“妙处”,得先说几句巴别尔是怎样结婚的。

巴别尔的父亲是一个爱无谓瞎忙的老人，他在敖德萨搞了一座不大的农业机械仓库。老人有时派儿子去基辅，到基辅的企业家格龙法因的工厂里去购买这些机器。

巴别尔在格龙法因家里认识了格龙法因的女儿、毕业班的女中学生热尼娅，不久他们互相之间就产生了爱情。

根本就谈不到结婚——巴别尔是个大学生、贫民，敖德萨一个中等商人的儿子，显然不适于做格龙法因家富有的继承人的丈夫。

热尼娅第一次提到要出嫁的时候，格龙法因解开常礼服上的纽扣，把双手插到背心的开口处，踮着鞋后跟，摇晃着身子，发出了大家都明白的、表示蔑视的声音："嘘——嘘！"他甚至不肯花力气说一句表示蔑视的话——对于这个其貌不扬的大学生来说，那未免是太尊敬了！

相爱的一对恋人只剩下了一条出路——逃到敖德萨去。

他们就这样做了。

随后一切都按照那套陈旧的公式继续发展下去——格龙法因老头儿诅咒巴别尔的整个家族，一直诅咒到第10代，而且取消了女儿的继承权。情况就像萨沙·乔内依[①]那首著名的诗《爱情不是土豆》中所描写的那样。那首诗里，在类似的情况下，做爸爸的法尔富尔尼克懊恼地打碎了家里的一套餐具，痛哭流涕的法尔富尔尼克夫人擦鼻涕擦湿了第10块手帕，勾引人的大学生被赶出了家门，而且用华丽的辞藻称他为"挑拨宛如虞美人花一般纯洁、最贞洁的少女的恶棍"。

但岁月流逝。革命成功了。布尔什维克没收了格龙法因的工厂，老工厂主竟落到了这样的地步——不刮脸就上街去，衬衣上不戴活领，而只有一个金色的领扣。

但是有一次，一个非常惊人的消息传到了格龙法因家里，说是巴别尔"这个顽皮的孩子"已经成了一位大作家，说马克西姆·高尔基本人对他评价很高（而且和他很友好）——"你们只要想一想，是马克西姆·高尔基本人哪！"——说是巴别尔拿到大笔大笔的稿费，而且据说，所有看他的作品的人都怀着尊敬的心情说："伟大的天才！"还有人补充说，热涅奇卡

---

① 萨沙·乔内依（1880—1932），俄国诗人。——译者

结了一门这么好的亲，大家都羡慕她。

显然，老人们过去失算了，现在已经到了和解的时候。不管他们的自尊心受到多么大的伤害，他们还是，用一种比喻的说法，首先向巴别尔伸出了和解的手。这表现为，有一天，巴别尔的岳母、格龙法因太太突然来到了我们这儿的第9站——她是为了和解从基辅来的，因而显得过于客气。

对于执行这项微妙的任务能否获得成功，她大概并不是很有信心。所以，为了缓和一下气氛，从基辅带来了一个小孙子——一个8岁的小男孩柳夏。最好还是不要把他带来。

巴别尔的家里亲切地欢迎他的岳母。不过，当然啰，巴别尔的内心深处，对她、对那个傲慢的格龙法因老头儿仍然是不友好的。岳母试图改正过去的错误，甚至在奉承巴别尔，而且不断地竭力强调她对他怀有亲戚般的好感。

我和伊贾·利甫希茨早晨常在巴别尔家里吃早饭。吃早饭的时候，总是会出现好几次同样的场面。

端来了煮鸡蛋。格龙法因老太婆机警地留神盯着巴别尔，如果他不吃鸡蛋，她就伤心地问：

“巴别尔（她不叫他的名字，而是叫他的姓），您为什么不吃鸡蛋呀？您不喜欢吗？”

“谢谢您，我不想吃。”

“这么说，您不爱您的岳母吗？”老太婆翻着白眼，轻佻地说，“我是特意为您煮的呀。”

巴别尔很快吃完了早饭，因为吃得太快，老是噎着，然后就从桌边跑开了。

伊贾·利甫希茨给小男孩儿柳夏取了个绰号："那个"男孩子。这一南方的术语中究竟含有什么意思，几乎是无法解释的。不过在柳夏出现的第一天，我们当中的每一个人就都亲身体验到，这当真是"那个"男孩子。

由于好奇，柳夏那双薄薄的耳朵从早到晚一直红通通的，红得令人难受，好像有人长时间很高兴地在揪他的耳朵。柳夏想要知道与他无关的一切。他以魔鬼似的机警暗中窥探巴别尔和我们的一举一动，要躲开他是不可能的。不管我们在哪里，1分钟后，我们就会在柽柳的叶丛中，或者是在岸边的岩礁后面发现柳夏那双被阳光照透的耳朵。

显然，由于总是在折磨他的那种好奇心，柳夏瘦得令人难以置信，简直是皮包骨头。他以异常快的速度转动着那双像齐墩果一样的黑眼睛，东张西望。柳夏在东张西望时，每分钟还要提出30个问题，但是从来也不等待别人的回答。

这是一个性情极其好动、非常令人不耐烦的男孩子。只有在睡觉时，他才会安静下来。白天他一直在不停地乱动，蹦蹦跳跳，转来转去，挤眉弄眼，把东西摔到地上打碎，凶恶地号叫着在花园里奔跑，跌倒，骑在门上玩，矫揉造作地哈哈大笑，逗狗，学猫叫；要是他觉得受了什么人的委屈，就恼恨地揪自己的头发，扯着嗓子干号，但不流眼泪；他在衣袋里装着几条断了尾巴的、半死的蜥蜴和螃蟹，在吃早饭的时候把它们放到桌子上；跟人纠缠不休，向人央求，说粗话，偷我的钓丝和钓钩；除了所有这一切品质，还用嘶哑的声音说话。

"这是什么？"他问，"这是做什么用的？用这床被子能制造黄色炸药吗？要是喝了一杯放了海边上沙子的茶，会怎样呢？是谁给您想出帕乌斯托夫斯基这么一个姓来的？我奶奶只有在吃过午饭以后，才能把它说对。

您能在有轨马车全速行驶的时候，从后面抓住挂钩，让它停下，把它往回拉吗？要是用螃蟹熬成酱，行不行呢？”

很容易想象出我们是多么“喜欢”这个男孩子。“可憎，可怕！”谈到他时，巴别尔这样说，眼睛里爆发出蓝色的火花。

只要柳夏在场，就会使巴别尔暴躁易怒，弄得他不能写作。他在我们的别墅里休息，以躲开柳夏，由于疲惫不堪而痛苦呻吟。他对柳夏说话时，管他叫“孩子”，但说话的声调简直怕人。如果这个不大聪明的孩子哪怕多少理解一点儿这声调的含意，准会吓得头发直竖起来。

炎热的日子一天接一天地过去了，但是看不到岳母要动身的一点点迹象，哪怕是一点儿模模糊糊的暗示。

“一切都完了！”巴别尔呻吟着，用手抱着自己的头。“一切都已成为泡影！脑袋像口铜锅一样，在嗡嗡地响。就好像这个可憎、可怕的人从早到晚用棍子在殴打我！”

我们大家都绞尽脑汁，想让巴别尔摆脱柳夏以及柳夏那个甜言蜜语的奶奶。但正像常有的情况那样，一个幸运的机会救了巴别尔。

有一天，一清早我去找巴别尔，想按照我们昨晚商量好了的，一起洗澡去。

巴别尔正坐在一张不大的桌子旁边写作，他的模样就像一头被人追捕的野兽。我进去的时候，他打了个哆嗦，也不回头看一看，就匆匆忙忙地把手稿塞进桌子的抽屉里，差点儿没把稿子撕破。

“喔——喔！”他看到我，轻松地呼了一口气。“我还以为是柳西卡呢。只有在这个怪物还没睡醒的时候，我才能工作。”

巴别尔是用一支化学铅笔写作的。我永远也不能理解，怎么能用这种颜色很淡、铅芯像铁钉那么硬的铅笔写作。照我看，用化学铅笔写的一切，都远不如用墨水写的好。

我把这个看法告诉了巴别尔。我们争论起来，错过了无疑会拯救我们的那几秒钟时间，没能趁柳夏还没有偷偷来到走廊上的时候躲开。如果我们不争论的话，就可以及时悄悄地走掉了。

当柳夏胜利地闯进屋里来的时候，我们明白我们完了。他立刻冲向巴别尔的书桌，想去开抽屉（他认为，那里面一定藏着一些最有趣的东西）。但是巴别尔机灵地避免了一场灾难，及时用钥匙把抽屉锁上，从锁孔里取出钥匙，把它装进了口袋。

在这以后，柳夏一样接一样地拿起桌子上的东西，问那是什么。最后他动手去夺巴别尔手里的化学铅笔。经过一场时间不长的斗争，他夺走了铅笔。

“啊——啊！”柳夏大声喊叫，“我知道这是什么！‘铅笔——笔铅，想要画什么，就画什么！”’

巴别尔厌恶得浑身发抖，我对柳夏说：

“这是化学铅笔。立刻把它还给伊沙克·埃马努伊洛维奇！听到吗？”

“化学的，机械的，戏剧的，打引号的！”柳夏唱了起来，用一只脚跳着，根本不理会我。

“啊，天哪！”巴别尔呻吟着，“我们赶快到海岸上去吧，我再也受不了了。”

“我也跟你们去，”柳夏大声喊道，“奶奶允许我去。我用猎人的话起誓。伊贾姑夫，要不要我领她到这里来，让她自己对您说？”

“不！”巴别尔用疲惫不堪、仿佛在痛哭的声音说，“一千次不！我们走吧！”

我们到海滨浴场去了。柳夏在岸边扎猛子，喷鼻子，吐泡沫。巴别尔凝神注视着他，后来抓住我的手，像个阴谋家那样用咝咝的低声说：

“您知道，还在那里，在我的屋里，我注意到了什么吗？”

“您注意到什么了？”

“他折断了化学铅笔的笔尖，把它塞进了一只耳朵里。”

“那又怎样呢，”我问，“什么事也不会有的。”

“不会就不会吧！”巴别尔无精打采地表示同意，“管他去呢，让他潜入水里去好了。”

我们谈起赫尔岑来——那个夏天，巴别尔在重读赫尔岑的作品。他肯定地对我说，赫尔岑比列夫·托尔斯泰写得好。

我们洗完了澡，在回去的路上，并不起劲地继续进行关于赫尔岑的争论。这时柳夏跑到前面去，转身对着我们，蹦蹦跳跳，装腔作势，唱道：

赫尔岑一梅尔岑，烤熟了，加上辣椒粉！
烤熟了，加上辣椒粉，赫尔岑一梅尔岑！

“我恳求您，”巴别尔用痛苦到极点的声音对我说，“照着这个私生子的脖子给他一巴掌。不然，我真不知要做出什么事来。”

但柳夏显然听到了巴别尔的这些话。他从我们身边跑开了，跑到安全的距离之外，又像小丑一样怪相百出，大声喊叫起来。

“唉——唉，祸害！”巴别尔咬紧牙齿，喃喃地说。在这以前，我从未听到过他的声音里有这样强烈的憎恨情绪。“再过一天这样的日子，我要么是发疯，要么就要上吊！”

但是并没有发生上吊。当大家坐下来吃早饭，格龙法因老太婆准备照例演出她那个“鸡蛋”节目的时候（“巴别尔，这么说，您不喜欢自己的岳母啊”），柳夏从椅子上爬下去，抓住一只耳朵，开始在地板上滚来滚去，发出裂人心肺的哀号，并用脚到处乱踢。

大家都跳了起来。从柳夏的耳朵里流出一些发黑的脏水。柳夏一直不停地用吓人的声音喊叫，女人们惊呼着在他身旁跑来跑去。

屋里的人全都惊慌失措。巴别尔坐在那儿，仿佛呆住了，惊恐地望着柳夏。柳夏像螺旋桨一样在地板上打转，高声叫喊着：

“痛啊，哎哟。痛啊，哎哟。痛啊！！”

我想进行干涉，说柳夏在说谎，他根本不痛，而且也不可能痛。因为柳夏刚刚在扎猛子，耳朵里灌进了水，而在这以前他曾经往耳朵里塞了……

巴别尔在桌子底下抓住我的一只手，用力捏了捏。

“一声也别吭！”他低声说，“不要说出化学铅笔的事，您会害了大家的。”

岳母放声大哭。梅丽用棉花擦净从柳夏耳朵里渗出来的紫色液体。巴别尔的母亲要求立刻送柳夏到敖德萨耳鼻喉科医生那里去看病。

这时巴别尔跳了起来，把餐巾扔到桌子上，打翻了一杯还没喝完的茶，他被那些没有知识的糊涂女人气得满脸通红，大声说：

“妈妈，您疯了！您这是在不用刀子杀死这个孩子。难道敖德萨有医生吗？都是些招摇撞骗的人！全都是骗子！您自己非常清楚。都是些庸医！不学无术的人！他们治支气管炎，会把它治成大叶性肺炎。他们给人从耳朵里取出一只小蚊子，会弄得人鼓膜穿孔。”

“天哪，我该怎么办啊！”格龙法因太太大声喊道，跪到地上，向天空举起双手，号啕大哭起来。“噢，上帝啊，请启示我，我该怎么办啊！”

柳夏双脚拍打着地板，用各种不同的声音哀号。他的嗓子已经明显地哭哑了。

“您也不知道该怎么办吗？”巴别尔气愤地问，“您，一个土生土长的基辅人也不知道吗？你们基辅有第一流的耳鼻喉科医学泰斗格林布拉特教授。只能够信任他。我的建议是把孩子送回基辅去。立刻！”

巴别尔看了看表。

“3小时后有一趟火车。梅丽，你给柳夏把耳朵包扎起来，扎紧一些。给他穿上衣服。我送你们去车站，送你们上火车。请别焦虑不安。”

岳母和柳夏、巴别尔很快走了。他们走了以后，叶夫根尼娅·鲍里索芙娜立刻无缘无故哈哈大笑起来，笑得流出了眼泪。于是我恍然大悟，突然明白了，所谓基辅医学泰斗这个故事纯粹是巴别尔的即兴创作。巴别尔演出这一即兴作品，真像一位第一流的演员。

从那时起，寂静和安宁又降临到喷泉区第9站。我们大家又感觉到自己是有理性的人了。敖德萨的夏天牢牢停留在炎热和水藻的气味之中，已经失去的那种对敖德萨夏天的感觉也重新回来了。

一星期后，从基辅来了一封岳母的信。

“您认为怎么样？”她气愤地写道，“格林布拉特教授查明这是什么病？格林布拉特教授查明，这个坏蛋往自己耳朵里塞了一小段化学铅笔芯。如此而已。如此而已。连一丁点儿都没有。您看这事该怎么说呢？”

苦役般的工作

发生了柳夏的这个故事以后，大家都心平气和，处于重病之后恢复健康时期所带来的那种内心宁静的状态。伊贾把我们的这种状态叫作“悲剧后洗净心灵的状态”。

巴别尔开始大量工作。他现在从自己屋里出来的时候总是沉默寡言，而且稍有点儿忧郁不乐。

我也在写作，但写得很少。一种相当奇怪而又愉快的心情控制了我。我暗自把这种心情叫作“渴望观察”。以前我也有过这种心情，但它从未像在那里，在喷泉区这样强烈地占据了我的几乎全部时间。

伊贾的假期结束了。他已开始在《海员报》工作，只是在傍晚才到别墅来。有时他夜里住在敖德萨市内。我大概甚至为此感到高兴。我当然不好意思当着伊贾的面经常慢慢地仔细观察我周围的一切，在一些微不足道的东西——一根多刺的树枝或一片贝壳——上花费整整几个钟头时间。

我还从未像在那个夏天里那样，对接触外部世界一些最细小的部分感到如此高兴。

7月里，由于干旱一切都稍有点儿发黄了，7月的那些日子仿佛汇合成令人感到快慰的漫长的一天。在自己别墅的花园中，我经常躺在洋槐树徐徐移动的阴影里，仔细观察伸手可及的距离之内我的眼睛在地上偶然看到的一切。

但我更经常到离住处较远的海边去，从海滨浴场游出40来米，游到一块大礁石上，在那上边一直躺到黄昏。礁石上有一个像壁龛样的崖孔。躲在里面可以有一半晒不到太阳，海浪也冲不到那里。从岸上谁也不会发现我。

我总是带着一本书，但一整天只看三四页。我没有时间看书。捕鰕虎鱼，或者观看一只老螃蟹比看书更有趣。

这只老螃蟹经常从礁石的突出部位下面向外张望，和我玩捉迷藏。我们的目光刚刚碰到一起，它立刻怒气冲冲地后退，退到像枞树枝一样毛糙、微微发红的水藻中去。当我装作没发觉它的时候，它就威胁地举起张开的螯，小心翼翼地悄悄向我爬来，目不转睛地盯着放在我身边的胡萝卜(那时候我们主要吃胡萝卜和西红柿)。

有一次，我看书看得出神，螃蟹竟抓起一根胡萝卜，连同胡萝卜一起跌落到水里，像一块石头，在水底消失了。1分钟后，胡萝卜浮出水面，螃蟹跟着它浮了起来，又试图抓住它，但我用竹钓竿梢朝它的壳上啪地打了一下，于是它侧着身子飞快地游进深水里去了。我甚至好像觉得，它惊恐地叫了一声。无论如何，它曾恐惧地回头望了望我，并且转动着眼睛。

螃蟹不见了，但波浪把一根折断的、开花的黄尝木树枝冲到了礁石旁边。我把手伸到水里，想要拿起这根树枝，我感到惊讶——我的手掌在水底下，但太阳明显地把它晒得暖烘烘的，尽管在手掌和海平面之间隔着一层几厘米厚的海水。

由于隔着海水，太阳的炎热变得比较温和了。我很难表达那种奇妙的感觉，很难表达太阳辐射接触我手指的那种奇妙感觉，而微微发绿、仿佛有弹性的海水在我的手指间不断变幻色彩，闪闪烁烁。

这显然是一种接近于幸福的感觉。我不期待会有任何比这更美好的情景了。周围世界未必能给予我比它这轻轻的、友好的握手更美的任何东西。

我拖出那根黄尝木树枝，就平躺在晒暖的石头上，把那根树枝放在眼前。

在大小喷泉区，陡岸上到处都有正在开花的黄尝木。不过别墅的围墙边，黄尝木长得特别茂盛，这些围墙是用有许多小孔的砂岩砌成的。黄尝木和这种砂岩很要好。显然，黄尝木喜欢炎热。从砂岩的微孔中飞出一股股炎热的气流，在围墙附近形成一些受到保护的暖和角落。

黄尝木在那里茁壮成长，像一只大豪猪，把它那箭一般的深橄榄色树干猛地向高处伸去。

黄尝木花一诞生，立刻就像一块块最柔和的、有许多微孔的海绵，把太阳的金色吸入自己的身体里。

它们保存着这金色，直到深秋也不让这鲜艳的色泽褪去。黄尝木花好似几十座很小的沿海灯塔，远远就能看到这些灯塔上的金色火光，到那时它们才终于在陡岸上渐渐暗淡，渐渐失去光泽。

就这样，我渐渐积累我观察到的情况。这一切都是外部世界的事实，但它们很快就都成了我自己内心生活的一部分。

真的，这些事实连1秒钟也不存在于我的意识之外。它们周围立刻出现许多形象，一点一滴的虚构积成厚厚的一层，遮蔽了它们，就像植物上布满了一层极小的露珠。隔着这些露珠已经看不到植物本身，不过还是能清清楚楚猜到植物的形状。

有一次，我和巴别尔谈起了这一切。

晚上，我们坐在俯临陡岸的石砌围墙上。黄尝木正在开花。巴别尔心不在焉地往下方扔小石子。小石子大幅度地跳跃着向大海飞奔，碰到拦住它们的石头，就会像子弹那样啪啪地响。

“您和其他作家，”巴别尔说，“虽说那时候我还不是作家，会给生活蒙上一层，用您的话来说，想象的露珠。顺便说说，这是一句多么过于甜蜜的句子！但一个失去想象力的人怎么办呢？例如我。”

他沉默下来。从下面传来一声大海懒洋洋的、缓慢的叹息。

“天晓得您在说什么！”我气愤地说。

巴别尔好像没听清我的话。他一直在扔小石子，好长时间默默不语。

“我没有想象力，”他固执地又说了一遍，“我说这话是十分认真的。我不会虚构。我必须了解一切，直到最末了的一条脉络，不然我就什么也不能写。我的盾牌上刻着一句箴言——‘真实’！因此我写得这么慢，这么少。我很困难。每写完一篇短篇小说，我都会老好几岁。哪里有什么莫扎特式的轻快和流畅、对手稿的愉快心情和想象力轻盈的奔驰啊！我在什么地方写过，由于气喘，由于还在童年就已在我瘦弱的身体上扎下根的莫名其妙的疾病，我正在很快地衰老。这一切全都是谎言！我在写一篇最短的短篇小说，简直就像一个挖土工，像一个需要独自挖平卡兹别克峰的挖土工那样工作。开始写作的时候，我总是认为，这是我力不胜任的。有时我甚至累得失声痛哭。由于写作，我的所有血管都在痛。如果有某一句句子写不好，我的心就会痉挛。而它们，这些该死的句子，是多么经常地写不好啊！”

“可是您的散文就像是浇铸出来的。”我说，“您是怎样做到这一点的呢？”

“只不过是靠风格而已。”巴别尔回答，说着像老人那样笑了起来。显然，他是在模仿什么人，很明显是在模仿莫斯克温[①]。“嘿——嘿——嘿，年轻人，我们是靠风格取胜，靠风格！我准备写一篇短篇小说，内容是洗衬衣，而这篇小说给人的印象也许会像朱里·恺撒[②]的散文。问题全在于语言和风格。这我似乎还能做得到。不过您要明白，这并不是艺术的本质，而仅仅是艺术的质量不错的建筑材料，就算是贵重的建筑材料吧。‘请再给我一点儿思想吧，’正如敖德萨的一个记者所说的，‘那我就真的要努力用它来创作一篇杰作了。’走，我让您看一看，我是怎样做到这一点的。我是一个守财奴，一个吝啬鬼。不过，好吧，我要让您看一看。”

别墅里已经完全黑了。花园后面隐隐传来大海隆隆的波涛声，天黑以前，大海的波涛正渐渐平静下来。从外面流进一股清凉的空气，把艾蒿飘香的草原上的闷热渐渐排挤出去。巴别尔点上了小油灯。隔着眼镜镜片可以看到他的眼睛发红了（他的眼睛经常害病）。

他从桌子里取出了厚厚一沓用打字机打出的稿子。这沓稿子至少有100页。

“您知道这是什么吗？”

我感到困惑不解。莫非巴别尔终于写成一部篇幅很大的中篇小说，而向所有人保守这一秘密吗？

我不能相信。我们大家都熟悉他那压缩到极限的短篇小说中几乎像电报那样简短的文字。我们知道，如果一篇短篇小说超过10页，巴别尔就认为它拖沓冗长，内容空洞了。

---

① 伊·米·莫斯克温（1874—1946），苏联著名演员。——译者

② 朱里·恺撒（公元前100—公元前44），罗马统帅、政治家、作家。——译者

难道这篇中篇小说中包含有100页左右浓缩的、巴别尔的散文吗？这不可能！

我看了看第1页，看到了标题《柳布卡·卡扎克》，于是更加惊讶了。

“对不起，”我说，“我听说《柳布卡·卡扎克》是一篇篇幅很短的短篇小说，还没有发表过。难道您把这篇短篇小说改写成中篇小说了吗？”

巴别尔把一只手放到稿子上，用笑眯眯的眼睛望着我，几条纤细的皱纹汇集在他的眼角上。

“是的，”他回答，由于不好意思他脸红了。“这是《柳布卡·卡扎克》，短篇小说，最多不过15页。不过，这里是这篇短篇小说的所有不同写法，包括最后一种。总之，手稿有100页。”

“所有不同的写法?!”我含糊不清地说。

“请您听我说！”巴别尔已经生气地说，“文学不是赝品！正是如此！同一篇短篇小说的几个不同写法。多么可怕！也许，您认为这太过分了吧？而我对最后一种写法是否能够发表，却还没有把握。似乎对它还可以进行压缩。这样精选，我亲爱的，会激发语言和风格的独创性的力量。语言和风格的！”他又说了一遍。“我取材于一件微不足道的小事，一个笑话，市场上的一个故事，却用它写成一篇连自己也丢不下的作品。它活跃起来了。它是圆滚滚的，就像海边的一颗鹅卵石。它是靠能把个别分子凝聚在一起的内聚力得以生存的。而内聚力是这样一种力量，即使雷电也不能把它打破。人们将会看它，看这篇小说，而且会记住它。人们会为它发笑，但这完全不是因为它可笑，而是因为看到人类的成功，总是想笑的。我敢于说成功，那是因为除了我们，这里没有任何人。只要我还活着，请您不要对任何人随便说出我们的这次谈话。请您向我保证。艺术的恶魔或天使，随便您管它叫什么都行，不知怎么来到我，一个小经纪人的儿子身上，这当然不是我的功绩。我服从它，服从这个恶魔或天使，就像一个奴隶，就像一头驮东西的骡子。我把自己的灵魂出卖给它了，必须要以最好的方式写作。我的幸福，或者是我的苦难，就在于此。好像，终究是苦难。但是如果从我这里夺走它——那么我所有血管和心脏里的全部血液也将和它一起迅速消失，我最多也就只相当于一个已经给嚼烂了的烟头了。这个工作使我成了一个人，而不是敖德萨的一个流浪街头的哲学家。”

他沉默了一会儿，然后又怀着新的突然涌来的痛苦心情说：

“我没有想象力，我只有具有想象力的渴望。您记得吗，勃洛克说过：‘我看到了令人神往的岸和令人神往的远方。’[①]勃洛克走到了这个岸，而我却走不到。我看到这岸非常遥远，远得令人无法忍受。我的头脑太清醒了。好吧，即使是为了命运让我心中产生了对这令人神往的远方的渴望，也得对它说声谢谢了。我竭尽全力工作，做我所能做的一切，因为我希望参加诸神的节日，而且担心可别把我从那里赶出来。”

他的眼镜上凸出来的镜片后面闪着泪花。

他摘下眼镜，用补过的浅灰色上衣的袖子擦了擦眼睛。

“我没有为自己挑选民族，”他突然用断断续续的声音说，“我是个犹太人，被人瞧不起的犹太人。有时我好像觉得我能懂得一切。但有一点我永远也不懂——不懂那种人们无聊地叫作反犹太主义的恶毒卑鄙思想的原因。”

他不作声了。我也默默不语，等待他平静下来，手不再发抖。

“还在童年，发生残害犹太人暴行的时候，我幸免于难，可是揪掉了

---

① 见勃洛克的诗《一个陌生女人》。

我一只鸽子的头。为什么？……只是叶夫根尼娅·鲍里索芙娜可别进来。”他小声说，“请您轻轻地用门钩把门扣上。她怕听到这样的谈话，以后会一直哭到早晨。她认为我是一个非常孤独的人。也许，当真是这样吧。”

我能回答他什么呢？我默默不语。

“就这样，”巴别尔说，眼睛近视地伏在手稿上，“我像头骡子一样工作。然而我并不抱怨，我自己选择了这苦役般的工作。我就像古代帆桨大船上的桨手，终生被固定在船桨上，而且爱上了这把桨。他爱这把桨，连同桨上每一细小的部分，甚至连同每一层像线一样纤细的木纹，这些木纹已经被他自己的手掌磨得十分光滑了。由于多年与人的皮肤接触，最粗糙的木头也渐渐具有罕见的色泽，变得如同象牙一般。我们的词汇，我们的俄罗斯语言也是如此。需要把温暖的手掌放到语言上面，它才会变成真正的珍宝。

“不过，让我们按照顺序来说吧。当我初次写某一篇小说的时候，我的手稿是很难看的，简直可怕！这是几块或多或少还算成功的小东西硬凑在一起，用最枯燥无味的辅助连接，即所谓的‘桥’把它们连接起来，就像用几条脏绳子把它们捆起来一样。您可以看一看《柳布卡·卡扎克》的初稿，您就会确信，这是一些十分平庸、软弱无力的胡言乱语，乱七八糟的词句的堆砌。

“但作品就是在这里开始的。这里是它的发源地。我逐句逐句地检查，而且不止一次，而是检查好几次。首先我从句子中剔除所有多余的词。需要有敏锐的眼睛，因为语言总是把它的垃圾、重复、同义词、一些简直是毫无意义的东西巧妙地隐藏起来，总是好像竭力要用巧计胜过我们。

“当这项工作结束以后，我用打字机把手稿重新打一遍（这样正文可以看得更清楚一些）。然后我把它放一放，放上两三天——如果我对此有足够耐心的话——再逐字逐句地进行检查，而且一定又会发现若干疏漏的滨藜和荨麻[1]。就这样，每一次都重新誊清原文，直到用最严厉的吹毛求疵的眼光在手稿上再也看不到一丁点儿肮脏的灰尘。

“但这还不是一切。请等一等！当垃圾清除以后，我又检查所有人物形象、比拟、隐喻的鲜明性和准确性。如果没有准确的比拟，最好就不要用任何比拟。就让一个名词简单朴素，没有任何陪衬好了。

“比拟必须是准确的，就像计算尺那样，必须是自然的，就像莳萝的香味。对了，我忘记了，在剔除语言的垃圾之前，我先把全文拆散成一些明白易懂的句子，多打一些句号。我真想把这条规则写进为作家制定的政府法律里。每个句子就是一个意思，一个形象，不能再多了。因此，请不要害怕句号。我写的句子也许太短了。在某种程度上，这是因为我有经久不愈的气喘病。我说话不能说得很长。我的呼吸不够长。句子越长，呼吸也就越困难。

“我尽力从手稿中删除形动词和副动词，只留下几个最必不可少的。形动词会使说出来的话变得生硬、笨重，破坏语言的韵律。形动词仿佛会发出咬牙切齿似的咯吱咯吱的声音，好似坦克用履带在翻越石头障碍物。一个句子里用三个形动词，这简直是破坏语言。所有这些‘献给的’‘获得的’‘聚精会神的’，以及诸如此类的形动词，都是如此。副动词到底比形动词轻松些。有时它甚至能使语言具有某种自由奔放的性质，仿佛给它添上了翅膀。但滥用副动词却会使语言变得似乎没有骨头，好像猫叫一

① 指多余的词。——译者

样。我认为名词只要求一个形容词，一个经过精心挑选的、最适当的形容词。只有天才才能允许自己在一个名词前用两个形容词。

“分段和打标点符号都必须正确，不过是从全文能对读者产生最大的影响这一观点出发，而不是拘泥于死的手册。分段尤其重要，一个好的段落会显得特别出色。段落允许平静地改变节奏，而且往往如同雷电一闪，使我们熟悉的景象以完全出乎意外的面貌呈现在我们眼前。有一些很好的作家，但他们的分段和打标点符号却马马虎虎。因此，尽管他们的散文质量很高，作品中却有匆忙和草率的渣滓。库普林的散文有时就是这样的。

“散文中的线条必须画得清晰、精细，就像在版画上那样。

“《柳布卡·卡扎克》的各种不同写法使您感到吃惊。所有这些不同的写法都是除草，是为了把这篇小说拉成一条直线。瞧，结果第一篇草稿和最后一篇之间的区别，就好像一张油污的包装纸与波提切利[①]的《春》之间的区别一样。”

“的确是苦役般的工作，”我说，“在下决心成为作家以前，得先考虑20次。”

“而主要的是在于，”巴别尔说，“做这种苦役般的工作的时候，不要扼杀原文。不然，全部工作就都将化为泡影，变成鬼知道是什么东西了！这需要像走钢丝绳一样。对，就是这样……”沉默了一会儿，他补充说，“应该从我们所有从事写作的人这里得到誓言。任何人也不要随便乱写，败坏自己的事业。”

---

① 波提切利（1445—1510），意大利著名画家。《春》是他的一幅宗教与神话题材的杰作。——译者

我走了，但直到早晨也不能入睡。我躺在阳台上，望着一颗雪青色的行星用最柔和的亮光穿透广袤无垠的茫茫太空，时而熠熠闪烁，时而熄灭，试图向地球靠近。但它始终没能做到这一点。

黑夜广阔无边，它的黑暗是无法计量的。我知道，在这样的夜里，大海正毫无生气地发出柔和的亮光，远方某处地平线后面，群山的山巅也在发出反光。山巅已渐渐凉了下来。它们不该把自己白天得到的温暖交还给宇宙空间，它们最好还是把这温暖给予马鞭草的一朵小花吧。在这个夜里，这朵小花像用手掌那样用花瓣儿遮住自己的脸，以免被黎明前的寒冷冻坏。

早晨，伊贾·利甫希茨从敖德萨来到这里。他总是晚上到这里来，因此这次早上到来使我感到惊讶。

他不看着我，说4天前——8月7日，亚历山大·勃洛克在彼得格勒去世了。

伊贾转过脸去避开我，好像给呛着了似的，请求说：

“请您到伊沙克·埃马努伊洛维奇那里去，把这个消息告诉他……我不能去。”

我感觉到我的心在狂跳，似乎要在胸中爆炸了，血液也从头上流了下去。但我还是到巴别尔那里去了。

那里从阳台上传来茶匙平静的响声。

我在便门旁站了一会儿，听到巴别尔不知为什么笑了起来。于是我躲在围墙后面，以免别人从阳台上看见我。我返回那座倾颓的别墅里去，我也不能把勃洛克去世的消息告诉巴别尔。

近的和远的

我看见你走到一个连梦也没有的、窄狭的住处。可我还是不能相信。

——德拉克鲁瓦

沉默的日子久久停留在滨海地带。仿佛是浇铸出来的大海沉重地躺在萨尔马特人的红色黏土门槛旁边。海岸上飘散着早已熟过了头、已经凋零的滨藜的辛香，这香味中似乎还含有一股尘土的气味。伊贾·利甫希茨想起了勃洛克的诗：

渐渐枯萎的谷物的寂静——
这是世界上喜悦的时刻……[①]

在那些日子里，我们没完没了地谈论勃洛克。有一次，傍晚时巴格里茨基从城里来到这里。他留在我们这里过夜，几乎整夜都在读勃洛克的诗。我和伊贾默默地躺在黑暗的阳台上，夜里的风在葡萄的枯叶中发出噼噼啪啪的响声。

---

① 引自勃洛克的诗《秋之舞》。

巴格里茨基像土耳其人那样，盘着腿坐在像大饼一样扁平的旧床垫上。他的气喘病开始发作了。他喘不过气来，在吸平喘药粉。点着以后，这种微微发绿的药粉散发出一股烧焦的干草味。

巴格里茨基呼吸那样吃力，仿佛是用一根麦秆在吸气。空气在呼啸，轰隆轰隆地响，在他有病的支气管里发出呼哧呼哧的声音。

气喘发作时，巴格里茨基不能说话。但是，尽管由于疾病喉咙已经缩紧，他却想要读勃洛克的诗。我们并不劝阻他。

巴格里茨基好长时间在安慰自己，含糊不清地低声说："马上会过去的。马上就会过去！不过，请不要和我说话。"后来他还是读起来了，结果出现了某种好像正是我们所期待的奇迹——由于诗的节奏，巴格里茨基的气喘开始渐渐平息了，透过喘息声，愈来愈清晰、愈来愈坚定地听到了他那坚毅而又浪漫主义的声音。

他读的是一些最著名的作品，我们都为此感谢他。

> 门口挂着沉甸甸、厚实的门帘，
> 夜间窗外——烟雾弥漫。
> 尝到恐惧滋味的唐璜，
> 你那令人厌恶的自由可还让你心安？[①]

不知为什么，我好像觉得无论是这诗，还是巴格里茨基的这种声音，都是无可挽救地悲惨的。我勉强才忍住没有流出泪来。

---

① 引自勃洛克的诗《骑士团团员的脚步声》。

寂静、黑暗、不可理解的星光闪烁又回到了人间，从阳台的一个角落里又传来了朗读熟悉的诗篇的庄严音调：

我预感到你。岁月从一旁流逝。
我总是在同一面貌中预感到你。
地平线笼罩在火光中——令人难以忍受地清晰，
我默默地等待着，爱着，思念中满怀着忧郁。[①]

整整一夜就是这样过去的。巴格里茨基在朗读、几乎是在唱关于俄罗斯的诗，在唱《西徐亚人》和“在蒙眬的永恒的手中”酣睡的拉韦纳[②]。只是到天快亮的时候，他才睡着了。他坐着，靠在阳台的墙上睡着了，在无法形容的令人疲倦的睡梦中痛苦地呻吟着。

他面容枯槁、消瘦，在苍白之中透露出淡紫色的嘴唇上，仿佛凝结着一层艾汁的硬壳，他这个人整个变得好像一只羽毛蓬松的大鸟。

若干年以后，我在莫斯科回忆起巴格里茨基嘴唇上这层白色的硬壳。我在他的棺材后面走着。后边，骑兵连的马蹄踏在鹅卵石上，发出嘚嘚的响声。

正在害病、呼吸困难的萨穆伊尔·亚科夫列维奇·马尔夏克和我并排慢慢走着，信赖地扶着我当时还年轻的肩膀，说：

“您记得吗？‘岁月经受了……马蹄和石头的考验……水里饱含着……不死的苦艾的汁液——我们的嘴唇上……也有了苦艾的香味……’这写得

① 勃洛克的诗《无题》，第一节。
② 意大利北部的港口城市。——译者

……多么出色!”

仿佛蒙着一层灰尘的天空高悬在枯燥乏味、闷热不堪的亚基曼卡上方。孩子们在院子里大声叫嚷着，正在玩“救命棒”。乐队低声演奏着哀乐进行曲。骑兵连的马匹听到音乐声，顺从地减慢了行速。

而在1921年那个遥远的早晨，巴格里茨基乘头班有轨马车回敖德萨去了，连茶也没喝，也没到巴别尔那里去。他不大舒服。他吃力地咳嗽着，支气管里发出哮喘，默默不语。显然，夜里他让自己的肺过于劳累了。

我和伊贾送巴格里茨基到有轨马车车站去，顺便去看巴别尔。和往常一样，在不幸的时刻，我们总是想要到人们那里去。

巴别尔正在自己屋里写作。他立刻推开手稿，用一块沉甸甸的灰鹅卵石压在上面。

有时一阵仿佛想取悦于人的海风吹进屋里来，于是周围凡是能轻轻移动的东西——窗户上的窗帘，一张张纸和杯子里的花都像陷在套索里的小鸟儿，开始挣扎起来。

“唉，怎么办呢，孤儿们。”巴别尔痛苦地说，“我们现在怎么办呢?即使我们再活200年，我们也等不到第二个勃洛克了。”

“您见过他吗?”我问巴别尔。

我期待巴别尔说“没有”，那么我就会感到轻松一些了。我没有忌妒心，但是我羡慕所有见到过勃洛克、听到过他说话的人。羡慕得很厉害，而且这种羡慕的心情久久不会消失。

“是的，见过。”巴别尔说，“甚至去过坐落在普里亚什卡一个角落里、军官街上的他的住处。”

“他是个什么样的人?”

“完全不像您想象的那样。”

“您怎么知道我把他想象成什么样呢?”

“因为我无疑也曾像您那样想象过他，在我见到他以前。他完全不是一个被撵出天国的天使，也不是极其细腻的感情和思想的化身。这是一个须发花白、沉默寡言、性格刚毅、不过也已经疲倦了的人。他很有修养，因此决不流露出自己的忧郁心情，或炫耀自己的知识，免得使和他谈话的人感到难受。起初我和他在餐厅里谈话，与他面对面坐在弯曲的维也纳式木椅上。这种椅子老是使人想打哈欠，房屋令人感到郁闷，完全不像戴着白雪面具的光明骑士的住处。他的书房里根本没有尼罗河上的百合花和使人陶醉的、妇女们黑绸连衫裙的芳香，屋里只飘散着书籍上的灰尘气味。最平常的一幢房屋里一套平常的住宅。你们看！你们的脸已经拉长了。你们已经感到不满意了。以后你们会说，我是一个怀疑主义者、犬儒主义者，心里毫无火热的激情。你们还要责备我只看到了从绚丽的色彩下透露出来的灰暗的底色。对色彩本身，我却没有注意。这一切都是你们中学生的玫瑰色的呓语！像勃洛克那种精神上的美，是无须乎装在镀金画框里的，也用不着有风琴的悲鸣，用不着有各种各样的香味。勃洛克实际上是一位预言者，他的眼睛里甚至显露出预言者的坚定性。他看到了旧世界注定要毁灭的命运，毁灭的种子已经在发芽了。长夜漫漫，拖延着不肯离去，似乎没有尽头。因此，就连新的革命的早晨那并不舒适的、刺目的光，他也表示欢迎，把它看作得救的象征。他接受了革命，让它进入自己诗的世界，并且写了《十二个》。他当然是一个有预见的人，无论是在他的梦想中，还是在他从俄罗斯语言里听到的那令人震惊的音乐中都是如此。

“他善于把所看到的一切，从生活的一个领域转移到完全不同的另一领域里去。在那里，对于我们这些半盲的盲人，这一切会获得出乎意外的性质。我和你们看到了花，譬如说吧，在盛夏季节，在小公园里，在花园里看到了玫瑰花，但对勃洛克来说，这并不够。他想要在大地上激发出新的、从未有过的玫瑰，他这样做了——

透过烟雾、火，以及严寒，
我常常梦见，
玫瑰，秋天的玫瑰
开在白茫茫轻柔的雪地上……[①]

“瞧，你们为没见过勃洛克感到遗憾。这是自然的。而我，如果我有即使是最微不足道的一点想象力，我就会设法尽可能具体地想象出，譬如说吧，勃洛克在这四行诗里所说的一切。清晰而准确地想象出来，那么世界就将以它隐蔽而又十分美好的一面转向我们。在这个世界上会有一个极好的人，正在唱他自己的诗，这样的人在一个世纪里才会诞生一次。他搀着我们这些渺小的、被‘正确的’生活弄成残废的人的手，领我们到俯临北方大海的沙丘上，那里——你们记得吗？——‘晚霞用天空创造出一个深深的五彩大杯，’[②]‘晚霞把彩杯抛给朝霞’[③]。那里空气那样纯净，以至远方的红色浮标——这一粗糙而简单的制品——犹如‘妇女发饰上的宝石’[④]，在暮色中放射出灿烂的光辉。”

---

① 引自勃洛克的诗《你要明白，我弄错了，我在胡说……》。
②③④ 引自勃洛克的诗《在北方的大海》。

巴别尔的极好的记忆力使我感到惊讶——他总是背诵诗，而且几乎不会背错。

“所以，”巴别尔沉吟了一会儿，说，“勃洛克知道通往美的领域的道路。他当然是一位巨人！只有他一个人在心中响应宛如几千架竖琴那样美妙的声音。然而大多数人却认为，他的餐厅里摆放着弯曲的维也纳式的木椅，在第一次世界大战时他当过‘民军骠骑兵’，认为这样的一些事情具有某种重要意义。人们都甘愿奔向令人极其厌恶的一点点火光，那是偏见和对人进行无知的指摘的萤火之光。”

我是第一次从巴别尔口中听到像“几千架竖琴的声音”这样的比喻。巴别尔为人严肃，甚至不好意思在谈话时挑选字眼。在日常谈话中，一切过于华丽和像金线一样闪闪发光的辞藻都会使他遗憾地皱起眉头，满脸通红。也许，正因如此，那些所谓使人精神兴奋的词汇中的每一个词，在他的嘴里都会失去矫揉造作的性质，而显得很有把握，正“中”鹄的。不过，他说话时使用这种词汇的情况是十分罕见的。而一旦说出，他总是立刻醒悟，并且开始嘲笑自己。他的这一特点有时会惹得周围的人生气，其中也包括伊贾·利甫希茨，他无法忍受巴别尔这种有时是犬儒主义的对自己的攻击。我和巴别尔的一切争吵——诚然，这是相当罕见的——也都是由于他嘲弄自己和故意做作的犬儒主义。

但巴别尔并未嘲笑自己说的“几千架竖琴的声音”。我从他所说的断断续续的话中猜到，有时在夜里他独自在读勃洛克的诗，读给自己听。那时他就丢掉了假面具。

巴格里茨基彻底暴露了巴别尔的秘密。巴格里茨基有时爱以完全是孩子般的天真态度重复别人的话，如果他喜欢这些话的话。有一次，我们谈起勃洛克的时候，巴格里茨基清清嗓子，并不是很有信心地说：

“你们知道吗，只有竖琴的音调能配合诗人喑哑的声音。勃洛克的声音就是这样的声音。我可以在竖琴的伴奏下用各种不同的音调朗读他所有的诗。我以名誉保证，这是实话！我能像从一团弄乱了的彩色线团中抽出金线那样，把每一句诗的音调唱出来。人们听着，会忘记有时间、生与死、宇宙的运动和自己的心跳。有一个多愁善感的德国拙劣诗人爱好那种像害了伤风一样的诗，他写了一首不坏的诗。我忘记这个颇有希望的青年人叫什么名字了。他这首诗写的是，美妙的声音包含在人类的每一个词里，而这些声音只服从伟大的诗人和音乐家的意志。只有他们会从包得很紧的词的核心中找出这些声音，让它们发出音响来。”

“埃佳，”伊贾·利甫希茨说，“你别重复巴别尔的话，别歪曲他的原意了。我从他的话里听到了思想混乱，混乱得很厉害。”

“是我自己在这样认为。”巴格里茨基谦逊地回答。

“是吗？”伊贾故作惊讶地问，“从什么时候起你成了一个这样有口才的人了？”

“别再跟我纠缠了！”巴格里茨基生气了，“够了，爱讥讽人的孩子，像白耗子一样聪明的半大孩子，别再缠着我了，您让我喘口气吧。见鬼！您干吗老是跟在我后面跑，竭力向我证明我不像您所希望的那样聪明呢？”

我成功地平息了这场争吵，但巴格里茨基还唠叨了很久，埋怨“有知识的非耶稣教徒”和“来自普里佐夫的神童们”。

伊贾不懂得已经开始的谈话中的全部美妙之处，而且像童话中那个无聊的小鬼一样和他纠缠不休，这使他感到委屈。

对诗采取不够尊敬的态度，这使巴格里茨基感到受了极大的侮辱。他有时甚至会为此和人打起来。

一般说来，敖德萨的文学青年，除了巴别尔和几个女诗人，都有爱挑衅的特点。有时，这些青年人试图用拳击和打耳光的方式来解决文学上的争论，甚至是解决像关于三音节诗格的变体和亚历山大诗[①]这样的一些抽象争论。

为了高尚目的的闹剧

城市里出现了一些稀番茄汁色的海报。海报宣布，日内将在普希金大街一个空闲的大厅里举行有敖德萨全体诗人参加的、神奇美妙的晚会。

在整张海报上，用大写字母斜印着两行黑体字：

晚会结束时将痛打诗人

格奥尔吉·申格利！

下面不知是谁用墨水在括号里添上一句：

如果他敢来的话。

这个晚会的入场券很贵，3小时内票全卖光了。

---

① 亚历山大诗（来源于古代法国关于亚历山大·马其顿的一篇长诗），指法国的十二音节诗或俄罗斯双行押韵的六韵抑扬格诗（第六音节后要停顿一下）。

伊贾推测，海报上关于痛打诗人的那句话，是申格利知道，并得到他本人同意才印上去的。

诗人格奥尔吉·阿尔卡季耶维奇·申格利是一个善良的人，不过他的外貌有点儿奇特。我无论如何也不能理解某些敖德萨诗人对待他的那种不算严重的不友好态度。对我的询问，巴格里茨基的回答并没有说服力。最后我产生了这样一个想法，对申格利的敌意只不过是一种文学界的游戏。它会给敖德萨的诗人生活增添一些活跃的气氛。

照我看，申格利也乐意参加这种游戏。与其说他果然像一个真正的罗马人那样镇静的敌人，不如说他是在扮演这样一个角色。

在与敖德萨诗人们争吵的时候，申格利的清癯的脸变得十分苍白，仿佛是用大理石雕成的。伊贾说，申格利的半身像可以用来做罗马集会场上的装饰品。

“或者，也许可以用做万神殿上的装饰品吧?”他犹豫地问我。他的眼睛里出现了忧虑的神情。

申格利身材高大，眼睛像青年人那样炯炯有神。申格利头戴热带软木盔形帽，光着脚在敖德萨市内走来走去。虽说申格利的外貌有这些特点，可是他有渊博的知识，写过一些极其精致的诗，翻译过法国诗人的作品，而且是一个对人们抱有好感、很有修养的人。

申格利的这些特点使他成了许多敖德萨诗人心目中的怪人——这些诗人都是故意放纵不羁的青年人，他们没有沾染上任何“罪恶的玩意儿”，特别是没有沾染上像过分的知识分子习气和忍耐精神这样一些不可饶恕的罪行，并为此感到自豪。

我第一次见到申格利，是第一次世界大战开始时在莫斯科伊戈尔·谢韦里亚宁的诗歌音乐会上。他在谢韦里亚宁本人朗读诗后暂时休息的时间里朗读他自己的诗。那是歌唱他的故乡、砾石遍地的刻赤，歌唱最古老的土地的诗。在那古老的土地上，“萨尔马特人、西徐亚人、匈奴、文德人[①]在已变成荒野的黏土里沉睡——数不尽的传说永世流传，令人疲惫。”

我随身带着涨潮的风，
一股暖气和南方的海洋一起，
温暖了我的血液，如同往昔的某个时期……[②]

我总是好像觉得，我能怀着像从事写作的那样的热情，从事某些其他工作——航海，考古，或者在地理学上再次发现早已发现的陆地。

考古是一门研究古代的科学。对我来说，从童年时起，古代就具体表现为风在针茅草上方飞驰，表现为被酷热烤焦的、荒无人烟的古老土地，那阵在针茅草上方飞驰的风把近处海滨的清凉气息带到这里。古代还具体表现为一块已经破碎的瓷砖，那是伊朗陶工用红中透青的细瘦手指制成的。还有，它也表现为一个形状像亚该亚人[③]船头的黑色黏土烟斗，这是一个扎波罗热人在彼列科普咸水湖附近遗失的。古代土地的颜色——赤褐色，红黄色，土布色——总是会引起我很大的兴趣。

我总是把大地上古老的地区想象成这个样子。当我第一次看到这些地

① 中世纪德意人对西斯拉夫人的称呼。——译者
② 引自申格利的诗《闭上眼睛，穿过海岸……》。
③ 亚该亚人，又译阿卡亚人，是古希腊的一个主要部落。——译者

区的时候，惊喜地发现，足以证明地球难以置信的年龄的颜色远远超过了我的设想。

当我偶然到了希腊和意大利列岛，我才对此深信不疑。那里，透过早晨远方深蓝色的空气，或者是透过晚上庄严和暗淡无光的青铜色，从老远就可以看到赤褐色的土地。古代体现为众多的色彩和色调，把悬崖的朱红和黄绿色的叶丛，把落日晦暗的金黄和伊奥尼亚人[①]居住地傍晚时雪青色的空气结合在一起。

古代的、虽然暗淡然而刺目的色彩，对于南方比对北方更为合适。在南方，这些色彩更加引人注意。在南方，经常会遇到这些色彩。

在罗马，随便在什么地方，您都可以从旅馆的窗户里看到，从旋转着的镀镍管子里落下的人工雨喷洒在色彩鲜艳的草坪上。而就在近旁，您立刻又会看到一块最古老的土地，譬如在大斗兽场很厚实的场地上。

这土地似乎和罗马上方的天空一样古老，和离这里很近的亚平宁山脉上方的天空，和已被烧成水泥灰的卡拉布里亚[②]上方的天空一样古老。

卡拉布里亚冒着热气，好似无风时的大火。它的岸上散发着刚刚打出火星来的燧石气味。要不是有深而广的海水形成一片浩瀚无边、凉爽清新的紫色地带，要不是海水冲刷着这干旱的地区，那么它的样子准会像地狱之门，使我们浑身战栗。

其实，对古代的感觉和对永恒，对已经在大地上逝去的时代，对未来的感觉毫无区别。无论如何，人绝不会停止思索，绝不会在自己的想象中

---

① 伊奥尼亚人是古希腊的主要部族之一。——译者

② 卡拉布里亚是意大利南部一区。——译者

不看到过去和未来各个时代的发展和变化。不知为什么，在沿海一带会特别强烈地产生对时间的感觉。

我离了题，没有按照故事的顺序讲下去。不过现在可以插进一段，用几句话来谈一谈什么是对海和对沿海一带的感觉。

可以从远洋轮船的甲板上看到大海，也可以从平底渔船很低的甲板上看到它。

从平底渔船上您不仅可以在近处看到海，而且恰恰是在渔船将要从水下礁石旁经过的时候，您甚至可以闻到，就在身旁有一股强烈的海水味。在一瞬间，这些石头会从流经它们的海水下露出来，露出由厚厚一层水藻形成的毛茸茸、湿漉漉的表皮。

就在这一瞬间——从一个浪头过去到另一个浪头涌来的这一瞬间——水藻会呼出一股强烈的气味，您可以深深吸气——直到吸得头晕，吸得眼里发黑。

从大轮船很高的甲板上闻不到海的气味。热机油味、烟草味和厕所里芳香液体的香味盖过了海水的气味。

在长期绝对炎热、海洋气味变得十分强烈的地方，才会有真正的对海洋的感觉。例如，在雅尔塔就几乎没有这些气味。那里拍岸的浪涛散发出泡软了的香烟头味和橘子皮味，而不是晒热的石头防波堤味，旧缆索味，香薄荷味，乱堆在海岸上、已经生锈的1912年型的水雷味，码头上由于蒙上一层盐而发白的木板气味，以及粉红色的渔网味。

只有在像刻赤、新罗西斯克、费奥多西亚、马里乌波尔或斯卡多夫斯克这样一些港口，大海才会散发出上述那些气味。

有些海滨疗养区，那里盖了一些卖冰淇淋的淡蓝色售货亭，摆上许多运动员和少先队员的石膏像，岸上到处都可以看到绣花小圆帽、女式凉鞋、条纹睡衣和毛巾。还有一些被千年的太阳烤干了的海岸——南方浩瀚水域的反光、世界上最纯净的空气的炽热气流已经把这些海岸烤干了。

由于这样的太阳和空气，海岸获得了严峻的颜色——赭石色、浅灰色、铁渣似的淡蓝灰色——远古时代的颜色，永恒的颜色。无数海浪，一个世纪又一个世纪，以同样的速度涌向这些赤褐色的海岸，涌向这些光秃秃的、已经石化的黏土海岸。

真正的海洋气味、声音和色彩是十分丰富的。如果我有时间，如果不是有一种虚假的恐惧心理支配着我，担心破坏散文的平衡，那么我将很乐意把这出乎意外的插话扩充成整整一本书的篇幅。

我得承认，我可以津津有味地阅读在希腊旅行用的导游手册、包特金[①]的《西班牙书简》、米克卢霍—马克莱[②]的日记。这就像我把海边的细沙撒满手掌，整个身心都在休息，并且感觉到海风有时用它凉爽、潮湿的手掌温柔地轻轻拍打我的脸颊一样。风似乎感到高兴，因为在荒凉的海滨浴场上——直到那些像熊一样，仿佛正在天边吮吸海水的、雾蒙蒙的淡蓝色海角——除了我，连一个人也没有。

就让陡峭的海岸上很硬的野草终日在沙沙作响吧。在这些滨海地带，一个世纪又一个世纪，永远都能听到这温柔的沙沙声——这无限古老的声音——让我们去追求智慧和朴实。

---

① 瓦·彼·包特金（1811或1812—1869），俄国作家。

② 尼·尼·米克卢霍-马克莱（1846—1888），俄国民族学家。——译者

我和伊贾与亚沙·利甫希茨好不容易才挤进了举行诗人晚会的大厅。大厅里，在疯狂的喧闹声、笑声和轻轻的口哨声中，诗人切切林正用很粗的低音叫喊着，朗诵他自己的诗。

当诗人弗拉基米尔·纳尔布特走上舞台时，嘈杂的人声稍微平静下来了——纳尔布特的一只手瘫痪了，他的脸看上去显得聪明，好像很容易发怒。我醉心于他那些极其出色的诗，但还一次也没见到过他。

纳尔布特毫不理会极其热烈的掌声，开始用仿佛含有威胁性的、无情的声音朗读他自己的诗。他读诗时稍带点儿乌克兰口音：

> 而我是一块朽成粉屑的木头，
> 是被岁月风干的一口棺材……

他的诗使人产生这样的印象，似乎这是一种不祥的东西。但出乎意外地，一种会引起愁思、而且不可思议的柔情突然闯入这些阴郁的诗句：

> 我想用难以入眠的诗
> 来谈谈您，谈谈您，谈谈您。[①]

纳尔布特在朗读，大厅里变得鸦雀无声。

在挤满年轻人和姑娘们的舞台上，瓦连京·卡达耶夫[②]的土耳其帽闪着

---

① 引自纳尔布特的诗《布尔什维克》。

② 瓦·彼·卡达耶夫（1897—1986），苏联作家。——译者

红光。

舞台可疑地发出咔咔的响声，甚至在轻轻晃动。显然，好像快要倒塌了。

“难道这都是诗人吗？”亚沙·利甫希茨问。他喜欢提天真的问题，“这里的诗人足有欧洲一个中等国家全国的人那么多。”

申格利坐在舞台旁一个厨房里的小凳子上，把那顶软木盔形帽放在膝盖上。那些满面征尘、皮肤晒黑了的罗马军团的士兵来到元老院里，想必就是这样拿着他们那些在战斗中压弯了的铜盔的吧。

“谢天谢地。”伊贾轻松地叹了一口气，“他来了，大闹一场是肯定无疑的了。”

在纳尔布特之后，卡达耶夫声音嘶哑、不满意地读了他自己的一首关于瞎鱼的诗。问题在于，桑热伊卡和大喷泉的渔民们有时会在海里捕到双目失明的、多瑙河里的鱼。鱼从淡水中偶然来到咸水里，就会双目失明。人们喜欢这首诗，但是它并未激起热烈的欢呼。人们都等待着发生争吵，显然，是在为这场争吵保存精力。

基尔萨诺夫[①]当时还是一个没长胡子的孩子，非常喜欢挑衅，喜欢大喊大叫。他老是跳起来，不管舞台上正在做什么，挑衅性地向申格利大声喊叫。但申格利毫不动摇地坐着。显然，这激怒了基尔萨诺夫，他又跳起来，对着申格利那边喊了一句公然侮辱他的话。

基尔萨诺夫身后坐着一个胖胖的青年人，脸上的表情好像刚刚睡醒似的。每一次他都从后面拉拉基尔萨诺夫短上衣的袖子，迫使他坐下来。短

① 谢·伊·基尔萨诺夫（1906—1972），苏联诗人。——译者

上衣发出嚓嚓的响声。基尔萨诺夫骂了他一声，坐下了，以便过一会儿再跳起来。

还有几个男孩子和基尔萨诺夫一起起哄。

争吵怎么也爆发不起来。徒然的等待使观众感到懊恼，他们开始不满意地喧闹起来。

“我不明白，他们，这些诗人们，为什么这样矫揉造作地焦急激动？”亚沙·利甫希茨问，“什么事啊？在选举诗人之王吗？还是在颁发诺贝尔奖金？他们想要干什么？”

已经知道诗人争吵内幕的伊贾什么也没回答。

后来晚会上发生了一些出人意料的事。这些事把观众完全搞糊涂了。

一个女演员像低声嗥叫一样，开始朗读米拉·洛赫维茨卡娅[①]的诗。应当承认，这是一个不妥当的想法。朗诵遇到一阵不满意的嘈杂的人声，但不久嘈杂的嗡嗡声就变成了愤怒的吼声。

“让像小玻璃珠一样的诗见鬼去吧！”

“让米拉·洛赫维茨卡娅柔韧的腰身见鬼去吧！”

“最好是朗诵‘黑夜充满性欲的狂欢’[②]！”

女演员——一个淡黄色头发中夹杂有其他颜色的金发女郎，耷拉着两条像瓜蔓样的淡蓝色胳膊，抓住桌子边，做作地痛哭起来。

这时申格利跳起来了。古代的骑士精神好似怒涛一般在他胸中汹涌。诗人们和他们那些披头散发的女友们竟敢侮辱一个毫无过错的妇女！可

---

① 米·亚·洛赫维茨卡娅（1869—1905），俄国女诗人。——译者

② 引自马祖尔克维奇的抒情歌曲《信》。

耻！申格利向大厅里大喊大叫，说了几句侮辱性的话。

巴格里茨基立刻跳了起来。我深信，他一定会猛烈攻击他的敌人申格利。但巴格里茨基却转身面对观众，做了一个激烈的动作，仿佛想用拳击手可怕的一击痛打这一群人。他用力猛挥右手，狂呼一声，失去了知觉，扑通一声倒在了地板上。

大厅里惊慌失措，一片混乱。很难弄明白出了什么事，有人叫来了救护车。纳尔布特脸上毫无惊慌失措的表情，宣布晚会结束。

一些青年人和姑娘们在门口狂怒地争论着，互相扑向对方，在他们身旁出现了一个个人的旋涡。鼓动的呼喊声和侮辱人的叫骂声好像网球一样，在乱哄哄的大厅里从这一头向那一头飞去。

卫生员推开人群，把痛得脸色苍白的巴格里茨基领到救护车那里去。他已经恢复了知觉，似笑非笑地微笑着对我们说：

“我好像是在肩膀这里把胳膊弄断了，要么是脱臼了……这些没用的人，连搞一场吵架都不会。”

卫生员把他领走了。我和亚沙·利甫希茨冲出诗人们及其拥护者们的人群，来到宽阔的普希金大街上。

“说实在的，到底发生了什么事？”亚沙又问，“骚动？混乱？还是只不过是小孩子淘气呢？而且还是在这样的困难时期。胡闹！”

他很生气。我们看到了伊贾，喊住了他。他的样子好像很苦恼。

“打架没打成。”他茫然地说，“他们本不该说这种毫无意义的话，吹牛说，他们当真要打申格利。算我们幸运，观众没有想到要求退钱。”

“怎么回事，伊贾？”我问。

于是伊贾秘密地告诉我们，举行这次晚会是为了救济流浪儿。当时由全俄中央执行委员会的一个儿童特别委员会主管这一救济工作。委员会的特派员和敖德萨的诗人们商量好，要举办这个晚会。曾经决定，为了保证入场券全部售完，要搞一个能引起轰动的消息。人们花了好长时间，绞尽脑汁，以想出一个有强烈刺激性的节目。

诗人中有人提议演一场痛打申格利的文学界的闹剧。这似乎十分新颖，别出心裁。

申格利很乐意地答应了，甘愿成为这场为了如此崇高的目的而演出的闹剧中的主人公。

闹剧没有演成，这是因为远非所有诗人都知道这个计划。不过入场券反正已被争购一空，儿童特别委员会的特派员大喜过望。他甚至梦想再举办一次这样的晚会。

港口街上开了一家赌场。这个赌场里的全部收入也都用来救济流浪儿。赌场里在玩一种特殊的轮盘赌——“普季什沃”①。

有一次，我和托列利顺路进去看了看。烟草的烟雾悬在空中，好似被分成了一层一层的天空。不透明的杯子里喝剩的透明啤酒洒到泡得膨胀起来的香烟头上。一些头戴船长制帽、面色苍白的青年人在凶狠地、默默地进行赌博。

庄家——一个稀疏的白发梳成英国式分头的老头儿——仿佛是一架上了发条的机器，毫不停顿地用抖洋铁皮似的声音说：

“开赌了！再没有人下注了！公民，请把您的手掌从桌子上拿开。它明显地妨碍我。请拿开！趁还不算太迟。请您不要放肆，别说脏话。您是

① 意思是“小马”，是一种赌博的名称。——译者

在企业里，而不是在妓院里。参加赌博的公民们！在这个小偷离开这儿以前，我停止赌博。请说几句话劝导劝导他！要么我叫警察来。完了！当然！不赌了！请把你们的赌注拿回去吧！赌场关门了！”

于是一个身材魁梧的小伙子站起来，他戴一顶带方格的“童帽”，围一条毛茸茸的围巾，嘴里叼着一支香烟。他走到那个小偷跟前，一声不吭地抓住他的胸膛，把他从椅子上拉下来（这时椅子一定会轰隆一声倒在地上），伸着一只手把他推到门口，赶到街上去。还在革命前就挂在门上面的门铃每一次都会惊恐地尖叫起来。在演出这场活剧的整个这段时间里，只听到很吃力的呼哧呼哧的两重奏——小伙子和小偷的喘息声。

小伙子回到桌边。庄家对他说：

“梅尔西博库[1]，年轻人！我对您的勇敢精神给予很高的评价。赌博继续进行，请大胆下注。考虑得愈久，就会愈加肯定地把您的幸运之神——火鸡搞糊涂。还是戈比呢？[2]在你们那儿，这是怎么说的？”

被赶出去的那个人站在人行道上，抓住进赌场去的人的手，激动而诚恳地对他们说：

“要是我不把从西瓜港口来的那个尤尔卡狠狠地揍一顿，不砸烂这个花白头发的庄家的鼻子，就请你们啐我的眼睛，那我就是个下流货！您上哪儿去？！我请求您，年轻人，做我的见证人。啊，您没有空？可我还是恳请您！”

说着，他解开上衣的纽扣，威胁地用强壮的、发出一阵阵嘶哑声音的

① 法语“Mercibeaucoup”的音译，意为多谢。——译者

② 这是文字游戏。“火鸡”和“戈比”，在这里都指幸运。——译者

胸膛去撞那个过路的人。

“那么请您至少给我5000卢布，”他用喝醉了的、信任的喃喃低语说，“我会把它们变成100万，一半归您。请别把一个人逼到绝境。”

要摆脱他是很困难的。大家都宁愿给他点儿钱，赶快脱身。

我和托列利也是用钱摆脱了他。我们剩下的钱一次就输光了。我们输掉这些钱的时候，庄家被自卷纸烟上呛人的烟熏得皱起眉头，冷冰冰地说：

“我看不出你们会冒什么风险。一包通心粉的钱，没有经验的年轻人！”

我们走了，感到受了侮辱。后来我曾好几次到赌场去，不过没有赌。我在观察那个庄家。厚颜无耻的客气态度、对人的蔑视和难以置信的粗暴在他身上有机地融为一体，这使我很感兴趣。我想知道这个老头儿过去是干什么的。托列利告诉我，他从前是歌剧中的男低音歌手。有一次托列利甚至听过他扮演《浮士德》中的梅菲斯特。

缓慢的时间

8月里，我在《海员报》获得了一个假期，决定在奥维季奥波利度过这段时间。

坐落在德涅斯特湾岸上的这座草原小城镇仿佛在这偏远的地方陷入昏睡之中。一般认为，这里是伟大的罗马诗人奥维德·纳庄[1]流放和死亡的地

① 奥维德·纳庄（公元前43年—约公元18年），古罗马诗人。

方。因此，这座小城镇就叫作奥维季奥波利。

其实奥维德死在远比这里更往南的地方，在多瑙河河口附近、罗马苦役犯的居留地。临死前，他抱怨黑海北岸的寒冷、风浪很大，抱怨阴郁的黑海。

我不明白，奥维德怎么会认为黑海是阴郁的。这是最明朗、最令人愉快的海洋之一，而在并非每年都下雪的地方，又怎么能说黑海北岸多么寒冷呢？即使下雪，雪也只是积几天，然后就融化了，解冻后的土地会微微散发出春天的气息。

1921年秋，天气干旱，土地都给晒得干透了。步行去奥维季奥波利是很困难的，这与其说是因为天热，不如说是因为那仿佛毛茸茸的尘土。尘土形成呼啸的旋风，在道路上飞驰。由于这洗都洗不掉的灰尘，人立刻就会变成棕褐色，好像卡菲尔人。

因此，我不是步行去德涅斯特湾，而是决定沿着海岸，沿着荒凉无人的大小喷泉区一直走到电车终点站。这个电车站叫“科瓦列夫斯基别墅”。我有这样一个习惯，永远也不盲目地到某一个地方去。因此我弄到一本《旧敖德萨》，看完了书上与科瓦列夫斯基别墅有关的一切材料。

我这样做，是由于考虑到对于我们打算在那儿居住的那些地方，即使只有不多一点儿的初步了解，也会迫使我们对它们更为留心，留心的程度会远远超过我们对这些地方一无所知的时候。

我在《旧敖德萨》中读到——从前，敖德萨一个孤独的富翁科瓦列夫斯基买下了一块沿海的干旱草原，盖了一座俯临大海的房子，在这座房子旁边还盖了一座高高的圆形塔楼，很像一座灯塔。这座塔楼没有任何名称。据孩子们说，科瓦列夫斯基盖这座塔楼，“没有什么目的”，只不过是由于他忽生奇想而已。他有好几次在这座塔楼最上层的平台上喝过茶，后来终于从塔楼上跳下来，摔死了。

房子很快变成了废墟，谁也不愿买下这座笨重、阴郁的建筑。塔楼却保存了下来，供在黑海航行使用的所有航路指南上都提到它。原来这座塔楼是驶近敖德萨时一个很好的定向标记，因此人们保护这座塔楼，不允许把它拆成一块块石头。

我知道科瓦列夫斯基塔楼附近有几座无人居住的别墅，并决定住到其中我最喜欢的一座别墅里去。

我从敖德萨慢慢走到科瓦列夫斯基的别墅，路上走了很长时间。天刚亮，我就从黑海街出发了。

虽然路上没发生任何事情，可是我却那样详细地记住了从城镇到科瓦列夫斯基去的道路。因此，以后无论哪一天，随便什么时候，我都能在记忆中重现所走过的每一步路。

我爱上了这条道路。在这以后，于不同的年代里，我又曾多次从敖德萨步行到那里去。尽管那时已经有电车和公共汽车，甚至还有出租汽车，扬起尘土，在路上疾驰。

这条道路的全部魅力，它对我拥有的全部权利，都在于它离海很近。这条路上没有一处远离陡峭的海岸，以至听不到波涛喧嚣，闻不到海藻气味。

只要我弯下腰，拾起路上的一块白石头，吹掉上面的尘土，那么连看也不用看，就可以说，这是一块海边的颗粒状小鹅卵石。由于中午的热气，它也变热了，而且由于不可能描写这块石头已经延续了千百万年的一生而感到遗憾。

这条道路上的一切都散发着大海和太阳的气味，就连那些现在已经空无一物的售货亭也是如此。而在犹如神话一般遥远的年代，曾在这些售货亭里卖过克瓦斯。这些售货亭上的油漆已经出现裂纹，油漆剥落的地方形成一些扁平的菱形斑点，散发出一股太阳的炎热气味。空无一物的锌制柜台上落满滨藜和苦艾的花粉，所以柜台已经变成绿色。由于这些花粉的缘故，整条道路也变成了淡绿色的。

好像是用石头海绵砌成的围墙上也散发着海洋气息，无数海里的小贝壳仿佛长到了围墙的石头上。这些贝壳的珠母断面不时发出微弱的闪光，而且会刮破人的手。

有时有渔网留下的痕迹穿过路上厚厚的尘土。黎明时曾拖着渔网经过这里，渔网抹平了尘土，在上面留下一团团毛蓬蓬的水藻和已经干掉、好似用铅片剪成的鲱林卡鱼。水藻湿漉漉的，里面是热烘烘的，散发出一股盐卤味，而且在冒蒸气。

蜥蜴在屋顶上，在橙黄色的马赛瓦上跑来跑去。我暗自想象，制作这种瓦（当然，是在法国南方的马赛市或土伦市附近的什么地方）是一种从容不迫的工作，它和古代手工业的秘密有密切关系。因此，也是相当富于浪漫主义色彩的。我深信，制造马赛瓦的工厂一定建在海岸附近。

我很想研究这种瓦的生产过程，并想写一本篇幅不大的书。我不知道，读者是否会从这样的书中获得什么有益的知识，不过无论如何，我要竭力用这种生产的诗意去感染他们。

我喜欢马赛瓦，还有一个原因，因为它和南方以及大海联系在一起。只要莫斯科–敖德萨列车车窗外，在如同玻璃一般透明的远方出现了红瓦屋顶，我就知道海已经不远了。

除此而外，拍岸的海浪总是会冲来一些被磨光的马赛瓦的碎片。我会永远不知疲倦地欣赏它那鲜艳的胡萝卜颜色和精致的颗粒状结构。

大喷泉区渔夫们的小花园里，有些地方悬挂着一串串落满尘土的葡萄。椭圆形的浆果散发出肉豆蔻的香味，隔着果皮看得到里面玫瑰色的果汁。我用自己卷的3支纸烟换了一嘟噜这样的葡萄。

过了大喷泉，道路偏向草原那边。别墅落到了后面，不敢进入阳光耀眼夺目的炎热地带。大道两旁，似乎没有重量的玉米叶子在沙沙作响。玉米棒子都已经掰下来，集中到一起了。不管我怎样仔细看，也没发现一个遗漏的玉米棒子。

纺织娘在清脆地叫着。暑气弥漫，有时所有干枯的草茎都开始轻轻发出啪啪的响声。我为这啪啪的响声感到高兴，这意味着从海上吹来了虽然微弱、然而使人觉得凉爽的微风。

这就是我在去科瓦列夫斯基塔楼的路上所看到和所想到的许多事物中不多的一部分。而壮丽的大海——这清凉的深渊，让人感到安心的波涛喧嚣的深渊——好似熔化了的天青石，一直就在近旁和我嬉戏。

我走到科瓦列夫斯基塔楼的时候，炎热已开始减退了。我在陡峭的海岸上方看到了几座别墅，四周花园环绕。这些别墅的所有门窗都已经给拆掉了，花园里长满了高高的枯草。

我挑了一座有一个木板塔楼的别墅，一条螺旋形铁梯通到楼上。铁梯没被拆毁。

不知是由于什么奇迹，上边一道通阳台的门和唯一一扇窗户上的护窗板保留了下来，窗户本身却已经没有了。主要的是，木地板还完好无损。

附近还有5座半已毁坏的别墅。除了燕子和灰色的蜥蜴，里面没住着任何人。

我决定住在塔楼上的一个房间里。我住在那里面，感觉到好像是住在灯塔上。

我难得体验到这样充分的自由，意识到我有权爱怎样生活就怎样生活。我能完全自行支配自己的时间，我同时既是鲁宾逊，又是隐士，我的全部时间和所有未来的日子都是属于我的。平常人们认为是累赘的一切——日常生活中操心的事和许多琐碎的家务，我觉得都好像是轻松的，甚至是愉快的事情。

我很高兴地折了许多干蒿和干艾，用它们做成一把蓬松的大扫帚，用来打扫别墅。

天还没黑时，我下去，到海岸上采集了许多仿佛给擀成软毡的干水藻。我只挑选那些已经被风吹透、已经失去那股药味的陈旧水藻。这是在地板上睡觉时铺的极好的垫子。

大家早已知道，一个人的东西越少，这些东西也就越可爱，每一样东西也就越发牢固地与他的经历紧密相连。在任何情况下，它们也都会具有更大的意义。

我解开自己的背囊。我怀着感激的心情从里面取出油灯、一小瓶煤油、两包烟草、一些面包干、糖精、用胡萝卜制成的茶叶、红色的粗盐、米，还有一些别的食品。我从背囊底里取出一件贴身穿的衬衫、几本练习簿、自己用化学铅笔制作的墨水，以及几本书。

其余的一切都得就地取材——在“草原上”，或者在海里获取。

我随身带来了捕鱼钩索和一大批镀银鱼钩。敖德萨的渔夫们认为，海鱼更乐意吞白色的鱼钩，而不怎么爱吞黑色或做成青铜色的鱼钩。照我看，这完全是一种偏见。但正是由于这种偏见，我在第16站上一个渔村里用镀银的鱼钩换到了一瓶混浊的葵花子油。从那时起，我感觉到自己是一个真正的大财主了。

第一夜我是在一种疲惫不堪、但心情十分愉快的状态中度过的——没完全睡着，但也不是完全醒着。我在睡觉，但清清楚楚听到了波涛喧嚣，听到了纺织娘的叫声，岩屑的沙沙声和一根旧电线柔和的呼啸声。那根电线整天在生铁便门旁的一根柱子上摇晃着。

有时一切声音都突然消失了，只是在几分钟以后，才听到不知是谁突然在草原上叹一口气，好像是一头很大的野兽想要睡得更舒服些。

我闭上眼睛，过了不多一会儿工夫，睁开眼睛，朦朦胧胧的蓝光已经洒满了房间，一直洒到天花板上。单就颜色看，无法把它和天空区别开来。可以看到，窗外的天空好似连成一片的、烟雾弥漫的无底深渊。在这一片蔚蓝中慢慢出现一条条深红色的红云。大概，黎明已经临近了。但是我没有立刻明白这一点，还在继续打盹儿，每隔10分钟醒来一次，每次都感到惊讶：就像照相底片上那样，我的这间房间从黑暗中渐渐显现出来，变得越来越清晰，越来越详尽了。

当一只小鸟儿落到阳台的栏杆上，轻声啾啾叫的时候，已经完全是早晨了，小鸟儿仿佛说：

“黄蜂在睡觉，黄蜂在睡觉，黄蜂在睡觉，你不要睡！”

“别睡，别睡！”它执拗地重复说。我看到它头上的黄色凤冠被太阳的第一道光线照亮了，好似一束毛茸茸的火焰。

太阳升上天空，俯瞰千百万公里的辽阔大地，仅仅是为了首先照亮一只小鸟儿犹如一小束毛线的唯一一撮凤冠。对于完成这样的任务来说，太阳好像显得太大了。

我起了床，到海边去洗澡。岸很陡，有些地方几乎是垂直的。要下去简直是危险的。

就在那天早晨，我爬进阳台下的天窗，在那里找到了一把生锈的铁锹，还有几样十分需要的东西——一把锤子，一堆弯钉子，一卷铁丝，以及一个大洋铁罐，上面印着“兰德林水果糖”几个字。

我拿走了所有这些东西。它们对我十分有用，“来得正好”，而且——人就是这样健忘——几天以后我已经深信，要不是找到了这些东西，在这座别墅里我连一天也无法生活下去。举例来说，要不是有一个洋铁罐，我用什么来盛从陡岸上一丛柽柳下微微渗出的淡泉水呢？或者，要不是找到了一把锤子，我用什么来砸扁渔网铅锤上的铅呢？

在我拾来的东西中，仅次于那个装水果糖的洋铁罐的、最宝贵的东西，当然还是那把铁锹。

我不慌不忙地劳动了3天，在陡岸上最陡峭的那块地方挖了一条有台阶的、峡谷般的小路——就像一个狭窄的泥土楼梯。

我喜欢这种“挖土工人”的挖土工作。在铁锹铲开的黏土断面上闪着琥珀的亮光。在这些断面上可以看到不知是什么植物的、长得不可思议的强大根系，而这些植物在地面上总共才不过有5厘米高。

这一切都很美。但最美的，还是第一天早上使我大吃一惊的一个惊人发现——这整个干旱的海岸，连同岸上的带刺植物、岩屑、金黄的黄尝木、风、遍布沙石的海滨浴场、一堆堆海藻、天空和云，这整个炎热的雪青色滨海地带，都不属于任何人。更确切说，是仅仅属于我一个人。

一个星期里我没遇到过一个人。

如果我想干，我就能在陡岸上挖一个极好的山洞。要么是截住泉水，在岸上造一个小湖；要么是用被盐水浸得发白的碎木块、旧舢板上的肋骨和渔网上的木浮子，在海滨浴场上建造起一座座金字塔；要么是割一些侧柏枝，丢在自己房间的地板上，好闻那树脂的清香。谁也不能禁止我这样做。

最后我真的这样做了。我的住处出现了许多偶然弄到的、但很有意思的东西。我在邻近几座荒废的别墅里找到了一个铁灯笼、一个沙漏计时器和一把中国伞。我把这一切都拿到了我的屋里。

日子过得很慢。太阳不急着到任何地方去。

时间似乎渐渐静止不动，放慢了脚步。它大概很想完全停下来。

但我知道，毫无变化的新的一天一定会来接早晨的班。这一天也和过去的一天一模一样，毫无变化。因此我已经觉得，一个星期里所有这些日子好像是连续不断、永无尽头的一天。

我对这连绵不断的一天(夜似乎只不过是为了在经受白天强烈的光线照射之后获得一个短暂的休息时间而创造出来的)的一切现象都已经习惯了。对炎热的持续不断，对大地深处仿佛有一根铜弦在震颤作响而形成的单调的嗡嗡声，对空气渐渐变热，逐渐失去透明度，变得像一块凝固的玻璃，还有对天空的蓝色好像并不均匀这一奇特现象，对这一切我都已经习惯了。天空的蓝色一会儿变得很浓，一会儿又因为受到风的压力而变得苍白了。

据说，一个人偶尔生活在孤独之中是有益的。

根据我的亲身经验，我知道有许多种孤独，我不把它们一一列举出来。不过我知道，有在人群中的孤独和在森林中的孤独，有伴随着忧郁的孤独，还有海上的孤独，这最后一种孤独往往近似一种默默无言的精神振奋状态。

这是这样一种沉默的兴奋状态，这时一个人甚至对一切谈话都抱敌视态度。他宁愿沉默。海中的浪花被黄昏时拍岸的浪涛和风搅出了泡沫，当这最温柔的浪花突然涌来，使你一天中被晒热的黝黑身躯冷却下来。这时用我们平凡的语言能说什么呢？浪花将在你身上渐渐消失，用芳香的小气泡刺激你的皮肤，清凉而又小心翼翼地轻轻触及你发红的皮肤，就像从那些古老的岛屿上吹来的风一样。也许，直到如今，贞洁的狄安娜的一尊尊青铜像还在那些岛屿的地下沉睡吧。

不过，也许这轻轻的触摸更像少女浴后湿淋淋的辫子。

在海上的孤独中，在单独面对涛声隆隆的广阔空间的时候，总是会有一种即使不是永生不灭的感觉，那么无论如何，也是一种海洋永远会赐予我们长寿的感觉。

我天天都在海岸上一直待到日落。我常常在大岩礁的阴影里渐渐入睡。我看几行书，然后可以一连几个小时望着在空中飞驰的一卷卷白云。显然，幸福的内容中也包含有无忧无虑的心情，没有任何最微不足道的担心的事。

显然，正是如此，因为那时候我是幸福的。纯净、原始、没受到任何污染的光降落到大地上，我完全忘记了，这样意外的、极大的内心宁静，用迷信的人们的话来说，永远也不会不受惩罚。

惩罚当然来了。

有一次，我躺在岸上，透过眯缝着的睫毛望着五彩缤纷的火球——这些火球正在我眼前一片淡紫色的广阔空间里旋转着。我在思索，这个空间是什么——是海上的空气呢，还是，也许这是天空，由于任性它改变了自己的紫黑色，想要稍微闪射出微弱的银光和淡黄色的光芒吧。

正在我思考这一切的时候，从高高的陡岸上传来了微弱的人的呼喊声。我回过头来，看到在宁静、蔚蓝的天边，有一个人在挥动一顶便帽。这个人搀着一个身穿已经褪色的红色无袖长衣的小人儿，那个小人儿也在犹豫不决地向我挥动像麦秸那么细的小手。

“您好！”那人从陡岸上大声喊，“很高兴看到您身体十分健康，康斯坦丁·格奥尔吉耶维奇！请上来一下！”

我的心一下子缩紧了。我就知道，准会有人看到我在过着这种幽居独处的生活，粉碎我最近这些天来置身于其中的、最难得的梦境。在这草原上的酷暑、萨尔马特草原上野草的沙沙声和黑海海水的喧嚣声中，就连那句好听的话“您好”，听起来也好像是虚伪的、庸俗的。

我不乐意地站起来，爬上陡岸，竭力猜测这个带着一个小姑娘的人是什么人，他想要我干什么。

“您真是好样的！”这时那个陌生人大声喊道，“隐士！苦行修士！鲁宾逊！水手谢利基尔克[1]！西梅翁·斯托普尼克[2]！让·雅克·卢梭！”

我强忍着正在胸中燃烧的怒火，往陡岸上爬去，默默不语，以免骂出声来。那个人却仍然站在红褐色的土地和色彩浓郁、壮丽非凡的天空之间的边界上嘲笑我。他在大声叫喊：

“奥德修斯[3]！米克卢霍·马克莱！弗利布斯季耶尔[4]！塔夫里达的伊菲

---

① 水手谢利基尔克是英国作家史蒂文森的《金银岛》中的主人公。

② 西梅翁·斯托普尼克（356—459），传说中基督教殉教的圣徒。

③ 荷马史诗《奥德修纪》中的主人公。——译者

④ 16世纪至17世纪的海盗。——译者

革涅亚[1]！伟大的哑巴[2]！”

我终于抬起头来，以制止这个丑角，这才认出他是瓦夏·列吉宁。他挽着他6岁的小女儿基拉的手，在笑。

“我在艾瓦佐夫斯基院士[3]歌颂过的这个大海的海岸上巧妙地愚弄了一个白痴，是吧？”他问我。说着伸出一只手来，好帮我登上最后一级陡峭的台阶（这就是不久前我亲自挖的那些台阶，而且为它们感到十分自豪）。“您说实话，您生气了。我简直是靠奇迹找到了您。托列利说，您一定是住在这儿，住在科瓦列夫斯基塔楼附近。”

小姑娘皱着眉用忧郁的、湛蓝湛蓝的眼睛望着我，拉着她父亲的胳膊肘。

“请到我的别墅去吧。”我提议，“喂，城里怎么样？没发生什么事吧？”

“啊，没有，没发生什么特别的事。”列吉宁回答，他的眼里突然涌出眼泪。不知怎的，他突然热泪盈眶。几滴泪珠顺着他的面颊流下来，落到那件揉皱的、已经洗坏了的衬衣上。

“别哭了，爸爸。”小姑娘严厉地说，“我留在这儿。我不怕。”

列吉宁用一块破手帕擦干眼泪，说他妻子得了斑疹伤寒，躺在家里，在呓语。他已完全绝望，不知所措，才把小姑娘领到我这儿来。因为城里没有地方可以安顿她，不能让她和母亲住在同一间小房子里。在敖德萨，

---

① 伊菲革涅亚是希腊神话中亚伽门农的女儿。她父亲为使希腊人顺利开往特洛伊，以她做祭神的牺牲。在祭神时，祭祀女神阿耳忒弥斯救了她，把她带到塔夫里达（即克里米亚）。——译者

② 指电影，当时的电影是无声的。

③ 伊·康·艾瓦佐夫斯基（1817—1900），俄国画家。

他没有朋友，所以……他的声音突然中断了。小姑娘的嘴唇突然耷拉下来，开始发抖，她又说：

“好的，我留在这儿，和叔叔……”

“科斯佳叔叔。”列吉宁提示说。“你留下来吧。只要妈妈一恢复健康，我就来接你。您还要在这儿待很长一段时间，不是吗?”他问我。

我发窘了。

“不错。”我回答，“当然，需要待多久就待多久。”

“那好，你留下来吧，我善良的小心肝。”列吉宁弯下腰来，把嘴唇紧贴在小姑娘的头上。“你要爱科斯佳叔叔，听他的话，他是我们很好的朋友。”

他向我伸出手来，不看着我，含糊不清地小声说：

“嗯，我走了。要不，玛丽亚·伊万诺芙娜一个人躺在那儿。她在说胡话。”

他转身走了，而我茫然不知所措，和身旁的小姑娘一起留在荒凉、炎热的草原上。我甚至没有注意到，列吉宁没给小姑娘带来任何东西，就连一个装着东西的最小的包袱也没有带来。她就是穿着身上的这套衣服到这儿来的。我望着列吉宁的背影，突然感觉到，一只热烘烘的、出汗的小手抓住了我的手指。小姑娘说：

“咱们就住在这儿吧，就像做游戏那样。”

很难弄明白她想用这句话说明什么。但从那时起，草原上的生活真的就像在做游戏似的——一会儿像是现实，一会儿又像是做梦。

从那时起，我一直在为这个像蜻蜓一样脆弱的小人儿的生活担心。这一恐惧心理一直扼住我的咽喉，揪住我的心，毫不放松，直到列吉宁终于叫托列利前来接她。但就我所记得的，这至少是三个星期以后的事。

于是我就这样生活在恐惧、绝望、怜悯和深受感动的心情之中。所有这些感情融合成一种无以名状的感情。它有时减弱，有时即使是因为一件小事，譬如像从瘦弱、发抖的手指上拔出一根刺来，它也会突然涌上心头。

但归根结底，我必须照管一个信赖我的小生命，因此我控制住了自己。尤其是因为我这儿剩下的食物已经很少，根本没有肥皂。而且除了我的一件破旧的皮短上衣，找不到任何东西来给小姑娘盖在身上。夜间已有寒意，秋天的气息愈来愈经常地在黎明时潜入我们屋里。

到现在我也不明白，为什么在那些日子里我没有因为绝望而愁白了头。我什么都怕——怕灼人的日光（我一直好像觉得小姑娘中暑了），怕俯临大海的陡岸（她很容易从陡岸上掉下去，摔死，因此我感谢我在坚硬的黏土上挖出来的那些台阶），怕寒冷的夜（小姑娘准会感冒），怕风暴和狂风，怕饥饿（我计算过，食物总共只够吃7天的）。

所有的书籍、所有的观察以及幸福的想法，通通从我的头脑中飞了出去，好像根本就没有过这些东西。而且大概是由于过分恐惧，在最初几天里我甚至没有发觉，小姑娘一直在帮我的忙——收集木片和枯草来当柴烧，用艾蒿扫帚打扫别墅和花园，用洋铁罐头盒从泉水那儿打水。诚然，为了一滴水也不洒，她几乎要用一个钟头才能打回一罐水来。

她很少问我什么，宁愿不要我帮助，自己猜到该做什么。

她几乎不哭。但是有一次从陡岸上掉下一块石头碰伤了她的脚，她号啕大哭，哭得那么厉害，只有夜里被抛弃在荒野里的孩子才会像那样号哭。当我用一块干净破布给她包扎那只热烘烘的、流血的脚时，她浑身颤抖，紧紧搂住我的脖子。

我当然懂得，她哭并不是因为石头碰伤了她的脚，而是由于她生活中最近这几天里积累起来的过度的悲伤。

最可怕的是不能把挂满泪珠的、火辣辣的脸埋在妈妈的胸前，呜咽着，断断续续地哭诉。心中明白，全世界只有一个人能把自己的全部柔情、全部爱和保护都献给她，而这个人就是妈妈。

但妈妈在发高烧，躺在敖德萨。也许，妈妈甚至已经死了。这是不能去想的——为了自己不至于死去。她们俩——妈妈和她——现在都为过去分离的每一小时而感到懊悔。因为她们互爱的时间少了一个小时，而那个人们把它叫作死亡的、不需要的黑暗深渊却离得更近了，缩短了一个小时的距离。

我深信，小姑娘的心情正是这样的。我不知道该怎样做才能迫使她哪怕是偶尔大笑起来。暂时她只是稍微勉强微笑一下。但我相信，她这样做，只不过是为了让我安心。

一个没有孩子的人永远也不会懂得，在离我们多么近的地方，就在我们身边，有一个由悲剧性的偶然事件构成的、无法理解的世界。他也未必会懂得什么是占据整个心灵的爱。

当然，得生活下去。我们的生活是严峻的。但我的全部身心都消耗在种种需要操心的事情上了，所以没有注意到生活的严峻。

要操心的事是那么多，我大概无法把它们一一列举出来。

首先是洗澡。我们在海里洗澡，但在这无边无际的浴盆里洗过以后，海水溅得满脸都是有刺激性的盐渍，得再用泉水中冰凉的淡水冲洗一下。

没有肥皂。只好用细沙擦净手和脸。不过几天以后，我发现，就在海滨浴场旁陡岸的石灰石上，增添了一条已经硬得像石头一样的淡蓝色淤泥。

我从童年就记得漂白土牌长条肥皂。这种肥皂在海水里能产生很多泡沫，它是用一种蓝色的克里米亚黏土制成的。我甚至记得塞瓦斯托波尔哈尔琴科制皂厂的商标，上面印着一个船锚和一个留着松软胡子的叔叔的肖像——这就是以制造漂白土牌肥皂造福于人类的工厂老板。

我挖了几小块蓝色黏土，试一试，用它来擦我潮湿的手。手上蒙上了一层黏液。我洗掉黏液，看到下面是完全洗干净了的皮肤。

“这是漂白土！”我对基拉大声喊叫。

“漂白土，漂白土，漂白土！”她用那只健康的脚在我身旁跳跃着，第一次大声叫嚷起来。

基拉把漂白土收集起来，把它泡软，像和面那样揉一揉，用这种泥团似的东西做成一小条一小条的形状，放在太阳底下晒干。我终于极其小心地洗净了我自己的衬衫和基拉那件唯一的红色无袖长衣。我们就在岸边把这两件衣服晾在沙滩上晒干。

真的，洗过以后，那件无袖长衣上有一半的线变成了纯灰色的，而且有些地方出现了破洞。但有很长时间，无袖长衣上却散发出一股大海的气味。

我的脸皮竟变得那样厚，我带着几块自制的肥皂，和基拉一起到喷泉区第16站上去。我指望能用肥皂换点儿食品。

我首先问一个年轻的渔妇要不要我这种有奇妙作用的漂白土。这个渔妇有一个华丽的名字，叫克拉丽莎。她笑了好久，带着可怕的责备神情看着我，说：

“哎哟，请别逗我笑了！哎哟，年轻人，请您别糊弄我！您真是，我是您的阿姨啊！这不过是普通的漂白土罢了。这儿的这玩意儿就像海水一样多。不过您的小女儿，不错，倒挺俊的，就像一个甜杏似的。”

我向克拉丽莎说明了基拉是什么人。

“您在这儿等一等！”克拉丽莎命令说，用短短的破裙子擦干汗湿的嘴唇，到菜园去了。她从那里拿来一小篮西红柿、茄子、胡萝卜、辣椒和两大串葡萄。

“好，得啦！”她用乌克兰语说，“就这么办，您把漂白土给我，把这些东西连篮子一起拿去吧。”

我开始向她道谢。

“真是的，我是您的阿姨啊！”她惊讶地说，“您这是怎么了？疯了吗？今天我要上我爹那儿去。他在桑热亚沙嘴打鱼。等两星期后我回来的时候，您再来找我。一定来。咱们交个朋友吧。我知道您住在科瓦列夫斯基塔楼附近。”

她把一只皮肤粗糙的小手伸给我。不知为什么，我很想让这只手在我的手里多待一会儿。她笑着把手抽回去，说：

“这样和我开玩笑可不好！要不，不管什么我都会相信的。您走吧，不过要回头看一次。出于礼貌的缘故。”

我走了。我回头看了一次。看到了克拉丽莎笑眯眯的眼睛和牙齿，于是决定再也不到她这里来了。

总共只过了几天时间，不知怎么，生活却已经自然而然地上了轨道，稳定下来了。我又能看书了，在海滨浴场上我还把头脑里产生的一切想法都讲给基拉听。

不能说这是童话。不，那是关于任何一件事情的故事，这些故事是完全现实的，丝毫也不脱离现实。如果需要举例的话，那么我就举一个最先想到的例子。

基拉在沙滩上找到了几块给海水磨光的、瓶子上的碎玻璃片。她把这些碎玻璃片当作宝石。她怎么也不愿相信，这是敖德萨郊区每一块空地上都堆满了的普通玻璃。

在某种程度上她是对的。如果地球上的玻璃像钻石那样稀少，反之，如果钻石像玻璃那样多，那么玻璃当然就会像黄金一样贵重了。

有一次，基拉问我，人们是在哪里采掘到玻璃的。我不得不告诉她，玻璃不是采掘出来的，而是用砂制作的。我开始给她讲玻璃的故事，可是半个钟头以后却惊恐地发觉，我讲的根本不是那么回事。

我给她讲了这样一个故事：在一个玻璃球里面嵌进了最罕见的黑郁金香的唯一一粒种子，用船把它运到了荷兰。为了这粒种子，花卉栽培家之间发生了一场流血的战争。最后是因为有一个两岁的小男孩悄悄离开光顾了说话的保姆，恰恰在守卫黑郁金香的卫兵躲到有条纹的岗亭后面、站在上风头点着烟斗的时候，揪下了由这粒种子培育出来的那朵黑郁金香花，这场战争才结束了。许多年以后，荷兰的妇女们为这个小男孩竖立了一座纪念像，因为他使人们摆脱了一场兄弟相残的战争。因为小男孩一毁掉这朵唯一的花，战争的起因也就消失了。在这座纪念像上，这个小男孩正在一种莫名其妙的孩子般的兴奋状态中把那朵十分珍贵的黑郁金香撕作几半。

我没有发觉玻璃的故事突然变成虚构的那条界限。基拉提出第一个认真的意见以后，我才醒悟过来。

“郁金香不是从种子里，而是从球茎上长出来的，这我知道。”她说，“我们家里有郁金香。要是把花揪掉，过一年它会长出另一枝来。他们真傻，这些荷兰人，他们不知道这一点。他们不该发动这场战争。”

她沉默了一会儿，叹了口气，又补了一句：

“还是花卉栽培家哩！”

我脸红了。我的虚构还从未像这样愚蠢地被人揭穿过，即使在童年。基拉用笑眯眯的、眯缝着的眼睛看着我。

的确，为了郁金香种子，花卉栽培家之间是不可能爆发战争的。即使非要打仗不可，也只能是为了争夺球茎。

从那时起，我为自己规定了一条关于童话和虚构的不成文规则。这条规则说：在每一个童话，即使是最奇妙的童话里，也必须包含有现实基础。

每隔两三天，我都要和基拉到5公里外的干咸湖去。我让基拉坐在岸上干枯的洋槐树丛下那片小得可怜的阴影里，我自己则踏着岸边扁平的石头，走到水边去钓鰕虎鱼。这种钓鱼与娱乐毫无共同之处——鰕虎鱼是我们唯一的鱼类食品。

鰕虎鱼在干咸湖里成群游来游去，真是多极了。每次我至少得钓40条鰕虎鱼——事先我就已经计算好了。

我在钓鱼，基拉顺从地坐在阴凉里，试图计数我钓了多少条鰕虎鱼。数到10以后，她就不会数了。因此每数到10，她就在身旁放一个小空贝壳。当积到4个贝壳的时候，她就大声告诉我，在这以后已经是我自己在计数了。

基拉显然喜欢这个工作。不过她所以顺从地坐在那儿，还因为她不想从那片很小的阴影里走出来，走到仍然灼人的8月的太阳底下去。

后来我们才想到，在黄昏前到咸湖去，远比白天去轻松，也惬意多了。特别美妙的是顺着似乎永远走不到尽头的、夕照下的海滨浴场，沿着拍岸浪涛的边缘走回去。每一个浪涛涌来之后，有1分钟光景，浪涛边缘上的细沙会变硬。走进黄昏时无边无际的烟雾之中是很美的。烟雾上方有一朵孤零零的云彩，好似在金色中透露出玫瑰红来的一片花瓣儿，灿烂发光。

我有不多一点儿面粉。我用面粉烙了一些淡大饼。面粉快要吃完了，使人胆寒的恐惧感悄悄潜入我的心中。

我到第16站去找克拉丽莎，可是她还没从她父亲那里回来。我问她的邻居，一个上了年纪的渔夫，有没有供出售的面粉，他只是笑笑作为回答。

我打算走了，但是他阻止了我。

"喂，您等一等。"他说着，拉住我的衬衣袖子，摸了摸衣料，"您身上穿的是件什么衬衣啊？八成是英国货吧？"

我身上穿的的确是一件英国士兵的烟灰色衬衣。我是用一份茶叶在市场上换来的。

"怎么？"我问。

"那么，请您听我说。"渔夫神秘地说，"您顺着大路到草原上的克利亚因-列边塔利去。那里紧靠路边有一棵野梨树，过了那棵梨树往右，有一片小谷地。您下到谷地里去，在那里可以看到一条小路。您顺着那条小路走到一个蒸气磨坊，走到簸谷的风车那里。整个磨坊不比我的农舍大。就凭这件衬衣，那个磨坊里会倒给您5磅面粉。"

"似乎太多了吧？"我怀疑地回答。

"那里的磨坊主有点儿特别。"渔夫还是那样神秘地说，"去吧，您自己会看到的。您凑巧没听到什么新政策吗？眼下我们过日子，就跟田鼠一样——一个月只拿得到一次报纸。"

就在那天，我和基拉一起到那个磨坊去了。

当然，本来用不着带基拉去，不过我不敢撇下她一个人。所以，我们就一起去了。

尘土在道路上盘旋飞舞。只好在这条尘土滚滚的道路上走，以免错过往谷地转弯的那儿的那棵野梨树。很热的黏土粉尘甚至会透过鞋掌，把脚烫痛。

基拉走得很慢，后来开始一瘸一拐。我抱起她来。她用像茨冈小孩那样的一双小黑手抱住我的脖子，吃力地喘着气。

我忧郁地向四面张望。如果不算挂着断电线的电线杆子那又短又窄的阴影，直到地平线，哪里都没有一小块阴凉。我们在电线杆的这片阴影里稍稍休息了几次。四周只见一片火一样的干旱的白光。

基拉连一次也没抱怨过。她把下巴搁在我的肩膀上，一声不吭，疲倦地望着草原。那里有几头瓦灰色的骡子，在轭下低着头慢慢走着。它们的舌头伸出来，一直耷拉到地上。它们吃力地发出嘶哑的声音，常常停下来。车夫绝望地、声音里含着泪水对它们吆喝着："驾——驾"，用一根弯曲的棍子打它们落满尘土的肋部。棍子打在汗湿的骡子皮上，留下一条条好似古代亚述人楔形文字的痕迹。

我们在野梨树下休息了好久。梨树叶子像甲虫的硬翅鞘那样在风中颤抖着。

在含石灰的干燥谷地里，我们终于走到了磨坊，走进四周围着"砂岩"高墙的院子，立刻坐到这围墙的阴影里。就这样呆呆地一动不动，在那里坐了也许一个钟头，也许两个钟头。

院子里空荡荡的。没有任何人到我们这儿来。磨坊的瓦屋顶上，一个洋铁烟囱正在冒烟，不知什么地方蒸气在小心翼翼地咝咝地响。

后来那个奇怪的磨坊主来到了院子里。这是一个老头儿，浑身都是面粉，留着老式的、契诃夫式的小胡子，戴着夹鼻眼镜。镜片被他那给面粉染白的手指摸脏了。

老头儿走到我们跟前，摘下夹鼻眼镜，好长时间细细打量我和基拉。

后来，他给我们拿来了一罐凉水，什么也没问就走了。我们闭上眼睛喝着，感觉到一股清凉气息流遍全身，一直流到了指甲尖上。

老头儿等着我们喝光这罐水，漠然地望着我们，默默无言。

“您是磨坊主吗?”我喝完了后问。

“不是，”老头儿回答，“我是葡萄酒酿造师。”

“为什么您什么也不问我呢?”我问。心里想，我面前大概是一个患有精神病的人。

“因为我知道您想要什么。”老头儿回答，他的眼睛深处突然慢慢出现了调皮的微笑。

“那么，这该怎么办呢？”我问，并且指了指我那件英国衬衣，“此外，我再没有什么旁的东西了。”

“那您穿什么回去呢？太阳底下有50℃多度。”

“我在这儿待到晚上。我家里还有一件衬衣，只不过是破的。”

“您为什么不穿上它呢?”

“我不知道。”我漠然地回答，“我累了，已经4天没吃面包了。”

“小姑娘呢?”

“到昨天晚上，小姑娘还有面包干。”

“请您坐在这儿!”老头儿说，说罢又走了。

他好久没有出来。暑热显然已经达到极限。我是根据在草原上蔓延开来的低沉的响声做出这一判断的，仿佛有千百万掉进蜂蜜里的甲虫在嗡嗡地叫。

出来的不是老头儿，而是一个老妇人——也是浑身沾满面粉——给我们拿来了6个西红柿、用破布包着的一点儿盐，还有两块新鲜面包。我们在几分钟内就把这些东西吃个精光，连一点儿面包屑都不剩，然后都睡着了。

我醒来时，长长的日影好似疲惫不堪的手臂横在瓦灰色的大地上。太阳在尘土中渐渐熄灭了。从谷地里飘来微弱的凉气，甚至好像飘散着一股水的气味。

那个老妇人站在我的身旁。

“起来吧，”她说，“把小姑娘也叫醒。太阳落山的时候睡觉是有害的，会发寒热。这是卡济米尔·彼得罗维奇给您的。”

她把沉甸甸的一小袋面粉放到我身旁的地上。

我跳了起来。

“谢谢！”我说。说着解开衬衣上的纽扣，开始匆匆忙忙地从头上往下脱衬衣。

“用不着。”那妇人说，“我们不会因此受穷的，您以后再还吧。您这是怎么了？上帝保佑您！”

我自己也没料到会这样。我拥抱了老妇人，吻了吻她的手。我想感谢那个老头儿，但老妇人说，他不知去什么地方了。在这像个大碟子一样平坦的草原上，他能去哪里呢！

基拉好久一声不吭，怎么也不能彻底醒过来。路上，我们遇到了一辆四轮大车。大车拉着两口袋小麦到磨坊去。显然，由于天热，磨坊是在夜里开工。

后来基拉感觉到，烫坏的脚跟底下，路上已经冷却下来的尘土仿佛在抚爱她，于是笑了。

“麻雀在尘土里洗澡，”她说，“我亲眼看见过。我倒也想洗个澡，不过您不会允许的。”

她当然是在调皮，从她眯缝着的眼睛里就能看得出来。

炎热的日子慢慢地一天一天过去了，但无论是列吉宁，还是托列利都不来接我和小姑娘回去。我已经当真开始感到不安了，担心基拉的母亲是不是出了什么事。基拉也觉得寂寞了，开始请求我带她回家去，回敖德萨去。我却千方百计把要回去的话头岔开，装作无忧无虑、十分快活的样子。

最后我屈服了，已经完全选定了回城里去的日子，但是发生了一件相当愚蠢的事。这件事破坏了我的计划。

问题在于，尽管我和亚沙·利甫希茨在阿尔卡季偷过劈柴，但我根本不是小偷，从来没做过小偷，将来也未必会做小偷。

但是在第16站上，我却不得不又偷了一次东西。这一次偷的不是劈柴，而是最平常的西红柿。

我再没剩下任何东西可以用来交换食品了。

我说我还有一件旧衬衣，是对磨坊主老头儿说了谎。为什么——我自己也不知道。不得不放弃这样一个渺茫的希望——克拉丽莎会再一次可怜小姑娘，给一点儿蔬菜。第一，直到现在克拉丽莎还没从她父亲那儿回来。第二，我明白，克拉丽莎对我可能怀有某种女人的希望，在这种情况下是不能向她借东西的。

我是在夜里去偷西红柿。而且，关于这件事，当然什么也没对基拉说，结果发生了一件荒唐事。由于眼睛近视，我在黑暗中磕绊了一下，绰号叫岗棚·哈拉布德卡的看菜园的老头儿大喊一声，开了一枪，把一把当弹药用的库亚利尼克湖[①]的脏盐打到了我背上、肩胛骨下面的地方。

看菜园的老头儿为他这一枪打得那么准而感到那样苦恼，决定要弥补自己的过错，送给了我一篮精心挑选出来的西红柿。结果我完全是白吃了苦头。

脏盐呈扇面形在我背上散开，我受的伤很轻。不过还是痛得要命。我把一块湿破布搭到自己背上，在泉水那里用淡水给伤口进行湿敷，整整搞了两个小时。我没有把伤口包扎起来，因为连一小块可以做绷带的布都没有。我只是不穿衬衣，在阴凉里坐了两天，直到伤口愈合。我对基拉却说，我从陡岸上摔下去，擦伤了背。

发生这件事情以后，又过了几天，托列利和伊贾·利甫希茨来到第16站。

托列利是来接基拉的。列吉宁的妻子已经恢复健康，只是因为饿，还因为剪掉了她那两条乌黑、但没有光泽的辫子，在发脾气，还老是哭。伊贾·利甫希茨却是来通知我，该回《海员报》去了。

我是怀着这样一种忧郁的心情回到敖德萨的，就像从前度过一个自由而短暂的夏天以后回到中学里的心情一样。我很想回去，回到第16站，回到我自己的海滨去。如果不是觉得不好意思，我准会悄悄地痛哭一场。

这个小小的故事就这样结束了。不过完全结束，时间大概要晚得多，那是在1947年，在莫斯科作家之家的书市上。

---

① 系敖德萨市附近、黑海西北部的沿岸溺谷，湖水的含盐较高。——译者

列吉宁把一位身材高大、十分拘谨而且安详的妇女领到我跟前来，说：

“瞧！请看！这就是那个基拉。为了她，您背上被打进了一大把盐。”

基拉脸红了，向我伸出手来。

“您记得我们住在喷泉区的情况吗？”我问。

“记得。”她迟疑地回答，“也就是说，如果说实话，只是记得一点儿。不过您的样子我完全记不得了。”

我不知为什么稍有点儿忧郁，为了不沉默，我问：

“您现在在做什么？”

“我已经在专科学校毕业，现在是研究生。我已经结婚了。请等一等，我介绍您和我丈夫认识一下。”

她离开了我。我等了几分钟，但她没有回来。于是我悄悄地走出作家之家，后来自己也无法向自己解释，我为什么竭力不让人发觉，悄悄地离去。

“再见，我的敖德萨，光荣的卡兰金！”

我渴望回到喷泉区去，这是因为秋天已经到了。我在敖德萨生活的第二个秋天。

当时我深信（而且就是现在，我大概也打算同意这样的看法），在我度过的所有秋天中，敖德萨的秋天是最光辉灿烂的秋天之一。而且不仅是在草原上和别墅里，在大小喷泉以及那儿那些荒芜的花园里，就连市区里的秋天，也是如此。

我在一首诗里发现了对敖德萨秋天的真实写照（现在我不记得，这首诗是在哪里看到的了）：

> 秋天的空气清香扑鼻，但有害无益。
> 另一种音调，还有那秋日的另一种秩序。
> 秋天里可爱的城市异常美丽，
> 连它嘈杂的市声也更柔和，更如人意……

每天清晨，还淹没在阴影中的街道上弥漫着枯萎的紫罗兰的芳香。但无论是在花园里，还是在庭前花圃里，我都没看到紫罗兰。显然，这不是紫罗兰飘香，而只不过是早晨的阴影，要么是刚刚洒过水的马路，或者，是微风吹来的阵阵清香。风来自开阔的大海。它从大喷泉灯塔那边吹来，悄悄经过草原上的瓜地，枯萎的茎叶吸足了稍带点儿甜味的芳香，然后勉强穿过法兰西林荫大道上枝繁叶茂的树丛，再沿着近郊的海岸吹去。岸边渔民茅舍的屋顶上晾着一些香瓜皮，西红柿正在成熟，灌满浆汁。

所有这一切使风具有了我在这里提到的那种香味——使人神清气爽的纯正的香味。空气的确是清香扑鼻，但有害无益。但并不是因为呼吸这样的空气容易感冒，而是因为吸进这样的空气以后，就已经无法摆脱这样的愿望——希望这样的秋天永不消失，永远停留在敖德萨上空，永远伴随着市内街道上柔和的欢声笑语。

在南方的城市里，人们不像在北方那样，在街上并不感到拘束。因此，南方的街道显得更纯朴、更抒情。在南方，街道很容易成为表现人类的善良、戏谑和好奇心的舞台。

我把敖德萨的秋天叫作光辉灿烂的秋天。还在少年时期我就听到过这个词（丘特切夫①的《光辉灿烂的晚上》），但很长时间并不明白它的确切含意。

只是上了年纪以后，我才懂得这个词的意思是平静、毫不颤动、照亮一切的阳光，多半用来形容晚上或秋天的光。

敖德萨的秋天的确是光辉灿烂，完全符合这个词的全部含意。柔和的、渐渐变成淡红色的光洒满街道。这渐渐变成淡红色的光不仅来自经常停留在空气中的烟雾，而且是由于太阳在地平线上空运行时，轨道愈来愈低，阳光渐渐失去威力，从一清早起就已经染上日落时的淡红色色调。

但不久，晴朗的秋天就变成烟雾弥漫。光渐渐枯竭了。这悲哀的时刻到来正赶上《海员报》突然停刊。

海员协会好像是没有足够的资金出版这份报纸了。钱当然是可以弄得到的——报纸非常受人欢迎。秘密就在于，报纸的正式编辑——那个办事总是犹豫不决的、胡子花白的退休船长波霍德金，像害怕瘟疫一样害怕自己的报纸，害怕我们大家、报纸的所有工作人员，千方百计竭力想摆脱报纸，寻找要它停刊的借口。

波霍德金决定，为了《海员报》停刊，在阿尔卡季自己的别墅里给报纸举行一次“追悼会”——他可真是再也想不出比这更好的主意来了。

我们去参加这一小型宴会时心情激动、兴奋，下意识地抱着去大闹一场的目的。只要有任何一个微不足道的借口，就会成为大闹一场的导火线。借口当然找到了，而且完全不是微不足道的。

一进别墅，我们的火气就大了。所有房间里都有一股淡淡的、然而是

---

① 菲·伊·丘特切夫（1803—1873），俄国诗人。——译者

有毒的煤油油烟味。

原来波霍德金船长在养小鸡。他骄傲地让我们看摆在温暖的阳台上的一排孵卵器。煤油灯在孵卵器下面冒着油烟，发出噼噼啪啪的响声。

我们大家都爱上了海洋，爱上了港口上的生活，爱上了船舶和航海的魔力。听到关于孵卵器和小鸡的消息，我们觉得这是对海洋职业的严重侮辱，是对我们理想的侮辱。

巴格里茨基不是首先举杯祝酒，而是发表了一篇激烈的讲话，攻击那些“假冒的”海员，攻击庸俗的人，攻击这样一些人，他们离开了海上的自由生活，离开了在桅索间呼啸的风声——这风声好似从贝壳中发出的隆隆响声，离开了就其意外性来说极其壮丽的生活，躲进了孵卵器发臭的世界里。

于是热尼卡·伊万诺夫跳起来，推倒椅子，狂怒地高声叫嚷：

“同志们！这个穿着海员制服的邋遢人（他愤怒地用手指朝波霍德金船长那边指了一下），这个丈母娘的窝囊废让我们极其出色的报纸停刊了！为了什么？为了安安静静地孵一些有病的雏鸡拿出去卖。我认为，这不仅是岂有此理！这是需要报复的耻辱！因此我号召大家，砸烂孵卵器！砸个粉碎！让它化作黑烟！化作硝烟！我一个人对这一切负责！”

我们在几分钟内拆毁和砸烂了几乎所有的孵卵器，这是不能仅仅用我们喝醉了来做解释的。从煤油灯里冒出很浓的黑烟，形成一根根烟柱。波霍德金船长拍打着自己的胸膛，连布一起扯下制服上的金色纽扣，悔过似的大叫大嚷：

“对！我罪有应得！我让位！”

他的妻子，一个满头都是一小卷一小卷淡火红色鬈发的矮个子，抓住我们的手，气得发狂而又束手无策地扳着我们的手指头，狂怒地低声说：

“流氓！我要把所有人都关进监狱！你们绝不会什么事儿也没有，摆脱得干干净净的！你们要好好记住！”

要不是大海进行干涉，真不知这场荒谬的事情将怎样结束。船长的别墅就在沿岸的礁石附近，那天晚上风暴掀起巨浪，涌向这些礁石。其中的一块礁石突然一声巨响，爆炸了。房子震动了一下，颤抖起来，玻璃叮叮当当，夹着愉快的响声，全都从窗子上飞了下来。船长向天空举起双手，大声喊道：

“安静！不要惊慌！水雷在礁石旁爆炸了。我罪有应得！对！这个娘儿们，”他对妻子跺跺脚，“简直是在任意摆布我。”

水雷爆炸后，我们立刻四下散去了。我们几乎是在跑，竭力想赶快离开这座可恨的房子。窗户上的玻璃掉了以后，这座房子好像张着大口，而且还在继续散发着煤油的臭气和黑烟。

快到冬天的时候，黑海街上完全只剩了我一个人。

还是干旱的秋天的时候，管院子的人住的那间房子里很暖和，甚至是舒适的。但是刚下了头几场大雨，这间房子就全都潮湿了，变得像一块没有挤干的海绵。墙上爬满了发暗的、湿漉漉的水迹，散发出一股生石灰和白垩的气味。不知从哪里爬出一群群十分虚弱、勉强还能动弹的蜘蛛来。

得搬到一个干燥的地方去。但是搬到哪里去呢？

《海员报》的女打字员柳西耶娜帮我摆脱了困境。报纸停刊后她参加了美术劳动组合，在那里用粗麻布缝制女帽。劳动组合随便什么活儿都干，只要给钱就行——做帽子、木板鞋、打火机，缝制妇女的胸衣，给机关画招牌，在胶合板上给电影院画招贴画，制造一种完全可以代替酵母的、神秘的粉末。

劳动组合设在从前的阿尔什万格公司成衣店的底楼里。从前做裁剪车间和试衣室的二楼空着，里面冷得很。

柳西耶娜给我出了个主意，不经官方许可，就偷偷地搬到二楼上去。劳动组合不反对这样做——如果有人在商店里过夜，那样就更有把握，不必担心劳动组合会失窃了。

阿尔什万格的商店里是干燥的，不过和街上一样冷。而那年冬天一开始就接连不断地刮着寒冷的北风。城市很快就上冻了，而且每天早上都下很硬的雪糁。

我搬进了阿尔什万格的商店。我把管院子的人住的那间房子锁起来，带走了钥匙——等到春天，天一暖就搬回去。

我把自己那个劳苦功高的“小铁炉子”放在试衣室的通风装置那里。我从铰链上摘下一扇很宽的、带镜子的门，睡在门上。我把门搁在装刨花的箱子上。旧床垫一夜里要从很滑的镜子上滑下来好几次，于是我也和床垫一起掉到地板上。

《海员报》停刊后，我开始在《驿站报》工作。那段时间在我的记忆里留下了这样的印象——像地下室一样黑暗、潮湿的编辑部，许多根本无事可做的送信的男孩子。心肠最好的报纸编辑库尔斯（他装作是一个坚强而且无情的政委）招募了许多这种小孩子，简直多得不计其数，给每个人都发了面包卡。

由于完全无事可做，孩子们一天到晚都在玩牌，玩“小十字”和“捉傻瓜”。不过，他们至少不挨饿了。

是啊，冬天是阴郁的。港口上冻了。运齐墩果到敖德萨来的一艘保加利亚轮船“瓦尔纳”号停在灯塔后面的冰里，齐墩果也冻坏了。

还没有自己的轮船。从轮船墓地上把两艘旧船拖到了修船场，开始修复它们。一艘轮船叫“季米特里”号，另一艘叫“佩斯捷利”号。

得给“季米特里”号铆上300个铆钉，可是花了两个月的时间，在敖德萨却没能找到一颗铆钉，由此就可以推断这是一件什么样的工作了。因为这件事，《驿站报》上用黑体字登出了修船场的一个工人给编辑部的一封信，还给这封信加了一个讽刺性的标题：“不，同志们，这样我们是不会获得幸福的！”

我产生了一种明显的感觉：在敖德萨的生活已经结束了。在我的一生中已经有过好几次这样的感觉，它从来也没有欺骗我——这么说，该走了。但是没有可以离开的任何可能性，既没有钱，也没有出差的机会。

有一次，在冬天里显得很凄凉的阴沉沉的一天，伊贾·利甫希茨突然从正在铁炉子旁边狂热地玩牌的孩子们身旁跑过，冲进编辑部来。他高声叫嚷，《海员报》复刊了，一星期后第一期就要出版了。

原来，是从前做地下工作的老海员和布尔什维克设法让报纸得以复刊。

在这以前还发生过一些惊人的事情。

因为《海员报》没有了，热尼卡·伊万诺夫竟愁出病来，卧床不起，两个月躺着一动不动，甚至拒绝说话。

为了养活他和小姑娘们，玛琳娜简直是在拼命挣扎。“疯子！”谈起丈夫时，她这样说。但是她的黑眸子里立刻出现了为丈夫感到骄傲的眼泪。

“请在全世界再找出第二个这样的怪人来吧。你们知道他说什么吗?‘像我们的《海员报》这样的报纸是不会消失的。’”

由于高兴，我和伊贾·利甫希茨互相亲吻。怒气冲冲的编辑库尔斯从自己的办公室里跑到走廊上。孩子们都纷纷跑开了。

库尔斯大喊大叫，说他不会放我走。说这是暗中破坏，是挖墙脚，是阴谋诡计，最后还有是反革命。我和伊贾只是哈哈大笑，作为对他的回答。库尔斯无可奈何，终于屈服了。

我已经不知有多少次证实，任何美好情景都不会再现。如果说应该期待美好的事情，那么每一次它当然都与过去的经历并不相同。然而，人天生是有缺陷的，还远非尽善尽美，因此还是期望美好情景能够再现，期望复活自己的过去。在他看来，被时间美化了的过去似乎总是迷人的，极不寻常的。

我回到了《海员报》，但它已经是另一份报纸了。不知有什么发生了变化，我没能明确地把这种变化找出来。但报纸已变得枯燥一些，编辑部的生活也稍有点儿令人感到烦闷了。

因此，当伊万诺夫提议，让我作为《海员报》的记者到黑海沿岸所有港口，从敖德萨到巴统去跑一趟的时候，我感到十分幸福。问题是，不知在哪里弄到了70个铆钉，“季米特里”号轮船终于修好了，于是派它去高加索沿岸一带。这是暂时唯一的一艘苏维埃轮船从敖德萨开往巴统的首次航行，沿途经过不久前才肃清白匪的许多地方。

“季米特里”号给克里米亚和水兵们运去水雷和一些食品。水兵们必须在那些刚刚收复、半被破坏的、饥饿的港口上建立起秩序，使工作走上正轨。

除此而外，“季米特里”号还带了一些乘客和大约200个到克里米亚去贩盐的投机小贩。在那时候，对这种情况没有任何人感到惊讶。

“季米特里”号于1月初从敖德萨起航。

最后，敖德萨让我看到了一个在另一座城市里未必会有的惊人场面。我说的是“著名乐师萨什卡”的葬礼，就是库普林在他的《加姆布林努斯》中如此出色地描写过的那个萨什卡。

在敖德萨，我习惯看遍报纸上的全部内容，直到广告都不放过。永远也不能知道，会在哪里碰到敖德萨风格的杰作。

我记得，有一条出殡的广告，不仅以其内容，而且以其大胆的排版形式使我大吃一惊。它的形式是这样的：

一棵橡树倒了

他名叫哈伊姆·沃利夫·谢列布良内

孤苦伶仃的树枝在沉痛的悲哀中低低地垂下了头。

遗体送往二号犹太人墓地于某时，某地。

这是一则十分形象生动的广告。可以相当清晰地想象出这棵“强壮的橡树”，这个赶大车的，或港口上的搬运工人——哈伊姆·沃利夫·谢列布良内，他已经养成这样的习惯，每天早晨都要吃1磅脂油、几把齐墩果和半瓶伏特加。不过这些“孤苦伶仃的树枝”——强壮的哈伊姆的子女们，更特别令人感到怜悯。

瞧，有一次《敖德萨消息报》上刊登了一则广告，宣告阿龙·莫伊塞维奇·戈利德什泰因已经去世。死者好像就是叫这个名字。我记不确切了。如果不是在“戈利德什泰因”这个姓下面，在括号里印着《加姆布林努斯》中的“乐师萨什卡”，恐怕谁也不会注意这则广告。

在此以前，我深信几乎所有文学作品中的主人公都是虚构的。在我的想象中，生活和文学永远也不会不可分割地融为一体。因此，关于乐师萨什卡之死的广告使我感到有些惶惑。

我又把《加姆布林努斯》看了一遍。这个短篇小说中的一切都像记录一样精确，同时这篇小说又充满了人道主义精神，令人为之落泪，而且写得像杰里巴索夫大街上夏天的晚上那样美。

是什么赋予这个短篇小说这样的特性呢？我不知道该把它叫作什么——艺术的真实性呢，还是高尚的伤感？显然，库普林本人高尚的伤感和人道主义使这篇小说具有了真正伟大艺术的特点。

我难以相信，从童年起对我来说只是文学作品中一位主人公的乐师萨什卡，当真曾生活在人们身旁，住在敖德萨一幢老房子的顶楼上。

我真走运。我看到了短篇小说《加姆布林努斯》的真正结尾——乐师萨什卡的葬礼。这一结尾是生活本身替库普林续完的。

全敖德萨工人区、港口和郊区的人们把乐师萨什卡送到了墓地。

两匹瘦马拉着载棺材的黑色平板大车，由于气喘，经常在路上停下来，支气管里发出一阵阵哮喘。每次人群都耐心地等着马终于喘过一口气来。马休息过来以后，不用火红头发的车夫吆喝，就自己拉着挽索，低低地垂下头，拉着棺材继续往前走去。这两匹受尽折磨的老马美丽的眼睛里饱含着混浊的老泪。

《海员报》的记者洛文加尔德老头儿和我并排走着。他望着送葬的瘦马，回忆起乐师萨什卡有时演奏一首古老的茨冈人抒情歌曲《天一亮就给套上的两匹枣红马》的情况，绰号叫马拉菲特的街头女歌手薇拉唱这首歌曲唱得那样动人，以至“加姆布林努斯”酒馆的一些顾客竟失声痛哭起来。

火红头发的车夫在抽马合烟，并以极其高明的技巧把烟头吐到马路上。那顶破便帽拉到了他的一只眼睛上。这个老头儿的全部神态都说明，生活已经和萨沙在世时不一样了。“给这两匹不幸的马打个掌，几乎要花100万卢布，这是什么样的生活啊！从前100万卢布能买下整个布利日尼磨坊区，连同它的果园、杏、甜菜汤和所有的马！”

一大群人跟在棺材后面。包着暖和头巾的老太婆们——那些在自己还是热情的漂亮姑娘的时候就十分熟悉萨沙的老太婆们，摇摇晃晃地慢慢走着。人群中几乎没有年轻妇女。

妇女们紧跟着棺材，走在男人们前面。根据敖德萨穷人们对妇女献殷勤的规矩（“这是敖德萨，而不是什么下着小雪的文尼察”），总是让妇女走在前面。妇女后面是乐师萨什卡那些冻得脸色发紫的同事们。

在已经用木板钉起来的“加姆布林努斯”酒馆门旁，送殡的行列站住了。乐师们从单薄的大衣底下取出乐器，一首已经不流行的抒情歌曲的忧郁曲调突然在静下来的人群上方轻轻回荡：

春天不是为了我到来，
布格河不是为了我泛滥……

人群中有人开始摘下帽子，擤鼻涕、咳嗽、擦眼泪。后来，不知是谁从后面用嘶哑的、不自然的愉快声音喊了一声：

“现在来一首萨什卡的！他喜欢的！”

乐师们互相使个眼色，互相点了点头，激情满怀地挥动琴弓，于是街道上传出顽皮的、快活喧闹的声音：

再见，我的敖德萨，
光荣的卡兰金！
明天要把我们
赶到萨哈林[①]！

我望着人群。这都是从前经常去“加姆布林努斯”酒馆的老顾客们——水手、渔夫、走私者、伙夫、工人、赶大车的和搬运工人，一伙坚强、愉快、放荡不羁的敖德萨人。现在他们怎么样了呢？“生活把我们折磨得好厉害啊，”海滨这些年迈的老人顺从地表示同意。“原因是明明白白的，无论怎么你也骗不了生活。对待生活，就得像对待5普特重的大包那样，得撑得住，得把它从背上扔到货舱里去。瞧，这不是已经扔掉了，可暂时还没有多少幸福。而且也等不到它了——已经不是那个年纪了。这不是，萨沙已经躺在棺材里，苍白、干瘦，就像那只白猿！幸福是年轻人的。常言说得好，舵轮已经到了他们手里，让他们去过自由自在和公正的生活吧。为了让自由的生活到来，我们也已经出了不少力了。”

洛文加尔德小心翼翼地抓住我的胳膊肘，说：

“是我第一个领亚历山大·伊万诺维奇·库普林到‘加姆布林努斯’酒馆去的。他坐在那里，眯缝着那双好像蒙古人的眼睛，喝着伏特加，不时

① 即库页岛。帝俄时代那里是流放犯人的地方。——译者

笑笑。突然，一年后发表了这篇小说。我看着这篇小说，在哭，年轻人。这是一篇对人的爱的杰作，是日常生活垃圾中的一颗明珠。”

我不知道洛文加尔德认识库普林。但从那时起，我总好像觉得，库普林只不过是没有来得及为洛文加尔德写一篇小说而已。

这个孤独、落魄的老人唯一热爱的事物就是敖德萨港。曾经提议让他在报馆担任一个收入很不错的工作，但他总是婉言谢绝，而只为自己留下了敖德萨港。

一年四季，不管天气如何，他总是从一清早直到日落，慢慢走遍所有港湾，登上一艘艘轮船，向海员们询问每次航行的一切详情细节。他精通好几种语言，说得十分流利，甚至能说现代希腊语。他以同样温文尔雅、彬彬有礼的态度与船长和港口上的流浪汉交谈。谈话时，他在所有人面前都要摘下他那顶旧帽子。

在港口上，人们给他取了个外号——“编年史作者”。别看在那些说话粗鲁的港口居民中，他那老式的样子显得有点儿荒谬，但是从来没有人招惹他，也不允许别人欺侮他。对于海员们来说，他好像也是一个乐师萨什卡。

十一级

“季米特里”号在货舱里装上给塞瓦斯托波尔运去的水雷外壳，甲板上载了200个到克里米亚去贩盐的投机小贩，然后驶离敖德萨。

只有伊贾·利甫希茨来为我送行。

一个虽有一点儿寒意、但风平浪静的冬日。防波堤上昨天还是水洼的地方，一层像云母样薄薄的冰壳发出一阵阵清脆的响声。稀稀拉拉的雪花在空中飞翔，似乎可以数清所有的雪花。

海鸥飞起来，用好像很冷的红色脚爪击水，仿佛要在水里暖一暖它的脚爪。

“季米特里”号停在防波堤旁，倾斜得很厉害。在近处看，它似乎比在上面，从林荫大道上看要小一些。蒸气从“季米特里”号的所有缝隙里渗透出来，预兆不祥地嗞嗞响着。从轮船上散发出一股浴室和洗衣房的气味。

甲板上堆满了口袋。投机小贩们有的坐在口袋上，有的躺在上面——女的把头巾一直包到眼睛上面，男的则穿着散发出一股柏油味的靴子。

把我安顿在一间有4个床位的舱房里，里面住了8个人。4个人躺在床上，3个人躺在地板上，还有一个——伏尔加河上的河运工作人员——坐在洗脸盆上，因为脸盆里反正没有水。

他就坐在那里睡觉。舱壁上有一个用螺丝钉拧在墙上的挂衣架，夜里我们用毛巾把那个伏尔加人绑在衣架上，以免他倒到睡着的人们身上。

但伏尔加人并不抱怨。在水兵中间他感到很局促，竭力不让人注意到他。

除了我和那个伏尔加人，其余住在这间船舱里的人都是水兵。我和其中两个最年轻的睡在地板上。

睡在我旁边的是一个从前的海军准尉，桑热伊浮动灯塔上的船长。在我们航行的头一天晚上，他就不看着任何人，说：

“我诚恳地奉劝公民同志们，无论出什么事，请不要落在我们水兵们后面。”

我没作声，那个伏尔加人却鼓起勇气问：

“您以为，这会是一次危险的航行吗?”

“根据一切资料来看，”海军准尉显然很高兴地回答，“正像法国人说的那样，‘季米特里’号是在径直驶向敞着盖子的棺材。”

尼古拉耶夫港口的政委不客气地叫海军准尉不要说了。

但暂时看不出有任何危险迹象。我们是在像毛毛细雨似的薄雾中离岸的。城里的半圆形剧场、歌剧院的圆顶、沃龙佐夫宫，然后是大小喷泉和熟悉的科瓦列夫斯基塔楼——这一切都摇摇晃晃，慢慢退入烟雾之中，不久就完全消失了。无穷无尽的波浪互相追逐着，轻声喧哗。

厨房里有开水。我们坐在地板上，津津有味地喝够了放糖精的茶。

晚上，波涛喧嚣的声音比较大了。但使人心情宁静的蒸气和煤烟味，还有轮船有节奏的晃动，却让大家感到放心。

我睡着了，睡得很熟，过了多少时间我不知道。但当我醒来时，发现洗脸盆上面的那个小灯泡亮着，灯光模糊，似乎离得很远，好像离我有1公里。那个伏尔加人摇摇晃晃，抓着洗脸盆的边缘。我的肩膀老是撞到舱门上，周围的一切都以各种不同的音调咔咔地响着。可以听到，“季米特里”号吃力地喘息着跌入水里，然后又很费劲地从水里爬出来。

“瞧，风暴!”水兵中有人不以为然地说，“一个钟头的工夫就掀起了7级浪。”

但水兵们都很镇静，这也鼓舞了我们这些普通的凡人。

船舱里很窄，而且闷热。船舱突然推推撞撞，竭力要把我们大家推作一堆，后来又开始把我们从这边拉到那边，好像把我们当作拖把，用我们来擦地板。

那个年轻的海军准尉把门稍微打开一些，往走廊里望了望。那些投机小贩已经从甲板上跑进走廊，紧挨着并排躺在走廊上。一个穿着长襟衣服的老犹太人用发抖的手掌扶着很窄的走廊上的墙壁，站在那些人中间。

“您干吗站着?”海军准尉说，“会晕船的，应当躺下。”

“先生,”犹太人回答，“难道您没看见我没地方可躺吗?”

小镇上的这个老人要去哪里呢，不可理解。无论如何，当夜间起了风暴、颠簸得很厉害的时候，在一艘轧轧作响的海轮上，他那副样子看上去是很奇怪的。

海军准尉走到走廊上，推开那些正在睡觉的投机小贩，给老头儿腾出一块地方来。

“圣经神话里大洪水中的人物!”海军准尉回到船舱里，说。

我躺在墙边，听着巨浪震动轮船，撞击着很薄的船舷。我开始觉得很不自在。黑暗之中，狂暴的、冰冷的海水好似一座座高山，就在离你发烫的脸4毫米远的地方迅速流动着。意识到这种情况是会觉得很奇怪的，而且是在什么样的黑暗里啊!

我朝舷窗外看了看。神秘莫测、仿佛是地下的黑暗，在令人无法理解、浩瀚无边的大水的原始混沌状态中向四面扩展开来。

谁也没有睡。大家都在侧耳倾听。“季米特里”号在咔咔地响，声音刺耳。无法理解，颠簸在扭曲、弄弯和摇撼所有的螺钉、螺栓、夹板和铆钉，可船舱里腐朽的舱壁、地板和天花板为什么到现在还没有裂成碎片呢?

每次传来猛烈的咔咔声，我都望一望那些水兵。他们神态镇静自若，不过时常抽烟。我也抽了很多烟，竭力想使自己相信，我们这艘老掉牙的“季米特里”号的浮力系数远远超出我这个外行的公民同志的想象。

我们大家都在等待早晨。但早晨隐藏在笼罩了半个世界，仿佛在哀号的、严密的黑暗之中，离我们还极其遥远。

摇摆得更厉害了。轮船已经急速地、大幅度地一会儿侧向左舷，一会儿侧向右舷。螺旋桨越来越经常地从水里跳到空中。于是，“季米特里”号紧张地疯狂晃动着，发出嗡嗡的响声。

“这样的风暴会不会把我们冲到岸上去？”那个伏尔加人突然问，他一直竭力设法待在洗脸盆上，以免从上面掉下来。

水兵们轻蔑地沉默不语。只是过了10分钟，严厉然而忠厚的、尼古拉耶夫港口的政委才回答说：

“风暴已经达到十级了。当然，什么都是可能的。不过，请不要对海岸存什么希望。离岸越远，越太平。”

“为什么呢？”伏尔加人问。

“因为在岸边浪头一定会把轮船猛冲上去，再摔下来，撞到海底上，把它撞个粉碎。要么是撞到礁石上。那就谁也活不了了。”

我却每隔10分钟就看一看表，期待着黎明，梦想我们可以到达北克里米亚海岸，在那里登陆——登上这土地贫瘠、砾石遍野，但可以使我们得救的陆地。

半夜里，年轻的海军准尉站起来，穿上靴子，披上一件带风帽的皮斗篷，很随便地说：

“去看看他们上边怎么样了。”

他出去了，但很快就回来了。从风帽到鞋后跟，浑身上下湿淋淋的。

谁也没问他什么，但大家都紧张地等待他自己开始说话。

“说话是银，沉默是金。”海军准尉讥讽地说，“好，那么，请听吧。

波浪从甲板上漫过去，冲走了4条救生艇中的2条，冲弯了船缘。已经达到十一级了。但这暂时还是小事。”

“好一个小事！”尼古拉耶夫港口的政委喃喃地说，说着坐到床上。“讲讲吧！还有什么呢？”

“海浪冲坏了尖舱，我们的船有点儿漏水了……”

“卧式水泵在运转吗？”政委轻轻地问。

“在运转，暂时还能对付。不过机器出毛病了。”

“我们在走吗？”

“问题就在这里了，政委同志，不是自己走。”

“随波逐流？”

“正是如此！”

“漂往罗马尼亚海岸？”

“正是如此！”

政委站起来，抓住上铺。

“可是那里……”他开始说，但突然顿住了，没再往下说。“我去找船长，去弄清楚。”

他走了。我们好久默默不语。

“最糟糕的是，”水兵中有一个说，“战时德国人在罗马尼亚沿岸这一带布下了许多水雷，简直就像丢下一大把漂亮的花束，直到现在水雷还留在那儿。要是把我们冲到这些水雷上……”

他没说完，到那时候我们会怎么样。不过他不说，我们大家也十分清楚。

政委回来了，他没脱掉皮革大衣，就坐到床上，抽起烟来。

外面浪涛像大炮一样轰鸣，撞击着轮船，发狠地哗哗响着，缆索尖锐刺耳地呼啸着，声音越来越高。听到这尖锐的呼啸声，血液都好像要凝结起来了。

“发出了SOS的呼救信号。”政委突然说。沉默了一会儿，又说，“毫无用处！我们港口上没有船。而博斯普鲁斯海峡那边，在这样的风暴中谁也不会出海，就连‘休佩尔’号也不会出来。已经到十一级了。就是这样，朋友们!”

大家都阴郁地默默不语。可以听到走廊上水在哗哗地响，水漫过围板——很高的铁门坎——从甲板上灌了进来。

就这样过了一天，该死的第二夜又在飓风的怒吼声中到来了。但风暴并没有平息，而且似乎直到世界末日也不会平息下来。

第三天，大家都进入一种麻木状态。所有的人，显然，就连老海员们也都已经累得筋疲力尽了。

第四夜，我用手掌撑着地板，闭着眼睛坐着，在数轮船摆动的次数。有时摆动得轻一些，于是我赶快抽一支烟。但是这靠不住的暂时平静延续的时间并不长，心又收紧起来，好像要掉下去似的。船舱又飞起来，然后倾斜着跌入看不见的无底深渊。

后来，蒙着一层水汽的舷窗外开始以极慢的速度透露出蓝灰色的、令人极其讨厌的曙光，它不时停一停，仿佛犹豫不决，不知是不是要回来。缆索的呼啸声达到了好似恶魔尖声号叫的程度。

在刮东北风，用水兵们的话来说，叫作“上帝的鞭子”。我从水兵们那里得知，只要东北风一刮起来，要么是刮3天，要么是刮7天，要么会刮11天。

走廊里那些投机小贩稍微活动起来，并用嘶哑的声音在说话，受尽折磨的女人们都哭了。有一个老太婆一直在舱门外发狂似的嘟嘟囔囔念着同一句祈祷词："神圣的上帝，神圣的忠实可靠的上帝，神圣的永生的上帝，饶恕我们吧！"轮船猛烈摇晃的时候，老太婆显然是吓坏了，中断了祈祷，只是很快地说："忠实可靠的，饶恕我们吧！忠实可靠的，饶恕我们吧！"

我决定第一次走出船舱，到甲板上去。水兵们说，在船舱里远比在外面感到难过。

尼古拉耶夫港口的政委和我一起走了出去。

"您一个人去不行。"他说，"没有我，根本就不会让您到甲板上去。而且会把您冲走的。"

我们在别人呕吐物那令人恶心的臭气中踩着垫在水里的东西，从直接躺在水里、不断呻吟着的投机小贩们中间走过去，好不容易走到一条很窄的舷梯前。舷梯通向上面的舱面室——从那里通往甲板。

政委使劲用肩膀推了推舱面室的门。门开了，一股气流把我们抛了出去。

我抓住结冰的缆索，看到了在昏暗的船舱里预感到的景象——空前未有的特大风暴的景象。它以令人感到绝望和惊心动魄的美，使我心中充满一种仿佛要昏厥的感觉。

我，一个可怜的、失去最后一点儿温暖、犹如一粒微尘的渺小的人，面对面站在风暴前。风暴发出雷鸣般的巨大声响，驱赶着急速流动的铁黑色巨浪，把它们推进黑暗的无底深渊，向膨胀起来的天空喷出一阵阵水花和寒冷的水汽，滚滚地推来千吨重的水山，撕裂空气，用力把有黏性的浪花贴到人的脸上。

“季米特里”号的船尾时而飞向云层，时而没入水中。一排排又高又长的巨浪耸立起来，飞速流向天边。巨浪在自己前面驱赶着泡沫翻滚的细浪，在浪涛跌落下去的地方，铅灰色的大水急速流动着，展现出一幅波澜壮阔的惊人画面——我们必须冲过这个飓风似的水域，才能继续活在人间。

“您看!”政委大声喊，指了指海面。

我什么也不懂，困惑不解地看了看他。

“您看，什么样的蒸气啊!”他又喊了一声。

这时我才看到，在隆隆轰鸣的巨浪之间，从灰绿色的海水中冒出一股股急速流动的猛烈的蒸气，好似从大炮的炮筒里喷出的硝烟。

后来，政委在船舱里对我解释说，每当寒冷的风暴闯入温暖的广阔海域，总是会从水里喷出这种水柱似的蒸气。

后来我看到，前面狂怒的大海犹如一堵极大的高墙，遮断整个天际线，夹着隆隆巨响向我们滚滚而来。政委抓住我的手，把我拉进了舱面室。门自己在我们身后砰的一声紧紧关上了。

“沉住气!”政委喊了一声。

舱面室里变暗了。“季米特里”号咔嚓一声响，沿着水山的断面向上疾驰，然后停下来，颤抖着，直到船长台全都落进水里。“完了!”我想，“只是可别吓得叫喊起来。”

轮船暗哑地号叫起来，倒向一边。我隔着舷窗看到，海水好似一道道很宽的瀑布从甲板上流向大海。

“这是什么?”我毫无意义地问政委。

“再有两三个这样的巨浪，那就再见了!”他大声回答，并用视而不见，发白的眼睛看了我一眼。

但无论是第二个、还是第三个这样的巨浪都没有来。大海还是那样发狂似的怒吼着，不过“季米特里”号摇摆的幅度却好像小了些，也平静了些。

我们松了一口气，回到船舱里。风已经不像不久前那样尖叫了，而是在轮船的缆索上和烟囱里均匀地嗡嗡响着。狂怒的风暴中发生了出乎意外的转折。

脸被东北风吹得通红的水手长朝船舱里看了看，说机器又运转了。我们虽然慢慢地、但毕竟已经是迎着风暴在向前驶去。

水兵们快活起来了。他们甚至开始从自己的袋子和手提箱里拖出一些少得可怜的食品来。

我正在津津有味地嚼着一小块大麦面包，这时透过风暴的喧嚣，突然从甲板上传来轮船的汽笛声。这声音仿佛是吐出来的，而且好像喘不过气来。

水兵们脸色都发白了，一下子跳了起来。我们四周几百海里只有狂风呼啸的大海在汹涌澎湃。这汽笛声会意味着什么呢？

水兵们匆匆扣上军大衣，冲上甲板。我也跟着他们上去了。我已经做好亲眼看到“季米特里”号覆灭的思想准备，准备好亲眼看到具体体现在“船舶遇险”这一简短词汇中的、那缓慢的恐惧的整个过程。

但甲板上并没有发生任何可怕的事情。海中仍然巨浪如山，大海仍然在凶猛地翻腾着。水手们穿着防风暴的雨衣，正拖着缆绳，在后甲板上奔跑。

“为什么鸣汽笛？”政委对他们大声喊。

“发现陆地了！”水手中有一个回答，“塔尔汉库特！”

由于出乎意料，政委骂了一声，到船长台上去找船长了。我跟在他后面，顺着又陡又滑的舷梯爬上去。

还在敖德萨的时候我就和船长认识了。这是一个须发全白、瘦得出奇、也镇静得出奇的老头儿。

“请原谅，”他对我们说，“汽笛惊扰了你们。我的助手和我在一起值班，看到了岸，由于高兴就拉响了汽笛，惊扰了所有的人。他这样做大概是可以原谅的，因为他是头一次碰到这样的风暴。”

“那您，”我问，“是不是经常遇到这样的风暴呢？”

“在哪里？”船长问，并拉直了防水布风帽的一角，好听得更清楚些。“在黑海上吗？”

“对，就是在这里。”

“20多次。”船长回答，腼腆地微微一笑。

他那双老年人的灰眼睛给风吹得流眼泪，流得很厉害。他那只搭在船缘上的手在发抖。

“战前，”他说，“在有风暴的天气航行，那可最放心了。可是如今，海里塞满了水雷。风暴把水雷从锚上扯下来，吹得它们到处漂流。所以得提防着，不知什么时候风暴会往船底下扔来一个水雷。”

“不知怎么，我无论如何也找不到岸。”政委放下望远镜，不好意思地含糊不清地低声说，“只有一片发狂的海水。”

“这会儿您未必能看得见，”船长表示同意，“它还远着哩。请您望着天空。就在那里，就在天际线上面，看见了吗？云彩上有一条暗黑色的带子，那里就是陆地。这是陆地反射到阴暗的天空中的影子。”

轮机长到船长台上来了——这是一个怒容满面、脸红得像辣椒一样的人。

“阿里斯塔尔赫·彼得罗维奇，”他用恳求的语气对船长说，“请您回自己舱房里去休息吧。风渐渐小了，机器暂时在正常运转。在您这个年纪，三昼夜不离开驾驶台，而且不睡觉——这，您要知道，真好像自杀。全体船员想要给航运管理局和玛丽亚·尼基季奇娜发无线电报，告您的状。”

“哈，这未必吧。”船长轻轻地笑了一声，“没有我的许可，无线电报务员不会发报。不过，我大概真的要去躺一会儿了。三个钟头后我们就要进入卡拉吉海湾。瞧，这就是它。”他在地图上指给我们看塔尔汉库特岬角以北一个半圆形的小海湾。“我们要停在那里，等待风暴过去。所以，到达卡拉吉海湾以前，我大概可以睡一下。请原谅我，同志们。”他走到舷梯前，但又转身问政委：“我们船上的水兵队是您的人吗？6个人。”

“不，不是我的。”政委警惕起来，回答说，“他们是从敖德萨来的。怎么?”

“是些匪徒！蛮横无理地强行上了船，不肯出示证件。有一个脚上戴着银脚镯。得检查一下。”

“我一定去检查。”政委让他放心。

“是些毫无价值的人!”轮机长补充说，“二流子！乔装改扮的流氓，浑身挂满了武器。不过，谢天谢地，风暴把他们折腾得够呛。要不，他们准会大吵大嚷，起劲地吆五喝六、掷骰子、赌钱。”

轮机长走了。我与政委又和接替船长值班的大副一起在船长台上站了一会儿。

我们望着东方淡铅灰色的天空，望着天空上那条像一缕一动不动的黑烟一样的暗黑色带子。如果这是陆地反射到天空中的影子，那么到它那里还远着哩。

很想再在驾驶台上多站一会儿，但航海的规矩不允许我们这样做。于是我们下去，回船舱去了。

下面，走廊里和船舱里到处都是兴奋、嘈杂的人声。大家都已经知道，看到了陆地。而且正是因为遥远的、极其美好的陆地已经伸出它的翅膀挡住了寒冷的东北风，所以我们才摇晃得不那么厉害了。

半夜里传来了锚链的哗啦哗啦声，节奏很快，延续的时间很长。这响声重复了两次。这是"季米特里"号在塔尔汉库特附近的卡拉吉海湾下锚，停泊在那里了。

很久以来塔尔汉库特岬角在海员中的名声就很不好。塔尔汉库特附近的海上从来也没平静过，显然，这是由于不同的海水的水流在这里相遇的缘故。岬角附近的水波涛汹涌，颠簸得厉害。虽然颠簸的时间并不长，但会把乘客搞得疲惫不堪，惹得船员们生气。

除此而外，塔尔汉库特的海岸是危险的——很低，周围全是浅滩，从甲板上几乎看不见海岸，特别是在阴暗的天气。在帆船时代，这儿经常翻船，因此这个地方得了一个不祥的绰号——"船舶墓地"。

我们下了锚，停泊在这里。风浪对我们的颠簸已经比较平稳、比较和缓了，有时会完全平静下来，不再晃动。于是，大家都长长地舒一口气。

我走上甲板。风吹来一阵阵雪糁，鞭打着我的脸。四周是一片黑暗。在这片黑暗中，离南北有许多海里远的地方，拍岸的浪涛仿佛就在近旁发出雷鸣般的隆隆声，但是浪涛冲不进海湾里来。塔尔汉库特灯塔上的火光突然如同一道缓慢的闪电燃烧起来，用白色的光芒扫射波涛汹涌的大海，然后熄灭了，直到再次突然发出光来。

我回到船舱里。整条轮船已经酣睡不醒，进入沉闷的梦乡。只有年轻的海军准尉睁开眼，就是现在，也试图与众不同地说几句俏皮话，含糊不清地低声说："在长期固定下锚的船上，睡得像死人一样。"但好像立刻就把头倒在自己的空手提箱上，睡着了。我之所以要写上"好像"一词，是因为我并没看到这一切——在海军准尉说出最后一个字的时候，我仿佛已经陷入永远昏睡不醒的状态了。

早晨，我们就在离"季米特里"号哗啦哗啦直响的锚链很近的地方看到了微微发红的海岸。很可能，整个地球上再也没有比卡拉吉海湾更贫瘠的地方了——虽说对于我们，它是一个救命的海湾。

光秃秃的盐土草原，稀疏的、发黑的草丛上残存着几条积雪，不时发出微弱的闪光。雪积在坑坑洼洼的地方和一些小沟里已经变硬了。

远方像一条拉直的细绳，渐渐隐入黏土的尘雾里。乌云低垂，在尘雾上方斜飞，撒下一阵阵雪糁。在这棕黑色的土地上既看不到一个人，也看不到一只鸟；既看不到茅屋的废墟，也看不到一口水井；甚至看不到一块哪怕是像墓碑的石头。

往往责备人忘恩负义，在大多数情况下，这并不是没有道理的。但当时，在经过那场剧烈的风暴以后，我心中却产生了一种真诚的感激之情，感谢这个海湾和它贫瘠的土地。

根据《圣经》上的概念，这块土地是永世受到上帝诅咒的。但是它却以自己干旱不毛的躯体掩护我们免遭无情的自然力的袭击。狂怒的波涛就在近旁猛烈地冲击着海岸，因此海岸都在发抖了。

尼古拉耶夫港口的政委把望远镜借给了我。我躲在温暖的铁壳后面久久地观察海岸，希望能看到人。但无论哪里，既看不到人，也看不到其他有生命的迹象。

不可能相信，这真的是克里米亚的土地，真的是塔夫里达，在离这里几百公里的地方，散发着阵阵芳香的太阳正晒暖着山毛榉林的叶丛。

我们在卡拉吉海湾里停泊了4天。风暴持续不断，不肯平息。每次看到毫无必要和毫无意义的怒吼的锡色大海，忧愁就开始使心里感到刺痛。

在这4天里，“季米特里”号变得像一艘哨船——港口上各式各样的人和掉队的海员们的公共宿舍，他们都带着衣衫褴褛而且很爱吵架的全家人暂时寄居在那里。

几乎所有大港口上都有这样的哨船。都是拨一些破旧不堪的轮船做哨船，让它们停泊在港口最远处一个角落里的码头上，以免它们那副样子破坏现代的海港景观。

转瞬间哨船上就出现了许多陆地上的用品，主要是厨房里的日常用品——小炉子上的洋铁皮烟囱，晾衬衣的绳子以及衬衣。衬衣五颜六色，不知为什么主要是紫色和暗粉红色的。压弯了的锌制洗衣盆，栅状木箱，眼睛像红醋栗似的家兔在木箱里不时咂巴着嘴。还有一些神情很像退伍的海军将军，正在接桅架上的水洗脸的很老的老猫，以及一些小狗崽，这些小狗崽正对着在哨船周围捡从船上丢下去的废物的海鸥狂吠。

在停泊的4天里，“季米特里”号上立刻出现了洗过的衬衣。洗衬衣不用肥皂，就在船舷外的水里洗一洗。因此，衬衣上蒙着一层灰黄色的斑点和水迹。已经到处都飘来很浓的住房里的气味。

在风暴猖獗的时候，投机小贩们漠然地看着他们极其宝贵的财物飞进大海。有些投机小贩甚至还去帮助海员干活。

但现在，当死亡的恐惧已经过去，投机小贩们却发起牢骚来了，责备船长独断专行。况且也没有吃的东西。

船长援用“海上遇险”的规则，命令打开货舱，舱里有我们给克里米亚运去的不多一点儿大麦米。把大麦米分发给了乘客们，但没办法煮这些大麦米，由于风暴的关系，船上的厨房不开伙。除此而外，淡水也不够了。

大麦米里混杂着许多老鼠屎。乘客们把大麦米拣干净，然后就像吃葵花子那样，干着吃下去。

“季米特里”号上在节制饮水。一昼夜里，每人只发给1公升水。这水是从储水槽底里舀起来的，有点儿混浊，而且有一股铁味。

还是一个中学生的时候，我曾在书里读到过帆船上传统的暴动的情景，读到过从手枪里冒出的硝烟，还有被暴动的船员们扔进大海去的船长。但是无论什么时候，无论在什么情况下和无论在什么天气里，我都不能设想，在20世纪，就在我们和平的黑海里，就在极其美好的克里米亚海岸，我会成为这样一场暴动的目击者。

6个“毫无价值的人”——那些穿着裤腿很宽、裤脚肥大的喇叭裤的水兵们开始暴动了。一部分投机小贩参加到他们那一伙里。

“为什么我们停泊四昼夜?”水兵们叫嚷。

船上对他们解释说，风暴还没停，在塔尔汉库特和塞瓦斯托波尔之间有一大片战后遗留下来的广阔的布雷区，在这样的风暴中，在布雷区航行，简直是发疯。

水兵和投机小贩们派代表去见船长。但船长听完他们的意见以后说，轮船反正还要停泊在这里，需要停多久就停多久，乘客们不必管不该管的闲事。

“可是饿死——这是不是我们的事?”水兵们吵吵嚷嚷地叫喊，“别的船长不顾一切在布雷区航行，什么也不怕！可我们呢，却要为了这个胆小的船长送命！叫他生火，起航！要不，我们跟他没有多少话可谈。扔下船去——就完了。给他半个钟头，让他好好考虑考虑。为他自己的一条狗命吓得发抖，老家伙，对我们，他才不在乎哩！我们自己开船！好像真了不起似的，有多大的学问！”

投机小贩们转动着凶恶的眼睛，随声附和那几个水兵。不过看看大海，又觉得害怕。就在离我们不太远的地方，大海仍然掀起一排排巨浪，泡沫飞溅，滚滚向前。

停泊在卡拉吉海湾的第3天，“季米特里”号的水手长来敲我们船舱的门。他小声说，水兵们和一部分投机小贩聚集在船长舱房前，吵吵嚷嚷，要破门闯进舱房，威胁要把老船长扔到海里去。

尼古拉耶夫港口的政委站起来，穿上军大衣，拿了毛瑟枪，命令我们在听到他开枪之前，没有必要到甲板上去，于是和水手长一起出去了。政委脸上的肌肉凸了起来，形成一些小硬瘤——他气坏了。

我们在等着枪响，但是一直没听到枪声。不久，一些奇怪的谣言传到了我们舱里。据“季米特里”号上的水手们说，政委好像立刻就站到了那些“毫无价值的人”一边。他走进船长的舱房，可以听到，他在怒气冲冲地对老头子说话。后来他走出来，对那些“毫无价值的人”说，船长是个不中用的老东西，制造不和的家伙。不过把他扔进海里，反正也没有什么好处。得在自己人当中选出一个可以取代船长的人。这是一件严肃的事，因为以后不得不对政府承担责任。因此，得在没有普通乘客和出卖灵魂的投机小贩干涉的情况下，仔细讨论讨论。

“咱们到货舱里去！”政委说，“讨论讨论，选一个船长。走，伙计们！”

伙计们和政委刚一下货舱，“季米特里”号上的水手们根据船长的命令，立刻以不可思议的速度用厚木板把货舱盖上，用螺丝钉把木板拧紧，还从甲板上搬来了各种货物，堆在上面。显然，这是件冒险的事，因为“季米特里”号上的水手虽然在暗暗发笑，可是他们的手却在发抖。

货舱里发出声音压低了的、嗡嗡的咒骂声，后来传出了枪声。水兵们在朝上开枪。这毫无意义——他们反正走不出货舱。

我们舱里的人立刻就猜到，一定是政委和船长商量好了，故意把那几个水兵带进了货舱。“就像苏萨宁[①]一样！”年轻的海军准尉高兴地说。大家都为货舱里没有食品和水感到焦急不安，但又为政委没有露出马脚而感到高兴。要不然，他准死无疑。

“喂，离货舱远一点儿！躲开！”为防万一，水手长不时叫喊几声。

傍晚时风暴开始平息了。“季米特里”号拔锚起航，机器慢慢转动着，驶出了海湾。轮船立刻晃动起来，但与不久前风暴中的颠簸相比，这轻轻的摆动好像只不过是摇着摇篮给人催眠而已。

早晨，阳光毫无阻碍地射进舷窗，于是我醒了。舷窗玻璃上积了一层盐。但就是透过这层灰色的薄膜，也能看到色调极浓的蓝光。已经感觉不到颠簸，只是由于螺旋桨的转动，“季米特里”号也在轻轻地颤抖着。

我跑上甲板，眯缝起了眼睛。从我的眼里流出泪来，几分钟以后我才重新看清周围的一切。

“季米特里”号航行在一片浓厚、深远的蓝色空间里。水天一色，很难看出蔚蓝的大海过渡到蓝天的那条分界线。鲁库尔海角好似一道由黄金

---

① 伊·苏萨宁（？—1613），17世纪初俄国人民解放斗争的英雄，科斯特罗马县的农民。1613年冬，他把波兰干涉军领进无法通行的林中沼泽地，为此他被残酷地杀害了。

铸成的陡坡，从左舷那边闪闪发光。

融化的冰箸从缆索上掉下来，落到甲板上摔得粉碎，变成了颗粒状的雪糁。

渐渐消退的浓雾犹如一堵墨水墙耸立在船尾后面。在港口的寂静中，在冬天十分节约的阳光中，在海滨美丽如画、景色迷人、清晰分明的轮廓中，塞瓦斯托波尔好似俄罗斯的雄伟壮丽的卫城[①]，呈现在我们眼前。

塔夫里达的卫城

在北港的入口，一艘满载武装水兵的快艇驶近“季米特里”号。水兵们登上甲板，打开货舱，对着下面喊叫：

“身上轻松了吧，二流子们！一个一个地爬上来吧！快！长官最后出来！”

身上很脏的“二流子们”爬上了甲板。搜查了他们，收缴了他们的武器，逮捕了他们，把他们带走了。对尼古拉耶夫港口上的政委，却很有礼貌地说：

“港口警备司令将亲自前来接您。”

当然，警备司令并没有来。政委只是在暗笑，把笑容藏在被烟草熏黄的胡子里。

“季米特里”号在南港旅客码头旁驶离海岸，对乘客们解释说，“季米

① 指希腊的雅典卫城。——译者

特里”号不再继续航行了。“季米特里”号漏水的情况更严重了，外壳板上的接缝都裂开了，机器几乎从基座上掉下来了。因此，这艘船将被直接送到船舶墓地去。

我为“季米特里”号感到惋惜，特别是当一艘拖船驶到它跟前来，“季米特里”号拉响告别的汽笛，跟在拖船后面慢慢向垃圾场驶去的时候。

这艘高尚、老朽的轮船毕竟做了最后一次紧张的努力，冲出寒冷的风暴，拯救了我们大家。

我上了岸。我的旅伴都悄悄地消失了。只剩了我独自一人。

到哪里去呢？我当然是去伯爵码头，好看看没入古代淡黄色烟雾中的塞瓦斯托波尔，并决定以后该怎么办。我在塞瓦斯托波尔没有熟人，如果不算那位姑娘——女诗人的话。不过，我忘记了她的地址，连名字都记不得了。

我坐在长凳子上，晒着淡淡的太阳。由于寂静和不久前在风暴中航行之后感到的宁静，在打盹儿。

我大概坐了很久，直到淡黄色的烟雾开始具有深红色的色调，从海上，从康斯坦丁诺夫暗礁上的声音浮标凄凉地呼呼吼叫的那个方向吹来一阵冷风。

我决定到对我，对《海员报》的一个工作人员来说唯一的避难所——塞瓦斯托波尔海员协会去。

协会的秘书—— 一个上了年纪的海员，长着一双忧郁的乌克兰人的眼睛——听完了我的话，然后对着我看了好长时间，一句话也不说。我断定他已经忘记了我，于是很小心地咳嗽了一声。

“这会儿我一直在考虑您的问题。”秘书说，“这么说，没有面包，是吗？什么都没有？而且也没有住处？情况糟透了！”

他又沉默了好久，然后重重地叹了口气，拉过用棕褐色包装纸订成的便条本，不知在写什么。写了好久，仔细检查所写的内容，并打上标点符号。这是我一生中所遇到的仅次于布拉戈夫老头儿的第二位对标点符号十分热心的人。

“给，”他说，“请您拿着这张纸到花园街科兰斯海军将军从前的房子里去，把这张纸交给将军的遗孀。只不过请您不要怕她，您是一位奋不顾身的红色海员嘛。她和她几个最小的孩子住在厢房里，我们在朝街的正房里办了个类似幼儿园的机构。为海员们的孩子办的。有时生点火，马马虎虎增加点儿营养。其实什么幼儿园也没有。所以夜里您可以住在那儿，不过只是在下午5点到早晨8点，那里没有孩子的时候。不过，您要当心，夜里别冻坏了，要不就会发生不愉快的事情。”

他又递给我第二张纸——让海员面包房发给我一个面包的命令。

“您要一点儿一点儿地吃。”秘书劝我，“对您，这是作为例外。您在塞瓦斯托波尔要住很久吗？”

“我不知道。让我们从‘季米特里’号上下来了，只好在这儿等着第二艘轮船从敖德萨开到这里来。”

“‘佩斯捷利’号吗？”秘书问。

“对，是‘佩斯捷利’号。”

“要是它不来呢？”秘书突然问。

“怎么会不来？”

“非常简单！同样是条破船，和您的‘季米特里’号一样！要来，得驶来。这可是个问题!”

这是个无法反驳的真理，我不能不表示同意。

“‘佩斯捷利’号,”我沮丧地说,“应当在我们出发以后一个星期从敖德萨起航。”

秘书叹了口气。

“好吧。总而言之,”他毫无把握地说,“如果面包不够……也许，我们还能再给您一点儿。让我们考虑考虑。”

我谢了谢他，就到面包房去了。那时是下午3点，到5点以前我反正无处可去。

面包房坐落在一条偏僻小巷中的第三个院子里。第三个院子的门口站着一个持枪的人。他看了看我的条子，放我进去了。

面包师给我拿来一个面包，但是不递到我的手里，问：

“您拿什么包着它啊？用什么拿着它?”

我既没有报纸，也没有袋子。

“唉——唉!”面包师责备地拖长声音说,“在门洞里就会从您手里把它抢走。我怎么能把面包交给您呢？把面包交给您毫无意义。”

“难道真的就这样抢走吗?”我问。

面包师生气了。

“您怎么了，是从月亮上掉下来的吗？抢过去，撕成一小块一小块的。他们不分昼夜都在大门口守着。尤尔卡!”他喊了一声。

从后面一间屋里走出一个10多岁的小男孩。他瘦得那么厉害，好像他整个人就只剩下了一双眼睛。

“尤尔卡!”面包师吩咐那个小男孩,“领这个带着面包的怪人从‘伊日察’航道[①]到海军准尉林荫大道去。不过要安全送到，别出事。同志，请把面包藏在大衣底下。而且也别想在街上吃，绝对不行！他们一看到——那就什么也救不了您了。他们……”他意味深长地说，而且又说了一遍，“他们无情地跟踪每一个人。”

“‘他们’是谁？”我问。

“真的，同志，您真好像是从火星上掉下来的。什么是谁？当然是挨饿的人。”

男孩领我从一条夹在两堵高墙之间的狭窄通道穿过面包房。有一堵墙上开了一道便门。男孩用一把很大的铜钥匙打开便门，我们顺着外面一条摆满花盆——花盆里种着已经干枯的倒挂金钟——的小铁楼梯登上这幢房子的二楼。

男孩灵巧地用一根钉子拨开一扇雕刻着宝剑和旗帜的橡木门，于是我们走进了一套不知是什么人的住宅。

“轻轻地走，别害怕。”男孩子说，“不过，不要跟任何人说话。只能打个招呼，要是您愿意的话。”

他推了推第一道门。我们走进一间客厅，里面摆着一架钢琴，挂着几帧海军将军的肖像。将军们神情傲慢，都留着很长的连鬓胡子，客厅里还摆着一个空玻璃鱼缸。鱼缸里堆满了黑色的土豆皮，土豆皮已经发出一股臭味。沙发上躺着一个像小鸟儿一样身材矮小、面色发黄、上了年纪的妇人。

“整天在这儿晃来晃去，”那妇人说，“还要讲礼貌！问好！谁也没请

---

① “伊日察”是旧俄文字母中的最后一个字母“V”的名称。“伊日察”航道指后面的一条通道。——译者

求你们向人问好!”

我很窘地跟着尤尔卡跑进后面一间屋里，那大概是从前的餐厅。

从一面中国丝绸屏风后面伸出一个漂亮的年轻人睡眼惺忪、头发蓬乱的脑袋来。他朝尤尔卡看了一眼，用拳头吓唬他。

“你看到扁桃了吗?”

“您别老是给人看这玩意儿!”尤尔卡挑衅地说，“我过去走，将来还要走。您怎么，难道以为我们白给您面包吗？为了您对革命的那些功劳吗？寄生虫!”

脑袋立刻不见了。后来我们穿过结满蛛网的厨房。那里坐着一个面容姣好的年轻女人，她脸上没有一点儿血色。她撩起连衫裙，一动不动地瞅着自己浮肿的膝盖，用手掌揉搓着膝盖，在哭。

我们从厨房走到一座花木枯萎的花园，翻过一堵不高的围墙，来到了荒凉的海军准尉林荫大道的尽头。尤尔卡和我告别，然后回去了。

“这就是‘伊日察’航道，”最后他说，“最可靠的。给妇女和没有武器的人走的。好，祝您幸运地把面包拿到家。不过在街上千万可别掰面包，也别吃。”

我在海军准尉林荫大道一条已经损坏的长凳子上坐到了5点钟。塞瓦斯托波尔上空笼罩着一片坟墓里的寂静，静得耳朵里仿佛在嗡嗡地响。

只有一次，旁边什么地方有一辆手推小车在鹅卵石路上推过，传来一阵不规则的隆隆声。我在侧柏干树枝的空隙间看到了这辆手推车。

推小车的是两个年轻妇女。小车上脸朝下俯卧着一个人。那个人一直到腰部光着上身，而且光着脚。我没有立刻猜到，他是个死人。

我往花园街走去。

我在一座已经僵化的城市里走着。有时从院子深处飘来一股死尸的臭味。干常春藤在已经风化的挡土墙上轻轻地发出咔咔的响声。简直不能相信，温暖的阳光至少曾经在某个时候落到这些仿佛已被虫蛀的石墙上。

时间立刻使我退回到两三年以前。看到一切匮乏、正在慢慢走向死亡的塞瓦斯托波尔的样子，我仿佛又看到了斑疹伤寒流行和饥饿时期的基辅和敖德萨。

我走着的时候，刮起了凛冽、刺骨的寒风。显然是北风。街道两旁所有屋顶上已经翘起来的铁皮立刻都轧轧地响起来了。风斜着吹来了雪花，这雪完全不像我们俄罗斯的雪。这雪是灰色的，而且立刻就在马路上和已被碾成碎屑的一堆堆干洋槐叶混合在一起了。颜色像石笔一样的天空拖着阴云向开阔的大海那边飘去，好像随身带走了最后一点儿光、最后一点儿温暖和最后一些温柔的人类的声音。

我从仿佛张着大口的、拆掉窗框的地下室的窗旁走过，不敢往窗子里面张望。显然，死人都给拖到那里面去了。

但坐落在城市上半部分的花园街，即使是在日暮时铅灰色的暗淡光线中，我觉得它也好像是舒适、幽静的，草木丛生的偏远的死胡同往往会给人以这样的感觉。

我找到了海军中将科兰斯的一幢平房。大门上画着铁锚，院子里竖着一根旗杆。旗杆是木头的，但不知为什么没有把它锯成劈柴烧掉。

在院子深处可以看到厢房，周围密密地长满了野葡萄。

我敲了敲门。一个女人的低音在门后问我找谁。我回答了。这时门敞开了，我在门口看到了一个像掷弹兵那样高大的老太婆。她长着一头浓密的白发，手里拿着一根稍有点儿弯曲的拨火钩子。她拄着那根拨火钩。她的眼睛炯炯闪亮。

“是的!”她以挑衅的口吻说，“正是！我就是海军中将采扎里·普拉东诺维奇·科兰斯的遗孀。不过在他的熟人当中，我好像没见过您呀，年轻人。我的视觉记忆是罕见的。因此，请您说说，您需要什么，不过要简短、清楚，语法正确。”

我没有回答，而是把海员协会秘书的条子递给了她。她用两个手指接过去，在空中抖了抖，仿佛是抖掉里面的垃圾，然后转过身去，说：

“玛丽亚，你给念念!”

一个面容消瘦、脸色苍白、仿佛不是凡人的姑娘走进昏暗的前室。她眼圈发青，手里拿着一支很细的、教堂里的蜡烛。她好像是一个在梦中行走的人，或者像一个梦游病患者。她连一次也没有看我，念完了字条，转过身去，也喊了一声：

“安德烈，到这儿来，领这位先生到幼儿园去！他夜里住在那儿。”

“您有面包吗?”将军夫人突然问我。

“很少。”

“这无关紧要!”将军夫人使劲用拨火钩敲了敲地板，“我向您建议，进行诚实的交换。您给我们一点儿面包，我每天供给您羊奶。我养着一头母山羊!”她第二次用拨火钩敲了敲地板，转身对着那个叫安德烈的年轻人。他走进前室，谦逊地站在暗处。“这又有什么呢？在这种情况下——你要记住，安德烈！——已故的皇后本人也会养山羊的，而且会亲手去挤羊奶。亲手!”将军夫人大声说，并且第三次用拨火钩敲了敲地板，“您同意吗?”

“同意什么?”我问，“同意皇后……”

“不是！”将军夫人不客气地打断了我的话，“皇后是个罕见的傻瓜，而且是个吸毒的人，是个小麦瘿蚊！正是因为她，才发生了这场革命。我问，您同意交换吗？”

“同意。”我急忙回答。

“1磅面包，讲妥了！”将军夫人最后一次用拨火钩敲了敲地板，命令安德烈，“拿上钥匙，让这个人到正房里去。”

她转过身来，又对着我补了几句：

“不过可别干蠢事！别抽马合烟，别为了逃避虱子咬，夜里把自己卷到地毯里（那个叫玛丽亚的姑娘哎哟了一声，双手一拍），也别喝花露水和任何脏东西！只要上帝还给我力量，我就能对付每一个人。哪怕他是最高政委，哪怕他是魔鬼或恶魔。再见！”

她转过身，用拨火钩敲着地板，走进黑暗的前室深处去了。姑娘把蜡烛举高一些，照着我，突然大喊一声，把蜡烛掉到了地上。蜡烛灭了，姑娘却跟在将军夫人后面跑进去，大声叫嚷起来：

“妈妈！我的天哪！好像，这就是他！我的天哪！妈妈！”

“我们走吧！”安德烈对我说，“我受不了患歇斯底里的人！对不起，我没自我介绍——从前是海军准尉，现在是我妈妈的牧羊人，安德烈·采扎列维奇·科兰斯，是过去叫作‘拉特米尔’号的军事运输船上的、过去的水雷军官。”

幼儿园里没有任何可以坐着或躺着的东西，只有一些小扶手椅和小桌子。只好坐在窗台上，要么就这样坐在地板上。我也睡在地板上，尽管将军夫人禁止，我还是用已经磨掉了毛、净是灰尘的地毯把自己卷在里面。

我把地毯卷成一个长筒，用一截儿电报电线把它扎起来，以免夜间它自己散开，然后头朝前钻进这个毛制的卷筒里去。早晨，我还是这样头朝前从地毯里爬出来，不过是从另一头出来。一夜之内，我就穿过整条地毯，从这头爬到了那头。

在当时塞瓦斯托波尔的那种生活时期，这个毛制的卷筒成了我可靠的、甚至是舒适的避难所。我在全城都冻得变成白色的城市里无目的的游来荡去，只等待着晚上，等待着终于可以钻进地毯、稍微暖和一下的那一时刻，于是我就可以做那些很连贯的、几乎是一模一样的梦了。大概，我做这样的梦，是因为气闷。

我主要是梦见一些夹在悬崖峭壁中间的小城，两旁有花园、水声喧哗的小河。要么是在海边，岸上的山毛榉林一直延伸到海滨浴场。

这些小城里都住着我所爱的人或熟人。我有好几次在那里遇到了廖莉娅和涅奇波尔老大爷，我的父亲和画家弗鲁别利，“方位角”号教练舰上的海军准尉生和拉丁语教师苏博奇，诗人沃洛申和卫生员安诺先科，“小骑士”格龙斯基和吉利亚罗夫教授，瑟京的印刷厂里的那个排字工人和伊万·布宁，柳西耶娜和阿玛莉娅·克诺斯捷尔。在梦中，与这些人中的每一个人都产生了牢不可破的友谊和不平凡的、令人十分感伤的关系。我常常于陷入绝望时在这些梦境中寻找熟人。我知道，这时候他们也正在找我。如果能发生某些奇妙的、令人欣喜若狂的事情，用来庆祝我们的相逢，那该多好啊。但这样的相逢永远也不会实现。

在做过这样的一些梦以后，我开始懂得，我的生活实在是太长了。然而在此以前，我却好像觉得它是在飞速流逝，而没有留下明显的痕迹。醒来时我逐一回忆这些梦境，于是在心中默默地反复吟咏费特的诗句：

生活飞速流逝，而未留下明显的痕迹。

心灵急欲奔往——谁能告诉我奔向哪里？

又抱有什么事先选定的目的？

对我来说，现在这几行诗中的一切已经都是不真实和不正确的了。然而，我还是很高兴地反复吟咏着。大概，这是因为它们和我身旁正在发生的一切截然相反吧。

它们，从茹科夫斯基[1]和普希金开始的所有这些诗句，这些音调，都是不会死亡的。它们生存在饥馑、疾病流行、互相射击的时候，生存在热情、死刑、自我牺牲、愤怒、不可思议的贫穷和对未来不可动摇的信心之间。它们使我确信这样一条普通的真理：人民的心是不会受到伤害的。无论是从肉体上，还是从精神上，人民都绝不会被消灭。我已经懂得，未来是十分美好的，而且相信未来。我已经懂得，这些年来的灾难只不过会使那个时代——怀着巨大希望的时代——人民的功勋变得更加伟大。

但不得不停止所有这一切遐想、对诗和奇妙的梦境的回忆，从地毯里钻出来，回到灰暗的墙壁上的雾凇和寒冷的白天的现实中来了。我刚从地毯里钻出来，立刻感到身上发冷、头痛。

我去将军夫人那里，站着喝完一杯温暖的羊奶，然后就走了出去。

有时，我和海军准尉，以及那只身上很脏的山羊玛尔塔一起从屋里出去。山羊的毛是一种油腻的灰色，放久了的硬脂和酸败的猪油就是这种颜色。

---

① 瓦·安·茹科夫斯基（1783—1852），俄国诗人。——译者

海军准尉用绳子牵着山羊到历史林荫大道上去。山羊在那儿，在塞瓦斯托波尔保卫战时期英雄棱堡的所在地啃吃干枯的野草。

在我们一起出去的时候，海军准尉告诉我，他的姐姐玛丽亚是“一个患躁狂病的傻瓜”。她有宗教性的精神病，每隔一天就要在大教堂里为海军上将高尔察克[①]举行一次追荐仪式。她把所有个子不高的男人都当成逃脱了枪毙之后乔装改扮的高尔察克。她也把我当成了隐藏起来的高尔察克。在我们认识的那天晚上，她就曾这样大声对她母亲说过。

我整天价都是在历史林荫大道上度过的，在那里和海军准尉闲聊。反正无处可去。好长时间我们一直在啃一小块又干又硬的面包，面包上蒙了一层石灰浆外壳。当时我好像觉得，塞瓦斯托波尔全城都蒙着这样一层白色石灰浆外壳。石灰从房屋上掉下来，在脚下嚓嚓地响。

然后我到海员协会的食堂里去，那里发给我一盘面疙瘩汤。在食堂里，我居然写了几篇关于塞瓦斯托波尔的通讯，并用港口上的无线电发给了《海员报》。其中一篇通讯讲的是“季米特里”号及其全体船员与寒冷的风暴进行英勇斗争的事迹，第二篇讲的是以我们现在的目光来看微不足道、但在塞瓦斯托波尔的那个冬天却简直使我大为惊愕的一件事情。

离炮兵港口不远的地方在开始兴建一所学校。当时我觉得这一建设工程简直是神奇的。

一些满身都是冷冰冰的灰尘、由于虚弱站立不稳的人在挖地基，用丁字镐在敲打硬得要命、而且有很多石头的土地。经常很吃力地、带着哮喘，一边坐到因克尔曼的大块黄色石头上休息一下，一边用袖子擦擦被不

① 1918年至1920年发动武装叛乱的白匪军首领。——译者

停地刮着的海风吹得直流泪的、通红的眼睛。

每挖一镐，人们都得付出巨大的努力。但尽管如此，地基却一天比一天深了，后来沟里放上了第一批沉重的石灰石板。

这实际上是很平常的现象，那时候在我看来却好像是奇迹。而它也的确是勇敢精神的奇迹。在这种勇敢精神中，具体体现了人们对未来的巨大希望。

我离开食堂后，要么是去南港海岸，从那里传来连续不断的打鸬鹚的枪声；要么是到市场上去，那里在用面包换金子和药品。但无论谁，都既没有金子，也没有药品。

我到赫尔松涅斯去过一次，可是没有走到那里。草原上犹如黑烟一般黑压压的远方含有那样无可慰藉的哀愁，野草在风中那样地簌簌作响，好似许多小小的响板。大海那样悲戚地呻吟着，波涛滚滚，把哀悼的浪花推上海岸。以至我的心由于感到孤独而揪紧了，于是我返回塞瓦斯托波尔去了。

我待在塞瓦斯托波尔的第二个星期已经快要过去了。海员协会里收到无线电报，说“佩斯捷利”号日内即从敖德萨起航，但它一直还没到来。也许，它根本就没有离开敖德萨。不过，也许它已经沉没了。谁也不清楚究竟是怎么回事。

我继续在市内游荡。有时去看著名的塞瓦斯托波尔战役全景图，那里一个人也没有。画家鲁博[①]的巨幅油画被寒冷的穿堂风吹得发抖。

我在城里寻找暖和的地方，有一天走进了一座大教堂。那里寒气钻透磨破的靴底，一呼吸就会冒出一团团很浓的热气，但祭坛旁点着五六支很

---

① 弗·阿·鲁博（1856—1928），俄国画家，擅长画战争题材。

细的蜡烛，由火而产生的习惯的温暖概念使我感到稍稍暖和了一些。但整整一天，我还是冷得直打寒战。

终于从敖德萨发来无线电报，“佩斯捷利”号已起航驶往巴统，一昼夜后即将到达塞瓦斯托波尔。于是，我搬到了码头上。我们有好几个人在等候“佩斯捷利”号。允许我们夜里睡在码头上的一间小房间里，里面贴着已经发黄的轮船时刻表。

我高兴地搬进了这间小屋，哪怕能在里面待上几个钟头也是好的。房间角落里有一个还有热气的小铁炉子。

这热气对我们大家来说好像是真正的奇迹，是一种闻所未闻的幸福。因此，一个上了年纪的妇女坐在炉边，甚至哭了起来。

“佩斯捷利”号于早晨到达。从完全死气沉沉的大海里突然远远地出现了一艘旧轮船的红色轮廓，看到了尖尖的船头和船首斜桅。轮船还完全笼罩在大雾和天边神秘的淡黄色烟尘之中，正慢慢驶近塞瓦斯托波尔。城市也笼罩在被太阳镀上一层金黄的淡红色雾霭里。

由轻微的寒气和淡淡的蔚蓝色织出的、空气清新的海上的白天真美极了。然而，当由于无风仿佛变得麻木了的塞瓦斯托波尔港口上空传来“佩斯捷利”号要求离岸的汽笛声时，我却好像觉得，塞瓦斯托波尔似乎比这美丽的一天更美，更可爱，根本不该离开它。汽笛声仿佛把停留得过久的寂静打成了千百片碎片。这些碎片叮叮当当响着，沿着烟雾弥漫的蓝色海岸飞翔，将带着最后的哀怨的响声落到艾亚海角、拉斯皮海角、福罗斯海角、梅加诺姆海角和卡拉达格海角——落到尚未从半死状态中醒来、已经饿坏、但总是令人心醉的塔夫里达的所有海角，以及被海浪冲平的海滨浴场上。

在离开的那天，塞瓦斯托波尔又以其雄伟、朴素、充分意识到自己的英勇和美丽的面貌呈现在我的面前，又以俄罗斯的卫城——我们土地上最美的城市之一的面貌呈现在我的面前了。

深　夜

“佩斯捷利”号在一个潮湿、温暖的早晨从塞瓦斯托波尔起航。

清澈透明的灰色海水冲刷着轮船破旧的船舷，力图冲洗掉船舷上已经硬化的盐渍。

但这是徒劳的。就船身生锈和船上狭窄而言，“佩斯捷利”号比“季米特里”号并好不了多少。

我走到船尾。转动尾舵的铁轴紧张得咔咔直响。舵每转动一次，都会在船尾激起一阵浪花。浪花喧嚣着，声音向四面扩散开来，久久不息。船首斜桅也像海员们所说的那样，从一边“滑”到另一边去。

浅灰色的光透过云层落到城市上，在这柔和的光照中可以感觉到太阳就在近旁。有时我甚至觉得，由于看不见的阳光，我的脸变得暖和了。

在1月的这一天，我以整个身心感觉到了南方的温柔、南方空气的温和，感觉到了那令人愉快的南方的潮气。

塞瓦斯托波尔！童年时我到过这里。后来，在第一次世界大战时，还有现在，在饥饿和荒废的时期，我又到了这里。每一次它都以全新的、与以前不同的面貌出现在我的面前。

我猜想，再过不久我将看到一个什么样的塞瓦斯托波尔。我一定会再看到它，对此我深信不疑。真的，后来我又到它这里来过许多次，住在这里，像爱自己的第二故乡一样爱上了它。有许多回忆、许多悲伤和喜悦与它联系在一起。

要不是有塞瓦斯托波尔，我未必能如此清晰，而且大概也是正确无误地看到那些纯属虚构、但在世界上又无疑确实存在的格林[①]的城市，譬如像人声嘈杂的祖尔巴甘和野草丛生的利斯。

这一情况使我感到惊讶——就连人类的手轻轻接触极其美丽的塞瓦斯托波尔的土地，也会创造出一些十分诱人的事物——别致的小胡同，淹没在紫藤丛中的石梯，道路上舒适的转弯，太阳的闪光在房屋玻璃窗上的迅速变幻，绿色小蜥蜴在上面晒太阳的阳台，咖啡馆里半明半暗的光线，涂上厚厚一层水彩颜料、好像儿童绘画的咖啡馆的招牌。

对我来说，塞瓦斯托波尔永远也不会是一座现实的、日常生活中的城市。

有时我好像觉得，塞瓦斯托波尔正在变得枯燥乏味，黯然失色，失去美丽如画的特征。但窗外海上视野的无限开阔，要么是熏紫水鸡的气味立刻会使我回到现实中来，回到塞瓦斯托波尔——它好像一些由于年代久远已经发黄的碎大理石，被撒到了深蓝色港口的海岸上，回到塞瓦斯托波尔市旗帜飘扬的猎猎响声，回到油迹斑斑的波浪上镁光似的闪光，回到玫瑰和西红柿的香味，回到带着自己的侍从——玫瑰色的、高耸的彩云，从远方来探望塞瓦斯托波尔的爱琴海的海风这里。

好长时间我一直从船尾目送着塞瓦斯托波尔，后来“佩斯捷利”号慢

① 亚·斯·格林（1880—1932），原姓格里涅夫斯基，苏联作家。——译者

慢绕过赫尔松涅斯灯塔的塔楼。前面，在左舷出现了由克里米亚淡紫色群山构成的一堵高墙。

从塞瓦斯托波尔动身之前，由于寒冷和激动，我整整一昼夜没睡，因此这会儿我的眼睛睁不开了。我在客厅里舷梯底下找到了一个安静和昏暗的地方，躺到地上，转瞬间就睡着了。

我睡了很久。当我醒来时，舷梯下已经黑了。客厅里一盏灯泡很小的电灯，光线暗淡，飘散着一股酸白菜味。

我的肚子抽搐起来。饿得厉害，忍不住想吃东西。我为面临完全的贫困感到恐惧，用最后的一点儿钱要了一盘炖酸白菜。我就着我那个唯一的塞瓦斯托波尔面包上又干又硬的面包皮吃完了酸白菜。

醒来后，我断定已经是夜里了，但原来太阳才刚刚西沉。克里米亚群山的峭壁仿佛淹没在暗红色的血泊中，在客厅窗外慢慢地、可怕地移动着，甲板上从东方吹来了令人不愉快的风。听不到响声的、水藻色的海水迎着“佩斯捷利”号飞快地流过来。由于一片干枯的橡树林而变成火红色的亚伊拉山悬崖上，有些地方还勉强隐隐闪现着最后一点儿微弱的火光。

前面很远的地方，雅尔塔港口上的灯塔不时眨一眨红色的眼睛。在整个漫长的海岸上再没有一点儿火光。整个克里米亚被抛弃了，荒凉无人，被冬天的风打扫得干干净净。克里米亚已被严寒冻僵了。

我久久注视着海岸，想找到哪怕是一点儿可怜的、隐隐燃烧的火光，哪怕是蜡烛的一个火苗，作为这个荒凉的地方还有人活着的证明。但除了黑暗，除了一个接一个相继消失的起伏的山峰，在周围我什么也没看见。

“佩斯捷利”号于夜里9点抵达雅尔塔。城市静悄悄的，一片黑暗。从城郊传来零落的枪声。

防波堤上空荡荡的。海风吹过，水洼泛起涟漪，一些装酸白菜的破木桶乱堆在堤上。几个打着绑腿、冷得发抖的卫兵肩背步枪，在堤上踱来踱去。

船长向乘客们宣布，“佩斯捷利”号要在雅尔塔停靠到早晨，因为有水雷，夜间航行是危险的。愿意上岸的人可以到防波堤上去，活动活动腿，但进城去却很危险。没有灯光，而且在第一个十字路口就可能被土匪拦住，剥光衣服，不然就会被打死。

“土匪不抢，”站在舷梯旁的一个卫兵说，“白匪也要暗中开枪伤人。他们没来得及逃跑，现在躲在巢穴里。得用武力把他们从那些巢穴里赶出来，消灭掉。”

船长命令轮船离开码头，在离岸几米远的地方下锚，以免有人神不知鬼不觉地悄悄溜到轮船上来。

我顺着摇摇晃晃的舷梯下去，来到防波堤上，向通往市内的大门走去。在大门旁我站住了。大门上挂着一个煤油马灯，灯光闪烁，仿佛在眨眼睛。马灯下有个头戴扁平海军制帽的老头儿坐在一个木箱上，膝盖之间夹着一支步枪。

大门后一片黑暗。从黑暗中偶尔传来干树叶的沙沙声。

我向这黑暗中走了几步，又站住了。守卫漠然地望了我一眼，随即转过身去。我是否会被人打死，对他来说反正无所谓。他只希望我什么也不要问他，别妨碍他想他自己家里的事。被打死的人，他见得太多了，可以说绰绰有余，因此他们已经激不起他心中哪怕是最普通的好奇心了。

我回头望了望。还可以回轮船上去，但一种无法理解的紧张心情控制了我。我仿佛正站在无底深渊的边缘上。

我望了望“佩斯捷利”号甲板上暗淡的灯光，突然明白了我不能抗拒这黑暗的呼唤，它在吸引我。对我来说，穿过这条浓密的黑暗地带回到灯光暗淡的防波堤上去，要比融合在这片黑暗之中，甚至死在这片黑暗之中还要可怕。

我明白我是在考验自己的命运，是在做蠢事，夜里进城去是轻率的。但黑暗已经独自控制住了我。心跳动得有力而缓慢，我在说服自己：在我知道这警觉的黑暗中究竟隐藏着什么之前，我不能回到轮船上去。

常有这样的情况，一个人记不起某一名称或某个姓，在终于想起来以前，简直变得精神不正常，变得像个疯子。他只想着自己的秘密，想要猜出它的谜底，他变成了聋子、哑巴，看不见周围的一切。我的情况也大致如此。黑夜包藏着某一秘密，在我得知这一秘密之前，我无法生活下去。

黑暗在吸引我，就像撒哈拉大沙漠吸引着法国殖民者的士兵一样。这故事是巴别尔讲给我听的。士兵们进入沙漠，开了小差，永远也回不来了。

我并不感到恐惧。恰恰相反，我心中充满这样一种愿望：立刻发生某种出乎意外的事情，决定我的命运。我好像觉得，这一夜是我生命中的一条界限，在它后面应该是死亡，要么是耀眼夺目的光辉。

现在我想，我在雅尔塔的那种心情是由于在塞瓦斯托波尔挨饿引起的。但当时我正处于这种心情之中，所以不能以旁观者的态度认清它的性质。

我冷静而且镇静地做出决定，在黑暗中应该怎样行事。首先是紧贴着墙壁，完全不出声地悄悄行走，甚至不让最微弱的呼吸声暴露自己。黑暗掩护着我，只有两样危险会危及我的生命——突然暴露我的声音，不管是鞋掌的沙沙声、呼吸声、咳嗽声、支气管里的哮喘声，还是脚下干叶子的碎裂声。还有，就是在黑暗中直接撞到别人身上。

但走到架设在一条干涸的小河乌昌——苏河上的桥边时，我明白使我免遭危险的并不是这一切预防措施，而是一种准确无误的感觉，感觉到像我一样隐藏在黑暗之中的人已经近在眼前。这些看不见的人中，每一个都是敌人。我以一种虽然无以名之、但在我身上确实存在的第六或第十二感觉——我不知道——断定，在离我几步远的地方站着一个人，正在侧耳谛听。我和这个人同样感觉到被手摸暖了的钢枪栓，虽说我手里什么也没有。

还有一个优势——而且是一个很大的优势——这就是虽然我的敌人也是利用伸手不见五指的黑夜躲藏着，使我看不见他们。但是他们不知道，在这样的夜里保存生命的主要法则就是完全没有声音。因此，他们往往暴露了自己，于是我能及时从他们身边绕过去。

最后，我深信一个人所发出的声音远比我们所想象的要多得多。就连转动头部，特别是全身移动，有时都会听得清清楚楚。

还有一种危险，这就是火柴。当时没有手电筒，但任何时刻火柴的火光都可能突然一闪，使我暴露在敌人面前，意外地遇上死神。

我是到哪里去呢？我不知道。直到我进入了一条死胡同。

我走了很久。有时，如果我不知为什么觉得人行道上有危险的时候，我就走到马路上去。偶尔一阵风吹来，在柏树间喧哗，于是我就走得大胆一些。

我避开路边。路边上有排泄雨水的阴井。

我是在什么时候走进死胡同的——我不记得了。大概，已经是最深的深夜了。我扶着一堵石砌围墙，右面有一堵同样的石墙与它相连。我举起手来，在墙上摸着，但不论哪里都够不到墙头。墙相当高，要翻过去是不可能的。

左边也有一堵墙，两扇大门隔断了这堵石墙。大门旁边，墙上开了一个很窄的便门，我在便门旁摸到了一块牌子。

第三面墙——就是那堵有便门和牌子的墙——原来很矮，只有我肩膀那么高。可以感觉到墙后下面是一个枝叶茂密的花园，虽说并没有簌簌的响声。

我取出火柴，一下子划着了3根，好让火光比平常更亮一些。我决定看一看牌子上的字。

黄色的火光照亮了牌子。我只来得及看清了——“安东·巴夫洛维奇……故居。”

风吹灭了火柴。立刻在阿乌特卡公路上面的什么地方砰地响起了枪声。子弹从围墙上方低低地呼啸而过，轻轻地啪的一声打掉了树上的一根树枝。

第二发子弹从较高的地方呼啸而过，落到寂静无声的大海所在的黑暗之中。

我全身紧贴在便门的门洞里。我立刻忘记了一切——忘记了像害精神病一样的那种奇怪心情，忘记了穿过凶险的城市来到这里、来到契诃夫故居，如同走钢丝绳一般紧张的全部路程。

还是一个孩子的时候，我到过这幢房子。那是在16年以前，即1906年，契诃夫去世后的第二年。

我不明白，而且现在也不明白，我为什么来到了阿乌特卡，恰恰来到了这幢房子跟前。我不明白这是为什么。不过我当然已经好像觉得，我到那里去是有意识的。我是在寻找它。我心里似乎有一件重要事情，正是这件重要事情导致我来到了这里。

什么事呢?

我突然感觉到我一生中遭遇到的一切损失给我带来的深深的悲哀和痛苦。我想到了妈妈和加莉娅，想到犹如火光一样正在远方某处燃烧、但我不配得到的双重的爱，想到了已经去世的廖莉娅，想到了契诃夫透过夹鼻眼镜向人注视的、关怀和疲倦的目光。于是，我把脸紧贴到石砌围墙上，竭尽全力克制着，不过还是哭了起来。

我希望便门会吱扭一响打开，契诃夫会走出来，问我是怎么了。

我抬起头来。群山在黑暗中隐隐约约发出仿佛有魔力的、静止不动的白光。我猜到山上下了雪，会沙沙响的山上的干雪，踩在脚下会像砂糖一样发出咔嚓咔嚓的响声。

突然心里充满这样一种感觉，感到幸福就在近旁，它是一定会到来的。为什么，我不知道。也许，是由于这最纯洁的雪光，而这雪光如同一个美丽的地方遥远的反光一样；也许，是由于长期压抑在思想深处而没有说出来的一种感觉。感觉到在俄罗斯面前，在契诃夫面前，我好比是他们的儿子。契诃夫以各种不同的方式爱着自己的祖国，然而也是像爱他在最后一个短篇小说中所写的那个羞涩的新娘那样爱着它。他坚信，祖国正在走向必然的公正、美和幸福。

我相信，它，这幸福一定会到来。为了我的祖国，为了饥寒交迫的克里米亚，最后还有，为了我。

这种感觉是急切的、欢快的，犹如会引起强烈感情的爱的目光。它温暖了我的心，烘干了我疲倦和孤独的眼泪。

回去的时候我不再躲躲藏藏。有两次向我开枪射击。最后，在荒凉的黑暗中，我又从拿着步枪坐在港口大门旁的老头儿身边走了过去。他仍然像几个钟头以前那样漠然地望了望我。

后来我靠在一大块方形混凝土上（雅尔塔的防波堤就是用这种混凝土块砌成的），在防波堤上坐了好久，看着夜渐渐变成灰色，等着“佩斯捷利”号再驶近码头。那时，我将钻到客厅里的舷梯底下，立刻入睡。就连在梦中，我也将像醒着时总在等待着那样，等待着幸福的意外事情和变化。

奥卡河上的塔鲁萨市

1958年秋

非琴俄罗斯文学经典译文集

ПОВЕСТЬ О ЖИЗНИ

一生的故事

第五部

[俄] 康・帕乌斯托夫斯基 著
非 琴 译

河北出版传媒集团
河北教育出版社

图书在版编目（CIP）数据

一生的故事 / (俄罗斯) 帕乌斯托夫斯基著；非琴译. -- 石家庄：河北教育出版社，2017.10（2022.7 重印）
（非琴俄罗斯文学经典译文集）
ISBN 978-7-5545-3673-5

Ⅰ. ①一… Ⅱ. ①帕… ②非… Ⅲ. ①散文集－俄罗斯－现代 Ⅳ. ①I512.65

中国版本图书馆CIP数据核字(2017)第054398号

非琴俄罗斯文学经典译文集

一生的故事

作　　者　康·帕乌斯托夫斯基（俄罗斯）
译　　者　非　琴
策　　划　杨　才　蒋海燕
责任编辑　蒋海燕　郝建国　马海霞
　　　　　霍雅楠　石　姮　程亚星
装帧设计　于　越　郝　旭
出版发行　河北出版传媒集团
　　　　　河北教育出版社　http://www.hbep.com
　　　　　（石家庄市联盟路705号，050061）
印　　制　河北新华第一印刷有限责任公司
开　　本　787mm × 1092mm　1/32
印　　张　56.75
字　　数　1336千字
版　　次　2017年10月第1版
印　　次　2022年7月第2次印刷
书　　号　ISBN 978-7-5545-3673-5
定　　价　218.00元（全6册）

第五部

投向南方

目　录

简短的说明

本书是《一生的故事》这部自传体作品集的第五部。在这本书里，我不得不“按照剧情发展”，把这一幕从俄罗斯转移到最南边——高加索和外高加索去。

我又到了苏维埃政权刚刚建立起来的地区。事情竟是这样：经过一个长时期的间歇之后，我一直在追赶革命的进程，跟随着革命向南方推进。由于这个原因，对于我来说，革命的发展不是一条直线，而是一些奇异的曲线和反复。一年前经历过的事又回来了，不过是以另一种面貌出现的，而且增添了各种不同的事件。

我离开俄罗斯几乎有两年之久。但我并不为此感到后悔，在这段时间里我知道了许多东西。

书中的事件和人物是众多的，不过还是比现实中的少得多。

根据戏剧艺术相当合理的规律，剧本通常可以划分为十分精确的几个部分。

一开始是开场的交代，也就是把读者和观众带到人物、事件和景物中去。然后是剧情的发展，在这以后达到顶点——最高潮、爆炸、全剧最紧张的部分。这时，观众开始激动不安，在扶手椅上欠起身来，甚至不时大声喊叫。

电影中的顶点，最典型的例子是追逐。这些疯狂驰骋的骑手（为了打死敌人或拯救心爱的姑娘）使心情宁静的一部分人，特别是青年人付出相当高昂的代价，破坏了他们的大量神经细胞。

可惜，我们不知道怎样来测定神经遭受破坏的程度。在我们这个神经质的世纪，科学还没发展到能找到测定这一破坏程度的方法。

不管看起来是多么奇怪，但我所写的真实的生活本身，在那些年代里就正是按照这些规律形成的。

第一部《遥远的岁月》，可以叫作开卷的交代和整个故事的从容不迫的引言；第二部《动荡不安的青年时期》，让情节得到发展；第三部和第四部《一个未知时代的开始》和《怀着巨大希望的时期》，是符合剧情最紧张这一要求的；而第五部《投向南方》却带来了某种和缓。在剧本中总是这样的：剧作家制造和缓是为了让观众稍微喘一口气，然后合情合理的结局就慢慢地到来了。

这里生活本身安排了一段缓和时期，稍稍离开了基本主题。它把作者带到高加索，让他看看南方丰富多彩的种种事件、人物和大自然的景色。除此而外，还使生活充满了南方的乐观情绪和幽默感。在南方，幽默在任何情况下也不会枯竭，在任何事物前面也绝不会退让。

感谢读者

这本书，我想从对读者中的一位表示感谢写起。这位读者是住在塞瓦斯托波尔的退伍海军上校А.И马洛夫。

马洛夫上校核对了上一部自传体小说《怀着巨大希望的时期》中即使是与海洋只有间接关系的一切，给我寄来了几条意见。

上校渊博而生动的海事知识，使他的意见具有简短的海事小说的性质。上校的信里包含着一些类似篇幅不大的学术研究的段落——对克里米亚西北岸的颜色，对敖德萨附近那个作为领航员指路标记的所谓“科瓦列夫斯基塔楼”，以及海事的许多详情细节都做了研究。这些细节是那样有趣，从它们当中必然会产生海洋的浪漫主义精神。

我不加任何选择，把上校寄给我的三条意见全部引用在这里。

从这些意见中，每一个人都会明白，一个人应该怎样对待自己的事业。

首先，他尊重自己的事业，不能容忍对它采取轻率的态度。

在书中的一个地方，我给“航路指南”一词加上了引号。这立刻引起这位老海员提出公正的异议：“不应贬低航路指南，给它加上引号。”

在另一个地方，我轻率地写道，很久以来塔尔汉库特海角和灯塔在海员中就有很坏的名声。关于这一点，我的上校说：“这是正确的。但是您为什么要提到灯塔呢？海角——这是对的！而救命的，预先发出警告、确定方位的灯塔，尽管它叫塔尔汉库特（海员们不喜欢的）这个名字，却并没有给人留下坏印象。海员们尊重灯塔的灯光，而对海角、窄狭的水域和其他航海中的危险却并不赞美。”

最后，上校为受我委屈的“佩斯捷利”号轮船鸣不平的那段话，看起来是非常感人的。

我曾几次乘“佩斯捷利”号航行，与它已十分熟悉，甚至喜欢上了它。在苏维埃政权的最初几年中，这艘轮船是在高加索沿岸和俄罗斯之间保持联系的唯一一艘轮船。

可是我却写道，“佩斯捷利”号是一条破旧、窄小的老船，和那条“季米特里”号老船（这条所谓海上的“盒子”成了《怀着巨大希望的时期》一书中没有生命的主人公之一）是一样的。

我的这些话招来了上校的回答：

“您把‘佩斯捷利’号写得过于老朽了。它和‘季米特里’号不同。它较为年轻，更适于航海，船的构造也不同。由于它的外形，由于船身、圆材和上层建筑非常漂亮的结构，‘佩斯捷利’号受到商船和舰队的所有海员深深的尊敬，博得了他们的好感，甚至是特殊的喜爱。”

“‘佩斯捷利’号于1943年沉没。它是在安纳托利亚滨海地区被鱼雷击沉的。1941年以前，它航行于敖德萨——巴统航线，战争爆发后成了运输船。年老的黑海舰队水兵都记得它。”

在结束此书不长的引言的时候，我想祝愿每一位作家都有一些像马洛夫上校这样要求严格的读者。

同时，我忍不住要为上校住在塞瓦斯托波尔而羡慕他，忍不住要再一次写一写这座迷人的城市。

这几章我是在雅尔塔写的。我写得很慢，常常搁下笔来，想这几天内我一定要到塞瓦斯托波尔去。

在塞瓦斯托波尔，迎接我的将是炎热的秋天。挡土墙狭长的阴影里，落满尘土的小草还是绿色的。我甚至不知道这卷曲、不起眼的小草叫什么。它满足于单靠露珠滋润，英勇地经受着塞瓦斯托波尔日光灼人的夏天。而且它还散发出一股令人愉快的淡淡的香味。这香味好像荒凉的海滨浴场上到处都是、被太阳晒干的黑海藻味。这些海藻上蒙着一层薄薄的盐霜。如果用手绢揉搓一束这样的海藻，它就会碎成棕褐色的粉末。

现在塞瓦斯托波尔暑气弥漫。仿佛有一个看不见的人小心翼翼地把暑热倾倒在塞瓦斯托波尔的所有街道上和院子里，直到瓦屋顶都淹没在热浪之中。在这阵令人感到难受的热浪下，纺织娘在地洞里请求似的咕咕地叫着。

在塞瓦斯托波尔，由于闷热感到疲惫不堪，可以一连几小时坐在历史林荫大道上。而当一阵出乎意外的清风，顺着墙壁、围墙、纪念碑、棱堡的遗址和洋槐树丛之间看不见的通道猛冲过来，吹到脸上，这时却又可以突然深深地喘一口气。这使你们不至于昏昏然，软弱无力，提醒你们在船区那边，在阵亡将士公墓后面，黑海就在近旁溅起浪花。

塞瓦斯托波尔的海湾插入有许多小孔的海岸，好似插入已经变成化石的海绵之中。在这海绵状的砂岩上，生长着一些从缝隙里钻出来的、柔弱的穗状花，有时还挺立着一些像火柴头那么大、褪了色的小花。显然，在植物世界中，这些小花都算是侏儒了。不过，也许被看作孩子。

我是一个有漫长生活经历的人。我经历了当时世界上我那个年龄的人几乎所能经历的一切。用叶赛宁的话来说，那是一个“该收拾起并非永世长存的家私上路”[①]的时候。所以我羡慕这些穗状花，因为它们作为生活的无言的见证人，几天，几个星期，几个月，一直站在俯临大海的岸上。谁也不要求它们一定要表明自己的感情。

我甚至好像觉得，对于它们来说，时间的流逝比对于我们来说要慢一些，它们——不会移动——看到的世界也比我们看到的要平静一些，也更

① 叶赛宁的诗《我们现在正渐渐离开……》。

美好一些。

至于说到我，那么我终生都是由不断的活动转向渴望达到这样的状态："一股冰冷的清泉在峡谷中嬉戏，使生活陷入模模糊糊的梦境，潺潺地向我叙述一篇神秘的史诗，讲的是一个和平的地区，而它正是来自那里。"①

是的，有时我想体验哪怕是微不足道的一小部分这样的状态——陷入某种模模糊糊的梦境之中。但是我十分清楚，这样的状态只能叫做梦。实际上，这种状态充满了富有成果的紧张心情。

我羡慕那些穗状花。黎明和中午，晚霞，柴油机船在波涛喧嚣、白茫茫的遥远水域里轻轻晃动，从乌云后面射出的阳光，如同闪闪发光的、甘露一般的小颗露珠，以及像大颗露珠一般的星星——这一切都在那些穗状花面前慢慢地相互交替，变化不已。

在这些十分渺小的小草前，生活的不同瞬间一直在它们真正壮丽的状态中逝去。而每当新的一天到来时，这一切又会回到这里。

但当南海湾那边一列快车的灯火在暮色中飞驰而去，又在隧道中熄灭了的时候，这种羡慕的心情迅速消失了。这些灯火把这种心情从赫尔松涅斯和因克尔芒②古代的烟雾，从艾亚角和菲奥连特荒无人烟的陡岸带往北方去了。那里枯黄的桦树叶子大概已经纷纷飘落，使空气中飘散着一股苦味。

我认为，对世界慢慢地进行富有成果的观察和采取合理而有力的行

① 莱蒙托夫的诗《当发黄的庄稼地翻起波浪……》。

② 塞瓦斯托波尔的东部地区。——译者

动，同样都是值得的。观察是创作和爱大地的基础之一——首先是爱自己祖国的大地。

我发觉关于塞瓦斯托波尔的议论把我引得离题太远了。因此，我要中断这些议论，言归正传，叙述故事了。

自己不写书、但精通文学理论的行家们断言，叙述故事一定要有钢铁一般的连续性。著书的人只好对这条规则信以为真，并尽力去执行这一规定。

烟草共和国

“佩斯捷利”号停泊在新罗西斯克的时候，东北风开始向城市慢慢吹来。刮这种狂风的最初迹象已经出现了——群山上飘浮着好似一条条缠在一起的脏棉絮的灰云。群山好像一些死骆驼，似乎有一根根肋骨从这些死骆驼落满尘土的皮下凸出来了。

棉絮团散开，从山上飘下来，带来了风。得趁东北风还没有猛吹到港口来的时候离岸。风已经幸灾乐祸地在缆索间轻轻呼啸，把微微发白的水全都从水洼里吹出来了。

“佩斯捷利”号起碇离岸，全速驶往大海，向南方驶去。据海员们说，离新罗西斯克越远，东北风也就越小，会迅速减弱，失去它的破坏力。

我们成功地避开了东北风。

夜里我醒来，看到舷窗外夜空低悬，黑暗中图阿普谢市的灯火仿佛冷得发抖。接着，我又沉沉入睡了。

我蒙眬入睡，心里在想，根据一开始的情况来看，不必期待高加索沿岸一带会有什么特殊事情。但早晨我醒来的情景，却好像在梦幻中一般。

我醒了，好长时间躺在那里，没有睁开眼，感觉到不知什么人温暖的手掌在抚摩我的脸，手掌上散发出正在开花的金合欢的清香。

这当然是早晨的轻风。轻风吹进船舱，在船舱里懒洋洋地徘徊，触及它路上所碰到的一切，其中也包括我的双颊。

我半睡不醒地想起，我已经是第5天没刮脸了，脸上的硬毛准会擦伤这可爱的手掌。我感到羞愧，决定立刻刮脸，大概因此彻底醒了。

锚链在哗啦哗啦地响。从甲板上传来通常会在港口上听到的呼喊声："往上拉，他妈的！慢慢往下放！"

我终于睁开了眼。舷窗外阳光灿烂，太阳占据了半边天空和半个大海，似乎已靠近地面。外面枝繁叶茂的植物宛如一堵活墙，在得意扬扬的阳光中晃动着。

时而是这里，时而是那里，有一些彩色斑点投射到这堵活墙上，好像在上面涂了一块块朱砂、最纯净的白粉和赭石。我闭上眼睛，摇了摇头。又睁开眼睛，确信这并不是涂上去的油画颜料，而是分散在叶丛中的、我不认识的花。

"这是什么？"我坐到床上，问自己。"海市蜃楼？还是塔希提岛[①]？还是天堂一般的萨摩亚群岛[②]呢？"

---

① 太平洋上的火山岛。——译者

② 太平洋上的群岛，由14个火山岛组成。——译者

不，这既不是海市蜃楼，不是塔希提岛，也不是度过黑夜之后产生的幻觉。我听到了舷窗外二副有点儿嘶哑的声音：

“任——何——人！”他坚决地说，“我们不放任何人上岸。明白吗？即使是肖洛姆·阿莱赫姆[①]本人也不行。阿布哈兹共和国政府的命令！完了！所以你们可以从甲板上欣赏苏呼米[②]，不要心情激动，自寻烦恼。上帝保佑，你们还会活在这个世界上，看到你们应该看到的一切，甚至会看到你们根本不应该看到的东西。”

我很快穿好衣服，走上甲板。钉在舷梯踏板上的薄铜片熠熠闪亮，使我目眩。短时间的头晕迫使我抓住了栏杆。

从岸上飘来一股酸涩的气味。这酸涩的气味和勉强可以闻到的、犹如丝绸一般轻轻飘扬的玫瑰芳香融合在一起。

这些香味一会儿交织在一起，仿佛紧紧绕作一团，把空气压缩到像糖浆那样浓；一会儿又散开来，仿佛拆散成单根的纤维。于是，我就分辨出杜鹃花、月桂、桉树、欧洲夹竹桃、紫藤，以及就其构造和色彩来说都异常美丽的许多种花的芳香。

我决定上岸，到苏呼米去，不管这需要付出什么代价。不仅上岸，而且要留在这里。

我好像觉得如果我能上岸，我童年时的梦想就一定能够实现。这梦想就是：至少可以摸一摸，哪怕只是碰一碰椰子树有纤维的树干，碰一碰翠绿的竹子皮——总是冰凉、光滑的，碰一碰由于混有珊瑚细沙而变成粉红

---

① 肖洛姆·阿莱赫姆（1859—1916），犹太作家。

② 苏联阿布哈兹自治共和国首府，黑海港口城市。——译者

色的土壤。

我还小的时候，就学着妈妈，把这样的梦想叫作“无法实现的梦”。妈妈对父亲生气的时候，我常听到她说这个词。妈妈甚至是叱责父亲。而当父亲弓着背，顺从地从家里出去以逃避不断的责备时，妈妈又因为可怜他而放声大哭，并且要我答应她，我将终生爱他，像爱护一个小孩子那样爱护他。“我不能看他弓着背的那个样子！”她绝望地说。

但无论是她还是我，或亲人中的任何人，谁都没有爱护他——这使妈妈一直到死都非常难过。

在童年，我当然没有为这“无法实现的梦”感觉到任何痛苦，而且也不可能感到痛苦。我只是猜到，这是一种十分忧郁的感情，就像有一次父亲所说的，它会使毫无过错的人类的心灵变得空虚。

我已经是一个八年级学生时，有一次我在父亲的写字桌里找到一些他写满了字的、很窄的字条。当时我只能辨认出一句话——经受未能实现的事情远比经受无法实现的事情要痛苦。

从那时起，未能实现的事情带来的淡淡的哀愁几乎从未离开过我。尽管从表面上看，我的性格是开朗的。从那时起，生活中最吸引我的是这样一些事情、情况和人——这些人和事能给人留下一种一闪即逝的虚构的感觉。

我懂得了父亲的话的意思，也更加喜欢他了。然而那时我与他之间已经隔着一段极远的距离，正如现在我们之间的距离一样遥远。他躺在干裂的土地里，躺在有刺的飞廉丛之间，躺在白采尔科维附近的乡村墓地上，可我却只身一人在世界上到处流浪。

我们永远互相失去了对方。不过我还至少偶尔能回想起他来。而他对我，却连回想都不能了。

我断然决定，要留在苏呼米。不过，怎样才能留下来呢？

“佩斯捷利”号船停泊在离岸很远的地方。只有两条船身很宽的土耳其载货帆船（它们叫作“马古纳”）系留在轮船的船舷上。人们正在用绞车从帆船上往“佩斯捷利”号上装载缝在麻布包里的烟草。由于阿布哈兹当局宣布的令人纳闷的检疫，不放任何人上岸。

我去见船长。对他说，作为《海员报》的工作人员，我需要上岸，哪怕上岸去一个钟头也好。船长皱起眉头。

“得去跟港口管理员谈谈，”他说，“是个很难说话的人。好吧，反正一样。咱们走吧。”

港口管理员留着好像是由于抽烟而熏红了的红胡子，眉毛也是火红色的，他坚决而粗暴地拒绝让我上岸。

“赊欠，”他严厉地说，“会搞坏关系。”

这和赊欠有什么关系呢？我不懂。

船长坚持自己的要求，港口管理员终于让步了。

“您可以下船。”他对我说，“不过只能像您现在站在我面前的这个样子，不能带手提箱，什么东西也不能带，连帽子也不能戴。而且要直接从这儿上岸，不能先回船舱去。”

“为什么呢？”我问。虽然我十分清楚，管理员是怕我在船舱里带上钱，留在苏呼米。

“我有一个习惯，”他回答，“对多余的询问我会见怪的。如果您同意，就请上‘马古纳’。它这就要离开了，请坐下一条‘马古纳’回来。我不能做比这更明白的解释了。”

我顺着绳梯下到载货帆船上。暂时我还不能想象，怎样才能从这苏呼米的窘境中摆脱出来。钱都带在我的身上，只有这一点让我感到放心。手提箱我决定不要了，里面除了3件干净的衬衣，没有任何贵重的东西。我的第一部中篇小说《浪漫主义者》的手稿，我把它留在敖德萨了。

在载货帆船上，烟草的灰尘刺激得我的喉咙发痒。碧绿的波浪不时懒洋洋地越过船舷，向船内张望。面容凶恶的阿布哈兹搬运工人狂怒地大声喊叫着。一些净是灰尘的小口袋傲然地扎在他们的头上。

我好像觉得那些搬运工人打算把我扔进大海里去，但港口管理员用阿布哈兹语对他们不知喊了些什么。他们立刻平静下来，甚至请我抽萨姆松[①]烟草。

由于抽了这种烟，我有好几秒钟停止了呼吸，太阳在天空中旋转起来。阿布哈兹人同情地摇摇头，不乐意地拿起沉重的船桨。载货帆船摇摇晃晃向神秘的海岸慢慢漂去。

为了明白当时在苏呼米发生的事情，需要谈一谈高加索沿岸那一小块地方上的概况。闷热的、小小的阿布哈兹就在海岸上，一直延伸到山脚底下。

阿布哈兹的苏维埃政权是不久以前刚刚建立起来的。旧事物和新事物混杂在一起，就好像受到猛烈震动，篮子里的东西都混杂起来一样。

当时阿布哈兹发生的一切怪事和令人惊异的状况，当然只能用苏维埃政权还年轻来做解释。这些怪事会使人想起欧·亨利[②]用他那支愉快的笔在《白菜与国王》一书中所描写的、一个小小的南美共和国的风俗。

---

① 土耳其北部港口城市，烟草种植区的中心。——译者

② 欧·亨利（1862—1910），美国作家。——译者

我在苏呼米生活的最初一段时间里，对于周围所发生的事情是不是事实，经常会丧失信心。我对时间和环境的感觉好像发生动摇了。

如果当时我看到，在“三兄弟”号纵帆船的横桁上用浸透树脂的绞索吊着一个走私者，我大概不会感到十分惊奇。如果有一艘美国南北战争时期的、相当大的低舷铁甲炮舰停在海湾里，并向苏呼米打来像糙皮甜瓜那么大的圆形小炮弹，我也不会感到特别惊讶。

如果我在苏呼米的女房东，从前当过家庭教师的70岁的亨利叶塔·弗兰采芙娜·扎柳小姐原来是阿布哈兹以前的统治者、舍尔瓦希泽公爵从前的情妇，那么这件事情中也没有任何特殊之处。我将仍然不动声色地就着这位年迈的小姐送给我的、世界上最酸的荚肉果酱喝茶。这种果酱的浆汁红得像鲜血，像山间的落日。

实际上阿布哈兹出了什么事呢？

邻近几个州里人们正死于斑疹伤寒。于是三面被那几个州紧紧夹在中间的这一小块地方决定用一种最容易理解、而且最简单的办法拯救自己——切断与其余世界的联系，并监视着，连一只老鼠也不让它跑过边界。

要做到这一点，相对来说是比较容易的。

北边，高加索山的主脉把阿布哈兹与外界隔断了。唯一的克卢霍尔山口，当时不能通行——驮东西的牲口走的一条小路有好几个地方都被破坏了。雪崩顺着悬崖峭壁日夜不停地滑下来，腾起的雪尘好似烟雾一般。

南北两面——北面从索契那边，南面从阿扎尔那边通往这里的公路和桥梁，在国内战争时期都被炸坏了。公路上堆满了岩屑，还有很多地方塌方。

只剩下唯一的一条路——大海。但是海上没有船，如果不算“佩斯捷利”号的话。

最便当的办法就是宣布对斑疹伤寒进行检疫，不放任何人从船上上岸。地方当局就是这么做的。

然而，整个黑海沿岸以及邻近地区都流传着这样一个消息，而且流传越来越广，说是高加索沿岸一带有一个小小的天堂，那里有丰富的食品，多得令人无法想象，那里的气候简直让人陶醉。大家都拼命要到这个天堂里来，但是天堂紧紧地关上了大门。

这个天堂叫阿布哈兹。当时对它的情况了解得很少，报纸上几乎没有一篇关于它的文章，也几乎没有一本谈论它的书。除了契诃夫的《决斗》，更没有一篇已经发表的小说其中的故事是在苏呼米发生的。

当时对于我来说，阿布哈兹的一切都是陌生的——无论是群山、河流、植物，还是人民。

一些巨大的山峰——我还不知道它们的名称——在日落时看得最为清晰。它们重叠起伏的冰峰仿佛在隐隐燃烧，散发出落日的浓厚的热气。

最初一段时间，由于不习惯，我好像觉得这些巨大的山脉正在从西北向东南方向慢慢移动，仿佛是一幅没有尽头、正在旋转着的环形全景图。

为了摆脱这种感觉，我就看看近处的什么东西——看看房屋，脚下的石头——于是，群山突然停止不动了。

只是在春天，当我看到了阿布哈兹内地，看到那里的群山，看到山上十分茂密的山毛榉林，看到水流湍急、如同沸腾一般、浪花飞溅的山间河流，看到那里植物的规模的时候，对群山的这种最初的、甚至有点不祥之兆的印象才会成为过去。

我在苏呼米没有熟人。我经常独自在城郊闲荡。我不敢走得太远。

据本地的老住户说，离城10公里处就已经是被战争和内讧困扰的高加索了。在山路的每一个转弯处，背上都可能挨一枪，或者是死于突然的山崩。

只是到苏维埃政权建立以后，宁静才逐渐慢慢地来到高加索。

因此，我只在那条于离城5公里处入海的克拉苏河这边闲逛，河那边就没有去过。不过就连这条河也充满了谜。

在克拉苏河转弯的地方淤积出一些小沙嘴。在阳光下，沙嘴像金沙一样闪闪发亮。

头一次来到克拉苏河边时，我从河岸上的细沙中冲洗出了一把鳞片似的乌金——这乌金让人看了感到愉快，轻得似乎没有分量。但过了1小时，鳞片都发黑了，变得像铁屑一般。

在苏呼米，人们对我解释说，这不是金子，而是黄铁矿。但我还是没有扔掉它，而是把它倒到窗台上，堆得像一座小山。我天真地期望，在阳光照射下黄铁矿又会开始金光闪烁，但是没有发生这样的事。

植物也是神秘的——无论是在阿布哈兹生长了几千年的古老植物，还是从日本、意大利、印度、波利尼西亚和其他国家移植来的新植物，都是如此。最先在苏呼米海岸上种植这些外国植物的，是一些植物学家和本地的园艺家兼种植园主。

植物以其使人头晕的异香、稀奇古怪的形状和植株之大令人感到惊讶。

在扎柳小姐的房屋后面——城里切尔尼亚夫斯基山上的最后一座房子——长着一丛丛高大、芳香的杜鹃花。有胡狼藏在花丛里。杜鹃花香熏得人头痛。

在这片杜鹃花地的后面，表面上有光泽的竹林黑压压的，好像一堵黑墙。只要有最小的微风吹过，竹叶不是像北方的树叶那样簌簌作响，而是像在互相低声交谈。如果风力增强，竹叶就像一些小蛇那样扭来扭去，并轻轻地呼啸着——也像一些凶恶的小蛇那样。

阿布哈兹人也似乎是神秘的。他们大部分都是一些干瘦的人，说话的声音好像鹰鸣。他们几乎不下马鞍。像人一样干瘦的马驮着他们，徐徐移动着纤细的腿。

几乎所有阿布哈兹人的侧面像都值得铸成铜像。

男人的特点是自豪，暴躁易怒，像骑士那样正直，然而忧郁寡欢，不慌不忙。干活的是妇女，30岁的时候，她们看上去就已经像老太婆了。

我常常在从山村去苏呼米的路上遇到一些妇女。她们用一只手触及地面，弯着腰慢慢走着，被一袋袋玉米的重负或一捆捆干树枝压得几乎喘不过气来。前面，男人们双手叉腰骑在毛色发亮的马上——他们是这些妇女的丈夫，有时是儿子，甚至是孙子。镶着银饰品的腰带在他们精致的束腰无领的袍子上闪闪发亮。

他们毫不停顿地策马从一旁走过，为大家公认的美男子的脸上带着一副冷漠的神情。不过他们还是觉得不大自在。我做出这一判断的根据是，他们受不住别人责备的目光，总是转过脸去，策马疾驰。

我试图帮助那些妇女，有时这还完全是一些小姑娘。但妇女们那样急急忙忙退到一旁，躲开我。她们的眼睛里流露出那样恐惧的哀求神情，我只好不再帮助她们了。因为我懂得，我这样做，她们的处境将会更糟。

显然，这些妇女中有很多人曾经是美人儿。只能根据眼睛和手指推想她们往日的美丽。妇女们一边走，一边不时用手指碰一碰地面，仿佛是用力一撑，好抬起一点儿身来——大概，背负力不胜任的重荷，这样会轻松一些。

有时我注意到某个老太婆薄薄的、神经质的嘴唇，或者是眼神中青春的闪光，于是渐渐明白，这个妇女完全不是一个老太婆。使她变成老太婆的，是那种像驮东西的牲口的生活。

有时妇女们停下脚步，用手背擦擦流泪的眼睛。但那不是悲伤和委屈的眼泪，而是永无止境的劳累的眼泪。

在当时的新旧混合物中，乍一看，觉得最奇怪的是苏呼米竟还有一个侍从武官长、阿布哈兹从前的封建主。据说是老女王玛丽亚·费奥多罗芙娜的非皇族的丈夫、舍尔瓦希泽公爵。

没有触动他——大概，是因为这个老公爵早已成了酒鬼。

他住在苏呼米郊区一幢不大的房子里。在苏维埃政权建立后的第一个秋天，有些农民还按照习惯给他送去封建时期的贡品——玉米、烟草、山羊奶干酪和樱桃李。

在缴纳贡品的这一天，由于尖锐刺耳、似乎能钻透骨头的尖叫声，整个苏呼米城都被震得发抖，好像市场上有成百上千只小猪在麻袋里挣扎着号叫。

那是没有上油的大车在吱嘎作响，拉车的是一些十分沉着的犍牛。这些犍牛目不斜视，对自己的亲属——马的颅骨连看都不看一眼。这些马的颅骨是为避免被毒眼看过会带来灾祸，故意摆到阿布哈兹人的围墙上的。

听到尖叫声，我醒来了，朝窗外望了望。深蓝色的天空没有预示会发生任何灾难，天空在欢快地闪烁着。但尖叫声却坚定不移地滚滚而来，从四面八方包围了苏呼米。

亨利叶塔·弗兰采芙娜对我大声说，这是采别利达、梅尔赫乌尔，以及一些其他村镇上的居民来给舍尔瓦希泽进贡了。她向我应许，尖叫声很快就会平息，不过到傍晚又会响起来。到那时赶大车的已经在一家叫作“路上的早餐”的小酒馆里喝足了新葡萄酒，为了向亲戚、熟人表示祝贺，唱起酒宴上唱的歌曲，赶着大车慢慢地踏上归途了。

在我到来的那一年，这是最后一次进贡。舍尔瓦希泽颇有先见之明地拒收贡品，只给自己留下了不多点儿的玉米。

这个老公爵自命为骑士。他讲俄语时用一些那样高雅的词句，就连俄罗斯人听了也感到困惑不解。我听到过他用俄语讲话，每句话一开头他都要用一个夸张的词：“恳请……”

老头儿面色红通通的，脸孔胖乎乎的，是张酒鬼的脸，但样子十分威严。他穿一件薄呢束腰无领的长袍，胸前缝着子弹夹，没戴肩章，可是有穗带。喝过酒以后，喜欢睡在林荫道上的长凳上。

“传说”一词的双层含义

“传说”一词有两种意思。

这或者是富有诗意的民间传说（大部分是假冒的民间传说），或者是对地图上各种符号所做的说明。

我从童年起就喜欢地图和平面图，从童年起就对一些神奇的传说持怀疑态度，特别是对东方的传说。我觉得这些传说是有名无实、摆摆样子的玩意儿。

也许，这种不喜欢传说的心情是在看了一些旅游指南之后产生的。这些旅游指南上讲了许多枯燥无味、很不自然的传说，几乎每一个山洞、每一座悬崖、每一条泉水和每一座坟墓都有传说。

一般说来，如果除去这一缺点，旅游指南都是些引人入胜的书。几乎没有人不喜欢看旅游指南的。还在少年时代，对于我和像我这样的半大孩子，每看一本旅游指南，都仿佛是免费去一些很有意思的地方旅行。每一本旅游指南都会推动想象力，给它增加丰富的内容。

无论如何也无法猜测，旅游指南上几句枯燥无味的话会使我们去做些什么样的事情，比如说像这样一些话——乘马车游览里斯本要花多少钱，在布林迪西的市场上是否需要讨价还价。

于是，刚一知道里斯本的马车夫会要多少钱，立刻就会产生这样的愿望——雇一辆马车，坐马车游览市内洒过水的古老街道，到富丽堂皇的大教堂去，然后再去港口。在那里您会偶然看到，从大洋上刮来的风吹掉一位美貌妇女的绿色披巾。披巾很薄，好似百合花——我不坚持这一比拟——风把披巾吹到海里去了。那位妇女却笑着，用手掌把自己光滑的黑发紧紧地按在鬓角上，以免被风吹乱。

在旅游指南上旅行——这是一种令人神往，同时又十分困难的游戏。这旅行完全建筑在想象上。起初，它带来喜悦，后来却带来了失望。这失望的原因就是旅游指南使人产生一种愿望——想要得到不可能得到的东西。

不过，还是请您对想象力采取宽容态度吧！请不要回避它。请不要压抑它，不要制止它。首先不要像对穷亲戚那样，为它感到不好意思！这是那个隐藏着戈尔康达[1]的无数奇珍异宝的乞丐。

对于我来说，传说（口头的）早就与旅游指南联系在一起了。有时我好像觉得，这些传说是为了满足旅游指南的需要，为了对旅游者说一些废话而专门编造出来的。

旅游者们戴着同样的白毡帽，帽子上缝着带小绒球的带子，拄着同样的带杈的梾木手杖，上面烙着题词："索契纪念"，要么是："来自西梅伊兹的问候"。穿着落满尘土的软底便鞋，汗流满面，成群结队地在各个名胜古迹间走来走去，竭力想多记住一些传说。

旅游者的背囊里塞满了纪念品，主要是明信片和粘着海洋小贝壳的、装照片的小镜框。

旅游者带回家去的不是这些贝壳，而是片状的珠母碎屑和一些模模糊糊的印象。但这并没有使他们不再执着地热心"按计划"参观一切，结果他们什么也没能仔仔细细地看清楚，什么也没能好好地弄明白。

我赞成旅游，但不要那些常常在旅游中出现的庸俗东西。

我又破坏了叙述的连续性。这都怪我那倔强的记忆力。请原谅，我要赶紧后退，以便从那里再继续前进。还是回到地图及其不轻易使用文字的说明——"传说"上来吧。更确切些说，我是要回到苏呼米的"传说"上来，回到苏呼米的地形概况上来。不过，我将只提到在今后的故事中会起某种作用的那些地方。

我以当时我在苏呼米居住的、亨利叶塔·弗兰采芙娜·扎柳小姐的那幢房子和花园作为我描写地形的出发点。

---

① 16世纪至17世纪印度的一个国家。——译者

我打算以这座矮房子和小花园为圆心，描写在它们半径之内的地形。那里在窗下有一棵性情温和的芭蕉，长着几片嫩绿色的、像大象那样的耳朵。

不过，在描写地形之前，首先我要说几句话，谈谈我是怎样留在苏呼米的。

在“佩斯捷利”号从苏呼米起碇驶往波季之前，为了预防被人发现，我远远离开了堤岸。我认为，人家准会抓住我，把我从苏呼米驱逐出去。

就这样，我走到了切尔尼亚夫斯基山，又在山上走到了最后一座孤零零的房子——亨利叶塔·弗兰采芙娜的房子。

尽管我是空身一人，完全没带任何东西，老太婆却很乐意租给我一间房子。有一些毛蓬蓬的蜈蚣在屋里的墙上爬来爬去。

晚上，等到危险过去以后，我决定下山到城里去，到小饭馆里去吃晚饭。小饭馆里的地板由于洒上了淡紫色的葡萄酒，因而是黏糊糊的。有一个瘦小的小老头儿正在地板上豪迈地跳列兹金卡舞[1]，他戴着镜片厚厚的眼镜，穿一件对他来说显得太长的灰色束腰无领的袍子。

他的朋友们坐在桌边体谅地拍着手，饭馆老板在噼噼啪啪地打算盘，毫不理会正在一心玩乐的那个老头儿。

老头儿跳完了舞，邀请我坐到他那张桌子那里去。他立刻认出我是一个外来人。与我的推测相反，老头儿完全没有醉意，而且与阿布哈兹人以及任何其他山地居民都没有任何关系。原来他是梯弗里斯[2]的犹太人，姓

① 一种速度很快的高加索民间舞蹈。——译者

② 第比利斯的旧名。——译者

雷夫金。他在苏呼米阿布哈兹合作社联合会——阿社联——工作，只不过是喜欢在空闲时间跳跳列兹金卡舞罢了。

他立刻邀请我去阿社联，到他那里去处理业务上的来往公文。总而言之，我在苏呼米非常走运。

不过，还是回到地形上来吧。

亨利叶塔·弗兰采芙娜的花园正中修了一个齐地面高的水泥深蓄水池，用来储存雨水。春天的雨水几乎够亨利叶塔·弗兰采芙娜用到秋天。蓄水池四周栽着几棵叶子很大的棕榈。

亨利叶塔的宅边园地旁有一块不大的林间空地，上面长满了黄色的和淡紫色的蜡菊。有时有一些蛇从林间空地上爬过。

林间空地的另一边有一座格格列尔①人的屋子，屋子建造在木桩上，还有一个很长的木板阳台。这座房子的门窗都用薄木板十字交叉钉起来了，房屋四周是一片片桂樱和乌荆子的密林，而且长得那样茂盛，几乎不可能穿过密林，走近那座房子。

房后是一丛丛杜鹃花。一些不知对什么不满意的熊蜂，好像一支唢呐乐队，整天在那里吹奏着它们的簧管乐器。

在这些杜鹃花丛后面，在那各种色彩的烟雾里，在一瞬息间飞越（和乌云投下的阴影一起）许多山峰和无底深渊的、跳跃的阳光中，在冰川的曲折的闪光中，在战栗的叶丛中，在大高加索山脉山峰上空如同爆炸一般缭绕盘旋的大片白云之中，就有那个正在向人召唤而又使人感到恐惧的神

---

① 格鲁吉亚西北部的一个民族。——译者

秘国家。奥陀耶夫斯基[①]就死在那里，萨米尔[②]曾在那里在先知的绿旗下作战，别斯土舍夫——马尔林斯基[③]就是在那里被打死的，莱蒙托夫就是在那里带着讥笑的神情陷入愁思。

有时我好像觉得我看到了这一切。我看到了征服高加索时期的高加索——褪了色的军大衣和帽圈，棕色的脸，有一股哈喇味的烟斗，铜刀柄，用带刺的树枝构筑的鹿砦，一股股飞速流动的硝烟——看到了整个被战争搅扰得惊惶不安、“三次毁于战火的高加索”。

我看到了无法攀登的群山的“银冠”，看到了“大自然的宝座，从宝座上飞下如烟的血红色彤云”[④]。莱蒙托夫写下的这一切和他十分苦闷的爱，以及思念之情是完全一致的。而70年以后，另一位诗人谈到莱蒙托夫时，说了这样一些犹如痛哭的话：

在你的极端苦闷之中，
对虚幻的春天忧郁的思念，
犹如遥远的光在我面前闪现，
又如唢呐的一曲哀歌袅袅不断。[⑤]

---

① 亚·伊·奥陀耶夫斯基（1802—1839），俄国十二月党人、诗人。

② 萨米尔（1799—1871），1834年至1859年达吉斯坦和切奇尼亚地区的第三伊玛目，高加索山民反对沙皇及当地封建主的解放斗争的领导人。

③ 亚·亚·别斯土舍夫·马尔林斯基（1797—1837），俄国十二月党人、作家、骑兵军官。——译者

④ 莱蒙托夫的《有韵的散文诗试作》中的《高加索蓝色的群山，向你们致敬！……》，引文与原文略有出入。

⑤ 勃洛克的诗《恶魔》。

在那里，在切尔尼亚夫斯基山上，有时我感觉到自己仿佛处于不平静的、莱蒙托夫时代的高加索。更确切些说，是我希望有这样的感觉。而生活也按照它纵容幻想家的坏习惯，把这个古老的高加索的许多特点慷慨地赏赐给了我。

在离亨利叶塔的房子不远的地方，我偶然发现一块削光了的椭圆形石头。石头上蒙着那样厚的一层黄色苔藓，因此，很久以前镌刻在这块石头上的题词已经无法辨认了……也许，奥多耶夫斯基就葬在这里吧，或许这是一个无名射手的坟墓吧，谁知道呢？

无论如何有了给这座坟墓送花来的借口（鸟儿总是把花啄坏、叼走），而且可以用胳膊肘支撑着石头坐在地上，看着刚刚捉到的一条小蜥蜴在你手掌中惊惶不安地、急促地喘气。

有好几次，从山间飘来了雷雨。雷雨蛮横无理地噼啪作响，用闪电撕裂漆黑的天空，在自己前面驱赶着滚滚的浊浪——一团团黄色的阴云。

旋风好像巨大的陀螺在大海上方打旋，弯曲，仿佛绊了一下，突然以其全部重量跌落到水面上。于是，大海波涛翻滚，好似沸腾了一般。

山间的瀑布吼叫着在凹地上飞速奔流，冲倒一块块巨大的石头。大海的远方一片墨黑，呈现出凶险的景象。暴雨随风斜飞，几乎不接触地面。突然，恰似爆炸时的一道闪光，一道潮湿、炽热的阳光出乎意外地冲出了云层。于是，几条彩虹以群山做桥墩，架在群山上空，从容不迫地把点点火星似的无数小水滴升往空中。雷雨结束了。

雷雨后，苏呼米上空悬浮着一层闷热的蒸气。亨利叶塔·弗兰采芙娜关上窗子。她说，看不见的瘴气会在这些蒸气中大量增加，瘴气多得简直叫人喘不过气来。

用亨利叶塔的话来说，瘴气会引起疟疾、心脏衰弱和骨头酸痛。

天闷热得那么厉害，所有能落上潮气的东西都仿佛在大汗淋漓。树叶、围墙、山岩和瓦屋顶——一切都是湿漉漉的，闪闪发亮，好像是刚从水里捞出来似的。汗水从头发上流进衣领，汗水从棕榈叶上往下流，就像从小小的排水管里往下流一样。

在一次这样的雷雨之后，我第一次体验到呼吸困难、仿佛要窒息似的滋味，似乎肺里灌满了铅。那是气喘的最初迹象——气喘是一种残酷的疾病，它使人呼吸短促，只相当于平常呼吸的四分之一，迫使人只用四分之一的声音说话，只用平常四分之一的脚步走路，只用四分之一的思想思索，只有气喘是以全副精力发作，而不是什么四分之一。

现在，许多年以后，我想准确地记下我对高加索和苏呼米的最初印象。但当我重读已经写下的东西，发现这些印象都是走马观花式的，而且并不是互相间都有十分密切的联系，不过也并未失去对地点和时间的统一感觉。

显然，这只能用那种虽说时间不长、但很奇怪的现实感的减弱来做解释。在苏呼米生活的最初一段时间里，这种奇怪的感觉控制了我。

在饥饿、冰封的黑海北岸与这金合欢飘香、大自然如此慷慨的国家之间，差别实在是太悬殊了。

这国家是慷慨的，也是不可理解的。千百年来这里形成了一些奇风异俗。它被束缚在这些风俗习惯里，仿佛披上了盔甲。

这里一切都好像是奇怪的。

当舍尔瓦希泽公爵走进酒馆，顾客们都习惯地站起来。教师和作家德·约·古利阿[1]——阿布哈兹的启蒙者——创造了阿布哈兹文字，创办了第一座大车上的流动剧院。

那时还没有苏维埃政权的货币，流通的货币是又脏又破的土耳其里拉。

有一艘苏格兰轮船来运苏呼米的烟草，作为交换，留下了一桶桶大西洋的鲱鱼。那艘轮船来过以后，又来了一艘日本轮船，运来了大量大米和蔗糖。因此不是给职员们发工资，而是发给他们食品。每两天另加1维德罗[2]上等葡萄酒和一包珍贵的特列比宗德牌烟草。纯粹的特列比宗德牌烟草是不能抽的——它味道太辣，也太贵。一般是把它掺在普通烟草里，使普通烟草抽起来更有味道。

市场上在卖山里的小熊，每头1卢布，外加一串硬得像石头一般的莫斯科小面包圈，这些面包圈大概还是革命以前烤出来的。面包圈贵得出奇。

竹笋会穿通路面。一夜之间它们就会长高1米，有的长得更高。流血的复仇从未停息。山村中，老人们的法庭还在开庭审判。

难以理解，我们是生活在哪个世纪。萨穆尔扎卡尼——阿布哈兹最不驯服的一个边区——的居民选出一些最受尊敬的代表——能悄悄偷走性情最暴躁的烈马的人，去参加第一次苏维埃代表大会。在那时候，萨穆尔扎卡尼的老人们认为真正的勇敢精神是偷马，而不是弯腰弓背在玉米地里或

---

① 德·约·古利阿（1874—1960），苏联阿布哈兹苏维埃社会主义自治共和国的诗人，阿布哈兹文学的创始人。——译者

② 1维德罗等于12.3公升。——译者

烟草种植园里干活。

在苏呼米表面上看不到任何战争迹象。这个地方还和半个世纪前一样，没有受到任何触动。

不久前的那场战争，对于这个地区来说使人感到出乎意外的标志之一，是亨利·巴比塞[①]的《炮火》，不知是由于什么奇迹，这本书竟到了苏呼米。

第一本《炮火》是在雷夫金那儿发现的。我立刻从他那里把这本书抢了过来。雷夫金没有进行丝毫的反抗。

我在自己住处的花园中芭蕉阴影下看巴比塞的这部小说。这部小说像士兵的脚步那样坚定有力，勇敢而富有人道主义精神。有时，我抬起眼睛来。我需要有一段时间，以便明白我并不是在香槟[②]或阿登[③]的田野里。那儿暴雨灌满了战壕，两支军队——法军和德军——在战壕中拥挤着，混杂在一起，士兵们都深陷在泥泞里。我需要时间，以便从法兰西的田野飞回这被光打扮得十分漂亮的、芳香醉人的地区。

在这种时刻，我觉得这地方特别陌生——它看上去光彩夺目，同时又是忧郁的。

一个时期以来，我产生了这样一种感觉，这个地方不知有什么威胁着我，日落时我特别清楚地感觉到这种威胁。日落时，一股股寒气好似利爪

① 亨利·巴比塞（1873—1935），法国作家，苏联科学院国外名誉院士。《炮火》是他描写第一次世界大战的重要长篇小说。——译者

② 法国历史上的一个行省，香槟酒的产地。——译者

③ 法国的一个省。——译者

扎入闷热的空气，引起轻微的战栗。

巴比塞的书，特别是最后几页使我赞叹不已。在这几页里，那些站着一动不动的士兵在谈论伟大的正义。在谈话中，李卜克内西的名字突然出现，如同现实而且近在眼前的、对新时代就要到来的期望。

每次看到这里，我都体验到一种暗暗激动的心情，不知为什么开始想到自己：我是前进呢，还是陷入一种麻木状态？我是自己向自己提出这一问题来的。根据这一点来看，我还活着。这使我放下心来。

一座钉死的房子

那时候，沿着苏呼米沿岸大街一家挨着一家，有许多昏暗、低矮的小酒馆。这些小酒馆的名称都很奇怪——“绿鲭鱼”，“路上的早餐”，“让人们休息”，“塔玛拉女王[①]”，“歇一下脚吧，亲爱的”。

每家小酒馆都挂着用大号铅字印制的声明：“概不赊账”。只有一家小酒馆这条严厉的警告表达得较为委婉：“赊账会搞坏关系”。

在一家理发店的窗子里也挂着它自己的一块牌子：“赊账不理发”。

到处都挂着关于赊账的声明，就连街头烤羊肉的小贩那里也是如此。他们烤羊肉用的是一种颇为奥妙的工具——在一根铁棒上焊上好几个凿了孔的平底煎锅，煎锅一个比一个高。把一块块羊肉、番茄和切好的葱分别单独放入煎锅，熊熊燃烧的炭在煎锅下堆得像一座小山。小贩们慢慢转动

① 塔玛拉（约12世纪60年代至1207年），于1184年至1207年为格鲁吉亚女王。

铁棒，羊肉在滚烫的葱汁、破裂的番茄的汁液和羊肉本身的油脂中旋转着，慢慢烤熟了。呛人的油烟味向四处扩散，弄得苏呼米市内油烟弥漫。有时就连碇泊场上也能闻到这种油烟味。这股油烟味熏得人喉咙发痒。

关于赊账的声明只不过是苏呼米生活中的一个形象生动的细节罢了。实际上，从塔玛拉女王时代起，所有小酒馆里的顾客喝酒吃饭都是记账的，试图立刻结账反而会使酒馆的老板感到困惑不解。因此，完全不可理解是谁想出了这条标语，而且把“概不赊账”的声明贴满了苏呼米全城。

高声吆喝、留着大胡子的担水人挑着两个缠绕着常春藤的小桶，桶里装着冷水，在沿岸街上慢慢走着。每个担水人也都在自己的桶上挂着一块“概不赊账”的小牌子，就连擦皮鞋的也在他们那些装饰得很漂亮的木箱旁挂着这样一块小牌子。

每一个擦皮鞋的都用一些明信片、小铃铛和名人肖像装饰自己的木箱，这些名人有时是维尼泽洛斯[①]，有时是亚美尼亚的最高主教。究竟用谁的，得看那个擦皮鞋的是哪个民族的人。

擦皮鞋的可以分为老人和小孩，他们当中没有中年人。

每天早晨，苏呼米人都被用刷子拼命敲木箱的声音吵醒。这是那些擦皮鞋的小孩占据了自己的位置，剽悍地用刷子敲出一首当时流行歌曲的拍子，那首歌曲唱的是：“一条大鳄鱼在街上溜达！它腹内空空，饿得慌啊……”老人们只是责备地摇摇头。

老人中有一个年纪很老的库尔德人，他好像是擦皮鞋的人们的族长。据说，他在码头附近同一个地点已经坐了30年了。很大的刷子在他手里

① 维尼泽洛斯（1864—1936），希腊首相。

动作十分柔和。他用一条红丝绒只随随便便地蹭一下，就把皮鞋擦得锃亮了。

大家对这个库尔德人都十分尊敬。就连“佩斯捷利”号的船长也和他握手，向他问好。

而在那座钉起来的房子的故事中，正是这个老人扮演了一个残酷无情的角色——我说的就是与亨利叶塔·弗兰采芙娜的宅边园地直接毗邻、离得很近的那座房子。

老太婆给我讲过这座房子的故事。苏呼米有两个家族是世仇。这仇恨是这样结束的：有一个家族里只剩下了一个活着的男人——亨利叶塔·弗兰采芙娜的邻居。1900年，这个人为了逃脱不可避免的死亡，和妻子一起逃到土耳其去了。

这样做并不总是能使人得救。亨利叶塔·弗兰采芙娜记得这样一个例子：一个人为逃避血腥的复仇，逃跑了。可是就连他在美国也找到了他，在那儿把他打死了。

与亨利叶塔·弗兰采芙娜那个逃到土耳其去的邻居有仇的那一家人，不久从苏呼米搬到一个叫采别利达的山村去了。因为没有复仇的对象，复仇的事也就自然而然平息了。

根据阿布哈兹人的迷信说法，发生过仇杀的房子是被诅咒过的。通常总是把它钉起来，因为谁也不愿意搬进那座房子里去。

由于年深日久，那些被诅咒过的房子渐渐倒塌，于是就把它们拆除了。

听了亨利叶塔·弗兰采芙娜讲的这个故事以后，我用稍有点儿不同的眼光来看这座被钉起来的房子。我开始在这座房子里发现了一些不祥的特征。

顶楼上栖息着许多蝙蝠（或者，确切些说，是头朝下睡在那里）。每到晚上它们醒来后，就摇摇摆摆，吱吱尖叫着，在人脸前飞来飞去。房子的木墙上有一些腐朽的节疤在发亮，它们好像是一些幸灾乐祸的绿眼睛。木蠹不分昼夜都在勤奋地啃那座房子的木墙。显然，房子很快就要倒塌了。

有一次，我在城里耽搁了一下。我从阿社联到苏呼米的一家小报馆去，在那里写了一篇措辞激烈的短文，反对这种血腥的仇杀行为。编辑看这篇文章时，光是在咂嘴。

“不能登。”最后他说，并用手掌拍了拍手稿，“你要明白，卡措[①]，不能这样突然使人们放弃他们的习惯，得做得巧妙一些。几千年来他们都在互相残杀，卡措——可是突然禁止了！你不会相信我的话，卡措。不过，我用我女儿的名义起誓，这篇文章的作者立刻就会在编辑部门口被人打死。你明白吗，作为编辑我不能容许发生这样的事！”

我从编辑那儿没有得到任何结果，于是走了。我离开他的时候，他心情沮丧，陷入沉思。他蹙着额，用一支蓝铅笔在搔耳朵后面。

窗外，风吹得桂树丛微微地颤动着。

我回家去了。和往常一样，我走得很慢，深深地呼吸——我怎么也不能习惯这儿夜间那种又酸又涩的气味。

在到我住房去的转弯处，我站停下来。

我所以站停下来，是因为往常总是没入一片黑暗之中的那座峭壁，现

---

① 高加索语，意思是朋友，同志。——译者

在被煤油灯的灯光照亮了。为了不致迷路或从悬崖上掉下去，我总是在黑暗中用手摸着那座峭壁从它旁边走过去。

我抬起眼来。

那座钉起来的房子的门敞开着，门窗上的所有木板都已经拆除。由于有灯光，所有房间里都明晃晃的。不知是什么人，显然是个外来人，不顾阿布哈兹人的迷信说法，大胆地打开了这座房子。

亨利叶塔·弗兰采芙娜站在便门旁边。她一把抓住我的手，气喘吁吁地说：

“快！普柳·维特[①]！普柳·维特！请您快一点儿！”

她浑身发抖，声音断断续续。

“出什么事了？”我惊恐地问。

“快！”她用稍稍提高了的低语声又说了一遍。她摇晃了一下，赶紧抓住围墙。“天哪，什么样的灾难啊！请您跑快点儿，我恳求您！”

“去哪里？”我问，完全给搞糊涂了。

“他从土耳其回来了。”亨利叶塔·弗兰采芙娜大声说。她抖得越来越厉害了，我感到可怕。我心里想，她开始歇斯底里发作了。“他是今天白天从土耳其回来的，”她清清楚楚地大声重复了一遍，“您快跑到警察局去，就说他回来了。他叫恰奇巴。天哪，什么样的灾难啊！”

我大吃一惊，什么也没弄清楚，几乎是从切尔尼亚夫斯基山上跑了下去。

警察局院子里有3个警察正在灯光下一张矮桌上玩牌。几匹身躯细长

---

① 阿布哈兹语：快点儿！——译者

而筋肉强壮的、已经备好马鞍的马拴在棕榈树上，正在围墙下高声咀嚼着。

警察们那样全神贯注地玩牌，连看都没看我一眼。我走近前去，对他们说今天有一个叫恰奇巴的人从土耳其回来了，住进了切尔尼亚夫斯基山上那座钉起来的房子里。

我没来得及把话说完，警察们就跳起来，冲向备好马鞍的马匹。他们用喉音对着从窗户里伸出头来的值班员不知喊了一句什么，匆匆解开马的缰绳。随后他们跳上马鞍，策马向切尔尼亚夫斯基山疾驰而去，嘚嘚的马蹄声好似疾风骤雨。从马的铁蹄下飞出一束束火星，黑夜突然散发出火药味和血腥味。

我跟在警察后面奔跑。但在去切尔尼亚夫斯基山的半路上，警察又同样疯狂地从我身边疾驰而过，跑回城里去了。我差点儿来不及跳进路旁的沟里，躲开他们。

那座被诅咒的房子还是那样灯火通明。灯在冒烟。

一个面容善良、头发花白的人伸开双臂，躺倒在阳台上楼梯旁边。血还在从他被打穿的胸膛里往外流，一个台阶一个台阶地、慢慢地向下滴。

一个已经上了年纪的、美貌的妇人坐在死者身旁的地板上。她把一个5岁左右的小男孩紧紧搂在胸前，直望着前面。我走近前去，经过她那一动不动的视线，不由得打了个哆嗦——我还从未在人的眼睛里看到过这样疯狂的仇恨。

显然，只要这个小男孩再长大一些，这个妇人就一定会打发他去为父亲报仇。世界上没有任何东西能使她心软和迫使她放弃流血。

亨利叶塔·弗兰采芙娜催促我，她是对的。警察来迟了。

几天后，当那个妇人和孩子不见了的时候（据说她为孩子担心，逃到顿河畔的罗斯托夫去了），一切才终于完全弄清了。

恰奇巴搭乘一艘土耳其货船从特拉布松回来了。在码头上，擦皮靴的老库尔德人立刻就认出了他。他凝神看了看恰奇巴，慢慢地把手掌举到额角上。

恰奇巴在那个库尔德人那里擦了皮靴。20多年后又回到祖国，恰奇巴高兴得和擦皮靴的说个不停。他说发生了战争和革命，现在阿布哈兹大概一切都变了。谁也不会为了报仇去杀死别人，人们都变聪明了，都过着幸福、和睦的生活。

擦皮靴的不乐意地随声附和着，一直在东张西望。但是恰奇巴感到非常幸福，既没有注意到擦皮靴的阴郁的神情，也没注意到他那双一直在东张西望的眼睛。

恰奇巴刚把自己的东西装上大车，坐着大车向切尔尼亚夫斯基山驶去，擦皮靴的就不慌不忙地向市场走去了。那时候市场上有许多弯弯曲曲的紧挨着的院子——迷宫。在那里，就是在离通往街上去的门口几步远的地方也会迷路。

那是一大堆杂乱无章的木板陋室和数不尽的小木板棚，气炉子在那里咝咝地叫着，鞋匠们用钉锤叮叮当当地在钉鞋子，喷灯吼叫着喷射出蓝色火焰，炉子上煮着很浓的土耳其咖啡，油迹斑斑的纸牌啪啪丢到桌子上，粘在桌子上。一些没裹头巾的妇女在大声喊叫，责备既懒惰又瞧不起人的自己的丈夫犯下了一切不可饶恕的罪过。还有一些打着绑腿、穿着士兵穿的那种足球鞋的老人发出鹰鸣似的声音——突然，有一个身材匀称的美男子，他身穿一件袖子可以折上去的束腰无领长袍，脚穿一双紧紧拉到腿上的皮长袜，一种懒洋洋的目光让人看了仿佛会感到晕眩。他摇摇摆摆地从市场上的一片混乱和嘈杂的人声中走了过去。

擦皮靴的库尔德人等到一个这样的美男子走过来，小声地对他不知说了些什么。

“好，巴托诺[①]！”美男子低声回答他，“明天你会得到你那100里拉的。”

美男子用懒洋洋的眼睛向四周扫视了一眼，用干瘦的棕褐色手指握紧短剑柄，像一只野猫那样，跨出柔软的脚步悄无声息地跳到街上去了。

10分钟后，他已经弯腰俯身在马鞍鞒上，策马驰往采别利达山村，给采别利达各家带去一个惊人的消息：尚未进行报复的仇敌恰奇巴已经回到了阿布哈兹。

立刻有两个骑手从采别利达策马向苏呼米、向切尔尼亚夫斯基山上那座钉起来的房子飞驰而去。

他们激起马的烈性，拿着截短枪筒的枪做好准备，呼唤恰奇巴到阳台上来。恰奇巴手无寸铁，走了出来，向过去的敌人伸出双手。就这样给一枪打死，倒在地上，还伸着一双准备和解的、老年人的善良的手。

当然没有找到凶手。他们已经策马驰往斯瓦涅季亚山区，而在那个时候，只有武装部队才能进入那个山区。

几天后，有人放火烧毁了那座“被诅咒的”房子。这事发生在早晨，到中午房子已经全烧光了。没有风，大火完全冲向天空，没有向四周蔓延。有好几天，我们这儿飘散着一股火灾遗址的气味，但不久这种焦味就

① 阿布哈兹语：好。——译者

又变成平常闻到的浓郁的杜鹃花香了。

驿 车

我亲眼看到的这第一个血腥复仇的事件不久就和第二个紧紧连接在一起了。在记忆中，这两个事件紧挨在一起，仿佛已融为一体。因此，我记述这两个事件也没有时间上的间隔。

当时，从苏呼米去新阿丰要坐当时所谓的马拉驿车，这是去阿丰修道院的唯一交通工具。

战前高加索沿岸一带还有驿车行驶。

驿车是一种笨重的轿式马车（说得简单一点，就是笨重的大马车）。这种马车上套着4匹马，乘客拥挤地坐在大马车里面和车顶——顶座上。

除此而外，驿车外面，在后面供仆人站立的脚镫上还设了两个座位。那里安装了两个铁座，不过没有踏脚的地方。还用螺丝钉在那里钉上了铁把手，好让乘客抓着，以免路上颠簸时从车上掉下去。

还在童年时，我就在基辅看到过这样的驿车。驿车是跑日托米尔的，车身漆成黄色，车门上镶着的邮政部门的铜制标志熠熠闪亮——那是十字交叉的两个邮政号角和两道交叉的闪电。显然，闪电的形象是指出，电力参加了电报通信事业。

还从那已经湮没在时间烟雾之中的岁月起，我就记住了在车后硬座上颠簸的乘客们那副可怜相。

他们一只手痉挛地抓住铁把手，另一只手扶着落上一层灰尘的圆顶礼帽或便帽，他们的眼睛里流露出呆滞的绝望神情。

由于在鹅卵石路面上令人无法忍受的颠簸，这些乘客的衣服上什么全都解开和松开了。我没有一次不看到衬裤上的带子在他们长裤底下晃来晃去，没有一次不看到他们的上衣鼓起来，几乎套到他们的头上。

我们这些小孩子深信，只有赌徒和卖旧货的小贩才坐在后座上。但尽管在我们眼里这些乘客经受着不可思议的折磨，我们却甚至羡慕他们。

例如，我就梦想着把父母给我吃早饭的5戈比积攒起来，买一张去日托米尔的驿车票。乘车在松林中辚辚地行驶，隆隆地驶过架设在沼泽地小河上的摇摇晃晃的桥，用脚踢开那些穷凶极恶的乡村恶狗。

后座乘客的脚没有任何支撑点，悬空着，晃来晃去，非常惹狗生气。

驿车是这样的——宽大，能坐很多人，它那笨拙的样子甚至有点儿庄严。

如果把这种驿车和苏呼米的马拉驿车（普通的6人敞篷马车，乘客是背靠背坐的）放在一起，苏呼米的马拉驿车就好像是一件十分脆弱、由于对自己没有信心而叮当乱响的东西，不过却要追求某种漂亮装饰。不管它看上去多么破旧，但它的两个铁轮轴上方却总是张着亚麻布遮阳，遮阳边沿还缀有红色小绒球。

有一次，我和巴别尔乘坐这样的马拉驿车从苏呼米到新阿丰去。在那以前，巴别尔已经从敖德萨迁到巴统，并在那里定居，隐没在泽廖内角[①]的茂密的热带丛林里了。

巴别尔是怎样从巴统来到苏呼米的，在苏呼米停留了几天，我已经不

---

① 苏联阿扎尔自治共和国海滨疗养地。——译者

记得了。我只能说，巴别尔的求知欲排除了一切障碍。

就这样，我们和几个旅伴一起乘车去新阿丰。旅伴中有一个翘鼻子的胖子，戴着一顶小骑手帽。他到新阿丰去，希望能在那里找到工作，当个会计师。

除了那个翘鼻子的人，和我们同路的还有一个大眼睛的胖姑娘，她穿着一件紧裹在身上的黑色连衫裙。在每一处坎坷不平的地方，这件连衫裙都发出不祥的裂帛声。这时，那姑娘每次都惊恐地大叫："哎哟——哟!"并且把连衫裙拉到有中等黄色南瓜那么大的膝盖上。

她身旁坐着一个眼睛近视得厉害、戴着金丝夹鼻眼镜的知识分子青年。每当马拉驿车在转弯处歪向一边的时候，这个青年人的长腿就会从踏板上跳下去，双脚擦地，掀起一阵浓密的尘土。

我们根本没有问他，可是他却向我们解释说，夹鼻眼镜是他从祖父那里继承的遗产——他祖父是苏呼米唯一的一个牙科医生。而他这个青年人到修道院去，是希望能在那里做唱诗班的歌手。他声调高亢，有一副唱男高音的好嗓子。并据他所知，修道院里伙食很好，有时甚至还供给鱼冻。

最后一个乘客是个看不出有多大年纪的人。他面如土色，穿一件褪了色的士兵的军便服。对我们的询问，这个人回答时很不乐意，回答的话也叫人听不懂，因此我们决定不打搅他了。

我这样详细描写这几位旅伴，读者可能会想，所有这些人都是以后事件中的主人公。完全不是这么回事，他们当中谁也没有成为主人公。我如此详细地描写他们，只不过是因为后来巴别尔曾好几次指指他们的脸，我笑得流出泪来。因此，我才这样清楚地记住了这些旅伴。

我们不慌不忙地乘车走着，充分享受着天气的炎热和成熟的桑葚。路上落了厚厚的一层桑葚。

有时，我们赶过一些拉着大车的犍牛。每次我都好像觉得，犍牛不是在往前走，而是在向后退——它们走得那样慢，很不情愿地迈动着四条腿。

每次遇到犍牛，那个戴夹鼻眼镜的青年都要说那同一句话，不知是引用詹·费·库珀[①]的话呢，还是引用托·梅·里德[②]的话：

"'当一群犍牛甩着尾巴驱赶苍蝇的时候，北美草原上就刮起一阵奇异的狂风。'"

赶车的——一个胖胖的米格列尔人——只是赞美地咂咂嘴，说：

"啊，你说得多美啊，卡措！简直像唱歌似的！"

我们就这样在夏日令人昏昏沉沉的暑热中乘车走着，被大海的白色闪光晃得眼花，可没有期待会发生任何事情。但总是这样，事情就突然发生了。

事件是从渐渐追上我们的细碎的马蹄声开始的。

我们回头一看，一个异常俊美的年轻骑手渐渐追上了我们——他肤色黝黑，面容清秀，神情懒洋洋的，好像印度流浪舞女。

骑手穿一件像妇女的胸衣那样紧箍在身上的深红色束腰无领长袍，胸前缝着骨制的白子弹夹。一顶小小的平顶羊皮帽拉到了他的眼睛上面。除了短剑，他腰里还挎着一支沉甸甸的毛瑟枪。

---

① 詹·费·库珀（1789—1851），美国作家。——译者

② 托·梅·里德（1818—1883），英国作家。——译者

那匹枣红马腹内发出像打嗝儿似的声音，迈着大步很快赶过了我们。一个满身都是尘土的传令兵策马跟在那个骑手后面。

当骑手走到与我们并行的时候，我们看到了他那神情呆板的脸和像瞎子那样疯狂地注视着一点的眼睛。

“伊纳尔一伊帕！”车夫小声说，“大首长！政委！”

“什么政委？”巴别尔问。

“肃反委员会，”车夫神秘地向我们使个眼色说，“肃反委员会！”

“哎哟——啊！”那位姑娘怀着敬意提高声音说。说着，把连衫裙拉到自己强壮的膝盖上去。

除了那个穿军便服的人，大家都为遇到这个人感到坐立不安。那个穿军便服的人卷了一根纸烟，用打火机打着了火，深深地吸了一口烟，不乐意地说：

“我们也见过不是像这样的野鸡……”

他突然顿住了，不说话了。我们来到了一个叫埃舍雷的村落，它位于苏呼米和新阿丰之间的半路上。

就是从这个村子里传来一声短促的手枪射击声。随后，许多人绝望的喊叫声直冲上空。紧接着喊叫声，砰砰啪啪地响起一阵匆忙的枪声。一颗子弹打到我们身旁的道路上，窜往一边，尖叫一声，掀起一片尘土，然后消失了。

那个翘鼻子的人跳下马车，跑进了灌木丛。车夫胡乱地拉扯着缰绳，把车赶进道旁的沟里。马拉驿车倾斜过来，车上的一个轮子悬在空中。

“哎哟——啊！”那个姑娘大喊一声，缩起双脚，依偎到那个又高又瘦的青年身上。

几颗子弹淘气地呼啸着掠过我们的头顶，我们又听到了马蹄声。现在马蹄声声，犹如疾风骤雨。似乎由于急速奔驰，蹄铁从马蹄上飞了下来，并呼啸着沿着道路飞奔。

“好像是有好多枪在射击，”那个穿军便服的人忧郁地断定，“得卧倒在石头后面。”

不过，他没动地方。

巴别尔摘下眼镜，笑了起来。他脸上布满皱纹，特别是在眼睛附近。

“您怎么啦?”我问。

“现成的一章。”他回答，说着咳嗽起来。“涅米罗维奇-丹钦柯[①]的长篇小说《火药的传说和白烟中的故事》中的一章。要么是他的长篇小说……”

但巴别尔没来得及说完，这是涅米罗维奇-丹钦柯另外哪一部长篇小说中的一章。显然，这一章中的情节还没有结束。巴别尔所以住了声，是因为他也和我们大家一样，看到伊纳尔-伊帕正疯狂地向我们迎面疾驰而来，已经从埃舍雷那边往回跑，而且模样也与5分钟前完全不同了。

他失去了那顶平顶羊皮帽。他的头发蓬乱了，耷拉到眼睛上。他在用手枪柄打那匹马青筋毕露的、汗湿的脖子。马驮着他发疯似的狂奔，不知怎的侧着身子，好像回头去看后面。

那个浑身都是尘土的传令兵策马紧跟着伊纳尔-伊帕，边跑边开枪还击。

---

① 瓦·伊·涅米罗维奇-丹钦柯（1848或1849—1936），俄国作家。

两个骑手以幻影般的速度疾驰而过。枪声停了。车夫从地上站起来，画了个十字。

“好像埃舍雷发生起义了，”那个穿军便服的人说，“山民们对这是不习惯的。”

我们当中谁也不明白是怎么回事。得决定接下去怎么办——是不是要经过埃舍雷到新阿丰去，还是返回苏呼米。

那个翘鼻子的人没等到大家做出决定，就从灌木丛中钻出来，步行回苏呼米去了。

“哎哟——哟!”那个姑娘愤怒地喊了一声，毫不吝惜地对着那个翘鼻子的人的背影啐了一口。

这一口唾沫解决了问题。我们决定继续往前走，大家都想知道埃舍雷出了什么事。车夫叹了口气，于是马拉驿车迎着自己未知的命运向前驶去，震得车上那些松动的螺帽叮叮当当地响。

我们拐过公路，遇到了武装的埃舍雷村的人。他们没有拦住我们，什么也没有问。他们甚至未必注意到我们——他们是那么激动。

埃舍雷村里，全体居民都聚集在一条街道上。妇女们站在房门口大声痛哭，抓破自己的脸，弄得满脸是血，还揪自己的头发。孩子们向村里的广场上跑去。广场中央栽着一棵大榆树。男人们匆匆走向那棵榆树，一边走，一边狂怒地打着手势，从截短枪筒的步枪和马枪的枪膛里退出子弹。

榆树下躺着一个最多十四五岁的少年，他的头靠在一个马鞍上。

少年胸前的衬衣被撕破了，凹陷下去的肚子上面的心窝里涌出了一大摊血。

少年已经死了。村里的族长们拄着有节疤的手杖站在他的周围。他们望着死者，默默不语。人们走近死者，也都住了声，只是偶尔有人把拳头举到头上，用喉音不知喊一些什么很凶恶的话——大概，是对凶手的诅咒吧。

一个穿黑色长裙子的小姑娘坐在死者身边，目不转睛地瞅着他，用一根折断的树枝驱赶落到他脸上的苍蝇。

车夫和埃舍雷村的人说了几句话。听着他们的回答，车夫很夸张地表示自己十分难过，用双手拍打着自己那条落满尘土的、肥大的灯笼裤，矫揉造作地翻着白眼。这时，可以看到他的棕色的眼白。

那时候阿布哈兹还不是到处都有苏维埃人民法院，在大多数村庄里还是由族长进行审判。风俗习惯和他们的看法就是法律。

族长们的法庭总是在一棵古老的神圣大树——橡树或榆树——下开庭审判。

这天早晨，族长们聚集到一起，要审判一个偷马鞍的少年。

我们走到死者跟前。他的侧面像是温柔的，好像是个意大利人。小姑娘像上了发条似的，在他头上挥动着树枝。有时树枝碰到马鞍上很宽的马镫，于是发出一声轻微的响声。那声音好似悠扬而有节奏的送葬的钟声。

伊纳尔-伊帕得知偷马鞍的事，骑着马从苏呼米赶到埃舍雷来参加这次审判。

在这里的法庭上，他遇到了自己最凶恶的仇人——埃穆赫瓦里公爵们。

以后出了什么事，谁也不能确切地告诉我们。埃穆赫瓦里兄弟和伊纳尔-伊帕互相开枪射击。在这场互相射击中，不知是谁打死了这个偷马鞍的少年。

埃穆赫瓦里兄弟大声叫嚷，说是伊纳尔-伊帕打死了这个少年，干了违法的事，粗暴地侮辱了族长法庭。他所以要打死这个少年，似乎是因为他的家族和这个少年的家族有着世仇。

男人们拿起了武器。但伊纳尔-伊帕已经骑着马跑了。

过了埃舍雷村，道路已经完全遭到破坏。我们从马拉驿车上下来，步行继续往前走。

白昼似乎沉浸在寂静之中，就连蝉也一声不鸣，暑热也寂然无声。通常暑热总是发出一种轻轻的吱吱的响声，就像水渗透到一条窄缝中去发出的声音。

被太阳晒得太热的大海也沉默了，海上渐渐笼罩了一片蒸气。

修道院里荒凉无人。花园中有几个水泥小蓄水池，为了灌溉，从山溪中把水引到水池里，一些小金鱼正在池里游来游去。显然，鱼都饿了，因为它们立刻成群聚集到有人站停下来的那一边。四周像教堂里那样，强烈地散发着晒热的柏树的清香。

大教堂里还在做礼拜，但修道院里总共只剩了几个修士。管理他们的是一个当总管的神父，他长着一头火红色的头发，脸上有麻子，说话的声音好像对人表示厌恶似的。

他把我们领到空荡荡、回声很响的旅馆里，给了我们一个房间。那个胖姑娘向我们告辞，到山里的一个村镇上去找她的兄弟。戴夹鼻眼镜的青年和穿军便服的人都不见了。

“你们，作为有教养的人，”当总管的神父看了看我们的证件，说，

“请遵守这里的规矩，不要越轨。这儿隔壁一个房间里住着一位涅利多娃夫人，旅馆里再没有别的人了。她到我们这里来，是为了避开尘世上一些不成体统的事情和丑恶行为，休息休息。她是一位世俗的妇女，但她的心情和修女一样。她是从苏呼米步行到这里来的，按照许下的誓愿做的。是个很守规矩的人，而且很严厉，穿一抹黑，像个女修道士。”

“对——对”巴别尔说，“大概，是个信仰坚定的老太婆。”

当总管的神父冷冷地笑了笑。

“您说哪里话，公民！”他责备地说，“她充其量只有30岁，是一位十分讨人喜欢的太太。不过我要警告你们——她严厉得很。”

当总管的神父斜着眼向旁边瞟了一眼，用一本正经的口气说：

“年轻人，你们可以在我们的食堂里弄到面包和鱼冻，我的储藏室里有一种叫马贾尔卡的葡萄酒。欢迎光临！我自己就是司酒官和酿酒师，所以敢为这种葡萄酒担保。为顺应事情的发展进程，我们暂时不酿造别的酒。”

世界上有各种各样的葡萄酒。我尝过许多葡萄酒，但是像马贾尔卡这样厉害的葡萄酒却还没碰到过。

如果说在新阿丰我们两人好像看到了种种不可理解的事情，那么这当然都是由于这种有点儿混浊的葡萄酒的缘故了。不过，也许还因为，我们让自己相信，似乎任何尘世的忧虑，即使坐着倒霉的马拉驿车，也不可能来到这里。

我和巴别尔在修道院的旅馆里谈了很多，最后才弄明白，人有时会感到缺乏一种无忧无虑的心情。当时我们都年轻，爱开玩笑，我们都喜欢这样想。

当一个人无忧无虑的时候，那么就会发现，原来一切美好的事物就在自己身边，而且往往会汇合成一条泡沫飞溅、熠熠闪亮的洪流—— 一切美好的东西——哈哈大笑和沉思，一句闪耀着机智的笑话和一句能使妇女嘴唇颤抖的、柔情脉脉的话，诗和大无畏的精神，从心爱的书中摘录下来的摘要和歌曲，还有许多我在此未能一一列举出来的别的东西。

我们决定用新葡萄酒——马贾尔卡的葡萄酒来增强我们青春的力量和对虚构的偏爱。这是一种卖给穷人喝的、很便宜的酒。马贾尔卡葡萄酒的酒性很强，喝了以后从早晨到晚上都起作用。然后，一清早，只要喝一杯冷水（最好是从小溪里舀出来的），就又会进入醉乡，醉意几乎可以延续整整一天。在这种情况下，这种醉意是特别令人惬意的。

总之，我去当总管的神父那里，把5瓶散发出一股酸白菜味的马贾尔卡葡萄酒带回我们的房间。

我拿着那几瓶酒回去的时候，在昏暗的走廊里遇到一个年轻的修女。由于感到意外，我把一瓶酒掉到了地上。

年轻的修女并没有发抖。她垂下长得非常长的睫毛，从一旁走了过去。她衣服上的黑开司米偶尔碰到了我的手，从开司米上飘散出一股温暖的香气。

修女的大腿修长，身躯微微摇摆着。在幽暗中我没看清她的脸。我只发现她面色苍白、暗淡，一般总认为这是女性美必不可少的条件（显然，正是为此才发明了粉）。我也没有注意她的头发，因为头发藏在黑色的三角头巾底下。

我仿佛觉得，那个年轻修女从我身边稍许走过去一点儿以后，发出一声好像是矜持的笑声。

问题在于，当总管的神父在储藏室里让我尝了尝马贾尔卡葡萄酒。我和他每人喝了整整一大杯，因此我用这种酒迅速发生作用来解释我遇到那个修女——这当然是涅利多娃——时心情激动不安。

巴别尔听到酒瓶掉到地上和滚动的声音，打开房门，向走廊里望了望。

“瞧！”他得意扬扬地说，“我就知道是您打碎了……”

但是他没有说完，就住了声，直勾勾地凝望着走廊深处。落日的反光落到那里，在那轻烟似的光晕中，有一个年轻妇女背对着我们，摇摇摆摆地渐渐走远了。

“女神！”巴别尔突然说，“‘奉为神明’，这是一个庸俗的词。不过，如果我的神经足够敏锐，我要写一篇歌颂女性的作品，使整个黑海，从新阿丰到奥切姆奇尔都蒙上一层玫瑰色的泡沫。从这种泡沫中将诞生第二个俄国的阿佛洛狄忒[①]。可我和您，这些满身都是灰尘、被文明的麻风病毒害的、愚蠢的乞丐将用眼泪迎接她的到来。而且将体验到这样的幸福——怀着极其崇敬的心情哪怕是碰一碰她那冷冰冰的小脚指甲。只碰一碰冷冰冰的小脚指甲。”

“梦呓！”我对巴别尔说，“您还没喝过马贾尔卡葡萄酒，不是吗？”

“当然是梦呓！”他回答。说着打开了窗户，“您最好到这里来！”

从有裂缝的窗框上掉下一些已经干掉的死苍蝇和夜蛾。

由无数滚滚而来的海浪发出的大海的庄严声音立刻进入窗内。海浪仿佛在轻轻晃动着落日的金色热气，波涛携带着千百年来保存在这浩茫水域

---

① 希腊神话中爱与美的女神。传说，她是从大海的泡沫中诞生的。——译者

中的种种气味奔流不息。在这些波浪中可以闻到大理石和橄榄的气味，也能闻到山坡和海岛的气味。山坡上的野草已经干枯，变成灰烬，海岛上无花果的大叶子正在发出沙沙的响声。

“我们该感谢谁如此慷慨地赐予我们的奇迹？”我想，“我们该感谢谁给了我们生活呢？”

我不知道。也许我的思想并不像这里所写的这样流畅，甚至无疑不会像这样流畅。不过，我也可能像这样想。

我坐在窗台上，望着落日。当时我仿佛觉得，我是整个世界上最幸福的人。

就这样，我们没能与涅利多娃认识。第二天有一条摩托木船“列夫·托尔斯泰”号到苏呼米去，我们害怕会滞留在新阿丰，于是乘这条木船回去了，心中并未感觉到有什么特别的遗憾。

群山把修道院逼得太靠近大海了，紧紧挤着它，几乎要把它推下水去。旅馆里飘散着有一股哈喇味的素油味和厕所味。大教堂里画着一些令人赏心悦目的彩画，画的是旧约和新约上的故事。这些画上的人都穿着淡蓝色和粉红色的衣服，抬起眼睛望着圆顶。圆顶上，面带愁容的白胡子万军之主①正端坐在一朵圆鼓鼓的白云上飞翔。在他那件厚呢斗篷的下摆底下，可以看到一双穿着普通平底皮鞋的胖脚。显然，画家不敢把万军之主画成赤脚的样子。

临走的那天，一清早我在令人忧郁的走廊里又遇到了涅利多娃。她的头上包着卷发纸，散发出一股烧着了的纸味。在这个女人身上，我没有发

---

① 犹太教中上帝耶和华的称号之一。——译者

觉昨天那种迷人的魅力。

看到她那稍有点儿浮肿的脸，我暗暗感到气愤。巴别尔的眼睛恶毒地忽然一闪，说：

“瞧，这就是马贾尔卡酒的作用，年轻人。”

巴别尔在苏呼米总共只住了5天就回巴统去了，我又只剩下独自一人，生活在苦闷的孤独之中。

疟疾药

小小的阿布哈兹共和国内空气过浓而且潮湿，不认识的植物的丛林密不通风，在这个共和国国境之外，人们过着引起轰动而且很有意思的生活。但在我们这份好似外来魔术师的海报的报纸上，却只有两三条很短的简讯反映这种生活。

我好像觉得，由于这些眼看着越长越茂盛的热带丛林，我渐渐变聋了。由于白炽的太阳，我正在变成瞎子。阳光永远淹没了我窗外辽阔的海面。

不久，我发起疟疾来。疟疾每5天发作一次，使我全身发抖，身上散发出一股醋味。由于服用奎宁，头脑里在嗡嗡地响，双手发青，指甲也裂开了。

疟疾发作以后，由于它那无情的寒战和仿佛临死之前的心力衰竭，我感觉到那样虚弱，浑身瘫软，以至连伸手都觉得困难。

一些很长的、相同的梦在折磨着我。这些梦总是在同一个地方猝然中断，又立刻确定不移、始终如一地重新开始。

我知道，马上会在梦境中发生的一切。我知道，在最重要的地方梦又会突然中断。我又将久久地等待着它重新到来，重复那些同样的、但一次比一次暗淡的画面。

有时我在夜里呻吟，试图驱散梦境，但从来也没有什么人对我的呻吟有任何反应。扎柳小姐住在院中矮小的厢房里，听不到我的呻吟，而我隔壁两间房子全都空着。

扎柳小姐认为疟疾不是病，而是中魔。她说，患疟疾的人生活在他自己奇怪的世界里，对于他们来说，不存在任何秘密。

我试图把这些梦记下来，但记了一阵子，随即就停下来了。可是3年前我翻寻旧的手稿时，找到了一些狭长的字条，上面写着一行行棕黄色的字，似乎不是用墨水，而是用不加牛奶的咖啡写的。

这些狭长的字条上记着那时候的梦。不过其中没有一个是写完的。

全部笔记都是一些断断续续的句子。但大体上能提供梦境的一个概念。这就是那些笔记：

“找一个人……一个小姑娘——大概，是女儿……我一次也没能看到她。她在人群中不见了。我到处找她。我记得夜间的一条河。根据它那不祥的闪光，我猜到这条河里没有水。流动的不是水，而是发出一股刺鼻气味的焦油味。

“好像在打仗。工厂的林立的烟囱和不毛的丘陵后面，不知什么地方传来隆隆的炮声，但谁也不去注意它。

“我多半是在某个完全陌生、毫不熟悉的城市郊区找她。那里的庭前花圃里，在虚无缥缈的路灯光中，长着一些被烟炱熏黑的花。郊区的夜好似蛇皮，是灰色的，永远也不会变成黑色。

“我走到田野里，一些瘦弱的小树林在那里有气无力地、懒洋洋地簌簌作响。可是无论在哪里，我都没看到她。也许，世上根本就没有她这个人吧？

“有一次，我在吹来夜风的干旱平原上站停下来。远方隐隐传来永无休止的大海的波涛声，仿佛许诺宁静终将到来。后来透过这隐约的波涛声，我听到了孩子轻轻的呜咽声，这哭声就在我身边。我向她扑了过去，在飞机轰炸的暗淡的光亮中看到了她那苍白的和十分消瘦的脸。我用湿漉漉的手抱住她那颈椎突出、温暖而瘦弱的脖子。”

每次我做梦做到这个地方就大叫一声，醒了，浑身是汗。

半夜里不得不脱下衬衣，把它拧干。在模模糊糊的黑暗中我看到，我手指上的指甲闪闪发亮。每次我都为在黑暗中看到手指甲感到惊讶。

四周一个人也没有。在苏呼米的这些黑夜里，我感觉到在世界上我是完全孤独的，有时我觉得我可怜起自己来了。

整个过去的生活在我看来，好像全都是痛苦和错误。我想起妈妈、加莉娅、廖莉娅，一连串的死亡和不幸。甚至现在，时隔多年，我还是不愿相信廖莉娅已经死了。世间有死亡存在，我觉得这一事实本身就是对于人的嘲弄。我认为，所有感觉到自己永生不灭的生物都不应该、而且是不会死的。

“谁敢”我想，“这样卑鄙地对待我们，对待能在自己心中创造出一个感情、思想和种种事件的世界的人?！这个内心世界是如此壮丽，在它面前，现实有时反倒好像是笨拙的虚构。”意识到自己比大自然优越，这使我感到极其高兴。尽管我知道，大自然手中握有比我、比人所掌握的更有力的武器。

我坚信思想是不朽的，周围有成千上万这样的例子。有时我认为，我就是我自己丰富多彩的内心世界的主宰和创造者。

我确知，这个内心世界不会遭到我将遭遇到的、终将腐朽的命运。只要地球还存在，这个世界就将存在下去。这种意识使我感到心情宁静。好吧，我是一定会死的。我的完全消失只是一个短时间的问题，时间不会再长了。但特里斯坦和伊佐莉达，莎士比亚的十四行诗，列维坦的笼罩在雨网中的《盗伐树木》，以及契诃夫的《带小狗的夫人》，这一切是永远不会死的。布宁诗中夜间永不停息的大洋的波涛喧嚣和娜塔莎·罗斯托娃伏在安德烈公爵[①]遗体上痛哭的眼泪是永远不会死亡的。

后辈将会像我们现在一样为这一切感到激动。将在我们以后几百年活在世界上的人们，他们那由于幸福和痛苦而炯炯闪亮的眼睛将会于某时某地感觉到我们的语言犹如轻风吹拂，将会感觉到我们语言的轻轻的接触。

我越是经常这样想，痛苦也就会越快地渐渐消失。我也就越加坚信，我从这个世界上消失后，还是能在生活的面貌上留下一点儿即使微不足道、然而是永恒的特征。

有时我会完全失去现实感。我好像觉得苏呼米连同它那景色壮丽的黄昏，落日的浓重的金光，仿佛黏糊糊的落日的血红，以及到处跟踪着我的、叶丛的浓郁清香，都是从一个没有名称的陌生国度里丢弃到这里的一座城市。

我不再到阿社联去，昼夜一动不动地躺着，注视着想象力的驰骋——

① 娜塔莎·罗斯托娃和安德烈公爵都是托尔斯泰的《战争与和平》中的主人公。——译者

想象力的奔驰有时是平稳的，有时却十分迅速，慌慌张张。这一切是这样结束的——我的屋里出现了精力充沛的雷夫金同志，他穿着胸前缝有子弹夹的灰色夏季束腰无领长袍，和他一起的还有一个神情阴郁、剃着平头的年轻人。

这个人原来是苏呼米唯一的神经系统疾病的医生。雷夫金领他来，是为了迫使我从非现实的病态心理中挣脱出来。对于这种状态我已经开始习惯了。

“疟疾性视幻觉谵妄。”剃着平头的年轻人枯燥无味地说，“如果让病人放任自流，听其自然，那么事情就会以崩溃而告终。请您振作起来吧！”

他抓住我的双肩，拼命地用力摇了摇。摇得我感觉到好像血液一下子从血管里冲了出来，然后又沉重地流了回去。我觉得疼痛。我呻吟起来。年轻的医生——他姓萨莫伊林——往我嘴里倒了一勺一种蓝色的液体，嘱咐我每天服用。在这以后，我的唾液和眼白都变成一种鲜艳的、最上等的群青色。

疟疾症状开始消失，现实感又回来了。不过，我暂时还没有因此而感到特别喜悦。

有一次，萨莫伊林医生说，我必须到山里去，去高加索山的主脉，哪怕去几天也好。那里空气那样清新，夜间还那么冷，只要一运动，空气就会发出响声，好似四周有一些薄冰破碎了一样。

我对萨莫伊林的这一建议持怀疑态度，就像对待医生们令人觉得好笑的一切处方那样。我记得，在敖德萨，正当饥荒严重的时候，兰杰斯曼医生却给我规定了这样的食谱：粒状黑鱼子和浇柠檬汁的牡蛎。

不过，我喜欢医生所说的那些话：空气会发出响声，好像会破碎一样。无论如何，这些话使我确信，我所特有的那种对待世界的态度是正确的。

我在千百万思维健全的正派读者面前承认这一点，并不觉得不好意思。

显然，条件是我们理性所固有的一个特点。全部问题都在于，有以轻微的启示使我们感到喜悦的条件，也有另一种条件，它束缚人类的自由精神。

显然，由于疟疾，想象力异常迅速地响应能多少促使它发展的一切，犹如由色彩和鲜花形成的大火，熊熊地燃烧起来。

一想起兰杰斯曼医生建议给神话般的牡蛎浇上柠檬汁，我立刻想象出这结冰的汁液，想象出柠檬汁那像白色金合欢花（也许，世界上某个地方有这样的金合欢）的雪白小球。小球散发出醉人的芳香。我的目光透入到这些小球内部，里面隐藏着极小极小的、令人神往的风景。

萨莫伊林开始经常到我这里来。有时他带着一只他在市场上花3卢布买来的山里的小熊。医生把小熊拴到棕榈树干上。小熊用后腿站着，看到矮小的亨利叶塔·弗兰采芙娜穿着彩色衣服，迈着小碎步从它身旁走过。它一直不停地发出赞叹的声音，并且用爪子搔搔自己的后脑勺。

亨利叶塔·弗兰采芙娜穿得有点奇怪——显得太年轻，色彩太鲜艳了。她用一条橙黄色带子把自己花白的鬈发扎起来，在花园里翻地时，低声哼着节奏跳跃的瑞士小曲。这情况使周围的人都感到惊奇，不仅仅是那只粗野的小熊觉得奇怪。

有一次，萨莫伊林又领来一个淡黄色头发的人。这个人穿一件打了补丁的海魂衫，身躯宽大得像一只大橱，仿佛是用鼓胀的、钢铁似的肌肉铆接起来的。他是偏远的苏呼米市马戏团里的角力士，姓扎察连内，是一个沉着冷静、又很容易接受别人意见的人。除此而外，扎察连内还有一个极其罕见的优点——能讲一口流利的阿布哈兹语，因为他娶了一个阿布哈兹女人。

角力士同意与我们一起到高加索山脉的主峰去。他非常熟悉阿布哈兹，立刻简明扼要地描绘出最切合实际、而且最精确的进山路线——经过梅尔赫乌雷村和采别利达村，沿着荒凉无人的加尔洛梅什峡谷走到山中的阿姆特赫尔-阿赞达湖，这湖就在克鲁霍尔山口稍往西北一点儿、雄伟的马鲁赫山山脚附近。

我高兴地仔细听着所有这些地名，预感到会有一次奇妙的、从容不迫的旅行。

有些山峰的名称听起来好像是我们已经很快到了南美洲。使我感到特别惊讶的是一座叫作阿古阿的山。阿古阿——像阿空加瓜山[①]——这个名称中似乎有某种纯洁的、未被触动过的东西，犹如还未被人类的斧头触动过的原始森林。

病后我身体虚弱，不过感到幸福。我好像觉得我是第一次体验到由于实现很久以前的梦想而带来的长时间的喜悦。我逐一回忆自己的一生，立刻确信事实当真是这样的。直到目前为止，我的一切令人心驰神往的旅行往往都是局限于房屋的四壁之内。

幸福是从约定由苏呼米出发的那天早晨开始的。我被汇合成一片的小鸟的啁啾声吵醒了。

---

① 安第斯山脉最高峰，也是南美洲的最高峰。——译者

也许，有几百只，更确切些说，是有几千只小鸟儿，色彩斑斓的羽毛不时发出微弱的闪光，翻动着欧楂、金合欢和杨树的浓密的叶丛。对于我来说，正像对于大多数人一样，这忙乱的空中社会，这些如同旋风一般混乱地飞来飞去，互相追逐和不停地乱蹦乱跳——所有这一切都是不可理解的。

在那时候，除了麻雀和燕子，我几乎叫不出一种鸟的名字。不仅是我，而且除了鸟类学专家，许多人都不认识各种鸟。当时，我纯粹是从外表上认识这个吵吵闹闹的会飞的世界。

我们好像是蒙着眼睛生活在辽阔、神秘的大自然的包围之中。我们只知道大自然的偶然的一些片断。

大约从那时起，我开始更加顽强地积累知识，不过是不加任何选择地这样做的。我没有循序渐进、始终一贯的精神。知识主要是根据它们的美和有用的程度收集起来的，为的是在谈话中或散文中炫耀一下。

是的，在从苏呼米出发的那天早晨，我被乱哄哄的鸟鸣声吵醒了。我起了床，走到窗前。

花园里空气寒冷，好似玻璃一般。而且像在玻璃上一样，空气中也显现出透明的树影。清晨的水的气味充满了房屋四周广阔的空间。我好像觉得，这水的气味中掺和着树叶、树皮、山上的积雪、顺着陡峭的悬崖从高处跌落下来的小溪、薄荷和葡萄酒的香味。所有这一切已经融为一体，混合成一种又酸又涩、富有刺激性的气味。那是亚热带沿海地区早晨的气味。

嘈杂的声音。清晨，鲜明的曙光。鸟儿们高声呼应和抑扬婉转的啁啾声。轻轻摇晃的潮湿树枝。从空中慷慨地流下的空气，以及各种香味——

这一切无疑就是幸福，不过是一种缓慢、平静和可靠的幸福。

这幸福不可能背叛我，因为它不以我的意志为转移，它是客观存在的。

阿姆特赫尔—阿赞达湖

我们一早就从苏呼米出发了，那时路上的尘土还没有晒热。大朵大朵鲜红的玫瑰花乱蓬蓬的，像意大利美人儿一样，它们厚厚的花瓣落到路上的尘土里。

现在，几乎过了40年，当时我们三个人一起走过的那条路当然已经变了样。我们当中大概谁也不会立刻认出它来了，可能只有群山的轮廓还保留着昔日的模样。不过就连这一点，我也不是完全深信不疑。

大自然中的变化具有一瞬间就扩展到四面八方去的性质，好似投下一块石头在水中激起的一圈圈波纹。因此，我想在此草草勾画出这条道路和到湖上去的全部旅程，再现当时呈现在我们面前的那番景象。

我很难回答这样一个问题：我为什么要这样做？渴望在我们的记忆中保留一去不复返的一切，这是人类最强烈的动机之一。这一次，我也是受它的支配。

起初，我们沿着一条叫克拉苏拉的山间小河的河岸走。小河冲出峡谷，仿佛缓了一口气，扩散开来，在鹅卵石上形成浅而阔的河面。时而是这里，时而是那里，小河在碧绿的急流中把一条条好似鸵鸟毛的泡沫拧紧。水流把这些羽毛撕碎，但它们又立刻出现了，而且比以前更加华丽。

过了梅尔赫乌雷村以后，我们走一条直路，穿过炎热的玉米种植场。

没有一缕清凉空气能穿透这簌簌作响、由玉米筑成的栅栏。

就在附近，高加索山脉的冰峰耸入暗淡的天空，山顶上仿佛蒙着一层淡蓝色的煤气，这山似乎就压在玉米的圆锥形花序上，因此好像觉得更加闷热了。远处，在冰山那里，可以感觉到它们那使人神清气爽的寒气。我们汗流浃背，诅咒着干旱、尘土和我们脚下灼热的土块，恨不得立刻奔到冰山那里去。

只是到傍晚，我们才走出玉米地的迷宫，走上了路，伏倒在一条水声潺潺的急流岸边，贪婪地喝那冰凉的河水。河水冷得使人上下腭都抽搐起来。

角力士带了一个玻璃杯。带着玻璃器皿做这样的旅行是不明智的。但显然他没有别的杯子，所以就随手拿了一个玻璃杯。

角力士那样使劲地在急流中把杯子洗干净，弄得玻璃在他的手指下发出了响声。他舀了一杯水，我们看到这透明的杯子和山间的水一比，竟变成了灰色的，显得有点儿脏了。

我还从未见过这样的水。它比空气还要洁净，似乎能在这水中感觉到人类从未接触过的、广阔无垠的天空。这水是在我们上方，在浩渺的高空中诞生的，空中白云在原地静止不动，然而仿佛正从冰晶中缓缓地往外流。

这水长期以结晶的形式覆盖在山峰上。重负越来越有力地压缩冰晶，它们渐渐变得比钻石还要晶莹。后来这些冰晶被压成一层厚冰，形成冰川，从山上奔泻下来，在大地的边缘上遇到第一批番红花和火绒草的花，于是慢慢融化，开始流往低处，流往波浪翻滚的黑海。

怎样才能说明火绒草的花是什么样的呢？这很难。总的说来，它们像一些小星星，一直到颈部都裹着白色的绒毛，以免和冰接触的时候会被冻坏。

有时我很希望能遇到一个可以谈心的人，能毫不拘束地跟他谈谈像火绒草或柏树球果的清香这样的一些东西。

可惜，在日常生活中我没遇到过这样的可以谈心的人。只有在书上才会看到这样的人。大概，可以跟他谈谈这类东西的、最细心而且最愉快的人，就是我们那位有点儿近乎病态的朋友海因利希·海涅了。

他当然总是用讽刺来遮掩自己的浪漫主义外套，以避免那些傻瓜对他吹口哨、嘲笑他。根据他的权威性看法，地球上这样的傻瓜比人还多。

我躺在山间小河（原来这已经不是克拉苏拉河，而是另一条河了）的岸上，陷入令人心醉的懒洋洋的状态。心里在这样想，我和我的旅伴们都毫无继续往前走的愿望。

我们宁愿躺在干燥的鹅卵石上，仰望天空。天空似乎为我们向它凝神注视、对它表示关怀而感到高兴了，于是玩起一种空中游戏，拖着几块有各种模糊的、暗淡的色彩，犹如轻烟薄雾似的面纱飞快地飘过天顶——这面纱一会儿是雪青色的，但略带银白色调，一会儿是橄榄色的，一会儿是粉红的，好似宝石，又不像宝石。大家都知道有这样的石头，但是很少有人看到过它——这种石头好像是叫变石。

我们勉强走到采别利达村最边缘的一座房子。这个村庄仿佛潜入了植被繁茂的绿色丘陵之中。

我们夜里睡在一个破旧的木板阳台上。稍一动，阳台就会摇晃，而且像车轴没上过油的大车那样吱吱嘎嘎地响起来。

胡狼整夜在玉米地里哀嚎。快到早晨的时候，月亮升了上来，胡狼的哀嚎也变成了忽高忽低的嗥叫。

守夜人走近阳台——这是一个老阿布哈兹人，拿着一支征服达吉斯坦[①]时期使用的、很长的火石枪。他在台阶旁边一块圆木上坐了一会儿，抽了支烟，问我：

“人们干吗急躁呢？从早到晚？你不知道？我，你要知道，是个生来有福的人。20年来，我带着一条狗在这儿当守夜人，跟谁也没争执过。干吗要争呢？你一争，人家就会对你干出不愉快的事情来，会打死你的狗。可它怪可怜的，瞎了一只眼。它叫阿哈赫！”

我对这样奇怪的狗名感到惊讶，于是问：

“你有什么亲人吗？还是没有呢？”

“没有。有过一个妻子，有过一个女儿。她俩长得都挺漂亮。她们到苏呼米去了。她们干吗要在这块玉米地里一天天消瘦下去呢？我是个老头子，你看到吗？”守夜人在月光下让我看看他短棉袄上的补丁。“你是到马鲁赫去？”他漠然地问，“急躁，是吗？马鲁赫山上有山崩。要在那儿找什么人吗？”

“你在这儿看守什么呢？”

“看守的东西可多了。每一个菜园，每一座房子，每一棵玉米。人们在睡觉，我给他们守卫。要绕着很大一块地方走一圈儿。那不是，听到了吗——从那个响声那里到这个响声这里。”

他用一只手画了个老大的半圆。我侧耳倾听，远处传来哗哗的流水声。在这个响声对面，也有流水声，不过声音较轻，好像这是先听到的那一流水声的回声。

---

① 达吉斯坦于1813年并入俄国。——译者

“瀑布，”守夜人说，说着站了起来，“整夜都在哗哗作响。上帝吩咐它们，叫它们干活，它们不敢不作声。上帝要发脾气，性情暴躁。可是干吗要生气呢？我们都在干活，听它的话。可它却一会儿降下战祸，叫人打仗，一会儿降下天灾，使烟草得病，一会儿又送来一些不好的孩子。它做得不好！急躁！做得不公道。”

老头儿咂了咂嘴唇，老了。一条毛蓬蓬的黑狗慢慢跟在他的后面。那狗每一分钟都要蹲下来，疯狂地梳理身上的毛，抓跳蚤。

我已经睡不着了。

现在，已经过了许多年了，我想起那一天来，心里感到高兴。因为那时我第一次在深山里看到了寂静无声、像下雨一样的芳香的黎明。

阳光的边缘照亮高加索大山脉冰雪覆盖的山顶，山顶立刻冒出通红的火焰。阳光落到房屋的旧窗户上，仿佛虹霓自天而降，点燃了一盏盏彩灯。窗玻璃上映出一个奇怪的早晨，这早晨只是与周围开始呈现出来的一切略微有些相像。

我说这个早晨奇怪，这是因为它很像文艺复兴时期的画家们在他们的圣像画上所画的那些早晨。在那些画面上总是有一个小男孩，手持很细的木杖，在放牧那些宛如一小朵一小朵白云的小羊羔。远山仿佛是用彩色硬纸板刻出来的，树林犹如波浪起伏，看上去很像葡萄。水从像玩具一样的山上泻下来，好似浮雕的瀑布。一朵朵单独的花在最意想不到的地方从地里探出头来。独角兽站在林间空地上，它的独角闪着金光，如同一支点着了的复活节的蜡烛。圣母低着头，温柔的侧面像俯向面容丰满的婴儿，从衬衫下掏出奶头发暗的、丰满的乳房。

只有一瞬间我仿佛觉得这个早晨像我所描写的这样奇怪，因为在这一瞬间里我睡着了。

我醒来的时候，角力士和萨莫伊林已经在篝火上把茶烧开了。

扎察连内在采别利达村有一个熟识的医士，就出身来说，这个医士是希腊人。

我们在他那座摇摇晃晃的房子里度过了整整一天。不知为什么，采别利达村里，不仅我们曾在里面过夜的那个阳台，而且很多房子都摇摇晃晃，不时发出吱吱嘎嘎的响声，就像地震后一样。显然，是因为太旧了。

医士的妻子，一个身躯肥胖、神情懒洋洋的俄国女人，用加了大粒葡萄干的抓饭款待我们。

医士的小房子好像一个有一些暗抽屉的匣子，或者是像一个存放着各种破烂的仓库，这些破烂令人觉得好笑。

只有在童年，我才见过像医士这座窄小的房子里的陈设。

在一张像装甲舰那样很大的、铺着毯子的沙发旁边放着一张圆桌，桌子上铺着深红色的丝绒桌布。

不知是些什么虫在这块桌布上蛀出了许多条十分复杂的道路。为此，它们吃掉了许多绒毛，一直咬到了绒毛的根部。

如果仔细看看，就会发现，桌布上的道路好像积满飞扬尘土的、山脉之间的小径。

桌布上摆着一些鼓胀的大画册。医士酷爱从各处——从旧杂志和报纸，有时甚至从书上——剪下最有趣的图画，把它们贴到画册上。

医士贴得最多的是各种“至尊的人物”的照片，特别是生活放荡的英国国王爱德华七世、女演员和海军将官们的照片。他对豪华的海军制服和自己祖国希腊的旧舰队的爱，实在使人感动。这爱是无法遏制的。沙发上方挂着一幅著名的阿维罗夫号巡洋舰的石印画。这艘军舰是希腊用很便宜的价钱不知是从智利共和国，还是从秘鲁共和国那儿买来的。不过一般说来，这没有任何意义。

啊，这艘“阿维罗夫”号巡洋舰！那些年里，我在敖德萨看到过多少幅它那华丽的图像啊！军舰的烟囱里总是滚滚地冒着可怕的烟，几十面白色和淡蓝色的两色希腊国旗在舰上各个地方迎风飘扬，只要有可能挂旗子的地方都挂上了国旗。

“阿维罗夫”号——海洋的威胁——骄傲地载着它那身破旧的钢甲。每一个对船舶在行的人，就连能够在从它的艉柱旁四散奔流的浪峰上颠簸也会感到十分荣幸。

我已经有好几次描写过“阿维罗夫”号了，这是我的弱点。我将不知疲倦地赞扬这艘巡洋舰，把它看作一个小民族独立的象征，看作这个民族与各种侵略者进行斗争的象征。

这些凶恶的侵略者的漫画像也贴在医士的画册上。它们是一个留着山羊胡子、穿着美国星条旗背心的瘦瘦的“山姆大叔”，一个身子圆滚滚、肚子上有一个英镑符号的约翰牛，还有神情沮丧的、大鼻子的阿卜杜尔-哈米德和一个头戴弗里吉亚帽[①]的、青春已逝的交际花——法兰西。

有一些画册上只有风景画，只有关于家庭生活的石印画，这都是像考尔巴赫[②]这样一些很难懂的德国画家的作品。我总是好像觉得，这些画上

① 弗里吉亚帽是古代弗里吉亚人戴的一种红色的圆锥形高帽，后来法国大革命的参加者也戴这样的帽子。

② 威廉·考尔巴赫（1805—1874），德国画家。

稍有点儿褴褛的气味。

最后，还有一本画册，上面全都是裸体美人儿的版画——这些美人儿神情懒洋洋的，大眼睛，把一条腿搁在另一条腿上，坐在一个老大的月牙儿上面，从聚宝角[①]中撒下大量鲜花。她们羞涩地遮着乳房，好似在天鹅炽热的目光注视下的勒达[②]。她们有的在洗澡，有的在梳头，有的在逃避山羊腿的萨梯里[③]，还有人柔韧弯曲的手里拿着铃鼓，正在跳舞。

不错，这本画册放在一边，放在书架上，不好意思地用一沓报纸遮掩着。

此外，墙上还挂着许多石膏盘，上面画着成熟了的樱桃和梨。

我曾在一部天文学著作，好像是金斯[④]的作品中看到，在大自然的宏伟的现象面前，让我们感到喜悦的、地球上的植被，只不过是像一些可怜的霉菌而已。

突然，我真的仿佛觉得，在灿烂辉煌、好像要飞上天空去的高山峭壁面前，医士的这所住宅连同里面那些破旧的东西、画册，以及臭虫药水的气味，只不过是一些霉菌罢了。群山耸立在一个正在山谷中慢腾腾干活的小人儿上方，耸立在他那个精神萎靡不振、睡眼惺忪的妻子和他那个尚未整理好的世界上方。阳光只要增强到目前的10倍，就能于一瞬间把这个

---

① 希腊神话中指曾用自己的奶哺育宙斯的母山羊阿玛尔忒亚的犄角。这只角具有神奇的特性，可以倾倒出其主人所希望得到的任何东西。

② 希腊神话中斯巴达王廷达瑞俄斯之妻。宙斯被她的美貌迷惑，变作天鹅向她求爱，与她生了美女海伦。

③ 希腊神话中酒神的淫荡伴侣，有尾，有角，长有两条山羊腿。

④ 詹·霍·金斯（1877—1946），英国物理学家和天体物理学家。

世界化作散发出一股恶臭的灰烬。

吃午饭的时候，因为我们要去阿姆特赫尔-阿赞达湖，医士——他叫扬尼——发表了一篇谈话。他说话好像一个旧派的演说家，提出一些纯粹是为了修辞而提出来的问题，慷慨激昂，声音颤抖，或者，用角力士的说法，是“拨动心弦”。

“噢，亚历山大！”扬尼提高声音说，“苏呼米桂花盛开！桂花使你夜不成寐。你渴望有所发现！光荣？为了什么？难道对你来说，你有可爱的家庭——可爱的妻子玛尔加丽达和儿子帕霍姆，还不够吗？”

“你最好还是给我指指去阿姆特赫尔的路吧！”角力士生气地回答，“关于玛尔加丽达，你不说我也知道。”

医士忧郁地摇摇头。

“正是如此。”他责备地说，“我自己，用自己的手把人推到危险的道路上去！我自己！”

“可那里有什么危险呢？”萨莫伊林问。

“那里可能有逃兵，”医士用预兆不祥的声音回答，“还从战争时期起，他们就滞留在这里了。他们成群结伙住在山里，在山里游来荡去。”

医士转身对角力士说：

“我已经警告过你了！我去洗手！你听到我说的话了吗？”

“嗯，你去洗吧，你去洗吧！”角力士温厚地表示同意，“请别把这儿当成艺术剧院。你穿上衣服，送我们到那条小路的起点去吧。”

医士叹着气，把我们领出采别利达村的寨门，来到一片山毛榉林前，把小路指给我们看。他说，走出1公里后，小路就没有了，我们只得根据在树上砍出的记号继续往前走。

我是头一次看到连绵不断的山毛榉林。这是一片明亮的森林，像拜占庭的大教堂那样庄严。或者，这森林大概更像一条没有尽头的柱廊——这柱廊是由高大的树干构成的，树干上仿佛蒙着一层淡绿色的麂皮——好似山坡上一个遍地苔藓、凉爽宜人的集会场。

我们走了约莫两个小时光景，欣赏着我们周围的一切——林中枯枝落叶的稍有点儿刺鼻气味的空气，仿佛正在潮湿的叶丛中翻寻什么的阳光，以及莫名其妙的遥远的隆隆声。不过，这也许是石头从高山上掉下来的隆隆声，也许是声音很响的雪崩的回声。

砍在树上的记号引导我们走进很窄的加尔格梅什峡谷。

角力士突然皱起眉头。我们走得慢一些了。角力士命令我们最好向四面看看，在路上找一个地方，万一有什么不愉快的遭遇，我们可以躲在那里。会遇到什么人呢？他没有说。不过我们明白，他心里想的是会遇到斯万人[①]。

但是根本无处可藏，除非是躲在一堆堆被暴风吹倒的大树中间，要么是躲在粗壮的山毛榉树干后面。此外，正如萨莫伊林所说的，躲也徒然。因为就连落在草茎上的苍蝇，山民们在300步以外也能看得清清楚楚。

峡谷越来越窄了。我们不时向四面张望，提心吊胆地走着。大概正是因为如此，当一些人已经在径直离我们有200步远的时候，我们才发现他们。

他们站起来，迎着我们走来。他们好像大山猫一样，迈步十分小心。在他们脚下没有一根树枝发出断裂的声音。他们一共是4个人，每人肩上都背着截短了枪筒的枪。只有走在前面的一个上了年纪的人把步枪拿在手里。

---

① 格鲁吉亚西部高加索的一个民族。——译者

“镇静！”角力士轻轻地说，“就像在沿岸大街上散步那样。”

距离逐渐缩短了。逃兵们镇静地凝神注视着我们。而我们脸上，就我现在理解，显然露出了不自然的、惶惑的微笑。只有角力士是冷静的，不过他的右眼皮也在微微跳动。

最前面的那个人站停下来，取下步枪，伸着手把枪拿到自己前面。他拦住了我们的路。那步枪看上去就好像一根拦路杆。

我们站住了，逃兵们也站住了。但是他们当中谁也不走近一些，仿佛是要在他们和那个上了年纪的头目之间保持一段相当的距离。

大家都不作声。最后，那个上了年纪的人没有放下枪，用刺耳的、好似鹰叫的声音问道：

“俄罗斯人要在这里干什么？”

“我们到阿姆特赫尔-阿赞达去。”角力士回答。

他掏出一包香烟，请头领抽烟。

可是后者没有接烟，只是用发黄的眼白朝香烟瞥了一眼，问：

“干吗去阿姆特赫尔？”

“打猎。”角力士沉着地回答。

“啊——呀——呀！”头领摇摇头，他的喉咙里有什么东西发出呼哧呼哧的响声。我没有立刻明白，他显然是在笑，“你干吗骗人，干吗说谎？你们的猎枪呢，猎人们？”

“这样就全完了！”萨莫伊林医生轻轻地对我说。

我们什么武器都没有。本来可以在苏呼米弄到一支在那时候根本没有用的手枪，但是角力士坚决说，不带武器去更安全。

角力士冷笑了一声，不知对头领说了些什么。头领眯缝起眼睛，盯着角力士看了很久，然后又看我们每一个人，仿佛是在考虑对我们怎么办，只是在这以后才回答角力士。

“他提议，”角力士用冷静的语气对我们说，“坐到这棵倒下的山毛榉上，抽支烟。”

我们坐到了那棵倒下的山毛榉上。我们每个人身旁都坐了一个山民。

我问那个头领，他是在哪儿学会讲一口这么流利的俄语的。

“在战争中……在野人师……”

我身旁坐着一个青年人，他的眼睛里流露出那样一种仿佛什么也没见过似的好奇的表情，似乎他是刚刚来到世界上，连他的嘴也微微张着。一切，直到我那双平底软皮鞋上的鞋带，无不吸引他的注意。

青年人把我仔细打量了一番，从我军便服侧面的口袋里掏出一包香烟，放进他自己的口袋里。

随后，他转了转我手指上的订婚戒指，赞美地咂了咂嘴，温和地微笑着，小心翼翼地把戒指摘下来，也装进了自己的口袋。

他一只手很难把戒指摘下来。因此，这时他把截短了枪筒的枪递给我，叫我拿着。

大家都一声不吭。后来，逃兵们逼着我们站起来，用他们硬邦邦的手掌在我们身上拍了好久，大概是搜寻藏在衣服底下的武器。他们什么也没找到，于是互相商量起来，并不时不满意地望望我们。

搜身时，他们拿走了角力士的打火机，从萨莫伊林身上拿走了一块旧怀表。他们没有动我们装着食品的背囊。只有一个人懒洋洋地往背囊上踢了一脚——显然，是为了做个样子，免得因为没有搜查背囊而后悔。这时他轻蔑地说了一句什么，所有的山民突然都那样狂怒地互相朝着对方大喊大叫起来，似乎眼看着就要发生械斗了。

他们互相抓住胳膊和胸膛，挥动枪托，压低声音地叫喊着，突然喊出一句说得很快的话。显然，那是一句令人无法忍受的侮辱性的话，因为每一次这样的叫喊都会引起大家齐声怒吼。

争吵时，他们一点儿也不注意我们。在狂怒中，他们有时会碰到我们，推撞我们，仿佛我们都是隐身人。

那个上了年纪的头领坐在一根原木上，抽着烟，在搔胸膛，好像没听到这场莫名其妙的争吵。后来他懒洋洋地站起来，走到拿去我订婚戒指的那个青年面前，一把抓住他的截短了枪筒的枪，用不容分说的语气简短地不知对他说了些什么。那个青年气得满脸通红，不过还是慢慢地把手伸进口袋，掏出戒指，交给了头领。头领还夺走了打火机和怀表，他把这些东西先拿在手掌里掂了掂，然后揣进怀里，对角力士说：

“你愿去哪里就去哪里吧，不过可别回来！”逃兵们立刻安静下来，一个跟一个地排成一串，跟在他后面走了。

我们困惑不解地站在那里。

“这是什么意思呢？”萨莫伊林问。

“这就是说，”角力士回答，“他们暂时先让我们去阿姆特赫尔，可是不放我们回去。他们在这儿的什么地方守候着。没有别的路。”

我什么也不明白。如果他们想抢劫，甚至要打死我们，那么完全可以现在就这么做。

“最好是什么也别想，”角力士劝说道，“车到山前自有路。我不止一次遇到过这样的情况，现在也是一样。到湖上去再说吧，不过仍然得小心点儿走。尽量利用山毛榉树干遮掩自己，躲避从背后打来的冷枪。”

我们穿过峡谷，从树林中的山岩上看到了马鲁赫山。马鲁赫山宛如镶嵌在花岗石框里的一颗淡蓝色钻石，在天空中发出耀眼夺目的光辉。

周围的一切，宏伟和无限小浑然一体，使我感到惊讶。而且无论是大还是小，都同样美——无论是远方马鲁赫山脉的冰峰，山顶积雪犹如巨大的飞檐低悬，还是近处刚刚长出的、石枣树丛上的小花。这些石枣丛从悬崖峭壁的裂缝里探出头来。

我们四周聚集着一大片山里的野草、木贼、毛茸茸的橙黄色鲜花和像编织毛线的针那样长的针叶，这一切被太阳晒暖，散发出柔和的树脂香味。

遇到那些逃兵以后产生的紧张心情已经弄得我们完全精疲力竭。我们简直是跌倒在森林中好似大祭坛的山岩上，跌倒在那里厚厚的青苔上面，躺了约莫两个小时光景，毫无继续往前走的愿望。

一生中这样的一个想法曾几次控制了我——和平和宁静的大自然与人类的残酷近在毗邻。

这个想法第一次使我感到震惊，使我对人感到愤恨，是在1919年。那时，我在波列西耶看到一个被匪徒杀害的10多岁的小男孩。匪徒杀害他的时候，他坐在乌日河遍地都是草穗的河岸上，用自己做的胡桃木钓竿在钓鱼。太阳在他头顶上照耀着，暖和的风吹着又轻又软的白云在空中徐徐飘动。

一个卑鄙的土匪头目斯特鲁克的一支卑鄙队伍里的匪徒们，从对岸看到了这个小男孩，纵声狂笑着，把他当作靶子，开枪打死了他。

住在森林里的当地人害怕匪徒，因此仿佛是在为匪徒辩护。他们说，“小伙子们”都喝醉了。然而，喝醉了的人会变得比最肮脏的畜生还不如，这绝不是为人进行辩护的理由。

我永远也忘不了那个满脸雀斑的死孩子给太阳晒暖了的头发——可爱的、仿佛褪了色的、好像柔弱无力的、孩子的头发。我没有看那孩子的脸。但一直到死，我将永远记住我一生中的这一天。我不敢把它讲给任何人听，就连妈妈，我也不敢告诉她，以免使她的生活变得忧郁。只是到现在，我才第一次讲出了这件事。

瞧，现在我躺在去阿姆特赫尔的途中的森林里。心里想，5个匪徒[①]不知为什么过去想要杀死我们。也许，现在还要杀死我们。这个想法使我产生了极端厌恶和愤怒的心情，就和当年在乌日河上的心情完全相同，所有的喜悦和大自然的雄伟壮丽都一下子消失了。

唯一使我心情渐渐平静下来的是那些提醒我注意到大自然的东西——几片粘在我嘴唇上的、芳香的鳞片，或者是一条微不足道的山泉。山泉疑虑重重、小心翼翼地穿过野草丛生的林莽，害怕迷路而流不到泉水将在那里积成蓝色小湖的、山岩上的深坑。

只要一看到这一切，凝神细细观察，那么宁静就会降临（古时候都喜欢这么写）到人类十分激动的心中。

下方平铺着一片清澈透明的水，水的颜色好似淡绿色的碧空。水面上漂浮着一片片棕褐色的干枫叶。

枫叶组成一支支舰队，非常和谐一致地移动着。好像遵照口令，“大家一起突然”转弯，只要吹来一阵最小的微风，就好似起锚出航，互相追逐着，往湖中心漂去。那里湖水仿佛在燃烧，冒出如同酒精燃烧时的蓝色

---

① 前面说一共是4个人，作者有误。——译者

火焰。

紧靠湖岸，有一些黑水鸡在湖中游来游去，它们愉快的眼睛好像一些小玻璃珠子。

左边，森林攀着花岗石峭壁，高高耸立，仍然像从远处看上去那样神秘。我们后面岩屑在沙沙地响。我甚至害怕向右看——在那里，阴森森的、不可思议的马鲁赫山猛然冲向天空，然后停下来。仿佛因为过分用力，全身十分紧张，连它的矿脉里也发出铜矿的呻吟。

在一个地方，显然是从冰川的洞穴里涌出一股很宽的水流，在空中飞泻而下。水声如雷，声音集中，跌入湖里。

那就是阿赞达河。它从冰川那边以瀑布的形式注入湖中，而在我们脚下，在堆满岩石的浴场上，形成一条湍流流入地下，就在我们脚下渐渐消失，漩涡把我们投入水中的一切——每一根小树枝和每一块小纸片——都卷入地下可怕的无底深渊里去了。

角力士说，往南12公里之外，阿赞达河又冲出地面，形成一条泡沫飞溅的急流，仿佛由于突然见到太阳而眯缝起眼睛，慌忙流入黑海。

石块在河水下摇动着，互相碰撞，仿佛是要试一试，看谁的响声持续的时间更长。

我怕凝神注视马鲁赫山。我开始觉得似乎山上的冰也像河水一样在动，眼看就要崩落下来，变成一条响声震动全世界的冰崩。不过，我还是偶尔向马鲁赫山望一望。它引诱人们，迫使人去看它，迫使人去猜测，在它那些峡谷的阴影和高山草地的轻轻摆动中隐藏着什么秘密。

我还不知道马鲁赫山会有什么瞒着我们的秘密。不过有时我已经看出峭壁上粉红色的苔藓，看出阴影在缓缓移动——阴影悄悄地接近山顶，想要熄灭山顶上的亮光。我还看出有一缕缕烟，隆隆响着，沿马鲁赫山的山坡向下滚去。后来我猜测这不是烟，而是岩屑滑落时腾起的尘土。

马鲁赫山整天耸立在我们对面，如同某一威严的巨神已经发绿的青铜宝座，又好似希腊神话中的英雄——赫拉克勒斯[①]或阿特拉斯[②]的凹凸不平的盾牌。当然，马鲁赫山也能像阿特拉斯那样，用自己的双肩扛着整个地球。

晚上，马鲁赫山从青铜变成了光彩夺目、刺痛眼睛的巨大天然金块儿。显然，大得连在月亮上也能看到它的熠熠闪光。

“现在，”扎察连内对我说，“请您生活在这寂静之中，别作声，只是看和想。回到苏呼米时，您会成为另一个人，自己也会认不得自己了。”

我惊异地看了看角力士，我没料到他会说出这样的话来。在这以前，我好像觉得他有点儿傻头傻脑，不大聪明。

不知为什么，现在有一个想法萦绕在我的心头：需要把湖上发生的事情全都按照顺序记下来，虽然其实什么事情也没有发生。不过还是……

还是从我们不得不抓着树根和黄杨丛，顺着陡峭的山坡下去，来到湖边说起吧。

那时，我第一次知道，像我们这儿的越橘丛一样，很小的黄杨（而且也长着同样的草状的小叶子）能轻而易举地禁得住一个成年人的重负。

湖上冲积出了一条很窄的沙滩浴场，上面堆满了从山上滚下来的大石块。

---

① 希腊神话中最伟大的英雄，宙斯的儿子。

② 希腊神话中的巨神之一，奉宙斯之命以双肩顶天。

有一个地方，巨石垒成了一个又深又长的山洞，出口正好通往水边。我们就在这个山洞里建立了野营。

山洞里好像异常的舒适。显然，这是因为它遮风、避雨，也能挡住岩屑。

在山洞里，我们多少比较安静地吃了东西。谁也不妨碍我们。

第一天由于没有经验，我们把食品摆到铺在岸上的一件雨衣上。立刻从水里钻出一只小黑水鸡，一瘸一拐地径直向我走来，咯地叫了一声，从我手里夺走了一小块面包。我从它嘴里夺回面包，它和我斗了起来，几次啄我的手指，啄得我很痛。

立刻又从岸上一瘸一拐地来了好几只一点儿也不害怕的黑水鸡。

从那以后，我们吃东西总是很小心，把装食品的背囊藏在石头底下。不过，我们一开始吃东西，黑水鸡还是聚集在我们身边。它们挤在一起，互相推推搡搡，试图钻过来，靠近我们一些，这时会互相踩到对方有蹼的脚爪上，啄掉对方的羽毛。

我们捉它们的时候，它们就高声狂叫起来。不过只是叫到我们当中有人捉住它们，把它们抓在手里的时候为止。只要把黑水鸡一放到地上，它立刻就开始往我们膝盖上爬，从我们手里夺走任何吃的东西。

我们喜欢这样。

“大概，”扎察连内含意深刻地说，“只有在天堂里，兽类才像这样自由自在。”

自从我们来到湖上，黑水鸡就只待在我们建立了野营的岸边——它们尽量不游到远处去，以免错过觅食的机会。

不过，并不是所有野兽的举止都像这样天真和轻信。在湖上，我们也有敌人——胡狼和山里的小熊。

最蛮横和最有鬼计的是胡狼。

头一夜，它们就偷走了我们的洋铁茶壶，把它拖上山去。可是弄掉了，茶壶叮叮当当，隆隆响着滚到了湖里。

我们及时醒了，把茶壶抢救了下来。茶壶上出现了好几个被石头撞瘪的、很大的凹痕，不过还没有漏。为此，我们感谢命运，不然我们就不能喝茶了。对于扎察连内来说，那将特别不妙。平时，他可以坐在太阳底下，怡然自得地眯缝起眼睛，喝一整天茶。

“什么样的空气啊！”他说。说着声音很响地深深吸气，“不是空气，而是托诺-本格的灵丹妙药！”

第二夜，胡狼“匍匐着”爬到我们这里，试图从萨莫伊林的头底下拖走一袋食品。我们采取预防措施，把食品袋放在自己头底下，可是结果发现这也不能防止偷窃。于是，我们决定夜里轮流坐在篝火旁值班。

值班的第一夜，角力士打盹儿了。当胡狼用4只爪子撑着，从石头底下拖一包熏鱼的时候，才醒过来。

于是，我想出了一个我觉得很妙的对付胡狼的办法。我在岸上找到了一根干燥的长竿子。轮到我值班的时候，我坐到篝火旁边，把竿子放在身旁。扎察连内和萨莫伊林都睡着了，我也装作睡着了，我甚至在轻轻地打着呼噜。

在这个夜里，我第一次看到胡狼是怎样爬到跟前来的。“啊，多有趣！”你们会说。但是作为目击者，我可以断言，也许对于什么人来说，这的确有趣。不过，主要的却是讨厌，甚至是可怕。

胡狼在篝火的光亮中爬过来，好像是些影子，好像是一些活动的、褪了色的幽灵。

我小心翼翼地把竿子的一端插进火里。有一瞬间胡狼屏息不动了，然后又开始慢慢爬过来。

爬在最前面的是一只领头的胡狼。在篝火的反光中，我已经清清楚楚看到了它。它的耳朵抿着，看上去好像有麻子的嘴脸龇着牙，以防万一。

我等着领头狼爬近篝火——篝火旁放着一根做诱饵的香肠——爬到离篝火一竿子远的地方，然后飞速从篝火中抽出正在燃烧的竿子，用它去打那只领头狼。

领头狼先大叫一声。在它凶恶的叫声中我甚至仿佛听到了我们人类的声音："哎哟，真见鬼！"随后它猛一跳，不过不是向前，而是往后一跳，带着它那一群胡狼飞快地跑进山里去了。周围散发出一股烧焦的兽毛味。由此我可以断定，我烧着了胡狼的皮。

扎察连内和萨莫伊林醒了。他们称赞我的机智。我好像觉得他们甚至是在奉承我，我已经要为我的发明感到骄傲了。可是如果我知道，在我惩治胡狼以后，会有什么样的无法忍受的后果落到我们头上的话，那我当然就不会做这种轻率的试验了。

那些胡狼爬上邻近的悬崖，全体像一只一样齐声嗥叫起来，叫声中带有无法形容的绝望和狂怒，在这样的嗥叫声中根本就无法睡觉。胡狼在向我们复仇，一连叫了两昼夜。

然而，事实上熊比胡狼更加有害。熊想出了一个巧妙的办法，要把我们从湖上撵走。从那时起，我们经常处于令人焦躁的围攻之中。如果说我们竟能安然无恙，那么这仅仅是因为我们时时刻刻都在提防着。

从一清早，一些熊就藏在上方陡峭的悬崖边，向下伸着头，窥视着我们。

如果我们当中有人忘记了危险，沿岸边从悬崖下走过，经过那些熊躲藏着的地方，它们就会向他扔石头。弄得岩石崩塌，尘土飞扬，大块圆石头带着隆隆巨响飞下山来。碎石块呼啸着射向四面八方，落进水里。萨莫伊林险些儿没在这样的岩石崩塌下死于非命。

我们试图把这些熊赶走，可是我们没有武器。吹口哨和叫骂对它们丝毫不起作用。

这是很伤脑筋的。我们不能在岸上自由行动，而必须躲在山洞里。

有时扎察连内失去耐心，用雄浑的低音对熊破口大骂，并且用拳头吓唬它们。作为回答，那些熊反而变得活跃起来，好奇地伸出脑袋，又推下一些岩石。

但最后命运替我们报了仇。有一只小熊从悬崖上探出头来，向外伸得太远了，从上面掉下来，像一只毛茸茸的黑球从我们身旁飞过，一声巨响，溅起一大片水花，落到水里。它短促地吼叫了一声，沉入水底，永远消失了。显然，它淹死了，可怜的小家伙。

那些熊在悬崖上一直待到晚上，走了，再也没有回来。一个同伴的消失吓坏了它们。它们显然认为，这是我们人类施展的阴谋诡计。

靠近湖岸的蓝水里有一些象牙色的大块扁平石头。

有一个地方，这种石头的数量竟有那么多。我从一块石头跳到另一块石头上，这样几乎能走到湖心，在那里钓鱼。在最后几块石头附近，水已经很深了。

有一次，我从石头上掉了下去，感觉到好像给激了一下似的，水简直像冰川里的水，冻得令人受不了。脚立刻抽筋了，仿佛有人把绷紧的、吱呀作响的筋很快地缠到一根结毛线的针上，似乎眼看筋就要绷断了。

尽管水冷得要命，石头上却很热——湖上总是没有一丝微风。湖水中的倒影清晰可见，好似精制的玻璃（也许，更确切些说，是好似水晶），完美无缺。简直无法分清，哪是真正的岸和山，哪是岸和山的倒影。

似乎周围有两个高加索。一个巍然屹立，耸入云霄，另一个在我们脚下，潜入光辉灿烂的无底深渊之中。在这深渊的底层，和天上一模一样的羽状卷云就像在天空中那样，慢慢地漂浮着。

我把系着铅锤的钓丝投进湖中，每次都会打碎这个世界理想的浑然一体。

偶尔有好似绷紧的肌肉一样强壮有力的淡水鲑鱼吞饵。要么是一条鲻鱼急速地拉着钓丝沿一条直线游开，摆摆尾巴，像扯断蛛丝那样，把钓丝拉断。

这是一件奇妙的事。在液态蓝宝石上钓鱼，并用自己的眼睛贪婪地饱览周围的一切——从扁平石头上裂缝的纹理到用一束干枫叶扎在一起做成的浮子。有鱼上钩的时候，叶子就形成一个扇面，慢慢沉入水中。

我一直钓到晚上。我常在石头上看到落日。有一次，我从浮子上抬起眼来，突然看到了仿佛被血染红的冰川上太阳的倒影。由于感到意外，不由得大叫了一声。

我是不由自主叫起来的，因为沉不住气，我在生自己的气。但仿佛正在熊熊燃烧的天空实在太大，如烟的云实在太神秘，马鲁赫山顶上冰雪的闪光也实在太刺目了。

一般说来，生活中我很走运。几乎每一天我都知道或看到些什么新鲜事物。而知道得越多，生活也就越有趣。而且，不管这似乎多么奇怪，生活却变得越发神秘了。

日落时，我在主峰脚下看到了地球上最壮丽的景象之一——那种彩色的熠熠闪光散射开来，好像觉得在海拔这样高的高度，我们的眼睛会出现一种附加的特性，看到比在山谷、草原和海岸一带看到的多得多的色彩。

但我还是毫不惋惜地等待着晚霞开始熄灭的时候。因为我知道，被大海远方的闪光微微照亮的暮色中所含有的美，并不亚于山间的落日。

随后一切都渐渐平静下来，最后的一点儿火光也渐渐熄灭了。寂静降落到篝火上，久久地望着最后的炭火渐渐蒙上薄薄一层雪青色的灰烬。流星频繁地陨落下来。

第六天，我们的食品吃完了，于是我们离开了阿姆特赫尔—阿赞达湖。

角力士确信，在采别利达村附近我们一定又会遇到那些逃兵，而在这次相遇时，我们绝不会安然无恙。因此，我们决定绕过加尔格梅什峡谷，直接穿越群山回苏呼米去。

我们没有地图。但角力士自告奋勇，带领我们到阿赞达河经过12公里地下行程、重新露出地面的地方。以后需要沿着河岸走到梅尔赫乌雷村。

这12公里路我们走了整整一天。回到苏呼米时，我们都晒脱了一层皮，满身尘土，饥肠辘辘，脚也磨破了，但是感到幸福。

在苏呼米，使人感到昏昏欲睡、闷热、孤独。

我不在的时候，扎柳小姐把隔壁一间空房租给了一个淡黄色头发的人。他是一个商业部门的会计，姓科特尼科夫。

这个审慎的人身上的一切，用医生的术语来说，对于苏呼米，都是

“禁忌”的。就从他脸上有雀斑说起吧。此外，他还不停地眨巴着那双长着白睫毛、微微发红、白化病患者的小眼睛，而且老是爱唱这样一首歌曲：“我愿有这样一个小女婿，让他穿上胸衣，打扮得漂漂亮亮……”他用尖细的、带啸音的男高音唱着。

空闲的时候，他坐在花园里的芭蕉底下喝茶。他脖子上搭着一条绣着几只小公鸡的毛巾。他不停地用毛巾擦擦汗湿的红通通的脸，清清嗓子，重又唱了起来：“让他穿上胸衣，打扮得漂漂亮亮，一根小手杖握在手里……”

在高加索，科特尼科夫的态度就好像这不是苏呼米，而是像波舍霍尼耶[①]这样的一个城市。他对什么也不感兴趣——无论是海、热带植物、山、阿布哈兹人，还是他们的性格和风俗。他喜欢回忆莫洛加市，他是那里生的人。他无论说什么，一开头几乎总是那同一句话：“瞧，在我们那座小城莫洛加市，我的妈妈，可敬的阿波莉纳里娅·弗罗洛芙娜那里，规定了极其严格的秩序……”

科特尼科夫来了以后，立刻感到无聊起来。时间似乎停止了。时间就像坏了的钟表，在会计师惹人讨厌的哼哼唧唧的歌声中毫无意义地静止不动。会计师唱道：“玛莎到森林里去散步，要给自己找一个未婚夫……”

后来，科特尼科夫的妻子从俄罗斯来了——像他一样，她个子矮小，长着一个小翘鼻子，满脸都是粉红色的雀斑。她一进屋，还没脱掉大衣，就问丈夫：

“你们这里蛋什么价钱？”

---

① 现为波舍霍尼耶-沃洛达尔斯克市，1918年前称波舍霍尼耶。——译者

当然，这是不公道的。不过我立刻就不喜欢科特尼科夫和他的妻子。而且明白，再在苏呼米住下去已经毫无意义，我在这里已经无事可做了。

我决定继续旅行，到巴统去。《海员报》的女打字员柳西耶娜已经在那里定居。她在敖德萨同一个姓辛尼亚夫斯基的画家结了婚，从饥荒的敖德萨逃到了巴统。她写信给我说：巴统已宣布为“自由港”，城里堆满了“极漂亮的货物”——糖精、面包圈、妇女的袜带和皮鞋上的鞋带。“万不得已，”柳西耶娜写道，“可以嚼嚼袜带”。

除了柳西耶娜，还有巴别尔和他妻子叶夫根尼娅·鲍里索芙娜以及妹妹梅丽住在巴统的泽廖内角。

我在苏呼米孤独地、辛辛苦苦地工作，给一份无聊的小报校对简讯。

我在和自己生气，没有船票，就坐上“伊里奇”号轮船到巴统去了。

晚上来临了。阿布哈兹的海岸笼罩在烟雾里。我躺在船尾的旗杆旁边，把大衣和一个塞满苏呼米烟草的小枕头（是禁止把烟草运出苏呼米的）垫在头下。

突然，一股幸福的香味冲进又酸又涩的烟草味中。这是由于空气流动从岸上飘来的木兰和金合欢的芳香——疲惫不堪的流浪的空气，小亚细亚的空气，黑暗的丛林和伸手不见五指、过于潮湿的黑夜里的空气。我的心揪紧了。又有一块我留下了一部分思想和时间的地方消失了——而且，大概是永远消失了。

若干年后，我曾短期到过这个城市，我已经认不出它了。它变成了一个人口众多、市容繁华、颇有气派的疗养地。街道上飘散着的不是玉兰花香，而是从排气管里喷出的、燃烧过的瓦斯味和妇女烫焦的头发味。

眼下，我却躺在甲板上想，苏呼米的古老传统永远结束了。

大概，这种生活最后一件感人的事件是欢迎米哈伊尔·伊万诺维奇·加里宁。

加里宁乘轮船经过苏呼米，上岸来待了几个小时。全城的人都聚集在堤岸上——长耳风帽，束腰无领长袍，长长的花白胡子，有彩色衬里的、卷起来的衣袖，短剑和镶金条的马裤。这一切都在岸上挤来挤去，煞是好看。

当加里宁乘坐的小艇离开轮船、驶近海岸的时候，忠厚老实的苏呼米警察局局长骑着一匹烈马沿着堤岸驰骋，对人群大声喊叫：

“漂亮的，到前面来！”

人群中发生了一阵急速的运动。然而，没有一声叫喊，也没有一声咒骂。

真的，眼看着出现了类似奇迹的事——人群仿佛自己挑选出所有漂亮的人，把他们推到了前面——鹰钩鼻子的青年小伙子，银发银髯的旧派老人，还有羞得满脸绯红、说话带有喉音的姑娘们。

警察局长第二次策马从人群旁驰过，然后喊了一声：“衷心感谢！”于是他的马跳跃着，仿佛在跳舞，竖起来的耳朵微微颤动着。总而言之，姿态优美地表演着，向码头走去。码头上鼓乐喧天，好似山崩，所谓的“民乐演奏团”——世界上最刻苦耐劳、朝气蓬勃而又忧郁的乐队，用笛子和鼓奏起雷鸣般的乐曲。

在平坦的港口

夜里我醒了。“伊里奇”号停在一个平坦的港口的码头上。我好像觉得港口上的灯火好似一些油盏漂浮在水面上——它们是那样低。

我忘记了“伊里奇”号在驶往巴统去的路上，要顺路去中间港波提。四周看不到任何城市的迹象。后来我才得知，从港口到波提市的路还很远。

从空中稀稀拉拉地掉着雨滴——温暖的雨滴，好像冷却的茶。偶尔不知从什么地方飘来一阵阵酸橙的清香。

没有明显的原因，我突然感觉到一股愁思涌上心头。这忧愁是如此强烈，如此出乎意外，我甚至感到不知所措了。

我当然知道这愁思的原因，不过不承认它，因为我不能用任何东西帮助自己。

这忧愁是很久以前就有的，它牢牢地盘踞在我的心里。它来源于旷日持久的孤独。而由于就我的天性来说，我是一个容易与人接近的人，喜欢快乐，完全不喜欢进行忧郁的反省，这种孤独就更加令人不可理解了。我希望像春天里的采丁香花那样，一抱一抱地采摘生活，希望我度过的每一天永远都不是重复过去。而且对于我来说，有足够的一切来充实我的生活——所有极好的人、地方和事件，只要是世界上所存在的美好的一切。

然而，不是由于我的过错（显然，过错是有的，但是我不明白这过错是什么），我的生活却成了这样的——生活的多样性、种种事件、漫游，以及周围许许多多很有趣的人，这一切都给了我，而且是足够丰富的。不过，只有一样没有给予我——亲人，我所爱的和爱我的人。

有过妈妈和加莉娅，然而生活把我抛到了一边，使我远远离开了她们。我们互相通信是那么少，信又写得那么短，仿佛是隔着一条哗哗作响的、很宽的河，勉强才能互相呼唤，在烟雾弥漫的岸上彼此看不清对方的脸。

没有一天我的心不为这种孤独感到刺痛，没有一天我对这离别不感到遗憾，对自己生气不是出声地痛苦呻吟的。

我怎么也无法对付自己的贪婪。“我积累这一切是为什么呢?”我经常在问自己，可是从来也没有回答这个问题。因为我积累生活是下意识地，是由于某种我自己也不理解的内心的动机。

只是在以后几年，当我开始写作的时候，才终于出现了谜底。

贪婪迫使我不断地寻找新的地方、新的人、新的知识、新的印象、新的事件，并且不由自主地离开自己不久以前的过去，越去越远。

这过去是不久以前的，但同时又感觉到它仿佛十分遥远。例如，这寂然无声的波提港上的夜。还譬如说，在喷泉区那所半倾颓的别墅里，巴格里茨基朗读勃洛克的诗的那一夜，我好像觉得在它们之间隔着许多年的岁月。我仿佛感觉到时间的重量，它好像沉得坠手。

在苏呼米，我曾特别尖锐地体验到这种孤独心情。也许这是因为，在苏呼米我是处于人们之外，处于最近几年里我已经习惯了的那些人——记者和作家们——之外。我处于最近一段时间在敖德萨体验过的那种奇妙的心情之外。这种心情可以叫作对我们一生中早春时期的感觉，对初次而且还是模模糊糊地接触到新艺术和新文学的一种感觉。也许，这种比拟有点儿过于奇巧，或者是其中缺乏足够的韵味。不过，我的感觉恰恰就是这样的。

万物复苏、蓬勃生长的春天已经临近了。构思正在诞生，力量正在壮大，生活经验逐渐在积累。眼看着，天才的语言即将像一轮红日从山脊后升起，突然在某处发出耀眼的光辉。

当时我在这样想，并为这样的等待感到幸福。等待驱散了忧郁。不仅是这样的等待，而且当然还有许多旁的东西，就连一些真正的小事也是如此。例如，在一个我从来没打算去的港口，在一艘轮船的空无一人的甲板上，这样的一个漫长的雨夜。

“人不能是独自一个。”我想，“无论如何也不能，不然他就会灭亡。”

轮船离岸了。防波堤后小心翼翼地掀起了泡沫飞溅的波浪。高高的灯塔神情漠然地把一条白得不自然的白光投射到受到惊扰的水面上。

一个水兵走来，用绳子牵着一条小白狗。一条身上的毛全都乱蓬蓬的、不幸的小狗，把它拴到离我不远的一条长凳子上，然后走了。

那小狗哆嗦得那么厉害，以至它的爪子不时轻轻地敲打着甲板。

我给它解开绳子，它躺到了我的脚边。起初它轻轻地哭着，后来叹了口气，舔了舔我的手。

“不仅是人，”我心里想，“就连狗也不能是独自一个。不能！”

我睡着了。睡梦中我听到，测程仪在我头顶上方叮叮咚咚地响着，计算着已经走过的里程。

巴统的声和味

巴统的小酒馆和咖啡馆多得很。

所有小酒馆和咖啡馆的玻璃门都是摇摇晃晃的。每推一次，这些门都要叮叮当当地响好长时间。

玻璃门不断的响声和铜片的响声融成一片。眼睛凹陷下去的、瘦瘦的铜匠用这些铜片锻造成土耳其小咖啡壶，还给咖啡壶铆接上很长的把手，把手也是铜的。

就在这里，在狭窄的街道中间，路面上铺着新地毯，一些厚颜无耻的茨冈小姑娘敲着旧铃鼓，就在这地毯上跳舞，高声唱歌。

根据一个可靠的迹象，就能辨认出谁是新来到巴统的人——他们总是竭力绕着地毯走，怕踩脏了地毯。但不久他们就知道了，所以要把地毯铺开，可着街道那么宽把它铺在地上，就正是为了尽快消除地毯上那层新的标志，除去那层还没有变暗的刺目的色彩。于是，外来人也开始高高兴兴地和巴统本地人一起踏地毯了。

被市场上的吵闹声激怒的马在尥蹶子，它们也发出一种响声——它们的脖子上都挂着成串的小铃铛。

不过，巴统不仅仅是由响声构成的。它是由许多事物构成的——例如，烤羊肉的油烟……但在转而叙述这些事物之前，让我们先把响声谈完。

却说，在巴统，特别是在土耳其市场——努里，千变万化的声音会把您的耳朵震聋——从绵羊咩咩的叫声到卖玉米的小贩拼命地喊叫“热玉米棒子！”声，从邻近一座清真寺里报祈祷时辰的人那凄凉的呻吟，到小酒馆窗子后面笛子的尖叫声和小酒馆里喝醉的顾客哭诉似的歌声。

但在巴统，特别好听的声音却是雨声和轮船的汽笛声。

冬天，巴统的雨声声调各不相同。雨越大，在排水管里的响声也越高亢。轮船的汽笛声却多半声调相同，近似中低音，特别是那些黄烟囱、黄桅樯的外国运油船。我来到巴统，正赶上秋雨和冬雨时期。雨几乎下个不停，使光线变暗，使白天陷入温暖的、几乎是炎热的黄昏之中。透露出亮光的时候很少见。

只是在若干年后我才又来到巴统（现在它已经叫巴图米[①]了），不过已经是在初夏，而且第一次看到了巴统植物的全部华丽、丰富的色彩，以及巴统天空最纯净的天蓝色。

一艘艘轮船不时拉响汽笛，慢慢驶进石油码头上美丽如画的贫民区，紧挨着小饭馆、仓库、破旧的小房子停泊下来，桅樯和索具就悬挂在喧闹、拥挤的沿岸街上方，好像有一大群钢铁的巨鲸给冲到了岸边。

在我的想象中，轮船烟囱和桅樯的黄颜色与阿拉伯或索马里沙漠里的黄沙，与这些轮船必然会经过的红海联系起来。

有时，“外轮”在斜桁上挂着黄旗，驶近巴统港。这就是说，这艘轮船在来巴统的路上，曾经去过瘟疫从未消失的沿海港口。那些地方流行的不是霍乱，就是天花，要么是鼠疫或痢疾。这样的轮船都被带到碇泊场去，让它停在检疫站，用硫黄熏它的货舱。

至于说到气味，那么多半是羊肉的油烟味压倒一切。这是很可惜的，因为巴统的其他气味比这种油烟味好闻得多。但是这些气味都难得从油烟味中冲出来，让人闻到它们。

这种有渗透性、仿佛带有绒毛、使人喉咙感到刺痒的油烟只有一点好处——使人想起巴统的烤羊肉来，这大概是全高加索最好的烤羊肉了。

羊肉是穿在钢签上用木炭烤熟的，然后撒上酸味的伏牛花果粉或肉桂粉，放上青翠的大葱，一边喝着白葡萄酒，一边就着新烙出来的大饼一起吃。我好像觉得我一生中还从未吃过任何比这更鲜美的东西。

占第二位的气味是刚刚磨出来、刚刚煮好的咖啡香味。磨咖啡用的是

① 巴统的新名称，但一般仍叫巴统。——译者

土耳其磨——一种像小炮弹壳那样的铜磨。这种磨的外面装饰着模压的花纹，有时这些花纹画的是《一千零一夜》中的故事。

这种磨能把咖啡豆变成最细的齑粉。

咖啡的香味使我同时既联想到东方，又联想到西方。无论是东方国家还是西方国家，都同样飘散着咖啡的清香。

至于说到古老的欧洲，那么在思想上，它与热腾腾的咖啡蒸气以及往往伴随着咖啡香味的那些气味——轮船上的烟味，簌簌作响的早晨的面包的香味，莳萝的清香，将要开败的玫瑰花香和烟草的气味——简直是分不开的。

每天早晨半睡不醒的时候，我常常好像梦见欧洲，仿佛那是一个遥远的岸。呈粉红色的拍岸浪涛泡沫飞溅，在这并不算高的波涛上方，岸上各个城市里已经破旧的窗户玻璃不时发出微弱的闪光。

拍岸的激浪掀起来，隆隆响着冲上沙滩。水尘散落到法国梧桐叶子上，于是在一座座花园的清凉空气中出现一座似乎熟悉、同时又陌生的城市。于是，我猜测这是哪个城市——是安科纳，还是契维塔韦基亚，是波尔多，还是鹿特丹？

对于我这个初次来到俄国最南方边界的人来说，巴统是一座罕见的、具有异国情调的典型东方城市。

巴统沾染上了咖啡、葡萄酒和橘子的香味。只是在过了两三个月后，我感到的那种异国情调的刺激以及它那种仿佛又酸又涩的感觉才开始减弱，于是我在这异国情调的背后看到了这座城市的真正生活。在这座城市里，文化生活从来也没停止过，而且这绝非那种外省的文化生活。而港口则好似一个巨大的冷凝器，把巴统的工人都聚集在自己周围。

在那个时候，经常有许多载着橙子和橘子的小帆船从距离最近的土耳其——从里泽和特拉布松（在巴统都说成特列布松）来到巴统。彩色的小帆船色彩绚丽，好似复活节的彩蛋。小帆船的甲板上，香味浓郁的橘柑堆得像一座座金字塔。

我常常看到同样一种景象——一些土耳其人半倚半躺在盖着席子的橙子堆上，咂着嘴在喝芳香扑鼻的浓咖啡。

散发咖啡香味的不仅有小帆船，而且还有岸上的小鹅卵石子。这些鹅卵石上蒙有薄薄一层咖啡渣，小块小块橙黄色的碎橘子皮在这层咖啡渣上十分显眼。

晚上，小帆船上的船员们都坐在堆积如山的橙子上，面向东南，举起双手，把前额伏在冰凉的橙子上，对着麦加的方向祈祷。

麦加所在的那里烟雾缭绕，星光还没有穿透淡紫色的烟尘。小帆船上的船员们相信，那条水色蔚蓝的、天堂里的河流——那条据说是“一切河中之河”的科夫谢里河，就在那片烟雾后面流动着。

我也很想相信这一点，但是我的意识已经不能回到童年时代去了。

那时候我曾荒谬地认为，我的每一个新思想或者是所获得的点滴知识，都是对文化总和的贡献。

是的，巴统和巴统港散发着橘柑、石油和水藻的气味。

大量海藻像深绿色的、几乎是黑色的发绺挂在港口的木桩上。尽管海浪不停地冲刷这些海藻，它的颜色却不会因此变淡，也不会失去它的那股药味。

从港口过去，在城市里，特别是那条使人想起在新加坡或孟买散步的情景的滨海林荫大道上，有一股过于浓郁的木兰花香。而过了市区，在去辛尼亚夫斯基夫妇居住的巴统郊区巴尔茨汉纳的路上，从落满尘土的、带刺的篱笆后面却飘来一阵阵野蔷薇的香味。

“这不是妈妈”

柳西耶娜和米沙·辛尼亚夫斯基夫妇在巴统的码头上迎接我。随后气喘吁吁的巴别尔也跑来了。他住在城外的泽廖内角，到巴统来要乘近郊火车。

辛尼亚夫斯基夫妇俩在巴尔茨汉纳租了一小间装了玻璃的阳台。我和他们住在一起。

就这样开始了我们的共同生活。尽管我们的情况很危险，真所谓千钧一发，可是我们的生活却十分无忧无虑。无论是辛尼亚夫斯基夫妇还是我，都没有钱，加之我还没有“固定职业”，只有一些大胆的计划。

我希望能在巴统办一份像《海员报》那样的报纸。

我简直是在怀念《海员报》。那时候，报馆工作，它那狂热的速度，它那急速的运动，它与那种沸腾的、连一瞬间也不会平静下来的人民生活的密切接触，与全国、全欧洲、全世界人民生活的密切接触——这一切，引起了我极大的兴趣。

革命以后闯入意识的新思想，甚至使我们大家已自命为先进的一代人的代表了。

我对创办一份正如我当时所说的“自己的”报纸抱有希望，可以用这样一个情况来做解释：黑海沿岸地带，从加格拉到巴统都归格鲁吉亚海员协会管辖，这些海员当然梦想能有一份自己的报纸。不过，事情暂时只停留在议论上——我与海员协会的政委、爱沙尼亚人尼尔克谈起了这个想法，但是没有进一步的发展。

在我到达的那天早晨，米沙·辛尼亚夫斯基从一个胶合板小橱里取出一瓶伏特加。白色商标上画着一头驯良的母牛，还写着这种伏特加是巴统的阿尔捷米亚·鲁哈泽工厂酿制的。柳西耶娜煎好了比目鱼。我们就着橘子吃掉了这条比目鱼，喝了鲁哈泽工厂酿制的伏特加，感到自己是幸福的。

我们周围的一切都促使我们产生幸福的心情——首先是由于意识到，我们处在亚热带，这里正下着温暖的雨，天空中蒙着那么厚厚一层温暖的乌云（已经是10月了），暮色整天都笼罩着大地。暮色苍茫中，黑海缓慢而庄严地滚动着波涛，几乎涌到我们阳台门口。

装载着深紫色的“美洲葡萄”的大车从我们旁边驶过。当时我好像觉得，这种葡萄有西班牙的风味。

我们房屋的围栅外面，蜿蜒曲折地在石头上奔流的巴尔茨汉纳河把黄色和紫红色的葡萄叶送往海里。土地散发出手工酿制的葡萄酒香味。

吃过饭以后，我们喝咖啡，抽着苏呼米的烟草，回忆敖德萨，生活从来没有像这样美好。特别是由于闻到拍岸的激浪的气味，波涛喧嚣，为它伴奏的雨声却几乎听不见了。

米沙·辛尼亚夫斯基是个身材高大、神情稍有点儿忧郁、而且爱嘲笑人的人，充满幽默感。他的幽默一针见血，十分中肯。他想出了一项很好的工作。他在自己阳台的墙上挂出广告，宣布他能照着相片放大肖像，而且甚至是彩色肖像。

使他感到惊讶的是，顾客不仅来自巴尔茨汉纳，而且甚至来自马欣焦里和巴统市区。

顾客像孩子一样天真，把米沙的作品看作不可思议的奇迹，看作上帝的赠品。顾客接过放大的肖像，小心翼翼地拿着它，赞美地咂舌，点头，毫无怨言地付给1个土耳其里拉（当时在巴统，苏维埃的货币还很少，而格鲁吉亚的流通券已经不值钱了）。

1个里拉足够我们用3天。但很快当真在巴统创办了一份海事报纸——《灯塔报》。我也开始挣钱了。于是，我们在这个破旧阳台上的生活具有了富足的某些特征。衡量这种富足的标准是橘柑、香烟和浓缩咖啡罐头的数量。

有一次，努里市场上的一个鞋匠、上了年纪的希腊人杨尼向米沙订了一张他母亲的肖像，而且要彩色的。

我细看相片，这才弄清，他妈妈是于1880年在希腊的沃洛市照了这张相片的，她是一位绝代的美人儿。她很像德拉克洛瓦那幅叫作《自由引导人民》的画上那个神情高傲的姑娘，那姑娘头戴弗利基亚帽，正号召人们到街垒上去。

照相师梅塔克索斯（沃洛市的）获得的许多奖章都画在这张照片的背面，这使我觉得很愉快。

我甚至仿佛看到了这个身材矮小、过于浮夸、满脸粉刺的希腊人，穿着高跟皮鞋，打着蝴蝶领结。他当然是像在巴黎那样对顾客空前殷勤，而且给顾客戴上柠檬色的细软羊皮手套拍照（也是像在巴黎那样），好让他们那外省人的脑子大吃一惊，迫使他们慷慨解囊。

工作的时候，米沙喜欢给他的主顾们编造各种各样荒诞的故事，多半是编造他们的生平。

柳西耶娜在院子里火盆上做小青鱼鱼子或萨齐味[①]（现在我们有时甚至有足够的钱来做萨齐味了），不时拉正胸前那件接缝处已经绽线的短袄，给米沙的这些口头肖像补充某些自然主义的细节。

“你忘了说，”她大声喊，“你这个美男子梅塔克索斯穿粉红色的衬裤，就是羞红脸的新娘子脸上的那种颜色！这衬裤他穿着嫌宽，所以他用生锈的别针把衬裤别起来！”

有一次巴别尔来了，正碰上我们在做这种事。他立刻参加这一游戏，并且非常认真地描绘梅塔克索斯是一个什么样的傻瓜。

我们吃了萨齐味，喝了一瓶贴着“母牛”商标的伏特加。在这以后，我好像觉得这座很不结实的木板阳台是聊天、大笑和在海边酣睡的最美的地方。

当时我们对未来都满怀信心，充满对自己时代的新颖感。

就连正在用力鞭打墙壁的雨也仿佛在参与我们的谈话。

而当我喝得稍微过量时，我开始觉得雨好像是在偷听我们的谈话，用一架旧打字机把我们所说的一切全都打下来，最后由这些笔记将形成一本很有趣的书。

谈话并不妨碍辛尼亚夫斯基工作。他把这帧“妈妈”的肖像画得当真是让人百看不厌，爱不释手。一双金色的眼睛和微微张着的嘴画得特别美，仿佛觉得这个希腊妇女的胸部正在微微隆起，从她嘴唇上正飞出馨香的气息。

---

① 译音，是用禽肉或鱼肉加辣汁做成的一种格鲁吉亚菜。——译者

“这样一帧肖像，”巴别尔说，“就是要4个里拉也不算过分。您自己看着办吧，米沙，可别上当受骗。”

第二天早上，米沙把肖像拿去送给订画的人，我陪他一起去。我们决定向鞋匠要3个里拉。后来又决定，还是要两个算了。

上了年纪的鞋匠杨尼住在一个破破烂烂、好像舞台一般的院子深处。一些希腊孩子狂叫着在院子里跑来跑去。那些胖胖的希腊女人把强壮的胸部搁在窗台上，从窗户里望着我们，议论我们的外表，不时窃笑。

鞋匠杨尼坐在院子里他自己的茅舍门前。他嘴里衔着满满一嘴钉子。他把钉子吐出来，对我们说“卡拉梅拉”①。

米沙不慌不忙地取出肖像，不放下来，而是把它转过去，让正面对着鞋匠。

这时发生了最伟大的奇迹。只有高超的艺术，只有艺术效果堪与人类最优秀的大师——像波提切利、拉斐尔或代尔夫特的弗梅尔②这样一些大师的作品相媲美的绘画，才能创造这样的奇迹——杨尼朝肖像看了一眼，放声痛哭起来。

我们听到了背后那些伏在窗台上的希腊女人激动的叫喊声。

尽管我为米沙的艺术倾倒的程度并不亚于那个鞋匠，不过还是没有丧失健全的思维能力。我推了推米沙的腰部，轻轻地说：

“要3个里拉。”

我们等待杨尼心情平静下来。但是他好长时间一直在用围裙捂着鼻子

---

① 希腊语，是一句问好的话。——译者

② 弗梅尔（1632—1675），荷兰画家。——译者

擤鼻涕，抽抽搭搭，用衣袖擦眼睛。

他背后站着一个肤色黑得像烤焦的黑麦面包皮似的小个子女人，毫无表情地看着妈妈的肖像。这是杨尼的妻子。只有她一个人没有流露出喜悦之情。

最后米沙拿定了主意。为了尊重杨尼做儿子的感情，温和地提醒他说，我们正等着，我们应该收他3个里拉。

于是，杨尼开始像穆斯林做祷告、或异教徒牙痛时那样摇晃起来，双手抱着脑袋，呻吟着，用恶狠狠的、抱怨的声音说：

“这不是妈妈！这根本不是妈妈！你们什么也拿不到，因为你们欺骗了一个可怜的人！”

我们感到不知所措。整个院子里静极了，耳朵里仿佛听到嗡嗡的响声。整个院子里的人都在等着以后事情会怎样发展。

“怎么不是妈妈呢？”大为震惊的米沙问。

“不是妈妈！”杨尼大声嚷嚷，啪的一声把鞋楦往小凳子上一拍，木钉子向四面八方飞去。“妈妈老了，头发都白了。我清清楚楚记得她。我7岁的时候她就过世了，那时候我大哥已经50岁了。可你搞的是什么？你画了一个在‘米拉马列’饭店里弹竖琴的小姑娘。呸，呸！拿着你的画像走吧！还要3个里拉呢。就凭这张画像，你只能得到3个这个，而不是3个里拉，骗子！”

杨尼向米沙做了三次侮辱人的手势。这是不能容忍的，而且不能不受惩罚地轻易放过他。

米沙满脸血红，一把抓住了杨尼的衣领，迫使他站起来，轻轻地、但是让全院子里都能听到，说：

"你怎么啦？你塞给我一张你妈妈16岁的照片，却想叫我给你画一个百岁老太婆吗?！马上付钱，不然我把你的五脏六腑全都给抖搂出来！"

"这不是妈妈！"杨尼又尖声大喊，开始在米沙手里扭来扭去，试图挣脱开。

尽管情况严重，而且短时期内仍有没面包吃的危险，我却靠在院子里一棵干桑树的树干上，哈哈大笑起来。

于是米沙放开鞋匠，转身对着窗户，对着像一串串葡萄从窗户里探出身子的住户们大声喊道：

"希腊公民们！伟大人民的后裔们！对这一岂有此理的事，你们有什么看法?！"

立刻好似掀起一场风暴，几十个声音从所有门窗里叫喊起来：

"杨尼，清醒一下吧！这是妈妈！跟你妈妈一模一样！糊涂人！这是真正的妈妈！马上把钱付给人家！听到了吗?"

几个只穿着背心的男人跑进院子里。他们抓着杨尼的肩膀摇晃他，并且大声说：

"你给我们丢脸哪，杨尼！你不害臊吗？这真跟你妈妈一模一样呀！我们能天天看到她，简直太高兴了。这样漂亮的一位希腊妇女！啊，多美啊！把钱给人家，安静下来。快给钱吧！"

"3个里拉吗?"杨尼困惑不解、声音嘶哑地说。说着用发红的眼睛向大家扫视了一眼，"不给。"

"妈的！"那些希腊人叫嚷道，"两个里拉。两个！让这两个年轻人好好地回去吧！"

杨尼把两个里拉扔到桌子上。米沙拿了钱，于是我们在这幢房子的住户们友好的送别声中走了。

半小时后才弄清，有一个里拉是假的。

一般说，在巴统流通的假里拉远比真的多。因此在巴统形成了这样一个惯例——付钱时在里拉上写上自己的姓，以便您塞给了人家伪钞的情况下，能够找到您。

但所有里拉上已经密密麻麻全都写满了，上面往往没留下一点儿空白地方，有时连票面值都看不清楚。特别是如果在这不计其数的签名中，哪怕有一个签名是用化学铅笔写的，而且被雨水或主人的汗水融化、扩散开来的话。

但是，当时我们顾不上要求鞋匠签字了。现在我们只好挥挥手，不再抱任何希望，走了。

在家里开了一个有柳西耶娜参加的会议。米沙说，要是他再放大照片，哪怕只接受一张订货，就让他受四次诅咒。他一生都梦想着能成为一个像皮拉内西[①]那样的建筑艺术家，用他的风格来进行创作，并且把这种风格发展到尽善尽美的程度，而不是给一些大鼻子的东方鞋匠和他们的妈妈画像。

柳西耶娜说，米沙是个极好的小伙子，不过他们今后将怎样生活呢？

突然，我产生了一个幸运的想法，这是我到一家叫作“巴布利亚波列采斯基”的小酒馆里去的时候想起来的。

这个用红蓝铅笔写在一块硬纸板上、而且写得很难看的名称使人纳闷，要求进行一番语言学的研究工作（或者像米沙所说的“发掘”），才

① 乔·巴·皮拉内西（1720—1778），意大利版画家。——译者

能查明它的来源。

巴统的一位诗人恰奇科夫帮助我们破译了这个小酒馆的招牌。恰奇科夫是一个风度翩翩、不过精神相当萎靡不振的骑士，从前曾做过骑兵少尉。他在市场上认识了柳西耶娜，从那时起，他就经常以手扪心，不断地假装在追求她。他的手里挂着一串黑琥珀念珠。

恰奇科夫写了一些未来主义的诗，歌唱他过去的骑兵生活。我记住了其中的几首。有一次，他在巴尔茨汉纳骑在一把椅子上，用马鞭不时轻轻拍打着漆皮绑腿，一边把这些诗读给我们听：

> 对我来说，阿波罗[①]和各种各样的缪斯算得了什么！
> 我自己就是穿着马裤的阿波罗！

一般说来，他是个心地善良的、勇敢的青年人，不过爱吹牛。他喜欢讲他好像是在波斯摩苏尔市度过的童年。这时他总是提高声音说：

> 赞美你啊，凡而纱似的摩苏尔，
> 我的早已化为灰尘的祖先的避难所！

恰奇科夫毫不费力地破译了这个小饭馆的名称。

"巴布利亚，"他说，"这是鲱鲤的本地名称。鲱鲤是黑海里味道最美的一种鱼。'波列采斯基'，就是希腊式烹调法。这样一来，你们自己也可

① 希腊神话中的太阳神，艺术的保护神。——译者

以猜到了，小酒馆的全名翻译出来就是：‘照希腊式烹调的鲱鲤’。上述这家小酒馆就以这道菜而闻名。”

有一次，我坐在这家小酒馆里，在我那张小桌子上方的墙上看到了一帧从报纸上剪下来的凯末尔–巴夏[①]的肖像。在凯末尔像周围，看样子是一个小孩子毫无把握的手画了一个用田野里的罂粟花编成的花环。

照我看，米沙应该改画凯末尔–巴夏的肖像。当时巴统有相当多土耳其人。城里根本没有凯末尔像，既没有画像，也没有照片。第三，用不着辛辛苦苦放大那些发黄的照片，然后再去跟那些爱吵架的亲属们打交道了！凯末尔–巴夏在巴统大概没有亲属。

巴统的土耳其人认为凯末尔是自己的民族英雄，可是在城里未必能找到哪怕一个曾亲眼看到过他的人。

米沙同意了。事情是这样开始的——他画了一幅凯末尔的侧面像，把这帧肖像送给了“巴布利亚波列采斯基”小酒馆的老板。

画凯末尔肖像所获得的成功，诚可谓超出意外。四面八方纷纷前来订货。柳西耶娜详细订出一个价目表：侧面水墨画像——1个里拉，正面像——2个里拉，彩色肖像——3个里拉，骑着黑马的凯末尔画像——4个里拉，最后还有凯末尔策马踏着敌人的尸体在战场上驰骋的画像——5个里拉。

当时正好在进行希土战争[②]，这场战争波及了巴统。不过这等以后再说。

---

① 19世纪中叶至1934年为土耳其军事将领的称谓。——译者

② 指1919年至1922年土耳其反抗协约国武装干涉的战争。

米沙画凯末尔像已经画得那样熟练，闭着眼睛都能把他画出来。某种富足的生活又回到巴尔茨汉纳我们的阳台上来了。

不过，在那以前我已经开始编辑海事报纸《灯塔报》，搬到市内去了。拨给了我一间“博尔金加乌兹”里的房间——这是一家专供没能赶上自己轮船的船员居住的旅馆。

岸上栖身处

全世界几乎所有港口上都有供没能赶上自己轮船的海员们居住的所谓“岸上栖身处”。这些栖身处的另一种叫法就是“博尔金加乌兹”。这是介于客店、啤酒馆、醒酒所和妓院之间的一种旅馆。

巴统也有这样一家“博尔金加乌兹”，不过是一种残缺不全的形式——没有啤酒馆和妓院的明显特点。

在政委尼尔克的强大压力下（我则向尼尔克施加压力），“加格拉-巴统沿岸海员协会”终于决定出一份自己的海事报纸《灯塔报》。在这以后，作为编辑，拨给了我“博尔金加乌兹”里的一个房间。不过预先告诉我，这个房间同时也就是编辑部。这完全合乎我的心意。

“博尔金加乌兹”这座两层楼的老房子，正面包着弯曲的洋铁瓦——以防巴统的大雨，因此整幢房子都已经锈得发红了。房屋坐落在沿岸大街，就在海边。遇到冬季的强大风暴，风吹来海里的水珠，敲打着窗户，好似在下倾盆大雨。

除了我，“博尔金加乌兹”的二楼上还住着金发的美男子兼运动员尼尔克以及他的妻子——一个胆小、打扮得很漂亮的爱沙尼亚女人。

其余房间里都住着没能赶上自己轮船的海员，主要是一些希腊人和美国人。

因为海员们只是“由于酒醉”才会赶不上自己的轮船，所以住在“博尔金加乌兹”里的人成分是非常单一的——这都是一些痛苦的醉鬼，声音嘶哑，好惹是生非。

我们绝不会因为他们而感到苦恼，因为他们经常通宵达旦地在巴统郊区什么地方的啤酒馆里胡闹。当他们回“博尔金加乌兹”来的时候，几乎永远也走不到这儿，而是像死人一样随便倒在哪里，大半是倒在门洞里。在门洞里，出名的巴统的雨淋不到他们。

因此，夜间“博尔金加乌兹”里静得很，甚至令人感到愉快。前厅里微弱地点亮着一盏通宵的小绿灯，好像一盏神灯。只有港口上棕黄色的大老鼠脚步沉重地从走廊上跑进厨房里去，在水龙头底下喝水。含有铁质的冷水从已经坏了的水龙头里滴落下来，时紧时慢，不时变换滴落的速度。

寄居的人只是到早晨天已经大亮的时候才会出现。清醒过来后，他们神情阴郁地洗脸，查看身上的青伤，刷洗脏衣服，掷骰子，有时还因为赌博打起架来。

于是，尼尔克从他的房间里走出来——他身材高大，穿着烫得笔挺的、宽裤腿的长裤，干净的海魂衫。他镇静地从口袋里掏出亮闪闪的钢制手枪，去平息打架的人的争斗。

对于尼尔克的话，船员们都绝对听从——也许，是因为他总是神秘地微笑着，玩弄着手枪，说：

“你们是在白白损失卡路里啊，海上的流浪者们！”

他用几种语言说这句话，这要看打架的是哪个民族的人。这些话像魔法一样有效。

除了尼尔克夫妇和我，“博尔金加乌兹”里还住着一个叫纽霞的清洁女工。在寄居者面前，她装作又聋又哑，只要有哪一个船员试图纠缠她，她就用像牛叫一样震耳欲聋的低音哈哈大笑起来，就连沿岸大街上也能听到她的笑声。尼尔克立刻拿着钢制手枪从他自己的房间里跑出来。船员很快悄悄溜掉，退缩了，为自己这样便宜地摆脱这个“又聋又哑的女巫”而感到高兴。

下面，楼梯底下住着一个库尔德人——擦皮靴的。从他那波浪状的蓝胡子上，甚至从他那双像七叶树果实那么大、神情哀怨的深棕色眼睛里，都散发出一股鞋油味——松节油和地板蜡的混合气味。至少我觉得是这样。

这个库尔德人像鸽子一般温顺。顺便说说，他从不大声说话，而是也像鸽子那样温和地喃喃低语。

库尔德人喜欢讲他那并不复杂的一生的经历。这些经历主要是经常械斗和为逃避这种械斗而在小亚细亚到处流浪。“土耳其人杀了爸爸，”他叹着气，含糊不清地喃喃低语，“妈妈也给土耳其人杀死了，哥哥也给土耳其人杀死了。现在世界上就只有我独自一个了。”

这个库尔德人几乎没有事干。他一天中的大部分时间是在打盹儿和吃饭中度过的。吃完东西以后，他花好长时间舔他那些油腻腻的手指头，并且咂嘴。在他所做的这件事情中似乎包含有《圣经》上的某种朴素的东西，好像游牧民族的凄凉的歌曲。

“博尔金加乌兹”里还有一条毛蓬蓬的黑狗，它长着一双注意力过分集中的黄眼睛，它叫莫诺马赫。要不是有这条狗，我们准会让那些空前凶恶和蛮横的老鼠吃掉。

一夜之间，老鼠就咬穿我住的那间屋里厚厚的一块地板，但不是像通常那样在房屋角落里，而是在房屋中间。

黎明时，巴统的所有老鼠都到港口外面一条小溪边去喝水。“博尔金加乌兹”里的老鼠也是如此。它们排成横队，顺着我那个房间外面的窗框从顶楼上爬下去，沉重地跳到隔壁的板棚顶上。我醒了，由于厌恶，再也不能入睡。老鼠狂怒的尖叫声激起我神经质的战栗。

许多石砌房子里都有装着铁门和开有监视孔的壁龛。当成千上万只老鼠成群结队到牲口饮水处去的时候，警察和看门人就藏在这些壁龛里躲避它们。陷入鼠群中是极端危险的，有性命之虞——老鼠会把人撕碎。

巴统港的主任，一个温文尔雅的、干瘦的大尉，决定一举消灭所有老鼠。通常鼠群是以一股连绵不断的巨浪通过街道，有时甚至叠成两层——在那些街道变得狭窄，两“岸”之间容纳不下鼠流的地方。

根据港口主任的命令，头天晚上在所有院子里都布置好了救火用的水泵。老鼠刚一挤满街道，水泵就开始向老鼠喷射煤油。

但是这并未能阻止老鼠的行动。后面的老鼠推挤着前面的，狂怒的鼠群阻塞了街道，在原地团团儿乱转。于是向老鼠投出燃烧着的麻屑。

老鼠活着燃烧起来。它们东奔西窜，吱吱地尖叫，随后冲回港口，冲回自己的洞穴。这时发生了无论是港口主任，还是消防队员都没预料到的事，燃烧着的老鼠钻进了储藏室和仓库底下，半小时后巴统港开始发生火灾。

花了两天时间才扑灭了这场大火。轮船都离开了码头。军队把港口封锁了。十分温文尔雅的港口主任为这场大火付出了几年自由的代价。

唯一使巴统的生活变得不愉快的，就是老鼠。不过，所有港口城市的命运都是如此。最后就不再理会这件事了。

“博尔金加乌兹”也有它不容争辩的优点。首先，这幢房子坐落在离港口20步远的地方，恰好在那个木板已有一半腐朽了的旧码头对面。

土耳其的小帆船和我们的纵帆船都停靠在这个码头上。停靠在码头上的多半是“三兄弟”号和“列夫·托尔斯泰”号这两艘纵帆船。它们运来苏呼米的桃子和烟草，还有从土阿普谢走私来的伏特加。

空闲时间里可以带上捕鱼钩索，从自己屋里下去，径直走到码头上，在小帆船的船尾底下钓鰕虎鱼或鲱鲤。有时甚至能钓到海鲈鱼和棘鲈。

深秋时不太热的太阳照耀着微微混浊的、碧绿的水和小帆船的彩色船尾。小帆船的主人总是把自己的小船打扮得像新娘一样漂亮。有人甚至给船缘包上铜皮，用白粉把铜片擦得锃亮。船尾一定要厚厚地漆上一层各种颜色的油漆。

实际上，每条小帆船的船尾都是一幅装饰绘画，或者像现在通常所说的，是一幅抽象艺术作品。我不想涉及关于这种艺术的争论的实质，不过每一个五彩斑斓的船尾都好像地毯上无内容的绘画，上面画着许多稀奇古怪的花和曲曲弯弯、色彩鲜艳的弓形。

我并不试图理解土耳其小帆船上艺术大师们的绘画。只不过这些画在阳光下光彩四射，把反光投射到脸上和手上，并且愉快地、甚至有点喜气洋洋地映照在水里。这时倒影与水下发生的一切融为一体，因此鲈鱼和海蜇会懒洋洋地穿过这些长着方形花瓣的蓝色或金色花朵，向前游去，丝毫也不感到惊惶不安。

有一次，柳西耶娜、巴别尔及其妻子叶夫根尼娅·鲍里索芙娜一起来到码头上。巴别尔无缘无故地不时微笑着，好像为自己辩护似的说，有时生活在这个世界上，呼吸柏油和海水的气味是很愉快的。他在太阳下晒他那双苍白而且稍有点儿浮肿的手。

叶夫根尼娅·鲍里索芙娜在码头上坐在我的身旁，把两条腿垂下去。我把捕鱼钩索递给她。她耐心地等待鱼来吞钩，并且凝神注视着水深处，海蜇正在那里摇摇摆摆，在呼吸。她那头栗色中透露着红色的浓发倒映在水里。她说她很累，哪里也不想去了。巴别尔那时候正好打算从巴统到梯弗里斯去。

鱼不上钩。叶夫根尼娅·鲍里索芙娜沉默了一会儿，又说她只想住在泽廖内角，只想看书，一直看到头昏，在那里他们的房子就坐落在泽廖内角浓密的热带叶丛中。既然没有新书（当时巴统出现了唯一一本新书，苏维埃的新书——塔拉索夫一罗季奥诺夫[1]的《巧克力》），那么就是重读契诃夫的全部作品也行，或者就连博列斯拉夫·普鲁斯[2]的作品也可以再看一遍——无论看谁的书，反正都一样。

巴别尔不时偷偷地看看叶夫根尼娅·鲍里索芙娜。我是第一次注意到他脸上茫然若失的神情。他的脸变得完全像一个孩子的脸。我甚至好像觉得巴别尔的嘴唇在颤抖。她和他的心里发生了某种令人忧虑的事情，我也觉得很不自在——我青年时期早先那些旧家庭中的不幸的幻影突然出现了，而且来得不是地方。我想，世界上没有什么比亲人之间的和睦更幸福的，没有什么比爱的渐渐消亡更可怕的了——对于相爱的人们中任何一个

---

① 亚·伊·塔拉索夫-罗季奥诺夫（1885—1938），苏联作家。

② 博列斯拉夫·普鲁斯（1847—1912），波兰作家。——译者

人都不应有的、无法解释的、以不易察觉的顽强精神慢慢进入生活的爱情的消亡。

他们走了，可我还在码头上坐了好久，忘记了去拉捕鱼钩索。

一艘像铁路桥那么长、烟囱漆成樱桃色的鲜黄色巨型远洋油轮，以钟表上分针移动的速度从我身旁慢慢驶往石油码头。我在它的船头上看到这样一个词："尼农"，下面还有一行字："列·加夫尔"。

我为"博尔金加乌兹"接近海上生活给予它很高的评价。

从这里可以看到港口和海上发生的一切——所有进港和出港的船舶，在巴统和波提之间狂吹，吹得白浪滔天、泡沫飞溅的每一次暴风，所有色彩绚丽的晚霞，这些晚霞好似雕塑而成的彩云展览会，或者是昏暗和光、火焰和烟雾、银色和血色、赤金和从未见过的鸟儿的羽毛的展览会。

晚霞宛如可怕然而并无危险的、远方火山的喷发。飞行员完全沉着平静地驾驶着飞机穿过它们，而不担心会被烧死或窒息。恰恰相反，日落时空气纯净、清新，夜已经用自己寒冷的呼吸轻轻接触到日落时的空气了。

我全身蜷缩起来，静静地坐着，以免错过色彩的闪烁，并且体验到一种朦朦胧胧的喜悦。我无法解释这种心情，不过我觉得晚霞好似灵感的爆炸（如果灵感能具有可见的形式的话）。我当然同意，在这块古老的土地上生活是很美的——在这块土地上有腐朽的木桩和晚霞，有母菊花和轮船机舱里蒸气咝咝的响声。

当时，在巴统，诗仿佛扼住了我的咽喉，牢牢地俘获了我。但这种被俘是幸福的。从那时起我已经不能、也不想从它的手里挣脱出来，不希望哪怕是有一瞬间忘记它的声音了。

诗的声音从远方传来，就像近在身边那样清晰。它从北方和西方、从东方和南方传来，声音异常纯正，就像海水在召唤，就像一切地理上的广阔空间和地球上如此丰富的一切魅力发出的召唤。

那时候还没有原子弹，黑色的死神还没有威胁地球。大地、水和空气是自由的，不受人类暴力的支配，思想还没受到原子恐惧的压迫。

我好像觉得还在那里，在巴统，我就听到了从前用来装饰船头的涅瑞伊得斯[1]的声音——那每天夜里惊动普希金的、"温柔和懒洋洋的"声音[2]。

在海上渐渐发暗的烟雾中，我面前出现了高高的船头、缠绕着索具的船首斜桅和那少女的温柔的侧影，以及在古老的船头上正在向岸边游来的、也是这样温柔的涅瑞伊得斯的身躯——提醒人们注意幻想的极端财富和爱的力量。

遥远的国家隐隐吹拂的微风随着涅瑞伊得斯飞来了。仿佛觉得心经受不住这些使人沉醉的想法，经受不住这尚未与任何人分享的幸福，经受不住这样一种感觉——自由奔放、犹如天马行空、几乎是不现实的、但同时又像海边的任何一块石头那样完全现实的生活的感觉。

有一次，遥远的炮声从海上传到了"博尔金加乌兹"。

尼尔克立刻拿着他的钢手枪和望远镜跑到阳台上。

惊惶不安的气氛在港口迅速传播开来。人们从所有高台和船长台上向海上瞭望，向安纳托利亚海岸那边瞭望，困惑不解，耸耸肩膀。

从那里传来短促的、雷鸣般的炮声，烟雾中不时有火光忽闪，好似爆

---

① 涅瑞伊得斯是希腊神话中海神的50个女儿，她们对人是善良的，经常帮助遇险的航海者。——译者

② 普希金的诗《夜》。

炸一般。

根据一切迹象来看，海上正在交战。不过是谁与谁交战呢？这完全不可理解，令人纳闷，好像是一部儿童历史长篇小说的开始。

堤岸已经被封锁了。不放任何人到堤岸上去。

我和尼尔克一起从阳台上观看这场神秘而不可理解的战斗。如果这是向我们进攻，尼尔克说，为什么巴统的旧要塞还在沉默呢？

“谁能进犯我们呢？”我问尼尔克。

“想要进犯我们的人，”他十分冷静地回答，“从大不列颠到洪都拉斯共和国。不过任何进犯也没有，因为没有一发炮弹在我们岸上爆炸。炮弹都是在海上一个不知是什么的建筑物附近爆炸的，好像那是一座浮动马戏院。”

“您的玩笑开得真奇怪。”我说。

“您自己看吧。”尼尔克把望远镜递给我。

我勉强看到，远方海面上有一个好像大乌龟似的东西，离它稍远一点儿的地方，有两艘驱逐舰的侧影。

根据一切迹象来判断，驱逐舰正在向“乌龟”进攻。“乌龟”在还击，并懒洋洋地从内部喷出一股又粗又黑、看样子甚至好像臭烘烘的浓烟。但驱逐舰并不因此而惊慌，仍然继续直接向浓烟中开炮射击。

“它正全速向这里跑来。”尼尔克说。就在这一瞬间，一声钢铁的雷鸣震动了群山和城市。几发炮弹呼啸着掠过我们头顶，向远方海面上飞去。

“炮台！”尼尔克喊了一声，“我们的要塞！现在一切都明白了。”

“明白什么了？”

“显然，有外国船进入了我们的领海，要塞不让它们进来。”

以后这场海战的情况看起来是这样的——驱逐舰掉头驶往大海，“乌龟”却升起一面白旗，还有一些古怪的旗帜，继续平静地向巴统慢慢驶来，并在港口的入口处下锚停泊下来。这时我们看清了它，这才渐渐猜到发生了什么事。

“乌龟”原来是一艘旧的土耳其浅水重炮舰（用海军术语来说，是岸防装甲舰）。这是一艘舰身扁平、吃水很浅、已经生锈的船，船上装着老式大炮，烟囱已经被打穿了。

当浅水重炮舰下锚以后，它索具上的那些旗帜立刻耷拉下来，好像睡着了似的，烟囱里不再往外冒又粗又黑的浓烟。我们的一艘快艇立刻向浅水重炮舰飞驶而去。

随后一艘港口上的拖船驶近浅水重炮舰，漫不经心地把它拖进港湾，拖进港口上最远、最荒僻的一个角落。在那里，浅水重炮舰紧紧系留在几根已被盐水腐蚀的旧生铁系船桩上。

在这以后十几分钟内，浅水重炮舰的所有缆索上都挂满了已经洗净的水兵内衣，大半是海魂衫，已经沉睡的军舰变得好像一个浮动洗衣房了。显然，它已经永远不会再去作战了。

尼尔克到“海军机关”去了，1小时后带回了有关那艘浅水重炮舰的全部情报。

正在进行希土战争。不知怎么（这一点谁也说不清），战争爆发时，有两艘希腊驱逐舰正在黑海上。这两艘灵活的驱逐舰立刻向唯一一艘土耳其浅水重炮舰开火。那艘土耳其浅水重炮舰没来得及躲进博斯普鲁斯海峡，没来得及得到炮垒强有力的掩护。

两艘驱逐舰在整个黑海上追赶着这艘舰龄很老、而且需要修理的浅水重炮舰，不让它有喘息的机会。最后它们把它赶到了海上最偏远的一个角落，赶到了巴统，在狂热的追逐中甚至全速驶进了我们的领海。

巴统的要塞开炮制止了它们，把它们赶离了海岸。浅水重炮舰升起向我们请求避难的信号，同意解除武装，让我们拘留它。

真的，浅水重炮舰上的大炮都拆除了。根据《国际法》，全体船员应该上岸，在岸上一直待到战争结束。但是船员们并不急于上岸，据说是由于懒惰。

真的，从望远镜里可以看到，那些土耳其人正在甲板上吃抓饭，喝咖啡，掷骰子，补自己破旧的制服，互相捉头上的虱子，要么是把穿着厚厚的红色短袜的脚跷在舱口盖上，安安静静地睡觉。

有时，在水手长狂怒的大声喊叫以后，船员们开始打扫甲板。尘土在浅水重炮舰上腾起，好似慢慢飘动的火光。

有时船员们甚至唱起歌来，更确切些说，是在鼓声伴奏下拖长声调唱一首喑哑、威严的歌。显然，是一首军歌。这首歌和水兵们无精打采、无所事事的样子毫不相称。

恰奇科夫非常欣赏这首歌，认为它是战斗诗歌作品的典范，把它译成了俄文，在吉他断断续续的和音伴奏下演唱。

太阳停留在群山上空，
山谷中露珠儿渐渐消融。
我们一直前进，那苍穹
沉重地悬在我们的头顶上……
我们都来自圣书遗训，
我们的目光威严，勇敢无畏，

我们都是穆罕默德的子孙，

我们都义无反顾，决不回归……

但人们关心浅水重炮舰的时间并不长，不久就把它忘记了。后来战争结束，它消失了。大概，是驶往像赭石那样呈红黄色的安纳托利亚滨海地带的一个港口去了。

战俘乌利扬斯基

《灯塔报》是在一台“波士顿印刷机”上印刷的。这是一种小型印刷机，用脚踏驱动。得用力踩踏板，这台像牙科手术椅的机器才会发出一阵轻微的隆隆声，抛出像书写纸那样开本的一张印张来。

这样的开本叫作纪念册型的开本。它当真不比妇女们诗歌纪念册的开本大。

看了这些简短的技术性说明，你们自己也可以明白，要把俄罗斯通讯社的电讯，所有海事新闻、文章、特写，以及甚至还有短篇小说通通塞进这份报纸，该有多么困难。这份微型《灯塔报》谈论得特别多的是小亚细亚各民族的团结——巴统似乎就属于这个亚洲，无论如何，是属于近东的。

对于我们，对于《灯塔报》的所有工作人员来说，这一任务很合乎我们的心意。我从前对东方文学的爱好获得了出乎意外的实际归宿。一切似乎十分遥远的东西，例如阿里-巴巴半宗教、半政治性的活动都成了就在附近、简直是近在咫尺的事物。昨天的神话变成了报纸上论战的题目。

由于版面小、十分狭窄，简要的电文风格在《灯塔报》上居统治地位。

无怪乎唯一的、年轻的排字工兼印刷工理查（他是个翘鼻子，梅利托波尔市人）说：

“这不是报纸，而是彩纸屑！”

理查在腰带上挎着一个装纳甘式手枪的、褪了色的皮枪套，尽管他没有手枪，也不可能有。对于理查来说，这个皮套是他所认为的剽悍的标志，也是他经常和警察争吵的根源。

最后把理查的枪套没收了。从那时起，他不再有任何蛮横无理的行为，他安静下来了，并开始进行思索。

我是第一次遇到一个除了武器对什么都不感兴趣的人。挎着手枪——用他的术语来说，是“炮”——是他生活的唯一目的和乐趣。有时他丢下工作，到编辑部来找我，也就是到“博尔金加乌兹”来，气愤地把便帽扔到地板上，绝望地说：

“我一定要去警察局，用我爸爸的名义起誓！会发给我一支带枪托的枪的。10步以外能打穿1英寸厚的橡木板。漂亮、好看，总是挺神气。”

这是一个民间所说的那种没有灵魂而只有生气的人。不久我就心情轻松地摆脱了他。我从小就不喜欢武器。我总好像觉得，武器上蒙着一层凝结起来的人血。那些爱玩武器和爱卖弄武器的人总是会引起人们反感，加以这样的人往往都胆小怯懦，还有点儿愚蠢，所以就更令人厌恶了。

理查走后，给报纸排版和印刷的是一个精神萎靡不振、完全耳聋的青年人。排字工人们给他取了个奇怪的、契诃夫作品的绰号——《想睡觉》[①]。

---

① 《想睡觉》是契诃夫的一篇短篇小说。——译者

《灯塔报》社里很快来了一系列撰稿人。老实说，值得为他们当中的每一个人写一篇小说。

第一个到编辑部来的是个很瘦的细高个儿，饿得脸色发青，自称在彼得堡的《言论报》做过校对。当了两年德国的俘虏，回到俄国时，违背他自己的意志，来到了巴统。他姓乌利扬斯基。在他那件破旧而且透风的短上衣的袖子上，和所有战俘一样，缝着一条黄布条。

难以理解，一个本来是去梁赞，到他母亲那里去的人，怎么竟没到梁赞，而到了巴统。

“很简单。”乌利扬斯基坐在编辑部厨房里的一张桌子后面，咽着唾沫，对我解释说。桌子上放着一个新鲜大饼、一小块香肠，还有一把搪瓷已经剥落的搪瓷茶壶。“很简单，”他又说了一遍，“我们这一帮人遇到了最出乎意外的复杂情况。起初，一天好几次叫我们从军用列车上下来，硬要我们去当土匪，威胁要枪毙我们。后来干脆把我们从取暖车厢里赶了出来：‘你们愿去哪里就去哪里吧，哪怕找姥姥去也行，只不过别在脚底下绊来绊去。慢慢走回去吧，而且还要说声谢谢哩，感谢没有逼你们去打仗。’‘跟谁打仗?’我们问。回答每次都不同，而且相当含糊。一会儿说是去打格里高里匪徒，一会儿说是去打马赫诺，一会儿又说去打加利西亚人，要不就是说，还要去打什么‘老爷子’佩列普留伊——卡舒博伊和津济佩尔。这时我们彻底明白了自己灾难性的处境。俘虏中有人提出一个口号:‘随便混到谁那里去入伙，只要随便给一份口粮就行!’一部分人去入伙了。整整一列军用列车上的人当中找不到安身之处的，总共只剩下了我们3个人。我们决定还是往东走，回家去。一直是绕来绕去地走，好绕过那些会发生爆炸的危险地方。

“起初我们被迫慢慢往北走，后来又被迫往回走，往西南去，可是突然一下子给径直冲向顿河，过了顿河——到了季霍列茨克镇。在那里还是把我们抓了去干活，把我们送到了图阿普谢。而从图阿普谢到巴统，可以说近在咫尺。我是一个人来到这里的，与同志们都失去了联系。

“现在我不明白的主要一点是——我在哪里？在旧俄罗斯，还是在苏维埃俄罗斯？我是个什么人？我有没有活着的权利，还是我已经是个死人，只是因为警卫队疏忽大意，我才能在这块土地上游来荡去？我对您讲这些，是因为我必须明白正在发生什么事情，我必须感觉到自己并不是像最近3年里我感觉到的那样是个靶子，而是一个人。要做到这一点，我需要工作。所以我就到您这儿来了。在‘博尔金加乌兹’门口看到了招牌，于是我就进来了。”

他说得很轻，怀着坚定的信心。不过没有抬起眼睛来—— 一直在看着自己脚上那双粗糙的破足球鞋。他脸上和手上的皮肤没有光泽，由于汗毛孔里渗进了煤灰，因而是灰色的。

“您在哪儿过夜的？”

“在货车站上。在空货车车厢里。”

“请等一等。”

我去找尼尔克。得跟他商量一下，允许乌利扬斯基在“博尔金加乌兹”住宿。

尼尔克立刻同意了。他是一个很容易说话、而且心地善良的小伙子。他的唯一严重缺点就是关于卡路里的冗长的谈话。尼尔克把一切，把每一杯茶都换算成卡路里。他简直被卡路里折磨坏了，而且他断言，他迫使自己的机体每天都产生同一数量的卡路里，不让它动摇不定，忽高忽低，因此他至少能活100岁。

我回到编辑部，惊讶地朝乌利扬斯基看了一眼——大滴大滴的汗珠正顺着他没刮过的脸颊往下淌。桌子上是空空如也，我没有发现一点儿面包屑和一小片香肠。

我装作什么事情也没有发生的模样。但是乌利扬斯基当然明白，我那份可怜的一天的口粮突然神秘地消失了，这是不会不被发觉的。他的头和手都在发抖。

我最害怕做出什么不恰当的举动，以免使乌利扬斯基感到难过。

我把一间储藏室指给他看，让他夜里睡在那里。但是他拒绝睡在那里面，说他习惯睡在空气新鲜的地方，因此更喜欢货车车厢，好在巴统的秋天是很暖和的。后来他说，他想给《灯塔报》写一篇关于巴统港的、篇幅不大的文艺性特写。我同意了。

过了两天，乌利扬斯基给我拿来了这篇特写。他用蓝铅笔把特写写在铁路运货单的背面。特写的文字和运货单上的栏目混在一起，什么也看不清。我给了乌利扬斯基几张纸，叫他把特写誊写清楚。

随后，我在看特写。乌利扬斯基大声喘着气，就着又干又硬的面包在喝放了糖精的茶，并且乜斜着不时向我瞟一眼。

特写使我想起库普林的最优秀的散文。它是那样新颖、鲜明，有丰富的生动的细节。难以相信，这篇特写是乌利扬斯基的第一篇文学作品，尽管他发誓，事实正是如此。

我发表了特写，支付给乌利扬斯基一笔稿费。从那时起他几乎天天都待在编辑部里，帮助我做各种事情。他甚至学会了排字，当“想睡觉”累得倒下的时候——他常有这种情况——乌利扬斯基就代替他脚踏那台波士顿印刷机。

乌利扬斯基写作很轻松，可是写得很好。我，后来还有巴别尔和弗拉耶尔曼[①]（他很快就在巴统街道的背景上出现了），都喜欢乌利扬斯基借助人的外部特征，借助一些勉强可以察觉的特点描写人物性格的手法。

例如，他在一篇特写中描写英国油轮“卡尔戈”号的船长。他把这篇特写题名为《胶布雨衣》。实际上，他在这篇特写里是详细描写了他看到这个船长身上穿着的一件新胶布雨衣。但是胶布雨衣的一切特点——冷冰冰的，摸着稍有点儿发黏，有一股消过毒的气味，会啪啪地响，穿着很不舒服，像雨天的天空，颜色灰暗——这一切特点都传染给了这件雨衣的主人——“卡尔戈”号的船长。

乌利扬斯基写道，他的脸好像是用一块胶布雨衣裁出来的，不由得会使人联想到又薄又冷又滑、像青蛙皮那样的皮。船长眼睛的颜色和胶布雨衣的颜色毫无区别——不列颠的枯燥无聊，心肠冷酷无情和思想的平淡无味，全都反映在这双空虚和仿佛百无聊赖的眼睛里。这双眼睛无论对什么都不会感到惊奇，也不会由于任何事物而感到欣喜若狂。

多年的无聊情绪随同船长和他的胶布雨衣到处航行，好似一架标准钟，用乌鸦叫声一般的不多几个英语词汇计算着时间。在船上漫长的一天中，船长总是像计算器那样干巴巴地说出这几个词来。

我不能保证，我对乌利扬斯基的文学手法所做的转述是绝对精确的。不过概括地说，就是如此。

乌利扬斯基使人不由得会对他肃然起敬。他从不说不该说的话，而且

---

① 鲁·伊·弗拉耶尔曼（1891—1972），苏联作家。

看来，在整个被俘期间，他默默地忍受了苦难，积累了大量的观察结果和愤怒。

在他参加《灯塔报》工作的第二个月，有一天一清早他来到编辑部，眼睛望着一边，说1小时后他就要从巴统到巴库去，他的一个姑妈住在那里。

“我不能老待在一个地方，”他用十分痛苦的声调承认说，“非常讨厌!”

“您怎么啦?”我问，“打算步行去巴库吗?”

“可不是吗！我已经从马里乌波尔步行走到了巴统。总共只有3次叫我站到墙边去，要枪毙我。仅仅3次。我一定会走到巴库的。”

他消失了。以便两年后，在从穆罗姆去列宁格勒的途中突然在莫斯科出现——又是从某一位姑妈那里到另一位姑妈那里去。他又是步行。

我为他有那么多的姑妈和他开了一句玩笑，他笑了笑作为回答，并且说：

“既然事实如此，那有什么办法呢？我走着，并且在想象，列宁格勒两位亲爱的老太太，格拉菲拉姑妈和波莉娅姑妈（她们住在普里亚什卡）看到早已失踪的我会多么高兴。她们将怎样准备一顿平常的晚餐，因为生上了茶炊，小屋里的窗户蒙上一层水汽。我将会觉得橡皮树树荫下那张仿佛是在抱怨的沙发是多么舒适，会有一个多么美妙的梦来代替旅途中的疲乏。不过就是在睡梦中我也会听到涅瓦河上轮船的汽笛声，并且等待着早晨，到那时世上最美的涅瓦河两岸的全景将一次又一次地，然而又仿佛是第一次，一下子展现在我的面前。”

“是啊，”他那抑制不住的激动心情完全吸引了我。我说，“是啊……

‘而在涅瓦河上——有半个世界的使馆，海军部大厦，太阳，寂静……’[①]”

“我记得您在巴统‘博尔金加乌兹’读这首诗的情景，”乌利扬斯基微微一笑，“好吧，再见。我们还会见面的。”

然而我们没能再见面。一年后我接到从乌克兰奇吉林市寄来的一包印刷品，邮件是乌利扬斯基的一本书。书名好像是《俘虏生活笔记》，是列宁格勒出版的。

我从封面上的题词了解到，乌利扬斯基又在国内流浪，现在大概是在寻找乌克兰的某一位姑妈了。

这本书写得新颖，十分有力，而且我还要说是无情的。

不久，我在莫斯科买到了乌利扬斯基的一本新书——《一件毛茸茸的小西装上衣》，并有费定写的序言。我从这篇序言中得知，不久前乌利扬斯基在列宁格勒死于伤寒。

乌利扬斯基一开始写作就像一位大作家。这个没来得及摆脱俘虏生活而得到休息、在完全的孤独中写出卓越作品的人竟然逝世了。这是令人十分伤心的。他喜欢的黑海的微风，或者，像他亲切而又有点儿嘲讽地所说的“和风”，已经永远不会再吹到他的脸上，因此这是让人非常伤心的。

灯塔看守人

我们喜欢灯塔上警戒性的灯光，但是很少细细看它。

---

① 苏联诗人奥·埃·曼德尔施塔姆（1891—1938）的诗《彼得堡的诗》。

只有值班员和舵手查看灯塔上火光闪烁的秘密时，才凝神注视着它。因为在同一个海上，每座灯塔发光和闪烁的情况各不相同。这样，根据这些特征，就可以断定这是哪一座灯塔，知道船的位置了。

巴统的灯塔就这样闪烁了许多年，然而很少有人对灯塔看守人斯塔夫拉基的生活发生过兴趣。尤其是因为从城市里根本看不清灯塔上的火光，灯塔是把灯光射向大海那个方向的。

斯塔夫拉基是灯塔工作的行家。他第一个给《灯塔报》编辑部送来了一篇文章（在这篇文章里谈到灯塔上使用的某些新式灯泡）。

斯塔夫拉基坐了半个小时，然后走了。给我们大家——巴别尔、乌利扬斯基和我，留下了一个令人讨厌和厚颜无耻的印象。

他那发黄的腮帮子上翘着很硬的花白硬毛，一双血红的眼睛说明，最近几天他喝了许多瓶贴着“鲁哈泽和母牛”商标的伏特加。

他穿得很马虎，全身衣服都皱巴巴的，好像他一连几昼夜都是和衣躺在床上。

他经常咳嗽，咳得很吃力，喷出一股马合烟味。这时，眼泪就顺着他那布满皱纹的腮帮子流了下来。

他不喜欢巴别尔，不喜欢巴别尔那双锐利的眼睛。有一次他凶恶地对我说：

“这个戴眼镜的干吗盯着我看！我痛恨盯着看人的人。也是个想看透人心的家伙！可我心里有什么呢——哪一个恶魔也不知道。他也不会知道的，我敢打赌。也许，我是个老贼吧，要么是个杀人凶手，还是我在贩卖小姑娘呢？照规定的价格卖。还是一个最令人感动的老爷爷呢？让他绞尽脑汁去猜测吧。”

在另一次，他说：

“要做灯塔看守人，得把过去忘得干干净净。那么您就永远也不会错过时间，忘记点灯了。”

“灯塔不亮，有这样的事情吗？”我问。

“只有在看守人死了的时候，”斯塔夫拉基回答，并且冷笑了一声，“要么是发了疯。而且这时他还是完全独自一个人待在灯塔上，也没有人接替他。无论是妻子，还是女儿。”

“您有家庭吗？”我问。并且立刻感觉到我犯了一个错误，做了一件我自己还不理解的、不知分寸的事情。

他粗暴而气愤地回答：

“如果您，年轻人，希望和人保持来往，那么请您不要干涉别人的私事。请您拿一张纸来，把不该出于无聊的好奇而触及的话题全都记在上面。”

“粗暴，”我说，“不会给您增添荣誉。”

斯塔夫拉基从呢衣口袋里掏出一个装花露水的小扁瓶，就着喝了几口，然后眯缝起眼睛，看了看我，教训似的说：

“您说话太文雅了。我们之间年龄的差别使您有义务对我采取尊敬的态度。至于说到荣誉嘛，您怎么知道我有荣誉呢？也许，过去没有荣誉，现在没有，将来也不会有，无论是我还是您。而且总而言之——什么是荣誉？请您造福于我们，在您的传单上给加格拉——巴统沿岸一带的海员们写一篇文章，谈谈这个题目吧。那么我们也许就会明白了。”

这时，乌利扬斯基走了进来。

“欢迎您，克里格斯格范格内[①]。”斯塔夫拉基很快地对着他那边说。“瞧，举例来说，”他转身对我说，“我和您认为这个青年人是一个正直的人，只不过是因为我们对他一无所知。正直——这就是不知道。”

“知识分子的廉价的空话。”乌利扬斯基平静地说，“酒徒哲学！”

斯塔夫拉基慢慢地从桌上拿起一个装伏特加的空酒瓶，转动了一下，仔细看看上面的商标，突然很快挥动酒瓶向乌利扬斯基砸去。我一把抓住了他的制服袖子。他挣脱开，转身对着敞开着的窗户，用力把瓶子扔到隔壁屋顶上的烟囱里去。瓶子摔得粉碎。碎玻璃叮叮当当响着，像流水似的从屋顶上泻了下来。

“我瞄得很准，”斯塔夫拉基说，“甚至太准了。”

他很快转身走了出去。

“变态心理的人！”我说。

“不，”乌利扬斯基回答我，“不是变态心理的人，而是坏蛋。”

我反对他的看法，但乌利扬斯基不想和我争论。

当我一把抓住老头儿制服袖子的时候，听到嚓的一声——大概破旧的制服禁不住抓，撕破了。现在，我为撕破了这个不幸的人的制服感到羞愧。我打算追上他，向他道歉。

几天后，我坐车到恰克瓦去了一趟，又乘汽艇回到巴统，已经是晚上了。黄昏时大海总是这样——渐渐没入一望无际的烟雾之中，好像觉得在寂然无声的深渊的边缘上，汽艇的马达正惊恐地隆隆地响着。灯塔好似人类最后的避难所，低悬在僻静荒凉的水域上空。

---

① 德语：战俘“Kriegsgefangene”的音译。——译者

灯塔的一扇窗户里露出一道微弱的火光。灯塔的灯光在这窗子上方得意扬扬而且凶恶地闪烁着，仿佛向黑夜的自然力提出挑战。

我想起了斯塔夫拉基。他一个人在灯塔上想什么呢？是不是在记忆中逐一回忆自己青春时期的往事，就像一一抚摩已经干枯的田间的野花，还是已经不知是第几次在看一本什么书，从中寻找对自己到处受挫的一生的安慰？

我又可怜起这个老人来了。但第二天早晨，这怜悯就结束了——出乎意外地、可怕地结束了。

原来巴统灯塔的看守人斯塔夫拉基正是1906年3月在别列赞岛枪杀施密特中尉的、黑海舰队的那个斯塔夫拉基中尉。

就在我乘汽艇从灯塔旁经过的那天夜里，基塔夫拉基于黎明时被捕，并被交付法庭审判。

听从内心里的某种要求，并受一种厌恶感情的支配，我在编辑部里把斯塔夫拉基的手稿收集起来，通通付之一炬。如果可能的话，我会烧掉和斯塔夫拉基握过手的、我自己的那只手。无论如何，我还是把前海军中尉斯塔夫拉基坐过的那条花园里的铁腿旧长凳从编辑部扔到了走廊里，拖了几个小凳子来代替它。

我不知道作家当中有哪一位，深深了解人类灵魂的伟大专家当中有哪一位能写出斯塔夫拉基的肮脏灵魂，能跟踪探察这个人大脑和心灵中弯弯曲曲的卑鄙道路。也许，是巴尔扎克？还是陀思妥耶夫斯基呢？

“不！”我想。因为不久前这个人曾经坐在这儿，坐在这间屋里，所以我夜里睡不着，感到喘不过气来。我好像觉得直到现在，黑暗中还充满了这个嗜酒成性、大量吸烟的人呼出的酸气。“不，不是陀思妥耶夫斯基！

当然，他能写，但是永远也不愿写。永远！因为在由于接触到斯塔夫拉基的一生而极端痛苦的心中，人类的善良之火将会永远熄灭。”

这个人的一生完全是肮脏的背叛。这背叛是由连续不断的许多小事发展起来的——由于希望在肩章上再多戴一颗星，好在妇女们面前炫耀一番；由于在各种各样的当局，从管院子的直到皇帝面前感到奴隶一般的恐惧；由于想过富裕和无忧无虑的生活的贪欲，想要什么也不思考，只是贪婪地吮吸生活，就像吮吸一条松鸡腿，而且想以强奸俊俏的侍女来代替爱情。当然，如果这并没有危险的话。

斯塔夫拉基和施密特一同毕业于海军中等武备学校。在校学习的那些年里，他们一直坐在同一张课桌后边，而且这些年里斯塔夫拉基一直为忌妒施密特而感到苦恼。

他忌妒施密特的高尚气度、勇敢和自我牺牲精神。他忌妒他，犹如忌妒一个未来的英雄、政论家和领袖。

斯塔夫拉基知道，施密特能够成为这样的人，如果生活愿意的话，施密特的这些品质会给予他全世界的荣誉。

那时候，马克西姆·高尔基已经说过这样的话，谈到有一些人就像盲目的蛆虫[①]。高尔基仿佛向他、向这个前程灿烂似锦的海军准尉生看了一眼，一直看透了他的良心，轻蔑地背着他扭过脸去。因此，斯塔夫拉基痛恨这个“伏尔加河边的流浪汉”。

斯塔夫拉基和施密特在中等武备学校毕业后，互相告别的时候，施密特对斯塔夫拉基说：

---

① 指高尔基的《海燕》。

“米沙，你心里没有主心骨。”

“不，有的!”斯塔夫拉基生气地回答，“你这是什么态度——窥探别人内心的秘密!”

“即使有，”施密特补了一句，并且仔细看了看斯塔夫拉基，“那么它也不是铁的，而是橡皮的。当心，可别跌到泥潭里去，趁为时未晚。”

“这是我的事!”斯塔夫拉基挑衅地说，“无论如何，我也不会像你打算做的那样，为了拯救一个妓女，并和她一同为她悲哀的过去流泪而和她结婚!”

“够了!”施密特愤怒地说，“各人有各人的道路。我只能向上帝祈祷，祈求我们的道路永远不再相遇。”

他们这样分了手，以便在枪杀施密特的那天，在别列赞岛相会。

从可恶的草原上的远方某处渗透出忧郁、寒冷的曙光。他们让施密特和水兵们从汽艇上下来，把他们带到一些埋在泥土里的柱子前面。

指挥执行枪决的是斯塔夫拉基中尉。

当施密特从他身旁经过的时候，斯塔夫拉基跪下来，说：

“原谅我，佩佳，如果能原谅的话!……”

“起来吧，米沙!”施密特没有停下脚步，回答说，“别忸怩作态了!最好是告诉你的人，叫他们瞄得准一些。”

斯塔夫拉基心里有什么呢？显然，什么也没有，除了一个愿望，希望快点儿摆脱施密特，摆脱这一活的责备。但从这一时刻起，施密特已经妨碍斯塔夫拉基活下去，使他不再感觉到自己的生活是稳定和顺利的了。

斯塔夫拉基站起来，匆匆抖掉裤子上的尘土，很快结束了枪决。而且不知怎的，拼命地竭力不看施密特，躲在水兵们的背后。

一个卑鄙的想法一直在折磨着他，直到施密特脸朝下倒在地上——施密特是不是知道，斯塔夫拉基是黑海舰队里自愿同意枪杀他的唯一一名军官。所有军官，就连最坏的保皇党，都断然拒绝干这种事。

不久，斯塔夫拉基发觉，他的同事们都竭力设法不同他握手。

从那时起，他竭力不被人发觉地工作和生活着，开始躲避人们，直到爆发革命。后来逃离塞瓦斯托波尔，在孟什维克当权时当上了巴统灯塔的看守人。就这样，直到苏维埃政权建立，他一直待在这里。

但是我看出，我不得不在某方面重复施密特中尉悲哀的历史。有一次我已经写过这段历史了，因此如果有什么相同之处，请读者们原谅我。散文也像生活本身一样，是伟大的，多种多样的。有时需要从旧的散文上撕下整整几块来，把它们增补在新的散文上，以赋予它充沛的生命力和力量。

在斯塔夫拉基案件中有一个奇怪的情节——谁也不能理解，为什么直到被捕，他一直都用自己的真姓，为什么他不在革命以后立刻改名换姓。当侦查员向斯塔夫拉基问起这一点时，他回答：

“无论用什么姓，反正还是会找到我，而且越快越好。就是这样，寻找的时间也太久了！”

就连侦察员也被这样的回答弄得不知所措了，他问：

“这么说，您是对所发生的事情感到懊悔了？”

“这与您无关！”斯塔夫拉基回答。

他的供词不多，不过准确。

他的最后一句话是简短的，使所有出庭的人都为之惊愕。

“总之，”他喑哑地说，并且轻松地叹了口气，“谢天谢地，这场拖延结束了。狗就该死得像一条狗!”

就连法官们也哆嗦了一下，凝神看了看斯塔夫拉基。他站在那儿，垂下眼睛，正聚精会神地从自己呢短上衣的一只破袖子上拉出一根线来。他再没有说一句话。

这一案件使我们大家都感到震惊。我们明白斯塔夫拉基给所有的人提出了一个最复杂的心理学上的谜，但是我们当中谁也猜不出来。可以说，如辛尼亚夫斯基所说的是“悔过”，或者像乌利扬斯基所说的是“骇人听闻的做作”，或者认为，这是“彻底的，而且是很早就已发生的灵魂的毁灭”，我是这样认为的——这是一种每日每时都在刺痛他、使他的生活变成苦役的毁灭。

就这样，我们未能取得任何一致意见。巴别尔带着全家人到梯弗里斯去了。灯塔仍然在海上闪烁。

很久以后，我才得知斯塔夫拉基有一个年轻的妻子。在开庭审判和斯塔夫拉基被处决以后，她不见了。斯塔夫拉基也不是独自一个人住在灯塔上，而是和妻子在一起，处在他那做投机商的朋友们的包围之中。巴统刚建立起苏维埃政权，这些朋友就从灯塔上逃走了。那时候，斯塔夫拉基已经自称是一个无政府主义者——共产主义者。

有一个情况总是使我感到惊讶——我们在人生中经过，完全不知道，甚至不能想象，在我们生活的每一小块土地上都发生过、并正在发生着多少最伟大的悲剧，人类的最美好的行为，多少悲伤、英雄主义、卑鄙和绝望。我们简直没有料想到这一切。

然而，了解这样的每一小块土地，都能引导我们进入许多人物和事件的世界，而这些人物和事件都值得在人类历史或伟大的、不朽的文学史册中占有自己的一席之地。

例如，谁也不会想到，巴统的灯塔和最大的悲剧之一——施密特中尉之死——有密切联系。

不过，有时在似乎永无尽头的秋夜，当大海波涛汹涌，驱赶着一排排疯狂的、不知疲倦的浪头冲向海岸，灯塔四周的黑暗似乎比任何地方都更浓更密。在这黑暗中仿佛有某种痛苦的、毫无出路的东西。

很想离开它，回到房屋的温暖中去。小孩子们正微微张着嘴唇在屋里酣睡，灯光的光圈勾勒出一幅和平生活的情景。

如果对人说，这个长着一头柔软的细发、由于做了一个甜蜜的梦而在深深呼吸的小男孩，或者这个不知为什么在梦中哭起来的小姑娘，若干年后会成为叛徒、坏蛋、杀人凶手，会枪杀无辜的人，拷问他们，强奸人类的自由思想，号召人民相互仇恨，为了自己罪恶的权力欲或兽性的贪婪而发动战争，那是谁也不会相信的。

谁也不会相信这一点，然而他不相信却是不对的。对于一颗不幸的、经受过许许多多艰难困苦、然而是正直的心，这是一件最痛苦的事。因此我认为，唯一重要的事就是一切正直的人团结起来。除此而外，还有创作良心纯洁和正义的文学作品。

为此就得活下去，工作，受苦，受难，而且绝不屈服。

施密特经受了许多背叛，或者用一种陈旧的说法，经受了命运的多次打击。

斯塔夫拉基在激烈的争吵中责备施密特出于虚伪的人道主义的考虑，

和一个妓女结了婚。

施密特的青年时代在某种程度上是与著名的“到民间去”运动[①]的精神相一致的，与号召拯救“堕落的”女人、和人民一起忍受困苦生活的精神是一致的。

青年施密特经常处于舍尔古诺夫[②]及其同志们那些民粹派的人们之中。作为一个非常热情的人，施密特赞成坚决的行动，而不赞成空洞的豪言壮语。因此，他当真和一个妓女结了婚，希望能拯救她。

但从最初几步，他们的共同生活所走的就不是一条直线——施密特的妻子不识字。施密特花了很长时间教她读书，然而成效甚微，他始终没有能使她爱好读书。

她为施密特生了一个儿子，孩子完全不像父亲。不久施密特就和妻子离婚了，把一切都留给了她。在他被枪杀以后，她用留在她那里的施密特的遗物做投机生意，还在一些反动报纸上登出广告：“出售施密特中尉的制服”，“出售施密特中尉的大提琴”。

这是伴随着施密特一生的背叛之一。

但就背叛的卑鄙程度来讲，最肮脏、最罕见的当然是斯塔夫拉基的背叛。

最后，在施密特的生活中还发生了一件好似虚构、同时又十分痛苦的事情。很久以前，我曾根据施密特中尉的姐姐的话和一些旧材料写出了这个故事。现在这故事看起来已稍有些不同了。

---

① 这是1873年由彼得堡和莫斯科柴可夫派小组和“基辅公社”发起的、号召革命青年到农村去的群众运动，最终遭到失败。——译者

② 尼·瓦·舍尔古诺夫（1824—1891），俄国革命民主主义者、政论家、文学评论家。

这就是经过压缩的这个故事。

……夏日的一天，在基辅。很热。打蔫的栗树的掌状叶子。年轻的海军军官施密特从一列火车上下来等候另一趟列车，因而留在基辅。他是从多瑙河到塞瓦斯托波尔去。

作为一个基辅人，我十分清楚基辅夏天的寂寞无聊意味着什么。施密特也体验到了这种无聊的烦闷。这是这样一种无聊的烦闷，这时从各家各户都传来“家庭午餐”的气味，好像觉得生活中可能会发生的一切有趣的事情都已经退避到1万公里以外去了。只有手摇风琴在晒得发烫的院子里像吹口哨那样不自然地奏出一首令人讨厌的德国歌曲：“奥古斯丁，奥古斯丁，啊，我亲爱的，奥古斯丁！”

躲到哪里去呢？原来基辅有赛马。施密特驱车到跑马场去，他很走运。跑马场在佩切尔卡，在市内一个温暖、地势高爽、令人忧郁的荒凉地区。

在跑马场上，施密特看到一个就他的印象来说是绝色的美人儿。他是一个浪漫主义者。他在生活中往往只看到他想要看到的一切。

他对这位妇女一见钟情（正如他会爱上全世界所有最漂亮的妇女一样）。他不知为什么深信她是西班牙人。为什么呢？由于她眼睛里深沉的闪光和从胸中发出的、抑制着的笑声。那女人在笑，她的喉部像鸣禽那样在微微颤抖。

西班牙……他认为遍地砾石的远方就是西班牙的海岸，海洋宛如一条极浓的蓝色带子，好似一把宝剑，把海岸和天空割断了。

这里我可以写很多很多，不过我答应要讲一个简短的故事，所以我制止自己，不再写下去。

施密特在人群中丢失了那个西班牙女人。他感觉到仿佛是在经受一场重大的灾难，虽然他在内心深处明白，无法找到的心爱的女人是没有的。

晚上，他坐上了去塞瓦斯托波尔的火车。在这里，我的年龄使我在大多数读者面前具有了某些优越性。因为那时候我曾多次乘坐火车，因此我记得很清楚，当时的车厢和列车看起来像什么样子。

要知道，车厢是用插在铁灯笼里的硬脂蜡烛照明的。蜡烛的火舌总是那样猛烈地、以各种不同的姿态跳动着，所以每一节车厢都像一个影子剧院。影子一幕接一幕地时而出现，时而消失，人的脸的轮廓变化无常，好似水中的倒影。丑八怪完全可以指望被看成美人儿，而美人儿也会被看成女巫。

在火车上，施密特的对面坐着一个妇女。他打了个哆嗦，挺直身子，一只手在自己面前轻轻地挥动了一下，仿佛是要驱散那些纷乱的影子。突然不知是谁的一双小手紧紧揪住了他的心——是的，这是她，跑马场上的那个西班牙女人。想必，是他竟敢不相信的那个上帝本人把她领进了这节昏暗的二等车厢。

他们交谈起来。那女人是去达尔尼察，基辅附近的一个别墅区，那里有古老的松树和沙滩。

列车到达达尔尼察需要运行30分钟。在这段时间里，施密特把自己的整个生命都抛到这个妇女脚下，很高兴地向自己承认，他突然爱上了她。

他们交换了地址，那个女人下车了，这爱情的旋风已经使她完全变了样。因为大概没有一个女人，当她知道自己成了突然发生的爱情的原因，而不会像最罕见的春天的曙光那样，神采奕奕，容光焕发。

后来是塞瓦斯托波尔。狂风暴雨似的一年。由于革命而变得极端紧张的舰队。和那个基辅女人焦急不安的通信。施密特在自己的书信中自由奔放、感情冲动。那个女人却卖弄风情、单调乏味。施密特没有发觉这一点。

施密特——政论家和领袖——的名声已经轰动世界。他的英勇和对人民的忠诚在千百万人的心中产生了爱。

这是光荣！这是伟大！

但起义，塞瓦斯托波尔海湾水面上的血，施密特的两封电报，听来好似可怕的呼喊和哀求。

一封电报是给皇帝尼古拉二世的："黑海舰队拒绝服从您的大臣们，要求召开立宪会议。舰队司令施密特中尉。"第二封电报是给她，给那个基辅女人的："请立即前来。我们在冒永远不能见面的危险。"

起义被粉碎了。施密特被捕，被送到静静的奥恰科夫，和几个水兵一起，交由军事法庭审判。

施密特的姐姐安娜·彼得罗芙娜·伊兹巴什到奥恰科夫去看他。他请求姐姐到基辅去，找到那个基辅女人，把她带到奥恰科夫来：即使在临刑前匆匆见她一面，他死时也会觉得轻松一些。

姐姐感到绝望了。已经到了施密特生命的最后几个小时，她却不得不为了弟弟对一个不认识的女人的爱离开弟弟，不得不浪费时间。

姐姐到基辅去，从那个女人的毫不知情的丈夫那里获悉她不在城里。安娜·彼得罗芙娜把一切都告诉了那个女人的丈夫。施密特的感召力和他名字的力量是如此之大，以至使那个女人的丈夫和安娜·彼得罗芙娜一起去波尔塔夫辛纳的密林深处，找到妻子，并劝她到施密特那里去。

允许施密特和这个女人会面。她走进他的牢房，有一瞬间，他急忙闪开了。因为走进囚室的是他在幽暗的车厢里迅速跳动的、暗淡的烛光中看到的那个女人，而根本不是他给她写了许多充满灵感的信的那个女人。但反正一样，他还是为她前来，使他生命的最后几个小时变得愉快一些而对她感激不尽。

许多年以后，1935年冬，我在塞瓦斯托波尔遇到了施密特的姐姐安娜·彼得罗芙娜·伊兹巴什。

从她落脚的“北方旅馆”的那间房间里可以看到炮兵海湾——正好是施密特被俘的地方——他和年幼的儿子一起从已经起火、正在下沉的“奥恰科夫”号上跳进水里，后来一艘驱逐舰把他打捞上来，送到了“罗斯季斯拉夫”号上。就在这艘船上，施密特被捕了。

现在灰白色的烟雾悬在塞瓦斯托波尔上空。这雾增强了塞瓦斯托波尔街道上的荒凉感。只是在傍晚，当船员们离船上岸的时候，街道才热闹起来。而在中午，塞瓦斯托波尔也像夜间一样沉寂、空旷。

我面前坐着一个矮小、清秀、神经质的老太婆，她全身都陷在安乐椅里，脸上带着异常善良的笑容，两道浓眉却好像年轻人的一样。

她在谈施密特，管他叫彼得鲁沙。在她的想象中，显然他最多也不过是一个心地善良的海军准尉生。也许，甚至是一个还没有胡子的中等军官学校的学生。

“他一生都全神贯注于事业，而不考虑自己。”瞧，照她的看法，这就是她弟弟的主要特点。“他为别人活着，爱水兵们就像爱一些小孩子，经常地受人欺骗，可是却不允许自己陷入绝望或忧郁之中。非常热情，很容易受感动。全靠神经生活。仅仅靠神经支撑着活下去。年轻的时候我也稍有点儿像我的兄弟。他喜欢书，喜欢诗，特别是拜伦的诗——看拜伦的诗的原文，他喜欢音乐、孩子和海事。不知为什么特别喜欢灯塔。他留下了他收藏的整整一批世界上一些出色的灯塔的版画和照片。甚至暗暗梦想着做一个灯塔看守人，不过一定要在一座远离城市的灯塔上。'管它去，'他说，'即便在塔尔汉库特的灯塔上也行！白天可以带着猎枪到草原上去打猎，要么不慌不忙地挖掘灯塔旁的古墓遗址。据说，那是西徐亚人的古墓，里面埋着许多器具和箭。我挖着，给太阳晒得厉害，我的肺里吸够了那里饱含树脂的野草的芳香，到晚上用淡水把身上冲洗干净，坐在灯塔室内的灯笼旁边看书。不过看得很慢，手里拿着铅笔，对每一部书都要反复思考。我将计算日落、黎明、轮船上的灯火，并把轮船的名称记在值班日记上。

"'夜里我睡得很警醒，侧耳倾听，风是否开始吹动信号钟。在风暴中，由于波涛怒吼，由于这疯狂的海洋力的翻腾，由于像日珥一样飞向空中的浪花，由于海鸥的叫声，我仿佛变成了聋子——你注意到吗，在起了风暴的时候，海鸥总是用这叫声，像用针那样刺穿那混浊的空气？这才真叫作美呢，安尼娅！'总之，他是一个最安静、最温和的人，亲人中谁也无法想象，他会领导起义。"

当安娜·彼得罗芙娜回列宁格勒去的时候，我在舒适的小车站上为她送行——就是那个车站，车站月台上，离忙忙碌碌的特别快车车厢两米远的地方，耸立着几棵树叶沙沙作响的、三抱粗的杨树。树上那些秋天里残存下来的干树叶的气味弥漫在空气中，甚至盖过了已经闻惯的、铁路上的煤烟味和重油气味。

现在我记起，我曾在这些杨树旁迎接和送别了多少人啊。从某时起，这些杨树已经成了我生活的无言的见证人。

在我的意识里，这些杨树模糊不清，而且不可理解地与格列恰尼诺夫[①]的一首引起愁思的抒情歌曲联系在一起："她不会忘怀，她会到来，她会疼爱、拥抱，永远相爱，把自己沉甸甸的结婚花冠往头上戴。"

为什么我会在塞瓦斯托波尔车站上想起这首歌曲，我不知道。在这首歌的歌词中隐藏着某种令人苦闷的希望，希望能得到幸福的，即使是昙花一现的爱情，希望能摆脱孤独。我常常感到孤独——模模糊糊地和痛苦地感觉得到。

奇怪的是，在最近这次战争时期，塞瓦斯托波尔车站上的杨树据说竟完好无损。

快乐的旅伴

在巴统的街道上，我常常碰到一个个子矮小、穿一件没扣纽扣的旧大衣的人。这个根据他的眼睛来看心情快活的公民，个子比我矮。

对所有比我矮的人，我都怀有友好的感情。既然有这样的人，我生活在世界上简直就轻松多了。虽说时间并不长，但我已不再为我的身材感到不好意思了。

还在童年，为了安慰我，我那个富有怜悯心的姐姐加莉娅就想出了一个靠不住的理论：几乎所有身材不高的人都是有才能的人。加莉娅举了很多例子：普希金、拿破仑、莱蒙托夫、狄更斯、仲马、弗鲁别利、叔本华[②]。

① 亚·吉·格列恰尼诺夫（1864—1956），苏联作曲家。

② 阿·叔本华（1788—1860），德国唯心主义哲学家、美学理论家。

但是一提到这样一些著名的、身材魁梧的人的名字，像屠格涅夫、赫里斯蒂安·安徒生、莫泊桑、契诃夫和高尔基，加莉娅的理论就不灵了。

我乐意与个子不高的人交朋友，但是瞧不起那些试图用衣服的特别式样或鞋子的高跟来增高自己身材的人。例如，我承认诗人巴利蒙特的才能，但是因为他穿一双鞋后跟几乎和女式高跟鞋一般高的、漂亮的半高靿皮靴，所以不喜欢他。有一次，他在基辅作“诗的魔法”的报告，我看到他就是穿着这样一双半高靿皮靴。

那个在巴统跑来跑去的小个子腋下总是夹着一把伞。他的大衣口袋里装满橘子，鲁哈泽工厂生产的伏特加酒瓶的瓶颈经常在其中的一个口袋里发出微弱的闪光。

那个小个子的人永远不和伞分离，这一情况提醒人们注意有名的巴统的雨。

俄罗斯的任何一座城市里也没有下过那么多雨。无怪乎法国海员给巴统取了个绰号，管它叫“小便池”哩——“梅尔·努阿尔的小便池”。

夏天里，这是把像河流里的水和隆隆的雷声倾倒到屋顶上的暴雨。但对于巴统来说，具有代表性的并不是这样的暴雨。

典型的、唯有巴统才有的雨是连绵不断、单调乏味、好像上了发条一样、从西方来的雨。乌云密布的天空一直从西方向城市涌来——这天空似乎是松软的，连一线微光也要把它扑灭。就连在中午，也使巴统陷入混浊的昏暗之中。仿佛觉得这昏暗犹如流水，在所有排水管里汩汩地、哗哗地奔流着，流入泡沫飞溅的大海，融化在海里，把海水也弄混浊了。

一艘艘不满意的轮船在昏暗中用好似伤风的汽笛吼叫着，湿漉漉的甲板不时发出暗淡的闪光。轮船的那些灰色、红色、黑色和黄色船舷上微弱的闪光好似遥远的阳光的余晖。它提醒人们，只要风向一转——在第一束阳光的照射下，整个巴统市立刻就会眼看着像一大堆淡蓝色的玻璃，光芒四射。用肉眼就可以看到的、从晒热的街道和房屋上冒出的一缕缕热气和蒸气匆匆地飞向天空，而美人蕉——巴统庭前花圃里最惹人注意的花——在阳光下则会露出红葡萄酒般的鲜艳的血红色。

巴统的雨可以连绵不断地下几个星期。我的皮鞋从来也没干过。要不是这种会引起疟疾发作的情况，我对雨早就会安之若素了。

不过雨中还是有许多好东西。第一，是有稍有点儿刺鼻、微微飘散着鲱鱼味儿的空气。第二，是有相互配合、在全城齐声歌唱的千万条排水管庄严的大合唱。第三，是有亮度很低的灰色的光，以及白天亮着的灯。在这种雨天，灯光似乎特别令人舒适，有助于阅读，要不就是有助于回忆诗。

我和那个身材矮小的人一起回忆读过的诗。他姓弗拉耶尔曼，在生活的各种不同场合，人们对他的称呼也各不相同——鲁维姆·伊萨耶维奇，鲁维姆，鲁韦茨，鲁瓦，鲁沃奇卡，还有赫鲁维姆[①]。这最后一个绰号是米沙·辛尼亚夫斯基想出来的，除了他，谁也不这样说。

有时在我那间编辑室里，我们几乎通宵达旦在回忆诗，只是到早晨才躺到一张很窄的床上和一张木沙发上去睡觉——我们的肚子都饿了，然而感到幸福。

是啊，当回忆起可怕的诗句时，心情怎么能平静呢？

但到半夜，东方升起死人——土星——

---

① 意思是"司智天使"。——译者

铅一般灰暗的光闪烁不定。

创造者，你的事业

当真是十分严峻，凶多吉少！①

对于另一层次年龄的人，对于那些就年龄来说比我和弗拉耶尔曼更为成熟的人，这些预兆不祥的诗句可能会使他们陷入忧郁的沉思。但对于我们，这几行诗却是形象鲜明和语言有力的范例。对我们来说，它们不知不觉成了对巴统之夜的补充。

我甚至不仅是看到，而且感觉到了如同小高加索山脉的群山一样滞留在巴统上空的乌云。乌云好似群岛，层层叠叠，每一层都仿佛沉甸甸的，而且从下面被撕得破破烂烂。在宇宙空间无限高的高空中，土星正在云层上面闪烁，它那淡灰色的光正照耀着云雾缭绕的地球，这个仿佛懒洋洋升起一团团蒸气的庞然大物。

随后我们又读另一些诗——明朗、光明，犹如归来的太阳的诗：

生活、希望的奸诈折磨得我疲惫不堪，

当我在交战中以心灵向它们做出让步，

无论是白天还是夜晚，我都合上双眼，

不知怎的，有时我却奇怪地大彻大悟。

平常的黑夜似乎变得更加黑暗，

犹如秋天耀眼的闪光刚刚忽地一闪，

① 布宁的诗《土星》。

只有天空中，仿佛是亲切的召唤，
群星的金色睫毛闪闪烁烁，若隐若现。[①]

我一向喜欢诗，但诗还从未像当时在巴统那样自然地进入生活。

诗失去了它文学的本质，变成了像雨、人的嗓音、受尽夜间下雨折磨的驴子的叫声，变成了像生与死这样的一些生活现象。

所有这些“诗之夜”，一直有毫不停歇的嘈杂的雨声，有时还有潜入港口的大海的波涛喧嚣在为它伴奏。

淅沥的雨声使某些诗句显得特别突出，引人注意，因此我们往往把这些诗句重读好几次。

这就是其中的几行：

茉莉花好似小蝴蝶的双翼，
向发暗的常春藤飞去。
时间慢悠悠地流逝，令人心醉，
石头上半已磨灭的三韵句诗
唱着没有歌词的歌曲。

或者是另外几行：

我觉得冷。晶莹透明的春天

① 费特的诗《无题》的第一节。

给彼得罗波利穿上碧绿的绒毛衣衫……①

或者是第三段：

沉默的草原已经发蓝——
给它的高加索罩上银色的花环。②

或者，还有第四段：

回来吧，维京格通，
噢，维京格通，你回来吧！③④

这最后两行对我的影响特别强烈，虽说其中并没有任何特殊的东西。显然，这是因为有一次巴统港来了一艘悬挂英国旗的、脏脏的、好像寂然无人的货船，它是给"索西夫罗斯"商行运货来的。在它的船舷上用白漆写着一个熟悉的名字："维京格通"。

不知为什么这艘轮船引起了我的怜悯，就好像它是一个被雨淋得浑身

---

① 奥·曼德尔施塔姆的诗《无题》。

② 莱蒙托夫的诗《纪念亚·伊·奥陀耶夫斯基》。

③ 维京格通（？—1423），曾做过伦敦市长。传说由于贫困，曾从伦敦逃出，但听到教堂的钟声，钟声仿佛在说："回来吧，维京格通，伦敦市长。"于是返回原地。后来他发了财，成了伦敦市长。——译者

④ 爱·巴格里茨基的《关于维京格通的叙事诗》。

湿透、由于天气恶劣正在瑟瑟颤抖的倒霉的人。然而就连它，那里，在古老的英国，也有人在等着它。在某个毫无生气的滨海小城里，有一颗淳朴的妇女的心，不久前还是一个漂亮姑娘的、未老先衰的心，正在病态地怦怦直跳着。她正等候着在“维京格通”号、在这艘行动缓慢而羞涩的轮船上航行的、沉默寡言的丈夫或儿子归来。

弗拉耶尔曼来到《灯塔报》编辑部，情况非常简单。

报纸需要刊登俄通社（俄罗斯通讯社）的电讯。人们告诉我，为此得去找俄罗斯通讯社驻巴统的记者弗拉耶尔曼，和他达成协议。

弗拉耶尔曼住在一家名称十分华丽的“米拉马列”旅馆里。旅馆的前厅里画着有点儿发暗的壁画，上面画的是维苏威火山和西西里岛上柑橘林的风景。

我正看到弗拉耶尔曼以“笔耕殉难者”的姿势坐在那里。他坐在桌边，左手抱着头，右手很快地书写着什么，同时一只脚还在不停地抖动。

我立刻认出，他就是那个大衣下摆随风飘扬的小个子陌生人，他曾那样经常地在我面前消失在巴统街道上的雨景之中。

他放下笔，用含笑的、善良的眼睛望了望我。谈完了关于俄罗斯通讯社电讯的事，我们立刻谈起诗来。

我注意到，房间里那张床的四条腿都放在盛着水的盆里。原来这是摆脱蝎子的唯一办法——蝎子在整个旅馆里跑来跑去，使旅客们感到惊惶不安。

一个戴夹鼻眼镜的矮壮女人走进屋来，怀疑地瞧了瞧我，摇了摇头，用十分尖细的声音说：

“单单一个诗人鲁维姆给我带来的麻烦事还不够，可他已经又为自己找到了第二个朋友——诗人。这真是让我活受罪！”

这是弗拉耶尔曼的妻子。她双手一拍，大笑起来，立刻在煤油炉上煎加香肠的荷包蛋。

在我们一起吃了早饭，喝了整整一杯鲁哈泽的伏特加之前，她不肯放我走。

我喝了这种伏特加，对它不同寻常的特性感到惊讶——我的脑袋仿佛变得完全轻飘飘的，但是我好像觉得在这脑袋中飘荡的一切思想都如同巴统街心花园里刚刚绽开的玉兰花一样新鲜，而且十分鲜明，甚至摸上去似乎黏糊糊的，好似刚刚油漆过的小帆船。

这是一种奇妙的感觉。我和弗拉耶尔曼到《灯塔报》编辑部去，一路上轻轻摇摆着，无缘无故地发笑。我们在路上遇到了柳西耶娜和米沙·辛尼亚夫斯基，于是把他们也拖了去。可惜，巴别尔已经到梯弗里斯去了，不然我们就要步行走到泽廖内角去找他，把他也拖到我们那里去。还有叶夫根尼娅·鲍里索芙娜，还有梅丽，再加上诗人恰奇科夫。并且要在国家的这一遥远的边境地区建立起第一个文学协会——苏维埃诗和散文的第一个基层组织。

米沙·辛尼亚夫斯基又弄来了一瓶鲁哈泽的伏特加。我们在编辑部里喝着酒，唱道：

在灰白色的卡兹别克山，
永远沉睡的地方，
有我祖父的山庄——

他亲爱的故乡。
祖父性情凶猛、粗犷，
身材匀称，好似黄羊。
他心胸伟大，但还是
溘然长逝，由于身负重伤。

当我们唱到叠句时，尼尔克走了进来，以名副其实的筵席主持人的豪迈气概附和唱道：

我们有自己的传说、神话故事！阿贾！
风俗习惯也是我们高加索的！阿贾！
我们饮酒要用亲朋好友的方式，
好让我们的生活过得亲如兄弟！

尼尔克来到编辑部以后，莫诺马赫也用爪子抓抓门，走了进来。这条狗参加了我们的共同娱乐，吃了几块香肠，吃香肠时发出一种奇怪的声音，好似在拔塞得很紧的瓶塞。根据一切迹象可以看出，这条狗对于参加酒宴这一类的事情是很有经验的。

听到使人抱有很大希望的喧嚷声，一个醉得像死人一样、然而十分安静、绰号叫“百搭”[①]的美国水兵走进屋来。即使在这时候，我们的娱乐也没有中止。美国水兵往地板上吐了几口唾沫，毫不理会我们，脱下上

① 牌戏中可以和任何牌搭配的一张牌。

衣，把它卷成一个长圆形的枕头，放到墙角的地板上，一句话也没说，躺下就睡。他一直睡到第二天早晨，走的时候也是像来的时候一样，一言不发，十分安静。

从那时起，弗拉耶尔曼每天都要往编辑部跑好几次，有时他留在那里过夜。

所有最有趣的谈话都是在夜间进行的。弗拉耶尔曼讲他自己的生平，我当然很羡慕他。

弗拉耶尔曼是莫吉廖夫省城里木柴行业一个穷经纪人的儿子，他刚一脱离家庭，就投入革命和人民生活的中心。他跑遍了全国各地，从西到东，只是在鄂霍茨克（拉姆）海岸才停留下来。

远东在燃烧。日本人占领了滨海地区。游击队毫不留情、奋不顾身地和日本人作战。

弗拉耶尔曼参加了在阿穆尔河上的尼古拉耶夫斯克活动的特里亚皮岑的游击队。就风俗习惯来讲，这座城市像克朗代克城[1]。

弗拉耶尔曼和日本人打过仗，挨过饿，与游击队在原始大森林里盲目地走来走去，寻找路径。在军便服的接缝处底下，他全身都布满一条条血印和伤疤——蚊子只能在接缝处穿透衣服，在那里它们可以把最细的尖嘴插进密密的针孔里去。

阿穆尔河好像大海，水上烟雾腾腾。春天，城市周围原始大森林里百合花盛开。百合花开花时，总是会那样突然地对一个并不爱你的女人产生伟大的、痛苦的爱。

---

① 加拿大西北部的一个城市，盛产黄金。——译者

我记得在那里，在巴统，听了弗拉耶尔曼讲的故事以后，我仿佛感觉到了这残酷无情的爱，仿佛这是我自己所受的创伤。

我看到了一切——暴风雪、海上的夏天以及海上烟雾一般的空气，性情温和的基里亚克人的孩子、大马哈鱼群。还有鹿，它们的眼睛都好像是神情惊奇的小姑娘的眼睛。

我劝弗拉耶尔曼把他所讲的这一切全都写下来。弗拉耶尔曼不是立刻就答应下来，不过开始写作时却是很乐意的。就他的本质、就他对待世界和对人的态度来看，根据他敏锐的目光以及他能看到其他人无论如何也看不到的事物的本质，他当然是一位作家。

他开始写作，相对来说很快就写完了中篇小说《在阿穆尔河上》。后来他把它改名为《基里亚克人瓦西卡》，这篇小说发表在《西伯利亚星火》月刊上。从这时起，又有一位年轻作家进入了文坛，他与众不同的特点是具有敏锐的洞察力和善良的心。

现在，夜里我们不仅是谈心，而且是在阅读并校改弗拉耶尔曼的中篇小说。

我喜欢这篇小说——它包含有许多可以叫作“空间气息”的感觉，或者（更确切些）叫作“广阔空间的气息”。

从少年时代起我就向往广阔的空间。随着岁月的流逝，这种向往的心情并未消失，而是变得更加强烈了。我看到的地方愈多，就愈强烈地希望看到更多新的地方。直到现在，对于我来说，一切新的远方都好似一个看上去是蓝色的伟大的谜，在它的烟雾中隐藏着新奇的事物。

从在巴统的时候起，我们的生活——弗拉耶尔曼的和我的——有许多年是并肩度过的，并互为补充，互相使对方的生活变得丰富起来。

我们以什么来互相丰富的呢？显然，是以自己对生活、对周围所发生的一切的好奇心，以在世界富有诗意的复杂性中对待这个世界的态度本身，以对大地、对自己的国家、对自己人民的爱，这是一种非常深厚、朴素的爱，它已经以千万条最细小的须根在意识里扎下了根。如果说植物的根能穿透它在上面生长的土地、土壤，吸收土壤里的水分、盐分，承受土地的重量，接受它的谜，那么我们爱生活也正是这样。我在这里说“我们”，因为我相信，弗拉耶尔曼对待大自然的态度和我的态度是相似的。

我越来越强烈地感觉到自己是大自然的一部分，就像任何一棵树或一株草一样，并在这中间找到了安慰。

有时，我躺在某一湖泊或河流的杂草丛生的岸边斜坡上，侧耳倾听大地。通常认为大地是无声的，但是透过这寂静却传来一种最细微的潺潺声——一种模糊不清的暗示，暗示地下有像金线那样长的、模糊不清的声音。这是地下水从地下很深的地方慢慢渗透出来，往湖里流去。

在这样的时刻，我是幸福的。

主要方向

有些人在人生中选定了主要方向，迫使自己有意识地撇开其他方向，似乎那些方向都是次要的。

然而，这主要方向往往是从生活本身中产生的。或者更确切些说，是在这个或那个人生活的自然活动中产生的，往往与他抽象地想象出来的主要方向并不一致。

我记得我曾长期力图使自己的生活走上主要方向——写作，然而并没有明显的成就。我曾认为，我必须狭隘地、无情地、甚至是以禁欲主义的态度使自己的全部精力和一切时间都服从这一目的，直到生命的最后一天也不浪费一个小时，不偏离这一方向。

幸而，我这种虚构出来的状态持续的时间并不长。不久我就明白，对于一个作家来说，献身于为人类服务这一崇高目的的、自由而不受限制的生活，远比对自己创作的迂腐的操心重要得多。作品是作为这种自由生活的必然结果而出现的。一定会出现。

是的，有一段时间我想要使自己的生活服从一切有计划的东西——服从在自己的全部经历中有计划地寻找思想和内容，服从依据人们的品质而事先规定好的对他们的态度，把一切都简化为合理和确切的行为。

“只有这样，”我让自己相信，“才能达到自我完善，在人类社会的中心成为一个真正的人。”

然而，不管我怎样力求达到行为的这一最高目的，它却常常会悄悄地溜掉，为“每天的敌意”所排挤。生活俘虏了我。我很吃力地抵抗生活的自由进程，直到在巴统有一天早上突然放弃了这种自己对自己的战斗。

这恰恰是在那天早上发生的，当时米沙·辛尼亚夫斯基把我的哲学推论叫作“无聊的议论”。

这当真是一个美好的十月的早晨，在巴尔茨汉纳的辛尼亚夫斯基夫妇居住的阳台附近（我到他们那里去品尝柳西耶娜的著名的煎鲱鲤），潮湿的土地上铺着一层仿佛正在熊熊燃烧的、野蔷薇的大片花瓣，花瓣上洒满了小玻璃珠似的大颗露珠。

大海就在一旁发出亮光。海是白色的、温暖的，好似刚刚挤出来的牛奶。安纳托利亚海岸笼罩在烟雾之中，但透过雾霭隐约露出土耳其山峦淡黄和鲜红的颜色。

我在米沙面前发挥我的思想，认为不从属于事先选定的目标的生活毫无意义，应当迫使自己走向这一目标，而决不要有任何偏离。

米沙吃着鲱鲤，眯缝起眼睛，不时看看我。根据一切迹象来看，他开始生气了。

“讨厌的人!”米沙突然平静地、然而坚决地说。

“谁是讨厌的人?”我问。由于一种不好的预感，我的心颤抖了一下。

“什么谁啊？你！你就是个讨厌的人。当然啰，如果相信你这种笨嘴拙舌的哲学的话。你是头一次发表这样的言论。你要明白，八年级的中学生——请不要给自己脖子上套上牛轭。你这种古怪念头大概是由于害疟疾的缘故。你这种古怪念头是印度的，它用瑜伽[1]论者的微菌弄得你昏了头。你还是自由、轻松地生活吧，而且越轻松越好。请不要硬让你的生活去适应你空想出来的无聊模式。这一切都是梦呓，而你这么需要它，就好比狗需要一个侧面的口袋。‘相信生活吧’，正如那些老家伙、那些老作家们夸张地说的，你反正会达到自己的目的。”

“什么目的?”

“上帝啊!”米沙大声嚷道，“莫非你已经改变主意，不想成为作家了吗？请少发议论，这不是你的事，而要多看看，为生活感到惊奇吧!”

米沙还从未像这样生气地和我说话。

---

① 瑜伽是印度的一种宗教哲学，相信能用静坐沉思、刻苦修行的方法调节人的心理状态和生理状态，以获得“超脱”的学说和方法。——译者

我相信了他。显然，我早就希望听到有人对我说这样的话了。自己强加于自己的、惹人厌烦的重负消失了。我突然感觉到，从一串串冰凉的“美洲葡萄”上冒出一股不比线粗的、很细的香气，透过干裂的窗框的缝隙钻进阳台，小心翼翼地搔痒我的嘴唇。我笑了。

“怎么回事?”米沙惊恐地问。

“没什么。嘴唇痒痒。我有三天没刮脸了。”

“头一次听说，不刮脸嘴唇会痒痒。”米沙怀疑地望着我，含糊不清地低声说，“柳霞，你听到他说的是这么回事吗?”

“啊呀，科斯托奇卡!”柳西耶娜大声喊道（她正在花园里，在火盆上煎完剩下的鲱鲤），“你说谎说得太不自然了。不过去你的吧！我反正还是喜欢你。”

我坐在辛尼亚夫斯基夫妇那里的时候，一直闻到时而逼近，时而远去的“美洲葡萄”的香味。这香味一刻也不让我安宁，直到我下去，走进屋后的小葡萄园，在葡萄叶的阴影里看到一嘟噜一嘟噜沉甸甸的葡萄，阳光给青中透红的葡萄薄薄地镀上了一层金黄色。葡萄从木支柱上垂了下来，灌满了紫色的汁液。

我采下一串吃了。阳光从晴朗的天空中火辣辣地泻下来，但我突然感觉到，一股股砭人肌肤的冷气越来越经常地侵入阳光的温暖之中。就像有人不断地往沸腾的溶液里添加冰水，最后冰水占了上风，淹没了最后的暖流。突然，仿佛猛地一击，出乎意外的一阵寒噤向我袭来。我摇摇晃晃，回到阳台，躺到地板上被阳光晒热了的地方，幸福地呻吟起来。

“瞧，就是这样！发作起来了！”米沙绝望地说，“疟疾！第三次发作！又是由于‘美洲葡萄’。柳霞，得把我们全部暖和的东西都给他盖上。”

“没有用。”我含糊不清地说。

我已经好像觉得我被嵌进两米厚的、巨大的北极冰块之中，眼看就要变成冰箸了，什么也救不了我。

就这样，我害了热带的黄热病。从那时起，每天都要发作。

这种黄热病是在英国人占领外高加索时期由印度士兵带到巴统来的。

我害黄热病害了好长时间，足有好几年，只是在俄罗斯中部的森林里才摆脱了它。但从在巴统的时候起，只要一看到“美洲葡萄”的淡紫色浆果，或者喝一口用这种葡萄酿制的酸涩的葡萄酒，就立刻会引起我打寒战。

同样，一想起那些我曾竭力使自己相信、虚假而且完全与我格格不入的想法——米沙·辛尼亚夫斯基所嘲笑的那些想法，我也会觉得浑身发冷。

我在巴统的最后几个月，是生活在由疟疾引起的、有点儿如在雾中的非现实状态里。开始发作时，当寒噤渐渐变为干热，头脑在清醒地活动，思想十分清楚，我没有任何力量对付自己的想象力。它像一只飞进屋里的小鸟，东碰西撞，直到飞得筋疲力尽，翅膀折断，跌落到地上。于是，寂静和昏暗立刻到来，整整一夜，直到早晨，翻来覆去，每隔几分钟就会出现那同一个枯燥无味的形象，这形象是黏糊糊的，很长很长。我抓不住它。这与其说是一个形象，不如说是一种感觉。它像由很稠的糖浆拉成的一条线，越拉越长。手指会粘在糖浆上，我害怕这黏稠的糖浆落进嘴里，进到喉咙里，把我憋死。

我开始呓语，尽力摆脱这极其可恶的糖浆的罗网。于是尼尔克在半夜里从隔壁房间到我这里来，给我在头上放一块湿毛巾，说我缺乏足够的卡路里以对付疾病。

我在呻吟。窗外大海也在呻吟，好像在回答我，尼尔克却在桌边装填纸烟，用口哨吹着一首小曲：

啊，我的敞篷马车——
“两轮马车”！
而我是一个小姑娘，
一个冒充的假内行！

到早晨我浑身是汗，头发湿淋淋的。一直到晚上，疟疾不再折磨我了，极端的虚弱和新鲜感觉使我的身体几乎变得毫无重量。

现在我想起，那些故意要造成一种合理生活的无聊想法正是在最初几次疟疾发作的时候吸引了我的。这些想法一直在反复出现，这使我感到非常痛苦。我痛恨这些想法。我觉得它们是黏糊糊的，就像半液体的硫化骨胶一样。它会给一切蒙上一层令人极其讨厌的灰色薄膜。

我深信，任何水，无论是盐水还是淡水，都洗不掉这层薄膜。于是请求尼尔克给我一把刀子，好从身上刮掉这些讨厌的思想。

不久，夜间发作时就由弗拉耶尔曼来接替尼尔克了。他也给我在头上放一个散发出香味的橡皮冰袋，还给我水喝。

到早晨，一切又都过去了，只剩下心动过速和虚弱。我整天在吞服没有胶囊的奎宁，喝一种蓝色的药水，耳朵聋了，双手发抖。

弗拉耶尔曼非常害怕，请来了一些医生和“民间医生”——鹰钩鼻子的老阿扎尔[1]人。他们用辣椒和蛋黄泡的酒精和一种灰色齑粉给我医治。

---

① 高加索西南部的一个少数民族。

这种齑粉使我恶心。后来才知道，这是研成细粉的干蜘蛛。

我赶走了所有的老头子，继续只服用奎宁，疟疾发作渐渐减轻了。不过还有好长时间，我一直好像觉得周围的一切都病态地显得过分大，各种颜色一会儿太鲜艳，一会儿又变得像肉冻那样混浊不清。

几千发信号弹

巴统继续使我感到惊讶。正如索尼娅·弗拉耶尔曼所说的，这个城市仍然受“该死的过去的残余”支配。关于某些这类残余，我已经写过了。这时又开始实行新经济政策，一群群“新经济政策时期的投机分子”带着他们的金发女郎往巴统移动，因为这里有诱人的“自由港”。换言之，可以进行免税的对外贸易。

沿岸大街上所有的缝隙里，就连最狭窄的、积满灰尘的缝隙里都开办了外国商行的办事处——“索西夫罗斯”商行，“约翰·维多利父子”商行，“劳埃德·特里耶金诺”商行，“帕凯”商行以及其他等等，这大部分都是些投机商行。

这些商行贩卖糖精，香子兰粉，妇女的袜带，打火机上用的电石，纸牌，避孕套，由于放得太久已经发苦而且压紧了的无花果，染发染料，干瘪的齐墩果，以及假宝石。他们收购——不过只是偷偷地——黄金和外币，为了掩人耳目，也收购干果和手工制品。

这些商行的代表，不管是哪个民族的，彼此都十分相似，好像同胞兄弟。这大都是一些黑头发、肤色黝黑、善于钻营的青年人。他们都戴着沉甸甸的琥珀念珠，穿着虹霓一般色彩绚丽的短袜和像织布梭一样的尖头漆皮鞋。他们那抹了发蜡的头发好似黑色的凸面镜，照出一些变了形的物体，主要是照出悬挂在天花板上的电灯。

恰奇科夫把这些青年人叫作旅居近东各国的法、意侨民和腓尼基人的后裔。他们俄语都讲得相当好。但是恰奇科夫更喜欢用俄语——希腊语——法语——格鲁吉亚语的混合方言和他们交谈，甚至试图用这种方言来写打油诗。

恰奇科夫绝不放弃他对柳西耶娜的骑士式的崇拜，有时会从那些腓尼基人的后裔那儿买来口红或染睫毛的墨汁，十分殷勤地送给柳西耶娜。

柳西耶娜试用了所有这些诱人的东西以后，直爽地大声说，这都是卑劣的假货，真正的废物。但这些话并没有冒犯恰奇科夫。

柳西耶娜说话毫不客气，我们对此已经习以为常了。我们，包括精神萎靡不振、然而温文尔雅的恰奇科夫，都觉得她说话像一位年轻的公爵夫人或皇家剧院里歌剧中的女主角。

恰奇科夫有一次把当地的一位女诗人弗洛拉带到《灯塔报》编辑部来，后来又带她去巴尔茨汉纳。这位身材高大、脸色苍白的可爱的姑娘，在路上老是像一根芦苇弯下腰来读诗。她读的这些诗稍有点儿像安·安·阿赫马托娃[①]的某些作品。

弗洛拉属于这样的一种女诗人，在诗面前，她们心中充满无法抑制的喜悦。在听古米廖夫[②]、布留索夫和巴格里茨基的新诗的时候，好像祈祷

① 安·安·阿赫马托娃（1889—1966），苏联女诗人。

② 尼·斯·古米廖夫（1886—1921），俄国诗人。

那样合起手来，眼角上涌出了泪珠。她偷偷地擦掉了它们。

她和妈妈——一位女教师——住在一起。纯洁仿佛给她周围环绕着一圈光轮，这光轮散发出化妆品商行——“克西季雅斯公司”（雅典）的紫罗兰香味。

起初弗洛拉有点儿害怕柳西耶娜，但不久她们就成了朋友。她们机敏地嘲笑我们，还嘲笑一个可爱的人。用这个人自己的话来说，他是混到我们这一伙人当中来的。

这个人就是共和国的报纸《劳动巴统报》的工作人员沃洛佳·姆罗佐夫斯基。这个心地善良、优柔寡断的人，就他对人态度客气来说，甚至超过了弗拉耶尔曼。姆罗佐夫斯基有一种罕见的才能，能够真诚地醉心于一些次要的东西——一些就在真正的东西近旁、与它们十分相似的东西。

例如，他不是醉心于国际象棋，而是狂热地醉心于下跳棋；不是醉心于真正的戏剧，而是醉心于矮人剧院；不是醉心于绘画，而是醉心于收集从杂志上剪下来的石印画；除此而外，还醉心于杂志上“杂俎栏”里刊登着的一切——字形谜、画谜、字母换位[①]、贯顶诗[②]、迷宫平面图、纵横字谜，以及令人纳闷的图画。

他收集这些图画。

例如，一幅这样的图画上画着热带丛林中的一群象，在象下面有一行引起人们好奇心的题词：“我们的美人儿在哪里呢？”

得向各个方向转动这幅图画，直到终于偶然发现由3条象腿、1只象

① 一个词或句子，将字母变换位置可以构成另一个词或句子。——译者

② 一首诗中每一行的第一个字母连起来可组成一个词或一句话。——译者

鼻子和1根树枝的外围线构成的一个姑娘的轮廓——她穿着法国高跟鞋，正在往丛林里跑。

沃洛佳·姆罗佐夫斯基有整整一册剪下来的这样的图画。

尽管有这些古怪行为，沃洛佳却是一个讨人喜欢、沉默寡言和很客气的人。

阿扎尔是第一次庆祝十月革命周年纪念，为此姆罗佐夫斯基请我们大家到他家里参加一个小型宴会。

姆罗佐夫斯基和他母亲住在一起。

我们聚集在一所昏暗、古老的住宅里，屋里的陈设好像一个家具店，都是些很沉重的黑色橡木家具——五斗橱、放器皿的矮橱、安乐椅和餐具橱。

姆罗佐夫斯基照格鲁吉亚方式举办这次小型宴会，有各种蔬菜——塔尔洪[①]、金扎[②]、薄荷，有两种大饼，有恰霍赫比利[③]和萨齐味，有苏尔古尼的煎干酪，有用葡萄叶做的米馅小肉饼，有卡赫齐亚的红葡萄酒，还有我们在吃的时候要滚上肉桂粉的烤羊肉。

柳西耶娜不能不唱歌。她总是在唱歌。她会唱许多敖德萨的、哈尔科夫的、尼古拉耶夫的和罗斯托夫的歌曲，数量之多简直不可思议。她那热情奔放的声音突然压倒了大家的谈话，甚至使像姆罗佐夫斯基和弗洛拉这样安静的人大吃一惊。

---

①② 均为译音。——译者

③ 是一种用鸡肉做的高加索菜。——译者

大家正在谈论国际象棋或“阿尔戈英雄船”①咖啡馆里的梯弗里斯诗人，这时从外面，从柳西耶娜正在洗餐具或煎烤什么的巴尔茨汉纳的院子里，突然像放花炮那样的一声爆炸，传来了照例的歌声，大家都不由得颤抖了一下。她似乎正在跳舞，还微微抖动着大腿：

在波多尔有一个
哈伊姆·希克，
他是个十分虔诚、笃信上帝的老人！
他常向上帝祈祷，
把犹太教堂的门槛踏平，
禁食的食物他可吃不惯！

在姆罗佐夫斯基的小型宴会上，因为我们是在格鲁吉亚，柳西耶娜决定演出她的已经相当陈旧的全部高加索的节目。

她刚一开口唱那首关于不幸和大胆的哈兹-布拉特的歌曲，突然从街上传来一个雄壮的酒醉的合唱队的声音，附和柳西耶娜的歌声：

你已经苍老，须发已经斑白，
她和你生活，不会快乐！

我们跑到窗前。有一群酒醉的人互相搂抱着，坐在房屋下面的人行道

① 希腊神话中到科尔基斯去寻找神龙守护的金羊毛的英雄们乘坐的一艘船。——译者

上。他们摇摇摆摆，瞪着眼睛，竭力大声喊出柳西耶娜开了个头的那首歌曲。

于是柳西耶娜换了一个节目，唱道：

尼古拉耶夫市，一家法国工厂……

但是合唱队并没有惊慌失措，而是齐声回答：

而我，一个孩子，

二十刚过！

“够了！”柳西耶娜喊了一声，“我这就难倒他们，叫他们唱不出来！”

她唱起了声调悠扬、音色柔和的柴可夫斯基的抒情歌曲，对她来说，唱这样的歌是不习惯的：

噢，我的朋友，没有一句话，没有一声叹息……

但酒醉的合唱队不可思议地立刻随声附和，以预兆不祥的气势唱出了抒情歌曲的第二句：

我和你将默默不语……

柳西耶娜勃然大怒。她决定无论如何也要以歌声胜过这几个格鲁吉亚人。但他们不肯认输，顽强地压倒柳西耶娜的声音，而且不时从口袋里掏出酒瓶，为她的健康干杯，互相用酒瓶使劲碰杯，碰得声音那么响，以至温柔的弗洛拉每一次都吓得尖叫起来。

只有姆罗佐夫斯基的老母亲仍然十分镇静。她是在巴统长大的，什么也不会使她感到吃惊。

柳西耶娜累了，已经想要认输了。但这时发生了一件事，改变了我们这一小型宴会的整个进程。

一个莫名其妙的东西挟着可怕的嗞嗞声在窗外沿着街道飞了过去。随后它爆炸了，以毫无生气的白光照亮四周，然后熄灭了。

这好像不是向上，而是沿着街道发射的照明弹。原来真的是这么回事。

窗外那几个醉鬼怪声喊叫着，推推撞撞，跑进院子里。第二颗照明弹立刻沿着街道嗞嗞地飞过去，打到贴海报的摇摇晃晃的柱子上，火星像流水一样纷纷洒落下来，散发出一股焦味。醉鬼们叫得更厉害了。

大家都感到坐立不安。只有姆罗佐夫斯卡娅老太太镇静地说：

“每年他们都一定要搞点儿什么特殊的玩意儿。”

“他们是谁?”我问。

巴统的居民。这当然是他们想出来的，不是向上，而是沿着街道发射照明弹。

辛尼亚夫斯基说，这花招儿想得并不坏。弗拉耶尔曼简直高兴极了。索尼娅·弗拉耶尔曼没跟我们在一起——她喜欢一个人到处跑。

我们决定体验一下照明弹发射的情况，到巴尔茨汉纳的辛尼亚夫斯基那儿去，在那儿一直坐到早晨。

但是当我们出来以后，照明弹已经不再沿着街道穿来穿去了。不知是什么人终于制止了这一惊人的娱乐。

全巴统市到处都是风吹动旗帜的呼啦呼啦的响声。几乎有一半旗帜是土耳其旗帜，城市里的居民还没来得及做苏维埃的新旗帜。

由吹笛子的和鼓手们组成的乐队奏着乐在街上慢慢走着。乐师们仿佛是经过挑选的，一个个身材矮小、肥胖，留着唇髭，蓝中透红的鼻子好像李子。显然，他们一生中大部分时间都是在小酒馆里度过的。

当我们走到港口，有些地方还有个别照明弹飞上秋日的天空。后来传来一声巨响，好似臼炮齐射。响声是从山那边传来的。

继这一声巨响之后，千百颗照明弹嗞嗞地响了起来。它们那冒着烟的、淡黄色的尾迹飞向天空。突然整个天空好似爆炸一般，无数白色的星星在燃烧，发出耀眼夺目的闪光。

天上的照明弹还未熄灭，又有许多新的照明弹飞到它们旁边，有一瞬间停留在空中。

刺目的镁光淹没了城市、港口、市场、公园、已经平静下来的大海和停在纵码头旁边的轮船。

巴统好像发生了一场火灾，炽烈的火光在熊熊燃烧，散发出一股火药味。大概，从安纳托利亚，从海面上若干海里以外都能看得到焰火的反光。

我们遇到了尼尔克。他说，光的泛滥将要持续两夜。在这段时间里，巴统要燃烧几千个照明弹。

问题在于，第一次世界大战时巴统的旧要塞里存放了一大批军用照明弹，这些照明弹的储存期限就要到了。继续把它们存放在仓库里是危险的——照明弹可能由于自燃而爆炸。因此，要塞司令决定把全部多余的照明弹通通发射到空中去。刚巧又碰上了节日。

第二天，尼尔克告诉我们，无线电接收到从这天夜里驶近巴统的轮船上发来的询问：巴统出了什么事？能否进港？在巴统地平线上空发现的、罕见的发光现象对于船舶是否构成危险？有两三艘轮船没等到回答，就改变航线，驶往波提去了。

不过，除了这种神奇的亮光好似一个真正的火焰圆顶在地平线上跳动而不熄灭外，巴统还会以另一种情况使不知内情的人感到惊慌，这就是居民们疯狂的喧闹声。

这也是可以理解的。并非每一个人一生中都能看到这样的景象。因此，居民们的全部声音财富（如果可以这样说的话）在大放“彩灯”的第一夜里就都已耗尽了（当然，只是暂时的）。

我所说的居民的声音财富，首先是指欣喜若狂的喊叫声和小孩子们的口哨声，其次是哈哈大笑声，呼唤声，民乐演奏团响成一片的乐曲声，玩具风车旋转的噼啪声，火盆上烤栗子的哔剥声，吉他的弹奏声，以及此呼彼应的歌声——节日里，在一个沿海城市里会有多少各种不同的声音啊！

随着我们渐渐走近郊区，声音也逐渐发生变化，变得轻一些，也比较悦耳动听了。从许多房屋里传出了合唱声，不过好像是悄悄地压低了的声音。我们最喜欢的是，歌声不仅从屋里传出来，而且连轮船的底舱里也传来了歌声。

我们在一艘轮船附近站了好久，竭力想要猜出，船员们是在用哪一种语言唱歌。

过了架设在一条水流湍急的小河上的桥，港口就到了尽头。由于飞向空中的火光，城市仍然被照得通明，但喧闹声传到巴尔茨汉纳时已经十分微弱，好似遥远的拍岸浪涛的隆隆声。照明弹的闪光勾勒出群山黑乎乎的轮廓，被莫名其妙的亮光吓坏的胡狼在山中轻轻地嗥叫起来。胡狼是那样胆怯，不敢像它们显然所希望的那样扯着嗓子嗥叫，而只是尖声哀嚎。

在巴尔茨汉纳，我们坐在阳台上喝马贾尔卡葡萄酒。从远方传来节日的喧闹声，这喧哗好似瀑布的响声。

隔着广阔的空间，节日的喧哗和人群吵吵嚷嚷的声音听起来已经减弱了，我一向喜欢这减弱了的喧闹声。在这样的喧哗声中很容易进行思索。不仅可以思索，而且可以虚构梦幻般的、夜间娱乐的一切突变和转折——已经发生的和尚未发生的——在想象中参加威尼斯的狂欢节或亚历山大·格林在他的长篇小说《踏浪行》中所描写的庆祝节日的盛况。

我深信，这样的节日能延长人的寿命，使我们陷在由秘密编织的网中，迷失路途。这些秘密用勉强可以听到的召唤引诱我们，召唤声来自大海上的那一部分，那里静止不动的霞光好似一条海蓝宝石的狭窄带子，放射出灿烂的光辉。

火光一会儿燃烧起来，一会儿熄灭，好像一些周期闪烁的星星。在黑暗中，您会突然感觉到几乎像幻影一般、火热的嘴唇的轻轻接触，听到古老的小提琴已经变得十分微弱的哭泣声——有一个魔法师给这些小提琴取名为“抒情古提琴”。

每一个真正的节日(一个节日，如果能表达出我们心灵的轻松和充实这一难得的心情，它就是真正的节日)，在它的中心总是隐藏着一个浪漫主义的或英雄的故事。要不然，就是二者兼而有之。要么，最常见的是爱情。

我们坐在阳台上，马贾尔卡葡萄酒和往常一样，用我们的思想打成一些稀奇古怪的结。例如，我提出这样一个问题：为什么到目前为止，谁也没有写过不是在地球上所流的血的历史，而是节日的历史呢——从巴黎的夏季联欢节开始到一个小男孩的生日为止，在这个生日里他得到一个黏土做的哨子，作为送给他的生日礼物。

有许多节日，从海上的节日——轮船航行时激起的浪花反射出岸上的灯火，滨海的夜晚飘散着酸橙花的芳香——到纪念作家、画家、诗人的节日，这些人在人们心中撒下会产生良好结果的不安的种子。

就连米沙·辛尼亚夫斯基也陷入一种令人感动的心情之中。他说，为纪念建筑师帕拉迪奥[①]建造的绝妙的建筑形式搞它一个节日，倒也不错。不过这已经太过分了。

只是黎明到来——有雾的、静悄悄的黎明——才使照明弹的闪亮停了下来。我坐在地板上，把头靠在矮沙发床上睡着了。睡梦中听到，含碘的清凉空气无拘无束地在阳台上徘徊，不知是在寻找什么，翻得纸张窸窣作响。

阴沉的冬天

在起风暴的日子里，有它自己的色彩。这是毫无疑义的。有各种各样的风暴——混浊的绿色风暴，像黏土那样的黄色风暴，灰色风暴，以及几乎是黑色的风暴。

在巴统随着冬季的到来，开始刮起绿色的风暴。空气变得像稍有点儿混浊的、腌白菜的盐汤。海也似乎变混浊了。只是在紧靠海岸的地方才发现，海水异常清澈，看起来它好像是灰色的，这是由于阴沉的天空的缘故。

---

① 安·帕拉迪奥（1508—1580），意大利建筑师，文艺复兴晚期建筑的代表人物。

风暴很快鼓足了劲，沿着整个海岸猖狂咆哮。它那雷鸣般的隆隆声昼夜不息。远方掀起滚滚的海浪，犹如一群群白色的长鬃烈马。马群向海岸奔驰，白色的鬃毛迎风飘扬，突然全都潜入水中，在海面上留下短时间内还看得见的浪花的痕迹。

轮船经常暂时停航。只有灯塔在胡乱闪烁着，仿佛并不特别相信，现在还有什么人会需要它这有耐心的光。

一连好多天，大海在雨幕后消失了。山上下了雪。用海员们的话来说，“能见度”降低到完全微不足道的程度。这种情况甚至使城市显得特别舒适。空间缩小了，把巴统禁锢在一个十分狭小、烟雾弥漫的小圈子里。

巴统变小了。远景没入烟雾之中。只有热带植物和潮湿的土地的浓郁气味说明，在眼睛看不透的雾幕后面，就在附近隐藏着南方林荫大道的可爱的世界，那里最后的美人蕉花还没有完全凋零。

照我看，这样的冬天是巴统一年中最美好的季节。只不过必须弄到一件雨衣和一双结实的足球鞋。

尼尔克帮助我弄到了这些雨天的装备。从那以后，我几乎每天都很高兴地冒雨步行去巴尔茨汉纳，到辛尼亚夫斯基那里去。

我那份篇幅很小而且腼腆的《灯塔报》（不知为什么我好像觉得它是腼腆的）不再一星期出4期，而改为一星期只出1期了——巴统的海员协会也和敖德萨的海员协会一样，资金不足。几乎无事可干。我那个不爱说话的、大家管他叫“想睡觉”的排字工人，当真是在打瞌睡中度过他一天中的大部分时间。雨声不断，好似喃喃低语，催他入睡。

再也想不出比这更好的催眠声了。梦慢慢地浮现，它是温暖的、黏糊糊的，散发着湿透了的石竹花香。花香从我们那个很小的、被烟熏黑的印刷所窗外庭前花圃里飘来（那是一个陈旧的、设备简陋的印刷所，从前是印名片的）。

从海上吹来的温暖空气也带来了仿佛发涩的、使人昏昏沉沉的睡意。

为了摆脱这在空气中泛滥的睡意，我披上雨衣，步行到巴尔茨汉纳去。路上，我顺便到港口上一家叫“可怜的米沙”的小饭馆里去吃点东西。

这家小饭馆的窗玻璃上用油画颜料画着一个胖子，两腮鼓鼓的，好像正在吹号的号手。在这幅画像下面写着：“我们可怜的米沙，他在这家小饭馆里用餐以后”。据说，还在不久以前，另一扇窗户上还画着同一个米沙饿得面容憔悴、好似生病一样的形象——那是他还在小饭馆里用餐以前的尊容。

可是在英国船员们打架的时候，那块窗玻璃被打碎了。从那以后，就只有吃过饭的米沙形单影只，孤零零的独自一个了。

小饭馆用装了玻璃的隔板间隔成两个小厅。厨房旁边是供“异教徒”就餐的穿堂，穿堂后面是供有正统信仰的客人就餐的餐厅，有一条单独的通道从厨房直接通到那里。

这种设计中包含有精确的计算。供正统信仰的顾客用餐的餐厅里不能端猪肉和酒进去，端着有罪孽的食物的侍役甚至不会偶然进入这间餐厅。

我吃的是羊肉汤。从羊肉汤里冒出红色的胡椒蒸气。顾客们用手指在蒙着一层水蒸气的窗玻璃上写上自己欠饭店老板的钱数。当顾客出入时，一些麻雀竟然能乘机跳进小饭馆里，在地板上和空桌子上匆匆啄食面包屑，仿佛是在咚咚地敲鼓。有时麻雀甚至冒着被赶出小饭馆的危险，打起架来。

顾客们盘起腿来坐着。在小饭馆里，他们总是脱下平底软皮鞋，只穿着很厚的毛线短袜。不过只要进来一个陌生人，顾客们就都匆匆穿上平底软皮鞋，认为在陌生人面前只穿短袜是不礼貌的。

我用烤羊肉下红葡萄酒，酒稍有点儿皮酒囊味，不过立刻就使身上暖和起来。我慢慢喝着葡萄酒，慢慢卷起一支纸烟，慢慢抽起来。于是，动作徐缓的懒怠控制了我，预示那种乍看上去毫无益处、然而却是积极和静止的工作就要开始了。

如果用一种陈旧的、但相当确切的语言来表达，那么这种工作可以叫作“回忆的游戏”。这就是，我当真沉浸于回忆之中，不过不是回忆过去的事，也不是回忆人，而仅仅是回忆我待过的心爱的地方，要么是回忆心爱的诗。

仅仅是回忆这些而已。

这一工作是无害的，甚至是有益的。

它的教益就是——我仿佛是在生活的边缘上，根据个别细节回忆自己的一生，不由得会从今天的角度来评价生活，并竭力设法避免过去的错误。我能做到这一点的时候相当少，不过这还是使我充满了信心，深信我不是马马虎虎地生活，不是受偶然性支配，而是自己有能力掌握自己的命运。就连对自己这一信心的经常和痛苦的失望，也不能使我放弃这一信心。

我认为，这一信心就是尼尔克所说的我生活的“救命的方位”。

搬运工人

在小饭馆里，我通常是坐在一面宽阔的窗户前面，窗户朝着港口上漂着石油的水面和腐朽的木桩。

当我感到闷热的时候，我就打开窗子。重油味和水面上漂着垃圾、然而冰凉的海水的气味充满了小饭馆，清凉的空气拭干了汗湿的前额。

小饭馆的大部分顾客都是码头工人——搬运工人。小饭馆的老板年轻时也是一个搬运工人，后来不知怎么发了财，不过对自己弟兄——搬运工人们还是念念不忘，他们来吃饭不但价钱打折扣，而且可以赊账。

所有码头工人几乎不分昼夜，整天都在码头上转悠。他们等待偶然碰到的活儿。不过活儿很少，甚至不够巴统的一半码头工人做的，因此他们大部分人是靠在港口仓库的锌皮墙上睡觉。他们大家睡觉几乎是同一个姿势——抬起膝盖，很长的、青筋嶙嶙的双臂从两膝间垂下去，手碰到了地上。那是疲倦而饥饿的人的酣睡。

特别使我感到惊讶的是码头工人的手。鼓胀的血管仿佛打成一个个结，好像橡树的根。透过灰色的皮肤可以看到静脉里发暗的血，血液在微微颤动，流动得很慢，好像眼看就要停下来了。到那时，那个码头工人当然已经不会醒来了。有时是会发生这样的事。

小饭馆里总是坐满码头工人。每当有顾客进来的时候，码头工人立刻让给他一张单独的桌子，并低声说起话来。

码头工人吃得很少，而且吃得很慢。看得出来，对于他们来说，吃饭就是期待已久的休息。

码头工人搬运很重的东西。有一次我看到，一个个子矮小、由于过于使劲而脸色青中透红的码头工人，独自背扛着一架钢琴，两条腿只是在膝盖那儿稍有点儿打弯。

这些人大半都是阿扎尔的农民，他们的耐力是闻所未闻的。他们的性情温顺也是如此。大概，我这一生中没遇到过性情更温顺、更温和、更轻信他人的人。

人们经常欺骗他们。他们没有任何联合组织。每个人都尽可能任意压制他们。

我常和码头工人说话，但他们只是笑笑，作为对我的回答。似乎穆斯林的全部宿命论都集中在这些人的身上了，他们就背负着这样的宿命论。他们允许自己做的唯一事情，就是当所扛的货物已经丢到地上，可以用手背擦擦疲惫不堪的脸上蜇眼的汗水时，深深地叹一口气。他们的脸仿佛是用黏土烧成的，而且烧出了许多裂纹。

他们从不数钱，看也不看，就把钱塞进十分宽大、落满尘土、在踝骨那儿扎紧的肥大灯笼裤上的口袋里。他们的这种做法没有要强调什么的意思——只不过是因为码头工人相信人而已。如果有人欺骗他们，他们好长时间都会感到难过。但不是因为他们所挣的钱受到了损失，而是因为世界上竟有这样的坏人——骗子。每一次这对于他们都是意外。

码头工人干的是苦役般的重活，挣得的却是微不足道的一点儿钱。

有一次，我看到一个老码头工人坐在墙脚下，用袖子捂着眼睛在哭泣。他面前站着一个像他一样干瘦的老太婆，在没完没了地、生气地申斥他。

老头儿不回答，继续在哭。过路的人都耸耸肩，有些人站停下来，悲伤地摇着头，望着那个码头工人。

这时，老太婆束手无策地回头看了看，挥了挥手，顺着市场上的街道慢慢朝前走去。她磕磕绊绊，不知在自言自语地嘟囔什么。

一个中年以上的码头工人走到老码头工人跟前，他扛着一箱碗碟。他小心翼翼地把箱子放到地上，轻轻拍了拍老码头工人的肩膀。老人像一匹害病的马，很吃力地站了起来。他的腿在发抖。那个已经中年以上的码头工人把木箱放到老码头工人的背上，掏出一个土耳其里拉递给了他。当老码头工人扛着木箱往车站走去的时候，还久久地望着他的背影。

我明白，那个中年以上的码头工人只不过是把自己先得到的工钱转交给老人罢了。除了我，好像谁也没注意到这件事，那个中年以上的码头工人却抱歉地微微一笑，对我说：

“他都可以做我的父亲了。”

我和码头工人们一起待在小饭馆里的时候，我便产生了一个想法：码头工人们应当联合起来，只有这样才能结束他们贫困和无权的地位。

不过该怎样着手去做，我却不知道。因此，我决定和有经验的工会工作者尼尔克商量一下。

尼尔克好长时间用笑眯眯的眯缝着的眼睛望着我，随后把他那顶式样优美、很像海军帽的便帽推到后脑勺上，又拉到鼻子上，说：

“一个十分有益的想法，特别是在亚热带滨海地区。那好吧，起锚！一切由我一个人负责。您是一位抒情诗人，所谓的行吟诗人，这不是您的事。”

尼尔克想了想，又补了几句，这些话似乎和他上面的话毫无联系：

“完全正确。在我们的条件下，正是这些人应该成为、而且也一定会成为无产阶级革命的支柱。”

可惜，我不能细心观察尼尔克建立码头工人联合会的如火如荼的活动了。疟疾又向我发起了猛烈袭击。不过我还是和尼尔克一起顺利地召开了码头工人的第一次会议。在这以前，还在《灯塔报》上发表了告码头工人书。

集会是在一个港口铁皮仓库里举行的。瓦楞铁皮门敞开着。码头工人们仔细打扫了仓库，挂上了列宁的肖像。有一个码头工人，一个腼腆的老头儿，用彩色毛线打了一些十分别致的结，把列宁像装饰起来。我在年老的库尔德妇女那里看到过这种用粗毛线编结的东西。

旁边坐着几个老年装卸工人。当年他们曾在港口当过头儿，现在已经失去当年的风采，只是静悄悄地坐在那里。

尼尔克发表了一篇事务性的讲话，不过他的眼睛在笑。

随后是一位年纪最大、受人尊敬的码头工人讲话。他不是在说话，而是在大声喊叫，用瘦瘦的、肤色棕褐色的拳头不知在威胁什么人，然后一下子住了声，用破便帽擦着眼泪，很快走了出去。

大家都静下来了。那老头儿立刻回来了，显得容光焕发，脸上堆着孩子似的笑容。他走到尼尔克面前，拥抱了他，把尼尔克的头紧紧贴在自己的肩膀上。

码头工人们晃动了一下，站了起来，从一排排人群中传出嘈杂的人声。“想起儿子来了，”码头工人们小声说，“他有过一个全黑海最漂亮的儿子。”

老头儿不知喊了一句什么，抓住两个离他最近的码头工人的肩膀，摇摇晃晃，慢慢地、很吃力地手舞足蹈，好像跳舞一样。

立刻，全体码头工人都互相搂住肩膀，唱了起来，而且像那个老头儿那样慢慢跳起舞来。当时我认为那是“疲倦的码头工人舞”，不能给它取另一个名称。外面已经站着一群人，齐声拍掌，节奏缓慢，和着舞蹈的节拍，好似跳舞时在打响板。

随后一整天，码头工人们都好像喝醉了似的。

就这样成立了码头工人联合会，不久它又变成了运输工人联合会。

用一种蓝药水给我治病。每天夜里我昏迷不醒，到早晨，由于虚弱说不出话来，并且恐惧地等待着下午3点，到那时就像天文钟一样精确，感觉到自己血液中酸痛得厉害——寒热即将发作的朕兆。

一个擦皮靴的库尔德人给我服用一种，用他的话来说，最厉害的治疗疟疾的药——粘在空胡桃壳里的干蜘蛛。可是，就连这种特效药也不起作用。

港口上的医生叫我一天也不要耽搁，立刻从巴统坐车到梯弗里斯去。据他说，到那里疟疾症状一定会立即消失。

几天后，我把《灯塔报》移交给姆罗佐夫斯基，和弗拉耶尔曼一起坐车到梯弗里斯去了。

我在巴统生活的最后3个月，除了海事报纸《灯塔报》之外，还负责共和国报纸《劳动巴统报》的排版工作。

在这个时期，有一个马戏团里的著名的角力士，法国式角斗的前全俄冠军多夫格洛突然成了我的朋友和老师，在我还没把这时间虽短、但内容丰富的生活讲给你们听以前，我不愿和你们一起离开巴统。

问题在于，角力士施泰因巴赫（巴伐利亚冠军）把多夫格洛摔倒在地毯上，可是动作做得不妥当，把多夫格洛的一只手摔断了。从那以后，多夫格洛不能再去角斗，于是重操旧业，而这是一个很好的职业——在去马戏团工作以前，多夫格洛是个排字工人，后来又当过拼版工人。

我和他是在承印《劳动巴统报》的印刷厂里见到的。

角力士多夫格洛

拼版工人多夫格洛好像是忍耐的化身。

他有自己的人生哲学。这种哲学归结为——人都是有许多弱点的，不过应当对这些弱点采取宽容态度。总之，他是福音书上这一教义的坚定信徒："你们当中谁没有罪，就让他第一个用石头砸她吧。"

除此而外，多夫格洛认为人的大部分行为都是调皮。有时这些调皮简直是无法解释的。在这种情况下，多夫格洛就用锥子——拼版工人必不可少的工具——搔自己耳朵后边，搔上很长时间，把皮肤都搔出血来，惶惑地默默不语。

例如，报社编辑写社论的方式，对多夫格洛来说就是这样一种无法解释的调皮行为。编辑把社论写得那样巧妙，以至可以把任何一段拼在任何地方——把结尾拼在中间，把中间拼在开头，把开头拼在结尾。或者相反。

同时编辑的思路丝毫不受影响，他那篇文章贫乏的思想也能完好无损地保存下来。

因此在印刷厂里，每篇社论的拼版都变成解答一道含有几个未知数的数学题。就连我们的校对谢苗·阿科波维奇，这个巴统最有学问的人，当他眼睛近视地仔细阅读社论校样的时候，也会陷入绝望，并对我说：

"你们随便乱拼好了。我对这篇可以任意肢解、好像节肢动物的文章不负责任。这种文章繁殖力很强。从一篇可以制造出100篇来，只要机械地把句子重新排列起来就行了。假定说吧，一篇文章里有45个句子，那么，通过重新排列的方法，我们就可以得到2000多篇文章！”

然而，编辑对自己文章中段落的次序原来记得清清楚楚，每次都和我们大吵大闹，弄得我们几乎要哭出来。

谢苗·阿科波维奇属于校对哲学家那一类人。他熟知校对工作的一切规则。在空闲时间，他自己把这些规则排印成标语形式，挂在校对室那间斗室的墙上。

一条主要的标语“嘈杂的声音是校对最凶恶的敌人！”是用印广告的字母排印出来的，标语两旁排列着四个含有威胁意味的惊叹号。

这条标语下面，在门上贴着一条狭长的字条。上面印着：

“工作时请不要向校对提任何空洞的和不相干的问题。甚至可以不向他问好——他不会见怪的，因为您这样做只不过是在帮助他。”

在谢苗·阿科波维奇那间斗室里面挂着两条坚决的警告：

“每个排字工人都有自己的错误”以及“没有哪一个排字工人能做到排字毫无差错”。

这后一句格言在年轻排字工人中间激起了一场愤怒的风暴。老排字工人们只是暗暗窃笑，因为根据经验他们知道谢苗·阿科波维奇是正确的。

真的，抗议的风暴持续了不超过半个小时。当别人把一个最优秀的青年排字工人仔细排好的第一张校样送给谢苗·阿科波维奇以后，风暴立刻平息了。谢苗·阿科波维奇毫无幸灾乐祸的意思，而是恰恰相反，甚至有点儿惋惜地在校样里找出了三个严重错误。

给我们这些作者和编辑们留下最强烈印象的，是谢苗·阿科波维奇致“所有作家和文学工作者”的一条不容争辩、但令人感到意外的标语：

“请书写清楚，并尽可能写得简短。请不要忘记，校对要看完一本即使篇幅不大、只有10个印张的书，也要用自己的眼睛在纸上做1公里多长的旅行。”

这条标语使我们这些写作的人看了不禁瑟瑟发抖。我们大家都尽力写得字迹清楚，而且简短，但并不是总能做得到。至于说到我，我始终没有学会写得字迹清楚。不过，还是写得比以前简短得多了。

拼好版以后，我和谢苗·阿科波维奇，以及多夫格洛在堆满校样的桌子上喝茶。谢苗·阿科波维奇从他那件旧大衣的口袋里掏出几个表面光滑、吃起来会窸窣作响、撒着罂粟籽的面包圈。可以谈谈文学和政治，可以谈谈校对工作和各种详解词典了。这时，因为某些词的写法，谢苗·阿科波维奇总是和我进行无休止的争论。全世界语言学家的代表会议恐怕也驳不倒他。

谢苗·阿科波维奇的许多古怪行为之一，就是他与所有校对都不一样，不承认达里[①]的权威。他认为达里允许自己对俄语采取自由放纵的态度，过于注重地方方言，有时甚至对一些词做出不完全正确的解释。

“不过，”谢苗·阿科波维奇说，“我什么都原谅他，因为他通宵达旦地待在生命垂危的普希金床边，度过了好几个夜晚。”

我说，我看达里的辞典就好像看一部长篇小说、一部民间诗歌和民间俏皮话的绝妙的古代文献，好像看一部俄国生活的生动的百科全书。这时，谢苗·阿科波维奇就宽容地微笑着，高高耸起瘦削的双肩。

在这一章开始时我写过，多夫格洛是善良的化身。但不正当地利用他的善良还是危险的，有时简直要冒生命的危险。不久我对此就深信不疑了。

---

① 弗·伊·达里（1801—1872），俄国作家、辞书编纂家、民族学家。

多夫格洛有他自己的排字盘。他通常是排广告或轮船时刻表，因此在他的字盘里，除了各种奇妙的铅字，还有一些不大的锌版绘画。多夫格洛多半是在两种情况下把这些锌版绘画排到广告上去的——一种情况是订货者要求这样做，要么就是他自己喜欢这则广告。

多夫格洛总是在轮船时刻表前面排上一块半已磨损的锌板绘画。上面雕刻着一艘早已过时的明轮轮船，船上有桅樯和许多索具。

因为实行新经济政策，更确切些说，是在新经济政策初期，巴统开办了一些不高明的美容院和制作妇女紧身胸衣、束胸和帽子的私人作坊。

多夫格洛快活地用锥子搔搔耳朵后边，给这些广告拼上一个锌板绘画，上面是一个披着一头蓬松的头发、卖弄风情的妇女头像。每次他这样做的时候，排字工人们都互相使个眼色。不过都是小心翼翼地，不让多夫格洛发觉。

谢苗·阿科波维奇秘密地告诉我，多夫格洛的妻子从前是波兰的一个伯爵夫人，或是公爵夫人，不知是姓波托茨卡娅呢，还是姓科马罗夫斯卡娅，是给人缝制紧身胸衣的。排字工人们就用这一点来说明，多夫格洛为什么喜欢用锌板绘画来装饰这类讨好妇女的广告。

据谢苗·阿科波维奇说，多夫格洛的妻子是个任性而又美貌、已经有点儿衰老而又“高傲自大”的太太。她任意支使丈夫，就像支使一个小孩一样。在她面前，多夫格洛惶惑不安，话都说不出来，变得像兔子一样温顺。

通常，只有在把多夫格洛逼得万不得已的时候，他那温和的天性才会对他失去作用。那时他会变得像一头发狂的水牛，十分危险。

在多夫格洛的排字盘对面干活的，是一个叫尼科的年轻排字工人——一个爱开玩笑、爱捉弄人、喜欢“故弄玄虚”的人，不过却是一个不大好的工作人员。已经有好几次多夫格洛生气地逼着尼科把他排的版全部重新排过。尼科感到很难堪，暗暗在想一些复仇的办法。

最后尼科灵机一动，想出了一个巧妙和狡猾的复仇办法——在气头上他好像觉得是这样。他找了个借口留在印刷厂里，等大家都走了以后，在多夫格洛的排字盘的每一格里都扔进一小块面包和一块硬得像石头一样的干酪。

印刷厂里有许多老鼠——比远洋货轮货舱里的老鼠还多。

就连大白天，老鼠也不慌不忙地在人的脚下跑来跑去。多夫格洛几乎能百发百中地用铅字一下子就把老鼠打死。

尼科没有弄错—— 一群老鼠吱吱地尖叫着，滚打着，向多夫格洛的排字盘冲去，它们吃面包和干酪的时候翻遍了每一格里的所有字母，把字母都弄乱了。要把排字盘整理好，得花很多时间。

第二天，我不知有什么事到印刷厂去，以后的事都是我亲眼看着发生的。

多夫格洛好长时间完全平静地看着他那给弄脏、弄乱了的排字盘，一声不吭。尼科和那些年轻排字工人不时互相使个眼色，他非常开心。他感到自己是万无一失的。老鼠没有留下一丁点儿面包屑和干酪，拼版工人没有任何证据。多夫格洛当然不会猜到，这个老鼠事件是排字工人中哪一个搞出来的。

不过，多夫格洛越是用锥子搔着耳朵后面，一声不吭，尼科也越发感到惶惶不安。

突然多夫格洛伸出他那双像大猩猩那样的长手，抓住尼科，完全平静地伸着双手，把他提到敞开着的窗前。印刷厂在二层楼上，窗户朝着院子。

尼科吓呆了，他甚至没有试图挣脱。他吊在多夫格洛的手里，好像一只死小猫。

印刷厂里变得静极了。

多夫格洛两手攥着尼科，小心翼翼地把手伸出窗外，松开手指。这时尼科大叫一声，从二楼跌到窗下的沙堆上。这堆沙堆在这里是为了防火的。

多夫格洛擦净了手，回到自己的排字盘前，说：

“我警告！所有的人！下一次我要马上叫他——粉身碎骨！”

有一个排字工人嘿嘿地笑了一声。多夫格洛朝他那边转过身，垂下攥着拳头的双手，慢慢向那个发笑的排字工人走去。

那个人一下子跳开了，往门口跑去。所有排字工人都跟在他后面，推推搡搡，向门口冲去。他们轰隆一声从楼梯上滚到了院子里，回头望望，往大门洞跑去。印刷厂里一片惊慌。

以后，尼科一连三天装作腿瘸了。他面色苍白，十分小心。多夫格洛脸上仍然带着像平常那样的温厚神情，把一个胸前佩戴着钻石、卖弄风情的女人头像拼到一则宣传可以使女人乳房增大的新方法的广告上。一些很细的线条从那女人头像上的钻石撒向四面八方——多夫格洛深信，这些线条是钻石的闪光。

深深怀念着茶炊上的烟

对于我来说，巴统是一个“转运站”，我并不打算在巴统住下。在这个城市里，我没有任何牢固的根。

我越来越思念莫斯科了。思念稍有点儿潮湿的林中的树叶，思念那一条条清澈见底的小河。小河流经这些森林，但经常停下来，在水底深渊上陷入沉思，不知在寻思什么。大群大群的小鱼在水中游来游去，水面上漂浮着黄色的睡莲、朴素的白云，还有头朝下翻转过来的松树倒影。

我常常想象，在去莫斯科的路上，列车一定会在森林中某个荒无人烟的会让站上停车。于是我从车上跳下去，看到路基上颗粒状的沙土上，就在钢轨旁边，有一根长着绒毛的车前草细茎，几乎紧偎着钢轨，草茎上有一个由许多鳞片——小花——构成的雪青色小刷子。车前草在高高的、热烘烘的钢轨保护下，就好像是生长在温室里。

森林后面，一团镶着凸出来银边的白云升上天空，从它那里传来缓慢的隆隆声。

无法弄明白，这是森林后面远方的一列货车在行驶呢，还是尚未壮大起来的田野上的雷声在试试自己的嗓子。

我想象这些平常而朴素的景象的时候，激动得喘不过气来。为了能在北方度过夏日里的一天，我情愿以这里的一切作为代价——这里所有那些拍岸的浪涛上仿佛正在融化的飞沫，所有波浪和远方的蔚蓝色画面，以及小亚细亚全部深玫瑰红的、神秘的烟雾。从前拍加马[①]曾矗立在小亚细亚，雕塑家们雕刻王后们的雕像都是用一种温暖的石头，这种石头上仿佛蒙着一层在海上晒黑的黝黑色。

几乎过了40年后，我看到了最富天才、最温柔、以其绝妙的女性美刺伤人心的涅菲尔提提[②]王后的头像。很难抑制住不立刻写下热情洋溢的

---

① 拍加马是小亚细亚的一座古城。——译者

② 涅菲尔提提系公元前15世纪末至公元前14世纪初的埃及王后。

整整一章，来描写这个头像。

然而，当时我正准备用大海拍岸的波涛的絮语，来换取科斯特罗马附近从某处磨坊水坝上腐朽的木板缝中渗透出来的流水的尖叫声，水渗透出来，溅在高高的羊齿上。

思念北方、思念故乡的心情越来越具有病态的性质，越来越没有希望了。因为我的钱勉强够用，刚够“维持生活”，还需要耐心地攒钱，积攒能买一张去莫斯科的车票的钱。在那时候，这是一笔不小的数目。

忧虑和令人心痛的思乡情绪越来越强烈了。突然我明白，所以会发生这样的情况，是因为连一个可以和我谈谈北方的人都没有，没有人可以和我一起回忆北方。

我处于南方人的包围之中。我在巴统的熟人都是南方人。除了弗拉耶尔曼，他们当中谁也没在敖德萨以北的地方生活过。和他们谈俄罗斯中部地区朴素、可爱的风景是无益的。他们不熟悉那里的景色，只能根据列维坦、涅斯捷罗夫、奥斯特罗马霍夫[①]或茹科夫斯基[②]绘画的石印复制品来想象，这些石印画色彩已经暗淡，在文具店里那些厚厚的旧明信片画册里已经积满灰尘。

于是，我和弗拉耶尔曼往往是在夜间进行的、那些没完没了的话题发生了变化。我们谈诗谈得少了，但关于俄罗斯的大自然却谈得很多。我谈布良斯克森林——对童年的回忆，弗拉耶尔曼谈的则是白俄罗斯的森林。

---

① 伊·谢·奥斯特罗马霍夫（1858—1929），俄国画家。

② 斯·尤·茹科夫斯基（1873—1944），俄国画家。

我从恰奇科夫那里拿来一本亚济科夫[1]的诗集。已经发黄的、薄薄的诗页散发出一股霉味和玉兰花香，不知什么人尖锐的、显然是老年人的指甲，在他喜爱的诗句下画上了一条条线。那时候，我对亚济科夫还没有任何概念，乍一读他的诗，我感到惊讶的程度并不亚于我对普希金的诗的惊讶。

我从《三山村》这首诗中抄下描写夏季溽暑的一节，背熟了它。

有时，没有光芒的太阳
在蒸气的深渊中闪着红光，
沉闷的空气暑热难挡；
水勉强流动，水面上
树影低垂，死气沉沉，
细细的树枝懒洋洋；
不由自主的懒意长驻在
麦垛间、收割后的田野上，
用绳绊着马腿的马在慢慢徜徉，
狗躺在地上；乡村和山冈
寂静无声；花园里闷热，呼吸不畅，
小鸟儿也不把歌来唱……
到那里去，我的朋友们，到那里去！
去山坡，到那碧绿的河岸旁，

① 尼·米·亚济科夫（1803—1846），俄国诗人。

那里冰冷的索罗蒂河里
好客的水昏昏欲睡，进入梦乡；
那里灌木丛下绿荫成片，
河底凹陷，水面平静如镜。
河水呈一条弧线，弯曲向前，
银白色的细沙撒满河滩。
脱去衣服！把勇敢的双手
伸出去，伸向额前，
扑通一声！——水花飞溅，
恰似下了一场钻石雨。
多么强有力的波浪，
多么清新，多么凉爽！
拥抱我的江河女神哟，
多么温柔，多么令人心醉！
呼吸更舒畅，目光更明亮了，
在清凉的爱抚中我复苏了，
神清气爽，心情愉快，我要跑遍
芳草编织的丝绒地毯。

许多年后，我在炎热的7月里来到三山村，亲身体验到这首诗里所描写的一切。诗中写得异常确切，因此我感到十分高兴。

我把这首诗读给弗拉耶尔曼听，他和我一起对它赞美不已。也许，还在那时候，在巴统的秋日，秋雨不断打在坚硬的棕榈叶上，在雨打棕榈声的伴奏之下，就已经产生了这样一个想法：要住在森林里，住在乡村的房子里。那里榆树枝不时向窗内张望，黄昏时从院子里飘来茶炊的烟味。

这样的生活后来在梅肖尔那个地方变成了现实，那里成了我的第二故乡。

这忧郁的思念在催促我们，于是我和弗拉耶尔曼决定迁往梯弗里斯。我们认为，从那里回莫斯科去会容易一些。索尼娅·弗拉耶尔曼先走，到梯弗里斯去安排一切。

新年之夜

我急不可耐地等待动身。我相信在梯弗里斯，由于气候改变，我的疟疾就会痊愈。

但是在动身之前，又发生了几件虽说并不十分重要、然而颇有代表性的事件。

这些事件中，大概只有像笑话一样的、迎接1923年新年的情况是值得叙述的。

笑话的出现总是既神秘而又突然，我们大家都对此感到惊讶。不知道这些笑话的作者是谁。作者当然是有的，然而谁也没见过他们，没听说过、也不认识他们。他们没有形象，就像那个著名的基热少尉一样。

关于生活中任何一件事情的笑话似乎都是自己产生的。

不过除了笑话，还有一些所谓笑话似的事件。换言之，就是一些不像真实、可笑而又荒谬的事情。巴统市迎接1923年新年的情况就是这样的笑话事件——它同时既不像真实，又是荒谬的。

在那时候，如果没有通行证，只有在半夜12点钟以前才允许在巴统市街道上通行。我们总是在夜里从《劳动巴统报》印刷厂回去，巡逻队几乎每次都要拦住我们，巡逻队是由从前的所谓“人民军”（孟什维克的）的格鲁吉亚士兵组成的。

除了两个俄语词汇：“证件！”和“城防司令！”这些士兵大多数只会讲格鲁吉亚语。我们要花很多时间来对这些性情暴躁、工作勤奋的青年人进行解释。不过，多夫格洛完全不自然的镇静常常解救了我们。

当时巴统的城防司令是一个英俊而且过于讲礼貌的上校，也是那同一支孟什维克军队给我们留下的暂时的遗产。

我记不得这位上校姓什么了。为了叙述方便起见，我们就给他取个假名，叫他库尔季亚吧。

上校的特点是嗓音洪亮。在孟什维克当权时期，土耳其人进犯外高加索，直逼巴统市“城墙”之下，当时巴统市防御土耳其人的侵犯就是建立在这嗓音威力的基础上的。

库尔季亚指挥巴统的保卫战。他瞧不起电话和其他军事通信工具，也许，是想起了中世纪的骑士时期吧，他在巴统消防队的瞭望塔上指挥军队作战。他率领杰出的参谋部全体人员、束紧腰身的副官们站在瞭望塔上，用望远镜沿街眺望，竭力想看到敌人。

传令兵们不断骑着口吐白沫、打着响鼻的马跑到瞭望塔前。他们抑制着兴奋跳动的马匹，仰起头来，双手放到嘴边，撮成话筒，大声喊叫，向库尔季亚报告战场上的最新战报。

库尔季亚不叫人等待，立刻很乐意地向传令兵大声喊叫，发出回令。

巴统市在侧耳谛听疯狂的马蹄声。这马蹄声越是频繁，从城郊传来的步枪声越是稀少，巴统市的居民们也就越加清楚，战况显然正在恶化。

库尔季亚从瞭望塔上进行指挥的别出心裁的方法没能拯救城市。库尔季亚很快就离开了瞭望塔，抛弃了巴统，撤退到土耳其人的火力范围之外去了。

然而，就是这个库尔季亚，于1923年新年前夜在全城贴出布告，宣布为迎接新年，巴统市取消宵禁，允许在街道上彻夜通行。我们大家尽管经验丰富，然而都是些愚蠢、轻信的人，我们都相信了这个布告，为此受到了残酷的惩罚。

我和弗拉耶尔曼是在姆罗佐夫斯基家里迎接新年的。第二天凌晨3点，我们告别了主人，走回家去。在离大门几步远的地方，巡逻队拦住了我们，并且听到了早就熟悉的那个词："证件！"

我们争辩起来。但士兵们紧紧抓住我们的胳膊，把我们拖到了城防司令管理处宽敞的大院里。

大院里挤满了一群异常快活、喝得醉醺醺的人。有的在唱歌，有的在弹吉他，有的在跳高加索列兹金卡舞，有的在接吻。他们所有人也和我们一样，都是被巡逻队抓来的。

谁也不知道为什么拘留我们。但是在新年之夜，甚至不想去思考这个问题。人们拼命地玩乐。只有脸色阴沉、流露出不满意的神情的押送者，与哈哈大笑的被捕的人群形成鲜明对照。

后来把我们所有人分作50人一组（这时把弗拉耶尔曼和我分开了），由人数众多的押送队包围着，押送到监狱里去。

我们走着，有点儿为自己的命运担心起来。我们看到，许多房子灯火通明的窗户里，一些没有像我们这样冒冒失失到街上去的幸运儿正在跳华尔兹，带着漂亮的妇女一起旋转，看着彩色纸带和彩纸屑在空中飞舞。我们走着，听到由于节日期间工作量过重、音调已经不正的钢琴发出震耳的响声，高脚酒杯碰杯的叮当声，还有(经常是这样)一个醉得最厉害的客人扯着嗓子，用走了调的声音在唱宴会上的歌曲《穆拉瓦尔贾米耶尔!》[①]

我们被带进完全空无一人、发出很响回声的水泥建筑的监狱。走廊上和牢房里连一条长凳都没有，无处可坐，因此腿立刻酸痛起来。

回声使枪托的令人极不愉快的碰撞声、刺耳的口令声和囚犯们满不在乎的歌声显得更响了。

但愉快心情相当快就消失了。只有醉得最厉害的人好久还在试图理解什么，想使自己明白什么。大多数人都已猜到，我们陷入了某一不可理解、然而是不愉快的事件之中。

到天快亮的时候，意大利领事夫妇也被带进了监狱。领事抹了发蜡的头发反射出整个走廊上唯一一盏狱灯令人生厌的光，晚礼服更衬托出耀眼夺目的白色胸衣，以及那个意大利人不久前才刮过的腮帮子上南方人的灰青色皮肤。

领事的妻子——一个高大、美丽的妇人——高傲地走进监狱，仿佛是去上断头台。黑色毛皮外衣从她白大理石似的肩膀上滑落下来，露出修长的、极其雅致的手臂和没有光泽的、高高隆起的乳房。

但领事夫人扮演玛丽·安托瓦内塔[②]这一角色的时间并不长。她突然靠

---

① 格鲁吉亚语，译音。——译者

② 玛丽·安托瓦内塔（1755—1793），法国王后、路易十六之妻，法国大革命时被处死。

到冰冷的墙上，放声大哭起来。领事抓住她的手，用悲痛的声调操着法语对她大声喊道：

“住声，朱丽叶！立刻住声！”

他用演戏的姿势把那妇人搂在自己胸前，就好像拥抱真正的朱丽叶[①]那样，并且用狂怒的眼睛向我们所有人扫视了一眼。

从朱丽叶身上散发出“萨涅尔”牌香水十分幽雅的香味。不过，当然啰，这种十分幽雅、令人销魂的香味无法把前线上士兵抽的那种呛人喉咙的马合烟的毒气排挤出去。因此，朱丽叶哭得更厉害了。

不久，一个消息传遍了监狱。当时十分流行的轻歌剧《伊万诺夫·帕维尔》的作者也和我们一起关在监狱里。我忘记他姓什么了。我看到了他，不过没敢和他说话。他原来是一个十分谦逊、沉默寡言、个子不高的人。

他不作声，只是在微笑。而整个监狱似乎因为有他在场变得兴奋起来，各个牢房里都在唱《伊万诺夫·帕维尔》的片段：

啊，子——午——线！
子——午——线！
把我们的国家分成几部分，
是的，我们的国家，先生们！

关于“ЯТЬ”这个字母[②]的那段讽刺歌曲唱得特别成功：

---

① 指莎士比亚的《罗密欧与朱丽叶》中的女主人公。——译者

② “ЯТЬ”是俄文旧字母ѣ的名称。——译者

谁不知道字母“ЯТЬ”，

字母“ЯТЬ”，字母“ЯТЬ”？

该怎样写，把它写在哪里？

是啊！

但这歌声延续的时间并不长。不久，整座监狱就进入酒醉后睡得并不安宁的梦乡。

我在被捕的人们当中看到了多夫格洛和他的妻子。他和我亲吻，并把他的妻子万达介绍给我——这是一个头发蓬松、面容憔悴、脸上神情傲慢的淡黄发女人。她说话带波兰口音，管丈夫叫耶日，尽管他的名字是个地地道道的俄罗斯平民百姓的名字——叶戈尔。

她透过半闭着的眼睑望着我，像在舞台上那样大声、清晰地对丈夫说：

“我很高兴，你终于有了相当体面的同事了。”

多夫格洛全身蜷缩着，脸也红了。而泰然自若的万达还是那样威严地大声对我说：

“我希望，在这儿不会枪毙我们吧？那可就太蛮横无理了。您认为呢？”

我默不作声。于是万达抱怨说，她喝了许多恰奇[1]产的格鲁吉亚伏特加，热得受不了。说是胸衣憋得她喘不过气来，虽说这件胸衣缝得很好，是照巴黎最新流行的式样缝制的。在这以后，她把一只手伸到连衫裙下，

---

① 中亚的一个地名，产一种烈性酒。——译者

灵巧地在背后解开胸衣，把它拉了下来，这样一来稍微弄乱了头发。

这时她说："哎哟！"把下坠的乳房——松软和稍有点儿萎缩的——塞到连衫裙下，并且挑衅地径直对着我的眼睛看了一眼。

是啊，这是一个相当奇怪的伯爵夫人！多夫格洛坐在那里，浑身汗湿，头发乱蓬蓬的。无怪乎排字工人把万达叫作"女土匪"哩。

我从万达那里跑开了，试图悄悄躲在那些混凝土建造的牢房之中的一间牢房里。但是我没能悄悄地溜走，我在牢房里看到了女诗人弗洛拉和一个我不认识的、她的同伴——一个衣着朴素、浅色头发的青年。

弗洛拉伤心的程度并不亚于那个意大利女人，不过她没有号啕大哭，而是轻轻啜泣，用一块小得完全微不足道的、完全是一件装饰品的、带花边的小手帕捂着鼻子，在擤鼻涕。

后来，她坐在那个青年人的大衣上，立刻睡着了。她的脸上流露出束手无策和十分委屈的神情。于是，我想起了她最近写的一首并不太好的小诗：

在荒凉的阿扎尔密密的森林里
我独自徘徊，满怀柔情地想着你，
童僧，我可爱的英雄，我的兄弟，
我的青年人，你长着一双统治者的眼睛！
我独自一人向你走去，毫不畏惧，
接触到乌云，瀑布隐约的轰响声宛如雷鸣，
那凶险的庞然大物，奇异的崇山峻岭，
在我看来，那好似梦的继续……

弗洛拉把头靠在那个衣着朴素的青年肩上睡着了以后，有7个英国船员被带进了监狱。

他们精神饱满地走了进来，很宽的裤腿发出啪啪的声音，叽里呱啦地向大家问好。一个身材最高、最瘦的船员立刻在走廊正中间的地板上躺了下来。其余6个也都躺下，把头枕在他的身上，就好像枕着枕头那样，并且用无檐帽遮着脸，立刻睡着了。

船员中有一个一直竭力想在睡梦中吹掉吊在他头顶上的那盏电灯。电灯似乎快要灭了，就像所有快要熄灭的灯那样一直在嗡嗡地响，那个船员显然是把它当作一只讨厌的大苍蝇了。

这一切都很好玩。但第二天早上我们醒来时都觉得疲惫不堪，没有精神，饥肠辘辘，十分愤怒。意大利领事夫妇俩不见了。多夫格洛说，夜间库尔季亚（“他真该死，祸害！”）到监狱里来过，放走了领事、英国船员以及另外几个人。

“凡是比较有钱和穿得漂亮的人都放走了，”多夫格洛又补了一句，“犯罪的胡闹。顺带说说，这个脆弱的女诗人他也把她放走了，收了点儿贿赂。”

万达醒了，用嘶哑的、鹦鹉似的声音说，如果我们不能立刻让一个无可救援的女人获得自由，那么我们就不是男人，而是旧床垫子。

总之，我们关在监狱里，没有东西吃，几乎没有水喝，就这样一直关到晚上，并度过了第二天的整整一夜。每隔三四个小时，肥胖的库尔季亚就到监狱里来一次，马刺叮叮当当地响着，巡视所有牢房，有时把一个，有时把另一个被拘留的人叫过去，多半是那些做投机生意的东方类型的人，小声地不知跟他说些什么，于是那个被拘留的人立刻不见了。

白天他放走了万达，并且完全没收贿赂，不过仍然把多夫格洛关在里面。我试图和库尔季亚谈谈，但是他连看都不看我一眼，用马鞭轻轻拍打着漆皮靴筒，从我旁边走了过去。

眼看着在进行大规模的索贿受贿，无耻的和公开的犯罪，对居民进行抢劫，就像在小亚细亚的土耳其某个未开化的省里一样。

库尔季亚沉着镇静的厚颜无耻简直使我感到震惊。现在已经清楚，库尔季亚是故意贴出那张关于整夜可以通行的挑衅性的布告，为了多抓一些牺牲品和为释放他们索取贿赂，靠此发财。

我还是在他有一次巡视的时候让他停了下来，对他说我是俄罗斯苏维埃联邦社会主义共和国的公民，要求立刻请俄罗斯苏维埃联邦社会主义共和国驻巴统的领事到监狱里来。

库尔季亚以毫不掩饰的鄙视的神情看了我一眼。

“您是什么人啊？”他问，“啊？也许，要从莫斯科给您把加里宁本人请来吧？请等一等吧！”

他用格鲁吉亚语不知对副官说了些什么，哈哈大笑，然后走了。

我气得发狂。我看到库尔季亚乘一辆套着两匹黑走马的豪华4座敞篷马车离开了监狱。我很快走到监狱办公室里。那里墙上挂着电话机，哨兵——一个又黑又瘦的人，好像是个擦皮鞋的——坐在旁边，正在忧郁地唱歌。

我一下子拿起话筒。哨兵想站起来，可是我朝他胸膛上推了一下。他跌回到维也纳式椅子上——座位不结实，发出轻微的咔嚓声，断裂，垮掉了。哨兵卡在椅子上动弹不得。

我请给我接俄罗斯的领事伦茨。当然，我本该给阿扎尔革命委员会打电话。然而我断定，“领事”这一庄严的头衔一定会对库尔季亚产生强烈的印象。

因为不得不一直抓着哨兵的胸口，不让他从破椅子上挣脱，我气得气喘吁吁，把监狱里发生的事告诉了伦茨。

“1小时后我就到。”伦茨说，“除了您，监狱里还有俄罗斯苏维埃联邦社会主义共和国的公民吗?”

“有。”

我放下话筒。哨兵从椅子里挣脱出来，拿起了话筒，匆匆忙忙抱怨地大声叫嚷着，给库尔季亚的副官打电话。随后他朝我挥了挥枪托，可是没敢打来。我走了出去。

不过，我还是没能见到伦茨。一刻钟后，库尔季亚带着他的侍从们走进了牢房（顺便说说，牢房的门没有上锁）。

他满面春风，笑容可掬，马刺叮当作响。他低下头来对我说：

“非常令人遗憾的误会，亲爱的！我不知道您是《劳动巴统报》的编辑。我希望，您贵体无恙吧?”

“这与您无关!”我回答，“为什么要逮捕所有这些人，其中包括我?您为什么把我们关在监狱里，已经关了一天多？您为什么释放了一部分被捕的人？为了什么功绩?”

“你干吗生气呢，亲爱的?”库尔季亚立刻改用“你”来称呼我，甜言蜜语地说，“你使我伤心了！啊，这可不好！啊，我可要见怪了！请上我的马车吧。它完全由你支配。请坐马车回去吧，再见。你要知道，发生了误会。误会！请，请回去吧。我恳求你。”

我同意了，并且把多夫格洛也带了出去。库尔季亚没有反对。

我顺着楼梯下去，库尔季亚的副官恭敬地扶着我的胳膊肘。我来到监狱的院子里，城防司令的马车像一块黑色的钻石在院子里闪闪发亮。

当我和多夫格洛乘车离开时，库尔季亚和他的侍从们开朗地微笑着，挥手欢送，好像是在送别贵客。

我当然渴望复仇，不过这种愿望却表现为十足的孩子气的举动——我决定扣留城防司令的马车，能扣留多久就扣留多久，命令车夫送我们去巴尔茨汉纳，到辛尼亚夫斯基那里去。

在那里我们喝了酒，还把车夫灌得酩酊大醉。在这以后，他在公路上大声吆喝着，吹着口哨，与巴统的马车展开一场竞赛，挂到一辆装着一桶葡萄酒的大车上，弄坏了马车上的一个轮子。他爬下马车，把马拴到一棵悬铃木的树干上，绝望地挥了挥手，放声大哭着，朝着与巴统相反的方向，往恰克瓦的那个方向慢慢走去。我们没有拦住他。我们也从车上下来，回家去了。

在这以后第三天，库尔季亚被捕，并被交付法庭受审。

最后一道光线

最后一道阳光落到地上，使大地看上去与阳光直射下来的样子完全不同了。

一切都变得更加突出，好像显得更有分量。色彩变得很浓，把地形的前景推向我们，同时却把远景拉得很长，带着它们没入无穷无尽的透明的远方。随着太阳渐渐离开天边，透明的远方也慢慢变得暗淡了。

黄昏渐渐来临时，美就美在这里，它把浓度赋予各种色彩，把异常的轻盈赋予广阔无垠的空间。

最先看到最后一道阳光的这种效果的，是画家们，特别是克洛德·洛伦[1]、马奈[2]、特纳[3]、我们的列维坦以及其他一些人。我们追随着他们的目光，也看到了他们所看到的景象。

现在我又忽然发现，我脑海里有一个经常使我感到惶惑不安的想法。每当我破坏散文的结构，不再以多少比较冷静的方式进行叙述，投身到我最喜爱的声音与色彩的领域，在某些情况下我就会失去分寸感。

想把自己看到的世界告诉周围的人，这一愿望有时是如此强烈，以至必须适可而止地要求往往会在这种愿望前步步退缩。

所以，现在当我需要写我离开巴统，向这个不同寻常、美丽如画的城市投去最后一瞥的时候，我却谈起落日来了。

我早就发觉（虽说这是非常主观地），在与地球上任何一个角落告别的时候，它总是以最美和最显明的形象呈现在我们面前——正像被晚霞照亮的景色那样。

巴统的情况也是如此。我和弗拉耶尔曼已经决定了动身的日期。

在要长期、也许是永远离别时，总是这样——现在好像觉得巴统的一切都是亲切的——就连雨和运油船上冒出的油烟也都好像变得亲切了。

阴沉沉的、温暖的冬天来到了港口。轮船的舷窗里面灯火通明，仿佛

---

① 克洛德·洛伦（1600—1682），法国画家。

② 爱德华·马奈（1832—1883），法国画家。

③ 乌利亚姆·特纳（1775—1851），英国画家。

在所有船舱里新年枞树上的灯都亮了起来。风暴过后，大海平静下来了，正懒洋洋地唱着歌，若有所思地一一抚摩着海边的鹅卵石。海水是浅灰色的，但惊人的温暖和晶莹透明。

南方各种色彩的一切夸张成分和大海的有点儿刺目的颜色都消失了，显得有点儿拘谨。

色彩中出现了夏天里从未有过的新的组合。

有一次，我看到一艘锈得发红的、高大的货船慢慢驶进港口。海上波涛起伏，浪花舔着船舷，仿佛立刻就融化了。

落日忧郁地、低低地照耀着。白色的浪花、棕黄色的船舷和甲板上层建筑物的玻璃上火红的阳光结合在一起，我好像觉得这是我在大地上看到的最美的景象之一。

太阳落山了。蒙着薄薄一层淡紫色的傍晚带来了寂静。只有远离港口的地方，不知哪里传来隐约可闻的民乐演奏团的曲调，使傍晚的寂静显得更加迷人。

当最后一道阳光落到巴统，每一次都好像觉得，这座城市是一大堆烟雾腾腾的锈铁，被丢在了阴郁的群山脚下。

我从未在巴统日落时看到那著名的“绿光”，我曾听到过关于这“绿光”的很多谈论。顺便说说，库普林也曾描写过这种绿光。

最后几天，我经常去泽廖内角和恰克瓦。泽廖内角的丛林里植物特别多，简直令人觉得可怕。仿佛觉得巨浪般的叶丛最终会迫使近郊小火车，连同它那些像玩具一样的敞篷车厢都停下来。

最后一个晚上，大家都聚集在巴尔茨汉纳的辛尼亚夫斯基夫妇那里。弗拉耶尔曼、恰奇科夫、姆罗佐夫斯基、多夫格洛、校对谢苗·阿科波维奇和尼尔克全都来了。

柳西耶娜在煎比目鱼馅的馅饼。恰奇科夫带来了吉他。

我们在吉他伴奏下唱了许多歌。大部分是悲伤的，但它们并未在我们心中激起愁思。显然，这是因为对于我们大家来说（除了姆罗佐夫斯基），巴统只不过是还延伸在我们面前的人生道路上的“一个驿站”而已。人生的道路召唤我们继续前进，向我们应许许多意外的事件。诚然，这些意外事件还都是模模糊糊的，但无疑是诱人的——向我们应许新的劳动、新的会晤、新的不幸和成功。

人真是奇怪，尽管现在生活就很有意义，我们却渴望未来，并且无休止地谈论未来。我们的全副精神都寄托在未来上。在现在和过去之中，我们只是寻找这未来的时光必然会到来的证据。未来是一定会到来的。我们对此深信不疑，尽管有时会有一些无情的障碍延缓它的到来。

第二天早晨，在泽廖内角附近的铁路弯道上，黑海一望无际，对着车窗闪闪烁烁。我的心怦怦直跳起来——我离别了大海，要长期离开它，也许，永远看不到它了。

但是，我在车窗前的这种抒情和忧郁的沉思，被一声突如其来的愤怒的喊叫声打断了：

“喂，把车票拿出来看看！”

我很快转过身来。我身后站着一个人，鹰钩鼻子，黑黑的面孔，脸上神情沮丧，像一个倒霉的人。他穿一条落满灰尘、镶橙黄条子的黑马裤，一双已经穿歪了的平底软皮鞋和一双雪青色的短袜。为了袜子不至于掉下去，这个奇怪的人在两条腿的膝盖下面系了一副鲜红的吊袜带。

这个人后面有两个持枪的士兵，正在得意地微笑着，他们也是穿着这样的雪青色短袜、平底软皮鞋，系着这样的吊袜带。

我感到惊讶，默默不语。于是，那个神情沮丧的人又用狂怒的嗓音喊了一声，不过这一次已经由于不耐烦而气得满脸通红了：

“喂，把车票拿出来看看！”

这时我才猜到，这是一个普通的列车查票员。当我注意到那两个持枪的青年身边有几个很窘的无票乘客时，我终于完全明白了。那几个无票乘客像望着一个难友那样很感兴趣而且同情地望着我。

我把车票递了过去。查票员带着一副感到无聊的神情看了看，用检票钳在上面打了个洞，然后，突然像一只老鹰那样扑向我的邻座——一个提着一篮鸡蛋的老头儿，说：

“喂，把车票拿出来看看！”

老头儿温和地微微一笑，可是没有拿出车票。他不是掏车票，而是站起来，默默地加入那群无票的乘客之中。

持枪的青年人微笑着，像赶一群羊，把那些无票的人赶进毗邻的一节车厢里去。查票员也到那里去了。

“他们总是这样大声嚷嚷。”一个老年格鲁吉亚妇女向我们诉苦地抱怨说。她戴一顶当地人叫作“克克”的黑色小圆帽，后面还拖着一条头纱。“在这条铁路线上，等你到了泽斯塔福尼，耳朵简直都会被吵聋了。唉，真倒霉！唉，真倒霉！”

“吓唬人，”一个神情愉快的水兵解释道，“可是为什么呢——不可理解。好像他们这么一嚷嚷，车票就会自己变出来了。”

“什么情况都会有的。”一个戴眼镜的老希腊人叹了口气，“坏人大喊一声，地球都会停住不动，卡措！”

不久，我对外高加索铁路上惊人的风气就已经习惯了。但是第一次，我和弗拉耶尔曼却笑得流出泪来。

冬天的一点儿迹象

我有两年没有看到冰和雪。更确切些说，是我没注意到冰和雪。不错，在敖德萨，冬天马路上有时会覆盖着一层冰，但冬天天气是那样阴沉沉的，没有光，甚至不愿向四面张望。因此，我记不清敖德萨的冰和雪。

在梯弗里斯，我和弗拉耶尔曼是径直从车站走进了各种色彩的阳光之中，走进了阳光在房屋窗户上的反光，走进了蒙着一层很薄的薄冰的小水洼上的闪光，走进了我还从未见过的空气之中。空气闪闪烁烁，变幻莫测。突然似火光一闪，然后熄灭，又熠熠闪亮，好似燃烧起来。这空气仿佛是由千百万冰的鳞片构成的。

这光和仿佛蒙着一层薄冰的空气的闪光给我留下了对梯弗里斯的第一个印象，我好像觉得这是一座神秘的、诱人的城市，是一座东方的佛罗伦萨。

想象中的梯弗里斯不像实际上所看到的这样令人感兴趣。

我不知道梯弗里斯是有冬天的，尽管这冬天十分温和，但毕竟是冬天。更确切些说，是冬天的一点儿迹象。它很像我们晴朗、凉爽的9月。绿荫覆盖的庭前小花园里冰的气味和被太阳晒暖的人行道上化冰的水洼的气味，都是相当明显、但十分短暂的冬天的迹象。

除此而外，时而是这里，时而是那里，会有壁炉和火盆的淡淡的烟味从房屋里渗透到街道上来。

山城的街景使我们感到惊讶，我们在车站广场上站住了。早晨静悄悄地而且精力充沛地占据了各个街坊。

我不知为什么心里想，在这座城市里可能、也许是必然会发生各种很有趣的事。

这种感觉在某种程度上好似童话，是令人愉快的。由于这种感觉，心底里时而会产生一种隐隐的激动，时而又平静下来。

我已经熟悉俄罗斯的许多地方、许多城市。这些城市当中，有一些立刻就会以自己的独特性令人心醉。但是我还没见过像梯弗里斯这样混乱，这样五光十色，既轻盈而又壮丽的城市。

在我和弗拉耶尔曼站在车站广场上的那几分钟时间里，我断定对于我来说，在梯弗里斯的生活绝不会白白过去，这个城市不可能不影响我的命运。当然，我立刻嘲笑自己的这些想法，但不能驱散它们。这些想法隐藏在我的意识深处，常常提醒我注意它们。

我深信，在这个城市里我一定会遇到某种亲切可爱而且出人意料的事件。在我来到梯弗里斯后短短的一段时间里，这一信念就已成为现实。

正在我和弗拉耶尔曼观看城市并交换一些兴奋的印象时，一个脚穿平底软皮鞋、白发苍苍的老搬运工人悄悄地走到我们跟前，很快提起我们的手提箱，敏捷地扛到肩上，膝部稍稍打着弯，跑步离开车站，跑进一条狭窄、弯曲的侧面街道里去了。

我们一时惊慌失措了。弗拉耶尔曼首先清醒过来，他喊了一声，跟着搬运工人往前跑去。我则跟在弗拉耶尔曼的后面奔去。

那个搬运工人并不停下来，仍然在跑，一面跑一面不时回头望望，大声喊道：

“别怕，卡措！咱们跑到拐角上，在那儿歇一歇。请别害怕！”

我们什么也不明白。但在搬运工人忧虑地叫喊以后，认为他是个小偷，偷走了我们手提箱的想法却立刻消失了。

不过，我们还是没能跑到拐角那里。从好几个门洞里立刻跑出一些年轻的搬运工人来，他们用喉音很重的声音拼命叫喊着，围住了我们的那个搬运工人，从他手里夺过手提箱，把它们丢在马路上，然后推着那个老人往回走，往车站那个方向走去。他们那样大声叫喊，那样愤怒地转动着眼珠，似乎眼看就要发生一场凶杀案了。

我们赶紧跑过去帮助那个老搬运工人。于是，那些年轻搬运工不再叫喊，笑了起来。那个老搬运工人却温和地微笑着，摘下帽子，请求我们付给他从车站跑到拐角的搬运费，哪怕给一点儿也行。

我把钱给了他。搬运工人们擦了擦汗，掏出香烟，大家都抽起烟来，还微笑着请那个老人抽烟。

后来他们向我们解释说，搬运工劳动组合把梯弗里斯划分为几个作业区，任何一个搬运工都无权像我们这位老人那样，截夺不是自己那个作业区里的活儿。

原来，刚好在过了拐角以后，就是那个老人的作业区了。因此老人匆匆忙忙，急于要跑到拐角那里去，然而中了埋伏。过了拐角，他就安全了。

听到吵闹声跑过来的警察证实了他们所说的情况。

警察对所发生的这件事十分满意。当然，只有初次来到梯弗里斯的人才有可能遇上这样的事。这时他为我们遇上这一“小小的麻烦”，很斯文地向我们表示歉意。

“人们希望过平均的生活，”他对我们解释说，“平等！革命的成果，根纳茨瓦列[1]！在这里，我对所有搬运工人和每一件东西负责，用生命担保。欢迎到我负责的地段上来！为了交情，永远高兴为你们效劳。”

两个年轻搬运工人拿起我们的手提箱，像耍空篮子那样耍着两只箱子，在我们前面向我告诉他们的地址走去。

只要一有机会，甚至是微不足道的机会，他们都要坐到台阶上休息一下。后来胆子大起来了，走进设在地下室的小酒馆里，和我们一起喝上一小杯红葡萄酒。

每喝一杯葡萄酒，我们的心情也就变得越来越轻松，越来越无忧无虑了。

我们不停地说着，迎面遇到的人都在对我们微笑。梯弗里斯像瀑布那样水声喧哗（原来这是韦里亚桥边混浊的库拉河的河水在哗哗作响），小贩们用男高音拖长声调叫喊：“莴苣，菠菜，嫩葱，小洋萝卜！”梯弗里斯的冬天在我们眼前闪闪烁烁，在这光的世界中有被行人踩碎的极薄的薄冰的闪光，有色彩浓郁的天空的光辉，还有黑骡子鞔具上擦得锃亮的搭扣的闪光。这些骡子拉着阿提喀[2]的罐子，罐子里装的是酸牛奶。窗户和油漆过的电车厢壁耀眼夺目，闪闪发亮，使人无法忍受。电车沿着戈洛文大街奔驰，好像是一支流动的集市乐队——它们拖着那么多叮叮当当、噼噼啪啪、铿铿锵锵的响声、笑声和叫喊声，把像我和弗拉耶尔曼这样新来的北

① 格鲁吉亚语“同志”的音译。——译者

② 阿提喀是古希腊的一个地区，雅典就在那里。这里的“阿提喀”泛指希腊。——译者

方人搞得莫名其妙。

我们在梯弗里斯虽然走得很慢，但确实是在往前走，为庆祝我们确实是在前进而喝的一小杯一小杯葡萄酒起了十分有益的作用——葡萄酒把我平常的腼腆消灭得不留一点儿痕迹。

问题在于姆罗佐夫斯基写信与他在梯弗里斯的亲戚商议，给我在他们家里租了一间房子。弗拉耶尔曼已经有索尼娅住着的一间现成的房子了。

要搬进姆罗佐夫斯基给我租的那间房子，我感到稍有点儿不好意思。因为我知道，姆罗佐夫斯基的亲戚是高加索著名的未来主义者兹达涅维奇兄弟——诗人伊利亚和画家基里尔。我知道，马雅科夫斯基在梯弗里斯的时候曾经住在他们那里，格鲁吉亚的所有画家和诗人经常到他们那里去——其中有拉·达·古贾什维利[①]，季·尤·塔比泽[②]，还有许多别的人。这一情况当然使我感到局促不安。

但现在我的腼腆仿佛已经在温和的卡赫季亚[③]葡萄酒中溶化了，溶化得不留一丝痕迹。

兹达涅维奇一家住在一幢老房子里。这幢房子里有几座很大的、会使人迷路的木阳台，阳台朝向院子，房间里光线昏暗，十分凉爽，铺着褪了色的波斯地毯，陈设着许多干得裂了缝的家具。阳台会颤抖，阳台的楼梯在脚下摇摇晃晃，但这并不会使任何人感到不安。

---

① 拉·达·古贾什维利（1896—1980），苏联画家。

② 季·尤·塔比泽（1895—1937），格鲁吉亚诗人。

③ 卡赫季亚亦称卡赫季，格鲁吉亚东部的历史地区。——译者

从阳台上可以看到地平线上高加索主脉上的积雪。

兹达涅维奇家的房间里，从早晨到深夜一直传出钢琴的和音、妇女的歌声、朗诵诗歌、嘈杂的争论和争吵声。

鸽子在所有阳台和走廊上稍有点儿一瘸一拐地走来走去。人们一住了声，整幢房子里就只听到闷声闷气、热烈地咕咕的叫声。

除此而外，从一清早起，住宅的各个角落里都传来背诵法语变位的声音。这是兹达涅维奇家的老头儿——一位从前的中学教师——同时在给好几个未成年的贵族子弟和不可造就的人上法语课。这些未成年的贵族子弟，声音个个都一模一样，都是有气无力，含糊不清。

每隔半小时，甚至还不到半小时，就会在什么地方有什么器皿掉到地上，摔得粉碎。一条瘸腿的达克斯狗立刻匆匆赶到出事地点，对着这一事件的肇事者狂吠，而且要叫很长时间。

这条达克斯狗有一些古怪脾气。它从不进我住的房间，只是用嘴把房门拱开一条缝，把头伸进屋里，用它那双懒洋洋的东方的眼睛一动不动地仔细看着我。它可以这样一连站几个小时，不过有时还是会突然跳起来，弯着身子，牙齿可怕地咔咔响着，巧妙地去咬自己的肋部。

我来到这里的第一个晚上，女房东瓦莲京娜·基里洛芙娜·兹达涅维奇老太太就到我屋里来了。她请求允许她在这里稍坐一会儿，以便躲开——用她的话来说，“这群到处流浪的茨冈人”，休息休息。诚然，我住的这个房间是最安静的。

从那以后，就这样成了习惯——瓦莲京娜·基里洛芙娜经常到我这儿来坐一坐，聊上一阵子，我对此感到十分高兴。

短时间后，我已经爱上了这位戴夹鼻眼镜的、矮小的老太婆，一个伊梅列季亚[1]女人，从前的女歌唱家，柴可夫斯基的学生。

瓦莲京娜·基里洛芙娜以她的洞察力、真正的智慧和心情宁静使我感到惊讶。她抚养大了两个儿子——诗人伊利亚和画家基里尔。两个儿子都是富有斗争精神的未来主义者。有充分根据认为，伊利亚与布尔柳克[2]、克鲁切内依一起是未来主义的领袖之一。伊利亚曾在彼得堡大学学习。那些年的报纸上经常刊登他在彼得堡的文学晚会上引起争吵的消息。

他在梯弗里斯建立了“左翼”诗人和美术家协会。这个协会叫“41度线”（地理上的41度纬线从梯弗里斯附近经过，协会即由此而得名）。

不过伊利亚也和基里尔一样，值得为他写一篇单独的小说。但我想结束对兹达涅维奇的住宅和住在这幢房子里的人的描写了。

我一跨进这所住宅的门槛，就感到茫然不知所措。所有房间、阳台和走廊，甚至连储藏室和浴室的墙上，从天花板到地板都挂满了画，这些画就图形和色彩来讲都是不同寻常的。有许多没挂在墙上的画都卷成一卷一卷，竖在角落里。

所有这些画都是同一位画家的作品，但很少能在这些画上找到画家格鲁吉亚文的签名：“尼科·皮罗斯马尼什维利”[3]。

关于皮罗斯马尼什维利，我也要稍过一些时候再谈。现在我想要，如果我能做得到的话，转达这些画在我心中激起的那种奇怪的心情。有两个月，我感到对这些画无法习惯，我仿佛生活在一个非常具体、但同时又好

---

① 格鲁吉亚的一个少数民族。——译者

② 达·达·布尔柳克（1882—1967），俄国诗人、画家。——译者

③ 尼科·皮罗斯马尼什维利（1862?—1918），格鲁吉亚自学成才的画家。

像是半现实的世界里。

这主要是高加索，它同时既是奇异的，又是精确的。不单是高加索，而且连生活中各种最不同的现象也是如此，我所看到的这些现象与我们习惯看到的完全不一样。一个失明以后刚刚复明的人才能像这样天真和清新地看到周围的一切。要么是一个突然醒来的人，现实还没有摆脱梦境的那层薄纱，这时他也会像这样看到周围的一切。

我住的那间屋里也挂着皮罗斯马尼什维利的画（兹达涅维奇兄弟俩简称他为皮罗斯曼），因此我有时间研究这些画，并且喜欢它们。

在这些绘画旁边，我屋里墙上那些很漂亮的装饰图案、壁画变得完全不引人注意了。这壁画是由波斯驻梯弗里斯领事指定、请波斯画家绘制的，在我来这里以前，这位领事是住在这里的、兹达涅维奇家的房客。

除了画，屋里有很多花。住宅好似一座暖花房。

时常往花上喷洒清水。因此，屋里飘散着潮湿泥土和叶子的气味。

当太阳照射到窗户上，住宅好像暴雨后的夏天——温暖的室内雨滴不时发出微弱的闪光，从所有枝、叶和花朵上匆匆滴落下来。

这幢房子里几乎不养剪下来扎成花束的花。代替花束，到处都放着一块块像小洗衣槽的树皮。里面装满五彩缤纷的鲜花——紫罗兰和番红花，火绒草和山茶，还有各种颜色的苔藓——翠绿的、火红的、黑的、金黄的、红的和柠檬色的。苔藓散发着一股碘味。

除了花和苔藓，树皮里还有很小的羊齿、木贼，以及植物世界和动物世界里各种有趣的东西，直到形状像骑士和神情羞涩、正在沐浴的少女的树根。苔藓上停着一些熟睡的小蝴蝶，它们很像“左翼”画家们的没有内容的图画。

一个住在兹达涅维奇家里、感情外露的波兰女画家，也就是所有这些不同寻常的“花束”的制作者玛丽亚，把它们叫作“至上主义[①]的小蝴蝶”，并且好像讨好似的、用纯波兰语拖长声调问道：

“怎——么？难道不——是吗？不错，这是那么——像，是吗？”

整幢住宅里到处都乱丢着许多书，主要是一些薄薄的、书名惹人注意、封面也是那样吸引人的书。封面上画着一些彩色的半圆形弧线，女人的胸部和曲折的光线。

有一本书叫《开花吧，诗，狗的女儿!》要算是一本最流行的书了。这本书是用在梯弗里斯能找到的各种铅字排印的——从印广告的铅字到5磅小铅字，从斜体字到埃利泽维尔体铅字。在某些词句中间插上各式各样的直线、虚线、高音谱号、亚美尼亚文、格鲁吉亚文以及阿拉伯文的字母、音符、颠倒过来的问号、伯爵的冠形章纹（革命以前印刷厂里保存这些锌版，只是供印名片使用），以及画着爱神和一串串玫瑰花的小花饰。

我很高兴地把这本书当作印刷厂里的全套铅字，细细研究了一番。

有许多书是用毫无意义的语言写的，其中之一书名只用一个字母——“Ю”。桌子上的画堆积如山，主要是立体派的。这些画上的所有女人都像尼安德特人[②]的女友。有时拖着很宽的尾巴的巨大闪电劈开这些画面上正向四面倒下去的房屋。显然，这画的是地震。我不敢问基里尔·兹达涅维奇，这些画是什么意思。基里尔不爱说话。

---

① 1913年俄国画家马列维奇倡导的一种抽象派艺术。——译者

② 尼安德特人是旧石器时代早期和中期的人，得名于德国中部尼安德特河谷。——译者

基里尔的兄弟——伊利亚——已经在巴黎住了一年多了，在那里与毕加索成了朋友。在兹达涅维奇家里谈起伊利亚时，就好像他是刚刚走出家门。

一切都是照伊利亚所喜欢的那样安排的，谁也不敢动他的东西。大家，尤其是瓦莲京娜·基里洛芙娜都把这看作亵渎神明的行为。

最初一段时间里，我很认真地阅读伊利亚的诗——无论是《租赁的驴子》，还是《扬科，阿尔巴尼亚的国王》，但是都不大懂得其中的含意。我感到头痛起来了。但是我不能承认这一点——对于伊利亚的亲友来说，看不懂他的诗就是完全没有才能和庸俗的标志。

不久我就发觉，只有玛丽亚—— 一个大胆而且爱嘲笑人的姑娘——享有不赞扬伊利亚的权利。

“我已经向未来主义还了债,现在像小鸟儿一样自由。”她拖长声调说。

“什么债呀?”我问。

“您想要我给您看看吗?”她问。没等到我回答，就到隔壁一间屋里去了。当她回来的时候，她的一边面颊上用油画颜料大胆而又豪放地画了一朵火红的玫瑰花。

“很——好，是——吗?”她问，竭力不笑出来，以免把刚刚画上去的画弄坏，“我就是这样和所有诗人一起在戈洛文大街上溜达。好笑?不是——吗?”

和玛丽亚的这场谈话几乎是在我住到兹达涅维奇家里一个月后进行的。我与玛丽亚的初次相识很奇怪，而且好笑。

我住的那间屋里有个壁炉。刚来的那天，晚上我到阳台上去拿生壁炉的劈柴。照我们莫斯科的概念来看，这不是劈柴，而是小树枝，而且是带刺的。

我得穿过餐厅。那里有人在饭桌旁喝茶，他们是瓦莲京娜·基里洛芙娜，兹达涅维奇老头儿，一个身子像蛇一样细的高个子年轻妇女。第二个年轻妇女脸色苍白，仿佛抑制着内心激动，脸上神情傲慢，长着一双完全透明的绿眼睛，有两片鲜艳的、正在微笑的嘴唇，她手上戴着的、沉甸甸的银镯子发出叮当的响声。

“好吧，”瓦莲京娜·基里洛芙娜对我说，并且指了指这位妇女，“你们认识一下吧。这是我们的玛丽亚。对她说的话请不要感到害怕。”

玛丽亚猛地一下子站起来，把手伸给我。镯子叮当作响。她望着我的眼睛微微一笑，突然，似乎毫无必要地、神经质地很快回头看了看——她背后墙上挂着她的一帧肖像，画得色彩鲜明刺目，同时又很温柔。

“诗人杰连季耶夫的作品，”兹达涅维奇老头儿说，“他在中学里上我的法语课得5+。”

玛丽亚稍微笑了笑。她默默不语，我也默不作声。

“对不起，”瓦莲京娜·基里洛芙娜突然想起来了，“这位黑皮肤的妇人，一位非常可爱的人，是我们大家共同的朋友，黑山人日芙卡。”

“黑山，用塞尔维亚语说，就是茨尔纳古拉。”兹达涅维奇老头儿说。他突然热情地朗诵道：“‘黑山人？这是什么意思？’波拿巴[①]问：‘是真的吗，这是一个凶恶的民族，不怕我们的大军？’”[②]

大家都垂下眼睛。隔壁一间屋里一个微弱的男高音在唱：

---

① 即拿破仑。——译者

② 普希金的诗《波拿巴和黑山人》。

伊杜梅亚[1]的百合花，

四周白色的花环在开花……[2]

“不是花环开花，是花瓣。”兹达涅维奇老头儿生气地说。

又是谁也不回答这些话。

“请坐，”玛丽亚对我说，“我给您倒茶。”

“这就来。我只是从厨房里给壁炉拿点儿劈柴去。”

我到厨房里去了。那里很暗。窗外可以看到，模模糊糊的山峰上方有几颗孤独的、过于明亮的星。

我拿了些劈柴往回走去。现在只有玛丽亚和那个黑山女人坐在餐厅里。两位老人已经走了。

玛丽亚留神看了看我。就在这一瞬间，一抱劈柴全都撒落下来，飞到了地上。

“玛丽亚，这太对不起人家了。”那个黑山女人神情漠然地说。

“我就知道是这样，”玛丽亚忧郁地说，说着站了起来，“不可能不是这样。请等一等，我来帮您。”

她很快把劈柴收集起来，可是没有递给我要我拿去。她自己把劈柴拿进我的屋里，生着了壁炉。

---

① 古希腊称艾道姆（古代小亚细亚、现在约旦境内的一个山地小国）为“伊杜梅亚”。——译者

② 俄国诗人阿·迈科夫（1827—1897）的诗《犹太人之歌》。

她跪在壁炉前，低低地低下头，面颊几乎贴着地板，在吹那微弱的炉火。树枝哔哔剥剥，闪出许多火星。

我想叫她起来。她那波浪般的栗色长发老是落到地板上，她不时不耐烦地用戴着叮当作响的银镯子的那只手把它撩到后面去。

好长时间我们都默默不语。后来我问她：

“您说过不可能不是这样。这是什么意思？”

她抬起头来，从下面看了我一眼，由于看到她那双激动不安的眼睛里的闪光，我突然浑身战栗了一下。

“这就是说，我是个任性的傻丫头。”她回答，说着跳起来，从屋里走了出去，“去喝茶吧。”

我在梯弗里斯车站广场上第一次想到的那出乎意外而亲切可爱的事件就这样发生了。

普通漆布

著名的韦里斯基和奥尔塔恰利斯基花园坐落在梯弗里斯郊区。

那是夏季娱乐和休息的地方。几乎每一座不大的花园都变成了咖啡馆或小酒店。

傍晚，当炎热开始消退的时候，梯弗里斯人就络绎不绝地到这些花园里来了。比较阔气的——坐马车来，比较不那么有钱的——走着来。

各家咖啡馆的名称，特点是华丽和鄙俗。身价最昂贵的一家咖啡馆叫“黄金国”，其次是“幻想”、“圣苏西”、“尚泰克列尔”和“绅士”。

离奥尔塔恰利斯基花园不远有几条所谓的“娱乐”街。咖啡馆的许多顾客总是先顺便到这几条街上去，从那里带一些大声喧哗的姑娘来。

这些花园里有什么在等待着梯弗里斯人呢？凉爽，羊肉的淡淡的油烟，唱歌，跳舞，一种玩罗托的赌博，已经变粗野了的美貌女人。

悬铃木和桑树树荫下的凉爽特别诱人。整个梯弗里斯市就在近旁，位于炎热的盆地之内，处在晒得火热的群山环抱之中，甚至从附近的高地上看着它都感到害怕。仿佛觉得由于灼热，梯弗里斯正在冒烟，眼看就要突然冒起火焰，变成一堆巨大的篝火。这时真难以理解，凉爽是怎么能够坚持住的。

也许，这凉爽的空气是从喷泉那里吹来的，要么是来自高山积雪的轻风小心翼翼地透入了花园。城市里，只有在黎明前，当过了一夜，房屋稍稍冷却下来的时候，才能呼吸。但只要太阳一从卡赫季亚升起来，折磨人的热气立刻就淹没了街道。

在韦里斯基花园里演唱的歌女当中，有一个神情懒洋洋的女人，腰细肩宽，一头青铜色的头发，脖子娇嫩而又强壮有力，身上的皮肤是粉红色的。她叫玛尔加丽塔。

她每晚在那儿演唱的那家咖啡馆里的顾客们认为她是个俄罗斯化的德国女人。但花园的主人，一个爱为小事见怪的米格列尔人，每次听到这样的议论，都会真正地大吵一场。

“大概，你脑袋瓜里的脑子全都翻了个个儿！”主人大声叫嚷，“法国——你听说过这样一个国家吗？”

“嗯，听说过。”不小心的顾客神情阴郁地回答。

“听说过法国有一个阿尔萨斯省吗？听说过？好吧，她就是从这个省，从阿尔萨斯来的。头等的法国女人。这算是些什么样的人啊！连这种小事都不知道！打架——他们知道，不给找头——他们知道，在街上招惹小姑娘——他们知道，玩牌的时候弄鬼——他们也知道，可是该明白的事——他们什么也不知道！”

玛尔加丽塔很少答应与顾客共进晚餐，然而神情冷淡地接受他们送给她的小礼品，似乎认为这是她应该得到的东西。以后她把这些礼品分送给她的女友们。她完全是孤零零的一个人。

总之，难以理解她对一切都有些什么想法，特别是对于男人们。许多人想让她做自己的情妇。

她很少说话，然而用一种很不寻常的，据说是双重的声音唱歌。

有些歌剧演员和乐师都来听她唱歌。玛尔加丽塔的歌声会给人留下这样一种感觉，似乎总是有衬腔伴随着她的歌声，好像那是一种微弱的回声。

演员们说，这是所谓的“声的幻觉”。就像，比如说吧，“视觉的幻觉”一样，实际上没有任何第二种声音。他们都这样说。但尽管如此，当玛尔加丽塔演唱的时候，每个人都听到她的双重声音。仿佛主要声音是金子的声音，而次要声音是银子的声音。

有一次，歌唱家和乐师们把一家叫“瓦兰人”的小酒馆包下来，租了整整一个晚上，请玛尔加丽塔到那里去，为歌曲爱好者举办了一次不对外开放的音乐会。

音乐会结束后，年老的指挥站起来说，人的嗓子是一种最复杂的乐器。它比钢琴和小提琴的音色都更丰富，因此嗓音中有好几种音调是完全可能的，而且是很自然的。

玛尔加丽塔却低下头，在喝葡萄酒。红绸连衫裙使她的头发上发出好似大火的反光。她偶尔抬起眼睛，向坐在桌边的人们扫视一眼，但在她毫无表情的瞳孔深处既没有火花，也没有微笑。

一个身材高大、然而很瘦削的格鲁吉亚人靠着门框站在那里，他面貌清癯，长着一双悲哀的眼睛，穿一件旧西装上衣，一动不动地望着玛尔加丽塔。

这是行踪不定的画家尼科·皮罗斯马尼什维利。他爱玛尔加丽塔。对于他来说，她是世界上他唯一的人。玛尔加丽塔的脚还没有踏上过的每一寸土地，在他看来都好像是沙漠的残迹。但已经留下她足迹的地方，却是极其幸福的土地。这土地上的每一粒细沙都好似一颗小小的钻石，在闪闪发亮。

显然，那些普通的伊朗诗人准会像这样歌唱皮罗斯曼的感情。不过，尽管他们的言词过于华丽，但他们还是正确的。

尼科没有听到她声音的那一天，对于他来说，就是地球上最寂静的一天了。

过分的爱会激起对于头脑清醒的人来说无法理解的愿望。处于日常生活状态中的人，有谁会产生这样的古怪念头——要去吻人的声音或小心翼翼地抚摩一只正在唱歌的黄鹂的头。或者，末了当麻雀在我们周围掀起疯狂的喧闹和灰尘，吵吵嚷嚷的时候，还会和它们一起哈哈大笑呢？

皮罗斯曼有时会产生奇怪的愿望——当玛尔加丽塔唱歌的时候，小心翼翼地去碰一碰她那正在颤抖的喉咙，希望仅仅用呼吸去接触这神秘的声音，接触这发出如此美妙和激动人心的声音的温暖气流。

人们说，过于伟大的爱情能赢得人的心。

尼科的爱情没能赢得玛尔加丽塔的心，至少大家都这样认为。不过还是无法明白，是不是真是这样？尼科本人已经不能把这一点说出来了。玛尔加丽塔仿佛生活在梦中，她的心对所有的人都是关闭着的。人们需要她的美貌。但显然，她自己却完全不需要自己的美丽，尽管她很注意自己的外表，穿得也很漂亮。她的绸衣窸窸窣窣，她的呼吸散发出东方的香水味，她仿佛是成熟的女性美的化身。

但在她的美中有一种威严可怕的成分，似乎她自己也明白这一点。

皮罗斯曼是从哪里来的，谁也说不清楚。

后来在皮罗斯曼死后，基里尔·兹达涅维奇根据一些片断和一鳞半爪的传闻，一点一滴地把他的生平事迹搜集起来，尽管并不完全，但总算让人看到了他的一生。

皮罗斯曼在1862年生于卡赫季亚的米尔扎基村一个贫农家庭里。他还是个小孩子的时候，父母亲就把他送到梯弗里斯一个富有的格鲁吉亚家庭里去当仆人。

皮罗斯曼当仆人一直当到20岁，后来他到外高加索铁路上当了乘务员。这时他才初次动手作画，他的第一幅作品是站长夫妇的肖像。显然，那是一幅十分恶毒的漫画像。因为站长看到这幅画像以后，立刻就把皮罗斯曼解雇了。

怎么办呢？皮罗斯曼不能做那时候梯弗里斯大部分穷人所做的事情——干一些毫无意义的、见不得人的勾当，进行成功的或不成功的欺骗。对于做这类事情，他太正直，自尊心也太强了。

他不是二流子和梯弗里斯的流氓——那种几乎像乞丐、然而快活而又厚颜无耻的人。他不会像流氓那样，“从空气”，从笑话，从猥亵的玩笑，从“驴子的叫声”中变出钱来。

有一个时期，皮罗斯曼在集市上的偏僻地方卖牛奶，靠这点儿微薄的收入勉强度日。但他对于这个也十分厌恶。

他喜欢绘画，只喜欢绘画。首先他在自己的小铺里画满了画，把小铺画得像一朵华丽的花。他把自己最初的一些画都分送给别人，当人们乐意收下这些画的时候，他感到很幸福。

有时他把自己的画，或者照集市上的叫法，把“画片儿”脱手卖给转手倒卖各种很少有人需要的东西的小贩们。据说，这些东西都是专门“卖给爱好者”的，叫一个神秘的外国词——“布里克–阿–布拉”①。据这些转手倒卖的贩子们说，这是一个很美、而且很诱人的词，况且无论是这些贩子本人还是皮罗斯曼或买主，谁都不懂得这个词是什么意思。

不过把宝押在这个词上，并未奏效。买主非常惊讶，甚至感到害怕，不肯买这些画。转手倒卖的贩子买下这些画时，只付给皮罗斯曼很少的一点儿钱。

皮罗斯曼在挨饿。有时他坐到一座房子的墙脚下，或者坐到一棵像世界一样古老、积满尘土的树干旁，静静地坐着，直到他的头不再发晕。

不得不回故乡去，回农村去。在那里，日常生活和家庭中种种风俗习惯的全部重负必然会压到皮罗斯曼身上。

皮罗斯曼也把农村里的房子从上到下都画满了画，使亲戚和邻居们赞叹不已。

后来皮罗斯曼在这座房子里举行了一次宴会。在这以后他画了4幅描

① 法语旧货“bric –a – brac”的音译。——译者

绘这一乡村节日的画。画上的宴会有一点儿令人觉得奇怪——与大多数宴会相反，宴会上没有富人。客人们高高举起盛着葡萄酒的牛角杯，有站，有坐，有卧。这栩栩如生、衣着漂亮而且拥挤的人群，皮罗斯曼画得十分大胆。

皮罗斯曼终于想出了一个他认为是成功的办法。他回到梯弗里斯，为小酒馆画起色彩鲜艳的招牌来，他要的报酬是请他吃几顿有酒的午饭和晚饭。一部分报酬，他收现金，好用来购买颜料和付住宿费。

不过从来没有足够的钱去买画布。酒店老板很乐意摘下旧洋铁皮招牌，让他先涂掉上面已经发黑的旧油漆，再在上面画新的。但皮罗斯曼不同意这样做。

洋铁皮招牌已经生锈了。可皮罗斯曼知道，不管他是一个什么样的未进过学校的画家，或者，像俄罗斯人所说的，是一个自学者，然而就色彩的纯正和画面的效果来讲，他大概可以和某些大画家较量一下（他看到过他们绘画的很好的复制品）。也许，甚至可以和德拉克洛瓦本人一比高低——一个也梦想成为画家的中学生给他讲过这个法国人的许多故事。

没有画布，于是皮罗斯曼在每一家酒馆，即使是最便宜的小酒馆里随手也总能找得到的唯一材料——从桌子上拿下来的普通漆布上做起画来。

漆布有黑的和白的。皮罗斯曼根据画面需要，在漆布上留下几小块地方，不抹上颜色。

后来他画肖像也采用这种手法。用这种手法画成的某些作品给人留下一种不同寻常的印象。

我永远记得他的一幅漆布画《公爵》。画面上是一个身穿黑色束腰无领长袍、脸色苍白的老人，他双手捧着牛角杯，站在贫瘠的土地上。他背后可以看到画得几乎像地形图一样的、山峦起伏的高加索。公爵的束腰无领长袍恰好就是没有画上颜色的一块深黑色漆布，在黎明时暗淡的光照中，这深黑色显得特别刺眼。我怎么也不能明白，这亮光是用什么颜色画出来的。

在皮罗斯曼一生中最好的一段时期，一张像这帧肖像的画像，他可以得到20卢布至30卢布。

顾客们喜欢皮罗斯曼画的招牌——晶莹的葡萄、南瓜、橙黄色的柿子、枝繁叶茂的橘园，以及内容丰富的静物写生画，上面画着各种蔬菜、茄子、烤羊肉、干酪和一种叫作“洛科”的煎鱼。

但是皮罗斯曼不能没完没了地老在招牌上画这种静物写生画。过度总是会引起一种无聊的感觉。于是皮罗斯曼在招牌上画起小型宴会来——有很多人参加的，在草地上、在农民的长条桌布上举行的小型宴会。招牌上出现了人、风景和动物，主要是很有耐性的驴子。

有时，皮罗斯曼和老板一起给小酒馆起一个名字。名称越奥妙费解，也就越招人喜欢。

皮罗斯曼微笑着写上“电烤羊肉”或者是“不该独酌独饮”。

在格鲁吉亚的外省，像奥祖尔格特[①]、阿哈尔卡拉基[②]或萨加列焦[③]，特别喜欢这样醒目的店名。

我已经不可能遇到皮罗斯曼了。在我来梯弗里斯以前，他已经去世了。

---

① 现为马哈拉泽市。——译者

②③ 均为格鲁吉亚的城市。——译者

皮罗斯曼留下了一笔巨大的绘画财富。许多年来，基里尔·兹达涅维奇一直在搜集他的绘画，的确是一点一滴地搜集。他找到了皮罗斯曼的几乎全部绘画，挽救了这位卓越的人民画家的作品，建立了真正的功勋。后来，把搜集到的皮罗斯曼的绘画全部捐赠给国家，换言之——捐赠给了人民。

1913年，基里尔·兹达涅维奇在彼得格勒遇到了画家冈恰罗娃[①]和费拉里奥诺夫[②]。他们从摩尔达维亚来到彼得格勒，带来一些他们在蒂拉斯波尔发现的、可笑而又十分美丽的招牌。

基里尔·兹达涅维奇很喜欢这些招牌。不久，他在梯弗里斯一家叫“瓦兰人”的小酒馆里看到了一块更美的招牌，并且买下了它。这块招牌是一个无名画家尼科·皮罗斯马尼什维利画的。

基里尔认识许多农民、小酒馆的老板、流浪乐师和乡村教师。他委托他们为他搜寻皮罗斯曼的绘画和招牌。

最初一段时间，小酒馆的老板们把这些招牌卖得很便宜。但不久一个流言传遍了格鲁吉亚，说是有一个梯弗里斯的画家在收购这些招牌，好像是要卖到国外去，于是小酒馆的老板们就抬高起售价来了。

兹达涅维奇老夫妇俩和基里尔那时候都很穷。我住在那里的时候，曾经有过这样的情况：因为买皮罗斯曼的画，全家人只能光吃面包和水。玛丽亚常常跑到逃兵市场上去卖掉最后一副耳环或最后一件短上衣。基里尔在梯弗里斯东奔西走，希望能哪怕是暂时挪借到一点点钱，老头儿则向他

---

① 娜·谢·冈恰罗娃（1881—1962），俄国女画家。

② 米·费拉里奥诺夫（1881—1964），俄国画家。

的学生——那些未成年的贵族子弟预收学费。

最后，皱着眉头的基里尔（他越是受感动，眉毛也就皱得越紧）拿来一幅画，默默地把它打开，说："喂，怎么样?"于是在这以后，这幅画一连好几天挂在客厅里一个荣誉的位置上。

在这以后，基里尔好好地睡上一觉，使激动的心情平静下来，然后爱好绘画的人开始前来参观。从我的屋里可以听到客厅里的全部谈话，不久，我对每一幅新画的故事就都背得滚瓜烂熟了。

我在梯弗里斯生活的第一天，就看到了皮罗斯曼的作品。

正如我已经说过的，我住的那间屋里，从最上面的檐板直到护墙板，全都挂满了皮罗斯曼的漆布画。

我刚来到的那一天，只是朝这些画匆匆看了一眼，加以屋里光线昏暗。不过还是有一种无法理解的忧虑一直萦绕在我心头——仿佛有人拉着我的手，领着我很快穿过一个奇妙的、十分离奇古怪的地方，仿佛我已经看到过它，或早就梦见过它。而从那以后我怎么也等不到一个机会，好熟悉一下这个地方的环境，使自己清醒过来，了解这个地方的一切详细情况。

我怀着忧虑的心情睡着了。忧虑是由这些从未见过的画引起的，这些画默默地环绕着我，我好像觉得它们正目不转睛地望着我。

我醒得大概很早。刺目的、不柔和的阳光斜射到对面的墙上。

我朝这堵墙上看了一眼，一下子跳了起来。我的心沉重起来，跳得很快。

一只奇怪的野兽，紧张得像一根绷紧的弦，正从墙上直望着我的眼睛——惊慌地、疑问地望着，而且显然感到很痛苦，但又无法把这痛苦诉说出来。

这是一头长颈鹿。一头普通的长颈鹿。显然，是皮罗斯曼在古老的梯弗里斯动物园里看到的。

我转过脸去。但是我感觉到，我知道长颈鹿正凝神注视着我，而且知道我心中的一切想法。

整幢房子里死一般寂静，大家还都在睡着。我把目光从长颈鹿上移开，我立刻似乎感觉到它从普通木框里走了出来，站在我身旁，等待我说出某个十分简单而又非常重要的词。这个词应当能为它解除魔法，使它活起来，把它从多年固定在这块干燥、落满尘土的漆布上的状态中解放出来。

突然，从院子里传来一声绝望的、不像是人的叫喊声："酸牛奶!! 酸牛奶!!"不知为什么，所有卖酸牛奶——高加索酸牛奶——的都是这样绝望地、几乎是大声痛哭似的吆喝。他们把装着酸牛奶罐子的褡裢驮在满身尘土的黑驴子身上——似乎所有行人都像在粗长条地毯上蹭蹭脚那样，在这些驴子身上蹭蹭脚，而且蹭了好长时间——把自己的货物分送到全城去。

听到卖酸牛奶的人一声吆喝，我打了个哆嗦，呻吟起来。

但战栗没有消失。我呻吟得越来越厉害了，竭力想要克制着。长颈鹿又回到颜色暗淡的漆布上去了。淡白的太阳照射到窗框上，这是卡赫季亚的太阳，我看到惊恐的玛丽亚站在我身旁，看到一绺发亮的栗色头发斜着搭在她一边的面颊上，随后又看到了瓦莲京娜·基里洛芙娜。她从眼镜上边留神地望着我。于是我明白，疟疾发作了，而且发作得很厉害——现在已经是在梯弗里斯发作了。

瓦莲京娜·基里洛芙娜走了。玛丽亚给我往额上放了一块冰冷的湿绷带，朝我俯下身来，把面颊贴到我的嘴唇上，试试我的热度是不是很高。我怀着感激的心情感觉到了这种只不过是事务性的接触，感觉到仿佛这是心不在焉、顺便投掷给我的爱抚。

不久，我已经熟悉了皮罗斯曼的几乎所有的绘画。这些画帮助我理解并爱上了高加索——一个复杂的、像镶嵌艺术品那样美丽的地方。

对于我来说，皮罗斯曼的作品成了一部关于格鲁吉亚、格鲁吉亚人、格鲁吉亚历史和大自然的，表达方式十分生动而且自由的百科全书。

高加索的全景，从梯弗里斯军火库上空奇异的月夜到萨米尔脚下仿佛被晒焦的群山的全景，我全都牢牢记住了，而且终生不忘。

皮罗斯曼笔下千百个面容消瘦的农民，愉快地种葡萄的人，不幸的、胆小的妇人，渔夫，留着两撇粗唇髭、神情傲慢的富人，留着像他们手中蓬乱的扫帚一样乱蓬蓬的大胡子的梯弗里斯扫院子的人和神情漠然的乐师，都聚集在兹达涅维奇家里微微落上一层灰尘的漆布上。有时有人想起这一幅或那一幅画来，于是就讲一些有关这幅画的、有趣的事。

皮罗斯曼的画大部分画的是人，不过各种兽类在他的画上也占有特殊地位——其中有狮子、羚羊、水牛、长颈鹿、骆驼，还有画家的驯服的朋友——驴子。

艺术总是会使人深受感动，使人的心稍稍揪紧起来。人永远也不会忘记美好的事物对他的这种明显的接触。

人永远不会忘记那种心灵充实和自由奔放的心情，这心情有时候是一句——仅仅是一句——极好的诗或一幅画给予他的，而为了让我们看到、感觉它的美，这一句诗或一幅画已经经过了几百年时间的考验。

如果我不知道皮罗斯曼的话，那么我看到的高加索就将是一幅没有经过充分显影的画面，像一张照得不清楚的照片，没有色彩和阴影，没有细节和轮廓，也没有它那半东方、半欧洲式的辽阔空间里的蓝色烟雾了。

皮罗斯曼为我给高加索灌满了果实的汁液，以不柔和的颜色的鲜明性使高加索变得丰富多彩。他介绍我认识了这个地方，在这里同时既感到欢乐，又感觉到一种轻微的、无法理解的忧郁。格鲁吉亚美人们的眼睛就是像这样闪着快乐和抑制着忧愁的光辉。她们，这些美人们，通常总是很快而且十分轻盈地消失在人群之中，尽管诗人向她们发出了满怀柔情的请求：

> 回头看看我吧，根纳茨瓦列，
> 根纳茨瓦列，回头看看我吧！

夏天的这个早晨一开始和其他早晨没有任何区别。太阳还是那样确定不移地从卡赫季亚升上天空，把四周的一切照得通红。拴在电线杆上的驴子还是那样痛哭似的大叫。还是那些神情怒气冲冲、留着黑唇髭的人提着大桶走街串巷，不乐意地吆喝着："纳夫特！纳夫特！"问主妇们要不要买煤油。

一切都和往常一样——库拉河在驴子桥旁的磨坊边哗哗地响着，半空荡荡的电车不时有气无力地叮当作响。

司晨女神还在索洛拉基许多胡同中的一条胡同里打着盹儿，阴影笼罩在由于年久已经变成灰色的、不高的木头房子上。

这些房子中有一幢房子二层楼上的小窗子都敞开着，玛尔加丽塔就睡在这窗后的屋里，淡火红色的睫毛微微遮住了她的眼睛。

好像在水玻璃上一样，可以看到耸立在索洛拉基上方的大卫山，看到钢缆索道和格里鲍耶陀夫的坟墓。坟墓上长满了常春藤。我常去大卫山，去神圣的姆塔茨敏达，在那里看到了格鲁吉亚的伟大诗人——伊·格·恰夫恰瓦泽[1]和阿·罗·采列捷利[2]的坟墓。这两位诗人的抒情风格，以及他们同时都喜爱辛辣的讽刺，使格鲁吉亚文学具有了特殊的深度，使格鲁吉亚文学处于古典主义明快的辛辣和微妙的氛围之中。

是的，不过我离题了。

总之，这个早晨的确是最平常的一个早晨。如果不知道这个早晨是尼科·皮罗斯马尼什维利的生日，如果正是在这个早晨，索洛拉基一条狭窄的胡同里没有出现几辆拉着罕见而又轻盈的货物的大车的话。

这货物显然是那样轻，大车都没有被它压得吱呾吱呾地响。只是不时发出勉强可以听到的轻微的辚辚声，在马路的大块石头上不时轻轻地跳动着。

大车上装满了剪下来并洒过水的鲜花。由于洒过水，似乎觉得鲜花上覆盖着千百条极小的彩虹。

大车在玛尔加丽塔的房子附近停下了。几个赶大车的小声商量着，动手卸下一抱抱鲜花，把它们堆在门口旁的人行道和马路上。

第一批大车驶离了，路面上已经撒满了鲜花，这时又有第二批大车前来接替第一批大车。似乎大车不仅是从梯弗里斯全市，而且是从全格鲁吉亚把鲜花运到这里来的。

---

① 伊·格·恰夫恰瓦泽（1837—1907），格鲁吉亚作家、社会活动家。

② 阿·罗·采列捷利（1840—1915），格鲁吉亚诗人。

花香充满了索洛拉基大街。窗户里出现了第一批主妇。她们匆匆梳好乌黑油亮的头发，贪婪地看着这一惊人的景象—— 一些赶大车的，最平常的赶大车的，而不是《一千零一夜》中神奇的脚夫，正在把鲜花堆满整条大街，似乎想把鲜花堆到二层楼那么高。

孩子们的笑声和主妇们的呼喊声惊醒了玛尔加丽塔。她在床上坐起来，叹了口气。花香——令人神清气爽、温馨、鲜明和温柔、欢乐和忧伤的花香，犹如湖水充满了空气。这可能是天上广阔空间的馨香，是夜晚星空慢慢经过我们地球上空之后留下的芳香。或者，这是幼芽的清香，长时期内这幼芽被封闭在一颗普通花籽的外壳里，而现在，大地的水、温暖和很浓的盐分已经把它解放了出来。

小巷两端的入口都已聚集了一大群人，人声嘈杂。人们在观看这不可理解的景象。

所发生的事情使人无法理解，这使人们感到局促不安，因此谁也不敢第一个去踩这已经堆到人们膝盖那么高的、花的地毯。

至于小孩子们，他们甚至会在这大堆大堆的花中迷路。因此妇女们都紧紧搀着孩子们的手，不让他们离开自己。妇女们意识到这一已经紧紧接近她们门槛的秘密（她们的门槛已经磨损，直到上面的最后一条裂缝，她们都很熟悉。她们所以熟悉这些裂缝，是因为她们不得不经常擦洗这些门槛），心中都充满了赞美和自豪的感情。

这里什么花没有啊！把它们一一列举出来是毫无意义的！

伊朗的晚丁香，每一个花萼里都藏着沙粒那么大的一小滴味道辛香的、冰凉的液体。花朵密密麻麻的金合欢，花瓣带有银白的色调。野山楂——它生长的土壤里石头越多，它的香味也就越浓。娇嫩的蓝色草本婆婆纳、秋海棠和许多颜色不同的银莲花。姿态优雅的美人儿——金银花，仿佛笼罩在玫瑰色的烟雾里。红色漏斗状的甘薯花、百合花、红罂粟——这种花总是恰恰生长在哪怕是落上最小一滴鸟血的山岩上——金莲花、芍药，还有玫瑰。玫瑰大小不一、香味各异以及各种不同颜色的玫瑰花，从黑的到白的，从金色的到淡粉红的，好似绚丽的朝霞，还有千百种旁的花。

心情激动的玛尔加丽塔还什么也不知道，很快穿上衣服。她穿上自己最漂亮、最贵重的连衫裙，戴上沉甸甸的镯子，拢了拢青铜色的头发，穿衣服时自己也不知为什么在微笑。后来她大笑起来，后来眼里涌出了泪水，但是她并不擦掉它们，只是以头部很快的动作把泪珠抖落下来。这样一来，泪珠儿飞向四面八方，好久还在她的连衫裙上闪闪发光。

她猜到这个节日是为她安排的。但这是谁呢？为了什么？这时她想起来了，好像今天是皮罗斯曼的生日。也许，他给她送来这堆积如山的鲜花，是为了纪念这个半已忘却了的日子吧？

但为什么不是在她的生日，而是在他的生日给她送花来呢？

这时唯一的一个人，一个消瘦而脸色苍白的人打定主意跨过这花的边界，踩着鲜花慢慢向玛尔加丽塔的屋子走去。

人群认出了他，都住了声。这是极其贫穷的画家尼科·皮罗斯马尼什维利。他在哪里弄到了这么多钱来买这一堆堆鲜花呢？多少钱啊！

他一只手扶着墙，向玛尔加丽塔的屋子走去。

大家都看到，玛尔加丽塔从屋里迎着他跑了出来——还从来没有谁看到过她像这样美，这样光艳照人——搂住皮罗斯曼瘦削的、病弱的双肩，偎依在他那腰部打褶的旧高加索上衣上。

“为什么，”玛尔加丽塔气喘吁吁地问，“为什么你在自己的生日送给我这些花山呢？我什么也不懂，尼科。”

皮罗斯曼没有回答。但即使不回答，玛尔加丽塔也以自己的整个身心，以她的全部神经、她身上的全部血液懂得了他爱情的力量，第一次用力吻了吻尼科的双唇。当着太阳、天空和普通人们的面——当着梯弗里斯索洛拉基街坊居民们的面，吻了吻他。

有些人扭过脸去，以便不让人看到他们的眼泪。人们认为伟大的爱总是能找到通向一颗心爱的心的道路，即使这是一颗冷冰冰的心。因为大家都知道，皮罗斯曼爱玛尔加丽塔，而她根本不爱他，仅仅是为了他那痛苦和不顺利的一生而怜悯他。

皮罗斯曼的爱情故事，大家的说法各不相同。我复述了这些故事中的一个。我简短地把它记了下来，并不认为它的真实性特别可信。让那些爱吹毛求疵和无聊的人去进行这种考证吧。

但有一点我不能不说，因为这大概是世上最痛苦的真理之一——不久，玛尔加丽塔就找到了一个富有的情人，和他一起从梯弗里斯逃走了。

各有各的事

在梯弗里斯，我生活在形形色色的人们中间，但他们所有人都有一个共同的特点——每个人都全神贯注于自己的思想和自己的事情，每个人都只谈他自己的事，很少注意其余的人，特别是那些被认为不投契的人。还在我到梯弗里斯来之前，巴别尔就已经去莫斯科了，与我有共同思想的唯一一个人，就是弗拉耶尔曼。

在未来主义者——作家和画家们当中，倒不是把我看作不投契的人，而是认为我是一个“腼腆的人”——一个犹豫不决的人，一个外行。

所以会对我持这样的看法，大概是因为我不参与争论，同样地既不接受舍列尔-米哈伊洛夫①的“深灰色”文学，也不接受拉特高兹②的“糖浆”诗，更不接受未来派作家创造出来的没有任何意思的词“斯梅基”和“梅基”。

我只和兹达涅维奇家的常客、诗人尼古拉·切尔尼亚夫斯基争论。他爱上了格鲁吉亚，因此不是称呼自己为尼古拉，而是照格鲁吉亚的叫法，管自己叫科拉乌。

他写诗是用这样一种方法，如果不用图解，几乎不可能说明这是一种什么方法。一般说来，他是先写出一首诗的基本本文，这首诗甚至是相当容易看懂的。但是运用印刷的巧妙办法和铅字的游戏，那同一首诗却会变成三首。

获得这种效果的方法是：三首诗印在一起，不过是用三种大小不同的铅字。如果您只看用大号的铅字排印的文字，不去注意那些用中号或小号铅字印出来的字，那么结果就会看到一首诗。

如果您只看用中号铅字排印出来的词句，不看其余的铅字，那么结果就会看到第二首完全独立的诗。

最后，如果您只看小号铅字（假定说是8磅铅字或6磅铅字），那么，

---

① 亚·康·舍列尔-米哈伊洛夫（1838—1900），俄国作家。

② 达·马·拉特高兹（1868—1937），俄国诗人。

结果就会看到第三首出乎意外的诗。

科拉乌·切尔尼亚夫斯基几乎把自己的全部时间都花在这伤脑筋的、令人陷于绝望的工作上了。

要想使用这种方法写成的诗（这种诗叫作交响乐诗）达到尽可能完美的程度，得熟悉所有铅字和印刷业务，而切尔尼亚夫斯基对这方面的知识是十分出色的。

一般说来，切尔尼亚夫斯基在任何方面的知识都是惊人的。他的见解是激烈的、偏执的，而他对艺术上一切“极左”思潮的忠诚，则是无限的。

他可以在下着倾盆大雨的深夜来拉兹达涅维奇家的门铃，叫醒基里尔，给他读一首最近才从北方传来的、赫列布尼科夫的诗。这时，当然啰，整幢住宅里的人都醒了，就连兹达涅维奇老头儿也不例外。由于家庭传统，老头儿热烈地支持艺术上一切最“左”的事物。

切尔尼亚夫斯基——完全孤单单的一个人——几乎整天都待在兹达涅维奇家里。他不停地讲着什么，在证明什么，对什么感到愤懑，对什么表示赞美。他的固定不变的听众是瓦莲京娜·基里洛芙娜和玛丽亚。她们不仅能容忍，而且喜欢并怜悯切尔尼亚夫斯基。有时他的羊痫风忽然发作起来，遇到这种情况，她们就叫我去帮忙。

切尔尼亚夫斯基是个惊人的话匣子。和他谈话的人在做什么，对他来说反正都是一样，只要人家在听他说话就行。玛丽亚收拾房间的时候，他就跟在她的后面，不时碰到家具上，可是从不停止说话。要么是当瓦莲京娜·基里洛芙娜在做她著名的抓饭的时候，他就站在厨房里，突然中断关于绘画或格鲁吉亚正字法的滔滔不绝的议论，向她提供有关烹调法的宝贵建议。

有时，瓦莲京娜·基里洛芙娜和玛丽亚硬把切尔尼亚夫斯基推进我的屋里，用钥匙锁上房门。这并不会使切尔尼亚夫斯基感到不好意思，他又怀着完全忘我的精神对着我滔滔不绝地谈论起来。

总之，他是一个性情十分温和而且软弱的人。人们经常欺骗他、欺侮他。在这种情况下，他的唯一保护者就是兹达涅维奇一家人。

同时他又属于这样的一些怪人，他们不仅如通常所认为的能美化生活，除此而外，还能为生活提供牢固的基础。只要科拉乌有两三天不来，那么住宅里的全部生活就都会遭到破坏，好像是在马马虎虎地过日子，大家都感到百无聊赖。

有许许多多形形色色的人到兹达涅维奇家里来，他们也往往顺便到我的屋里来。其中有心地善良的亚美尼亚老诗人卡拉-杰尔维什，他曾经出版了一套印在12张明信片上的、自己的诗歌全集；有颇具骑士作风、同情别人、十分聪明的诗人季齐安·塔比泽；有做过第一次尝试、试图把戏剧搬到城市广场上去的画家杰连季耶夫；有瓦西里·卡缅斯基[①]，有恰奇科夫（他也从巴统到梯弗里斯来了），还有导演申格拉亚[②]。

从早到晚一直在谈话，因此房屋一直在发出嗡嗡的响声，只剩了我住的那间房间是唯一可以休息的地方。最常到我屋里来的是瓦莲京娜·基里洛芙娜，后来玛丽亚也来了。

“我不妨碍您吗，是——吗?”她在门外像唱歌似的问，她的眼睛在笑。

她躲起来，静悄悄地坐着，一点儿也不为在我面前感到不好意思。她在绣花或看书，头垂得那么低，头发都耷拉到她的眼睛上了，有时她会突

① 瓦·瓦·卡缅斯基（1884—1961），苏联诗人、俄罗斯第一批飞行员之一。

② 尼·米·申格拉亚（1903—1943），苏联电影导演、电影剧作家。

然问我一些完全出乎意外的问题。例如，高脚背是什么意思，是以什么来进行衡量的。要么是问我，是否看过卡久利·孟戴斯[1]的《国王-童男》。据说普希金为西班牙的著名舞女拉拉·鲁克写过两行令人惊叹的诗，这是不是真的：

好似一朵生有双翼的百合花，
拉拉·鲁克飘然进入大厅……[2]

玛丽亚离开时，总是好像感到害怕了似的。

有一次，她拿来一大沓夹在纸夹里的图画。

"这是您的画？"我问。

"不是，瞧您说的！这是一位非常有才能，甚至也许是一位天才画家的画。您自己会看到的。"

她走了，我开始细看这些随便画在什么上面的画——有的画在硬纸板上，有的画在香烟纸上，有的画在从小学生练习本上撕下来的纸上，有的则画在书籍封面的背面。

我的第一个想法是，玛丽亚给我拿来的是德拉克洛瓦的画。但不对！这些画也是那样富有表现力，但大概就内容来讲，却更为多种多样。

这些画是用铅笔、木炭、红蜡笔和水彩颜料画的。

我寻找作者的签名。但看来，这位无名画家不喜欢在画上留下自己的

---

① 卡久利·孟戴斯（1841—1909），法国作家。——译者

② 普希金的长诗《叶甫盖尼·奥涅金》。

姓氏。只是在有些地方，他写上了自己的名字："济加"。济加就是西吉兹蒙德。玛丽亚是波兰人。我猜到，这些画是她的一个亲人画的。

不久就弄明白了。我得知有一位卓越的画家济加，或者叫西吉兹蒙德·瓦利舍夫斯基。他是玛丽亚的哥哥。在孟什维克当权时，他从格鲁吉亚到波兰去了，后来曾短期旅居巴黎，然后又回到了克拉科夫。

在那里，他成了一批青年画家的头领。

他只喜欢绘画，只懂得绘画。以一个画家的眼光来观察一切生活中的事件，并且相信只有艺术能改变世界、美化世界。

他是一位画家骑士，一位献身于艺术的人，坚定不移地严格要求自己，也严格要求其他业已成熟的、已经获得明显成就的高手。

他为人谦逊、朴实，对人和善，但身体严重残疾。

由于血管的一种严重疾病，他被截去了双脚。他痛苦地度过余生，丧失了行动的可能，但是没有失去心情的宁静。

瓦利舍夫斯基是作为一位真正的画家去世的。他在克拉科夫瓦韦利城堡里给天花板画水彩壁画，为此用绞车把他送到大厅很高的穹顶下，他躺着画了整整一天。

最后他那颗疲惫不堪的心脏经受不住这样的紧张，破裂了。他死的时候还没有放下手中的画笔。

他成了波兰青年画家们所爱戴的人。他从未试图把美赶进他自己的那个角落，赶进他自己的理论的罗网里。

他在有美存在的一切地方发现美，欢迎美，在美面前低下头来。

他的艺术眼光异常远大，就连最偏执、最好斗、最爱大吹大擂的未来主义者，以及为也是这样喧嚣一时的其他绘画流派辩护的人，在他的才能和纯洁面前也都顺从地低下头来。

我看到过瓦利舍夫斯基的许多作品，这是用有魔法的画笔和有魔法的铅笔有力地表达出来和完成（我找不到另外的定义）的作品。

他那仿佛是信笔涂抹的绘画的明快和生气勃勃的力量，那种惊人的特点——我们，观众们，能够完全准确无误地在自己心中画完他没有画完的线条，落到他的硬纸板和画布上的欢乐的天空——不一定是蓝的——的光辉，浮雕似的人脸，由轻微的手势或姿态表达出来的人的性格。他的肖像画，画面上那大胆的怪诞离奇的形象比他所画的那个人本人还要真实，纺织品、头发、灯光以及颤动的叶子的柔和性质，还有那几乎要紧紧凑到你眸子上来的快乐的眼睛，在一瞬间突然产生的神速的速写，画出了从威尼斯狂欢节到民乐演奏团敲着铃鼓向梅捷赫城堡[①]行进的整个时代——所有这一切都使人感到吃惊。而就在这一切旁边，一个又高又瘦的青年人正从作者的自画像上望着您，这个人几乎还是个孩子，长着一双羞怯的灰眼睛，因此会觉得这一切更加惊人了。

他喜欢德拉克洛瓦，大概他作画时总是仿佛在和这个同时既清醒、又有浪漫主义情绪的人单独谈心。

他喜爱并懂得色彩和色彩在画面上的生命力，在这一点上他并不亚于德拉克洛瓦和凡·高[②]。但同时他又以自己出色的现实主义使那些看到过他许多铅笔画像的人为之倾倒，这些铅笔画像毫无例外画的全是第一高加索步兵团的官兵。

---

① 在第比利斯，自5世纪起是格鲁吉亚君主的城堡和王府。——译者

② 樊尚·凡·高（1853—1890），荷兰画家。——译者

第一次世界大战时，瓦利舍夫斯基被征召入伍，曾在里加战线上这个团里当兵。冬天德文斯克附近战场上暂时平静的时候，瓦利舍夫斯基几乎开玩笑似的为自己的同团战友画了许多当真是令人震惊的肖像——从炊事员到机枪手，从穿褐色制服的后备役十字军士兵到各种不同年龄和性格的军官。

我只看到过几幅完好无损的画像。对这些画像能说什么呢？这是一位多产的巨匠大胆的、艺术高超的宏伟作品。

瓦利舍夫斯基几乎把这些画像全都分送给别人了。如果把这些画像收集起来，放在同一个地方，我认为它们定会以其自然和朴素的风格压倒在埃尔米塔日博物馆[①]的、著名的1812年英雄画廊。那里供人参观的是一群杰出的军人贵族画像，这里却是一些普通俄国士兵，托尔斯泰的《塞瓦斯托波尔故事》中的农民，充分显示出他们那孩子般朴实的民族性格。

后来，已经是在波兰的时候，瓦利舍夫斯基经受了获得极大成功的艰难道路的考验。他与许多甚至是意志坚强的人相反，始终忠实于自己的信念，保持朴素的作风，憎恶政治游戏，反对一切利用艺术以达到统治和沙文主义目的的企图。

他毫不客气地摆脱了那些投机分子。他们试图在他周围制造一个伟大、但仅仅是波兰画家的民族主义的光轮。

他认为绘画是属于全世界的。真正的艺术家们的友谊是人与人之间的友好关系，这种友好关系比一般的民族利益更为重要。

单单是提起济加的名字，就可以制止兹达涅维奇家里的一切争论和纠纷，使人们的心情恢复平静。

---

① 即现在的列宁格勒美术文化历史博物馆。——译者

“济加是一位圣人，”瓦莲京娜·基里洛芙娜常说，“他是由彼特拉克和波提切利时代留在我们中间的人质。”

她说这话时是很随便的，毫无装腔作势的影子。她的话所以是可信的，也许是因为，济加的色调鲜明的世界也像波提切利的《春》①一样明朗吧。

有一些思想的闪光，成功的比喻，还有，把一些似乎互相对立的思想成功地结合在一起，对这些情况是无法解释的，而且也无须解释——心灵会赶在理性之前接受它们。

又是一个春天

弗拉耶尔曼几乎每天都到我这里来。我们两人都在报馆工作——他在《东方曙光报》，我在一份铁路小报，这份报纸有一个和它不相称的名称：《外高加索汽笛报》。

有时索尼娅和弗拉耶尔曼一同顺便前来，她仔细看着皮罗斯曼的漆布画，说：

“这些玩意儿不是给我们做针线活儿的人看的，不过我感觉到这些画上蕴含着人类的悲伤和美。因此，帕乌斯托夫斯基同志，我并不否定这样的艺术。在这方面我和您意见一致，尽管您是个知识分子，您那客气劲儿简直使我感到恶心。”

---

① 这是波提切利约1477年至1478年创作的一幅名画。——译者

索尼娅从前做过裁缝，因此固执地自称为“做针线活儿的”。

弗拉耶尔曼夫妇无法叫我到他们那里去，因为他们住在一些山地犹太人的一间穿堂屋里。索尼娅把那些犹太人叫作“粗鲁人”和“公牛”。别看她持自由观点，可是她认为这些犹太人是变节者，因为他们穿高加索山民的束腰无领长袍，佩假短剑，骑马，贩卖水牛皮，犹太语却有一半已经忘记了。

弗拉耶尔曼很快就和玛丽亚成了朋友。

有一天晚上，我们坐在我的屋里——瓦莲京娜·基里洛芙娜、玛丽亚、弗拉耶尔曼、科拉乌·切尔尼亚夫斯基和我。我们坐在那里，没有开灯。不知为什么好像觉得电灯光使人感到闷热。

在梯弗里斯薄暮时分微微发暗的光线中，一股凉气和从外面晒热的砖上冒出的暖气交织在一起，在屋里慢慢地飘荡着。

隔壁屋里一个穿斜领衬衫的多愁善感的青年一直在唱那同一首抒情歌曲：“伊杜梅亚的百合花，四周白色的花环在开花……”

“这伊杜梅亚在哪里呀？”玛丽亚问。

“在犹地亚[1]，”弗拉耶尔曼回答，“在我的所谓已经失去的故乡。您知道这首诗吗？向导说：‘先生，我是个犹太人，也许是帝王的后裔。请看锡安[2]墙上的鲜花，这就是留给我们的一切。’[3]”

“不，我不知道，没有这样的荣幸。”科拉乌·切尔尼亚夫斯基回答，

① 公元6年至395年，罗马在巴勒斯坦南部的行省。公元前63年起，犹太领土即处于罗马的保护之下。——译者

② 耶路撒冷附近的一座山。——译者

③ 布宁的诗《耶路撒冷》。

“甚至并不很想竭力知道，这诗是谁写的。”

“这无关紧要，”弗拉耶尔曼回答，“有趣的完全是另外的事。”

“什么另外的事?”玛丽亚问。

“这就是，在梯弗里斯春天已经来到了。不过谁都还没有注意到。”

“咱们明天到山上去。”玛丽亚提议。

除了瓦莲京娜·基里洛芙娜，大家都同意了。瓦莲京娜·基里洛芙娜说明天恰好是复活节。

“今年复活节非常早!”她补了一句，并且叹了口气。

瓦莲京娜·基里洛芙娜走了，我们几乎整整一晚上默默不语。我仿佛觉得玛丽亚和我之间正在进行一番既听不见、也不明显、好似夜间树上树叶颤动的交谈，好像是梦中的谈话。

梯弗里斯的春天就是这样来到的——一个寂然无声、被太阳的一切反光照透了的、仿佛中了魔法的春天。在我们看来，世界上所有的春天似乎都是这样的。

第二天早晨，我们三个人——玛丽亚、弗拉耶尔曼和我——沿着去科德若雷的道路到城外去了。

我们走得很慢。群山构成的半圆形露天剧场也是这样慢慢地在我们面前向两旁分开。山外有山，天际出现一个又一个烟笼雾锁的远方。

在这无法到达的天涯后面，白雪皑皑的山峰犹如大堆大堆白云，完全脱离地面，悬在高空。雪峰和地面之间横亘着一层淡紫色的空气。

突然间，我体验到一种极大的喜悦，甚至是骄傲。因为我意识到，我终于来到了遥远的南疆。这里的一切都是不寻常的，这些高山耸立在两个海洋——黑海和里海——的十字路口上，我们的生活又在这多石的道路的一小块土地上会合在一起了。这里远离我们的故乡，我们是站在莱蒙托夫和普希金、尼科·皮罗斯马尼什维利和萨里扬[①]多次歌颂过的土地上。

不知为什么恰恰是在这里，高踞于梯弗里斯的上方，在银莲花盛开的路边上，我感觉到自己和大地上一切有趣的事物像亲戚那样亲近。

我在想，在生活中我好像十分走运。也许，这主要是因为我并不向生活要求许多东西。当然，我期待着这许多东西，竭力追求它，不过也能满足于微少的东西。也许，这一特性最能丰富我的生活吧。谁知道呢！

从这天开始，玛丽亚成了我游览梯弗里斯的向导。我一直体验到一种奇妙的、仿佛是生活的双倍感情。换言之，生活本身就是美好的，同时它又加倍美好，因为有一位年轻的女性纯洁地、默默地和我分享这一生活。

梯弗里斯的一切对我都具有了特殊的价值和意义。我心中常常出现一种奇怪的感觉——整个这座炎热的城市，以及这些吵吵嚷嚷的亚洲人，仅仅是一部语言不多而又忧郁的戏剧的布景，演出这幕戏剧的只有两个登场人物——玛丽亚和我。

我们到各处去，我们看到了许多事物，而我们总是有足够的钱购买的唯一东西，就是冰镇汽水。我们用蒙着一层水汽的杯子喝汽水，杯子上总是落满黄蜂。我仿佛觉得汽水是银白色的，而在阳光下，玛丽亚的嘴唇给汽水映照得闪闪发光，好像是石榴汁。她那芬芳的呼吸突然吹到我的面颊或眼睛上，在这短暂的瞬间我相信，幸福应该像一个忠实的女奴，为我们和所有的人服务。

我们只字未谈爱情。我们之间一直隔着一条并不结实的细线，我们两

---

① 马·谢·萨里扬（1880—1972），苏联画家。

人谁也下不了决心跨过这条线去。

就是在这个时候，我心中产生了离开梯弗里斯到莫斯科去的决定。我使自己相信，我无论怎样都能经受住这一离别的痛苦，但是在玛丽亚的记忆中，我将始终是一个忠实和纯洁的人。

除此而外，我还用这样的想法安慰自己——我非常想念俄罗斯，想念莫斯科，想念生长着睡莲的任何一条小河，想念小杨树林簌簌的响声。

生活中的一切一下子都发生了变化。瓦莲京娜·基里洛芙娜比往常更经常地对我谈起妈妈和加莉娅，谈起莫斯科，问我以后打算怎么办："不是吗，在这种时候，可不能徒然地待在这外省的梯弗里斯啊。"

我明白她什么都看到了，什么都知道，并且感到不安。

某种沉闷的气氛进入了这幢房子，就连平常的生活秩序也被破坏了。忧虑控制了生活。

我决定逃走。主要是因为根据自己的全部生活经验，我知道我没有权利完全信赖自己。我生活在不断变化的环境中，犹如生活在最如意的环境里，逃避能制止我、能让我明白过来的一切。我父亲临终时用咝咝的声音对我喃喃地说：我担心……意志薄弱……会毁了你……大概，他这样说是对的。

我明白，说实在的，我一生都是在随波逐流。但不管我自己觉得这是多么奇怪，生活的流水却总是恰恰把我带到我想去的地方。但我还是为了这一特性而惩戒自己。

这样想来想去，我很快就疲倦了，竭力想尽快忘记这些想法，回到纯粹是外部的、丰富多彩的生活中来。

我在梯弗里斯的最后一些日子就是这样度过的。我没有对任何人，就连对玛丽亚，也没有说过这是最后的一些日子。尽管我知道这是什么日子。我不说，是因为我愚蠢地对命运之神抱有希望——万一她突然转动把手，一切障碍都轰隆一声自己倒塌了呢。

我们在一起走遍了全市、市内的所有花园——植物园和穆什塔伊德，集市，梅捷赫城堡外郊区的阿夫拉巴尔，锡安大教堂和阿姆奇斯哈特斯基大教堂，库拉河两岸，以及一些著名的十分古老的小酒馆（当时它们还在营业）——“心上人”，“秀尔库拉”和“季利普丘里”，意思是“小虱子”。

在一个集市上，一群群流浪汉、小贩和马车夫围成一个小圈子，在这个圈子中间驱赶一头小野猪。野猪尖叫着，以空前未有的速度奔跑着，试图冲到圈外去。专家们在用秒表计算野猪奔跑的速度，在进行一场赌博。

小酒馆里的顾客们从窗户里伸出头去，纵声狂笑，抬高赌注，唱了许多乱七八糟的歌。

几头驴子安静地、竖耳听着，从玛丽亚的手掌里吃新鲜小胡萝卜，从它们像麂皮样的鼻孔里喷出一股暖风。

铜匠敲得叮当乱响，好似钟声齐鸣，吵得人头疼。我们竭力尽快绕过他们的货摊，货摊旁撒满了截下来的闪闪发亮的洋铁皮、铜和锌片。

一串串平底软皮鞋沉甸甸地挂在行人头顶上方，散发着皮革味、葡萄酒味、醋味和樱桃李汁的气味。从卖蜡烛的小铺里散发出来的是令人愉快的蜜味和蜡味。锡安大教堂附近有一些像树根一样干瘦的老太婆在卖蜡菊。一些茨冈孩子敲着铃鼓，装腔作势，跳着舞，跟在电车后面奔跑。搬运工人们对行人大声喊叫着，背上扛着大包散发出强烈气味的烟草。卖花女们能根据最苛求的趣味于转瞬间扎好一把把花束。“心上人”小饭馆的墙上画满了世界伟人的肖像——列夫·托尔斯泰、爱迪生、查尔斯、达尔文、普希金和拿破仑，不过所有这些人都是不折不扣的格鲁吉亚人，身穿胸部缝有子弹夹的束腰无领长袍，腰挎一柄很大的短剑。

我们去过绿荫如盖的穆什塔伊德公园，那里的花散发出一股潮湿的泥土芳香；去过植物园，那里可以听到山泉哗哗的响声；我们曾坐在像世纪一样古老的阿姆奇斯哈特斯基大教堂的台阶上，听库拉河幽怨的流水声、马脖子上的铃铛声，默默不语。

一切都在无言中说出来了。而忧愁，尖锐的、无法遏制的忧愁越来越强烈地攫住了心灵。

在这忧愁最强烈的时候出现了一个摆脱它的虚幻的机会——《外高加索汽笛报》编辑部派我到阿塞拜疆和亚美尼亚去做一次长途旅行。我和一个工程师委员会坐一列专车前去，工程师们要去调查外高加索铁路的情况。

千年的烟雾

从梯弗里斯去埃里温的路上，在波姆巴克峡谷中绿荫覆盖的狭隘通道上，列车要爬极陡的坡，走一条条弯道。车上的所有铆钉、弹簧和缓冲器都发出轧轧的响声，列车以极慢的、慢得肉眼几乎看不出来的速度爬过一座座很窄的、令人头晕目眩的桥梁。

这条铁路上的一切都是建筑在极限的基础上的。列车运行需要用加倍的牵引力，并要有一辆后推机车。

乘坐这趟列车的那些十分庄重而且极讲礼貌的老工程师们，对我和一个老亚美尼亚人——一个像我一样偶然来到他们这些懂得高深技术的人们当中的医生——说，在筑成这条铁路以后，工程师——铁路的建造者——害了精神病，他被关进了疯人院。然而，铁路却在完好地通行，虽说会使乘客们感到恐惧。

我从来还没有像在这趟公务列车上这样舒适地旅行过。

我有一间单独的包厢。我一直坐在窗前的小桌上，列车载着我在峡谷上方奔驰，峡谷里落叶堆积如山，被太阳晒暖，散发出一股松节油味。

在山峦断裂处出现一些洒满露水、植物繁茂的山谷。山谷很多，大概没有一幅地图，即便是最大的地图，能把所有这些山谷都画上去。

我好像觉得在这些山谷里居住着一些十分幸福的、太古时代的人。他们抽着烟，坐在自己房屋的门口。晒黑了的妇女们用铜水罐提着清凉的水，宽宽的眉毛给她们眸子的闪光投上一层阴影。

我深信，由于周围的环境，这些人是幸福的。但是匆匆一瞥，却不能发现这幸福的任何迹象。需要全神贯注地倾听，聚精会神地细看，那么才会听到犹如弦乐器为列车车轮的响声伴奏的、蜜蜂的嗡嗡声，总是在无谓忙乱的小鸟们的啁啾声；才能看到草丛中迅速跳动的闪光，一直在穿过铁路路基的山泉像玻璃那样闪闪烁烁，变幻不定。

我从车窗探出身子，在看，在想。我在想念玛丽亚，我已经觉得我所以能尽情享受这光、植物和群山，全都要归功于她。仿佛是她拉着我的手，领我来到这些地方，并为我的惊讶而高兴，在欢笑。

我甚至不知道格鲁吉亚的这一部分地区叫什么名称。也许，这已经不是格鲁吉亚，而是亚美尼亚了。谁知道呢？

我满怀着柔情和感激之情回想着玛丽亚，仿佛她真的是亲自创造了这个高加索，而且毫不犹豫、很轻松地把它赠送给了我。

我越是这样回想她，玛丽亚的形象在我的回忆中也就变得越加虚幻，她的声音也就变得越加模糊了。

列车一直载着我驶离梯弗里斯，越去越远。森林变成了灌木丛和沙砾坡地。

突然，我在这些灌木丛中看到了我觉得似乎是幻想出来的景象——一个大帐篷，一根旗杆。旗杆上是一面挪威国旗。帐篷附近，树上拴着几匹马。一些肤色晒黑了的人走来走去，愉快地互相大声呼喊着，不知在说什么。他们都穿着格子衬衫，戴着灰色的细毡帽。

这一切都使人想起梅恩·里德或费尼莫尔·库珀笔下的英雄们的休息地。我甚至惊讶得大喊一声，跑进隔壁一间包厢，去找那个亚美尼亚的老医生。

"请放心！"医生抽着一支很粗、味道很辣的香烟，说，"那是南森[①]的食品供应团中的一支供应队。这完全不是骑马的牧人，也不是猎取人的头骨的猎人，而是一些会计和医生。难道您不知道南森正在亚美尼亚工作吗？"

我知道这回事，但是不能想象，"实际上"看起来这是那么奇怪。

夜间列车驶上高原，冷起来了。早晨，当第一块方形的阳光悄悄地在包厢里从一个角落移向另一个角落的时候，我一跃而起。

我冲到车窗前，呆住了。我感到一阵轻微的寒战掠过我的背脊。我产生的第一个想法是叫醒我的所有旅伴。

但大家还都沉睡着。只有那些彬彬有礼的老人们轻微的鼾声不时打断车厢里睡梦的寂静。

---

① 弗·南森（1861—1930），挪威的北极考察家。

我从一个车窗奔向另一个车窗、第三个车窗，然后用尽全身的力气抓住皮带，猛一拉窗框，把车窗提了起来。轮廓的清晰和色彩的纯正随同寒冷的空气一起冲进了车窗——那里，外面，在最古老、纯洁的天空中，一座一干两峰的雪山遮住大地的整个边缘和半个天空，一直耸往天顶。这是阿拉拉特火山。山上的雪仿佛升到空中，紧挨着太阳。雪的闪光宛如发光的烟雾充塞于空气之间。

阿拉拉特火山！我怎么也不能相信我亲眼看到了它。古代的一切神话，遥远的许多世纪的所有童话都具体地体现在这座巨大的高山中了。甚至看不到延伸在它雄伟的山脚下的土地——厚厚的空气遮住了土地。山峰耸立在世界之上，透过烟雾显示出来。

我目不转睛地望着阿拉拉特火山。我既不想喝，也不想吃。我担心在我做这些事情的时候，阿拉拉特火山会移开，会消失，会变得看不见了。

老医生不以为然地摇摇头，不知说了些什么来评论我这种过分的、对于健康甚至是危险的、强烈的敏感性。但是，他这个打着蝴蝶领结的老头子能懂得什么呢！

数千年的历史接触到了我的眼睛，我呼吸着被大量撒布在亚美尼亚的石头温暖了的空气。石头接受了巨大太阳的这些热量，而太阳正满怀信心和力量，用光划破这里的蓝天。

我们的祖先向它，向这太阳祈祷。祈求它不要使他们的土地、他们的皮肤、他们的头发化为灰烬。光河流向大地，透过光河的闪光传来了愤怒的马嘶和驴子十分委屈的哭声。

这里是宗教、传说、神话和历史的交叉点。历史与诗关系密切，不可分割，而诗又是在历史的火焰中锻炼出来的。

我就是在这种半梦境、半谵妄的状态中来到了埃里温。还没有看到城市，我已经以整个身心接受了它。如果在整个埃里温市，在街道上或某一片荒地里仅仅生长着唯一一株枯萎的小草，那么对于我来说，要感觉到这些地方的神奇性，感觉到这些地方真正的古老和力量，那也已经足够了。

在那些年里，亚美尼亚才刚刚开始加工一种轻而疏松的石头——染上各种柔和色彩的阿尔齐克凝灰岩，有雪青色的、粉红色的、淡蓝色的、土红色的、黄色的和黑色的。

在建立了苏维埃政权的最初几个月里，就用凝灰岩在埃里温建造了一些很漂亮的房子。

我从这些暂时还无人居住的空房子旁边走过，听到里面——凝灰岩的墙里面，仿佛有轻微的回声在互相呼应。

我完全是独自一人在埃里温度过了整整一天，只是到晚上我才回到列车上去。在这个陌生地方，在这被晒焦的、半已空荡荡的城市里，我喜欢我的孤独。

我喜欢的是，谁也不问我任何问题。我可以想玛丽亚，并常常仰望北方——那里已经夜雾缭绕，遮蔽了通往梯弗里斯的道路。

夜里，列车继续向南方运行，驶往朱利法市。

白天我们通过著名的极热的蛇谷，那里有许多蛇卧在钢轨上晒太阳，因此列车车轮有时只能空转。

老医生断言，蛇可能通过任何一个洞爬进车厢里。医生的话吓坏了列车员，因此他在车厢里行走时，拿着一根小铁棒，有好几次毫无必要地给制动装置放气，害怕蛇会钻到制动装置里去。

我看到了几条被车轮轧断、还在扭来扭去的蛇。列车员数了数被轧死的蛇，感到高兴。

我已经是第二天没有离开车窗了。我感到忧郁，然而幸福。

土地只是有些地方耕耘过。在荒凉多石的田野里，我看到了亚美尼亚的农民，他们更像是游击队员或起义者，几乎每人背后都背着步枪。这是很久以前遗留下来的习惯，耕作时都要带着武器，以防备库尔德人袭击。

到1923年这本书中所描写的一切事件发生之前，库尔德人每年都要对我们与土耳其、波斯交界的边境地区发动两次毁灭性的袭击。秋天一次，好靠抢劫到的东西度过冬天；春天一次，好靠劫掠的东西维持夏天的生活。春天的袭击算是轻微的，不像秋天那次那样毁坏一切。

库尔德人多半是骑着身躯细长、筋肉强壮的马泅渡边境上的阿拉斯河的，因此在库尔德人最喜欢的几个渡口设立了我们的哨卡，在车厢平台上布置了警卫。

不过我们没看到库尔德人，只看到了炎热的、水流湍急的阿拉斯河。河水混浊，呈粉红色，河水染上了附近山峦的色彩。

马其顿王亚历山大①远征印度的时候，修筑了一条经过亚美尼亚的道路，在阿拉斯河上建造了几座桥梁。我们在其中的一座桥梁附近走出了车厢。

荒野里的云雀在炎热的寂静中鸣声悦耳，好似拨动许多小小的颤抖的琴弦。

铺路的、极大的石板裂缝里枯草的草穗已经发黄，沙土色的大蜥蜴在跑来跑去。

桥在从前是以极大的跨度横架在河流的两岸。现在桥中间，那个所谓

---

① 马其顿王亚历山大（公元前356—公元前323），著名的马其顿国王。

“拱心”的地方已经塌掉了。

彬彬有礼的老工程师们好长时间看着那座桥，从那些有一头削尖了的石头之前挖出变得像石头一样硬的黏土，寻找木头支柱的痕迹，可是什么也没有发现。

“不可思议！”他们说，并且摇摇头，“就连我们的别列柳布斯基[①]也造不出这样的桥来。建筑上的奇迹！杰作！”

几十条蜥蜴瞪大了眼睛望着这些罕见的客人，吃力地、激动不安地喘着气。风顺着桥梁，一会儿把粗糙的灰沙——法尔西斯坦土地上灼热的灰尘——吹向前面，一会儿又把它们吹回去。

由于暑气，群山仿佛烟雾腾腾。波斯那边的河岸上，矮矮的土坯房子的屋顶上站着一些光着身子的波斯孩子，太阳在他们棕色的肚子上闪闪发光，好像照在一些小铜锅上。

“不可思议！”工程师们叹息着，“神奇！”

在工程师们赞叹的时候，我坐到桥头一块削平的石头上，那块石头雕成一个毫无热情的狮子头的形状。由于长着一层地衣，狮子的眼睛是黄色的，这赋予狮子完全活的一般神情。

我想在阿拉斯河里洗个澡，可是不但老医生和工程师，就连列车员也向我大声喊叫起来。第一，阿拉斯河里有像头发一样细的软体虫。第二，阿拉斯河水会让人得麻风病。第三，波斯边防军人——士兵们（他们显然就住在对岸那些房子里，他们的孩子洗干净的肚皮正在屋顶上闪闪发光）可能会向我开火。

---

① 尼·阿·别列柳布斯基（1845—1922），俄国工程师和桥梁建筑学家。

对于我来说，“麻风病”这个词本身似乎就含有某种古老的成分。这个词就像这里发烫的小石子一样，似乎不时发出暗淡的、云母的微弱闪光。

我没有洗澡，不过还是把自己的手伸进稍有点儿温暖的水里。等手干了以后，手上出现了像粉一样极薄的一层深棕色的灰尘。

白天，列车停在一个两面都是陡坡的峡谷里。

“好吧，”老医生对我说，“在这里，您要为自己和为我吃点儿苦了。那里，上边，”他径直指着天空，“在陡峭的悬崖上有一座大教堂，不过只能顺着石阶爬上去。石阶是在山岩上凿出来的，在山洞里面。我担心，除了您，列车员和巴尔金工程师——格鲁吉亚最好奇的一个人——谁也没有决心爬这条石阶，而且还是在这么热的大热天。”

结果老头儿说得不错。只有我们三个人爬了上去。

山洞的入口长满了带刺的灌木丛。我们穿过灌木丛，用手电筒照着，找到了向上去、通往一片黑暗之中的最初几级石阶。

石阶很陡，而且都已磨损了。不过并不觉得闷热——像在管道里一样，凉风习习，一直吹着我们的背脊。

不久，上面出现了一线微光。我们累得筋疲力尽，咒骂着，好不容易爬到了这条地下通道上面的洞口，爬到了洒满阳光的大教堂的祭坛上。

在这强烈的、仿佛死气沉沉的阳光中，有一些燕子在大教堂的圆顶下飞来飞去。墙上的壁画好像是昨天才画成的，画中圣徒们头上的金色光轮，以及他们那如同福音书中所描绘的衣服上的绿松石和紫红色彩不时发生反光。

我们走到大教堂中一个很小的院子里。教堂矗立在悬崖峭壁的顶上，肉眼就能看到一条条灼热的空气从我们身旁飞向天空，好似一堵摇摇晃晃、不停地颤动的空气墙，环绕着大教堂。

周围静悄悄的，空气那样纯净，什么也不能破坏这种寂静。无论什么声响也无法穿透这层厚厚的暑气。只能怀着羡慕的心情想象，在200公里外的某处，凉爽的黑海海水正在涌向海岸。

在大教堂里，我们没有找到一滴水。住在这无法攻克的要塞里的人喝什么呢？无法理解。

我的运气真好。祭坛的窗台上放着一本蒙着厚厚一层灰尘的小书，我拿起它来。更确切些说，我是小心翼翼地把它从大理石窗台上拉下来，打开了它。

完全干透了的书页发出嚓嚓的响声。我看到了拉丁文的祈祷词和一朵枯萎的勿忘我花。

我拿走了这本祈祷书。我想把它送给玛丽亚。

大教堂的围墙里面，很硬的荆棘丛中乱扔着许多雕刻有花纹的大理石薄板。

我拾起一块打碎了的粉红色大理石石板，上面雕刻着一嘟噜葡萄、一个独角兽的头，还有一组复杂的亚美尼亚文花字。阳光照射在这块石板上的时候，石板透露出娇艳的血红色，就像孩子的手掌对着光线时那样。

我搬走了这块石板。我和列车员把它拖回我的包厢，我也想把它送给玛丽亚。如果可能，我真想把这整座教堂都送给她。这座教堂里几百年来没有听到人的声音，现在那些燕子生气地在我们周围唧唧地叫着，催促我们快点儿走。

我模模糊糊地记得坐落在落满尘土的桑树丛中的纳希契凡[①]——一座

---

① 现在是苏联的纳希契凡苏维埃社会主义自治共和国的首府。

距离俄罗斯如此遥远的城市，在那里很难想象，世界上有一个莫斯科。

我记得朱利法，在那里过了铁路桥就已经是波斯了，我们的领土到桥中央为止，有一些赤脚的波斯士兵坐在桥中央在卖里海拟鲤和烟草。

回来的路上，列车行驶得很慢，在每个车站上都停留很长时间。工程师们对什么都要吹毛求疵，检查一切，深入地了解车站上生活的一切琐事。

老医生在睡觉。而我，由于闷热得难受，整天都坐在车站上小花园里一棵老桑树的不大阴凉的树荫下，看我从老医生那儿抢来的唯一一本书——《热带病诊断和治疗方法》——并不时打盹儿。

偶尔有一列货车懒洋洋地慢慢驶进站来。于是，由于炽热的机车和从煤水车上流出来的、含油的沸水，就更觉得加倍热了。

我在车站上几乎坐到晚上，对自己的耐心感到惊讶，但走动几乎是不可能的。

月台上一个还剩有一些温水的锌桶在漏水。一些小蜥蜴一直在往水桶旁边的水洼里跑，好喝一个够。

我怀着忧郁的心情看着货车车厢上的字："已在特维尔车站机车库检修"，或者是："已在弗拉基米尔车站机车库检修"。

那里，在特维尔和弗拉基米尔，在那些荒芜的城市公园里，也许现在甚至正在下雨，真正的雨，宁静的雨。没有任何人妨碍它哗哗作响，嗒嗒地敲打着树叶，湿润种着矮牵牛的松软的花坛，形成几条懒洋洋的小溪，流入那条很久以来就以自己清澈的河水而闻名的克列亚济马河。

有时，我注视着地平线上坡度平缓的山峦。这些山大概没有名字，而且是否该给这些由岩屑和黏土日久天长积压而成的、连绵不断的、隆起的干燥土地都取一个名字呢？必须是一个多么轻信的幻想家，才会像马其顿王亚历山大那样，到这毫无乐趣的荒漠里来，完全相信在那死气沉沉的热蒸气后面有两条大河——印德河和甘格河，还有几十条旁的河流把深不可测的、发黑的河水送进大洋，这大洋又处于百合花、莲花和像白蚁的建筑那样独出心裁的庙宇之间。

有时，一阵旋风从群山上面吹过，山巅腾起红色的尘柱。

后来列车开始从被晒焦的盆地爬上高地（或者照工程师们的说法，叫作“高原”），那里已经刮起了风，夜里有点儿冷了。

铁路沿着阿尔帕恰伊河岸向前延伸。

有一天，白昼将尽时，列车在紧靠河边的地方停了下来。我们看到了对岸的柱廊形大厅，盖着瓦的亚美尼亚圆屋顶，但完全荒无人烟。那是古代的亚美尼亚都城——阿尼，世界上真正的奇迹之一的遗址。

工程师们从土耳其那边的河岸上叫来了边境哨所的长官——一个土耳其军官。

他用马鞭不时轻轻拍打着漆皮绑腿，故意卖弄地随随便便从吊桥上向我们走来。几个士兵跟在他后面，士兵们好像苦行僧或麻风病人，只有他们的铜肩章可以证明他们的军人身份。

军官允许我们参观阿尼，但只能到日落时为止。他的这一决定在士兵间激起了无比的喜悦之情，闻到了“小费”的气味。

我大胆地跟在军官后面顺着吊桥往土耳其河岸走去。我们每人身后都跟着一个土耳其士兵，他们有时扶着我们的胳膊肘，或者拉住吊桥上摇摇晃晃的绳索扶手，不让它们摆动。

吊桥是用一些很窄的木板扎成的，木板与木板之间的距离完全可以掉下一个人去，只要一步踏空，就会跌进阿尔帕恰伊河里。

桥在颤抖、倾斜，歪到一边。每走一步，它就摇晃得越来越厉害，好像秋千一样，简直有把我们所有人全都抛进水里去的危险，而桥上距离水面有20多米。

我走到一半，站住了——桥从下面撞击我的脚后跟，把我抛向一边。

士兵从后面抓住我，并且喊了一声。立刻，其余的士兵都在桥上跳起一种复杂的舞来，好让桥不再大幅度摆动。这时士兵们都紧张得满脸通红，古怪地瞪大双眼，像野兽般叫喊着，好似在发起冲锋。

岸上坚实的土地在我看来好像是能躲避一切灾难的、最好的避难所，特别是可以躲避地震。

在阿尼的一座小营房里住着士兵，而城市里——总共只住着几个牧人。他们在废墟间牧羊，夜间随便挑一座柱廊形大厅，在里面过夜。

阿尼是什么呢？当然，有些事物我们是无法表达的，不管我们怎样竭力想做到这一点。怎样才能表达这样的寂静呢？——从老远就能听到羊蹄奔走的沙沙声，听到早已干枯的花朵的果荚中成熟的种子的响声，就像儿童玩的哗啷棒那样的响声。

教堂台阶上长满了普通的蒲公英，怎样才能表达燕子的翅膀投在这些台阶石板上的阴影呢？

荒无人烟，风和寂静。在这一切之中只有草、壁画和像壁画一样的天空。

云一动不动，好像是著名的意大利名手画出来的，云隙间有时会向地面投下斜射的唯一的一道阳光——多莱[1]喜欢描绘的著名的阳光。

---

① 古·多莱（1832—1883），法国画家。

还从童年起，这道阳光就已经成了以《旧约》中的故事为题材的绘画的一个组成部分。在被晒焦的阿尼地面上空看到这样的阳光，我立刻就明白我来到了和地球本身一样古老的地方。

太阳落山了，我们该回去了。

要是能在这些废墟中过夜，细细观看星斗的运转，我会觉得多么高兴啊，我甚至会自己羡慕自己。

我怎样才能把这一切告诉玛丽亚呢？关于大犬和小犬星座——去朝拜先知坟墓的朝圣者的指路星，我能说些什么呢？瞧，那就是它——低低的、明亮的，在这广阔无垠、贫瘠而又可爱的土地上空照耀着。

也许，从玛丽亚睡着的那间房屋的窗户里也能看到它吧。但这需要风撩开窗帘，需要玛丽亚在睡梦中很快地说出一句什么话，在一瞬间睁开眼睛，那么星光就会像预兆一样进入她的眸子了。

回去时走过吊桥已经不觉得那么可怕了，黑暗帮了我们的忙。

土耳其人在呼喊，不知哪里有一头驴子在与我们告别，仿佛是在哀号。我好像觉得苦艾的气味是世界上最香的气味，这是流浪和苦痛的香味。当时我这样心里想，并且立刻骂自己是一个脆弱的象征主义者。

这都是虚构

整整一夜，列车在波姆巴克峡谷里行驶。峡谷好似一大堆浓密的黑暗，但有时这黑暗中会渗透出几十处火光，于是黑暗渐渐变淡了，仿佛轻飘飘的，没有重量，灯光从下面照亮了许许多多形状不同的叶子。

我没有睡，我已经完全决定要留在梯弗里斯了。我觉得在远离玛丽亚的地方，我不可能生活下去。我做好了应付一切情况的准备——即使她连一次也不看我，然而也许我突然会在早晨、白天或晚上听到她遥远的声音。让同一个天空伸展在我们的上方，让她和我同样都能看到这朵像戴着脸甲的骑士头颅的白云。

列车于中午，正是一天中最难过的时候到达梯弗里斯。这时酷暑把一切色彩都变成了灰色，好像把空气也弄脏了。

我坐着马车去兹达涅维奇家的时候，心中非常激动。马车上，在我脚边放着一块美丽非凡的大理石石板。

兹达涅维奇家住的那条小巷阒无一人，小巷仿佛被太阳晒化了，他们那幢住宅的窗户全都关着。我在门口拉了铃，好久不来给我开门，这不知为什么使我感到害怕。马车夫把大理石板拖到门口的平台上，说："这块纪念碑是给谁带来的？给老奶奶的，还是给老爷爷的？是件珍贵的礼物啊，卡措！"

我又拉了拉门铃。瓦莲京娜·基里洛芙娜从门后问：

"谁呀？"

我说出了自己的名字。

"可我今天没预料到您回来。"她一面开门，一面说。

前厅里电灯亮着，灯光暗淡，惊恐不安的长颈鹿在这灯光中从墙上望着我，好像要预先告诉我什么不幸的事。所有房间里都是一片黑暗。

瓦莲京娜·基里洛芙娜今天没预料到我回来，这我非常清楚。不过玛丽亚在哪里呢？她今天是否预料到我回来？为什么住宅里一片昏暗，一个人也没有呢?

“出什么事了?”我问。

“什么事也没出,”瓦莲京娜·基里洛芙娜回答,我好像觉得她冷笑了一声,“只不过是都不在家。玛丽亚到博尔若姆去了,要去两个月。医生给她开了个处方,叫她去博尔若姆治病。可这算是个什么墓碑啊?”

“这是件很美的东西,”我回答,“它至少有500年了。”

“让车夫把它搬到阳台上去吧,要不,放在这儿大家都会被它绊着的。”瓦莲京娜·基里洛芙娜说,说罢转身回自己屋里去了。在房门口她又回过头来说:“况且这一切全都是您想出来的……”

我走进自己的房间,感觉到我不在梯弗里斯的这段时间里,这个房间已经失去了生命。

我仔细看了看桌子。我不知为什么深信,一定会在桌子上看到玛丽亚留下的字条,哪怕只是一张很小的条子。但是没有字条。

窗外那个熟悉的、甜蜜的男高音又唱起了伊杜梅亚的百合花。我看了看表,12点半—— 一天中最令人感到茫然和炎热的一个转折点。

“白痴!”我大声说,指的是那个声音甜蜜的歌手。

我想哭,但是我竭尽全力控制住了自己。后来这没有哭出来的眼泪那样沉重地压在我的心头,仿佛整座大卫山都压到了我的胸膛上,只让我以平常百分之一的呼吸量进行呼吸。

我走了出去,暑热像热茶一样浇到我的身上。但我并不躲避它,而是在街上有阳光的那一边行走。我从库拉河上颤抖的韦里亚桥上走过去,走进《汽笛报》编辑部,说我明天就到北方去,请求人们什么也不要问我,然后走了出来。我到穆什塔伊德花园里去,在树荫下的长凳子上坐了好久，然后径直坐到地上——阴影里地上是凉的。

我抓了些冰凉的泥土，放在手掌里，把它贴在额上。

有一个在这天以前从未有过的想法，一个十分尖锐、尖锐得令人心痛的、完全清清楚楚的想法。由于这个想法，我想呻吟。由于意识到自己的完全孤独，这孤独不是虚构的，而是实实在在的，因此也是令人十分难堪的。由于意识到谁也不需要我——无论是玛丽亚，无论是所谓的朋友还是我自己，谁也不需要我，我想呻吟。

痉挛像往常一样紧紧掐住了我的喉咙。唉，不过妈妈呢？加莉娅呢？只有她们能宽恕我。如果可能的话，我就要叫妈妈来，请她帮助我、保护我。也许，我真的喊了一声什么，因为一个留着大胡子、胸前戴着铜牌的人，大概，是个看门人，走到我跟前来说：

“你害病了吗？你走吧，离开这儿吧。这儿有孩子在散步——在玩。”

于是我走了。现在我确切地知道该做什么了——到基辅去。只有到基辅去，到妈妈和加莉娅那里去，只有这样才能安慰我。只有这样。

我凭什么断定，我是怎么想出来的，认为我和玛丽亚已经由某一共同的激动和共同的忧虑连接在一起了？胡说八道！不错，我是被连接起来了。但她，她也许甚至根本就没有往这方面想。这一切都是虚构！只不过是我的虚构而已！就让它是虚构吧！

梯弗里斯车站离穆什塔伊德花园不远。我走到车站，买了一张去博尔若姆的本地区火车的车票，坐上火车出发了。

我没看到车窗外的任何东西，只注意到火车开得异常快，快得使人难以在滑溜溜的木板长凳上坐稳。

在博尔若姆，我下了火车。立刻又买了回去的车票，到傍晚回到了梯弗里斯。除了车站广场，在博尔若姆我什么也没有看到。

瓦莲京娜·基里洛芙娜给我开了门。

“您今天吃过什么吗?”她问。

“吃了……谢谢……我明天就去俄罗斯。明天早晨我来付清房租，与大家告别。”

我很快走进自己屋里，从里面把门锁上。那个声音甜蜜的白痴又在唱他那首白色百合花环的抒情歌曲了。

长颈鹿从墙上惊恐不安地望着我，我仿佛觉得它的嘴唇像要哭的孩子那样在颤抖。

我没脱衣服就躺到沙发上，枕头底下有什么东西窸窣作响。我拿起枕头，看到了一张字条。字条是玛丽亚留下的，上面总共只有一句话：

“祝福您，别了。”

在去基辅的一路上我一直在想着这句话，试图对自己把它解释清楚。无论如何，这句话没有给我带来一丁点儿安慰。“这都是虚构!”我重复了一遍这句死死缠住我的话。

是啊，不过怎么办呢，如果没有虚构也无法生活的话!

雅尔塔——奥卡河上的塔鲁萨

1959年至1960年

非琴俄罗斯文学经典译文集

ПОВЕСТЬ О ЖИЗНИ

一生的故事

第六部

[俄]康·帕乌斯托夫斯基 著
非 琴 译

河北出版传媒集团
河北教育出版社

图书在版编目（CIP）数据

一生的故事 / (俄罗斯) 帕乌斯托夫斯基著；非琴译. -- 石家庄：河北教育出版社，2017.10（2022.7 重印）

（非琴俄罗斯文学经典译文集）

ISBN 978-7-5545-3673-5

Ⅰ. ①一… Ⅱ. ①帕… ②非… Ⅲ. ①散文集－俄罗斯－现代 Ⅳ. ①I512.65

中国版本图书馆CIP数据核字(2017)第054398号

非琴俄罗斯文学经典译文集

一生的故事

作　　者　康·帕乌斯托夫斯基（俄罗斯）
译　　者　非　琴
策　　划　杨　才　蒋海燕
责任编辑　蒋海燕　郝建国　马海霞
　　　　　霍雅楠　石　姮　程亚星
装帧设计　于　越　郝　旭
出版发行　河北出版传媒集团
　　　　　河北教育出版社　http://www.hbep.com
　　　　　（石家庄市联盟路705号，050061）
印　　制　河北新华第一印刷有限责任公司
开　　本　787mm × 1092mm　1/32
印　　张　56.75
字　　数　1336千字
版　　次　2017年10月第1版
印　　次　2022年7月第2次印刷
书　　号　ISBN 978-7-5545-3673-5
定　　价　218.00元（全6册）

第六部

漫游的书

目 录

回忆过于沉重地压着我的双肩，

即使在天堂里我也会为尘世哭泣……[1]

——玛丽娜·茨韦塔耶娃

到最后一次相见

我花了很长时间好不容易从梯弗里斯来到基辅。

列车到达基辅时已经快到晚上了。春意正浓，春色满园，栗树繁花盛开，落日炎热的余晖在弗拉基米尔大教堂的圆顶上闪着红光。克列夏季克广场打扮得十分漂亮，人声嘈杂。在我的眼里，妈妈和加莉娅姐姐住的那间小屋好像显得更加可怜和空荡荡的了。

从我离开基辅去敖德萨，后来又去梯弗里斯，已经过了两年多了。在这段时间里，妈妈和加莉娅都见老了，不过心情却平静一些了。

一有可能，我就给妈妈寄钱去，并一直为钱太少，而且总是要隔一段时间才能寄一次钱去而感到苦恼，但妈妈并不抱怨。我确信，她的性格的

① 俄国女诗人玛·伊·茨韦塔耶娃（1892—1941）的诗《在天堂里》。

确是坚韧不拔的。

“科斯季克，”在最初的流泪和最初的一些杂乱无章的询问以后，她说，“我和加莉娅发现了一个很好的办法，可以不用花多少钱，日子过得还不错。”

“这是个什么办法呢?”

“你看看这间房子——你就会明白了。”

我仔细看了看这间房子。屋里的墙是黄色的，像医院里一样，家具少得可怜——两张不结实的铁床，一个旧橱，一张厨房里用的桌子，三把摇摇晃晃的椅子和一面挂着的镜子。这一切上面都蒙着一层灰色的东西，好像是灰尘。但是什么灰尘都没有。是陈旧和不断用抹布擦洗，使这些东西都具有灰暗的色调。

“你听我说，”加莉娅说，并且病态地对着阳光照射进来的窗户那边微微一笑，“你听我说，我和妈妈甚至还进行修理呢。”

我还没来得及和妈妈单独在一起，问问她加莉娅的视力怎么样了。不过我留心看着加莉娅，明白了她已经是一个真正的盲人，完全失明了。妈妈用目光向我示意，望了望加莉娅，匆匆从一件旧毛线上衣的袖子里掏出一块小手帕，紧紧捂到眼睛上。

“妈妈，”加莉娅惊恐地问，“你怎么啦？哭了?”

“高兴得哭了，”妈妈用控制不住的声音回答，“科斯季克来了，我们大家又在一起了，我和你又不只是两个人了。”

“科斯季克来了，”加莉娅慢慢地又说了一遍，“来了！我的弟弟。”她迟疑地补了一句，仿佛是把我介绍给什么人，“是的，我的弟弟!”

她沉默了一会儿。

“科斯季克，你听我说，我和妈妈争论了好久，应该把墙刷成什么颜色，结果刷成了橙黄色。很漂亮，是吧？”

“非常漂亮，”我望着刷着一层廉价的黄颜色的墙回答，“非常好看。”

“妈妈说就是在阴天，我们屋里也好像有太阳照耀着。对吗？”

“对。”我回答，“这墙的颜色很鲜明，令人很愉快。你们是在哪里找到这么好的颜色的？”

“我已经什么都看不见了。”加莉娅说，又微微一笑，不是对着我，而是对着旁边什么地方，“不过我感觉到，从墙上简直是冒出一股暖气来。”

她扶着那张粗糙的、厨房里用的桌子，慢慢向我走来。我站起来迎着她走过去。她摸到我的手指，手顺着我的手臂摸到肩膀，碰到了我的面颊。

“哎哟，你怎么没刮脸啊！”她说。说着笑了起来，“我扎着了手指头。我已经不做假花了，看不见。现在我们的邻居，一个编结女工，让我给她把粗毛线捯开，绕成大线团。每绕一团，她给我两卢布。”

“加莉娅绕粗毛线的时候，我就给她念点儿什么。科斯季克，现在你明白我们是怎样生活的了吧？”

“是的，我明白了，”我回答，竭力不显露我不安的心情，“我全明白了。”

“我们，”妈妈说，“把一切多余的、所有不需要的东西全都卖了。”

“在日特市场上卖掉的，”加莉娅补了一句，“譬如说，我们干吗需要茶炊呢？还有那些贴着全家人照片的旧丝绒相册。这样的相册，我们有4本，许多年来它们一直保存在科兹洛夫斯卡娅太太那儿。”

科兹洛夫斯卡娅是个年老体衰、性情温和的老太婆，是妈妈很久以前的女友。

“所有照片我都留下来了。”妈妈好像辩解似的说。

“妈妈运气真好。她根本没料到，现在有谁会来买这些相册。”

“你知道是谁买的吗？”妈妈插进来问。她活跃起来了，甚至笑了起来，“兄弟修道院里的一个僧侣。他把4本相册全买去了，他需要这些相册。你猜猜看，科斯季克，做什么用？”

我当然猜不出。

“丝绒封面很厚很重，”妈妈解释，“用它们可以做成很漂亮的、简直是非常考究的《圣经》上的封面。僧侣把这些《圣经》卖给各个乡村教堂，我们却用不着保存这些废物了，这样过得更安心。我一生都说，东西在消耗我们的全部精力，在折磨我们。它们就像指使短工那样，强迫我们为它们工作。”妈妈好像是制止一场拖延了很长时间的争论，说，“总之，这样生活要轻松些。我们把自己的需要压缩到最低限度。”

妈妈说这些话的时候稍带点儿骄傲的语气。

“那个老太婆怎么样了？”我问加莉娅，“那个向你买花，拿到巴伊科夫墓地上去卖的老太婆？”

“那个老太婆死了。我单用母菊给她的坟上做了一个花圈。”

“一个很好的花圈，”妈妈叹了口气，“最后一个。我这就去把午饭热一热，然后你把自己的事都讲给我们大家听听。好吗？暂时你们先在阿玛莉娅屋里坐一会儿，要么到阳台上去，在户外坐坐。”

我搀着加莉娅的手，领着她穿过阿玛莉娅的房间来到阳台上。阿玛莉娅不在家。加莉娅在地板上走的时候，好像是蹚水过一条浅水河，用脚试探着河底。

我和她坐到阳台上。阳台朝着植物园，偶尔有电车尖叫着在比比科夫林荫大道上慢慢爬过去。弗拉基米尔大教堂广场上，大块鹅卵石之间已经长出了高高的杂草。

快到晚上了，许多窗户反射过来的落日的余晖洒满了街道。

“科斯季克，”加莉娅问，“你真的发表了几篇短篇小说吗？”

“你怎么知道的？”

“有一次，吉莉达顺路到我们这里来，她是埃马·什穆克列尔的姐姐。你记得她吗？”

“当然记得！那么高，看上去全身各部分很不相称。”

“真的吗，可是据说现在她是个美人儿。你认不出她来了。这就是她说的。你怎么不把小说寄给我们呢？”

“我带来了。”

“那么我说，”加莉娅神秘地说，“你把它们放到妈妈的床上，放在枕头上，自己什么也别跟她说。你知道吗，现在这是她唯一的梦想了，梦想你能成为一个真正的作家。不久前妈妈谈起你，说如果你哪怕能多少做一点儿对人们有益的好事，那么你就可以用这来赎——她就是这么说的，‘赎’——父亲的一切过错了。请你告诉我，你写的那些能帮助人们，使他们少受点苦难吗？你是怎么想的？”

正门呼的一声响。

“快点藏起来，”加莉娅很快地说，“这是阿玛莉娅。瞧，她准会大吃一惊！”

我躲到一个栽着一大棵夹竹桃的木桶后面。阿玛莉娅进来了，站到窗间壁镜前，抬起手来，疲倦地整理了一下她那仍然美丽的头发。

"我坐在您的屋里了，"加莉娅说，"因为妈妈在煎肉饼，我们屋里有油烟。"

阿玛莉娅冷笑一声，问：

"他在哪里？"

"谁？"加莉娅惊慌地问。

"他在哪里？"阿玛莉娅又问了一遍，"科斯季克。前室里挂着他的外套。"

这时她看到了我，一把抓住我的手，把我拉到房屋中间，搂住我的脖子，像个农妇一样，用力出声地吻了我好几次。

我照加莉娅给我出的主意，晚上把从刊载我三篇小说的报纸上剪下的剪报放到妈妈的枕头上。这时候妈妈正在厨房里忙碌着。

我当然感到胆怯，偷偷地到城里去了。我在街上徘徊，一直在猜测，妈妈是不是已经看过了那几篇小说。最后我忍不住，于是回家来了。

给我开门的是妈妈。她用双手捧着我的头，用力吻了吻我的前额，她的眼睛里带着泪痕。

"要是你知道的话，"她说，"我刚刚看了一些什么样的作品啊！谢谢你，科斯季克，以我们大家的名义——以你父亲、哥哥们，还有我们不幸的加莉娅的名义。"

妈妈说不下去了，她坐到前室里的一个小凳子上。

"给我点儿水。"她请求说。

我从厨房里拿来一杯水，给她喝了。

"而这是我的儿子，"她几乎是喃喃地说，并轻轻地抚摩着我的双手，

“我的科斯季克！”

“看你说的，妈妈！”我说，试图安慰她，“我要留在这里，和你们在一起。”

“用不着！”妈妈坚决地回答，“走你自己的路吧。只是要记住——可别忘了我们。”

她突然蜷缩成一团，痛哭起来。我抱住她，让她紧紧偎依着我。

“如果父亲还活着的话，”她吞声饮泣，说，“如果他还活着的话！他会感到多么幸福啊。他是一个极好的人，科斯季克。世界上最好的好人。我什么都原谅了他，你也原谅他吧。你的青年时期是很艰难的。现在对于我来说死已经并不可怕了。不过你要答应我，如果我死了，你要把加莉娅接到你那里去。”

我答应了她，但一切都完全不像妈妈所期望的那样。她连我的第一本书也没能看到。生活为她和加莉娅所做的安排是严酷的，也是不公正的。

有一年夏天我去波提，到科尔希达去，打算写一本关于亚热带的书。在波提我害了一种“蓝色”斑疹伤寒，长期住在医院里，和死神搏斗了很久。而在这时候，妈妈在基辅死于肺炎。一星期后加莉娅也死了。没有妈妈，她连几天也无法生活下去。她是怎么死的，谁也不知道，而且始终也没能弄清楚。

阿玛莉娅把妈妈和加莉娅并排埋葬在巴伊科夫墓地干燥、荒废的坟墓中间，那里的坟墓拥挤得令人感到可怕。

我好不容易才找到了她们的坟墓，上面已经长满黄色的荨麻——两座坟墓连成了一座坟丘，上面有一块已经弯曲、翘起来的洋铁皮牌子，上面的题词是：“玛丽亚·格里戈里耶芙娜和加琳娜·格奥尔吉耶芙娜·帕乌斯托夫斯卡娅母女。愿她们安息!”

我没有立刻辨认出这已几乎被雨水冲刷掉的题词。从牌子上的一条裂缝里伸出一根苍白的、几乎是透明的草茎。想到这就是一切，是会感到奇怪而痛苦的。想到这草茎就是她们艰苦的一生的唯一装饰品，这草茎就像加莉娅病态的微笑，就像从她失明的眼睛里流出、停滞在睫毛间的一滴小小的泪珠——它是那么小，以至无论谁永远也看不到它。想到这一切，是会感到奇怪而痛苦的。

我只剩下孤独一人了。大家都死了。给予我生命的母亲——这生命不是无益的，也不是偶然的——长眠在这里基辅的黏土下，墓地的一个角落里，旁边就是铁路的路基。我坐在坟墓旁，感觉到沉重的列车驶过时，大地在颤抖。大概，在那里，在坟墓里，妈妈仍然像在生前一样为我担心。她常常看着我的眼睛，问：

“你什么也没瞒着我吗，科斯季克？当心，可别瞒着啊。你是知道的，我随时都准备到天涯海角，去帮助你。”

田野上的寂静

那时候，1923年8月，我从基辅回到了莫斯科。

我剩下的钱还够过一个月半饥半饱的生活。得在莫斯科的报馆里找个工作。但不久前外高加索的暑热把我折磨得疲乏极了，我不但没有去找工作，反而却梦想着俄罗斯中部地区潮湿的小树林和清凉的河流，梦想着一定要到某个偏僻的农村里去，哪怕只住一个不长的时期也好。除此而外，我希望在生活的一个新时期开始的时候，与旧农村告别——现在已经是永远告别了。我亲眼看见过旧农村，而不仅仅是从契诃夫和布宁的小说中了解它。

有一个机会帮助我与旧农村告别。在莫斯科我暂时住在石榴小巷从前那个女房东家的、一个出差去的房客的房间里。

1917年和我一起住在这儿的那位女邻居——脸上有雀斑的、训练班的女学生莉波奇卡——仍然住在这里。她怎么也不能在医学院里毕业。

和5年前一样，常有同乡从梁赞的农村里到莉波奇卡这儿来，带来一些蜂蜜和苹果，把在莫斯科能够弄到的一切都带回去——就连麻屑和一沓沓卷纸烟用的旧报纸也要带回去。

莉波奇卡的父亲是梁赞附近的一个乡村神父。莉波奇卡细心隐瞒着这一情况，但是还在1917年我偶然知道了这一真情。当着我的面，莉波奇卡嘲笑地把她父亲称作“我的神父”。

根据莉波奇卡的建议，我到他那里去住了两三个星期。

奥卡河把梁赞省分作两个独特的地区——北半部森林多，沼泽多，南半部却只有田野和沟壑。莉波奇卡的父亲居住的叶基莫夫卡村在南半部，在一望无垠的田野里。

我为所去的地方没有森林而感到不快。但过了梁赞市以后，在一个叫斯坚金诺的小车站上，我刚一走出取暖车厢，立刻就忘记了自己的不快。

扑面吹来一股黑麦的暖气。田野上的寂静迎上前来，紧紧靠近我的身边。除了正在离去的火车遥远的汽笛声，没有任何声音触动这样的寂静。

我在月台上几棵老榆树下稍微站了一会儿，闻到了早已忘却的、大车车轮上的焦油味。一棵榆树上拴着一辆大车，一匹灰骟马正在打盹儿，不时动一动发干的皮肤。

大车是莉波奇卡的父亲派来接我的。赶车的是一个叫弗拉斯的十一二岁的小男孩，脸上有麻子，神情阴郁，一路上努力用鞭子抽打那匹骟马凹陷下去的两肋。对于我提的各种问题，弗拉斯都只用一句话来回答："我咋知道呢?"

我们坐在车上好久默默不语，后来弗拉斯终于鼓起勇气说：

"我们的神父，彼得神父，是个鳏夫。年纪老，耳朵也有点聋。这匹骟马是主席借给他的。贫农会的主席。"

不久，沙沙作响的黑麦海洋上方出现了一座白色的钟楼和教堂的绿色圆顶。圆顶上的十字架歪向一边，眼看就要倒下来了。一些麻雀落在十字架上，互相推推撞撞，正在闹纠纷。

彼得神父的房子在村外，就在教堂附近。房子周围密密麻麻长满了接骨木和已经变成野生的丁香，所以只看得到台阶。

彼得神父穿着一件祭服下的旧茧绸长内衣走了出来。他个子不高，后脑勺上耷拉着几绺细长的白发。他用颜色很淡的眼睛看着我的脸，齿音发音不清地说：

"谢谢，承蒙不弃，前来看望我这个老头子。我们过的是穷日子。不过常言说得好，'即使吃糠，也不抛弃叶基莫夫卡——我的故乡。'您休息休息吧。空气，我们这儿有的是。"

于是，我住在了这座房子里。这个耳朵有点儿聋的老头儿整天不知在屋里慢腾腾地忙些什么。

"我真不知道，"他用好像搞什么阴谋似的口气说，"为什么不碰我这个上帝的奴隶？莫非是体谅我年老吗？还是因为这个教区穷得很，没有什么收入呢？这是梁赞主教管辖区里最没有用的一个教区，我只是靠果园和土豆过活。苹果树都已经太老了，结的果小得很，而且有虫。这种苹果的价钱——两戈比1俄斗[①]。莉波奇卡一直在帮忙，要不，早就把我拖到乡村墓地上去了。”

屋里阴暗、凉爽，看来衰颓的洁净早就在这儿安家落户了。没上过漆、刮得干干净净的地板好像是灰白色的。

屋里飘散着一股神灯油的气味。神龛后插着几小束干金丝桃。除了一本《日课经》和一本已经看破了的、扎索基姆斯基[②]的长篇小说《斯穆林村记事》，没有别的书。一小罐墨水已经长出了一层白醭。

和四周的田野上一样，这座房子里的主要居住者仿佛是处于麻木状态的寂静。有时一只熊蜂满怀信心的嗡嗡声会打破这里的寂静。熊蜂像主人那样飞遍所有房间，生够了气，唠叨够了以后，它才心情轻松地从敞开着的窗户飞出去，飞进暑热沉睡的田野上和淡蓝色的空间里。

熊蜂飞走了，寂静又回来了。彼得神父轻轻地清清嗓子，用颤抖的男高音唱了起来：“尘世的苦难包围了我，大量的不法行为使我感到恐惧。”但立刻想起来了，住了声，害怕会惊动我。又是寂静。只有风有时在花园里喧哗，掀起小窗户上的印花布窗帘。

我在这贫穷的住处休息，思想会长久地停留在周围发生的一切事情上。由于离土地、离俄罗斯很近，我体验到一种不间断的喜悦。那时我完全感觉到，它，俄罗斯，当真是我的。伟大的命运和震荡等待着它。这对

① 旧俄国容量单位，1俄斗等于26.24升。——译者

② 帕·弗·扎索基姆斯基（1843—1912），俄国作家。

所有人都是十分清楚的，就连不大聪明的彼得神父也明白这一点。我明确地知道，它的田野，它的远方，它的天空那迷人的美，将永远是惊人的、不变的。

房屋附近伸展着一片草木葱茏、自然生长的花园，因此显得特别美。一人高的荨麻旁边长着几棵好似大象耳朵的大株牛蒡。

白天，花园无精打采地垂下花草叶子。8月，正值炎热天气，在高空威严地飘浮着的大片白云投下的最小的阴影都使我感到高兴。但炎热还是温和的，完全不像在外高加索那样折磨人，那样穷凶极恶。

然而到傍晚，花园变得多么华丽。绿荫如盖，多么迷人，而且又是怎样充满了杂草的清香啊！到夜里，多么清凉的空气，犹如波浪一般淹没了花园。直到第二天早晨，一直停留在那里！

落日在花园尽头暗淡地照耀着。牧人的号角声音悠扬，在帕夫洛夫卡小河后慢慢地平静下来了。

彼得神父在小厅里点上厨房里的小灯，于是白天变成了使人心情宁静的夜晚。

大概，在叶基莫夫卡，最好的时间就是晚上了——仿佛是故意创造了这样的晚上，好显示妇女和儿童们吆喝牛犊和鹅群的悦耳的声音。

每天晚上，邻居家的姑娘鲁莎都把一头长着一双湿润的栗色眼睛的牛犊赶进彼得神父的院子。鲁莎小声问个好，生怕会问她什么，立刻就跑了出去。不过，我还是每次都注意到她那突然泛起浓艳的红霞的脸，注意到犹如闪电般从落上一层灰尘的睫毛下霍地一闪的、好奇的目光。

鲁莎跑出去以后，彼得神父总是说：

“我的教女。像玛丽亚皇后一样，是在这荒野的地方长大的。”

有一次，狡猾的监督司祭驱车来到彼得神父这里。显然，他已得知我来到这里的消息。

他头发是深橙黄色的，又有点儿像火红色，大鼻子，用嘶哑的假嗓子说话，他的祭服，肚子上和背后都已经破了。

他立刻宣布，他在自己果园的围墙上挖了一个小洞，好突然从后面钻进果园，去捉那些小男孩——“偷苹果的贼”。可是洞窄了些，监督司祭匆匆忙忙钻洞的时候，把衣服撕破了。

当着监督司祭的面，彼得神父好像变成了哑巴。他只是不停地点头，同意监督司祭所说的一切。监督司祭解释说，需要有一种大的策略，才能使神父们不致遭到任何灾难，并和当局搞好关系。

随后，彼得神父不知到不远的什么地方去了一趟，拿来一瓶混浊的家酿白酒。那酒有一股煤油味和烂洋姜的臭味。但监督司祭用煮土豆当下酒菜，喝了两杯倒在多棱酒杯里的这种液体，立刻就醉了，开始胡说八道起来。

“除了敬重上帝、我们的耶稣基督和教堂里的圣徒，”他打着响嗝儿说，“我最敬重的就是布尔什维克了。我喜欢坚决果断的男子汉，因为我自己在全主教管辖区就以勇敢闻名。我说话简单得很。瞧，要是有哪个说话带鼻音的神父违反教规，我就一把从后面抓住他的脖子，这么一摇，摇得他的脑浆都变成杂拌汤。然后再一摇——他的脑子就恢复正常了！别的办法我是不用的，出于怜悯。”

彼得神父蜷缩起来，他那几绺长发在后脑勺上抖动了一阵。

“瞧，譬如说吧，这个耳朵有点儿聋的彼得神父！能从他这儿拿什么呢？酶黄瓜和褪了色的法冠吗？”

彼得神父嘿嘿笑了一声。

“我是无罪的，”他提心吊胆地说，“前几天我已经过了70岁了。”

“由于你身体衰老、智慧贫乏，你当然没有罪过。”

“您不该这么说，”我对监督司祭说，“彼得神父是个心地善良的人。干吗要侮辱他呢？”

“可他是不会见怪的，”监督司祭转身对着彼得神父，“您瞧见了，他在点头。神父的恭顺规定他要毫无怨言地忍受饥饿和辱骂。而您，年轻人，要为神父辩护的话，那么不应该在这儿的叶基莫夫卡，而应该在那里，在莫斯科，在克里姆林宫的大殿里，新的帝王们正在那里为人民的幸福操心。布尔什维克什么都好，什么我都赞成，除了一样——禁止养马，禁止举办贩马的集市。要说相马，从梁赞到利彼茨克我是第一在行。哪一个集市上没有我都对付不了。我一到集市上，那些茨冈马贩子就好像都被牛舔着吃掉了一样。我总是狠狠地收拾他们，可您却说——布尔什维克！”

监督司祭突然住了声，头耷拉到胸前，可怕地打起鼾来。这样过了几分钟。

“可耻！”彼得神父小声对我说，“布尔什维克会清除他的！嗯，一定会清除的！”

“不会清除！”监督司祭出乎意料而且十分镇静地回答，睁开眼睛，震耳欲聋地打了个喷嚏，“你别高兴，彼得神父！”他又打了个喷嚏，“当心你自己可别被从叶基莫夫卡清除出去。”

监督司祭又打了第3个喷嚏，接着又是第4个。不一会儿，由于他那声震屋宇的喷嚏，整个小客厅都叮叮当当地响了起来。

最后监督司祭打完了喷嚏，从口袋里掏出一块很大的红手帕，认真地擦了擦脸，用十分清楚的声音说：

“我的醉意会随着喷嚏跑出去。不管我醉成什么样子，打到第20个喷嚏，我就会完全清醒了，变得毫无醉意！有这么一个特点！”

他站起来，告辞，最后对彼得神父说：

“坐着吧！谁也不会碰你的。无论是苏维埃政权，还是教权。耶稣，我们真正的上帝，以及圣洁的圣母会听到你的怨言和呼号的，彼得神父。”

监督司祭走了。彼得神父拿了开教堂门的几把大钥匙，慢慢走进教堂去做祈祷。显然，是因为摆脱了监督司祭。

我跟在他后面去看看教堂，我还没到教堂里去过。教堂分为冬季的和夏季的。冬季教堂在底下，严寒时里面生火。夏季教堂在上面，在二层楼上。里面是明亮的，现在正洒满阳光。在阳光中，颜色很淡的教堂壁画变成了粉红色的。

彼得神父在祭服下面披着长巾，开始祈祷。由于耳聋，他听不见自己的声音。因此，他一会儿扯着嗓子喊出祷词，一会儿又喃喃祈祷，声音勉强听到，几乎像是要睡着的样子。

我打开干裂的、积满灰尘的窗户，坐到窗台上——我眼前好似在用明亮的水冲洗天空，白云从大地的一端密密地聚集到另一端去。白云在浮雕似的高空中飘浮着，好似蒙了一层瓦灰色的阴影。

彼得神父祈祷了许久。在这段时间里，白云开始堆积成高塔，云脚开始发黑了。随后一道苍白的火光霍地一闪，一直照到了云层的最深处。一阵时间短促的风掠过田野，吹得黑麦伏向地面。

可是没有雷声。大概，8月已经失去雷雨的威力，雷雨已经不能挟着尘柱滚滚地掠过田野，射出凶险的闪光，用大颗沉甸甸的雨点重重地噼噼啪啪打在道路上了。

一个骨骼粗大的农民在教堂门前的台阶上等着彼得神父，他叫尼基福尔，是鲁莎的父亲。

“有个能独立生活、已经该结婚的人向鲁莎求亲，”他不看着彼得神父，说，“神父，请您举行祝福仪式，为他们主持婚礼。”

“他是个什么样的人？”彼得神父问。他累了，当他取下祭服下的长巾时，他的手哆嗦得厉害。

“斯托罗日洛夫的裁缝。”

“年轻人。”

“是这样……50来岁，不会再大了。”

“是个好人？”

“鬼知道他！一个平平常常的人，有点儿积蓄。不过脸好像不好看，麻子，可是鲁克里娅[①]又不是用他的脸来喝克瓦斯。不错，是个鳏夫。有两个孩子靠他养活。”

“跟她商量过，她愿意嫁给他吗？”

“啊，天哪！”尼基福尔大声说，“你自己也明白，要毁掉她的一生我也觉得可惜。只考虑一点——他能挣钱。国家的裁缝。我那个老太婆简直是在责备鲁克里娅，一个劲儿地跟她唠叨，出嫁吧，出嫁吧。你也知道，我那个老太婆是个什么样的人。她那眼珠子看到什么都眼馋。”

“我就知道是这样，”彼得神父无精打采地答应了，“这是你们的事，

---

① 鲁莎的昵称。——译者

做父母的事。”

我们从教堂台阶上下来。彼得神父拄着手杖，慢慢地走着。

远处黑压压的云层里又有一道苍白的电光一闪。

“您是怎么看法呢？”我问彼得神父，“鲁莎爱不爱他？”

“哪里谈得到什么爱呀！”彼得神父生气地回答，“不过反正一样，该出嫁了。庄稼人的事。”

彼得神父沉默了一会儿，又说不久就要开镰收割庄稼了。据说从梁赞来了苏维埃的新收割机。据说，一天工夫，机器就能把直到斯坚金诺的全部农田全都收割完。上帝让人在世界上看到一些多么神奇的东西啊。

在叶基莫夫卡干活的几乎只有妇女。男人们都到邻近城市里做临时工去了——去米哈伊洛夫、梁赞、普龙斯克、科洛姆纳，甚至去莫斯科。他们只是在地里的活儿最忙的时候才回叶基莫夫卡来，有些人还给家里人带回了礼物。丈夫短期回家以后，妇女们都穿上带扣的新皮鞋，孩子们则从早到晚吹着哨子，转动着哗啷棒。

地里的活儿对妇女来说是力不胜任的。革命后份儿地增加了，地主和寺院的土地都转归农民所有，要种好所有这些田地是困难的。那时候，几乎没有机器，庄稼和干草都是用手工收割。

农村生活全由贫农会管理，人们都绝对服从贫农会，不过还是认为应该和贫农会的主席对骂。主席从前当过兵，外号叫“一眨眼”。对于他来说，困难是不存在的，不管什么事他很快就做出决定，嘴里还说着：“这个，咱们一眨眼就解决掉！一眨眼！”

我和农村告别的时间推迟了。我害怕未知的命运，拖延着不急于回莫斯科。

不过最后还是得离开。

鲁莎和我一起坐车去梁赞——她母亲打发她到城里去买做新娘头纱的纱布。

我和鲁莎沿着田间的小路走到小站斯坚金诺去，一路上两个人都不说话。鲁莎在褪了色的印花布无袖长衣上面套了一件很紧的黑色短上衣，用一块白色三角头巾包住淡褐色的辫子。由于不好意思，她几乎不抬起眼睛来。

天空中单调地伸展着淡蓝色的、寒冷的云。鲁莎衣服的下摆碰到秋天已经开始枯萎的野草。只有菊苣和艾菊——黄色的，像芥菜一样——还没有枯萎，在安详地等待着连阴天，颜色显得很鲜艳。

我竭力想记住一切——收割后的农田上每一个像珠母一样闪闪发光的、割下的麦穗，鲁莎的每一短暂的目光——疑问的和胆怯的。我好像觉得她想问我什么问题，可是拿不定主意。而我，说实话，她什么也不问我，我倒觉得高兴。

她能问什么呢？她是否要出嫁吗？我将劝阻她，会说，大概会说许多她听不懂的话。而她如果听懂了，也会感到害怕。

在这个长着两只皮肤粗糙的小手的、纯朴的姑娘身上，在她那很快就会消失的微笑里，在她低着头的姿态里——顺从的、温柔的——有那么多模模糊糊的爱情的许诺。对一个还不知道的人的许诺，但完全不是对要她嫁给他的那个人。因此和她在一起走，既感到忧郁，又感到喜悦。一路上，我不知为什么总想关心鲁莎，给她挡着从背后吹来的猛烈的风。我们越继续往前走，她就越来越经常地不时整理一下头巾下面一绺浅色的鬈发。

在取暖车厢里，我们坐在木板床上。熟悉的田野仿佛不乐意地从一旁爬过去。车厢在钢轨接缝处隆隆响着，一个戴着新便帽的小男孩在尖锐刺耳地吹着口琴。

我的手掌在没刨过的床板上扎了一根刺。鲁莎害怕了，她小心翼翼地把刺给挑出来，完全像孩子那样用舌头舔了舔伤口。

我们在梁赞的货车站上分手了。条条路上都撒满了葵花子壳，满身油污的司炉边走边骂街。道口旁的菩提树上有一些寒鸦在大声啼叫。

我握了握鲁莎显得意志很坚定的小手，于是她头也不回地走了。但她走开的时候仍然像在田野里那样，一直在神经质地拉正已经散开的辫子上的头巾。

我想喊住她，可是没有喊。后来我花了好长时间等候去莫斯科的火车，并且在抽一种廉价的、已经干透的香烟。

许多年后，我又一次看到了鲁莎——看到了她的面容和整个她这个人，她好像一根匀称的树枝。这是在离梁赞很远很远的地方，在意大利北部，在阿尔卑斯山脉雪峰四面环抱、繁花似锦的奥斯塔盆地。

鲁莎站在十字路口一座高高的石头基座上，稍稍低着头，面带微笑望着不知是谁放在她脚边的鲜花。

用木头雕成这尊圣母像的、不知名的雕刻家，用大红色稍稍染红了她的面颊。圣母像脸上羞涩的红润和我常在鲁莎脸上看到的一模一样。

风从山上吹着她的眼睛，徐徐吹拂着她的衣服。她手上没抱着圣婴，她还是贞洁的。而这贞洁的美，使意大利的圣母变成了梁赞省叶基莫夫卡村一位农村姑娘鲁莎的女伴。

“第四版”

从叶基莫夫卡回来以后，我好久在莫斯科各个不同的编辑部里转悠，寻找工作。

有一次，我在《汽笛报》编辑部里遇到了维克多·什克洛夫斯基。他在我面前站停下来，生气地说：

“如果您想写作，那就用皮带把自己绑在写字桌上吧。得听长者的话！”

“我没有写字桌。”

“那就绑到厨房里的桌子上！”他大声说，随后就在隔壁一间屋里消失了。

关于皮带的那些话，什克洛夫斯基只不过是这么说说，随便说说而已。我和他还不认识。

什克洛夫斯基在里面消失不见的那间屋里，几张编辑部里的长桌子旁边坐着当时莫斯科最愉快和最爱讥讽人的几个人——《汽笛报》的撰稿人伊利夫、奥列沙[①]、米哈伊尔·布尔加科夫和格赫特[②]。他们伏在桌子上，不时微笑着，在一条条很窄的报纸上很快地书写着。

这个编辑室名称叫得很怪——“第四版”。窗间的墙壁上挂着辛辣的

① 尤·卡·奥列沙（1899—1960），苏联作家。

② 谢·格·格赫特（1903—1963），苏联作家。

讽刺性壁报《号哭和鼻涕》。

在这间屋里编辑《汽笛报》的最后一版，第四版（页）。这一版上刊登读者来信，不过都是以这样的形式刊登出来的——当然，没有一位读者会认出，这是他自己写的信。

第四版的撰稿人把每封来信都改写成一篇简短的天才小说。有时是嘲讽的，有时是极其可笑的，有时是愤怨的，有时甚至是令人感动的，不过这种情况很少见。没有思想准备的人单看到这些小说的标题就会大吃一惊——“一伙抢劫头盖骨的匪徒”，“驴子也会动动耳朵”，“梅尔夫车站——伤害人的神经”。

没有特别需要，《汽笛报》的编辑本人也不到这间屋里来。只有很善于随机应变的人才能不受惩罚地出现在这一讽刺的巢穴，经受住从那些桌子后面发射出来的交叉火力。

那时候，还没有任何人料到，这间屋里聚集着青年作家们一支“强大的队伍”（他们这样开玩笑地称呼自己），不久这些青年作家就出了名，获得了广泛的承认。

有时巴别尔看到这间屋里“有灯光”，会进来坐坐。瓦西里·列吉宁也跟在他后面彬彬有礼地走进来，那时他在编一本新杂志《三十天》。列吉宁站在门口，仿佛不敢进来，接着很快地讲起最近的笑话。什克洛夫斯基往往像一阵狂风似的冲进来，十分坚决地赞扬考·斯特恩[1]和韦列米尔·赫列布尼科夫[2]。

① 考·斯特恩（1713—1768），英国作家。

② 韦列米尔·赫列布尼科夫（1885—1922），苏联诗人。

这间屋里远不是对每一个人都给予亲切的接待。对敷衍塞责的人，是以预兆不祥的沉默来接待他们，而对爱吹牛和爱空谈的人，则冷言冷语，进行嘲讽。

只对一个绰号叫铁脚大尉、声音嘶哑、敷衍塞责的老记者采取容忍态度。他当真有一只铁制的假脚。有一次，他踩到了性情温和的作家叶菲姆·佐祖利亚的脚，结果佐祖利亚在医院里躺了一个月左右。因此，每当大尉进来时，大家立刻都把脚缩到椅子底下去。

我从叶基莫夫卡回来以后不久，就来到了这间可怕的屋里。大家平静地欢迎我，大概是因为我和巴别尔是朋友。对于“第四版”的撰稿人来说，巴别尔是不容争辩的权威。

“发生了空前未有的事情！”他们说，“从敖德萨来了一位佩列瑟普的杰出作家，一位奋不顾身的红色骑兵伊沙克·吉·德·巴别尔·莫泊桑！”

在这嘲笑后面隐藏着对巴别尔的爱戴，甚至是为他感到骄傲，认为只有他一个人能摸出每一个词的分量。

当巴别尔进来时，他用好长时间仔细擦干净眼镜，俏皮话像冰雹一样纷纷落到他的身上，随后他不动声色地问：

“喂，怎么样？讲点儿愉快的，还是怎么呢？”

于是，无穷无尽的谈话开始了，《汽笛报》的同人们把这叫作“十日谈”①。这好像是童话中的一条魔线（也许，没有这样的童话，也没有这样的魔线，不过这没关系），得在一大堆凌乱的其他彩线中把这根线找出来，一拉它——于是它就会在自己后面拖出一条条五颜六色的线，一会儿

① 《十日谈》是意大利作家薄伽丘的名著，这里是比喻。——译者

是红的，一会儿是银的，一会儿是蓝的和黄的。随后，又拉出陷在这些线里的松球、发绿的子弹、带子、核桃，以及各式各样似乎不需要、然而很有意思的东西。

这样一根看不见、而且不存在的金线似乎就放在某一位撰稿人——伊利夫或奥列沙——桌子的抽屉里。一直放到有一位有趣的谈话对手来到这间屋里。到那时就会把这根线从抽屉里拉出来，于是它就会在自己后面拖出一连串取之不尽的故事。

很可惜，当时任何人都没想到把这些故事记下来，哪怕简要地记录下来也好。那是那些年代里有声有色、仿佛冒着泡沫并在嗞嗞作响的口头创作。

我认识一些口头创作的大师——奥列沙，杜甫仁科[①]，巴别尔，布尔加科夫，伊利夫，雅罗斯拉夫·伊瓦什凯维奇[②]，费定，弗拉叶尔曼，卡扎克维奇[③]，阿尔多夫[④]。他们大家都是慷慨的，甚至是善于挥霍的人。他们并不为自己即兴创作的闪光和说俏皮话的本领会消失得无影无踪而感到难过。他们太富有了，因此不会对此感到惋惜。

要让我们能记下这些出人意料的口头故事，得在一昼夜外再增加好几个钟头才行。当然是除了我们“以自己的名义”写作以外，再把这些故事记下来。

最多产的作家（不算巴尔扎克）也不能一昼夜工作14个小时以上而不疲倦，仍然能以全副精力写作。当然，不给予作家这样的可能，让他把

① 亚·彼·杜甫仁科（1894—1956），苏联电影导演、编剧，苏联电影事业创始人之一。

② 雅罗斯拉夫·伊瓦什凯维奇（1894—1980），波兰作家。

③ 埃·根·卡扎克维奇（1913—1962），苏联作家。

④ 维·叶·阿尔多夫（1900—1976），苏联作家。

自己的生命延长到写完他想要写的一切的那一天，这是不公正的。通常作家们都只来得及写出他们所能写的不大的一部分。

请原谅，我总是这样，又离题了。

我已经说过，从叶基莫夫卡回来以后，我就开始到《汽笛报》“第四版”来，那里往往交给我某些工作。

我在那里意外地遇到了叶夫根尼·伊万诺夫，我们敖德萨的热尼卡·伊万诺夫、《海员报》的前编辑。他还是戴着那顶揉皱的、像海军上将纳希莫夫所戴的海军帽。他和我互相热烈亲吻，告诉我他在莫斯科编辑一份新的海运和河运报纸。报纸的名称叫《值班》，它的编辑部就设在上面一层楼上。

热尼卡立刻提议让我做这份报纸的秘书。我同意了。不过对伊万诺夫说，报纸的名称我不喜欢。这算什么名称呢——《值班》[①]《在马镫上》《在锌上》《在衣袖的接缝上》!

伊万诺夫并不见怪，他把我的话当作通常的嘲笑。

《汽笛报》和《值班》报都设在莫斯科沿河大街乌斯京斯基桥附近的劳动宫里。

革命前，这个劳动宫里是育婴堂——收养孤儿和弃婴的全俄孤儿院，是著名的教育家别茨科伊[②]还在叶卡捷琳娜二世的时代创办的。

---

① 直译为《在岗位上》。——译者

② 伊·伊·别茨科伊（1704—1795），俄国教育家。——译者

莫斯科的长舌妇们把育婴堂叫作“鱼鹰堂”，她们这样叫毫无其他用意，莫斯科平民百姓的发音就是这样。

这是一幢很大的、像汪洋大海似的房子，里面有几百个房间，数不尽的通道、转弯和走廊，四通八达的铁楼梯、角落，使人感到害怕的地下室，富丽堂皇的大厅，还有一座设在这幢房子里面的教堂和一个理发馆。

要顺着走廊走遍这幢楼房，几乎得花一个小时。住在劳动宫里的人们都把走廊当作散步的小路。

劳动宫里有几十个各种专业的报纸和杂志，大家和平地生活在一起，现在这些报刊已经完全被遗忘了。

有些动作迅速的青年诗人一天就能跑遍楼房的每一层和所有编辑部。他们不出劳动宫就匆匆写成一首首短诗和长诗，赞颂各种不同职业的人——缝纫女工、售货员、消防队员、木器工人、搞簿记工作的职员。他们立刻在编辑部拿到稿费，在一层楼的食堂里喝酒，把钱花光。那里卖啤酒。

食堂里低矮的拱顶下总是飘浮着一层层从烟草上冒出的烟。当时我们都是抽一种金币牌的廉价香烟——很细，像钉子一样。这种香烟，每一支里的烟草填得都不一样——要么填得那么紧，必须用很大的力气吸，几乎吸得头昏才能吸进很少一点儿烟来。要么是恰恰相反，填得那么松，刚抽了一口，香烟就像小折刀那样发出令人讨厌的啪的一声，折叠起来。这时干透的烟草就会撒到啤酒里或盛着混浊的汤的盘子里。

食堂的桌子上摆着绣球花——光秃秃的长茎上顶着一些淡粉红色的花球。这些花好像一些干瘦的德国女人，长着一头蓬松的、没有颜色的头发。栽绣球花的花盆上裹着淡紫色的香烟纸，泥土里插满了烟蒂。

我们喜欢这个食堂。一天我们有几次聚集在食堂里，喝那已经放凉了的棕黄色咖啡，吵吵嚷嚷，高谈阔论。

早晨，食堂里空无一人，周边散发出刚刚擦洗过的地板味和蒸气味。花盆里的烟蒂已经收走了，陈旧的供暖设备在嗞嗞地响，窗外莫斯科河南岸的上空雪花斜飞。

有一次，在这样的一个早晨，我坐在食堂里写完短篇小说《殖民地商品的商标》，巴别尔突然进来了。我很快用报纸把写满字的纸遮起来，但是巴别尔坐到我的桌边，平静地把报纸拿开，说：

“喂，给我看看吧！我的好奇心达到了岂有此理的程度。”

他拿过手稿，近视地把它凑到眼前，出声地念出了第一句：“顺便说说，您不觉得这落日像灯一样照亮了遥远的群山吗？”

他在念的时候，我由于不好意思，头感到发冷。

“这是巴统吧？”巴别尔问，“对，当然是可爱的巴统。鹅卵石路面上压坏了的橘子，还有排水管嘶哑的歌声……这些您的文章里有吗？还是将会有呢？”

我的小说里没有这些东西。但由于不好意思，我说，会有的。

巴别尔的眼角上堆起了许多条细碎的皱纹，他快活地看了看我。

“会有吗？”他又问了一遍，“不该有。”

我感到茫然。

“不该有！”他又说了一遍，“照我看，在这种事情上，不该信任别人的眼睛。您有自己的眼睛。我信任自己的眼睛，因此连一个逗号也不向您借用。您的小说干吗要有别人的风格呢？我们太喜欢某些风格了，特别是西方的。您的风格是康拉德[①]的，我是莫泊桑的。可是我们并不是康拉德，也不是莫泊桑。不是吗？不过顺便说说，您的第一句中有三个多余的词。”

“哪三个？”我问，“请指出来！”

巴别尔掏出铅笔，坚决划掉了“顺便说说”、“这”（落日）和“遥远的”（群山）。在这以后他又读了一遍改过的第一句：“您不觉得落日像灯一样照亮群山吗？”

“这样好一些吧？”

“好一些。”

“有各种不同的灯，”巴别尔顺便说，“我们在思念巴统。您记得客轮经理处那个狭小的小食堂吗？当从敖德萨来的轮船晚点的时候，我们就到那里去，一连几个钟头坐在那儿等着。就只有我们两个人。可是为什么呢——我不知道。码头上堆着一些松木板，做松节油的。雨啪嗒啪嗒地落在水里。我们喝着不加牛奶的浓咖啡。海上冬天的空气使双颊觉得发烧，心里充满愁思，因为美丽的妇女们都留在了北方。”

摇摇晃晃的玻璃门在我们背后叮叮当当地一阵响。巴别尔回头一看，惊恐地说：

“把小说藏起来！‘强大的队伍’来了。”

我把手稿藏起来了。格赫特、伊利夫、奥列沙、斯拉温[②]和列吉宁走了进来。

---

① 约·康拉德（真名是约瑟夫·特奥多·康拉德，1857—1924），英国作家。

② 列·伊·斯拉温（1896—?），苏联作家。

我们把桌子挪到一起，谈起了《星火》杂志打算出一本敖德萨青年作家的短篇小说集。集子中包括格赫特、斯拉温、伊利夫、巴格里茨基、科雷切夫、格列布涅夫和我的作品。虽说我并不是敖德萨人，在敖德萨总共只住了一年半。可是不知为什么，大家都认为我是敖德萨人。显然，是因为我特别喜欢敖德萨的短篇小说。

巴别尔答应为这本集子写序。

还在敖德萨的时候，我就已经认识现在坐在桌边的所有这些人了，但在这里他们却好像是另一些人。黑海的喧嚣已经远离几百公里，由于冬天的雾，晒黑的皮肤也变苍白了。谁知道呢，如果他们不是从童年起就受到海、太阳、奇风异俗和南方快乐性格的熏陶，也许他们就不会成为作家。

令我特别感兴趣的是伊利夫。他安静，不多说话，长着一张颧骨稍高、讨人喜欢的脸，又大又厚的嘴唇使他好像黑人。他也是那么高，那么清秀，就像马里的黑人——非洲体形最优美的黑人部族。但使我感到最惊讶的是他的眼睛、眼睛的闪光和凝神注视的视线。没有镜框的夹鼻眼镜上，厚而不大的镜片使闪光显得更加明亮。镜片非常明亮，仿佛是用水晶制作的。

伊利夫性情腼腆、直爽，说话中肯，有时爱嘲笑人。他痛恨轻视别人的人，保护那些胆小和随和的人——那些容易被人委屈的人。有一次，当着我的面，在一大群人中他冷冰冰而且轻蔑地打断了几个大演员的话——那些演员着重地只提到他，而不注意其余的人——那些不引人注意的普通人。他们简直是瞧不起这些普通人。这是在《十二把椅子》获得令人震惊的成功以后的事。伊利夫把这些演员的行为叫作卑鄙。

他当真是有一双对庸俗事情明察秋毫的、显微镜似的眼睛，因此他看到了并反对别人没有看到或不想看到的许多事情。他不喜欢这样的话——“这有什么了不起的！”这是那些不敢面对现实、良心总是在躲躲闪闪的人的盾牌，他们总是藏在这块盾牌后面。

在伊利夫面前不能说谎，不能要无赖，不能轻率地指摘别人。除此而外，还不能显得没受过教育，不懂礼貌。当着伊利夫的面，不懂礼貌的人就会清醒过来。他的观点和行为具有纯朴的、正大光明的性质，要求人们也同样采取光明正大的态度。

伊利夫是一个会使人感到出乎意料的人，有时他的意见似乎太尖锐，不过这些意见几乎总是正确的。

有一次，他在一些思想敏锐、精通文学的行家中引起了极大的混乱。他说，就写作的风格来说，维克多·雨果像一个坏了的厕所。经常有一些这样的厕所，它们好久没有声音，后来突然自己发出一阵可怕的吼声，放出水来。然后又没有声音了，后来又放出水来，还是挟着同样的吼声。

“瞧，”伊利夫说，“雨果以及他那脱离直接叙述、出乎意料、而且仿佛发出雷鸣般响声的插话就正是这样的。本来在从容不迫地叙述故事，读者丝毫也没有料到——而突然，恰似晴天一声霹雳，一段冗长的离题插话犹如山崩似的压了下来——讲拐卖儿童的人，讲大洋上的风暴，要么是讲巴黎下水道的历史，随便他爱讲什么就讲什么。”

“这些挟着雷鸣般巨响的离题插话从惊愕的读者身旁疾驰而过，然后一切复归于平静，从容不迫、滔滔不绝的叙述又如流水一般静静地流淌着。”

我与伊利夫争论，我喜欢雨果的风格。

当时我认为——就是现在也还是这样认为——叙述应该是完全自由的、

大胆的，对于它来说，唯一的法则就是作者的意志。作家可以任意改变叙述的节奏、性质和色彩——我们在昏暗的食堂里谈论这些以及许多其他事物。

毛茸茸的、仿佛睡眼惺忪的冬天到了。下午两点已经开亮了电灯，窗外的雪变成了蓝色的。路灯发黄，桌子上的绣球花好像有了生气，蒙上了一层淡淡的红润。

列吉宁断言，花也像人一样，现在都成了神经衰弱患者。大家都知道，神经衰弱患者都是头脑不清醒地、无精打采地度过白天，到晚上却喜形于色，精神焕发。

有一次，谢苗·格赫特脸上带着意味深长和神秘的神情走进食堂。

我已经在《值班报》编辑部里和他认识了。他带了几篇关于黑海几个小港口的特写到编辑部来。特写写的不是敖德萨、赫尔松和尼古拉耶夫，而是，比如说，像阿克尔曼、奥恰科夫、阿列什基、戈拉亚普里斯坦或斯卡多夫斯克这样一些沿海城市。在那些地方，轮船总是停靠到一些破旧的木板码头上——码头会吱嘎吱嘎地响，摇摇晃晃，而且粘满鱼鳞。

特写写得简洁、有声有色、美丽如画，好似黑海一带人声嘈杂的集市。特写写得朴素无华，正如叶夫根尼·伊万诺夫所说的，“有一种令人无法理解的秘密”。

秘密就在于，这些特写对人的所有五种感觉都产生强烈的作用。

它们散发出大海、洋槐、瓜园和晒暖的因克尔芒地区石头的气味。

你们在自己的脸上能感觉到各种海风的吹拂，手上能感觉到含有树脂的缆索的重量。缆索的大麻纤维之间，海盐的小小结晶体不时发出微弱的闪光。

你们仿佛尝到了微微发绿、有一股刺鼻气味的羊奶干酪和糙皮小甜瓜的滋味。

你们看到的一切都好像是立体的、凸出来的——就连金布尔沙嘴上空遥远的、仿佛完全透明的云彩都是如此。

你们听到了对什么都不会感到惊讶，但十分好奇的南方人机智的、像唱歌一样音调悦耳的、在岸边的谈话——在争吵和对骂的时候音调尤其悦耳。

是用什么方法达到了这样的效果，我不知道。

这些特写的内容几乎都忘记了，但这样的印象仍然留在我的记忆里。可惜格赫特没有继续写他那些在小港口为人导游的奇妙的指南。

有一些人，如果没有他们，就无法想象真正的文学生活。有一些人，不在于他们写的作品多少，就他们的本质来看，就他们的血液成分，他们给周围的人带来的巨大好处，就他们容易与人接近和他们思维的形象性来看，他们就是作家。这样的人，他们的生活已经与作家的工作毫不间断地永远联系在一起了。格赫特就是这样的人和这样的作家。

这一次，格赫特的神秘样子引起了大家的注意。然而，就像商量好了似的，谁也不向他提出任何问题。这是一种迫使他自己说出来的、最可靠的办法。

格赫特没有坚持多久。他对我们使个眼色，从口袋里掏出一张折成4折的纸来。

“瞧！”他说，“请接受巴别尔给我们的小说集所写的序言吧！”

“它比麻雀的鼻子还短！”有人说，“简直是敷衍塞责的官样文章！”

格赫特发怒了。

“重要的不是写了多少，而是怎样写的。祖鲁人！”

他展开那张纸，把序言念了一遍。我们听着，笑着，这篇显然是全世界最短的序言以轻松和令人折服的幽默感使我们感到高兴极了。

后来出集子的事告吹了。小说集没有出版，序言也丢失了。只是在不久之前，才在巴别尔为之作序的那些人当中的某一位的文件里发现了这篇序言。

瞧，这就是那篇序言：

"在敖德萨，每一个青年人——在他结婚以前——都想做一名远洋轮船上的少年见习水手。抵达我们港口的轮船，总是会用对发现美妙的新大陆的渴望点燃我们敖德萨人的心。瞧，这就是7个敖德萨人。他们既没有钱，又没有签证。如果给他们护照和3个英镑，他们就会到那些难以到达的国度去，这些国家的名称就像踏上异国海岸的黑人的语言一样响亮而又令人忧郁。

"这就是7个年轻的敖德萨人。他们每天晚上都在看关于殖民地的长篇小说，白天却在一个最枯燥无味的省统计局里工作。因为他们既没有签证，也没有英镑。所以，格赫特写莫扎伊斯克县，就好像是在写一个被他发现、别人谁也没有去过的国家。斯拉温叙述巴尔塔的故事，就好像拉辛[①]在谈论迦太基[②]。偶然来到佩列瑟普、来到万什泰因磨坊的帕乌斯托夫斯基，也在用发自内心的纯正声音为他们伴唱，而且异常令人感动地假装他是在热带地区。不过也没有什么好假装的，我认为，我们的佩列瑟普比热带还美。

---

① 让·巴·拉辛（1639—1699），法国剧作家，古典主义的代表人物。

② 北非古代城邦，现为突尼斯。——译者

“第三个敖德萨人是伊利夫。照伊利夫看来，人都是一些令人难以理解的演员，而且都是天才的演员。

“然后是佛兰芒人[①]中最贪婪的巴格里茨基。他像我母亲刚刚用葵花子油煎好的青花鱼，散发出一股浓郁的香味。他像用鰕虎鱼熬的鲜鱼汤那样散发出一股鲜鱼香味，就是小喷泉的渔夫们7月里正午12点在岸边芳香扑鼻的沙滩上熬的那种鲜鱼汤。巴格里茨基像西瓜那样充满紫红色的水分，就是那个西瓜，就是少年时代我和他一起在实用码头上、在轮船旁边的短桩上摔破的那个西瓜，那些轮船都是在近距离的亚历山大航线上航行的。

“科雷切夫和格列布涅夫比这本书中的其他作者都年轻。他们都有要讲给我们听的故事，我们无法摆脱他们。他们一定会达到自己的目的，给我们讲一些稀奇的故事。

“这里全部问题都在于，在敖德萨，每一个青年人——在他结婚以前——都想做一名远洋轮船上的少年见习水手。而我们有一件不幸的事——在敖德萨，我们总是以异常顽强的精神忙着结婚。”

夜　车

当时，我们大家都是不拘住在什么地方，所以住得都不怎么好。

分给奥列沙和伊利夫一间像铅笔盒那样窄长、附属于《汽笛报》印刷

① 佛兰芒人是居住在法国、比利时、荷兰的日耳曼语系的一个民族。——译者

厂的房屋，格赫特住在玛丽亚小树林里一些摆地摊的鞋匠中间，布尔加科夫住在花园——凯旋大街上一套光线昏暗、像溜冰场那么大的公共住宅里。

布尔加科夫的邻居从乡下带来了一只公鸡。在夜里，公鸡不管是什么时候都胡乱打鸣，搅得布尔加科夫不得安宁。城市里的生活把公鸡搞糊涂了。

我不得不搬出了石榴小巷。因为我住的那间房子里的房客出差回来了。

《值班报》的同人、远洋轮船上的船长祖津科给我在莫斯科附近普希金诺找到了一个栖身之地，就在他自己住的那座房子旁边。这个栖身之处原来是一座像板棚一样空荡荡的、冷飕飕的别墅。

我住的那间屋里摆着几件积满灰尘的家具，已经压坏的沙发床上铺着一张破旧的白熊皮。家具上的灰尘简直都已经变得像石块一样硬了，用什么也擦不掉它。也许，只有用三角锉才能把它锉下来。老鼠在圆木之间的缝隙里吱吱地尖叫着。

关于祖津科，我写得已经相当多了。而且也不可能不写这个由于参加拳击脸已被打坏、固执任性、然而心地善良的人。我们所以会成为朋友，显然是由于性格截然相反的缘故。祖津科不知道什么叫作怀疑，我心中却充满了过分的怀疑。祖津科稍有点儿粗鲁，爱嘲笑人，而我，连我自己也感到不快的是，即使是对电车上的扒手我也太客气了，而且不喜欢开玩笑。

起初，我喜欢住在城外。那时候，从梅季希到普希金诺还延伸着一片未被触动过的森林。每天都得乘火车去莫斯科，到编辑部去，半夜里再乘末班火车返回住处。

在莫斯科，临开车前，乘务员都要到各节车厢里走一趟，把所有乘客通通赶到一节车厢里去——这是为了他们自己的安全。那时候，近郊列车上抢劫非常厉害（当时叫作“剥光衣服”）。

乘客们焦躁不安，都不说话。再说，谈话也很困难。很小的车厢行驶时发出震耳的隆隆声，只能互相大声叫喊。

乘客大半总是那些人，见面大家都互相认识了。因此，对一切生人他们都不时怀疑地看一看，而且坐得离这些生人远一些。

从洛西诺奥斯特罗夫斯基站到塔伊宁克小站之间这段路程，被看作是最危险的道路。“匪巢”——有经验的乘客们谈到塔伊宁克时都这么说。大家都怀着惋惜的心情目送着夜间在荒凉无人的塔伊宁克下车的旅伴，并且猜测他们是否能走到家。

过了塔伊宁克以后，乘客们放下心来，一直到普希金诺大家都在打盹儿。

我和祖津科总是一起乘车。对于我来说，这有两个好处：一个是在从莫斯科去普希金诺的路上，另一个是在从普希金诺去莫斯科的路上。

从莫斯科去普希金诺的路上的好处是，和祖津科在一起，我感觉到自己是安全的，他是一个力气很大而且勇敢无畏的人，能凭某种第六感觉认出任何一个“流氓”，并立刻转入进攻。他在车厢里发觉一个“有流氓嫌疑”的人，于是好长时间严厉地盯着他。然后站起来，预兆不祥地慢慢走到他跟前去，说：

“在第一个小站上就从车上滚下去！不许尖声叫喊！”

说这些话的时候，祖津科把一只手伸进大衣口袋里。

最令人惊讶的是，祖津科一次也没弄错过——“有流氓嫌疑”的家伙滚下车去了，甚至没有开口骂人。

但有一次，祖津科也慌了神。这已经是在过了塔伊宁克以后了，大家都在安静地打盹儿。我们对面的长凳子上有一个十三四岁的小男孩，盘起两条腿正在睡觉。他老是动来动去，很不安宁，有时甚至在睡梦中跳动起来。

祖津科说出了他的推测——小男孩有蛔虫，给折磨得很难受。列车在道岔上猛一颠，小男孩给抛了起来。他醒了，突然开始射击起来。这时，小男孩大声喊："叔叔，救命！"小男孩像一个有经验的匪徒，从自己的棉袄口袋里开枪射击。乘客们都惊醒了，往车厢门外的平台跑去。

祖津科一把抓住小男孩的领子，但立刻就放开了他。

"怎么回事，莫名其妙！"他大声喊，"他怎么能开枪呢！他的两只手在外边！"

这时，从小男孩的口袋里又传出一声——最后一声震耳欲聋的射击声。小男孩号哭起来，他的口袋上隐隐露出火星，从口袋里冒出令人窒息的烟来。

"把我的棉袄脱下来！"小男孩拼命大声喊，"要不然，我要被烧死了，叔叔！"

祖津科脱下小男孩身上的棉袄。

"你口袋里有什么呀，倒霉的孩子！"

满脸雀斑、面带泪痕的小男孩承认，他口袋里有散装的、玩具手枪上用的打火纸。显然，打火纸发热了，并由于列车晃动、颠簸和磨来磨去，在颠得最厉害的时候终于爆炸了。

熄灭了棉袄上的火，乘客们照例把小男孩大骂了一顿。祖津科哈哈大笑，笑得像阿拉伯人祈祷时那样摇摇晃晃。后来，他突然说：

“瞧，这真是杰科布斯的一个故事。”

杰科布斯是美国的幽默作家，是一个喜欢这种毫无意义的故事的人。

和祖津科一起乘车的第二个好处与早晨乘车去莫斯科有密切关系。在车上的这段时间里，我听到了许多他一生中极其有趣的故事。

祖津科在普希金诺一上车，立刻就给我讲起这些故事来，好奇的乘客们都尽量坐近一些。

不久，关于这些故事的传说就传遍了普希金诺。祖津科坐的那节车厢里挤了那么多人，简直没处可坐了。为了听得清楚些，乘客们紧紧挤在祖津科船长周围，压到我的背上，以后我好久都缓不过来。

乘务员来了，大发议论，说这样坐车是不对的。所有车厢都空着，这节车厢却挤得水泄不通，而且车厢设计时也没有预定要容纳这么多乘客。没秩序！轴箱准会烧起来。

每次祖津科和乘客们都与乘务员进行乱哄哄的技术上的争论，向他证明——“车厢不会压弯，轴箱无论如何也不会燃烧”。

祖津科把他关于航海的回忆录带到《值班报》编辑部。他在一架拉丁语字母的旧打字机上把回忆录打出来，在那些拉丁语字母与俄语字母不同的地方，祖津科就写上俄语字母。这是一桩苦役似的工作。

我喜欢祖津科那仿佛在估量谈话对方的、含有讥笑意味的目光，喜欢他好像是于风暴中在甲板上行走的那种沉重和小心的步伐，喜欢他那稍有点儿粗鲁的幽默，以及他为一笔靠不住的收入喜欢去做一些复杂和天真的事情。

那时候，因为根本没有海船，莫斯科有许多没有工作的海船船长，因此祖津科被列入苏联商船队的后备队里。他在等待着有朝一日终于会出现一只合适的——用他的话来说——“木盆”。他可以乘坐它出海远航，即使不当船长，当个三副也行。在后备队的这段时间里，祖津科只得到一点儿微不足道的工资，因此他经常在寻找可以暂时通融一点儿钱的办法。

正在实行新经济政策。祖津科对新经济政策时期的资产阶级分子和所谓的“私商”恨得要命。这种憎恨是不会改变的。

这是一些小投机商和会耍手腕的人。这些人中比较高级和比较有钱的都力图使自己的样子看起来像个企业家、大商人和生意人。但通常他们都只能装装门面，大家都知道这是些“冒牌货”。

一般说，我们对新经济政策都持怀疑态度。大家都知道，新经济政策是一种暂时现象，从它诞生的最初几天，它就已经气息奄奄。等完成自己的使命以后，就将被丢进历史的垃圾堆里去。果然是这样。

然而，新经济政策时期的资产阶级分子激怒了所有的人。他们疯狂地急急忙忙致力于发财致富。由于总是急急忙忙，他们气喘吁吁；由于玩弄种种阴谋诡计和必然会有的恐惧心理，他们简直丧失了理智。准许做什么、不许做什么的界限并不特别清楚，任何一步都可能是致命的。这一切使新经济政策时期资产阶级分子的性格具有歇斯底里的性质。他们过着焦急不安和时间短促的阔绰生活，坐着外面已经褪色的小汽车，带着已经色衰的美人儿，听着饭馆里的淫词艳曲，这一切都好像一出演得很蹩脚的戏。

在西伯利亚和远东的某些地方，矿场和金矿租让了出去。但这距离莫斯科是如此遥远，好像不是现实的。也许，因此并未引起忧虑。我们碰到的只是新经济政策时期资本主义分子中的“拟鲤”。那些在楼房底层自己住房的窗户里卖油炸圆包子和自制牛奶软糖、面带不满意神情的太太和老太婆们，当然不会使我们感到不安。

她们把自己那些诱人的货物陈列在窗台上。除了油炸包子和饼干，在那里还可以看到褪了色的瓷盘上堆得像一座小山似的方糖（真正的“德国货”），编结的领带，打火机，女人紧身胸衣上用的鲸须，还有很漂亮的——粉红色的和淡蓝色的——妇女吊袜带上的松紧带。这些松紧带都不能用了，因为它们早就失去了弹性。我们主要是从日常生活和滑稽可笑这一方面来认识新经济政策。

当时在莫斯科特别出名的是“木炭王”亚科夫·拉采尔。他的企业坐落在玛丽亚小树林里格赫特住的那间房子对面。每天早晨，天刚蒙蒙亮，亚科夫·拉采尔就到自己房子的阳台上，让由瘸马拉车的、很长的整整一队卖炭工人的车队从自己旁边走过去。拉采尔站在那儿，像一个检阅自己“军队”的统帅。

检阅以后，卖炭工人就分散到莫斯科的一条条小巷里，用忧郁的叫喊声震动各个院子——“喂，谁要木炭！”他们浑身都是木炭屑，弄得好像一些矮黑人。他们那瓦灰色的眼皮下面，眼球上像搪瓷一样的眼白使莫斯科妇女感到惊讶。

有时，亚科夫·拉采尔在《消息报》上刊登广告：“亚科夫·拉采尔的木炭有时分量可能不足，但亚科夫·拉采尔的木炭绝不会是湿的”。在装生茶炊用的木炭的小蒲包上，亚科夫·拉采尔印了另外几行相当精致的广告诗：

查拉图士特拉[①]这样说：

① 古代伊朗宗教（后得名琐罗亚斯德教）的预言家和改革者。——译者

“谁要是花言巧语，只知把广告做，
却不能货真价实令人口服心折，
他做广告也只能是弄巧成拙。”
不管是需要木炭，还是劈柴，
拉采尔商号恐怕
不会被莫斯科忘怀——
赢得了信誉嘛，这也难怪！

还有一个姓丰克的私商也名闻遐迩。他在莫斯科开办了一家生产鞋油的企业。

丰克也懂得做广告的好处。

所有街道的路灯上都挂着一些用洋铁皮剪成的、快活的小人儿。他们在跳切乔特卡舞，稍稍抬起头上漂亮的黄色圆顶帽，嘴里的牙齿和刚刚用丰克鞋油擦过的锃亮的皮鞋在闪闪发光。

那些小人儿兴高采烈地号召只用丰克的鞋油来擦皮靴。但在那时候，这个号召看起来是荒谬的。流浪儿们光着脚在所有街道上行走，他们的脚都已经变得十分粗糙。在莫斯科，根本就没有要求如此精心爱护、必须擦亮的皮靴。

莫斯科到处都是流浪儿。把他们都捉起来，送到儿童教养院去。但随后他们又出现在街头和市场上，成群结队地游来荡去，在一些偏僻角落里玩牌，睡在大门口和熬柏油的空锅里，偷东西，跟人讨香烟，在电车上用木勺打着拍子，唱盗贼们唱的歌曲。

我在夜间行驶的近郊列车上面对面地碰到了几个流浪儿。这是在1924年深秋，严寒到来以前的事。

有一次，我和祖津科走进灯光昏暗的车厢。只有月台上的路灯在明晃晃地照耀着，路灯的光透过溅上雨水的车窗，照进车厢里面。冰冷的雨一个劲儿地下着，使人止不住地打寒战。车厢角落里有一堆灰色的破布在动。

“大蝙蝠!”祖津科说。

这是一些流浪儿。他们互相偎依着并排躺在地板上，用自己的身体遮着一个最小的、七八岁的男孩。路灯的灯光落到他的身上，我最先看到的是他那双没有眼泪的大眼睛，然后又看到了颤抖——他那瘦削的小小身躯可怕的、止不住的颤抖。他抖得那么厉害，随着他的颤抖，车窗上摇摇晃晃的玻璃也哐啷哐啷地响了起来。躺在他两旁的小男孩把自己身上破“克利夫特”的下摆拉到他的身上。

流浪儿穿的衣服叫“克利夫特”或“晨礼服”——从别人、成年人身上脱下来的短上衣或西装上衣，长得拖到膝盖下面，袖子肥大，晃来晃去。由于穿得时间久了，再加上灰尘和污垢，所有“克利夫特”都变成同样的鼠灰色，而且像抹了油一样，闪闪发亮。

在这些“克利夫特”耷拉下来的破口袋里保存着流浪儿——“马拉费特”的全部财产——小刀、香烟、面包皮、火柴、油污的纸牌和小块小块的脏绷带。“克利夫特”里面甚至没有已经破烂的衬衣，而是冻得发抖、看上去好像发黄的淡绿色身躯，身上搔出了一条条血印。

“别抖了，王子。”一个年龄大一些的男孩用嘶哑的声音说，“在梅季希我们会暖和过来的。”

乘务员进来了，拿手电筒照了照那几个流浪儿，骂了一声，从一旁走了过去。

我们坐到离得较远的地方。除了我们，车厢里几乎没有乘客。另外，不多几个乘客进来后都静静地坐着，好像什么也没看到似的。

“喂，孩子们!”祖津科突然说，“想抽烟的，到这儿来!”

只有一个年龄较大的男孩站起身，走了过来。其余的——一共3个人——都仍然躺着。

那孩子坐到我们对面的长凳上，盘起一双光脚，贪婪地抽着烟。他长长地吐了一口烟，望着祖津科制帽上微微闪着光的海员帽徽（所谓的“螃蟹”），说：

“海员，你长得挺漂亮……”

“住嘴，孩子！”祖津科打断了他。

但孩子望着一边，突然扯着儿童的嘶哑嗓子唱道：

从青年，从少年时期
我就被遗忘，被人抛弃，
我始终是一个孤儿，
幸福、幸运都没有我的份儿！

“你别唱了！”祖津科又说了一遍，“顾不得开玩笑了，你的小伙伴快要死了。”

“这是舒尔卡王子，”流浪儿解释说，“我叫飞行员。”

“有个建议，”祖津科还是那样平静地说，“不能让他这样。”

“可不是！”飞行员漠然地回答，用像管子那么长的黑袖子捂着擤了擤鼻涕，“发烧已经一天多了，连脸上都发亮了。”

“这么着吧！去普希金诺，到我们那儿去。我们有一座别墅。我们给一间房子生上火，先在那儿住几天，到时候再说。以后怎样，你们自己看着办。不能让这样一个孩子就这样送掉性命啊。”

“您不会把我们抓起来吧?”

“蠢货!”祖津科说，他当真见怪了，“我是远洋轮船上的船长。明白吗？这一位是作家。”

“给吃的吗?”飞行员问，“给所有的人，4个人都给?”

“看来你当真是个傻瓜!”

“我这就来!”飞行员回答，说罢坐到他自己那伙人身边。

他们小声交谈了许久，然后飞行员回来了，很随便地说：

“弟兄们同意了。”

我住的那座别墅里有5个房间空着，我住的那一间旁边是最大的一间。这个房间和我那一间用同一个炉子取暖。什么事也用不着去问任何人——别墅的主人住在莫斯科，我总共只见到他一次。

我们把流浪儿们带到别墅里来的时候，早晨生着的炉子还是暖的。

储藏室里乱扔着一些有条纹的旧床垫。我们把床垫铺在炉子旁边，流浪儿们坐到床垫上抽起烟来，安静下来了。我给舒尔卡王子拿来一个枕头和一张熊皮，孩子们默默地看着我。我让舒尔卡躺下，这时飞行员说：

“这张熊皮上会长满虱子的。”

我避而不答，孩子们也一声不吭，不知什么使他们感到沮丧。

祖津科从自己的别墅里拿来一个澳大利亚的改良气炉子，用一把上面有一些小坑的大茶壶烧开了泡茶的水。祖津科小声对我说，他去请医生，于是就走了。流浪儿们感到不安了，可是我对他们说，船长是去拿吃的。

舒尔卡呼吸时发出尖细的啸音。我摸摸他的额角——额上冒出一股烫人的热气。

一小时后祖津科领来一位老医生，医生是亚美尼亚人。他冷得发抖的手怎么也不能把玳瑁框的老式夹鼻眼镜擦干净，并且一直伤心地反复说：

“噢，荒唐，荒唐！多么荒唐！”

在医生到来以前，流浪儿们喝过了茶，都挤在一张床垫上睡着了，他们当中没有一个人醒来。

医生给舒尔卡听诊以后，皱起眉头宣布，孩子害了双叶肺炎，得立刻送他进医院。

祖津科住的那座别墅里有主人家的一个比较大的小雪橇，船长用它来运劈柴和水。

祖津科去拖雪橇的时候，我给医生斟了一杯茶。他双手抱住茶杯，暖一暖手指头，好久默不作声。夹鼻眼镜在他的鼻梁上微微颤抖，老是往下滑，有几次差点儿没有掉到地板上。医生摘下眼镜，把它几乎拿到老年人的凸出来的眼睛紧跟前，问：

“这是怎么发生的？”

“什么？这个孩子吗？”

“不！千千万万孩子像小猫一样被扔到了街上，这是怎么发生的？”

“我不知道。”

“不！”他坚决地说，“您是知道的，我也知道。不过，我们不愿想这件事。”

我避而不答。说什么呢？这是没有希望的。光说无聊的空话有什么用呢？

“真是荒唐！”医生重复了一遍，似笑非笑地笑了笑，“需要照料。只需要照料。这些孩子误了时间，没能迁移到南方去。应当明白，得把他们送到儿童教养院去，要不然，他们就完了。”

祖津科拖来了雪橇。我们用所能找到的东西，其中包括那张熊皮，把舒尔卡裹起来，让他躺在雪橇上，小心翼翼地拖着他到医院里去。

我想叫醒飞行员，但他也和其余那些孩子一样酣睡不醒。尽管他在睡梦中一直动来动去，疯狂地搔自己的胸部。

我们走了，但是没有把别墅锁起来，以免孩子们醒来时感到惊恐。

我们黎明时才回来。雨停了，从树林里吹来一股强烈的、含有水分的冷气。

别墅里空无一人，流浪儿们不见了。桌子上放着一本鲍里斯·皮利尼亚克[①]的《荒年》，在这本书的封面上歪歪斜斜用很大的字母写着：“舒尔卡·巴拉绍夫，父亲死了，母亲不见了。”

“那有什么呢！”祖津科叹了口气，“黄雀飞走了，从自己的慈善家那里飞走了。我一向认为，自由比对死亡的恐惧更为强大有力。孩子们也明白这一点。”

舒尔卡·巴拉绍夫4天后死了。

他死后很久，我还不能摆脱对他有罪的感觉。祖津科说，什么罪也没有，还说我是个不健全的知识分子，神经衰弱患者。但是祖津科船长的颧骨上，皮肤底下鼓起一些很硬的小瘤，他在不停地抽烟。

那孩子葬在墓地边一座小坟里。一直在下雨，雨打落腐烂的树叶，把

---

① 鲍·安·皮利尼亚克（1894—1941），苏联作家。

它们撒在低低的坟丘上。现在，我当然找不到这座坟丘了，不过我约略知道，那个在自己的痛苦中完全孤单单、孤立无援的小生命葬在哪里。

普希金诺的生活是不舒适的。直到深夜，整天我都待在《值班报》编辑部里。半夜前我勉强走到车站，乘车去普希金诺，在那里立刻钻进偏僻、黑暗、荒无人烟的地方，很快睡着了。第二天早晨，天还很黑的时候就得起来，生炉子，匆匆去赶开往莫斯科的火车。

同样的一些事情轮流交替，使人厌烦，令人感到厌倦。我总是觉得有点儿饿，也许是由于饥饿的缘故，有好几次——总是在夜里——我曾昏厥过去。

有一次，我跌倒在北站的石板地上，醒来时已经在车站上的候诊室里，头跌破了，流出血来。最使我感到震惊的是，那个设法使我恢复知觉的、睡眼惺忪的护士，怀疑我是喝醉了。

我感到委屈，摇摇晃晃地离开了候诊室。我没赶上末班火车，也没遇到祖津科，只好在车站附近、停在铁路上的一节空车厢里坐了一夜。我的头痛得好像要裂开一样，头脑也不清醒。我为身边没有流浪儿而感到遗憾，跟他们在一起到底会轻松一些。由于身体虚弱，我觉得自己也像他们那样无依无靠。

严　寒

一堆堆篝火上升起一团团被通红的火光稍稍染红的、含有树脂芳香的黑烟。

篝火上的烟和1月里严寒的烟低悬在莫斯科上空。电车穿过这层烟雾，隆隆响着，打着铃慢慢爬行。车厢里面生出一片片雾凇，变得好似结了冰的山洞。

广场上用整根整根的圆木和旧电线杆垛成火堆。戴着红顶灰羔皮帽的警察——“灰雀”——在火边烤火，当时管警察叫“灰雀”。警察拉着全身蒙着一层霜、没有耐性的马的缰绳。

从红场那边传来猛烈的爆炸声。那里在爆破硬得像石头一样的土地，为列宁准备墓地。

篝火和烟给莫斯科染上一层黑红色，仿佛给它穿上了丧服。人们衣袖上戴着黑红两色的黑纱，跟在没有尽头的人群后面，向停放着列宁遗体的圆柱大厅慢慢移动。

从很远很远，从莫斯科各个不同的边缘排起了一排排长队。我于半夜两点钟在库尔斯克车站附近站到了这样的一排队伍里。

在卢比扬广场上已经听到了从圆柱大厅那边传来的送葬曲遥远的乐曲声。每走一步，哀乐声就越来越响。人群中的谈话声沉寂下来了，呼吸时从嘴唇上飞出的一团团热气也越来越匆忙，越来越急促了。

> 别了，弟兄们！你们正直地走完
> 自己英勇的、高尚的征途。

有人小声唱起了这两句歌词，但立刻又住了声。在这极地的夜里，任何声音都似乎是不需要的。只有千万双脚踩在雪地上的嘎嘎声和沙沙声是理所当然的，永不间断，而且十分庄严。在伸手不见五指的黑暗中，人们从郊区，从莫斯科附近的村镇，从田野，从已经停工的工厂向灵柩走来，人们来自各处。

寂静滞留在城市上空。就连远方的铁路线上，机车也不像往常那样吼叫了。

全国都走向那高高的灵柩。那里，在鲜花和红旗之中，并不是立刻就能看清那个人十分消瘦的脸。他的前额宽大，脸色苍白，他的眼睛闭着，好像眯缝着眼。

大家都向那里走去。因为全国没有这样的一个人，列宁的存在不曾影响他的生活，没有一个人未曾体验到他的意志。他推动了生活，这一推动好似直到地心震动全俄罗斯的、大规模的地层断裂。

千万人的呼吸形成的蒸气停留在冻透了的圆柱大厅里。

有时尖锐刺耳、好似哭泣的军号声打碎乐队从容不迫的乐曲声。但军号声很快就停止了，乐队又有节奏地奏起乐来，使悲哀具有了一种庄严气氛，但是并不减轻这悲哀的程度。

祖津科和我一起在人群中走着。

好长时间默默地走着。后来祖津科冷得瑟缩起来，生气地说：

“嘿，好冷啊！就像在北极的地狱里（他这样嘲笑地把所有极地都叫作北极的地狱）！眼皮都冻到一块儿了。大规模的严寒！”

他沉默了一会儿，又说：

“现在什么都是大规模的。就说列宁吧……是一切污秽的大规模的破坏者，又是大规模的创造者……您要隔着围巾呼吸，不然会把支气管冻坏的……可惜，我没能跟他谈谈全世界海员联合会的事。不然，我们准会进行一次大规模的谈话。”

我们慢慢地从灵柩旁走过，更加缓慢地走出圆柱大厅。所有的人都在频频回顾，放慢脚步，竭力想在最后的一瞥中永远保留住所看到的一切——列宁的面容，他那向前突出的前额，紧闭的嘴唇和一双不大的手。

他这个急欲重新改造世界的人——死了。我们每一个人都在想，现在会怎样呢。

“我们的孩子会羡慕我们的，”当我们走出圆柱大厅的时候，祖津科说，“如果他们不成为完全的白痴的话。我们钻到历史的最中心来了，您明白吗?”

这一点我非常清楚。正像生活在那个令人忧虑、犹如闪电一般的时代的所有人一样。没有任何一代人体验过我们所体验的一切——既没有体验过这样的热情，这样的希望，也没有体验过这样的恐怖，这样的失望和胜利。只有对未来必胜的坚强信念在引导着饿得面如菜色、在战斗中肤色变得黝黑的胜利者。

那时候我30岁，然而在当时我就已经觉得我好像度过了那样漫长的一段生活，回想起来简直感到可怕，甚至感到心里发冷。

“你当真是自己时代的产儿吗?”我想。我以整个身心理解到我与时代是不可分割的，与国家的命运，与我的人民那样难得体验到的喜悦，与那样不公道地慷慨落到人民头上的苦难，与这一切是不可分割的。

我和祖津科沿着严寒笼罩着的街道往北站走去，严寒在脚下疯狂地低声吼叫着。

“时代通过它钢铁的道路庄严地行进”①，我自言自语地说。整整那一

---

① 俄国诗人叶·阿·巴拉丁斯基的诗——《最后一个诗人》。

天，这句话老是在我脑海中萦绕不去。

“您嘟嘟囔囔地在说什么?”祖津科问。

“就是这样……没什么……”

铁的时代！突然一些遥远的词句从记忆深处升上来，发出清脆的声音。

是谁在雪地上栽培出忒奥克里托斯①的娇弱的玫瑰?

在铁的时代，你说，是谁预料到了黄金时代？②

“时代通过它钢铁的道路庄严地行进。”但它的道路当然会通向黄金时代，通向和平，通向理性。通向黄金时代！应当相信这一点。不然，就无法生活。

后来，我和祖津科乘车去普希金诺，在路上走了很久。空荡荡的郊区列车在蒸气中隆隆响着，颠簸着。车厢下的车轮声响亮地撞击着接轨缝，夜间的回声响应着车轮声。似乎回声也被严寒冻坏了，因此听起来好似被石头砸破的薄冰的回声。

由于严寒，普希金诺一切都仿佛笼罩在轻烟薄雾之中。

“-40℃，甚至更低。”祖津科说，“到我那儿去吧，暖和暖和。”

我喜欢到祖津科那里去。他那座小小的别墅，积雪一直堆到窗户上。

祖津科点上了蜡烛。圆木墙上用图钉钉着几幅外国的轮船招贴画，这

① 忒奥克里托斯，公元前4世纪末至公元前3世纪上半叶的古希腊诗人。

② 普希金的诗《无题》中的开头两行。

些画都很旧了，破了，不过很诱人。特别是其中一幅，上面画着沙岸上一座有条纹的——白的和红的——灯塔、仿佛油腻腻的大海和一丛正在开花的欧洲夹竹桃。真不相信世界上会有这样大胆的搭配——大红色的花朵和淡紫色的大海。

祖津科的屋里一向很冷，窗子上结了一层冰——那年冬天，雪几乎下个不停。好像觉得由于这样的严冬，招贴画瑟瑟发抖，很快就变得暗淡了。我喜欢细看这些画，因为我十分清楚，我永远也不会到达这些招贴画上所描绘的任何一个极其美好的地方。

除了招贴画，祖津科那里还有《圣经》《大西洋水路图志》，几本马克思主义的书和一卷破破烂烂的《布罗克豪斯-艾弗隆百科词典》，这一卷是字母“H”。

原来，祖津科研究过《圣经》，为的是在澳大利亚——他在那里住过好几年——和基督教教堂里的牧师进行激烈的辩论。这是他喜爱的事情，如果不算海事，以及经常与一切妥协主义者、官僚主义者、新经济政策时期的资产阶级分子、没有骨气的可怜虫和泄了气的知识分子争吵的话。

祖津科点着了他那个澳大利亚气炉子。气炉子吼叫着，像一个过热的蒸气锅炉，似乎随时都会爆炸。我们觉得暖和一些了。

我们默默地就着黑面包喝干了茶。后来祖津科问：

“明天您去参加列宁的葬礼吗?”

“当然去。”

“穿什么？严寒越来越厉害了。您那件秋大衣纯粹是一块粗麻布，甚至可以说是废物。瞧，您现在已经在发抖了，可惜没有体温表。”

“我有。”

"您量量看。明天早晨我顺便来叫您，早一点儿。"

我走了。一条在雪地上踩出来的小路从祖津科的房子通到我那里，茂密的枞树把被雪压弯的、毛蓬蓬的枝梢垂到小径上。我碰到树枝，雪有好几次飞进我的衣领，每次我都像被刀刺了一下似的打个哆嗦。

我常常失足踩到深雪里。四周森林在发出干裂的啪啪声和嘎嘎的响声。

我屋里也冷得像关起来的冰箱里一样。我时常在小凳子上坐一坐，好喘一口气，避免头晕。生着了炉子，没脱衣服就立刻躺下，用那张已经见过的熊皮盖在身上。小男孩舒尔卡·巴拉绍夫就是在这张熊皮下死去的，熊皮从医院里又回到了我这里。窗帘已经冻在玻璃上了，圆木之间的缝隙里有老鼠在吱吱地尖叫。

就是在熊皮下，我也闻到一股令人恶心的鼠粪臭味。我一直在思索，经常不断地失去自己思想的线索（它像一根烂掉的细纱，不时断裂）。我在想，我不会安排自己的生活，需要不仅在房间里，而且在生活中进行一次大扫除，把一切都冲洗一下，给它们通通风。但不知为什么，在冬天里无论如何也不能这样做。似乎我生活的混乱已经冻结在我的身上，要把它撕下来——力气却不够。

我明白我病了。于是大声说——用整个房间，整座空荡荡的、冻坏了的别墅里都能听到的声音说：

"人不可能是孤独一人。如果他是孤独一人，那么这只是由于他自己的过错，只是由于这个原因。"

我的头脑不清楚了。我心里想，现在，在这样的日子里，简直不能向模模糊糊的和悲伤的思想让步，不能允许忧愁支配自己。

全世界都震动了。莫斯科被葬礼的篝火照耀得明晃晃的。人们盼望摆脱千百年来无能为力的苦难，那个知道该做什么的人走了。

他知道，明天将要把他放入被寒冷冻透的土地里去。第一个夜晚就将用雪埋住坟墓，漠然地继续走他预定要走的路。

我向钟探过身去。炉子快要灭了，在炭火的光亮下，我看到已经6点钟了，然而黑暗却似乎变得更浓。

老鼠在墙壁里跑得更起劲，叫得更厉害了。我觉得又热又闷，尽管寒冷用冰冷的手紧按在我的额上，我却觉得头痛。

早晨我醒了，如果可以把灰蒙蒙的昏暗叫作早晨的话。这灰蒙蒙的昏暗从窗户爬进屋里，立刻就跌落到地板上的黑暗之中。雪已经不下了。

得准备一下，到莫斯科去。

当我用融化的水洗脸的时候，昏暗中已开始充满蓝色。不久，橙黄色的太阳光斑就落到了黑漆漆的墙壁和勃洛克的照片上，勃洛克的脸上稍有一点儿天才的傲慢神情。

祖津科敲了敲我的窗子，把手掌贴到玻璃上，大声喊道——严寒变得穷凶极恶，冻得人肺部疼痛。

“您去莫斯科是不可能的，”他喊道，“您留下来吧。别起来，也别给我开门。我很快就回来，把一切都讲给您听。”

我既没有力气，也喊不出声来，无法和他争论。他走了，我还是使劲穿上大衣，用一条旧围巾围上脖子，把便帽拉到耳朵上，走了出去。

我勉强走到铁路道口。这时，早晨去莫斯科的最后一班列车刚好开了过去，我来迟了。

于是，我沿着向莫斯科那个方向伸展的路基往前走去，可是连两公里都没能走完。我一直头晕。我想坐到积雪的堤坡上，稍坐一会儿。但是我知道，在这么冷的时候不能这么做。因此，我一直跌跌绊绊地走着，走着。我心里明白，再走是毫无意义的，应当回去。

由于荒谬的习惯，我一直在心里想——瞧，等走到那根电线杆，我就回去。

那根电线杆使我耽搁了好长时间。我靠在电线杆上，回头一望，看到普希金诺所有炉子上的烟囱都浓烟滚滚，冒出白桦木的烟。在寒冷的太阳照耀下，烟是鲜红的。

前面，克利亚济马也像普希金诺一样，猛烈地冒着浓烟，烟雾笼罩了整个大地。

森林宛如隐隐燃烧的劈柴，被严寒冻得发出爆裂的响声，树梢上积雪不时射出鳞片似的闪光。每一棵负着积雪的枞树都好像这静静的冬季荒野里的守卫，矗立在那里。

我站着，在等待着。我使自己相信，在这仿佛很容易打碎的寂静中，当棺木放入墓穴的时候，我一定会听到莫斯科所有工厂的汽笛即使是十分遥远、然而汇合成一片的强有力的响声。也许，甚至会听到排炮深深叹息似的轰鸣。

然而十分寂静，只有森林干裂的响声越来越大了。

一列火车吐出长长的烟柱，从普希金诺那个方向驶来了，可以听到它越来越响的隆隆声。

西伯利亚快车来了。它总是在这时候经过普希金诺，不停顿，不刹车，拉着沉重的普尔曼式车辆驶过一个个道岔。一直好像觉得，车厢想要落在后面，想要停下来，但机车无情地拉着它们向前飞驰，不让它们喘息。

列车驶近了。它突然颤抖了一下，刹车铿铿锵锵地响了起来。车轮的隆隆声突然中断，列车一下子停在森林中间，机车像害了气喘病的马在喘着气。

列车停在下葬时它正要到达的地方。

机车内部立刻冲出一股蒸气，机车大声吼叫起来。

它不改变声调，不停地吼叫着。它的叫声中含有绝望、愤怒和号召。

这雄壮的汽笛声飞向四面八方——飞往森林，飞往严寒，飞往铺着厚厚一层积雪的田野。

过了一分钟，两分钟。机车吼叫着，一直是那样令人难过、那样忧愁和不停地吼叫着——宣告现在莫斯科红场上正在安葬列宁的遗体。

列车穿过伟大的俄罗斯大地，飞驰了几千公里。然而它来迟了，总共只差40分钟。

我好像觉得我听到的不仅是西伯利亚快车的汽笛声，而且听到了全莫斯科的号哭声。在这一分钟，生活停止了。就连海上的轮船也就地下锚停泊下来，用汽笛的哭声向铅色的海水做出宣告。

汽笛声一下子停止了。列车慢慢启动，驶向烟雾弥漫的远方，向已经离得很近的莫斯科驶去。

一切都结束了，我慢慢走回家去。

所有别墅上都死气沉沉地悬挂着志哀的国旗。

回去的路上，我没遇到一个人。我好像觉得全世界都死去了，生活也枯竭了，犹如这1月里的一天最后一道不舒适的光线，连同它那谁也不需要的、折磨人的严寒，以及烟的苦味。

晚上，祖津科回来时发现我在发烧，在呓语。我病了一个多月。

雪 帽

有一次，快到春天的时候，在一个静静的下雪天，布尔加科夫到普希金诺来找我。当时他正在写一部长篇小说《白卫军》，为了写这部小说中的一章，他一定要看一看“雪帽”——在漫长的冬天里，屋顶、围墙和粗树枝上堆积起来的那些小小的雪堆。布尔加科夫又高又瘦，神情忧郁，长着一双注意力集中的灰眼睛。他掩上他那件已经褪色的双面旧皮袄，在那一年里荒凉无人的普希金诺村慢慢地踱来踱去，长时间站着，仔细观看。

“好！”他说，“这正是我所需要的。整整一冬的寂静似乎都集中在这些雪帽里了。”

“颓废派！”谈起布尔加科夫，祖津科这样说，“不过，看来是个极有才能的人，在很认真地锻炼自己。”

他想用这些话来说明什么呢？我不明白。于是，祖津科还是那样含含糊糊、而且不大乐意地解释说：

“临时搜集印象，真有两下子！”

大概，这一点他说对了。对周围生活中一切突出的东西，如果可以这么说的话，布尔加科夫是很贪心的。

凡是在生活的平面上显得突出的一切，无论是一个人，还是他的某一特性，一个奇怪的行为，一个异乎寻常的想法，一件突然被注意到的小事（譬如被穿堂风吹得弯成直角的、舞台脚灯蜡烛上的火苗）——他都会毫不费力地抓过来，应用在他的散文、剧本和日常谈话里。

也许，因此谁也不能像布尔加科夫那样取一些挖苦人的、仿佛是给人“打上烙印”的绰号。在我们同窗学习的基辅第一中学里，这一点特别使他大出风头。

“您的眼睛是恶毒的，舌头是有害的。”副校长博江斯基伤心地对布尔加科夫说，“您简直是在拼命胡闹，虽说您是在一个受人尊敬的教授的家庭里长大的。这怎么能想得到呢！一个委托我们中学校长管教的学生，会骂这个校长是‘榨油工人’！多么不成体统！而且可耻！”

这样说着的时候，博江斯基的眼睛却在笑。

布尔加科夫一家在基辅是赫赫有名的——这是一个大家庭，家族中有很多旁支，是一个地地道道的知识分子家庭。

这个家庭里有契诃夫的作品，好像是《三姊妹》中的某种东西，还有某种戏剧气氛。

布尔加科夫一家住在通往波多尔的斜坡上，就在安德烈耶夫教堂对面——在基辅一条风景如画的僻静小巷里。

在他们的住宅窗外经常会听到钢琴声，甚至还有刺耳的圆号声、青年人的说话声、奔跑声、笑声、争吵声和歌声。

这种有丰富文化和劳动传统的家庭，过去是外省生活的点缀，也仿佛是先进思想的中心。

我不知道，为什么直到现在还没有一个研究者（也许，是因为这太难了）去仔细研究这类家庭的生活，揭示它们对于即使是某个城市——萨拉托夫、基辅或沃洛格达——的意义。那将是研究俄国文化史的一部不仅很有价值，而且引人入胜的著作。

中学毕业以后，我和布尔加科夫失去了联系，只是到现在才在《汽笛报》编辑部再次相逢。

那年冬天，布尔加科夫写了一些尖锐辛辣的短篇小说。在这些小说里，嘲笑和怪诞达到了令人惊叹的程度。

我记得像《袖口上的笔记》《致命的蛋》《恶魔风格》和《乞乞科夫奇遇记（有序幕和尾声的两段叙事诗）》这样一些布尔加科夫的短篇小说，其惊人的程度简直令人叹为观止。

艺术剧院提议，要布尔加科夫根据他自己的长篇小说《白卫军》写一个剧本。布尔加科夫答应了，于是出现了剧本《土尔宾一家的命运》。

这部多灾多难的、杰出的剧本经受了许多波折，多次遭到禁演，然而它以其非凡的才华和戏剧的艺术力量战胜了一切灾难。

在剧本的演出过程中产生了许多离奇可笑、几乎是不可思议的细节。霍夫曼[①]风格终生都伴随着布尔加科夫。

布尔加科夫喜爱的作家是果戈理，这不是没有原因的。不是我们从中学课堂上听来、带到生活中去的，按照官方解释的那个果戈理，而是那个近乎疯狂的幻想家。他时而以自己的狂喜，时而用挖苦人的哈哈大笑，时而以令人紧张得仿佛连血液都会凝固起来的、荒诞的幻想来恐吓人，使人感到极端害怕。

果戈理总是好像就站在读者和他自己那些主人公后面，凝神逼视他们的背脊。大家都害怕他那洞察一切的目光，总是要回头看看。而回头一看，却突然怀着轻松的心情发现，果戈理的眼里闪耀着对这样美好的事物赞叹的泪花。他所赞美的可能是罗马上空闪闪发光的意大利的晴空，要么

---

① 恩·特·阿·霍夫曼（1776—1822），德国浪漫主义作家。——译者

是俄国三套马车在长满羽毛草的草原上疯狂疾驰的情景。

布尔加科夫的命运是奇怪而且痛苦的。

莫斯科高尔基模范艺术剧院只演出他的一些旧剧本。新剧本《莫里哀》被禁演了，也不再出版他的散文。

他为此感到十分苦恼，痛苦不堪。最后忍不住了，于是给斯大林写了一封信，信中充满了俄罗斯作家崇高的尊严。在这封信中他坚决要求得到作家唯一和神圣的权利——发表作品的权利，并以这种方式与人民交往，以自己的全部力量为人民服务。

他没有得到回答。

布尔加科夫心情忧郁。他不能让自己的作家思维停止活动，他不能把自己的想象力丢到垃圾场去。对于一个写作的人来说，没有，也不可能有比这更严厉的刑罚了。

被剥夺了发表作品的机会，于是他构思了一些惊人的短篇小说，讲给一些亲近的人听。这些短篇小说既忧郁，又是戏谑性的。他总是在家里，在喝茶的时候讲这些故事。

可惜，这些短篇小说中只有不多一部分还保留在记忆里。大部分都被忘记了，或者用一种陈旧的说法——已经沉入勒忒河[①]了。

儿时我很清楚地想象出这条勒忒河——一条水流十分缓慢的地下河，河里的水是漆黑的。人们，甚至连人们的声音，都会一去不复返，永远沉没在这条忘川里，仿佛渐渐消失了。

我记得一篇这样的短篇小说。

① 勒忒河系古希腊神话中冥土的忘川，这里意为被遗忘。——译者

布尔加科夫似乎每天都给斯大林写一封令人纳闷的长信，署名是“泰山”。

斯大林每次都感到吃惊，甚至有点儿害怕。他像所有人一样，很好奇，要求贝利亚立刻找到这些信的作者，把这个人带到他这儿来。斯大林大发脾气：“机关里养了些寄生虫，连抓个人都抓不到！”

最后，布尔加科夫被找到了，被带到了克里姆林宫。斯大林凝神注视，甚至是怀着几分善意仔细打量着他，抽着烟斗，不慌不忙地问：

“这是您给我写的这些信吗？”

“是的，是我。约瑟夫·维萨里奥诺维奇。”

沉默。

“有什么事啊，约瑟夫·维萨里奥诺维奇？”感到不安的布尔加科夫问。

“没什么。写得很有意思。”

沉默。

“那么，这就是说，布尔加科夫就是您啰？”

“是的，是我。约瑟夫·维萨里奥诺维奇。”

“为什么裤子打了补丁，鞋子也破了呢？哎呀呀，不好！一点儿也不好！”

“是这样……挣的钱好像很少啊，约瑟夫·维萨里奥诺维奇。”

斯大林转身对供应部人民委员说：

“你干吗坐在那儿看着？你不能供给一个人衣服穿吗？在你那儿，偷倒是可以，而供给一个作家衣服却不可以，是吗？你干吗脸色苍白？害怕了吗？立刻供给他衣服。华达呢的！你干吗坐着？在捻唇髭？看你穿了一双什么样的靴子！立刻把靴子脱下来，交给这个人。什么都得对你说，什么也不会自己想一想！”

于是，布尔加科夫穿上了衣服、靴子，吃饱了肚子，经常到克里姆林宫去了，和斯大林产生了出人意料的友谊。斯大林有时感到忧郁，这时就对布尔加科夫抱怨说：

“你知道吗，米沙，大家都大声叫嚷——英明的，英明的。可是连可以一起喝杯白兰地的人都没有！”

就这样一点儿一点儿地，布尔加科夫渐渐塑造出斯大林的形象。这就是布尔加科夫天才的真正力量。他塑造的这一形象不但有人情味，在某种程度上甚至是讨人喜欢的。不由得会忘记，布尔加科夫所讲的是一个给他带来了那么多痛苦的人。

有一次，布尔加科夫到斯大林那儿去的时候，十分疲倦，心情沮丧。

“你坐，米沙。你干吗这么忧郁？什么事啊？”

“唉，我写了一个剧本。”

“写了整整一部剧本，那该高兴才是。为什么发愁呢？”

“剧院不肯上演呀，约瑟夫·维萨里奥诺维奇。”

“你想在哪儿上演呢？”

“当然是在莫斯科高尔基模范艺术剧院啰，约瑟夫·维萨里奥诺维奇。”

“剧院真不像话！你别焦急不安，米沙，你坐。”

斯大林拿起电话话筒。

“小姐！小姐！请给我接莫斯科高尔基模范艺术剧院！莫斯科高尔基模范艺术剧院，请给我接一下！谁啊？经理吗？请您听着，这是斯大林在说话。喂！请您听着！”

斯大林开始生气了，用力吹吹话筒。

“邮电人民委员部里都是些傻瓜，他们那儿电话老是出问题。小姐，请再给我接莫斯科高尔基模范艺术剧院。再接一次，我跟您讲的是俄语！这是谁呀？莫斯科高尔基模范艺术剧院吗？请您听着，不过不要丢下听筒！这是斯大林在说话。请别挂断！经理呢？怎么？死了？刚刚死的？你瞧，真怪，人民变得多么神经质呀！”

欢送教练舰

挪威的一艘铁壳帆船——一艘美丽的远洋船——于第一次世界大战期间在白海海湾峡口礁石上搁浅了。

俄国政府向挪威买下了这艘海船。革命后，给它取名为“同志”，改作商船队里的教练舰，1924年夏天从列宁格勒出发做环球航行。

《值班报》编辑部里激动起来——派谁作为记者去列宁格勒欢送“同志”号呢？

这是出发去做这样一次诱人远航的第一艘苏维埃政权的帆船。我当然无论如何也没指望能去欢送“同志”号。我明白，有这一权利的，首先是我们的两位海员同事——诺维科夫-普里波伊[①]和祖津科。

热尼卡·伊万诺夫为此召开了一次会议，亚历山大·格林出乎意外地来到了会上。

那是我第一次、也是最后一次见到他。我那样看着他，仿佛在我们编辑部里，在到处都是灰尘、秩序混乱的莫斯科出现了飞行“荷兰人”号的

---

① 阿·西·诺维科夫-普里波伊（1877—1944），苏联作家。

船长，或者是斯蒂文森本人。

格林身材高大，神情阴郁，沉默寡言。有时勉强可以看到他很客气地微笑一下，但仅仅是一双眼睛在笑——那是一双乌黑的、疲倦的、注意力集中的眼睛。他穿一套不敞胸的黑西装，由于太旧，闪闪发亮，戴一顶黑帽子。那时候没有任何人戴帽子。

格林坐到桌边，把手放到桌子上——这是一双船员和流浪汉的青筋嶙嶙、强有力的手，手上隆起粗大的静脉。他看看自己的手，摇了摇头，攥起拳头——静脉立刻瘪下去了。

“这么着，”他用稍有点儿喑哑的、平静的声音说，“我给你们写一篇短篇小说，当然啰，如果你们能给我一点儿钱的话。预支，明白吗？我的情况很窘，非常困难。我得立刻回费奥多西亚，回家去。”

“亚历山大，斯杰潘诺维奇，您愿不愿意代表我们去列宁格勒欢送‘同志’号？”热尼卡·伊万诺夫问他。

“不！”格林坚决地回答，“我有病。我所需要的非常少，只需要很少一点儿钱。够吃饭，够抽烟，够路费就行。在费奥多西亚随便哪一家咖啡馆里，我心里就会平静下来。只要一闻到咖啡的香味，听到打台球的响声，只要一闻到轮船上的烟味，我就会恢复常态。而在这里，我却要完了。”

热尼卡·伊万诺夫立刻吩咐预支给格林稿费。

不知为什么，大家都默默不语，格林也一声不吭。我也保持沉默，尽管我非常想对他说，他曾怎样以自己张开翅膀的想象力美化了我的少年时期。在他的小说里有一些什么样的仙境，那里总是繁荣兴盛，永远也不衰退。有一些什么样的海洋，浩瀚无际的海面上波光粼粼，浪涛喧嚣，好似唱着催眠曲，使英勇无畏的、年轻的心安然入睡。还有一些什么样的狭小拥挤、人声嘈杂、声调悦耳、香气扑鼻、洒满奇妙阳光的港口城市。这些城市变作一大堆异常优美的童话，犹如梦境，犹如渐渐消失的妇女的脚步声，犹如一些只是由他，由格林发现的、极其幸福和繁荣兴盛的地方令人陶醉的气息，渐渐远去。

许多想法在我头脑里翻腾着，乱作一团。我默默不语，而时间却在流逝。我知道，格林这就要站起来走了。

“您现在在做什么呢，亚历山大·斯杰潘诺维奇？”诺维科夫-普里波伊问格林。

“在萨雷戈那边，费奥多西亚附近的草原上用弓箭射鹌鹑，”格林笑了笑，回答，“做食物。”

无法理解，他是在开玩笑呢，还是郑重其事地这么说。

他站起来，告辞，然后走了。身子挺得笔直，神情严肃。他永远走了，我再没有见过他。我只是在想着他，写到他。我意识到，为了对格林无私地留给所有幻想家和诗人的慷慨的礼物表示我的谢意，我所做的贡献实在是太微小了。

“一位伟大的人！”诺维科夫-普里波伊说，“中了魔法的。要是他哪怕能让给我几个字，我也会多么高兴啊！而我写作，说真的，就像个给地板打蜡的工人。而他的作品，只要读上一行，就会激动得喘不过气来。那么好！”

诺维科夫-普里波伊心情非常激动，也拒绝去欢送“同志”号。

“只不过是使自己心里感到难过。”他生气地说。

轮到祖津科了。他对我使了个眼色，说要是去做“同志”号上的船长，他倒是同意的。他，一个有丰富航海经验的老海员，以一个“蹩脚作家”的身份到船上去，那可不合适，没有他也能对付得了。

于是，热尼卡·伊万诺夫提议让我去，他自己也表示愿意去。

我们第二天就动身了。

我有生以来是第一次到北方去。过了特维尔以后，我在火车上就已经感觉到北方的森林、暗淡的天空和苍白的阳光照耀着的平原是那样雄伟庄严。

童年时我在普希金的作品中读到过，“彼得堡”出现在森林的黑暗里，出现在芬兰人的沼泽地当中。后来这一概念被忘了。城市的复杂历史、它那宏伟的建筑形式，经常有许许多多的杰出人物住在那里。这一切，把我童年时的概念排挤了出去。

我还不了解彼得堡的时候，已经用这些杰出人物的目光看到了它。

一代又一代的作家、诗人、画家、学者、统帅、海员和革命者，美丽的姑娘和很漂亮的妇女们，都赋予午夜的首都一种浪漫主义的和几乎是非现实的面貌。多亏了作家和诗人们，彼得堡里住进了一些幻影。但对于我来说，这些幻影与周围的人们一样，也是现实的。

在内心深处我相信，叶甫根尼·奥涅金、娜斯塔西娅·菲利波芙娜[①]、陌生女人[②]和安娜·卡列尼娜真的都曾住在这里，而这丰富了我对彼得堡的认识。没有这一大群复杂而诱人的人物，是无法想象彼得堡的。

我深信，在彼得堡，现实生活和由想象产生的生活不可分割地融为一体。

---

① 陀思妥耶夫斯基《白痴》中的女主人公。——译者

② 勃洛克的诗《一个陌生女人》。——译者

隔着遥远的距离我就感觉到了彼得堡的吸引力。仿佛在夜间清澈的空气和闪光之中，恰恰是我，一定会经历一切，而这一切好像是重演这座城市里确实发生过、而且永远留在人们记忆中的那些事件。

因此，列车驶近列宁格勒时，我激动得那样厉害，简直变成了聋子，听不到向我提出的问题。总之，简直像一个神志不清的人。

城市出现了，仿佛是一个由烟雾弥漫的空气造成的幻影。市内一条条大街的远方笼罩在轻烟薄雾之中。透过薄雾，海军部大厦神话般的尖塔惨淡发光。云母似的太阳闪光在涅瓦河上晃动着，从海滨飞过一阵阵微风。

雄伟壮丽的建筑物的线条（我立刻就明白，世界上任何地方都不会再有这样的建筑奇迹了）几乎被北方的空气冲洗掉了，因此仿佛具有一种特殊的表情。

涅瓦大街上湿润的铺路木块之间钻出了新生的嫩草。列宁格勒在那一年完全没有黑烟，天空是晴朗的，几乎所有工厂都停工了。

我和伊万诺夫乘坐一辆福特牌旧汽车从车站去瓦西里岛。我怕伊万诺夫会闲扯起来，我不得不听他说话，并回答他的问题。然而，他原来是个好样的！他默默不语，只是眯缝起眼睛向四周张望。

在这以前我曾几百次看到和听到这样的话——“在涅瓦河两岸”，但我当然不明白这意味着什么。直到从飞架在两岸的长桥上发现，一排雄伟的宫殿突然展现在眼前，被风吹皱的涅瓦河上突然蓝光一闪。

太阳在雄伟庄严的辽阔空间上方照耀着，寂静仿佛呆然不动。甚至不是寂静，而是更甚于寂静的某种东西——是这壮丽的伟大的缄默。

呼吸十分轻快。也许，是因为空气不断接触铺路的松木块上的树脂和菩提树的芳香吧。这里菩提树似乎比世界上任何地方都更浓密，显得黑压压的，尤其是夏季公园里的菩提树。

我们在海军大楼附近下了汽车。我们顺着由于年代太久已经倾斜、下陷的巨大石板台阶登上大楼，进入冷飕飕的、富丽堂皇的大厅。为了“同志”号出航，那里正在开海员会议。

伊万诺夫悄悄地对我说，这个大厅是全世界一座唯一的大厅，因为它是用船上极粗的铁链吊在墙上的。我不相信他的话。我没有看到任何铁链。不过还是试图察觉勉强可以感觉到的、镶木地板的晃动。如果大厅当真是吊着的，那么它必然会晃动。

但大厅坚定地站立着，没有丝毫颤动的感觉。

热尼亚介绍我认识了一个长着一头火红头发的、愉快的老头儿——一位著名的帆船船长和写海洋故事的作家卢赫马诺夫。他证实，海军大楼的大厅的确是吊在铁链上的，并且不太认真地说，这没有任何惊人之处。

对于我来说，周围的一切都是惊人的——无论是大厅，大厅墙上的航海标志，还是陈列在沿墙架子上、像干漆那样闪着光的、很大的船舶模型。

我坐在离一艘老式战列舰模型不远的地方，凝神注视着它（模型放在齐窗户那么高的地方）。大概正是因此，我的眼睛里有什么东西突然挪动和抖动了一下。瞧，这艘战列舰已经驶往窗外，下锚停泊在涅瓦河中了，舰上的旗帜被风吹得轻轻飘扬。一些老式大炮——从船舷炮孔里向外张望的短程大炮，低下炮口，仿佛是军舰在向人致意。

一艘拖船从一旁驶过，一阵黑烟暂时遮住了这艘军舰。军舰在快艇掀起的波浪中摇晃起来，用船首斜桅在空中画了几条曲线——时而高于、时而低于对岸隐约可见的伊萨基辅大教堂。这种光幻视使我感到高兴，仿佛我童年时的一些感觉又突然回来了。

我心中充满强烈的惋惜，甚至是遗憾。我完全深信，我没有权利独自看到这一壮丽景象。

一生中，每当我独自远离我所爱的人，处于仿佛已被晒焦的爱琴海群岛之间，在撒丁岛岸边，在黑暗的、闪着金星的第勒尼安海上，在夜间巴黎林荫大道上梦幻似的闪光之中，在让-雅克·卢梭去世的、宛如画进雾海和法国梧桐暗淡的叶丛中的埃尔缅农维利，在克拉科夫的“小公园”中，在保加利亚那些染上无花果和“发光的”葡萄酒味的渔民小城镇里，我总是感觉到一种无法挽救的遗憾。

伊万诺夫喊了我一声，得到“同志”号上去了。它挂满彩旗，停泊在花岗石岸边。

在“同志”号甲板上的几张桌子上摆着午餐，桌子上撒满田间的野花和普通野草。

午饭前，卢赫马诺夫把热尼亚·伊万诺夫和我叫到一间有橡木墙壁、稍有点儿昏暗的矮舱里，从小橱里取出一个大肚子的绿瓶子，给每人倒了一杯很厉害的液体。它火辣辣的，烫痛了我的喉咙。我一下子仿佛直到骨头里全身都浸透了又涩又苦的味道。

因此，当我从舱房里出来的时候，涅瓦河猛一摇晃，险些没有把我摔倒。彼得保罗要塞的尖顶在天空画了一个大幅度的弧形，一艘快艇从一旁驶过，我好像觉得那是一只海豚。快艇掀起浪花，潜入水中，吹着号角，从它的船舷上飞下一条条瀑布似的彩虹。只喝了一小杯这种液体，我就醉了。

“不过您打架倒是挺厉害的，”伊万诺夫对我说，“就像在敖德萨科索霍多夫[①]船长的别墅里那次那样。您记得吗?”

我当然记得，不过现在我不想回忆敖德萨。对于我来说，有列宁格勒就够了。由于它，我已经心动过速了。

伊万诺夫为敖德萨感到委屈。但照我看，完全用不着。敖德萨是敖德萨！让它过它自己的生活，让赶大车的赶着平板大车隆隆地行驶，让港口的水面上漂满西瓜皮，让它去说俏皮话和哈哈大笑，让小酒馆里往外冒油烟吧。各有各的特点!

现在，一个新的奇异世界攫住了我的心灵。我得习惯它，让失去的平静再回到我心里来。

免费的烟草

生活中会有整整几段时期是不想去回忆的。并不是因为我们的某些错误、不幸，或者失败与它们联系在一起，正如我父亲所说的，失败中也有好的方面。

不，我有时不愿回忆往事，并不是由于这些原因。不想回忆某些岁月，是因为这些往事不能为真正的生活这一概念增添任何东西，而我们每一个人心中都有这样一个概念。恰恰相反，这些往事甚至会从这一概念上减去某种东西。

1924年夏天，我离开《值班报》到俄罗斯通讯社去工作，就是这样的

① 在第四部中，那个船长姓波霍德金，这里可能是作者疏忽。——译者

一段不好的时期。从梯弗里斯来到莫斯科的弗拉耶尔曼把我拖到了俄通社里。

起初，我在俄通社里拿的工资很少。我一直还住在普希金诺，无论如何也无法把自己的生活安排得更像样些。每个月在领工资10来天以前，我的钱就快用完了。吃饭还马马虎虎够用，可是买香烟的钱却一点儿也没有了。

不断地在朋友和熟人那里“猎取”香烟，觉得怪不好意思的，而到最后，也变得不可能了，什么都有个界限。

这时，我完全意外地发现了一个十分简单的免费获得烟草的办法。

我在普希金诺到铁路路基旁边去，顺着铁路走，拾起乘客们从车厢里丢出来的所有香烟头，也就是所谓的“小牛犊儿”[①]。

从普希金诺到克利亚济马3公里的路上，我通常能收集到200个香烟头。

渐渐地，我积累了一系列对香烟头和吸烟者的观察资料。

对某些吸烟的人我是瞧不起的。而对另一些，诚然，是为数不多的一些人，我却抱有好感，甚至是怀着感激的心情。

我不喜欢那些抽烟一直要抽到硬纸做的烟嘴上的人。显然，这是些节俭和吝啬的人。

对那些神经质和任性的吸烟者，我却持赞赏态度。他们从不把一支烟吸到头，常常是吸了一两口以后，就把香烟丢掉了。

起初，我独自一个人去收集烟头，把这件事瞒着祖津科。但不久，观察力敏锐的船长就猜到，我那些不同等级的烟草储备是从哪儿来的了。他

---

① 对香烟头的一种叫法。——译者

十分赞赏我的发现。于是，我们开始一起去收集香烟头。

这样更愉快，收获也更多。

收获所以更多，是因为祖津科具有船长的锐利的视力。所以更为愉快，是因为香烟头给我们提供了材料，让我们共同进行虚构，说俏皮话，开玩笑。而在一些难得会有的情况下，还感到扬扬得意。

例如，当我们在铁路上发现一个装满不太厉害的烟草的橡皮烟袋和一支很粗的雪茄的时候，我们就感到扬扬得意了——雪茄完全是黑色的，抽起来很厉害，好像在硝酸钾里浸泡过。这大概是某个外国人——西伯利亚快车上的乘客（祖津科说，他是一个“资本主义的粗枝大叶的家伙”）——丢掉的。

有时，我们拾到带有口红痕迹的烟头，妇女的嘴唇印上总是会留下一些轻微的皱纹痕迹。

祖津科断言，所有妇女嘴唇上的皱纹、花纹都完全不同，正如人们大拇指上的指纹各不相同一样。这样的香烟头使船长想入非非。他认为，根据嘴唇上的花纹能找到丢失的人，或发现犯罪的女人。

照船长的看法，口红的颜色与女人的性格是一致的。很鲜艳的大红色口红，说明涂口红者是非常热情的南方女人；粉红的，说明她们是天真的、说话太快的女人；稍带点儿黄色的，说明她们是神秘的和爱权势的女人；稍带点儿蓝色的口红，说明她们是邋遢女人。

没有多久——时间相当短，我们就发觉，普希金诺和克利亚济马之间这段路上的香烟头越来越少了。于是，我们乘车从普希金诺到达塔伊宁克站，再从那里沿铁路步行到洛辛卡，于是又发现了新的丰富的香烟头“矿床”。

我们回到家里，切掉香烟头上烧焦的那一头，把干净烟草抖出来，仔细拌匀，喷上点儿水，放在小铁炉子上烘干。用祖津科得意的说法——是进行“发酵”。经过这样加工后，混合烟草的苦味就消失了，卷成自卷的香烟，抽起来味道温和而且惬意。

祖津科甚至建议，我们两人合作写一本书——《用未抽完的香烟加工制造烟草指南》。他认为，可以写成一本有用的书，中间还可以收进几篇有情节的短篇小说。这样一本书定会获得极大的成功，不会亚于芝加哥出版的那本在美国广为流传的、十分有名的《抢劫邮车指南》。

祖津科看过这本书，并且肯定地说，书中充满了聪明的主意。开玩笑归开玩笑。不过，在我们生活贫困的时候，这种加工烟草的办法却帮了我们很大的忙，使我们摆脱了困难。

捕鸟人

莫斯科有三条日常小巷，这几条小巷的名称会使人产生误解，这些小巷里没有任何日常现象。恰恰相反，这几条小巷都有某些令人高兴的特点——它们都通往莫斯科河，到达荒凉的堤岸，春天里蒲公英甚至会在这几条小巷的路边上开花。

我从普希金诺搬到了莫斯科，搬进日常小巷一幢商人旧私邸的地下室里。开得比地面还低的窗户朝着花园，花园四周围着一堵高高的砖墙。救世主耶稣教堂暗淡的金色圆顶和圆顶上沉重的十字架在围墙上空不时发出微弱的闪光。那时候还没打算拆除这座教堂。

突然，在有雾的一个冬日，埃杜阿尔德·巴格里茨基来到了日常小巷。他是第一次来莫斯科，格赫特径直从车站上把他送到我这里来了。

巴格里茨基害气喘的、困难的呼吸声，他那仿佛含有水分的、嘶哑的说话声，以及不好意思的笑声，立刻使人想起敖德萨和《海员报》编辑部来。

巴格里茨基解开他那件绿大衣，仿佛是想要证实迄今他读过和知道的、关于莫斯科的一切，说：

“金顶的首都！有帝王身份的都城！亚洲！不过，总而言之，您要知道，就对这个词的粗略的理解而言，我不是住在您这儿。不！我只是借住！”

他显然是想显示，他什么也不怕。然而，同样明显的是，他感觉到在莫斯科并没有信心。

朋友们简直是逼着他到莫斯科来。够了，别老是一动不动地待在敖德萨了。在敖德萨，报纸刊登巴格里茨基极好的诗，不是付给他一行3卢布，而是整整一首诗只给3卢布（或者用会计的说法，叫作“包干”）。

够了，别再挨饿，卖掉最后一点儿东西，老是梦想着能有一包马合烟和“一块”潮湿的黑面包了。

巴格里茨基来了以后，敖德萨那些文学学徒立刻都蜂拥来到我的地下室里，那时候他们已经全都迁移到莫斯科来了。

学徒们抢光了巴格里茨基带来的诗——所有这些波涛喧嚣的黑海海水，所有散发出如同在手掌中揉碎的海藻气味、宛如歌声一般的抒情诗句。

学徒们争着抢光了那些在一架字迹不清的打字机上用已经干掉的打字带打出来的诗，飞跑着分送到各个编辑部去。

巴格里茨基本人一生中永远也不会这样做。他害怕到莫斯科的街道上去，由于莫斯科的黄色解冻天气，他感到呼吸困难。他的支气管在呼哧呼哧地响，他整天像土耳其人那样盘着腿坐在沙发床上，喘息一下以后，出声地读谢尔文斯基[①]的《乌利亚拉耶夫性格》。

就是隔着关起来的窗子，他那歌唱似的、突然改变声调的声音和熟悉的词句也能传到院子里：

啊——啊——啊，哥萨克策马飞奔，
啊——啊——啊，哥萨克策马飞奔——
长发低垂，直抵嘴唇！

巴格里茨基读《乌利亚拉耶夫性格》每次都不相同，利用他那交响乐似的嗓音充分发挥这首长诗韵律的效果，或者使他喜爱的某一段听起来更加动人：

乌利亚拉耶夫是这样一个人：眼皮朝外翻，
下巴上有一个洞，耳朵上戴着耳环，
从来没见过这样的人，
像这位老爹——乌利亚拉耶夫·耳环！[②]

我请巴格里茨基给我读几首他自己的诗。这些诗会缓和当时我对不久

① 伊·利·谢尔文斯基（1899—1968），苏联作家。
② 原文是乌克兰文。——译者

前离开的黑海的思念，缓和我对敖德萨洋槐树下过热的空气的思念。但是他不听我的，而是在某种极端激动的心情中唱着：

走吧——走吧——走吧——走吧——加伊——达拉拉伊达！……

最后他可怜我，给我读了他自己的诗。不过不是关于海的，而是一首稍有点儿忧郁但又很明快的、歌颂不可战胜的青春的诗：

即使忧郁的阴影已经出现，
悲哀的风也在我们上空向四面扩展——
我们轻快的步伐却仍然那样整齐，一如从前……

当时我不知道，这首诗不是巴格里茨基的，而是另一位诗人的。但巴格里茨基显然认为这并不重要，因为关于这一点，他什么也没对我说。

对于某一首诗是属于这一个或那一个诗人的，他有他自己的见解。显然，对于他来说，诗像空气，像太阳的温暖一样，是一种公共财富。

我甚至觉得，譬如像勃洛克关于中世纪骑士团长的那首诗，或者是彭斯[①]的《快乐的乞丐们》，或者是德·考斯脱[②]的关于季尔·乌连什皮格尔的传说——这一切他都认为似乎不仅仅是勃洛克、彭斯、德·考斯脱写的，而且也是他，巴格里茨基写的。即使只是因为他善于在这些作品中发现未被人

① 罗·彭斯（1759—1796），苏格兰诗人。——译者
② 德·考斯脱（1827—1879），比利时作家。——译者

注意的声音、形象、色彩和魅力的财富，这些作品也应该是属于他的。

有一个小寓言，说的是有一些人能把花瓣还卷得很紧的一朵小花拿在自己手里，由于他们手上的温暖，那朵花会像自然生长那样完全绽开，开得十分美丽。

别人的诗仿佛在巴格里茨基的手里完全开花了。他是诗的王国里一位快活的君主。他从这个国家的草地上走过，抖落高大的、过于成熟的花上的花粉。他被阳光照得眯缝起眼睛，用慷慨的手播种财富。也许，用“歌手”这个词来称呼他，比用“诗人”一词更为妥帖。

巴格里茨基来了以后，我害病了，几乎有一个星期没去俄通社上班。我宁愿整天和巴格里茨基闲聊，用我们很少的一点儿食品做饭吃，听他读诗。

有一次，我很走运，我弄到了一条冻梭鲈鱼。巴格里茨基决定用“黑海-希腊烹调法”来煎鱼，这需要1公斤油、1公斤黑李干和柠檬。这样的花费，在那时候是不可思议的，但是我并不觉得可惜。

巴格里茨基卷起袖子，系上一条毛巾，把那把座垫上的麻絮已经露出来的旧扶手椅挪到烧红了的小铁炉子跟前（扶手椅是我从柴棚里找来的），把所有的油都倒进煎锅里炼着，搓着手等候油发出毕毕剥剥的响声，炸起来，冒出发暗的金属气泡。

巴格里茨基把滚上面粉、切成一块块的鱼扔进沸腾的油里，得意扬扬地说出——几乎是用装出来的粗音唱出了几行陌生的诗：

噢，油炸梭鲈鱼！
由于“小铁炉子”里炽热的热气，
蒙上一层深棕色的硬皮！

炉火的反光在巴格里茨基黝黑的、仿佛是中世纪的脸上闪烁。那时候他还很瘦削，好像发暗的意大利壁画上的青年人。

切成一块块的白色梭鲈鱼在噼啪作响，变成了红色的。淡蓝色的油烟在煎锅上缭绕，巴格里茨基很馋地带着啸音说：

“您这就会知道这是多么好吃的东西了！在希腊的任何地方，就是在米季列纳卡基岛上，您也吃不到这样的梭鲈鱼。第一流的食品！”当我们吃着这当真是极其鲜美、加炸黑李干的梭鲈鱼时，他又重复说：“巨人提坦神[①]和卡里阿季达[②]的食品！”

然后，我们抽了伊尔牌香烟，开始幻想起来。我认为，这些幻想纯粹是孩子般的，而且当然也是荒诞的。我对这些幻想持宽容态度，不过在内心深处还是相信巴格里茨基的幻想。他说话时不知为什么要用复数，然而非常认真：

“我们会拿到稿费。嗯，多少呢？您认为呢？来个平均数吧——1000卢布？还是，也许更多一些呢？”

“更多一些。”我说。

“1500，”巴格里茨基提高声音说，“还是2000呢？”他问。自己的大胆使他感到惊恐，于是观望地看着我。

“随便！”我漫不经心地说，“就是3000，也完全可以。有什么不行？”

“3000就3000！那么，”巴格里茨基说，说着把左手上的一只手指弯下去，“1000——电汇到敖德萨去，给莉达和谢瓦（妻子和儿子），他们连

① 希腊神话中曾与天神斗争的巨人。——译者

② 希腊神话中阿泰密斯神庙的女祭司。——译者

一调羹素油都没有。另外1000卢布，我们用来在管子市场上买鸟，各种各样的鸟。除此而外，用500卢布买鸟笼和喂鸟的蚁卵，还有喂金丝雀的草籽——最容易消化、热量最大的鸟儿的食物。剩下500卢布，用来在莫斯科住一段时间，做母亲回敖德萨去的路费。”

这些幻想每天都会发生变化，但变化不太大。有时增加一项买书的开支，因此寄往敖德萨的1000卢布减少到700卢布，有时又会出现一笔买气枪的钱。

巴格里茨基以这些纯属虚构的计算作为消遣，我也和他一起参加这种游戏，只有指定用来买蚁卵和喂金丝雀的草籽的那500卢布使我感到困惑不解。

我想象那一堆堆散装的蚁卵，堆得像恰特尔达格山[①]一般高。用巴格里茨基的话来说，这些蚁卵要妥善保存，保持一定的温度。不然的话，有朝一日这些蚁卵就会变成火红色的凶恶的蚂蚁。它们会四散奔跑，只要半个钟头，就能把所有砂糖，直到最后一粒全都从屋里搬出去。

我认为用500卢布买蚁卵，大概是太多了。

“就算太多吧，”巴格里茨基表示同意，“不过您要知道，敖德萨那些养鸟和捕鸟的人会怎么样？还有那个卑鄙的老头子，他在进货场上卖给我蚁卵的时候，几乎是论个儿算钱，榨干了我的最后一点儿血汗，对他又怎么办呢？现在我倒要看看这个老头儿还有什么办法！”

这时，一个叫谢马的敖德萨的文学学徒来了。巴格里茨基的疯狂计划使他感到十分惊慌，他脸上出现了恐惧的神情。谢马坐了5分钟，简直是

---

① 克里米亚的主要山脉。

逃跑了。

巴格里茨基对我讲了许多他在敖德萨养的鸟儿的事，不过这些我自己全都知道。有一次我去过斯杰波瓦亚大街他的家里，记得那些高高挂在天花板下面的鸟笼里响成一片的叽叽声、啾啾声、啸叫声和啁啾声。鸟儿们抖动翅膀，在锌钵里洗澡。于是，从笼子里溅出一些水花，飞到人的头上。

据巴格里茨基说，这都是一些最罕见的、最珍贵的鸟儿，不过看上去它们的样子都很平常，而且相当可怜。

这些鸟儿是他在集市上买来的，在喷泉区那边的草原上捕捉到的，用盐和烟草换来的。

他有像蛛网样的捕鸟网，各种各样的笛子和诱笛。

用网捕鸟是一件十分精细的事。捕鸟人必须不仅熟悉鸟儿的叫声和习性，而且要有舞台设计师的技艺。要挑选一块像小打谷场的平坦地方，撒上黍子或面包屑，用很高的小木柱支撑着，在打谷场上方张开网，用草(杂草或野花)把网伪装起来，把一只驯熟的“叛徒”——金翅雀或黄雀——放到打谷场上，用钓丝把它的脚拴在木桩上，然后自己在附近躲起来。

“叛徒”在打谷场上蹦蹦跳跳，啄食谷粒，啾啾地叫，欺骗那些自由的鸟，于是小鸟们毫不畏惧地飞到打谷场上。这时，一动不动匍匐在隐蔽处的捕鸟人一拉绳子，网落下来，就把那些不幸的小鸟儿罩住了。

然而幻想归幻想。而在这间地下室墙外，在莫斯科的一些编辑部和出版社里，却发生了在巴格里茨基看来似乎是奇迹的事情。

报纸和杂志争先恐后地刊用巴格里茨基的诗，出版社开始和他签订出书合同，并预支给他稿费。受巴格里茨基委托的学徒们把钱送到地下室来，他们仔细地把钱数了又数，并把钱的总额写在小铁炉子旁边的墙上。

巴格里茨基不数钱，他只是看看墙上的数额，说：

“花在鸟儿上的费用同时也在看不见地增长！我们还可以用这些钱买一条索具齐备的橡木机帆船。按照传统，我们给它取名叫‘杜霞’，用它穿过第聂伯河——布格河口湾，从赫尔松往敖德萨运修道院里种的最好的西瓜。我们会晒黑的，晒得像两个黑鬼。您知道河口湾上会把人晒得多黑吗？这是全世界最好的黝黑色。白兰地酒的颜色，再加上金色。它不仅是由阳光，而且也是由太阳照在静静的河口湾水中的反光形成的。河口湾上有许多风平浪静的地方，太阳反光的热气也和直接照射的阳光一样灼人。它，这热气摇摇晃晃，耀眼夺目。”

有时一些无关紧要、好像是顺带听到的话会铭刻在心里，开始折磨人，而且折磨得越来越厉害。巴格里茨基谈到河口湾上耀眼夺目的特殊太阳闪光的这些话就是如此——河口湾十分宽广，不深，微微发绿的水清澈纯净，低低的岸上艾蒿丛生。

我的一生中本来就充满了许多实际上也是这样毫无益处的别的愿望。从那时起，在这些愿望上又增加了一个愿望——希望看到河口湾，还要在它们的岸上生活一个时期。

在与巴格里茨基进行了这次谈话后的第一个夏天，我就去赫尔松，到第聂伯河——布格河口湾去了。

关于这些浸透了小青花鱼味和充满炎热的古代气氛的地方，我将单独写一篇作品。就连与这些河口湾联系在一起的许多地名——所有这些金布恩、奥利维亚、奥恰科夫、坚德拉、别列赞、因古拉和亚戈尔雷卡——也好似一个花环，使我心情激动不安。

这些地名好似草原上稍有点儿发硬的野花，好似用牛蒡扎成的干枯的花束。这些花束本身散发出一股苦涩和甘甜的香味，同时又饱含着用白粉粉刷过的渔民茅屋的气味。渔民茅屋墙上生锈的钉子上整年都挂着这样的花束——从一个春天挂到另一个春天。

通过一些不可理解的途径，俄国诗人的思想会不时接近河口湾上的岸、村庄和水："然而，在但丁笔下奥恰科夫给描绘得多么鲜明"[①]，"一面白帆在河口湾渐渐沉没，它曾见过许多海与河"[②]。

这里，从这给晒焦的土地上，有时农民耕地时挖出一些声音清脆响亮的希腊花瓶。在这些花瓶的图案上，几千年前吹过黑海上空的风吹得希腊妇女衣服轻盈的下摆轻轻飘动。我好像觉得这些妇女中的每一个都是于流放中死在这里的伊菲革涅亚[③]。

时间过得越久，一个已经死去的人也就越会成为一个活着的人，终于成为一个当真是永生的人。

不久前，夏天里我到过另一个河口湾——德涅斯特湾。不能用手去摸河口湾的黏土岸斜坡——斜坡晒得那么热。但过了佩列瑟普以后，清凉的、浪花飞溅、仿佛呈颗粒状的绿色海水却淹没了沙滩。

萨博村小铺子里暖乎乎的葡萄酒会使人头昏。舒适的、仿佛是在永久和平时期建成的小城镇阿克尔曼（别尔哥罗德-德涅斯特罗夫斯基），由于烟草和淡紫色的紫罗兰正在开花，好像给花香熏得喘不过气来。渔船划

---

① 帕斯捷尔纳克的诗《施密特中尉》。

② 布宁的诗《歌》。

③ 希腊神话中阿波罗的妹妹、妇女贞操的保护者阿耳忒弥斯在祭祀时救走了伊菲革涅亚，把她带到塔夫里达（即克里米亚），让她做自己的女祭司。伊菲革涅亚不是死在"流放"中，而是以后回到了希腊，成为阿耳忒弥斯的女祭司。

着浆驶入河口湾，去捕鰕虎鱼和黑海比目鱼。集市上出售自织的毛地毯，地毯上织有红得那样耀眼的玫瑰花和翠绿翠绿的葡萄叶子，使顾客们感到惊慌失措。

就在那里，在集市上，在一篮篮葡萄和李子上面，一些腰部勒得很紧的黄蜂正在用同一种高亢音调嗡嗡地唱着，一个戴着墨镜的老头儿信任地说：

“请买黄香李[①]。纯粹的葡萄糖！请买一些，坐到洋槐树下阴凉里随便吃吧。能让血管强壮，非常有益！”

整座小城都淹没在花园的浓荫之中，仿佛在小城上方拉开一块凉爽的绿色帆布。而在这块帆布显明的轮廓外面，河口湾似乎在阳光下给晒化了，能灼伤人的脸和脖子。

关于这河口湾里的水，我是从巴格里茨基口中第一次听说的。他只是捎带着提到了它。也许，除了开玩笑，并未赋予自己的话以任何意义。但河口湾里的水，这犹如昙花一现的形象显然落到了我的意识这一肥沃的土壤里，而我的意识总是竭力想研究并非故意发现，而且几乎总是顺便提到的、大自然中的一切。

随着小铁炉子旁边墙上稿费数字的增加，巴格里茨基的幻想也一天比一天变得更加复杂。对于他来说，橡木小船和蚁卵已经不够了。他梦想去旅行，并气喘吁吁地在谈这些旅行的事。为了平息气喘，他在吸一种平喘药粉。于是，地下室里散发出一股烧焦的野草和缬草酊的气味。

巴格里茨基在异常迅速地征服莫斯科，他的诗获得了狂风暴雨似的普

---

① 一种法国的黄色小李子。——译者

遍成功。每天晚上，由于地下室里挤满了人，弥漫着香烟的烟雾，连呼吸都已经感到困难了。

和往常一样，出乎意外的成功带来了不安。这成功似乎给夸大了，是靠不住的，不祥的预感折磨着巴格里茨基。他开始常常谈到，文学学徒们热心得太过火了，各个编辑部里多半已经有一些对他的诗进行毁灭性打击的文章。而且正与大多数这类文章一样，它们都写得蛮横无理，一点儿也不讲礼貌。

他发誓说，会加给他种种罪名——“腐朽的个人主义”，“模仿艺术”，称他为“轻佻的中学生”。

巴格里茨基对到地下室来的不多几个批评家持戒备态度，但其中只有一个人明显地使他感到恼怒。那是一个与人纠缠不休而且十分放肆的人，他把我们南方的一切诗都叫作“茄子甜酱”。

一些陌生人死乞白赖地跟他纠缠，劝告他，要他爱他不爱的东西，否定他从童年起就追求的东西。还在那个时候，这种情况就已经使巴格里茨基感到十分苦恼了。第一次以批判的口吻针对他说出了“浪漫主义者”这个词，不过有一点儿保留意见，说是对他可以从宽处理。

但与巴格里茨基去世以后对他提出的那些荒谬指控相比，上述这一切却又未免相形见绌了——战后对他提出了荒谬的指控。据说，似乎巴格里茨基是在嘲弄乌克兰人民。

这既愚蠢，也不真实——因为《奥帕纳斯之歌》中的每一行都充满了对乌克兰、对乌克兰的诗和对谢甫琴科的爱。

巴格里茨基的武器，除了他的真正的诗，还有尖锐的语言。他使用这样的语言，犹如使用轻剑，用来击退那些令人讨厌的导师。有时，他在忍耐和宽容的态度下隐藏着无情的辛辣讽刺，但他只是为了尊严和诗的自由才使用这一武器。

那时候，我刚刚写完一篇标题很华丽的中篇小说——《法尔西斯坦土地上的灰尘》。

我觉得这个标题十分诱人，虽然并不确切。问题在于，小说中的故事发生在波斯最北部（我在那里待的时间很短），而叫作法尔西斯坦的地方恰恰是这个国家的南部。我从未到过那里，但“法尔西斯坦”这个词响亮动听，我是那么喜欢它。因此，我忽视了准确性，把地名从南方挪到了北方。我用这样的想法来安慰自己——波斯语就叫作“法尔西”，因此只要是这个国家里讲这种语言的省份，都可以叫作“法尔西斯坦”。

巴别尔知道了这篇小说，请求我把它拿给他看一看。起初我很害怕，坚决地对巴别尔说，小说还没写完。但巴别尔坚持要看。

“过两天，”他说，“我再来，到那时希望这篇小说，喏，已经放在这张桌子上了。”

说着，他用手掌在桌子边上拍了一下。巴格里茨基把这张桌子叫作“帝国的废墟”。

桌子当真已经破旧了，是用乌木做的，从前上面还镶嵌着珠母。显然，几代孩子长时间在顽强地挖这些珠母。现在，镶嵌在上面的珠母已经只剩下一些碎片了。

随后，巴别尔笑着研究记在小铁炉子旁边墙上的稿费数字，研究了好久，甚至把数字抄到了一张纸上。

“我为您感到高兴，埃佳。”他说，“莉达终于可以喘口气了，您可以过一段平静生活了，准会写出极好的长诗来。”

等巴别尔走了以后，巴格里茨基用预兆不祥的语调说：

“灾难快要到了！他抓住就不松手，呼吸就像孟加拉虎一样。所以您最好现在就把手稿放到桌子上，好让稿子随时都放在那儿，即使他来的时候您不在家。要不然，他准会把您折磨死的。”

“为什么？”

“我怎么知道为什么？他可别把我也折磨死就行了。”

“为什么要把您折磨死呢？”

“您看到他从墙上把数字抄去了吗？”

“他只抄下了总数。”

“可是为什么呢？您不知道？问题就在这里！永远也猜不透这个人在想什么。非常可怕的性格！”

巴别尔如期来了——正好是过了两天。

当他仔细擦净蒙上一层水蒸气的眼镜，眼睛近视地细看着镜片的时候，巴格里茨基把脚从沙发床上垂下来，并且扣上了军便服上的纽扣。

巴别尔坐到巴格里茨基对面的椅子上，用笑眯眯的眼睛望着他。巴格里茨基坐立不安，把脸转了过去。

“您别焦躁不安，埃佳！”巴别尔说，“等我走了您再焦躁不安吧。”

“我干吗要焦躁不安呢？我看到您总是感到很高兴，伊沙克·埃马努伊洛维奇。”

“得看是在什么情况下了。”巴别尔回答，还是那样快活地凝神注视着巴格里茨基。

巴格里茨基默默不语。走廊上隔壁一个有残疾的小姑娘站在电话旁边，倒拿着话筒，没完没了地反复说：

“我在听着，我在听着，我在听着……”

她可以这样重复说上100次、200次，直到有人把头探到走廊里，大声喊道：

“立刻把听筒放下！”

父母给小姑娘取了个很考究的名字——埃沃柳齐娅[①]。不过，后来他们忽然省悟，删去了名字开头的两个字，于是小姑娘的名字就永远成了柳齐娅。

无论如何，柳齐娅老是好像在抱怨似的、嘟嘟囔囔地说“我在听着，我在听着，我在听着”，这似乎给地下室里的生活增添了一些不祥的色调。

“那么，埃佳，”巴别尔终于说，“您打算做什么呢？”

巴格里茨基继续保持沉默。柳齐娅像上了发条似的，一直在门外嘟囔着。

“当然啰，”巴别尔忧郁地说，“您用全部稿费足够在基什尼奥夫买一车皮喂金丝雀的草籽，把它种满公爵花园了。”

“这有什么了不起的？”巴格里茨基以小心谨慎的挑衅口气问，“咱们老实说吧，基什尼奥夫没有喂金丝雀的草籽，只有莫斯科和卡卢加卖这玩意儿。”

“了不起的是，”巴别尔回答，“请您把所有的钱都拿出来，放到这个地方！”

巴别尔用手掌拍了拍“帝国的废墟”。

“嗯，好吧。以后呢？”巴格里茨基已经有点儿胆怯地问。

“以后——拿出一笔钱来，”巴别尔清清楚楚地回答，“寄到敖德萨

---

① 埃沃柳齐娅是俄语“进化”一词的音译。——译者

去，寄给莉达。”

“谢谢您，”巴格里茨基很客气地说，“您如此关心我的家庭，这是您的一片好心。不过钱嘛，今天我就亲手寄到敖德萨去。而这个造谣中伤的家伙谢马，我也要亲手给他一记耳光。这是他告诉您的，说我想用2000卢布来买鸣禽，还要在敖德萨的进货场上全都堆满大麻籽。您是世界上目光最敏锐的人，伊沙克·埃马努伊洛维奇，可是却上了谢马这个十足的说谎大王和无赖的当。”

顺便说说，谢马既不是爱说谎的人，也不是无赖，他是个脸上有雀斑的、瘦弱的青年，不大有想象力。因此，他把我们的谈话全都当成了真的，感到吃惊，立刻跑去预先告诉了熟人当中的什么人，从而引起了一场毫无意义的惊惶不安。

“十足的说谎大王是没有的，”巴别尔坚定地回答，“就连马克·吐温也不是绝对的说谎者。他说谎很在行，不过有时也会露出破绽。现代的作家当中谁也不会认真地说谎，他们是鼓舞人心地、高尚地、可笑地说谎，要么是说谎说得很漂亮。说谎的艺术不久就要失传了。一些7岁的孩子下国际象棋已经能赢卡帕布兰卡[①]，而且能看懂矿石收音机的线路图，您还想要怎样呢。您的谢马说谎，只不过是把事情夸大了四倍罢了。”

“假定是吧。”巴格里茨基表示同意。

“如果是这样的话，那么您，埃佳，可就不好了。您决定花在鸟儿上的钱不是2000卢布，而是，譬如说吧，只有这个数的五分之一——400卢布。”

“不错！”巴格里茨基证实说。

---

① 卡帕布兰卡（1888—1942），古巴象棋手、外交官，1921年至1927年的国际象棋冠军。

“这是不能容许的，”巴别尔用冷冰冰的语气说，“无论如何也不行。就您来说，200卢布也就够了。我给您开个实价吧。”

“最后的价钱，”巴格里茨基说，“400卢布，1戈比也不能少！”

他用手掌在“帝国的废墟”上拍了一下。

“您说哪里话啊，埃佳。”巴别尔用转手倒卖的商贩的语气提高声音说，“得了！400卢布！哪个蠢货会给您400卢布！”

巴别尔也用手掌在“帝国的废墟”上拍了一下。

“300卢布——就这样结束这场谈话吧！”

开始了一场游戏，这是巴别尔为了摆脱他所陷入的难堪的处境，以闪电般的速度临时想出来的。

他把一场不愉快的谈话变成了一场玩笑，巴格里茨基立刻随声附和。这场玩笑现在开得正是时候，它使巴别尔避免了与巴格里茨基发生一场公开争吵。

玩笑使大家摆脱了窘境，但要缓和难堪的局面，这还是不够的。在这种情况下，照例总是这样：人们力图改变话题，冲向最先落到他们手边的任何东西。不幸，偶然落到手边的是我的手稿——《法尔西斯坦土地上的灰尘》。

由于这篇稿子，我勇敢地承受了巴别尔和巴格里茨基匆匆想出来的、连珠炮似的问题和意见。

最后，巴别尔拿走了我的手稿，我们三个人一起走了出去。巴格里茨基去邮局往敖德萨寄钱，我陪他一同去，巴别尔却向我使了个眼色，很客气地消失了。

在春天到来之前一个阴沉沉的早晨（在地下室里，所有早晨都好像是阴沉沉的)，巴格里茨基起来了，大声呼了一口气，说：

“借住即将结束了！后天我就去敖德萨。”

他像个孩子那样对回敖德萨去感到非常高兴，他的支气管感到缺少黑海的盐分。在莫斯科，他越来越觉得喘不过气来，但是他并不抱怨。他越是觉得不舒服，就越加经常地嘲笑自己。

我半夜里醒来时，看到他双手抱膝坐在沙发床上，吃力地带着啸音咳嗽着，然后好长时间张着嘴焦急慌乱地吸气。

我起来，用纸卷成一个小漏斗，往里面撒上一些干药草和硝酸钾，放到碟子上，把这些东西全都点着，然后我在小铁炉子上烧开茶水。热茶和刺鼻的烟味同样能使巴格里茨基安静下来，帮助他，用他的话来说，“松开气管，喘一口气”。

他好久无法入睡（他半坐着睡觉），每次夜里喝过这样的茶以后，我们都闲聊起来，一直谈到早晨。

有一次，巴格里茨基对我说，气喘是欧洲贫民的典型疾病，是欧洲小镇上那些浸透了葱味、干辣椒味和某种刺鼻的酸味，拥挤而狭窄的住房里的典型疾病。它，这酸味，没有名称。它，用巴格里茨基的话来说，是在可怜的手工业作坊的空气里自然产生的，和蚁酸一样难闻。这酸味一直渗透到所有东西的最里面——老头儿们打了补丁的常礼服里，老太婆们火红色的假发里，所有摇摇晃晃的家具里，所有套着没有光泽的粉红色厚布套、松软而且使人感到闷气的枕头里，以及一切吃的东西里。就连喝的茶里也散发出这种酸味，很像铜茶炊上氧化物的那股气味。

巴格里茨基说，他一到了这手工业作坊的烟气中，吸进皮革、白洋铁皮和喷灯的气味，很厉害的气喘立刻就会发作起来。

只有在海滨，天气暖和的时候，气喘病才会完全停止发作。在这种暖和天里，手伸进海水里不会觉得冷，可以一连几个钟头俯卧在碇泊场防波堤晒得发烫的大块石板上，让浑身全都暖透——上面有太阳晒着，下面有介壳灰岩上的热气给烘烤着。

他怀着忧郁的思念之情谈到没有风浪的敖德萨夏天一切最微小的特征，它们总是会使人心旷神怡，感到十分幸福。

他叫我夏天到敖德萨去，答应带我去苏霍伊湾和德涅斯特湾附近一个极美的渔村卡罗林诺-布加兹。夏天，我到敖德萨去了（关于这次旅行，我以后再谈），看到了这一切。

但不久，巴格里茨基就搬到莫斯科来定居了，住在昆采沃有点儿潮湿和相当凄凉的别墅区和矮小的白桦林中间。

我始终认为他迁居到北方来是一个错误，但是下不了决心把这个意见说出来。既不敢对他的亲人们讲，也不敢告诉他的朋友们。

我所以认为这是一个错误，是因为不能让诗人脱离给他带来生命力的根，不能让他脱离对他来说既平常而又可爱的那些现象的复杂的结合。诗就是通过人们所不知道的一些途径从这些现象中诞生的。更确切些说，是产生他的诗的潜台词——那最初听力无法察觉的超声波，它迟早会穿透缄默的外壳，出现在我们身边——这忧伤、喜悦、宏伟壮丽的诗的灵魂。

我到巴格里茨基在昆采沃的住处去过，总是感觉到遗憾和拘束。他总是那样，好似一只竖起羽毛的大鸟，照土耳其人的方式盘着腿坐在沙发床上，和在日常小巷坐在我那间潮湿的地下室里的时候一模一样。

他坐在那儿，一直在说笑话，一直在笑。不过他的眼睛里不时会出现一种无法遏制的愁思，思念在烟雾弥漫的晚霞中逐渐远去的草原上的道路，思念海滨浴场旁无数波浪互相追逐、愉快的奔跑，思念太阳的闪光和葡萄叶丛，思念清晨洒了许多水的敖德萨的街道。

而且，当然，还思念在陡峭的海岸上，柽柳和洋槐树根下筑巢的鸟儿们每天清晨的啁啾声。

相当难的职业

从在俄罗斯通讯社工作的时候起，我就开始顽强地保卫自己，不让任何东西搅乱我自己珍藏着、并试图转达给别人的那个内心世界。

我最怕沾染上那种陈词滥调式的平庸语言。在那些年代里，这种语言简直是在无情地迅速风行起来。

我几乎是不知不觉地渐渐忘记了那些变态语言。显然，正是这一情况使我在以后有可能在某种程度上成为一个作家。

对于那种被歪曲的语言，我早就感到厌恶了，这厌恶的情绪日积月累，后来便发展成了对它的憎恨。

对于像“欢迎一下”、“有点儿战斗性的”（这样的词还可以举出许多来）许多这一类的词，我感到像对流氓那样憎恨。这不仅是因为它们与俄语的性质背道而驰，而且还因为在这些词中表现出了无知和缺乏民族性。

语言总应该与国家相称。语言应该能明显地确定国家的面貌、它的美、它的性质。正如一个国家的景色能明显地确定这一切特性一样，正如傍晚时一条可爱的、使人激动得心在狂跳的河上烟雾弥漫，一道渐渐远去、逐渐没入这片烟雾之中的长山坡会确定这一切特性一样。无须多费笔墨，只消寥寥数语，就能让人猜到你是在俄罗斯。只要看到山雀从岸边的白杨树上摇下几片淡黄色的落叶，就足以说明一切了。

可能，我对语言是过于严格、过于崇敬了，但不这样是不行的。不然的话，我就应该去搞会计，或从事其他这一类的职业了。

俄罗斯语言犹如最伟大的诗的总汇，也像在树林茂密的荒野上方星空闪烁那样出乎意外的丰富和纯净。

在到俄罗斯通讯社来工作之前，我已经发表过几篇短篇小说了，大部分都是匆匆写成的。我一两个晚上就写成一篇小说，对待它们相当轻率。

这些短篇小说是献给我的童年的，主要是献给对海和海员们的模模糊糊的赞美。还在基辅，当我在马里因公园里第一次遇到那个来自“方位角”号轮船上的海军准尉生的时候，我就向往大海，对海和海员赞美不已了。

不错，中篇小说《浪漫主义者》的初稿已经写成了，但是我认为它还不值得发表。它放在我这里，一动不动地放了好多年——因为时间太久，手稿已经破旧、发黄了。

一些或多或少比较成功的段落和思想已经分散在不同的短篇小说里，消失在这些短篇小说之中了。

我知道，一个真正的作家在写作中必须是直爽的，自然的，必须以自己的全部力量勇敢地表明自己对生活和人们的态度，决不能以个别好的地方敷衍搪塞过去。而且我也并不十分相信，这些地方的确是好的。一时激动，我轻率地觉得喜欢这些地方。但很快就会腻烦，觉得它们毫无生气，我甚至开始为它们感到不好意思了。

但最初几年，使我感到忧虑的主要不是这一点。在语言上下功夫以及最初的一些成功——这一切都似乎是理所当然的。最糟糕的是只有一半成功。我开始渐渐认为，正如上面所说的，所有我写的最初几篇短篇小说都只不过成功了一半。

再没有比在墙上钉弯了的钉子更使人不愉快的了，你不能信任它。

我那些只有一半成功的短篇小说，不知是在哪一点上说不出的酷似一大堆或者弯得很厉害，或者勉强可以看出稍有点儿弯曲的钉子。把它们弄直是毫无意义的——早就知道，不管怎样设法把一根弯钉子弄直，它反正仍然是弯的，即使只是稍有点儿弯。

短篇小说也是如此。有些短篇小说写得很好，但里面是空的，就像被虫蛀的苹果。所以说它们是空的，是因为它们是虚构的，或者更确切些说，是凭空想出来的。在这些小说里，充其量只有一鳞半爪是来自现实生活中的东西，其余的全都是东拼西凑，用一些不结实的线匆匆拴在一起的。这些线眼看就要绷断，于是小说也就瓦解，变成一些碎片了。

我的作品越来越经常地给我留下这样的感觉，这使我感到很苦恼。

每次我坐下来写一篇新的短篇小说，都抱定坚强的决心——要对自己毫不留情，不要离开真实而进入矫揉造作的作品的领域。但是每次都有一种盲目的、内在的惯性迫使我沿着阻力最小的路线走下去，撷取表面上的情节，向我喜欢罕见的情况、喜欢罕见的人和环境这种倾向做出让步。

重读我刚刚写完的任何一篇短篇小说——《荷兰女王》《黑网》或《下暴雨时的谈话》，我总是发现，它是用当时我喜爱的某一作家，其中包括约瑟夫·康拉德（第一次给我指出这一点的是巴别尔）的残渣碎屑拼凑成的。虽说是质量很好的残渣碎屑，但那毕竟是残渣碎屑。但是，一般说，小说“站住了脚”，有时读起来很轻松，甚至很有趣，这给了我虚假的安慰。

“问题在哪里呢？”我常常问自己，“为什么我下不了手把这一切通通收起来，丢进字纸篓里去呢？”

当我在写一篇新的短篇小说的时候，似乎一切都很好。但是以后，特别是在夜里，想起它来我就睡不着了。发现其中有许多考虑不成熟的地方，为了把它拿去发表而责骂自己。

暂时我主要是在报纸上发表作品。报纸则要求在限期以内写出来的短篇小说。

从那时起，我对于很快就发表作品始终怀有一种恐惧心理。

于是，这样一条规则就自然而然地生效了——在作品还没有稳定下来，譬如一些溶液，在其中的渣滓还没有沉淀，液体还没有变得像水晶一般纯净的时候，就不要发表这些作品。许多作家的经验都证实了这条最简单的规则。

我明白了普希金所说的要使心爱的思想尽善尽美的意思。寥寥数语，就向从事写作的人们提出了令人惊异的、清楚而明确的忠告——或者，大概是命令。

于是，开始了这样的斗争——争取使所写的一切都来源于真实，使这一真实性和自由的想象力牢不可破地融为一体。

在这方面，除了巴别尔，我又有了一位新老师——米哈伊尔·米哈伊洛维奇·普里什文。我看了他的短篇小说《鞋子》，说的是来自玛丽亚丛林、绰号叫“陀螺”的摆摊的鞋匠的故事，这些鞋匠试图为将来的妇女们做鞋子。整篇小说完全是依据事实，甚至是根据日常生活写出来的，但同时又服从轻微的虚构。

于是，对我来说又产生了第二条规则——一篇小说，不管写的是生活中的什么事情，或一个人的任何品质，只要它与现实经验，同时又与想象和灵感相结合，那么它就会成为真正的艺术。

我深信，我找到了一条通往对于我来说总是十分美好、但又艰苦的作家劳动的正确道路，可我早就徒然地梦想着能从事这样的劳动了。我几乎是本能地找到这条道路的，因为我从来不会进行长时间合乎逻辑的思考。

道路已经找到了，它引导我写出了朋友们所说的我的第一部“真正的”书——《卡腊-布迦日海湾》。

森林里的居民

有很长时间，我是从远处观察普里什文。我怕跟他，跟这个我觉得好像是巫医和哲人的人会见。从他身上仿佛散发出一股雪水味、欧白芷的汁液刺鼻的气味、树林里的霉味，飘散出的沼泽地上晚霞的气味。

他总是躲在什么地方，像一个森林里的居民藏在俄罗斯的密林深处。他异常狡黠，目光是那样敏锐，连鸟儿玩弄的每一个花招儿都逃不过他的眼睛。

后来我们见了面，但是没有成为亲密的朋友。他有一种并非总是有助于与人接近的品质——用他独特的、有时对于周围的人来说是不易理解的语言，表达他那些十分独特的思想。

他身上有某种从前的茨冈人的特点，不仅仅是外貌，而且表现在对一个地方的多方面的知识上，这是天生的流浪者固有的特点。

有一次，普里什文对我说，他发表的一切作品，与他的日记、与他每天所做的笔记相比是完全微不足道的。他一生都在记笔记。他主要是想为后代保存这些笔记。

普里什文去世后，这些笔记中有一部分已经发表了。就其内容来看，这是一部惊人的巨著，充满富有诗意的思想和出乎意外的、简短的观察结果——普里什文在这些日记中用两三行文字表达出来的这些观察结果，如果加以发挥，就足够另一个作家写出整整一本书来。

如果说文学中有潜台词——作品的第二种含义，如同回声一般反映主音并使之在我们意识中巩固下来的，第二次出现的幻象——那么普里什文就揭示了俄罗斯大自然的潜台词。

这一潜台词的秘密就是——由于看到小树林、野兽、云彩、河流、僻静的灌木丛，由于看到某一棵醋柳第二次开花，产生了他个人的十分隐秘的内心感觉。这种内心的感觉和大自然融为一体，并赋予大自然一种特殊的、普里什文的面貌。

普里什文本人仿佛就是俄罗斯大自然的一种现象。

根据他对我们大地的爱，根据他的知识，可以有充分的理由说，他是我们大地的主人。而且和所有主人一样，他有点儿像一个私有者，不过是指这个词的一种特殊含义。

他像私有者一样珍惜和保护大地，但不是为了他自己，而是为了艺术和后辈子孙。他所以要保护它，是因为他知道没有遭受破坏的大地具有使人变得高尚起来的力量。

他希望为人们保留哪怕是几小块这种太古时代的土地，以便使人能呼吸到一些丝毫未被触动过的角落里的空气，看到大地的清新面貌，而在一层层烟尘下，这清新的面貌很快就会变得黯然失色、晦暗无光了。

因此，为了我写了《梅肖尔地方》这本书，他很生我的气。因为我以这篇作品引起了人们对梅肖尔森林的集中注意，而（可惜）这种注意是有害的，它带来了必不可免的严重后果——一群群旅游者完全践踏了这块曾经十分新鲜的土地，一组组很讲实际的人立刻着手利用这个地方，要从它身上吸取最大的利益。

“您知道，您用对梅肖尔感到的喜悦惹出了什么事来吗！”他像责备一个不小心的孩子那样指责我说，“在您那静静的索洛特恰已经在为梁赞的居民建造几百座别墅。现在请您到草地上去，找出哪怕一棵正在开花的飞燕草来吧。请您去找找看！绝对找不到了！美只要被漫不经心的手碰到一下，它就永远消失了。同时代的人也许会感谢您，但您孩子们的孩子未必会为此向您表示敬意。而在这个梅肖尔，本来有多少可以发展人民的崇高精神、发展人民的诗意的力量啊。您是个轻率的人，我亲爱的。您没有保护好自己的别连杰耶沃王国[①]。”

“是啊，在梅肖尔，如今大概白天打着灯笼也找不到飞燕草了。”

“白天打着灯笼”——这是句多好的话啊。这是对于孩子们来说的。因为只有孩子才会相信，有一些怪人白天在草丛中徘徊，打着很高的灯笼，照亮密密的草丛，要在杂草幽静的阴影里找到一朵蓝色的——比天空还鲜明两倍、同时又暗两倍的——小花。

起初，普里什文的愤怒使我感到吃惊，甚至稍有点儿愤慨。他的意思

---

① 别连杰耶沃是20年代普里什文曾待过的地方。别连杰耶沃王国指大自然，在这里指梅肖尔地方。——译者

似乎是说，一切都是为了自己，什么都不是为了别人的。把美藏起来，不让人看，这有什么好，有什么值得赞许的呢？

但不久我就确信，普里什文这样说，是关心人们的福利，是担心他们的生活会遭到不幸。他考虑的是遥远的未来，我们却习惯于只考虑今天——我们的自私就在于此。

铜脚掌

马雅科夫斯基躺在作家之家大厅里的低台上。这幢房子坐落在庭院深处、丁香丛中。据说，托尔斯泰在《战争与和平》中描写的罗斯托夫家的房子，就是这座古老的私邸。

大厅里的窗户开着。前厅里梅季采伊斯卡娅的那尊姿态很不自然的维纳斯雕像蒙上了一块黑布，从黑布下可以看到雕像冷冰冰的大理石膝盖。

马雅科夫斯基躺在低台上的棺材中，仿佛睡在石椁里——他神情严峻，身躯高大，似乎并未停止思索。他躺在那里，脚对着门口，对着聚集在棺旁的人群。因此，首先看到的就是他那双很结实的皮鞋和后跟上钉着的铜鞋掌。鞋掌在阳光下闪闪发亮，已经磨损得很厉害了。

诗人曾迈着大步在地上行走，而且有点儿漫不经心。由于这样的走路方式，铜鞋掌很快就磨损了。

大概，当时很多人都会产生这样的想法——这很便宜的鞋掌永远也不会完全腐烂，然而诗人的遗体却是会消失的。要知道，人们需要的不仅是他的诗，而且需要他本人——活着的、声名远扬的。

他死的那一年，莫斯科4月里空前温暖[①]。窗外庭前花圃里，从潮湿的泥土上冒起一团团蒸气，蒸气翻动了去年的落叶。

落叶是黑色的，散发出略带酸味的葡萄酒香。不能用这些叶子来编献给诗人的花圈。

有人把几片这样的叶子放到棺材里他的脚边，代替花圈。

这几片叶子并没有消失在从温室里拿来的菊花和石竹、志哀的黑色缎带以及侧柏枝和散发出松节油味的枞树针叶之间。

这些叶子是有权放在那里的。其中一片粘在马雅科夫斯基的鞋掌上，后来和他一起在殡葬时令人无法忍受的火焰中焚毁了。

对于那些以后仍然活着的人来说，死亡中的最困难的一点就是——他们没能来得及向死者说出他们所感觉到和心中所想的、关于他的最主要的话。爱他的人总是来得太迟了，一种不可理解的羞怯使他们紧闭双唇。而现在，他当然永远也不会知道他们的爱是多么无私了。也许，这爱会拯救他吧?!

可他在临死前却沉默不语，没有向任何人透露过他最后的悲伤。他躺在那儿，稍稍皱着眉，没有向任何人说出生活使他——一颗坚强的心和对自己满怀信心的诗人——遭受的那些屈辱和痛苦。

是的，他踩在自己诗歌的咽喉上。[②]为了自己国家和人民的利益，他

---

① 马雅科夫斯基死于1930年4月14日。

② 指马雅科夫斯基在他的长诗《大声疾呼》的序曲中所说的："但是我制服自己，踩着我自己诗歌的咽喉……"

建立了诗人自我牺牲的功勋。

他是一个干粗活的工人、宣传鼓动员、战士，他肩负着使革命与人们每天的日常生活结合在一起的使命，在这里温和可没有立足之地。

周围怯懦无能的现象太多了。应当鞭挞无能、愚蠢、脑筋迟钝，不管是前脑，还是后脑。应当向人们大声疾呼，使他们清醒过来，爬出自己那有点儿温暖的窝。

应当简直是从这些窝里把他们赶出来，赶到革命的刺骨的寒风中去，特别是要把诗人们赶出来。

无怪乎1921年他曾写道：

苏维埃乱七八糟的混合物上蒙着一层水藻。
从苏俄的背后
钻出了
市侩的
一张丑脸。①

他写诗时像一个抡大锤的工人——要卷起袖子来。

叶赛宁说："在这个人的一生中，死并不新颖。但活着，当然也并不更加新鲜。"②

在马雅科夫斯基看来，这些话中的绝望情绪似乎是令人愤懑的。但叶赛

---

① 马雅科夫斯基的诗《败类》。

② 叶赛宁的诗《再见，我的朋友，再见……》。

宁死后总共不过过了5年——他自己也唤来了死神，与生命完全清算了。

为什么？谁知道呢？

抬着他的遗体经过沃罗夫斯基大街，经过外国使馆所在的那条大街。各大使馆都下半旗志哀，就连敌人也对他的诗的强大威力，对他作为政论家的直率，对他的政治热情，做出了应有的评价。

既然他死了，他们显然都放了心，不再认为他语言的打击力量有什么重要意义了。他们只不过是不知道这一点罢了——语言常常是时间过得越久，就会变得越加可怕。无法使语言不能为害，甚至不能像试图使原子生产部门的废料不能为害那样，把它沉到海底去。语言一直会冲破生活上那层令人满意的薄膜，时而在这里，时而在那里爆炸。

我几乎不认识马雅科夫斯基。

我从在南方漂泊回到莫斯科以后，整整一年都待在北方铁路线上的普希金诺，这我已经写过了。我的别墅后面是一片僻静的松林，松林后延伸着一片沼泽低洼地，总是笼罩在烟雾中的小河谢列布里扬卡经常漫出河岸。

整整一冬，我独自住在这座别墅里。夏天里，阿谢耶夫①带着他的妻子和她那些快活的姐妹——乌克兰姑娘们，住了进来。后来心肠最好的谢苗·格赫特（那些姐妹们把他的姓说成“赫赫特”）租下了那间空着的顶楼——主人的山羊夜里睡在那里面。于是，人声嘈杂、自由自在的别墅生活就开始了。

那时候，马雅科夫斯基住在阿库洛夫山，常到阿谢耶夫这儿来下象棋。

---

① 尼·尼·阿谢耶夫（1889—1963），苏联诗人。

他在手里转动着一根用榛树削成的手杖，迈着大步穿过树林。

我好像觉得他是个性情忧郁的人。我竭力不让他看到我，我太腼腆了。我觉得马雅科夫斯基对和我说话简直不感兴趣。

我能对他说什么新鲜和有重要意义的事情呢？一切他都已经说过了，世界上的全部文化他都研究过，而且在机智和俏皮的争论中全部清洗过了。我所以知道这一点，是因为所有的谈话都从阿谢耶夫的屋里传到了我这里来。

有一次，阿谢耶夫到莫斯科去了。马雅科夫斯基敲了敲我的房门，提议下一盘象棋。我下棋下得不好，我没有预见几步的本事。不过，我同意了。于是，我们一起到阿谢耶夫的屋里去。

阿谢耶夫的妻子、披散着一头金发的奥克莎娜盘着腿坐在屋里的沙发床上。我很喜欢阿谢耶夫献给她的诗：

人间的一颗明珠！奥克莎娜！
我打碎空气，把它化作浪花，
在小俄罗斯的海底挖出你，
把你镶嵌在我的歌曲里。[①]。

根据第一行的缩写，这首诗叫作《奥克热米尔》。他这样称呼奥克莎娜。

奥克热米尔说，看到无精打采对着棋盘的男人们，她就觉得讨厌。马

① 阿谢耶夫的诗《生锈的七弦琴》。

雅科夫斯基只是哼了一声，我却避不做答。

得说点儿什么，沉默1分钟比1分钟更加使人难堪。各种想法，主要是一些愚蠢想法的片断匆匆掠过我的脑海，我想不出任何可以交谈起来的话题。

马雅科夫斯基嘴里叼着一支香烟，默默不语，看着棋盘。不知为什么，奥克热米尔也不说话。我感到毫无办法，于是讲起了在谢列布里扬卡河里捕虾的事。那里当真有很大的虾——真正的河里的鳄鱼。

“令人厌烦的事情。”马雅科夫斯基说，“我不懂，怎么能做这种微不足道的小事！”

我满脸通红，直到末了，再也说不出一句话来。算我幸运，阿谢耶夫来了，于是我逃回自己的屋里。

从那以后，我开始害怕名人，直到现在还害怕他们。只有在最普通的人们当中，我才感觉到毫不拘束，心情平静。

作家当中，这样的人并不那么多。诚然，伊利夫十分朴实，而且关怀别人，安德烈·普拉东诺夫[①]朴实而又忧郁。

当普拉东诺夫的短篇小说中的一篇第一次到我手里的时候，我看到这样一个句子：“俄罗斯的小城市里静悄悄的，”我的喉咙紧缩起来了——写得这么好。

普拉东诺夫的作品几乎没发表过。即使在罕见的情况下，什么地方出现了他的一篇短篇小说，荒谬的责难立刻像山崩一样落到他的身上。

普拉东诺夫有一篇篇幅很短的短篇小说《七月的雷雨》，就其迷人的

---

① 安·普·普拉东诺夫（1899—1951），苏联作家。

魅力来讲，在我们当代的文学中，我大概还不知道有比这篇小说更鲜明、更典型、更具有征服人心的力量的作品了。能怀着这样痛苦和亲切的心情来描写俄罗斯的，只能是这样的人——对于他来说，俄罗斯就是第二生命。犹如父亲的房子，直到最后一枚钉子都已经详细研究过了。

普拉东诺夫病得很重，吐血，一连几个月一动不动地卧床不起。但是他一次也没有违背自己作家的良心。

在革命的最初几年里，马雅科夫斯基和谢尔盖·叶赛宁支配了青年人的头脑和心。

我始终没能在叶赛宁生前认识他——我是在他死前不久[①]回到莫斯科的。

我第一次看到叶赛宁，是在尼基丁林荫大道记者之家看到他躺在棺材里。一条志哀的黑色横幅横挂在林荫大道上，上面用白字写着：“伟大的民族诗人的遗体在此安息”。

天色昏暗，一动不动的乌云低悬在空中，一片郁闷的寂静。在这样的日子里，天不黑屋子里的灯就已经亮了。灯光好似蛋黄。

叶赛宁躺着的大厅里点着枝形吊灯。在不很亮的灯光下，叶赛宁的脸看上去显得美极了，睫毛投下的浓密阴影特别衬托出了他的美。

他躺在那里，像一个熟睡的孩子。妇女们的痛哭声似乎太响了，也不恰当——哭声会把他吵醒。而吵醒他是不行的——在日常生活毫无条理、迅速获得的荣誉带来的混乱和对自己梁赞的土地的思念中，他已经累坏了，现在睡得这样安详，睡得这样熟。

---

① 叶赛宁死于1925年12月28日。——译者

很久以后，1960年，我看到一幅刚从绳圈上取下来[1]的叶赛宁的照片。他侧身躺在沙发上，双膝蜷缩，满脸泪痕，泪还没有干。

这张脸上带有那样一种受了委屈的孩子的神情，以至谁也不忍心看这幅照片。大家都转过脸去，眼睛望着别处，走开了。

有很多事情我得感谢叶赛宁。他教会我看到并不富饶、然而广袤的梁赞土地——看到它那闪着蓝光的河流的远方，看到光秃秃的爆竹柳，十月的微风在柳丛中轻轻地呼啸着，看到色彩已经有点儿暗淡的荨麻，看到一阵阵落下的雨，村庄上乳白色的炊烟，身上湿漉漉的、眼睛里流露出惊讶神情的小牛犊，看到不知通往哪里去的荒凉的道路。

我在奥卡河附近、叶赛宁诗中的那些地方住了好几年。那是忧郁和寂静的广阔天地，太阳微弱的光照耀着那里，那里有强盗出没的森林。

那里几天中才有一辆大车从沼泽地里用树枝铺成的、已经腐烂的小路上辚辚地驶过，护林员矮小房屋的窗户里偶尔会隐约露出一位少女的脸庞。

真该停下来，进屋里去，好看到那双不好意思的眼睛里朦胧的闪光——然后再在松涛喧哗、秋天白杨的战栗、撒落进车辙里的大粒沙土的沙沙声中继续向前驶去。

望着在多林的低地上空轻烟薄雾之中接连不断向温暖的南方飞去的鸟群，由于感觉到自己和这森林茂密的地区完全血肉相连，关系十分密切，心中会涌起一种甜蜜的愁思。那里从沼泽中流出一条条清澈的泉水，不由得会认为，每一条这样的泉水都是诗的源泉。事实也的确如此。

请您用洋铁杯从这样的清泉中舀一杯水，把几片微微发红的越橘叶吹

---

① 叶赛宁是上吊自杀的。——译者

到边上去，痛痛快快地喝够这能把青春、朝气和祖国永不消失的魅力给予您的水吧。于是您就会相信，在像叶赛宁这样的一些诗人的诗中，只不过表达出了这诗的一小部分，它的全部不可计量的财富仍然埋藏在那里，等待自己的时机。

不久前我读了一位现在已经完全被人忘记的女诗人、普希金和莱蒙托夫的同时代人罗斯托普契娜[①]的一首诗，在诗中发现了两行预言似的诗句：

尚未完成天鹅之歌，
俄国诗人们就已在结束自己的命运……[②]

这些话中，只是坦白地说出了已经发生的事情。

侮辱，决斗，诽谤，忌妒，难以共处的性格——这一切都是这样一些悲剧的表面现象。

当一个人由于绝望和疲倦而退出生活，这是容易理解的。但是如果一个人意识到自己心灵的充实，意识到这充实已经达到极限，以后的每一天都将是衰败和衰退，他竟会退出生活。大概，再没有什么比这更奇怪的了。我们不记得有过这样的情况，但我认为这种情况是可能有的。

……毫无生气的冬日，覆盖着夜间的积雪笼罩在锡灰色烟雾中的田野，窗外冻结在一起的橡树叶发出簌簌的响声——而他独自一人，在这些

① 叶·彼·罗斯托普契娜（1811—1858），俄国女诗人。
② 罗斯托普契娜的诗《给我们未来的诗人》。

夜里孤零零的，既没有梦，也没有灵感。活着的只有回忆——毫无结果的、令人难过的回忆。一切都不可逆转，无法挽回了。

突然——远方的马蹄声。有人从远方策马奔驰，向他疾驰而来。带来了什么消息？

骑手在台阶旁跳下马来，转瞬间普希金的手里已经拿着一张条子。她来了！她在三山村奥西波夫家里等着他。安娜！

仿佛所有这些被暴风吹倒的树和死气沉沉的森林，所有这些倾斜的农舍和狼群出没的黑夜，都被一颗转瞬即逝的流星照亮了。

瞧，他已经穿过黑夜策马疾驰，他只看到黑暗中她的一双眼睛——她那双由于含着眼泪和爱情而炯炯闪亮的、淡绿色的、深邃的眼睛。

他可能从马鞍上跌下来，由于心力衰竭而死去。就在这儿的什么地方，在马连涅茨湖岸上的三棵松树旁边，要么是在沙坡附近。而在这死亡的千分之一瞬间里，他将是真正幸福的。

这一关于普希金的梦，或者像古代所说的——“幻象”，是这样牢固地进入了我的意识，以至我常常在醒着的时候看见它，而且能把它描写出来，连同它的一切极平常的特征——从直吹普希金眼睛的冬天的风，到在结冰的窗户玻璃上闪闪烁烁的、奥西波夫屋里的火光。

泥盆纪石灰石

在发出咯吱咯吱的响声、稍有点儿融化的积雪最边上，就在已经渗出一条条雪水来的地方，我看到了第一朵雪地花。一条条雪水滚动着一些什么种子和沙粒。

雪地花那几乎透明的白色花瓣儿在冬天的睡梦中醒来以后，已经满是皱纹，现在在阳光中舒展开来，微微战栗着。

初春！Primavera[①]!我们在中学里死背拉丁文的时候，只有这两个声音悦耳的拉丁词语第一次使我们——而且人数不多——对这种语言采取容忍的态度。“普里马韦拉”[②]——最初的半孩子式的春天。这样的春天，那时草茎的箭头还没有钻出地面，只是在潮湿的小缝里才能看到它们。它们还躲在那里，躲避夜间的寒气。

静静的太阳在完全无风的天气里晒暖大地（这是在奥廖尔州利夫内市附近），在广袤的——当时还是县，而现在已经是区了——俄罗斯大地上空静静地照耀着。

城外沟壑里水已经怒气冲冲，喃喃低语。远方，在郊区村庄——斯特列列茨卡亚村和亚姆斯卡亚村——炉子上冒出的炊烟中，村里勇敢无畏的公鸡高声啼叫，叫得受了内伤，由于愚蠢喊哑了嗓子。它们为温暖归来感到高兴，因为自己长寿而欣喜若狂——大概公鸡们都认为，在这个地球上，它们也像人类那样，是长生不死的。

我向俄罗斯通讯社请了几天假，到利夫内我妈妈从前的几位熟人那里去。我去那里，什么事都没有，只不过是去一趟。在普希金诺度过一段艰苦的日子，度过莫斯科的漫长冬天以后，我想喘一口气。

利夫内有一个老太婆，地方自治会委派的医生萨茨基的寡妇，她和她

---

① 拉丁文：初春。——译者

② 拉丁文“初春”的音译。——译者

女儿（也是个医生），以及儿子——地质学家——住在一起。在里海东岸进行考察以后，地质学家阿列克谢·德米特里耶维奇得了严重的神经衰弱症，现在正在利夫内，住在母亲和姐姐这里休息。萨茨基一家住在铁路附近一幢旧木头房子里。

地质学家不喜欢坐着不动。他一直在市内和城市周围的田野里闲逛，带着一个姑娘——火车司机的女儿塔娅——和我一起出去。

有时他姐姐尼娜·德米特里耶芙娜也和我们一起去——她是一个看样子似乎严厉、但心地善良、眼睛近视的40岁的妇人。在自己的医务工作上她非常坚决果断，而且爱上了这个工作，就像她父亲一样。

萨茨基医生死后，作为一个无私和有自我牺牲精神的、治病救人的医生，他的好名声很久还活在利夫内、叶列茨和奥廖尔市人们的心中。

他的寡妇和孩子们对他都十分尊敬。人们崇敬地纪念他，不仅是由于他作为一个医生的才能，而且还因为他是一个民粹派，非常崇拜车尔尼雪夫斯基。在医生的书房里——就是给我在那里的沙发上铺了床铺——挂着一些青年人的照片，这些青年人很像作家迦尔洵[1]，留着长发和卷曲的胡子，还有一些姑娘的照片，她们都穿着打褶子的、很紧的黑色绸胸衣，头发梳得十分光滑。

所有的姑娘面部表情开朗，是典型的俄罗斯人的脸，都长着灰色的眼睛。当然，在照片上看不出眼睛的颜色，可是我觉得它们好像都是灰色的。眼睛的这种颜色与姑娘们唇边勉强可以看出的微笑，以及她们和蔼可亲的脸十分相称。

---

① 弗·米·迦尔洵（1855—1888），俄国作家。——译者

我自己是在一个生活方式经常变化、很不安定的家庭里长大的，总是住在偶然租来的住宅里，里面的家具各式各样的都有。也许正是因此，我感觉到，对于像萨茨基家这样的房子怀有一种异乎寻常的爱慕心情。

在这些房子里，用古时候的说法，可以“让心灵得到休息”。偶尔有青年人的欢声笑语作为点缀的寂静，节日里轻微的忙乱，有橡皮树阴影落在上面的旧沙发，不知为什么会使人心情平静下来的、晚上煤油灯的咝咝声，许多旧书和杂志，淡淡的药味——在一个医生家里有药味是理所当然的。窗外是花园，花园外面是铁路。车站上的道口，难得会有的货车通过时车轮撞击铁轨的响声和老式机车很响的喷气的声音。我总是觉得在车站附近，机车似乎是故意这样紧张地喷气，故意让连杆这样匆忙地转动，好显示它们是些多么不可缺少的勤劳的工作者。与茶炊轻微的蒸气混合在一起的晚茶可爱的香味，某种总是特殊的果酱（您不会相信的，塔娅在奥廖尔弄到了10公斤砂糖），有时是用中国苹果做的，有时是用木莓果做的——这一切以及许许多多琐事构成了一种舒适感。没有这种舒适感，一个人就会觉得日子过得不好。对于这种舒适感，在某个时候照例要说几句很不赞成的话——它，人们说，“会蒙蔽人们，使人们感到安心”。

“使人感到安心，那可真是谢天谢地了。”老太婆瓦尔瓦拉·彼得罗芙娜说，“至少可以有时间想一想，让头脑清醒一下。要不，老是听你们谈什么问题呀，谈什么问题呀，这样，要不了多久健康就要完全受到损害了。最好还是就着樱桃酱喝杯茶，去看电影吧。据说，那里在放一部很好的影片，讲的是托尔若克一个裁剪师傅的故事[①]，塔娅简直笑坏了。”

---

① 苏联著名电影导演雅·亚·普罗塔扎诺夫导演的影片《来自托尔若克的裁剪师傅》。

从医生书房的窗户里可以看到那么远的远方和一些轮廓那样柔和的圆形小山，望着这些小山，心脏甚至会紧缩起来，好像要停止跳动似的。在这些远方、陡坡、沟壑和小山的山脚下，一条叫作快速松树的河流，好似一条很宽的（在春天）带子从铁路桥下流过。

这条河当真流得很快，水流湍急，挟带着最后一些深棕色的冰块哗哗地响着。夜里水流声特别响，而且每一个钟头河水都在往上涨，摇撼和淹没两岸的柳丛。

柳枝上密密地挂满毛茸茸的幼芽——“柳絮”，好似落着一群很小的黄胸脯的小麻雀。幼芽刚好在复活节前的星期天之前吐出了柳絮。

沿河岸的雪已经融化了，但再过去一些，田地的边沿上却还覆盖着厚厚的积雪。

地质学家对此做了这样的解释：快速松树河在利夫内附近流经厚厚的泥盆纪石灰岩层，而这种石灰岩中似乎还保存着亿万年前的暖气。这暖气不断地从地心渗透出来，毒害利夫内的居民。

因此，用地质学家的话来说，直到现在，在革命后的第7年，市镇上还有许多毫无道理的迷信。他说，有些不生育的利夫内妇女向渔民买来活狗鱼，把狗鱼放在有水的木盆里，好长时间——不少于两小时——目不转睛地瞅着狗鱼凶恶的黄眼睛。据说，有效。老太婆牙疼时，就嚼一小块从疯修士彼季卡-彼图绍克坟上挖下来的石灰岩。据说，也有效。

塔娅只是不时惊呼，惊恐地望望我，担心我会相信这些话。

每当地质学家讲起泥盆纪石灰岩的时候，尼娜·德米特里耶芙娜就对我做了个不易觉察的手势，叫我听他讲，不要反驳。瓦尔瓦拉·彼得罗芙娜则开始用一只发抖的手抚平饭桌上的小桌布。

谈论泥盆纪石灰岩的有害气息，就正是地质学家所害的那种轻微和并不危险的躁狂症的表现。

除此而外，他还使我相信，虽然并不是很有信心地，以字母“г”开头的一切——德国，霍亨索伦王朝[①]，希特勒，戈培尔[②]（当时法西斯主义在德国已经开始兴盛起来）——都会给人类带来许多不幸，可能会带来完全的毁灭。

但一般说来，地质学家是一个为人忠厚、沉默寡言的人，不妨碍任何人。

我到来的第二天，卸下了房屋里的玻璃窗扇[③]。潮湿的、被晒暖的花园往屋里吹进一阵阵淡淡的香子兰清香，提醒人们复活节快要到了。

居民小屋的窗台上，种在浅碟子里的燕麦已经发芽，长得好像一些鲜艳的绿色小刷子。

老太婆们带着上坟的小花圈慢慢地往墓地走去，花圈是用染上颜色的刨花做的——还没有花，花还没有开。

利夫内的妇女用刨花做花和花圈，做得都很精致（特别是发亮的大朵玫瑰花），她们是做花的能手。她们甚至以这种手艺闻名全区，用苯胺染刨花——色泽鲜艳，可是味道难闻。

每天地质学家都带着塔娅和我在城外散步。

塔娅是一个可爱的姑娘，腿有点儿瘸，有一条淡褐色的粗辫子和一双

---

① 德国古代的一个王朝。

② 在俄语中，这些词的第一个字母都是“г”。——译者

③ 冬天天冷，窗子都装上玻璃窗扇，春天再卸下来。——译者

明亮的圆眼睛。她害一种甲状腺病（照地质学家的说法，当然是由于泥盆纪石灰岩的辐射作用）。尼娜·德米特里耶芙娜早就在给她医治了，希望能彻底给她治好，在这以后安排她进叶列茨县的医科中专。

塔娅怯生生地向我（她有点儿害怕地质学家）询问莫斯科、黑海和克里米亚的情况，问我那里生长着一些什么树，听说登上山就可以来到云彩里，这是不是真的。

有时，她问我是不是见到过列宁、列夫·托尔斯泰、高尔基、马雅科夫斯基和夏里亚宾。

我凭空想象说，见到过，虽说我既没见到过托尔斯泰，也没见到过高尔基。我喜欢她眼里狂喜的神情——她甚至激动得喘不过气来，开始喃喃低语。我把一切都讲得正是她想要听的那样。

幸好在散步的时候地质学家不注意我们的谈话，尼娜·德米特里耶芙娜听不到这些话。不然，由于我欺骗塔娅，我准会挨骂。

尼娜·德米特里耶芙娜是一位无论如何也要让人说实话的、最严厉的人。

“我的头脑是医学的头脑，”她说，“我不明白，虚构对人会有什么好处，即使是最令人愉快的虚构。任何实话都比虚构好，也更合乎人性。”

我不和她争论。但当然，我认为自己是对的。

星期天散步的时候，我们在城外快速松树河岸上遇到了一个很年轻的红军战士。他坐在一根干圆木上，正在把一小段柳枝刻成一个扎列卡管——一种普通的牧笛。

当我们走到和他并排的时候，他站起来，像在上级面前那样挺直了身子。

“瞧！”他不好意思地说，脸红了，“你们好！我在这儿刻……消遣消遣，没有什么……”

我们坐到那根圆木上，抽起烟来。红军战士一直站着，拿不定主意，不敢和我们坐在一起。直到塔娅拉拉他的军大衣袖子，迫使他坐下来。他把扎列卡管和小刀匆匆忙忙地收藏到军大衣口袋里去了。

利夫内不知驻扎着一支什么部队。这个红军战士想必就是这支部队里的。

“是新兵吗？”阿列克谢·德米特里耶维奇问他。

“是的！”红军战士很乐意地回答，“卡西扬·兹沃纳列夫。我是奥洛涅茨人，不久前才到这里。”

从很久以前，奥洛涅茨地区就吸引了我。我对俄罗斯地理的兴致是不断涌现出来的——一会儿我大量阅读我能弄得到的、有关白俄罗斯的一切，然后又去看关于里海以东的草原的书籍，一个时期又醉心于北方，看马克西莫夫[①]行文严谨、叙述从容不迫的《在北方的一年》和描写北方各个修道院的书，看得入了迷。

“有一个好人——来自克拉西瓦亚梅恰河畔的卡西扬[②]，”阿列克谢·德米特里耶维奇说，并且微微一笑，这对他来说是很少见的，“现在你要成为我们的来自快速松树河畔的卡西扬了。你同意吗？”

“不太同意。”红军战士回答，“我，确切些说，是来自扎奥涅日耶的卡西扬。也许，听说过这个地方吧？”

---

① 谢·瓦·马克西莫夫（1831—1901），俄国作家、民族志学者。

② 屠格涅夫的《猎人笔记》中一篇同名短篇小说里的主人公。

“听说过。是个出产花岗石的地方！”阿列克谢·德米特里耶维奇说。

“对，一点儿不错！我们那里花岗石可多了，还有湖。不过我们的力量并不在于此。”

“那在于什么呢？”我问。

“在于木匠活儿。我们盖房子都不用钉子，完全用接榫。用圆木盖的教堂——要多少有多少。学者们到我们那里去，数啊数，数得都糊涂了——就这样走了，末了也没数清楚。我爷爷是个木匠，我爹也是木匠，我本人是学做木匠活儿的学徒，我奶奶是帮我们男人们做木匠活儿的第一个好帮手。”

“难道老太太也做木匠活儿？”塔娅惊奇地问。

“啊，不，不是这么回事。我们那里的房子全都镶着花边，就像小头巾那样。明白了吗？木头花边。各人都竭力想使自己的房子看上去漂亮，跟邻居家不一样，花纹不一样。可是要在木头上描出花纹，这却需要有特殊的才能，很大的才能。奶奶天生有这种才能，她描的花纹不是人人都能锯得出来的，就连很有本事的行家也知难而退，不敢做那样的花纹。”

“她是怎样干的呢？”塔娅问。

“一开始她时常发愁，有时坐在台阶上，一直坐到半夜，坐在通到屋里去的楼梯上，一直在苦恼。我们那儿夏天夜里也是亮的，是白色的。在这样的夜里人呼吸轻松，就像在梦中一样。奶奶就这样坐着，犯愁，后来小声唱起歌来，唱的是很古老很古老的歌，拖长声调，不过不是教堂里的歌，而是普通的、古代流传下来的歌，从诺夫哥罗德时代流传下来的。唱完以后，她就拿起一块木炭，随便在什么上画起花纹来。所有这些花纹都有名称。一种叫‘卷’，另一种叫‘草花’，第三种叫‘公鸡打鸣，此呼彼应’。”

他沉默了一会儿。

“啊，我说起来没完了，请原谅。”

“泥盆纪在散发毒气，”阿列克谢·德米特里耶维奇突然严肃地说，“而花岗岩、片麻岩，以及所有这些大粒岩浆的岩石都会散发出力量、锐利的目光和顽强精神。全部要点都在于此。”

“我们那儿的人目光的确是锐利的，”卡西扬表示同意，“因此多半是要我们的人到舰队去，去航海。只有我一个人给弄错了，派我到这田野和谷地里来。这儿的河水也是混浊的，有很多泥。”

“卡西扬，您用您的笛子，”塔娅请求说，“给我们吹个曲子吧。”

“好吧，既然您愿意听。”

红军战士掏出扎列卡管，细看了好久，在手指间转动着它，然后拿到唇边，吹了起来。声音高亢、尖细而又哀怨，仿佛是一只偶然飞来的鸟儿在向什么人呼吁，请他倾听它这鸟儿的不幸。我们坐在那里听着。

随后，卡西扬把我们送到铁路道口，沉重的皮靴踩在地上发出很响的声音。然后他告别，不知为什么向我们道了谢，就走了。

“他真可怜。”塔娅突然说，“完全是个孩子，脸色苍白得厉害。”

“这是由于春天的缘故。”地质学家回答，“利夫内春天的空气里，泥盆纪的毒气特别多。”

我好像觉得这个北方孩子的一切都是由于春天的缘故——面色苍白是如此，那不好意思的温柔目光也是如此。而主要的是扎列卡管的歌声，那更是由于春天的缘故，仿佛是各种植物春天柔弱的嫩茎以及冬天过去以后醒来的汁液在悄悄地发出响声。

不久，我就离开了利夫内，但春天里的这几天我好久还不能忘记。有这样一个词——“明亮”。记得吧，丘特切夫有这样的诗句：“秋天晚上的明亮中有……”[①]，利夫内的每一天都充满这像太阳一样的明亮。

一天，我正躺在书房里的沙发上，阿列克谢·德米特里耶维奇走进书房，从一个硬纸盒里把许多照片倒在写字桌上。

“您想看看您永远也不能去的一些地方吗？”他问。

“为什么不能去呢？”

“因为就您眼睛和头发的颜色来看，您到纬线低于45度的地方去是危险的。我是地质学家，所以确切地知道这一点。您看，这里是一些显而易见的岩石、褶皱、岩系和悬崖，无论是在欧洲，还是在亚洲，随便哪里再也看不到这样的地方了。请放心看吧，别害怕。如果您愿意的话，我可以给您做些讲解。”

他神秘地微笑着走了。我站起来，坐到桌边，拿起第一张很大的照片。

照片下的题词是：“乌斯季——乌尔特石梁。从西北，从曼格什拉克方向眺望。”

我细看照片，不由得感到惊慌起来。

空气异常明亮，一片布满干燥小石块的黏土沙漠，一堵高约二三百米、垂直壁立的黑墙耸立在这片沙漠上——这是一道光滑的石梁，仿佛是巨人用刀削出来的。

似乎在这个地方沙漠给劈作两半，一些神秘的力量用巨型千斤顶把它

---

① 丘特切夫的诗《秋天的晚上》。

的一半顶了起来，升向天空。

这直立的石壁上既没有裂缝，也没有水沟——那是一道完全未被触动过的石壁，仿佛它是刚刚在这儿耸立起来的。尽管从它形成以来，无疑已经过了千万年了。

有时在地面上空，在万里无云的晴空的光辉中，在纯净的蔚蓝色天空里，就是像这样升起一片严密无缝的乌云，像最黑的黑夜那样，气势雄伟，不声不响——这是雷雨或飓风的乌云——和其余的世界明显地截然分离开来。

但是，在这片干燥的乌云中既没有电光闪烁，没有隆隆的雷鸣，也没有宛如贴近地面的毛茸茸的奶头那样的尘土——远方旋风的迹象。

乌斯季–乌尔特！我知道，这块周长数百公里、像扁平的墓石一样的台原位于里海东岸，它是无法攀登的，会给人带来死亡，没有任何道路通往那里。

别看阿列克谢·德米特里耶维奇说过那些话，我却并不觉得可怕。恰恰相反，贪婪的好奇心攫住了我的心。强烈地希望面对面地看到这些地方，而且不感觉到恐惧，而是感觉到一种不可理解的喜悦——对这些被太阳晒得赤热的悬崖可怕的孤独产生的一种不可理解的喜悦。

显然，在看到瞬息间就会改变地球熟悉的面貌的剧变、宇宙间的大灾难、火山喷发和强大的飓风时，人的心中都会充满这样的情绪。

这是已经静止不动的剧变。

用放大镜可以在这石壁边缘上看清悬崖上方闪着白光的一头骆驼的骨骼。没有一根草茎，不管我怎样寻找，无论什么地方，就连芨芨草——这沙漠上坚强的、半死的植物——也不生长。

“地狱!”我想，“可怕和孤独。”

这一景象中有某种雄伟、动人的东西，仿佛我是站在无底深渊的边缘上。

我想起不久前在《汽笛报》的“第四版”里和伊利夫的谈话。我们在谈旅行的事，伊利夫顺便地说：

“要想从旅行中获取能够获得的一切，必须有很大的心理承受力。”

“我喜欢格言!”奥列沙说，“尤其是从伟大的旅行家詹姆斯·库克[①]和伊利亚·阿尔诺利多维奇·伊利夫嘴里说出来的格言。”

伊利夫没有生气。

“尤拉，”他坚定地说，“您是打算一生都戴着巴拿马草帽在西西里岛上的酸橙林里散步，要么是在凡尔赛豪华的皇家花园里采百合花啰。不过如果万一您到了，譬如说，像南极地区或戈壁沙漠这样一些该死的地方，那您可怎么办呢？−70℃的严寒，冻得什么都吱嘎吱嘎地响，要么是一连几昼夜扑面而来、刺痛皮肤的讨厌的风沙。得看到这一切，经受住、记住它。而且不能要求回家，不能去找妈妈。伟大的性格和勇敢精神就是这样诞生的。不然，就不配拿起笔来。”

我想起了伊利夫这些开玩笑的话。心想，我一定要到里海东岸去，看到这仿佛被世界大火烧成灰烬的、死气沉沉的土地，而且要经受住，把它写出来。

在这以后，我将更加强烈、更加忠诚地爱我们俄罗斯中部地区平凡的每一天——就是那时而下一阵小雨、飘散出一阵阵潮湿的牛蒡气味的

---

① 詹姆斯·库克（1728—1779），英国航海家。

每一天。

我好像觉得只有体验过这些不适于人类生存的、广阔的不毛之地上的绝望，只有在这以后，才能加强和巩固自己对普通土地的旧爱，使这种爱达到极限。

我细看了其余的照片。它们全都很富有表现力，甚至是雄伟的。那都是里海卡腊-布迦日海湾沿岸一带的照片。

对这个海湾我一无所知，甚至想象不出它在哪里。但它已经以自己的蛮荒怪异，以其隐藏在烟雾弥漫的广阔空间中的秘密，无法遏制地吸引着我了。是有秘密的，我感觉到了这一点。

后来，阿列克谢·德米特里耶维奇极其简略而又奇怪地给我讲了讲卡腊-布迦日海湾。在他的叙述中现实和轻微的梦呓混杂在一起，但这大概更增强了我对这神秘地方的兴趣。他讲过以后，神秘之雾在某些地方变得稀薄了，但在某些地方反而变得更浓了。

我得知这个海湾好似一个十分巨大的盐的凝结器，它周围的整个地区还没有任何人去考察过。

就这样，在外省这座静静的房子里，窗台上的凤仙花正在羞涩地开花。就是在这幢房子里第一次产生了这样的想法：写一本完全取材于现实和严峻的、甚至是残酷无情的生活的书。我开始考虑写这本书，想得很多，打算到曼格什拉克和卡腊-布迦日去做一次旅行。

当3年后我完成了这次旅行并动手写书的时候，我又曾第二次到利夫内来。因为什么——我不知道。也许，是因为利夫内这些地方与里海以东的沙漠截然相反吧。利夫内的所有人都没有任何变动——无论是老太婆瓦尔瓦拉·彼得罗芙娜、尼娜·德米特里耶芙娜，还是地质学家和塔娅，就连来自扎奥涅日耶的卡西扬也仍然留在那里。

他超期服役，留在了利夫内，我好像觉得这是由于塔娅。他已经成了一个壮年人，晒黑了，不再像一个瘦弱的北方牧童了。

在这幢老房子里昏昏欲睡的气氛中，在村里公鸡此呼彼应的不断的啼声中，以及从房顶流进旧木桶的雨水均匀的响声伴奏下，不时朝窗外望一望，并不炎热、没有危险的太阳偶尔穿透云层，洒下几道阳光——我在这样的环境里写卡腊-布迦日海湾是感到较为轻松的。

“小科诺托普”

科诺托普这个偏僻的小城镇我只是从车厢窗子里看到过几次。我对它一无所知，只除了一点：爱伦堡虚构的一个人物胡里奥·胡连尼托[①]死在这里。

据说，“当年”这座小城镇曾以水洼而闻名，科诺托普多灾多难的马每年都要陷在这些水洼里。“当年”这个说法似乎相当神秘。“当年是什么意思呢？”显然，是在繁荣时期，不过随便什么时候都谈不到科诺托普有过任何繁荣景象。

这些水洼早就干了。在我们这个时代，科诺托普只是以极好的千层肉饼而闻名，科诺托普车站上的小卖部里就卖这种肉饼。

每趟客车到来之前，就用很大的烤盘把这种烫手的馅饼端到小卖部的柜台上来。对于每个旅客来说，挤到柜台前，哪怕只吃上一个松脆多汁的

---

① 爱伦堡的同名小说中的主人公。——译者

馅饼，即使烫痛手指，也是一件光荣的事。

至于科诺托普镇本身，单看它那些干干净净的小房子、篱笆和杨树，好像觉得它是相当舒适的。从莫斯科去基辅的路上，这是最先看到的杨树。乘客们总是把杨树当作南方的预兆，看到它们都很高兴。

不明白为什么，莫斯科的一个作家友好团体却是由这个小城镇而得名的。

朋友们几乎每天都聚集在大德米特罗夫卡的弗拉耶尔曼那套小小的住宅里，他们当中有：阿尔卡季·盖达尔，亚历山大·罗斯金——研究契诃夫作品的专家、作家和钢琴家，年轻的特写作家米哈伊尔·洛斯库托夫，儿童出版社的编辑、心地最善良的万尼亚·哈尔图林，还有我。

罗斯金不知为什么，把这一伙人叫作“科诺托普”。

他傲慢地拒绝说明这一名称的来源，借口说在普希金时代有一个文学小团体叫“阿尔扎马斯”。谁也不清楚，它为什么要用这个也像科诺托普一样偏僻的小城镇的名字命名。

我们每个人对此都有自己的设想，但目光最敏锐的大概要算盖达尔了（一般地说，他目光极其敏锐，而且极其狡黠）。

有一个时期，弗拉耶尔曼的妻子瓦莲京娜·谢尔盖耶芙娜[①]请我们吃过千层肉饼。既然科诺托普以这种馅饼闻名，罗斯金又知道这一情况，所以照盖达尔的看法，他就给我们这个友好团体想出了这样一个奇怪的名称。

我们几乎每天聚会，各自把新写的一切互相读给大家听，争论，大声

① 弗拉耶尔曼的妻子叫瓦莲京娜·谢尔盖耶芙娜。但在第五部中，他的妻子却叫索尼娅，或许那是他的另一个妻子。——译者

喧嚷，讲各种故事，喝廉价的格鲁吉亚葡萄酒和伏特加，一次吃光三大听黄豆猪肉罐头。

我们似乎无忧无虑，非常快活。显然，这是因为我们不仅有太多的文学计划，而且这些计划也正在渐渐实现。就是在这里，正如常言所说“眼看着”盖达尔写成了他那篇极其出色的《天蓝色的碗》，弗拉耶尔曼写成了不亚于盖达尔那篇作品的《野狗金戈或初恋的故事》，罗斯金以丝毫不苟的才能在写一部关于契诃夫的著作，洛斯库托夫仿佛为自己的观察力感到不好意思，在叙述中亚的故事，而我——满脑子里都是关于未来那本《卡腊-布迦日海湾》的计划。

关于盖达尔和弗拉耶尔曼我写得已经很多，不想再重复了。但对其余几位“科诺托普”的参加者，得说几句话，特别是关于罗斯金。

他是一个复杂的人。无论是就他渊博的知识，还是他机智和嘲笑人的智慧来说，都是一个杰出的人物。

他钢琴弹得十分出色，因为我们缺少微妙的音乐欣赏力而倨傲地瞧不起我们。

当他心情忧郁的时候，他就弹几段《霍凡斯基之乱》[①]中的片段，多半是占卜的那一场，并且唱出“伟大、悲伤的艰苦劳动”和“在遥远的边区坐牢”，那些令人无限惆怅的歌词。

他总是很拘谨，像大多数孤独的人一样，稍有点儿孤僻。既能说话十分生硬，也能表现得异常温柔。在我们当中，他算是最像成年人的人，也最严肃，对我们所写的一切要求也最严格。他从不放过我们。他写的论作

---

① 俄国作曲家莫·彼·穆索尔斯基（1839—1881）的一部民族乐剧。

家的文章和当时那些粗糙、拙劣的批评文章大不相同，因此立刻就使他脱颖而出，被列入苏维埃文学最优秀的研究者和行家之列。

他第一个着手写了一些很短的——一两页——关于西方作家的随笔。可惜，这些随笔已经被忘记了。

我记得他写的一篇关于福楼拜的随笔。在这篇文章里，作家、人和时代几乎用一页的篇幅就给完全表现了出来，以言简意赅、正确无误的细节，栩栩如生地呈现在人们眼前。譬如，罗斯金不是照例详细叙述福楼拜写作时繁重的、简直是苦役般的艰苦工作，而是仅仅讲了一个细节。

大家都知道，福楼拜在塞纳河畔克鲁阿谢自己那幢小房子里工作。他在写字桌边一直坐到黎明，桌子上点着一盏罩着绿灯罩的灯，整夜只有福楼拜书房里唯一一扇窗子是亮着的。

窗子里的灯光是那样固定不变。因此，沿塞纳河上行、从勒阿弗尔去鲁昂的海轮上的船长都根据福楼拜的窗子来判定方位，好像那是一座可靠的灯塔。海员中有一条规则："对着福楼拜先生房子里有灯光的窗户。"据说，这条规则甚至载入了下塞纳河的航路指南，只是在作家去世后才被删去。

1962年冬，我在法国决定从巴黎到克鲁阿谢去一趟——到这个在福楼拜的书信中永垂不朽的休息地，到那幢就在河边上的小房子里去，屠格涅夫、乔治·桑、龚古尔兄弟[①]、莫泊桑——当时文学界的所有优秀人物都曾在福楼拜那儿做过客。

但是，在预定去克鲁阿谢的那一天，从鲁昂来了通知，说从英国来的

---

① 龚古尔兄弟指爱德蒙·德·龚古尔（1822—1896）和茹尔·德·龚古尔（1830—1870），法国自然主义派作家。

浓“斯莫克”[1]已经通过英吉利海峡来到法国——“斯莫克”是一种光线无法穿透、能带来致命危险的雾。诺曼底的一些道路上一切行动都停止了，旅行也只好延期。

安排这次旅行的法国评论家皮孔感到很难过。他力图以一个相当可悲的消息来安慰我：虽然福楼拜的那幢被炸毁的房子在战后已经修复，但那已经不是它那位曾经大声疾呼的老主人在世时原来的房子了，花园已经几乎什么也没有保留下来。除此而外，鲁昂市在发展时，用许多工厂和新建的楼房把福楼拜的庄园紧紧包围起来，使它失去了从前那种乡村景色的魅力。

为叙述有关福楼拜的这件小事，罗斯金只写了一段就够了。而我，你们看，却不得不写了整整一页。显然，正是因此，我们都把罗斯金的文章叫作“钢一般的”——因为他的文章简练，笔锋尖利，仿佛闪着寒光。

罗斯金留下了一笔数量不多、然而很有价值的文学遗产。

他写了一部关于我们卓越的植物学家瓦维洛夫[2]的书——《旅行队，道路，穗》。瓦维洛夫给自己提出了一个任务——“动员整个地球上的植物资源”，把大自然和人类在几千年时间里创造出来的各种种子储备全部集中到苏联。

瓦维洛夫靠他无法遏制的毅力和丰富的知识完成了这一非常巨大的任务。

在那些年代，我们有些人很爱看波利亚·德·克留伊那些关于创新的学者们的作品。那些作品虽然有趣，但有点儿过分渲染。罗斯金这部关于瓦

① 英语“烟雾”的音译。——译者

② 尼·伊·瓦维洛夫（1887—1943），苏联植物学家。

维洛夫的书却比德·克留伊的作品严肃，更合乎实际，它毫无德·克留伊谈论自己同时代最伟大的学者们时那种有些亲昵的热情。

罗斯金的这本书现在已经完全给遗忘了。他这本书是为青年人写的，它当然应该再版。这本书写得很在行，因为罗斯金当年曾经帮助自己的兄弟——生物学家格·约·罗斯金[①]，下功夫研究过生物学和植物学。他的兄弟以寻求治癌的方法而闻名于世。

除了关于瓦维洛夫的这本书，亚历山大·罗斯金还写过一部极为出色的契诃夫传记和好几篇文学论文。正如我已经说过的，主要是评论年轻的苏联散文作品。

他对我的帮助是，尽管我们很友好，他却警告我有陷入不切实际的异国情调和辞藻华丽、“矫揉造作”的风格的危险。他发表的文章中有一篇里提出了这一警告。

幸好，这篇文章与我将来对自己最初几篇（“年轻的”）短篇小说的深深不满不谋而合，迫使我离开文学夸张的道路，努力去追求明确和朴素。不久，罗斯金又第一个——同样是友好地——欢迎《卡腊-布迦日海湾》和《梅肖尔地方》的出版。

我常常与罗斯金一起住在梅肖尔森林和雅尔塔，因此很了解他。

他的在场，使每一天都具有一种特殊的、“罗斯金式的”独特性质。他是一个狂热的人，尽管他看上去像英国人那样冷静。他无论做什么都是狂热的——关于文学问题的争论，音乐，捕鱼（不知为什么他并不轻视这件事，不过对它持怀疑态度），玩扑克和做其他他喜爱的事情。

① 格·约·罗斯金（1892—1964），苏联细胞学家、组织学家。——译者

与大多数狂热的人一样，他喜欢各种打赌，并和机敏而狡猾的盖达尔比赛。打赌赢了，他会像孩子那样欣喜若狂。

他有进行各种奇怪的计算的癖好。例如，他曾计算过，一天之内可以写多少页而又丝毫不感到疲倦。结果是两页，不会再多了。罗斯金把这页数与一年中的天数（365）相乘，得出的总数是大约700页。他认为一本书的篇幅最好是平均250页。

这样一来，他每年可以出版3本巨著，3本很有分量的长篇小说，如果他能像仲马和巴尔扎克那样工作的话。

我们说，不幸只在于他既不是仲马，也不是巴尔扎克，但对这些意见罗斯金轻蔑地不予理睬。为了给自己的推论进行辩护，他喜欢讲一个法国作家（我不记得他姓什么了）的故事。这个作家除了写他的"巨"著，每天早晨还偷偷地写点儿散文，总共只花5分钟时间（这样可以写成印刷出来的10行）。

就这样，像开玩笑似的，到年底他完成了一篇70页的短篇小说。对于短篇小说来说，这不算少了——把它作为献给自己妻子生日的礼物。

"一件夫妻间表示关怀的、罕见的事件！"罗斯金提高声音说。

我们同意这个说法，不过不想学那位法国作家的样儿。这并不使罗斯金感到不快，虽说他骂我们是懒汉，是一些想搞文学而又缺乏专门知识的人。

只有在"按点计分"的情况下，罗斯金才和我们一道去钓鱼（这是在梅肖尔地方，在索洛特恰村）。

经过长时间争吵，才详细制订出这些"点"的复杂分类法。各种鱼都按大小和品种分类，点最大的是鳊鱼，最小的是棘鲈。

钓完鱼以后，通常是立刻在河岸上进行一场吵吵嚷嚷的争论，计算谁有多少点。通常都是弗拉耶尔曼获胜。不知为什么他很走运，老是钓到鳊鱼，我和盖达尔却大多只钓到鲈鱼和斜齿鳊鱼。对鲈鱼，罗斯金最多只给4点，不愿再多给了。理由是：这是一种又贪又蠢的鱼，自己会把钓钩越吞越深，要钓到它，用不着有什么大不了的技术。然而鳊鱼却是一种十分小心谨慎、目光锐利的鱼，要钓到它，得不动地方，不咳嗽，不擤鼻涕，也不抽烟。因此，弗拉耶尔曼钓一条鳊鱼就可以得12点。老实说，这是完全不公正的。

我们在河岸上的争吵几乎要拖延到天黑，直到遥远的星星发出最初的光辉，要么是直到一弯新月低低地悬在空中。新月随身带来了河上潮气的徐缓的波浪，以及总是稍有点儿神秘的夜的寂静。

所有这些打赌、“点”和计算都是暂时的休息，是生活中轻松和无忧无虑的一面。其余全部时间里，罗斯金都在做大量的艰苦工作。

他每写一篇作品都要做大量摘录。他从书本、文章、报纸、私人信件，以及在街头、电车上和编辑部里偷听到的谈话的笔记中摘引下来的引文，简直像整整一座图书馆。他工作时，整个桌子上都堆满书籍和用细小工整、像契诃夫那样的笔迹所做的摘录。

他在这些书籍和摘录中翻寻着，发现他所需要的内容，就那样大胆和新颖地把它插入自己的文章里。就连某些熟悉的引文，在他的文章中出现时也往往像突然一声爆炸，暴露出一些还未曾触动过的、文学中的岩层。好似已经熄灭的星星回光返照，落在早被遗忘、已经变得暗淡的书页上。

在罗斯金的手里，引文会变成他自己的创作。我深信，具有如此敏锐的“引文感”，完全可以用这些引文组成一部极其出色的完整作品。尽管这些引文的原作者不同，它们问世的时代也各异。

罗斯金不能像我们当中的许多人那样，在工作时严格保密。他从不在“时候未到”以前把自己的作品藏起来，不给人看。对涉及他私生活的一切他都是拘谨的，甚至城府很深，但他从不隐瞒自己写作中的任何事情。他不仅想知道别人在写什么，是怎样写作的，而且会在自己写作时向别人介绍自己作品的内容。

评价别人，他是无情的。但他对自己的要求也同样无情。

有一次，在一个静静的、寒冷的黑海的冬天，几个莫斯科人在雅尔塔作家之家聚集到了一起，其中也有罗斯金。

大家都在自己的房间里写作，只有在食堂里才碰面。我们只是根据大家并不乐意透露出来的情况，大体上知道谁正在写什么作品。

罗斯金不喜欢这种鼹鼠般的生活。他提议我们照“科诺托普”的惯例，每晚聚会，把当天一天之内所写的东西——无论如何也不要再多——互相读给大家听，而且极其简短地议论一下各人所写的这每一小段。

立刻叫嚷起来。怎么能议论脱离整体的某些段落呢？荒谬绝伦！

最气愤的是“地球上的最后一个象征主义作家”格奥尔吉·丘尔科夫①——一个很文雅的老头儿，很像作曲家李斯特，他认为罗斯金的这一提议是对艺术的亵渎。

“反正一样，我们试试看嘛。”罗斯金说，“你们将会看到，可以谈论的东西是足够的。特别是如果注意到，我们当中有一些无与伦比的饶舌者的话。”

---

① 格·伊·丘尔科夫（1879—1939），苏联作家。

对此大家都表示同意。

罗斯金把这种晚间聚会叫作“两轮马车”——也像他把在弗拉耶尔曼那里的聚会叫作“科诺托普”一样奇怪。

问题在于，在那些年里，莫斯科有许多小啤酒馆，顾客都是站着喝完自己的那杯啤酒，喝完就走，没有地方可坐。于是，就把这些啤酒馆叫作“两轮马车”。

我们的诵读会也好像是一种文学“两轮马车”。每人读一段自己的作品，就像喝完自己那杯啤酒一样。

“两轮马车”的传统，后来在雅尔塔保持了好几年。

第一次“两轮马车”聚会进行得很热闹，也很有意思。罗斯金读了他的关于阿尔方斯·都德的随笔中的一个片段，以后每天晚上都有人读自己的作品。

阿尔布佐夫[①]读了他在雅尔塔写的剧本《丹娘》中的片段，阿塔罗夫[②]读了他的短篇小说《南洋杉》中的一段，我读了短篇小说《猎犬星座》中的片段。读过作品的还有格赫特、皮西缅内[③]、拉夫列尼奥夫[④]、马雷什金[⑤]、盖达尔和德尔曼[⑥]——总之，所有当时在雅尔塔的人。

我们生着了壁炉，窗外柏树被风吹得迟钝地发出嗡嗡的响声，争论达

① 阿·尼·阿尔布佐夫（1908—1986），苏联剧作家。
② 尼·谢·阿塔罗夫（1907—1978），苏联作家。
③ 亚·格·皮西缅内（1909—1971），苏联作家。
④ 鲍·安·拉夫列尼奥夫（1891—1959），苏联作家。
⑤ 亚·格·马雷什金（1892—1938），苏联作家。
⑥ 阿·鲍·德尔曼（1880—1952），苏联文艺学家。

到激烈的白热化程度。

最后丘尔科夫老头儿认输了，他也来参加“两轮马车”，读了自己一部新剧本中的一场。

剧本的象征主义色彩太浓，对于我们来说，已经完全陈旧，太矫揉造作了。因此，虽然对丘尔科夫颇有成就的过去和他的年龄怀有敬意，还是对剧本进行了“猛烈批评”。阿尔布佐夫特别生气。

但丘尔科夫老头儿在和我们争论时表现出那么厉害的火气，那样巧妙和文雅地击退了我们的攻击，向我们投掷出文学和心理学随便哪一个领域里的大量知识，到最后我们都服输了（除了阿尔布佐夫），甚至接受丘尔科夫为“两轮马车”的荣誉成员。

丘尔科夫当然是一个非常奇怪的老头儿。他自己是象征主义者，却总是吵吵嚷嚷地与象征主义者们争论，特别是与自己从前的朋友亚历山大·勃洛克争吵。他是个被流放过的前政治犯，又是研究丘特切夫作品的人和神秘论者。他对意大利十分熟悉，喜欢在冬天去艾佩特里峰[①]做冒险旅行（不顾医生的禁止），在诗和哲学领域里都是一个学识十分渊博的人，又是一个善于虚构的人，诗歌理论的创造者，一个非常可爱的怪人——他给我们的生活带来经常的精神上的不安，而他的举止态度却具有18世纪的特点——特别殷勤多礼。

有一次，他在夜间叫醒了我，怀着真诚的恐惧说他的邻居、一个谁也不认识的阴郁的人——当然，是一个显而易见的苏克库布，要么是因库布[②]

① 苏联克里木山地的格拉夫纳亚山峰。——译者

② “苏克库布”和“因库布”是古代鬼神学中的两类魔鬼。——译者

(对于神秘主义论中的等级，丘尔科夫是十分清楚的)，夜里不让丘尔科夫睡觉，连1分钟也不让他睡。因为那个人像苍蝇一样在墙上爬（“显然，他的手指上有吸盘，”丘尔科夫愤怒地说)，爬到天花板那里，就扑通一声掉到地上，好像一个大布娃娃。那人掉下去以后，又往墙上爬，又掉下来——就这样整夜折腾，直到早晨。

“我刚刚到公园里去，看了看，”丘尔科夫小声说，“他住的房间窗户里有灯光，什么都看得见，这太可怕了。”

我们一起走到公园里，但来迟了——因库布已经熄了灯。就这样，我什么也没看到。风吹起丘尔科夫头上花白的长头发，我觉得很不自在。

第二天早晨，丘尔科夫刮过了脸，容光焕发，温文尔雅，去见作家之家的经理、作家们当中无人不知的亚科夫·费多罗维奇·霍赫洛夫——黑海舰队的前水手长，请求让他丘尔科夫搬到另一间屋里去，离开那个因库布远一点儿。

“既然这个因库布，或者不管他叫什么吧，既然他搅得您不得安宁，那好吧——我给您换个房间。”霍赫洛夫以西徐亚人那样的平静态度说，“对于我来说，作家们的健康比什么都重要。”

就罗斯金的整个气质和生活方式来看，他是一个城里人（“都市主义者”，我们这样开玩笑地称呼他)。他喜欢音乐会、戏剧，喜欢在大图书馆的大厅里工作，喜欢电影、书籍、明亮的灯光和城市街道上的喧闹声，但对大自然却抱有某些成见。

照他的看法，大自然会带来许多麻烦。得忍受雨、寒冷、风、泥泞、蚊子等造成的不方便，有时甚至是痛苦。还有索洛特恰黑暗的秋天的晚上，在这些晚上，不得不在厨房里的煤油灯下看书和写作——他不喜欢这样。

我和弗拉耶尔曼、盖达尔通常要在索洛特恰住到深秋，罗斯金认为我们是疯子。

在第一个潮湿和寒冷的秋日，当森林和花园里树叶开始很快飘落的时候，他就回莫斯科去了。

但渐渐地，大自然开始慢慢俘虏了他，最后使他的性情起了变化。他屈服了，在莫斯科扰攘的生活中，他越来越经常回想起森林中的某个晚上或在旧河床上度过的静静的一天。

有一天傍晚，我和他坐在奥卡河荒凉的河岸上渡船主人的小屋旁边。我们背后，陡峭的右岸郁郁葱葱。那是和俄罗斯历史紧密相连的古老河岸，那里有已经破旧、好似要塞的修道院——抵御鞑靼人袭击的堡垒，有古老的白柳和苹果园，有一些名称十分奇怪的村庄——奥科耶莫沃，阿格拉芬尼纳沙漠，约翰·博戈斯洛夫——还有远处牛群的哞哞声，绵羊的咩咩声，公鸡的喔喔声，花已凋谢的菩提树的芳香，以及割草归来的妇女的歌声。

左岸上，离得很近的梅肖尔森林犹如一堵黑墙耸立在我们面前。牧场上，被水淹没的湖泊和旧河岸上空已经袅袅升起一团团烟雾。

农村里一只普通的公鸡走到我们面前。它浑身闪着黑、红和金色的亮光，但别看它打扮得十分漂亮，看上去却像一个十足的傻瓜。它抬起一只脚，好长时间瞅着我们，后来震耳欲聋地、气愤地直对着我们的脸大叫起来。

我向它扔去一块木片，它大叫一声，立刻失去了傲慢神态，双腿打弯，跌跌绊绊地跑开了。我笑了，罗斯金却责备地说：

“唉，干吗要赶它走呢？它有权为自己感到骄傲。是一只非常漂亮的家禽，我是第一次注意到。一般说来，最近一个时期，每天我都发觉一些新的东西——譬如，就拿这些岸边的木排来说吧，还有柳树给风吹得叶子的颜色经常发生变化。我可以一直坐在这根圆木上，坐上一整天。”

从这时起，他渐渐地不再害怕大自然了，越来越经常和我们一起去做累人、然而也十分诱人的长途远征，盖达尔把这种远征叫作“渔夫巡逻队出击”。

罗斯金是1941年夏在维亚济马附近，在民兵队伍中牺牲的。只要一提起法西斯主义，他这个表面上沉着镇静的人就会变得怒不可遏、冷酷无情。

他对法西斯主义，对疯狂的独裁者希特勒，对总体制的仇恨，充满了我们在可憎的爬虫前所体验到的那种极端厌恶的心情。

临死前，生活赠给他这个孤独和孤僻的人最后一次微笑——一位美丽和忠实的妇女的爱。

在去参加民兵，与她告别后他没有回顾，这是他的力量做不到的。

有一些考验是一个人永远也不该经受的。因为这些考验是如此残酷，而且与他崇高和宝贵的理想完全背道而驰。他一生中不仅把自己的全副精神寄托在这一理想上，而且顽强地经常召唤人们去实现这一理想，用他的思想、书和自己内心世界的整个体系召唤人们。

他走了，那位妇女怀着绝望的心情，久久地望着他那稍有点儿弯曲的背影。

我不知为什么，想起我母亲刚刚还在责备父亲轻率，为她被毁掉的一生，为孩子们不可避免的悲惨的未来而诅咒他。但在和他分别时，看到渐渐远去的父亲那仿佛有罪的、弓着的背，却又抽噎着大哭起来。

这背脊似乎显得那样孤立无援，以至妈妈不能不失声痛哭。再过一瞬间，她就会喊他，跑去追他，他当然也就会回来了。但骄傲、委屈和偏执不容许她这样做。

也许，注视着永远离去的人的背影——这是一个人经受的、最可怕的事情了。

罗斯金去参加民兵时随身带了些毒药（吗啡）。他并不怕死，不知怎么，他对死好像采取一种愉快而冷静的态度。唯一他所不能忍受的，用他的话来说——就是落到法西斯手里，让他们侮辱自己。

在维亚济马附近，罗斯金的部队陷入了包围圈。德国人开始审问俘虏，挑出犹太人。

民兵队里的翻译对他们说，罗斯金是亚美尼亚人，他似乎是得救了。但有一个坏蛋出卖了罗斯金，哨兵把他推到了犹太人站着的那一边。于是，罗斯金服毒自杀了。据说，他痛苦的时间不长。

“不会成功的！”

弗拉耶尔曼的朋友一年比一年多，因此“科诺托普”就像发面盆里的面团，渐渐膨胀起来，而且像罗斯金所说的，以自然发芽繁殖的形式在增长。

最后，只好把“科诺托普”分作小、中、大三级。

“小科诺托普”几乎每晚聚会，仅限于最初那几个最亲密的成员。“中科诺托普”中加入一些新“同人”——谢苗·格赫特，瓦西利·格罗斯曼[1]，安德烈·普拉东诺夫，我们在巴统的老朋友、建筑师米沙·辛尼亚夫斯基和他的妻子柳西耶娜。“中科诺托普”与“小科诺托普”一起每周聚会一次。最后，“大科诺托普”——一个人数众多、十分热闹的大团体——大约每月聚会一次。

在“大科诺托普”中可以遇到形形色色、彼此大不相同的人——从热情洋溢的西伯利亚诗人万尼亚·叶罗申[2]《心在燃烧!》，到法国型的院士、好像荣获桂冠的历史学家塔尔列[3]；从直到从西装上衣上取下的最后一根绒毛都十分得体的作家格奥尔吉·什托尔姆[4]，到伏尔加人和“把非重音的‘o’都读为‘ó’”、爱书的舒拉·阿利莫夫——穿斜领衬衫的终身大学生。

盖达尔为参加“科诺托普”的每一个人都写了一首打油诗。可惜，谁也没有把这些诗写下来，现在这些诗已经都被忘记了。他写了一首“科诺托普”赞美歌，这首赞歌里十分动人地描写了盖达尔不知是由于什么原因在科诺托普去世的情景：

科诺托普的姑娘们

将要给坟墓编一个芬芳的花圈。

科诺托普的姑娘们

将要说：“这小伙子为什么离开了人间?”

赞歌以盖达尔绝望的号哭结束：

---

① 瓦·谢·格罗斯曼（1905—1964），苏联作家。——译者

② 伊·叶·叶罗申（1894—1965），苏联诗人。

③ 叶·维·塔尔列（1875—1955），苏联历史学家、苏联科学院院士。

④ 格·彼·什托尔姆（1898—1978），苏联作家。

啊，快开一辆汽车来！

啊，快送我去科诺托普！

在关于弗拉耶尔曼的那首诗中，有几行写得非常确切：

经常的怜悯使他苦恼不堪，

不刮胡子，充满灵感，

宽恕一切的鲁维姆高踞于全宇宙之上，

从天空向尘世观看。

盖达尔写这些诗写得非常之快，写得很调皮，有时也是无情的。

有一次，我在“小科诺托普”读了一篇很短的短篇小说，内容讲的是我打算写的一本书——《卡腊-布迦日海湾》。

其实这并不是一篇小说，而是用作者的插话和一些引文点缀其间的、写得很随便的一个写作提纲，引文摘自地理学著作、化学书籍、东方诗人作品的片段、里海航路图志以及大百科全书，还有一些是我的思考，冒充是引用的别人的话。没有一位学者和文学研究家能揭穿我，说这些引文不正确，因为无论是引文还是它们的作者，都是杜撰的——我很喜欢这一点。

我在“科诺托普”读了我的提纲，让大家讨论。但并没有怎么特别讨论，因为谁也不知道卡腊-布迦日是什么。只有罗斯金说，他倒很乐意答应和我一起来写这本关于卡腊-布迦日的书。不过这毫无意义，因为他深信我绝不会到任何卡腊-布迦日去，也不会写这么一本书。

当然啰，罗斯金提议打赌。如果一年后我还没有把书写完，我就得给罗斯金买一架学校里用的显微镜；如果我写完了，罗斯金就得送给我一根很好的钓鱼绞竿。好绞竿的概念有很大的伸缩性，价格变动的幅度介于5卢布到1000卢布之间。为了这根绞竿的价格，经常发生争论。

我想写一本纯粹是地理学的、严肃而严谨的书，就像一篇旅行总结——写得那样形象、生动，好似自己用木炭在一块包装纸上勾画出来的地图草图。

从童年起，我就抱怨整个地球都已经勘查和描写过了。而在那一年，这种遗憾的心情尤其强烈。大概，是因为我不得不待在莫斯科，每天陷在俄罗斯通讯社那些腻人的无聊事务里吧。对于我来说，这种无聊甚至好像是染上了一层有点儿肮脏的黄颜色。

尤其令人遗憾的是，地球往往是由那些不能表达它复杂的美和神秘性的人来勘查和描写的。

一切都描写过了！一切！一切都研究过了！为什么著名的制图家布塔科夫[①]船长不给我留下哪怕是面积不大的咸海，好让我能走遍这个地方，把它描写一番呢。我一定非常高兴这么做的。

我会回忆起与这个海有关的一切情况，直到最后一些细节。我甚至会想起法国作家贝尔纳丹·德·圣皮埃尔[②]的计划，他试图在咸海海岸上为全世界所有国家的政治流亡者建立一个共和国，但淡黄色头发、头脑冷静的

---

① 阿·伊·布塔科夫（1816—1869），俄国制图家、海军少将。曾于1848年至1849年勘查咸海，发现了许多岛屿。

② 贝尔纳丹·德·圣皮埃尔（1737—1814），法国作家。——译者

德国女人叶卡捷琳娜二世却毫无理由地拒绝了这个计划。

地球上的一切都已经描写过了，只除了像卡腊-布迦日海湾这样一些罕见的、严酷的地方。因此，它特别吸引我，而且使我感到不安。

我——一个完全不迷信的人——还是想起了地质学家阿列克谢·德米特里耶维奇·萨茨基的警告，他说卡腊-布迦日海湾对我有死亡的危险。我也喜欢这一警告。

我决定春天一定去卡腊-布迦日海湾。

当然，我没有钱，而且没有希望能弄到钱。要弄到钱的唯一办法，就是去问随便哪一个出版社，愿不愿接受还没写出来的这本关于卡腊-布迦日的书，预支一笔稿费。

我去见一个出版社的社长。社长遗憾地望着我，好像望着什么使他感到讨厌和他已经完全了解的东西。

我简短地对他述说了卡腊-布迦日海湾的情况。

“世界上唯一的最大的芒硝——硫酸钠——矿层，”我说，“在这个海湾的岸上不断积聚着。这种矿藏还有另一种叫法——‘泻盐’。”

社长气愤地在手指间转动一支削尖了的铅笔，用铅笔尖朝桌子上一戳，把笔尖弄断了。

“岂有此理！”他说，“两者都岂有此理！无论是这支无用的铅笔，还是您打算写一部小说歌颂泻盐并凭这泻盐来预支一大笔稿费的计划。在现在苏联工业蓬勃发展的背景上，如果好好地看一看，那么您的题目就是对人民和苏维埃政权的直接嘲弄和挖苦。”

“不会——成功的！”他清楚而坚定地说。仿佛他是在跟一个塞给他一些破烂货的骗子说话。“不会——成功的！这一招儿行不通！”

他又用铅笔朝桌子上一戳，现在已经把它完全弄断了。

“不会——成功的！”他大声说。他那双圆溜溜的、一动不动的眼睛不是望着我，而是望着我背后，那里墙上挂着一幅肖像。

我站起来，没有告辞就走了。

在这个地方，我要暂时中断我的叙述，以便叙述我一生中唯一一次看到斯大林的情况。

这大约是在30年代中期，克里姆林宫里正在开共青团代表大会。[①]

那时候，克里姆林宫对人民是紧紧关闭着的。因此，当儿童出版社里表示可以给我一张参加共青团代表大会闭幕会议的来宾券时，我非常高兴。

20年没能去参观克里姆林宫，在这以后我又能看到克里姆林宫，从克里姆林宫广场巨大的石板上走过，看一看那些金色已经发黑和剥落、处于阴郁和胆怯的沉默之中的大教堂了。

我经过救世主大门进入克里姆林宫，哨兵固执而怀疑地看看我的脸，检查了证件。

我沿着几个岗亭穿过广场，向大宫殿走去。每次我走近下一个岗亭时，岗亭里都好像提出严格要求似的铃声大作，哨兵走出岗亭，倨傲地举手敬礼，同时脸上呆板、僵硬的表情毫无变化。

斯大林还没有在代表大会上讲过话。参加大会的人都希望，他至少能在闭幕会议上发表讲话。但谁也不能说，会不会有这样的事，就连代表大

① 指1936年4月的苏联列宁共产主义青年团第十次代表大会。

会的主席科萨列夫[①]也不知道。

代表大会的参加者时而齐声、时而分散地呼喊："请斯大林来，斯大林，斯大林！"

有时，这"斯大林同志"的喊声为这样的欢呼所取代——"光荣归于英明的斯大林——我们亲爱的父亲！"

这呼喊声淹没在雷鸣般的掌声和跺脚声中。

时间在逝去，整个主席团都站着等待斯大林的到来。

瞧——来了！从主席团桌子后面的墙壁里，从胡桃木的护墙板里，斯大林突然悄悄地出现了。

大家都跳了起来，疯狂的掌声宛如雷鸣。

斯大林从容不迫地走到桌前，站停下来，双手交叉搁在肚子上，转动着大拇指，望着大厅里。

我坐得近，仔细看清了他。首先使我感到惊讶的是，他不大像千千万万幅经过修饰的、他自己的肖像和照得特别考究的照片。这是一个身材矮壮的人，面部表情严厉，头发是淡火红色的，前额较低，留着两撇很浓的唇髭。

他穿着制服。看来，这是他在开始穿大元帅制服以前特意给自己想出来的一身制服——军服式的灰上衣，灰裤子，和往常一样，裤腿塞在擦得闪闪发亮的皮靴里。

呼喊声震动了大厅。人们把双手举到头顶上，鼓掌，似乎天花板这就要塌下来了。

---

① 亚·瓦·科萨列夫（1903—1939），1929年至1938年任苏联共青团总书记。

斯大林举起一只手来，死一般的寂静立刻降临。在这样的寂静中，斯大林用稍有点儿嘶哑、带有浓重的格鲁吉亚口音的声音断断续续地喊了一声：

“苏联青年万岁！”

于是，又像出现时那样神秘而突然地在墙壁中消失了。

一张旧地图

（某些离题插话）

我在利夫内的时候，地质学家阿列克谢·德米特里耶维奇给我看过一张里海东岸的旧地图。我照着它画了下来，甚至给它添上了某些东西，不过添得十分小心。

我在地图上增添了——确切些说，是在上面标出了一些想象出来的地方，在也同样是仅仅存在于想象之中的、将来我在卡腊-布迦日海湾岸边漫游的时候，可以在这些地方很好地休息。这些地方总是有某种特点，与沙漠和沙漠中石灰岩高原的一般性质不同。

我选择的这些地方都是在枯井或古墓遗址附近。如今这些古墓已经没有任何类似墓碑的东西，变成了一堆堆石头。

在曼格什拉克郊区某处，在它的南边，通往卡腊-布迦日海湾的河口那里，我发现了一个记号——几棵干枯的树。我在这些干枯的树附近标上了一个符号：可以在这里建立我的休息地。这大概是几棵老桑树或带刺的梭梭——如果碰到这种树，会像碰在破铁块上一样碰伤。

我的这些记号当然是画着玩的。因此，我把自己的地图藏起来，不给别人看。就连像弗拉耶尔曼这样对什么都能理解、像小孩子一样的人，我都不好意思告诉他。

我在自己这张地图上标出的不仅有可供休息的地方，而且还有这样一些地方——到了那里，一定会想起我亲人中的某一个人，要么是我一生中的某一件事情。瞧，在这儿准会清清楚楚回想起掩映在丁香丛中的卢布林的那一夜，而在这里却能回想起我们还是小孩子的时候在廖夫内森林里徘徊的往事——在草木丛生的谷地里寻找喃喃絮语的、清澈的小溪。在酷热的里海以东的沙漠中，丁香和小溪都一定会浮现在我的脑海里。

为这些孩子式的游戏进行辩护的理由是以后才出现的。当我到了卡腊-布迦日海湾的岸上，我才确信在我醉心于这种地图上的奇怪游戏的时候，我是完全正确的。

我对地图的爱好给我带来了许多知识。有时，这些知识是令人高兴和出人意料的。

我一生中多少可以算是有意义的几件事情都与地图有密切关系，我要讲述其中的一件。

这是关于一幅大西洋地图、一对孪生儿、我的心不在焉和法国普罗旺斯一座外省城市的故事。

这个故事是在很久以前，于1957年开始的。当时我初次到达巴黎，在塞纳河畔一些旧书铺旁体验到一种强烈的烦恼。

几乎每一个旧书商那儿都陈列着一些诱人的地图。这些地图都曾用水彩颜料淡淡地着过色，由于时间久了，都已经褪了色。微风沿塞纳河吹过，徐徐吹动这些地图。它们仿佛是一些已经不能使用的、发硬的旗子，分别挂在温暖的花岗石沿岸街上，好把它们晾干。

我好长时间细看这些地图，可是连一张也不能买。在那时以前，我身上很少的一点儿法郎已经都用完了。口袋里只有几个毫无价值、没有什么重量的分币发出轻微的叮当声。它们是那么轻，好像是用瑞士干酪做成的。

对于那些大额钞票——用薄纸印制的、会窸窣作响的漂亮大钞，上面印着年轻的波拿巴站在阿尔科利桥上、富有浪漫主义色彩的肖像[①]——只留下了愉快的回忆。印着使人产生敬畏心情的大胡子维克多·雨果肖像的5法郎纸币，情况也是如此。

总之，我连一张地图也不能买。于是在不久以后在莫斯科发表的一篇特写《昙花一现的巴黎》中把这种遗憾心情表达了出来。以后故事的线索就是从这里开始的。

那时候，有一个出生在法国南部蒙托榜市的法国大学生伊马尔正在巴黎索邦[②]斯拉夫系学习。

伊马尔在学俄语，他认识了一个派到索邦去进修法语的俄罗斯人——莫斯科姑娘。不久，他们结婚了。

伊马尔在索邦毕业以后，带着年轻的妻子一起到蒙托榜去做教师。在那里，他偶然在一期《十月》杂志上看到了《昙花一现的巴黎》，对我深表同情。于是，在巴黎塞纳河沿岸街买了一幅旧地图，给我寄到塔鲁萨，作为送给我的礼品。

地图装在一个硬纸粗筒里，上面贴着许多法国邮票。这么多的外国邮票，在见识不广的塔鲁萨集邮家中引起了极大的轰动。

---

① 系100法郎的钞票。波拿巴即拿破仑·波拿巴。——译者

② 索邦是巴黎大学的一部分，从17世纪起成了巴黎大学的别名。——译者

在与邮包一起寄来的信中，伊马尔告诉我，不久前他已从蒙托榜搬到马赛与埃克斯-列-普罗旺斯之间的一个小城镇去了。

1962年12月我第二次去法国，从巴黎给伊马尔写了一封信。他给我往巴黎寄来一封回信，邀请我务必要到普罗旺斯的那个小城镇去，到他家里做客，而且要尽可能快一点儿去。因为伊马尔家刚刚生了一对孪生姊妹，要是能一同庆祝这一家中的喜事，那真是太好了。

信里还装着一张请帖。显然，是在马赛的印刷厂里用美丽的黑体字印制的。伊马尔全家邀请所有亲朋好友，在预定庆祝同时有两个新的伊马尔来到世界上的那一天光临他们的家。

我相当清楚地想象出在普罗旺斯万里无云的晴空下这快乐的一天。

一群好奇、但彬彬有礼的小学生——伊马尔的学生，聚集在他的房子旁边，便门上飘扬着三色旗。

静静的街道旁停着客人们形形色色、落满灰尘的汽车，客人们都是皮肤晒得黑黝、喜欢吵吵嚷嚷的普罗旺斯人，都是品尝著名的马赛大菜“布伊亚别斯”的专家（在这道菜里放上地中海出产的、凡是能吃的一切东西——小虾、龙虾、螯虾、贻贝、各种鱼和海藻）。

妇女们亲切地互相闲聊。年轻的母亲以那双俄罗斯人的灰眼睛引起大家的怜悯，年轻的父亲——教师和运动员——感到不好意思。小城镇的市长是一个青筋嶙嶙的老头儿，戴一顶老式的宽边帽子——就是著名的普罗旺斯诗人米斯特拉尔[①]和名气也不亚于他的普罗旺斯著名散文作家阿尔方斯·都德戴的那种帽子。市长为俄法友谊说了许多开玩笑的话——这一友

---

① 弗雷德里克·米斯特拉尔(1830—1914)，法国诗人，1904年获诺贝尔文学奖。——译者

谊在他们的小城镇里采取了如此出人意料而且可以感觉得到的形式。

摆好桌子，准备开饭了。炉灶上正在按法国方式用铁叉烤肉。打开一瓶瓶陈葡萄酒。一个已经不知在哪里喝醉了的邻居——一个多情善感、很爱说话的人——肯定地说，他从小就爱上了烟雾弥漫、气候寒冷的俄罗斯。直到现在，瞧，在这相当使他讨厌的、阳光灿烂的日子里，他就会因为想念云彩而发愁。这个邻居对突然爆发的哈哈大笑并未感到不好意思——是的，先生们，他是因为想念俄罗斯的美丽云彩而发愁，不久前他在英吉利海峡岸边看到的就正是这样的云彩。

不错，这个因为想念云彩而发愁的年轻的法国人，是我在另一个地方，在埃加利耶尔村遇到的，不过这无关紧要。

但说真的，很难想象出这一可爱的节日中的全部突然变化。我怕去迟了，赶不上这个节日。

我们正好要从巴黎去普罗旺斯旅行，并决定在这次旅行结束时去拜访我们这位没见过面的朋友伊马尔。因此，这次普罗旺斯之行在相当大程度上，使我们预先就体会到了这次会见的快乐。

关于这次旅行，大概，值得说几句话。即使是因为这次旅行避开了传统路线，以及沿途那些令人十分腻烦的美景，也值得谈一谈。

一开始是中世纪的、罗马教皇的亚维尼翁[①]。雄伟同时又似乎轻盈的要塞城墙环绕着这座城市。仿佛是从荒野峭壁上生长出来的教皇的宫殿，高耸在城市上方。水流湍急的罗讷河在一家咖啡馆窗外流过，这家咖啡馆有一个可爱的名称——“一切进行得很美”。咖啡馆里主人养熟的几只金

---

① 法国南部城市，14世纪为罗马教皇所在地。——译者

丝雀落在几个已经微带醉意的卡车司机的手上。司机们用被汽车润滑油染黑的手指小心翼翼地抚摩金丝雀羽毛很紧、摸着会发出响声的金色背脊，并亲切地向它们哈葡萄酒的酒气。

亚维尼翁城外是一望无际的、明亮的远方，河对岸山丘上耸立着荒凉无人的圣安德烈要塞——要塞的强大力量和寂静的禁区。

只能容得下两个骑士并排进入要塞雄伟的大门，墙上石块之间长着一些纤细如线、已经冻坏的野鸢尾花的幼芽（正是12月，但幸而没有干冷的西北风——这些地方的灾害）。

我们小心翼翼地拔了几根这样的幼芽，包在湿纸里，带回莫斯科去，种在盛着我们俄罗斯泥土的花盆里。两个星期里，幼芽就变成了一丛丛剑形的翠绿色大叶子。春天里要把它们移栽到塔鲁萨的土地上，它们将与俄罗斯的母菊和薄荷友好地生活在一起。

亚维尼翁的街道两旁全都是中世纪的房子，每幢房子阳台上都有黑色的栅栏，每幢房子都有敲门的青铜小锤。

许多房子上钉着纪念牌，不过铜绿斑驳，字迹都很难辨认了。但我们的旅伴还是在一个牌子上看清了使我们感到意外的题词——第一位航空家、气球的发明者蒙戈尔菲耶兄弟[①]曾住在这幢房子里，并在此去世。顺便说说，房子是贫寒的，窄小而又昏暗。

然后是阿尔勒。生活中有一些现象更像是梦境，而不像现实。

---

① 系法国气球发明者约瑟夫·蒙戈尔菲耶（1740—1810）和艾蒂安·蒙戈尔菲耶（1745—1799）兄弟俩。

原来阿尔勒就是一座梦境似的城市。白天的光——而且是纯正、刺目的光——画出了这座城市——这幅特别清晰的立体画，画出了目前用来进行斗牛的罗马演技场，画出了市内线条简单、荒凉无人、好似近邻西班牙的街道，画出了在一片废墟的边缘上完好无损地保存下来的凡·高的一幢孤零零的小房子——毁于轰炸的一个街坊只剩下了一片废墟。

卢浮宫内印象派的画廊里保存着法国所有大画家和各种表现手法的作品，其中也有凡·高的作品。他的作品仿佛是用阿尔勒色彩丰富的一小块一小块泥土构成的。画面上的一切都在闪闪发光——赭石、铅丹、红葡萄酒、秋天葡萄叶的颜色、百年的铁锈，还有刚刚翻耕的土地那潮湿的、淡紫色的沉重感觉。

仿佛被神秘的巨人的手扎在铜结里的树，树皮反射出瓦蓝色的闪光。

一切都浓郁、严密。所有色彩都似乎互相从和自己相邻的颜色旁匆匆后退，仿佛受不住自己邻居的应力和闪光。

阿尔勒的旅馆，屋里蒙着大红花缎。这些旅馆都好像昏昏沉沉，而且那样古老，一个现代人住在里面甚至会感到不大舒服。虚荣心很强的旅馆老板在许多房门上用螺丝钉拧上了一些铜牌，上面写着——“米斯特拉尔的房间”，“毕加索的房间”，“拿破仑三世皇帝的房间”。显然，只要一个多少有点儿名气的人哪怕只在这家旅馆里住宿过一次，第二天那个爱唠叨的阿尔勒老雕刻匠就已经立刻着手在为旅馆的房门刻一块新牌子了。

让我们住进了“米斯特拉尔的房间”。

我细看这个房间的陈设，心想，米斯特拉尔大概是一位非常可敬的、爱说话的旧派诗人。他的生活过得很轻松。除了在他流畅的诗中歌颂大家公认的普罗旺斯的美，对于他别无任何要求。

不知为什么，在“米斯特拉尔的房间”里我觉得不好意思，好像我在破坏这位光荣的诗人那种老年人的生活规律。米斯特拉尔不会明白，我要从他那儿得到什么，我为什么要来到这个房间里，我是个什么人。说实在的，他该跟我谈点儿什么呢——我就正是用这一切来破坏他的生活规律。

我睡得不熟，上述这一情况整夜使我感到苦恼。大概，是因为墙外从不远的阿尔卑斯山吹来了与诗人同名的风——真正疯狂的、毫不讲礼貌的密史脱拉风①。大家都知道，这种风会搅乱人的思想，刺激人们，迫使他们做出各式各样不合情理的事情。显然，正是因此，当地法庭总是对在刮密史脱拉风时犯了某种罪的人减轻处罚。

在来法国很久以前，我就不知听谁说过，或者是在什么地方看到过，在阿尔勒出生的女人美貌出众。但总是这样，你永远也不会对道听途说信以为真，直到你亲眼看到它。现在就发生了这样的情况。

我们走进罗马演技场（在阿尔勒，人们把保存下来的一座罗马马戏场叫作罗马演技场，仿佛这就是阿尔勒的“斗兽场”）墙下一家窄小而舒适的咖啡馆。

咖啡馆里空无一人，墙上挂着几幅身穿彩色传统服装的著名斗牛士的肖像。

在咖啡馆里的温暖和寂静中，一只蟋蟀正悄悄地叫着。由于它的歌声，这里显得特别舒适，加之寒冷、晴朗的12月的傍晚正在窗外闪着光，阳光落到咖啡馆的墙壁上，但没有带来暖气。暖气是从煤气炉上散发

---

① 气象术语，地中海北岸干冷的西北风或北风。它的音译与诗人名字相同。——译者

出来的。

只是在我们进来1分钟以后，女店主——一个年轻的阿尔勒妇女——听到铃声，才从后面的房间里走了出来。

多么可惜，像海涅这样的人所特有的那种诗人的大胆行为早已离弃了我们，早已不再是当代的特征了。

当然，海涅一定会站到进来的这位阿尔勒妇女面前，就像站在一位西班牙公主或萨拉·伯恩哈特①的面前那样，向她深深地鞠一躬，并说一些诸如此类的话：她穿的普通衣服窸窸窣窣的响声比帝王们身上最贵重的绫罗绸缎的响声更悦耳动听，对于他这颗男人的心来说，更加使他心慌意乱。

他当然会非常微妙和机智地说一些这样的话——我们已经早就不会像这样说话了。他一定会这样说的，并使这位迷人的阿尔勒妇女脸颊上突然飞起两朵红云。

一瞬间以前还没有她。但，瞧——她进来了，她是存在的。已经十分明显，没有她，你的世界当然就不能存在。她早已生活在这个世界里，并且支配了你这颗恭顺的心。

她甚至并不是很年轻了。她大概已经有30来岁，窄窄的脸上蒙着薄薄一层只有在阿尔勒才会有的、晒黑的黝黑色。她的眼睛乌黑、明亮，稍有点儿忧郁而又严厉，她的目光直望着你的眼睛——突然，阿尔勒女人的黑眼睛突然一闪，直到金色的眼底都被激动而神秘的微笑的光辉照亮了。这微笑与她动作的轻盈融为一体，与她那如在梦中的、平静而又柔和的声音已经融合在一起了。

---

① 萨拉·伯恩哈特（1844—1923），法国女演员。——译者

从我在中学读书的那个年龄起，我就感觉到俄罗斯语言的美，感觉到它的力量和坚实性。随着年龄的增长，这更变成了对语言的爱，变成了多多少少比较明确的语言知识。

不久我就确信，单有语言知识还不够，尤其是对于献身于文学的人。除此而外，还需要有对自己祖国语言的感情。这种感情往往是天生的、固有的，它不允许我们破坏语言悦耳的声音和它那无法解释、但又十分明显的韵律。

尽管我忠实于俄语，但有时我却好像觉得在音调谐和、精确性以及某些音调的变化方面，它不如其他语言，其中包括法语、意大利语、希伯来语，甚至荷兰语。

显然，我也和我们大家一样，对自己的语言太习惯了，以至不能以旁观者的态度来听它，对它做出充分的评价。

而在阿尔勒市戴利斯林荫道上一家晚间空无一人的咖啡馆里，一个侍者——一个中年“堂倌”，长着一双嘲笑人的眼睛的典型阿尔勒人——使我们深信，我们的语言的确很美。

他好长时间恭敬地站在离我们那张桌子不远的地方，听我们谈话。后来走过来问，我们讲的是哪一种语言。

“您为什么要问这个呢?”我们也问那个侍者。

“是一种非常美的语言，”他回答，“我还从来没听到过这样的语言。这是匈牙利语吗?”

“不是!”

“波兰语?”

“不是！”

“捷克语？”

“不是！”

“到底是什么语呢？”

“这是俄语。”

“等一等！”侍者提高声音说，说罢走到隔板后面去了。他从那里领来了另一个侍者——一个头发花白、态度友善的人。

“瞧！”他说，说着得意扬扬地向我们指指他的同事。

那人感到有点儿不好意思，突然说了一个绕口令，但几乎不带土音：

神父有一条狗，
他喜欢它，
狗吃了一块肉——
他打死了它。

我们都呆住了。

“您怎么会说这个？”

“我在学俄语，”头发花白的侍者有点儿骄傲地回答，“照着一本旧教科书学。我已经照着这样的教科书学会了西班牙语。不过俄语没有实践过。它太难，空前难。阿尔勒没有俄国人来。几年当中，你们是头一批。”

“您为什么要学这种语言呢？”

“我喜欢它。”侍者不好意思地回答，“我是个光棍儿，我完全是一个人，全部空闲时间都花在学习语言上。我倒能跟你们讲俄语，不过我为自己的发音感到不好意思，重音也不对。”

“不过还是讲讲看吧！”

侍者用指尖扶着桌子，吃力地说：

朝霞似火，
红遍了东方。
河对岸村庄
里面熄了灯火！

他从白色短上衣的口袋里掏出一本很小、但很厚的书——马赛一家我们不知道的出版社出版的俄语教科书。

这是一本可笑和拙劣的教科书，就像我们童年时看到过的那本所谓的教科书——马尔戈课本，通常人们都竭力嘲笑它。特别是马尔戈课本里有些例句，那真是太妙了：“金色的兔子不愿在绿色的缆绳上跳。”“这一天，它是不是星期一呢?”“睡吧，我亲爱的祖母，在小壁炉里温暖的火光前。”

这个侍者领了一个满头白发、看样子好像爱发脾气的出租汽车司机莫里斯先生到我们这里来。出乎意外，这个出租汽车司机原来是个和蔼可亲的好心人。他很乐意地答应带我们在卡马尔格和通往西班牙那边去的普罗旺斯西海岸兜一圈。

卡马尔格是罗讷河三角洲，是一大片芦苇长得很高、已经变成沼泽的低地，上面湖泊星罗棋布，还有一些浅海湾。

供在阿尔勒和尼姆斗牛用的黑色公牛，以及清一色的白马都在卡马尔格放牧。大概，许多读者都看过一部法国影片《白鬃马》。影片讲的是一个农村里的小男孩——卡马尔格的居民——与一匹自由的野白鬃马友谊的动人故事。

低地靠近海边。那里的一些沙丘上，在干枯的芦苇的沙沙声中有一些小渔村。渔村荒凉，稍有点儿阴郁，完全不像那些离这里很近的，阳光耀眼夺目、给人的感官以强烈刺激的疗养区——不像所有这些圣-特罗佩斯、尼斯、戛纳和芒通。

在圣-玛丽-德-利亚-梅尔镇，就在拍岸的波浪旁边，一座古老的教堂好似一块巨石巍然矗立——教堂是灰色的，里面寒冷，空无一人。

大海就在祭坛下大声喘息着，渗透进空无一物的海岸里。教堂里飘散着一股小虾味，点着几支蜡烛，墙上挂着一些带子、铃铛和孩子们画的拙劣的图画，上面画着一些好像木盆样的船和轮船。

带子和铃铛是茨冈人留在这里的。欧洲各国的茨冈人代表每隔几年都要到这里来聚会一次，在这个教堂里选举茨冈人的国王。

他“统治”几年。

一个裹着暖和的厚头巾的妇女跟在我们后面走进教堂。她说不久前选出的那个茨冈人国王好像是一个在奥地利，要么是在匈牙利出生的人，他爱上了来自里加附近某地的一个年轻茨冈姑娘，于是到她那里去了。那个妇女——一个普通渔妇——一直在开玩笑，嘲笑说原来在我们革命的国家里有一个国王。

那些画着船和轮船（甚至是明轮的）的拙劣图画是出海的渔夫和水手们的亲属挂在墙上的，好保护自己的亲人避免风暴和其他海上的危险。

第二座有趣的小城镇在第一个小镇的西边，过了罗讷河的河床，叫作列-格罗-久-鲁阿。

那是一个渔港，有两座灯塔和防波堤，港口一片寂静，停在那里的帆船似乎昏昏欲睡，渔夫们穿着橙黄色的防水布衣服。

我们在列-格罗-久-鲁阿住了两天。这是极其安静的两天，是在木板鞋笃笃的响声，瘦瘦的小姑娘们在家门口摇着布娃娃睡觉时唱的轻轻的歌声，平民百姓家的咖啡的香味，以及空无一人的教堂里仿佛睡得忘记了一直不断响着的钟声中度过的。

一条狭长的浅海湾把市镇分割成两半，流往远方，进入一片沙质低地。第三座神秘的市镇埃格莫尔特（这是普罗旺斯语，意思是“死水”）就坐落在离海岸15公里处的浅海湾尽头。

在列-格罗-久-鲁阿，在这条浅海湾上面架设了一座铁桥，桥上铺着世界上独一无二的桥面——浸过树脂、紧紧连接在一起的、船上的粗缆绳。3吨卡车可以在这没有响声的桥上安全通行。

据老住户说，我们是列-格罗-久-鲁阿的第一批俄国客人。这一情况在当地居民中激起了不仅是对我们的强烈好奇和亲切殷勤，而且有时简直是对我们的真正的赞美。

他们一再邀请我们到咖啡馆去，竭力宴请我们，询问关于神秘和寒冷的（“得——得——得!!”[①]）莫斯科的情况。

在一家咖啡馆里，渔夫们得意扬扬地把有幸到过俄罗斯的唯一一个列-格罗-久-鲁阿居民拖到我们这里来。

原来这是一个小老头儿。由于感到不好意思，涨得满脸通红。他像只老刺猬一样，脸上长满了可怕的白色硬毛——大概无论什么样的剃刀也剃

① 冷得发抖时不由得发出的声音。——译者

不动它!

小老头儿用抱歉而又亲切的小眼睛不时看看我们。原来他在法国装甲舰“让·巴尔特”号上当过水兵，1919年国内战争时期，他和他的装甲舰到过敖德萨。

在列–格罗–久–鲁阿，每天都有薄雾，天有点儿冷。大海好像在防波堤旁悄悄地发脾气。夜里，颜色十分纯正、白色和红色的灯塔紧张地照耀着远方看不见的海岸。

黎明时捕鱼的帆船出海，到中午就回来了。两三家旅馆——夏天旅游者休息的地方——冬天都关闭了。

专门为我们4个人开了其中的一家，生上了火，开亮了全部电灯。把人数不多的工作人员召集起来，我们和这些工作人员在一起十分友好地度过了两天，在空荡荡的餐厅里品尝了本地的一切菜肴。

最后，要谈谈最后一座小城镇——埃格莫尔特。

我已经感到读者的不满了。因为我竟允许自己离开与前面几章直接有关的主题，扯了这么多题外插话。能为我辩解的唯一可靠的理由，是作家勒纳尔[①]的话，他主张写作应完全不受拘束，要破坏一切规则，并以此（他认为是这样）来造成读者的好情绪。

我对此深感怀疑，但材料往往会左右写作的人。而只有把这些材料写出来，才能摆脱它的压力。

中世纪时圣路易国王[②]在地中海附近的矮沙丘上建造了一座巨大的城

① 朱尔·勒纳尔（1864—1910），法国作家。

② 指路易九世（1214—1270），从1226年开始为法国国王。

堡，海船可以顺着从海上延伸过来的浅海湾驶到这座城堡去。

国王就是从这里把第一批十字军派往巴勒斯坦去的。由于浅海湾里的水不流动，城堡遂得了这样一个名称——“死水”。

我们于傍晚驱车到达埃格莫尔特，洒满晚霞的天空中出现了好似一整块巨石的城墙和塔楼。它直接从沙土平原上耸入天空，枯草在巨石脚下簌簌作响。

周围看不到一个活物——既没有人，也没有马；既没有鸟，也没有汽车。城堡里似乎无人居住。

这使城堡具有一种神秘的、甚至可怕的外貌。大概，生命早在几个世纪以前离开了这座石砌的要塞，海湾淤浅了，船已经不能驶到埃格莫尔特来。总之，难以理解，为什么要在这块平坦的不毛之地上建造这样一座雄伟的要塞。我们为它的宏伟感到惊讶，在城墙内能听到从海上吹来的海风的呼啸声。

随后，我们经过窄狭的城门驶入城堡，不由得大为惊愕——要塞的四壁之内，宛如胡桃壳里的玩具，藏着一座非常可爱的小城。城内有喷泉、纪念像、小公园、咖啡馆、古老的房屋、留声机的歌声、商店，甚至还有一个汽油加油站。

鸽子在尖屋顶上空盘旋。小教堂里的钟谦逊地不时轻轻地敲几下，好像是在咳嗽。钟声那样微弱，隔着厚厚的城墙传不到外面去。

电影院的广告好似一片通红的火焰从一旁闪过:《世界上最长的一天》。

小镇上的居民大概屈指可数。

我们走进一家昏暗的小店。店内空无一人，但被我们惊动的门铃丁零丁零地响了那么长时间，一个手里拿着餐巾、面颊红润的年轻法国人——

店老板——终于不慌不忙地从后面走了出来。

听说我们是俄国人，他双手一拍，拼命地号叫着："弗兰苏阿扎！弗兰苏阿扎！"于是跑回去，跑进商店里面，从那里拖出一个面容姣好的年轻妇女——他的妻子，让她去跟俄国人认识认识。弗兰苏阿扎显然正在洗衣服，她红着脸喃喃地说着道歉的话，在围裙上擦干了双手。

随后，她也领了一个3岁的小姑娘出来，小姑娘向我们低低地行了一个屈膝礼。主人又领出一个弯腰驼背、拄着拐杖的老太婆——他的老母亲，并凑着她的耳朵大声说，她眼前看到的是埃格莫尔特的第一批苏联客人。

老太婆亲切地向我们点点头，把手帕捂到眼睛上，擦干眼泪。

简直可以认为，是一些已经失踪、但由于奇迹而得救的亲戚回到了这个法国人的家里。

立刻出现了葡萄酒、咖啡、各式各样的甜点心——"帕提谢里"①，而门口已经互相推推搡搡，聚集了一大群面带微笑的埃格莫尔特居民和许多小男孩。

他们这些小男孩们，首先大声呼喊，报告我们的到来。又是他们最后送我们出了城门，进入凄凉的卡马尔格平原。

然而，大概真的是福中有福吧。在这个可爱的小城镇里，我发觉我把伊马尔的地址忘在了巴黎，也许是丢了。现在怎么也想不起他住的那座小城镇叫什么名字来了。

我责骂自己，责骂自己的记忆力和不久前害的那场病。这病总是我一切不幸的祸根，首先是我心不在焉的原因。

---

① 法语"奶油糕点"的音译。——译者

我们感到闷闷不乐。即使我们要顺道去游览马赛，这也没能给我们带来安慰。

莫里斯先生和我们一起感到忧愁，他向我揭示马赛附近各个小城镇的名称，但其中没有一个是我觉得熟悉的。

大西洋地图的故事就这样可悲地结束了。也许，伊马尔和他的妻子会看到这几行文字，而它们将会成为我自我辩解的一点儿理由。

关于马赛我不写什么了。请想象一座扩大了几倍的敖德萨，而且比敖德萨热闹许多倍，豪华许多倍，人们使用的语言比敖德萨多得多，比敖德萨更加荒诞不经——那么，这就是马赛了。

荷兰干酪的一张包装纸

下面要讲的一幅地图的故事，比上述的故事发生的时间要早。这个故事对我的一生有十分明显的影响。

故事是这样开始的。夏天，我住在气候炎热、尘土飞扬的莫斯科，主要是（因为我自己懒惰）喝茶、吃干酪和香肠。

我已经不住在日常小巷的地下室里了，而是住在大德米特罗夫卡区桌布小巷拐角上一幢公共住房里，楼底下是一家皮货店。商店橱窗里许多年来一直蹲着一只闻名全莫斯科的、龇着牙的狼。

干酪和香肠是我从隔壁一家食品店里购买的。这家商店里的女售货员个个面颊红润，两腮肥胖，大衣外面都罩着白工作衫。她们身上的工作衫都已经磨得发亮，线都绽开了。

有一次，食品店里用从地图上撕下的一块纸给我把一小块荷兰干酪包起来。

我有一个坏习惯，喝茶的时候总是要读点儿什么，或者细看点什么。于是，我开始研究这一小块地图，突然感觉到心里一阵发冷。

我们当中有些人童年时喜欢(而且直到现在还喜欢)虚构并画出想象中一些极美的地方的地图，这些地方几乎总是一些处女地，而且荒无人烟。

大概，每一个人都把自己关于天堂、关于幸福和富饶地方的概念画进了这些地图。从他们有生以来的最初几年，他们的思想就已在向这些地方飞去。

瞧，这样一个内心珍藏着的地方——不是虚构的，而是确实存在的——它的一小块地图就放在我的面前。

无穷无尽的森林，湖泊，蜿蜒曲折的河流，用虚线勉强标出来的、草木丛生的道路，荒地，小村庄，护林所，甚至客栈——我一生中梦想的一切全都集中在这里了。

这一小块地图是梅肖尔森林的地图。

夏末，我到那里去了。从那时起，我的整个生活发生了急剧的变化，变得稳定了，并获得了新的价值——我第一次好好地认识了俄罗斯中部地区。在那以前，我对俄罗斯中部地区几乎一无所知，然而它却是我最主要的故乡。从那时起，对它的最强烈的爱一刻也没有离开过我，不管我在哪里——不管我是在巴拉布里亚，还是在土库曼斯坦，是在潮湿的波罗的海沿岸地带，还是在阿尔卑斯山脉。

对于故乡，总是能找到为它辩护的理由。这也就像对母亲一样，只有儿子才能理解母亲的心，才能深深懂得藏在母亲心中的柔情、痛苦和有限的喜悦。

去过梅肖尔以后，我开始用另一种方式写作——更朴素，也更审慎了。我开始避开过于鲜明的东西，而且懂得了最纯朴的心灵、似乎最不漂亮的事物的力量和诗意——例如，一阵微风吹过牧场上空，带来一股烟味，吹动干枯的高大酸模草火红色的羽状花序——这微风就饱含着诗意。

还有一幅地图在我的一生中起过很大的作用，这就是卡腊-布迦日海湾的地图。我能写出第一部引起注意的书，在某种程度上得归功于它。但也仅此而已。在我以后的生活中，卡腊-布迦日海湾并没有留下多少明显的痕迹。

沙漠的考验

我终于弄到了去卡腊-布迦日海湾旅行的不多一点儿钱。“科诺托普”为我祝福送行，我好不容易在俄通社里请准了假，于暮春时动身到里海去了。动身之前，我花了许多时间待在列宁图书馆里，不加特别选择地看了有关里海东岸的沙漠和里海的一切资料。

我决定坐火车到萨拉托夫，再从那里乘船到达阿斯特拉罕去。

《我们的成就》杂志约我写两篇特写——一篇是写卡尔梅克，另一篇写恩巴油田。因此，我得从阿斯特拉罕去埃利斯塔——卡尔梅克共和国的首府，再从那儿回到阿斯特拉罕，然后乘轮船去乌拉尔河畔的古里耶夫市，恩巴油田管理局就设在那里，从那里又返回阿斯特拉罕。在这以后已经可以继续前进（也是乘轮船），到曼格什拉克和克拉斯诺沃茨克去了。

不管用什么办法，得从克拉斯诺沃茨克穿越沙漠，到达卡腊-布迦日海湾。

我有生以来第一次为了获得写书的材料而去旅行，当时我还是一个那样天真的作家，心中甚至为此感到有些骄傲。但很快我就明白，永远也不应去故意寻找材料，使自己的一举一动都像一个旁观者。而应当只不过是在途中和在你所到的一切地方生活，不必竭力一定要记住一切。

只有在这种情况下，你才能始终是你自己，印象才会直接、自由地进入你的意识，而不带有事先对它们所做的评价——没有这样一些固定的想法——什么对于写书会有用，什么会没有用，什么重要，什么不重要。以后记忆本身会正确无误地挑出所需要的一切。

去萨拉托夫时，列车行驶得很慢，穿越俄罗斯中部地区的田野和谷地。

在萨拉托夫，我在市郊河岸上的一个小镇里住了两天。那里每座房屋上面都有引人注目的、很漂亮的鸽子窝。鸽子犹如一片片乌云，惹人讨厌地在庭院上空盘旋，仿佛纷纷扬扬飘着瓦灰色的鹅毛大雪。

后来“1812年”号轮船启碇驶往阿斯特拉罕。我的舱房里挂着一幅独眼的库图佐夫[①]元帅的肖像。

下伏尔加河是沙漠地区的明显入口——两旁伸展着黏土河岸，泛黄的河面上布满重油的斑点，赭色的天空中烟雾弥漫。

我觉得饿了。轮船上的小食堂里只供应瘦小的鲱鱼和清茶，还有一小块又干又硬的黑面包。

---

① 库图佐夫（1745—1813），1812年抗击拿破仑入侵的俄军统帅。

在火车上，特别是在轮船上，我第一次碰到了那种顽强的而且好像十分混乱的、许多人流动的现象，这使我感到吃惊。似乎俄罗斯的全体农民都离开他们待惯了的地方，在火车上和轮船的甲板上盲目地流动着，希望胡乱碰碰运气，在随便哪里比较安定和丰衣足食的地方定居。

甲板上躺满了这些沉默寡言的人，堆满了他们破旧的家什杂物，几乎所有的人都带着一口袋一口袋的土豆和黑面包干。

妇女们整天在洗灰色的衬衣和襁褓，吃奶的孩子口吐泡沫，哭得都闭了气，老头儿和老太婆们小声唱着那同一句祈祷词——“神圣的上帝，神圣可靠的，神圣、永生的上帝，宽恕我们吧！”

在这些凄凉而忧郁的赞美歌的伴奏下，轮船越来越驶往南方。那里从黎明直到黄昏，地平线上都悬浮着棕褐色的烟雾。沙尘撒落到一切东西上，船舱里飘散着尘土气味，沙子在牙齿间沙沙地响。

在已被晒焦的河岸上出现了最初一批骆驼。度过饥饿的冬天以后，它们的毛大片大片地从身上脱落下来，很瘦的肋部露出一块块淡紫色的秃斑，就连从轮船的甲板上都能看得清清楚楚。

骆驼神情冷漠地目送着轮船，不停地咀嚼着——大概，是在嚼带刺的植物或艾蒿。从它们嘴里滴出一条条长而黏的、像线一样的绿色口涎。

我想起了伊利夫的话——旅行要求心理上的耐力。伊利夫当然是对的。

在浓雾和不新鲜的鱼腥味中，有一股咸鲱鱼味的、干旱的阿斯特拉罕远远地显现出来了。就连从东方，从所谓布哈拉方向吹来的、炎热的阵风也吹不走这热雾。

在阿斯特拉罕，一位年轻的阿斯特拉罕作家兼记者让我住在他那里。他住在瓦尔瓦齐耶夫运河沿岸一幢绿色的小房子里，屋旁有一座绿荫如盖的、很小的小花园。

作家有病的年轻妻子在花园里种了许多花，特别是种了许多旱金莲，花散发出清凉的气息。在我看来，这座花园好像就是天堂。不久前，作家8个月的、年幼的儿子夭折了。年轻的妇人思念儿子，常常把自己锁在屋里痛哭，而她的丈夫直到很晚都待在编辑部里。

我苦闷地等待机会，好去卡尔梅克草原，到埃利斯塔市去。一直没有机会，于是我在市内和瓦尔瓦齐耶夫运河两岸闲逛。这条运河混浊、荒凉，我觉得它好像是已经褪了色的梦。

市内的唯一绿洲是总是阒无一人而且凉爽的绘画陈列馆。我常到那里去，观看涅斯捷罗夫、萨里扬[①]、库斯托季耶夫[②]——阿斯特拉罕人——的绘画。而且总是觉得奇怪——这些画怎么会落到这里的，这儿有谁需要它们。在整个这段时间里，我在绘画陈列馆里总共只遇到过几个人。

我不相信，韦列米尔·赫列布尼科夫是在阿斯特拉罕出生和长大的。

我终于动身到卡尔梅克草原去了。春天里草原上繁花盛开，暗绿色的野草好似汪洋大海。早晨，千百只云雀微微抖动着翅膀冲出草丛，弄得露珠四溅。露珠在阳光下闪闪烁烁，似乎觉得地面上仿佛喷出一阵奇怪的雨，悬浮在地面上，而上面的空气却是清澈透明的。

一辆载重汽车在疾驰，左闪右躲，从落在大路两旁的、傲慢的金雕身旁驰过。没有一只金雕稍微挪动一下，尽管汽车几乎是紧贴着它们身边飞驶而过。金雕甚至不肯费力转过头来看看我们，看看那个发出雷鸣般的响

---

① 马·谢·萨里扬（1880—1972），亚美尼亚画家。——译者

② 鲍·采·库斯托季耶夫（1878—1927），俄国画家。——译者

声、落满尘土的车子。我们正坐在车厢里，挤在车上装载的铁床和一桶桶咸鱼中间，颠得要命。

汽车从最蛮横无理的金雕身旁驶过时，司机用拳头吓唬它们，但这并没有对它们产生任何作用。

金雕的大胆无畏使我感到惊讶。我的旅伴——一个老土地测量员、熟悉这些草原的人——对我解释说，金雕喜欢落在路边上，原因很简单，因为汽车会惊跑那些总是无谓奔忙的黄鼠和跳鼠。黄鼠在路上晕头转向地东奔西窜起来，于是金雕懒洋洋而且准确无误地抓住它们。原来汽车就像为猎人服务的猎犬，会为金雕把野兽赶出来。

我们不是在阿斯特拉罕，而是在伏尔加右岸一个叫卡尔梅克集市的、干旱而且单调乏味的村镇搭上载重汽车的。

出发前，汽车站站长把旅客的名字登记在旅客登记簿上。

他在登记簿上记下了我们的家庭住址，以及我们最亲近的亲属的地址。

我在这本已经翻破了的登记簿上签了字，大概也就像19世纪初旅行者在那上面签字一样。

“草原上什么事情都可能发生，”汽车站站长说，“我们这儿有时还不太平。您是头一次上这儿来吗?”

“是的。”

“那么请留心看着司机，他怎么做，您也怎么做。他不喝哪口井里的水，您也别喝哪口井里的水。他不进哪个帐篷，您也别进哪个帐篷。司机很有经验。要不您就会害沙眼，要么会得什么更厉害的病。”

我觉得这些预防措施似乎太过分了，但不久我就明白汽车站站长是正确的。我们在遇到的第一批帐篷旁稍停了一下，有几个眼睛血红、害沙眼的老卡尔梅克人走到汽车跟前来。这时我就明白了，他们没有眼皮，长眼皮的地方红通通的，是裸露着的肉。

老人们蹲在汽车旁，好长时间赞许地用手掌拍着沾满尘土的、发热的汽车外胎。他们赞美汽车，显然，认为它是某种神奇的东西。

所有老人的脖子上都挂着一大串已经硬得像石头一样的小面包圈。

后来，我看到许多卡尔梅克人都戴着这种面包圈项链。根据面包圈的数目，可以判断卡尔梅克人的财富——一个人戴的面包圈越多，就表明他越富裕，他的举止也就越高傲。

很少遇到帐篷。

我们赶过了一队队瘦得令人不能相信的骆驼队，骆驼驮着一些新电线杆。电线杆十字交叉绑在骆驼背上。

快到中午时，出现了幻景。整个草原——从汽车轮子那里直到地平线——全都被暗淡的、不透明的水淹没了。好像我们是在一片大得吓人的水洼中行驶。牛蒡茎竖立在水面上，好似被淹没的树木的树梢。

最奇怪的是，这片淡灰色的、并非真水的水就从离汽车两三米远的地方显现出来了。但司机并不降低车速，而那水总是以汽车向它接近的同样速度从汽车前逃开。

水仿佛正在从我们的道路上流去。这景象使人感到疲倦，催人入睡。

“这是海市蜃楼吗？”我问司机。

他困惑不解地望望我，原来他不知道“海市蜃楼”这个词。

“啊，不是！”他回答，“只不过是草原在表演罢了。这还不算什么呢！有时它会让人看到大海，海岸上还有大片森林。”

在去埃利斯塔的路上只遇到过一个有土坯房的小镇，我们从郊外绕过了这个小镇。

小镇给太阳晒得过于热了，即使隔着一段距离，都能感觉到它正冒着死气沉沉的热气。墙缝里翘着已经硬得像石头一样的骆驼粪。卡尔梅克人的黄骠快马没来追赶汽车，而是相反，夹起尾巴胆怯地躲进院子里。孩子们恐惧地望着我们这辆载重汽车，汽车扬起的尘土直冲云霄。有些地方的干水沟里渗出含硫酸盐并有一股腐烂气味的水来。

阳光暗淡。快到中午时，天空变得发黄了，像一个涂上赭石色的巨型圆顶玻璃罩。夏天，城市里都像这样把橱窗涂上颜色，以减弱令人受不了的亮光。

最后埃利斯塔出现了——一些新盖的、不高的方形房屋，没有明显的次序，分布在草原中的高地上，好似一大群白绵羊。

我在埃利斯塔得知，目前当局的主要工作，是与很久以来危害卡尔梅克人健康的疾病做斗争。

医疗队正在各个村子（一大批帐篷）里和小镇上工作。在治病之前，得先让卡尔梅克人抛弃巫术和种种野蛮的治疗方法。例如，卡尔梅克人治沙眼是拿砂糖用力擦有病的、出血的眼皮，而治结核病是用引燃的毡烧灼病人背上的皮肤。

害结核病的主要是妇女，这是由于她们穿一种叫作“卡萨金”的民族服装引起的。妇女们从小穿上这种上衣，胸部束缚得紧紧的，就像箍着铁箍似的，得不到正常发育。

除此而外，妇女们头上还裹着很大、很重的缠头巾，因此她们往往害颈椎结核。

在我到卡尔梅克来不久以前，苏维埃政府颁布法令，禁止妇女穿“卡萨金”和裹缠头巾。

在回阿斯特拉罕去的路上，我们曾在草原上过夜。我看到了只有在像草原这种辽阔的地方才会有的、异乎寻常的一个晚上。

风停了。空气清澈透明，极其纯净。草原摆脱了白昼的炎热，已经凉下来了，呼出阵阵凉气。

草原落下大颗露珠，飘散着薄荷的清香。鹌鹑的叫声不疾不徐，毫不间断，好像在绕着整个草原奔跑。

司机对我说，在最近的一道陡坡后面有一个淡水湖。我在高高的草丛中磕磕绊绊，下坡往那里走去。鱼正在芦苇丛中一起吧嗒着嘴。

太阳正在落下去，似乎最后的寂静已经降落到大地上。我再也不会听到人声、汽车喇叭声和马达的轰鸣声了。

在这寂静中有一种庄严的感觉，仿佛宇宙正在休息，迎接黑夜。

太阳正徐徐落下去，但明显地在拖延着。也许，它是想看到一定会从总是很神秘的第一颗星星拉到湖面的那条极细的光线吧。

黑暗好像一下子降落下来。整整一夜，我翻来覆去不能入睡，草原上黑夜缓慢的移动使我心情激动。根据头顶上群星组合的变化，似乎可以看得出夜的移动。星座围绕着看不见的宇宙的轴心极其缓慢地旋转着、飘移着。

里海很低的北岸上以及近海——那些地方的水很浅——芦苇丛生，形成一条很宽的芦苇——黄花蒿——带。

这种芦苇的黑色花序很硬，好像小玉米穗轴，或者像打字机上的胶木小轴——不过这种比拟有点儿复杂了。

远远看去，这芦苇丛好似铺在海岸上的一条很宽的黑带子。

因此，这里把这些地方叫作“黑林”。

从伏尔加河口到位于乌拉尔河最下游的古里耶夫市，中间连一个码头也没有，没有一个遇到风暴时轮船可以进去避风的地方。大家都知道，在水浅的地方浪往往特别猛，因此在“黑林”地区附近航行是不愉快的，有时还有危险。

“向日花”号轮船从阿斯特拉罕到古里耶夫，途中行驶的时间超过了一昼夜。这是一艘劳苦功高的、很旧的轮船，船上很多部件都是铜的。铜把手，包着铜皮的舷梯，铜仪表，还有一个很大的铜喇叭。船长就对着这个大喇叭与迎面驶来的捕鱼平底船和“渔船”互相喊话——所有这些铜器都擦洗得像“鬼眼”那么锃亮，这些铜的闪光简直亮得使人难受。

这里，也像伏尔加河的轮船上一样，甲板上乱躺着许多乘客。

上了年纪的妇女特别多。

据说乌拉尔河口上芦苇正在燃烧。据说是故意放的火，用以消灭无数小飞虫的孳生地。小飞虫既不让人、也不让兽类在那一带生活。

东方天空不知怎的，在奇怪地、暗淡地闪烁着。这无精打采的闪光完全不像我们那里远方的闪光或雷雨临近时的闪电。既然方圆几百公里内空气里连一点儿湿润的迹象都没有，怎么会有雷雨呢？

黄昏时“向日花”号驶入了乌拉尔河口。轮船从正在燃烧的芦苇旁匆匆驶过。火焰在毕毕剥剥地响，沿着河岸奔驰，烟呛得人喘不过气来，熏得眼睛生疼。只是在古里耶夫——在这座一切色彩早已褪尽、变成灰色的矮小城市里，我们才终于喘了一口气。

在古里耶夫，我住在乌拉尔河对岸用压紧的芦苇盖成的新房子里。这些房子与普通石砌房子毫无区别，只除了一点——住在里面的人不相信这些房子是结实的。

和我住在恩巴油田宿舍同一间房子里的，是一个在波罗的海舰队当过水兵的拉脱维亚人。他从巴库到恩巴来，不知要办什么与石油业务有关的事情。夜里起风的时候，水兵就叫醒我，说：

“躲开吧！最好别睡。要不这硬纸板小屋倒下来，会把我们像小猫一样压伤的。”

我和一个老石油专家、波兰籍工程师亚布隆斯基一起从古里耶夫去恩巴。这个肥胖、爱嘲笑人、又异常安静的老头儿告诉我一些惊人而又诱人的秘密——勘探油（盐）丘以及与开采石油有关的一切事情的秘密。

我和他一起住在多索尔镇。我们住的那间房间的窗户上根本没有玻璃，取代玻璃的是防小飞虫的、很密的铁丝网。每当风从离得很近的里海、从“黑林”区吹来时，小飞虫就像大片乌云遮天蔽日地飞来。

“沙漠是什么呢？”晚上，亚布隆斯基问我。他躺在嘎吱作响的床上，一动也不敢动，以免把身上的尘土抖落下来——只过了半个小时，我们身上就落了厚厚的一层尘土。“沙漠，”他自己回答自己提出的问题。“这就是尘土。再说一遍——这就是密不透风的尘土。还有小飞虫。再说一遍，这就是含盐的热尘土，而且没有水。您试过没有，哪怕往这儿的土地上稍稍洒一点儿水，试过吗？这么说，您已经看到了，水不会渗进地里去，却变成大滴大滴的水，变成一些水珠。这些水滴好似水银，在尘土上滚动着，跳跃着，就像在热石板上一样。于是沾满尘土，就好像沾上了许多绒毛。就是这样，我亲爱的！就像吉卜林[①]写非洲的诗中所说的：'只有尘土，尘土，从迈步行走的靴子上落下的尘土！'当然，喘不过气来。得坦白地承认这一点。所以我们是否到湖上去，到塔楼上去，屏息不动，查看出油的情况呢？反正您不会下棋，而在这好像害白血病的灯光下看书，这就意味着伤害自己的眼睛。"

我同意了。于是，我们一起到盐湖去，那里的堤坝上矗立着塔楼和油泵。油泵仿佛小声打着呼噜，从地下抽出油腻腻闪着金光的、深棕色的恩巴原油。

我喜欢在湖上。湖里的水很浓，而且含有盐分——散发着极浓的碘味。在稀稀落落分布在堤上的路灯的暗淡灯光下，可以看到沉积在木桩上的、大盐粒的粉红色结晶。

除了碘味，湖水还散发着石油味。这气味会使人产生一种虚幻的印象，仿佛夜间稍有一些凉意。

实际上，夜饱含着极小的、暖烘烘的粉尘。也许，正是由于这些灰尘，灯光才具有一种使人感到闷热的珍珠色调。

"您在这里看到的一切，"亚布隆斯基对我说，"和南美委内瑞拉共和国马拉开波湖上的油田毫无区别。石油生成和成层的条件，无论在那里，还是在恩巴，都是一模一样的。所以，才派了一些石油工程师到那里去实习。因此，请放弃您那些关于委内瑞拉的幻想吧，在那里您绝看不到比这里更好的任何东西。"

"我从来也没幻想过委内瑞拉。"

---

① 约·拉·吉卜林（1865—1936），英国作家。——译者

“不该这样！”亚布隆斯基说，“永远需要幻想。不过，当然不是徒然的幻想。例如，我赞成一切关于开发沙漠的幻想，特别是如果这些幻想具有现实形式的话，就像现在我们在里海——在恩巴，在曼格什拉克，在卡腊-布迦日海湾的计划那样。在某些情况下，不能让大自然自行其是。应当为了人类的利益去领导它。不过，当然啰，不要干涉它的基本规律。”

人们的幸福几乎不以文明的进程为转移。

幸福是一个永恒的范畴。彼特拉克不会因为听到劳拉[1]录在磁带上的声音而感到更为幸福。只有当人民——只是人民自己，再不需要任何别的人——成为生活的主人，成为自己命运的主宰时，只有在那时候，文明才能结出最美好的果实。

在多索尔，我们坐在堤坝的圆木上面，吸入里海之夜闷热的黑暗，谈论着征服沙漠的事。

后来，我在自己屋里看一本破旧的、当时我还不知道的诗人利普斯克罗夫的诗集《沙和玫瑰》，一直看到深夜。这间房屋里经常变动的客人中，不知是谁把这本书遗忘在桌子上的抽屉里，就走了。

我在慢慢地看，暗自重读并朗诵他关于中亚和撒马尔罕的一些诗句：

大地上再没有一个地方比你的雷吉斯坦广场[2]更加威严，
大地上再没有一个地方比它更温柔，更为蔚蓝。

---

① 弗·彼特拉克（1304—1374），意大利诗人，他的许多十四行诗都是献给少女劳拉的。——译者

② 系苏联撒马尔罕的雷吉斯坦广场，15世纪至17世纪中亚地区城建艺术的遗迹。——译者

在蓝色的门口旁边，我诵读《古兰经》中的诗篇，

和平之马的马蹄踏在葡萄上面……

亚布隆斯基双手交叉放在胸前，正在熟睡。夜间，沙漠里的寂静在耳中发出尖细的响声。只是偶尔听到湖上彻夜不眠的油泵仿佛在呼哧呼哧地喘息，从没有生命的地球内部抽出黏糊糊的石油。

以后在里海旅行的全部情况，我都在《卡腊-布迦日海湾》这本书和几篇特写中叙述过了。

像这部书一类的作品，也就是自传，其全部不幸就在于书中几乎不可能避免重复。

这是因为，作家所创作的一切在相当大程度上都是自传性质的。

关于这一点，作家亚历山大·格奥尔吉耶维奇·马雷什金就曾十分正确、但稍有点儿粗鲁地对我说过：

"我把我的一生都分别塞在不同的短篇小说和长篇小说里了，甚至没给自己留下任何东西，好讲给心爱的女人或朋友们听。愚蠢极了！就像勃洛克说的，您记得吗？'生活早已说完了，燃烧得干干净净，只是在这时才初次梦见爱情。'[①]"

因此，我不再重复读者可以在《卡腊-布迦日海湾》或特写《盐丘》和《伟大的恩巴》中看到的东西了。

如果读者中有人想要拿《卡腊-布迦日海湾》、这些特写与现在我的

① 勃洛克的诗《记忆努力为我保存的一切……》。

这些回忆进行比较的话，那么请不要为它们有些地方并不相同而感到惊讶。

这显然是因为，当时我年轻，说话冗长。而现在，随着年龄的增长，如果可以这样说的话，我在自己的散文中却变得比较沉默寡言了。

除此而外，现在这个时代把自己的反光投射到过去上，于是过去也以新的面貌出现了——有些色彩暗淡了，有些却更加浓郁了。因此，关于去卡腊-布迦日的旅行，在这里我仅限于做几句最简短的交代。

我从古里耶夫回到阿斯特拉罕，从那里乘一艘与“向日花”号同样古老的旧轮船（船的名字我忘记了）到曼格什拉克和克拉斯诺沃茨克去。

这艘轮船上有一些照古代方式装备有索具的桅杆。轮船窄小。机器散发出的暖气，也像厨房里的烤羊肉味一样渗透进船上所有的舱房里。

海上平静、明亮。

甲板上已经不见农民了，但整天有一些吵吵嚷嚷的胖子在甲板上喝卡赫季亚葡萄酒。他们带了100口袋土豆，要运到克拉斯诺沃茨克去。无论如何也不肯把这些土豆卖给旅客和船员，哪怕卖一点儿也不肯。

结果，在快到曼格什拉克的时候，夜间有人用刀子划开了几口袋土豆，在醒来的投机贩子们狂怒的号叫声中，土豆匆匆地咚咚响着，纷纷掉进了海里。

我预料会发生流血事件，但那些口袋的主人出乎意外地安静下来，并哼着一首小曲，动手用粗线缝起划破了的口袋。

第一眼看上去，曼格什拉克是一座典型的地狱。唯一能让人容忍这让炎热给烤焦了的不毛之地的，是对塔拉斯·谢甫琴科的回忆。他曾在这里的苦役营里受苦，而在这里，他丝毫也未失去自己的天才、善良和对乌克兰的爱。这似乎是奇迹，但事实的确是这样的。

我们沿着海岸继续往前去，海岸荒无人烟，单调乏味，不由得会把目光移开，不去看它。

卡腊-布迦日海湾好似一个由模模糊糊的蒸气构成的圆顶，从地平线上穿过。然后，在乌夫尔山重叠起伏的黑山峰后看到了克拉斯诺沃茨克——喷火妖龙的巨口，它仿佛是已经化为灰烬的亚洲的入口。这亚洲的土地上全是石膏，那里的空气像甘油一样又浓又黏。

再往前去，一切都已写进了《卡腊-布迦日海湾》一书——有时是以稍有点儿浓郁的色彩，有时是以其真实面貌，有时是以比现实稍微阴郁的形式。

唯一我没敢为了哪怕是稍稍点缀和美化自己的散文而加以改变的，是人和事件。关于人和事，我尽力写得准确、朴素。但正如常说的，我靠写景“应付过去”了。而我所看到的景色，直到最小的细节，都像我所写的一样，这既不是我的过错，也不是我的功绩。

书中只字未提的一点，就是那极端强烈、有时令人完全无法忍受的、对俄罗斯中部的忧郁的思念。

炎热烧伤我的肺，压迫我的脑子，有点儿咸味的水伤害了我的喉咙。北方那种有助于人进行思考、好似雨后的空气那样奇妙的清新感觉变成了迟钝的刺痛感。血液仿佛是在缩紧的脑血管里使劲挤过去，眼看就会停止流动了。

在克拉斯诺沃茨克，每天早晨，当还可以行动的时候，我就到火车站去，忧郁地望着那些晒得烫人的货车。我好像觉得这些货车是与俄罗斯的唯一现实的联系。

我坐在阴影里，像一个躁狂病患者，望着那些车皮，听着不响亮的步枪射击声。枪声是从石膏峡谷里传来的，由著名的朱奈德·汗[1]指挥的巴斯马奇匪帮已经逼近那里。

我们的部队正在和巴斯马奇匪徒作战。据战士们说，失去冲力的子弹掉到地上，好久都不会冷却。战斗进行的时间不长，巴斯马奇匪徒逃到波斯去了，于是寂静又回到了我们这边的海岸。

由于热，周围的一切似乎都变得那么浓，就连拍岸的激浪都令人感到惊讶——无法理解，这浓稠的海水怎么能鼓足了劲掀起来，大声喧嚣着，疲惫地冲上炎热的海岸，喧闹一阵以后，又猛然退回海里去。

故事和地理

有一次，作家谢苗·格里戈里耶维奇·格赫特对我说，我的所有长篇小说和短篇小说全都是“故事和地理”。我一时激动，不明白这是好还是不好。但不久我就放下心来，断定格赫特说得不错，而这并没有什么可怕的。

我从来也不会写处于环境之外的人，不会写在地理坐标之外、在景物和大自然最普通的现象之外的人。我不能把人与他周围各种各样的现实分开来。要不然，这个人立刻就会死去。

---

① 朱奈德·汗（1857—1938），花拉子模和土库曼的巴斯马奇叛乱首领之一。——译者

我总是对这样一些作家感到惊讶，他们对环绕他们笔下的主人公的外部环境竟然漠不关心。我觉得硬从环境中拉出来的人都好像是一些会走动的图解式人物，这样的人物是仅靠罕见的才能写出来的——他们会行动，会说话，完全不管当时是什么季节。是下雨呢，还是刮风；是花开满园，还是在风暴大作的海岸——完全不管许多十分重要、然而似乎对他们的内心生活毫无意义的现象。

我总是觉得，这样的文学作品中的人物不是活人，而是供作家和剧作家做试验用的人。这些作家和剧作家把他们拿了来，是为了对他们进行残酷的试验。

毋庸讳言，就连陀思妥耶夫斯基也犯有这样的过错。他故意把一些人放到痛苦的环境里，而这些环境却是闭门造车，在阴沉昏暗的书房里的寂静中虚构出来的。他写这些事件，就像写报上的新闻那样，光秃秃的，只有一些事件。

他的长篇小说里几乎没有大自然，而几乎仅仅是由对话构成的短篇小说，有时还有长篇小说，使许多读者简直喘不过气来。

在不得不做了这些说明以后，我可以心安理得地在这一章的开头写上这样一个标题了——《故事和地理》，因为事实就是如此。只不过请读者们不要骂我骂得太厉害了，如果这一章中地理多于故事的话。

《卡腊-布迦日海湾》一书我是抽空写的——有时是在莫斯科，有时是在北乌拉尔的别列兹尼基，有时是在利夫内。

在莫斯科，我是在一间昏暗的小储藏室里，在电灯下写作。在吵闹的公共住宅里，这间闷热的小储藏室是唯一安静的地方。

后来，俄罗斯通讯社派我作为它的记者，到在卡马河上的别列兹尼基兴建的大型化学联合企业建设工地上去。

卡马河对岸，就在别列兹尼基对面，古城乌索利耶无精打采地冒着极地上的烟——那里从前是未加冕的乌拉尔沙皇斯特罗加诺夫的京城。

以前有一个时期，斯特罗加诺夫曾在乌索利耶铸造他自己的货币。

市内还保留有几座很高的木塔楼——熬盐厂，在那里熬制本地的盐。

由于年代久远，熬盐厂已经发黑了，它们的墙像无烟煤一样闪着光。在极地上的漫漫长夜期间，建设工地上的火光一直映照到这些墙上。

熬盐厂好似斯特罗加诺夫的阴郁的暗中监视者，留在这里监视这块昏暗的土地上不请自来的新主人。这些暗中监视者站在这里，把沉重的帽子——黑暗的屋顶——拉到眼睛上，不以为然地默不作声。

在工地上工作的是一些犯人。

我觉得工地太大了，它包括几座不同的工厂——硫酸厂、烧碱厂、另外几座工厂，以及热电干线和整整一个各种不同颜色的大管道的王国。

正是极地上的黑夜。最初，我在黑暗中，在那些基坑、散装的砖头、水泥板、一条条专用线、做钢筋混凝土用的钢筋、巨大的台架、横梁、没盖好的房子、暖棚和挖土机之间走来走去，花了很长时间寻找道路。

我好不容易找到了通往一家小旅馆的道路，这家旅馆是从这儿有一座旧碱厂的时代遗留下来的。

这家旅馆虽然暖和，却是一个并不可靠的安身之地。每间屋里住了10个人至12个人。由于一些喝醉的人打架和争吵，我们通宵达旦醒着，无法入睡。

特别使我感到苦恼不堪的是一个从前的演员，现在是会计——这是一个老头儿，满头花白的鬈发，看上去有点儿调皮，好像一个已经变成酒鬼的爱神。每夜他闯进屋里来以后，就开始扔空酒瓶去打天花板下的电灯，直到把它打碎，才会安静下来。

只要稍一试图责备他，想使他感到惭愧，他就会勃然大怒，使出全身的力气往自己同房间的邻人们身上扔空酒瓶。早晨，他刚一清醒过来，就坐到堆满剩余食物的木板桌旁，双手抱着头，哽咽着唱道：

你别说，你已把青春毁灭，
我的忌妒使你受尽折磨！
你别说——我的坟墓已近在眼前，
而你比春天的花朵还要鲜艳……

旅馆里的房间中有一个房间叫“隔离室”，只让不喝酒的人住在那个房间里。

“隔离室”里从来也没有空床位，但我很走运，没用我特别请求，旅馆的经理就让我挤进“隔离室”去了。

“您离开罪过远一点儿吧，”他说，“在这里您会给打成残废的，而我却要对您负责，因为您是莫斯科的记者。”

在“隔离室”里，我终于舒适地喘了口气，可以好好地睡一觉了。

睡在我旁边一张床上的邻人是一个很可爱的人——一个被流放的化学家，好像是个副教授。他和我谈诗，谈马雅科夫斯基的诗和阿列克谢·托尔斯泰的短篇小说，谈了很多很多。他态度十分客气，性情温和，审慎，非常想念妻子和小儿子。他竭力向我隐瞒自己的苦闷。

有一次，夜里我听到玻璃的响声，于是醒了，睁开了眼。

化学家轻轻地从床边小柜里取出一瓶伏特加，他十分小心地倒了满满一杯，一饮而尽。然后立刻又斟了第二杯，也是那样悄悄地喝掉了。

我装作睡着了的样子。化学家静静地躺了几分钟，后来很快在床上坐起来，尖声喊叫起来：

“恶棍！我宁愿咬掉自己的舌头，什么也不说！你们这些该死的，狗！”

1小时后把他送进了医院。他抗拒了很久，但卫生员把他捆了起来。

我的第二个邻人，一个颇有军人风度、脸上皱纹很多的老技术员，带着责备的意味对我说：

“您到这儿来干什么？好像真了不起似的，一个多么爱好强烈感受的人啊！最好还是赶快跑回莫斯科去吧。”

但尽管环境毫无乐趣可言，我却在别列兹尼基遇到了许多忠于自己事业的人，他们都有我在此以前多半是在艺术工作者之间遇到的那种狂热精神。我已经说过，在别列兹尼基工作的都是些被流放的人。但流放归流放，工作归工作，他们作为流放者的社会地位无论如何也不影响他们工作的忘我精神。

用那些化学家们的话来说，他们是第一次安装从未见过的、最新的机器和设备。以前他们只能梦想，或在外国的科技杂志上看到过这些东西。

真的，有很多东西使外行人感到吃惊，好像觉得这简直是奇迹。

不久，我就多多少少了解了整个工地，工地上的所有工厂和车间，我登上过瓦斯罐顶，吸进过有毒的氧化氮，乘坐过小火车头和牵引车，而且总是随身带着防毒面具。

只要闻到一点儿不知从哪里渗透出来的、没闻到过的气味，就得立刻戴上防毒面具，以免窒息。

工地上的全部生活都是在北极之夜的黑暗中度过的。

正是12月——北方最黑暗的一个月。

起初，我倒喜欢这漫长的黑夜。在清晨的严寒中用各种不同的语言（联合企业的建设者中有许多从国外聘请来的英国和德国专家）互相呼唤的声音听起来显得特别响亮，雪橇上的滑木在吱嘎作响，有时在强烈的灯光中，从黑漆漆的天空降下暴雨似的大雪。

有时空中出现不稳定的、仿佛想随时悄悄溜走的北极光，好似遥远的淡红色火光。本地居民把北极光叫作“旱闪”和“闪光”，后面这个词用来形容这惊惶不安、毫无规律胡乱跳动的火光倒是很贴切的。

工地界限之外，夜在昏昏沉沉地酣睡不醒，好像一只巨大的野兽躺在荒野的长丘上、被暴风吹倒的树林里和山坡上，进入冬眠状态。那里，乌拉尔的高大云杉宛如黑色的宝塔，在繁星密布的黑夜里树梢似乎碰到了星星。

但那年冬天工地上很少出现星空——各种不同颜色和色调的油烟和烟尘太多了，从“狐尾”亮黄色到淡紫色、褐色、红色、白色和蓝黑色，各种不同色彩的烟都有。天空总是笼罩在烟雾中。

我到索利卡姆斯克去了几天，这时才看到了真正的乌拉尔。那时候，那里已经在开采钾矿了。

有时陡峭，有时平缓的山坡陷在如此纯洁的积雪之中，似乎这雪是这天夜里刚刚下的。实际上雪已经在这里堆了很长时间，至少有3个月了。

兔子的可爱的脚印到处乱跳，但只是到铁路路基那儿为止。在那里，它们陡然转身折回来——不知为什么兔子不敢跳过铁轨去。

晴朗但稍稍蒙上一层烟雾的天空在大地的边缘上是绿色的。到目前为止（无论如何，对于大多数人来说，其中也包括我），那里，铁路那边是一片完全无人了解的土地，古老的比阿尔米亚渐渐消失在烟雾弥漫的远方。比阿尔米亚是一个不舒适的地方，那里蕴藏着原始财富——矿藏和针叶木材，在那里活动的是那些与大自然为敌、与它进行严酷斗争的人们，那些不可救药、不顾一切的御用驿车车夫和在无法通行的秋天的泥泞中铺开地毯行走的采金者们。那里是他们的天地，在那里可以疯狂地发财致富，但那里却只有极端贫穷的小屋。在这些小屋里，夜间大群棕黄色蟑螂爬行的均匀的沙沙声连一刻也不停息。

它，这个地方，是富饶的，因此认为它是幸福的。“在幸福的比阿尔米亚的森林里”发现过许多宝石。这里的绿宝石纯净、发暗，像这里覆盖着的一望无垠，以其浩瀚无边、令人望而生畏的绿色针叶那样黯然。这些森林刺鼻的松节油味远远飘到彼尔姆、维亚特卡和科斯特罗马，到达古都莫斯科，吓坏了海外的商人，他们认为这是令人骇然惧怕的熊的气味，同时又像是俄罗斯沼泽地上的浆果——红莓苔子的苦味。

摇摇晃晃、冷飕飕的车厢跟在肮脏的机车后面，从别列兹尼基慢慢驶往索利卡姆斯克。我望着车厢窗外，心里在这样想——我知道，马明-西比里亚克[①]的几篇短篇小说中的故事就是在这里发生的。据我所知，还有鲍里斯·帕斯捷尔纳克的中篇小说《柳韦尔斯的童年》中的故事也是发生在这里。

大概只有在俄罗斯才会有这样的情况，思想和感情的同一泉源（这一

---

① 德·纳·马明-西比里亚克（1852—1912），俄国作家。

次是北乌拉尔）会把灵感给予两个如此不同的作家。但这两个作家也有某种共同的东西——对俄罗斯以及它那冻得人下腭抽搐的朝寒，对阔叶林寒冷的、不断的簌簌声都具有敏锐的感觉。

索利卡姆斯克那些仿佛毛蓬蓬的三套马车从小车站到寒冷的市镇展开疯狂竞赛，车夫的红色毡靴，尖锐刺耳、断断续续的呼哨声，彩绘的轭下好似失去理智的铃铛的叮叮声——“看咱们的，加油，坚持住，急转弯的时候别害怕!”雪橇止不住地飞奔，有时几乎被埋在雪里，使人心都揪紧起来。

我们飞也似的驶进索利卡姆斯克街道的时候，已经是夜里了。我们从一盏盏孤单单的、明亮的路灯，一座座像棚子样的、矮小的石屋，用白色雪花石膏建筑的大教堂，一块块挂在十字路口矮柱子上的铁板旁飞驰而过。身穿皮袄的守夜人在这些铁板上有节奏地敲打着，报告夜里的时辰。

已经改做旅馆的修道院的宿舍，有拱顶的走廊上飘着经久不散的低级橄榄油味，一间有点儿寒冷的僧舍——给了我那里面的一个床位。旁边两张床上，昏暗的光线中睡着两个姑娘——从列宁格勒来的女实习生。

我好像觉得她俩都是美人儿，显然这是因为她们两人的枕头上都披散着金色的辫子。那时候，几乎所有年轻妇女都已经把头发剪得像男孩子一样了，因此我觉得辫子似乎特别动人。

我轻轻躺下，以免惊醒姑娘们。听着她们时而平静地呼吸，时而在梦中叹气，我久久不能入睡。虽然我没看到她们，但不知为什么，我好像觉得她们都是我很亲的亲人，是我的妹妹。

守夜人在十字路口报时，夜往窗户里注入神秘的光。为了这少女呼吸的温馨——我仿佛觉得我脸上感觉到了这勉强可以感觉到的呼吸的微风——为了我自己的蒙眬的睡意，为了感觉到就在自己身旁的这两位姑娘贞洁的清新气息，感觉到她们那轻轻飘荡、若有所思的梦，为了能有这样的幸福，我感谢在这不可思议的俄罗斯荒凉偏僻的地方上这令人难受的夜。

早晨我醒来时，姑娘们已经不在了。

我到钾矿去，下到在晶莹闪烁的黄玉和紫晶（钾盐——光卤石和钾石盐——的颜色就是这样的）原矿层中开出的很深的平巷里，看到地下巷道里的一些瞎马温驯地拉着装岩石的小平车，在有些地方地下的穿堂风几乎把我吹倒。

好长时间我在宽阔、荒凉的水平坑道里慢慢走着，仿佛是走在童话中的宫殿里。宫殿墙壁上金色和红葡萄酒似的血红的火光，犹如灿烂的群星，闪闪烁烁，色彩变幻不定。

这些地下画廊的豪华美丽，它们的纯洁和闪光，从看不见的管道里吹来的新鲜空气——所有这一切，使这些巷道真的像宫殿里的走廊。

这些走廊当然是通往舞会大厅去的。如果我在这些走廊深处听到乐队隐约的乐曲声、妇女的笑声、合拢扇子时的噼啪声，以及从这豪华的宫殿中跑出去的灰姑娘的水晶鞋轻轻的笃笃声，那是毫不奇怪的。

我把几大块光卤石和钾石盐的结晶体带到地面上来，但在旅馆的房间里它们都像砂糖一样溶化了，变成了有颜色的混浊的水。

我不愿离开索利卡姆斯克，我很喜欢这座严峻的城市。我希望再遇到那两位列宁格勒的姑娘，至少再遇到一次。但旅馆的看门人——一个老是在瞎忙、说话口齿不清的从前的僧侣——告诉我，她们已经继续往北赶路，到切尔登去了。

我又在那间僧舍里过了一夜，只有从那两位姑娘身上残留的“红色莫斯科”牌香水淡淡的芳香还在那里的空气中飘荡着。夜里一个新来的客人吵醒了我。他躺着脱靴子，把靴子钩在铁床背上，呼哧呼哧地喘着粗气，震动了整个房间。我真想把他从屋里扔出去。

早晨，我乘车回别列兹尼基去了。以后有好几天，一种无法解释的忧愁一直萦绕在我的心头。直到现在，一回想起索利卡姆斯克，都会在我心中勾起淡淡的哀愁。

在别列兹尼基，每天晚上我都到工地上出版的一份小报的编辑部去，在那里写《卡腊–布迦日海湾》。

编辑部设在空着的旧板棚中用木板隔成的一间斗室里。我用一个大铁钩钩上门，把自己关在里面，这样感觉到安全了。

早春时节，我回到莫斯科，写完了《工人报》约我写的、关于别列兹尼基建设工地的特写（后来这些特写以《卡马河上的巨人》为书名出版了一本单独的小册子），然后立刻到利夫内的萨茨基家去，好在那里写完《卡腊–布迦日海湾》。

利夫内一切都还是老样子，因此也显得特别可爱。起初我住在市郊，在一幢大木房子里租了一个房间。走路时整幢房子都会摇摇晃晃，嘎吱作响，随时都有倒塌的危险。除此而外，里面还发生过几起不同的悲哀事件（我在《金蔷薇》中写过这些事件）。因此，尼娜·德米特里耶芙娜又让我搬到她家里去了。

又像一年前一样，温柔的春天胆怯地舒展开好似孩子稍有点儿发黏的小嘴唇的嫩芽，太阳照透了苹果树上的花朵。在阳光中，苹果花好像是淡粉红色的，而且像封缄纸一样，会窸窣作响。但这段时间我也在《金蔷薇》中写过了，而与《卡腊-布迦日海湾》有关的一切都已经写在那本同名的书中了。

如果把我写《卡腊-布迦日海湾》一书所花的时间加在一起，那么一般说来，我是写得很快的——3个月。儿童出版社出版了这本书，编辑是波罗的海舰队从前的水兵、爱沙尼亚人亨里希·艾希勒。所有老一辈的所谓“儿童作家”都清清楚楚记得他，他为所有这些作家做过许多好事。战争[①]开始时他被流放到卡拉干达附近，不久便死在那里了。所以要流放他，是因为有人告密，说他不是爱沙尼亚人，而是德国人。

第一个对《卡腊-布迦日海湾》做出反应的是谢尔盖·特列季亚科夫[②]。他寄了自己的一本书送给我，并写上这样的题词：“给俄国文学的芒硝”。在卡腊-布迦日海湾沉积下来的一种很厉害的盐，就叫作芒硝。

我大吃一惊。一般说，我对性格坚毅、总是知道该做什么的特列季亚科夫，就像一个小孩子对一个成年人那样，一向怀有某种敬畏心情。而这时又开始举行一些关于《卡腊-布迦日海湾》的讨论会，于是我丢下一切，逃进梅肖尔森林，逃到索洛特恰去了。我是自由的——去别列兹尼基回来以后，我完全离开了俄罗斯通讯社。

在索洛特恰，我和弗拉耶尔曼一起躲在奥卡河一些最僻静的旧河床上。

我们很快活地住在那里一些百年老爆竹柳的树荫底下，睡在干草上，喝的是一种完全像是有魔法的、味道空前美妙的饮料——在锅里烧开的

① 指苏联卫国战争。——译者

② 谢·米·特列季亚科夫（1892—1939），苏联作家。

茶，连同落进水里的灰和蚊子一起喝下去，而且感到十分幸福。

炮　厂

摩尔曼斯克市内飘散着一股冻土豆味和淡淡的茴香药水味，这种有点儿发甜、但使人感到不愉快的气味显然来自巴伦支海。

这令人感到不快的海里好像很笨重的、阴沉沉的波浪闪着钢铁般的寒光。我不羡慕那些一生中第一次看到的恰恰是这个海的人，其实他们应该看到黑海，或者哪怕是看到亚速海也好。

人们往往不仅对自己的同类——人是不公正的，而且对一些自然现象，其中包括海，也是不公正的。通常认为亚速海不过是一个水洼，是一片沼泽。其实亚速海是一个很温暖的海，盛产鱼类，而它的西部水呈淡绿，色调鲜明、美丽，因而与其他海洋不同。当突然掀起波浪，波浪要落到有许多贝壳的海滨浴场上去的时候，浪峰是透明的。阳光透过海水，亚速海水的这种淡绿色看得特别清晰。

但巴伦支海没有任何使人高兴的东西。离它很近的时候，刺骨的寒气会使脸都抽搐起来，虽说这时已经是5月了，白夜仍然稳定地停留在这个纬度的天空下面。但这里的白夜完全不像列宁格勒的白夜。那种梦幻和沉思的感觉从这里的白夜中消失了，只剩下了刺眼的光——像融化的雪水一样冰冷的寒光。

那时候（1932年春），摩尔曼斯克只有圆木盖的房子，到处都是碎木片，是一座乱糟糟的城市。

在刚刚建成的新旅馆里，住在里面的人会粘在有很多树脂的墙上。

我来到了摩尔曼斯克，但并没有什么特殊需要要到这里来。如果这座城市不是在天涯海角，不是在北冰洋上，如果这里不是铁路的终点，那么我就可以说，我是顺路来到这里的。

我到北方去，去卡累利阿，要写奥涅加工厂的历史。这座工厂在彼得罗扎沃茨克，比这座城市再远的地方我就用不着去了。但无法抑制的好奇心迫使我首先来到了摩尔曼斯克，对此我并不懊悔。

我看到了巴伦支海、长满石地衣的岩石海岸，以及北极圈内的冻土带。冻土带好像第一次世界大战后一些非常大的阵亡将士公墓，但墓地上竖立着的不是十字架，而是一些树梢已经折断的、很细的白桦树干。更确切些说，是已经有点儿腐朽的白桦木杆。冻土带上白桦的树梢已经干枯，自己脱落了。

我看到了一支庞大的捕鱼船队和伊曼德拉湖附近北方的山脉，还看到了鹿。鹿和家兔有某种共同之处，因为两者都很难算作真正完全够格的动物，我好像觉得它们都是那样软弱无力。

我看到了灰色大洋的边缘、基利金岛和被持续不断的风抹平的铅灰色天空。

是的，得有很大的勇气和刻苦耐劳的精神，才会自愿使自己注定经常在这些地方生活。我一直感觉到缺乏温暖——由最普通的俄国火炉散发出来的普通的暖气，缺乏最少的一点儿舒适感，由一杯浓咖啡、最新一期《星火》杂志和橡皮树一动不动的光滑叶子表现出来的那种舒适感。

最后，在摩尔曼斯克住了几天，我就跑回南方，跑到慷慨好客和生活从容不迫的、可爱的彼得罗扎沃茨克去了。

由高尔基想出来的、一个叫作“工厂史编辑部”的单位建议，要我写奥涅加工厂史。

由于我多少有点儿小孩子心情，在一大张工厂名单中我挑选了彼得罗扎沃茨克的奥涅加工厂。因为这座工厂非常古老，还在彼得一世时代就建成了，最初是一座制造大炮和船锚的工厂，后来又成了铸铁厂（在这里浇铸彼得堡沿岸大街和花园的栅栏），在30年代它生产筑路机——对于缺少道路的俄国来说，这是件需要和高尚的事。

在彼得罗扎沃茨克，我着手写这座工厂的历史。在厂里的车床、机器、建筑物以及工厂的风气中都可以看出，这是各个不同时代——从彼得大帝到20世纪——的惊人的混合物。

我经常毫无目的的在市内闲逛，可以说，“逛遍了”彼得罗扎沃茨克，从而产生了《查理·隆谢维奇的命运》这本书的构思。

这个情况我也在那本《金蔷薇》里详细写过了。我过于经常地把许多事情推到这本书上去，这是因为它完全是一本自传性质的书，很可以作为《一生的故事》中的一篇。

如果将来能给我许多空闲时间，我准会写一部关于许多书的故事。

问题在于，写成的每一本书都是一团已经不会在人的心中翻腾的星云的核心，是一颗从这团星云中诞生、并开始具有自己的光的星。

也许，我们装进我们所写的书这些狭窄的框子里去的，只不过是我们生活的百分之一。而百分之九十九都留在书外，毫无成果地保存在我们的记忆里。但尽管如此，这百分之九十九仍然是重要和宝贵的负担。

那种感到无能为力的遗憾心情通常总是来得太晚，以至我们只能徒然悔恨。由于懒惰，由于我们有一种惊人的本事，善于把时间消耗在日常生活必需的琐事和许多要操心的小事上，而没有做完我们所能做的一切。

如果我们不把时间花在一些琐事上，我们能写出多少有意义的作品来啊！

有一次，作家亚历山大·斯捷潘诺维奇·格林[①]决定计算一下，一个人一生中把多少时间花在问“几点钟了”上。据他计算，仅仅这一句问话就夺去我们好几天时间。如果把我们所说的一切不必要和无心的话通通集中起来，那么就会有整整几年时间。

力学中有一个概念，叫作“有效系数”。那么，人的这种“有效系数”是微不足道的。当我们得知，机车把它产生的蒸气的差不多百分之八十全都毫无效益地放到空气中去，我们会大吃一惊。但是我们把自己一生的百分之九十九都“放到空气中去”，而没有给自己和周围的人带来任何益处和欢乐，这却并不使我们感到惊恐。

但这些顺便提出来的想法也会妨碍故事的叙述，使叙述离了题。我们还是回到正题上来吧。

我从彼得罗扎沃茨克乘车去基瓦奇瀑布，并看到了这座——用杰尔查文的话来说——“纷纷散落的钻石山”[②]。

我看到了许多湖水呈锡色的湖，闻到了浸透全卡累利阿的树皮的清香，听到了一个来自扎翁涅日耶的讲故事的老妇人唱的歌曲，她的歌产

---

① 亚·斯·格林（1880—1932），苏联作家。——译者

② 这是俄国诗人杰尔查文（1743—1816）的诗《瀑布》中的一句。

生于北方的黑夜和北方妇女的忧郁。我看到了我们用木头建造的佛罗伦萨[①]——教堂和修道院，还曾在奥涅加湖里游泳，直到现在我还不能摆脱这样的印象——这湖中了魔法，是从大地上最初的寂静还未被一声火药爆炸破坏的太古时代遗留给我们的。

我时刻感觉到，这是一个淹没在漫射的北极光中的地方，我连1分钟也没有失去这样的感觉。

那时候，彼得罗扎沃茨克的生活安排得不好，粮荒相当严重。我住在农民之家里，在那儿的食堂里吃不放盐的焖萝卜和磨得粉碎、像淡绿色稀粥似的煮白鱼。伙食令人恶心。

农民之家是由最好的伐木工人建造的。他们用富丽堂皇的北方木雕花纹把墙壁装饰起来，每晚都在飘散着蜡味的大厅里举行舞会。每次都有一些身高力壮、长着一头淡褐色头发的卡累利阿姑娘来参加舞会。她们都穿着很紧的胸衣，以及轻飘飘、仿佛在飞舞的裙子。

有一次，我下了决心，和其中的一个姑娘跳了一场舞。很久也不能忘记她那苍白的、仿佛要昏厥过去的脸，半睁半闭的蓝眼睛和她健壮的大腿上的温暖。跳完了舞，她调皮地用自己薄薄的手掌紧紧抱了抱我的脸，然后跑了。我再也没能找到她。

在工人新村戈利科夫卡从前的一座教堂里建立了边区博物馆。那里在一些粉红色和金黄色的大块云母碎片旁边陈列着花边和很重的、极好的铸铁样品。

---

① 意大利的文化名城。——译者

在这座只有我独自一人参观的博物馆里（除了一个年老的女看门人，那儿几乎从来没有任何人），我明白了，在这以前我参观博物馆，也像大多数参观者一样，参观的方法是不合理的，也容易疲倦。我试图尽可能看清一切，但半个小时后头就开始隐隐作痛，于是我只好走了。我感到疲惫不堪，心中一片空虚。

我渴望在两三个小时内了解人们在多少个世纪中创造、积累起来的一切，尽管这愿望是最真诚的，然而也实在是荒谬的。

在第一次参观了埃尔米塔日博物馆[①]，后来又参观了卢浮宫以及其他绘画陈列馆和博物馆以后，我产生了一个想法：作为人类杰作和自然界珍品总汇的目前这种形式的博物馆，带来的好处并不多。这种博物馆使人习惯于不求甚解，习惯于肤浅的知识和走马观花式的——最徒劳无益的——印象。

我以为，最合理的做法是建立一些不大的博物馆，只陈列几位画家，或者甚至只陈列一位画家的作品（就像巴黎的罗丹[②]博物馆，莫斯科的戈鲁布金娜[③]博物馆那样）。要么是专门陈列我们历史上某一不太长的时期内的作品，要么，最后，也可以只陈列与某一知识领域有关的东西，或国内某一地理区域内的物品——北方或伏尔加河流域，高加索或远东。

比如说，一些古代城市废墟给人留下的印象，远比陈列在玻璃橱里的一大批与这些废墟有关的收藏品给人留下的印象生动。

---

① 列宁格勒的美术、文化历史博物馆。——译者

② 奥·罗丹（1840—1917），法国雕塑家。——译者

③ 安·谢·戈鲁布金娜（1864—1927），苏联女雕塑家。——译者

在古代柱廊形大厅遗址吹拂的风，永远不变的艾蒿的苦味，表面粗糙的暖烘烘的地衣，试图啄食古代名师雕刻在业已发暗的大理石圆柱上的小蜥蜴的、愚蠢的鸫，仿佛在头顶上方流动的、荒凉的、碧蓝的天空——这一切都会使人进入庄严的诗的世界，浸沉在似乎突然变得很近的、遥远的过去的领域里。我们在开阔的天空下，比在有镶木地板的漂亮大厅里更容易理解过去。

在庞贝，在塔夫里达的赫尔松涅斯，在保加利亚的尼科波利斯[①]遗址，在普罗旺斯的圣列米——那里有一些青蛙从脚下跳出来，跳进满池黑水、深不见底的罗马蓄水池里——我都体验过这种感情。

在彼得罗扎沃茨克走马观花地参观了整个博物馆以后，我挑了云母作为研究的对象——这是一种透明的、呈片状而且柔韧的、因而也是奇怪的矿物，会闪射出各种不同的、栩栩如生的闪光。

起初，我细看各种不同种类的云母——从黑色的到金色的，从淡紫、暗绿的到烟白色的。在极薄的云母薄片内部可以看到许多如同发丝一般的裂缝，它们是按照人们还不知道的某些规律形成的。

第二天，我到一个管理开采云母的机关里去——我不记得它那费解的名称了。那里的人感到惊讶，不过把所有关于云母的“文献”都交给了我，还慷慨地送给我几小块各种颜色的云母。

云母很容易劈裂成一些极薄的、几乎薄到极点的薄片。最奇妙的是，这些从完全是黑色的沉重大块云母上剥离下来的薄片，原来都是白色透明的。

我看了我弄到的关于云母及其一切美妙、甚至是神秘特性的全部材

① 2世纪至7世纪在下麦西亚省的罗马城市，位于今保加利亚大特尔诺沃以东。——译者

料。这一知识本身就使我感到喜悦，尽管起初我并不打算利用这些知识。

不错，对云母的知识给卡累利阿的面貌增添了某些富有诗意的特点。我在一切之中都看到了云母的珠母似的闪光——在奥涅加湖的湖水里，在花岗石的“羊额”上（云母在“羊额”上不时发出微弱的闪光，仿佛是亿万年前把它撒在那里，于是它就焊在这穿不透的石头里了），在由于白夜而呈淡白色的空气中，在卡累利阿上方的星空里——仿佛是透过黑色的云母，天空中金星闪烁，宛如火花，发生折射。就连那年春天有时降落的春雨，也好似降落下无数云母的鳞片。

后来，我决定写一本关于云母的书。那时有许多人醉心于法国作家彼埃尔·阿姆普[1]的作品，他出版了一些描写各种不同生产部门的、形象生动的长篇小说，例如关于在法国南方制造香水的小说。

我想写一本大致是这样的、关于云母的书。我本来也会把这本书写出来的——在青年时代什么都是可能的——要不是在这以前已经着手写两部篇幅不大的作品的话。这两本书是我在北方的时候，在我的想象之中诞生的——《查理·隆谢维利的命运》和《湖上的战线》。

写这两本书的时候，我体验到一种奇怪的状态。相当久以后，我才在一位文学研究者的文章里读到了关于这种状态的论述。

只要我一坐到桌边，拿起笔来，写下几句关于卡累利阿的话，我就会立刻闻到松树和刺柏的气味。这气味不知是从哪里透进屋里来的，尽管周围既没有松树，也没有刺柏，而只有菩提树落英缤纷（这是在索洛特恰）。

---

① 彼埃尔·阿姆普（1876—1962），法国作家。——译者

有时，我好长时间坐在桌边，陷入沉思，坐在那里发呆。然后突然醒悟，仿佛摆脱了萦绕不去的梦境，又用好长时间竭力回忆。当我放下笔，双手抱着头，坐在自己的手稿前，在那几分钟里我是怎么了。

于是，我突然想起来了。我是蹲到林间道路的路边上，尽力极其小心地掰开一株幼小羊齿上的螺旋形嫩芽。为了什么？为了吸入紧紧封闭在嫩芽中的一小点儿清凉气息。四周飘散着松树的清香，从刺柏上摘下的、已经干枯的去年的浆果也散发着松树的香味，还散发着雷鸟的羽毛味——难以通行的密林和沼泽的奇怪气味。有好几次发生过这样的情况。

这种状态不是梦，它好像半睡半醒。它把我带到卡累利阿僻静的林间小路上，要么是带到卡累利阿的湖泊旁，带到那些总是在湖岸闪着银光的浪花轻轻的拍溅声——更确切些说，是带到了拍岸的波浪声那里。

我仿佛生活在诞生那部书的材料之中，我害了思念这些材料的病。忧郁地思念呼吸一口湖上的空气，想要在脸上感觉到白桦叶子的清凉。这忧郁的思念达到如此强烈的程度，以至我很难制止自己从座位上跳起来，跑往车站，坐车回到北方的森林里。哪怕在这森林里度过两三个小时，由于感觉到它的魅力而激动得喘不过气来，听一听那犹如泪珠滴落的响亮声音的杜鹃哀啼。

“让它慢慢地熄灭吧，”我想，“这奥洛涅茨最静的霞光。仅仅1分钟，这霞光就足使一个人迷住了，使他终生不忘。”

我从彼得罗扎沃茨克乘车去列宁格勒，再从那里经由马林水系[①]回莫斯科。

---

① 连接伏尔加河与波罗的海的人工水路。——译者

我在列宁格勒奥赫坚码头坐上一艘“湖上”的小轮船。

几乎没有乘客。乘客室里只坐着一个神情阴郁的人——一个为生产松节油和松香采购松脂的采购员。他在执拗地从一些小酒瓶里喝一种黑啤酒——英国淡色麦酒。那时是初次有英国淡色麦酒出售。

无论是那个采购员，还是其余乘客——一些非常沉默寡言的人——都几乎不向两旁张望——大概他们都常到这里来。然而，涅瓦河两岸一片片森林连绵不断，森林时而在这里，时而在那里让出路来。要么把地方让给已经荒芜的公园，公园里还有壮丽的宫殿的遗迹；要么是让位给向下一直通到水边的花岗石石阶。石级缝里，大红的柳兰正在开花。

过了施吕瑟尔堡以后，轮船进入拉多加湖。天和水融为一体，变成一片温暖的淡灰色烟雾。在这罕见的烟雾之中，慢慢地从水里出现了一座有条纹的古老灯塔。

我那些愚蠢的梦想又回到了我的心中——丢开一切，去做一个灯塔看守人。我深信我能经受住灯塔上的孤独，特别是如果在灯塔上设立一个由精心挑选出的书籍构成的藏书室的话。当然，有时我还要写作。

我注视着灯塔，并久久目送着它。船长——也是一个沉默寡言、把非重音的“o”都读成“ó”的北方人——把包着黑皮的望远镜递给我，我竭力想从望远镜里看到灯塔上有什么情况，但大概那里没有发生任何特殊的事情。

灯塔的阳台上挂着一口发绿的大钟，阳台上正在用旗子向我们发信号，我们也回答了。原来是请求我们转告顺路的斯维里察码头，要那里给灯塔上送太阳油来，而且要多送一些大炮牌香烟来（当时有这么一种香烟——很粗，当真像小炮的炮筒）。

我喜欢的是，灯塔窗户里高出水面线很高的地方，种在木箱里的天竺葵正在开花，这是一种人人都喜爱的花。显然，灯塔上住着一个女人，不过我没看到她。

后来，快到黄昏的时候，广阔的空域出现了神秘的位移。没有云，烟雾散了，但一种粉红色的、层状的光取代了烟雾，轻盈地笼罩在水面上，慢慢地越来越红，直到西方半边天空和水上都洒满晚霞微微发红的闪光。

我还从未看到过时间持续得这样长的晚霞——晚霞并不熄灭，而是停留在空中直到第二天早晨，而且仿佛把寂静降落到湖上。

在静静的黄昏中，轮船上点亮了船舷上的灯。照我看，这些灯是完全不需要的，因为至少5海里内的远处，什么都看得清清楚楚。

我们很走运。白天风平浪静，到晚间湖面更平静了。水波不兴，听不到一声波浪拍溅，只有湖水在船尾轻轻地汩汩响着。

船长对我说，我显然是一个幸运的人，因为拉多加湖上很少有这样的天气。有时风暴大作，只有巴伦支海上才会有那么大的风暴。

在风大浪急的斯维里河遇到了石滩很多的广阔水面，在那里我们用双重牵引向上游行驶。我们的轮船开足马力，用尽全部力量，逆流而上，还有一艘马力很大的拖船在帮它的忙。

我记得沿河延伸着的、呈长条形的斯维里渔民小镇，记得船头好似弯曲的天鹅脖子的小船（就像古代诺夫哥罗德的大船那样），记得在岸边木台上用捣衣杵洗衣服的妇女们的歌声。

我常从甲板上望着北方，望着奥洛涅茨那个方向——那块有很多森林、并不富饶、就像古代所说的——“被上帝和人忘记了的”土地。

我早就想去那里了。不知为什么，我总好像觉得恰恰是在那里，我会遇到某种很好的事情。

随着岁月的流逝，我的这些必定会发生什么好事情的地方变得越来越多。最后我感觉到在我自己的想象之中，我已经是许多地方的老住户了。

在每个州、每个地区，我都找到一个最诱人的地方，好像是“为自己保留着它”。这多半是一些不大有人知道的地方——在北方是奥洛涅茨和卡尔戈波尔，基里洛-别洛泽尔斯基修道院和切尔登；在俄罗斯中部地区是名称可爱的城市萨波若克、扎顿斯克、纳罗夫恰特；在白俄罗斯是博布鲁伊斯克；在西北是格多夫和奥斯特罗夫，以及其他许多地方。这些地方是那么多，要到处都走遍，我的一生是不够用的。

现在，奥洛涅茨的土地展现在我的面前——羞涩、贫瘠。傍晚时起风了，风吹来了下雨天略带寒意的空气，吹弯了沿岸的柳丛，在柳丛中阵阵呼啸着。

在奥涅加湖上的沃兹涅先尼亚市，我们这些乘客换乘一艘很小的、所谓“水沟”里的“作家”号小轮船。轮船沿着一条循环运河绕着奥涅加湖航行，抵达维捷格拉市，然后沿马林水系航行。

轮船是那样古老，船上不但没有电灯照明，而且连煤油灯都没有。船舱里面，在洋铁灯笼里点着蜡烛。

由于这蜡烛的缘故，夜色立刻变得更加浓郁，更加神秘。我们正在航行的那些地方也变得更加偏僻，更加无法通行和更加荒无人烟了。而且事实上也的确如此。

我在夜里走上甲板，好长时间坐在发出咝咝响声的烟囱旁边的长凳子上，望着黑暗。黑暗中看不见的、无边的森林正在呼啸，伸手不见五指，我好像觉得不知是由于什么奇迹，我从20世纪到了伊万·卡利塔[①]的时代。如果下了轮船，你立刻就会失踪，消失在林莽之中，数百公里内遇不到任何一个人，听不到人的声音，而只能听到狐狸的叫声和狼嗥声。

过了小城维捷格拉，就开始人烟稀少，一片荒凉。

这座木头建造的小城长满茂密的嫩草，好似一片华丽的绿地毯，它是通往马林水系的咽喉。水从覆盖着一层水藻的坝上流下来，到处都在不疾不徐地哗哗响着。几处斜坡上矗立着几座森严的白色大教堂，花园里长着古老的白桦。黄昏前，包着黑头巾的老太婆们各自坐在自己大门旁的长凳上，编结花边，等候母牛归来。街道上飘散着刚挤出来的牛奶味儿。在那座有拱顶的旧石砌房子上——工农检查机关现在就设在那里——挂着一个深红色的邮箱，上面写着白字："控诉蔑视无产阶级者专用信箱"。

我给这个奇怪的箱子拍了一张照片。但一年后，我第二次经过维捷格拉的时候，这个箱子已经不见了。

正如我们的前辈——《田地》周刊和《绘画评论》时代那些善良和认真的作家们——喜欢写的，在一个晴朗凉爽的早晨，我在自己的舱内醒来，朝窗外看了看。我好像觉得我一直还在睡着，做了一个可笑的、孩子式的梦——"作家"号像在一条小水槽里似的，在狭窄的运河里慢慢漂流着，而下面，几辆载着干草、吱嘎作响的大车正在轮船下方从一边走到另一边去。这儿运河真的是在一条水槽里，比周围那些地方都高。

照例有几条毛蓬蓬的狗跟在装着干草的大车后面，非常害怕，抱怨地对着轮船狂吠。赶车的大声吆喝着，用力鞭打也像这些狗那样鬃毛蓬松的

---

① 伊万·卡利塔（？—1340），莫斯科大公。

马。马快跑起来，赶过了轮船，赶车的都吹着口哨，哈哈大笑。

当车夫们嘲笑的喧闹声和口哨声使舵手感到厌烦的时候，他就从自己那间装着玻璃的小屋里探出身来，大声喊道：

“笨蛋！穿树皮鞋的乡下佬！哪怕有一个敢到轮船上来，我就把你扔下去，让你见鬼去——叫你步行跑200俄里，才能跑到别洛焦尔斯克！你们的嘴脸我全都牢牢地记住了。”

赶大车的立刻安静下来，渐渐落到后边去了。他们甚至不望着轮船，而是把眼睛移开了。万一真的去坐轮船，那可准得挨揍了。

在这以后，不一会儿就到了著名的、陡峭的“水闸楼梯”。水闸彼此距离很近，几乎是“紧挨在一起”。“作家”号几乎得用整整一天时间才能爬完这条水上楼梯。

乘客都上岸去，步行走到最上面的一座水闸那儿。他们在那里等着轮船，在邻近的一个小村子里喝茶消遣，有人甚至在干草棚里睡上一觉。妇女们在路上采野花，其中一个动作最敏捷的少妇还跑到一个熟悉的村镇上，从那里提来了一小篮鸡蛋。

后来，我们沿白湖湖岸航行。白湖当真是白的，不过稍带点儿淡蓝色调，就像脱脂牛奶。

有时微风吹过，湖面泛起涟漪，蒙上一条条乌银花纹，仿佛是古代北方制作乌银的能工巧匠在湖上卖弄技巧。在银子上绘出黑色花纹的秘诀在那时就已经失传了。据说，只有大乌斯秋格还有一个年纪很老的乌银匠，不过好像也和从前那些时候一样，他已经没有徒弟了。

有时，风显然是从上向下冲击水面，给它蒙上另一种——星状的——花纹。也是在过去，不过是离我们还不太远的年代里，都是用这种花纹来给善于持家的主妇们装饰那些包了白铁皮的大木箱子的。

现在，在一些小城市里还可以看到这样的箱子。箱子上装着响锁，装着著名的会唱歌的锁。这种锁的特点之一就是响声拖得很长，箱子已经关起来了，可是锁还一直在响着，响着，仿佛里面在撒小铃铛和金币。

在箱子上做出这种花纹、所谓“寒纹”的秘诀也失传了，喜爱这种罕见的民间艺术的人只好徒然叹息。谁也不关心设法恢复它，而且审美观也改变了。现在集体农庄的年轻女庄员未必会买这样的大木箱子来装自己的衣服。

别洛焦尔斯克古老、安宁，到处都长满荨麻和滨藜，就连“作家”号的到来，也没有给它的码头带来生气。只有小男孩们——因此光荣和赞美应该归于他们——聚集在岸上，试图冲上轮船，好第100次看看蒸汽机，但不让他们上去。

似乎除了十分好奇、满脸雀斑和目光锐利的小男孩们，这座小城镇里的一切都陷入昏睡状态。

“作家”号进入了舍克斯纳河，进入了早已适于人类居住的地区。这些地方高高的河岸上有一些相当大的村镇和石砌教堂，红黄色的陡岸上长着一片片松树，遥远的、淡白的天空中布满彩云，仿佛是在跳环舞。

高空中刮着风。云在飞驰，在不断移动的阳光中混合在一起。因此，天空变得好像一条极大的破棉被。

在波谢霍尼耶——从萨尔蒂科夫-谢德林那个时代起，这座小城就算作偏僻地方的样板——的码头上，来自某一远方农村的小学生参观团上了轮船。年轻的女教师对孩子们说：

“多看看！要记住！这就是蒸汽机，它就像一匹烈马。你们看，一条条钢横臂闪闪发光。明年春天带你们坐轮船，一直坐到切列波韦茨，你们得习惯一切。”

孩子们高兴得脸都红了，一个梳着三条小辫子的小姑娘拖长声音问：

“要是用力转动轮子，它，这机器会——飞上天去，是吗？”

“你去请求机械师，”松脂采购员给她出主意说，这个采购员还在“作家”号上，“叫他快点儿转动，让我们都飞到云彩底下去。”

“不！”小姑娘想了想，回答，“我不愿意。我是地上的人。”

夜里，在舍克斯纳河上我无法入睡。两岸夜莺啼啭，响声震耳。夜莺的啼声压倒了轮船轮子拍水的汩汩声和夜间所有的其他响声。

夜莺抑扬动听的啼声从两岸浓密的树丛中和潮湿的赤杨丛中不断传来。有时轮船就在岸边航行，碰到悬在水面上的柔韧树枝。但这丝毫也不会惊动夜莺，使它们感到惊惶不安。

如此奢华、如此疯狂而放纵，抑扬多变、连续不断的鸟鸣，我一生中还一次也没听到过，我还一次也没有如此尽情地享受鸟儿的歌声。

我带着遗憾的心情回到了莫斯科。我明白，在我做了这么多次旅行以后，我已经完了。也许直到生命结束，我已经永远不能再长期待在一个地方了。事情果然这样。

火热的科尔希达

波提的木结构的旅馆摇摇晃晃，不时发出毕毕剥剥的响声，好像是在地震。

矮胖的旅馆经理瓦索——一个年纪很老的古里人[1]——对住旅馆的非常生气，如果他们大声跑下楼梯，同时还哼着当时流行的一首小曲的话：

我们乘小船在水中荡漾——

亲爱的——心爱的。

“干吗像野猪一样跳啊，卡措！”老头儿大声喊，“房顶要塌下来，砸到脑袋上了——没有房顶和脑袋，你可怎么办呢？”

脾气暴躁的瓦索经常和性情也是这样暴躁的旅客争吵，吵架总是像爆炸一样突然爆发。通常一开始是用半通不通的俄语吵，后来越吵越凶，达到白热化的程度，于是就改用格鲁吉亚语，到结束时只听到那疯狂的一串串噼噼啪啪、吧嗒吧嗒的声音洪流，在这狂怒的、鹰叫似的叫喊声中已经失去了任何一种语言的最后特征。

争吵也总是像开始吵起来那样突然停止，仿佛用力砰地一声关上了无法穿透的房门。

瓦索的斜面账桌上方用图钉钉着一些印有“旧梯弗里斯的怪人”的明信片，那是一位虽然无名、但无疑很有才能的画家的图画。

瓦索坚决拒绝出售这些明信片。他把它们挂在那里，只是为了他高兴。

顺便说说，其中有一张明信片上画着一个留着平头、怒气冲冲、很像瓦索的老头儿。

---

① 格鲁吉亚的民族之一。——译者

瓦索那条肥大的灯笼裤在脚脖子那儿束紧，鼓胀起来，像两个大气泡。灯笼裤外面套一双系着粉红色吊袜带的白色短袜，镶着银制饰物的高加索腰带松松地搭在瓦索的肚子上，在大喊大叫吵架的时候，腰带不时轻轻跳动着，好像也在参加对骂。

我到了以后，瓦索立刻拿着一本又大又厚的旅客登记簿来到我的房间里。

他用漂亮的格鲁吉亚花体字把我的名字登记上去，并且气冲冲地问：

"干吗到波提来？"

我向他说明，我到波提来是为了写一本关于科尔希达沼泽地排水工程的书。瓦索不知为什么生起气来。

"你干吗跟我说什么沼泽地啊，卡措！"他大声嚷道，"你还是立刻告诉我吧，你为什么到这儿来？"

我又说了一遍——我是来研究科尔希达低地上的排水工程的。

"你以为我不知道你是来干什么的吗？"瓦索声音更高地喊道，"你以为我是头老驴子，会相信你是来挖沼泽地的吗？说实话吧，看着我的眼睛——要么旅馆里不会有你住的地方。"

瓦索把我的证件给我扔了回来，照例的争吵开始了。这时，来了一个气喘吁吁的老太婆——瓦索的妻子，她把双手放在胸前，用哀求的神情望了望我，责备地摇了摇头：

"这么好的一个好人，可是糊弄一个老头子。"

"他不想说实话！"瓦索大声嚷嚷，"犟得像一头水牛。莫非他是来抢劫银行的，所以不想说吗？我不会出卖你的，卡措。你去问问波提的每一个人看——他准会告诉你的，我出卖过什么人没有。你怎么敢认为我是这样的人呢!”

瓦索的女儿跑了过来——这是一个年轻女人，长着一头那么硬的浓密的头发，好像戴着用铁丝做成的、乱糟糟的黑色假发。

“你可不能把我当成这样的人!”瓦索大声喊道，“当诺纳什维利的马被人偷走了的时候，难道我出卖了从苏普沙来的那些小伙子吗？啊哈，你不知道是谁出卖了他们！你不知道！你没有良心，不肯对一个老年人承认。”

这莫名其妙的争吵，使我感到厌烦了。

“好吧，我到警察局去。”我说，竭力想压倒瓦索的喊声。这时，他的女儿抓住我的肩膀，号啕大哭起来。

“不!”她大声喊，“他是诬陷自己。他根本不知道是谁偷的马，从来也不知道。他没有罪，要是您去警察局控告，我就扯掉我自己头上的头发，跳到里奥尼河里去。您把实话告诉他，您是为什么来的，他就会放下心来，事情就完了。”

瓦索坐到椅子上，用一块黄手帕擦干湿漉漉的脖子。他像害气喘的人那样，呼吸时带着啸音。擦完脖子以后，他又狂怒地用手帕擦起灰白色的汗湿的胸膛。

“您看到了，您干的好事。”瓦索的女儿大声喊，“您胸膛里长的不是心，是一块铁。”

“好吧，得了。”瓦索的妻子和解地说，“我自己说出来吧，您是为什么到波提来的，我已经猜到了。”

“您猜到什么了？您想要我干什么?”我惊慌地问。

我的头都被弄昏了。

“您是个照相的！”她高兴地提高声音说，“您要在市场上给人照相，只不过我没看到您的画片啊。”

“什么画片？您在说什么啊？”

“哈——哈，他不知道！”女儿说，“没有它，您怎么干活呀？”

她动作迅速地拉了拉腰带，围着自己的腰把花裙子转了转——在争吵激烈的时候，她的裙子自己歪到后边去了。

“您那张割掉脑袋的画片呢？”她又说了一遍，“在哪儿呢？还是您打算在海滨浴场上把那些光着身子的小姑娘全都给照下来呢？总有一天，我要用这双手挖出那些小姑娘的眼睛来。”

这时我才猜到，她大声嚷嚷的是什么画片了。我不知有多少次看到过，街头照相师身旁都有一幅油彩已经剥落的油画，上面画着一个腰挎短剑、十分引人注目的切尔克斯人。他双手叉腰，骑在一匹卡巴尔达枣红马上。这个骑手的头完全给割掉了，每个要照相的人都可以把头伸到那幅画上挖去脑袋后形成的窟窿里，在照出的照片上就会变成一个剽悍的高明骑手。马下面有一行题词：“勇敢的哈兹-布拉特策马疾驰，很快回家。”

“我不是照相师！”我绝望地呻吟着说。

“那么你到底是什么人呢？”瓦索低声恶狠狠地说，扬起登记簿，气愤地把它扔到桌子上，“你干吗到波提来？制造伪币吗？”

“我知道！”瓦索的女儿高兴地大声喊起来，“我知道，爹。他是来赶集的。”

吵吵嚷嚷的声音立刻平静下来，大家都带着喜悦的惊讶神情，期待地望着我。

“是的，既然你们希望这样，那我就是来赶集的吧。”我承认了，我没有别的办法。

“哎呀，你这样做多么不好啊！”瓦索用疲倦的、心平气和的语调说，“你干吗一声不吭，就像个聋哑人一样。赶集就是赶集，咱就给你这样登记上。现在你想住多久就住多久吧。哎呀，哎呀，你可真把我给吓坏了！”

瓦索带着妻子和女儿走了，他已经放了心，而且简直是感到幸福。晚上，不知是谁，显然是瓦索的女儿，在我桌子上放了一个罐头盒，里面插着几枝花朵肥大的深红色玫瑰花。

我和瓦索之间以后毫无波折的结识就是这样开始的。他虽说是个闻所未闻的好争吵的人，然而却是个心地善良而又懒惰的老头儿。

我到科尔希达、到波提去的时候，和往常一样，把这个城市想象得比它实际上更为诱人。从远处看，我好像觉得它是一座躲在有掌状树叶的老胡桃树和金合欢的树荫下、以躲避灼热的阳光的城市。金合欢像一些盛装的妇女，向四周散发出一股甜蜜的、好似枯萎的花朵的香水味。

在波提，我懂得了对于正确地理解生活，我们那些一般的概念是多么不可靠，多么危险。除了金合欢，在波提没有我预期会看到的任何东西。但波提有一个很大的港口，几艘货船正在港口上转弯，花了好长时间，弄得波涛翻腾，好似一条条碧绿的瀑布。货船是来运锰矿的。

港口码头上的大块混凝土被太阳晒得发烫，散发出一股干蟹味。

车身窄小的旧电车从港口通往市区（市区在里奥尼河那边）。奇怪的是，骄阳似火，每次电车慢慢走完全程，怎么竟不会被晒得燃烧起来，乘客们怎么竟不会中暑。

波提的（科尔希达的）沼泽地从城市前一直延伸到遥远的古里亚山

脉。快到中午的时候，这些沼泽仿佛沸腾起来，笼罩在蒸气之中，一直沸腾到晚上。

里奥尼河——一条水色黄得像干粪块的河，以不可思议的速度从这些沼泽之间急速流过。它一直试图漫过平缓的河岸，淹没城市。

里奥尼河上到处都是大大小小的漩涡，掉进河里必然会有生命危险，就连从桥上过里奥尼河都觉得有点儿害怕。

市内的矮房子整天都曝晒在太阳底下，晒得过热。沿街栽着小棕榈树，棕榈树的扇形叶子并没有投下什么树荫。庭前小花园里，沉甸甸的、非常好看的粉红色玫瑰花正在开花，把大堆大堆很快就会发黄的花瓣撒满路面。

整天从房子里渗透出煎葱花和烤羊肉的油烟味，以及酸葡萄酒味。

那些想对波提得到一个更鲜明的概念的读者们，我倒可以介绍他们去看我写的《科尔希达》一书，如果我不明白在这本书里波提给描写得稍有点儿美化了的话。我所看到的这座城市就是这样的，我实在是毫无办法，我不能改变我自己看到事物的能力。

有时，特别是当海和天空耀眼夺目的闪光使波提陷入麻木状态的时候，我好像觉得波提就像新卡列多尼亚[①]一样，是一个热带服苦役的地方。

波提白天令人感到难堪的寂静往往被远方迅速增强的隆隆的雷声打断，暴雨犹如一堵雨墙，在青蛙疯狂的喧闹声中，从大海那边向城市袭来。

暴雨好似预兆不祥的黑暗，又像一片水帘，铺天盖地倾泻下来，房顶上好似腾起一团团蒸气。

---

① 美拉尼西亚群岛中的一组岛屿，曾经是法国流放犯人的地方。——译者

但暴雨很快就到群山那边去了。我这一生中，无论在哪里也没看到过像这过于仓促的暴雨过去以后，在波提街道上留下的那样青中透蓝、清澈透明的水洼。

我每天都去科尔希达工地，那里的总工程师诺季亚——一个喜欢大声嚷嚷、但做事很审慎的人——向我介绍了在科尔希达创造苏联的亚热带地区的工作情况。

有时，诺季亚在小酒馆里举行小型宴会，而且喜欢在这些晚宴上举杯祝酒，讲一些辞藻华丽的祝酒词——“一位院士，”他说，“‘一支金笔’，来到我们这里。他要写一首自己的天鹅之歌，来赞美科尔希达。”

我不能反驳诺季亚——他是那么善良，要说反驳他的话我说不出口。况且我也明白，什么“院士”啊，“金笔”啊，以及什么“天鹅之歌”——这只不过是酒宴前祝酒时修辞中必不可少的花朵而已。

在波提我认识了一个年轻的格鲁吉亚工程师，他以加布尼亚的名字进入《科尔希达》，成了书中的人物之一。

如果我需要用两个词来描写他，那么我就会说，他身上让人看得最清楚的是两个特点——怀疑主义者和诗人。这两个似乎互相敌对的特点，在这个言语不多、性情温和的人身上已经完全融为一体了。

他身上最吸引我的是这样一个特点——使自己的博览群书、博学多识与周围的日常生活，与他在科尔希达的工作（加布尼亚领导在恰拉季德开凿运河），与国内形形色色的人和种种事件，与他自己的私生活都密切结合起来。

不管他是看斯特拉波[①]或蒙田[②]的作品，还是看克拉斯诺夫[③]教授关于亚热带的论文或巴拉塔什维里[4]的诗，瓦姆别里的游记或格里戈罗维奇[5]的《列特维赞号海船》，勃洛克的作品或华莱士[6]的《热带自然》——他在这一切中都能发现符合他现在的兴趣的思想。

我认为能遇到他，是我科尔希达之行最富有成果的事情。这有助于我认识科尔希达，在那种——稍有点儿尖锐、刺目的——新颖感中认识它，要想象这块土地不久以后的未来，必须要有这种新颖感。

加布尼亚把我带到了恰拉季德，在那里我第一次看到了热带丛林。要想不害“热带丛林病”，还是需要有意志力的。这病不是我凭空想出来的，当真有这么一种病，虽说远非所有到过热带丛林的人都会害这种病。

热带丛林病——这就是突然控制了您的、这些无法通行的丛林（不知为什么丛林中很少有鸟）的魔力。这丛林连同林中那使人昏昏沉沉的闷热空气，棕褐色的土地，寂静，强大的藤本植物，静止不动、笼罩着一层暑气烟雾的河，野猪吧嗒嘴的响声，以及经常感觉到就在近旁有一些未被揭露出来的秘密——这一切仿佛有一种魔力。即使实际上这些秘密并不存在，您仍然处于经常的期待之中，期待着会发生什么新颖的、从未体验过的事情。

有时在晚上，我和加布尼亚乘电车从波提市区去港口，到防波堤上一

---

① 斯特拉波（公元前64/63—公元23/24），古希腊地理学家和历史学家。

② 米·埃·德·蒙田（1533—1592），法国人文主义哲学家。

③ 安·尼·克拉斯诺夫（1862—1914），俄国植物学家和地理学家。

④ 尼·梅·巴拉塔什维里（1817—1845），格鲁吉亚浪漫主义诗人。

⑤ 德·瓦·格里戈罗维奇（1822—1899/1900），俄国作家。

⑥ 乔·华莱士（1890—1975），加拿大诗人。

家没有人的饭馆里，好长时间坐在那里，听着波涛喧嚣着撞在大块混凝土上，摔得粉碎。望着那些我们不知道的轮船，灯光时亮时灭，从开阔的大海中渐渐驶近防波堤。

有一次，加布尼亚仿佛是告诉我一个友好的秘密，说：

我和你，诗神，疾步如飞。
我们都爱大道边上柳丝低垂，
还有那雨声喧哗，多么清新，
远方大河上的白帆犹如白云。
这世界如此之大，如此严峻，
以至空虚的忧愁无容身之地……

“疾步如飞的诗神，”他又说了一遍，“这好吗？”

“好。”我表示同意。

“跑得最快的诗神是普希金的诗神。”

他不作声了，低下头对着酒杯。我想，我面前坐着一位大诗人。他没有写过一行诗，但——反正一样——他的生活和工作中却充满了遥远的、然而是明显的诗意。

轮船进港了，船上的灯光在波浪上摇摇晃晃。我总是觉得这些灯光所以特别亮，是由于它们穿过了海上广阔无垠的空间，仿佛吸入了这空间的纯洁。

“如果一个人感觉到空间，”有一次加布尼亚说，“那么他就已经是一个幸福的人了。这是一种崇高和高尚的感觉。但可惜，这种感觉并不是那样经常来拜访我们。多么可惜！”

我已经是在第10次猜测：这位脸色镇静、有时却又忧郁和爱嘲笑人、正在和我闲聊的人，到底是个什么人呢？诗人、工程师，还是只不过是一个习惯于思考一切的人。

科尔希达工地主任诺季亚以他所固有的冷静态度，认为加布尼亚是一个怪人。对他的古怪行为（爱好哲学和诗），诺季亚是这样解释的：加布尼亚是一个患疟疾的人。这种沼泽地上的疟疾会使人的现实感变得比较迟钝，思想中产生某种混乱。

但作为一个工程师来看，因为加布尼亚的勇敢、顽强和随机应变的能力，诺季亚却很器重他。科尔希达工地上的所有工作人员都怀着钦佩的心情，谈论加布尼亚那更像是英雄主义的勇敢精神。下暴雨的时候，水从附近山上涌往科尔希达，加布尼亚就是以这样的大无畏精神挽救了工地，使它没有遭到破坏。但这件事情我不能再赘述了，因为我已经在《科尔希达》这本书里叙述过了。

有一次，我和诺季亚去巡视排水工程，我们乘坐一辆老式双套四轮马车，也就是所谓“兰朵”，走遍了科尔希达。

在纳塔涅比镇上，我们遇上了倾盆大雨。我们不能继续前进，于是在诺季亚的一个朋友、一个做教师的老米格列尔人狭小的木板房里度过了3天。从早到晚，桌子上都摆满食品和酒——从扁豆、萨齐味、煎肉、烤羊肉、“苏鲁古尼”干酪、库帕特[①]，到加辛辣香料的砂锅焖肉（佩季）；从

---

① 菜名，译音。——译者

一种叫作“恰恰”的伏特加，到又酸又涩、呈淡紫色的“伊萨贝拉”[①]葡萄酒。如果这种葡萄酒偶尔洒到手上，手指就会抽筋。大概，酒内有很多酒石酸。

除了吃饭，所有空闲时间，诺季亚要么是睡觉，要么就与主人狂热地玩牌。

为了我不至感到无聊，给了我一本破旧的杂志——1889 年的《朝圣游记》。我躺在沙发床上几乎把它全都看完了，那上面有关于巴勒斯坦的文章，还有一些文章谈到伯利恒耶稣诞生的那个山洞，旧阿丰和西奈半岛上的修道院，还有那些形形色色的、留着白胡子的大牧首、都主教、教区长和最高主教等人笃信宗教的生平事迹。

雨停了以后，我们到巴统去了一趟，诺季亚要在那里办一些重要事情。我们在巴统过了一夜。诺季亚住在他朋友家里，我不好意思给人家添麻烦，在旅馆里住了一夜。这大概是我一生中度过的、最可怕的夜晚之一了。

下着令人感到沉闷的雨。旅馆里没有空房间，我又不愿冒着倾盆大雨去另一家旅馆。旅馆的管理人员态度很奇怪，他说，诚然，他有一个房间，不过他不能决定让我住在里面。

“为什么呢?”我问。

“这怎么说呢，”他犹豫不决地回答，“这个房间并不十分坏，不过……不方便。这是旅馆顶楼上的唯一一个房间，就在房顶底下。楼梯又窄又陡，是木头的，而且只通往这个房间。”

听着我们谈话的看门人很快而且不满意地用格鲁吉亚语对管理员不知

---

① 一种黑葡萄的名称。——译者

说了些什么。管理员咂了咂嘴，摇了摇头，重复说，大概，我住在这间屋里是不值得的。

“为什么呢?”我又问。

“我不知道……我不能说，卡措。我们不喜欢让客人到这间房间里去。”

看门人又对管理员说了些什么，而且惊恐地望了望我。

“到底是怎么回事?”我问，“这么说，是不是有什么原因呢?”

“不久前，有一个人在那里疯了。”

“不是每一个住在那里的人都发疯吧。”

“嗯，不过还是……”管理员支支吾吾地回答。

这时，看门人插了一句嘴：

“他是夜里疯的，”他小声说，“我记得很清楚，他第一次大声叫喊的时候是3点40分。”

“这是很可怕的，”管理员补了一句，“尤其是他第二次叫喊的时候。他从屋里跑出来，从楼梯上掉下去摔到地上，跌断了一只胳膊。他到底出了什么事，他什么也说不出来。”

“我看不出这有任何特殊的地方，”我说，“我不能睡在街上吧。请让我看看这个房间。”

管理员犹豫了一下，拿了钥匙。于是，我们一起上3楼去了。还有一个石头楼梯从3楼的楼梯平台通往上面，这个楼梯到一个偏僻的小平台那儿为止。

从平台到顶楼另有一个很窄的木头楼梯，很像高凳梯子。梯子紧顶着漆成赭石色的房门。

管理员好久打不开这扇门——钥匙卡在锁里，转不动。

最后，他打开了房门，但进去以前，先站在门外，摸到屋里门楣旁的电灯开关，开了电灯。

我看到一个房间，里面有一张铁床和一把椅子，屋里再没有旁的了，但是我没在这个房间里发现任何令人不愉快的东西。我只是觉得天花板下唯一一盏很亮的电灯过于清楚地照耀着屋里很少的家具——我甚至看到了枕头上头枕着的地方微微凹陷下去的痕迹。显然，不久前曾有人住在这里。

“我没看到有任何特殊的地方。”我又说了一遍，不过意识到由于隔着一个黑暗的楼梯，这个房间与整个旅馆已经完全隔绝了，因此感到有些不大自在起来。

“您自己看着办吧，”管理员说，“没有叫服务员的铃，钥匙也不好使，所以您最好不要关门。”

他走了。只是在这时，我才发觉屋里没有窗户。这个房间像一间停尸室——只有黄色的墙壁和白色的天花板。

我躺了下来，不过没有锁门。我没有熄灯。天花板下的灯妨碍入睡，但我不想起来去关掉它。

雨一阵一阵，像擂鼓似的敲打着屋顶。有时风在天花板与房顶之间，在已经打破的天窗里低声吼叫着。

最后我还是睡着了。我醒了，醒得很突然。有几秒钟我闭着眼睛躺着，然后伸手去拿放在床边椅子上的手表，手表上指针指着3点40分。

不知为什么这个时间使我吃了一惊，某种不愉快或危险的事情与这个时间有密切关系。不过是什么事呢？于是，我突然记起看门人讲的故事：住在这间屋里的那个人发疯时，正是在这个时刻从屋里大叫起来的。

我翻身仰面躺着，突然一阵寒战从后脑勺直到脚跟通过我的全身——

天花板上，就在我头顶上方，开了一个方孔，方孔外面是天花板与房顶之间的漆黑一片。

以前我没看到这个方孔，是我睡着了的时候有人打开的。而且是从里面，从天花板与房顶之间把它打开的。

我目不转睛地望着那个方孔，自言自语地说："镇静，主要的是不要发慌。"

我很快仔细看了看这个房间——里面什么人都没有，也不可能有人。屋里不但藏不住人，而且连一只蜈蚣也无法藏身。不过毕竟……我小心翼翼地看了看床底下，那里也是空的。

于是，我把眼睛转向那个黑漆漆的洞，发现那里有什么东西在动。

我的心怦怦直跳起来，太阳穴也突突跳起来了。

我看到，方孔边上慢慢出现了几个很胖的手指——先是右手的，后来又出现了左手的手指，手指紧紧抓着方孔的边缘。那里，在天花板与房顶之间的顶间里有一个人。

在灯光中，我看到了这个人手指上稀稀拉拉的黑毛和凸出来的发青的指甲。

手指握紧了。显然，有人俯卧在上面，用手撑着，全身的重量都集中在手指上，洞口出现了一个人头。

直到现在我还记得他的脸。在那以前，我一生中从未见过比这张脸更呆板、更凶恶的任何东西，大概以后也永远不会看到。

我好像觉得这张皮肤松弛的脸很大，脸刮得干干净净。那人慢慢地、平静地动着嘴唇，仿佛是在咀嚼。

我们的目光相遇了，我明白这就是死神。那人望着我，在冷笑。他并不发抖，没有做任何一个极其微小的动作，以便躲藏起来。他仔细看着我，就好像在看一个牺牲品。他打量着，然后突然很快用手支撑着抬起身子，把一只光着的脚伸进开着的方孔。

他打算跳下来，但动作不小心，一根一端磨尖了的铁棒掉到了地板上，又往上一跳，滚到了床边。

我记不得我是怎样到了门边的，大概我是以光速冲到那里去的。在平台上，我大喊了一声，立刻失去了知觉。大概我喊得和那个在这间屋里发疯的人同样可怕。

我清醒过来的时候是在3楼的走廊上，我身旁站着管理员、看门人和几个只穿了一半衣服、神色惊恐的旅客。一个只穿着短裤的陌生东方人正在给我摸脉，散发着一股氯化铵味。

不一会儿，警察局的人来了。我还有足够的力气回答询问，甚至还有力气和警察一起走进那个房间。

那个洞开着，从洞口垂下一根用床单拧成的绳子。地板上的铁棒不见了。

警察绕道上到天花板与屋顶之间的顶间里，但没发现任何人。牵来一条进行侦查的警犬，它领着警察从那扇打破了的天窗上到房顶上，从那里又上了邻居家的房顶，但不再往前走了。

“算您幸运，”一个职位较高的警察对我说，“您醒了。您对付的是一个既狡猾而又厚颜无耻的罪犯。在最好的情况下，那家伙也是个疯子。”

警察查封了这个房间，然后走了。我坐在旅馆的前厅里度过了这一夜其余的时间。前厅的墙上用油画颜料画着一些圆柱的废墟，圆柱上还缠绕着蔷薇花。

最为坐立不安的是诺季亚，我们立刻乘火车回波提去了。诺季亚打发他那辆马车从巴统返回波提。

但大家都知道，祸不单行。

我们在萨姆特列季阿车站换乘去波提的火车，在这个车站上我传染上了斑疹伤寒。

那时，乌克兰已经闹起了饥荒，成千上万的难民从那里逃往南方，逃往外高加索，逃往食品充足和温暖的南方。祖格迪迪和萨姆特列季阿之间的所有车站上都挤满了难民，难民中出现了斑疹伤寒。不知为什么，人们都把这种病叫作“蓝色伤寒”，据说死亡率很高。

当然，我并不知道在萨姆特列季阿已经传染上了疾病。几天后，我从波提回莫斯科。我乘坐那艘熟悉的“佩斯捷利”号去敖德萨，只是在雅尔塔才猜到我害病了。在那里，我突然感到像子弹打到头上一样的剧烈的头痛。仿佛透过一层发黏的雾，我记得在塔尔汉库特附近的颠簸，记得到处尘土滚滚、我记得好像已经十室九空的敖德萨，还记得硬得像铁一样的、车厢里的上铺。

后来，我已经什么也记不得了。我清醒过来的时候是在夜里，在莫斯科的鲍特金医院里。我躺在一扇开着的窗户下面的病床上，从花园里向窗内飘来浓郁的椴树花香。

只是在医院里，我才从一位老教授基列耶夫那里听说，斑疹伤寒是一种血液的疾病。

真的，我仿佛觉得我的血变得发黏，就像木匠用的胶水那样，而且越来越浓。特别是在夜里，到那时血液似乎完全停止流动，从很窄的血管里挤不过去了。

每天夜里，我都试图逃避正在死去的血液在我身体里这种迟钝的、十分勉强的运动。但只有一次，我成功地从床上爬了下来，很吃力地爬到走廊上一扇敞开着的窗子前面。附近没有护士。

我跪在窗前，把一只瘦得难以置信、仿佛透明的手伸到窗外，凭这只手上全部极薄的、好像是小鸟儿的皮肤感觉到了夜的壮丽——感觉到了夜里在椴树间均匀地簌簌作响的凉风。显然，这风是从星星那里吹来的，还感觉到了使我浑身战栗的、草丛上轻微的潮气。大概，黄昏前花园里下过一场时间很短的雨。

我明白这气息向我应许的是生命，是恢复健康，是意义深远的清新感觉，仿佛洗了个空气浴，透彻地洗净了我发炎的身体。

我痉挛地、声音嘶哑地呼吸着，直到失去知觉。

在医院里给我注射了好几公升生理盐水，但是我几乎没感觉到痛。我仿佛能感觉到萎靡不振、十分虚弱、过得很慢的时间。这种令人十分难过的感觉，一直使我苦恼不堪。

时间概念本身发生了剧烈变化——一天变得那样长，可以在一天当中容纳下好几天。思想也是在慢慢地爬，像橡皮那样拉得很长，而且经常重复。这甚至不是思想，实质上只有一个想法，或者更确切地说，是回忆我跪在开着的窗前那天夜里的情景。

一动不动地平躺在床上，不断地细看自己的手指，仿佛我能根据手指了解自己的命运。我在记忆中逐一回忆那天夜里的情景，那时夜空中椴树枝之间星光灿烂。在我的意识里，那一夜明显地分成了几个组成部分。

这一夜的每一部分都异常美好，并给人带来安慰——一朵落在窗台上的并不好看的、会飞的椴树花，梦中听到的小鸟的啁啾声，还有遥远、单调的嘈杂声，似乎莫斯科四周都是一片片古老的松林，风从容不迫地吹来，松林摇摇晃晃，松涛澎湃。

不知为什么，我希望这些松林都是300年的古老树林，而松树树心中的松脂都具有红色油画颜料的色彩。

那天夜里，不知从哪里飘来水的清凉气息。也许是附近有一个池塘，也许是风带来了降落在地平线那一边的雨水气味。

无论如何，对我来说，所有这一切比最有效的药对健康更为有益。我请求基列耶夫教授把我送到梅肖尔去（一年以前我第一次得知有这么一个地方），送到黑海岸边一间小小的森林守卫室去。他笑了笑，答应了。

我向基列耶夫肯定地说，我一定静静地躺在那里，喝干净水，只吃越橘。由于这些情况，由于寂静，我一定会恢复健康。

正是在这里，在医院里，我好像觉得森林里的寂静是非常幸福的——因为从霍德机场上起飞的飞机一直不断地在医院的房顶上面吼叫。

睡在我旁边的是莉季娅·谢芙琳娜[①]的丈夫。当时我仿佛是在梦中看到了这个并不美丽、身材矮小、非常可爱而又善良的女人。直到现在，在我的记忆中她始终是这个样子，虽说她早已死了。

由于频繁地注射樟脑，我的大腿上形成了很深的脓性蜂窝织炎。

由于脓性蜂窝织炎，就在病房里的病床上给我做了手术。我身体还那样虚弱，因此医生不敢把我送到手术室去。

---

① 莉·尼·谢芙琳娜（1889—1954），苏联女作家。

手术后，我腿上缠着绷带躺在床上，几乎失去知觉。是一个炎热的夏天的晚上，通往走廊的门开着。明晃晃的电灯在天花板下令人难以忍受地照耀着，刺痛我的眼睛。谢芙琳娜的丈夫在旁边的病床上痛苦地呻吟着。

后来，我在自己身边听到不知是谁的十分疲倦的呼吸声，于是睁开了眼。

就在我病床旁边，地板上坐着一个身穿皱巴巴的脏军大衣的红军战士。他头上戴着一顶已经掉了毛的人造羔皮高帽，帽子上斜钉着一小块已经给太阳晒得褪了色的红布。帽子他戴着太大，滑到了土色的、仿佛透明的耳朵上。

红军战士尖尖的脸上，颧骨上紧绷着一层不健康的淡黄色皮肤。在灯光下皮肤闪闪发亮，好像搽过油似的。

红军战士双颊上很深的皱纹里积着一条条黑色的灰尘，好像是一条条细绳。

“朋友，你是怎么来到这里的?”我问他。但是他不回答，甚至没有抬起眼睛来看看我。他痛得皱着眉，解开自己腿上由于沾上干血而变硬的脏绷带。当他撕下绷带的时候，绷带像羊皮纸一样啪啪地响。

我猜想这个红军战士是利用护士离开的机会，从花园进入病房的（我住的那座医院，小小的楼房就在花园里面。因为是夏天，从花园进入走廊的门从来也不关）。

从红军战士的腿上冒出一股没有及时治疗的伤口的难闻气味。

“你干吗解下绷带呢，老乡?”我又问。但红军战士还是不回答，只是用眼睛向我示意，要我看看他身旁的墙。

这时，我看到墙上的一块方纸，上面用黑体字印着：

“所有裹着绷带的战士和公民们应立即解下绷带，在特别委员会对伤口进行检查之前，无论如何也不能再包扎绷带，否则将交付革命法庭审判。”

我明白，那个战士是遵照这一命令才解开腿上的绷带。于是，我坐到病床上，也开始解开自己大腿上的绷带。

大腿上的刀口很深，而且总共不过是两小时前才做的手术。血从新伤口里涌了出来，但是在失去知觉之前，我还是伸手够到了小桌子，打铃呼唤护士。

当我清醒过来的时候，我的病床旁聚集着一群惊恐的护士。年轻的外科医生咬着嘴唇，生气地给我重新包扎起来。整个病床上都是血。

红军战士不见了。我把他的事讲给外科医生听，医生只是笑了笑：

“幻觉的奇怪病案，”他对护士们说，“一分钟也不要撇下他一个人。”

到夏末，我痊愈了。罗斯金把我从医院里接回家去，接回了大德米特罗夫卡。显然，我已经没什么重量了，因为连像一篮面包这样微不足道的一点儿重量都拿不动的罗斯金，竟能轻而易举地把我抱上3楼，甚至都没有累得喘不上气来。

小河韦尔图申卡

我们俄罗斯有那么多绝妙的河名、湖名、村镇和城市的名称，简直令人叹为观止。

最确切、最富有诗意的地名之中，有一个是属于一条很小的河的，这条叫作韦尔图申卡[①]的小河曲折蜿蜒在莫斯科州离鲁扎市不远、森林茂密的谷底上。

韦尔图申卡小河像一个坐立不安的人，一直在转来转去地绕弯儿，到处乱窜。水声潺潺，好似低声絮语，在每一块石头或倒下的白桦树干旁发出响亮的声音。泡沫翻滚，轻轻歌唱，自言自语，不时低声嘟嘟囔囔，清澈异常的河水在多砾石的河底上匆匆地流淌。

这水是从像地层本身的年龄一样神秘的古老地层中流出来的，是从侏罗纪的黏土和泥盆纪的砂岩中流出来的。

有一个与韦尔图申卡小河有关的情况似乎不可理解，然而是可爱的。

大家都知道，我们莫斯科州什么山都没有，只有丘陵起伏的平原，然而韦尔图申卡小河不知从哪里冲洗出一些磨光了的大块花岗石，把它们带到了这里。

这当然是从冰河期遗留下来的漂石。夏天，漂石躺在温暖、湍急的流水里，好像眯缝着眼睛在打盹儿。石块上长满了苔藓。水绕着漂石流过去，轻轻地哼着它那很简单的歌曲。难以相信，这些性情温厚的漂石就是我们地球上发生大灾难的见证者；难以相信，冰川曾狂暴地带着这些漂石流经俄罗斯全境，从斯堪的纳维亚群山把它们带来，丢在这里，丢在舒适的韦尔图申卡小河里，平静地度过了似乎没有尽头的、宁静的石器时期。

不过，还是回过头来稍微谈一谈地名吧。

地名——这就是人民赋予某个地方的、富有诗意的形式。地名说明人民的性格，人民的历史，人民的爱好，以及风俗习惯的特点。

---

① 原文有“旋转的”、“回旋的”之意。——译者

需要尊重地名，只有在极端必须的情况下才能更改地名。更改地名首先应该做到没有语法错误，要有对这些地方的知识，怀着对这些地方的热爱。不然的话，地名就会变成语文垃圾，变成低劣的审美力的根源，暴露那些想出这些地名来的人的无知。

不能给城市取一个那么难听的名字，以致使人们住在这个地方会感到不快。可以举出很多这样的例子。

乌克兰作家伊万·弗兰科[①]居住过的一座城市，不是简单而且很美地把它叫作弗兰科，一个笨拙的改名者却想出给它取一个很拗口的名称——“伊万诺-弗兰科夫斯克”。

克里米亚的科克捷别利（顺便说说，是个很美而且很容易叫的名称）被改名为普拉尼奥尔斯科耶。首先，这不合乎语法。如果这个名称是从“普拉尼奥尔”[②]一词来的，那么应该叫“普拉尼奥尔诺耶”，而不是“普拉尼奥尔斯科耶”。这算个什么词呢——普拉尼奥尔斯科-奥耶？它这个悬空的、没有名词的形容词与什么发生关系呢？显然，就连给这个就其严峻的美来讲十分奇妙的地方，取了一个这么公式化名称的那些人来说，这也是一个秘密。

比较不太久以前，在克里米亚，不声不响，未与居民协商，也就是说，没有得到居民同意，就匆匆忙忙给除滨海一带的几乎所有城市、村镇和居民点全都改了名字。

在这些新地名中没有克里米亚的自然或历史的一点儿痕迹。最新的克

---

① 伊·亚·弗兰科（1856—1916），乌克兰作家。

② 原文的意思是“滑翔机”。——译者

里米亚地图上到处都是粗糙的、没有个性的，要不简直就是荒谬的地名。

例如，在现在没有、而且从来也没有过草莓的克里米亚，出现了这样的地名——“泽姆利扬尼契诺耶”[①]。草莓的什么呢？肥皂？还是冰激凌？还是果酱呢？

与我们许多伟人在克里米亚的生活有关的地名都不见了。

这一更改地名的情况说明缺乏基本文化知识，说明轻视人民，轻视那个地方。而且，当然也说明缺乏构思和想象的能力。

我们将在数百年里用各式各样的伊万诺-弗兰科夫斯克来糟蹋自己的语言，然而韦尔图申卡小河却总是那样轻快地淙淙流淌着奔腾不息。而例如像沃洛格达这样的地名也将毫无阻碍地广泛通用，照北方人那样，把非重音的“o”都读成“ó”。

韦尔图申卡小河边矗立着一幢宽敞的木头房子，俯临谷地。从前这幢房子是作家武科尔·拉夫罗夫[②]的。

革命后在那里建立了一个作家休养所，叫作“马列耶夫卡”。

我去马列耶夫卡住了3个月，为的是在病后休息一下，使身体强壮起来。

我是初次到休养所来，几乎是紧挨着和好几位作家住在一起。最初一段时间里我觉得不好意思，有点儿腼腆，不过觉得幸福。因为经过许多年日常生活的混乱以后，我终于有了虽说是暂时的，但毕竟有了一间温暖、明亮的房间，屋里有一张很好的书桌、一个小壁炉，还有地毯和安乐椅，可以坐在安乐椅上看书或打盹儿。

---

① 原文的意思是“草莓的”。——译者

② 武·米·拉夫罗夫（1852—1912），俄国作家、出版家、翻译家。

在食堂里和我同桌用餐的，原来是一位乐观愉快、很容易与人接近的作家谢尔盖·布丹采夫[①]。他教我在一张小桌子上打台球，桌子上不是照规矩蒙着绿呢子，而是铺着做士兵大衣的灰呢子。呢子上有许多地方打了补丁，球台放在没有遮阳的阳台上。一夜之间，球台上撒上了厚厚一层9月的落叶和干枯的针叶。在开始玩经常不变的“两轮马车”之间，最爱玩台球的几个人——剧作家什克瓦尔金[②]、布丹采夫和埃米尔·明德林[③]——都要从球台上仔细扫净这些秋天的垃圾。

即使桌子上还有哪怕是一根针叶，像骑士那样彬彬有礼而且十分认真的什克瓦尔金也断然拒绝玩球。用他的话来说，即使是松鸦或山雀翅膀上的一根微不足道的绒毛，也会使球偏离正确的方向，破坏十分漂亮的一击。

不管什么天气——无论是晴天还是下雨，都在玩这种多灾多难的台球。下雨天，球台上的呢子湿得那么厉害，球互相碰撞时从呢子里挤出的水，会像喷泉那样飞溅起来。玩球的人被水花溅得湿淋淋的，但这并不使他们感到不快——玩球的那股狂热劲克服了一切。

球台周围整天都坐着一些“捧场的人”（当时是第一次出现这个新词）以及爱闲聊和喜欢“无事闲逛”的人。

爱闲聊的人当中，居首席地位的是谢尔盖·布丹采夫——一个身体健壮、爱开玩笑的人，在像水晶那样光洁的镜片下，从眼睛里射出愉快和善良的闪光。

---

① 谢·奥·布丹采夫（1896—1940），苏联作家。

② 瓦·瓦·什克瓦尔金（1894—1967），苏联剧作家。

③ 明·埃·利沃维奇（1900—?），苏联作家。

从一清早直到很晚的时候，他讲的故事一刻也不停息。他的记忆力和联想力是异乎寻常的，随便一个什么词都会引出一个故事、一个笑话或一段回忆。

布丹采夫是一个喜欢夸夸其谈和轻浮的人。我好像觉得他的才能的全部力量都用在谈话上了，几乎没留下用来从事写作的时间。也许这可以说明，布丹采夫为什么很少写作，也难得发表作品了。

对于他自己，对于一个作家来说，布丹采夫有一个最危险的特点——心甘情愿而且十分详细地叙述他还未写出来的作品的构思，而且讲得非常精彩。他渐渐积累起整整一系列这种口头作品的章节和短篇小说，这些作品都已经完成了，直到最后一个细节都已经润色过。乍看起来，会轻率地认为只要把这些章节写下来，一部书就完成了。

但实际上情况却完全不是这样——搬到纸上去的口头小说会显得逊色，会失去生命力。也许正是因此，布丹采夫才对讲故事比写小说更感兴趣吧。不可能把布丹采夫运用得达到理想境界的丰富的语调和面部表情，都搬到纸上去。

从那时起，我懂得了许多作家为什么那样审慎，不肯轻易讲他们打算写的作品。我懂得了随便说出尚未创作出来的作品，可能简直是危险的。

布丹采夫是丘科特斯基集中营里最初死亡的一批人中的一个。

亚历山大·别克[①]在马列耶夫卡写一本关于著名炼铁工人库拉科的书。

别克发明的写作方法使大家都感到吃惊。首先，别克找到自己的题

① 亚·阿·别克（1902/1903—1972），苏联作家。

目，用他的话来说，是找到“金矿脉”，确定主要的主人公，以及对于他这部书来说必不可少的一群人，这总是一些现实生活中的人。

然后，别克天真地、然而是残酷无情地向这些人提出问题，问出他们生活和工作中的一切情况，直到最后的细节。这样做的时候，别克竭力少做笔记，以免使他们感到不好意思。

这样，别克积累了许多笔记和速记记录。把这些速记整理出来以后，别克就着手工作了。他把速记记录翻译成优美的散文语言，大胆地用它们构成一部作品。他设法做到故事完全可信，同时对得到的材料进行挑选、分割，在不同的组合中把它们连接起来，而且给人物加上他自己的色彩，对人物做出他自己的评价，创作出不是记录式的、而是真正艺术性的散文。

关于库拉科的那部作品以及别克的其他著作，直到使他获得世界声誉的《沃洛科姆公路》都是这样写成的。

别克建议在作家协会中建立一个规模很大的储藏库，保存与我国所有卓越人物谈话的速记记录。这样，别克断言我们就能创作出一部极为出色的苏联历史汇编，同时也可以为作家们提供最丰富的材料。每个人都可以为了写作利用任何速记记录。

据我所知，别克甚至已经着手编造一份范围十分广泛的名单，把应当去访问的、我们杰出的同时代人全都包括进去。这份名单中包括学者、工程师、发明家、工人、演员、作家、农艺师、育种家、歌唱家、旅行家、革命家、建筑师、混凝土工、诗人、园艺家、芭蕾舞女演员、医生、道路工程专家、海员、统帅、猎人——一切职业和具有各种各样、有时是出人意料的生活经验的人。

可惜，这一宏伟计划未能实现。

在作家当中，我从未遇到任何一个人像别克这样在工作中有这样顽强的精神。有时，我好像觉得他的工作对于一个人来说是力不胜任的。

别克，这个调皮的人，有时喜欢把自己形容成一个头脑简单的人。他的性格异常温和，但是很直爽。

不管别克出现在哪里，他立刻就把周围的人吸引到他所喜爱的事物的轨道上来，用他那无法抑制、然而并不是咄咄逼人的毅力，用他那近乎疯狂的好奇心来感染别人。在这种情况下，有他在场，生活总是好像比在他到来之前更有意思。无怪乎谈到别克时，人们往往开玩笑说："我们的上帝就是别克。"

每一个与别克十分熟悉的人，没有他——没有他那些大胆的计划、吵吵嚷嚷的争论、笑话和善于生活的本事，已经很难正常地生活下去了。

我彻底认清别克的毅力和他对文学事业的忠实的价值，时间却要迟得多，那是在我有幸和埃马努伊尔·卡扎克维奇、别克以及其他几位作家一起参加编选一部文艺作品选集的分册的时候。

编选集的工作是由卡扎克维奇主持的。卡扎克维奇是一个——如果可以这样说的话——闪闪发光的人。他极有才能，具有惊人的智慧、普通士兵的勇敢精神、非常厉害的幽默、对朋友的抒情诗一般的柔情和对好人的依恋。

他对各种各样的败类、两面派、逢迎拍马和庸俗的人毫不留情。他对待他们很不客气，甚至是蛮横的。

卡扎克维奇去世前几天，我去看他。他由于生癌，已经奄奄一息，对这一点他十分清楚。什么也不能向他隐瞒正在迅速临近的死亡。一切都说明了这一点——无论是可怕的疼痛，还是十分鲜艳、完全像柠檬一样的他身上的肤色，就连他住处的门总是开着，免得有人来时还要按铃或敲门。这一切，都说明死亡已经离得近了。很小的响声都会引起卡扎克维奇身上剧烈的疼痛。

根据许多迹象，他明白他正在慢慢死去。首先是根据亲人和朋友们的眼睛，根据他们不自然的、故意装出来的镇静态度，根据那些看不见的、强忍住的眼泪，这样的眼泪比最绝望的痛哭更令人难受。

他还是把他刚刚想出来的、对一个批评家的恶毒的讽刺诗读给我听。当我们分手时，他用自己发黄的、虚弱的手（在这只手上，透过已经死去的皮肤隐隐露出很细的骨头）握了握我那只晒黑的、健康的手，看了看我们的两只手，笑着说：

“各民族的友谊！欧洲人和黄种人的。可以用来画一幅宣传画。”

我们拥抱了。我身体里的一切都在呼唤奇迹。必须要有奇迹。要把生命吹进他的身体里去，哪怕是把我自己的呼吸吹进他的身体里去，好让这个非常可爱、大家都需要、人民所需要的人回到生活中来。

几天后，拉夫鲁申小巷里他的住宅大敞着的门边，有一个棺材盖靠在墙上。

无论什么都可以容忍，但只是不能容忍降临到卡扎克维奇身上来的死亡的孤独。

那一年的秋天很快就到来了，很早就开始出现潮寒。郊区的树林在两三个夜晚就已发黄，而且黄得厉害。

一年四季中我最喜欢秋天，也最为秋天感到惋惜。也许，这是因为拨给它那落叶萧萧、草木凋零的时间太少了吧。

在马列耶夫卡，我像一个自然科学家那样从容不迫地悉心研究秋天。

在两个月里，医生禁止我写作。不过，我还是开始写作了。我用这样的想法欺骗自己——我写的不是散文，而是秋天运行的干巴巴的总结。我什么也用不着去想，而只是记下自己观察的结果。

那时候，马列耶夫卡住着一个对一切都不满意的诗人，不满意的怪相从未从他的脸上消失过。他尖酸刻薄，而且是不公正的。所有现代诗人，用他的话来说，都只是写一些“臭气难闻的歪诗”。

这个老诗人有他自己的语言——一种歪曲的、使人感到不愉快的语言。他最常用一个他自己造出来的名词“佩斯”。这个词是什么意思呢，只能进行猜测。例如，他不说“无论如何也不”，而是说“无论‘佩斯’也不!”谈到一个漂亮女人的时候，他眼里带着讥讽的火花说：“一个完全‘佩斯’的女人”。

我们留在马列耶夫卡一直住到深秋的，总共只有三个人：这个老诗人，一个块头很大、显得笨重的经济学家（诗人不知为什么管他叫“小鸟儿”），还有我。

经济学家只跟我们谈有关文学的话题。显然，这是出于这样的想法——“和作家在一起生活——就照作家那样说话。”他执拗地向我们询问作家们的情况和文学界引起轰动的消息，把我们弄得疲惫不堪。

不知为什么，经济学家对米哈伊尔·斯韦特洛夫[①]特别感兴趣。好长时间他老是纠缠不休地问我们同一个问题：“斯韦特洛夫写什么生活题材?”起初，我们试图跟他认真谈谈斯韦特洛夫的诗，但这显然未能使他感到满意。晚上，他又向我们提出早晨我们已经回答过他的那同一个该死的问

---

① 米·阿·斯韦特洛夫（1903—1964），苏联作家、诗人、剧作家。

题："斯韦特洛夫写什么生活题材？"

"写西班牙的生活。"我稍有点儿气愤地回答他，"您不是看过他的《格林纳达》吗？"

"看过有什么用？斯韦特洛夫的那本书里，一切都很乱。难道西班牙有个格林纳达吗？"

"当然有。"

"您看，多有意思！那么爱伦堡写什么生活题材呢？"

"外交界和中欧的生活。"老诗人用呼啸的低音回答。他的眼睛和眼镜都射出恶毒的闪光。

但经济学家还不肯罢休。

"难道有这样一类吗？"他天真地问，"难道爱伦堡在外交人民委员部工作吗？他在那里担任什么职务，你们知道吗？"

这我们却不知道。这时，经济学家毫不浪费时间，立刻问帕斯捷尔纳克写什么生活题材。

"写别墅里的生活。"我回答。我已经感到疲惫不堪了。

"为什么呢？"经济学家突然担心地问，"难道他在莫斯科附近有一所别墅吗？奇怪啊，诗人会有别墅！"

经济学家简直使我们烦死了。我们躲着他，但是他到处都追上我们——在森林里、田野里、韦尔图申卡的谷地里，还有令人完全无法忍受——当我们写作的时候，在我们住的房间里。

有时，我到旁边一条叫鲁扎的小河去钓鱼。诗人硬要跟我一起去，可是他不钓鱼，而是坐在一旁，大声读他自己的诗和别人的诗。

我几次向他暗示，鱼怕响声，会远远离开这样大声说话的诗人。

“没关系！”诗人回答，“让它习惯一下好了。是您对听我的诗不感兴趣，而对鱼来说，这却是难得的娱乐。鱼的生活是活受罪，河里的水冰冷，淤泥很脏，鬼知道鱼吃些什么。总之，是各种各样的脏东西——蛆、各种幼虫和味道发苦的水草。它在水里又黑，又冷，又怕。随时都在等着，旁边什么地方有一条梭鱼突然吧嗒一声，闭上它那钢铁一样的嘴巴，那时就得尽力赶快逃跑！”

这些谈话妨碍我，但不得不忍耐着——诗人在背许多诗和讽刺诗。他一边走路，一边就会做一些讽刺短诗。他最常想起来的是奥列伊尼科夫[①]的一首打油诗：

一条小鱼，
一条煎鲫鱼，
哪里去了，
你昨天的微笑？

不久，经济学家走了。在这以后，马列耶夫卡开始了一段十分美好的生活。总共只剩下了我们两个人，我们自己也觉得惊讶，为什么只为了两个人，休养所还不关闭。

诗人变得善良了，甚至陷入沉思，开始写作。他的全部恶毒的讽刺仿佛都在秋天稍有点儿寒意的空气中消失了。

他每天都在写歌唱晚霞的诗。真的，这个秋天里，莫斯科附近天空中

---

① 尼·马·奥列伊尼科夫（1898—1942），苏联作家。

的晚霞美极了。晚霞点燃了周围的小树林，好似用暗淡的黄火一支接一支地点燃起许多蜡烛。

每次日落时都有这样几分钟时间，那时色彩开始熄灭，天空仿佛向天顶飞去，淡紫色的暗影悄无声息地渐渐笼罩了田野和森林。树叶一直在飘落、飘落，好像觉得这景象将永无止境。

就像开始时那样生活吧

尽管医生禁止我写作，我还是在马列耶夫卡写完了中篇小说《科尔希达》。这部小说写起来很轻松，写得很快，毫不紧张，这甚至使我感到害怕。我听到过许多作家的谈话（一般说，都是正确的），说是一部作品写作时愈是困难，那么它也就愈是经过深思熟虑的，愈是站得住脚的。

没有这样一个人，可以把我的新小说拿给他看看。但我真幸运，儿童文学作家罗扎诺夫[①]到马列耶夫卡来住了几天，他是一部很好的作品《特拉夫卡奇遇记》的作者。

我给他读了《科尔希达》中的几章，他那样亲切和真诚地称赞它。于是我放下心来，甚至决定把这篇作品交给高尔基主编的文选《第十六年》[②]。

高尔基看了《科尔希达》，正如他后来亲自告诉我的，他只“亲笔”

---

① 谢·格·罗扎诺夫（1894—1957），苏联作家。

② 这是一种文学艺术和社会政治性文选，第一册于1933年出版，书名为《第十六年》（即革命后第十六年），以后每年出版一册。从1950年起成为作协的机关刊物。从1956年起改名为《我们同时代人》，从1964年起改为同名杂志。

提了一条意见。这条意见是关于天竺葵花的。我是这样写的：天竺葵是小市民日常生活中的花，是庸俗的人窗台上的主要点缀品。

高尔基在手稿的边上写道：任何植物任何花都不会是小市民的或庸俗的，天竺葵也是城市贫民心爱的花，是手艺人寄居的闷热的地下室里心爱的花。很久以来民间就形成了这样的信念，认为天竺葵能净化钳工作坊、皮鞋作坊和其他作坊里难闻的空气，因此大家都喜欢它。

离开马列耶夫卡以后不久，我就会见了高尔基。他责备我没有注意到这种花的美。

“也许，什么时候您会到意大利去。”他说，“在那里，到处您都会看到这样华丽的天竺葵花，简直会使人目不转睛地盯着它看。而我们这里，最好的天竺葵，照我看，是在伟大的诺夫哥罗德栽种出来的。这座极美的城市郊区，所有村庄里鲜红的天竺葵简直像一片火海。您去过伟大的诺夫哥罗德吗？”

“没有，没去过。”

“一定要去一趟！一定！在农村的老大娘那里喝一杯菩提花茶。味道美极了。不过，不错，爱喝的人才觉得它美。”

他用手指像敲鼓那样敲着桌子，又补了几句：

“地方的特点！我喜欢地方的特点。可以用这些特点，就像用浓郁的色彩那样，在画布上把俄罗斯画出来。您喜欢画家库斯托季耶夫[①]的作品吗？”

“非常喜欢。”

---

① 鲍·米·库斯托季耶夫（1878—1927），苏联画家。——译者

“所有这一切都是同一性质的现象。”高尔基说。他注视着自己那支又长又细的香烟上冒出的一缕形状十分华丽的烟，“库斯托季耶夫，集市上的露天剧场，茂盛的草地上的牧场，气味芬芳的木雕制品，伏尔加流域美人们肩上的披肩，阁楼，窗台上的天竺葵，殷红的晚霞——正是那样可爱地映照在茶炊上的晚霞，拿着彩色蜜糖饼干的小男孩……极好的画家！极好的！您喜欢诗吗？”他突然问。

“喜欢。不过是照自己的方式。”

“这‘照自己的方式’是什么意思？”

“我一天只能看两三首诗，不能再多看了。不过，我会记住这两三首诗，很久不会忘记，有时终生不忘。”

“是个令人羡慕的优点，”高尔基说，又用手指像敲鼓那样敲了敲桌子，望着一边，补了几句：“而我已经不能了。硬化，是不是呢？阁下，在当代诗人之中，目前您醉心于什么人的诗呢？”

“勃洛克，还有帕斯捷尔纳克。”

“生活很丰富嘛！”高尔基说，“这是值得称赞的。在诗人那里什么奇迹听不到啊，而我还是最喜欢普希金。‘风暴以黑暗遮住天空’[①]。您记得吗？‘喝一杯吧，我不幸的少年时代的好心女伴。’”

他用自己的低音唱出这几句话，然后陷入沉思。

“真的，您到伟大的诺夫哥罗德去一趟吧。那里，像阿琳娜·罗季昂诺夫娜[②]这样好心的女伴到处都是。俄罗斯的诗好像就是从她们那里开始的。”

---

① 普希金的诗《冬晚》。

② 普希金的乳娘。

那年秋天，我在马列耶夫卡读了许多诗人的诗——瓦西利耶夫[①]、斯韦特洛夫、扎博洛茨基[②]、帕斯捷尔纳克。我忍不住给高尔基读了这些诗人的诗中我喜爱的几行诗句，他突然深受感动。

“怎么，怎么?”他问，“请再读一遍。”

我读了瓦西利耶夫的几行诗：

一个相信朴素语言的人，
你搀着童话的手，好似引路人，
迎着鸟儿翅膀扇起的斜风，
领着它走遍俄罗斯全境……[③]

而这一首，是帕斯捷尔纳克的：

与其说来自屋顶，不如说来自梦中，
与其说是羞怯，不如说是缺少好记性，
小雨在门边踏步、逡巡，
散发出酒瓶软木塞的阵阵香气……[④]

“说得准确。”高尔基说，“不过您是什么人呢——散文作家，还是诗

---

① 帕·尼·瓦西利耶夫（1910—1937），苏联诗人。

② 尼·阿·扎博洛茨基（1903—1958），苏联诗人。

③ 瓦西利耶夫的长诗《夏天》。

④ 帕斯捷尔纳克的诗《夏天》。

人？大概，是诗人。”

他把自己的一只大手放到我的肩膀上，轻轻地按了按。

“写吧！就像开始时那样生活吧。谁也不会妨碍您，您认为该怎样，就怎样做吧。”

1963年

译后记

在苏联，康斯坦丁·格奥尔吉耶维奇·帕乌斯托夫斯基（1892—1968）是最受读者欢迎的作家之一。苏联作家斯莫利奇说：“我从未遇到过一个读者，说他不喜欢帕乌斯托夫斯基的作品。”斯莫利奇认为，只有读者在作品中发现自己与作者有共同的思想和感情，作者才能赢得读者的心，获得读者的同情和爱。而帕乌斯托夫斯基正是一位最善于征服读者的心的作者。

在中国读者中，帕乌斯托夫斯基也不是一个陌生的名字。他的作品已经赢得了不少中国读者的心。

帕乌斯托夫斯基的作品中既没有曲折离奇的故事，也没有故弄玄虚的惊险情节。然而，读过他的作品的人，都有这样一种感觉：好像总有点儿什么在你心中萦绕不去，使你的心情久久无法平静下来。

帕乌斯托夫斯基的艺术魅力的奥秘在哪里呢？帕乌斯托夫斯基有一句话是打开这一奥秘的钥匙：“如果每一个心灵中都有一根暗藏着的弦，那么它一定会响应美的哪怕是极其微弱的召唤。”显然，帕乌斯托夫斯基正是一位善于用美来拨动人们心中暗藏着的那根弦的艺术大师。他的作品不似烈酒，然而能于不知不觉中陶冶人的性情，给人以美的享受。他善于在一些貌似平凡的人身上看到生活的闪光，并试图用这些善良、淳朴的人们内心深处迸发出来的火花点燃千千万万人的心。可以说，他的作品是从生活的洪流中抓住“美的瞬间”的诗。

帕乌斯托夫斯基虽然是一位散文作家，但本质上却是一位抒情诗人。高尔基就曾这样对他说：“……您是什么人呢——散文作家，还是诗人？大概，是诗人。”帕乌斯托夫斯基认为，艺术的最高标准就是散文中充满诗意，饱含着诗的生气勃勃的液汁，以及诗的醉人的魅力。换言之，也就是散文应该达到诗的境界。

一般认为，帕乌斯托夫斯基是一位浪漫主义作家。

帕乌斯托夫斯基认为浪漫主义能净化人的心灵，“浪漫主义情绪不容许一个人变得虚伪、无知、怯懦和残酷。在浪漫主义精神中包含着能使人变得高尚的力量”。他认为，艺术家应该是美好的未来的向导，知道通往人民所向往的未来的道路。艺术可以、而且应该培育人心灵中浪漫主义的种子，帮助人在生活中站在积极的立场上，动员他的创造才能。浪漫主义作家绝不是以旁观者的态度，单凭直觉看透生活的本质。恰恰相反，浪漫主义精神是一种积极力量，能帮助人变得更好，使他的心灵变得更纯洁。

帕乌斯托夫斯基不断地为自己的浪漫主义探索自己的道路。在他的“第一部真正的作品”《卡腊-布迦日海湾》中，他做了一次成功的尝试，使浪漫主义与社会主义建设结合起来。在一篇特写里，他借用作品中一个人物莲娜·米茹耶娃的话，说出了他自己的一个想法：“照我看，作家应该有时这样来描写人和事物，不是描写他们实际上是什么样子，而是描写他们将会怎样，或应该是什么样子……”也就是说，在今天中看到未来，站在未来的高度上观察今天的现实，让现实和未来融为一体。当然，这里还有一个无法回避的问题：作家所看到的是什么样的未来？“帕乌斯托夫斯基是为我们社会崇高的理想而斗争的”（潘诺娃）。这样的作家所看到的未来当然不可能是世界的末日，不可能是人类的堕落。

《卡腊-布迦日海湾》以及继《卡腊-布迦日海湾》之后的中篇小说《科尔希达》和《黑海》，可以说是帕乌斯托夫斯基为自己的浪漫主义所做的探索的第一个阶段。而《梅肖尔地方》《夏天》以及其他一些作品，是帕乌斯托夫斯基创作生活中的又一个阶段。作家的目光转向俄罗斯中部地区的大自然。“大自然教我们懂得美，对故乡的爱，不可能没有对故乡大自然的爱。”而对大自然的爱又是诞生于对人的爱，“对大自然的感情是爱国主义的基础之一”。

日趋成熟的帕乌斯托夫斯基渐渐形成了他自己独特的抒情风格，用词简洁、朴素、明确，有时甚至是严肃的，然而富有诗意。他曾经说：“写得朴素是一种伟大的艺术。”

在平凡中看到不平凡，在日常生活中发现美和诗意，“在周围的人们中寻找每一道人性的闪光”，是帕乌斯托夫斯基的浪漫主义的又一特点。而且，也许可以说是他的美学的基本原则之一。《黑海》中女画家斯美塔宁娜的一段话，可以作为帕乌斯托夫斯基后期许多作品的题词：“什么也没有发生，但是我知道每一天都充满着智慧、力量、人类的温暖和友谊——充满着我们称之为世界上最美好的一切。”

例如短篇小说《破旧的小船》，就是这样一篇典型的作品。一列火车在途中遇到一场大雷雨，铁路被冲坏了，列车不得不停在一个小站上，等候修复冲毁的铁路。停车期间，年轻姑娘娜塔莎和同车的林务区长一起随同守林人到当地的森林里去。为了拯救快要被毛毛虫毁掉的森林，林务区长放弃去克里米亚的休假，决定留下来，娜塔莎却怀着遗憾的心情回到列车上，继续她的旅行。在这个情节十分简单的故事中，对于娜塔莎来说，的确是“什么也没有发生”，然而又似乎发生了许多事情——她看到了俄罗斯大自然朴素的美，看到了林务区长和守林人异常美的心灵。也许，她终生都不会忘记这件平凡的小事，这颗无意中在她心灵里播下的“浪漫主义的种子”终将开出朴素的花，结出理想的果实。

也许有人会认为，帕乌斯托夫斯基的作品没有写重大题材，因而缺乏时代精神。帕乌斯托夫斯基的回答是：时代精神与其说表现在生活素材上，不如说表现在作者对待这些素材的态度上。问题主要不在于写什么，而在于怎样写。如果对生活毫无热情，言不由衷，即使是十分动人的重大题材，也会被写得干巴巴、枯燥乏味，除了标语口号和说教，当然也就无法给予读者任何东西。如果像帕乌斯托夫斯基那样，抱着美化生活、以艺术的美的力量来教育人的目的，“以美作为善的太阳”，“召唤人们为令人高兴的、有理性的生活而斗争”，那么无论写什么，即使是表面看来似乎“什么也没有发生”的、日常生活的琐事，那么作家的笔下也必然会像童话中神仙的魔杖，使它所接触到的一切都迸发出耀眼夺目的光辉。正是因此，帕乌斯托夫斯基的作品从来也不是“时髦”的，或“不时髦”的，人们总是在读他的作品。

如果说对于浪漫主义，想象力具有特别重要的意义，那么对于帕乌斯托夫斯基来说，就更是如此了。他认为“想象力一旦消失，人就不成其为人了”。在《一生的故事》中，他讲了地理教师切尔蓬诺夫的故事。切尔蓬诺夫说：“人和动物的区别，就在于他有想象力。想象力创造了艺术。它扩大了世界和知识的界限，使生活具有我们称之为诗的这一特性。”在某种意义上，可以认为这也是帕乌斯托夫斯基本人的意见。

但想象绝不是脱离现实，凭空杜撰，想象并不等于想入非非。“想象力耀眼夺目的阳光只有在接触大地时才会燃烧起来。它不能在真空中燃烧，在真空中它就熄灭了。”“作家应当帮助人们看到真正的美。不是虚构美，而是在生活中发现美。”需要想象力，但不是为了捏造不存在的事情，而是为了在具体的环境中具体地表现所写的人物。有一次，帕乌斯托夫斯基去参观天文馆，人造星空的壮丽使他叹为观止。但当他走出天文馆，看到真正的天空，才发现，原来真正的星空要壮丽百倍，人造的星空是无法与它相比的。从此，他竭力写得真实。他的想象是诞生在现实的土壤里的，他的浪漫主义是以现实为基础的。《一生的故事》中有一个意味深长的细节。他给一个小姑娘讲了这样一个故事：荷兰的花卉种植家们为了争夺罕见的黑郁金香的一粒种子，爆发了一场战争。但小姑娘说：郁金香不是从种子，而是从球茎上长出来的。他“脸红了”。从此，他为自己定了一条规则：“在每一个童话，即使是最奇妙的童话中，也必须包含有现实基础。”他的作品所以能成为一座“用响亮和温柔的幻想铸成的、架设在生活之河上的长桥”（弗·伊万诺夫），也许就正是因为他的“幻想”都“包含有现实基础”吧。

帕乌斯托夫斯基的作品在苏联文学中已经形成一个独立的流派——抒情的浪漫主义。但同时帕乌斯托夫斯基又继承了俄国文学的优良传统，他认为许多人都是他的老师，从普希金、莱蒙托夫到契诃夫，从勃洛克、格林、巴别尔、普里什文到巴格里茨基。他认为他们都是浪漫主义作家。

他向巴别尔学习用“自己的眼睛”观察一切，学习锤炼语言，向普里什文学习在平凡的事物中发现美，学习揭示大自然的本质和大自然中的诗意，向叶赛宁学习语言的准确的形象性……

苏联评论界中有人指出帕乌斯托夫斯基最喜爱的作家是契诃夫，他所走的是一条通过库普林和布宁继承了契诃夫文学遗产的创作道路。当然，契诃夫、库普林和布宁都是帕乌斯托夫斯基十分尊敬的作家，在文笔的朴素无华、作品的题材和创作方法上，帕乌斯托夫斯基无疑受到他们一定的影响。《一生的故事》第四部《怀着巨大希望的时期》中，结尾有一个象征性的情节：作者乘船于夜间抵达雅尔塔，在黑暗之中无意走到了契诃夫的故居。但他好像觉得他“到那里去是有意识的”，“心里似乎有一件重要事情，正是这件重要事情引导”他来到了这里。他的思想深处有一种没有说出来的感觉：“感觉到在俄罗斯面前，在契诃夫面前，我好比是他们的儿子。契诃夫以各种不同的方式爱着自己的祖国，然而也是像爱他最后一篇短篇小说中所写的那个羞涩的新娘那样爱着它。他坚信，祖国正在走向必然的公正、美和幸福。我相信，它，这幸福一定会到来。为了我的祖国，为了饥寒交迫的克里米亚，最后还有为了我。”犹豫、恐惧都已成为过去，他满怀信心地走上了通往未来的道路。普里什文也曾指出：“帕乌斯托夫斯基仿照契诃夫的《草原》写了一部中篇小说《征服时间》。”“用爱把故土和人联结起来”这一点，“帕乌斯托夫斯基是向契诃夫学习的”。帕乌斯托夫斯基没见过契诃夫，契诃夫去世时他还是一个中学生。但是帕乌斯托夫斯基见过布宁，还曾把自己的诗寄给布宁，是布宁劝他不要用别人的语言歌唱，劝他在散文领域发挥自己的才能。在敖德萨解放前夕，帕乌斯托夫斯基见到了布宁。布宁到帕乌斯托夫斯基当时在做校对的一家报纸编辑部里去打听前线上的消息。“从少年时代我就喜欢布宁的作品，”帕乌斯托夫斯基写道：“喜欢他那无情的准确性和悲哀，喜欢他对俄罗斯的爱和对人民的惊人的知识，喜欢他对世界，对世界丰富多彩的美所做的聪明的赞美，喜欢他目光的锐利，喜欢他那种鲜明的布宁的感觉：到处都有幸福，但幸福只给予了解它的人。还在那个时候，对我来说，布宁就是一位经典作家了……因此现在当着他的面我连一句话也不敢说。我简直觉得可怕。”也像和格林的唯一一次会面一样，在和布宁的这唯一一次会面中，帕乌斯托夫斯基什么话也没能对他说。之后，布宁就离开了祖国。只是在几十年以后，当帕乌斯托夫斯基已经成了一位世界闻名的作家，他才在到法国的时候，前去拜访布宁，但他看到的已经是异国的一座孤坟和坟前的十字架了。

帕乌斯托夫斯基的老师是很多的。但正因为如此，所以不能简单地说他是向谁学习的。正因为他能结合自己的特点和生活经验，博采众家之长，所以才形成了他自己的独特风格。正因为他并不是简单地模仿某一个作家，所以他在文学上的成就甚至超过了他的一些老师。正是因此，普里什文才以一种独特的形式写下了对他的独特的赞词：“如果我不是普里什文的话，我希望在我们这个时代里像帕乌斯托夫斯基那样写作。”

帕乌斯托夫斯基的创作态度十分严肃，他认为：“写作既不是职业，也不是工作。写作是一项使命。”“文学，这就是命运、责任、我们的生活，应该从这一观点出发来看待一切文学现象。”“要知道，说我是一个作家，就像说我是一个革命者一样，要对这句话负责。”

他相信：“真正的文学就像菩提花一样，往往需要经过一段时间，才能闻到它的清香，感觉到它不朽的美。如果时间能熄灭爱情的火焰和人类的所有其他感情，正如能消灭对一个人的记忆那样，那么对于真正的文学作品来说，时间却会创造不朽。”他常对青年作家说：“科学不断前进，会消除旧的发明、旧的真理，但诗是永恒的。请寻找诗吧——诗比一切经典、战争和发明都生存得更为长久。诗的力量总会获得胜利。”

他对自己的作品要求非常严格，他的选集中从不收入早期作品。他也很谦逊，并不认为自己已经写出了传世的不朽之作，总是觉得“真正的创作还在后面”。不过，他相信自己所走的道路是正确的，在苏联文学和人类的文化生活中一定会留下一点儿即使是微不足道、然而却是永恒的痕迹。

从1946年到1963年，帕乌斯托夫斯基用了17年时间陆续写成他的长篇自传体小说《一生的故事》——一部无论是评论界，还是他自己都认为是他最重要作品的巨著。在这部书的前言“几句话”中，帕乌斯托夫斯基特别提到了两点：就其实质而言，每一位作家的创作，同时也就是他的自传。对于所有著作，特别是自传性的作品，有一条神圣的规则——只有到作者能讲实话的时候才应该写。

由于历史上的原因，有些情况在一定时期内是不能如实说出来的。实话是可贵的，但并不总是受人欢迎。有时不允许人说真话，说真话甚至会掉脑袋。在这种情况下，有人就言不由衷，说假话，说谎话，或回避真理。如果用这样的作品反映时代，那么人们所看到的只能是被歪曲的时代形象，这样的作品也就失去了它本来应有的意义。只有在能讲真话的时候，作者才可以毫无顾忌地如实说出他看到的一切。只有在这种情况下，才可以通过他的作品看到他所反映的那个时代的真正面貌。《一生的故事》正是一部这样的作品。不但像国内战争时期基辅守备团里的情况，敖德萨省委扣压列宁的讲话、《海员报》偷走讲话、巴统市新年之夜的荒谬事件、布尔加科夫关于斯大林的“口头小说”等这样一些比较重大的事情，就连基辅第一中学毕业班学生秘密开会，决定把金质奖章都留给犹太人，好让他们获得升学机会的情况，在还不能说出真情实话的时候，都是不可能如实写出来的。《一生的故事》不是历史，但其中却有一些在任何历史书中都没有、而且也不可能有的珍贵史实。也许可以说，这是《一生的故事》的又一特点。

《一生的故事》从作者的童年开始，从19世纪末一直写到20世纪30年代。读者随着作者的足迹，可以看到从基辅、莫斯科、克里米亚到俄罗斯内地的一些小城镇，从波兰、白俄罗斯到亚速海沿岸的塔甘罗格，从高加索和外高加索的苏呼米、巴统、梯弗里斯到北极圈内的摩尔曼斯克……许多地方、各个不同时期、形形色色的人们的生活、风俗习惯，了解他们的痛苦和希望……而贯串这一切的，是书中的“我”——科斯季克的种种遭遇和成长过程。

作者叙述他一生的故事时采取两种方式，一种是以故事的主人公（也就是作者）当时的观点来描绘他所看到和亲自参加的种种事件，这是主要的；另一种方式则是从作者现在的立场来总结和评价这些事件，例如第三部中写到十月革命前后一些事件的时候，作者就以他现在的观点谈了他自己的看法。而在这样做的时候，也解剖了他自己。

第一部《遥远的岁月》叙述的是作者童年和少年时期的往事。在这个时期，未来的作家形成了他关于美的最初概念和对世界的某些看法。书中的科斯季克（康斯坦丁的小称）对人民、革命等概念还是模糊的，直到发生二月革命，他对工人运动几乎一无所知。科斯季克是作为当时一些不走运的幻想家——如他父亲、地理教师切尔蓬诺夫等人——的继承人登上人生这个舞台的。他继承了他们永不平息的激情、对庸俗的憎恨和对幻想的忠诚，但是不想继承他们失败的厄运，他想成为一个胜利者。

在第二部《动荡不安的青年时期》中，刚刚进入社会的科斯季克正赶上第一次世界大战。他在做卫生员时亲眼看到了人民的灾难和蒙受的重大损失，其中包括他个人的损失。他已经模模糊糊感觉到应该改变这一切，旧世界的灭亡不可避免，它的灭亡已经临近了。但是他不知道应该怎样行动，以促使旧世界崩溃，迎接新世界的诞生。在兵工厂的工作使他第一次有机会接近工人，但他走向革命的路是漫长的。他过着双重生活——现实的和幻想中的。二月革命曾使他充满希望，但当然，这希望是虚幻的，到达真正幸福的路还很长很长。

大学生活对科斯季克并没有产生多大影响。第一次世界大战前，许多人已经预感到大雷雨已经临近。大学的走廊里在进行激烈的争论，各种党派的代表人物在那里吵吵嚷嚷，而就在“几步之外，在教室门后面，一些白发苍苍的、可敬的教授正在令人有点儿烦闷的寂静中讲什么汉萨同盟、各城市的贸易惯例或比较语言学”，这实在令人感到奇怪。

于是，他到生活中去了。在这段时间里他从事过许多不同的职业，跑遍了俄罗斯、白俄罗斯和波兰的许多城市和农村，接触过形形色色的人。在救护列车上工作的时候，从伤员们的嘴里听到了许多有趣的故事和不同内容的谈话。

帕乌斯托夫斯基的动荡不安的青年时期是在第一次世界大战中度过的。在他的自传性质的小说的这一部分中，处处渗透着反对帝国主义战争的思想。这有时是借在某一个小镇上遇到的马具匠或天主教教士的嘴说出的激昂慷慨的反战言辞，有时是一个听来的反战的童话，但更有力的却是一些极其朴素的抒情诗似的遐想。

第三部《一个未知的时代的开始》，叙述十月革命后他走的一段曲折的道路和对革命的认识过程。他批判了当时对革命持不正确看法的那一部分知识分子，也无情地解剖自己。他并不是立刻完全接受了十月革命的，他所受的唯心主义教育妨碍他完全接受十月革命。他“不是作为一个参加者，而是作为一个深感兴趣的目击者度过了十月革命的最初两三年”。只是到了1920年，他才终于认识到，除了人民所选择的道路，别的道路是没有的。

在这一段时间里，作者目击了许多重大事件——莫斯科十月的战斗，列宁对士兵们讲话，中央执行委员会会议上的斗争，乌克兰的内战，白匪军的最后溃逃……

作者曾几次见到列宁。作者笔下的列宁首先是一个普通的人。列宁在会上不是“发言”，而是“说话”，似乎是在和朋友们谈心。“他身上既没有令人感到拘束的庄严，也没有觉得自己伟大的想法；既没有高傲，也没有郑重说出神圣真理的愿望。无论是就他说的话，还是他的动作来看，他都是平凡和自然的……从他的眼睛可以看出，除了国家大事，在空闲的时候他也不反对谈谈日常生活中各种各样有趣的事情和工作……”在列宁的嘴里“面包”一词不是一个抽象的、纯粹经济学和统计学的概念，而是具有“生动的形象，变成了黑麦面包，当时全国都在谈论的那种必不可少的面包”。伟大寓于平凡之中。正因为平凡，所以才显得格外伟大，这就是作者所看到的列宁。

作者是“怀着小孩子的喜悦之情来迎接二月革命的”。他带着一些天真的想法从叶弗烈莫夫回到了莫斯科，发现莫斯科正处于混乱的旋涡之中。旧制度崩溃了。应该建立生活的新形式，“应该勇敢地管理这个已经完全无人治理的、辽阔广大的国家”。“原来确立正义和自由，要求做艰苦的工作，甚至要求残酷无情。原来这一切不会在漂亮、空洞的言辞和同胞们赞美的呼喊声中自己诞生。这就是革命的最初的教训。这就是俄国知识分子第一次正视自己的理想的情况。这是一杯苦酒，谁也无法回避它。意志坚强的人喝干了它，并和人民留在一起；意志薄弱的人要么堕落，要么灭亡。”帕乌斯托夫斯基喝干了这杯苦酒，但他并不是一下子就把它喝下去的。在他看来，“正在发生的事情时而使人高兴，令人赞叹，时而又好像是不正确的；时而好像是伟大的，时而却又好像把这伟大偷偷换成了不必要的残酷；时而好像是光明的，时而又好像烟雾弥漫，令人感到可怕，就像天空中布满一卷卷血红色的红云”。这段话形象地反映了知识分子对革命的典型看法。作者终于接受了革命，但对有些事情却始终是有保留的。他说：“新的基础当然应该是自由和公正的，应该把人提高到空前未有的高度，让他的一切希望和可能像鲜花一样盛开。照我看，凡是能让人的内心世界变得丰富起来的一切，革命都应该给予它同样的生存权利。我认为革命的最重要的作用就在于，它从生活和文化的众多现象中果敢地撷取我们精神成长所必需的一切珍贵的东西。有人告诉我这是革命的结果，而不是它的目的。但我认为目的就是为结果而存在的，不能否认这一真理。”

第四部《怀着巨大希望的时期》写的是作者在敖德萨的生活。敖德萨解放初期生活十分艰苦。然而正是在这异常困难的时期，他懂得了在人民战胜这种困难的勇敢精神中，具体体现了人民对未来的巨大希望。“人民的心是不会受到伤害的，无论是从肉体上还是从精神上，人民都绝不会被消灭。我已经懂得未来是十分美好的，而且相信未来。我已经懂得，这些年来的灾难只不过会使那个时代——怀着巨大希望的时代——人民的功勋变得更加伟大。”破坏是暂时的，而生活是永恒的。

帕乌斯托夫斯基在敖德萨的这段时间里，主要是在《海员报》工作。《海员报》编辑部里大约有70多个工作人员，大部分是年轻人。他们忘我地工作，然而谁也没有拿过1戈比的稿费。他们中的许多人后来都成了著名的作家和文化界的知名人士。《一生的故事》中有不少介绍当时作家的、回忆录性质的章节，其中介绍巴别尔的那三章“我向你们保证，一定会有莫泊桑”“‘那个’男孩子”“苦役般的工作”，以及通过巴别尔介绍勃洛克的那几段，恐怕是他的“作家肖像”中最精彩的篇幅了。特别是“苦役般的工作”那一章，巴别尔毫无保留地详细介绍了他的工作方法，值得每一个决心献身于文学工作的人反复阅读——当然，不一定要学习他的工作方法，但一定要学习他那种极端认真负责、精益求精的精神。如果有了这样的精神，那么一个人在拿起笔来，下决心成为作家之前，的确得“先考虑20次”。这一章是无法摘引的，因为几乎每一句都是瑰丽的宝石，都是耀眼的明珠。

用作者自己的话来说，第五部《投向南方》是经过紧张的生活以后，生活本身为他安排的一段缓和时期。他仿佛跟随着革命的步伐，来到一个又一个刚建立起苏维埃政权的地方——苏呼米、巴统、梯弗里斯。和生活资料奇缺的敖德萨相反，高加索的物资十分丰富。那里已经没有激烈的斗争，他遇到的只是当地的一些奇风异俗。但他不是一个旁观者，而是积极地干预生活——揭露血腥的复仇，揭发胡作非为的城防司令，争取出版报纸，帮助建立码头工人工会等等。

但一方面思念亲人，希望过宁静的生活，一方面又向往变动，渴望为改造生活而斗争。他对玛丽亚的爱可以说是这种内心矛盾和斗争的象征。最后生活本身为他解决了这一矛盾——他怀着痛苦的心情离开了梯弗里斯，走上了为改造生活而斗争的文学创作的道路。

在苏呼米他得了恶性疟疾，病中他为自己的完全孤独而可怜自己，以为过去的生活全都是痛苦和错误。在这里，作者谈到了精神世界的不朽。“好吧，我是一定会死的，我的完全消失只是一个短时间的问题，不会再长了。但特里斯坦和伊佐莉达、莎士比亚的十四行诗、列维坦的笼罩在雨网中的《盗伐树木》以及契诃夫的《带小狗的夫人》，这一切是永远不会死亡的。布宁诗中夜间永不停息的大洋的波涛喧嚣和娜塔莎·罗斯托娃伏在安德烈公爵遗体上痛哭的眼泪是永远不会死亡的。后辈子孙将会像我们现在一样为这一切感到激动……”在这不朽的精神世界中，帕乌斯托夫斯基也看到了他自己的作品必将占据的位置。

第六部《漫游的书》中，除了第一章叙述他和母亲、姐姐的最后一次见面，第二章谈他在梁赞农村里度过的一段时间，很少谈到他个人的生活情况。从时间上说，这部书包括他从高加索回到莫斯科，直到写出《卡腊-布迦日海湾》和《科尔希达》、见到高尔基的十几年时间。这段时间里发生的重大事件，如列宁逝世、马雅科夫斯基和叶赛宁的死，书中都有所反映。

在这部书中他还提到一些很有才能、然而被剥夺了发表作品的权利，或很少有可能发表作品的作家，如布尔加科夫和普拉东诺夫。他认为普拉东诺夫的一篇篇幅很短的短篇小说《七月的雷雨》，“就其迷人的魅力来说”，是苏联当代文学中最鲜明、最典型、最具有征服人心的力量的作品。就是这样一位作家，他的作品却“几乎没有发表过。即使难得什么地方出现了他的一篇短篇小说，荒谬的责难立刻像山崩一样落到他的身上”。普拉东诺夫贫病交迫，“但是他连一次也没有违背自己作家的良心”。帕乌斯托夫斯基认为，作家最重要的品质就是忠实于自己、大胆，最令人厌恶的是卑鄙——卖弄自己的才能。他认为像普拉东诺夫这样的作家是真正的作家。

布尔加科夫是帕乌斯托夫斯基的中学同学。他为布尔加科夫专门写了一章《雪帽》。这位作家的命运是“奇怪而且痛苦的”。他的新剧本遭到禁演，也不再出版他的散文了。为此他“给斯大林写了一封信，信中充满了俄国作家崇高的尊严”。他要求得到作家“唯一和神圣的权利——发表作品的权利”。然而他没有得到回答。“他不能使自己的思维停止活动。他不能把自己的想象力丢到垃圾堆去。对于一个写作的人来说，没有、也不可能有比这更厉害的刑罚了。”被剥夺了发表作品的权利以后，布尔加科夫只好给朋友们讲小说。

这一部中有不少“作家肖像”。除了布尔加科夫，书中介绍的作家主要有普里什文、巴格里茨基、格赫特、伊利夫、罗斯金、别克、卡扎克维奇等。对卡扎克维奇，帕乌斯托夫斯基做了这样的评价：“他极有才能，具有惊人的智慧、普通士兵的勇敢精神、非常厉害的幽默、对朋友的抒情诗一般的柔情和对好人的依恋。他对各种各样的败类、两面派、逢迎拍马和庸俗的人毫不留情。他对待他们很不客气，甚至是蛮横的。”对于这样一位“闪闪发光的人”，在他病危时“呼唤奇迹”，希望能“把生命吹进他的身体里去”，“好让这位非常可爱、大家都需要、人民需要的人回到生活中来”是十分自然的。

关于幸福，帕乌斯托夫斯基提出了这样的看法：“人们的幸福几乎不以文明的进程为转移。幸福是一个永恒的范畴。彼特拉克不会因为听到劳拉录在磁带上的声音而感到更为幸福。只有当人民——只是人民自己，再不需要任何别的人——成为生活的主人，成为自己命运的主宰时，只有在那时候文明才能结出最美最好的果实。”这样的幸福观，显然不会被那种认为幸福就是物质享受、而且仅仅是物质享受的人看作合乎时代精神的声音。帕乌斯托夫斯基相信人民一定会获得幸福，并终生为了人民的幸福，为了美化人民的生活而不倦地工作着。没有任何力量能够动摇他的这一信念。这就是他的浪漫主义。

以上这些话，当然并不是对《一生的故事》这部巨著的评价和分析。这只不过是对于在反复阅读和翻译这部作品时体会较深的地方做了一点儿简略的说明而已。

在这部作品的前言“几句话”中，作者曾提到，除了这部一切都服从事实的真正的自传，他还想写第二部“虚构的”自传。在《一个未知的时代的开始》中，作家又谈到了他的这个想法，并且说那将是“也许比第一部更有意思的”“第二部我的一生的故事”。书中“不是写我的实际生活，而是写应该和可能有的生活”，写“未能实现的一切，支配我思想和心灵的一切，集中包括全世界一切色彩、光和激动与不安的生活”。非常令人遗憾的是，他未能把这个想法付诸实现。不等一个作家写完他想要写的一切，死神就夺去了他的生命。

《一生的故事》只写到30年代。而且在最后一部，作者很少谈到他的私生活。

帕乌斯托夫斯基从高加索回到莫斯科以后不太久，大约是在他搬到大德米特罗夫卡的时候，就结婚了。卫国战争初期，他是南方战线的随军记者，军衔是少校，曾到过比萨拉比亚、敖德萨等地。1942年因年龄关系，撤退到后方，和家人一起在阿拉木图住了一个时期。1943年他回到莫斯科。战后曾在高尔基文学院执教，许多著名作家，如田德里亚科夫、邦达列夫、特里丰诺夫、卡扎科夫、柯茹霍娃……都是他的学生。后来因为健康关系，他离开了文学院。战后，他在莫斯科定居。但一年中往往有大部分时间是在奥卡河上的塔鲁萨和克里米亚的雅尔塔度过的。1968年7月14日他在莫斯科去世，遗体葬在塔鲁萨市他的别墅里。塔鲁萨市倾城出动，与这位敬爱的作家告别。这样动人的场面是不多见的。

帕乌斯托夫斯基早已在奥卡河畔长眠了。但对于他的广大读者来说，他仍然活在他们中间——他的作品，他的诗是不朽的。对人、对艺术和大自然的多方面的兴趣，博学多识，高度的文化修养，丰富的生活经验，这一切使他成了一位文学巨人。他同时代的许多作家都用最美的语言表达了对他的爱戴和尊敬。

翻译帕乌斯托夫斯基的作品是一件愉快的事。这首先是因为能一遍又一遍地反复细读他的作品，而这无疑是一种极大的精神享受。但翻译他的作品也是一件十分困难的事。因为他的语言是那样丰富，那样形象、生动，知识又是那样渊博，所以又感觉到担任这一工作力不从心。

限于译者各方面的修养，译文中必然会有错误和不妥之处，衷心希望得到读者的批评、指正。

跋

一位坚强不屈的文学翻译家

夫潘痴云（非琴）于1994年8月20日终于艰难而顽强地走完了他漫长而又短暂的人生旅途！他去得匆匆，走得干净利落，正如他的译文和文章那样，简明而干脆！“人生七十古来稀”这句当今已过时的俗话却应验在他身上，这就使我及友人们感到特别伤感。而他，对自己的健康那么自信，因此他从未曾想过他的生命只有68个春和67个秋！而在这不到70年的岁月里，他从20多岁起就与文学翻译结下了不解之缘，尤其对抒情散文方面的翻译，像着了魔似的，那么迷恋，那么执着地追求译文的尽可能完美，尽量简明流畅而又忠实于原作者的风格。但不论译何种性质的文学作品，在推敲一个难句时，他甚至可以到废寝忘食而痴凝思索的程度。有时原本很简单的一个句子，为了根据上下文能译得传神，即准确表达原文之神，他可以反复思考很久才下笔。有时夜里会突然起床将琢磨好的译句写下，以免睡梦后会把苦苦思索的译文忘记。他力求他的译文表达得更好、更确切，以便使中国读者不但能理解，读来顺畅，与此同时还能享受和体悟到与原文一样的意境和情感。

有做文学翻译的老同学和友人对他说过，文学翻译，不外乎多用一些华丽辞藻即可显示出文学味，因此才会出现“那庄稼汉莞尔一笑”的译句。他们还认为，要让中国读者易懂，尽可能地套用一些中国成语是个好办法，如雨后春笋、胸有成竹、开门见山、一板一眼、望穿秋水、毛遂自荐、说曹操曹操到、三个臭皮匠顶个诸葛亮等等。而他却不这样认为，甚至对此发表了文章，谈到文学翻译不是都要华丽辞藻，而是应根据原作者的风格用词。文学翻译虽是文学的再创造，但不能离开原文而由译者随心所欲地去“创造”。离开原文的风格就谈不上是真正的文学翻译。如原作者用的是华丽辞藻，那么译文就应尽量选用确切的华丽词句。但有的作者却是朴实无华的，那么译文就该朴实无华才能传达原文的风格。最明显的一例是他译的《大地的眼睛》，作者是俄罗斯著名散文大师普里什文，他的散文风格是随笔似的朴实。非琴译了这部书的一万多字在1980年第6期《世界文学》上发表，受到广大读者的好评。他本人也收到很多读者来信，要求将《大地的眼睛》一书全部译出，于是他又译出22万字，想成册出版。当时外地有一家出版社得知该文颇受读者欢迎，就争取到了这部译稿。不久接到该社一位年轻编辑的来信说，作为散文，文学性强，而译文用词却不够华丽，因此，他替译者修改了二三十页寄上参考。翻开改过的译稿他很恼火，所改的译文中竟有“阳光溶溶”这样不成体统的所谓华丽用词多处，所改译文中居然出现了中国的“红娘”。于是，他将全部书译稿索回。他说宁愿不出书也不愿因书能出版而破坏和糟蹋了原文。说到红娘，就谈到译文使用中国成语的看法。他认为，译文中适当地使用一些中国成语是可以的，但如果用得太多太滥，甚至和原文牛头不对马嘴，或在原文中出现红娘、毛遂、曹操、诸葛亮之类的人物，那就不可原谅了。当然，这样使用中国成语和典故，中国读者易懂，但毫无根源地强加给原文这莫须有的中国人物和典故，会造成中外文对比时的莫名其妙！假如说，别的国家想从中文译本转译，那么译者怎样对待这些强加于原文的东西呢？难道他还要加注说明红娘是中国《西厢记》中的丫头，她成全了张生和莺莺的婚事，毛遂是中国战国时期的人物，曹操和诸葛亮是中国三国时期的名人，那岂不是笑话吗？顺带说说，最初在我国，《罪与罚》《贵族之家》等许多俄罗斯古典文学名著译本都是从英语转译的，那时懂俄语的人不多。假如英文译文中套用了英国历史人物和成语，而俄文中又没这些名人和典故，那中国译者转译时该怎样去处理译文呢？难道能加注说明吗？

总之，在译文方面非琴有很多见解，遗憾的是他总忙于翻译而未能更多地把他的观点写出来供译界讨论。更令人惋惜的是，他竟突然离开人世，丢下他喜爱的、一生为之努力的文学翻译匆匆而去。

非琴原籍河北沧州。他自幼喜爱文学，也喜欢国画。1949年在原南京中央大学艺术系国画组毕业。由于对中大艺术系徐悲鸿、傅抱石、张书祈、黄君璧、陈之佛等大画家的仰慕，当16岁只身逃亡到大后方重庆后，无初高中毕业文凭的他，以同等学力考入中大艺术系国画组（一年后中大迁回南京)。在校期间因参加学生运动而险遭厄运，当时他以犀利的文笔与反动当局做斗争以期建立一个理想的社会，他的名字被列入黑名单。于是他到了苏北解放区，后渡江南下回宁，在华东革大南京分校校刊编辑室工作。当时编辑室里有一名有点儿老资格的人不买他这个20岁刚出头的毛头孩子的账，就时时事事找他的碴儿。他性格内向，沉默寡言，不善于交际应酬，更不会搞人事关系。他不善动口但善于动笔。他以当时编辑室里不团结的现象为素材写了一篇小说《团结问题》，发表在《文汇报》上，内容现在看来也没有什么可指责的，即应通过批评和自我批评达到团结。然而，就是这样一篇极其普通的文章却给了那个老资格的人一个机会，遂串通校部一个领导大肆攻击他，说党员向非党报投稿是无组织、无纪律，是目无上级领导……血气方刚的他不服这现在看来实为可笑的指责，顶撞了他们。于是，不久他就被莫名其妙地调往南京市委招待所，住在那里以“等待另行分配工作”。一等就是一年多。在这期间他的笔从未停止，写了许多关于京剧改革的文章在《戏曲报》上刊出，其中还有一篇对田汉改编的《金钵记》(《白蛇传》)提了八点意见，还领了微薄的稿酬。当时是供给制，这点儿稿酬可以让他买点儿稿纸墨水之类的用品了。因为忠厚老实的他，相信组织上的“另外分配工作”一说，但在等待中也不能不工作，笔是他工作的唯一工具，于是好几种刊物及报纸上都刊有他写的各种文章。招待所的工作人员看他能写文章，有好心人就抱不平地悄悄告诉他，送他进招待所时，人家是以他“患有精神病”为名送去的，并教他赶快到市委去要求工作。这时他才恍然大悟，为什么招待所的工作人员见他时表情怪异。几经周折他才到了昆山区人民政府工作。在招待所期间，他仍继续自学俄语。到昆山区政府后，他被派去搞婚姻登记，一天没几个人来登记结婚，于是他更全力以赴地自学俄语并已能读自订的俄文《真理报》。这又惹恼了昆山区政府的领导，批评他摆大学生架子，妄自尊大，工作不好好干，工作时学外语……“无组织、无纪律、无视领导……”的大帽子在小组会议上向他无情地扣来，他又第二次受到莫名的打击报复，在他的政治生涯中投下了可怕的阴影……我现在仅是从文学翻译的角度写他的简传，对此就不再赘言，也不想重提这些令人伤心的往事。

1953年，他去报考上海俄专(现上海外国语大学的前身)，被录取后又经过多次力争，才被昆山区政府批准去俄专报到。一年级上学期他矫正了自学时的发音后，那些俄语词的变格变位及语法掌握得很好，一年级下学期已能读普希金、莱蒙托夫、屠格涅夫、高尔基等人的著作了。苏联教师和他本人都向校方提出让他跳级早日毕业，但校领导不同意，说解放后不准跳级，跳级是唯天才论的一种表现。无奈，二年级上学期任课的苏联教师准许他在课堂上阅读自已喜爱的俄文书籍，而他在阅读时竟搞起翻译来了。他的处女作《夜行的驿车》译文发表在1955年第10期的《译文》杂志（后改《世界文学》）上。《夜行的驿车》的原作者是俄罗斯著名散文家帕乌斯托夫斯基，从此他与这位著名作家结下了翻译情缘。1956年，北京人民文学出版社主动约他译《帕乌斯托夫斯基选集》(1957年出版，合译)。尔后，好几个出版社及杂志社都主动约他译稿。21世纪50年代至60年代期间《译文》上经常有他的译文刊出。他二年级时就已忙于约稿的翻译工作。当时正逢全校体检，发现他肺部有病，照理应是休学一年。在这一年中约稿甚多，很忙，复学对他已毫无意义，遂以专业翻译工作者的身份开始了他一生的文学翻译事业。当时国家承认这种自由职业，记得我曾到上海市委去替他要求固定工作时，有关领导曾对我说，这也是“两条腿走路”，自由职业比铁饭碗效力高，云云。然而谁会想到，不端一个大锅饭碗会招来难以想象的不幸！在那个年代，他写的文章被报刊编辑看中，后来知道他是无工作单位的自由职业者就退稿了。记得《文汇报》一位编辑的退稿信中说：“我报所刊登的文章作者必须有工作单位，否则一律不刊出。”当然，现在看来的确是令人啼笑皆非！然而，这也是他的许多文学译著未能出版的主要原因。加之后来商品经济大潮的冲击，纯文学译书不赚钱，他的许多译稿未能成书便是理所当然了。后来，上海文联成立了翻译家协会，他被吸收为第一批会员，这一来总算多少属于一个组织了。但这个群众组织对他的翻译工作并没有带来什么有利条件，至死他仍是一名自我奋斗的游离译者（自由职业者）。

“文化大革命”期间外国文学翻译停止，他赋闲了，靠他的一点儿积蓄和我几十元的工资过活，幸好我们不生孩子。在那个年代，除了红宝书和样板戏的书外，无其他书可买可借。但他的译笔未停，他自说自话译语录、译样板戏《红色娘子军》《奇袭白虎团》《海港》……译得那么认真，那么专注。后来，发现几次抄家劫后余生的几本俄文原版书，还有友人处的几本外文书，他如获至宝。虽生活极贫困，他却整天埋头于就地取材的翻译中，他的译笔锻炼得更娴熟了。他译了俄罗斯古典作家列斯科夫、莱蒙托夫、布宁及俄苏作家格林、普里什文、帕乌斯托夫斯基、乌克兰作家柯秋宾斯基等人的许多作品，还有从俄文转译一些拉美、亚非和东欧的作家的作品。的确，这期间他是只问耕耘，以翻译作为自我享受。直至1979年恢复外国文学翻译后才又有了约稿和投稿的机会。于是，他把在“文化大革命”期间译的俄罗斯古典文学家列斯科夫的选集与西北某出版社联系出版，对方即来信要他尽快将译稿寄去，连连催要。我们天真地把稿子全部寄出，但很久无消息，最终在别的杂志上看到稍加改动过的他译的好几篇列斯科夫的译文，译者署名是别人的。这是我们第一次尝到被剽窃的滋味，后来他的这部《列斯科夫选集》被退回来了，没有说明任何理由！所幸该书稿于2007年7月由上海文艺出版社出版，书名为《奇人录》。还有多篇向别的出版社及刊物自投的译稿也被变相剽窃，包括普里什文的代表作《太阳的宝库》及其他。我们也曾向有关方面反映过，但无回音，因那时无著作权法，也只好自认倒霉了。从此，他便不大主动投稿了，而是译约译稿。约译稿往往受时间限制，又是出版社的选题，是完成任务似的，不是他喜爱的作品，但他总是尽力去很好地完成任务。他常说，等时间空一些，他要译他自己心爱的作品，在不受时间限制的情况下，倾注自己全部精力去精益求精地译出自己的心爱之作，即使不出版也可以自我欣赏，能得到一种超越的享受。由于他认为他至少能再活10年或更长是理所当然的，所以他这一计划因忙于约译稿的任务而放到将来。谁能相信，一个从30岁开始，一年365天不落一天地坚持清早冷水浴的人，住院不到两个月即与世长辞。而临终前，在病中他几次急于出院，理由是他还有自己想做的事没做，大概指的就是精心译他的心爱之作吧！然而，死神并不在乎他的精心杰作!

不过，他一生中也有过比较喜爱和满意的译作，那就是帕乌斯托夫斯基的代表作、100多万字的《一生的故事》，这一代表作在欧美国家也颇有影响，这是1985年上海译文出版社的选题。对于这部译稿他倾注了大量心血！对句子的理解、译文的推敲、词的选用、译注，包括书中使用的英、法、德、拉丁、乌克兰、波兰……多种语言的注释等都做了最大的努力，我和他查遍了上海所有能查到的辞典、百科全书及有关资料。按出版社的要求1987年交稿。遗憾的是，时间过去10多年，该书未能按合同规定时间问世，原因是俄罗斯小说如今不“卖座”！而性急的死神才管不了人在世间还有什么祈盼，更不管人生能有几个10年。

谈到约译稿，他不是凡约必译，而是选择相当严格。记得当侦探推理小说红极一时之际，很多出版社为了赚钱，捷足先登，争相出这类书。我的一个在内蒙古的毕业学生和出版社有联系，因他出过几本经济管理方面的书，出版社为了赶译这种赚钱的推理小说，约他赶译一部近百万字的这种书。“赶”就待遇从优，也因是“赶”，我的这个学生来信约我们合译。他译小半我们译大半，但我们拒绝了。非琴说：“非琴就只译文学，而且是纯文学，即使目前纯文学不景气，也不因此去迎合某些出版社和读者的需要。”他说，他不是说不要通俗的译书，而是纯文学也要有人不甘寂寞地去从事。因为纯文学的生命是长久的，是经得起时间考验而能与世长存的，不似流行歌曲或通俗小说大多短命。严肃文学能给人的精神世界注入高营养，能陶冶人的思想情操。假如都因不景气而转向，试问读者的文学素养怎能提高?

再一例就是苏联解体后不久，西南某出版社慕名于他译手快，从成都乘飞机专程到沪约他赶译一本书名诱人的《摆脱克格勃》的政治类书，他再三婉言推却。但碍于介绍人的情面，我说服他答应下来。赶译出来后他用的笔名是“李允”，意思是我允应的。后因版权问题谈不成，该书未能出版而以退稿告终。由于我们生活不富裕，他的好友刘国认为他太固执，劝他只要能拿稿费，约译什么都译。他大不以为然。他认为，一名真正的文学翻译者，不应只着眼于稿费，要有人甘于清苦。他相信纯文学在中国振兴之日一定会来到，到时才会有真正高水平的文学译文。大家都只想稿费，那就难免会出现粗制滥造的文学译文。

在1992年至1993年译林出版社约他重译世界文学名著《罪与罚》和《贵族之家》时，他深刻理解重译的重要意义，这意味着要超过从英语转译的译本，还要正确理解俄文原文，哪怕是一个词、一个句子、一个俚语都得认真对待，不能有一点儿马虎和含糊。为此，他查阅了大量辞典、大百科全书、历史资料，向上海外国语学院的俄罗斯专家求教，自己苦苦思索，一丝不苟……出版后终于得到各方面及广大读者的认可。正如人民文学出版社一位前领导认为的那样："重译本是成功的、令人赞赏的、信服的……"这也可概括各友人来信对重译本的评价。《罪与罚》1994年7月初版至今已重印30多次，还在不断重印中，每一次都重印1万册。《贵族之家》1995年初第一版至今重印20次。每当收到重印稿费总是百感交集，为他太辛苦导致过早离世而伤感，也为他的多本译书一再重版而拥有更多的读者感到欣慰。

非琴原想从事写作或当一名画家，然初出茅庐就因一篇《团结问题》使一个20岁刚出头的年轻人从此徒增终生的坎坷。他性格内向，不善言谈交际，但他的笔给他的一生带来了鼓舞和欢乐。虽身处逆境却并未因此而消沉，他要用他的笔和命运进行抗争，并由此为人民、为社会、为国际文化交流做出应有的贡献。这就是他改弦更张，决心终生从事文学翻译工作的来由。他常说，作为一名文学翻译者，必须知识面广。因此，他不断熟悉中外历史、地理、文学艺术、哲学……甚至对新兴的自然科学他也认为必须懂点儿皮毛。因为随时代的发展，文学作品中会包罗万象。《鲁迅全集》他看过多遍。除此之外，由于他记忆力惊人，从小能背诵很多中国诗词古文等，所以他在写作中引用古典诗词或鲁迅话语时能得心应手。他之所以要引语是因他在翻译闲暇间隙中会忍不住拿起笔来写写有关文学的小文章。从1977年到1994年他偷空儿写了近百篇杂文，有几十篇已在好几种报刊上发表，编辑们的评语概括为"有独特见解，观察力敏锐，有独到之处……"他从不人云亦云，但有的文章因笔锋犀利而未能刊出。

以上所述仅想说明，作为一名文学翻译工作者要有多方面的知识与体验，他的这些杂文实际也是他忧国忧民的表现。

他一生淡泊名利，曾有一社科单位知道他译笔快，在21世纪80年代聘任制开始后，欲聘他做短期研究员，译多年堆积的大量俄文资料以供研究者写论文。他拒绝了。他认为，要身后能留给后人一点儿珍贵的文化遗产。

我们无孩子之累，因此可说他是全身心地投身于文学翻译中，默默无闻又那样孜孜不倦地于逆境中不断探索，甚至来不及向人世告别就已化为灰烬。

他生前常说，只要他的译书及译文能得到读者的喜爱，他就心满意足了。愿他的译书不似人生的苦短，而犹如他生命的延长。他逝世后，我收到从全国各地包括出版社寄来的无数的慰问信，对他的不幸过早去世表示沉痛哀悼，对他的为人、译文及译风给予高度评价，对他为国际文化交流做出的重大贡献给予极大赞扬，并为失去一位优秀的译家而惋惜。

他的尘世生命结束了！对从20岁就终生处于逆境的一位“过客”，千秋功罪，自有人评说。

李庆云

1995年夏于昆明休养中

2009年秋修订于沪

附　录

非琴翻译心得四则

（一）

对文学翻译应该提出什么要求？这个问题曾引起争论，有许多人为此写过不少文章，最后大家在某种程度上同意应以“信、达、雅”三字作为文学翻译的标准。只是怎样才叫“信、达、雅”，则见仁见智，仍有不同的看法。其实，翻译只要真能做到“信”，也就可以了。因为所谓“信”，就是完全忠实于原文，不单内容忠实，正确转达原文的意思，而且连形式、风格都要尽可能忠实，不能妄加更动。至于译文的“雅”，应该来源于原文的“雅”，并不是撇开原文，另起炉灶，挖空心思，故意想出一些文绉绉的、古雅的词句来。现代人说话，就是要用现代口语，而不能“酒要一壶乎，两壶乎”那样故作高雅。

现在，虽然并没有人公开这样讲，但实际上确有这么一种倾向，片面地认为“雅”就是所谓文雅，即华丽的词句，所以译文中喜欢用现成的成语，四个字一句，如：形容病后消瘦，就要用“形销骨立”；要表示失而复得，就来它一个“合浦还珠”；只要是表示大量出现，就要加上“如雨后春笋”，用相逢或相遇就可以表达的句子，偏要写成“邂逅”……似乎不如此译文就不“达”，不“雅”，仿佛不如此，译者的中文水平就不高似的。却不知道这样套来套去，有些词句已成了陈词滥调，并不能确切表达原文的意思。而有的译者为了积累这种现成的词汇，甚至到文艺刊物上抄下一些，以备不时之需，遇有原文难以用中文表达的词句，就去查一查，找到意思近似的就照搬上去。但这样真的就“雅”了吗？不尽然！如有人对这些现成词句的意思并未真正理解，或像五柳先生那样，“不求甚解”，望文生义，遂信手拈来，张冠李戴。

这里随便举几个例子：

原文说，一个营长在前线指挥作战，译文却套用了“运筹帷幄”。帷幄是军中的帐幕。“运筹帷幄”所说的不是亲临两军阵前，指挥作战，而是指在军帐中做出决策。《史记·高祖本纪》：“夫运筹帷幄之中，决胜千里之外，吾不如子房。”子房，指张良。可见这一成语只能用来说明统帅或谋士的全面策划，不能用来说明一般将士的勇敢善战。可以用在诸葛亮身上，却不可以用来形容张飞。可以用来说明《战争与和平》中的库图佐夫，却不能用在下级军官罗斯托夫的身上。只看到“运筹帷幄”的“雅”，而不问人物的身份和具体场合，乱搬乱套，其结果非但不能为译文增色，反而会造成种种混乱，使读者无法正确理解原文的意思。

在一篇匈牙利作家的小说里，有一段谈到老祖母年纪大了，做不动家务事了。本来是一句普普通通的话，原文也很简单，只不过用了一个词“老了”。但译者却觉得单单一个“老”字，未免不“雅”，于是套用了一句“人老珠黄”。殊不知“人老珠黄”有年老色衰的意思，用在《日出》中的翠喜身上尚可，用来形容操劳一生的老祖母，却未免不伦不类了。

前些时候，在报纸上还看到过这样一句译文：“一些盗贼晚上来挖掘文物也似乎无人问津。”凡读过陶渊明的《桃花源记》的人，大概都不会不知道“问津”是什么意思。上面那句话中的“无人问津”，显然应该是“无人过问”。“无人过问”和“无人问津”虽只不过是一字之差，但意思却是并不相通的。为什么要把“过问”写成“问津”呢？除了未能正确理解“问津”一词的含意，我看主要还是盲目追求辞藻华丽——也就是所谓“雅”的思想在作怪。

有一篇讲南斯拉夫民间风俗的文章，其中谈到，在斗牛场上获胜的牛，就会被作为种牛，因渐“身价倍增”。译者却把这句话译作“贵如掌上明珠”。“掌上明珠”一般指极为钟爱的人，多指爱女，如在“爱如掌上明珠”这样的句子中，有十分珍惜的意思。这里却用来形容牛的售价，实在令人啼笑皆非。

总之，有人不管用得是不是地方，看到现成的句子就套上去。有时找不到现成四字格成语，就“大胆创新”，动不动来个“盎然”；从茫茫雾海中“走出来”，似乎不“雅”，硬要凑出一个四字格“脱雾而出”……不单有些译者认为只有这样才算作“雅”，就连有的编辑也是这样来理解“雅”字的。

如，原文说乘汽车可以离开城市到森林里去，尽情领略大自然的景色：因此“装在口袋里的汽车钥匙，仿佛也就是通向幸福的钥匙了”。编辑竟提起朱笔，把“通向幸福的钥匙”中的“钥匙”改成“红娘”。不但外国作家未必知道中国古典名著《西厢记》中的典故，而且在这样一段文字中，就是中国作者，恐怕也不会把汽车钥匙比作“红娘”吧。再如，原文本来是“模模糊糊”，他却认为要用“虚无缥缈”才显得“雅”。甚至为了给译文“润色”，化“俗”为“雅”，竟会创造出“阳光溶溶”“太阳隐秘”“清晨明净透彻”……只有创造者本人才理解其含意的词句来。“溶溶”，本来是形容水流动的样子，也用来形容月光，如“波静月溶溶”，用“溶溶”来形容阳光，却是这位编辑所首创。至于“太阳隐秘”，原文不过是说“太阳躲了起来”；“清晨明净透彻”，原文只不过是“早晨天气晴朗”而已。经这样一改，是不是更“雅”一些，虽不能肯定，但无人理解，却是必然的。这些例子虽然大都是摘自尚待加工的译稿，乱改译文的编辑更是极个别的，但作为一种倾向，却不能不引起注意。我看，是到了应该有人“问津”的时候了。

总之，翻译文学作品最主要的是要做到真正的“信”，“达”和“雅”都不能超出“信”的范围之外。离开“信”而另外谈“雅”，一味追求古雅的词句，不但未必“雅”得起来，弄不好还会走到不“信”、不“达”的邪路上去。

（二）

有人认为，写文章的诀窍无非就是使辞藻华丽一些，多加一些漂亮的形容词和副词之类，问题就解决了。所以小鸟儿一定要“叽叽喳喳地”叫，雨一定要“唰唰地”下，溪水一定要“潺潺地”流……为了增加文字的分量，形容词前往往还要再加上什么“十分”“非常”“最”。“十分”不够，加码为“十二分”，一个“最”字不带劲，要连用几个“最”字，如“最美最美”“最红最红”，等等。但这样真的就会使文字增色吗？恐怕未必。苏联著名作家爱伦堡对此就有不同的看法。他曾举过这样一个例子，“我爱你”和

“我很爱你”，这两种说法究竟哪一种更有分量呢？有些人会不假思索地回答，当然是“我很爱你”了。但爱伦堡说，请问问每一个正在恋爱的姑娘吧，她们会做出更正确的回答。著名作家老舍也不赞成文章刻意雕琢，一味追求辞藻华丽，譬如写雪，他举韩愈的两句诗和王维的两句诗来做比较。韩愈的诗句把车在雪地上走过后留下的车辙比作“玉带”，把马蹄踩在雪地上的脚印比作“银盏”，辞藻华丽，比喻也不能说不新奇，但老舍认为，这两句诗写得并不好。因为它虽极尽雕琢之能事，却还是没能把雪写出来。相反，王维的两句诗虽然朴素无华，却把雪写活了：“隔牖风惊竹，开门雪满山。”《水浒传》中“林教头风雪山神庙”那一回里也写了雪，其中有一句说林冲“踏着乱琼碎玉”。把雪比作“乱琼碎玉”，文字是华丽的，但鲁迅认为，真能写出大雪气势的，却是另一句并不华丽的“那雪下得正紧”。

刘禹锡作《陋室铭》，一开头就说：“山不在高，有仙则名；水不在深，有龙则灵。”写文章也未尝不是如此。文章写得好不好，并不在于辞藻是否华丽，不是看你用了多少个漂亮的形容词。如果撇开思想内容等其他因素不谈，单就用词来说，恐怕主要是看所用的词是否恰当，是否准确。用得恰当，就能正确表达所要表达的意思。否则，即使再多用上几个“最”字，也不过徒然显得语言贫乏，苍白无力而已。

我国有许多好的诗词，在用词上都有独到之处，往往一个字抵得上一大篇描写，诚所谓增一字则太肥，减一字则太瘦，用得正确的一个字，真好似有千钧的力量。如元代马致远的小令《天净沙·秋思》：“枯藤老树昏鸦，小桥流水人家，古道西风瘦马，夕阳西下，断肠人在天涯。”前四句是写景，然而情景交融，第一句和第三句每句只有6个字，12个字犹如一幅浓墨重彩的图画，把无限凄凉的秋景画了出来。请看，作者对“藤”

“树”“鸦”“道”“风”和“马”，都只各用了一个字作形容词，但这6个字用得何等准确！恐怕更动其中的任何一个字，都不会收到这样的艺术效果。是不是这些形容词特别华丽呢？并不然。“枯”“老”“昏”“古”“西”“瘦”，都是一些很普通的词，但用在这里，却恰到好处，可以说把每一个字都用活了。宋人辛弃疾写花开得茂盛，只用了两句话：“昨日春如十三女儿学绣，一枝枝不教花瘦。”他不在一些陈词滥调中兜圈子，不套用什么“花团锦簇”“粉妆玉琢”“万紫千红”之类的华丽辞藻，却独出心裁，不但比喻新奇，形象生动，而且其准确性也令人叹服。没有深刻细致的观察，是绝写不出这样具有独创性的词句的。南唐后主李煜用“剪不断，理还乱”来形容“离愁”，6个字胜过许多华丽的辞藻。试想，还有什么词句能更准确地说明那一团乱麻似的愁绪？的确是“剪不断，理还乱”。这不是一般的词，而是诗人的心声！李煜的另外一个名句：“问君能有几多愁，恰似一江春水向东流”，气势磅礴，但用词之准确，却与形容“离愁”的那6个字有异曲同工之妙。再如《敕勒歌》：“天苍苍，野茫茫，风吹草低见牛羊。”只用了13个字，就使人看到了一幅大草原的图画，仿佛身临其境。尤其是最后一句，不但没有什么漂亮的形容词，而且似乎平淡无奇。但试想，有什么华丽的词句能比这7个字更为传神？用词准确，正是这7个平凡的字会产生不平凡的艺术魅力的秘密。

其实就大多数词本身来说，并无所谓美与不美，用得恰当，一个普通的词也会放射出异彩。词是死的，人是活的，一个词的美与不美，在于用词的人，而不在于被用的词。譬如“绿”字，如果说“花红柳绿”，那么就很难说这里的“绿”字能给人多少美的感受。但在“春风又绿江南岸”中，同一个“绿”字，却用得那么生动、那么贴切，不能不令人拍案叫绝——变成美的词汇了。相反，有一些本来并非不美的词句，因为用得太滥，遂渐渐失去生命力，成为陈词滥调，最终被淘汰了。像形容女人貌美的“沉鱼落雁”“闭月羞花”……最初使用的时候，何尝不美？但现在谁还肯使用呢？有些人喜欢套用现成的“美”的词句，以为这是提高自己写作能力的捷径。别人用得恰当的词句，作为借鉴是可以的，也是必须的，但绝不能生搬硬套。如果用得不是地方，本来美的词句也会变得不美，甚至会产生相反的效果。打个比方：一件衣服穿在某个人的身上很合身，因此看上去很美。但另一个人去借了来，穿起来却未必合身，或者是袖子长了，或者是腰身太肥……当然也就失去了构成美的必要条件。什么词句用在什么地方比较恰当，什么地方用哪一个词比较准确，只能靠自己的头脑思索，做出正确的判断。用在任何地方都“美”的，万应灵药式的现成词句是没有的。所谓“推敲”，也就是说要反复比较，找出最恰当、准确的词，并不一定是指华丽、漂亮。唐代诗人贾岛作诗，对于“僧敲月下门”一句中到底该用“敲”字，还是该用“推”字，拿不定主意，反复斟酌，走路时都在苦苦思索，但他考虑的并不是“推”字和“敲”字哪一个字更美，而是考虑用哪一个字比较恰当，能更准确地表达他这首诗的意境。盲目追求辞藻华丽，在别人的文章中搜寻美的词句，虽然也可能要下一番功夫，但那和“推敲”的真正精神其实是背道而驰的。

（三）

翻译，特别是翻译文学作品，应该不仅是要译出原文的意思，而且要尽可能传达原文的神韵，正确译出原文的语言特点，也就是原文的语言美。严复提出的“信、达、雅”，似乎已被公认为翻译的标准了，但在具体实践上，怎样才叫“信、达、雅”，其实是“仁者见仁，智者见智”，各人看法还远不是完全一致的。例如，有人片面地认为，所谓“达”，也就是“顺”；而要“顺”，最好的办法莫过于尽量多用汉语中的成语。至于“雅”，无非就是用词“文雅”一些，而要使词句“文雅”，最便当的方法仍然是搬现成的成语。因此，一种四六句的译文遂在一部分译者中流行起来。这种译文读起来当然是“顺”的，但读者难以从中了解原著的语言特点，让人感到似乎原著语言的精华，也不过是“月明星稀”“水波不兴”“心旷神怡”……我们古书上早已有之的东西而已。在中学的时候，我看过福楼拜的《包法利夫人》的一部译本，记不得译者是谁了，但好像是一位颇有名气的翻译家。这部翻译小说，几乎通篇是四个字一句，半文半白，与其说是翻译，倒不如说更像一部中国人写的言情小说。也许因为我的汉语水平太差吧，记得当时我对这种译文很反感，连带着对小说本身以及福楼拜这位世界文坛上的巨星也有了成见。当然，可能这只是一个极端的例子，问题是出在我这个不够格的读者身上。不过，作为一个读者，会产生这样一种印象，至少可以说明，这种多用汉语成语的译法，并不一定就会收到预期的“达”和“雅”的效果。鲁迅认为，翻译应该也介绍一些新鲜的表达方法，即使最初读起来有点儿“不顺”，但只要不是译出像把“跪下”译作“跪在膝之上”那样违反汉语基本语法的句子，这样的“不顺”，还是应当容忍的。外国作品中有些十分生动的表现方法，用现成的汉语成语很难准确地表达出来。例如：“阳光潜入草丛深处，一刹那间，岸上突然异彩纷呈，仿佛是阳光打碎了五光十色的宝石矿，星星点点的宝石同时迸发出耀眼夺目的光辉。”像这样的句子不但未必能找出现成的成语，就是勉强凑出几个半文半白的句子，恐怕也难以准确传达原文的神韵。再如，娜塔莎躺在大车上迷迷糊糊地睡着了，乍一醒来，不知身在何处，只见“布满繁星的天空就倒卧在大路旁边，向看不见的岸边轻轻晃动”。不说是星空倒映在湖水中，而是说“倒卧在大路旁边”，像这样的表现手法，难道不是可供借鉴的吗？其实，有一些现在我们已经习惯的成语，也并非土生土长的东西，而是从外语翻译过来的。如“失败是成功之母”“以眼还眼，以牙还牙”，就都是移植成功的例子。再如，“武装到牙齿”，虽然细分析起来不合乎汉语语法，但现在大家都已习惯了、听惯了，不再觉得它是舶来品了。还有像大家常说的“捞稻草”，情况也是如此。当然，这并不是说，译文中根本不应使用汉语成语，但是一定要反对成语的滥用和乱用。

在什么情况下，译文中可以使用汉语成语，在什么情况下不能或最好不要套用成语，很难划清一条明确的界限。只有在实践中不断摸索，才能逐渐掌握分寸，使每一个成语在译文中都用得恰如其分。

现在仅就这个问题谈一点儿个人不成熟的看法。

1. 俄语原文和汉语成语意思完全相同或十分近似，不用成语而逐字直译显得拖泥带水或词不达意，在这种情况下，最好用现成的成语。如原文的一个句子，可以译成“虽然我很愿意，可是无法帮忙”，但显得啰唆，不如译作“爱莫能助”，语言简练，意思是完全一样的。有些俄语成语和汉语成语极其相似，有时甚至几乎一字不差，如可以译作“离得很近”“距离很近”的词句，也不妨套用成语“近在咫尺”。

2. 俄语成语和汉语成语意思相同，但因为各自产生的背景不同，用词各异，只要不使人感到难以理解，最好是直译，而不必套用现成的成语。以“雨后春笋”这一成语为例，中国江南多竹，人们看到雨后春笋破土而出的情况，才创造了这一形象生动的成语。俄罗斯大部分地区不产竹子，而森林中却盛产蘑菇，所以俄语中表达同样意思的成语是“如雨后蘑菇”。当然，译文是给中国人看的，中国人自然对“如雨后春笋”感到更习惯，也更亲切一些。但问题是，作者是俄罗斯人，他是用俄语写作的，因此他只能用他们感到更习惯、更容易理解的“如雨后蘑菇”。在这种情况下，是不是非套用汉语中的成语呢？又如“不打雷不画十字”和汉语中的“临时抱佛脚”意义相近。听见打雷，赶紧画十字，这是俄罗斯民间常见的现象，这句成语就是由此而来的。当然，我们没有动不动就画十字的习惯，但中国民间对打雷也有一些迷信的说法，所以把这句话译作“不打雷不画十字”并不见得难以理解。再如，有的句子译为“如同蜜糖里的一勺柏油”，蜜糖里倒进一勺柏油，自然把蜜也弄得不能吃了，意思是很明显的。在这种情况下，我觉得大可不必套用“一颗老鼠屎搅坏一锅汤”这一我们比较熟悉的说法。

3. 俄语中引用古典文学著作里的典故，原则上应照原文直译，必要时可以加注，而不要随便套用近似的汉语成语或改用中国古典文学作品中的典故。一般说，作者之所以要引用这一典故，而不是引用另一典故，不但取决于作者所要表达的思想内容，而且和作者的文学修养，和他所继承的文化传统都有密切关系。正如我们写文章往往引用《三国演义》《水浒传》《红楼梦》等文学名著中的典故，能反映我们的文学修养和所继承的文化传统一样，外国作者引用他们本国古典文学名著的典故，同样也反映了他们的文学修养和文化传统。在这个意义上来说，作者的引文和作者本人的文字应该是一个统一的整体，构成统一的风格，是不可分割的。如果任意改用中国读者比较熟悉的成语或典故，即使不致歪曲原意，也难免破坏原文的风格，显然是不能提倡的。因此，如原文引用果戈理的《塔拉斯·布尔巴》中的一句话“火药筒里还有火药，哥萨克的力量还没有耗尽”，就只能直译，而不能套用意义近似的“宝刀不老”。原文中引用克雷洛夫的寓言，讽刺那些看到了小虫而没有看到大象的人，也决不能套用意义近似的“明察秋毫之末，而不见舆薪”。同样的道理，原文所引用的即使不是作者本国的作家的典故，而是取材于圣经、希腊神话或其他西方著名作家的经典著作，在译文中仍然只能直译，而不应任意改动。例如：原文引用希腊神话中潘多拉的匣子的故事，说“许多虫子已经从匣子中飞了出来”，有人却把这句话译作“毒蛇已经出洞”。虽然“毒蛇出洞”对我们来说似乎比较习惯一些，然而未能正确表达原文的意思，所以这样的译法很难说是十分妥当的。

4. 有些句子要根据上下文和有关人物的身份、性格等不同情况，做不同处理，而不能为了“修辞”，一概照搬语义相近的汉语成语。如文中提到了已经并不年轻但仍然相当漂亮的妇女，可是根据她们的身份和当时的环境等具体情况，不能一概套用“徐娘半老，风韵犹存”这样的汉语成语，而只能用现代汉语直译。再如“微微一笑”，为了“修辞”，在某些情况下可以译作“嫣然一笑”或“莞尔一笑”。但如果不管是什么人物，也不管是在什么场合，一律用这样的方式对微笑进行“修饰”，那就会像某位译者那样，使自己的译文中出现“那汉子莞尔一笑”这样与人物身份很不相称的句子。显然，这样的“修辞”未必就算“高雅”，而简单地译作“那汉子笑了一笑”，也未必就是粗俗。

5. 不能让外国作家用中国典故。当然，译文是给中国读者看的，译文中出现中国典故，中国读者不会看不懂。也许恰恰相反，会觉得亲切，认为译得好，没有洋腔腔，读起来很通顺。但翻译毕竟不是创作，译文也仍然是外国的作品，翻译的责任不过是忠实地把外国作品介绍给中国读者。外国作家的原文中没有中国典故，如果译文里出现中国典故，就会造成这样的印象，似乎这是原作本来就有的，殊不知是译者信口开河，把自己的主观想象硬加到了外国作者头上。即使本意是为了使用读者更容易了解的语言来介绍外国的作品，但这种好心仍然不值得称赞，这样的译者也很难说是称职的。因此，我很不赞成译文中出现什么“毛遂自荐”“愿做红娘”“东施效颦”“叶公好龙”之类的词句。

6. 译文中乱甩成语虽然还不是普遍现象，但作为一种倾向，却不能不引起重视。

译文中乱用成语，又有几种情况：

（1）用词太“大”。例如，一个女孩子见了父亲，哭着诉说她感到伤心的事。这本来是一句普通的话，也许译者觉得，照原文直译出来，译文显得太平淡了，所以给它“润色”了一下，译作“声泪俱下”。单就字面看，这样译似乎并不算错，但总给人一种大而不当的感觉。再举一个例子，原文意思是说，两处房子距离较远，住在这边，就照顾不了那边，但译文却套用了成语“鞭长莫及”。

（2）对汉语成语的意思并不真正了解，只是为了“雅”，觉得意思差不多，就稀里糊涂地把自己也不太懂的成语搬进了译文。如，原文是营长“指挥作战”，译文却让他“运筹帷幄”；原文是“无能为力”，译文却用上了“望洋兴叹”；原文是“无人过问”，译文却改作“无人问津”……

（3）如果没有现成的成语，就生编硬造。如，原文是从茫茫雾海中“走出来”，“走出来”似乎不“雅”，于是就造出一句“脱雾而出”；原文是天气转晴，太阳出来了，为了卖弄，译文却硬要阴差阳错，把通常只用来形容月光的“溶溶”强加给了太阳，造出一句“阳光溶溶”来。

总之，翻译，特别是文学翻译，是一个很复杂的问题，既不是翻翻字典，逐字拼凑，也不是搬成语就能迎刃而解的，不可能制定出一个绝对的标准译法，规定俄语的某词某句，就一定要译作什么，对号入座，把复杂的文学翻译简化成计算机的机械工作。以上对俄语翻译中使用汉语成语的问题，提出一点儿很不成熟的意见，谨就教于广大读者，不妥当的地方，希望得到指正。

(四)

一提起翻译，人们往往就会想到“信、达、雅”。的确，对于应该怎样翻译，虽然有各种各样的见解，但“信、达、雅”三字，似乎是已被普遍接受的统一标准。尽管如此，翻译界却远未达成共识。不但意译与直译之争至今犹未平息，而且究竟怎样才叫“信、达、雅”，在实践中也见仁见智，众说纷纭。

“信、达、雅”不应该是相互独立，各自为政，甚至相互排斥的三个平行的概念，而是一个不可分割的统一体。其中，“信”是基础，是前提，是根本，或者不如说，是灵魂。不容否认，文学翻译是一种创造性劳动，或者说，是一种再创作。但不管怎么说，翻译绝不同于自己写作。顾名思义，翻译是要把某种语言写成的作品译成另一种语言，不但原作的思想、内容、情节不能改动，就是写法、遣词、造句，也没有给译者留下自由活动的天地。所谓“信”，绝不意味着只是用另一种语言大体上讲出原作者写出的内容。对思想、内容要求“信”，对意境、风格要求“信”，对写作技巧要求“信”，甚至对句子的结构和修辞也何尝可以只求“达”和“雅”，而由译者另起炉灶或任意创新？曾出现过把“晴雨计”上的“指针”变作“暴风雨”里的“花朵”，无论这看起来多么顺、多么美，也绝对不能算作负责任的翻译。或者也可以说，译文与原文不但要形似，而且要能神似，要形神兼备。形与神也应该是不可分割的统一体，神只能寓于形，形必须能容神，而不是鱼翅与熊掌，二者不可兼得，可以舍此而取彼的。这样的要求可能是高了些，至少本人所译的作品，也未能达到这样的境界。由于译者的修养有限，译文的质量难免会有这样那样的缺陷，在没有更好的译文之前，虽然也能起一定的作用，但不应忘记，无论是只求形似或舍形而求神，都不能说是真正完全忠实于原作，或者说并不是真正名副其实的“信”。

无论是写作还是翻译，“达”是应该不言而喻的。如果词不达意，让人看不懂你在说些什么，那你到底是为什么而写？为什么而译？任何一篇值得译成另一种语言的作品，起码应该能够让人看得懂。即使有的作品语言比较晦涩，但也不至逻辑混乱、语无伦次。翻译一篇明白晓畅的作品，只要忠实于原文，很难设想译文会变成无法理解的天书。反之，如果背离了原文，那“达”又从何说起？译文的所谓“达”，绝不是单指语言流畅而已，宁顺勿信的根源，恐怕就在于片面、孤立地理解了这个“达”字。“达”什么？当然是正确表达原作者的思想，不但要让人看得懂，而且要传达原作者的神韵，保持原作者的形式。“达”是在“信”的基础上的达，以“信”为前提的“达”，真正“信”才有真正“达”。甚至可以说，真正的“信”中包含了“达”的因素。如果在“信”之外另立一个“达”

的标准，那无异于说，原文本来并不“达”，忠于原文反而会词不达意。对于文学作品来说，这简直是不可思议的。有的译文佶屈聱牙，并不是“信”的过错。恰恰相反，不“达”的根源，往往能在不“信”中找寻，只是因为没能准确表达原文中包括达在内的一切美的因素，所以才会出现译文不“达”的毛病。有这么一种意见，似乎“信”和“达”是彼此对立、互不相容的两个概念，如果强调了“信”，就必然会造成不顺；如果要求“达”，就不得不在某种程度上牺牲“信”，这至少是对“信”的误解。

至于说“雅”，不同意见恐怕就更多了。首先什么叫作“雅”，就很难下一个绝对的定义。如果认为只有那种古色古香、典雅华丽的辞藻才符合“雅”的标准，那么许多文学名著中，并不少见的粗俗俚语，甚至不堪入耳的脏话，在翻译时是不是该润色一下，或予以回避呢？“花落水流红”和“姹紫嫣红”之类的词句，对“雅”的称号固然当之无愧，但“嘴里淡出鸟来”是不是应该以“不雅”的罪名把它排除在语言之外呢？同是一部《红楼梦》里，不但有“寒塘渡鹤影”“冷月葬花魂”等高雅的诗句，而且也有薛蟠口中不堪入耳的污言秽语，“烧煳了的卷子”和“大火烧了毛毛虫”之类的粗话。孤立地看，也许可以说是些粗话，是不“雅”的，但它们却是《红楼梦》这部划时代文学巨著中不可缺少的有机组成部分。从这部著作整体来看，就很难说它的语言哪一部分“雅”，哪一部分不“雅”了。所以，文学翻译的“雅”，说到底仍然离不开一个“信”字。原文用什么方式表达，译文也应用同样的方式；原文怎样措辞，译文也不必挖空心思，另找什么超凡脱俗的辞藻。忠实于总体就属于“雅”的范畴的原文，译文怎么反而会不“雅”？反之，如果脱离了原文，那所谓的“雅”

究竟是何指？如果把“嘴里淡出鸟来”译作“三月不知肉味”，孤立地从修辞角度来看，也许是“雅”了一点儿，但被润色过的李逵、鲁智深就已经不是原来的李逵、鲁智深了，连经过这样“加工”过的《水浒传》，恐怕也将面目全非了。可见，“雅”也是在原有基础上的“雅”。只有真正“信”了，才会有真正的“雅”。甚至可以说，真正的“信”中就包含了“雅”的成分。那种脱离原作，孤立地讲修辞的“雅”，至少并不可取。对原文的正确理解和用另一种语言，恰如其分地准确表达原文一切美的因素，是一个不可分割的统一过程，而不可能分解为意译和修辞两道工序。有这么一种做法，由懂外语的人译出初稿，然后请不懂外语，而粗通汉语的人对译文进行加工。因为这样的润色和修饰脱离了原文，是只从汉语角度来考虑，所以只求个“差不离儿”。一些现成的标准词句，往往像戏曲中的固定程式，给套在风格迥然不同的作品上。于是本来极其生动形象的语言，有时竟会变得陈腐空洞，甚至张冠李戴。经过加工之后的“雅”的译文已经与原文连貌也不合，更不用说神似了。

把文学翻译工作者比作演员，当然不失为一种形象的比喻。在某一点上，二者的确有点儿近似，然而也仅仅是近似而已。首先，翻译与演出的目的和对象就很不相同，不懂某种外语的人，不借助翻译就无法欣赏那种语言写成的作品。而能够阅读原文剧本的读者，仍然会津津有味地去欣赏同一剧本的演出。或者可以说，戏剧是由剧本和演出两部分构成的，而其他文学作品，只有对于使用不同语言的其他民族的读者，才会出现翻译的问题。一般说，剧本都是为了上演而写的，本来就为演员留下充分发挥创作才能的余地。尽管剧本中可能有一些提示性的说明，但演出时，在相当大程度上，却要靠演员加以发挥。而翻译却完全不同，作品中的每一个细节，乃至每个词汇，都是早由作者选定的，是已经完成的，并没有给译者留下自由发挥的余地。演员的台词虽然是由剧本决定的，但演员用来塑造人物形象的艺术手段，并不是剧本上使用的无声的文字，而是声音、表情与动作。而译者所使用的却是同样无声的文字，只不过是另一个民族所使用的文字而已。译者的职责只在于忠实无误，原原本本地把一种文字译成另一种文字，而绝不能在翻译过程中任意发挥，偷贩自己的私货。演员可以因为自己独特的表演风格而大出风头，成为明星，而译者却必须完全忠实于原作者的风格，甘心做默默无闻的工作。一篇译文，如果一眼就能看出译者是谁，恐怕不能认为是译得十分成功的标志；如果一眼就能看出这是哪位作家的作品，而说不准他的译者是谁，这倒反而可能是读者对译者的极高赞誉。

然而，这不等于说，文学翻译是一种符号转换或机械工作，只要懂得点儿外语，就可以执笔了。一个合格的文学翻译工作者不但要至少精通两种不同的语言，而且要有各方面极其广博的知识。对于要翻译的作品中涉及的那个国家、民族的历史、地理、文化、宗教、风土人情虽不一定要求专，但至少要大体了解，这样才不至闹出笑话。不仅如此，一个合格的文学翻译者，还必须具有文学家的某些素质。而且，这还不仅仅是指必须有一定的文学修养，苏联作家巴克拉诺夫在一篇谈话中说，“写一部书也就是度过一生。我说的不是作家本人度过的一生，不是他自己的生活，不是叫作生平经历的生活——没有这种生活就不可能成为作家。现在我说的是，需要度过书中主人公度过的一生……”亲自度过主人公所度过的一生，这到底是一种什么生活呢？陀思妥耶夫斯基说：“这得饱经忧患，需要受苦。”对于作家来说是这样，作为一个文学翻译工作者，不仅要正确理解作者写出来的文学，而且要能看到作者在写作时看到的景象，理解作者的思想感情，像作者那样，与作品中的人物同呼吸、共命运，分享他们的快乐，和他们一同落泪……一句话，要体验作者所体验的一切。只有这样，才能领会作者为什么要那样写，一定要选择这一个词，而不是另外一个。正是在这个意义上，文学翻译才是一种创造性的劳动，才具有创造性的性质。也就是说，在翻译一部作品时，译者也应该是“作者”，是用另一种语言写出同一部作品来的第二个“作者”。不过，译者远不如原作者那样享有充分的自由，他必须遵循原作者的思路，用同样的艺术手法，同样的表达方式，使用相同的词汇，在原作者划定的圈子里进行“再创作”。也只是就这一点来说，翻译甚至比创作还难。如果笼统地说，翻译比创作更难，不但从事创作的人未必同意，从事翻译的人扪心自问，恐怕也不能不感到未免有点儿言过其实吧。正因为文学翻译工作者也应该是“作者”，所以由作家来译小说，由诗人来译诗，应该是最理想的了。而且事实上也确实有一些作家和诗人在从事翻译工作。但由于种种原因，作家和诗人不可能都同时成为翻译家，而亟待翻译的外国文学作品又那么多，翻译工作者的队伍日渐扩大就成了客观上的需要。不过，这绝不意味着可以降低对文学翻译工作者的要求。恰恰相反，每一个有志从事文学翻译的人都应该用高标准要求自己，即使未必能立刻做到，但也应有个奋斗目标，才可以激励自己不断前进，而不至在商品经济的海洋里被经济效益的巨浪冲得失去方向，用没有烤好的精神面包给读者充饥。至于以“廉价的赝品”冒充真正的文学，把贩卖色情、凶杀当作发财致富捷径的人，谈文学翻译的标准，当然是毫无意义的了，因为他们译的作品不能称之为文学。